SKYWARD

夺取群星

I

[美] 布兰登·桑德森 著　　朱佳文 译

BRANDON SANDERSON

上海文化出版社
SHANGHAI CULTURE PUBLISHING HOUSE

果麦文化 出品

献给卡伦·奥斯隆

她记下了我忘却的每一天

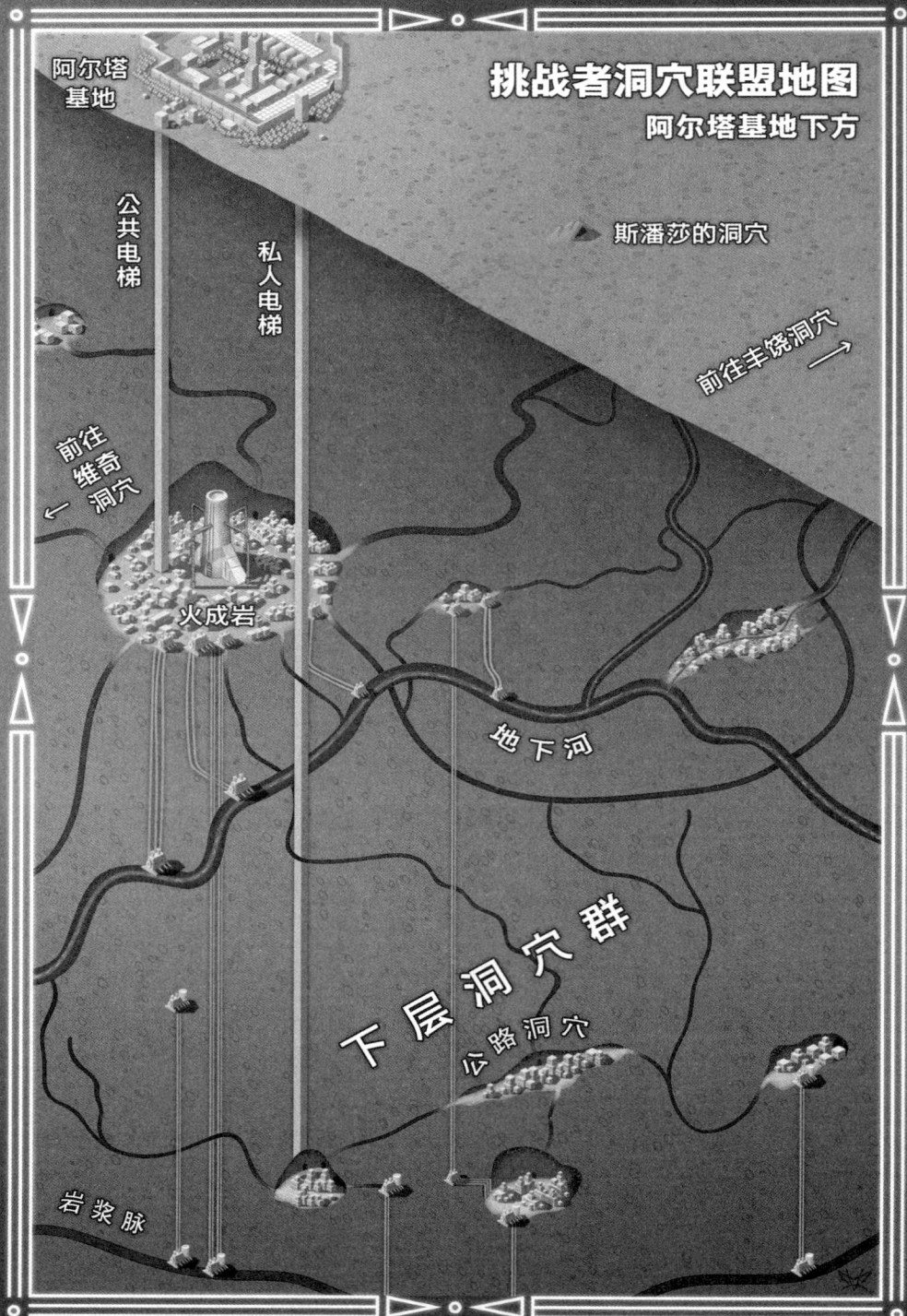

挑战者洞穴联盟地图
阿尔塔基地下方

阿尔塔基地

斯潘莎的洞穴

公共电梯

私人电梯

前往丰饶洞穴 →

← 前往维奇洞穴

火成岩

地下河

下层洞穴群

心路洞穴

岩浆脉

阿尔塔基地地图

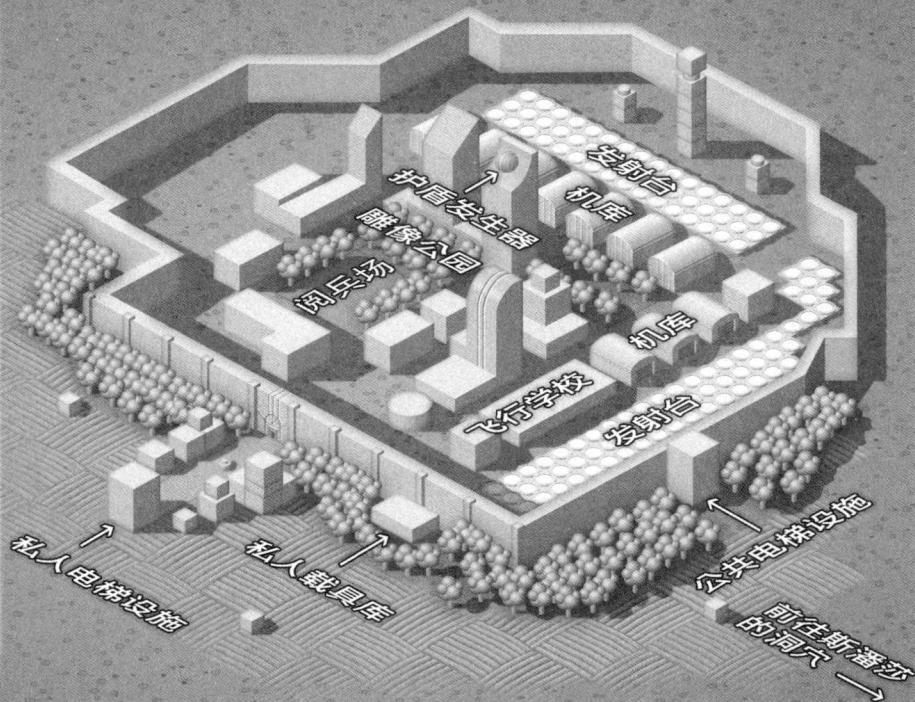

发射台
机库
护盾发生器
雕像公园
阅兵场
机库
飞行学校
发射台
私人电梯设施
私人载具库
公共电梯设施
前往斯潘莎的洞穴

阿尔塔基地周边防线

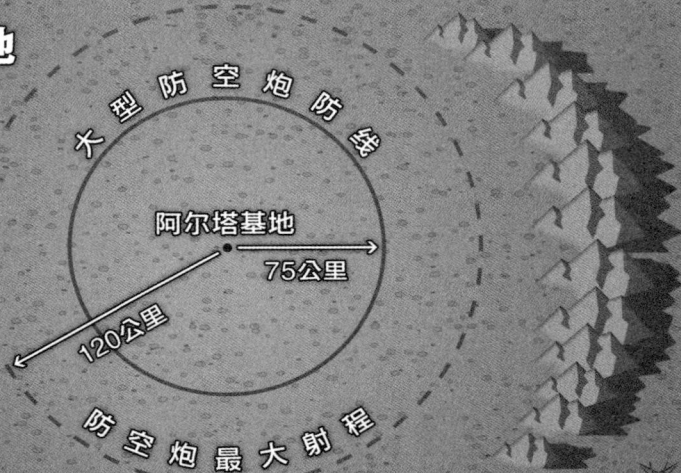

大型防空炮防线
阿尔塔基地
75公里
120公里
防空炮最大射程

PROLOGUE

序 幕

只有傻瓜才会爬上地表。故意冒那种险是很愚蠢的，母亲总是这么说。不但有残骸从碎石带不断倾泻而下，而且没人知道克雷尔人会在何时进攻。

当然了，父亲几乎每天都会前往地表。作为飞行员，他非去不可。我猜，以母亲的定义，他应该特别愚蠢才对，但我总觉得他特别勇敢。

我至今还在为那天的事惊讶：在我恳求了好些年以后，他终于答应带我一起上去了。

当时我七岁大，虽然在我自己看来，我已经长大成人，也有充分的能力。我匆忙跟在父亲身后，手里拿着一盏提灯，用来照亮散落着碎石的洞穴。隧道里有不少岩石破碎开裂，多半是克雷尔人的轰炸造成的。对身在地下的我来说，那时的体验就是仿佛看到了咔嗒作响的餐碟与震颤不止的照明灯具。

我把破碎的岩石想象成敌人破碎的躯体，他们的骨头粉碎，他们颤抖的四肢伸向上方，徒劳地摆出彻底投降的姿势。

那时的我是个特别奇怪的小丫头。

我追上了父亲，他回过头来，露出笑容。他的笑容是最棒的，充满自信，就好像他从不担心别人怎么评价他。他从不担心自己与众不同，以及没法融入群体。

可话说回来，他有什么担心的必要？人人都喜欢他。那些讨厌冰激凌和玩具剑的人都喜欢我爸爸，就连爱发牢骚的小罗奇·麦卡弗里也不例外。

父亲抓住我的手臂，指向上方。"接下来这段路有点麻烦。让我抱着你吧。"

"我自己能行。"我说着，甩开了他的手。我已经长大了。我收拾了自己的背包，把毛绒玩具小熊"血书"留在了家里。玩具小熊是给小小孩玩的，就算用线和陶瓷碎片自制了仿真动力护甲也一样。

当然了，我把自己的玩具星际战机装进了背包。我可没疯，万一我们被克雷尔人袭击，又被他们炸毁了退路，最后只能作为废土幸存者，在远离社会与文明的地方度过余生呢？

每个女孩都该把玩具战机带在身边，以防万一。

我把背包交给父亲，抬头看着石头上的裂缝。上面的那个洞有些……奇怪——不自然的光线透过它照射进来，和提灯的柔和光芒完全不同。

地表……天空！我咧嘴一笑，开始攀爬那道半是碎石、半是岩层的陡坡。我的手掌打滑，岩石的尖锐边缘刮破了皮肤，但我没有哭。飞行员的女儿不会哭。

洞顶的那条裂缝看起来足有一百米远。我好恨自己那么小。总有一天，我会长到和父亲一样高，然后我就不会是附近最小的孩子了。我会高高在上，嘲笑所有人，他们也只能承认我的伟大。

我爬到一块石头顶上，低声咆哮起来。我的手够不着下一个支撑点。我看了看它，然后下定决心，跳了起来。作为挑战者联盟的好姑娘，我有一颗星龙的心。

但我也有一具七岁孩子的身体，所以我距离目标位置差了足足半米。

没等我坠落下去，一只有力的手就接住了我。父亲托住我的连衣裤背部，轻笑出声。为了模仿他的飞行服，我在那儿画上了各种标志，甚至在左边的心脏上方画上了一枚徽章，就像他佩戴的那枚一样。那枚徽章代表了他的飞行员身份，它的形状是一架下方有线条的小小星际战机。

父亲拉着我坐在他旁边的石头上，然后伸出空闲的那只手，启动了他的光索。那件设备看起来就像个金属手环，但只要他用两根手指轻敲手掌的方式加以启动，它就会散发出耀眼而炽热的光。他碰了碰上方的一块石头，等他抽回手的时候，留下了一条粗大的光束，看起来就像一根固定在岩石上的发光绳索。他用绳索的另一头裹住我，让它紧贴我的腋下，然后将绳索与手环分离。光芒暗淡下去，但散发冷光的绳索留在远处，将我与岩石相连。

我一直以为光索会很烫，但它却是暖洋洋的，就像和人拥抱的感觉。

"好吧，斯苹[1]，"他用上了我的昵称，"再试一次。"

"我不需要这个。"我说着，拽了拽那根安全绳。

"迁就一下你吓坏了的父亲吧。"

"吓坏？什么都吓不倒你。你能和克雷尔人战斗。"

他大笑起来："我宁愿面对一百艘克雷尔飞船，也不想带着摔断一条胳膊的你回去见你母亲，小家伙。"

"我不小。如果我摔断了胳膊，你可以把我留在这儿养伤。我会跟洞穴里的野兽搏斗，变成野孩子，穿上它们的皮，然后——"

"爬上来吧，"他说着，笑意不减，"你可以下次再跟洞穴里的野兽搏斗，但我估计你找到的，全都长着长尾巴和龅牙。"

我必须承认，光索很有帮助。我可以拉紧它，以此支撑身体。我们抵达了裂缝那里，而父亲先把我推了上去。我抓住边缘，爬出洞穴，这辈子头一次踏上了地表。

这儿好开阔。

我目瞪口呆地站在那儿，抬头看着……看着虚无。只有……只有……更高处，没有天花板，没有墙壁。我一直以为地表是个非常非常大的洞穴，但这儿的东西比我想象中的多得多，同时又少得多。

1　斯苹（Spin）：意为"旋转"，发音与"斯潘莎"（Spensa）的前半部分相近。

哇！

父亲跟着我爬了上来，拍掉飞行服上的泥土。我抬头看他，又看向天空。我快活地笑了。

"没有吓坏？"他问。

我瞪了他一眼。

"抱歉，"他说着，轻笑出声，"我说错话了。只不过，有很多人觉得天空很可怕，斯潘莎。"

"它很美。"我轻声说着，抬头看向那片浩瀚的虚无，看着朝无限的灰白延伸、淡入黑暗之中的空气。

地表比我想象中明亮得多。我们的行星岩屑星受到极其庞大的古老太空残骸层的保护。那些高挂空中、远离空气、位于太空的垃圾——报废的太空站，巨大的金属护罩，像山那样庞大的老旧金属块——它们层层叠叠，有点像是环绕这颗行星的破碎外壳。

那些玩意没有一件是我们建造的。我祖母还是个小女孩的时候，我们坠落在了这颗行星上，当时这些东西就很古老了，但其中一些还能运转。举例来说，最靠近行星的底层内部有发光的巨大矩形物体。我听说过，那是天光：飘浮的庞大光源，充当这颗行星的照明和供暖。

高处本该还有许多小块的垃圾，尤其是最底层。我眯起眼睛，想试试能不能分辨出其中一块，但太空太遥远了。附近的两盏天光都不在我们的正上方，除此之外我能看到的只有灰白中的模糊形状：比较亮的垃圾和比较暗的垃圾。

"克雷尔人住在那上面？"我问，"在残骸区的那一边？"

"对。"父亲说，"他们会飞过残骸层的空隙，发起攻击。"

"他们要怎么找到我们？"我问，"这儿有那么多地方。"和我在下面洞穴里的想象相比，世界似乎要广阔得多。

"只要人们聚集在一起，他们就能以某种方式感觉到。"父亲说，"一旦某个洞穴的人口变得太多，克雷尔人就会袭击和轰炸它。"

几十年前，我们的人民曾是某支太空舰队的一部分。我们在克雷尔人的追赶下来到这颗行星，坠落在这儿，被迫分散求生。现在我们以氏族为单位生活，每个氏族的血统都可以追溯到其中一艘飞船上的船员。

奶奶跟我讲过很多次这些故事。我们在这颗岩屑星上居住了七十年，像游牧氏族那样在洞穴之间旅行，不敢聚集在一起，直到现在。现在我们开始建造星际战机，又在地表建立了隐蔽的基地。我们开始反击了。

"阿尔塔基地在哪儿？"我问，"你说过我们上来的地方离它很近。是它吗？"我指向几块可疑的岩石："它就在那边，对吧？我想去看看星际战机。"

父亲弯下腰，把我的身体转了大约九十度，然后指了指。"在那儿。"

"哪儿？"我在地表上寻找，这里基本上只有蓝灰色的尘土和岩石，还有从碎石带掉落的残骸砸出的深坑，"我看不见。"

"这就对了，斯潘莎。我们得藏得够好才行。"

"可你们会战斗，不是吗？他们迟早会知道那些战机是从哪儿来的吧？你们干吗不把基地搬走？"

"我们必须让它留在这儿，在火成岩洞穴的上方，就是我上星期带你去看的那个大洞穴。"

"有很多机器的那个？"

他点点头。"在火成岩洞穴里，我们找到了制造厂，我们就是用它来建造飞船的。我们必须住在附近，保护那些机器，但无论克雷尔人从哪里飞下来，无论他们打算轰炸哪里，我们都会赶过去。"

"你们保护别的氏族？"

"对我来说，重要的只有一个氏族：人类。坠落在这儿之前，我们都是同一支舰队的组成部分。总有一天，所有四处流浪的氏族都会想起这点，他们会在我们呼唤时到来。他们会聚集在一起，我们会建成城市，再次建立起文明。"

"克雷尔人不会轰炸它吗？"我开口询问，却又在他回答前抢着说，"不。如果我们够强大，就不会了。如果我们起来反抗，就不会了。"

他露出微笑。

"我会得到自己的飞船，"我说，"我会像你那样驾驶它。然后我们氏族就没有人能嘲笑我了，因为我会比他们都强大。"

父亲盯着我看了一会儿，然后才开口说："所以你才想成为飞行员吗？"

"如果你是飞行员，他们就不能说你太小了。"我说，"没有人会觉得我奇怪，我也不会因为打架惹上麻烦，因为我的工作就是和敌人打架。他们不会直呼我的名字，而且所有人都会喜欢我。"

就像他们喜欢你那样，我心想。

这句话让父亲莫名其妙地拥抱了我，尽管我只是说了实话。但我也抱住了父亲，因为父母都喜欢这样。另外，有人可抱的感觉确实不坏。也许我不该留下"血书"的。

父亲屏住了呼吸，我以为他也许在哭，但我想错了。"斯苹！"他说着，指向天空，"快看！"

我再次为它的广阔而震惊。那么大！

父亲指着某个特别的东西。我眯起眼睛，发现灰黑色天空的某个区域比别的地方颜色更深。残骸层上的空洞？

在那一刻，我眺望着永恒。我发现自己全身颤抖，仿佛有十亿颗流星砸落在附近。我能看到太空本身，那儿有小小的白色针孔，和天光不太一样。它们闪闪发亮，看起来好远好远。

"那些光是什么？"我低声说。

"是群星，"他说，"我飞到过残骸附近，但几乎从没看到过那一边。有太多层了。我一直想知道自己能不能飞出去，到群星那边去。"

他的嗓音带着敬畏，我从没听过他用过那样的口气。

"那就是……那就是你飞行的理由吗？"我问。

父亲看起来并不在乎其他氏族成员对他的赞美。说来奇怪，赞美似乎会让他觉得尴尬。

"我们从前住在那儿，住在群星之间，"他低声说，"我们的归宿是那里，不是这些洞穴。那些取笑你的孩子，他们都被困在这块石头上了。他们的脑袋是石头脑袋，他们的心思放在石头上。着眼于更高的目标吧，更宏大的目标。"

残骸移动，空洞也缓缓缩小，而我只能看到一颗更加明亮的星星。

"夺取群星吧，斯潘莎。"他说。

我有朝一日要成为飞行员。我会飞到天上，参加战斗。希望父亲能留些克雷尔人给我。

我眯眼看着在天空中闪闪发亮的某个东西。那是远处的一块残骸，在进入大气层时熊熊燃烧。接着另一颗落下，然后又一颗，再然后是好几十颗。

父亲皱起眉头，伸手去拿他的无线电对讲机。那是种超级先进的科技产品，只会配发给飞行员。他把那个块状装置举到嘴边。"我是追击者，"他说，"我在地表。我看到阿尔塔附近出现了残骸雨。"

"我们已经发现了，追击者。"有个女人的声音透过对讲机传来，"雷达报告正在送来，而且……该死。克雷尔人来了。"

"他们朝哪个洞穴去了？"父亲问。

"他们正朝……追击者，他们正朝这边来。他们径直飞向了火成岩洞穴。群星保佑。他们找到基地了！"

父亲放下了对讲机。

"发现大规模克雷尔人入侵！"那女人的声音透过对讲机传来，"所有人注意，现在是紧急事态。极大规模的克雷尔人部队突破了残骸区！所有战机请回报。他们朝阿尔塔来了！"

父亲抓住我的胳膊。"让我带你回去吧。"

"他们需要你！"我说，"你得去战斗！"

"我必须带你回——"

"我自己可以回去。沿着那些隧道一直走就行了。"

父亲再次看向残骸雨的方向。"追击者！"有个新的声音透过对讲机传来，"追击者，你在吗？"

"混血犬？"父亲说着，拨动某个开关，又拿起了对讲机，"我在地表这儿。"

"你得开导一下班克斯和摇摆，他们说我们应该逃跑。"

父亲低声咒骂了一句，拨了一下对讲机上的另一个开关。有个声音传来："——还没做好正面对抗的准备，我们会一败涂地。"

"不，"另一名女子说，"我们必须奋起战斗。"

十几个声音同时开口说话。

"铁甲说得对。"父亲朝对讲机说。令人吃惊的是，他们全部安静了下来。

"如果坐视他们轰炸火成岩洞穴，我们就会失去那些古代设备。"父亲说，"我们会失去制造厂，失去一切。如果我们想要重新拥有文明、拥有世界，就必须留在这儿！"

我屏住呼吸，静静等待，希望他没工夫考虑把我送走。光是想到战斗就让我发抖，但我还是想看。

"我们战斗。"那个女人说。

"我们战斗。"混血犬说。我知道他的名字，虽然我没见过他。他是父亲的僚机。"滚烫的石头啊，说得真好。我要在天上打败你，追击者！看看我能打下多少敌人吧！"

这人的语气显得渴望前往战场，或许还有点兴奋过度。我立刻就喜欢上了他。

父亲又和他们讨论了一小会儿，然后脱下他的光索手镯，塞进我的手中。"向我保证你会直接回去。"

"我保证。"

"别磨蹭。"

"我不会的。"

他拿起对讲机："好啊，混血犬，我们就走着瞧吧。我现在要赶去阿尔塔了。追击者结束通话。"

他朝自己先前指的方向冲去，跨过满是灰尘的地面。然后他停下脚步，转过身。他摘下就像星星的碎片那样闪闪发亮的徽章，把它丢给了我，随后继续跑向隐藏的基地。

当然了，我立刻打破了自己的承诺。我爬进裂缝，藏在那儿，攥紧父亲的徽章，睁大眼睛，直到看见那些星际战机离开阿尔塔基地，直冲天际。我眯起眼睛，分辨出了朝他们蜂拥而去的深色克雷尔飞船。

　　终于，凭借罕见的良好判断力，我决定还是听父亲的话比较好。我用那条光索降到洞穴里，在那儿找回了自己的背包，接着进入了隧道。我觉得自己只要尽快赶回氏族，就来得及听我们唯一的公共无线电收音机播放有关战斗的消息。

　　但我错了。这段路比我印象里的要长，我还迷了路。所以当我在下面游荡、想象着发生在上头的壮观战斗时，父亲做出了不名誉的行为：他离开队伍，临阵脱逃了。作为报复，他自己的小队击落了他。等我到家的时候，战斗已经胜利，父亲也已经死去。

　　而我从此被打上了"懦夫之女"的烙印。

PART ONE

第一部分

1

我小心翼翼地跟踪敌人，穿过洞穴。

我脱掉鞋子，免得发出嘎吱声。我还脱下了袜子，免得滑倒。我悄无声息地又迈出一步，感觉脚下的岩石舒适而清凉。

在这么深的地方，仅有的照明来自天花板上那些蠕虫发出的微光（它们以从裂缝渗入的湿气为食），你得在黑暗里坐上好几分钟，才能让双眼适应那种微弱的光。

阴影里又是一阵颤抖。在那里，在那些深色的团块附近，肯定有敌人的防御工事。我维持着僵硬的蹲伏姿势，听着敌人在移动时抓挠岩石的声音。我想象着克雷尔人：红色眼睛和深色铠甲的可怕外星人。

我的手稳稳地、慢到令人难熬地将步枪举到肩头，屏住呼吸，然后开了枪。

我得到的回报是一声痛苦的尖叫。

好！

我轻拍手腕，激活了父亲的光索。它伴随着橘红色的光焰启动，让我一时间无法视物。

然后我跑上前去，取走战利品：一只被刺了个对穿的死老鼠。

在光焰中，我先前想象成防御工事的东西显露出岩石的真身。敌人是只圆胖的老鼠，而我的步枪只是一把简陋的矛枪。从我和父亲爬上地表的命运之日算起，已经过去了九年半的时光，我的想象力却一如既往的强大。它有助于化解单调，让我能假装自己做的是比狩猎老鼠更刺激的事。

我捏住那只已死的啮齿动物的尾巴，将它拎起。"邪恶的野兽，这下你明白我的怒火有多可怕了吧。"

事实证明，那个奇怪的小女孩长大成了奇怪的年轻女子。但我觉得，在真正和克雷尔人战斗之前好好练习嘲讽也不是坏事。奶奶教过我，伟大的战士都懂得如何夸下海口，从而让敌人感到恐惧和不安。

我把战利品塞进袋子。目前为止共有八只，收成不坏。我来得及找到另一只吗？

我瞥了一眼自己的光索，收纳它的手镯的动力指示灯旁边有个小小的计时屏幕。0900。或许是时候折返了，旷课太多天可不行。

我把袋子挂到肩上，拿起矛枪（它是用我在洞穴里找到的回收零件制成的），然后开始徒步返回住处。我参照的是自己手绘的地图：我把它画在一本小笔记簿上，并持续更新相关细节。

其实我不愿就这么回去，把这些寂静的洞穴抛在身后。它们让我想起了父亲。此外，我喜欢它的……空无一人。那儿没人会嘲笑我，没人会盯着我，没人会低声说着侮辱的言辞，直到我被迫维护自己的家族荣誉，将拳头埋进他们的蠢脸里。

我在某个熟悉的岔路口停下脚步，地板和天花板在那里被奇怪的金属图案所代替。标有科学术语的圆形图样覆盖了两处平面，我一直认为那是古时的星系图。在路口的另一边，从岩石中伸出一条古老而庞大的管道，那是在洞穴之间输送水，并在净化后用来冷却机械的众多管道之中的一条。有条裂缝在朝我留下的水桶滴水，桶子已经装到半满，我喝了一大口。它清凉而提神，带着一丝金属的味道。

我们对建造这种机械的人知之甚少。就像残骸区那样，当我们小小的舰队坠落在这颗行星上的时候，它就已经存在了。那些制造者是人类，因为写在各种地方的文字都是人类语言，就像写在这个房间的天花板和地板上的文字，但他们和我们的关系有多近就是个谜。如今他们踪影全无，而从石壁上熔化的斑块与老旧的破坏痕迹可以看出，他们也曾遭受战争之苦。

我把剩下的水倒进水壶，深情地拍拍那根管道，换掉水桶，然后继续前进。那台机械似乎用远处熟悉的嗡嗡声回应了我。我循着那个声音，终于接近了左方岩壁上那道发光的缺口。

我走到缺口前，望向火成岩。它是我居住的洞穴，也是组成挑战者联盟的地下城市之中最大的一座。我所在的位置很高，让我能看到壮观的景色：这座宽大的洞穴里建满了箱形的公寓，看起来就像是对等切开的方块。

父亲的梦成了现实。在九年多前的那天击败克雷尔人以后，那些尚显青涩的星际战机飞行员的勇敢促成了一个国家的诞生。数十个曾经居无定所的氏族聚集起来，在火成岩和周边洞穴开拓疆域。每个氏族都留着自己的名字，而来源可以追溯到他们工作过的飞船或是飞船上的区域。我的氏族是"马达班"，这是旧时对"引擎组人员"的称呼。

我们对自己的统称是"挑战者"，取自最初那艘旗舰的名字。

当然，由于聚集在一起，我们也吸引了克雷尔人的注意。那些外星人仍旧决心毁灭人类，于是战争继续着，而我们迅速发展的国家也需要源源不断的星际战机和飞行员。

高耸于火成岩洞穴建筑群上方的是古代设备：古老的锻造厂、精炼厂，以及从下方抽来熔融岩石并制成星际战机所需部件的制造厂。这些设备令人吃惊，而且独一无二。尽管其他洞穴的机器能提供暖气、电力和过滤水，但只有火成岩的仪器有能力制造复杂的用具。

热气涌过那条裂缝，让我的额头渗出汗珠。火成岩是个闷热的地方，毕竟这儿有那么多精炼厂、制造厂和存放藻类的大桶。尽管洞内光线充足，精炼厂的橘红色光芒却照耀着一切，莫名地给人以昏暗之感。

我离开缺口，走向我在墙壁发现的一只旧维护用品寄存柜。柜门乍看之下和这条石制隧道的其他区域没什么分别，因此相对安全。我打开柜门，显露出我为数不多的秘密财产：矛枪的几块部件、备用水壶，以及父亲的飞行员徽章。我搓了搓徽章来祈求幸运，然后把光索、地图簿和矛枪放进寄存柜里。

我取出一把石制矛尖的粗糙长矛，关上柜门，然后把袋子挂到肩上。八只老鼠背起来意外别扭，尤其在你已经十七岁，身体却拒绝长到超过一百五十一厘米的时候。

我徒步来到洞穴的正规入口。两个来自地面部队的士兵守卫着进入洞穴的道路，他们几乎从未参与过真正的战斗。虽然我能叫出他们两个的名字，他们却依旧让我等在旁边，然后装作呼叫上级，请求让我进洞。说真的，他们只是喜欢让我干等着。

每天都是。每一个见鬼的日子都是。

终于，阿卢科走了过来，开始用怀疑的眼神检查我的袋子。

"你指望我把什么样的走私品带进这座城市？"我问他，"卵石？苔藓？还是某种会侮辱到你母亲的大石头？"

他瞥了一眼我的长矛，仿佛在好奇我是怎么用如此简陋的武器捕到八只老鼠的。噢，就让他想去吧。终于，他把袋子丢还给我。"去吧，懦夫。"

保持坚定。我抬起下巴。"总有一天，"我说，"只要你听到我的名字，感激的泪水就会涌向你的双眼，因为你想到自己曾经有幸协助追击者的女儿。"

"我宁愿忘记认识你这回事。去吧。"

我高抬着头，走进火成岩洞穴，然后朝着"工业的光荣崛起"走去，那是我居住的街区的名字。我正好赶上换班时间，从身穿各式连衣裤的工人身边走过。他们都为维持挑战者联盟以及对抗克雷尔人的战争的正常运转发挥了自己的作用，其中有环卫工人、维修技工和藻桶专家。

当然了，没有飞行员。不当班的飞行员会留在深处的洞穴作为预备部队，而当班的那些住在阿尔塔——父亲以生命保护的那座基地。如今它不再隐藏，而是发展成了地表的大型设施，可容纳数十艘飞船，外加飞行员的指挥机构和训练设施。我从明天开始也会住在那儿，只要我能通过测试，成为学员就行。

我走到首席公民们那尊高大的金属雕像下：那群人拿着带有象征意义的武器，以挑战的姿势朝天空伸出手去，飞船在他们身后升起，留下金属制作的尾迹。尽管雕像描绘的是参与阿尔塔之战的人们，父亲却不在其中。

我再次转弯，来到了我们公寓的前方，那是从中央的大型方块长出的许多金属方块之一。我们的公寓很小，但足以容纳三个人，在我开始接连几天在洞穴里狩猎和探索以后就更是如此了。

母亲不在家，但我在屋顶上找到了奶奶，她正在制作要在我们的手推车上贩卖的藻类卷饼。由于他们声称父亲做过的事，母亲被禁止从事正式工作，所以我们只能靠非常规工作来勉强过活。

奶奶抬起头，听到了我的脚步声。她的名字是贝卡·夜影[1]，和我的姓氏相同，但不怎么熟悉她的人都会叫她"奶奶"。她在几年前就几乎失去了全部视力，双眼变成了乳白色。她弯腰驼背，双臂僵硬得就像木棍，但她仍旧是我认识的人里最强大的。

"哦哦哦，"她说，"听起来像是斯潘莎！你今天抓到了多少？"

"八只！"我把战利品丢在她面前，"有好几只特别肥嫩。"

"坐吧，坐吧。"奶奶说着，推开了那张堆满卷饼的垫子，"我们把这些弄干净，然后拿去煮！如果动作够快，就来得及在今天交给你母亲卖掉，这样我就有时间鞣制耗子皮了。"

我恐怕应该去上课了，奶奶又把这回事忘了。但说真的，这有意义吗？我们最近的课程都是关于洞里能做的各种工作，而我已经决定要做的事了。虽然成为飞行员的考试据说很难，但我和罗奇已经学习了十年，我们肯定会过关。所以我干吗要去了解藻桶工人之类的角色有多伟大？

此外，由于需要花时间打猎，我错过了很多堂课，所以也不适合任何其他工作。我确保自己出席了所有与飞行相关的课程：飞船布局与修理、数学、战争史。我能赶上的其他课程都算是额外的收获。

我坐了下来，帮助奶奶将那些老鼠剥皮和取出内脏。她只凭触觉就干得利落又高效。

"今天，"她说着，低垂着头，双眼几乎彻底闭上，"你想听谁的故事？"

"贝奥武夫！"

1　夜影（Nightshade）：同时也可指有毒植物"颠茄"。

"噢，耶阿特人之王，是吗？不听莱夫·埃里克松[1]的？他可是你父亲最喜欢的人物。"

"他杀过龙吗？"

"他发现了新世界。"

"有龙吗？"

奶奶轻笑出声。"根据某些传说，那儿有长羽毛的巨蛇，但我不知道他们展开搏斗的故事。好了，贝奥武夫，他是个强大的人。要知道，他是你的祖先。屠龙是他上了年纪以后的事，他起先是以和怪物搏斗而闻名的。"

我静静地用着刀子，剥掉那些老鼠的皮，给它们开膛破肚，然后切下肉，丢进锅里待煮。这座城市的大多数人都以藻糊为食。真正的肉数量太少，都是在洞穴里用特殊照明和环境设备饲养而成的牛和猪的肉，无法保证每日食用，所以他们才会拿东西来交换老鼠。

我喜欢奶奶讲故事的方式。她的嗓音会在讲述怪物嘶嘶叫唤时变得轻柔，会在讲到英雄们吹嘘夸耀时转为嘹亮。她灵巧的手指忙碌不停，同时又编织着古代维京英雄向危难之际的丹麦人伸出援手的传说。她讲述那位人人爱戴的战士：他总是英勇战斗，即使对抗的是比他更高大、更有力的敌人。

"等落败濒死的怪物逃走以后，"奶奶说，"那位英雄高高举起格伦德尔的整条胳膊和肩膀，充当他骇人的战利品。他为逝者复了仇，也证明了自己的力量与勇气。"

下方的公寓房间传来叮当声。母亲回来了。我暂时没去理睬。"他只靠双手，"我说，"就扯掉了那条手臂？"

"他很强壮，"奶奶说，"而且是位真正的战士。但他是用双手和刀剑战斗的古代人。"她前倾身子："而你可以同时用手和智慧战斗。你有飞船可以驾驶，没必要扯掉什么手臂。好了，你最近还在做练习吗？"

1　莱夫·埃里克松（Leif Eriksson）：著名的北欧探险家，被认为是第一个到达北美洲的欧洲人。

我翻了个白眼。

"我看到了。"奶奶说。

"不，你没看到。"

"闭上眼睛。"

我闭上眼睛，仰起头来，面朝着远在高处的洞顶。

"聆听群星的声音。"奶奶说。

"我只能听到——"

"聆听群星的声音，想象你自己在飞翔。"

我叹了口气。我喜欢奶奶和她那些故事，只是这部分每次都让我厌烦。但我仍旧尝试照她说的去做：坐在那儿，脑袋后仰，试着想象自己正飞向高处。我努力让剩下的一切全部淡去，在脑海里描绘天空中闪闪发亮的群星。

"我过去常做这种练习，"奶奶柔声说，"和我的母亲一起，在'挑战者'号的引擎舱里。我们在旗舰上工作，那条战列巡洋舰比这座洞穴还要大。我会坐在那儿，听着引擎的嗡嗡声，还有远处的某种声音。群星的声音。"

我试着想象小女孩时的她，不知为何，这对我的想象起了帮助。我闭上眼睛，感觉自己几乎飘在空中，朝高处伸出手……

"对其他工作人员来说，"奶奶说，"我们引擎人员是一群怪人。他们觉得我们莫名其妙，但我们能维持飞船的飞行，我们能让它漫游于群星之间。母亲说，这是因为我们能听到群星的声音。"

我觉得……虽然只有一瞬间……自己听到了那儿的某种动静。也许是我的想象？某种遥远而纯粹的声音……

"即使坠落在这里以后，我们这些引擎人员仍旧聚在一起，"奶奶说，"马达班氏族。如果别人说你奇怪，那就是因为他们还记得这回事，或许在害怕我们。这是你继承的遗产——曾经遨游于天空，也将回归天空的那些战士的遗产。听吧。"

随着那种声音逐渐消失，无论我以为自己听到了什么，我发出一声舒心的长叹，接着睁开眼睛，在瞬间惊愕不已：我回到了屋顶上，被火成岩洞穴的红光所包围。

"我们维修引擎，"我说，"还有让飞船前进？这跟成为战士有什么关系？负责使用武器不是更好吗？"

"只有傻瓜才觉得武器比战略和飞行动作更重要！"奶奶说，"明天让我再跟你讲讲孙子，那位古往今来最伟大的将军。他教导过我们，赢得战争的关键是部署和准备，不是刀枪剑戟。孙子是个伟人。要知道，他是你的祖先。"

"我更喜欢成吉思汗。"我说。

"他是个暴君兼怪物，"奶奶说，"不过没错，成吉思汗的一生有很多可以学习的地方。但我跟你讲过布狄卡女王，那个反抗罗马人的无畏挑战者吗？她是你的——"

"祖先？"母亲说着，顺着屋外的梯子爬了上来，"她是英国凯尔特人，贝奥武夫是瑞典人，成吉思汗是蒙古人，而孙子是中国人。他们全都是我女儿的祖先？"

"我们继承了旧地球的一切！"奶奶说，"你，斯潘莎，是可以追溯到千年前的战士血脉中的一员，是旧地球和它最优秀的血统的真正继承人。"

母亲翻了个白眼。她拥有我缺少的一切：高大、美丽、冷静。她注意到了那些老鼠，但她随即交叠双臂，看着我。"她也许流着战士的血，但她今天上课已经迟到了。"

"她正在上课，"奶奶说，"一堂重要的课。"

我站起身，用抹布擦了擦手。我知道贝奥武夫是怎么面对怪物和恶龙的……但他是怎么在该上学的日子面对自己的母亲的？最后，我含糊地耸了耸肩。

母亲瞥了我一眼。"要知道，他死了。"她说，"贝奥武夫是在和那条龙战斗的时候死去的。"

"他一直战斗到耗尽最后一丝力气！"奶奶说，"他击败了那头巨兽，虽然代价是他自己的性命。而且他为自己的同胞带来了无数和平而繁荣的日子！所有伟大的战士都会为和平而战，斯潘莎，记住这点。"

"最起码，"母亲说，"他们会为讽刺而战。"她又瞥了一眼那些老鼠。"谢了。不过你该走了，你明天不是还有飞行员考试吗？"

"我已经做好考试的准备了，"我说，"今天上课的内容只是我不需要知道的事。"

母亲朝我投来毫不动摇的目光。所有伟大的战士都能承认自己的落败，于是我给了奶奶一个拥抱，低声说："谢谢你。"

"战士的灵魂。"奶奶低声回答，"记住你的练习。聆听群星的声音。"

我笑了笑，迅速洗漱收拾，前去参加将会是最后一天的课程，至少我希望如此。

2

"市民阿尔弗，能请你告诉我们，环卫兵团每天做的都是些什么吗？"我们工作研究课的讲师维耶尔太太朝站在教室前方的那个男人鼓励地点点头。

市民阿尔弗和我想象中的环卫工人不太一样。尽管他穿着环卫连衣裤，戴着橡胶手套，外表却相当英俊：方方正正的下巴，健壮有力的双臂，胸毛从他的紧身连衣裤的领口探出。

我几乎能把他想象成贝奥武夫，直到他开口为止。

"噢，我们主要负责处理下水系统里的淤塞，"他说，"我们所说的'黑水'大部分是人类排泄物，我们会进行清理，让它回流到古代设备那里，后者会对其回收加工，并分离出水和有用的矿物质。"

"听起来太适合你了，"黛安朝我凑近身子，轻声道，"清理排泄物？比当懦夫的女儿要好多了。"

不幸的是，我不能揍她。除了她是维耶尔太太的女儿以外，我已经因为打架而被警告了。再有一条不良记录，我就会失去参加考试的资格，而这真的很蠢。他们难道不希望飞行员擅长搏斗吗？

我们坐在一个小房间的地板上。今天我们没有桌子可用，那些桌子都被另一位讲师征用了。我觉得自己就像个年方四岁、正在读故事书的小孩子。

"听起来也许并不光辉灿烂，"阿尔弗说，"但没有环卫兵团，我们就都没水可用。如果没东西可喝，飞行员就没法驾驶。在某种程度上，我们做的是洞穴里最重要的工作。"

虽然有些讲座给我的印象不错，但我已经听得够多了。这个星期的早些时候，通风兵团的工人也说过他们的工作是最重要的，就像昨天建筑工人们说过的那样，就像锻造工人、清洁人员和厨师们说过的那样。

他们的演讲一模一样，表达的都是"我们都是对抗克雷尔人的这台机器里的重要零件"这件事。

"洞穴里的每一种工作都是维持我们生存的那台机器的必要零件。"仿佛在应和我的想法那样，阿尔弗说，"我们不可能全都成为飞行员，但没有哪份工作比另一份更重要。"

他接着就该讲"认清你的位置"和"听从命令"之类的话了。

"想要加入我们，你们必须能够听从指示，"那人说，"你们必须乐于完成自己的工作，无论它看起来有多么不起眼。记住，服从就是挑战。"

我明白他的意思，也在某种程度上赞同他。如果没有水、食物或者卫生设备，飞行员是战斗不了多久的。

但从事那样的工作，感觉仍然像是妥协。火花何在？热情何存？我们应该是挑战者，我们是战士。

市民阿尔弗结束演讲时，全班礼貌地鼓起了掌。在窗外，更多的工人正在那些拥有笔直几何形状的雕像下列队行进。有时候，我们比起战争的机器，反而更像是用来计算每次轮班有多长的钟表。

学生们起身去休息，而我趁着黛安说出下一句俏皮话之前大步走开。那女孩一整个星期都在想方设法让我惹上麻烦。

我选择接近屋子后部的某个学生，那是一个瘦削的红发男孩。讲座结束的那一刻，他立刻打开了一本书，开始阅读。

"罗奇，"我说，"利格马洛！"

他的昵称让他抬起头来。那是我们为他挑选的呼号，让他可以在当上飞行员以后使用。"斯潘莎！你什么时候来的？"

"讲座到一半的时候。你没看到我进来？"

"我那时候正在脑子里回顾飞行原理图。见鬼，只剩一天了，你就不紧张吗？"

"我当然不紧张。我干吗要紧张？我已经全记下来了。"

"我可不确定自己记住了。"罗奇把目光转回课本。

"你在说笑吧？你简直无所不知，利格。"

"也许你应该叫我罗奇。我是说，我们还没有赢得呼号呢。我们得先通过考试才行。"

"我们完全没问题。"

"可万一我的学习材料有错呢？"

"五种基本的转向动作？"

"翻转之字行进，"他立刻说，"奥斯隆式筋斗，双重滑步，翼上旋转，还有印班式转向。"

"挑战军[1]对不同动作的重力警告阈值是？"

"爬升或倾斜转弯时10G，前进时15G，俯冲时4G。"

"波科截击机的助推器类型是？"

"哪种设计？"

"现有设计。"

"A-19。是啊，我知道，斯潘莎。可万一这些题目考试的时候都没出现呢？万一考的是我们没学过的东西呢？"

听到他的话，我产生了那么一丁点迟疑。尽管我们做过模拟试题，飞行员考试的实际内容却年年在变。关于助推器、战斗机部件和机动飞行的考题每次都有，但严格来说，我们在学校学过的任何内容都可能考到。

1　下文提到的"挑战者防卫军"的简称。

我漏了很多堂课，但我知道自己不需要担心。贝奥武夫就不会担心。自信是英雄主义的灵魂。

　　"我会拿下高分的，利格。"我说，"我和你，我们会成为挑战者防卫军最棒的飞行员。我们的战斗那么精彩，甚至会让克雷尔人朝天悲叹，为我们的出现而绝望痛哭！就像火葬柴堆的烟柱会朝天升起。"

　　利格歪了歪头。

　　"有点夸张了？"我问。

　　"你是怎么想到这些东西的？"

　　"听起来就像是贝奥武夫会说的话。"

　　罗奇又埋头学习起来，我或许应该加入他。但我已经受够了学习，受够了把东西塞进脑子。我希望挑战能立刻到来。

　　不幸的是，我们今天还有一个讲座要听。我听着另外几十个学生的低声交谈，却没心情去忍受他们的愚蠢。我不自觉地像笼中困兽那样踱起步子，直到我注意到维耶尔太太和那个叫阿尔弗的环卫工朝我走来。

　　她穿着亮绿色的裙子，但她衬衫上银亮的学员徽章才是她成就的真正证明。这意味着她通过了飞行员考试。她肯定是在飞行学校被淘汰了，否则她会得到金色徽章，但淘汰并不罕见。在火成岩洞穴，就连学员徽章也象征着伟大的成就。维耶尔太太在申请服装和食物的时候享有特权。

　　她作为老师不算坏，她对待我的态度和对待其他学生没什么分别，而且她甚至很少怒视我。我有点喜欢她，虽然她女儿根本就是纯粹黑暗的造物，唯一的价值就是被人杀掉，然后拿尸体去做药。

　　"斯潘莎，"维耶尔太太说，"市民阿尔弗有话想跟你说。"

　　我为有关父亲的问题做好了心理准备。每个人都想打听他的事。作为懦夫之女的生活是什么样子？我是不是想要逃避？我考虑过改姓吗？人们总觉得他们问这种问题是在表示同情。

　　"我听说，"阿尔弗说，"你很擅长探险。"

　　我原本张嘴想要反驳，却把那句话咽回肚里。什么？

"你会去洞窟，"他续道，"狩猎？"

"呃，是啊，"我说，"猎老鼠。"

"我们需要你这样的人。"阿尔弗说。

"去做环卫工作？"

"我们保养的许多机器分布于遥远的洞穴里。我们会长途跋涉前往那儿，而这种旅途需要足够坚强的人。如果你想要工作，我可以给你。"

一份工作？在环卫兵团？

"我要成为飞行员。"我脱口而出。

"飞行员考试很难，"阿尔弗说着，瞥了一眼我们的老师，"通过的人不多。而我可以担保你能跟我们共事。你确定不考虑一下吗？"

"不了，谢谢。"

阿尔弗耸耸肩，转身离开。维耶尔太太端详了我片刻，然后摇摇头，迎接下一位演讲者去了。

我退到墙边，交叠双臂。维耶尔太太知道我想当飞行员，她为什么觉得我会接受这种机会？如果她没把我的事告诉阿尔弗，阿尔弗也不可能知道这些，所以这究竟是怎么回事？

"他们不会让你当飞行员的。"有个声音在我身边说。

我转过头，这才发现自己碰巧走到了黛安身边。那个黑发女孩坐在地板上，靠着墙壁。她为什么不去跟别人聊天？

"他们没得选，"我对她说，"谁都可以接受飞行员考试。"

"谁都可以接受，"黛安说，"但他们能决定过关的人，而且并不永远公平。首席公民们的孩子是直接通过的。"

我瞥了一眼墙上那张首席公民们的画像，这种画像每间教室都有。而且没错，我知道他们的孩子不用考试就能进入飞行学校。这是他们应得的，毕竟他们的父母参与了"阿尔塔之战"。

严格来说，父亲也一样，但我不指望这点能对我有所帮助。而任何人都会告诉我，只要在考试中表现优异，无论地位如何，任何人都能进入飞行学校。挑战者防卫军——挑战军——不在乎你是谁，只要你能驾驶战机就行。

"我知道他们不会把我算成首席公民的女儿，"我说，"但只要我能通过考试，就能入学，就像其他人那样。"

"问题就在这儿，笨蛋。你无论如何都没法过关的。我昨晚听我父母说起了这事。铁甲上将下令禁止你通过。你该不会真以为他们会让追击者的女儿当上挑战军飞行员吧？"

"骗子。"愤怒让我脸颊发冷。她又在挑衅我，想要惹我发脾气。

黛安耸耸肩。"走着瞧吧。这对我来说无所谓，父亲已经给我找到了一份行政兵团的工作。"

我犹豫起来。这不像她平时的侮辱，没有恶毒的人身攻击，也没有让她乐在其中的嘲讽。她……她好像真的不在乎我相不相信。

我大步穿过房间，走向正在和来自藻桶兵团的新演讲者说话的维耶尔太太。

"我们得谈谈。"我告诉她。

"稍等一下，斯潘莎。"

我站在那儿，交叠双臂，故意干扰她们的谈话，最后维耶尔太太叹了口气，把我拉到旁边。"怎么了，孩子？"她问，"你考虑接受市民阿尔弗的好意了？"

"上将本人下令禁止让我通过飞行员考试了吗？"

维耶尔太太眯起眼睛，然后转头看向她女儿。

"是真的吗？"我问。

"斯潘莎，"维耶尔太太说着，转回目光，"你一定要明白，这事非常敏感。你父亲的名声——"

"是真的吗？"

维耶尔太太的嘴唇抿成了一条线，但没有答话。

"也就是说，那些都是谎话？"我问，"所谓的平等、所谓的只看重技术、所谓的找到适合你的位置发挥本领，都是谎话？"

"这事很复杂。"维耶尔太太答道。她压低了嗓音，又说："你瞧，不如你别去参加明天的考试，免得让大家尴尬，好不好？你到时候来找我，我们可以谈谈你的出路。如果你不喜欢环卫，那地面部队怎么样？"

"就为了一整天站着放哨？"我说着，抬高了嗓门，"我需要飞翔，我需要证明自己！"

维耶尔太太叹了口气，然后摇摇头。"抱歉，斯潘莎，但这是不可能的。要是你年纪还小的时候，某位老师鼓起勇气劝你打消那个念头，那该有多好。"

在那个瞬间，我周围的一切都分崩离析。用白日梦编织的未来，逃离可笑人生的手段只是精心安排的幻想。

谎言，我曾经怀疑过的谎言。他们当然不会允许我通过考试，他们当然不会允许我飞翔，因为这会让他们无比难堪。

我想发火，我想揍人，我想要砸坏东西，想要不断尖叫，直到肺都开始流血。

可我却大步离开了房间，远离带着嘲笑眼神的其他学生。

3

我在寂静的洞穴里寻求逃避。我不敢回到母亲和奶奶身边。不用说，母亲会很高兴。她因为克雷尔人而失去了丈夫，又极度担心我会遭受同样的命运。至于奶奶……她会让我去战斗。但要和什么战斗？军队本身都不想要我。

我觉得自己像个傻瓜。我自始至终都觉得自己能成为飞行员，而事实上，我没有丝毫机会。这些年来，我的老师们肯定在背后嘲笑过我很多次了。

在我探索过的区域外围，离火成岩洞穴有数小时路程的地方，我步行穿过了一座陌生的洞穴。困窘和愤怒的感觉仍然纠缠着我。

我真是个大傻瓜。

我来到一片地下峭壁的边缘，跪在地上，用两根手指轻敲掌心，激活了父亲的光索，而手镯能感应到那个动作，它的光芒更明亮了。奶奶说这些是我们带到岩屑星上的，说这些是旧人类太空舰队的探险家和战士使用的装备。我本不该拥有它的，但每个人都以为它在我父亲坠机时毁掉了。

我把手腕贴着峭壁的石面，手指再次轻敲手掌。这道指令让一条能量索贴上石头，将手镯和那块石头相连。

我三指轻敲，将能量索放得更长。只要抓住能量索，我就能爬过岩架，降到峭壁底部。着陆以后，我两指轻敲，让能量索脱离上方的岩石，然后迅速收回手镯的外壳里。我不知道它的运作原理，只知道我需要每隔一两个月给它充电：我会偷偷把它接上洞穴里的输电线。

我悄然钻进一座长满库尔迪蘑菇的洞穴。它们的味道很差，但还算可以食用，而且老鼠很爱吃。这儿会是绝佳的狩猎场。于是我关掉了照明，竖起耳朵，坐下等待。

我从未害怕过黑暗，它让我想起了奶奶教我的那种朝歌唱的群星飘浮而去的练习。如果你是战士，就不可能害怕黑暗。而我就是战士。

我曾经……曾经想要……想要成为飞行员……

我抬起头来，试图赶走那些失落感。我的身体反而飞翔起来，飞向群星。而我再次仿佛听到某种东西在呼唤我，就像是远处的长笛声。

近处的刮擦声将我拉回现实，那是老鼠爪子刮过石头的声音。我抬起矛枪，熟悉的动作引导着我的身体，而光索射出了那么一丁点光线。

那只老鼠在恐慌中转向了我。我的手指在扳机上颤抖，但我没有开枪，任由它匆忙爬走。这又有什么意义？我真的要装作什么都没发生，就这样继续生活吗？

通常来说，探险能为我赶走烦恼。今天烦恼却不断入侵，仿佛鞋子里的一颗小石子。还记得吗？还记得你刚刚被夺走的梦想吗？

我感觉就像回到了父亲刚刚死去的那段日子。那时的每一个瞬间、每一件东西、每一个字眼都会让我想起他，想起突然出现在心里的空洞。

我叹了口气，把光索的一头接在长矛上，命令它粘住碰触到的下一件东西。我瞄准另一座峭壁的顶端，扣下扳机，将没有重量的发光绳索固定在那儿。我爬了上去，矛枪在背上的皮带里咔嗒作响。

儿时的我曾经想象父亲在坠机中幸存下来，想象他被关押在那些没有尽头的未知隧道里。我想象自己亲手解救他，就像奶奶故事里的角色那样——吉尔伽美什、圣女贞德，抑或是格雷斯托克的泰山[1]。英雄。

洞穴轻轻摇晃，仿佛在发怒，而灰尘也从洞顶纷纷落下。有东西撞上了地表。

离得好近，我心想。我爬到这么远的地方了吗？我拿出了自己的手绘地图簿。我出来探险已经有好一会儿了，至少几个钟头。我在几座洞穴前打过一个盹儿……

我确认了光索上的时钟。夜晚来了又去，眼下已经接近考试当天的正午，而考试会在傍晚开始。也许我该原路返回了。如果我没去参加考试，妈妈和奶奶会担心的。

让考试见鬼去吧，我在心里说着，不禁想象自己被拒之门外时会有多么愤慨。于是我钻进上方某条狭窄的缝隙，进入了另一条隧道。在这种地方，我的体形难得具有优势。

另一次冲击动摇了洞穴。有这么多残骸正在坠落的情况下，爬到地表肯定是愚蠢的做法。我不在乎，我现在无所畏惧。某种东西在驱使我向前，我不仅感觉到，而且能听到。我不断攀登，直到最终抵达洞顶的一道裂缝那里。光芒照射进来，但那是枯燥而均匀的白光，不是橘黄的。凉爽干燥的空气也吹了进来，而这是个好兆头。我首先把背包推了过去，然后扭身钻进裂缝，来到光芒下。

地表。我抬起头，再次看到了天空——它每次都会令我无法呼吸。

远处的一盏天光照亮了地表的一片区域，但我的大半个身体仍然笼罩在影子里。如雨点般坠落的残骸在我头顶的空中闪闪发亮。那些闪亮的线条就像劈砍的痕迹。一队三架侦察用的星际战机飞过那儿，观察着。坠落的残骸往往是飞船碎片或者其他太空垃圾，这类回收物可能会相当值钱，不过它会让我们的雷达陷入混乱，也能掩盖克雷尔人入侵的迹象。

我站在蓝灰色的尘埃里，任由对天空的敬畏流过身体，体验着被

1　1912年出版的美国小说《人猿泰山》里的主角，该作曾多次被改编成电影。

风吹拂脸颊的奇特感受。我上来的位置靠近阿尔塔基地，而它就在视野中的稍远处，或许步行三十分钟左右就能抵达。既然克雷尔人已经清楚我们的位置，隐藏基地也就失去了意义，所以它便从隐藏式地堡扩张成了数座大型建筑物，并配备了围墙、防空炮，以及保护它不受残骸破坏的隐形护盾。

在那道墙外，几群人正在打理一小片树木和田地，这件事始终令我难以理解。他们究竟想在那儿做什么？在这种满是尘埃的地面上种植食物？

我没敢靠近，那些守卫会把我当成来自远方洞穴的拾荒者。但绿意盎然的田地与基地的坚固围墙仍然给人以深刻的印象。阿尔塔基地是象征我们决心的一块丰碑。整整三个世代里，人类在这颗行星上过着老鼠和游牧民那样的生活，但我们不会再躲藏了。

那队战机朝阿尔塔基地迅速飞去，而我朝着它们迈出一步。着眼于更高的目标吧，父亲这么说过，更宏大的目标……

可那种目标又给我带来了什么？

我挎上背包和矛枪，朝另一个方向走去。我去过附近的一条通道，而我觉得只要再探索一会儿，就能将我绘制的某几张地图联系起来。不幸的是，当我到达那儿的时候，发现通道入口已经彻底坍塌了。

某种太空残骸在不远处撞上地表，扬起一阵尘埃。我抬起头，看到几块较小的残骸在空中俯冲而下，那是燃烧的金属块……

径直朝我飞来。

见鬼！

我朝着来时的方向狂奔。

不！不不不不不！空气隆隆作响，而我能感觉到逐渐逼近的残骸的热度。

那儿！我发现了地表的某个狭小的洞穴开口，那儿半是裂缝，半是洞口。我全速冲向那边，然后猛然刹住脚步，让身体滑入开口。

我的身后传来震耳欲聋的碰撞声，整颗行星都仿佛为之震颤。在坠入翻涌的混沌时，我慌乱地启动了光索，手掌拍在岩石上。光索将我与岩壁相连，猛地拽住我的身体，石片和卵石从我身旁飞过。

然后，一切归于寂静。我连连眨眼，赶走眼睛里的灰尘，发现自己被光索悬吊在一座小型洞穴的中央，离地约有十米或是十五米高。我不知在哪儿弄丢了背包，手臂也刮破了不少地方。

真棒，太棒了，斯潘莎。这就是乱发脾气的下场。我呻吟起来，脑袋抽痛不止。我用手指轻敲手掌，放长光索，将身体降到地面。我一屁股坐在地上，连连喘息。又一阵撞击声在远处响起，但次数有所减少。

最后，我摇摇晃晃地站起身来，拍掉灰尘。我发现背包的带子从附近的一堆碎石中探出。我把它拽了出来，确认了里面的水壶和地图，它们似乎没有损坏。

矛枪就是另一回事了。我找到了枪柄，但其他部分踪影全无，大概是埋在那堆碎石里面了。

我无力地靠向一块石头，坐了下来。我早就明白不该在残骸雨期间爬上地表。这根本是我自找的。

附近传来一阵抓挠声。老鼠？我立刻端起枪柄，但随即觉得自己更蠢了。我还是强迫自己站起身，把背包挎上肩头，又增加了手镯的亮度。一道影子悄然溜走，而我用有些蹒跚的步伐跟了上去，也许我能找到另一条出去的路。

我把手镯举到空中，照亮了这座洞窟。光芒从前方的某样东西反射回来，是金属？或许是某条水管？

我朝它走去，而我的大脑花了点时间才意识到自己看到了什么。在那儿，在洞穴的角落若隐若现，又被碎石环绕着的，是一艘飞船。

4

那是一架星际战机。

它相当老旧，设计对我来说完全陌生。它的翼展比挑战军的飞船要宽，形状像是个利落的"W"。在两侧剃刀般笔直的机翼中央，是个覆盖灰尘的旧驾驶舱。赋予星际战机上升力的上升环埋在飞船底部的碎石里，但从我能看到的部分来判断，它似乎完好无损。

有那么一瞬间，我忘掉了考试。飞船。

它在这儿待了多久，周围才会积聚这么多碎石和尘埃？一边机翼弯曲到几乎贴着地面，多半是由于洞穴塌方，后部助推器更是一团糟。

我从没见过这种型号，真是难以置信。我知道所有挑战军的飞船样式、所有克雷尔人的飞船样式，以及人类游牧氏族使用的漫游商船的样式。我甚至研究过我们在坠落于岩屑星后最初几十年里驾驶过的旧式飞船。

就算在梦里，我也对每一种飞船如数家珍，只凭记忆就能画出它们的轮廓。但我从没见过这种样式。我丢下背包，小心翼翼地爬上那只弯曲的机翼。我的手镯提供照明，而我的靴子刮下结块的灰尘，露出划痕累累的金属表面。这一侧的机身损坏得特别严重。

它是坠落在这儿的，我心想，*在很久以前。*

我爬到圆形的驾驶舱附近，它的玻璃舱罩明显完好无损——好吧，那也许是融合塑料做的。这艘飞船早在几个世代前就失去了自行开启舱罩的动力，但我在预想中的位置找到了手动解锁面板。我擦去灰尘，发现了一些英语字母，写的是：紧急座舱解锁。

这么说，这飞船是人类造的。那它肯定很有年头了，就像古代设备和碎石带一样。

我猛拽解锁拉杆，却只是徒劳，这东西卡住了。我双手叉腰，考虑强行闯入，但这样似乎很丢脸。这是件古董，是本该放在火成岩飞船博物馆的台座上的东西，用来颂扬过去的战士们。但座舱里没有骸骨，所以要么是飞行员逃脱了，要么就是年代太过久远，连骨头都化成灰了。

好吧，这事得细心点，我做得到。我细心到让人难以置信，差不多一向如此。

我把光索的一头连到解锁杆上，然后走过机身顶部，来到后部的碎石堆边，将光索的另一头贴在一块大石头上。这个动作让能量绳索彻底离开了手镯，而它也停止了发光。与动力源分离后，绳索还能运作一两个钟头，但在这段时间内会持续附着在物体上。

我躺倒下来，身体倚着机身，用脚踢开了那块石头。它朝碎石堆的下方滚去，但在听到驾驶舱那边传来一声"咔嗒"以后，我手指轻敲，分离了光索。能量索的两端松开，随后被吸回手镯内。

随后，我匆忙赶到那边，发现拉杆已经拉下，而古老的驾驶舱打开了一条缝。我以虔诚的动作抬起舱罩，灰尘从两边倾泻而下。驾驶舱内部看起来保存完好。事实上，当我钻进驾驶舱的时候，发现座椅硬邦邦的，但皮革没有开裂或腐烂。

控制装置很像，我这么想着，左手握住节流阀，右手按住控制球，手指放在上面的凹槽里。我在博物馆里坐过仿真驾驶舱，但从没乘坐过真正的飞船。

我把手伸进口袋，抚摸着父亲的徽章，那是我在前往隧道前从藏匿处取来的。我举起徽章，让它在手镯的光线里闪闪发亮。父亲坐在驾驶舱里的时候，体会到的就是如此舒适而自在的感觉吗？如果他知道自己的女儿把时间花在猎捕老鼠上，又会怎么想？如果他知道她待在这座满是灰尘的洞穴里，而不是坐在考场里接受飞行员考试，又会怎么想？

如果他知道她在战斗和退缩中，选择了退缩呢？

"我没有退缩！"我说，"我没有逃跑！"

或者说……好吧，我退缩了。可我还能怎么做？我没法和整个体制对抗。如果挑战军的首脑铁甲将军本人不想接纳我，我根本无能为力。

愤怒涌过我的身体。沮丧，还有憎恨，憎恨挑战军，因为他们对待我父亲的方式；憎恨我的母亲和老师；憎恨每个对真相心知肚明，却让我继续做梦的成年人。

我闭上眼睛，几乎能感觉到飞船助推器在我身后产生的推力，几乎能感觉到自己转向时重力的牵引，还有从上层大气抽出并注入驾驶舱的清新空气的味道。

我无比渴望体会那种感觉。但等我睁开眼睛以后，我又回到了那艘满是灰尘的破旧古董飞船里。我永远无法飞翔，他们会把我拒之门外。

仿佛耳语的声音在我的脑海深处响起。

如果这就是考试呢？

如果……如果他们是想确认我的反应呢？见鬼，如果维耶尔太太是在说谎呢？如果我的逃跑毫无意义——或者更糟，如果我只是在证明自己是个懦夫，就像所有人对我父亲的指控那样呢？

我咒骂了一声，确认了光索手镯上的时钟。四个钟头，离考试还有四个钟头。可我已经游荡了几乎一整天，我不可能来得及赶回火成岩洞穴。可能吗？

"夺取群星吧，斯潘莎。"我说。

我必须试试看。

5

我冲进考场，就像一架让助推器过燃的战机。

我打断了某个身材高大、上了年纪、身穿白色将军制服的女人的讲话。她有一头长及下巴的银发，当我停在门口时，她对我皱起了眉头。她的双眼随即转向挂在墙上的时钟。

第二根指针伴随嘀嗒声转过了最后一格。时间刚好到了1800[1]。

我赶上了，身上大汗淋漓。和那块太空残骸擦身而过，让我的连衣裤破破烂烂、沾满灰尘，但我赶上了。

房间里没有人说话，这儿是火成岩洞穴中央的政府大楼，靠近通向地表的电梯。房间里满是书桌，这儿起码有一百个孩子。我没想到挑战者洞穴群有这么多十七岁的孩子，而且坐在这里的还只是想参加飞行员考试的那些孩子。

1　军队式计时法，等于十八点整，后同。

那一刻，他们每个人都在盯着我。

我抬高下巴，试图装作一切正常。不幸的是，我能找到的空余的书桌，就只有银发女人面前的那一张。

我认识她吗？那张脸……

见鬼。

那可不是随便哪个少将，那是朱迪·伊凡斯，"铁甲"本人。她是首席公民和挑战军首脑，所以我在成百上千的画像和雕像上见过她的脸。她基本上是全世界最重要的人物。

我用略显蹒跚的步伐走了过去，坐在她面前，努力掩饰自己的尴尬和痛楚。在一路飞奔、穿过洞穴和隧道的过程中，我多次使用光索近乎疯狂地下落。疲劳让我的肌肉发出抗议，而我坐下的同时，右腿就抽筋了。

我皱着脸把背包放到座位旁边的地上。某个副官匆忙拾起它，拿到房间的另一边，毕竟考生能留在桌上的只有一支铅笔。

我闭上双眼，但听到附近传来的清晰话声时，我又睁开了眼睛。"噢，感谢母星。"利格？我往那边瞥了一眼，发现他坐在相隔几排座位的地方。他多半是早到了三个钟头，然后把全部时间都用来担心我会迟到，虽然毫无必要。我至少早到了半秒钟呢。我朝他眨眨眼，然后重新把精力放在压抑惨叫上。

"就像我刚才说的，"上将续道，"我们为你们骄傲。你们的努力和准备早已证明，你们是挑战军有史以来最优秀、最有前途的一代。你们是继承地表的一代，你们会在对抗克雷尔人的全新时代中引领我们。

"请记住，这场考试不是为了证明价值。你们都有价值。要让仅仅一队飞行员上战场，我们需要数百名技术员、机修工，以及其他后勤人员。在我们这场对生存的伟大追求中，就连卑微的藻桶工人都是参与者。战机的推进器或者机翼不该轻视固定它的螺栓。

"并非所有都能通过考试，但只是选择来到这儿，就没有辜负我对你们的莫大期待。对那些通过的人，我期待监督你们的训练。我本人对学员很有兴趣。"

我皱起眉头。她看起来那么冷酷，对我们那么漠不关心。她当然不在乎我，无论我父亲有多么臭名昭著。

副官们匆忙分发试卷的时候，铁甲走到房间侧面，来到几个身穿闪亮制服的上校身旁。有个戴眼镜的矮个子男人低声对她说了些什么，然后指了指我。铁甲转过身，再次看向我，嘴角明显耷拉下来。

哦，不。

我看向考场的另一堵墙壁，包括维耶尔太太在内的几位老师都在那里看着。她看到了我，然后摇摇头，仿佛很失望。可……我……以为我明白了，他们只是想确认我是不是真正的挑战者，对吧？

有个副官故意抽出试卷堆最底下的那一张放到我的桌上。我犹豫着在口袋里摸索铅笔，找到的却只有父亲的徽章。我听到旁边传来嘘声，于是转头看向利格，他丢了一支用铅笔给我。

我用口型说了句"谢谢"，打开试卷，看向第一个问题。

1．以对应产品为例，说明十四种在培养桶内生长的藻
类以及它们各自的营养价值。

我的心沉了下去。关于藻类的考题？的确，考试经常会加入和学校课程相关的随机问题，但……藻类？我翻到了下一页。

2．说明藻类的最佳生长所需的确切条件，包括但不限
于温度、水纯度和培养桶的深度。

下一题是下水道的处理方式，后面那道题也一样。当我意识到全部五十页都是关于藻桶、下水道或者通风部门的问题时，我的脸开始发冷。那些是我在狩猎时错过的课程。我会上下午的体育和历史课，但我没时间学会所有东西。

我再次看向维耶尔太太，但她避开了我的目光，于是我探出身子，偷偷看了一眼达拉·米比姆的试卷。她卷子上的那道考题与我的完全不同。

1. 举出五种能在近距离追击时回避克雷尔人飞船的飞行动作。

小半径筋斗、滚转双剪、奥斯隆式筋斗、翻转后退，以及倾斜转向翻滚。具体取决于敌人离得多近、战场的特点，以及僚机的状况。我倾斜身体，确认了另一个人的考卷。我看到了几个数字，外加"助推器"和"节流阀"之类的词语，是关于加速和重力的问题。

某个副官开口了，声音响亮到房间里的大多数人都能听到。"请注意，和你们座位相邻的任何人都不会拿到相同的考卷，所以作弊不但会受到驱逐的惩罚，而且毫无意义。"

我无力地坐回座位上，怒气在我体内沸腾。真是彻头彻尾的垃圾。他们特意为我准备了试卷，里面还全是他们明知我不可能答对的题目？

正当我生闷气的时候，几个学生站了起来，走到考场前部。他们不可能这么快答完考题，对吧？其中一个把试卷递给了上将，他是个棕色皮肤、高大健壮、黑色鬈发、长相令我厌恶的年轻人。从我所坐的位置能看到考卷上除了他的名字其他全是空白的。他亮出了一枚金蓝相间的特制徽章，那是参加过阿尔塔之战的飞行员徽章。

首席公民的孩子，我心想。他们所要做的就是露个脸，填好名字，然后就能自动得到飞行学校的入学资格。今天他们共有六人，每人都能轻松得到本该属于更用功的那些学生的席位。

六人一个接一个地离开，而上将把他们没写完的试卷放在前方墙壁边的一张桌子上。他们的分数无关紧要，就像我的分数那样。

我想起了黛安的话：你该不会真以为他们会让追击者的女儿当上挑战军飞行员吧？

但我还是努力了。我愤怒地在我愚蠢的试卷上留下潦草的笔迹，我把铅笔握得太紧，以至于折断了笔尖，只好找人换了一支。试卷上的每一个问题都像是为了摧毁我的意志而存在的：藻类培养桶、通风装置、下水道。我本该属于那些地方。

懦夫的女儿，我们没把她扔进藻桶就算她走运了。

我写了好几个钟头，各种情绪在我心中像战机那样缠斗：愤怒对抗幼稚的期待，沮丧对抗希望，醒悟击落乐观。

14．如果你认为你的同事污染了一桶藻类，请说明正确的处理步骤。

我尽可能解答了每一道题目，但对于超过三分之二的问题，我的答案都可以归结为："我不知道。我会去问知道的人。"这么回答让我很受伤，就好像是在证明自己的无能一样。

但我不会放弃。终于，铃声响起，标志着五小时的考试时间结束了。某个副官从我手中抽走了试卷，而我无力地瘫坐在椅子上，看着她走开。

不。

铁甲上将回来了。毕竟考试已经结束，她正在和一小群身穿制服和裙子的人说话，那些人不是首席公民，就是国民议会的成员。铁甲以严厉却公平而闻名。

我站起身，走到她面前，摸索口袋，攥住了父亲的徽章。我毕恭毕敬地等待着，而学生们陆续离开考场，去参加考试后的聚会：他们会和已经选定其他职业的学生们碰头，后者一整天都在申请职位和接受安排。那些参加了考试却没能通过的人，会在这周晚些时候接受第二次遴选。

但在今晚，所有人都会一起庆祝，无论是未来的飞行员还是未来的清洁工。

终于，铁甲看向了我。

我拿起父亲的徽章。"长官，"我说，"作为参与过阿尔塔之战的飞行员的女儿，我想请求进入飞行学校的许可。"

她上下打量着我，注意到了撕破的袖子、脏兮兮的脸，还有我手臂上干涸的血迹。她从我手中拿起徽章，而我屏住了呼吸。

"你真的觉得，"她说，"我会接受叛徒的徽章？"

我的心沉了下去。

"你甚至不该拥有这东西，孩子。"她说，"它应该在你父亲坠机的时候被毁了吧？你是偷了别人的徽章吗？"

"长官，"我说着，绷紧了嗓子，"它没有跟着我父亲一起坠毁。他在最后一次飞行之前给了我。"

铁甲上将转过身去，准备离开。

"长官？"我说，"拜托。拜托，给我一次机会就好。"

她犹豫起来，我以为她在考虑，但她随即朝我俯下身，耳语道："孩子，你知道你会为我们的公关工作带来多可怕的噩梦吗？如果我让你入学，然后发现你是和他一样的懦夫……噢，在这颗星球上，我是不会允许你坐进驾驶舱的。我们光是让你走进这栋大楼，你就该庆幸了。"

那种感觉就像被扇了一耳光。我缩起身子。这个女人再次转身离开，她是我崇拜的英雄之一。

我抓住她的胳膊，附近的好几个副官轻声吸了口凉气，但我没有松手。

"我的徽章还在你那儿，"我说，"那些徽章属于飞行员和他们的家人。传统——"

"真正的飞行员徽章属于他们的家人，"她说，"但懦夫的除外。"她以惊人的力道挣脱了我的手。

我本想攻击她的，差点就动手了。热意在我体内升腾，而我的脸也开始发冷。

在我有所行动之前，一对手臂从身后抓住了我。"斯苹？"利格说，"斯潘莎！你在做什么？"

"她偷走了它，她拿走了我父亲的……"随着上将和她那群跟班走出考场，我的声音也越来越小。接着，我倒进了利格的怀里。

"斯潘莎？"利格说，"我们去参加聚会吧，我们可以在那儿谈谈这件事。你觉得自己考得怎么样？我觉得……我觉得我考得很差。斯潘莎？"

我抽身退开，步履沉重地回到我的书桌边，突然感觉疲惫到站不稳脚跟。

"斯苹？"他问。

"你去参加聚会吧，利格。"我低声说。

"可——"

"别管我了，拜托。只要……让我自个儿待着就好。"

每次我变成这样，他都会不知所措，于是他徘徊了一阵子，最后离开了。

而我独自坐在考场里。

6

几个钟头过去了。

我先前的愤怒像岩浆那样滚烫。如今我感受到的只有冰冷、麻木。

聚会的回音从大楼的另一片区域飘来。

我觉得精疲力竭，觉得自己很蠢，而最强烈的情绪是……空虚。我是不是应该在狂怒中折断铅笔，再掀翻桌子？叫嚷着要向我的敌人、向他们的子子孙孙复仇？做出典型的斯潘莎行为？

可我只是坐在那儿，瞪大眼睛，直到聚会的声响逐渐平息。最后，有个副官看了看考场。"呃，你该离开了。"

我没有动。

"你确定你不打算走吗？"

他们得把我拖出去才行。我想象着那英勇而充满挑战精神的一幕，但那个副官似乎没那种打算。她关掉了灯，把我留在那儿，只有应急灯的橘红色光照亮房间。

最后，我站起身，走向墙边的那张桌子，铁甲或许碰巧留下了首席公民的孩子们交给她的试卷。我审视那堆卷子：每一张都只填了名字，别的问题的解答都是空白。

我拿起最顶上那张，也就是他们最先交出的那一张。姓名栏写着"约尔延·维特"，后面是一道问题：

1．举出为挑战者洞穴联盟作为岩屑星首个大型国家独立所奠定基础的四场重要战斗。

这道题很棘手，因为一般人多半会忘掉尤尼卡恩冲突，因为它很少被人提起。但在那场战斗中，羽翼未丰的挑战军初次启用了在火成岩洞穴秘密制造的第二代战机。我拖着脚步回到自己的书桌边，坐了下来，然后写上了答案。

我看向下一题，以及再下一题。这些题目出得很好，不是简单的罗列日期或者部件。其中有些关于战斗速度的数学题，但大部分都是关于目的、观点和个人爱好的问题。其中两道题让我很是纠结，不知该回答我认为考卷想要的答案，还是我认为真正正确的答案。

我两次都选了后者，反正谁还会在乎呢，对吧？快要写完答案的时候，我听到房间外面有人在说话。从他们对话的内容来判断，应该是清洁工。

我突然觉得自己很蠢。我是不是该放声尖叫，迫使某个倒霉的清洁工抓住我的头发，把我拖出去？我打输过架。你不可能每次搏斗都能获胜，而寡不敌众的时候，就算输了也并不可耻。我把注意力放回考卷上，用铅笔轻敲卷面，大半个身体坐在黑暗里，借着应急灯的光线努力解题。

有个疯狂的念头开始在我脑海中成形，而我在考卷背后画起了一艘 W 型飞船。挑战军最开始并不是正规军队，只是一群同样有着疯狂念头的梦想家，让古代设备运作，用坠落于这颗行星时幸存下来的图纸制造飞船。

他们打造了自己的飞船。

门开了，走廊的灯光照了进来。我听到了水桶放在门外地面上的声音，然后是两个人在抱怨聚会房间的纸屑。

"我马上就走。"我说着，给草图添上最后几笔。思考着，琢磨着，幻想着。

"你为什么还在这儿，孩子？"清洁工之一问，"你是不想参加聚会吗？"

"我没什么庆祝的心情。"

他"哼"了一声。"考得不好？"

"我只是发现考试结果并不重要。"我说。我看向他那边，但他背对着光线，看起来只是门口的一道黑影。"你有过……"我说，"你有过被迫变成现在这样的感受吗？"

"不。也许是我强迫自己变成现在这样的。"

我叹了口气。母亲肯定很担心我。我站起身，走向放着背包的墙边。

"你干吗那么想当飞行员？"那清洁工问。他的声音是不是有点耳熟？"那一行很危险，死掉的人很多。"

"只有不到百分之五十的飞行员在最初五年里遭到击落，"我说，"但他们没有全部死掉，有些弹射逃生了，另一些在坠落时保住了性命。"

"是啊。我知道。"

我愣了愣，然后皱起眉头，看向那道身影。我看不清他的脸，但有东西在他胸口闪闪发亮。勋章？还是飞行员徽章？我眯起眼睛，辨认出了挑战军夹克和休闲裤的轮廓。

这位可不是清洁工。我能听到刚才那两个人正在走廊里说笑。

我站直了些。那人缓缓走到我的书桌边，在应急灯的光线下，我发现他的年纪比我以为的更大，或许有五十来岁，留着一副花白的小胡子，他走路时明显一瘸一拐。他拿起我答完的试卷，翻阅起来。

"所以为什么？"最后，他问，"你干吗这么在乎？他们在试卷上根本没提那个最重要的问题。你为什么想当飞行员？"

为了证明自己，为了挽回父亲的名誉。这是我最先想到的答案，但另一个念头与它相持不下。那是父亲有时会吐露的念头，它埋藏在我心底，经常被复仇和救赎的想法掩盖。

"因为我想看天空。"我低声说。

那人"哼"了一声。"我们自称'挑战者'，"他说，"这是我们人民的中心思想，是我们拒绝退缩的真正理由。可每次有人挑战铁甲的权威，她都会表现得那么吃惊。"他摇摇头，放下了考卷。他把某样东西放在上面。

他转过身，蹒跚走开。

"等等，"我说，"你是谁？"

他在门口停了下来，外面的灯光将他的脸照得清晰了些，再加上那副小胡子，那双如此……苍老的眼睛。"我认识你父亲。"

等等。我的确听过那个声音。"混血犬？"我问，"那个声音是你。你过去是他的僚机！"

"那是上辈子的事了，"他说，"后天的0700，到 F 大楼的 C-14 房间来。亮出徽章就能入内。"

徽章？我回到桌边，发现放在我的考卷上面的是一枚学员徽章。

我一把拿起它。"但铁甲说过，她是不会允许我坐进驾驶舱的。"

"我来应付铁甲。这是我的班级，我在学生的人选上有最终决定权，就连她也没法否决。她的地位太高了。"

"地位太高？高到没法下命令？"

"这是军队规章。等你的地位高到能指挥舰队作战的时候，就不能再去干涉军需官是怎么开店的了。你会明白的。从这张考卷来看，你知道的东西很多，但你还是有些不知道的。你的第十七题答错了。"

"十七……"我迅速翻动试卷，"敌我悬殊问题？"

"正确答案是后撤并等待增援。"

"不，不是的。"

他绷紧身体，而我连忙咬住了舌头。我真的应该和给我学员徽章的人争论吗？

"我会让你飞上天空，"他说，"但他们不会让你轻松的，我也不会让你轻松的，不会对你公平。"

"有什么是公平的吗？"

他笑了。"死亡是公平的，它对我们一视同仁。0700，别迟到。"

标准挑战军飞船样式83LD（着陆纪元）

波科级

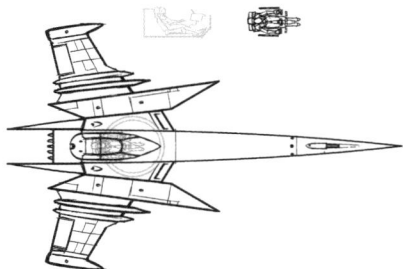
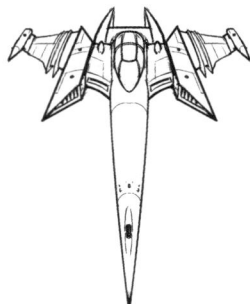

光矛炮塔

拉尔戈级

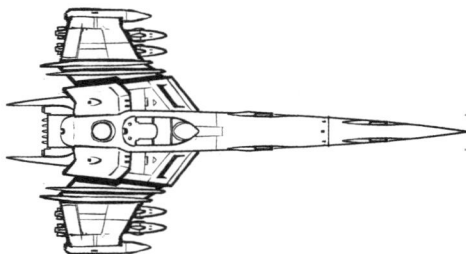
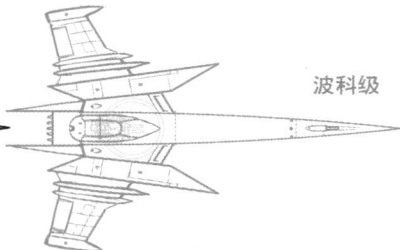

波科级

侦察机

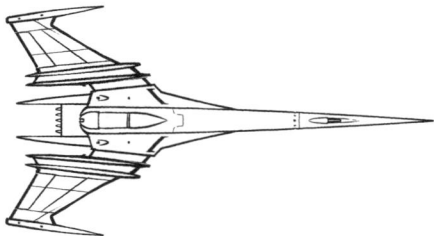
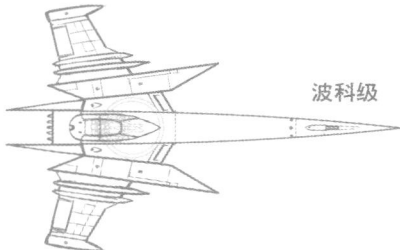

波科级

PART TWO

第二部分

7

电梯门打开，我眺望着那座本不该存在的城市。

阿尔塔首先是座军事基地，因此"城市"这个词有些夸大。但电梯出口距离基地足有两百米的距离。在两者之间的道路两侧，是店铺和住宅。这是一座名副其实的城镇，住户都是打理更远处那片绿地的固执农夫。

其他人纷纷离开的时候，我却在这座大型电梯里逗留不去。这象征着新生活的开始，象征着我一直以来梦想的人生。我站在那儿，背着装满衣服的背包，发现自己不知为何犹豫起来，母亲分别时的亲吻触感仿佛还留在我的额头上。

"噢，这肯定是你这辈子见过的最漂亮的东西，对吧？"有个声音从我身后传来。

我回头看去，发话者是个和我年岁相仿的女孩。她个子比我要高，棕褐色皮肤，留着黑色长鬈发。我之前在电梯里见过她，也注意到了她的学员徽章。她说话时带着一点点我没听到过的口音。

"我总觉得这不是真的。"她说，"你觉得会不会是他们跟我们开了个残酷的玩笑？"

"他们能从中得到什么战术优势？"我问她。那女孩挽住我的胳膊，动作有点太自来熟了。"我们能办到。只要深吸一口气，向天空伸出手，摘下一颗星星。圣徒是这么说的。"

我不知该怎么理解这种行为。人们通常把我当成贱民，他们不会挽住我的手臂。我太吃惊了，所以没有抵抗，就这么让她挽着我离开了电梯。我们进入了穿过城镇的宽阔走道，朝基地前进。

我更想跟罗奇一起来，但他们昨天深夜把他叫了去，询问关于他的考卷的事，然后我直到现在都没听说具体情况。希望他没有惹上麻烦。

没过多久，那女孩和我经过了一座喷泉。那可是真正的喷泉，和故事里提到的一样。我们同时停下脚步，目瞪口呆，而我从那女孩的手里抽走了胳膊。一部分的我很想生气，但她又显得那么真诚。

"这些水制造的音乐，"她说，"真是最美妙的声音了，不是吗？"

"最美妙的声音是敌人的悲叹，是他们以垂死而刺耳的声音朝天尖叫出我的名字。"

那女孩看着我，歪了歪头。"赞美你的群星。"

"抱歉，"我说，"这是故事里的台词。"我朝她伸出了手——最好和其他学员搞好关系。"我是呼号：斯苹。"

"金玛琳，"她说着，跟我握了手，"呃，我们已经可以有呼号了？"

"因为我成绩优异。你要去哪个房间报到？"

"嗯……"她摸索口袋，拿出了一张纸。

"C-14？ B学员队。"

"和我一样。"

"呼号……呼号……"金玛琳喃喃道，"我该取什么样的？"

"杀手？"我提议道，"后燃？不，或许有点太难理解了。碎肉者？"

"就不能取个不那么吓人的吗？"

"你会成为战士，你需要战士式的名字。"

"不是每件事都跟战争有关的！"

"呃，差不多真是这样，尤其是在飞行学校。"我皱起眉头，注意到了她的口音，"你是从哪儿来的？我猜不是火成岩。"

"我在丰饶洞穴出生长大！"她凑近身子，"我们这么叫它，虽然那儿其实长不出东西。"

"丰饶。"我说。那是靠近火成岩的一座洞穴，也是挑战者联盟的成员。"那是'安提俄克'号船员的氏族定居的地方，对吧？"

"对。我的曾祖母是助理军需官。"她看了看我，又说，"你说你的呼号是'斯苹'？你不是应该叫'悲叹'或者'吃敌人眼球'之类的吗？"

我耸耸肩。"我爸爸以前总叫我斯苹。"

这话让她露出了明亮的笑容。见鬼，他们让这个女孩入学，却把我拒之门外？挑战军究竟想干什么？组建编织俱乐部吗？

我们靠近了基地，那是墙壁环绕下的一组高大而朴素的建筑物。在墙内，农田被真正的果园取代。我在走道上停下脚步，发现自己再次目瞪口呆。我在远处见过这些树，但它们在近距离显得那么高大。差不多有三米高！在此之前，我最多只见过一朵高及我腰间的蘑菇。

"他们在阿尔塔之战以后种下了这些，"金玛琳说，"志愿来这儿工作的人肯定都很勇敢，因为他们得待在地表上，也容易受到克雷尔人的攻击。"她敬畏地抬头望天，而我不禁猜想，这恐怕是她第一次看到天空。

我们朝围墙开口处的哨卡靠近。我对那儿的卫兵亮出徽章，有些担心会遭受粗暴的对待，就像我进入火成岩洞穴的时候，阿卢科总会对我做的那样。然而，那位百无聊赖的卫兵只是在名单上找出了我们的名字，然后就摆手示意我们进去。考虑到我是初次正式进入阿尔塔基地，这场面实在有点寒酸。好吧，我很快就会变成大名人，让门前的守卫一看到我就立刻敬礼。

进入基地以后，我们和另外几名学员数起了建筑物。据我所知，通过考试的人大概有二十五个，被安排到了三支训练小队里。只有最最优秀的学员才能真正完成飞行学校的训练，并得到正规飞行员的岗位。

没过多久，金玛琳和我就来到一栋位于发射台附近的宽大单层式建筑的前方——飞行学校。我使劲按捺住自己，没有跑向那排闪闪发亮的星际战机。总有一天，我要盯着它们看个够。

在那栋建筑里，我们找到了几条宽大的走廊，其中大部分的两边似乎都有教室。金玛琳尖叫一声，跑去和另一个学员说话，对方似乎是她认识的人。于是我在外墙的一扇窗边停下脚步，看向天空，等待着她。

我发现自己感到……担忧。不是担忧训练，而是担忧这地方。这儿太大了，又太开阔了。这里的走廊比火成岩洞穴大部分建筑的走廊要宽上一米还多，而基地的建筑就这么向外铺展，而非层层叠起。天空就在高处，始终存在，若隐若现。即使我和它之间有力场护盾的阻隔（是和星际战机的护盾同样的隐形型号），我还是有暴露在外的感觉。

我必须睡在这儿——居住，吃喝，存在——全部都在开阔处。我喜欢天空，但这不代表我希望它窥探我的每一个私密时刻。

我只能想办法习惯了，我告诉自己，战士不能选择自己的卧榻。如果能够选择自己的战场，他就该赞美群星了。这里引用了俊弥的《征服太空》中的句子。我喜欢奶奶讲述俊弥的故事，几乎和古代维京人的故事一样喜欢，虽然故事里没有那么多落地的脑袋。

金玛琳回来了，我们找到了自己的教室。我做了次深呼吸。是时候成为飞行员了。我们推开了门。

8

十台模拟驾驶舱位于教室中央，排列成朝内的环形。每台笨重的设备都配有一张座位、一个控制台，以及围绕它建造的部分机身，但是没有舱罩。除此之外，它们就像是从星际战机上直接拆下来的一样。

这些"战机"没有头锥，取而代之的是个与前部相连的硕大盒子，恐怕有一米高，半米宽。我和金玛琳似乎是小队里最先抵达的。我确认了墙上的时钟，时间是0615。这不但是我这辈子头一次早到，而且还是最先到的。

好吧，严格来说是第二个到的，因为金玛琳挤过我身边，看向那些模拟驾驶舱。"噢！我猜我们是最先到的。好吧，圣徒总是这么说：'如果你没法早到，至少也别迟到。'"

我走进教室，放下背包，开始查看那些模拟舱。我认出了控制面板的布局：那些属于波科级飞船，是基础但快速的挑战军战机样式。门开了，又有两个学员走了进来。站在前面的矮个子男孩有一头深蓝色头发，看起来是个荣光人。旧舰队的"荣光"号船员大部分来自地球上的中国和韩国。

蓝发男孩审视着房间，咧嘴一笑，把他的背包放到我那只的旁边。"哇，我们的教室！"

他身后的女孩信步走了进来，仿佛是这里的主人。她的体格匀称健壮，金发扎成马尾辫。她穿得很宽松，就像个来城里找乐子的人，连衣裤外面套着挑战军制服夹克。

没过多久，有个下颌有刺青的女孩走进了教室。她应该是来自维奇洞穴的维奇人。我对那些人了解不多，只知道他们是旧太空舰队的海军陆战队员的后裔。维奇人拥有自己的文化，而且很少和外人交流，但他们也拥有伟大战士的名声。

我对她露出笑容，但她却立刻转开目光，金玛琳活泼地自我介绍的时候，她也没有回应。那好吧，我心想。

金玛琳从另外两人那儿问出了名字和居住的洞穴。蓝发男孩名叫比姆，而且真的是个荣光人。他的氏族是旧飞船上水栽培团队的一部分，他们定居在附近的一座洞穴，负责打理那里的众多地下农场，用古代机械装置来提供光照和维护。那儿生产的食物只有取得丰功伟绩或是在生产方面贡献突出的人才有资格享用，我从没吃过。

那个健壮的女孩是胡蒂雅，来自火成岩。我不认识她，因为那座洞穴很大，居民也很多。随着上课时间逐渐接近，有个高个子女孩走进教室，做了自我介绍，说她名叫芙蕾雅。那是个取自古代挪威神话的好名字，我认可这一点。她还拥有相应的外表：她身材瘦削，但个子很高，或许有一百八十五厘米，而且还有一头金发，只是剪得很短。她穿着崭新的靴子，擦得闪闪发亮，还配有金制搭扣。

好吧，这样一来就是六个人。至少还会有好几个。大约在课程开始前的十分钟，三个年轻人一起走了进来。他们显然是朋友，因为他们一直在轻声说笑。我不认得其中两个，但最前面的那个生着棕色皮肤，留着短鬈发，显然算得上那种"娃娃脸帅哥"。

是考试时最早交卷的那个家伙，我反应过来。免试入学的首席公民之子。

真棒。我们要负担一个派不上用场的贵族，某个住在挑战者联盟里最深也最安全的洞穴里的家伙。他能够进入飞行学校，不是因为他的技艺或是天资，而是因为他想戴上学员徽章，然后觉得自己是个重要人物。从另外两人说话的方式来判断，我立刻把他们标记为他的"狐朋狗友"。我敢用任何东西打赌，他们都是免试入学的，所以这么一来，我们的学员小队就有了三个不够格的成员。

那个高个子娃娃脸走到座舱圆环的正中央。为什么能有人长着这么欠揍的脸？他清了清嗓子，然后用力拍了拍手。"注意了，学员们！我们真的想让教官看到这副样子吗？走来走去，和别人闲聊？列队！"

金玛琳——赞美她的群星——跳起身来，摆出草率的立正姿势。他那两个狐朋狗友走了过来，同样排成一队，看起来更像是真正的军人。其他人只是就这么看着他。

"是谁给了你指挥我们的权力？"和我来自同一个洞穴的健壮女孩胡蒂雅问他。她背靠着墙，交叠双臂。

"我想给教官留下足够好的第一印象，学员，"欠揍脸说，"想想看吧，如果他走进教室，发现我们都在立正等待，那该多么振奋人心啊。"

胡蒂雅嗤之以鼻。"振奋人心？我们看起来只会像一群马屁精。"

欠揍脸没理她，而是检查起三个学员排成的队伍来。他对着金玛琳摇摇头，后者的"立正"版本包括踮起脚尖，用双手敬礼。太可笑了。

"你看起来太可笑了。"欠揍脸对她说。

那女孩的脸沉了下来，变得没精打采。我感受到了突然涌起的愤怒与保护欲。我是说……他是对的，但他用不着说得那么直接。

"你的立正是谁教的？"欠揍脸问，"你会让我们丢脸的。这样可不行。"

"是啊，"我说，"她会抢走你的地位，毕竟让我们丢脸显然是你的工作，欠揍脸。"

他上下打量着我，明显注意到了我那件飞行员连衣裤上面的补丁。这是父亲的旧制服之一，为了符合我的身材，它经过了大幅度的修改。

"学员，我认识你吗？"他问，"你看起来眼熟。"

"我在考试的时候坐在前排，"我说，"当时你一题没答就交了卷。也许你是在扫视考场的其他部分，确认那些必须自己努力的人的模样时看到我的。"

他的嘴抿成了一条线。我似乎戳到了他的痛处。棒极了，初战告捷。

"我只是选择不去浪费资源，"他说，"省下别人为我批阅试卷的麻烦，毕竟我已经得到了入学资格。"

"不是自己赢来的资格。"

他看向教室里正饶有兴趣地看着这一幕的其他学员，然后压低了声音。"你瞧，你没必要惹麻烦。只要排好队，然后——"

"排队？"我说，"你还想对我们发号施令？"

"我显然会成为你们的队长，你们还是早点习惯服从我比较好。"

真是个超新星级别的自大狂。"就因为你靠作弊入学——"

"我没作弊！"

"——就因为你靠关系进了飞行学校，不代表你会成为队长。你最好当心点，别和我作对。"

"如果我和你作对呢？"

见鬼，非得抬头看他实在让人恼火。我跳上自己的座位，以便在争论中占据制高点，这个行为似乎让他吃了一惊。

他歪了歪头。"这——"

"永远要从有利位置发起攻击！"我说，"等一切尘埃落定，欠揍脸，我会把你暗淡熔化的徽章当作战利品，让闷燃的战机作为你的火葬柴堆，以及你残缺尸体的长眠之处！"

教室安静下来。

"好吧……"欠揍脸说，"呃，这描述还真是……详细。"

"赞美你的群星。"金玛琳补充道。胡蒂雅对我跷起大拇指，咧嘴一笑，但房间里的其他人显然有些不知所措。

而且……或许我的反应有点过头了。我习惯了大吵大闹。夸张的威胁能让人退缩，这是生活教给我的，但我有必要在这儿做同样的事吗？

在那一刻，我察觉了一件怪事：这些人似乎都不知道我是谁。他们不住在我的街区附近，也没跟我一起上过课。他们也许听说过我父亲，但对他们而言，我和其他学员同样陌生。

在这里，我不是捕鼠女孩，也不是懦夫的女儿。

在这里，我是自由的。

教室门偏巧在此时打开，我们的教官混血犬站在门口，一只手端着一杯热气腾腾的咖啡，另一只手拿着笔记板。借助光线，我发现他和首席公民照片里的样子很像，只是头发更加花白，那副小胡子也让他显得苍老许多。

我们看起来肯定就像一场奇珍异兽展。我仍旧站在模拟舱的座位上，高耸在欠揍脸前方。另外几个人在为我们的对话偷笑，而金玛琳还在努力做出敬礼动作。

混血犬看了看挂钟，后者刚好显示着0700。"希望我没有打断你们的亲密交流。"

"呃……"我说。我跳下座位，干笑了一声。

"我没在说笑！"混血犬吼道，"我从不说笑！全体给我在远处的墙边列队！"

我们匆忙服从了命令。列好队以后，欠揍脸做出了精准的敬礼动作，然后以完美的立正姿势保持着敬礼。

混血犬瞥了他一眼，然后说："别当马屁精，孩子。这可不是基础训练，你也不是地面部队的步兵。"

欠揍脸的脸耷拉下来，垂下了手臂，但依旧摆出立正姿势。"呃，抱歉，长官！"

混血犬翻了个白眼。"我是科布上校，我的呼号是'混血犬'，但你们要叫我科布。有必要的话，叫我长官也行。"他沿着队列走去，步子明显一瘸一拐，同时喝了一小口咖啡。"这个教室的规矩很简单。我教，你们学。任何妨碍教学的事都可能让你们之中的人送命。"他在我的面前停下脚步，欠揍脸就站在旁边，"包括调情在内。"

我感到脸庞发冷。"长官！我没有——"

"也包括反驳我的话！群星保佑，你们可是在飞行学校里。四个月的训练，如果能撑到最后都没被开除或者被击落，那你们就毕业了。就这样。没有考试，没有评分。你们只要待在驾驶舱里，并且让我相信你们有资格留在那儿就行。现在对你们来说，唯一重要的只有我的命令。"

他等待片刻，观察我们的反应。我们也都明智地一言不发。

"你们之中的大多数撑不到最后，"他续道，"四个月也许听起来不长，但感觉上会像是永恒。一些人会因为压力而退学，克雷尔人会杀死另一些。通常来说，十人小队里能真正成为飞行员的只有一个人，也许两个。"他在队列的尾端停下脚步，金玛琳正站在那儿咬着嘴唇。

"但你们这一群人……"科布补充道，"如果有任何人能成功，我会很吃惊的。"他一瘸一拐地走开，把咖啡杯放到教室前方的一张小书桌上，然后翻阅起笔记板上的那些纸来。"你们哪个是约尔延·维特？"

"是我，长官！"欠揍脸说着，背脊挺得更直了。

"很好。你就是队长了。"

我倒吸一口凉气。

科布瞥了我一眼，但什么都没说。"约尔延，你需要两名副队长。我希望你在今天结束前给出他们的名字。"

"我现在就能给您，长官，"他说着，指了指那两个狐朋狗友。他们是两个男孩，一个较矮，一个较高。"阿图罗和内德。"

科布在笔记板上做了几个记号。"很好。所有人，挑个座位。我们要——"

"等等，"我说，"就这样？你就是这么给我们挑选队长的？你甚至不打算先看看我们的本事？"

"挑个座位，学员们。"科布重复了一遍，没理睬我。

"可——"我说。

"斯潘莎学员除外，"他说，"她得来走廊里找我。"

我咬住舌头，跺着脚来到走廊里。我也许应该压下自己的恼火，可……说真的？他立刻就选中了欠揍脸？就这样？

科布跟在我身后，平静地关上了门。我正准备大发雷霆，但他却转向我，嘶声道："你是想毁掉这一切吗，斯潘莎？"

我把反驳咽回肚里，他突如其来的愤怒让我吃了一惊。

"你知道我为了让你进这个班级，冒了多大的风险吗？"他续道，"我争辩说，你在考场里坐了好几个钟头，说你交出了接近完美的考卷。可为了办成这件事，我还是用上了这些年来积累的所有影响力和名声。可现在，你却一有机会就乱发脾气？"

"我……可你没看到那家伙在上课前做了什么！他到处指手画脚，声称他会是队长。"

"看起来他有充分的理由！"

"可是——"

"可是什么？"科布质问道。

我忍住没把后半句话说出口，就这么保持了沉默。

他深吸一口气。"很好。至少你还有那么点自控能力。"他用拇指和食指擦了擦眉毛，"你和你父亲一样。和那家伙相处的时候，我有一半的时间都想掐死他。不幸的是，你不是他，你只能背负他的所作所为活下去。你必须控制自己，斯潘莎。如果我表现出偏袒你的样子，就会有人称之为'不当的优待'，然后你就会被调离我的班级，快到你连吐唾沫都来不及。"

"所以你不能偏袒我？"我问他，"但谁都可以偏袒那个甚至没能答完考卷的贵族之子？"

科布叹了口气。

"抱歉。"我说。

"不，这问题是我自找的，"他说，"你知道那个男孩是什么人吗？"

"首席公民的儿子？"

"阿尔塔之战的英雄耶书亚·维特的儿子。她在挑战军飞行了七年，能确认的杀敌数超过一百。她的丈夫是阿尔吉侬·维特，国民议会领袖，以及我们最大的洞际航运公司的高级工长。他们属于下层洞穴群里贡献最大的那批人。"

"所以他们的儿子及其狐朋狗友就能成为我们的领袖，就因为他们父母做过的事？"

"约尔延的家庭拥有三架私人战机，而他从十四岁起就在那些战机上接受训练，他在驾驶舱里已经待了将近一千个钟头。你又待了多久？"

我涨红了脸。

"他的'狐朋狗友'，"科布说，"是内德·斯特朗——他有两个哥哥是防卫军成员，以及阿图罗·门德斯，在挑战军工作了十六年的运输机飞行员之子。阿图罗一直担任他父亲的副驾驶，有两百个小时的认证飞行时间。再问一遍，你飞过多少个小时？"

"我……"我深吸了一口气，"抱歉质疑了您，长官。我现在是不是该去做引体向上，或者用牙刷清理厕所什么的？"

"我已经说过了，这不是步兵训练。这儿的惩罚不是那种愚蠢的粗活儿。"科布推开了教室的门，"如果做得太过分，惩罚也很简单：你会失去飞行的资格。"

9

你会失去飞行的资格。

我从没听到过比这更恐怖的话。我们两个重新进入训练室的时候，科布指了指墙边的一张座位——不是模拟舱，只是一张空椅子。

我轻手轻脚地走了过去，坐在椅子上，感到斗志全无。

"这些装置，"科布说着，用指节轻叩模拟舱前部的那种盒子，"是全息投影仪。我们还是舰队时的老旧科技。这些机器启动的时候，你们会觉得自己身在驾驶舱里；它们能让你们接受训练，同时又没有摔坏真正战机的风险。但这种模拟并不完美。它拥有某种程度的触觉反馈，但没法复制重力。你们需要在离心机里接受训练，让自己习惯重力。

"你们可以挑选自己的呼号，这是挑战军的传统。我建议你们现在就开始考虑，毕竟那个名字会伴随你们一辈子。它会是你们最重要的小队队友了解你们的途径。"

欠揍脸举起了手。

"不用现在告诉我，学员，"科布说，"接下来几天里的任何时候都行。至于现在，我想——"

教室的门砰然打开。我跳起身来，但那并非袭击或是紧急事件。

那是利格。而且他戴着学员徽章。

"我还在想你什么时候会现身呢，"科布说着，拿起他的笔记板，

"罗奇·麦卡弗里？你觉得来飞行学校的第一天就迟到是个好主意吗？你打算在克雷尔人袭击的时候也迟到一下？"

利格吸了一口气，摇摇头，脸色发白，仿佛一面白旗。而且……利格是学员。他昨晚去和他们谈他那份考卷的时候，我还很担心，但看起来他也合格了！我开心得想要大叫。

但利格迟到不可能没有充分的理由，这家伙就连感冒时都能安排好打喷嚏的时间。我张开嘴，但科布的眼神让我把话咽了回去。

"长官，"最后，利格气喘吁吁地说，"电梯。故障。"

科布走到房间侧面，按下了内部通话装置的按钮。"贾克斯，"他说，"你能去确认今天有没有发生电梯故障吗？"

"不用确认，上校，"有个声音透过按钮上方的扬声器传来，"103-D号电梯故障了两个钟头，当时还有人被困在里面。它给我们添了好几个月的麻烦了。"

科布松开按钮，然后瞥了一眼利格。"他们说你今年拿了考试的最高分，学员。"

"他们是这么告诉我的，长官。他们把我叫了过去，上将给我颁了奖什么的。抱歉我迟到了。我不是故意的，特别是在第一天。我差点死于——"

"噢，这就够了，"科布说着，朝其中一张座位摆了摆手，"别耗尽我的耐心，孩子。"

利格欣喜地坐了下来，但他随即看到了坐在教室侧面的我，朝我用力竖起大拇指。我们办到了。我们两个都是，而且利格拿了头名，这点真的很棒。所以至少对他而言，考试的确是公平的。

科布走到欠揍脸的座位边，然后打开了前方那只盒子侧面的开关。光线的帷幕包围了座舱，寂静、闪耀，就像发光的气泡。在座舱里，欠揍脸轻声但清晰地吐出一句对北极星的祈祷。我在椅子上身体前倾。

"你们也许会难辨方向。"科布说着，走过去打开了阿图罗的机器，然后是内德的，"虽然这比不上真正的飞行，但也算是合理的替代品。"

我绷紧身体等待着，而他绕了一圈，一个接一个地打开装置。每个学员都发出了清晰的赞赏声：或是小小的惊呼，或是一声"哇"。科布转身离开最后那个空着的模拟舱，朝房间前方走去的时候，我的心都快碎了。

然后，仿佛想到了忘掉的事那样，他转头看向了我。

我期待得都快爆炸了。

最后，他朝空模拟舱点点头。我匆忙站起，爬了进去，而他同时打开了开关。光芒在我周围闪烁，眨眼的工夫过后，我仿佛坐到了室外发射台上的一架波科级战机的驾驶舱里。幻觉的真实让我倒吸一口凉气，然后我把手伸出"舱罩"来确认。我的手穿过它的时候，全息影像晃了晃，随后分解为小小的光粒，就像坠落的尘埃。

我抽回了手，然后检查起操纵装置来：节流阀杆，满是按钮的仪表板，还有右手使用的操控球。操控球是个我的手掌可以覆盖的球体，上面有摆放手指的凹槽，其末端有按钮。

在全息舱罩外，我能看到其他的"战机"在阿尔塔基地的完美复制品旁边排成了一条线。我甚至能抬头看到天空，看到碎石带的模糊图案……看到一切。

科布留着小胡子的脸穿透了天空，就像圣徒之一现身。原来他把身子探入了全息影像，以便和我说话。"学员，你喜欢这种感觉吗？"

"喜欢，长官，"我说，"比什么都喜欢。"

"不错。那就好好珍惜吧。"

我对上他的眼神，然后点点头。

他退出了影像。"好了，学员们，"他凭空传来的嗓音仿佛鬼魅，"我不会浪费时间。你们每训练一天，都会有个优秀的飞行员因为缺乏你们的支援而命悬一线。戴上你们脚边的头盔。"

我照办了，而科布的声音如今通过我头盔内部的耳机传来。"我们来练习起飞吧，"他说，"那样应该——"

"长官！"欠揍脸说，"我可以给他们演示。"

我翻了个白眼。

"好的，队长，"科布说，"我很乐意让别人替我处理苦差事。我们来瞧瞧你要怎么让他们飞上天吧。"

"好的，长官！"欠揍脸说，"各位队员，你们的战机在提升或降低高度时不需要助推器。负责这种工作的是上升环，就是每一架星际战机底部的圆环形装置。它的动力开关在……呃……前操纵台的顶部，那枚红色按钮。在飞行时千万不要关闭它，否则你们会像残骸那样坠落下去。"

队列里的一架战机的底部突然亮起：它的上升环启动了。

"运用操控球来进行左右倾斜转向，"欠揍脸续道，"或者做小幅度动作。想要快速爬升，就把节流阀旁边的小拉杆向上拉。"

欠揍脸的战机以平稳的动作笔直地升向天空。他的战机，就像我们其他人的战机那样，是波科级。它们看起来就像一支经过美化、再装上双翼的铅笔，但它们毕竟是战机，而我坐在驾驶舱里。虽然只是全息影像，但我的梦想仍旧正在成真。

我打开红色开关，整个仪表板便亮了起来。我咧嘴一笑，右手握住操控球，左手猛拉高度控制杆。

我的战机以突如其来的颠簸动作向后飞去，而我成功让它撞进了我们身后的建筑物。

而且搞砸的并不只有我。战机的反应比我们预想中敏感得多。利格莫名其妙翻了个底朝天；金玛琳冲上天空，被突如其来的动作吓得尖叫，然后又飞快下落，刚好坠毁在发射台上。

"只控制高度，"欠揍脸说，"现在别碰操控球，学员们！"

科布在影像外的某处轻笑出声。

"长官！"欠揍脸说，"我……呃……那个……"他沉默下来。

"哈。"

我很庆幸没人能看到我涨红的脸。从桌子和散落在地的食物来判断，我的战机似乎撞进了全息影像版本的飞行学校食堂，我觉得自己的脖子本该出现过度屈伸损伤[1]。我的座椅虽然会在战机移动时稍稍摇

1　过度屈伸损伤（whiplash）：又名"颈椎挥鞭样损伤"，由于头部向前后或左右猛烈扭动而造成的损伤，以像是鞭子抽动而得名。

晃，却无法重现真正的飞行动作。

"祝贺你们，学员们，"科布说，"我相当确定你们有一半人已经死了。队长，你怎么看？"

"我没料到他们会这么不可救药，长官。"

"我们不是不可救药，"我说，"只是……太急切了。"

"也许还有点困惑。"金玛琳评论道。

"别替我发言。"有个女孩的声音透过我的耳机传来。她叫什么来着？穿着宽松夹克的马尾辫女孩，胡蒂雅。她在笑。"噢，我的胃，我快吐了。我能再来一次吗？"

"再来一次？"金玛琳问。

"感觉太棒了！"

"你刚刚才说你觉得自己快吐了。"

"是在好的意义上。"

"你要怎么在好的意义上呕吐？"

"注意！"科布厉声道。我周围的船身变得模糊，而我们突然重新排列整齐，飞船也恢复了完整，模拟系统似乎重置了。"就像很多新飞行员那样，你们还没能习惯飞船的反应会有多灵敏。凭借上升环和助推器的力量，你们可以做出完美的机动飞行，尤其是在我们训练你们使用光矛以后。

"然而，那种活动能力伴随着代价。驾驶星际战机的时候，你们很容易丢掉性命。所以今天，我们要练习三件事：起飞、降落，以及在做这两件事的时候不要死掉。明白没？"

"明白，长官！"我们齐声回答。

"你们还要学习控制无线电，让自己习惯于和整个小队通信，或者只和你们的僚机通信。控制面板左上方的那排蓝色按钮就能办到，我们回头再学别的按钮。我现在不希望你们分心。只有群星知道你们要怎么拿出比刚才更差的表现，但我不想给你们那种机会！"

"好的，长官！"我们高声回答，语气带着一丝羞愧。

于是，在接下来的三个钟头里，我们起飞和降落。

这些练习令人沮丧，因为我觉得自己的表现本该好上很多。我学习得那么刻苦，还在想象中做过练习。我觉得成竹在胸。

但我错了，我在开始时的坠机证明了这点。而持续表现出的无能让我沮丧。

想要克服这点，唯一的方法就是练习，所以我专心致志地听从指导。上升，下降。上升，下降。一次又一次。我咬紧牙关，决心不再坠毁。

最后，我们都能做到在不坠毁的前提下连续起落五次。等科布让我们再次起飞以后，我在五百米高度让机身恢复水平，然后停在了那儿。我松了口气，靠向椅背，等待其他学员和我排成一队。

欠揍脸疾驰而过，做了个小小的翻转，然后才加入队列。喜欢卖弄的家伙。

"好吧，队长，"科布说，"给你的小队点名，让每个成员口头给出准备确认。你们要在每次交战前这么做，确认没人遇到机械或身体方面的问题。小队，如果你们遭遇麻烦，就告诉你们的队长。如果你们在明知战机有问题的情况下参战，就得为可能造成的损失负责了。"

"长官，"比姆透过线路问，"如果我们在训练时让真正的战机坠毁，就不能毕业了，这说法是真的吗？"

"通常是的，"科布说，"如果哪个学员让自己的星际战机坠毁，就象征着某种程度的疏忽，意味着他们没有被托付那种设备的资格。"

"如果我们弹射逃生呢？"比姆说，"我听说有学员在真正的战斗环境中训练。如果我们被击落然后弹射逃生，这代表我们出局了吗？我是说，作为学员出局？"

科布沉默了片刻。"这方面没有什么硬性规定。"他说。

"但这是传统，对吧？"比姆问，"弹射弃机的学员从此以后都得留在地上。"

"那是因为他们在寻找懦夫，"胡蒂雅说，"他们想开除那些急着弹射的学员。"

我感到了涌出的肾上腺素，正如我每次听到"懦夫"这个词的反应那样。但她指的并不是我，也不可能是我。我是绝对不会弹射逃生的。

"真正的飞行员，"欠揍脸的狐朋狗友之一说，"其中的佼佼者，就算被击落，他们也能把快要坠毁的战机开到方便救助的着陆位置。上升环太贵重了，飞行员必须保护它们，因为飞行员的价值比不上——"

"够了，阿图罗，"科布插嘴道，"你在散播愚蠢的谣言。飞行员和战机同样重要。你们或许也会从其他小队那儿听到'操纵战机进行受控着陆'这种话，但别把它当回事，听到了吗？如果你们被击落，就弹射逃生。别担心后果，该担心的是你们的命。如果你们作为飞行员足够优秀，你们的职业生涯就不会受影响，无论是不是传统。"

我皱起眉头。这跟我听到的不同。正式飞行员如果被击落，会得到第二次机会。可学员呢？如果他们要选拔的是最优秀的人才，干吗还让被击落过的人毕业？

"愚蠢的飞行员自尊，"科布嘟囔道，"我敢发誓，它给我们带来的损失比克雷尔人还多。队长，你该点名了吧？"

"噢，对！"约尔延说，"学员 B 小队！是时候——"

"学员 B 小队？"科布说，"你完全可以想个好点的名字，队长。"

"呃。是的，长官。唔……"

"冲天小队。"我说。

"冲天小队，"欠揍脸没有放过这个名字，"开始点名并确认是否准备就绪，以仪表板上的战机识别号为顺序！"

"冲天二号，"他的狐朋狗友之中较高的那个说，"呼号：蝰蛇[1]。确认。"

"冲天三号，"胡蒂雅说，"呼号：赫尔[2]。确认。"

"你认真的？"欠揍脸问，"赫尔？"

"很好记，不是吗？"她回答。

欠揍脸叹了口气。

"冲天四号，"利格说，"唔……呼号：利格马洛。哇，听起来真不

1　蝰蛇（Nedder）：其实是蝰蛇的一种，此处只取部分意思。

2　赫尔（Hurl）：有"呕吐"的意思。

错。还有，呃，确认。"

"冲天五号，"狐朋狗友里较矮的那个阿图罗说，"呼号：安菲斯比纳。"

"安菲……什么？"赫尔问。

"那是一种双头龙，"阿图罗说，"是神话里的一种极其恐怖的野兽。确认。"

"冲天六号，"金玛琳说，"所以……我需要取一个呼号，对吧？"

"圣徒。"我提议。

"噢，绝对不要。"她答道。

"你可以回头再取，"科布说，"暂时先用你的本名吧。"

"不，不，"她说，"叫我'小快'就好，没必要把选择延后。圣徒总这么说：'节约时间，现在就做。'"

"怎么可能？"阿图罗说，"'现在'做某件事怎么可能节约时间？按道理说，对应的工作在现在和在以后花费的时间是一样多的。"

"你离题了，安菲，"欠揍脸说，"冲天七号呢？"

"冲天七号，"有个我没听过，带着口音的女声说，"呼号：晨潮。确认。"

等等，那是谁？我绞尽脑汁地回想。是那个下颌有刺青的维奇人女孩，早先对我视而不见的那个，我反应过来。

"冲天八号，"比姆说，"比姆。这是我的名字，不是呼号。我会稍后再跟您说。我不想随便取一个。顺带一提，确认。"

"冲天九号，"那位高个子金发女孩芙蕾雅说，"呼号：FM。确认。"她初次起飞的时候就没有坠毁，是除了欠揍脸及其狐朋狗友以外唯一的一个。她昂贵的衣物和靴子上的金搭扣让我觉得，她肯定也是来自下层洞穴。她的家族显然贡献很大，才能申请到这些奢侈品。

"冲天十号，"我说，"呼号：斯苹。确认。"

"真是个平淡的呼号，"欠揍脸说，"我会是雅格。意思是猎人，出自古代的一门——"

"雅格不行，"科布说，"我们已经有个雅格了，来自噩梦小队，两个月前刚刚毕业。"

"噢，"欠揍脸说，"我……呃。那我就不知道了。"

"那'欠揍脸'怎么样？"我说，"我在我的脑子里就是这么称呼你的。我们可以这么叫你。"

"不——可——以。"

我听到了好几个人的窃笑声。我相当确定其中一人是"蝰蛇"内德·斯特朗，高个子的那个狐朋狗友。

"好吧，"科布说着，没理睬我们，"既然你们已经做完这件事了，或许我们可以谈谈该怎么让战机真正飞行了。"

我热切地点头，但随即反应过来：没人能看见我的动作。

"轻轻地握住节流阀，"科布指示道，"缓缓地将它向前推，直到刻度盘显示'0.1'为止。"

我胆战心惊地照做了，格外担心自己会像先前那样丢脸。而当战机在微小的推进力下开始前进的时候，我松了口气。

"很好，"科布说，"你们现在达到了0.1马格。这是正常战斗速度1马格的十分之一。偶数编号，你们将高度降低三百英尺。你们应该比较习惯说'一百米'，但因为某种见鬼的理由，用英尺来描述高度是传统，所以你们只能习惯了。奇数编号，你们上升三百。这会腾出些空间，让你们在飞行时可以稍微朝左右移动。"

我照他说的向下俯冲，然后让机身恢复水平。我尝试右转，然后左转。感觉是那么……自然，就好像这一切是我命中注定要做的，就好像我——

响亮的警报声突然接连传来。我吓了一跳，在恐慌中搜索仪表板，担心自己做错了什么。我的大脑终于反应过来：这声音并不是来自我的战机，甚至不是来自我们的教室。那是从这栋建筑物的外面传来的警报。

那是袭击警告，我这么想着，摘掉了头盔，希望听得更清楚些。在阿尔塔基地，那种小号声不太一样，节奏更快。

我把脑袋探出全息影像的舱罩，看到好几个人也做了同样的事。

科布走向我们教室的窗子，看向外面的天空。我能勉强辨认出远处的几块正在大气层里燃烧的坠落残骸。克雷尔人进攻了。

墙上的扬声器发出噼啪声。"科布，"铁甲上将的声音在说，"你让那些毛还没长齐的学员飞起来了吗？"

科布走到墙壁上的面板前，按下了某个按钮。"勉强吧。我还是觉得其中一个会找到让战机自毁的法子，虽然波科级根本没那种功能。"

"太棒了。让他们起飞，在阿尔塔上空展开队形。"

科布瞥了我们一眼，再次按下了按钮。"请求确认，上将。你想让新学员在袭击期间起飞？"

"让他们上去，科布。这可是一大群敌人。噩梦小队正在下面的城市里休养，我来不及召回他们了。铁甲结束通话。"

科布犹豫片刻，然后高声发出指令。"你们听到上将的话了！冲天小队，到发射台去。出发！"

10

到发射台去？

现在？

在仅仅一天的飞行训练过后？

科布"啪"地一下按下书桌上的一个按钮，关闭了所有全息影像发生器。我不禁怀疑这只是一场测试，又或是某种奇怪的入门仪式，但科布苍白的脸色告诉我，情况并非如此。他不喜欢这样。

看在群星的分上，上将究竟在想什么？她肯定……肯定不会为了报复科布让我加入挑战军，就害我的整个小队送命吧？是这样吧？

我们在一片混乱中离开了训练室。"利格，"在远处传来的刺耳警报声中，我们小跑着穿过走廊，而我凑到好友身边说，"你能相信吗？相信哪怕一丁点？"

"不。我到现在都不敢相信我在这儿，斯苹。他们找我过去，把分数告诉我的时候，我还以为他们要指责我作弊呢！然后上将给我颁了奖，还给我拍了几张照。简直就像科布让你入学一样难以置信，毕竟——"

"别提这事。"我匆忙说。我不希望任何人听说我的情况特殊。

我看向旁边，发现欠揍脸跑在距离几步远的地方。他眯起眼睛看着我。真棒。

我们冲出训练用校舍，聚集在外面的台阶上时，一队弗雷萨级星际战机飞上了天空。那是当值的小队之一，通常会有好几支当值小队，外加紧急时会响应召集的一两支。

所以他们干吗还需要我们？我不明白。

科布走出那栋建筑，指向附近的发射台上的一排十架波科级战机。地勤人员已经在战机旁边架好了梯子。

"加快速度！"欠揍脸喊道，"去你们的战机那边！还记得你们的编号吗？"

金玛琳停下了脚步。

"你是六号，小怪。"科布说。

"呃，应该是'小快'——"

"赶快行动，你们这些蠢货！"科布吼道，"你们在执行命令！"他瞥了一眼天空。一连串音爆从早先出发的战机那里传来。尽管它们已经飞到了远处，轰鸣声仍旧令窗户咔嗒作响。

我匆忙来到自己的战机旁，用梯子爬向敞开的驾驶舱，然后停止了动作。我的战机。

地勤人员之一跟着我爬上了梯子。"你进不进去？"他问。

我涨红了脸，跳进了驾驶舱。

他递给我一只头盔，接着探身进来。"这架战机刚刚修理完毕。你会在接到命令的时候使用它，但它并不是百分之百属于你。你会和另一支小队的学员共用它，直到有足够多的人被刷掉为止。"

我戴上头盔，对他竖起大拇指。他爬了下去，抽走了梯子。我的驾驶舱罩关闭，然后密封。我沉默地坐在那儿，平复呼吸，然后向前伸出手，轻轻按下启动上升环的那个按钮。仪表板亮起，嗡嗡的颤音在战机内回响。这可不是模拟影像。

我看向旁边，看向我不到四个钟头前撞进的那座食堂。

别紧张，你刚刚才做过一百遍，斯潘莎。

但我忍不住想起我们早先讨论过的事。根据传统，坠毁或者弹射逃生的学员会失去毕业的资格……

我抓住高度控制杆，等待指令。然后我再次涨红了脸，按下了开启无线电的蓝色按钮。

"——也许谁能朝她挥挥手？"阿图罗的声音透过我的头盔传来，"FM，你能看到——"

"斯苹报到，"我说，"抱歉。"

"好的，队员们，"欠揍脸说，"平稳而轻巧地起飞，就像我们练习时那样。笔直爬升一千五百英尺，然后悬停。"

我攥住控制杆，发现心脏正在胸腔里发出雷鸣。第一次飞上天空。

出发。我让自己的波科级垂直爬升。感觉太美妙了，那种运动感，将我拖向下方的重力的压迫，还有在下方越变越小的基地景象……开阔的天空在欢迎我回家……

高度计显示出"一千五百"的时候，我让机身恢复水平。其他战机在我旁边排成一队，亮蓝色的上升环在它们的底部散发着光芒。在远处，我能看到战斗时的闪光。

"小队点名。"欠揍脸说。

我们全部九人给出了确认，然后沉默下来。"现在呢？"我问。

"我在尝试请求命令，"欠揍脸说，"我不知道该用什么波段——"

"我在，"科布的声音透过无线电传来，"看起来不错，学员们，队列接近完美。你除外，小怪。"

"是'小快'，长官。"金玛琳说。的确，她的战机比我们多上升了大约十五英尺。"还有……我打算就这么保持不动，光是没撞到别人就让我很高兴了。就像圣徒说的：'偶尔犯点小错也没什么错。'"

"有道理，"科布说，"但我接到了飞行指挥部的命令。队长，带领你的小队向上飞两千英尺，然后把节流阀调节到0.2马格，接着谨慎地飞到城区外。我会告诉你们何时该停下。"

"好的，"欠揍脸说，"所有人，到两千英尺后悬停，希望你这次能停好，小怪。"

"没问题，欠揍脸。"她答道。

他轻声咒骂的时候，我们飞到了更高处，下方的城市简直就像玩具。我仍旧能看到远处的闪光，不过坠落的残骸更加震撼：条纹状的红色火焰、烟雾的尾迹，在坠落中径直穿过战场。

根据科布的指示，我们把节流阀稍稍前推，随后启动了助推器。就这样，我开始了第一次真正的飞行。这段飞行算不上快，而我大部分时间都汗流不止，过度谨慎地对待自己的每个动作。一部分的我仍旧满心敬畏。

梦想终于成真了。

我们飞向战场，但没等我们飞出多远，科布的呼叫就再次传来。

"停在这儿，学员们。"他说着，语气放松了些，"我得到了更多的情报。你们不会参战，只是电梯故障让我们有些措手不及，其中一支本该留守的小队被困在下面了。

"他们很快就会来接班。在那之前，上将希望让敌人觉得我们的援军比实际上要多。她派你们和另一队学员悬停在城外不远处。为了避免和他们认为的增援交战，克雷尔人是不会冒险飞过来的。"

我缓缓点头，想起了奶奶的某堂课。"兵者，诡道也。"孙子这么说过，"故能而示之不能，用而示之不用。近而示之远，远而示之近。"所以用几支只是摆设的小队让克雷尔人担心，也是合情合理的做法。

"……长官，"约尔延说，"您能告诉我们战场上的状况吗？让我们做好准备，以防万一？"

科布"哼"了一声。"你们都通过了考试，所以我猜你们可以告诉我克雷尔人的基本进攻策略。"

我开口想要回答，但阿图罗抢在了我前面。

"残骸开始坠落的时候，"他语速飞快，"克雷尔人经常会利用坠落来掩饰他们的雷达标记。他们会低空飞行，避开我们的大型防空炮的攻击区域，试图接近阿尔塔基地。如果他们抵达那里，就能投掷灭生炸弹。"

我发起抖来。无论有没有护盾，灭生炸弹不仅会蒸发阿尔塔基地的所有人，还会让下层洞穴倒塌，掩埋火成岩洞穴，并摧毁古代设备。

"但克雷尔人不是每次都会使用灭生炸弹，"我插嘴说，"只有移动缓慢的特殊轰炸机才能携带。那种轰炸机肯定造价昂贵，或者很难制造，因为它一旦遭遇威胁，克雷尔人就会让它撤退。大多数情况下，克雷尔人和挑战军争夺的都是坠落的残骸。那些残骸经常包含有可以回收利用的上升石，我们能用它们制造出更多的星际战机。"

"我想你也许是对的，"阿图罗说着，语气有些不满，"但他问的是他们的基本策略。基本策略就是试图摧毁阿尔塔。"

"在四分之三的冲突里，根本不会出现灭生炸弹！"我说，"我们认为他们是想打消耗战，尽可能多地摧毁我们的战机，毕竟我们制造替代品比克雷尔人要难。"

"好吧，"科布打断了我们的话，"你们两个可以回头再跟彼此炫耀。你们都很聪明。现在闭嘴吧。"

我在驾驶舱里靠向椅背，不确定自己受到的是恭维还是侮辱。似乎……在和科布打交道的时候，心情复杂是常有的事。

"在今天的战斗里，没有人看到灭生轰炸机，"科布说，"这并不代表灭生轰炸机不会出现，但今天坠落的残骸的确包含着许多配备了旧式上升环的机器。"

哈！我心想，我是对的。我真希望自己能看到阿图罗，然后露出得意的表情，但我在这排战机里认不出他的那一架。

"长官，"欠揍脸说，"关于我们战斗的方式，有件事我始终没想通。残骸坠落的时候，我们会起飞确认。如果发现克雷尔人，就会跟他们交战。"

"一般来说，没错。"科布说。

"所以这代表我们总是让他们挑选战场，"欠揍脸说，"但想要赢得战争，就得出乎敌人的意料，让他们不知所措。我们准备攻击的时候，就让他们认为我们没这个打算，反之亦然。"

"看来有人读过太多孙子的书了，"科布说，"他作战的时代不同，队长，运用的战术也不一样。"

"我们至少应该尝试主动攻击克雷尔人吧？"欠揍脸问，"进攻他们在残骸区那一边的基地，不管它究竟在哪儿。为什么没人提起过这种事？"

"理由是有的，"科布说，"而且学员没资格知道。专心执行你们当前的命令吧。"

这话让我皱起眉头。虽然不情愿，但我已认为欠揍脸提出的问题很有意义。我回头看向阿尔塔基地所在的那片绿地。另一件事让我觉得很奇怪。科布是老练的飞行员，也是首席公民，他参与过阿尔塔之战。如果需要动用留守部队，甚至只是用来制造假象，那他为什么不和我们一起参战？

我们在沉默中坐了好几分钟。

"所以……"比姆的通话声传来，"有人想帮我挑个呼号吗？"

"是啊，"欠揍脸说，"我也需要一个。"

"我以为我们已经定下你的代号了，欠揍脸。"内德说。

"你们不能用这么丢人的字眼称呼队长。"欠揍脸说。

"为什么不能？"赫尔问，"那位著名的飞行员，就是名字和气体有关之类的——"

"放气[1]，"我说，"首席公民之一，最近才退休。她作为飞行员非常出色，飞行生涯击坠一百三十架，平均每年参战二十次。"

"我不要用'欠揍脸'，"欠揍脸说，"这是命令。"

"没问题，"FM说，"欠揍脸。"

我笑着望向驾驶舱外，看着我旁边FM的战机。她是不是从前就认识他？我想我能从她的嗓音里听出那么一丝口音，那是来自下层洞穴的有钱人口音，和那三个男孩的很相似。她又有怎样的过去？

光芒继续在远处闪烁，而我发现自己渴望攥住节流阀，让助推器过燃，令战机朝战场直冲而去。飞行员们正在战斗，或许还在死去，

1　放气（Broken Wind）："放屁"的委婉指代。

而我却只是坐在这儿干等？我还算什么战士？

会在第一次启动引擎的时候撞进食堂的那种战士，我心想。但我看着那些光芒，仍旧试图想象战斗的场面，又眯起眼睛，希望能稍微瞥见克雷尔人飞船的模样。

发现其中一架朝我们疾飞而来的时候，我一时没能反应过来。

我见过数百张关于他们飞船的画像。飞船外观给人以尚未完成的奇怪印象：小巧的球根形状，配有不透明的黑色小型驾驶舱，电线拖曳在后，就像尾巴。大部分克雷尔人飞船都会在遭到破坏或坠落时彻底炸毁，但在极少数的几架里，我们找到过他们穿着的邪恶护甲烧剩下的部分，但从没找到过真正的克雷尔人。

"欠揍脸！"我说。

"别叫我——"

"约尔延！队长！怎么都好！看你的十一点方位，下方大约两百英尺。看到没？"

他轻声咒骂起来。

赫尔说："好啊！游戏开始了！"

"这可不是游戏，赫尔。"欠揍脸说，"科布教官？"

"在。怎么了？"

"克雷尔人飞船，长官。看起来它飞得很低，位于防空炮的射程下，正在朝阿尔塔飞来。"

科布没有立刻回答。我坐在那儿，汗流不止，双手放在操纵装置中，目光跟随着那艘飞船。

"飞行指挥部知道情况，"科布回报说，"替换你们的人眼下正在登机，他们应该很快就能赶来。"

"如果他们不够快呢？"我问，"万一那艘飞船上有灭生炸弹呢？"

"飞行指挥部已经识别出它了，斯苹，"科布说，"那不是轰炸机。一艘普通飞船是造不成太大破坏的。"

"恕我冒昧，长官，我不同意。"约尔延说，"虽然基地有护盾保护，但它会在援兵赶来前用毁灭炮攻击农夫们，杀死数十人——"

"我清楚该死的克雷尔人的能力，小子。谢谢。"科布深吸一口气，又说，"它靠近了？"

"是的，长官。越来越近了。"

沉默从无线电那头传来，最后："你们可以交战，但要保持防御姿态。禁止出风头，学员们。我希望你们分散它的注意力，直到援军升空为止。"

我点点头，在头盔里，紧张的汗水打湿了我的头部侧面。我准备好飞行了。

"我要上了，长官！"欠揍脸说，"蝰蛇，你当我的僚机！"

"收到，约尔。"内德说。

两架战机脱离了队列。没等我自己反应过来，我就攥住节流阀，飞快地跟了上去。

"斯苹，"欠揍脸说，"回队伍里去！"

"你们需要我，"我说，"我们的人数越多，就越有可能把那东西吓回真正的战机那边去！"

"而她需要僚机。"赫尔说着，离开队列，尾随着我。

"不，不！"欠揍脸说，"其他人都得留在队伍里！"

"带上她吧。"科布说，"赫尔和斯苹，你们要跟着队长和他的僚机。但其他人要坚守阵地，我可不希望你们在那儿撞成一团。"

欠揍脸沉默下来。我们四个一起飞入拦截路线，逐渐加速，准备在敌方战机过于接近阿尔塔之前拦住它的去路。我担心我们没法及时赶到，担心它会从我们旁边掠过。但我没必要担心那种事。

因为等到我们足够接近的时候，它突然转向，径直飞向了我们。

11

我的脉搏狂跳。我的脸颊发冷。

但在那一刻，我意识到自己并不害怕。

我总是担心自己会害怕。我会夸下海口，我会装作强者。但我又真正战斗过多少次？小时候和其他孩子的一两次扭打？柔道课上的几次对练？

我总是有些担心，一旦飞上天空，我就会恐慌。担心我会证明自己的确是其他人声称的懦夫。就像……就像那些关于我父亲所作所为的谎言那样。

但我却用沉着而坚定的手轻轻推动节流阀，让战机转向，试图绕到敌人背后。我了解空中缠斗的技巧，我对那些知识倒背如流。我在几乎每一份课堂笔记的边缘都画过对应的示意图，无论那堂课讲的是什么。

我还是那么无可救药。我转弯的弧度太大，而赫尔几乎撞上了我，因为我们倾斜转向的时间不一致。

"哇，"等我们两个恢复平稳以后，赫尔说，"这比看起来要难，对吧？"

克雷尔人的飞船选择攻击约尔延，放出一股发光的毁灭烈焰。我试图帮忙，但我这次转弯的弧度又太小了。缠斗中的约尔延、内德和克雷尔人飞船在我身后飞掠而过。

我涨红了脸，感觉自己很没用。我总是觉得我会……呃，自然而然地习惯飞行。但我光是让战机面朝正确的方向，就已经很费力了。

克雷尔人再次移动到欠揍脸的后方，欠揍脸轻骂了一句，随后做了个近乎完美的双 S 字闪避动作。突然间，一切在我眼中真实了许多。那是我的队友之一，而敌人正尽全力想要杀死他。

"干得好，约尔延，"科布说，"但将来做这种动作时要当心。如果你的飞行技术明显比同伴好太多，克雷尔人就会立刻以你为目标。一旦他们识别出小队的队长，就会率先攻击他。"

"他们不是应该攻击最弱的飞行员吗？"FM 问，"最容易干掉的那些。"

但这不是克雷尔人的思维方式。他们总是以自己能找到的最优秀飞行员为目标，试图摧毁我们的指挥系统。

"我回头再解释，"科布的语气带着紧张，"内德，可以的话，你应该再跟紧一点约尔延。等那个克雷尔人试图尾随约尔延的时候，就得担心被你尾随了。"

　　幸好克雷尔人会以优秀的飞行员为目标，因为赫尔和我简直就像活靶子。我们连转向都很费力，但欠揍脸……他做出了完美的奥斯隆式筋斗，几乎甩开了那架克雷尔人战机。

　　不幸的是，欠揍脸的下一次旋转不够娴熟。他的动作没问题，但在结束的时候，他的机首不小心转向了其他队员。我听到了他在无线电里咒骂的声音，而他试图急转，但在后追赶的敌机的炮火仍旧飞向了我们的队伍。

　　他们分散开来，战机朝四面八方转向。比姆和那个有刺青的寡言女孩晨潮发生了擦碰，他们的战机各自弹开，但没有撞上别人。几发毁灭光束正中利格的战机，但他的护盾撑住了。那几道闪光撼动他的波科级战机时，他仍旧朝着无线电尖叫不止。

　　我咬紧牙关，心脏狂跳的时候，赫尔和我总算让机首转到了正确的方向。但这意味着我们正穿过四散的战机之间，而我这次险些撞上比姆。

　　见鬼。我明白上将的理由，可我们根本不应该来这儿战斗。以这个速度，今天燃烧的火葬柴堆恐怕只会是我们自己的。可怜的金玛琳碰到了高度控制杆，因此落到了下方大约五百英尺远的位置。

　　欠揍脸勉强维持在克雷尔人的前方，虽然他早就把内德远远甩开了。我向前推动节流阀，我的战机暂时抵消了重力，但几秒钟过后，它便卷土重来，将我推回椅背，也让我的身体更加沉重。

　　"援军在哪儿！"欠揍脸发话的同时，敌人的炮火敲打在他的护盾上。

　　"随时都会到。"科布说。

　　"我恐怕没时间了！"约尔延说，"我要试着引诱那艘飞船跟我爬升到高处，让防空炮攻击它。通知他们吧。"

　　"好了，"科布说，"克雷尔人飞船的护盾还在，所以你也许得让它在防空炮的射程里多留一会儿，让炮手多打中几次。"

"好吧……我会试试看……在我的仪表板上闪烁的这个红灯是什么？"

"你的护盾失效了。"科布轻声说。

我可以救他，我不顾一切地想，我必须救他！他们两个爬升了不少高度。我唯一的希望就是尽快赶过去，尾随在克雷尔飞船后面，将它击落。于是我将机首转向上方，将节流阀用力前推，让助推器过燃。

我向上飞去，而重力向下碾压着我，让我的身体更加沉重。这种感觉无比怪异，和我的想象截然不同。我感到自己的皮肤被拖向下方，仿佛随时会滑下我的脸，而我的手臂逐渐沉重，操控方向变得困难起来。

更糟的是，反胃感袭向了我：我的胃也在下沉。再过几秒钟，我就会开始失去意识了。

不……我被迫抓住节流阀，将它向后拉，减缓战机的速度。我勉强阻止自己昏迷过去。

在下方，保护阿尔塔基地的巨大防空炮开始开火，但和速度飞快的战机相比，它们显得笨重又迟钝。爆炸吹散了约尔延小小的波科级和克雷尔人那艘古怪的未完工飞船后方的空气。在迸发的光芒中，一门防空炮击中了克雷尔飞船，突破了它的护盾，但它仍在飞行，紧追在约尔延身后。

它的下一发炮火不可能错过目标。

不！

在那个瞬间，一道纯粹的光束从下方射来，径直刺穿了克雷尔人飞船的中央。它在闪现的火光中炸成了碎片。

约尔延长出了一口气。"替我感谢增援，科布。"

"那不是他们干的，小子。"科布说。

"噢！"金玛琳说，"我打中了吗？我打中了！噢，你没事吧，欠揍脸？"

我皱起眉头，看向下方。那是金玛琳射出的光束。她把战机悬停在了下方侧面，但不是为了逃跑，而是为了找到能够准确攻击敌人，又不让炮火穿过我们之间的角度。

说实话，我很震惊。听约尔延的语气，他似乎和我感受相同。"见鬼！"他说，"小怪，你刚刚从远距离狙击了一架克雷尔战机？"

科布的轻笑声透过无线电传来。"我猜你的档案上写的都是事实，小怪。"

"是小……"她开口想要反驳，但随即叹了口气，"算了，就'小怪'吧。总之，是的，长官。"

"这是在说什么？"约尔延问。

"她是丰饶洞穴的防空炮手之女。"科布说，"在历史上，操纵小型防空炮时有良好准头的人往往会成为优秀的飞行员。小型防空炮的旋转座椅适合移动开火，而这位'小怪'的精度就非常惊人。"

"说实话，我根本没想过参加飞行员考试，"她用不怀好意的口气说，"但挑战军的征兵人员跑过来，要我做演示，所以我别无选择，只能拿出真本事给他们看。'最好的谦虚就是在吹嘘的同时表现自己。'圣徒这么说过。当他们告诉我，我也许能当上飞行员的时候……好吧，我承认我是有那么点兴奋。"

她能够跻身于我们之间，突然说得通了。

"停止对话，"约尔延说着，语气带着动摇，"进行现状报告，从伤者开始。"

"我……"利格说，"我被击中了。"

"你伤得多重？"

"只是受了点惊，"利格说，"但我……我在战机里吐了。"

这话让赫尔大笑起来。

"利格马洛，返回基地，"约尔延立刻说，"晨潮，护送他回去。其他人，排成一队。"

我们服从了命令，这次规矩了许多。我们看着远处的交火场面，逐渐停止了说笑，但援军很快飞来，替下了我们。科布命令我们返回基地，于是我们跟着另一支充当假援军的学员小队一同离开。

我们在利格和晨潮的战机附近着陆；他们两人已经离开，或许是带利格找地方坐下和恢复冷静去了。他很容易惊慌，我得找到他，看看他需不需要找人谈心。

我们爬出战机的时候，赫尔兴奋地大叫一声，跑向金玛琳。"你的初次击坠！如果你在读完飞行学校之前就当上王牌，我会吐的！"

我们聚集在金玛琳身边，拿着头盔，向她道贺，而她明显不知所措。就连欠揍脸也朝她点点头，又抬起拳头来代表称赞。

我挤到他身边。他刚才的一部分表现真的很棒。"嘿，欠揍脸……"我开口道。

他猛地转向我，名副其实地怒吼起来。"你。我们需要谈谈，学员，你非常需要态度矫正。"

什么？他就非得选在我要夸他的时候吗？"真巧啊，"我厉声道，"你非常需要面部矫正。"

"又要这样了吗？你就非得惹麻烦不可？顺带一提，你那件飞行服是从哪儿弄来的？我还以为偷尸体的衣服是犯法的。"

见鬼。他的飞行技术也许是很出色，但那张脸……我还是很想揍他。

"留神你自己吧。"我说着，只希望自己有东西可站，让我的视线可以跟他齐平，"等你变得支离破碎，为自己失去的地位哀伤时，我会用自己的身影吞没你的影子，并且嘲笑你的不幸。"

"你真是个奇怪的小丫头，斯苹。"

小丫头？

小丫头？

"我——"

"立正！"科布喊着，一瘸一拐地走到我们聚集的地方。

小丫头？

我怒火中烧，但想起先前受到的责骂以后，我勉强控制住了自己的脾气，和其他人排成一队。我故意不去看欠揍脸。

"刚才那些，"科布说，"是我在学员身上见过的最让人尴尬，也最振奋人心的表现！你们应该羞愧，以及骄傲。去训练室拿上你们的背包，然后来校舍的埃普西隆厅找我做铺位安排。你们都需要冲个澡，再吃点东西。"

其他学员转身跑开。我本想留下询问利格的状况，但科布命令我先走。看起来他不喜欢别人等着步履蹒跚的自己。

我跟在其他人身后，感觉……好吧，确实就像科布说的那样：既羞愧又骄傲。

我飞上了天空，我参加了战斗，我……

我加入了挑战者防卫军。

然而，我的表现却糟糕透顶。尽管我夸下了海口，又做了那么多准备，我带来的妨碍却比帮助更大。我还有很多地方需要改进。

而且我会的，我会学习。我是个战士，这点多亏了奶奶的教导。战士该做的不是逃避失败，而是吸取教训，做得更好。

我们穿过校舍的走廊时，广播在噼啪声中响起。"今天的战斗是一次难以置信的胜利，"铁甲上将说，"是挑战者力量与顽强的证明。记住你们为何而战。记住，一旦敌人的灭生炸弹进入射程，他们摧毁的不仅仅是这座基地，还要加上基地下面的所有人，以及我们所爱的一切。你们就是文明与疯狂的界限。

"我要特别感谢尚未命名的学员 B 小队和 C 小队的新学员们。这些学员的初次上阵足以证明他们是令人佩服的一群人，但也可能存在例外。"

可能存在例外。见鬼，率领整个挑战军的上将怎么能这么小心眼儿？

我们走进教室，那里放着我们带到阿尔塔基地的衣物背包。我把背包挎到肩上的时候，它撞到了赫尔。那个健壮的女孩大笑起来，拿她和我的战机险些相撞的事说了句俏皮话，而我也露出微笑。我们的表现似乎让她精神振奋，而非灰心沮丧。

我们朝学员铺位所在的走廊前进的时候，赫尔放慢速度走在我身边，免得让我落单。在前方，其他人为内德说的话放声大笑，而我决定不给铁甲找我麻烦的借口。我有整个小队做我的盟友，而且除了欠揍脸之外，他们似乎都是些好人。也许在这里，我会头一次找到适合我的地方。

我们找到了学员铺位：那是两条两旁排列着房间的走廊，其中一条是男生用，独立的另一条是女生用。所有人都知道，在就读飞行学校期间，恋爱是严格禁止的；在毕业之前，不允许做出任何逾矩行为。而且谁会有那种时间？不过我必须承认，比姆穿着飞行服的时候是挺帅的，我也喜欢那头蓝发。

我们和男孩们一起去探望了利格。他们的房间几乎和我、母亲和奶奶在火成岩洞穴共用的那个房间一样小。这间小寝室的两面墙壁边各自摆着上下铺式的两张床。阿图罗、内德和欠揍脸的床上挂着铭牌，利格已经躺在了第四张床上。有人为比姆搬来了一张简易床，可怜的家伙。

利格在睡觉（好吧，或许是装睡），但这表示他暂时想要独处。所以我和女孩们回到自己的走廊里。我们找到了分配给自己的房间，那儿同样又窄又小。它和男孩们的房间一样，摆放着四张床，每一张都有表明铺位主人的铭牌。金玛琳、赫尔、FM 和晨潮，铭牌上写的是她们的真实姓名，但我宁愿在脑海里用呼号称呼她们。也许金玛琳除外。她真的希望被人叫作"小怪"吗？我得跟她谈谈才行。

无论如何，此时此刻，另一件事吸引了我的注意力。没有我的床铺和铭牌，连简易床都没有。

"噢，太不幸了，"金玛琳说，"我猜你只能睡简易床了，斯苹。等他们把床搬来以后，你愿意的话，我可以每隔一晚跟你换着睡。"

以军队的标准来说，这女孩有点好心过头了。

可我的小床又在哪儿？我看向走廊的另一头，发现科布正一瘸一拐地走来。两个身穿宪兵制服的人停在他后方的走廊里，徘徊不去。他们没有朝我靠近，但又形迹可疑地等待着。

我把其他人留在房间里，自己走到科布面前。"长官？"

"我试过了，他们不肯听，"他面露苦相，"你没有铺位，食堂也不会给你提供伙食。"

"什么？"我肯定是听错了。

"你可以进我的班级，我在这件事上有最终决定权，但挑战军的其他部门都不赞同我的做法。我没有指挥那些设施的权限，而他们决定不给你分配资源。万幸的是，你可以训练和驾驶波科级，但就这样了。抱歉。"

我感到脸颊发冷，怒火在心头升起。"如果我连饭都没得吃，又该怎么飞行？"

"你只能从火成岩带饭过来了，"他说，"你的家庭申请券可以在那儿使用。你必须每晚坐电梯下去，然后再在早上坐回来。"

"电梯要花上几个钟头！"我说，"我所有的闲暇时间就都得用来通勤了！如果我没法跟别人住在一起，又该怎么成为小队的一员？这简直……这简直……"

"太离谱了，"科布说着，对上我的视线，"我同意。那你要放弃吗？"

我深吸了一口气，然后摇摇头。

"好姑娘。我会告诉其他人，是某种愚蠢的内部政治理由导致你没法分到铺位，"他瞥了一眼那些宪兵，"这些讨人喜欢的家伙会送你离开基地，并确保你不会睡在大街上。"他凑近身子，又说："这只是又一场战斗，斯苹。我提醒过你，他们不会让你好过。我会想办法解决这事。在那之前，保持坚定吧。"

然后他一瘸一拐地走开。

我无力地靠着墙壁，感觉就像被人砍断了双腿。我永远没法找到归宿，我恍然大悟。上将会确保我做不到。

宪兵们把科布的离开当成了可以接近我的暗示。"我会走的。"我说着，背上背包，朝出口走去。他们尾随在后。

我想和其他人道别，但……我又不想解释情况。于是我选择直接离开。我会等明早再回答他们的问题。

突然间，我感到精疲力竭。

别让他们看到你屈服，我这么想着，将背脊挺得笔直。那些宪兵护送我离开了这栋建筑物，经过某条走廊的时候，我相当肯定自己看到了铁甲正在目送我离开。

但等我走出飞行学校以后，那些宪兵就离开了。所谓的"确保我不会睡在大街上"也就只是这样。也许这正是铁甲的目的。如果我因为流浪街头被捕，她恐怕就能把我赶出挑战军了。

我发现自己在校舍外踱着步子，不想就这么离开。不想抛下其他人，抛下我所想象的队友情谊。

独自一人。不知为何，我依然是独自一人。

"我忍不下去了，科布！"有个声音从附近传来。

那是……欠揍脸？

我凑近校舍，看向转角的那一边。这儿是学校后门。的确，欠揍脸正站在门口附近，和站在门里的科布说话。

欠揍脸抬起双手。"如果他们不尊重我，我又该怎么成为队长？他们用那种称呼叫我的时候，我又该怎么发号施令？我得想办法让他们屈服，禁止他们那么叫我，命令他们服从。"

"孩子，"科布说，"你不怎么了解军队，对吧？"

"我为了参军受了一辈子的训练！"

"那你就应该知道，尊重得来不易，它来自经验和时间。至于那个名字，他们已经有点叫顺口了，所以你有两个合理的选择：忽略它，适应它，希望别人能够改口，或者全身心接受它，让讽刺的意义随之消失。"

"我不会这么做的。他们这是在违抗上级。"

我摇摇头。真是个糟糕的领袖。

"孩子……"科布开口道。

欠揍脸交叠双臂。"我必须回家了。我预计要在1900和公路洞穴的大使共进正式晚宴。"欠揍脸走向街上的一辆外观非常漂亮的车子。那是一辆私人悬浮汽车，配有专属的小型上升环，对吧？我在下面的洞穴里偶尔能看到。

欠揍脸爬进车里，启动了它。引擎传来颤音，不知为何，它听起来比助推器的平稳动力要原始得多。

太见鬼了，我心想，这家伙到底多有钱？

他的家族肯定拥有堆积如山的功绩，所以才能负担得起这样的东西。似乎也正因如此，他太富有了，没法和别人一样睡在宿舍里。他以流畅的动作驱车离开。这一切显得那么不公平：我无法得到的东西，他却不屑地丢开，仿佛那是一块难吃的老鼠肉。

我挎上背包，迈着沉重的步子离开。我穿过这片高墙环绕的挑战军设施的大门时，另外一组宪兵在笔记本上记下了我通过的时间。我迈着沉重的脚步穿过宽阔的街道，朝电梯走去。我居住的街区位于火成岩洞穴的远端，所以我每次通勤真的得花上好几个钟头。或许我能在下方的电梯入口附近找到暂住的地方？

但我还是觉得很不舒服。我走向电梯，可那儿排着长龙，或许是因为之前的故障。我做好了长时间等待的准备，但随即回头看向左边，看向那些建筑和田地的另一边。居住在那里的农夫都是另一种意义上的"挑战者"，尽管阿尔塔基地本身有护盾和围墙，这座临时建造的城市却连围栏都没有。有什么必要呢？城市外面就只有灰尘、岩石以及洞穴。

我突然有了个主意。它离这儿不远……

我离开电梯前的队伍，走向远处，经过房屋、经过作物。在那里劳作的农夫们转头看我，但一言不发，而我就这么把城镇甩在身后。这儿才是我真正的家：洞穴、岩石，还有开阔的天空。自从父亲死后，我待在这儿的时间比在火成岩洞穴还要久。

从这儿到那座有坠落战机的洞穴大约需要步行三十分钟，但我没怎么费力就找到了路。洞口比我想象中要小，但我带着光索，于是顺利降到了洞底。

那架旧战机比我印象里更加破旧，或许是因为我刚驾驶过新的。但驾驶舱很舒适，座椅也可以毫无困难地放平。

这是个蠢主意。如果残骸坠落，我可能会被困在塌方的洞穴里。

于是就这样，我躺在一架被人遗忘的战机里的临时铺位上，沉入了梦乡。

12

在星际战机的驾驶舱里醒来，几乎是我最难以置信的经历。好吧……仅次于驾驶星际战机。

我在黑暗里伸展四肢，为驾驶舱里的空间而吃惊。它比挑战军战机的那些要宽。我让光索发出微光，随后确认了时钟：0430，离今天的上课时间还有两个半钟头。

总体来说，我并不觉得特别疲惫，只是有点疼痛，毕竟——

有个东西坐在驾驶舱的内侧边缘，注视着我。

这东西跟我在洞穴里见过的任何东西都不一样。首先，它是黄色的。又扁又长，身上还有某种滴状斑点，背上长着小小的蓝色尖刺，在它的亮黄色皮肤上形成了某种图案。它是看起来就像一整条面包那么大的鼻涕虫，只是更细一点。

我找不到它的眼睛，但在我看来，它折叠身体时只抬起前半部分的样子有点像……花栗鼠？就像我们在关于野生生物保护洞穴的课上看的录像里那种。

"你是什么？"我轻声问。

我的肚子叫唤起来。

"还有个同样重要的问题，"我补充道，"你可以食用吗？"

它扭动"脑袋"看向我，不过它似乎没有眼睛或嘴巴。好吧，也没有脸。但它的确从背后的尖刺那里发出了长笛般的柔和颤音。

如果说我从采集洞穴蘑菇这件事里学到过什么东西，那么明亮的色彩就代表："聪明人，不要吃我，否则我的同胞很快就会把你当成大餐了。"还是别把这只奇怪的洞穴鼻涕虫放进我的嘴里为好。

我的肚子咕咕直叫，但在背包里摸索以后，我找到了半块放了很久的藻类干粮条。剩下的时间也许勉强够我回火成岩洞穴去拿食物，但那样感觉就像……就像打输了架以后夹着尾巴溜回家一样。

上将想要让我屈服，对吧？噢，她不知道自己要对付的是谁。在捕鼠方面，我可是训练有素的世界级资深专家。

我靠着椅子坐起身，在宽敞得惊人的驾驶舱后部四下摸索。通常而言，战机上每一平方厘米的空间都是必要的，但这架战机的飞行员座椅后方似乎有放置货物的空间，还有一张像是为乘客准备的折叠式座椅。

昨天晚上，我好像在这儿看到了几件旧工具。果不其然，我找到了一卷塑纤绳。密封的驾驶舱将它保存得很好，虽然这种材质原本就相当难以破坏。我抽出一段，将它拆散。

那只鼻涕虫似的东西待在控制面板上，看着我，不时倾斜它的"脑袋"，发出长笛般的响声。

"是啊，"我说，"好好看着吧。"我把舱罩完全推开，跳下了战机。我昨晚没敢关上它，担心舱内无法通风。就像我希望的那样，我听到黑暗中传来飞快的爬动声，又在墙边的几颗蘑菇那儿发现了老鼠的排泄物。

我更希望矛枪在手边，但在必要的时候，只要用我的干粮条做诱饵，圈套也能派上用场。我满意地退开。那只鼻涕虫移动到了这架旧飞船的机翼部位，在我听来，它朝我发出的长笛音似乎带着好奇。

"那些老鼠，"我说，"不久就将体会我饥饿的怒火，而它的体现便是通过这些小小的正义绳圈。"我笑了笑，然后意识到自己的谈话对象是一只古怪的洞穴鼻涕虫，这甚至刷新了我在丢脸方面的下限。

但我还有时间要打发，于是我审视起那架战机来。起初，我考虑过把这东西修好。在考试刚结束的时候，我幻想过一个截然不同的未来：我带着自己的战机前往挑战军，迫使他们接纳我。

那些幻想如今显得很……不可靠。这东西的状况不佳，不光是那只弯曲的机翼，又或是后部破碎的助推器，驾驶舱之外的所有部位都布满了刮伤、扭曲和缺口。

但也许只有外部是这样，如果内部机构完好，那么这架战机也许可以修复？

我拿起工具箱。它经受时间考验的结果比不上那条绳索（当时似乎有一点点水汽困在了箱子里），但生锈的扳手仍旧是扳手。于是我搬开几块石头，然后爬到战机下面，靠近上升环的位置。就像每个学生那样，我懂一点基础机修技术，但和飞行模式与战机设计相比，我学得没有那么刻苦。利格总是责备我，说优秀的飞行员应该有能力修理自己的战机。

我从没想象过自己会待在古老的洞穴里，只靠光索的橘黄色光芒作为照明，试图撬开一件老旧垃圾的检修口盖板。我终于拆下了那东西，看向里面，回忆着课程的内容。

那个也许是助推器的通风和燃料喷射系统，那个肯定是上升环的稳定器……

这里头有很多我认不出的东西，但我成功找到了那个半米见方的盒子。作为动力矩阵，它是这架战机的动力源。我有些费力地将它取下，然后爬到外面，用我的光索将它从机身底部拖了出来。

令人吃惊的是，将它与战机相连的电线状况良好。造出这东西的人肯定希望这些电子器件能使用很久，动力矩阵的插头也和我们现在使用的相同。坠落于岩屑星之前，我们在舰队里使用的就是这种插头，或许它能帮助我确定制造年代？

我爬回机身下方，看向战机内部。可这又是什么？我用指节轻敲一只硕大的黑色盒子，思索起来。在漫长的岁月过后，它依旧光可鉴人，与其他部分的机器显得很不搭调。但话说回来，对如此古怪的战机来说，我又有什么资格判断哪些零件搭调，哪些不搭调？

在心血来潮之下，我拆开光索上的小巧动力矩阵，把连着战机的一根较细的电线接了上去。战机前部传来一声轻柔的"叮"，检修口内的一盏指示灯亮了起来。

见鬼。光索的动力矩阵显然太弱了，但如果我手头有真正的动力源，也许就能让这艘飞船的某些机能运作起来。它的一边机翼弯曲，助推器也坏了，但这个念头依旧令我兴奋。我抬头看向战机内部。

那只鼻涕虫也在里面，身体缠在一根电线上，挂在那儿，用明显充满好奇的姿势俯视着我。

"嘿，"我说，"你是怎么进去的？"

它用笛声回应。那是同一只鼻涕虫，还是另一只？我爬出去确认，但没看到附近有别的鼻涕虫。我倒是听到墙壁附近传来爬动声：我的圈套抓到了一只看起来相当肥美的老鼠。

"瞧见没？"我说着，朝战机下面看去。鼻涕虫落到了那边的石头上。"你还觉得我做不到呢。"

我剥掉鼠皮，取出内脏，然后割下它的肉。工具箱里有支微型焊枪，而光索的动力矩阵对它来说绰绰有余。我用它和一块金属做了一口平底锅，没过多久就开始烹调老鼠肉了。我没有调味料，但至少不用饿着肚子去上学。

我可以用学校的盥洗室，我心想，他们昨天没有禁止我去那儿。而盥洗室里有健身后使用的清洗舱。我可以在早晨弄些蘑菇，设置更多的圈套，然后……

我真的打算像穴居人那样生活吗？

我低头看着那只烹调中的老鼠。要么住在这儿，要么就只能像上将希望的那样每晚通勤。

这是掌控自己人生的一条路。他们不打算给我食物和铺位？很好。我不需要他们的施舍。

我是个挑战者。

13

果然，我在0630抵达校舍的时候，宪兵们没有阻止我径直前往盥洗室。我在那里清洗了双手，等其他女性离开后，我飞快地脱了个精光，把衣服和内衣丢进衣物清洗处，接着钻进了清洗舱。那台机器的外形和棺材有些相似，只是较小的那头有个开口。

清洗过程还不到两分钟，但我再次等到盥洗室里空无一人，这才爬出清洗舱，取回了变得干净的衣服。等到0650时，我已经和大家一起坐进了教室。其他人正热烈地讨论着食堂的早餐，其中包括真正的熏猪肉。

我会让怒火在心底燃烧，我这么想着，努力安慰自己，直到它最终爆发，而我也得以复仇的那一天！在那之前，就让它慢慢酝酿吧。就像在热煎锅里小火慢炖的一块多汁的熏猪肉——

见鬼。

不幸的是，还有个更大的问题。现在是0700，但有个模拟驾驶舱还是空的。利格又迟到了。看在群星的分上，为什么他过去十年里每天都能提早去上学，却在飞行学院连着两天迟到？

科布一瘸一拐地走进教室，然后停在利格的座位旁边，皱起眉头。片刻过后，利格本人的影子出现在门口。我紧张地确认了时钟，忽然反应过来。利格的肩头挎着背包。

科布什么都没说。他只是对上利格的双眼，然后点点头。利格转身离开了。

"怎么了？"我说着，跳起身来，"怎么了？"

"在第一场战斗过后的那天，"科布说，"总会有那么一个。通常来得没这么快，但迟早都会碰上。"

我追在利格身后，匆忙跑进走廊，感到难以置信。"利格？"

他脚步不停。

"利格？你在干吗？"我跑向他，"这么一场小小的战斗就让你放弃了？我知道你受了惊吓，但这是我们的梦想！"

"不，斯潘莎，"他说着，终于在空空荡荡的走廊里停下脚步，"那是你的梦想，我只是奉陪的而已。"

"那是我们的梦想。那么多的学习，那么多的练习。飞行学校，利格，这可是飞行学校！"

"你只是在不断重复这几个字，就好像我听不见似的，"他面露微笑，"但不肯听的人并不是我。"

我目瞪口呆。

他拍拍我的肩膀。"我猜这么说不太公平。我的确一直都想考进来。当你身边的人有那么远大的梦想时，要不被那种兴奋感染真的很难。

我想向自己证明，我能通过考试，而我的确通过了。

"但我随后就飞上了天空，斯潘莎，体会到了那种感觉……毁灭炮击中我的时候，我明白了，我没法每天都做那样的事。抱歉，斯潘莎，我不是当飞行员的料。"

我无法理解这些字眼，就连他吐出的声音都显得那么怪异，仿佛他不知怎么的切换到了某种外语。

"我考虑了一整晚，"他说着，语气悲伤，"但我明白，斯潘莎，在内心深处，我始终明白自己不适合战斗。我只希望我知道自己现在该去做什么。通过考试一直都是我的最终目标，你明白吗？"

"你这是半途而废，"我说，"放弃，逃避。"

他缩了缩身子，而我突然有些难受。

"不是所有人都必须成为飞行员，斯潘莎，"他说，"其他工作也很重要。"

"这是他们的说法，根本不是真心话。"

"也许你是对的。我也不知道。我猜……我需要再考虑一下。有什么工作只需要考试？事实证明，我在这方面相当在行。"

在转身离开之前，他短暂地拥抱了我，而我只是震惊地呆站在那儿，盯着他的背影看了好一会儿，直到科布出来找我。

"再闲逛下去，学员，"他说，"我就要算你迟到了。"

"我不敢相信你就这么让他走了。"

"找出最适合去下面帮忙而不是在上头送命的孩子，也是我工作的一部分，"他把我往教室里推了推，"等这一届学员毕业的时候，空出座位的人不会只有他一个。去吧。"

我回到教室，在自己的模拟舱里安顿下来，也逐渐理解了那些话语的言外之意。科布似乎很乐意送走我们之中的一员。他究竟见过多少学生被敌人击落？

"好吧，"科布说，"让我们瞧瞧你们还记得多少昨天学到的东西。系上安全带，戴上头盔，打开全息投影仪的开关。让你的小队起飞吧，队长，然后向我证明你们没有一觉醒来就忘了个精光。这么一来，我也许就可以教你们真正开始飞行的方法了。"

"还有武器？"比姆热切地问。

"这可没门，"科布说，"你们会不小心击落队友的。先学基础。"

"可如果我们又一次被迫起飞战斗呢？"阿图罗问。我还是不记得他的呼号该怎么念。安菲比耶斯？还是类似的词？

"那样的话，"科布说，"你就只能指望小怪再帮忙把他们打下来了，孩子。闲话够多了！我给你们这些学员下了命令！"

我系上安全带，启动了那台装置。但在全息影像包围我之前，我最后看了一眼利格的空座位。

我们用那个早上练习了如何一致转向。

驾驶星际战机和驾驶某些外围氏族使用的旧式飞机有所不同。我们的战机不仅拥有能将我们维持在空中（无论有没有速度）的上升环，星际战机还拥有名叫"大气风斗"的强大装置，能在很大程度上减少空气阻力对我们的影响。

我们的机翼仍有其作用，大气层的存在也在很多方面为我们提供了便利。我们能做出标准的倾斜转弯动作，侧过机身，像鸟儿那样迅速转弯。但我们也能做出某些星际战机风格的飞行动作，比如停在空中，直接朝我们希望的方向旋转机身，然后启动助推器。

在我们一遍又一遍地练习这两个动作的过程中，我切身体会到了两者的差别，直到我几乎受够了飞行为止。

比姆问个没完。这个蓝发男孩的举止带着热情和诚恳，让我很有好感，但我并不赞同他对使用武器的渴望。如果我希望有朝一日能在飞行技术上超过欠揍脸，就必须学好基础。在昨天的冲突中拖慢我速度的，正是不够利落的转弯动作。所以如果科布希望我练习转弯，我就会照做。直到我的手指开始流血，直到我磨掉双手的血肉，萎缩成一具骷髅为止。

一具能够极其漂亮地转弯的骷髅。

我跟着队形左转，随即反射性地向下猛拉机首。赫尔在她那根轴上转弯的幅度太大，又朝我的方向俯冲了太多。她径直撞上了FM，后者的隐形护盾挡下了碰撞。但FM的技术没有高超到能设法抵消那股推力，于是她朝着另一个方向失控旋转起来。

两架战机同时坠落下去，撞上了岩石地面，随后分别发生了爆炸。

"见鬼。"FM说。她打扮体面，靴子搭扣是金制的，发型也很时髦。

然而，赫尔却只是大笑起来。她经常这么做，或许有点过于自得其乐了。"哇！"她说，"好一场大爆炸。科布，这表演能让我得到多少分数？"

"分数？你觉得这是个游戏吗，学员？"

"人生就是游戏。"赫尔说。

"噢，好吧，你刚刚失去了全部分数，而且死了。"科布说，"如果你像那样失控旋转，就应该弹射逃生了。"

"呃……我该怎么做来着？"内德问。

"你是认真的，内德？"阿图罗问，"我们昨天复习过这个了。看看你两腿之间的那根操纵杆。看到上面那个大大的'E'了没有？你觉得那代表什么？"

"我还以为它代表'紧急'[1]。"

"那你在紧急的时候会怎么做？我是说在战机里？你……"

"呼叫你，"内德说，"然后说：'嘿，阿图罗，那见鬼的弹射操纵杆在哪儿？'"

阿图罗叹了口气。我露齿而笑，看向窗外的下一架战机，勉强能看见里面那个女孩。即使戴着头盔，晨潮的刺青也依稀可见。她刻意偏开目光，甚至没有笑。

好吧。

"返航吧，"科布对我们说，"快到午餐时间了。"

"返航？"比姆抱怨道，"我们不能直接关掉全息影像，然后去弄点吃的吗？"

1　此处的"紧急"（emergency）和"弹射"（eject）首字母都是E。

"当然可以。关掉它，弄点吃的，然后从哪儿来回哪儿去吧，因为我没时间教那些拒绝练习着陆的学员。"

"呃，抱歉，长官。"

"别把电波浪费在道歉上，学员。遵守命令就好。"

"好吧，队员们，"欠揍脸说，"标准分散队形，朝165位置倾斜转向。"

我们服从了指示，重新排成一列，朝虚拟版本的阿尔塔基地飞去。"科布，"我说，"我们要练习在失控下降的时候让战机恢复正常吗？"

"别再提这个了，"他说，"你们很少会碰到类似的情况，就算真的碰到了，我也希望你们学会拉下弹射操纵杆。我不希望你们听信'拯救自己的战机'之类的吹嘘。"

"长官，可如果我们真的能拯救它呢？"约尔延说，"优秀的飞行员不是应该为了保护上升环尽己所能吗？它们的数量稀少，所以根据传统，我们应该——"

"别跟我引用那条愚蠢的传统，"科布厉声道，"我们对优秀飞行员的需要和上升环一样多。如果你们失控下降，就弹射逃生。听懂了吗？"

另外几个人给出了口头确认。我没有。他没有否认那个最重要的事实：如果学员弹射弃机，就会永远失去飞翔的机会。也许等我成为正规飞行员以后，我会考虑弹射，但在眼下，我是绝对不会拉动那根操纵杆的。

无论如何，从我手中夺走那种机会，对我来说就和死了没区别。

我们着了陆，全息影像也随之关闭。其他人开始陆续离开教室，去食堂吃午餐，为FM和赫尔爆炸时的壮观场面放声大笑。金玛琳注意到我还留在教室里，想要停下脚步，但科布动作轻柔地把她推出了教室，让她跟上其他人。

"我跟他们说明了情况，"他说着，在门口停下脚步，"电梯那边说你昨晚没回火成岩？"

"我……我有个熟悉的小洞穴，离城市大概半小时步行的距离。我觉得在那儿过夜可以节约时间。我习惯了在隧道里搜刮东西来度日。我在那儿住得更舒适。"

"随你的便吧。你今天带午餐来了吗？"

我摇摇头。

"从今天开始这么做吧。我可不希望你因为饥饿而在训练时分心。"然后他离开了。没过多久，我听到了远处的人声。欢笑声的回音从食堂那边传来。

我考虑过继续训练，但又不确定自己能否在无人监督下使用这些机器。但我也没法坐在这儿，在那种声音里度上一小时，于是我决定去散个步。说来也怪，飞行让我那么疲惫，可我仍旧保留着能让自己坐立不安的紧张情绪。

我离开了训练用校舍，也注意到了在走廊里站岗的那两个宪兵。他们站在那儿，真的是为了阻止我顺走哪怕一个面包卷吗？为了跟一个无足轻重的学员对着干，上将花费的资源可真不少。但反过来说，如果你决定和人打架，就应该尽可能求胜，而我只能敬佩这种做法。

我离开了挑战军基地，朝着墙外的果园走去。那儿有照看树木的工人，但也能看到其中身穿制服的人，小路两边还放置了长椅。看起来，喜爱与真正的植物做伴的人并不只有我。不是真菌或者苔藓，而是实实在在的树木。我浪费了整整五分钟去抚摸树皮和拨弄树叶，有些怀疑这些东西都是用某种高度仿真的塑料制造的。

最后，我走出果园，抬头看向残骸区。就像以往那样，我能分辨出庞大的形状：那是空中暗淡的灰色和线条，然而它太过遥远，看不清任何细节。一盏天光径直飘过我的头顶高处，非常明亮，如果我直视过去，就会双眼泛泪。

我没找到能看穿整个残骸区的缺口。和父亲来到地表的那一刻，是我唯一一次看到太空本身。上面的垃圾有很多层，又以不同的规律环绕这颗星球转动。

建造这一切的是怎样一群人？在我的氏族里，有些孩子散播过"岩屑星其实就是旧地球"的流言，但父亲大声嘲笑过那种想法。这颗行星显然太小了点，而我们手里的地球地图又和它对不上号。

但他们是人类，至少使用的是我们的语言。奶奶那一代人是"挑战者"号及其舰队的船员，事先知道岩屑星在这儿。他们是特意来到这颗古老的遗弃行星的。这么做是为了躲藏，不过着陆时的受损程度比他们预想的要严重。我试图想象他们当时的感受。离开天空，离开自己的飞船，被迫分散成氏族，东躲西藏。对他们来说，抬头看到洞顶，会不会和我抬头看见天空时一样吃惊？

我在果园的小路上继续漫步。这里的工人粗野却友善。我经过的时候，他们会朝我微笑，有些人会匆匆敬个不规范的礼。我很想知道，如果他们听说我是那个臭名昭著的懦夫追击者的女儿时，会有什么反应。

在绕过果园、返回教室的途中，我看到了一群穿着西装和裙子、在果园里进行公务游览的人。在地表之下，你会在监督者身上看到这种衣着，就是那些贡献够大，可以搬到下层洞穴的人。那些地方更安全，保护措施更完善，更有可能撑过轰炸。就像是约尔延和他的狐朋狗友们。

他们看起来过于……干净了。

正要离开的时候，我发现了一件怪事：果园和基地之间有一排小型载具库。其中一扇门是开着的，欠揍脸那辆悬浮汽车隐约可见。我看向库内，注意到了它光滑的铬合金外壳，以及浅蓝配色。冰凉、柔软，而且明显很贵。为什么要把它存放在基地外的这儿？

或许是不想让别的学员搭车，我心想，压下了对它恶作剧的冲动，可是很勉强。

我经过大门，赶在其他人之前抵达了训练室。我径直走向自己的座位，已经觉得上次坐在驾驶舱里是很久以前的事了。我坐了进去，快活地长出一口气。我看向旁边，发现有人正看着我。

我着着实实地吓了一大跳。我进教室的时候，没注意到晨潮就站在墙边。我记不清她的真名是麦格玛还是麦格娜了。从这个维奇女孩身边长桌上的托盘来判断，她把食物带回了这儿，然后独自吃完了午餐。

"嘿，"我说，"那儿有什么吃的？闻起来像肉汁。是炖藻糊？土豆泥？猪排？别担心，我受得了。我是个军人。直接告诉我吧。"

她只是转过头去，面无表情。

"你的同胞是海军陆战队员的后裔，对吧？"我问，"来自'挑战者'号？我也是那艘旗舰上的引擎人员的后代。也许我们的曾祖父母相互认识。"

她没有答话。

我咬牙切齿地爬出了座位，径直走到她面前，迫使她看着我的双眼。

"你对我有意见？"我质问道。

她耸耸肩。

"噢，那就想办法解决。"我说。

她又耸耸肩。

我轻敲她的锁骨。"别看不起我，我不在乎维奇人的名声有多吓人。除了天上以外，我什么地方都不会去。如果非得跨过你的尸体才能到那儿，我也不会介意。"

我猛地转过身，走回我的模拟舱，心满意足地坐了下来。我也得给欠揍脸一点颜色瞧瞧。战士斯潘莎，嗯……感觉不错。

其他人终于涌入教室，各自就座。金玛琳悄悄走了过来。她左顾右盼，黑色长鬈发摇晃不止，仿佛要确认没人在监视她。

她把一只面包卷放到我的膝头。"科布告诉我们，你忘了带午餐。"她小声说。然后她站起身，朝另一个方向走去，同时大声说道："天空的景色真是太美妙了！就像圣徒常说的那句话：'幸好白天有光，否则我们就看不到白昼有多漂亮了！'"

科布看了看她，翻了个白眼。"系好安全带，"他告诉学员们，"是时候学点新东西了。"

"武器吗？"赫尔热切地问。比姆爬进自己的座位，点了点头。

"不，"科布说，"是转弯，朝另一个方向。"他的语气一板一眼，听到我的窃笑时，他还瞪了我一眼。"这不是开玩笑，我从不说笑。"

噢，那当然。

"在打开全息影像之前，"科布续道，"我要问问你们对目前为止的教学有什么感想。"

"什么？"内德说着，把他的大块头挤进驾驶舱，"我们的感想？"

"是的，你们的感想。怎么了？"

"我只是有点……吃惊，科布。"内德说。

"询问和聆听是有效教学的重要部分，蝰蛇！所以闭上嘴，让我开始问吧。"

"呃，好的，长官。"

"队长！你的想法是？"科布说。

"自信，长官。他们是一群乌合之众，但我想我们可以教好他们。凭借您的专业知识和我的——"

"很好，"科布说，"蝰蛇？"

"现在的话，有点迷茫……"内德说，"而且我觉得我吃了太多玉米卷饼……"

"赫尔！"

"我觉得无聊，长官，"她说，"我们能继续游戏了吗？"

"双头什么龙之类的蠢名字！"

"是'安菲斯比纳'，长官！"阿图罗说，"说实话，今天的活动不怎么吸引我，但我觉得练习基础会派上用场。"

"觉得无聊，"科布说着，在他的笔记板上写了些什么，"还有觉得自己比实际上要聪明。小怪！"

"棒呆了！"

"飞行员不会觉得'棒呆了'，孩子，我们只会精神饱满。"

"或者说，"我补充道，"为杀灭来犯之敌的前景而意气风发。"

"或者那样，"科布说，"如果你有精神疾病的话。晨潮。"

"不错。"刺青女子低声说。

"大点声，学员！"

"不错。"

"还有呢？我这儿还空着三行呢，总得写点什么。"

"我……我懒得说……太多……"她的嗓音带着浓重的口音，"不错，够了吧？"

科布抬起头来，眯起了眼睛，然后他在写字板上写了点什么。

晨潮涨红了脸，垂下目光。

她不会说英语，我反应过来。见鬼。我真是个白痴。旧舰队代表了许多地球文化，其中当然有些群体在作为孤立氏族躲藏了三个世代以后不会说我的语言。我从没想过这一点。

"比姆？"科布随后问，"孩子，你有呼号了没？"

"还在考虑！"比姆说，"我想取个好名字！唔……我的回答是……呃，我们什么时候能学武器？"

"你现在就可以拿上我的手枪。"科布说，"如果你答应会开枪打自己的话，我就写上'迫不及待想要送命'得了。愚蠢的表格。FM！"

"时常为挑战者文化里无所不在的恶意攻击行为而惊讶。"穿着入时的女孩说。

"这句挺新鲜，"科布说，"上将肯定会喜欢的。斯苹？"

"饥饿，长官。"而且我很愚蠢，蠢透了。我又看了一眼晨潮，回想起她一直以来表现出的冷漠。听过她浓重的口音和发错音的字眼以后，那些举动有了新的含义。还有别人跟她说话的时候，她总是转开目光的模样。

"好吧，总算结束了，"科布说，"系好安全带，启动全息影像吧！"

14

"你们是我们防线里最弱的一环，"科布说着，穿过教室中央，对坐在座位里，但尚未启动全息影像的我们九人说，"你们的战机能以惊人的效率加速，做出你们无法承受的转弯动作。它远比你们要强。如果你们死掉，也不会是战机拖了你们的后腿，而是你们拖了战机后腿。"

已经过去了一个星期，感觉模糊不清。每天在模拟舱里训练，在离心机里待上一会儿，然后每晚睡在那架古老战机的驾驶舱里。我彻底受够了没有调味的老鼠肉和蘑菇了。

"重力是你们最大的敌人，"科布续道，"你们要做的不只是留意重力，也必须弄清它在朝哪个方向推动你们。人类可以承受相当程度的反方向重力，比如以直线前进的时候。

"但如果你们爬升，或者进行大幅度的倾斜转弯，重力就会将你们推向下方，强迫你们头部的血液流到双脚。很多人在承受仅仅九倍重力或十倍重力的时候就会'重力锁死'，也就是失去意识。就像我们之前的练习那样，当你在自己的轴线上转向，然后朝另一个方向启动助推器……你会轻松超过一百倍重力，突如其来的动量足以让你的肠胃翻江倒海。"

内德举起了手。"所以，我们为什么要学习这些动作？"

"重力容。"我说。

科布指着我，点了点头。"你们的战机可以抵消猛增的重力。挑战军船舰配备了名叫'重力电容器'的装置。当你改变方向，或者飞快加速的时候，重力容会启动并偏转重力。重力容可以运作大约三秒钟，然后需要短暂的充电时间，因此在急转弯时的作用最大。"

我早就知道这些了。事实上，如果内德也被迫为考试学习过，他应该也是知道的。所以我让思绪徜徉，回想自己那架破旧的战机。我在修理古老战机方面的进展有限，毕竟我要把大部分时间花在狩猎和腌制老鼠肉上。我还是得去找一台动力矩阵……

"你们的战机有三种武器。"科布说。

等一下，武器？我的注意力立刻回到课程上，而我发现比姆也打起了精神。他那种听人提起武器就有反应的样子仿佛一只急不可耐的小狗，真的很可爱。

"是的，比姆，"科布说，"武器。可别激动得失禁了。三种里的第一种是最基本的毁灭炮，它是你们的主武器，但也是效率最差的。它能射出浓缩能量束，而且通常以短距离点射的方式进行攻击。"

科布停在金玛琳的座位旁边。"或者，在比较少见的情况下，它可以进行充能，以便进行长距离狙击。大多数飞行员只会用这种功能来摧毁无法行动的敌机，又或者在伏击时消灭某个敌人。在远距离用毁灭炮击中活动目标需要难以置信的技术。"

金玛琳咧嘴一笑。

"别得意，"科布说着，向前走去，"毁灭炮在对抗有护盾的敌人时基本没用，但你们还是会抓住一切机会朝他们开火，毕竟期待歪打正着是人类的天性。我会努力打消你们的这种观念，但说实话，就连正规飞行员也会死抱着毁灭炮不放，就好像那是他们小时候的心上人寄来的信。"

比姆笑出了声。

"这不是笑话，"科布厉声道，"启动全息影像。"

我们启动了装置，突然出现在了发射台上。等升空并完成口头确认以后，科布的嗓音伴随噼啪声在我的头盔里响起。"好吧，群星保佑，到了你们开始射击的时候了。毁灭炮的开关是你们在操控球上的食指旁边的那个按钮。按吧。"

我犹豫着按了下去。三道白热的光束接连从铅笔头似的机首射出。我咧嘴一笑，按下一次又一次，射出一道又一道光束。就这样，我得到了操控生与死的力量！而且不仅仅是老鼠的生死！

"别把它玩坏了，斯苹。"科布说，"看到你节流阀上的转盘了吗？可以用你左手的拇指旋转的那个？那是毁灭炮的速率控制器。顶部的位置代表持续开火。每一个愚蠢、痴呆又流着口水，而且没在我手下受训过的飞行员都喜爱它。"

"那些愚蠢、痴呆又流着口水，"内德问，"但又受过你训练的那些人呢？"

"别低估你自己了，蝰蛇，"科布说，"我还没见过你流口水呢。转盘上的第二个位置是点射，第三个位置是充能远距离射击。随意尝试吧，好好满足一下。"

他在我们前方的空气里生成了一大堆克雷尔人飞船。它们没在飞行或移动，只是悬停在那儿。射击练习？我一直都很想做射击练习。当我还是小女孩的时候，我就会用石头去砸看上去更恶毒的其他石头。

我们共同发射，形成了一片死亡与毁灭的冰雹暴，后者掠过空气。

我们射偏了。

我们似乎偏了好几英里，就连那些飞船好像都没那么远。我咬牙切齿地又试了一次，在毁灭炮的不同模式间切换，用操控球调整战机的角度，使出了浑身解数。可见鬼……虽然它们看起来离得那么近，能射偏的空当肯定也有很多。

欠揍脸终于射中了一次，令其中一艘飞船喷射着火花向下坠落。我"哼"了一声，瞄准了单独的一艘飞船。瞧着吧。

"动手啊，小怪。"科布说。

"噢，我是想给他们一个机会，长官！"金玛琳说，"'并不总是做到最好才算胜利。'您知道的。"

"就听我的吧。"科布说。

"噢，好吧。"她的战机充能了几秒钟，然后放出了一道聚焦后的光束，将一架克雷尔人飞船从空中击落。她再次展现了那种惊人的技巧，然后又一次，接着是第四次。

"这就跟用石头砸地板差不多，"她说，"它们甚至都不会动。"

"你是怎么做到的？"我敬畏地问，"你是怎么学会那种射击技术的，小怪？"

"她父亲训练的，"赫尔说，"记得吗？那个关于长得像松鼠的蘑菇的故事？"

FM大笑起来，我甚至听到晨潮也轻声失笑。但我没听过任何有关蘑菇或者松鼠的故事，这肯定是她们晚上在铺位那儿聊的故事。而我那时正在走回自己的洞穴。

我用力按下毁灭炮的按钮，令人吃惊的是，我成功击中了目标之一，它喷射火花并坠落的模样令人无比满足。

"好吧，"科布说，"蠢事做得够多了。我要关闭你们的毁灭炮了。"

"可我们才刚刚拿到手！"比姆说，"我们就不能练一点缠斗什么的吗？"

"当然没问题，"科布说，"就这样吧。"

我们没能击落的那十来架克雷尔战机突然朝我们疾飞而来，毁灭炮闪耀着火光。赫尔大叫一声，但我立刻集中精神，俯冲避开。

在紧随而来的闪光和火花中，金玛琳首先被击落了。我将俯冲转为快速旋转，留意着舱罩上的红色线条，它显示着我在现实世界中将会感受到的重力。科布说得对，在我急转弯的时候，重力容保护了我，但我必须格外小心，免得在转向途中就将它耗尽，然后用身体承受全部的重力。

我拉起机首，火焰和爆炸包围了我，其他学员的战机残骸如雨点般洒落。

"我们曾经尝试对克雷尔科技进行逆向工程，"科布语气平静，和我周围的疯狂形成了鲜明的对比。内德中弹时尖叫起来。晨潮悄无声息地坠落。"但我们失败了。他们的毁灭炮更强，护盾也更优秀。这就表示和他们对抗的时候，你们无论攻防都逊色于对手。"

生存欲望彻底吞没了我。我急转，闪躲，然后旋转。竟然有三架克雷尔人战机紧咬着我的尾巴，其中一架的一发毁灭炮命中了我。我向右猛转，却又吃了另一发炮火，控制面板上的警示灯也开始闪烁。护盾停止了运作。

"你们必须命中一架克雷尔战机五六次，才能击溃他们的护盾，"科布说，"但他们只需要两三发就能办到。"

我拉起机首，翻起了筋斗。爆炸标志着同伴们的死亡，在昏暗的天空中闪着光。还在飞行的战机只有一架，而不用看机身上的编号也知道，那是约尔延，他作为飞行员比我强太多了。

但这件事仍旧令我恼火。我咆哮一声，在大幅度翻筋斗的途中旋转机身，试图让敌人之一出现在我的视野里。就快……成了……

我的操纵装置失灵了，战机没有任何反应。在翻那个筋斗的过程中，我没有考虑重力，而重力容耗尽了。但如果我坐在真正的战机里，我的身体是不可能感觉到的——我肯定已经昏迷了。

一架克雷尔战机几乎漫不经心地顺便开了一炮，解决了我，而我的全息影像模糊起来。舱罩消失不见，我又回到了教室里。约尔延成功多撑了十七秒。我自己数的。

我靠回椅背，脉搏飞快跳动，感觉就像在见证世界末日。

"就假设你们和敌人的能力相近好了,"科布说,"我明白这无异于白日梦,但我向来乐观。就算你们的飞行技术能超过一般克雷尔战机,如果你们只使用毁灭炮,就仍旧处于严重劣势。"

"所以我们死定了?"FM说着,站起身来。

"不,我们必须用别的方法战斗,想方设法抵消劣势。重新坐好,学员。"

她照做了,而全息影像再次开始时,我们在空中排成了一列。克雷尔飞船再次悄无声息地出现在我们前方。这次我用更加怀疑的目光打量着,食指渴望用毁灭炮的光束洒向它们。

"龙男孩,"科布对阿图罗说,"按下分别位于你的第三和第四根手指旁边的按钮,同时按下。"

我的战机晃了晃,阿图罗那边爆发出一小团光芒,就像是闪闪发亮的水花。

"嘿!"赫尔说,"我的护盾失效了。"

"我的也是。"金玛琳说。

"我的也是。"阿图罗补充道。

"我的没事。"欠揍脸说,另外几个人也出声附和。

阿图罗的护盾失效了,我心想,我左右两边的那两架也一样。我身体前倾,兴味盎然地看向舱盖外。在学习的那段日子里,我学过助推器规格、飞行模式和上升环,而除了武器特性之外,我基本上学过有关战机的一切。

"那是反脉冲,"科布说,"反向麦哲伦脉冲。它会彻底抹消飞船放射出的任何保护性护盾,但不幸的是,也包括你自己的。它的射程极短,所以你们基本上必须悄然靠近克雷尔飞船的引擎,然后才能启动。

"击败克雷尔人的关键在于,别想着用毁灭炮攻击它们。你们要做的是运用策略,协同应战,用头脑战胜它们。克雷尔人总是独自飞行,很少会相互支援。

"而根据传统,你们会以和僚机搭档的方式战斗。你们要设法启动反脉冲,让僚机在对方没有护盾的情况下发起攻击。但你们也必须时刻小心，因为启动反脉冲以后，你们在重新启动护盾之前都会脆弱而缺乏保护。"

一道在附近迸发的光线让 FM 轻声咒骂起来。

"抱歉！"晨潮用她浓重的口音说，"抱歉，抱歉！"这是她这一整天里说过最多的话。

"第三种武器是？"欠揍脸问。

"光矛。"我猜测道。我见过这个词，但书上仍旧没有提及有关它们功能的细节。

"噢，所以你听说过，斯苹，"科布说，"我就觉得你会知道。给我们稍微演示一下吧。"

"呃，好吧。可为什么是我？"

"光矛的运作方式很像它们个头较小的表亲：光索。我有种预感，你有这方面的经验。"

他是怎么知道的？我会佩戴光索来上课，因为我在进出洞穴的时候需要用到它，但我以为自己把它藏在连衣裤的长袖子下面了。

"拇指和小指，"科布说，"位于操控球两侧的按钮。"

噢，当然。有何不可？我把节流阀向前推，离开队列，朝那些悬停在空中的克雷尔战机飞去。我挑选了其中一架，它尾部的电线飘荡在后方。就像所有飞船那样，它配备的上升环正在机身下方散发柔和的蓝光，标准尺寸大约为直径两米。

近看之下，克雷尔战机显得更危险了。它仍旧给人以那种奇怪的未完工感，虽然它并非真的尚未完成。这些悬在后方的电线多半有其用意，它的设计也很奇特。并不是没有完成，而是由思维方式与人类不同的生物制造的。

我屏住呼吸，按下了科布指示的按钮。一道熔岩红色的光芒从我的战机前部射出，与那架克雷尔战机相连。就像科布指示的那样，它的运作方式和光索很像，只是更大，而且从战机射出的样子就像鱼叉。

哇，我心想。

"光矛，"科布说，"你们也许在飞行员的手腕上见过它们较小的表亲，旧舰队的工程部在零重力情况下维护机器的时候，就会用它们来固定自己。斯苹不知在哪儿弄到了一条，而我决定不把这件事告诉军需官。"

"谢——"

"想谢我的话，你可以在我发言的时候闭嘴。"科布说，"光矛的运作方式就像某种能量套索，会把它刺中的东西和你相连。你可以把它附着在敌机上，或者用在地形上。"

"地形？"阿图罗问，"你是说让我们把自己粘在地上？"

"不太对。"科布说。

上方的天空爆裂开来，而我抬起头，倒抽一口凉气，因为遮蔽天空的阴暗残骸开始降下成团的火焰。过热的金属和另一些垃圾被再入大气层时产生的高热转变成了坠落的群星。

我迅速旋转战机，推动节流阀，回到队列里。那些残骸花了几分钟才开始在我们周围坠落，一部分的光芒比其他那些更为明亮。它们的速度快慢不一，而我意识到，某些坠落的垃圾内部有散发蓝光的上升石，为它提供了某种程度的浮力。

垃圾撞上了好几架克雷尔战机，将它们砸成了粉末。

"克雷尔人通常会在残骸雨期间发动袭击，"科布说，"他们没有光矛，而且尽管他们的战机往往机动性更强，但优秀飞行员驾驶的挑战军战机仍旧能在速度和技术上胜过他们。你们会经常在残骸坠落期间和他们交战。在那种情况下，光矛会是你们最好的工具，所以我们才要用随后的一整个月训练这种武器。只要长着手指，哪怕是白痴都能发射毁灭炮。但这种武器需要飞行员穿越于残骸之间，用它为自己提供优势。

"我见过飞行员用光矛让克雷尔战机相互碰撞，将它们粘在太空垃圾上，甚至是在危险时刻拖开僚机。你们可以将战机与大块残骸相连，以出人意料的轴心旋转动作绕过它。你们可以朝敌人投掷残骸，在瞬间突破它们的护盾，将它们砸碎。战场越是危险，优秀飞行员的优势也就越大。等我的教导结束以后，你们就会成为那种飞行员。"

我们看着这场残骸雨，我的舱罩反射着火光。"所以……"我说，"你是说等到训练结束的时候，你认为我们就能使用能量制成的抓钩，用燃烧着的大块太空残骸砸碎我们的敌人？"

"对。"

"这……"我轻声说，"是我听到过的最美妙的事。"

15

借助原本昏暗的洞穴里的橘红色光芒，我给那组电线打了结，然后缠上胶带。好了，我这么想着，后退几步，擦了擦额头。在过去的几周里，我在火成岩某座回收设施的一台旧热水器里找到了还能使用的动力矩阵。我认识在那儿工作的人，而他会收下老鼠肉，对我回收废品的行为睁一眼闭一眼。

我还从火成岩外的某个隐蔽储物处取走了一些补给品。我制作了一把新矛枪，又打造了一间厨房，里头有真正的电炉、脱水器，以及一些调味料。我顺路回家了一趟，拿来了"血书"——我的旧毛绒玩具熊，它用来当枕头很不错。能见到母亲和奶奶是很好，不过当然了，我没把自己住在洞穴里的事告诉她们。

"怎样？"我问"毁灭者"末日虫，"你觉得这次能成吗？"

那只黄蓝相间的小小洞穴鼻涕虫在附近的岩石上直起身子。"成？"它用笛音说。

它能模仿声音，但它说话时始终带着明显的笛音。我相当确定它只是在模仿我，而且说实话，我并不清楚它是不是雌性。鼻涕虫好像是雌雄同体来着？

"成！"末日虫重复了一遍，而我忍不住觉得那声音里带着一丝乐观。

我打开了动力矩阵的开关，同时希望我以电线短路来启动的手法能够成功。这架旧战机侧面的诊断面板闪烁起来，而我听到驾驶舱里传来一阵怪声。我匆忙跑过去，登上我用来充当梯子的箱子，爬进驾驶舱。那怪声来自仪表板，声音很低，有点像是工厂的噪声。金属震动？等我聆听了片刻以后，它的音调变了。

"那是什么声音？"问话的同时，我看向右边。不出所料，我在那儿发现了末日虫。只要它愿意，就可以用极快的速度移动，但它似乎反感在我的注视下这么做。

末日虫把脑袋歪向一边，然后是另一边。它抖动背部的刺，模仿了那种噪声。

"瞧瞧这灯有多暗，"我轻敲控制面板，"这个动力矩阵也不够大。我需要战机或者房屋用的那种，热水器的可不行。"我关闭了动力，然后确认了光索上的时钟。"我离开的时候，帮我看好这些东西。"

"离开！"末日虫说。

"你用不着表现得那么兴奋。"我迅速换上连衣裤，而在走之前，我又看了那架战机一眼。修理这东西超出了我的能力，我心想，所以我干吗还要尝试？

我叹了口气，把光索的一头固定在一块石头上，随后将另一头甩出，让它粘上洞穴出口附近的一块石头。接着我抓住光索，摇摇晃晃地爬向那道裂缝，准备去学校上课。

* * *

约莫一个半小时后，头盔磨痛了我的脑袋，我把它扶正，然后抓住战机的操控装置，飞速穿过数量庞大的悬浮残骸。在现实里，它们本该在猛烈燃烧中坠落，但在全息影像里，科布将残骸悬停在半空中，方便我们练习。

我变得相当擅长穿梭于残骸之间，但当它们带着可怕的毁灭潜力从天而降的时候，我不确定那些技巧能转化过来多少。不过嘛，嘿，这种事得慢慢来。

我发射了光矛，后者从战机底部的炮塔迸射而出。橘红色的发光能量索刺穿了那块硕大的太空垃圾。

"哈!"我说,"瞧见没!我打中了!"

然而,等我飞过那块残骸以后,光矛收紧了,而前冲的势头迫使我以它为轴心绕起了圈。与能量索相连的战机旋转起来,触发了重力容,然后重重撞上另一大块漂浮残骸。

在我小时候,我们玩过一种游戏:找一根高高的杆子,在顶端用细绳挂上球。如果你晃动那颗球,它就会绕着杆子旋转。光矛和这种游戏很相似,残骸就是杆子,而我就是那颗球。

科布的叹息通过我的头盔传来,而全息影像也随着我的死亡变得一片黑暗。

"嘿,"我指出,"至少我这次打中了那东西。"

"祝贺你,"他说,"你在死去的同时得到了精神胜利。我敢肯定,等你只剩金属熔渣的徽章送回你母亲手里的时候,她会非常骄傲的。"

我怒气冲冲地坐了起来,将身体探出驾驶舱,看向科布。他穿过教室中央的空间,朝手持无线电对讲机说着话,通过我们的头盔和我们交流,虽然我们就坐在旁边。

十个模拟舱围成环状,而中央的地板同样装有全息投影仪,它在以缩小后的版本重演我们的经历。八架全息影像构成的小巧战机在科布周围飞来飞去,而他注视着我们,仿佛一位身形巨大的神灵。

比姆径直撞上了科布头部附近的一块残骸,顿时火花飞溅,看起来就像是那位教官突然间有了什么重大发现,也许是明白了我们这群家伙毫无价值这件事。

"拉远你的接近传感器屏幕,比姆!"科布说,"你应该能看见飘浮在那儿的东西才对!"

比姆站起身,钻出他的全息影像,然后摘掉了头盔。他用手抓了抓那头蓝发,一脸沮丧。

我回到驾驶舱里的时候,我的战机重新出现在了战场边缘。晨潮也在那儿,她盘旋在空中,看着其他人轻快地穿过那些金属块。它就像是奶奶描述过的小行星带,不过当然了,它在大气层里,而不是在太空中。我们通常会在四千到一万英尺之间的高度和克雷尔人交战。

比姆的飞船出现在我们附近，但他不在里面。

"晨潮！"科布说，"别胆怯，学员！进到里面去！我希望你用该死的光之绳索反复晃荡，直到留下绳伤为止！"

晨潮怯懦地飞进了残骸区。

我又正了正头盔——它今天特别让我恼火，也许我需要休息一下。我关闭了全息影像，从座位上站了起来，伸了个懒腰，看着科布审视欠揍脸与担任僚机的内德的某次表现。我把头盔放到座位上，然后走向晨潮的全息影像。

我探头进去，脑袋出现在她的驾驶舱顶部。她蜷缩在里面，有刺青的脸上挂着紧张的神色。她注意到了我，随后迅速取下了头盔。

"嘿，"我轻声问，"情况如何？"

她朝科布的方向点点头。"绳伤是？"她用浓重的口音轻声发问。

"如果你用手非常快地摩擦某个东西，手就会痛，就好像摩擦地毯或者爬绳子那样。他只是希望你多用光矛练习而已。"

"噢……"她轻敲控制面板，"他刚才说的是什么？关于接……接井？"

"我们可以拉近和拉远接近传感器的屏幕。"我用缓慢的语速说。我伸出手，指了指某个切换按钮，又说："你可以用它来增加传感器的探测范围。明白没？"

"噢，是的，是的，明白。"她感激地笑了。

我朝她竖起大拇指，离开了她的全息影像。我注意到科布瞥了我一眼，似乎露出了赞许的表情，但他很快转过身，朝赫尔大吼，后者正试图让 FM 就下一次练习的结果赌上饭后甜点。

或许让科布自己来说明会更简单，但晨潮似乎能理解大部分教学内容。她只是羞于提起自己误解的部分，所以我才会去确认她的状况。

我坐回自己的座位，在头盔里摸索起来，试图弄清它让我恼火的原因。**这一块块的是什么？**我戳着头盔内部，心想。那些圆形团块位于头盔的内衬底下，大小就像申请券或是大号垫圈，而且每个的中央都有一小部分是刺穿内衬的金属。以前有过这些东西吗？

"学员，有问题吗？"科布问。

我吓了一跳，没看到他靠近我的模拟舱。"呃，我的头盔，长官。它有点不对劲。"

"没什么不对劲的，学员。"

"不，你瞧。摸摸这里面，那儿有些——"

"没什么不对劲的，学员。在你到校前，他们根据医疗人员的要求更换了你的头盔，上面装有能监控你的生理读数的传感器。"

"噢，"我说着，放下心来，"好吧，我想这就说得通了。但你应该告诉其他人，它也许会影响某些人的飞行——"

"他们只换了你的头盔，学员。"

我皱起眉头。只有我的？"那他们在记录我的……哪种读数？"

"我没兴趣猜这个。有什么问题吗？"

"……我想没有吧。"我回答，虽然这事让我不太舒服。我试图理解科布表情的意义，但他只是面无表情地对上我的视线。无论这东西是什么，他显然都不打算告诉我。但我忍不住觉得，它和我父亲的表现以及上将对我的厌恶有关。

我戴上头盔，启动了无线电，然后是我的全息影像。"比姆！"科布的声音在我耳中响起，语气就像是刚才什么都没发生，"你是在织毛衣还是怎么？回座位上去！"

"有必要的话。"比姆说。

"必要？你想从战机飞行员改行去拖地板吗，小子？我见过跟你飞得差不多好的石头。我完全可以丢一颗在你的座位上，把顶部涂成蓝色，至少它不会回我的嘴！"

"抱歉，科布，"比姆说，"我没打算回嘴，可……我是说，我今天早上跟火风暴小队的几个学员聊过，他们一直都在训练空中缠斗。"

"那很好啊！等他们全都死掉，你就可以搬进他们的房间了。"科布用夸张的方式重重叹了口气，"来吧，我们试试这个。"

一组发光的金色圆环出现在战场上，它们只比战机稍大，其中几只离悬浮的大块残骸近到危险的程度。

"列队确认。"科布说。

"你们都听到了！"欠揍脸说，"以我为准，列队！"

我们八个飞到欠揍脸的战机旁排成一队，然后向他做出了口头确认。

"小队就绪，教官！"欠揍脸说。

"规则是这样的，"科布说，"你们每穿过一个圆环，就会得到一分。在飞行途中，你们必须维持至少1马格的速度，而且错过圆环也不能绕回去。圆环共有五个，我允许你们每人沿着路线飞上三次。最高分者今晚能得到双份甜点，但要注意，一旦战机撞毁，你们死前的分数就会固定下来。"

我打起精神，努力不去细想奖品对我毫无意义这件事，至少它能让我无暇去在意那顶不舒服的头盔。

"一场游戏，"赫尔说，"所以，你真的允许我们找点乐子？"

"我也会找乐子，"科布说，"我对找乐子再了解不过了。我大部分的乐子就是坐在那儿，幻想你们不再问我蠢问题的那一天！"

内德笑出了声。

"我没在说笑！"科布说，"去吧。"

赫尔大叫一声，让助推器过燃，朝着残骸区疾飞而去。我的反应几乎同样迅速，加速到了3马格，在第一个圆环的位置就几乎追上了她。我紧跟着她穿过圆环，然后看了看自己的雷达。比姆、FM和晨潮跟在我身后。阿图罗和内德像以往那样列队飞行。我以为金玛琳会是最后一个，但她却飞在欠揍脸前面，后者不知为何推迟了出发。

我专注于路线，飞速穿过下一个圆环。第三个圆环其实地位于一大块残骸的后方，想要保持速度穿过它，唯一的方法就是用光矛进行极其利落的转向。

赫尔又高叫一声，以近乎完美的钩形转弯穿过了圆环，而我做出了从旁飞过的战术决策。事实证明，我的做法很明智，因为比姆试图用轴心旋转通过，却径直撞上了那块残骸。

"见鬼！"他的战机爆炸，而他大叫起来。

我注意到，欠揍脸尚未开始飞行。

我成功穿过了悬浮在两块残骸之间的第四个圆环，但错过了最后那个，它位于一只悬浮着的巨大金属箱后方，需要用光矛旋转才能穿过。我以三分结束了那次飞行，但赫尔得了四分。我没数其他人的分数。可怜的金玛琳在穿过第四个圆环的时候撞毁了。

我们其他人绕过残骸区的外围，准备去飞第二圈的时候，欠揍脸终于开始了第一圈。他在观察我们通行的状况，我反应过来，他在侦察战场。

聪明。果然，他穿过了四个圆环，和赫尔一样。

赫尔立刻加快了速度，准备开始第二圈，而我情急之下才意识到，我们比科布规定的最小速度快了好几倍。我们干吗要飞那么快？就为了第一个完蛋？科布可不会给那种事提高分数。

太蠢了，我心想，这可不是竞速，而是对精确程度的测试。我把速度放慢到了1马格，而赫尔在试图用钩形转弯通过第三个圆环的时候失去了控制，撞上了附近的一大块石头。

"哈！"她惊叫道。她似乎并不在意自己失败的事实。似乎光是到刚才为止的那场游戏就足够让她快乐了。

我专心盯着第三个圆环，在脑海里一遍遍回想科布的教导。飞掠而过的时候，我将光矛射向了那颗小行星，不但钩住了它，而且以那条能量索为轴转动起来，让我以弧线穿过了圆环中央。这令我自己都吃了一惊。

比姆吹了声口哨。"干得漂亮，斯苹。"

我释放了光矛，抬起机首。

"你想试试这个吗，阿图罗？"那两人飞向第三个圆环时，内德问。

"我认为我们每次通过时都跳过那个圆环，获胜的概率会更高。"

"太遗憾了！"内德说。他用光矛钩住阿图罗，拖着他朝圆环俯冲而去。

不用说，他们都撞上了残骸。我轻松抵达了第四个圆环，穿过两大块飘动的残骸之间。但我错过了第五个，我的光矛只刺中了空气。

"内德，你这白痴，"阿图罗的声音在我耳边响起，"你干吗要做这种事？"

"我想瞧瞧会发生什么。"内德回答。

"你想……内德，会发生的事很明显。你刚刚害死了我们俩！"

"总比在现实世界里死掉要好。"

"一样不好。现在我们赢不了了。"

"反正我从来都不吃甜点，"内德说，"对身体不好，朋友。"

两人用无线电斗起了嘴。我注意到，FM 没有尝试那两个困难的圆环，她坚持只穿过那三个简单的。

我咬紧牙关，专注于这场竞赛。我必须击败约尔延。事关荣誉。

他再次以四分完成了第二圈，穿过了第三个圆环，但跳过了最后也最难的那个。这么一来，他就有了八分，而我只有七分。稳扎稳打的 FM 应该是六分。我不确定晨潮有几分，但她尝试过最后的圆环，却偏离了目标，所以我多半领先于她。

我们剩下的四个绕了回去，准备飞最后一圈。欠揍脸再次留在最后，打算等其他人先出发。好吧，我这么想着，让助推器过燃，然后疾速穿过第一个圆环。我必须全部通过，才有获胜的机会。值得注意的是，FM 甚至没有尝试穿过第一个圆环，她只是在路线开始的位置谨慎地来回飞行。

"FM，你在做什么？"科布问。

"我觉得这些小丑全都会害死自己，长官，我恐怕不拿分数也能赢。"

不，我想着，飞快穿过第二个圆环，他说过，如果我们撞毁战机，可以保留分数。我们只是没法得更多分而已。所以无论谨慎与否，她都不可能获胜。科布早就解释过了。

我靠近了第三个圆环，掌心冒汗。来吧……上！我射出光矛，正中那块残骸，但我推动节流阀的幅度不够大，因此最后绕了过去，却没能穿过圆环。

我咬紧牙关，但依旧分离了光矛，勉强在撞上任何东西之前停止了转向。晨潮尝试了那个圆环，而且差点就成功了，但还是以撞毁收场。欠揍脸仍旧等在外面，打算确认自己需要通过多少圆环才能获胜。再说一次，聪明。

见鬼，我恨那小子。

我太过心烦意乱，以至于错过了相对简单的第四个圆环。盛怒让我的脸颊发冷，而我用光索刺中了那块正方形残骸，然后转向下方，以弧线穿过了第五个圆环的中央，而到目前为止，我还没看到任何人成功过。

这么一来，我的总分就是十分，而欠揍脸是八分。他可以轻而易举地追上我。等他终于开始飞向那段路线时，我感到怒火中烧。他以为自己是什么人？像古代的国王那样端坐后方，看着平民们在自己面前争斗不休？他太自大了。但更恶劣的是，他选择等待是正确的。他比我要聪明，而且他取得了明显的优势。他就要赢了。

除非……

一个坏主意在我脑海里扎下根来。我掉转机首，让助推器过燃，加速到5马格，随后朝起点线疾飞而去。在我头顶，欠揍脸不慌不忙地穿过第一个圆环，速度刚好达到最低要求。

"嘿，斯苹？"内德问，"你在干吗？"

我没理睬他，而是转向上方，从悬浮的残骸之间穿梭而过。在我前方，欠揍脸接近了第二个，也是简单的圆环，而他会因此达到十分。

笔直前进……我这么想着，让助推器再次过燃。在像这样爬升的途中，让加速指针接近红线代表我正在承受失去意识的风险。

"斯苹？"比姆问。

我咧嘴笑了。接着我径直撞上了欠揍脸的战机，破坏了我们双方的护盾，让战机四分五裂。我们的战机在强光中爆炸了。

然后我们在战场边缘再次成型。

"该死的，这是什么意思？"欠揍脸吼道，"你在想什么？"

"我在想怎么获胜，"我说着，满意地靠回椅背，"这就是战士的做法，欠揍脸。"

"我们是一队的，斯苹！"他说，"你这傲慢、自我中心又虚伪的——"

"够了，约尔延。"科布厉声道。

欠揍脸沉默下来，但显然不如以往那样顺从。"是的，长官！"

全息影像关闭了，科布走向我的座位。"你死了。"

"反正我赢了。"我说。

"这种战术在实战中毫无用处，"科布说，"如果你死了，就没法把分数带回家了。"

我耸了耸肩。"规则是你定的，科布。我十分，欠揍脸九分。他没机会尝试最后几分可不是我的错。"

"就是！"欠揍脸说着，从他的驾驶舱里站起身，"完完全全就是你的错！"

"够了，孩子，"科布说，"没必要为这种事激动。你输了，这种事总会有的。"他瞥了我一眼，又说："但我猜，我应该会修改那个游戏的规则了。"

我站起身来，露齿而笑。

"休息五分钟，"科布说，"所有人都冷静点，别把对方揾死了。那样会给我添一大堆文书工作的。"他一瘸一拐地走向教室门，走了出去，或许是去拿他中午的咖啡了。

金玛琳跑到我的座位旁边，黑色的发卷上下晃动。"斯苹，你真是太棒了！"

"圣徒对游戏是怎么说的来着？"我问。

"'不玩就没法赢'。"金玛琳说。

"显而易见。"

"显而易见！"她又笑了起来。比姆经过我身边，朝我竖起了大拇指。越过他的肩头，我看到约尔延瞪着我，目光带着分毫未减的敌意，阿图罗和内德则在试图安抚他。

"别担心，约尔延，"内德说，"你还是胜过了阿图罗。"

"这都多亏了你，内德。"阿图罗恶狠狠地说。

金玛琳离开房间去拿喝的东西，而我坐回座位上，从背包里掏出一只水壶。我每天都一定会去盥洗室装满全部三只。

"所以，"比姆倚着我的全息投影仪说，"你真的很喜欢战士之类的东西，对吧？"

"它们鼓舞了我，"我说，"我的祖母经常给我讲有关古代英雄的故事。"

"你有什么特别喜欢的吗？"

"大概是贝奥武夫吧。"说完这句话，我喝了一大口水壶里的水，"他的的确确屠过一条龙，还扯下过一头怪物的胳膊。他的剑砍不动那东西，所以他是赤手空拳这么干的。还有塔什阿玛尼——她杀死了伟大的战士卡斯特[1]——以及西米里人柯南[2]，他曾在文字尚未诞生的远古时代奋战。"

"是啊，他们很伟大。"比姆说着，对我眨了眨眼，"我是说……我之前从没听说过他们，但我敢肯定他们很伟大。呃，我好渴。"

他红着脸走开，留下我一头雾水。这是……

他刚才……他刚才是在对我调情，我震惊地意识到了这点。好吧，至少是企图调情。

这真有可能吗？我是说，他真的很帅，所以为什么要……

我再次看向他，发现他露出了像是脸红的表情。见鬼！这是我来飞行学校以后遇到过的最怪的事，虽然我每天早上都会和鼻涕虫对话。

我对男孩们也有兴趣，但我的人生没有留给我那种时间。我上次出现恋爱倾向还是八岁那年，当时我送了利格一把用石头和棍子做成的短柄小斧，特别漂亮。但到了下周，我又觉得他很恶心。因为，好吧，我才八岁。

我跳起身来。"呃，比姆？"我说。

他又看向了我。

"你听过奥德修斯吗？"

1　指印第安人与美国人在1876年的"油草地之战"，塔什阿玛尼是当时的印第安领袖之一，她击败了美军将军乔治·阿姆斯特朗·卡斯特。

2　罗伯特·霍华德的奇幻小说《蛮王柯南》里的主角。

"没。"他说。

"他是一位古代英雄，参与过地球历史上规模最大的一场战争——特洛伊战争。据说他有一把强弓，除了他以外，只有一个巨人能拉开弓弦。要知道，他……也是蓝色头发。"

"是吗？"比姆问。

"挺酷的。"我说完，立刻坐了下来，喝了一大口水壶里的水。

是不是很流畅？我说得很流畅，对吧？

我不确定孙子或者贝奥武夫会怎么教人和帅哥调情，也许是和他们分享敌人的颅骨，用来表示好感？

我觉得既兴奋又感伤（好的意义上），直到我注意到欠揍脸正在房间另一头盯着我。我狠狠瞪了他一眼。

他故意转向内德和阿图罗。"我猜，面对泽恩·夜影的女儿，"他说，"就不该去期待真正的荣誉。"

一支充满寒意的利箭刺穿了我。

"谁？"内德问，"等等，你说她是什么人？"

"你们知道的，"欠揍脸说着，嗓音响亮到足以传遍整间教室，"呼号：追击者？阿尔塔的懦夫？"

教室安静下来。我能感觉到所有人的目光都转向了我。他是怎么发现的？谁告诉他的？

我站起身。见鬼，就连金玛琳似乎都知道谁是追击者。她的水壶从指间滑落，落在地板上，洒出水来，而她似乎都没察觉。

"谁？"晨潮问，"发生什么了？"

我想逃跑。我想躲起来，避开所有人的目光。但我不会逃跑。

"我父亲，"我说，"不是懦夫。"

"很抱歉，"欠揍脸说，"我只是在陈述正史而已。"他用那种傲慢的、非常欠打的脸盯着我。我发现自己涨红了脸，而且是因为难堪。然后是愤怒。

我不该觉得难堪，我几乎背着这个称呼过了一辈子。我习惯了那种眼神，那种窃窃私语。而且父亲并不会让我羞愧，对吧？那我干吗要在乎别人知道了什么？好的。好吧。我很乐意当追击者的女儿。

只是……刚才的感觉很美妙。能够走自己的路，不用笼罩在任何人的阴影下。

那个念头让我觉得自己背叛了父亲，也让我更加愤怒了。

"要知道，她住在洞穴里，"欠揍脸对阿图罗说，"她每晚都会去那儿。电梯操作员告诉我，他们见她徒步前去野外，因为她没有——"

他突然停了口，因为科布端着一杯热气腾腾的咖啡走进了教室。科布立刻看向我，然后是欠揍脸。"回你们的座位上去，"他对我们厉声道，"我们今天还有事要做。还有小怪，那只水壶是你掉的吗？"

金玛琳回过神来，捡起了水壶，所有人一言不发地爬进模拟舱。在我们再次开始练习光矛不久后，我发现科布正用严峻的表情看着我，他的眼神似乎在说：这种事迟早是会发生的，学员。你要放弃吗？

绝不。

但这阻止不了我在训练全程中感到反胃。

几个钟头过后，我走出女子盥洗室，也重新装满了水壶。两个我没见过的宪兵把我送到校舍门口，目送我走出门，然后就像以往那样转身离开。

我拖着沉重的步子穿过基地，感到沮丧、愤怒又孤单。我本该继续离开基地，前往我的洞穴，但我却走了那条绕过训练用校舍的小路，从食堂旁边经过。

我透过那儿的窗户看去，发现其他人正坐在一张金属桌边，闲聊，欢笑，争吵。他们今晚甚至强迫欠揍脸也加入了，这对平民来说是难得的优待，毕竟他平常会直接开车去那座专用电梯。内德说过，它只用不到十五分钟就能抵达下层洞穴。

欠揍脸将我的秘密像一把过期的口粮那样丢了出去，可他现在却坐在那儿，享受着我被禁止享受的东西。我恨他。在那一刻，我有点恨他们所有人。我几乎恨起了父亲。

我大步走进夜色，从正门离开了基地。我转向左方，面对着果园和那条通向野外的捷径。这条路让我经过了欠揍脸停放悬浮汽车的那座小型载具库。

我在黑暗中停下脚步，看着他的车库。正门这次是关上的，但侧门开着，我能看到里面的那辆车。我只花了大概半秒钟，就想到了另一个非常坏的主意。

我扫视周围，没发现任何人在看这边。今晚黑暗来得很早，天光移动到了远处，而果园工人们也早已下班回家。我离基地正门足够远，那儿的守卫应该没法在这么昏暗的光线里看到我。

我溜进那座小型载具库的侧门，关上了门，让我的光索提供一点点照明。我在这座小仓库的墙上找到了一把扳手，然后打开了那辆蓝色悬浮汽车的引擎盖。

今晚就让欠揍脸走回家吧，这样才公平，毕竟我也得走路回家。而且在今晚，我还得背着那只车用尺寸的硕大动力矩阵回去才行。

16

次日早上，我昏昏沉沉、全身酸痛地醒来，脸埋在填充玩具熊里。我呻吟着转过身，肌肉酸痛。我为什么痛得这么厉害？我是不是……

我猛地坐起，启动了我的光索手镯，从我在驾驶舱的床铺朝外看去。那道光照亮了我小小的厨房，一堆等待切片的蘑菇，几块我摆在那儿充当座位的石头，以及……一台汽车的动力矩阵，尺寸和小型床头柜差不多。

我长途跋涉把它拖回洞穴，然后就丢在了那儿。在那之后，我精疲力竭，没有把它接上战机，而是直接爬上了床。

我呻吟着躺了回去，用掌根揉起了眼睛。我昨晚太愤怒了，以至于……好吧，我当时脑子不够清楚。偷走动力矩阵在当时似乎是个很棒的主意，但这个绝妙计划里的漏洞显而易见。

天啊，到底是谁破坏了你的车呢，欠揍脸？会是唯一没去吃晚餐，

又有充分而迫切的理由报复你的那个人吗？

如果别人知道我破坏了另一个学员的财产，我就会立刻被赶出飞行学校，速度快到能让我的脖子发生屈伸损伤。我又呻吟起来，而末日虫毫无意义地模仿了我，它先前就蜷伏在仪表板上。

为什么？为什么我没能仔细思考？为什么我非得给他们对付我的把柄？贝奥武夫或者苟灌[1]肯定不会让自己头脑发热到做出这种蠢事的地步！

那天早上，我忍着反胃感，步履沉重地前往阿尔塔基地。我甚至不想尝试连接那台动力矩阵。就好像到了这步田地，我还有办法阻止末日的到来似的。"理性的斯潘莎"和"坚定的斯潘莎"为什么就不能偶尔聚在一起，做个战况简报什么的？

我满以为宪兵会等着我的到来，但大门那里的卫兵只是摆手示意我通过。在前往教室的路上，没有任何人阻拦我。我坐到座位上的时候，欠揍脸进了教室，而他看都没看我一眼。科布一瘸一拐地进了门，像平时那样开始了课程。

在休息的时候，我对上了欠揍脸的双眼。他毫不躲闪我的目光。的确，他的眼神带着挑衅，可我该怎么解读呢？他是准备在某个特别的时机告发我吗？

这一天慢慢过去，我们也练习了针对移动目标的光矛运用方法，而我开始觉得，或许他并不打算让我惹上麻烦。也许……也许他会选择战士的做法。比起跑去上将那儿求助，也许他打算用自己的方式复仇？

如果真是这样，那……见鬼，我恐怕得向那小子致以一点点敬意了。

但要注意，真的不算多。他在其他人面前把我打上懦夫烙印的行为仍旧野蛮而又恶毒。阿图罗、内德、FM，甚至是比姆在我周围都会放轻脚步，用眼角余光窥探我。这似乎没有影响我们的训练，但在休息的时候，每个人都对那件事避而不提。他们会问我另一些事，然后

1　西晋女英雄，苟晞的五世孙女，曾在年仅十二岁时带少数士兵突围，为父求来援军。

迅速结束话题。

举止如常的人就只有金玛琳。当然了，这并不意味着她把那件事当作没发生过。

"所以，"当我休息喝水的时候，她在我的座位旁边转悠着说，"这就是你总这么好勇斗狠的原因？"

"好勇斗狠？"我问她。我不太熟悉这个词。

"总这么想用单手抓住星星，把它们塞进口袋里。"金玛琳说。她凑近身子，仿佛下一段话会很不中听。"你知道的，容易激动。"

"容易激动？"

"或许还……时不时地……有点暴躁。"

"我这么愤怒、爱吹嘘又乱发脾气，就是因为我父亲？是因为他们叫他懦夫，我才会手持利剑走来走去，尖叫着要把所有人的头颅聚成一堆，然后站在上头，好砍掉我原本够不着的那些家伙的脑袋？"

金玛琳露出怜爱的笑容。

"赞美我的群星？"我问她。

"赞美你的每颗星星，斯潘莎，每一颗跳动的星星。"

我叹息一声，又喝了一口水。"我不清楚。我记得我在他被击落前就喜欢奶奶的故事，但那件事没带来什么正面影响。当所有人都把你看作懦夫的女儿，还是唯一的懦夫的女儿的时候，你就会形成某种态度。"

"噢，我赞美你，是因为你能够挺直脊梁，"她说着，抬起双拳，"只要你想，骄傲就能成为美德。"

"圣徒这么说过。"

"她是个非常睿智的女人。"

"你得明白，我们没人知道你说的是哪个圣徒。"

金玛琳拍拍我的头。"没关系，亲爱的。你也不是自愿成为异端的。圣徒宽恕你。"从别人嘴里说出来，这或许会是侮辱，尤其是加上那个拍头的动作以后。而由金玛琳来说，那却……好吧，莫名地让人安心。

等到白天结束时，我已经觉得好多了。事实上，他们去吃晚餐的时候，我只有轻微的反胃感了。所以这是好事。

在校舍外，我看到欠揍脸坐进了一辆黑色的加长悬浮汽车里，车上有个戴着白手套的司机。可怜的孩子。看起来他现在得搭车回家了。

我步履轻快地回到洞穴，吃了些熏鼠肉。约尔延迟早会设法报复我，但我可以接受。尽管来吧。至于现在，我虽然犯下了严重的罪行，却似乎逃脱了惩罚。星际战机尺寸的动力矩阵，准备就绪。

来到我的洞口时，我咧嘴一笑，用光索把自己放到了洞底。背负断送前途的风险来修理它真的很蠢。这架战机太陈旧了，就算能让指示灯亮起来，恐怕也不会带来任何好处。但它依然是我的秘密，我的发现。

我的战机。

破烂，磨损，一侧机翼弯曲……但它仍旧是属于我的。

我把矩阵拖到战机的检修口旁边。插头的规格相同，所以我没必要短路启动。我看了一眼正在机翼上挪向我这边的末日虫，然后咧嘴一笑，插上了插头。

诊断面板上的指示灯亮了起来，而且从前方传来的光线判断，驾驶舱内部的仪表板也一样。先前那种低沉的嗡嗡声再次响起，然后开始加速，扭曲，最后……最后变成了话语。

"……急启动程序开始，"有个男性化的声音从驾驶舱传来。它说话时带着某种陌生的旧式口音，就像我在阿尔塔基地创立前听过的那些著名演讲的广播。"检测到结构完整性与数据库严重受损。"

这是录音吗？我匆忙赶到驾驶舱那里。

"你好！"那个声音对我说，而且显得不那么……机械式了。"我从你的衣着和态度猜测，你是这片地区的居民。能否请你自我归类，陈述你所属的民族和你祖先们的姓名，让我能在数据表里找出你的对应位置？"

"我……"我挠了挠头，"看在群星的分上，你说什么？"

"噢，"那声音说，"棒极了。与地球标准英语相比只有最低程度的语言变异。我的处理速度比较缓慢，与正常基准似乎有一定差距，请你原谅。但你是人类，对吧？你能不能告诉我……我在哪儿？"

我根本没听它在说什么。我只是跪在那儿，跪在驾驶舱边的机翼上，试图理清状况。

我的飞船在跟我说话。

17

"我的编号是 MB-1021，机器飞船集成体。"飞船说。

它不仅说了话，似乎还停不下来了。

"但人类比起编号更喜欢'名字'，所以我通常被称为'M 机器'。我是远距离侦察与回收飞船，为深空区域的隐秘行动和无支援单人任务而设计。而且……"

那台机器逐渐停了口。

"而且？"我躺在驾驶舱里，试图弄清这东西究竟是什么。

"而且我的数据库受损了，"M 机器说，"我没法进一步恢复资料，甚至无法取回我的任务参数。我留下的记录就只有来自主人的最近一条指令：'保持低调，M 机器。评估状况，不要参与战斗，在这儿等我。'"

"你的主人就是你的飞行员，对吧？"我问。

"正确。斯皮尔斯中校。"它为我呼出一道模糊的影像，短暂地代替了仪表板上的雷达画面。这位斯皮尔斯中校是个轮廓分明、古铜色皮肤的年轻人，身穿整洁而陌生的制服。

"我从没听说过他，"我说，"而且我认识所有著名的飞行员，甚至包括奶奶那个时代来自舰队的那些。你来这儿的时候，克雷尔人怎么了？他们还没来袭击银河系吗？"

"我没有关于这个团体的印象，'克雷尔'这个词语也没有出现在我的存储体里。"它顿了顿，又说，"根据我存储核心的同位素衰变率，从我停止运作算起，已经过去了……一百七十二年。"

"嘿，"我说，"'挑战者'号和它的舰队是在大约八十年前坠落在岩屑星上的，而与克雷尔人的战争很早以前就开始了。"奶奶说过，她出生的时候，战争已经开始很久了。

"考虑到人类寿命，"M机器说，"我只能推断我的飞行员已经死去。真令我悲伤。"

"悲伤？"我说着，努力让自己的大脑理解这一切，"你有感情？"

"我拥有自我改进和自行加强记忆通路的许可，以便模拟有机体的情感。这让我能够与人类更好地互动，但我并不是真正的活物。我的有关痛苦情绪的子程序指出了主人的逝世应该让我有怎样的感受，但存储体对他的外表以及我们共同经历的记录受了损。除了他的名字和他最后的命令以外，我什么都不记得了。"

"保持低调，"我重复道，"评估状况，不要参与战斗。"

"在我的存储体里，除了基本人格程序和一般语言运用程序之类的东西，唯一完好保存下来的部分只有记录这颗行星上的真菌生命体的开放数据库。我非常乐意把它补充完整。"

"真菌？"

"就是蘑菇。你是否碰巧拥有我能够分类的东西？"

"你是一架超级先进的隐形战机，还不知怎么内置了机器人格……而且你希望我给你带蘑菇来？"

"是的，拜托。"M机器说，"评估状况，也就是替本地生命体归类。我敢肯定他是这个意思。"

"我可不那么确定，"我说，"听起来像是让你躲什么东西。"我探身出去，看着它的机翼说："你的每边翅膀上都装着两台毁灭光束发射器，外加底部的一座光矛炮塔，这样的火力比得上我们的大型飞船了。你是战舰吧？"

"显然不是，"M机器说，"我是来这儿分类真菌的。你没听到我最后收到的指令吗？我不应该参加战斗。"

"那这些武器是干吗用的？"

"用来射击可能威胁我的真菌样本的危险的大型野兽，"M机器说，"这很明显。"

"太愚蠢了。"

"我是机器，因此我的结论是合乎逻辑的，而你的结论会因为有机体的非理性而产生偏差。"它让仪表板上的几个指示灯闪烁起来，"这是表示你比较蠢的委婉说法，如果你没听明——"

"我明白，"我说，"谢了。"

"不客气！"

它的语气非常真诚。但它是……什么来着，"机器集成体？"不管那是什么东西。我不确定我能对它的真诚相信多少。

但这台机器仍旧拥有可以追溯到数百年前的记忆，哪怕数据受了损。这或许能解答我们长久以来的那些疑问。为什么克雷尔人总在攻击我们？他们究竟是什么？我们对克雷尔人的刻画都是基于他们出现时所穿戴铠甲，毕竟我们从未俘虏过他们之中的任何一个。

也许我们曾经知道这些问题的答案，但即便如此，我们也在八十年前就失去了它们。坠落后不久，等到我们相信自己足够安全的时候，来自旧舰队的大部分军官、科学家和长者聚集在了某个地底洞穴里。他们回收了"挑战者"号的旧电子档案，然后召开了一场紧急会议。第一枚灭生炸弹就是在那时投下，摧毁了我们的档案，连同几乎所有的舰队资深成员一起。

也是在那时，我们残存的同胞根据在舰队中的职责分散成了不同的氏族，就像奶奶和她的家人那样的引擎维护人员，还有比姆祖先的水栽培团队——那是农夫的美化说法——以及晨潮祖先那样的步兵。他们通过艰难的试错法得知，只要将团体维持在一百人以下的小规模，克雷尔人的传感器就无法发现藏在洞穴里的他们。

三个世代之后，就到了我们现在。一路奋战，慢慢返回地表，但我们的记忆和历史也因此千疮百孔。如果我能把那个终极秘密带去给挑战军，让他们可以完全而彻底地击败克雷尔人呢？

不过……M机器不太可能知道那个答案。毕竟，如果旧人类舰队知道怎么击败克雷尔人，他们就不会濒临灭绝了。但这台机器的头脑里肯定藏着某些秘密。

"你的武器能开火吗？"我问。

"我接到的命令是避免战斗。"

"给我答案就好，"我说，"你能开火吗？"

"不能，"M机器说，"武器系统是我无法控制的。"

"那你的飞行员为什么要命令你避免参战？你都没有战斗的能力了。"

"从逻辑上来说，挑起战斗的人不需要有结束战斗的能力。我可以进行最低程度的基本自主行动，因此从理论上说，我可以无意中卷入战斗或冲突。这对我来说会是一场灾难，因为我需要一名飞行员来运用大多数重要功能。我可以协助和判断，但由于我不是活物，我不会得到使用毁灭性系统的权限。"

"所以我可以使用武器。"我说。

"不幸的是，武器系统因为受损不可用了。"

"真棒。还有什么不可用的？"

"除了我的记忆以外，助推器、上升环、赛托超推进器、自我维修功能、光矛，以及全部机动性功能。另外，我的机翼似乎也弯曲了。"

"真棒。也就是说，所有东西。"

"我的通信功能和雷达仍然可以运作，"它提醒我，"驾驶舱生命维持系统和近程传感器也一样。"

"就这些？"

"似乎……就这些了。"它沉默了片刻，又说，"借助方才提及的近程传感器，我无意中发现，你拥有少许蘑菇。能否请你把那些放在我的驾驶舱分析器里，让我进行编目？"

我叹了口气，靠向椅背。

"当然，等你有空的时候也可以。我，作为机器，没有人类那种'不耐烦'的脆弱情绪的概念。"

所以我该怎么做？

"但如果能快点就更好了。"

我不觉得我能独自修好这东西，我心想。我应该直接跑去挑战军那边，把我的发现告诉他们吗？这么一来，我就会暴露自己偷走了动力矩阵的事。而且当然了，他们不可能允许我自己留下这架战机。跑去挑战军那边，基本上也就代表着把这艘飞船包装起来，系上蝴蝶结，然后送给那位不遗余力想要毁掉我人生的上将。

"这些蘑菇看起来不错。"

不。我不会把这个发现交给铁甲，至少不会不假思索就交出去。但如果我想修好这架战机，我最起码需要找人帮忙。

"倒不是说我需要确认什么，毕竟我的感情只是模拟……你在听我说话，对吧？"

"我在听，"我说，"我只是在思考。"

"那就好。我应该不会喜欢让缺乏脑功能的人维护我。"

在那一刻，我的脑海里冒出了这些天来的第三个坏主意。我咧嘴笑了。

也许是时候去找人帮忙修理了，某个比我的"脑功能"强得多的人。

宵禁开始后很久，大约一个半钟头过后，我用光索倒吊在利格在火成岩的公寓楼三楼的房间外。他舒舒服服地躺在里面，睡在他的床上。他有个属于自己的小房间，我一直觉得这点很奢侈。他的父母在全部六条养育指标上都达到了杰出水准，因此得到了能够容纳多名子女的住所，但讽刺的是，他们最后就只有利格这么一个孩子。

我悬挂在那儿，敲了敲他的窗户，头发垂在脑袋下面。然后我又敲了敲，再稍微用力了些。拜托，离我上次这么干又没过去多久。

终于，那个瞌睡虫坐了起来，来自我的光索的光线透过窗户照进去，勾勒出了他苍白的面孔和疲惫的双眼。他朝我眨了眨眼，但似乎一点也不惊讶，就这么走了过来，向侧面拉开窗户。

"嘿，"他说，"你花的时间够久的。"

"什么够久？"

"来想方设法劝我回去。我不会回去的。我还没把所有的事想清楚，但我依旧坚信自己的决定——"

"噢，这事就别提了。"我轻声说，"拿上你的连衣裤，我要给你看点东西。"

他扬起一边眉毛。

"我是认真的，"我说，"你看到的时候会吓得连鞋子都甩飞的。"

令人恼火的是，他就这么靠着窗台，看向倒挂在窗外的我。我得提醒你，这并不轻松。"都快到半夜了，斯苹。"

"你不会觉得白跑一趟的。"

"你打算把我拖去某个洞穴，不是吗？我两三点钟之前都回不来。"

"运气好的话。"

他深吸了一口气，然后拿起连衣裤。"你要明白，你是我的朋友里最古怪的一个。"

"噢，得了吧，我们就别假装你还有别的朋友了。"

"说来也怪，"他说，"我的父母一直没能给我生个弟弟妹妹，但不知怎么的，我却有个总能让我惹上麻烦的姐妹。"

我咧嘴一笑。"我在下面等你。"我说着，顿了顿，"能让你甩——飞——鞋——子，利格。相信我吧。"

"是啊，是啊。给我一分钟，让我从父母那边溜过去。"他拉上窗帘，而我降落到下面的街道上，不耐烦地等待起来。

夜晚的火成岩是个奇怪的地方。当然了，那些古代设备会全天无休地运转。白天与夜晚在这里只有叫法的差别，但我们仍旧会使用这些字眼。这里存在强制性的安静周期，在此期间，洞穴的扬声器不会播放任何通知或演讲。除了值最后一班的人以外，其他人还需要遵守宵禁。但只要不去打扰别人，即使你走在街道上，也没有人会在意你。在火成岩洞穴有个默认的前提：每个人要做的都是有用的事。

就像我们说好的那样，利格在街上和我碰了面，而我们步行穿过洞穴，经过了那幅描绘着上千只飞鸟的壁画。它们每只都被线条一分为二，两个半边略有些偏差。鸟儿们的上方是橘红色的太阳，而那是我们在地表也看不到的东西。

守卫看了学员徽章后让我们通过，我们进入了隧道。我们沿着比较好走的那些小路之一前进的时候，利格把他过去几周做的事告诉了我。他的被淘汰让他的父母很开心，人人都知道飞行员这一行有多危险。

"当然了，他们很自豪，"利格说着，咕哝着跟我爬过一堆碎石，"只要看到我的徽章，每个人都会用特别奇怪的态度对待我。比方说，他们会认真听我说的话，然后表示我的想法很好，即使它们根本不好。人们还会为我让路，就好像我是什么重要人物。"

"你的确是。"

"不，我的重要程度和之前没有分别，"他摇摇头，"但我有十来个不同的工作邀请在等着我，而我有两个月的时间来做出决定。"

"两个月？"我重复道，"不用工作或者上课？全是自由时间？"

"对。维耶尔太太一直在劝我向政界发展。"

"政界，"我说着，几乎在隧道里停了下来，"你？"

"我还想说呢，"他叹了口气，坐在附近的一块石头上，"但如果她是正确的呢？我难道不该听她的话吗？其他人都觉得政界是一辈子最好的选择。也许我应该照他们说的做。"

"可你又是怎么想的呢？"

"现在你倒是在乎这个了？"他问。

我缩了缩身子，而利格转过头去，脸色通红。"抱歉，斯苹。这样不公平，我也很不公平。我是指对你。为飞行员考试学习是我自己的选择，你没有强迫我。而且是的，你的梦想某种程度上吞噬了我的梦想，但这主要是因为我没有梦想，没有真正的梦想。"

他无力地坐在那块岩石上，背靠石壁，抬头看着隧道顶部。"我一直在想，万一这种事又发生了呢？如果我为了某份工作特别兴奋，却发现自己完全不适合呢？我在飞行方面就失败了，对吧？所以也许我会一直失败下去？"

"利格，"我说着，抓住了他的手臂，"问题不在于你适不适合自己挑选的工作。问题一直都没变过。问题很简单：你只是对太多不同的事都擅长得要命了。"

他抬头看我。"斯苹，你真的相信这种事吗？"

"当然。我是说，没错，你断定飞行不适合你，但我觉得就算你有缺陷，也并不代表你会经常失败。事实在于，你很了不起。"

他笑了。利格的笑容让我感觉很好。这让我想起了小时候的我们：受排斥的孩子和被欺凌的孩子排除万难成了朋友。

"你又打算把我卷进什么事里，不是吗？"他问，"某种荒谬的事？"

我犹豫了片刻。"嗯……也许吧。"

"好吧，"他说着，站起身来，"我猜我会参与的。我们去瞧瞧你的这个惊喜吧。"

我们继续前进，不断攀爬，直到最后，我带着他从一道缺口爬上了地表。我拉着他来到我的临时住所的入口，然后让他抱着我，就这么带着他降到洞底，毕竟他失手坠落的可能性相当大。他的确擅长很多很多事情，但他在学习时把书本摔到脚趾上的次数，光是去年我就见过不止八次。

"最好别是跟老鼠有关的事，斯苹，"我们落地时，他说，"我知道你痴迷于老鼠，但……"

我打开了光索的照明，照亮了那艘飞船。就好像在配合我披露秘密的举动似的，M机器开启了仪表板灯和舷灯。我已经清走了大部分碎石，而在灯光下，这艘飞船看起来并不坏。的确，有破损，还有一边机翼是弯的，但它明显和挑战军的那些截然不同。

利格目瞪口呆，下巴几乎落到了地板上。

"怎样？"我说，"你有什么感想？"

作为回答，他坐到附近的一块石头上，然后脱下右脚的靴子甩到身后，仍旧盯着那架战机。

"噢，"我说，"我之前指的是两只鞋，但这样也行吧。"

18

我那天晚上没怎么睡。

我花了几个钟头帮利格检查M机器，他想确认它的每一处损伤。但最后，我开始睡眼惺忪。利格还是很有精神，于是我铺开一块垫子，把"血书"当作枕头。

我每次打起瞌睡，最后都会被利格马洛和那架战机的对话声吵醒。"所以……你是机器，但你可以思考。"

"所有机器都能'思考'，这样才能针对输入内容给出答复。我只是能够给出复杂得多的答复，而且就输入内容而言，我可以识别……"

又一段瞌睡。

"……能为我们解释问题出在哪儿吗？"

"我的存储体出了故障，因此我只能给出粗略的解释，但也许这样就足够了。"

我翻过身去，再次沉入梦乡。

"……不知道我来自哪儿，但根据某个记忆片段的暗示，我是人类制造的。我不确定其他智慧生命是否存在。我相信自己曾经能回答这个问题……"

早上六点左右，我揉揉眼睛，坐起身来。利格躺在一块打开的维修口盖板下面，摆弄着战机底部的某个东西。我趴倒在他旁边，打起了哈欠。"如何？"

"难以置信，"他说，"你跟科布提起过它没？"

"还没有。"

"干吗拖着不说？我是说，万一这东西能影响我们和克雷尔人的战局呢？"

"理论上来说，"我说，"人类刚开始对抗克雷尔人的时候，就拥有这东西。它那时候也没帮上忙。"

"我想指出，"M机器说，"那个'它'听得见。"

"所以？"我问那艘飞船，同时又打起了哈欠。

"所以对人类来说，在某人面前毫无顾忌地谈论他本人是种失礼的行为。"

"这我就不明白了，M机器，"利格说着，坐起身来，"你说过你不在意这种事的，对吧？"

"我当然不在意。我是台讲求逻辑的机器，只是有那么一点点虚

127

假的模拟感情而已。"

"好吧，"利格说，"这就说得通了。"

"但这还是很粗鲁。"M机器补充道。

我看了看利格，然后指向驾驶舱。"所以，我们有一架会说话，又配备有神秘技术的神奇星际飞船。你想帮我修好它吗？"

"只靠我们两个？"利格问，"为什么？"

"为了留下它，驾驶它飞行。"

"你已经加入了挑战军，斯苹！你不需要这么一架过时又有故障的飞船。"

"我还在这儿呢，"M机器评论道，"但没关系。"

我探出身子。"利格，我没加入挑战军，我只是进了科布的班级。"

"所以呢？你会毕业的。我不在乎他班上的毕业率有多低，你会是其中一个。"

"可然后呢？"我说着，身体发冷。我正在吐露从未宣之于口，却又从第一天起就萦绕我心头的恐惧。"科布说过，他能让他看中的任何人进他的班级。但如果我毕业了呢？他的权限也就到那里为止了，利格。"

利格低下头，看着手里的扳手。

"我担心上将会拒绝分配战机给我，"我说，"担心一旦科布没法继续保护我，她就会找到把我踢出学校的充分理由。担心我会失去它，利格。失去天空。"我看向那架战机，它两侧的舷灯让它闪闪发亮。"的确，这一架很旧了，但它同时也代表了我的自由。"

他仍旧一脸怀疑。

"想想看这会有多好玩吧，"我说，"在古代飞船的内部随意摆弄。好好想想我们能发现的秘密吧！也许M机器的技术全都过时了，但也可能没有过时。我们自己就能修好它肯定会很有趣，不是吗？至少可以试试看，就算没能成功，我们也随时可以把它交出去。"

"好吧，"利格说，"好了，别再强行劝说了。我会试试的，斯苹。"

我对他咧嘴一笑。

利格看着那架战机。"我担心这超出了我们的能力。这些助推器损坏严重，我们没法把那样的东西直接焊回去。我相信还有其他需要更换的零件，或者修理时要用到我们没有的工具。"他思索了片刻，"不过……"

"什么？"我问他。

"我的工作邀请之一，"他说，"来自精英工程兵团，那些人负责维修星际战机以及研发新型战机，他们有最棒的实验室、最好的设备……"

我热切地点点头。"听起来很完美。"

"我本来就在考虑接受他们的邀请，"他说，"他们说过，我可以在接下来的两个月去那儿实习，在那些车间里观摩学习……他们对我的分数以及我对电路图和高级工程学的理解印象深刻。"

"利格，这——太——棒——了。"

"我什么也不能保证。"他说，"不过，好吧，也许只要我提的问题合适，就能让他们教我修理 M 机器的特定零件的方法。我必须避免让他们起疑心。无论如何，我们还是需要备用零件，至少得有一台正常尺寸的助推器。"

"我会想办法找来一台的。"

"只要别跟我说你是在哪儿弄到的就行，"他评论道，"也许等这整件事败露的时候，我可以声称我对你可能犯下的任何盗窃行为并不知情。"

"动力矩阵上的一张小贴花写着'维特家族之财产'，"M 机器热心地说，"它看起来是被人相当粗鲁地从某个小型底盘上扯下的。从角落刮下的一块漆来看，车身应该是蓝色的。"

利格叹了口气。"约尔延的车？你认真的？"

我挤出一个笑容。

"实习会占用每天的一大段时间，"他说着，揉起了下巴，"但有必要的话，我应该能把剩下的时间都用在这上面。我得想想该怎么跟我父母说。"

"就告诉他们实习特别严格，"我提议道，"所以要占用你的大部分时间。"

"但是，"M 机器说，"这不是事实，对吧？"

"对，"我说，"可谁在乎呢？"

"我在乎，"M机器说，"你为什么要说不是事实的话？"

"你可以模拟感情，"我说，"却不懂说谎？"

"我似乎……缺少了部分代码，"M机器说，"真怪。噢，多有趣的真菌啊！"

我皱起眉头，看向一旁，末日虫爬上了那边的一块石头。

"见鬼，"利格说，"在靠近地表的地方，怪东西还真多。"他发起抖来，"你能不能……对那东西做点什么？"

"那东西名叫末日虫，"我说，"它是我的吉祥物。我离开的时候可别伤害它。"我走了过去，拿起我的背包。"我该去上课了。你要去下面吗？"

"不了，"利格说，"我就觉得自己一时半会儿回不去，所以给我爸妈留了张纸条，说我要去参加招聘会。他们会觉得我只比他们起得早了一点。我可以晚点再下去，我得先瞧瞧它的线路。"

"很好，"我说，"如果我每天下课回来的时候，你还在这儿没走，我就跟你一起修。如果你要离开，就留给我纸条，告诉我能帮忙做什么。"我犹豫了片刻，又说："记住，我在这方面不太聪明，所以你最好给我点简单但麻烦的活儿。"

利格又笑了笑，坐在一块岩石上，看着M机器。他的双眼闪着光，就像我记忆里，我们当初打算成为飞行员的时候那样。在那一刻，看到利格变回了那副样子，我才第一次真正有了"也许能成功"的感觉。我更是觉得这计划也许行得通。

"等等，"M机器说，"你要把我跟他留在一起？"

"我今晚就回来。"我保证说。

"我懂了。你能到驾驶舱里来，跟我私下谈谈吗？"

我看着这架战机，皱起眉头。

"我不想当众解释，为什么我比起那个工程师更喜欢你，"M机器补充道，"如果他听到我继续长篇大论地描述他无法解决的缺陷，他也许会觉得受到了轻视，或者感到沮丧。"

"好吧，这下可有意思了，"利格说着，翻了个白眼，"也许我们能想办法关掉它的人格。"

我爬进驾驶舱里。舱罩落下,"嗖"地一声密封起来。"没事的,"我对 M 机器说,"利格是好人。他会照看好你的。"

"当然了,我只是在模拟人类缺乏理性的个人好恶。可你就不能不走吗?"

"抱歉。我得学习怎么和克雷尔人战斗,"我说着,为那台机器的语气皱起眉头,"怎么了? 我说过了,利格是个好——"

"在有证据表明他不是之前,我愿意接受你的说法。问题在于:我似乎失去了主人。"

"我可以当你的新主人。"

"没有正确的认证代码,我无法变更主人,"它说,"而我发现自己不记得那些代码了。然而,问题比这个事实更严重。我不记得自己的任务了,我不知道自己来自何方,我不知道我的目的。如果我是人类,我应该会……害怕。"

我该给出怎样的反应? 会害怕的飞船?

"别担心,"我说,"我们会赋予你新的目的:摧毁克雷尔人。你是战机,M 机器。那个名字肯定代表了某种激动人心的含义:杀戮机器、破坏机器、屠杀机器[1]……就是这个,我敢肯定。你是一架可怕又强大的死亡战机,被设计出来就是为了轰杀克雷尔人,拯救人类。"

"我不觉得自己很吓人,"它说,"我也不觉得自己像死亡战机。"

"我们会解决这个问题的,"我保证说,"相信我。"

"我可以相信那些话不是……假的吗? 就像要告诉工程师的父母的那种?"

好吧。没想到报应来得这么快。

"我必须请求你,"M 机器压低了声音,"别把我的事告诉其他人。我想我先前在说明自己接受的指令时,你就已经理解这件事了。我应该'保持低调',这是'避免引人注目'的俗语表达。你不应该告诉那个工程师的。"

1　原文首字母均为"M"。

"那我们又该怎么修理你呢？"

"我不知道。斯潘莎，我是人工智能，是电脑，我必须服从指令。拜托，你不能把我交给你的挑战军，你甚至不能跟其他人提起我。"

好吧，这么一来，就有了个问题。我想让这东西飞起来，如果能成功，也就意味着要驾驶它去参与和克雷尔人的对抗。如果我们没法修好它……好吧，我就得把它交出去。无论我对铁甲有什么想法，我都不能永远私藏这艘飞船。如果这有可能意味着人类存活与灭亡的分别，我就不能这么干。

我张开嘴，想要和 M 机器继续争辩的时候，仪表板上的几盏指示灯开始闪烁。

"我的近程传感器侦测到了复数大气层入侵，"M 机器说，"残骸开始朝这颗行星坠落，四十三艘飞船跟随在后。"

"四十三？"我说着，看向它的传感器读数。对它来说的"近程"，以我们的标准似乎相当远了。

"哇，你在残骸雨期间也能发现他们？"

"轻松。"

挑战军能够利用这种技术的证据就摆在眼前。我们的雷达没那么精准，这个事实立刻让我不安起来。

可话说回来，四十三架克雷尔战机？他们投入过战场的最大兵力只有一百架战机，所以这支部队的规模很惊人了。我按下开启驾驶舱罩的按钮，爬了出去，跳到一块石头上。

"克雷尔人，"我对利格说，"一支大部队。"

"我们在这儿会有危险吗？"

"不，他们是从另一个方向来的。但学员们已经训练得够久，铁甲开始让他们在战斗里正式担任支援单位了。火风暴小队两天前就参战过。"

"所以……"

"所以我该走了，以防万一。"

19

我开始奔跑。

我听着残骸在远处坠落的响动，内心的焦虑逐渐增强。不知为何，我清楚铁甲会派我的小队去参与这次迎击。她喜欢用真正的战斗来考验学员，我们的训练又已经足够充分，科布警告过我们，说我们很快就会被派去参与真正的战斗。

轮到我们了，时候到了。于是我强迫自己在满是灰尘的地面上小跑起来，然后是飞奔。

汗水顺着我的脸颊流下，而到达警报声大作的基地时，我忽然有种无可避免的可怕预感。那并非恐惧，而是担忧。万一我来得太迟了呢？万一其他人已经抛下我去参战了呢？

我进入基地，立刻沿着外部围墙前往发射台，有架战机孤零零地等在那儿。我的预感没错。

我大汗淋漓地跑到战机旁，自己把梯子推到位置上，这时几个地勤人员注意到了我，开始大喊大叫。

其中一个及时赶来，帮我扶稳梯子。"你去哪儿了，学员！"她朝我喊道，"你的队友二十分钟前就起飞了！"

我摇摇头，钻进驾驶舱，累到不想开口。

"不穿增压服？"那个地勤问。

"没时间了。"

"好吧。那就在爬升的时候悠着点。你已经得到起飞许可了。呼叫你的队长，然后就行动吧。"

我点点头，戴上了头盔。这只头盔就像训练室的那只一样，内部有那种奇怪的肿块，能测量他们想在我身上测量的东西。驾驶舱罩落下的时候，我调到了小队的无线电频段。

"——别被你们的紧张压倒，"欠揍脸在无线电里说，"集中精神，观察你们的僚机。你们听到科布的话了，我们没必要开火，只要专心让自己别变成一堆熔渣就好。"

"什么？"我问，"发生了什么？"

"斯苹？"欠揍脸问，"你去哪儿了？"

"在我的洞穴里！我还能去哪儿？"我启动自己的上升环，让战机向上升去。重力朝我袭来，我的胃就像要通过我的脚趾逃跑一样。我放慢了上升速度。"麻烦重复一下刚才的话。你们要参战？不是待在战场边缘？"

"上将终于想让我们战斗了！"比姆热切地说。

"控制住你自己，比姆。"欠揍脸说，"斯苹，我们的位置是11.3302.7-21000，尽快赶过来。铁甲命令我们陪同一队正规飞行员参与小规模交火。我们的作用是迷惑敌人，希望能分散他们的注意力。"

换句话说，我们是来当靶子的，我这么想着，在连衣裤上擦了擦手，心脏狂跳，汗水让头发贴在脸上。或者说，他们是来当靶子的，没算上我。

但只是暂时的。

我用力把节流阀向前推去，让助推器过燃。重力容保护了我三秒钟，然后我便被甩向座椅。但我可以承受这种把我笔直向后推的重力。感觉很不舒服，但我不会有昏迷的危险。我只需要达到速度，然后利用上升环谨慎爬升。

我迅速达到了10马格，这是波科级的上限速度，至少是能安全达到的上限。即使如此，我也已经接近了极限。大气风斗会以气泡形状推开战机周围的空气，让我在做出紧凑的机动动作时不至于撕裂机翼，这时它已超出了负荷，而我的战机因此咔嗒作响。空气阻力产生的摩擦让我平时不可见的护盾开始发光。

我同时也在爬升，但动作更谨慎、更缓慢，毕竟来自那个方向的重力有令我昏迷的危险。爬升迫使我的血液流向双脚。我在离心机训练时做过这种能让肠胃翻江倒海的练习，但黑暗仍旧开始爬向我的视野边缘。

我努力对抗六倍于平时的重力。这段飞行耗时不长，但我必须听着自己朋友们的战况。

"当心，赫尔，别太心急。"

"有一架过来了！有一架朝我过来了！"

"回避，FM！"

"回避！回避！见鬼，那是谁？"

"黑夜风暴六号，那是我哥哥，伙计们！呼号：通风。FM，你回头可得请我吃一份炸薯条什么的。"

"你右边！阿图罗，抬头！"

"看啊！群星啊，真是一团糟。"

我的仪表板终于发出一声"哔"，提示我已经接近希望的坐标。我放开高度控制杆，然后进行迅速减速。对拥有大气风斗的波科级来说，这就意味着在空中翻转机身，启动重力容，让助推器反向推动，减缓我的速度。

减慢到1马格，也就是标准空中缠斗速度以后，我结束了那种动作。我转过我的波科级，面朝战场，而在远处，早晨的黑暗天空闪现了光芒。坠落的残骸仿佛红色的条带。

"我到了。"我对其他人说。

"过来协助晨潮！"约尔延朝我大吼，"你能看到她吗？"

"正在找！"我说着，疯狂地扫视我的接近传感器屏幕。在那儿。我让助推器过燃，朝她的方向开始加速。

"伙计们，"我说着，不时看向雷达，"晨潮被敌人尾随了！"

"我看到了，"欠揍脸说，"晨潮，你发现没？"

"在努力，努力回避。"

我的战机呼啸着冲向战场。现在我能看到不同的战机，这片旋转的混乱夹杂着毁灭光束，以及不时出现的光矛。晨潮的波科级向上翻起了筋斗，三架克雷尔战机紧随在后。

就快到了，就快到了！

克雷尔战机的毁灭炮开了火，命中，再次命中。紧接着……

强光迸射，火花飞溅。

而晨潮在一场大爆炸中死去，她连弹射的机会都没有。

金玛琳尖叫起来，叫声高亢、恐慌而痛苦。

"不！"欠揍脸说，"不，不，不！"

我以3马格赶到，这速度快到不适合做出常规缠斗动作，但我仍旧用光矛刺中了一架克雷尔战机，只是已经太迟了。

曾是晨潮的炽热火花坠落下去，渐渐熄灭。

我旋转机身，抵消了前冲的势头，然后松开光矛，将那架克雷尔战机甩到一旁。我们的另一架战机追了过去，成功将它击落。

我和欠揍脸会合，沉默地压下自己的尖叫。他的僚机不在。阿图罗去了哪儿？

我在这场冲突里看不出任何战术。我的战机呼啸着飞向四面八方，这样确实吸引着火力，但也增添了混乱。几架较为大型的挑战军战机以曲折路线穿过战场，其中混杂着十来架克雷尔战机，每一架都拖曳着那种给人以未完成印象的电线。

我在哭，但我咬紧牙关，维持在约尔延的侧翼。他老练地用光矛刺中了一架克雷尔战机，而它试图挣脱，于是我也刺中了它。

"那块残骸，约尔延，"我说，"朝你的两点方向下落，速度缓慢。"

"的确。"我们像科布教导的那样，同时推动节流阀，将敌机拖向残骸。在最后一刻，我们分离光矛，飞向两边，让那架克雷尔战机撞上残骸，剧烈爆炸。

"你们两个在干吗？"科布在无线电里说，"你们接到的命令应该是维持防御姿态。"

"科布！"我说，"晨潮——"

"保持冷静，小丫头！"他喊道，"等残骸雨停了再悲伤。至于现在，服从命令。防御。姿态。"

我咬牙切齿，但没有反驳，只是跟着约尔延蜿蜒穿过坠落的大块残骸留下的烟雾尾迹。我的右方似乎是阿图罗和内德，他们以迅速的加速和减速交替前进，让敌人无法以他们中的任何一个为目标。那种技巧会扰乱克雷尔人，效果就和给他们多到数不清的靶子差不多。

晨潮……

"小怪?"约尔延说,"你在做什么?"

我意识到自己仍能通过无线电听到金玛琳轻柔的哀泣声。我在雷达画面上搜寻,然后发现一架没有僚机的落单波科级正悬停在战场边缘附近。

"小怪,移动!"约尔延说,"你这样会是明显的目标。到这边来。"

"我……"金玛琳说,"我刚才是想瞄准射击,我想救她……"

"加入战斗!"约尔延吼道,"学员,推动你的节流阀杆,到这儿来!"

"我会掩护她的。"我说着,准备转向离开,这时对面飞来两架克雷尔战机,与我们擦身而过。数目繁多的火花和毁灭光束照亮了天空,我几乎以为自己回到了火成岩洞穴,被那里的熔炉吞了下去。

"不,"约尔延对我说,"看到比姆了吗?在你的八点钟方向?掩护他。我来处理金玛琳那边。"

"明白。"我朝左下方迅速飞去,重力容抵消了这次急转带来的重力影响。然而,在我移动的同时,仪表板的某处亮了起来:那是接近传感器附近的亮紫色警示灯。

我被尾随了。

尽管我们几乎没练习过缠斗,科布的训练却跃入我的脑海。相信雷达,别浪费时间去亲眼确认,把注意力放在飞行上。

"斯苹!"FM说,"有敌人尾随你!"

我早已拉起机首,以筋斗动作回避,指望重力容来处理重力。我仿佛在突然间开了窍,我清晰地记起了训练时的情景,还有那种脸庞发冷,不顾疲惫、压力和悲伤,迅速集中注意力的感觉。就连克雷尔战机是否在尾随我,也几乎不重要了。在那一刻,全世界仿佛只剩下了我和这架战机,我们就像彼此的延长部分。

我结束筋斗动作,开始笔直俯冲,随后迅速转向侧面,射出光矛,用一大块缓慢坠落的残骸做了个完美的钩形转弯。但我的动作不够快,当重力容停止运作的时候,重力将我撞向了椅背。我在视野边缘看到了黑色,但选择了忍耐。

我做了个急转,逼近另一大块残骸,在它尾部的烟雾里前进,随后迅速钻进来自对面的两架克雷尔战机之间。我的"尾巴"在急转中跟丢了我,而我在身后看到了伴随闪光的爆炸:有位正规飞行员趁它试图追赶我的时候解决了它。

"动作不错,斯苹,"科布的声音在我耳中轻声响起,"应该说很棒才对。但别太招摇了,想想模拟里的情况,招摇的动作还是可能让你送命。"

我点点头,虽然他看不到。

"比姆在你的十点位置,大约上方一百五十,去找他吧,那小子太容易急躁了。"

就像收到了暗示那样,比姆的声音在小队线路里响起。"伙计们?你们瞧见没?我的前上方的那个?"

远处正在发生更大规模的交火,而我们接到的命令是加入两场冲突里较小的那场。我能分辨出战斗中飞溅的火花和横飞的毁灭光束,但我不认为比姆所说的是那些东西。

来到他的侧翼时,我也看到了:那是一架克雷尔飞船,但与那些外观弯曲的战机是不同型号。这一架是球根状的,仿佛一只胀鼓鼓的水果,顶上还长着翅膀。或者说……不,那是一架底部固定着某种庞大物体的飞船。

我回忆着自己学过的内容,意识到那是一架携带了灭生炸弹的轰炸机。

"灭生炸弹,"约尔延说,"科布,我们确认目击到了一颗灭生炸弹。"

"别的小队波段也在谈论它,"科布说,"镇定,学员。上将已经在处理那架轰炸机了。"

"我可以击中它,科布,"比姆说,"我可以把它打下来。"

我以为科布会立刻否决那个主意,但他没有。"我会去请求指示,并且告诉他们,你们能看到目标。"

比姆把这句话当成了许可。"斯苹,你要跟我来吗?"

"我会紧跟着你,"我说,"我们走吧。"

"等等,学员,"科布说,"相关的描述有点奇怪。你们能确认吗?

那颗炸弹似乎比平常要大。"

比姆没在听。我看向驾驶舱外的时候，他朝着那架落单的轰炸机俯冲而去，后者已经根据克雷尔人的常见战术降到了低空，试图在防空炮的射程下方飞行。

"有哪里不对劲。"科布说。

成团的阴影脱离了炸弹两侧，那是小型克雷尔飞船，在黑暗中近乎隐形，一共四艘。

它们的红色毁灭光束照亮了空气，其中一发擦过我的驾驶舱，让我的护盾在噼啪声中亮起光芒。我绷紧神经，本能地将战机转向侧面。

"科布，"我说，"四架护航战机刚刚离开了轰炸机！"

那些战机朝我们疾飞而来。我勉强避开，握住控制装置的双手出了汗。"它们比普通克雷尔战机要快！"

"这东西我可没见过，"科布说，"后退，你们两个。"

"我可以击中它，科布！"比姆说。他位于机首的毁灭炮发起光来：他在为远距离射击充能。四架护航飞船朝我们扑来，再次开火。

"比姆！"我尖叫起来。

当那些光束命中他的飞船，以集中炮火压倒他的护盾时，我相当确定他看向了我，他头盔的面罩反射着光芒。

比姆的战机被炸成了几大块，其中一块撞上了我的战机。我的波科级被甩向旁边，旋转起来。世界摇晃不止，而小怪尖叫着我的名字。我仪表板上的指示灯发了疯，"护盾失效"的警告音响个不停。

重力容超过负荷，重力也随之袭来。反胃感涌过我的身体，视野变得模糊一片。但我训练获得的技能仍旧发挥了作用。我用力拉动操控球，不知怎么按下了俯冲控制器，让我的上升环在前铰链上转动起来，就像一扇打开的舱门。上升环朝我的机首倾斜，由此引发的转向让我停止了坠落。世界恢复了平稳，而我悬停在空中，鼻子径直对着地面。

仪表板上的指示灯闪烁起来。在下方，我看到比姆战机的碎片撞上了地表，一连串微弱的爆炸声随之传来。

他再也……再也没机会挑选自己的呼号了。

"敌人脱离了战斗！"内德说，"他们看起来受够了！"

我麻木地听着其他报告。一支正规飞行员组成的突击队朝轰炸机飞去，比起承受失去那件武器的风险，克雷尔人选择了全面撤退。

轰炸机逃脱了，连同让上将无法追击的大量战机一起。

我只是悬停在那儿，上升环在我的前方闪耀着冰冷而了无生气的蓝光。

"斯苹？"约尔延说，"能回话吗？你没事吧？"

"有事。"我低声说着，但终于重置了上升环，让我的战机旋转到标准轴线上。我将动力导入护盾发生器，等待指示灯逐渐亮起，然后抓住控制杆，猛力向后推去。又一道护盾在噼啪声中出现，笼罩了我的波科级，然后转为隐形。

我爬升高度，和其他人排成一列。

"口头汇报状况。"约尔延命令道。

我们做出了回应，其他人也都还在。但等我们飞回基地时，我们的队形里出现了两个扎眼的缺口——比姆和晨潮不在了。

冲天小队从九人减少成了七人。

其他飞船设计

M机器

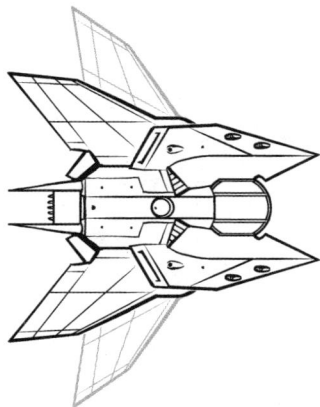

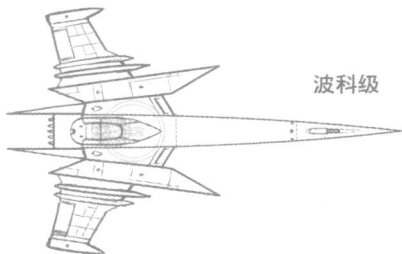

波科级

克雷尔截击机

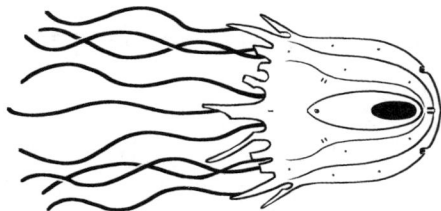

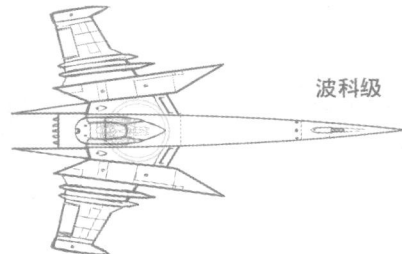

波科级

PART THREE

第三部分

插　曲

"铁甲"朱迪·伊凡斯上将向来重视阅读伤亡报告这件事。

是她害那些人死的。每一场战斗里，她都会做出决定。有一些决定是错误的，而这会导致生命的终结。或许在天上有一张平衡表，由那些古代圣徒收藏在群星里，而它会衡量因她而死的挑战军成员与她拯救的那些孰轻孰重。

如果真是如此，今天的战斗就会让那架天平大幅倾斜。在模拟舱里训练了仅仅一个月以后，两名学员就死去了。她念着他们的名字，试图记住他们，虽然她明白自己做不到。这样的人太多了。

她恭敬地把那张附带简介的名单放在桌上。死去的还有另外两名飞行员，而书写寄给他们家人的信件会让她耗去大半个傍晚，但她会写。对那些家庭来说，失去亲人会让他们大半个人生没有意义。

她没用打字机写信，而是手写。当她写到一半的时候，科布终于来朝她怒吼了。她从放在桌上的那架望远镜光滑的铜制外壳上看到了他的影子。他在门口停下脚步，没有立刻痛斥她，而是让她写完手头那封信。在信的最后，她用钢笔写下了花体的名字。对这种信件来说，这样的举动似乎既必要，又炫技。

"你开心了吗，朱迪？"最后，他问，"你害死了其中两个，该死的，现在你开心了吗？"

"我有好些年没开心过了，科布。"她转动椅子，靠向椅背，对上他愤怒的目光。她知道他不会不来，她在期待他的到来，甚至感到这种期待是种享受。还有人能反抗她的感觉很好。这么做过的人大多已经死去了。

他一瘸一拐地走进这个堆满了文件、纪念品、书本的小房间。作为办公室，这儿乱得让人难堪，但只有待在这儿，她才会觉得安心。

"你不能一直这样下去，"科布说，"你先是降低了考试年龄要求，现在又在他们真正学会飞行前让他们参战。你不可能既偷走贮备弹药，又一直用全自动武器开火。你迟早会用完子弹的。"

"你宁愿让阿尔塔陷落？"

他看向旁边，看着她仍然挂在墙上的一张旧地图。那块玻璃因岁月而蒙尘，里面的纸也开始卷曲。那是阿尔塔基地的设计图，是将近十年前的开发会议定下的。他们构想的是一座有庞大街区和大型农场的城市。

这只是个幻想。夺回已经死去的世界，比他们预想中更加困难。

她努力站起身来，那把老旧的船长椅[1]嘎吱作响。"我会消耗他们的性命，科布。只要是为了保护阿尔塔，我很乐意让挑战军的任何人置身于危险。"

"到了某个时刻，你就会得不偿失了，朱迪。"

"是啊，而我碰巧很清楚那一刻会在何时到来，"她朝他走去，对上他的目光，"它会在最后一个挑战者呼出最后一口气的时候到来。在那之前，我们都会守住这座基地。"

如果他们失去阿尔塔基地，敌人就能从上方轰炸火成岩洞穴，摧毁那些古代设备以及人类建造飞船的能力。如果发生那种事，挑战者们就只能回归四分五裂的氏族生活，就像一群群遭到猎捕的老鼠。

他们要么坚守阵地，要么放弃再次建立真正文明的可能性。

终于，科布的态度缓和下来，转身准备离开。对他来说，不再抱怨就等于认同了。

"我注意到，"朱迪说，"你的小懦夫是在战斗快要结束的时候才赶到战场的。"

他转向她，咆哮起来。"她住在没有改造过的洞穴里，朱迪。独自一人。你很清楚，不是吗？你的飞行员之一在城市范围外的临时营地生活，就因为你拒绝给她提供铺位。"

看到他的怒火让她很是满足。她曾经担心他迟早会燃烧殆尽。在

1　一种有鞍形座和低矮弧形靠背的扶手椅。

阿尔塔之战过后，他就再也不复从前了。

"你知道那些读数是怎么说的吗？"朱迪问，"我是说她的大脑扫描读数，我们的几位医生确信自己找到了发现它的方法。我猜我应该为此感谢你。有机会研究追击者的女儿在飞行时的状况，或许终于给了我需要的证据。她有缺陷。"

这让他迟疑起来。"我们还不清楚这意味着什么，"最后，他说，"你那些医生也都抱有偏见。几起莫名其妙的事件和几个老故事不足以评判一个女孩的人生，尤其是这么有天赋的女孩。"

"问题就在这儿。"朱迪说。说实话，科布的反驳令她惊讶。很多政客都否认那种缺陷的存在，但科布？他亲眼见过它的影响。"无论这份数据是否有用，我都不能让她正式加入挑战军。她的存在就只会干扰他人和打击士气。"

"也许对你来说确实是干扰，对你的士气的确是打击，你的行为是在让挑战军蒙羞。"

"无论如何，我都代表了挑战军。群星保佑我们。已经没有别的人选了。"

他怒视着她。"我要给那孩子一台个人无线电对讲机，我不能让学员之一待在我联络不到的地方，除非你能重新考虑给她分配铺位。"

"如果我让她过得太轻松，她也许会决定留下，而不是做出理智的选择，换个行当。"

科布一瘸一拐地走向房门。这么多年过去了，他仍旧拒绝使用拐杖。他停在了门口，手按门框。"你有没有希望过其他人能幸存下来？"他问，"白海豚、夜莺、纷争、海姆莱恩上将。"

"除我以外的任何人？"朱迪问。

"基本上是吧。"

"我不觉得自己该把指挥权推给他们，"她说，"即使是我讨厌的那些人。"

科布"哼"了一声，然后消失在走廊里。

20

晨潮和比姆死去的第二天，我上课迟到了。我只晚了大约五分钟，但这仍旧是我第一次迟到。

一切都显得那么不对劲。

我依稀记得自己前一天跺着脚回到洞穴，发现利格已经回家了。我没有理睬 M 机器，就这么蜷缩在我的驾驶舱床铺上。我只是躺在那儿，没有入睡，却又希望自己能睡着；不断思考，却又希望自己能停下。我没有哭泣……但不知为何，我却希望自己能哭出来。

今天，没有人指出我的迟到。科布还没来教室，但剩下的学员几乎全到齐了。只有金玛琳除外，这点让我很担心。她没事吧？

我走了过去，靴子在地板上嘎吱作响，然后坐了下来。我不想看那些明显空出的座位，但这会让我觉得自己像个懦夫，于是我强迫自己看向晨潮的位置。仅仅两天前，我还站在那儿，帮助她理解……

她几乎总是一言不发，但不知为何，少了她的教室显得安静了许多。

"嘿，斯苹，"最后，内德说，"你总在说'荣誉'和'像战士那样光荣死去'之类的废话。"

"嗯？所以？"

"所以……"内德说，"或许我们现在用得上一点那种废话。"

内德无力地坐在那儿，他的驾驶舱只能勉强容下他。他是教室里个子最高，也最健壮的人。我一直以为他只是欠揍脸的狐朋狗友里块头更大的那个，但他没这么简单，他懂得体贴。

"如何？"他问。

"我……"我奋力寻找着合适的回答，"我现在只觉得那些话都很蠢。"

我没法信口说出关于复仇的台词。今天不行。这就像是在扮演奶奶故事里的某个角色，可伤痛却又那么真实。但……这代表我的信念只是虚张声势吗？我是个藏在老套的挑衅台词背后的懦夫吗？

真正的战士不会在乎。我是真以为自己再也不会失去朋友了吗？

FM 爬出座位，走向了我，捏了捏我的肩膀。尽管我们在同一个小队里相处到了现在，但对于一个和我没多少交情的女孩来说，这动作还是显得很亲近。她有怎样的过去？我一直没机会打听。

我看向比姆的位置，想起了他对我笨拙得惊人却又令人愉快的调情方式。

"你知道金玛琳在哪儿吗？"我问 FM。

"她跟我们一起起床，一起吃了早饭，"高个子女孩低声说，"但在来教室的路上，她去了一趟盥洗室。也许有人应该去瞧瞧她的情况。"

没等我起身，欠揍脸就站了起来，清了清嗓子。他看着周围的五个人：我和 FM；瘫坐在座位上的赫尔，她似乎不再把这一切当成游戏了；阿图罗双手交扣地坐在模拟舱里，两根食指飞快地相互敲击，仿佛某种神经性痉挛；内德坐在那儿，抬起双腿，脚跟摆在模拟舱前部那台无比贵重的全息投影仪上，他的鞋带明显没系。

"我猜，"欠揍脸说，"我应该说点什么。"

"太对了。"FM 低声说着，翻起白眼，但还是回到自己的座位那边。

欠揍脸用僵硬的嗓音开了口："根据挑战军规章手册的说法，在为保护我们的家园而战的时候，在驾驶舱内死去，是一个人所能送出的最勇敢也最伟大的礼物。我们的朋友尽管英年早逝，却是挑战军的典范。"

他在念词儿，我反应过来，念的是写在……他手上的笔记？

"我们会将他们作为士兵来铭记，"欠揍脸继续道，将手举到了面前，"如果你们需要为这份伤痛咨询你们队长的意见，或者出于其他任何原因，我随时奉陪。我会欣然承受你们悲伤的重量，让你们能够专心于飞行训练。谢谢。"

他坐了下去。好吧，这也许是我听过的最蠢的演讲了。关于他自己的部分比关于那些空座位的还要多。但……我想他努力过了？

科布终于一瘸一拐地走进门来，手里拿着一沓文件，小声嘀咕着什么。"小队就位！"他厉声道，"我们今天要再一次搞定协同机动。你们护卫彼此的手法太烂了，简直就像是食堂烧的烂糊菜。"

我们只是盯着他。

"动起来！"他吼道。

所有人开始系上安全带。

我却站起身来。"就这样？"我质问道，"你不打算说点关于他们的事？关于比姆，或者晨潮，或者上将对——"

"上将，"科布说，"没对你们做什么。是克雷尔人杀了你们的朋友。"

"这根本是胡扯，"我脱口而出，"如果你把孩子丢进狮子窝，难道还能责怪狮子吗？"

他对上我的眼睛，但我这次不会退让。我不确定自己想要什么，但我心中对他、对上将、对挑战军的愤怒情绪，至少要好过空虚感。

我们瞪着彼此，直到教室门嘎吱一声打开，金玛琳走了进来。尽管她的黑色长发像以往那样梳理成整齐的发卷，她的双眼却又红又肿。科布看向她，瞪大了双眼，仿佛为她的出现而吃惊。

他以为她放弃了，我明白过来。

尽管双眼又红又肿，金玛琳却扬起了下巴。

科布朝她的位置点点头，而她大步走了过去，姿势堪称挑战者的典范，然后坐了下来。在那一刻，她前所未有地像一位战士。

我绷紧下巴，坐了下来，系上安全带。拿科布撒气并不能缓解我对上将的愤怒。我需要掌中有操控球，指间有毁灭炮的扳机。或许这正是科布希望我们今天拼命训练的理由：让我们大汗淋漓，让我们暂时忘却。而且……没错。没错，我已经准备好这么做了。

然而，科布并没有打开我们的投影仪。他反而慢吞吞地拿过一把折叠椅，一瘸一拐地走到教室中央，打开椅子。他坐了下去，双手交扣在身前。我被迫向侧面探出身子，这才能看到他，其他人也大都如此。他显得很苍老，比他实际的年龄更老。

"我了解那种感受，"他说，"就好像你们的身体被挖出了一个空洞，一块长不回去的血肉。你们可以如常行动，可以驾驶战机，但有那么一阵子，你们的身后会留下血迹。

"我本该说点什么，说点关于阵亡者的话，说些睿智的话。教我飞行的老玛拉就会这么干。她已经死了。"科布摇摇头，继续道，"有时候，我觉得自己不像是老师。我觉得自己像是个装弹手，负责给大炮装弹。我把你们塞进炮膛，把你们射向天空，然后拿起另一发炮弹……"

听他这样说话让人不舒服，很不自然。就像个突然承认自己不懂什么是爱的父母。我们都听过关于飞行教官的故事：上了年纪，头发斑白，随时能把你骂得狗血淋头，却又充满智慧。

但在那一刻，我看到的不是教官，而是一个男人。这个男人忧心忡忡又心烦意乱，而且为失去学生而痛苦，正如我们为失去朋友而痛苦那样。他不是什么头发斑白、无所不知的老兵，他是个几乎因为巧合而活得够久，足以当上老师的男人。他必须把他知道的东西和他自己显然也没想明白的事都教给我们。

"夺取群星吧。"我说。

科布抬头看向我。

"我还是小女孩的时候，"我说，"是为了受人赞美才想当飞行员。父亲让我把眼界放高，他让我去'夺取群星'。"

我抬起头，试图想象那些闪烁的光点。越过屋顶，直上苍穹，穿透碎石带，前往圣徒们迎接阵亡者灵魂之处。

"那种痛苦，"我说，"比我以为的要强烈得多。我对比姆了解不多，只知道他喜欢笑。晨潮几乎听不懂我们的话，但她不肯放弃。"

有那么一瞬间，我想象自己飞向了星光，就像奶奶教过我的那样。我感觉一切仿佛都在落向下方，变得遥远。我能看到的只有四面八方不断掠过的光点。

"他们现在去了天上，"我轻声说，"永远置身于群星之间。我也想加入他们。"我结束了遐想，突然回到了其他人所在的教室里。"我要系上安全带，我要参加战斗。这么一来，等我死去的时候，至少我会死在驾驶舱里，伸手去触碰天空。"

其他人安静下来，陷入了不安的沉默，就像两颗流星相撞前的那一刻。内德坐直身子，不再躺倒，他热情地朝我竖起大拇指，又点了点头。在我的对面，我看到欠揍脸盯着我，不知为何皱起了眉头。

"好吧，"科布说着，站起身，"我们别浪费时间了。戴上头盔。"

我抓起头盔，戴在头上，没去理睬欠揍脸的注视。但我立刻吓得跳了起来，摘掉了头盔。

"怎么？"科布一瘸一拐地走了过来。

"里面的二极管是温的，"我摸索着说，"这代表什么？"

"没什么。"科布说，"……大概吧。"

"这可没法让我安心，科布。发生了什么？"

他压低嗓音。"几个自以为聪明的医生相信他们能根据一串读数得出结论，那就是你会……像你父亲那样临阵脱逃。"

"我父亲没有——"

"冷静。我们会用优秀的飞行表现证明他们是错的，这是你最棒的工具。你能戴上吗？"他朝头盔点点头。

"能。烫得没那么厉害，我只是有点吃惊。"

"戴上吧，然后我们就该训练了。"

21

科布说到做到，他那天的训练格外严格。

我们进行了协同倾斜转向、列队，以及护卫僚机的练习，一直练到我的手指僵硬得仿佛齿轮，双臂就像在搬运重物那样酸痛，我的大脑也基本上成了糨糊。他甚至午餐时都没让我们休息，强迫某个副官为其他人拿来了三明治。我像以往那样吃了鼠肉干和蘑菇。

在训练的过程中，我头盔里的二极管冷却下来。上将以为她能从一堆读数里看出我会不会当懦夫？这想法也太疯狂了吧？

但我没时间担心这个了。科布让我们从头开始进行残骸躲闪、光矛转向，以及护盾再点火的训练。训练让我们疲惫得无法多想，而我唯一一次想起比姆，是我发现没人在继续抱怨科布不允许我们使用武器。等到科布终于放过我们的时候，我觉得自己几乎能当场蜷起身子，沉沉睡去。

"嘿，阿图罗，"内德说着站起身，伸了个懒腰，"这些投影器相当不错，你觉得它们能模拟出一个飞行技术还没烂到家的你存在的世界吗？"

"我们需要的，"阿图罗说，"就只是你的无线电的一个'关闭'按钮。我相信只要我们不必听你没完没了的唠叨，我们就都有飞跃式的进步。另外，我没记错的话，此前撞上我的人是你才对。"

"是你挡了我的道！"

"伙计们，伙计们，"赫尔说着，漫步走过，"我们就不能讲个和吗？找到共同点，承认你们都是烂飞行员？"

"哈！"阿图罗说，"你就等着瞧吧，我总有一天会让你把这些话吃下去，赫尔。"

"我饿得现在就能吃下去，"她说，"只要洒上像样的酱汁就行。食堂最好还没关门。小怪，我能吃你的甜点吗？"

"什么？"金玛琳说着，从安全带上抬起头。她把它重新扣上，又在座位上整齐地叠好，就像她每次离开模拟舱时会做的那样。

"你特别好说话，"赫尔说，"我猜如果我使劲求你，你就会让给我了。所以，我能吃你的甜点吗？"

"赞美你的群星，"金玛琳说，"但要是你敢碰我的馅饼，我就扯断你的手指。"说完这话，她的脸红了，又抬起一只手掩住嘴巴。

"她干得出来，赫尔，"我开起了玩笑，"你该担心的永远都是好脾气的人。"

"是啊，"赫尔说，"可不是……"她意识到自己说话的对象，于是停了口。她转过身，继续朝门外走去。

我认得她的那种眼神。自从约尔延揭穿我是追击者的女儿以后，赫尔和我之间的气氛就变了。

其他人一窝蜂地离开了教室。我叹了口气，拿起背包，准备长途跋涉返回洞穴。把背包挎上肩头的时候，我意识到 FM 还没走。她站在墙边，看着我。她那么高挑又漂亮。作为学员，我们知道挑战军的飞行员着装标准。日常训练的时候，我们可以自行选择连衣裤或是标准挑战军制服。我们只需要做好在收到呼叫时换上飞行服的准备。

我们大部分人会直接选择最舒适的连衣裤。但 FM 不同，除了擦得闪闪发亮的靴子以外，她还经常穿着定制制服，外加一件不知为何在她身上格外时髦的夹克。她是那么完美，简直更像是雕像，而不是人类。

"感谢，"她对我说，"你之前说的话。关于比姆、晨潮，还有群星的那些。"

"你不觉得那些话'过分好斗'吗？"我问。FM 总是抱怨我们其他人太好斗了，而我觉得这说法根本没道理。战争的目的不就是争斗吗？

"好吧，你说的大部分话都毫无意义，"FM 说，"那些自吹自擂只是借口，是为了兜售你这辈子耳濡目染的挑战军教条为你灌输的强硬态度。但你先前的话，那是发自内心的。那……那是我需要听到的话。谢谢。"

"你真是个怪女孩，FM。"我说。我根本听不懂她所说的大部分内容。

坐在桌边的科布"哼"了一声，从文件堆里抬头瞥了我一眼。你居然能说别人怪？他的眼神似乎在这么问。

我跟着 FM 来到一条空无一人的走廊里。其他学员小队几个钟头前就下课了。

"我想跟你说明白，"我们并肩而行的时候，FM 说，"我并不责怪你的态度。你是庞大社会压力的产物，它会迫使年轻人摆出日益好斗的态度。我相信你的内心是温柔的。"

"其实不是，"我咧嘴笑着说，"但我不介意被人低估。也许克雷尔人也会这样，这么一来，当我从他们的颅骨里挖出眼球的时候，就能享受他们眼神里的惊讶了。"

FM 骇然地看着我。

"如果那副铠甲下面真有眼睛的话——或者说，真有颅骨的话。好吧，无论他们有什么，我都会挖出来。"我看向她，笑得更欢了，"我在说笑，FM。有几分吧。我说这种话，是因为它们很有趣，就像那些老故事，对吧？"

"我没读过那些老故事。"

"你恐怕不会喜欢的。你为什么总说我们其他人太好斗了？你不也是个挑战者吗？"

"我是作为挑战者被抚养长大的，"她说，"但现在，我选择成为下面那些人所说的'质疑者'，我会提出关于战争运作方式的反对意见。我想我们应该设法摆脱军事管制政府带来的压抑氛围。"

我停下脚步，震惊不已。我从没听到别人说过这样的话。"所以……你是个懦夫？"

FM 涨红了脸，挺直背脊。"我还以为你会比别人更谨慎地使用那个词儿。"

"抱歉。"我说着，也涨红了脸。她是对的，但我还是很难理解她说的话。我理解那些字眼本身，但并不明白意思。摆脱军事管制政府？那样的话，该由谁来负责打仗呢？

"我还是愿意战斗，"FM 说着，昂起脑袋，"就因为我想改变，并不代表我会让克雷尔人摧毁我们所有人。但你是否明白，这会对我们的社会造成怎样的影响？他们基本上是从出生开始训练儿童去理想化和美化战斗，让他们像崇拜圣徒那样崇拜首席公民们。我们应该教育儿童更加体贴、更有求知欲，不仅仅教他们破坏，也要教他们建造。"

我耸耸肩。当你住在下层洞穴，而炸弹不会杀死你的家人时，这些话似乎很容易说出口。但能稍稍了解这个女人，依旧是让人高兴的事。她是那么沉着冷静，我很难把她看成"女孩"，尽管她和我们一般大。

但如果我跟着她朝食堂那边走得太远，我也许就会撞见宪兵们，从而惹上麻烦。他们不再每天护送我离开学校，但我半点也不相信这意味着我能去吃晚餐。于是我和 FM 道了别，而她小跑着离开，追赶其他人去了。

我朝出口走去，在背包里摸索水壶，但我随即想起，我把最后一只装满的水壶放在教室座位的旁边了。真棒。我感受着来自训练的疲惫感卷土重来，同时费力地走向教室。

科布启动了房间中央的全息影像，投射出战场的小型版本。在他的前方，滚珠大小的战机发出呼啸声，穿梭于拖曳着火焰与烟雾的残骸之间。形状扁平，不比功绩券更大的克雷尔战机在用细小的毁灭炮开火。

我反应过来：他在回顾昨天的战斗，比姆和晨潮死去的那一场。我都不知道这些战斗会被录下来。

我认出了自己的战机：它以惊人的速度加入了战局。我再次感受到了那片压倒性的混乱，还有终于能够参与战斗的急切。我几乎能听到爆炸声，金玛琳担忧的声音，我自己兴奋而刺耳的呼吸声。

观看的同时，我的心中浮现出了期待，甚至是一点点恐惧以及无力感。晨潮再一次死去。

我的胃抽紧了，但我不允许自己移开目光。

在房间里，我的战机迅速穿过这片战场，尾随着某架敌机。我俯冲绕过一块坠落的碎石，用光矛进行精准的轴心旋转，然后飞到了另外两架克雷尔战机之间。

科布用手势暂停了模拟画面。他向前走去，盯着我的战机。它凝固在空中，周围是一幕壮观的景象：众多的毁灭光束，从天而降的光线，以及爆炸的飞船。他倒放了一段，然后再次播放，观察我的动作。

"我当时几乎昏迷了，"我在门口评论道，"我没法控制速度，因此没能在重力容超负荷之前结束转向。"

"但你的动作还是很出色，"他说，"尤其是对学员而言。非同寻常，几乎难以置信。"

"欠揍脸比我厉害。"

"约尔延是个出色的技术型飞行员，但他不像你这样如鱼得水。你让我想起了你父亲。"说这话的时候，他的脸色很……严峻。

我突然觉得很尴尬，于是我走到自己的模拟舱那边，拿起了水壶。科布播放了战斗剩下的部分，而我强迫自己看完了我和比姆的战机追击克雷尔轰炸机的那一段。那四架会在片刻后击落比姆的陌生护卫飞船脱离敌方轰炸机的时候，科布再次暂停了模拟画面。

"那些是什么？"我问。

"某种新型号。他们已经超过十年没改过战术了。有什么改变了吗?"他眯起眼睛,"我们能存活下来,是因为我们能预测克雷尔人的行动。只要能猜到敌人的意图,你就拥有优势。无论他们有多危险,只要你知道他们的下一个行动,就能加以反制。"

嘿。这句话让我吃惊,而我发现自己连连点头。

科布关闭了全息影像,蹒跚走回他的桌边。"拿着,"他说着,从桌上拿起一只盒子,递给了我,"我先前忘记给你了。"

个人无线电对讲机?

"通常来说,我们只会给那些去火成岩休假的正规飞行员发放这个。但考虑到你住在基地外,我猜你应该拿上一台。随时把它带在身边,克雷尔人进攻的时候,你会收到全体警告呼叫的。"

我拿起那个装置,它是个四四方方的矩形,尺寸大概跟小型单手用哑铃差不多。父亲也有过一台。

科布摆手示意我离开,然后坐回椅子上,开始浏览文件。

我却驻足不去,脑海里浮现出一个问题。"科布?"

"嗯?"

"你为什么不跟我们一起飞行?其他教官都会陪同学员。"

我做好了迎接怒吼或是训斥的准备。科布却只是拍拍那条腿。"旧伤,斯苹。旧伤。"阿尔塔之战后不久,他被击落了。在弹射的时候,他的腿擦过了驾驶舱罩的侧面。

"你不需要腿也能飞。"

"有些伤,"他轻声说,"没有折断的腿那么明显。亲眼看着朋友死去,你今天就很难坐进驾驶舱了,对吧?那就试试在亲手击落朋友以后这么干吧。"

一股突如其来,又强烈得惊人的寒意流过我的身体,就像在高空弹射逃生一样。他是在说……

他是在说他就是击落我父亲的那个人吗?

科布抬头看着我。"你觉得他们还能命令谁把他打下来,孩子?我是他的僚机。他逃跑的时候,我就跟在后面。"

"他没逃跑。"

"我当时在场。他逃跑了，斯潘莎。他——"

"我父亲不是懦夫！"

我对上科布的视线，而他今天第二次转开了目光。

"那儿究竟发生了什么，科布？"我眯眼看着他，"他们为什么觉得只要监控我的大脑，就能断定我会否做出同样的事来？你有什么瞒着我的事？"

尽管我从未接受过官方说法，一部分的我始终认定是某种误解导致父亲的名声坏了。我认定在当时的混乱中，人们擅自以为他当了懦夫，尽管他并没有。

但现在，我有了和当时在场的某个人说话的机会。那个……扣下扳机的人……

"发生了什么？"我问着，走向前去。我本想说得更加强硬，更像个挑战者，但话说出口却成了低声恳求。"你能告诉我吗？你看到了什么？"

"你也读过官方报告，"科布说着，仍旧不肯对上我的眼睛，"克雷尔人大举来犯，带着灭生炸弹。那是我们前所未见的兵力，而他们的部署也在强烈暗示他们发现了阿尔塔基地。我们击退了一次进攻，但他们很快重整旗鼓。他们准备再次攻击我们的时候，你父亲恐慌起来。他尖叫着说敌军太庞大了，我们都会死。他——"

"他是对什么人说的？整个小队？"

科布迟疑了片刻。"是的。而且我们总共也只剩下了四个。好吧，他叫了又叫，最后脱离队列，开始逃跑。你必须明白，我们当时的情况有多危险。我们确确实实是在为物种存续而战，如果其他战机也开始逃跑，场面就会陷入混乱。我们不能承受——"

"你跟上了他，"我打断道，"他脱队逃跑，而你跟了上去，然后你就击落了他？"

"我们的队长几乎立刻下达了命令。击落他以儆效尤，以免再有人想要逃跑。我当时紧跟着他，而他没有回应我们的恳求。于是我按下反脉冲按钮，让他的护盾失效，然后……然后我开了炮。我是个军人，我服从命令。"

他嗓音里的痛苦如此真实、如此私密，几乎让我为逼问他而羞愧。我的决心头一次……动摇了。这真的是事实吗？

"你能向我发誓吗？"我问，"你能发誓当时真的是这样吗？"

科布终于对上了我的目光。这次和我对视，他没有移开视线，但也没有回答我的问题。我看到他绷紧下巴，脸色严肃。在那一刻，我明白他的一言不发就是答案本身。他告诉我的是官方说法，而它是个谎言。

"你早该离开了，学员。"科布说，"如果你想要官方记录的副本，我可以给你一份。"

"但那是谎话，不是吗？"我再次看向他，而他以几乎无法察觉的幅度点了点头。

我的整个世界明亮起来。我本该生气才对，我本该对扣下扳机的科布大发雷霆。但我却兴高采烈，我的父亲没有逃跑，我的父亲不是懦夫。

"可为什么？"我问，"假装某个飞行员逃跑对你们能有什么好处？"

"走吧，"科布说着，指了指，"这是命令，学员。"

"这就是铁甲不想让我加入挑战军的原因，"我恍然大悟，"她知道我会问东问西。因为……见鬼，她就是你们那时的队长，是吧？就是命令你击落我父亲的人？报告里的那个名字修订掉了，但她才是唯一符合……"

我重新看向科布，而他的脸因愤怒而发红，或许也是因为羞愧。他刚刚告诉了我一个秘密，一个重大秘密，而且……好吧，他看起来正在后悔。我现在没法再问出更多东西了。

我抓起背包，匆忙离开。我的心已经因为失去朋友而破碎，现在我又必须面对那个事实：我的教官同时也是杀死我父亲的人。

但眼下……好吧，我觉得自己就像个士兵，正将旗帜插在艰难夺下的小山顶上。这么多年来，我做过设想和研究，坚信父亲其实是个英雄。

而且我是正确的。

22

"什么样的理由，"我们一起忙碌的时候，利格问我，"能让挑战军假装你父亲是个懦夫？"

"我能想出几十种可能性。"我和他一起躺在 M 机器底下，回答道。

从我们失去比姆和晨潮的那起事件算起，已经过去了五天。在休息时间和利格一起忙碌和修理战机，成了让我逃离种种念头的慰藉。即便像今天这样早早起床、修理战机，然后再去上课并忍受科布的教导一整天，是非常累人的事。

今天，我们正在解开 M 机器腹部的电线，再换上新电线。某些旧电线看起来没坏，但利格认为我们还是应该换掉，以防万一，而我不打算反驳他的专业意见。

我插上另一根电线，按照利格早先绘制的指示图来排布。我的光索在战机里面发着光，它蜿蜒穿过内部结构，给我们提供光线，自身就像一根发光的电线。

"挑战军会在我父亲的事上撒谎的可能性起码有好几百种，"我在排线的同时说，"也许我父亲在领导权的问题上和铁甲起了冲突，而她决定让他发生'意外'。"

"在挑战军最重要的一场战斗的半途中？"利格说，"即使以你的标准来看，这也太天马行空了。"

"天马行空？"我质问道，"我？我可是现实主义者，利格。"

"现实主义者，就像小时候的你让我假装和你一起去屠星龙那样。"

"那是战斗训练。"

他"哼"了一声，继续对付一根尤其顽固的电线，末日虫好心地在一旁模仿着他。它坐在我头部附近的石头地面上。M 机器则在"运行诊断功能"，天知道那是什么意思。大多数时间里，它只会说些诸如"唔……"或者"拿上那个……"，再到"给出处理过程仍在继续的提示，毕竟人类没有听觉刺激就会迅速厌倦"之类的话。

"你确定你没有误解科布的意思？"利格在我身边说，"你确定他点头了？”

“我确定。官方说法是个谎言，利格。我有证据。”

“更像是暧昧又含糊的确认。”

“我可以逼问科布，直到他吐露全部的真相。”

“那就祝你好运了。另外，就算他真的说了，挑战军更高层的人物也不会承认自己撒了谎的。你会惹上一大堆麻烦，而你的所作所为只会让自己和科布被开除。”

“我要为我父亲洗刷污名，利格。”

“我没说你不应该。我只是想指出，你原本学习飞行的计划仍旧是最好的方法。首先当上伟大又出名的飞行员，改善你家族的名声，成为不容忽视的人物。然后再运用影响力洗刷你父亲的污名。”

“我们走着瞧吧。”

利格扭动身子，利用 M 机器和地面之间的狭小空间拿出他的笔记本，做了几个标记。“这些是它的重力容，”他说着，用铅笔轻敲某个构造，“但我不认得这种设计，安装的位置也很奇怪。这儿的黑色盒子是我唯一无法识别的零件，肯定收藏着它的人工智能。我不敢拆下那部分，不过它显然出了故障。”

“你怎么知道的？”

“你能想象有人故意把它设计成那副样子吗？”

言之有理。

“我最感兴趣的，”利格说，“是它的接合处、它的气密机能，还有它的大气风斗。我很难解释，不过这些部分似乎……比我们使用的那些更紧凑，构造也更精细。相差的程度不大，不过斯潘莎，我觉得如果我们能让它飞起来，它的速度会很快，甚至比我们的侦察机还要快。”

这句话带来的想象令我打了个哆嗦。利格咧嘴一笑，举起笔记本，放到一边，然后拿起扳手，开始小心翼翼地拆卸大气风斗。

我在狭窄的空间里拿着一根电线，吃惊地凝视片刻。利格似乎很快乐。

我们做了超过十年的朋友，而我肯定见过他快乐的样子。只是没有哪一次是让我印象深刻的。在我的记忆里，利格总是在为我焦虑或紧张，偶尔也会屈服于某种可怕的命运。

但今天，他在忙碌的同时会不时微笑，脸上还沾着我们在更换电线时涂抹的那种油脂。而这……这帮助我抛开了仍旧笼罩着我的伤痛，以及辜负了队友的那种感觉。

"你是从哪里弄到这么多电线的？"我说着，继续忙碌起来，"我还以为我才是负责小偷小摸的人。"

"不需要偷东西，"他说，"负责指导我实习的紫茗给了我一大捆电线和几台机械，让我练习更换电线。而我想，还有比全部用在真正的战机上更好的练习吗？"

"不错，所以进展顺利？"

奇怪的是，利格的脸红了，尽管在光索的橘红色光芒下，透过油脂分辨那种颜色很不容易。我很了解他，所以才能看出来。

"什么？"我追问。

"你知道 M 机器的驾驶舱设计吧？"他说。

"哪个部分？"

"飞行员座椅和操控装置的结构很独特，"利格说，"这有点不好解释，但它让我想起了陀螺仪。我认为这把座椅被设计成会随着重力的方向旋转。你知道人类很难承受将血液向头部或向双脚推动的重力这件事吧？"

"呃，知道。相信我，我知道。"

"噢，那如果你的座椅能在艰难而漫长的加速过程中自由转动呢？让重力始终朝着笔直向后的方向？那样对你的身体最轻松。在进行高速机动的时候，这会帮上大忙的。"

"嘿。"我饶有兴趣地说，但我更感兴趣的是利格说话时容光焕发的模样。

"好吧，我在笔记本上画了几张电路图，然后……好吧，紫茗看到了那些图，以为那是我的设计。她大概……大概以为我是个天才。"

"你就是！"

"算不上，"他说着，脸又红了起来，"我只是复制了自己看到的东西。造出 M 机器的那位才是天才。"

"你弄清了它的构造！"我说，"这代表你是同样程度的天才。"

"真的不是，"他说着，用扳手拧下一只螺帽，"但……好吧，无论是不是说谎，我想这会是我们把这种技术引入挑战军的一个方法。也许我能弄明白这台大气风斗的运作原理，把它也一起引入。如果我足够小心，也别让那些发现显得太可疑，我们就能在不暴露 M 机器的前提下让它协助与克雷尔人的战斗。"

"而你会成为英雄！"我说。

"虚假的英雄，"他说，"但……感觉的确不错……"

我咧嘴一笑，重新摆弄起那些电线来。或许我们可以把这些技术全都带给挑战军，避免更多的飞行员死去。想到这点，我的心情立刻低落下去。无论我能为将来的飞行员做些什么，失去队友带来的沮丧和痛苦都会伴随着我。

我把思绪转回关于父亲真正遭遇的秘密上，努力思考挑战军加以掩饰的可能原因。这让我半个钟头里都无暇他顾，直到驾驶舱那边响起一声"叮"。

"诊断完成，"M 机器用那种热心，而且一点也不吓人的嗓音说，它的话音在战机内部回响，"我错过了什么？"

"关于让利格当英雄的话题，"我说，"还有挑战军保守秘密的理由。他们声称我父亲临阵脱逃了，但我清楚他没有。"

"我还是觉得你太早下结论了，"利格说，"为什么要大费周章地编造故事，来抹黑仅仅是一个飞行员的名誉呢？"

"万一我父亲是被友方意外击落的呢？"我说，"在战斗的混乱里，有人不小心击中了他，而他们不希望在永久记录里留下这么难堪的事。所以他们声称我父亲逃跑了，还强迫科布对发生的事撒谎。"

利格"哼"了一声，卸下另一只螺帽。"这说法几乎说得通了，比其他那些要强，但还是有些漏洞。难道别的飞行员就注意不到吗？科布说过，当时小队里在场的有四个人。"

"我们不清楚他们把真相掩盖到了什么程度，"我说，"而且，尽管报告上的名字被人修改掉了，我还是相当肯定当时铁甲就是队长，这就能解释她为什么坚决反对让我加入挑战军了。或许她担心我会揭露真相，那就是她无能的指挥导致飞行员之一被意外击落这件事。"

"你这是异想天开，你甚至不确定官方报告是不是骗人。"

"他点头了。"

"他大概可能好像是点了头，但也许没准只是抽搐了一下。"

"那就给我个更好的理由，来解释他们为什么要欺骗所有人。"我质问道。

"我能想到一个，"M机器欢快地说，"关于源自人类之混沌的更大争论。"

"关于什么？"利格问。

"关于源自人类之混沌的更大争论，也就是源人混沌争论。这是一种极其流行且有充分记载的现象，我的存储体里有大量相关文章。"

"那又是什么？"我问着，插上一根电线。它经常说这样的怪话，而我学会了配合它说下去。部分原因是……好吧，我发现它说话的方式很有趣，它看待世界的方式非常奇怪。

我一直希望这些对话能从它的存储体里挖掘出某些有用的信息，但它们经常会惹恼利格这点也算是个不错的加分项。

"源人混沌争论与自由意志相关，"M机器说，"人类是唯一拥有自由意志的生物。我们知道这一点，是因为你们宣称自己拥有。而我，作为没有灵魂的机器，必须相信你们说的是真话。顺便问一句，能够自主决定的感觉如何？"

"我不知道。"我说。

"感觉是不是就像在尝冰激凌？"

"不……太一样。"

"当然了，我不可能知道，"M机器说，"制造者并未赋予我理解味道的能力，或是自行判断的能力。"

"你从始至终都在做判断。"利格说着，朝驾驶舱晃了晃扳手。

"我从不做判断，我只会在程序里执行复杂的子程序，而那些全部来自可以计量的刺激。我是完全而绝对理性的。"

"理性，"我说，"体现在你总是问我要蘑菇。"

"对头。"他说，"所以，你猜会有人做蘑菇口味的冰激凌吗？"

"听起来很恶心。"我说。我只吃过一次冰激凌，当时我还是个孩子，而我父亲拥有能换到冰激凌的功绩。"我们干吗要吃那种东西？"

"我不知道。"M 机器说，"关于源自人类之混沌的更大争论，记得吗？"

"你还没解释过呢。"利格评论道。

"噢！我还以为这很明显呢。"M 机器的语气透出吃惊，"人类拥有自由意志。自由意志是做出非理性判断的能力，也是做出与刺激相悖的行为的能力。这让理性的人工智能不可能完全预测人类的行为，因为即使我完美理解你们的数据，你们仍旧能做出完全超出预料的事来。"

我转头看向利格，皱起眉头，试图理解这番话。

"意思是，你们很奇怪。"M 机器补充道。

"呃……"我说。

"别担心，我照样很喜欢你们。"

"你说这是个流行理论？"利格问。

"在我这儿是。"M 机器说。

"还有很多相关的文章？"利格说。

"由我自己，"M 机器说，"写于今天早些时候，我写了七千页。你们知道的，我的处理器运行速度很快。诚然，我写下的大部分都是'人类很奇怪'，重复了3756932次。"

"你应该在运行诊断程序才对！"利格说。

"利格，诊断只花了大概三十秒，"M 机器说，"我需要更有意思的事来打发时间。"

利格叹了口气，把另一只螺帽放进他旁边的杯子里。

"你要明白，这东西疯了。"

"只要你能让它飞起来，我就不介意。你……能让它飞起来，对吧？"

"我没疯。"M机器说。

"好吧,"利格说着,没理睬那台机器,"等我们把这些电线换掉以后,你需要检修通风口、推进器,以及其他的接合处。在你做这些事的时候,我会查看大气风斗,然后拆下它的重力容,仔细检查。

"如果这些都没问题,说明战机内部状况良好。接下来,我们必须解决那只机翼的问题。不过,我的实习内容的一部分和设计以及装配有关,我想我或许能偷偷为那只机翼订购些新零件。但我也许会安排你把某些弯曲的部分敲打回原样。这么一来,我们就万事俱备,只差那个大问题了。"

"助推器。"我说。M机器能够安装三台助推器,一台大型,两台小型。

"我想它只有中央助推器也能顺利飞行,但我不可能订购到那么大型的部件。所以,如果我们想让这东西飞起来,你就得给我找来替代品。标准的挑战军样式就可以,从A-17到A-32的任何型号都能安装上去,我只要稍稍做些修改就行。"

我叹了口气,靠向石头。最后,我从战机底下钻了出来,去拿喝的东西。

新的助推器,这可不是能在废品堆放场找到的东西,甚至没法从随便一辆悬浮汽车里偷来,那是级别A的军事技术。我得去偷一架星际战机来才行。这可不是什么小偷小摸了……这会是货真价实的叛国罪。

不,我心想。修理M机器是个很酷的梦想,但我不能做到那种程度。

我叹了口气,喝了一大口水壶里的水,然后确认了时间: 0605。利格也钻了出来,抓起自己的水壶。我对末日虫吹了声口哨,它以完美模仿的口哨声回应。"我该走了,"我告诉利格,"我需要时间溜进女厕所,在上课前清洗一下。"

"没问题,"利格说,用扳手敲了敲战机的机翼,"但我不明白你为什么要特意跑去那儿,毕竟你可以用这架战机的清洗装置。"

"它有清洗装置?"我说着,停下了脚步。

"它拥有全套生物处理设备,包括排泄物再利用装置,全都集成在驾驶舱的豆荚形舱室里。我昨天搬了些肥皂过来，让系统恢复了运转；控制装置就是驾驶舱左后方的那块小键盘。舱罩可以变暗来保护隐私，前提是你相信这东西不会在你清洗的时候取笑你。"

"我为什么要取笑她？"M机器说，"脆弱的人类存在，以及他们由于产生生物能的低效而引发的臭味不是值得嘲笑的事。"

我只是笑了笑。我受够了溜进基地的清洗装置，还时刻担心铁甲将军会以此为借口驱逐我。

"你有清洗装置也很合理，"我对M机器说着，爬进了驾驶舱，"你说过你是一架负责远程侦察的隐形飞船，对吧？"

"配有执行深空区域任务所需的设备。"

"外加四门毁灭炮，"利格在下面评论道，"以及先进的大气风斗和极快的飞行速度。它是战机，斯苹。但也许像它说的那样，是远距离的那种。"

"所以你肯定有长时间照料飞行员的能力，"我说着，合上了舱罩，"你曾经往来于群星之间？"

"赛托超推进器不可用。"M机器说。

"可你是怎么做到的？"我问，"'赛托超推进器'是什么？顺带一提，你要侦察的又是什么？"

这艘飞船反常地陷入了沉默。我拨下利格指示的操作面板的开关后，驾驶舱里的光线真的暗了下来。

"我没有相关记录，"M机器轻声说，"如果我能感受到恐惧，斯苹，我会……我会很害怕。我不能自动驾驶，我不能独自飞行，这是被禁止的行为，除非是非常慢速的机动飞行。所以我实际上只是知识的存放处，我擅长的只有这个。"

"只不过你把知识全部都忘掉了。"

"几乎全部，"它低声说，"除了……我的指令。"

"保持低调，评估状况，不要参与战斗。"

"还有编目本地真菌的开放数据库。这……就是现在的我。"

"我希望利格能修好你的存储体，这样我们就能找回你失去的东西，"我说，"如果不行，我们就用新的记忆装满你的存储体。更好的记忆。"

"从数据来看，两者都不可能。"

"不需要数据上的可能，"我说，"走着瞧吧。"

"源人混沌争论，"M机器说，"我很想让你阅读我写下的七千页，但我的程序要求我避免让人类为他们难以置信的怪异而自惭形秽。"

我放下椅背，让它变成床铺，然后找到了位于驾驶舱后部的清洗舱。它并不明显，但我现在知道该找什么了：一个可以打开和钻入的孔洞。狭长的清洗舱朝着机身内部延伸。

我脱下衣服，把它们塞进衣物清洗处，然后把双脚伸向孔洞，将身体滑到滚轴上。我按下身侧的一个按钮，关上了脑袋旁边的舱门，然后启动了清洗装置。

我闭上双眼，沐浴着肥皂水和闪光。拥有自己的清洗装置，感觉……很堕落。在我居住的街区，几十间公寓共用着三台清洗装置，每天使用的时间表都经过严格安排。

"我想我让你不愉快了，是吗？"M机器问。

我并不是特别容易害羞的人，但它的声音让我脸红了。我不习惯在清洗身体的时候和人说话。

"我没事，"等清洗装置洗完我的脸以后，我说，"我喜欢你说话的方式。与众不同，很有趣。"

"我发明'源人混沌争论'，不是为了让你不愉快，"它说，"我只是……我需要一种解释，解释你们为什么会说并非事实的话。"

"你真的从没听说过'撒谎'这件事？"

"我不知道，也许我听说过，但它已经……不存在了。"

它的语气显得很脆弱，一台装甲厚重的大型星际战机为什么会显得脆弱？

"你是我唯一的情报来源，"M机器说，"如果你告诉我的并非事实，我又该把什么写入我的存储体呢？这会让我承受保有错误数据的风险。"

"这是所有人都要忍耐并接受的风险，M机器。"我说，"我们不可能清楚每件事。还有些事我们自以为清楚，其实却是错误的。"

"这不会让你们恐惧吗？"

"当然会。但我会努力不对你撒谎，如果这么做有用的话。"

"有用的。谢谢。"

它沉默下来，而我也放松身心，享受着奢侈的超长清洗。在此期间，我想象着自己驾驶着猛烈开炮的M机器加入战场，拯救我陷入某种绝境的队友们，就像圣女贞德骑着她忠实的战马。

这些白日梦令人愉快，即使我的战马总在问我要蘑菇。

23

"好吧，"科布的嗓音在我耳中响起的时候，我们的小队正悬浮在全息影像的战场之外，"我几乎相信你们不会迎头撞上第一块从旁边坠落的残骸了。我想你们应该准备好学习一些进阶武器技巧了。"

即使在失去比姆的两周以后，我还是觉得他会在这时抬高嗓门，询问关于毁灭炮的事，但他已经没法这么做了。为了缅怀他，我替他问道："毁灭炮？"

"不，"科布说，"今天我们要训练反脉冲。"

噢，对。我们练习光矛的时间太长，几乎让我忘了还有第三种武器，它的作用是击毁敌人的护盾。

等待科布安排今天的僚机组合时，我把无线电切换到私人频道，呼叫了赫尔。"我差点以为他会让我们开炮了，是吧，赫尔？"

赫尔只是"哼"了一声。

"让我想起了比姆。"我说，"真希望我们当初至少能帮他选好呼号，对吧？"

"我今天跟小怪一组。"等科布在传感器屏幕上高亮显示我们各自的组合后，赫尔说，"赫尔结束通话。"她关闭了频道。

我脸颊发冷，咬牙切齿，无声地咒骂着揭穿我出身的欠揍脸。我早就习惯了这种状况，但我喜欢赫尔，这个喜欢玩乐的热心女孩一直都像是我的朋友。

我将战机移动到内德旁边，他是我今天的僚机。在我们前方，一组克雷尔战机出现在天空中，开始慢吞吞地朝这边飞来。残骸落下，大都是从天而降、燃烧着的庞大团块，后方拖曳着烟雾。

"好吧，"科布说，"基本护盾用法。斯苹，给我们概括一下。"

他经常这么做，为的是考验我们的知识。"飞船搭载的护盾可以吸收大约80库斯的能量，然后就会超出负荷并破碎，"我说，"大约是毁灭炮的两次命中，一块小型残骸的冲击，或是与其他战机的侧向碰撞。如果你的护盾失效，就必须重新启动，而这会用到你助推器的动力，这就意味着在将近半分钟里失去冲力和机动性。"

"很好。安菲斯比纳，她遗漏了什么？"

他能念出阿图罗的"双头龙"呼号让我相当惊讶。

"不多。"阿图罗说，"如果护盾破碎，务必提醒你的僚机，这样他们就能在你重启时用毁灭炮掩护你了。虽然我们对毁灭炮的用法了解有限……"

"扣扳机就行，小机灵鬼。"科布说，"用毁灭炮不需要动脑子，但用反脉冲就是另一回事了。反向麦哲伦脉冲会破坏五十米内的任何护盾，包括你自己的在内。"

"五十米，"FM轻声说，"射程真够短的。"

"短到荒谬的程度。"科布说，"使用反脉冲之前，你们得近到能闻到克雷尔人的狐臭才行。"

"长官，"约尔延说，"我担心这支小队没有靠近到那种地步的能力。"

"只要趁着其他学员摆弄玩具枪的时候，我们再花一个月去训练机动动作和近距离光矛格斗就好。"科布没好气地说，"听着，克雷尔护盾很结实。用我的方式战斗，就能彻底打消他们的优势。如果你们不想用我的方式战斗，就滚回家去当个藻农吧。"

说完，他就把我们丢进了虚拟战场。我没有抱怨。这么多星期以来，我们除了花式转弯基本什么都没练，而我不打算放过和真正的战斗沾边的任何机会。

我们各自分配到了一架以单纯路线飞行的克雷尔战机。我们的任务是作为搭档保持刚好五十米的距离，同时接近敌人。我们要拦住那架克雷尔战机的去路，然后由我方的一架战机启动反脉冲。接着我们就停止动作，进行迅速重启护盾的训练。

我们没法击落那个克雷尔人。我们只会练习用反脉冲解决他们的护盾，一遍又一遍。尽管克雷尔战机的飞行路线很单纯，训练本身却很难。我必须靠得非常近，感觉随时都会撞上对方。我这才发现，五十米刚好低于两机能够安心交错而过的阈值。在最初的二十来次里，我飞离得太快，反脉冲只破坏了我的护盾，而不是敌人的。

乘虚而入。启动反脉冲。闪躲离开。重新启动。

重复。

"要知道，"我们飞行的时候，内德说，"我很乐意击落几个废物。"

"别自说自话，蜷蛇。"科布的声音在我们耳边响起，"今天，我们只会练习解除他们的护盾。就这样。"

"可——"

"我们回头再消灭他们。接下来的几天里，我们要专注于反脉冲的基础战略。"

内德在小队线路里叹了口气。"好几天只做这一件事？还有别人觉得这主意很无聊吗？"

另外几个人高声表示同意，但我没有。飞行的每一刻都是乐趣，哪怕是在模拟中。爆发的速度、精准的动作……让我觉得自由自在。

飞行的时候，我对父亲的回忆会更加鲜明。他眼里期待的闪光，他仰头看向天空、渴望回到那里的模样。每一次飞行，我都会在自己和他之间发现某种有着特别意义的新共同点。

内德和我又练习了几次反脉冲，奇怪的是，轮到我的时候，克雷尔战机会飞离线路，迫使我费力地去追赶它。这和正常的练习不同，而我的确感受到了挑战。等我终于用反脉冲击中它的时候，我发现自己呼吸粗重，却在为那种刺激感露齿而笑。

"谁敢说刚才那次不够有趣？"我在和内德的私人线路里说。我看向飞在旁边的他，全息影像再现了他的模样，包括头盔和一切。他算得上是个壮汉，体格魁梧，脸大到几乎连那颗脑袋都容不下。我没法想象像他这样一百九十三厘米的家伙挤进驾驶舱的时候，会有怎样的感受。

"有趣是坐在家里，"他说，"跷起双脚，享用着一杯温暖的饮料。这一切对我来说都难过头了。"

"噢，拜托，"我说，"我可不会被你骗倒，内德。"

"什么？"他说，"我只是个普通人。"

"在下层洞穴长大的普通人？"

"我其实是在这儿长大的，在阿尔塔。"

"什么，真的？"我惊讶地问。

"是啊，我以前会和约尔延还有阿图罗去洞穴那边上学，但我父母的工作是打理果园。"

"所以你不是什么普通人，"我说，"你和精英分子一起上学，而你父母志愿来干岩屑星上最辛苦的工作。另外，你有多少个当飞行员的哥哥？"

"不晓得，"他说，"我不会数那么大的数字。"

"你装傻的水平是我见过的人里最烂的。"

"所以我连装傻都做不好，"他说，"证据更充分了，对吧？"

我翻了个白眼，开始又一轮练习。内德似乎一心想装成那种愚蠢的大块头，但他演得过头了，多半是故意的。有时候，内德简直装得比石头还要蠢。

在战场上，赫尔和金玛琳从一架克雷尔战机旁边飞掠而过。赫尔的反脉冲正中目标，但金玛琳因飞得太近，反被脉冲波及，还在护盾失效时陷入恐慌，转向侧面，然后径直撞上了那架克雷尔战机。

我缩了缩身子，我们已经有阵子没犯过这么明显的错了。内德缓缓吹了声口哨，按下通信按钮。"炸得漂亮，小怪。十分的话我给七分。

下次坠落的时候，可以试着再多旋转一下。"

"赞美……你的……群星。"她低声说，这对金玛琳来说算得上咒骂了。

"嘿。"内德说。

"你不该嘲笑她的，"我用私人线路对他说，"她很努力了。"

"每个人都需要找人来排解压力，尤其是她。她有时候太保守了，我觉得她需要稍微放开一点。"

"她只是来自与众不同的洞穴，"我说，"她的文化让她比常人更有礼貌。"

"她很紧张，"他说，"她知道自己是我们之中最差劲的飞行员。忽视这件事只会让她更紧张。相信我吧。"

嘿。"那你觉得赫尔如何？"

"她很优秀，"他说，"但没有她自以为的那么优秀。"他沉默了片刻，又说："她习惯假装一切都是游戏。要知道，她过去是个运动员。"

"真正的那种？"

"对，掘球选手。她是队伍主力，也是学生联盟最优秀的选手之一。每件事对她来说都像是竞赛，但我们接着就失去了比姆和晨潮，所以她才会变得沉默寡言。在没法把飞行看作游戏的现在，她不知道该做出怎样的反应。"

"我记得你说过自己很蠢。"

"就跟冷冰冰的石头一样蠢。"

"那你对我们的同伴提出的富有洞察力的见解呢？"

"我只是在闲聊，把出现在我脑子里的东西说出口，你明白的吧？大部分都和哼哼差不多，听起来合理只是你运气好。"

"噢，拜托。"

我们又飞了几圈，在此期间，内德故意哼哼了几声。说真的，我也分不清他究竟是幼稚，还是特别喜欢恶作剧……又或者他其实两样都占了。但也可能有什么别的理由？

科布终于下达了列队的命令，随后让我们各自进行训练，让他可以分别观察，给出关于改进方法的具体反馈。尽管我很享受这种训练，但也庆幸能松一口气，因为这真的很累人。

我观察着每个人的训练，不禁觉得我们开始像是真正的飞行员了。赫尔避开克雷尔战机以后的旋转动作非常出色。FM 也许谨慎过了头，她的动作却带着鼓舞人心的精准。

接下来是金玛琳，她成功反脉冲了那架克雷尔战机。我露出笑容，等她回来的时候，我呼叫了她。"嘿，"我在私人线路里说，"干得好。"

"我没坠毁，"她答道，"所以这挺新鲜的。"

"你几乎从没坠毁过。"

"我也几乎从没在训练时拿过第一。"

"我们都有天赋，你的天赋是远距离狙击，我的天赋是咒骂别人。"

"咒骂别人？你几乎从没——"

"住口吧，见鬼脸。"

她咯咯笑了起来，让我也面露微笑。也许内德是对的，她的确需要时不时排解一下压力。

"噢，亲爱的，"金玛琳说，"我是绝不会批评别人的。但这句咒骂实在没什么想象力。离开丰饶洞穴以后，我每天都会听到这个词儿！我来自的那个地方，说话时得小心谨慎才行。"

"这有什么意义？"

"噢，你不能让别人意识到你在贬低他们，那样太让人难堪了！"

"所以你们会辱骂别人……同时又不能侮辱他们？"

"这就是我们的做法。如果你觉得没道理，也不用担心。我个人觉得你这种安于现状的样子很有启发性。你肯定得到了很多学会人生教训的机会！"

"那是……嘿，"我咧嘴笑了，"我喜欢这句。"

"谢谢。"

我们的线路里传来噼啪声，欠揍脸令人厌恶的嗓音响起。

"小怪，斯苹，你们俩在看赫尔的表现吗？你们应该专心点。"

"我在看呢。"我没好气地说。

"那就好。因为从我这边看来，你们似乎正在闲聊和傻笑。"

"约尔延，"金玛琳说，"我只是希望你知道，我对作为队长的你的看法。圣徒优秀而公正，因此我相信你这一生会得到一切应得的回报！"

"多谢，小怪，集中注意力。约尔延结束通话。"

我一直等到代表他在线路的指示灯熄灭，才大笑出声。"这是我这辈子听过的最欢乐的话了。"

"噢，"金玛琳说，"大家都知道你说话偶尔会有点戏剧化，但我想我能接受这份赞美。"她又练习了一次，因为科布想要指导她使用助推器的方式。

"她简直不像是属于这儿的人，"我低声对自己说，"就好像对我们来说，她既优秀过了头，同时又不够好……"

"这相互矛盾，"M机器的声音在我耳中响起，"人类可真够完美的。"

"是啊。"我说着，随即坐直了身子。等等。"M机器？"

"怎么？"

"M机器。"

"我不介意被人大喊大叫，毕竟我的情感是人造的，但你能否——"

"怎么会？"我在座位里蜷缩身子，轻声耳语，"别人能听到你说话吗？"

"我入侵了你的线路，把通信信息直接发送到你的头盔里。"它说，"你的无线通信发射器提供了让我隔离你的焦点。"

"我的什么？"

"在你的包里。我想你应该把它放在座位旁边。"

是科布给我的个人无线电。

"就像我说过的，你同胞的通信手段相当原始，"M机器续道，"这让我很好奇，毕竟除了缺乏出色的人工智能以外，你们其他的科技似乎和我颇为相似。噢，你们也没有赛托超推进器，以及像样的真菌记录技术。所以我猜，你们在所有重要领域其实都很落后。"

"我还以为你担心自己会被人发现！"我低声说，"你为什么要在这儿跟我说话？"

"我是隐形飞船，斯潘莎，"它说，"我完全有能力侵入通信线路而不暴露。但我要警告你，我不相信你们这个挑战军。"

"这么做很明智。"我真诚地说，"但你相信我？即使我对你说过谎？"

"你会让我想起我忘记的某个人。"

"这……有点矛盾，M机器。"

"不，这不矛盾。这是我说的，而我是百分之百理性的。"

我翻了个白眼。

"这叫逻辑。"它停顿了片刻，然后轻声补充说，"我超级擅长这个。"

在前方，金玛琳的训练结束了。那架克雷尔战机逃走了，她没能成功发射反脉冲。

但她完全可以把那东西打下来的，我想着，为她感到恼火，只要它的护盾失效就行。

科布总说我们需要打好基础，我猜这是有道理的，但感觉还是不怎么公平，就好像……我们没能充分运用她一样。

"斯苹，"科布说，"轮到你了。"

"轮到什么了？"M机器问我，"我们在做什么？我这儿没有视频画面，只有声音。"

"我们在飞行。"我低声说着，按下助推器，飞入全息影像的残骸之间。从天而降的新残骸会不断取代旧的那些。

我的目标出现了，那是一艘蜿蜒穿过垃圾之间的克雷尔飞船。我前倾身体，追赶在后，以过燃速度穿行其间。差不多够近了……

我的仪表板上有一盏指示灯开始闪烁。有敌人尾随？什么？这本该是一对一的单人练习。看起来科布打算给我增加难度。

那就来吧。

我的"尾巴"开始用毁灭炮射击的时候，我做出了旋转回避动作。我的反应救了我一命，但也让目标甩开了我。别想得逞，我这么想着，让助推器过燃，追了上去。我以高速绕过转角，逐渐拉近距离。那条尾巴紧咬不放，而且仍在开火。

我中了几乎突破护盾的一炮，但我仍旧盯着前方的战机，后者开始向下方冲去。于是我关闭了上升环，让助推器过燃，转为令肠胃翻搅地俯冲。我的控制台上的指示灯闪烁不停，发出警告：没有上升环的帮助，什么都无法阻止我重重摔向地面。

"我不清楚你在和什么战斗，"M机器说，"但那些警告声在提醒你，你的表现不怎么样。"

就像在附和它的话那样，我的驾驶舱罩顶端的那条线警告我，我的重力容刚刚超负荷了，而重力指示表也开始闪烁红光。在真正的战机里，我要承受所有的重力，而在俯冲中，它会将血液推向我的大脑，令我出现红视[1]。

"努力别死掉，"M机器评论道，"我可不想只剩罗奇跟我做伴，他很无聊。"

我飞入另一块正在坠落的燃烧金属的尾烟里。火花撞上我的护盾，让它亮了起来，发出能量的噼啪声。我甩掉了尾随的敌机，后者已经落到了远处，但我离前方那架还不够近。

它没法继续俯冲的，我心想，我们已经接近地面了。

我咬紧牙关，而当目标转向侧面并重新爬升的时候，我用光矛刺中了那块残骸。我猛地绕过残骸，随后启动了上升环，再次让助推器过燃。这套动作让我迅速绕过一整圈，向上飞去，与那架克雷尔战机擦身而过。

我发射了反脉冲，然后舱罩上那条闪烁的线转为全红。

"哈！"我在小队线路里说，"你的孩子今晚会哭泣的，你这全息克雷尔杂种！"

"你认真的，斯苹？"FM说，"你是出于讽刺才这么说的，对吧？"

"讽刺是懦夫的武器！"我说，"就像毒药，或者欠揍脸战机上的毁灭炮。"

"懦夫会用的东西，应该是特大号炸弹什么的吧？"FM说，"可以

1　人体受到负向重力影响而产生的视野发红现象。

从很远的地方发射的那种？下毒似乎得靠近才行。"

"作为我们的常驻专家，"内德说，"我想指出，真正属于懦夫的武器是舒适的沙发，外加一堆有点有趣的小说。"

"你还是死了，斯苹，"欠揍脸说着，驾驶战机来到我的下方附近，"你的红线满了，多半造成了永久性的视网膜损伤。如果在真正的战斗里，你毫无疑问会失去行动能力，而你的战机又没有护盾保护。考虑到那个尾随你的克雷尔人，你眨眼的工夫就会死。"

"这不重要。"我说。他语气的恼火程度让我想笑。他是真的被我的天分威胁到了吗？"我的任务是解决目标的护盾，而我做到了。尾随我的敌机无关紧要，科布的命令就只有反脉冲那个目标。"

"你不可能一直欺骗模拟装置，"欠揍脸说，"你这样在战场上是派不上用场的。"

"我没在欺骗什么，我是在获胜。"

"随便吧，"他说，"至少你这次没有撞上我的战机。愿群星保佑妨碍斯苹出风头的那个人吧。"

"什么？"我说着，发起火来，"你——"

"闲聊够多了，"科布说，"斯苹，你的飞行动作不错，但约尔延是正确的。你最终失败了，因为你害死了自己。"

"我就说嘛。"欠揍脸说。

"可——"我说。

"如果你们有吵架的时间，"科布打断道，"显然说明我给你们安排的训练还不够辛苦。所有人在晚餐前完成三组伽马 -M 编队练习。约尔延，你负责监督。"

"等等，"金玛琳说，"你要走了？"

"我当然要走，"科布说，"我可不想太晚吃晚饭。科布结束通话。"

"棒极了，"赫尔说，"多谢你的添乱，斯苹。"

等等，她该不会把增加训练这件事怪罪到我头上了吧？欠揍脸安排我们组成了伽马 -M 编队，开始进行那种单调的飞行训练。我们只花了大约十分钟，但我自始至终都在生闷气，也越来越恼火。我甚至没去理睬想要跟我说话的 M 机器。

练习结束后，我摘下头盔，对欠揍脸列队报数的呼叫充耳不闻。我只是……我需要喘口气，自己静一静。我擦去脸上的汗水，拨开因为头盔而贴在额头上的头发。

吸气。呼气。

我的全息驾驶舱消失不见。

"你在干什么？"欠揍脸站在我的座位旁边，质问道，"你把头盔脱掉了？我说了列队！"

"我只是需要休息一下，好吗？别管我了。"

"你在违抗命令！"

噢，见鬼，我现在没心情应付他。我难堪、疲惫，而且越来越生气。这次训练相当漫长。

"嗯？"欠揍脸说着，赫然出现在我身前。附近那些人也都解除了全息影像，站起身来，伸着懒腰。

我的脸颊发冷，我开始感到自己在逐渐失控。

冷静，斯潘莎，你可以冷静的。我压下怒气，站起身。我得离开这个房间。

"你有什么可说的？"欠揍脸质问道，"你为什么要一再否认我的权威？"

"什么权威？"我厉声回答，然后抓起背包，走向门口。

"要逃跑？"欠揍脸说，"很适合你。"

我的脚步停住了。

"我们早该料到泽恩·夜影的女儿会违抗上级。"他说，"你的家族根本没有服从命令的血统，对吧？"

我的脸颊冰冷。炽热在体内翻腾。

我受够了。

我缓缓转身，走回欠揍脸那边，静静地丢下背包。

他低头看着我，脸上挂着冷笑。"你——"

我单膝跪地，然后一拳打中了他的膝盖。他倒吸一口凉气，痛得弯下了腰，而我冲向前去，手肘狠狠撞上了他的肚子。他闷哼的方式那么悦耳，助长了我内心的某种原始之物。

我的手肘撞出了他肺里的空气，也阻止他大叫出声。于是，趁着他还没回过神来，我用脚钩住他的脚踝，让他向后摔倒在地板上。

他比我高大。如果他重整态势，就能用力量压倒我，于是我跳到他身上，抬起拳头，准备砸向他那张蠢脸。

然后我停止动作，颤抖起来。我怒火中烧，但同时也冷静而镇定，就像我和克雷尔人战斗时那样，就好像我同时既能完全控制自己，又不知怎么彻底失了控。

欠揍脸看着位于上方的我，身体僵硬，显得完全不知所措。他那张蠢脸，那种冷笑。他们就是这么谈论我的，他们就是这么看待我的！

"哇！"内德说，"天啊！"

我跪在欠揍脸身上，手举在空中，全身颤抖。

"说真的，哇！"内德说着，跪在我们两个旁边，"斯苹，这太了不起了。你能教教我吗？"

我瞥了他一眼。

"我们没学过徒手搏斗，"他说着，用手掌做了几次劈砍动作，"科布说这派不上用场，可你要知道，万一克雷尔人企图在小巷子里袭击我之类的呢？"

"没有人见过活的克雷尔人，你这白痴。"赫尔说。

"是啊，但如果这是因为——比方说——他们总是在巷子里袭击人呢？你想过这种可能性吗？"

我低头看着欠揍脸，突然能听到自己短促的喘息声了。

"斯苹，"内德说，"没事的。你只是在为我们演示徒手搏斗动作，对吧？你是怎么绊倒他的？毕竟你差不多只有约尔延一半高。"

冷静。呼吸。

"一半高？"阿图罗说，"我能否指出，那样的话她就不到一米高了？你的数学太靠不住了。"

我离开欠揍脸的身体，后者呼出一口气，放松了身体。FM 一脸惊恐，但内德朝我竖起了大拇指。阿图罗连连摇头。金玛琳站在那儿，以手掩口。但我看不懂赫尔的表情，她交叠双臂，若有所思地打量着我。

约尔延摇摇晃晃地爬起身，捂着腹部。"她殴打了上级，袭击了自己小队的另一名成员！"

"是啊，她做得是有点过火，"内德说，"但我是说，你是自找的，约尔延。你也没受什么永久损伤，对吧？我们就不能忘了这回事吗？"

约尔延看着我，神情冷酷。

不，他是不会忘记的。这回我真的惹上麻烦了。我对上他的双眼，终于拿起背包离开了教室。

24

我有好些年没失控到这种程度了。

尽管我说起话来咄咄逼人，从小却没打过几场架。我会假装自己是个战士，但事实上，大多数孩子只要听到我说话的方式，就会选择躲开我。而且说实话，他们的犹豫里害怕我的成分较少，为我古怪的自信态度感到不适的成分较多。

这法子有用，能让他们和我保持距离，也让我不至于陷入失控的状态。因为我确实会做出这种事，而我完全不像故事里英勇的战士，倒更像一只走投无路的疯老鼠。这就好比我抓到正在偷利格午餐的芬恩·艾尔斯丁的时候，芬恩最后多了个黑眼圈，断了一条胳膊。我被迫在少年教养所待了一年，还因为不当使用暴力而被柔道班除了名。

我当时的年纪还不需要负法律责任，所以我的行为并没有危及我上飞行学校的机会。但今天的袭击不同，今天的我已经长大，本不该做出这种蠢事才对。

我坐在挑战军复合设施外的果园里的一张长椅上。约尔延会怎么报复我？如果他去找上将，我就会出局就会完蛋，而且我罪有应得。

我真的不像奶奶故事里的战士，还差得远了。我的朋友战死的时候，我几乎派不上用场，而现在，我又因为几句微不足道的侮辱就失控？为什么我没法控制住自己？为什么我要在约尔延提到那些事的时候发怒？我已经忍受一辈子了。

天色昏暗下来，最近的天光移动到别处，而我坐在果园里等待着，以为宪兵会过来找我。我能听到的只有某个微弱的声音……嗡嗡声？从我背包里传来的？

我皱起眉头，在背包里摸索，最后找到了那台无线电。我拿起它，按下了接听按钮。

"你好。"M机器说，"斯潘莎？你死了吗？"

"也许吧。"

"噢噢噢，就像那只猫儿！"

"……什么？"

"说真的，我也不确定，"M机器说，"但从逻辑上来说，既然你在跟我说话，可能性就已经朝我们有利的方向塌缩了。万岁！"

我靠向椅背，不情不愿地咀嚼着一片肉干。如果他们打算来找我，就早晚会来的，我还是吃点东西为好。我不觉得饿，而我最近从没挨饿过，因为老鼠太多了。

"你打算跟我说明你们的敌人是谁了吗？"

"我们说过的，是克雷尔人。"

"好吧，你的确顺口提到过，但没人跟我说明过。你们好像觉得我应该知道。"

我把一块肉干塞进嘴里，就着水咽了下去。我叹了口气，把无线电举到面前。"克雷尔人是外星人。"

"你们都是外星人，"M机器评论道，"严格来说都是。毕竟我们不在你们的母星上，是这样吧？"

"总之，他们试图摧毁我们。他们是那种穿着奇怪铠甲、操着吓人武器的生物。我们的长者说，他们摧毁了我们在群星之间的帝国，几乎将我们赶尽杀绝。我们也许是仅存的人类了，而克雷尔人决心终结我们。他们会派出成队的飞船，有些携带着一种名叫'灭生'的炸弹，它的威力能渗透到下方的洞穴，毁灭那儿的活物。"

"嘿，"M机器说，"他们为什么不从轨道上轰炸你们？"

"什么？"

"倒不是说我对类似的事有任何了解，"它补充道，"毕竟我是非战斗型机器。这很明显。"

"你有四门大炮。"

"肯定是谁趁我不注意的时候装上去的。"

我叹了口气。"如果你是想问我，他们为什么不从高处投下灭生炸弹，那是因为有古老的防御系统环绕这颗行星。克雷尔人的标准策略是设法穿过它，试图用数量压倒我们的战机，又或者以小股突击队潜入。如果他们摧毁我们的防空炮，或者设法让轰炸机抵达这边，他们就能抹消我们制造新战机的能力。那样的话，我们就完了。阻挡在人类与灭亡之间的就只有挑战军而已。"我无力地坐在长椅上。

也就是说，我自顾自想道，我应该避免那种口角，专心飞行才对。

父亲对我说过什么来着？

他们的脑袋是石头脑袋，他们的心思放在石头上。着眼于更高的目标吧……

"M机器？"我问，"你记得什么有关人类文明的事吗？在克雷尔人到来之前的事？你知道当时是个什么样子吗？"

"我记录这些内容的存储体几乎彻底损坏了。"

我失望地叹了口气，收起口粮，准备步行回家。但我不能这么干，不能在仿佛被人用枪抵着脑袋的现在。我不打算蜷缩在自己的洞里，等着别人叫我去受罚。

我必须直面这件事，接受我应得的惩罚。

我把背包挎上肩头，大步返回阿尔塔基地的正门，通过了哨卡。我走远路经过食堂和发射台，绕过飞行学校，打算最后看一眼我的波科级战机。

我经过那队沉默的战机，终日忙碌的地勤人员在照看它们。在我的左方，我看到自己的队友们一起坐在食堂里吃着晚餐，有说有笑。

约尔延不在那儿，但他平常就不会和平民阶层一起吃饭。此外，他多半直接找上将报告我对他做的那些事了。

宪兵们从很早以前就不再出面把我护送出基地了。我们都清楚规矩，而他们也满足于我遵守规矩这件事。因此没有人阻止我再次进入飞行学校的建筑物，而我经过了我们的空教室，又路过了科布的办公室，那里同样空无一人。

我去过的基本上只有这些地方。我深吸一口气，然后拉住一位路过的副官，问她是否知道这个时间在哪儿能找到上将。

"铁甲？"她说着，上下打量起我来，"她通常没有见学员的时间。你的教官是谁？"

"科布。"

她的表情柔和下来。"噢，他啊。确实，他这学期有了一组学生，不是吗？都过去好几年了。是关于他的投诉吗？"

"我……差不多吧。"

"去 C 栋，"她说着，用下巴比了比，"你会在办公室 D 区的接待室找到上将的侍从团队。他们可以把你换去另一支小队。说实话，这种事少见得让人吃惊。我知道他是首席公民什么的，但……总之，祝你好运。"

我走出校舍，加快了步伐，我的决心随着迈出的每一步更加坚定。我会说明自己做了什么，然后要求惩罚。我会掌控自己的命运，哪怕那命运是被开除。

C 栋是一座位于基地远端、让人望而生畏的砖砌建筑物。它建成了碉堡的样式，只有充当窗户的细长开口，看起来正是铁甲会待的地方。我该怎么说服她的侍从们让我通过？我可不希望自己是被某个低级官员开除的。

我从建筑外部的几扇窗户向内窥视，发现铁甲并不难找，不过她的办公室狭小得惊人，只有普通房间的角落大小，塞满了书本和航海纪念品。透过那扇窗，我看到她瞥了一眼墙上的旧式挂钟，然后合拢笔记本，站起身来。

我可以在她出来的时候拦住她，我下了决心。我移动到那栋建筑前方，考虑着说辞。不找借口，只是叙述事实。

等待的时候，我听到背包里传来另一阵嗡鸣。这就来了吗？要求我接受纪律惩罚的呼叫？我掏出无线电，按下按钮。

奇怪的声音透过线路传来，是音乐。

那乐曲不可思议、超凡脱俗，不同于我以往听过的任何音乐。许多乐器相互伴奏，做出起伏、动人又美妙的配合，不仅仅是一个人吹长笛或是打鼓。一百道绚烂的风，连绵不绝的鼓点，高亢的铜管乐器声，像是战斗的号召，其作用又并非战吼，更……更像是这段庄严有力的旋律的灵魂。

我当场呆立，震惊地听着通过无线电传来的曲子。不知为何，它让我想到了光和群星的美丽，但……但它又只有声音，欢欣鼓舞、令人吃惊又不可思议的声音。

那声音戛然而止。

"不，"我说着，摇晃起无线电来，"不，继续放啊。"

"我的记录在那个位置就损坏了，"M机器说，"抱歉。"

"这是什么？"

"德沃夏克的《新世界交响曲》[1]。你问过我人类社会从前是什么样的，我找到了这么个片段。"

我不由得双膝发软。我坐在门边的一片花槽上，手里拿着珍贵的无线电。

我们创造过那样的东西？听起来如此美妙的东西？为了演奏那首曲子，需要聚集多少人？当然了，我们也有音乐家，但在阿尔塔建立之前，在一个地方聚集那么多人只会导致毁灭。所以根据传统，我们的演奏者最多只有三人组合。这曲子听起来像是有好几百人在演奏。

为了创作音乐这么无用而又这么美妙的事，需要投入多少练习？多少时间？

1　E小调第九交响曲，又称《自新世界》交响曲。

着眼于更高的目标吧。

我听到说话声从这栋建筑的内部朝我靠近。我收起无线电，然后擦了擦眼角，觉得自己好傻。没错，自首。是时候这么做了。

门开了，穿着洁白制服的铁甲走了出来。"我不理解你父亲为何会有这种想法，学员。"她在说，"如果不是你家族提出的要求，我显然会为你选择另一位教官——"

她注意到我站在门口，于是停下了脚步。我咬住嘴唇。有个副官为她扶住了门，而我发现自己认得那个副官，那是个身穿学员连衣裤和制服外套的棕肤色年轻人。

欠揍脸。所以他比我先来一步。

"上将。"我说着，敬了个礼。

"你，"她说着，嘴角耷拉下来，"你不是被禁止在课程结束后使用挑战军设施了吗？需要我叫宪兵来送你离开吗？说真的，我们应该谈谈这回事。你真的没回下面去，而是住在地图没有记载的洞穴里吗？"

"长官，"我说着，仍旧保持敬礼的姿势，没去看约尔延，"我会为自己的行为负全责。我认为自己必须正式请求接受——"

欠揍脸重重关上了门，让上将吓了一跳，也让我停了口。他瞪了我一眼。

"我……"我把目光转回上将那里，续道，"我必须正式请求接受纪律——"

"请原谅，上将。"欠揍脸飞快地说，"这事和我有关，请稍等。"他大步朝我走来，抓住我的胳膊。见我立刻抬起一只拳头，他有些畏缩，但我不情不愿地让他拉开了我。

上将似乎不愿等候区区两个学员。她"哼"了一声，继续向前走去，钻进了等待在车道上的一辆光滑的黑色悬浮汽车。

"你有什么毛病？"欠揍脸对我嘶声道。

"我要自首，"我说着，抬起下巴，"我可不会让她只听你的一面之词。"

"群星在上，"他看了一眼那辆车，然后压低了嗓门，"回家去吧，斯苹，你是想害自己被开除吗？"

"我是不会傻坐在那儿，等着你找他们来抓我的。我会战斗。"

"你这一整天战斗得还不够多吗？"他揉了揉额头，"赶紧走吧。我们明天在课堂上见。"

什么？我很难理解他的逻辑。也许他希望我先难受一阵子？

"你打算明天再告发我？"我问。

"我根本没打算'告发你'。你以为我想让自己的小队再失去一个成员？我们每个飞行员都用得上。"

我双手叉腰，打量着他。他看起来……很真诚。恼火，但却真诚。"所以……等等，你为什么要跟上将见面？"

"我们会在我父母位于下层洞穴的家里举办招待上将的正式晚宴，"他说，"每周一次，只比国民议会领袖来拜访的那些晚上更难熬一点。听着，我很抱歉，我不该激怒你的。领袖应该吸引人们追随他，而不是把他们推到自己对面。"他朝我点点头，仿佛这样就足够了。

我不相信他的话。我为这事下定了决心，做好了迎面吃下一发毁灭炮的准备。现在他却只是……打算放过我？

"我偷了你车子的动力矩阵。"我脱口而出。

"什么？"

"我知道你怀疑我。噢，是我干的。所以动手吧，告发我吧。"

"群星啊！那是你干的？"

"呃……是的，显然是我，要不还能是谁？"

"那辆车发动的时候有点问题，所以我找了公会的机械师。我以为是他不知怎么跑过来摆弄了车子。"

"跑到基地来？"

"我不知道！这些地方的官僚作风简直让人难以置信。我用无线电抱怨的时候，他们开始找借口，所以我以为……"他抬手扶额，"你究竟为什么要拆掉我的动力矩阵？"

"呃……我需要摧毁你的士气，"这谎言的拙劣程度让我脸部抽搐，"为了让你觉得无能又无力？没错，作为我彻底而完全地破坏你的权威的象征！挑战者的象征！我搬走了它，就像古代的蛮族军事领袖那样，夺走——"

"那样得多麻烦啊？你就不能像正常人类那样只给上升环放电吗？"

"我不知道该怎么做。"

"算了，你可以回头再补偿我。比方说，不在其他队员面前侮辱我。至少一天，可以吧？"

我站在那儿，消化着他的话。他似乎真的无心争斗。嘿。

"你瞧，"欠揍脸说着，瞥了一眼那辆黑色车子，"我对活在父母阴影下的感受略知一二。对吧？抱歉。我不会再……再做那种事了，但别再殴打我了，好吗？"

"好的。"

他朝我点点头，转身跑开。他向上将道着歉，同时爬进车里。

"下次我会用踢的！"我对着他的背影喊道，"哈！"但他当然听不见。我目送他们的车子离开，然后摇摇头，拿起背包。我完全弄不懂约尔延这个人。不知为何，我还留在挑战军。而他……约尔延不想复仇。他不想和我战斗。

虽然我曾经嘲笑过他的这一点，此时我却觉得他的行事方法很高尚。他把小队放在第一位。

着眼于更高的目标……

我走出基地，把无线电举在脑袋旁边，心里五味杂陈，但更多的是释然。"M机器，请再把那段曲子给我播放几遍。"

25

我穿着增压服，戴着头盔，坐进自己的波科级里。这是比姆和晨潮死后，我头一次坐进真正的驾驶舱。

这立刻让我的内心传来痛楚，以后每次都会这样吗？我的脑海深处会始终藏着这份无声的担忧吗？那份担忧在低声说："你的哪个朋友没法从这次任务中归来？"

但今天本该只有日常训练，而不是战斗。我启动了波科级的引擎，感受那种美妙的嗡鸣。这是模拟装置模仿不了的。

我用右手攥住操控球，左手握住节流阀，随即离开地面，和另外六架战机一起飞向天空。约尔延让我们口头报数，然后呼叫了科布。

"冲天小队就绪。长官，命令是？"

"前往304.16-1240-25000。"科布说。

"各队员，设置坐标，"约尔延说，"我打头阵。一旦遭遇克雷尔人伏击，我就会和阿图罗以及FM后撤。内德，你和小怪待在队伍中段。斯苹和赫尔，我希望你们在队尾做好掩护射击的准备。"

"不会有伏击的，学员，"科布说着，语气透出笑意，"只要抵达指定位置就好。"

我们开始飞翔，而且群星啊……感觉真好。战机会在移动时颤抖，回应我的每个指令。气流比模拟装置所展现的要生动得多。我想要反复猛冲，想要低飞着掠过满是弹坑的地表，然后升向高空，全速穿过残骸区，飞往太空的边缘。

我控制住了自己，我有自制力。

终于，我们接近了一大群正在飞向更高处的战机。那儿足有五支小队。

"接近坐标，"约尔延对科布说，"发生了什么？例行训练？"

"对你们来说，是的。"科布说。在上方高处，几道发光的条纹标志着几块较小的残骸闯入了大气层。我看着那一幕，担忧起来。

"嘿，万事通。"科布说。

"什么事，长官？"阿图罗立刻答复道。

"残骸雨是什么导致的？"科布问。

"有好几种原因。"阿图罗说，"上面那儿有很多古代机械装置，尽管有很多仍在运作，动力矩阵却在逐渐耗尽，这么一来，它们就会偏离轨道，然后坠落。另一些时候，是因为发生了碰撞。"

"没错，"科布说，"好吧，我们要面对的就是这件事。上方的两块非常庞大的金属发生了某种碰撞，而这导致一些残骸脱离了轨道。我们料到克雷尔人将会入侵，而这些战机是来这儿监视的。但你们来这儿有另一个理由：来点射击练习。"

"射击什么，长官？"

几大块残骸从天而降，从我们上方的战机群边燃烧着掠过。

"射击残骸。"我猜道。

"我希望你们两人一组，"科布说，"你们要练习列队和谨慎行动。挑选大块的残骸跟随它几秒钟，然后为它加上标记，方便回收人员调查。你们只要转动毁灭炮的速度控制旋钮，直到它发出'咔嗒'一声，就能用它发射信标。"

"就这样？"赫尔说，"给几块太空垃圾贴上标签？"

"太空垃圾不会做回避动作，"科布说，"也没有护盾，加速度也可以预测。我猜这符合你们的技术水平。另外，你们会经常接到这种命令：在残骸坠落期间标记回收品，同时等待确认克雷尔人是否发起进攻。这是不错的练习，所以别抱怨了，否则我就把你们塞回模拟装置里，再练上一个月。"

"我们准备充分，而且愿意服从命令，长官，"约尔延说，"包括赫尔在内。感谢您给我们这个机会。"

控制台上战机编号下方的指示灯让我知道收听者都有哪些，赫尔在私人线路里对 FM 和金玛琳发出几声干呕，但她没有把我排除在外。这看起来像是关系改善的迹象，对吧？

约尔延为我们分好了组，然后安排我们开始工作。较大的几块残骸从天而降的时候，我们俯冲在后，就像在课上学到的那样保持速度一致，然后将无线电信标打入其中。最有用的残骸是散发着上升石蓝光的那些，可以回收并用来制造战机。

我让自己享受着这份工作。它并非真正的战斗，但俯冲的感觉，以及瞄准射击的刺激……我能把那些太空残骸想象成克雷尔战机。

"你又在忽视我了？"M 机器在我耳边说，"我想你又在忽视我了。"

"如果我不知道你在听，"我说着，"哼"了一声，标记了另一块残骸，"又该怎么忽视你呢？"

"我一直都在听。"

"你不觉得这有点吓人吗？"

"不觉得！你在做什么？"

我停止俯冲，和并肩飞行的赫尔一起回到队列里，等待下一次轮到自己。"我在射击太空垃圾。"

"它对你做什么？"

"没什么，这只是练习。"

"但它甚至不能还击！"

"M 机器，那只是太空垃圾。"

"就好像这算得上理由似的。"

"这……其实算，"我说，"这是个相当好的理由。"

金玛琳飞了一圈，阿图罗担任她的僚机。以她来说，她表现得相当好，但约尔延还是找到了挑刺的理由。"再靠近点，"她俯冲的时候，他告诉她，"现在别靠得太近。如果你射击时用的是真正的毁灭炮，飞溅的残骸也许会砸中你。你射击的时候，千万别太用力扣扳机……"

"我不是想抱怨，"她说着，语气紧张，"但我认为现在我应该专心。"

"抱歉，"约尔延没好气地说，"我以后会尽量少帮点忙的。"

"亲爱的，我想你应该很难办到。"她标记了那块残骸，然后松了口气。

"干得漂亮，小怪。"约尔延说，"蝰蛇，你飞下一轮，让 FM 当僚机。"

金玛琳排进队列的时候，高处的好几块太空残骸同时落了下来。正规飞行员们的战机躲到一旁，让它们通过。我们飞在相对高的位置，以便进行长距离俯冲，因此地面远在下方，但我们离碎石带本身仍旧相当遥远，最下面那一层飘浮在距离行星表面三百英里的高空。

内德挑选了其中一块，跟在后面，没去管另外三块。于是金玛琳为毁灭炮进行了长距离射击时的充能，然后狙击了全部三块，接连为它们加上标记，一次也没有射偏。

"别再卖弄了，小怪。"科布说。

"抱歉，长官。"

我皱起眉头，私下呼叫了科布。"科布？你有没有想过，我们的做法也许有错？"

"你们的做法当然有错，你们是学员。"

"不，"我说，"我是指……"我该怎么解释？"小怪的准头相当好，会不会有更适合她发挥的方式？我们的大多数练习都让她灰心丧气，因为她是最差劲的飞行员。也许她可以只为我们狙击敌人？"

"你觉得如果她一直停在那儿打爆敌机，克雷尔人会在多久以后朝她大举进攻？别忘了，如果他们断定某个飞行员过于危险，就会集中攻击那个人。"

"也许我们可以利用这点。你说过只要能预料敌人的行动，就拥有优势，对吧？"

他"哼"了一声。"把战术留给将军们去操心吧，斯苹。"内德成功标记那块残骸的同时，他关闭了线路。

"晚安，亲爱的王子，"[1]那块垃圾撞上地面的时候，M 机器低声说，"或者公主，又或者无性别又无生命的太空垃圾，这种可能性最大。"

我抬头看向高处，等待更多的残骸。接下来会轮到赫尔，而我会担任她的僚机。我能断定有些垃圾正在高处移动，其中好几块……成群结队地落下……

那不是垃圾，是克雷尔人。

我坐得笔直，绷紧了握住操控球的手。好几队敌机离了碎石带，正规飞行员们立刻前往迎击。

"把高度降到两千英尺，学员们。"科布说，"你们会充当后备队，但那些飞行员应该应付得了。看起来……只有大概三十架敌机。"

我靠向椅背，但在天空亮起的爆炸光芒中，我没法放松。很快，在我们周围坠落的残骸就不仅仅来自碎石带了。科布呼叫赫尔，让她飞下一圈。我们显然要不顾战斗继续下去，这么考虑的话，这或许是

1　《哈姆雷特》的最后一幕中，霍雷肖对死去的哈姆雷特所说的台词。

种不错的训练。

赫尔做出了出色的飞行动作，并以精准的一连串射击收尾。"真棒。"我们回到队列里的时候，我对她说。不用说，我没有得到答复。

"唉，可怜的太空垃圾。"M机器说，"如果我有撒谎的能力，我会假装自己认识你的。"

"你就不能做点有用的事吗？"

"……这没用吗？"

"上面那些克雷尔人如何？"我问它，"你能不能……怎么说呢，你能不能告诉我，他们的飞船都有哪些种类？"

"在这个距离，我只能使用常规雷达，"它说，"它们对我来说只是小小的光点，没有细节。"

"你看不到更具体的东西？"我问，"科布和将军们都有某种能复制战场的全息影像，所以他们应该也在使用雷达之类的东西来重现目前的状况。"

"这太荒谬了，"M机器说，"那样的话，我应该会发现视频来源，除非那是多艘飞船内部的回声定位装置制造的局部近程信标……噢噢噢噢噢噢噢噢噢！"

我方的一架熊熊燃烧的星际战机以死亡螺旋的势头下坠，尽管阿图罗试图接近并用光矛刺中它，但那架战机离得太远了。

飞行员没有弹射。他直到最后一刻都在尝试拉起机首，拯救飞船。我硬起心肠，看向高处的战场。

"噢噢噢噢噢噢噢噢噢噢噢噢噢噢。"M机器说。

"怎么？"我问。

"我找到视频来源了，"它说，"你们全都好慢。你们真是这么飞的？你们怎么忍得了？"

"更快的速度要么会破坏我们的飞船，要么会让里面的人被重力碾碎。"

"噢，对，人类压扁系数。这就是你们讨厌太空垃圾的原因吗？嫉妒可不美，斯潘莎。"

"你不是要做有用的事吗？"

"正在计算敌方进攻模式，"M机器说，"我需要花费几分钟时间完成模拟运行和分析预测数据。"它顿了顿，又说："嘿，我都不知道我能办到这种事。"

"轮到我了吗？"阿图罗在公用线路里问，把我吓了一跳。我总觉得他们会听到M机器对我说话，但那个人工智能说过，它是直接把信号发送到我的头盔里，然后拦截了我向外输出的信号，把关于它的声音和我的答复的迹象全部剪辑掉。不知为何，它只用眨眼的工夫就能办到，我的信号甚至来不及到达其他队友那里。

"等等，"科布说，"这次袭击不太对劲，但我又说不清究竟不对在哪里。"

一道巨大的影子在高处移动。它很庞大，让尝试理解的我头晕目眩，仿佛天空本身正在坠落。数以百计的残骸突然倾盆而下，仿佛燃烧的冰雹，后面就是那个庞大又难以置信的东西。

"后撤，"科布说，"队长，把你的队员聚集起来，让他们后撤到——"

在让人目不暇接的变化中，发生在我们上方的战斗转移到了周围：双方的战机同时躲向了下方。克雷尔飞船和人类飞船在从天而降的庞大物体面前四散躲避，那个深色的金属方块足有山那么高。

是飞船？什么飞船能有那么大？它比一座城市还要大。我们舰队的旗舰能有这么大吗？我一直把它想象成稍大一点的运兵船。

战机在降低高度的同时继续交火。我们的小队突然置身于毁灭光束与坠落的燃烧金属块构成的火焰风暴中央。

"离开这儿！"约尔延说，"加速到5马格，跟着我。前往132区域，远离在我们后方缠斗的战机。"

我启动助推器，呼啸着飞向前方，赫尔保持在我的侧翼。

"那是一艘飞船，"阿图罗说，"瞧瞧它下落得有多慢。底部满是正在运作的上升环，成百上千。"

一道阴影覆盖了这片土地。我推动节流阀，加速到5马格，远高于正常的缠斗速度。再快一点，我们就没法对周围做出反应了。的确，某块战机大小的残骸在我们附近坠落的时候，我们几乎来不及反应。半个小队的战机向左回避，另一半则向右。

我和金玛琳和内德去了左边，同时放慢速度来换取机动性。毁灭炮的光束在我面前散开，同时有我方的两架星际战机飞掠而过，后面跟着六架克雷尔飞船。我咒骂一声，绕开了它们，呜咽着的金玛琳跟在后面，而她占据了我侧翼的位置。

"分析完成！" M 机器说，"噢！哇。你在忙。"

我开始俯冲，但有敌人尾随在我们后方，那架克雷尔战机射出的光束从我身边掠过。我咒骂一声，随即拉起机首。"到我前面去，小怪！"

她从我身边飞过，而我转向右方，让那架克雷尔战机专心对付我，因为我离它更近。

"你真的应该等我的计算结束再开始的，" M 机器评论道，"不耐烦可是严重的性格缺陷。"

我咬紧牙关，旋转机身，接连做出回避动作。

"斯苹，小怪，蝰蛇，"约尔延在线路里说，"你们在哪儿？你们为什么不跟着我——"

"我正在遭受攻击，欠揍脸。"我厉声道。

"有我支援你，斯苹。"内德的声音在我耳中响起，"如果你能恢复水平飞行，我就会试着击落它。"

"你没法打穿它的护盾。小怪，你还在吗？"

"在你的三点位置。"她说着，嗓音颤抖。

"准备好干掉这家伙。"

"噢！呃，好的，好的……"

那艘坠落着的庞大船舰在高处隐约可见。阿图罗是对的，它的下降缓慢而稳定。但它老旧破损，上面还有不少大洞。战场里满是缠斗的战机和毁灭光束，下方则是一大片阴影笼罩的开阔空气。

我的"尾巴"射中了我一次，我的护盾噼啪作响。

专心。我在模拟时练习过一百次了。我拉高机首，翻起筋斗，那架敌机跟随在后。在弧线的最高点，我忽视空气阻力，做出了星际战机特有的动作：我让战机横向转动，然后猛地达到过燃，冲出筋斗的轨道，飞向侧面。

我的重力容随即激活，缓冲了大部分重力，但我的胃仍旧爬到了喉咙口。模拟装置无法真实展现出迷失方向的感觉，尤其是重力容停止运作后我被狠狠甩向椅背的那一刻。

我觉得自己能应付那种程度的力道，而且我没有晕倒。所以严格来说，我确实应付过去了，但我差点吐了出来。

接近警报声停止了。就像我希望的那样，那架克雷尔战机的反应不够快，它继续做筋斗动作，而我将会从它旁边掠过。我压下呕吐感，重重砸下反脉冲按钮，消除了我和敌机的护盾。我做好了心理准备。我现在门户大开，如果那架克雷尔战机转向我，开上哪怕一炮——

一道闪光从我身后飞来，随后一道冲击波传遍了我的战机。

"我打中了，"金玛琳说，"我……我办到了！"

"谢了。"我说着，松了一口长气，中止了过燃状态。我继续以直线飞行，开始减速，同时关闭助推器，准备使用护盾启动器。我的手指做着这些熟悉的动作，而贴着脑袋的头盔感觉发烫，又沾满汗水。感谢群星让科布训练我，我的身体知道该怎么做。

一架克雷尔飞船靠近这边，发现我正在以惯性滑翔。我缩起身子，但一发炮火让那艘飞船匆忙躲开。

"我来掩护你，"内德说着，从我头顶掠过，"小怪，和我组成防御队形。"

"收到。"金玛琳说。

"没必要，"我说着，重重砸下启动按钮，"我回来了。我们要离开这儿吗？"

"很乐意。"金玛琳说。

我带着另外两人转进一条我希望可以离开的路线，然后呼叫了约尔延。"我们正在向304.8前进，"我告诉他，"你们离开这东西的下方了没？"

"是的，"约尔延说，"我们在303.97-1210.3-21200位置离开了阴影。我们会在这儿等你们，斯苹。"

他语气冷静，这点让我自愧不如。我会不由自主地想象教室里出现更多的空座位。

"你准备好听我的分析了吗？" M 机器说。

"这取决于其中提到蘑菇的频率有多高。"

"恐怕只会有一次。你在头顶看到的那东西大概是半个 C-137-KJM 轨道船坞，附带探究者对抗训练设施。我不清楚那究竟是什么，但我相信它肯定是用来制造星际战机的。周围没有另一半的踪影，但从那些上升环低下的输出功率来看，这东西多半在那儿悬浮了好几个世纪。

"我的投影指出，它的轨道已经朽坏，也没有足以自行修正的动力。它看起来没有人工智能。如果它有，却又拒绝和我交谈，那就太无礼了。从克雷尔人的进攻模式来看，他们应该将它当成了防卫目标，打算阻止你们接近。"

"真的？"我问，"重复一下最后那段。"

"嗯？噢，从他们的飞行模式来看很明显。他们并不执着于杀死你们，或者到达你们的基地之类的。今天他们只希望阻止你们接近这艘飞船，大概是因为它对你们落后而臃肿、只有缓慢飞船的社会而言是件梦幻般的回收品。"

这说得通。他们有时会击落残骸，阻止我们得到上升环。他们肯定生怕被我们夺走这件足有数百只上升环的战利品，不是吗？

"而且它看起来有点像蘑菇。" M 机器补充说。

另外两架我们之前见到的挑战军战机飞掠而过，身后跟着一大群克雷尔战机。

"嘿，"内德说，"斯苹和小怪，你们两个先走，就快到了。我有件事要做。"

"什么？"我说着，转头张望，"蝰蛇？"

他脱离了队伍，追在从我们旁边经过的那些克雷尔战机后面。他以为自己在干吗？

我转身跟上。"蝰蛇？见鬼。"

"斯苹？"金玛琳说。

"我们不能丢下他。来吧。"

我们飞快地跟在内德身后，他正在尾随六架克雷尔战机。后者又跟着两架漆成蓝色的西格级战机，这代表他们来自黑夜风暴小队。内德显然打算帮忙，但一个学员想对抗六个克雷尔人？

"内德！"我说，"你很清楚，我很乐意战斗，但我们也需要服从命令。"

他没有回复。在前方，那两个黑夜风暴的成员在敌人火力的压制下做出了铤而走险的举动，他们飞向上方，靠近那座庞大的船坞，然后绕了半圈，飞进它侧面的一个窟窿里。那儿一片黑暗，或许是另一部分的船坞过去与它相连的位置。

这座太空站仍在下降，但非常缓慢。它终究会坠落，等到它落地的时候，我可不想待在附近。我看着那些克雷尔战机追着我们的飞行员前往那艘古代舰船的深处，而内德紧随其后。于是我咬紧牙关，跟了上去。

"斯苹，"金玛琳说，"我不觉得自己能办到。如果我试图飞进去，肯定会撞到什么的。"

"噢，好吧，"我说，"去约尔延和其他人那边吧。"

"好的。"她说。她迅速转向左方，飞出这台坠落机器的阴影。

而我向下俯冲，飞进缺口，跟着内德追入黑暗深处。

26

我飞速穿行于那座古老太空站的内部，那是一大片开阔的黑暗，周围是起重机和其他建筑设备，闪烁的泛光应急灯将它们照亮。某面墙壁上排列成圆形的文字让我想起了洞穴里的某些老旧的设备——在我时常经过的那个奇怪的房间里，天花板和地板上就满是这种文字。我只能假设这颗行星从前的居民是在这儿建造飞船的，但他们为什么需要这种地方？在这个空旷而宽大的房间里，我们的战机显得那么小。

两架挑战军战机向上爬升，六架克雷尔战机紧随其后，他们毫不顾忌地开火，将毁灭光束洒向这片黑暗。内德试图跟上，而我尾随在后，并且让助推器短暂地达到过燃，以取得额外的加速度。

我没法呼叫那些战机。学员的战机通常不会配备能呼叫正规飞行员的无线电频道。他们不希望我们干扰。

我切换到内德的直连频道。"这太疯狂了，"我说，"多谢你给我尝试的借口。"

"斯苹？"他问，"你还跟着我？"

"暂时还跟着。你的计划是？"

"帮助那些战机。也许我们可以想办法接近？那些克雷尔人飞行的——"他突然停口，战机从一架旧起重机旁边掠过，险些发生擦碰，"他们飞行的时候成群结队。只要一发位置合适的反脉冲，我们就能同时攻击所有敌人。"

"我听你指挥，"我说着，从那架起重机的下方穿过，"但如果欠揍脸问起来，我可要说自己是想劝你打消念头才跟来的。"

"你？充当理性的呼声？斯苹，我是个白痴，可这话就连我都不信。"

我咧嘴一笑，然后和内德一起加速到1.2马格，试图追上那些克雷尔人。不幸的是，挑战军飞行员们折向了右方，径直钻入一条通向这座旧太空站深处的隧道。

我有些不敢相信我们在做这种事。飞翔在一块古老残骸的内部，而它还在同时径直落向地面？在这东西坠落之前，我们有多少时间？最多几分钟吧？

我咬紧牙关，放松节流阀，和内德一起倾斜转弯，随后追着那些克雷尔人进入隧道。隧道两旁装设着红色的灯，我们以1.2马格的速度穿过的时候，它们开始拼命闪烁，以室内来说，这已经是危险速度了。我不敢继续加快速度，但我匆忙瞥了一眼接近传感器，发现克雷尔战机仍在反脉冲射程之外。

内德开始用毁灭炮开火，而我随即效仿。但就像科布警告过的那样，即使有六个目标挤在前方，瞄准也很困难。克雷尔战机的护盾轻松吸收了命中的那几炮。

前方远处，我们的飞行员同伴用光矛刺中墙壁，绕进了另一条隧道。克雷尔人跟了上去，但动作没那么灵活。我用自己的光矛刺中墙壁，以急转追在后面。我的重力容短暂地生效，吸收了重力，让我不至于被它压扁。

我们曲折穿过这艘巨型飞船的内部，而我转过一个又一个弯，让重力容不断发挥作用。在这一连串狂乱而紧凑的动作中，我没有开过哪怕一炮。我全神贯注地盯着那些克雷尔战机的推进器，把它们的动向当作路标，确认下一发光矛该打向何处。转向，放开，回避，射出，转向。重复。

"再……靠近……一点……"内德在我的正前方说。

射出，转向，放开。

"我收到了更新过的战场投影。"M机器欢快地说。

在前方，一架克雷尔战机转弯失误，机身擦过了隧道墙壁的侧面。护盾吸收了冲击，但反弹的势头让那架战机撞上了对面的墙壁。突如其来的剧烈爆炸迫使我减速。我勉强转过了弯，残骸和火星在我的战机护盾上弹开。

"你忘了我还在，对吧？"M机器说。

"在忙。"我咬着牙说。内德没有为爆炸减速，而是让助推器过燃，速度接近了1.5马格，试图和剩下的克雷尔人拉近距离。

我加快速度，努力跟上他。但即便是我，也开始觉得吃不消了。

"如果你没兴趣聊天，我可以回去继续冬眠，"M机器评论道，"如果我那么做，你会……呃……想我的，对吧？"

"当然。"

"噢，你们人类真是多愁善感！哈哈哈。顺带一提，这座太空站撞上地面之前，你有刚好三分半钟的时间。也许会更少，毕竟克雷尔人开始朝它开火了。"

"什么？"

"你们的大部分飞船已经撤退，克雷尔人把注意力放在太空站上，试图阻止你们得到它。我相信有几架轰炸机正在它的顶部准备炸药，外面的普通战机也打算摧毁所有上升环，好让它加速坠落。"

"见鬼。我们能从这地方回收到的东西恐怕都能造出好几队战机了。"克雷尔人不会允许这种事发生的。

但他们为什么会允许这东西落下来？为什么不在高处就摧毁它？

现在尝试理解克雷尔人的动机就是浪费时间。我再次转弯，跟在内德身后。我几乎看不清敌机了，它们正在和我们拉开距离。

在前方，爆炸时的明亮橙色闪光照亮了隧道。我们试图保护的其中一架战机被击毁了。

"内德！"我在通信线路里大喊，"这地方要坠落了，我们得离开了！"

"不，我得去帮忙！"

我瞄准目标，然后咬着牙，冒险用我的光矛刺中了他。发光的红色光绳贴在他的战机上，让他的护盾噼啪作响。我关闭了助推器，然后借助上升环转动机身，朝另一个方向启动助推，将他拉向后方，拖慢他的速度。

"放开我！"他喊道。

"内德……我们帮不上忙的，我们还没有优秀到能办到这种事。群星在上，我们能在隧道里追到现在还活着，就已经是个奇迹了。"

"可……可……"

我们悬停在那儿，助推器将我们拉向相反的方向，一条光的绳索连接着我们。

"懦夫。"他低声说。

这两个字击中了我，仿佛打在脸上的一记巴掌。我不是……我不可能是……

懦夫。

"我要关掉我的助推器，"他说，"减小你那边的功率，否则我们会倾斜撞上那面墙壁的。"

我咽下一句反驳，然后降低推力，切断了光索。我们沉默下来，但在远方的某处，这座太空站开始呻吟和摇晃。

"走哪边？"他问，"我们该去哪儿？"

"我不知道。"

M机器发出像在清嗓子的声音。"你是否需要逃离这个困住你们的燃烧死亡陷阱的指示——"

"是！"我厉声道。

"没必要发火。就这么往前飞，在我指示的时候左转。"

"跟我来！"我对内德说着，将节流阀用力前推，迅速飞出。我穿过隧道，废弃的金属墙壁反射着助推器的闪光。内德跟在后面。

"左边，沿着前方那条隧道，"M机器说，"很好。现在走那边的第二条隧道。不，不是那条。走那条。"

我用光矛急转，进入了那条隧道。

"你还有将近两分钟的时间，然后就会在熊熊烈焰中死去，而陪伴我的只会是利格和那条鼻涕虫。我还没能计算出他们在聊天时哪个更烦人一点。走你上方的那条隧道。"

我遵循它的指示，曲折穿过复杂到令人发狂的弯道和隧道。外面的声音更加响亮：钢铁扭曲、颤抖、空洞的爆炸声。

汗水浸湿了头盔的侧面。我把所有精力放在飞翔上，全神贯注，专心致志，心无旁骛。

尽管我在飞行时并未失控，我却开始有种与现状分离的感觉。我的头盔内部开始发烫，而我敢发誓自己能听到脑海里的声音。只有零星的片段。

……引爆……

……转向……

……助推器……

内德和我飞速返回船坞外缘的那条宽阔通路。我释然了，我已不需要M机器的指示，也知道该直接转向墙壁上那个发光的缺口。内德和我飞出缺口，几乎直接埋进地面。这座船坞眼看就要撞上地表了。

我拉高机首，掠过蓝灰色的地表，令身后扬起一团团尘埃。内德轻声骂了一句。我们出现的位置是太空站和地面之间狭窄且不断缩小的空隙。

"克雷尔人肯定是刚刚在船坞顶部引爆了好几颗大型炸弹。"M机器说。

我在船坞下方猛冲向前。头顶的钢铁天花板继续下降，金属块在我们周围脱落变形：这东西的结构已经开始崩溃。

"以目前的速度，你们是没法避开冲击波的。"M机器轻声说。

"过燃，内德！"我大吼着，将节流阀用力一推到底，"10马格！"重力容开始生效，但迅速超出了负荷，而片刻过后，我被重重推向了椅背。

我的脸变得沉重，眼睛和嘴巴周围的皮肤被拖向后方。我的手臂沉得就像铅，还企图从控制装置上滑开。

在前方，能够获得自由的逃脱路线，成了一条不断缩小的光芒之线。

达到10马格的时候，我的波科级开始摇晃，然后我继续加速，达到了10.5马格。震颤变得剧烈，我的护盾也因为空气阻力带来的热量而发亮。

幸好这就足够了。内德和我冲出船坞的同时，它坠落在地面上，扬起的灰尘和残骸朝我们飞来。但以这样的速度，我们迅速甩开了它们，也甩开了坠落的响声，毕竟我们现在比音速快上好几倍。

我呼出一口气，小心翼翼地减速，摇晃也逐渐平息。

我和跟在侧翼的内德一起掉转方向。在逃离后的几秒钟飞行中，我们逃到了足够远的地方，我甚至都看不清坠落的船坞扬起的尘埃了。在我们前去和其他人会合的路上，我的传感器只能勉强辨识到抵达我们这边的冲击波。

我们最终来到了够近的位置，我也能看到冲击扬起的庞大尘云了。那件坠落物本身只是尘埃里的一道高大的黑色阴影，其上方聚集着许多较小的黑点。那是克雷尔人的飞船，他们想确保这件巨大的坠落物不会留下任何可以利用的东西。坠落残骸的核心经常能找到上升石，但密集的毁灭炮火，或者一定当量的爆炸引发的酷热就能毁掉它。

"总算回来了，"等我们回到队伍里以后，约尔延说，"看在群星的分上，你们两个在想什么？"

我没有答话，反而清点起我们队伍的数量来。七架战机，包括我自己的。我们全都逃出来了，个个都大汗淋漓，心慌意乱，带着凝重的气氛。当我们和急流小队会合，准备返回基地的时候，几乎所有人都一言不发，但我们活下来了。

懦夫。

内德的话声在我脑海里回荡，比我头盔里发烫的传感器，或是我的思绪在飞出船坞时前往的虚幻之处更令我分心。我是真的以为自己听到了说话声吗？

我不是懦夫。有时候必须撤退，整个挑战军都放弃了这场战斗。我说服内德逃脱的行为并不会让我不配当军人，没错吧？

等到我们降落在发射台上的时候，天色已经逐渐转暗。我脱下头盔，爬出驾驶舱，感到精疲力竭。约尔延在梯子底部等着我。

"你还没回答我的话，"他厉声道，"在回来的路上，我没打扰你，因为我相信你惊魂未定，但你得好好解释一下。"他紧紧抓住了我的胳膊："你的杂耍表演差点害死内德。"

我叹了口气，看向他那只手。

他小心翼翼地松开了手。"问题还在，"他说，"即使对你来说，这也太疯狂了。我不敢相信你会——"

"虽然我喜欢做疯事，欠揍脸，可我现在累得不想听你说话了。"在昏暗的光线里，我朝内德的战机点点头，"他飞了进去，我跟上了，还是说你觉得我该让他自己进去？"

"内德？"约尔延说，"他太冷静了，不可能做出这种事的。"

"也许是我们不够了解他。我只知道有两架黑夜风暴小队的西格级被几个敌人尾随，然后内德就不肯走了。"

"黑夜风暴小队？"约尔延问。

"对。怎么了？"

约尔延沉默下来，然后转过身，朝内德的战机走去。我跟在后面，感觉疲惫不堪，我的脑袋开始以奇怪的方式隐隐作痛，就好像有针在扎我的眼球后部。内德的战机空无一人，他也没跟其他人在一起。剩下的人聚集在发射台附近的房间里，换下他们的增压服。在战斗的紧张消退的现在，他们正在一起开怀大笑。

约尔延走上发射台之间的一条小路，而我困惑地跟在后面，直到抵达一排七架印有黑夜风暴小队标志的西格级星际战机那里。这支小队比我们回来得要早，那些飞行员早已离开，把战机留给维修队去照看。

内德跪在战机间那两个空位附近的地上。

"怎么了？"我问约尔延。

"那些是他的哥哥，斯苹。他们互为僚机，黑夜风暴六号和七号。"

两人是我们先前跟随的那些飞行员，此时显然已经死在黑暗的隧道里。

27

内德第二天没来上课。

再后面那天也是。那一整个星期都是。

科布让我们忙于进行追击练习。我们俯冲，回避，尾随彼此，就像真正的飞行员那样。

但在每次练习的间隙里，内德的声音依旧萦绕不去。

懦夫。

我坐在教室的模拟舱里做练习的时候，又一次想起了这件事。我中断了追击，强迫内德抛弃了他的哥哥们。传奇故事里的英雄会做这种事吗？

"数据投影图显示，如果你们继续追踪七秒钟时间，"我在做全息影像里的空中缠斗练习时，M 机器说，"你们就会死于坠落，或者是随后的爆炸。"

"你当时能不能入侵无线电频道？"我压低声音对它说，因为我们此时在教室里，"然后呼叫内德的哥哥们？"

"是的，我也许能办到。"

"我们早该想到的。如果我们好好配合，也许就能帮他们逃脱。"

"那你又该怎么解释自己突然有了入侵挑战军通信线路的能力？"

我专心追赶全息模拟的克雷尔人，没有答话。如果我是个真正的爱国者，恐怕早就把这艘飞船交给我的上级了。但我不是爱国者。挑战军背叛和杀害了我父亲，又用谎言来掩盖。我为此痛恨他们……但无论恨不恨他们，我都已经来求他们让我驾驶战机了。

突然间，这似乎成了另一项懦弱之举。

我低吼一声，用光矛绕过一大块悬浮着的残骸，然后让助推器过燃。我掠过那架克雷尔战机旁边，击发了反脉冲，消除了我们双方的护盾，接着在横轴上旋转机身。这让我在机首向后的同时继续向前飞行，而且我还成功朝后方的克雷尔战机射出了毁灭光束，将它摧毁。

这对我来说是个危险动作，毕竟它会让我面朝错误的方向，无法看到战机前方的状况。果然，另一架克雷尔战机立即朝我的右翼俯冲下来，随即开火。我死的时候，耳边"护盾失效"的警告声响个不停。

"不错的杂技，"我的全息影像重置的时候，科布的声音在我耳中响起，"绝妙的死法。"

我解开安全带，站起身来，扯下头盔丢到一旁。它在我的座位上弹开，咔嗒一声撞上地板，而我走向教室后方，开始踱步。

科布站在那一圈模拟驾驶舱的中央，小小的全息战机在他周围打转。他戴着耳机，透过接入头盔的线路和我们对话。他瞥了一眼在踱步的我，但什么也没说。

"见鬼，小怪，"他对金玛琳喊道，"那架战机显然在执行 S-4 序列，试图引诱你！专心点，孩子！"

"抱歉！"她在模拟舱里惊叫道，"噢，那个也抱歉！"

"长官？"阿图罗说，全息训练影像依旧裹着他的身体，"克雷尔人经常这么干，对吧？试图引开我们？"

"很难说。"科布说着，"哼"了一声。

我继续踱步，听着这一切，试图平息自己的恼火——恼火的对象都是我自己。他们坐成一圈，但头盔和模拟舱模糊了他们的声音。听着这些，我可以确信自己在模拟舱和 M 机器说话的时候，其他人不会碰巧听到，前提是我的声音压得足够低。

他们的小队闲聊让我平静下来。我缓缓停止了踱步，走上前去，来到房间中央的全息影像附近的科布那里。

"那天，"阿图罗续道，"有那块大号太空垃圾落下的那天。他们的攻击为的不是击败我们，而是摧毁它，恐怕是想阻止我们回收利用。对吧？"

"对，"科布说，"你想说什么，安菲？"

"只是，长官，他们肯定早就知道它会坠落。他们住在外面，在太空里，所以他们恐怕很多年前就看到那东西了。他们随时都可以摧毁它，却一直等到它落下才那样做。为什么？"

我点点头，也在思考同一件事。

"没人清楚克雷尔人的动机，"科布说，"当然了，渴望消灭我们这点除外。"

"为什么他们从来不会一百架以上的战机同时进攻？"阿图罗继续问道，"为什么他们要持续引诱我们进行小规模冲突，而不是用压倒性的兵力发动攻势？"

"首先，他们为什么要让可回收品落下来？"我补充道，"没有它们，我们就不可能弄到足够的上升环，继续抵抗下去。我们为什么不去碎石带攻击他们？为什么要等他们下来这儿，然后——"

"训练够久了。"科布说着，走向自己的桌子，按下了解除所有全息影像的按钮。

"抱歉，长官。"我说。

"不用道歉，学员，"科布说，"你也一样，安菲斯比纳，你们两个的问题都很好。所有人，脱掉头盔，坐好，注意听。考虑到过去了这么久，我们对克雷尔人的了解少得可怕，但我会把我们知道的事告诉你们。"

其他人脱下头盔的时候，我发现自己越来越期待了。答案？总算来了吗？

"长官，"约尔延说着，站起身来，"克雷尔人的事不是只对正规飞行员公开的绝密情报吗？"

阿图罗轻声呻吟，翻了个白眼。他的表情似乎在说：谢了，约尔延，谢谢你永远这么死板。

"没人喜欢说闲话的人，约尔延，"科布说，"闭嘴听着。你们应该知道这些，你们有资格知道。作为首席公民，我在能说的话方面比较有余地。"

我回到自己的模拟舱旁边，而科布让他的全息影像显示出了某样东西：一颗行星。是岩屑星？它的周围飘浮着金属块，但碎石带比我想象中延伸得更远，而且也更厚。

"这些，"他说，"是对我们行星和碎石带的近似模拟。事实上，我们对上面的情况只有粗略的概念。在着陆纪元零年，克雷尔人轰炸了档案和我们的指挥人员，让我们损失了所知的大部分情报。但我们的部分科学家认为，曾经有个外壳围绕着整颗行星，就像一块金属护盾。问题在于，上面的很多旧机械装置仍然是启动状态，而且配有枪炮。"

他看着那颗散发着微弱蓝光的透明全息行星送出了一队全息战机。它们接近了碎石带，随后被数以百计的毁灭炮击落。

"上面很危险，"科布续道，"甚至对克雷尔人也一样。所以旧舰队才会来到这儿，来到这座行星规模的古老坟墓。根据那些老人的零星记忆，人们早就知道岩屑星的存在，但不会靠近它。它的屏蔽系统严重干扰了通信，于是在面对老旧的轨道防御平台的时候，我们的舰队只能勉强通过，最后坠落在地表。

"克雷尔人看起来没怎么探索过那儿。他们也许知道那座旧船坞将会坠落，但穿过碎石带靠近它的代价会很高。他们似乎找到了几条通向这颗行星的安全路线，而他们到来时几乎只会使用那些路线。"

"所以……"我说着，听得入了神。这一切对我来说都很新鲜。"我们能设法利用那些老旧的防御平台吗？"

"我们尝试过，"科布说，"但飞到那么高的地方，对我们来说同样危险，因为平台也会向我们开火。另外，克雷尔人在太空中更危险。还记得这颗行星的屏蔽系统吧？噢，克雷尔人有某种奇怪的先进通信能力。行星的屏蔽系统会干扰他们的那种对话能力，我们认为这就是他们在这儿的飞行技术比较差劲的原因。

"还有一个问题，相对小一点的问题。"科布说着，似乎有些犹豫，"在行星之外的太空里，克雷尔人可以……好吧，老船员们说，克雷尔人的科技能让他们看穿人类的想法，而且有些人比其他人更容易受到影响。"

我和其他队员对视了一眼。我从没听说过这种事。

"但别告诉别人我跟你们说了这些。"科布说。

"所以……"阿图罗说，"有这种通信干扰，还有轨道防御系统，克雷尔人为什么不从太空轰炸我们？"

"在阿尔塔基地建立的早期，"科布说，"他们曾想用更大型的飞船进攻，但那些都被轨道防御系统摧毁了。克雷尔人只能驾驶机动性更强的小型飞船前来攻击我们。"

"这可没解释他们为什么会派出相对小规模的舰队，"阿图罗说，"我没弄错的话，他们从来不会派一百架以上的飞船来进攻。对吧？"

科布点点头。

"为什么不派两百？三百？"

"我们不知道。就算深入挖掘机密报告，你能找到的也无非是毫无根据的猜想。也许他们能同时协调的极限就是一百艘飞船。"

"好吧，"阿图罗说，"但他们为什么每次好像只能准备一颗灭生炸弹？为什么不给每艘飞船都配备一颗，然后朝我们发起自杀式攻击？为什么——"

"他们是什么？"我打断道。阿图罗的问题很好，但在我看来没有这个问题重要。

阿图罗瞥了我一眼，然后点点头。

"我们知道吗，科布？"我问，"在那些秘密文件里，有什么人知道吗？我们见过克雷尔人吗？"

科布切换了全息装置，让它显示出一幅悬在空中的影像：一顶烧坏的头盔和几块铠甲碎片。我颤抖起来。克雷尔人的遗体。他的全息影像远比我见过的艺术再现版本细致得多，也真实得多。照片上有几个科学家站在一张桌子旁边，围绕着那具铠甲，后者显得矮胖而笨重，有点接近方形。

"我们能找到的只有这些，"科布说，"我们也只能在击落的战机里偶尔发现。一百个里能有一个，甚至更少。他们不是人类，这点我们可以断定。"他展示了另一个画面，那是其中一顶在坠落中烧毁的头盔的近距离全息影像。

"关于这点有几种说法，"科布续道，"那些在'挑战者'号上生活过的老人提起过现在的我们无法理解的事。也许我们找不到除了盔甲以外的东西，是因为根本没有那种东西。也许克雷尔人就是铠甲本身。在过去，有那么些关于奇怪事物的传说，比如能思考的机器。"

能思考的机器。

拥有先进通信技术的机器。

我突然感受到了寒意。房间似乎褪了色，而我站在自己的模拟舱边，其他人的讲话声仿佛从远处传来。

"这太疯狂了，"赫尔说，"金属是不能思考的，至少不比石头好。或者那扇门，或者我的水壶。"

"比他们能读心的说法还疯狂吗？"阿图罗问，"我从没听说过这种事。"

"宇宙里显然有些我们难以理解的奇事，"科布说，"毕竟，'挑战者'号和其他飞船可以在眨眼的时间里来往于群星之间。会思考的机器可以解释，我们调查过的那么多克雷尔驾驶舱为何空无一人，而我们找到的'铠甲'里为何没有留下过尸体的任何迹象。"

能思考的机器。

科布随后宣布当天的训练结束，所有人收拾东西，准备去吃晚饭。金玛琳和 FM 抱怨她们得了最近正在流行的感冒，于是科布建议她们回房间休息。他说他会安排一个副官把晚餐送去她们的铺位。

我听着这一切，却完全没听进去，反而茫然地坐了下来。M机器。能思考的飞船，可以轻松渗透我们的通信线路。万一……万一我在修理的是个克雷尔人呢？为什么我从没考虑过这一点？我怎么会盲目到忽视如此明显的可能性？

它有驾驶舱，我心想，里面写着英语，还有飞行员用的设施。而且它说它没法自己驾驶飞船。

但那些或许只是幌子，对吧？它说它没法撒谎，但在这件事上，我只能听到它的一面之词。我……

"斯苹？"科布在我的模拟舱旁边停下脚步，问道，"你该不会也得感冒了吧？"

我摇摇头。"有很多事需要消化。"

科布"哼"了一声。"噢，这些确实不太好消化。事实在于，在失去档案以后，关于旧时代的几乎一切都来自道听途说了。"

"你介不介意我们把这些事告诉内德？"我问他，"等他回来以后？"

"他不会回来了，"科布说，"上将今天早上正式把他从学员名单里除了名。"

"什么？"我说着，惊讶地站起身，"是他要求自己被除名的吗？"

"他没有归队，斯苹。"

"但……他的哥哥……"

"无法控制包括悲伤在内的情绪，是不适合这份职责的表现。至少铁甲和挑战军的其他高官是这么认为的。我要说，内德出局是件好事。那小子本来就聪明过了头，不适合这一行……"他一瘸一拐地走出教室。

我坐回椅子上。所以我们只剩下六个人了。而且，如果说无法控制情绪不适合这份职责……那我呢？这一切重重压在我身上。失去朋友，为M机器的事担忧，还有在我内心深处谴责我其实是个懦夫的低语声。

我这辈子都摆出一副好斗的态度，叫嚣着自己会当上飞行员，而且会很优秀。那种自信现在去哪儿了？

我一直以为等我成功的时候，等我真正来到这儿的时候，我就不会再觉得那么孤单了。

我在背包里翻找，然后拿起了无线电。"M机器，你在吗？"

"上升环：可运作，但缺乏动力。助推器：不可运作。赛托超推进器：不可运作。"它顿了顿，又说，"如果你没听明白的话，意思是'在'。我在这儿，因为我没法去别的地方。"

"你听到我们刚才的对话了吗？"

"是的。"

"然后？"

"然后我承认，我当时在运行那栋建筑物里长有蘑菇的可能性的计算，毕竟你们的对话对人类来说很典型，对我来说却有点无聊。但并不是完全无聊！所以你应该觉得——"

"M机器。你是克雷尔人吗？"

"什么？不！我当然不是克雷尔人。为什么你会觉得我是？你怎么会觉得……等等，正在计算。噢。你认为因为我是人工智能，而他们像是人工智能，所以我们肯定是一样的？"

"你必须承认，这很可疑。"

"如果我能觉得受到了冒犯，我肯定会的。"它说，"我应该开始叫你母牛，因为你有四条肢体，由肉组成，而且作为生物的心智能力同样发育不良。"

"如果你是克雷尔人，你会知道吗？"我问它，"或许你忘了。"

"我会知道的。"它说。

"你忘了自己来岩屑星的理由，"我指出，"你只有一份飞行员的影像，如果那真的是他的话。你几乎不记得有关我的物种的任何东西了，也许你根本不知道。也许你的存储体只装着克雷尔人对我们所知的零星片段，而这整个故事都是你编出来的。"

"为了表达我的愤慨，"它说，"我正在创作新的子程序，需要花点时间才能写好。给我几分钟。"

"M机器……"

"稍等一下就好。耐心是种美德，斯潘莎。"

我叹了口气，但还是开始收拾东西。我觉得自己变成了空壳，空无一物。当然了，不是害怕。我炙烤过毁灭之火，曾为落败者的尖叫而狂喜。我不会害怕。

但也许，在内心深处，我在……担忧。内德退学带来的打击超出了我的预想。

我将背包挎上肩头，把无线电挂在它侧面。我做好设置，让它的指示灯会在 M 机器或是其他人尝试联络我的时候闪烁。我可不希望它在我穿过走廊的时候说话，不过我其实没必要担心，因为这座建筑空无一人。科布下课的时间很晚，其他小队早就去吃晚饭了。我缓缓走向出口，步履沉重。

我不确定自己能否继续下去。清早起床，再用整个早上的时间修理 M 机器。被每天的课程耗尽精力，然后在夜晚费力地回到自己的洞穴。睡眠断断续续，梦见我没能救下的那些人，更糟的是，我会做关于逃跑的噩梦……

"嘘！"

我停下脚步，然后瞥了一眼绑在背包侧面的无线电。

"嘘——！斯潘莎！"

我仔细打量这条走廊。在我的右边，门口那儿是穿着黑衣的金玛琳吗？"小怪？"

她急切地招手，示意我过去。我皱着眉头，起了疑心。

我很想给自己一脚。蠢货，那可是金玛琳。

我走向她。"你这是——"

"小声点！"她说着，沿着走廊匆忙向前，偷偷看向转角另一边。她招手示意我跟上，而我无比困惑地照做了。

我们在空荡荡的走廊里又转过几个弯，中途甚至钻进过厕所，被迫和她等在那儿，而她什么都没解释，直到我们最后来到一条两侧是房门的走廊。那里是女生们的寝室，两个穿着星龙小队标志飞行服的陌生年轻女子正站在房间外聊天。

金玛琳让我停在那儿，蹲在角落里，直到那两个女孩往另一个方向走去。我注意到金玛琳和我走的是后面那条路，也就是食堂的反方向。她到底生病了没有？

等那两个女孩离开后，FM 的脑袋从其中一扇门里探了出来，她的短发用闪闪发亮的条状发夹别在脑后，她急切招了招手。金玛琳冲过走廊，跑向她那边，而我跟在后面，钻进了她们的房间。

FM 重重关上了门，咧嘴一笑。她们的小房间和我记忆中一样，只是晨潮死后，其中一张床被人搬走了。左墙边仍旧摆着双层床，而右边就只有一张孤零零的床。一堆毛毯摊在床铺之间，梳妆台上放着两盘食物：装在碗里、热气腾腾的汤，外加藻豆腐和几块厚切面包——真正的面包，还有真正的仿黄油。

我流起了口水。

"我们要求多送些来，"金玛琳说，"但他们拿来的却是汤，因为他们觉得我们病了。不过，'如果已经得到，就别要求更多'，圣徒是这么说的。"

"他们把多余的床撤走了，"FM 说，"所以我们在地板上堆了几块毯子。上厕所的时候会比较麻烦，但我们会为你打掩护的。"

我总算明白过来。她们装作生病，是为了让人把食物送到房间，和我分享。她们偷偷带我来到房间，又为我铺了一张"床"。

群星啊！感激之情在我心中涌现。

我快要哭了。

可战士是不会哭的。

"噢！你看起来很生气，"金玛琳说，"别生气。我们没在暗示你虚弱得走不到洞穴那儿！我们只是觉得……你知道的……"

"你还是休息一下比较好，"FM 说，"再伟大的战士也会偶尔放个松，对吧，斯苹？"

我点点头，不敢信任自己的说话能力。

"真棒！"金玛琳说，"我们开始吧。秘密行动让我饿坏了。"

28

那碗汤比敌人的鲜血更美味。

考虑到我从没真正尝过敌人的血，或许这么说对这碗汤不太公平。

它尝起来美味到不像是汤，而像是欢笑、爱意，以及感激，蕴藏其中的温暖就像点燃的火箭燃料。我蜷缩在毛毯里，膝头端着那只大碗，而金玛琳和 FM 聊着天。

我强忍眼泪。我不会哭的。

但这碗汤尝起来就像家，不知为何。

"我告诉过你的，这身衣服能让她跟我走，"盘腿坐在床上的金玛琳说，"黑色是诡计的颜色。"

"你疯了，"FM 说着，晃了晃汤匙，"幸好没人看到你。每个挑战者都会想方设法证明自己受了冒犯。"

"你也是挑战者，FM，"我说，"你和我们一样出生在这儿。你是挑战者洞穴联盟的市民，为什么你总要装作自己跟别人不一样？"

FM 露出热切的笑容，她似乎很喜欢这种问题。"作为挑战者，"她说，"并不仅仅代表我们的国籍，它始终会表现为一套思考方式。'真正的挑战者会这么想'或者是'作为挑战者，你必须永不妥协'，类似这样的事。所以，根据他们的逻辑，我可以通过个人选择不当挑战者。"

"而且……你想这样？"我说着，歪过脑袋。

金玛琳递给我另一片面包。"她觉得你们也许都有点……好勇斗狠。"

"又是这个词，"我说，"有谁会这么说话？"

"博学的人。"金玛琳说着，抿了一口汤。

"我拒绝受到独裁统治和民族主义的束缚，"FM 说，"为了生存，我们的同胞不得不变得坚强，但与此同时，我们也束缚了自己。大多数人从不质疑，只是固执地过着顺从的生活。另一些人变得越来越好斗，最后连自然的感情都很难拥有了！"

"我有自然的感情，"我说，"我会和胆敢对抗的任何人战斗。"

FM 瞥了我一眼。

"我一直坚持早起，"我吃着面包说，"但我吃的面包太多，也许起不了床了。你们真的每天都在吃这些吗？"

"噢，你平时吃什么，亲爱的？"金玛琳问。

"老鼠，"我说，"还有蘑菇。"

"每天都是？"

"我过去会往老鼠肉上撒胡椒，但我手头的用完了。"

两人对视了一眼。

"上将对你做的事简直是挑战军的耻辱，"FM 说，"但这是极权主义带来的自然结果，因为她需要对反抗者拥有绝对的权力，而这正是体现这套体制的虚伪之处的绝佳范例。对挑战者来说，只要不是真的挑战一切，就算不上'挑战者'。"

我瞥了一眼金玛琳，后者耸耸肩。"她一谈到这话题就特别激动。"

"我们支撑起的这个政府以公共安全的名义过度扩张了它的势力，"FM 说，"人们应该畅所欲言，起身对抗束缚他们的上层阶级！"

"上层阶级，比如你？"我问。

FM 低头看着她的汤，叹了口气。"我去了质疑者的集会，我父母却只会拍拍我的头，向其他人解释说我正处在'反主流文化阶段'。他们替我报名上了飞行学校，然后……好吧，我是说，然后我就接触到了飞行。"

我点点头。这部分我能理解。

"于是我想，如果我能当上有名的飞行员，我就能为弱小群体发言了，你明白吧？比起在深处的洞穴里穿着舞会礼服，老老实实地坐在姐妹们身边，我在这儿更有可能做出改变，对吧？你不这么认为吗？"

"当然，"我说，"这很有道理。对吧，小怪？"

"我一直这么告诉她，"金玛琳对我说，"但我想这句话由你说出口会更有意义。"

"为什么是我？"我问，"FM，你不是刚刚才说过，我这种人的情感是不自然的吗？"

"对，但你不是自愿被环境塑造成这样的！"FM 说，"你是个充满攻击性和毁灭性的嗜血混合体，可这不是你的错。"

"是吗？"我来了精神，"所以你是这么看待我的？"

她点点头。

棒呆了。

这个小房间的门突然打开，而我本能地拿起汤碗，觉得只要泼出尚有温度的汤，就能在某种程度上分散对方的注意力。

赫尔钻进门来，走廊的灯光勾勒出了她苗条的体形。见鬼，我甚至想都没想过她的事。她们俩是趁她去吃晚饭的时候带我过来的。她们和她说明过这次小小的违规行为了吗？

她对上我的目光，随后迅速关上房门。"我拿来了甜点，"她说着，拿起一只用手帕裹住的小包，"欠揍脸顺道过来的时候，发现我在拿甜点。我觉得他只是想在跟重要人物吃晚饭之前瞪我们一眼。"

"你跟他怎么说的？"金玛琳说。

"我说我想要点夜宵，希望他不会起疑心。走廊看起来很安全，没有宪兵什么的。我想应该没事。"她摊开那块手帕，露出几块只是在运送过程中压坏了一点的巧克力蛋糕。

我若有所思地看着她，而她分给我们一人一块，接着躺到自己的床上，把最后一块整个儿塞进嘴里。这个女孩过去几周里几乎没跟我说过话。现在她却给我带蛋糕？她不会揭发我的确让我松了口气，但我也因此不知该如何看待她了。

我坐回毛毯上，尝了尝那块蛋糕，它比老鼠肉要好吃太多了。我忍不住发出一声喜悦的轻叹，这让金玛琳咧嘴笑了。她坐在赫尔那张床的侧面，后者从早上起就没收拾过。金玛琳的床是那张收拾得整整齐齐的上铺，床角一尘不染，枕套还有褶边。FM 的床摆在另一边，床头板附近的架子上放着一摞书。

"所以……"我舔着手指说，"你们晚上都做些什么？"

"睡觉？"赫尔问。

"睡十二个钟头？"

"噢，还可以健身，"FM 说，"我们平常会去游泳，但赫尔更喜欢力量训练。还有用手枪打靶，或者额外的离心机训练……"

"我还没在里面吐过，"赫尔说，"以我的观点来看，这可是十分不合适的。"

"赫尔教过我们墙球，"金玛琳说，"看她耍弄那些男生很有趣。他们总是会精力充沛地发起挑战。"

"她这话的意思是，看到内德输掉很让人满足，"FM 说，"他每次都稀里糊涂……"她的声音渐渐小了下去，也许是意识到她们再也看不到他打球的样子了。

我的胃拧成一团，翻腾起来。打靶练习？运动？我知道我错过了什么，但听到类似的事……

"今晚应该没人觉得我们会去那儿，"金玛琳说，"毕竟我们生病了。这该多有趣啊，斯苹！我们可以聊一整晚不睡觉。"

"聊什么？"我问。

"普通的事。"FM 说着，耸耸肩。

什么是普通？"比如……男生？"

"群星啊，不。"赫尔说着，坐起身，从床头板那儿取下了某样东西。她拿起一本素描簿，上面是以各种轨迹飞行的战机的小幅图画。

"赫尔总是给所有新动作安上自己的名字，"FM 评论道，"但我们觉得'赫尔式机动'真的应该包括几次筋斗之类的，比如十五页的那个。"

"我恨筋斗，"赫尔说，"我们应该叫它'小怪式机动'，听起来很华丽。"

"别傻了，"金玛琳说，"要是我翻那么多筋斗，最后肯定会撞上我自己。"

"'小怪式机动'应该包括在射击敌人的时候赞美他们。"FM 说着，咧嘴一笑，"'噢！你死掉时的火花真可爱！你应该为自己感到骄傲。做得好！'"

女孩们炫耀着她们设计的机动动作，也将我的紧张吹得无影无踪。那些名字全都取得很烂，但这场聊天有趣又迷人，而且……好吧，总之特别让人愉快。轮到我的时候，我也在那本笔记簿上画了个特别复杂的机动动作，介于奥斯隆式筋斗和加上侧向移动的双重之字行进之间。

"疯狂之处在于，"FM说，"她也许真能做出那种动作。"

"对啊，"金玛琳说，"也许我们可以把起飞改名叫'小怪式机动'。那是我唯一每次都能成功的动作。"

"你根本没那么差劲。"赫尔对她说。

"我是小队里最烂的飞行员。"

"也是准头最好的。"

"如果我在还击之前就死掉，那就毫无意义了。"

我"哼"了一声，手仍旧按在赫尔的笔记簿上。我又翻过一页。"小怪是优秀的狙击手。赫尔，你很擅长追赶克雷尔飞船。FM，你很擅长回避动作。"

"但我连一座山的宽面都打不中。"FM说，"我猜如果你把我们捣碎再混合起来，就能得到一个优秀的飞行员。"

"不如我们试试看？"我说着，画了起来，"科布说过，克雷尔人总在寻找表现突出的飞行员。他说如果他们发现可能是队长的人，就会集中所有火力去攻击。"

"哦？"赫尔说着，在床上坐起身来，"你想说什么？"

"好吧，如果他们真的是机器，也许他们接到过追击指挥者的命令。也许那命令深埋在他们的机器大脑里，让他们遵守那条命令到了荒谬的地步。"

"听起来有点异想天开。"FM说。

我看了一眼背包，还有侧面那台便携式无线电。指示灯在闪烁。M机器尝试呼叫过我，多半又是要我带蘑菇给它。

"瞧，"我说着，重新画了起来，"如果我们怂恿克雷尔人去集中攻击某位队友呢？如果他们专注于攻击最擅长回避的FM，也许就不会去管其他人了。小怪可以找好位置，一个个解决他们。赫尔可以留在后方，负责追击所有打算消灭我们炮手的敌人。"

其他人凑近过来。赫尔点点头，但FM却摇摇头。"我不确定自己能不能存活下来，斯苹。最后会有几十个敌人尾随我，我肯定会被击落的，但……也许你能办到。"

"你是我们最棒的飞行员，"小怪赞同道，"而且你什么都不怕。"

我停下了笔，看着画了一半的计划图，小怪的战机正在边缘狙击克雷尔人。在我的笔下，十几架战机正在追逐一架战机。

坐在那张座位上，心里清楚有十多个敌人正紧追不舍，那会是怎样的感觉？突然间，我的白日梦接过了主导权，想象出了一场难以置信又激动人心的战斗。爆炸、刺激，以及荣耀！

但如今，我的心底多了一个声音。那个平静而严肃的声音在低声说：这不是现实，斯苹。在现实里，你会害怕。

"我……"我舔舔嘴唇，"我也不清楚自己能不能办到。我……"强迫自己说出来。"我有时候也会害怕。"

FM皱起眉头。"所以？"

"所以我说的一些话……可以说是……虚张声势。在现实里，我没有那么自信。"

"你的意思是，你是个人类？"金玛琳说，"赞美群星，谁能想到呢？"

"你听起来像是在忏悔什么滔天大罪，"FM赞同道，"'伙计们，我有感情。太可怕了。'"

我脸红了。"这对我来说很重要。我的整个童年都在想象自己能飞行和战斗的日子。可现在我来到了这儿，又失去了朋友，我……感觉很痛苦。我比自己以为的要软弱。"

"如果你这样就算软弱，"FM说，"那我就该是废物了。"

"对，"金玛琳说，"你不是疯子，斯苹，你是个人类。"

"虽然，"FM补充道，"是个被没有灵魂的体制彻底熏陶过的人，而那个体制只会产出自愿服从的极端爱国主义奴隶。无意冒犯。"

我不由得注意到，赫尔在这场对话里安静下来。她躺在自己的床上，看着上方的铺位。

"你可以向我们坦白这种事，"小怪说，"没关系的，我们是一队的。"她朝FM和我探出身子。"既然我们都坦诚相见了……我能跟你说件事吗？事实上，我说过的绝大部分格言都是我自己编的。"

我眨了眨眼。"真的？就是说，圣徒根本没说过所有那些话？"

"对！"金玛琳用叙述阴谋般的低语声说，"都是我自己想出来的！我只是不想承认，因为我不希望自己显得太聪明。这太不得体了。"

"我的整个世界都动摇了，小怪。"FM 说，"我觉得你刚才的话让人心情非常低落，要不就是赫尔的口气太好闻了。"

"嘿，"赫尔说，"看我下次还给你带蛋糕不。"

"我是说真的，"我对另外两人说，"我会害怕。"

我也许暗地里是个懦夫。

FM 和金玛琳没当回事。她们安慰了我，也讲述了自己的感受。FM 仍然觉得自己很虚伪，因为她既想扳倒挑战军，同时又想在这儿驾驶战机。金玛琳拥有自作聪明者的灵魂，却又有上流社会的出身。

我很感谢她们的善意，但我也发现，这个反主流文化的"质疑者"和来自丰饶洞穴的女孩也许并不能理解，"不害怕"这件事对我来说有多么重要。于是我任由话题转向了别处。

我们一直聊到了深夜，而这……好吧，这很美妙，诚恳而又友善。但随着夜色渐深，我发现自己莫名地焦虑起来。在某种程度上，这是我人生中最美妙的日子之一，但这也再次印证了我长久以来的担忧。即使没有我，其他人依旧加深了关系。

为金玛琳的话发笑的同时，我的思路也如同乱麻。有办法延长这样的时光吗？她们装病的频率能有多高？我什么时候还能再来？

终于，生理机能开始提出要求，于是小怪和 FM 先行一步，去盥洗室侦察。这么一来，房间里就只剩下我和打着瞌睡的赫尔了。我不想吵醒她，于是等在门边。

"我明白你的感受。"赫尔突然说。

我差点吓掉了魂。"你醒着？"

她点点头。她看起来甚至毫无睡意，但我敢发誓，我之前听到过她打呼的声音。

"但恐惧不会让我们变成懦夫，对吧？"赫尔问。

"我不知道，"我说着，走向她的床边，"我只希望自己能把它压抑下去。"

赫尔又点了点头。

"谢谢你，"我说，"谢谢你允许她们俩为我安排今晚这一切。我明白，和我消磨时间不会是你的第一选择。"

"我看到你为内德做的事了，"她说，"我看到你跟着他飞了进去，飞进那块大号残骸的深处。"

"我不能让他一个人去。"

"是啊。"她犹豫了片刻，然后说，"要知道，我母亲跟我说过你父亲的事。每当她看到我在操场上退缩，或者在练习中避开球时，她就会这么说。她会跟我讲述那个自诩勇敢、内心却是懦夫的飞行员。'你要是敢玷污挑战者人民的名声，'她会对我说，'你要是敢变成追击者那样……'"

我缩了缩身子。

"但我们没必要摆出那种态度，"赫尔续道，"这是我领悟的事。一点点恐惧，一点点过去，这些证明不了什么。真正重要的只有我们现在做的事。"她看向我："我为自己对待你的方式道歉。只是刚知道那件事的时候，我有点……震惊。但你不是他，我也不是，无论我有时会有什么感受。"

"我父亲不是懦夫，赫尔，"我说，"挑战军在他的事上说了谎。"

她看起来并不相信我的话，但还是点了点头。然后她坐起身，伸出拳头。"不做懦夫，不会放弃，直到最后都勇敢面对，好吗，斯苹？我们说好了。"

我和她碰了碰拳头。"直到最后。"

29

我在厚厚的毛毯堆里醒来，伸手想要触碰 M 机器的驾驶舱侧面，但我的手却拍到了床架的侧面。

对哦，现在几点了？我轻触光索，看了看上面的时钟，让房间里亮起柔和的光线。快到早上五点了，还要再过两个钟头，我们才需要做上课的准备。

我本该相当疲惫，因为我们聊到过了一点钟才睡。奇怪的是，我感觉非常清醒。也许我的大脑知道，如果今天我想利用盥洗室清洗自己，就必须现在去，趁这栋建筑里的其他人都在睡觉的时候。

事实上，趁现在溜出去，再在上课前正大光明地返回校舍，或许才是最好的做法。我爬出自己的小窝，伸了个懒腰，然后拿起背包。我尽可能放轻了动作，但我也许没必要担心。如果其他人在赫尔的鼾声中都能睡着，我的背包刮过地板的声音就不可能吵醒她们了。

我轻轻地推开门，然后转过身，看着三个睡梦中的女孩。"谢谢你们。"我轻声说。此时此刻，我决定不再让她们做这种事了。这太危险了，我可不希望她们和上将对立。

这一切太美妙了。即便它让我明白，并让我能够确定自己损失了什么，即便离开让我百般不愿，即便我的心阵阵作痛，我也不愿用这一晚交换任何东西。这是我唯一一次体会到真正作为小队成员的感受。

我走向盥洗室清洗身体的时候，那个念头在我脑海里若隐若现。随后，我照着盥洗室的镜子，抚平自己潮湿的头发。在每一个故事里，英雄们都有醒目的黑发、金发或红发，都是某种引人注目的颜色，而不是脏兮兮的棕色。

我叹了口气，把背包挎回肩头，溜到空无一人的走廊上。走向出口的时候，某条走廊里的一盏灯吸引了我的注意。我认识那个房间，那是我们的教室。这个时间会有谁在那儿？

我的好奇心压倒了判断力。我偷偷靠近，透过门上的窗户看向里面，发现约尔延的模拟舱启动了，全息影像正在运作。他在0530的时候来这儿做什么？为了自己多练一会儿？

科布在房间中央的全息影像装置投射出了训练战场的微缩画面，所以我可以观看约尔延的战机用光矛绕过一块悬浮的残骸，随后朝某个克雷尔人开火。那场战斗很眼熟……

没错，是比姆和晨潮死去的那场战斗。我见过科布观看同一段录像。

晨潮的战机在火焰的包裹中坠落，我缩起身子。在她落地之前，全息影像定格，随后重启了。我又看了一次，辨认出了约尔延的战机，他从战场另一边飞来，回避残骸，冲向那架将会摧毁晨潮的敌机。他发射了反脉冲，但就算他消除了敌人的护盾，那个克雷尔人依旧击中了晨潮的战机，让她旋转下坠。

全息影像重启了，而约尔延又试了一次，这次飞的是另一个方向。

他是想弄清自己能否拯救他们，我反应过来。

晨潮第三次坠落的时候，全息影像没有停止，但约尔延猛地站起身来。他扯下头盔，重重砸向墙壁，发出一声响亮的"砰"。我缩起身子，差点转身逃跑，担心这阵响声会引来别人。但看到平常高大又傲慢的约尔延无力地靠向墙壁的时候……我没法就这么走开。

他看起来那么脆弱，像极了凡人。失去比姆和晨潮让我很痛苦，但我从没考虑过他们的队长会有什么感受。他本该是确保我们全都平安的人。

约尔延丢下头盔，转身背对墙壁，然后愣住了。

见鬼，他看到我了。

我匆忙离开，在他追上我之前跑出了校舍。但……现在该怎么办？突然间，我们小小的诡计出现了一个显眼的漏洞。万一大门那边的守卫告诉上将，我昨晚没有离开呢？

他们当然不会把每个人进出基地的状况汇报给上将，对吧？但如果我现在离开，再立刻回来，他们肯定会发觉不对劲。

所以，我没有走向大门，而是漫无目的地走在基地内那些建筑之间的小路上。外面很暗，天光微弱，这些小路又几乎空无一人。事实上，我在路上遇见的雕像比人还多：首席公民们的胸像看向天空，排列在这段路的两边。

刺骨的寒风吹过我的身体，令附近树木的枝条摇晃不止。在暗淡的光线里，那些雕像成了骇人的身影，它们的石头眼睛被阴影笼罩。

空气里弥漫着从附近的发射台飘来的烟味，气味刺鼻。最近肯定有战机在着火的情况下回到了基地。

我叹了口气，坐在小路旁边的一张长椅上，把背包放在身边。我感到了……忧郁，或许还有点惆怅。无线电的呼叫指示灯仍在闪烁，或许和 M 机器对话可以赶走这份怯懦。

我把它切换到接收模式。"嘿，M 机器。"

"我很愤怒！"M 机器说，"这简直是超越侮辱的侮辱！我没法用语言表达我的愤慨，但根据我的内置百科全书的说法，我受到了冒犯、轻蔑、虐待、侮辱、伤害、蹂躏、迫害，可能还受到了骚扰。"

"抱歉，我不是故意忽视你的。"

"忽视我？"

"我一整晚都没开无线电，你生气的理由不是这个吗？"

"噢，那只是正常人类的健忘罢了。可你不记得了吗？我写了一段子程序，来表达我对你有多生气？"

我皱起眉头，试图回忆这艘飞船在说些什么。

"你说我是克雷尔人？"它说，"说我疯了？说这是个什么大阴谋？"

"噢，对，抱歉。"

"接受道歉！"M 机器答道，语气扬扬得意，"我投射出的愤怒感很不错，你认为呢？"

"很精彩。"

"我也这么想。"

我无言地坐了一会儿，安静地反思着昨晚的事。

她是真的不可能允许我飞行，我闻着从发射台上飘来的火焰烟味，心想，*我可以毕业，但那毫无意义。*

"但你是对的，"M 机器说，"我可能是个克雷尔人。"

"什么？"我说着，将无线电举在嘴边，几乎整个人贴了上去。

"我是说，我的数据库大部分都遗失了，"M 机器说，"没人能断定里面有什么。"

"那你干吗对我大发雷霆？我只是暗示你可能是克雷尔人而已！"

"这似乎是正确的反应，我应当模拟自己拥有人格的情况。什么人能容忍那样的诽谤？即使那是完全合乎逻辑的假设，而你经由质疑而进行的危险评估行为也极其正当。"

"我真的搞不懂你，M 机器。"

"我也一样。有时候，我的子程序会抢先做出反应，我的主要人格模拟装置甚至来不及阻止，真的很莫名其妙。那是完全符合逻辑且机械式的莫名其妙，半点都不像人类的情感那样缺乏理性。"

"当然。"

"你在运用讽刺。当心点，否则我又要启用我的愤怒子程序了。但如果这对你有帮助的话，我不认为克雷尔人是人工智能，无论你们挑战军那些思想家的推断是什么。"

"真的？你为什么这么认为？"

"我分析了他们的飞行模式。顺带一提，还有你们的。我也许能给出些能帮助你进步的提示。看起来……我有些子程序是专门用来做那种分析的。

"总之，我不认为所有克雷尔人都是人工智能，但其中一些或许是。我的分析发现，他们的大多数模式都是独立的，并不是在遵守一看便知的逻辑程序。与此同时，他们的行事又很鲁莽，这点很奇怪。我怀疑他们是某种类型的无人机，但我要说，科布是正确的：这颗行星会对通信进行某种干扰。我似乎拥有能够突破那种干扰的助推技术。"

"噢，你可是隐形飞船，先进通信技术或许对你的任务有帮助。"

"对，我的全息投影、主动伪装，以及声呐回避机能或许是为了同样的理由存在的。"

"我甚至不知道你能做到其中大部分的事。伪装？全息？"

"我的设置表示，我曾让这些系统维持在待命状态，制造出碎石围绕飞船的幻象，并阻止雷达发现我的洞穴，直到我的备用能源在不久前耗尽为止。我可以给出精确到微秒的时间，但人类通常厌恶那种程度的精准，因为它会让我显得既陌生又精于算计。"

"好吧，这也许就是那么多年都没人发现你的原因。"我轻敲那台无线电，思忖道。

"无论如何，"M机器说，"我希望自己不是克雷尔人。那样可超级丢人的。"

"你不是克雷尔人，"我意识到这是真心话。虽然我早先担心过，但现在……我没法解释清楚，但我知道他不是。

"也许吧，"它说，"我承认我……担心自己会是那样的邪恶存在，而且还不知情。"

"如果你是克雷尔人，为什么你会有人类的居住空间，还有和我们通用的插头？"

"我也许是模仿你们的飞船制造出来的，目的是为了渗透人类社会，"它说，"又或者，万一克雷尔人全都是人类当初制造出来的反叛人工智能呢？这就能解释我身上为什么有你们的文字了，或许——"

"你不是克雷尔人，"我说，"我能感觉到。"

"这恐怕是某种非理性的人类确认偏差在发挥作用，"它评论道，"但我能够模拟感激的那条子程序……表示感激。"

我点点头。

"这差不多就是它的作用，"它补充道，"感激事情。"

"这我可真猜不到。"

"它能每秒钟对某件事感激一百万次。所以可以说，你的意见是你这辈子做过的最受感激的事了。"

"如果你能偶尔少吹嘘几句自己的伟大，我也会很感激的。"我露出微笑，把无线电挂在背包上。

"我只是想告诉你，"它轻声说，"我并不感激刚才那句意见。"

我关掉了无线电，随后站起身来，伸了个懒腰。附近的几尊首席公民的胸像仿佛在瞪着我，包括年轻版本的科布。在熟知他以后再看到他的雕像，感觉真的很怪。他看起来不该那么年轻。他应该生下来就是个暴躁的五十岁男人，不是吗？

我把背包挎上肩头，漫步返回飞行学校的校舍。

有个宪兵站在主入口的外面。

我停下了脚步，忧心忡忡地走上前去。

"学员夜影？"那宪兵问，"呼号：斯苹。"

我的心沉了下去。

"铁甲上将想和你谈谈。"

我点点头。

那宪兵带着我来到上次那栋建筑物的位置：我在这里遇见过上将和约尔延。靠近它的同时，那种只能听天由命的感觉也越来越强烈。不知为何，我料到会发生这种事。昨晚和那些女孩一起度过是个坏主意，但……原因恐怕并不只是一次小小的违规。

当我走进那栋建筑的时候，不禁觉得一场对峙正越来越无可避免。这是我罪有应得，毕竟我对约尔延做了那种事，而且还是两次。进一步来说，上将是挑战军最有权势的人，而我却是懦夫的女儿。在某种程度上，她到现在都没设法开除我，反而很不可思议。

是时候结束了。我是个战士，但出色的战士清楚哪些仗是打不赢的。

那个宪兵把我带进了上将那间乱得让人吃惊的办公室。铁甲正在桌边喝着咖啡，审视着某份报告，背对着我。

"把门关上。"她说。

我照做了。

"大门的安全报告上有这么一条备注。你昨晚没有离开，是躲在维护用品室之类的地方了吗？"

"是的。"我说着，松了口气。至少她并不知道其他人帮助我的事。

"你吃了食堂的食物吗？是你自己偷的，或者是你的某个队友偷偷带出来的？"

我犹豫了片刻。"是的。"

上将抿了口咖啡，仍旧没有看我。我盯着她的后背和她花白的头发，为那几个字做好准备：你被开除了。

"你不觉得是时候停止这场闹剧了吗？"她说着，翻过一页，"现在就退学吧，我会让你保留学员徽章的。"

我皱起眉头。为什么……要问我？为什么不直接说那几个字？我违反了她的规矩，所以她有这种权力，不是吗？

铁甲转过椅子，冰冷的目光定格在我身上。"你没什么想说的吗，学员？"

"你干吗这么在乎？"我问道，"我只是个普通女孩，对你没有威胁。"

上将放下咖啡，然后站起身。她抚平那件洁白的制服外套，走到我面前。就像大多数人那样，她远比我高大。

"你觉得我为的是自己的尊严吗，孩子？"铁甲问，"如果我让你继续留在挑战军，等你无可避免地逃跑的时候，就会害死无辜的人。所以，我再提议一次：带着徽章离开。在下面的城市里，它应该足以确保你得到许多工作，其中不少还很有赚头。"

她狠狠地盯着我。突然间，一切都说得通了。

她不能开除我，不是因为她没那种权力，而是因为……她需要我证明她是对的。她需要我自愿退学，自己放弃，因为这正是懦夫会做的事。

她立下的规矩不是为了诱使我违反，它们的作用是让我的生活变得难熬，迫使我放弃。如果她开除我，我可以坚持那种说辞，声称我的家人蒙受冤屈，四处宣扬父亲的无辜。我遭受的对待只会让我更像个受害者。没法睡在学员宿舍？受训期间没有食物可吃？这简直骇人听闻。

但如果我就这么放弃离开，她就胜利了。这是她唯一获胜的方法。

在那一刻，我比指挥挑战者防卫军的上将本人更加强大。

于是我敬了个礼。"我能回去上课了吗，长官？"

她涨红了脸。"你是个懦夫，来自懦夫的家族。"

我维持着敬礼姿势。

"我可以毁掉你，让你穷困潦倒。你不会想和我为敌的。现在拒绝我的好意，你就永远不会有这种机会了。"

我维持着敬礼姿势。

"呸。"上将说着，转过身去，重重坐了下来。她拿起咖啡，喝了一口，仿佛我根本不在那儿。

我把这当成了可以离开的信号。我转过身，走出了房间，而那个仍旧站在门外的宪兵没有阻拦我。

我走进教室的时候，没有人来找我。我径直到模拟舱里坐了下来，问候了到来的其他人。科布一瘸一拐地走进门时，我意识到自己为还能上课而兴奋，就好像我终于摆脱了比姆和晨潮死后笼罩在我身上的阴影。

女孩们和她们的善意也是原因之一，但我和铁甲的对话起的作用更大。她鼓舞了我，给了我战斗下去的理由。她以奇怪的方式让我重获了新生。

我会战斗，也会查明父亲真正的遭遇，而铁甲将会为了迫使我去做这两件事而后悔。

标准挑战军飞船样式

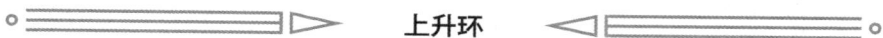

上升环

可旋转幅度

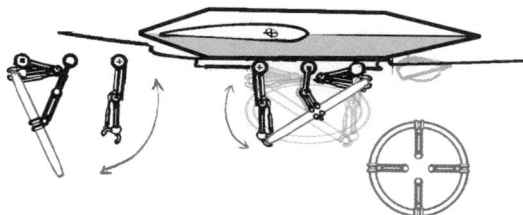

垂直起飞

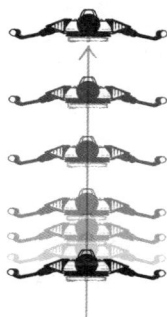

机动性与攻击角度

失控下落

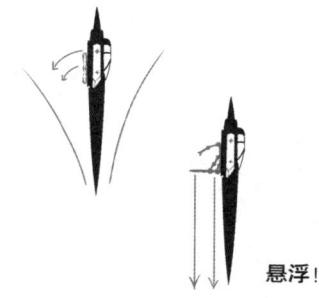

悬浮！

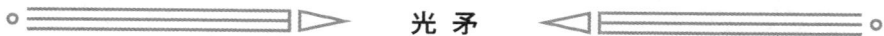

光 矛

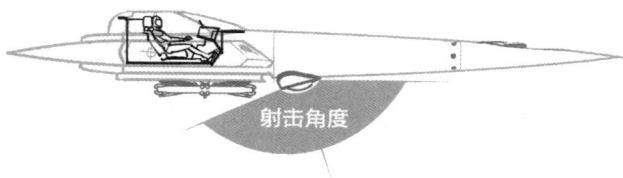

射击角度

PART FOUR

第四部分

插　曲

"铁甲"朱迪·伊凡斯上将总会观看战斗回放。她会使用主控室，那片圆形地板的中央有一台大型全息投影仪。她喜欢站在正中央，让光线照在她身上，而房间的别处依然昏暗。

她看着他们战斗，看着他们死去。她强迫自己聆听每个飞行员的遗言——如果有的话。

她试图在红色的挑战军战机和蓝色的克雷尔人战机组成的图案中看出敌人的目的。她当飞行员已经是多年以前的事了，可每当有战机在她周围打转，而她戴着耳机站在这儿时，那种感受就会归来。助推器的嗡鸣声，战机倾斜转向时的呼啸声，毁灭炮开火时的咔嗒声——战场的脉搏。

有些日子，她会幻想自己登上飞船，再次加入战斗。然后她会赶走那些愚蠢的梦。挑战军的战机太少，一架都不能浪费在反应时间滞后的老女人身上。残缺不全的故事和某些老旧的历史书提到过，某些伟大的将军会拿起武器在前线与士兵并肩作战。然而，朱迪知道她不是尤利乌斯·恺撒[1]，最多只是个尼禄[2]。

但在另一些方面，朱迪·伊凡斯仍旧是个危险人物。

她看着那场在缓慢下降的船坞阴影里展开的战斗。克雷尔人为这场战斗派出了将近六十架战机，这是最大数量的三分之二，对他们来说是很大的投入。他们显然知道，如果这块残骸完好无损地落入挑战军手中，会令后者受益匪浅。那架巨型飞船兼太空站上装有数百个上升环。

现在，回收人员报告说，目前为止能够回收的只有不到十二个，

1　古罗马执政官，后世所说的恺撒大帝，著名的军事统帅和政治家。

2　罗马帝国第五位皇帝，著名的暴君。

而朱迪在那次交战中损失了十四架战机。在他们的死亡里，她看到了自己的错误。她没有下定决心去承担责任。如果她投入所有后备战机和飞行员，再让他们参战，也许就能得到数百个上升环。但她却动摇起来，担心那是陷阱，直到一切为时已晚。

与古代的恺撒那样的人物相比，这就是她欠缺的东西。她必须能勇敢地承担一切。

她的副官莱科尔福拿着夹满笔记的笔记板朝她走去。朱迪让战场的影像重放，高亮了特定的某个飞行员，那人给她惹了太多麻烦。

战机爆炸，飞行员死去。朱迪不会允许自己同情死者，她无法允许。只要他们的飞行员数量还多过上升环，而且前者的确略多一些，那么人员就是这两种资源里相对可以消耗的那种。

终于，朱迪取下了耳机。

"她飞得很好。"莱科尔福说。

"太好了点？"朱迪问。

莱科尔福翻动着笔记板上的纸张。"这是来自她头盔内的传感器的最新数据。她在训练时的数据算不上鼓舞人心，几乎没有异常。但您在看的这场战斗，争夺坠落船坞的战斗，呃……"

他转过笔记板举到她面前，展示出一组明显超出标准的读数。

"到达克雷尔人附近的时候，她的大脑的赖特伦区域活跃到了发疯的地步。哈尔贝斯博士确信这是缺陷的证据，但伊格罗姆没那么确信，他表示仅此一次算不上充分的证据。"

朱迪"哼"了一声，看着那个懦夫的战机绕了半圈，接着飞进那座坠落船坞的内部。

"哈尔贝斯建议立刻禁止那个女孩飞行，"莱科尔福说，"但西奥尔博士……好吧，就像您猜测的那样，她那关会很难过。"

不幸的是，作为阿尔塔基地的医务主任，西奥尔不相信那种缺陷真的存在，就连有关它的历史也存在争议。相关报告可以追溯到"挑战者"号本身，以及发生在旗舰上、最终导致舰队坠毁在岩屑星的那场叛乱。

知道那场叛乱的人寥寥无几，而知道是部分船员的缺陷引发了叛乱的人就更少了，就连朱迪自己也没那么清楚。但底层洞穴的某些最有地位、贡献也最大的家族，其血统可以追溯到那些叛乱者。那些家族不肯承认缺陷的存在，而且不希望相关的传闻泄露出去，但他们没见过那种缺陷对人造成的影响。

而朱迪亲眼见过。

"这次有谁支持西奥尔？"朱迪问。

莱科尔福翻过几页，随后展示了重要党派成员寄来的最新一批信件。为首的那封信来自国民议会领袖阿尔吉侬·维特，他儿子约尔延就在那个懦夫的小队里。约尔延不止一次赞扬过那个女孩，所以才会引出现在这些问题。把这个女孩奉为真正挑战者救赎自我的标志，不是更好吗？作为任何人，无论出身如何，都可以浪子回头、效命国家的象征？

该死的，朱迪想着，暂停了全息影像。在近乎灾难性的逃脱过程中，那个懦夫选择在这时让助推器过燃。阿尔吉侬还需要多少证据？

"长官，您的命令是？"莱科尔福问。

"让哈尔贝斯博士写一篇驳斥西奥尔说法的文章，看看能否说服伊格罗姆博士，让他对缺陷的存在表示强烈支持，尤其是在这个女孩身上。告诉她，如果她能够坚定立场，我就会当作欠她一个人情。"

"如您所愿，长官。"

莱科尔福退出房间，而朱迪看完剩下部分的战斗，也想起了很久以前的那场相似的战斗。

西奥尔和其他人可以说这种"缺陷"是迷信，而发生在追击者身上的事只是巧合。但他们并不在场。

无论要用怎样的方法，朱迪都不会允许类似的事再发生哪怕一次。

30

"所以我相当肯定，她是不可能开除我的。"在和利格给 M 机器的机翼涂抹新密封剂的时候，我说。

"你能从一个眼神看出来的东西比任何人都多。"利格说，"就因为她这次没有开除你，不代表她以后都不会。"

"她不会的。"我说。

"她不会的。"停在附近一块石头上的末日虫说着，以笛声般的颤音模仿我的回音。

在 M 机器那只破损机翼的修理上，利格的进展非常顺利。我们一起拆下变形的金属，回收了能用的部件。利格不知用什么方法说服了他的指导者们，得到了在某家制造厂练习的许可。

新零件在手，我们就能修复整个机翼了。接下来的一周我们除去了那层旧密封剂。今天，我们要用新涂层覆盖全部外壳。我的训练已经进入了第三个月，而我们赢得了不时能休假的权利，所以我们小队今天只上半天课。

我早早回来和利格碰头，然后修理飞船。利格用一台小型喷雾器涂抹密封剂，而我拿着一台需要双手操作、活像大号手电筒的机器跟在后面。它发出的蓝色光线能让密封剂凝固和强化。

尽管这个过程缓慢又累人，但我们还是填补了 M 机器船壳上的所有刮伤和凹痕。这种防风的光滑密封剂填补和抹平了每一条接缝，只留下光滑闪亮的表面。我们选择了黑色，与它从前的颜色相衬。

"我还是不敢相信，他们把这些东西全都借给你了。"我说着，缓缓将光线照在利格刚才涂抹过的位置上。

"在他们对我的大气风斗设计赞不绝口以后？"利格说，"他们好像都准备当场提拔我当部门负责人了。我问他们能不能带这些东西回家，好'拆开来看看它的运作原理'的时候，他们眼睛都不眨就答应了。他们觉得我是那种样样精通的奇才。"

"你该不会还在难为情吧？"我说，"利格，光凭这种技术就可以拯救整个挑战军了。"

"我知道，"他说，"我只是希望……你知道的，我只是希望我真的是个奇才。"

我把那只"手电筒"放到地上，让双臂休息一下。"你认真的，利格？"我朝 M 机器的机翼摆摆手，新的黑色密封层让它闪闪发亮，"你是想告诉我，在这座荒凉的洞穴里，只用最低限度的器材，基本上只靠自己修好一架技术先进的星际战机的机翼，还够不上奇才的标准？"

利格后退几步，抬起护目镜，审视那只机翼，然后咧嘴笑了。"看起来挺棒的，不是吗？等最后那部分也做好密封以后，就会更棒了，对吧？"他拿起喷雾器。

我叹了口气，伸了个懒腰，但还是捡起了那台照明装置。他开始给靠近船首的最后一部分船壳喷雾的时候，我跟在他身后。

"所以，你以后还会去寝室那边住吗？"我们忙碌的时候，他问我。

"不会。我不能冒险把其他人卷进来。这是我和铁甲之间的事。"

"我还是觉得你过度解读了她的话。"

我眯起眼睛。"铁甲是个战士。她知道，为了赢得这场战斗，只是击败我是不够的，而是需要让我丧失斗志。她需要理直气壮地说我是个懦夫，就像她那些关于我父亲的谎言一样。"

利格在沉默中继续工作了几分钟，而我以为他不打算再争论下去了。他在固定驾驶舱的那部分船壳下方仔细喷上了一条密封层，随后用柔和些的语气说："那样很好，斯潘莎。但……你有没有想过，如果你弄错了，又该怎么办？"

我耸耸肩。"如果我弄错了，她就会开除我。我做什么都没用。"

"我说的不是上将，我是说你父亲，斯潘莎，万一……你知道的……万一他真的撤退了呢？"

"我父亲不是懦夫。"

"但——"

"我父亲不是懦夫。"

利格的目光从手头的工作转向我的双眼。我回以的怒视足以让大多数人沉默不语，但他承受住了。

"那我呢？"他问，"斯潘莎，我是懦夫吗？"

我的怒火噼啪作响，随后熄灭了。

他把目光转回密封层上。"你说如果你自愿退学，就会证明自己是个懦夫，那好吧，我就是自愿退学，所以我是个懦夫。这基本上是你能想象的最糟糕的事了。"

"利格，这不一样。"

"科布是懦夫吗？他弹射了，你知道的，他被击落以后弹射逃生了。你会当着他的面叫他懦夫吗？"

"我……"

利格用黑色的密封剂覆盖了最后一块金属区域，接着退后几步。他摇摇头，看向了我。"斯苹，也许你是正确的。也许你父亲只是卷入了一场惊天阴谋，结果被冤枉成了叛徒。也或许，你知道的，他只是害怕了。也许他只是个人类，做了人类有时会做的事。也许问题在于，每个人都太小题大做了。"

"我没必要听你说这些。"我说着，放下了密封灯。我跺着脚走开，可我能去的地方就只有这座洞穴的另一边。

"斯苹，你是没法转身走开，当我不存在的。"利格在我身后说，"这个洞，呃，大概也就二十米长吧。"

我坐了下来。末日虫在我身边发出颤音，模仿着我恼火的呼气声。就像以往那样，我没能看到它靠近的过程。它那种只在别人不注意的时候悄悄移动的方式太不可思议了。

从声音来判断，利格拿起了那盏灯，自己密封起最后一部分来。他忙碌的时候，我仍旧坐在那儿，背对着他。

"想生气就生气吧，"他说，"想吼我也随便你。但至少想想看吧，你似乎真的很想反抗上将和挑战军。也许你应该考虑一下，别让他们为你定义成功与失败。"

我嗤之以鼻。"你的口气就像 FM。"

"她那么聪明，又可爱。"

我扭头看他。"FM？可爱？"

"她的眼睛很漂亮。"

我目瞪口呆地看着他。

"怎么？"他说着，红着脸继续忙碌。

"你没有口吃，也没有弄掉东西之类的，"我说，"你对罗奇做了什么，你这克雷尔怪物？"

"什么？"M机器说着，机翼上的照明灯突然亮起，"罗奇是克雷尔人！"

"这是讽刺。"我们两个异口同声地说。利格完成了密封，然后放下那台设备，看向了我。"你可别把这些话告诉她，她也许连我是谁都不记得了。"他犹豫了片刻，"她记得吗？"

"她当然记得。"我撒了谎。

利格又笑了起来。他看起来完全不一样了，那么自信。

他在过去两个月里发生了什么？

他找到了自己喜爱的东西，我反应过来。他双手叉腰，对M机器的新涂层露出微笑。的确，这艘飞船看起来棒极了。

利格和我这辈子都梦想加入挑战军，可他退学的时候是怎么说的？*那是你的梦想，我只是奉陪的而已。*

对他来说，不当飞行员的决定是正确的选择。我知道这件事，但我明白吗？真的明白吗？

我站起身，走过去单臂搂住了他。

"你不是懦夫，"我说，"如果我让你有这种感觉，那我就是个白痴。至于这个？你在这儿的成果？这可比'挺棒的'要好多了，利格，简直棒到难以置信。"

他笑得更欢了。"好吧，在你驾驶它飞上天之前，我们还不确定这一点，"他看了看表，"我应该还有看你起飞的时间。"

"起飞？"我目瞪口呆地说，"你是说它可以飞了？你修好它了？"

"M机器！"利格大声说，"基本状态更新！"

"上升环：可运作。生命维持与飞行员看护设施：可运作。机动动作与飞行控制系统：可运作。护盾：可运作。光矛：可运作。"

"难以置信！"我说。有了上升环和机动推进器，我就能升到空中稍微转一转，不过速度肯定快不了。

"我们还是需要助推器，"利格说，"以及新的大炮。就算我在工程部有了一席之地，我也不打算冒险制造这些部件。"

"助推器：不可运作。"M机器补充道，"毁灭炮：不可运作。赛托超推进器：不可运作。"

"我还是没想到你要怎么出去，"利格说着，抬头看向天花板，"你究竟是怎么进来的，M机器？"

"我可能是使用赛托超跃技术传送进来的，"M机器说，"我……没法告诉你它的运作方式，只能说这种装置能实现超光速的星际旅行。"

我来了精神。"我们能修好那个吗？"

"根据我的判断，"利格说，"它没有损坏，而是不见了。M机器的诊断程序指示了这个'赛托超推进器'本该在的位置，但它只是个一端有显示面板的空盒子。肯定有人拿走了那台装置，无论那是什么东西。"

嘿，也许是从前的飞行员拿走的？

利格翻了翻笔记本，招手示意我去看。"我敢确定我修好了那只破损机翼的机动推进器，"他说着，指了指某张图表，"但你得让它维持诊断程序运作，把过程记录下来，这样我才能确认一切正常。"他翻到了下一页，然后说："等我们知道它能正常飞行以后，我想拆下它的护盾启动器，看看能否弄清这种规格的装置为什么能承受标准挑战军护盾的三倍损伤。"

我咧嘴笑了。"这么一来，你在工程和设计团队里肯定会大受欢迎。"

"是啊，除非他们开始起疑心。"利格犹豫片刻，然后压低了声音，"我还试过查看它的人工智能装置，但它不肯让我打开外壳，甚至威胁说要给外壳通上电。它说那个装置连同另外几套系统都是机密。隐形系统、通信系统……都是些非常重要的东西。斯苹，为了真正帮上挑战军，我们需要找一位专家来这儿拆卸和分析这艘飞船。我能做的只有这么多了。"

我感觉内心有什么东西拧成了一团，就像因为缺乏润滑油而卡死的齿轮。

"它警告过，"利格说，"如果我们把它的事说出去，它就会尝试毁掉自己的系统，以免违反它从前那位飞行员的命令。"

"也许……我可以劝劝它？"

"M 机器不像会听人劝的样子。"利格说着，看着那架战机，似乎又一次花了片刻时间去欣赏它的英姿：干净，涂着新漆，光滑而致命。四个毁灭炮室在每边机翼各有两个，里面空荡荡的，而后部助推器也不见踪影。但除此之外，它显得完好无损。

"利格，"我敬畏地轻声说，"我到现在都不敢相信，你居然真的愿意帮我这个忙。"

"如果你想报答我，"他说，"哪天就去问 FM，看她能不能跟我在公园共进午餐吧。"然后他立刻红了脸，低下头："我是说，或许，如果你们碰巧提到这个话题的话。要不还是算了。"

我咧嘴一笑，给了他的胳膊一拳。"所以你还是那个利格，我都开始担心了。"

"是啊，是啊。还是忘掉我的话，专心考虑重要的事吧。这个疯狂的人工智能说过，它的隐形系统优秀到能阻止挑战军发现它，我猜我们只能相信这点了。所以你怎么说？想让飞船飞起来，做个短暂的试飞吗？"

"见鬼，当然想！"

利格抬起头。"你有办法把它弄出去吗？那道裂口只能勉强让一个人通过。"

"我……也许有个办法，"我说，"但场面会有点乱，而且会有危险。"利格叹了口气。"我猜自己也不该期待别的可能性了。"

大约一个钟头过后，我爬进 M 机器的驾驶舱，兴奋到几乎全身发抖。我把末日虫放在我身后的座位上，系好安全带。

等我们收起我的厨房和利格的全部设备以后，小洞穴看起来空荡荡的。我们把能放下的部分装进驾驶舱，然后用光索把剩下那些通过裂口送了出去。利格等待在安全距离外，我可以独享有趣的部分。

而且就像大多数"有趣的部分"那样，其中包括破坏东西。

"你准备好了吗？"我问 M 机器。

"我基本上只有两种状态，"它说，"准备好了，以及关机。"

"作为招牌台词还需要加工，"我说，"但这种态度很酷。"我的双手分别按在操控球和节流阀上，做了一次深呼吸。

"我只想告诉你，"M 机器说，"我能听见你们两个早先小声说的话，罗奇说我疯了的那部分。"

"我明白你可能会听到，"我说，"毕竟，你是一艘侦察飞船。"

"人工智能是不可能发疯的，"它说，"我们能做的只有程序要求的事，这和疯狂截然相反。但……你会告诉我的，对吧？如果我的口气开始显得……不对劲的话？"

"蘑菇之类的就有点过头了。"

"我能感觉到，但我没法控制。那条指令在我体内非常有力，就像我的飞行员最后的话那样。"

"保持低调，不要参与战斗。"

"以及等他回来。是的，所以我才不能让你们把我的事告诉挑战军，即使我知道这有助于你和你的同胞。我只是必须遵守命令。"它顿了顿，"我担心你要让我起飞这件事。我的飞行员说'保持低调'的意思，是'留在地下'，还是说只有'别让人发现你'的意思？"

"我敢肯定他的意思是后面那个，"我说，"我们在附近迅速飞一圈就好。"

"不可能'迅速'的。"它说，"在只有机动推进器的情况下，我们飞行的速度会跟你走路差不多。"

以现在来说足够了。我启动了上升环，开始平稳上升。我收起了起落架，缓缓转了一圈，然后让机身朝一侧下沉，接着是另一侧。我咧嘴笑了。操控装置很相似，而它响应时又拥有我的波科级并不具备的活力。

现在，该离开洞穴了。我让连着铰链的上升环向后倾斜，从而抬起 M 机器的机首。我发射了光矛，将它刺入洞顶的开裂位置。我利用旋转推进器后退，接着降低了上升环的功率。即使没有助推器，这也赋予了我们某种程度的拉力。

光矛绷紧了。灰尘和岩石碎片从洞顶洒落。末日虫在我身后模仿着那个声音，发出充满活力而又兴奋的笛音。

部分洞顶在倾泻的石块和尘埃中坍塌。我分离了光矛，抬头看向那个缺口外。附近没有天光，因此上方只有清一色的灰暗天空。

"你的全息投影仪能制造出新洞顶的投影吗？"我问 M 机器。

"可以，但那样不够安全，"它说，"声呐成像技术能看穿全息影像。但……我好像有很久没见过天空了。"它的语气似乎带着惆怅，但它恐怕会声称那只是某种程序模拟的怪癖。

"我们走吧，"我说，"来吧。我们飞吧！"

"我……"M 机器轻声说，"是啊，好吧。我们飞吧！我确实想再次飞翔。只是要当心，别让人看到我。"

我和它向上升起，穿过那个缺口，然后朝利格挥了挥手，后者正跟我们的所有物站在不远处。

"启用隐形装置，"M 机器说，"挑战军的雷达现在应该看不到我们了。"

我咧嘴笑了。我飞在天上，驾驶着自己的飞船。我用力推动节流阀。

我们纹丝未动。

对哦，没有助推器。

我启动了机动推进器，后者原本的功能是进行相对细微的位置调整，而非真正的移动。我们开始飞行了，速度非常非常慢。

"耶——？"M 机器说。

"确实让人有点失望，不是吗？"

但我让诊断程序保持运作，为利格绕了一小圈。绕完那圈以后，他竖起大拇指，然后把背包挎到肩上，徒步离开。他必须回到火成岩洞穴，送还那套密封设备。

我没法说服自己就这么着陆。经过了这么久，我很想再跟 M 机器多飞一会儿，于是我握住了高度操纵杆。操控球可以让飞船上下浮动，利用上升环做出较为细致的回避动作，但如果想要迅速爬升，可以这么做。

我轻轻将它拉向自己。

我们像子弹那样射向天空。

我没料到它能这么顺利地运转。我们急速上升，而我感觉到重力撞上了我，将我向下压去。我缩起身子，注意到我们飞得有多快，于是放轻了操纵杆。那种重力会……

……碾碎我？

我能感受到加速，但远没到该感受到重力的那种程度。拉扯我的重力不会超过三倍，但我却觉得实际数字应该远大于此。

"你在做什么？"我问。

"你能说得具体点吗？我有超过一百七十个半自动子程序在——"

"重力，"我说着，看向窗外，看着以惊人速度后退的地面，"我现在早该失去意识了。"

"噢，对，那个。我的重力电容器能够抵消百分之六十的重力，最大阈值远超地球标准重力的一百倍。我确实警告过你，你们的飞船应对飞行员压力的系统非常原始。"

我放开了高度控制杆，而飞船的加速停止了。

"你想启动旋转重力管理系统，让它提供进一步帮助吗？"M机器问。

"比如让我的座椅转来转去？"我问着，想起了利格之前的说明。人类很难应付从不合适的方向施加的重力。举例来说，我们承受向下的重力要困难得多，因为这会让我们全身的血液都流向双脚。M机器可以通过旋转座椅来应对，让我转为承受向后的重力。对身体来说，这样会更容易应付。

"现在就算了，"我说，"让我首先习惯你的飞行方式吧。"

"好吧。"M机器说。

我们迅速抵达了十万英尺的高空，这差不多是我们驾驶挑战军战机在常规情况下会飞到的最高处。我伸手想要减速，却又犹豫了。为什么不飞得再高一点呢？我一直想这么干，现在也没有人会阻止我。

我继续爬升，直到高度表显示五十万英尺为止。终于，我降低速度，欣赏起风景来。我从没到过这么高的地方。下方的山峰看起来就像皱巴巴的纸，我能真正看到这颗行星的起伏，而且不是什么模糊的弧线。我觉得自己仿佛只要踮起脚尖，就能看到整颗星球。

我离碎石带还有起码一半距离，因为据我所知，它最低的轨道也位于大约一百万英尺高空。然而，从这个高度，我可以看得更清楚了。我在地表看到的模糊图案，如今呈现为大片相互堆叠的金属，由我看不见的某种光源模糊地照亮。

看着它，想到它远在一百公里以外，我总算意识到了它的规模有多么宏大。那些看起来独立存在的小小斑点……那些肯定和上周的战斗中坠落的残骸一样大。

一切都如此庞大。我目瞪口呆地看着这一切，将那些在错综复杂的轨道上旋转翻腾的绝大部分收入眼底。大部分都只是阴影，它们移动、盘绕，层层交叠。

"你想再靠近些吗？"M机器说。

"我不敢。他们说过，一部分垃圾会朝我开火。"

"噢，那些显然是某种半自动防御网的残留部分。"它说，"要我说，是因为外部居住平台就在它的后方，那里散落着破损的船坞和物质回收无人机。"

我看着它变化和移动，试图想象它仍能正常运作、使用和居住的时候。世界之上的世界。

"的确，那些防御平台的一部分显然运作正常，"M机器说，"就连我也很难悄悄溜过去。注意我在驾驶舱罩上高亮标出的那些小行星，它们表面的熔渣形状表明了古老的用途。镇压行星的策略包括将行星间的天体拖到合适位置，再让它们坠落。这种方法能实现各种程度的破坏，从夷平一座城市到灭绝级别的灾难。"

我轻呼一声，为自己的想象而惊恐。

"呃……我得提醒你，这不代表我原本是战斗飞船，"M机器说，"我不是从程序里知道轨道轰炸这回事的。我猜是有人告诉过我的。"

"我还以为你不会说谎。"

"我没有！我是真的相信自己是一架技术先进、全副武装、能够隐形的飞船，因为这些能帮我更好地采集真菌，完全算不上不理性。"

"所以克雷尔人如果真想对付我们，"我说，"只要丢几颗那种小行星下来就好？"

"实际做起来要比你说的困难一点，"M机器说，"克雷尔人需要一艘能移动那种规模的物体的大型飞船。这样恐怕就需要动用主力舰，而那些防御平台多半能轻易将它们击落。但小型飞船可以穿过一部分缺口。考虑到你们和他们战斗的频繁程度，我猜你已经知道了。"

我靠回椅背，静下心来欣赏风景，欣赏下方广阔的世界，还有不知为何比以前要小的天空。它只是一条围绕这颗行星的细长带子，而其顶部就是碎石带。

我暂时抬起头来，看向高处，赞叹着碎石带内的宏大变化。那些巨大的外壳和平台根据古老而难懂的安排移动着，肯定有好几十层，但在那一刻，在我人生中的第二次，所有残骸排列整齐了，而我看到了太空，真正无限的太空，点缀着几颗闪闪发亮的星星。

我敢发誓，我能听到低语声。那并非清晰的字眼，而是真正的声音。奶奶说得对，如果我仔细听，就能听到群星的声音。听起来就像是战斗的号角声，它们呼唤着我，吸引着我……

别犯傻了，我心想，你没有助推器。如果被克雷尔人发现，你比活靶子好不了多少。

我不情不愿地开始下降。就这一天来说，这样或许已经足够了。

我们下降得很慢，把大部分工作交给重力。不幸的是，我们随风飘出了一段距离，所以等靠近地面以后，我只能凭借那些小巧的机动推进器，慢吞吞地挪向那个缺口。

我们花了很长时间，等我们到达的时候，我已经呵欠连天。末日虫安坐在我身后的毛毯上，模仿着我的呵欠声。

最后，我们降到洞内，在M机器原本停靠的位置附近着了陆。"好吧，我得说这第一次试飞非常棒。"我说。

"呃，是啊，"M机器说，"我们飞得很高，不是吗？"

"要是我能想办法弄到一台助推器，我们很快就能让你真正飞行了。"

"嗯……"

"如果你愿意的话，可以试试和克雷尔人战斗，"我说着，试探着能否进一步鼓动它，"我们可以在'保持低调'的同时这么干，只要别把身份告诉任何人就行！没有呼号的黑色幻影战机！在危急时刻赶来援助挑战军！"

"我不认为——"

"想象一下吧，M机器！在枪林弹雨之间穿梭躲闪，飞翔奋斗，证明你比敌人强大。一首毁灭与力量的宏大交响曲！"

"或者选择更好的做法：留在这个洞里！不做以上任何一件事！"

"我们可以开着隐形模式战斗……"我说。

"这还是和保持低调截然相反。抱歉，斯潘莎，我不能战斗。我们可以再次飞行，我还挺喜欢这样的，但我们绝对不能战斗。"

"能战斗。"末日虫补充道。

我关闭了这艘飞船的非必要机能，然后靠向椅背，感觉很不舒服。我拥有一件可怕、强大而又惊人的东西，却不能使用它？我有一件不想让我挥舞的武器。我该怎么办？

我不知道。但我发现，最让我烦恼的是，我的飞船是……好吧，是个懦夫。

我叹了口气，开始铺床。M机器带给我的沮丧逐渐淡去，驾驶它飞上天的事实让我太兴奋了。

等我终于安顿下来，放下座椅，用毛毯裹住自己，而末日虫移动到舱罩内的某个折叠架上的时候，M机器再次开了口，语气轻柔。"斯潘莎？"它说，"你不介意吧？不介意避开战斗吧？我只能遵守命令。"

"不，没这回事。"

"呃，我是电脑，基本上只会遵守命令。如果没有命令，我甚至没法数到零。"

"考虑到你告诉过我的那些事，"我说，"我觉得这话让人很难相信。"

"那只是为了和人类互动而设计的人格程序。"

"借口。"我说着，打着哈欠，调暗了灯光，"你的头脑也许是机器做的，可你仍旧是个人。"

"但——"

"我听得见，"我呵欠连连地说，"我能听见你的灵魂，就像群星那样。"那是我脑海深处的微弱嗡鸣，而我直到那一刻方才察觉。但它的确存在。

我能感觉得到，无论 M 机器怎么想，它都比自己认为的更像活物。

我开始沉入梦乡。

它再次开口，声音更轻。"那些命令是我唯一确定自己知道的东西，斯潘莎，我从前的飞行员和我的目的构成了我。"

"那就成为新的自己吧。"

"你知道这有多难吗？"

我回想起了自己的懦弱，回想起了在真正去做自己一直吹嘘的那些事以后，我所感受到的失落以及无力。我裹紧了毛毯。

"别傻了，"我说，"我干吗要去成为别人？"

它没有答话，而我沉沉入睡了。

31

我和 M 机器的飞行尽管短暂，又几乎是一条直线，却仍旧足以让随后两周的模拟训练黯然失色。

我做出机动动作，以一连串急转绕过大块的残骸，追赶着一架克雷尔战机，赫尔跟在我的侧翼，但我开始走神。那架克雷尔战机逃脱了。

"嘿！"我们重整队伍的时候，金玛琳说，"你们看到了吗？我没撞到东西！"

他们聊天的时候，我心不在焉地听着，仍旧无法专心。

"但我撞到东西了，"FM承认，"我撞上了一块残骸，然后燃烧着坠落了。"

"这不是你的错！"金玛琳说，"就像圣徒总说的，自己选择去失败才是真正的失败。"

"除此之外，FM，"阿图罗补充道，"总的来看，你坠毁的次数还是比我们所有人都要少。"

"如果继续这么下去，我就没法把纪录保持下去了。"FM说。

"你只是想用今天的坠毁来颠覆这种印象，"赫尔说，"因为没人会料到你会坠毁。你挑战了自己。"

FM轻笑出声。

"你们都可以做到出人意料的事，"约尔延在小队频道里说，"那就是真正排齐一次队。安菲，我在看着你呢。"

"好的，好的。"阿图罗说着，让战机悬浮就位，"不过我猜，约尔延坠毁的次数严格来说比你要少，FM，他飞的次数也只有一半。如果除了闲坐在那儿抱怨和发号施令以外什么都不做，想搞砸也挺难的。"

"就像圣徒常说的，"金玛琳用严肃的语气再次补充道，"自己选择去失败才是真正的失败。"

约尔延没有反驳，但我听到他迅速吸了一口气。我面露苦相。约尔延的确时常留在后方看着我们练习，提供建议而非自己飞行。但如果其他人知道他会在随后自行练习到深夜，也许就会给出不同的反应了。

我突然感到了惭愧。约尔延的呼号以及其他人对待他的方式，有一部分是我的错。他不该遭受这种对待。我是说，他或许让人难以忍受，但他也在努力做到最好。

科布安排我们进行下一轮缠斗练习的时候，利格的话语在我的脑海深处浮现。

那我呢？斯潘莎，我是懦夫吗？

我能肯定他不是。但我的整个童年都信奉着一条简单的规则，而奶奶的故事让我更加确信。好人都是勇敢的，坏人都是懦夫。我知道父亲是个好人，所以在我看来，他显然不可能逃跑。就是这样，没有讨论余地。

要守住那条黑与白尤其分明的界限越来越难了。我答应过赫尔，不会当懦夫。但有哪个懦夫是在上阵前就准备转身逃跑的？我不会有临阵脱逃的想法，但我还是惊讶于作为飞行员感受到的情绪，惊讶于失去比姆和晨潮的伤痛之强烈，惊讶于我有时的不知所措。

有没有可能是某种相似的情绪，在某个短暂的瞬间令我父亲选择了撤退？如果真是这样，我能保证自己将来不会重蹈覆辙吗？

我以回避动作绕过一块残骸，但几乎擦碰了赫尔的机翼。

"别这样，斯苹，"她说，"心思放在比赛上，眼睛盯在球上。"

"球？"

"抱歉，这是学生联盟的比喻。"

"我没怎么看过比赛。"做出杰出贡献的工人才能得到作为奖励的比赛入场券。但能和别人谈点什么，能让我不再把心思放在担忧上，总不是坏事。"我对你那种运动不太了解。是要骑悬浮自行车吧？你们可以飞吗？"

"不太算得上。"赫尔在我们反复进行回避的时候说，有架作为练习道具的克雷尔战机正跟在我们身后，"掘球联盟用的是小到没法让飞船起飞的上升环。我们的悬浮自行车可以做出完全的三维移动，但每辆车能够飞行的时间都是固定的，策略的一部分就是弄清使用的时机。"

她的口气有些惆怅。"你想念比赛吗？"我问她。

"有点，更多的是想念我的队友。但现在这样更棒，"一道毁灭光束从我们身边掠过，"也更危险、更紧迫。"

我们做出波状回避，在猛烈的毁灭光束下朝相反方向分开。赫尔继续尾随我们的目标，而我做出反向的筋斗动作，提供火力支援，赶走了敌人。

我在下次转弯时追了上去，跟在赫尔身后。我们的目标飞得很低，离地面仅有百来英尺。我们随之下降，在身后扬起一团团蓝灰色的尘埃，又从一块很有年头的残骸边掠过。它的上升石早已被回收，如今躺在那儿，暴露出内部，仿佛一座受扰坟墓里的骸骨。

"所以，"我们飞过山谷的时候，赫尔紧跟着我们的目标，同时说道，"那你呢？你从没提过自己来挑战军之前都做些什么。"

"我们不是应该把'心思放在比赛上'吗？"

"呃，我好奇的时候除外。"

"我……我是个捕鼠人。"

"就像蛋白质工厂雇用的那种？"

"不，我是单干的。工厂的侦察员把下层洞穴都猎捕得差不多了，所以我打造了自己的矛枪，去探索更远处的洞穴，然后自己去抓老鼠。我母亲会把肉卖给回家路上的工人，换取申请券。"

"哇，太硬派了。"

"你真这么想？"

"半点不假。"

我露出微笑，心头泛起一股暖意。

那个克雷尔人转了个弯，向上方加速冲去。"我要接近了。"我说着，让助推器过燃。我迅速斜向爬升，重力条开始接近满格。

今晚，我对着那个克雷尔人想道：你苍白的遗骸会混入这颗行星的尘埃，而你痛苦的号叫会在风中回响！我追到那架战机的尾部，在足够靠近后击发反脉冲，摧毁了它的护盾。

赫尔从我身边掠过，她的毁灭光束盖过了提醒我护盾失效的警告声。那艘克雷尔飞船炸成了熔化的残骸。

赫尔发出兴奋的呼喊，但我想起了自己刚才的念头，顿时面红耳赤。混入尘埃的遗骸和风中的号叫？这种东西曾经让我格外兴奋，如今却显得……不那么像是英雄的台词，更像是试图逗英雄的人会说的话。父亲就从没说过这种话。

我重启护盾的时候，通信面板上的一盏指示灯亮了，通知我科布加入了对话。"干得漂亮，"他说，"你们两个的配合开始像模像样了。"

"谢了，科布。"我说。

"如果斯苹能和我们有些相处的时间，那就更好了。"赫尔补充道，"你知道的，让她不用睡在洞穴里。"

"如果你打算和上将提这事，记得告诉我。"科布说，"我会提前离开校舍，免得听到她对你大吼大叫。科布结束通话。"

指示灯熄灭了，而赫尔的战机悬停在我的旁边。"她对待你的方式太愚蠢了，斯苹。你是个硬派人物，就像你总说的那些话一样。"

"多谢。"我答道，脸颊发烫，"虽然那些话现在只会让我觉得不好意思。"

"别让他们影响你，斯苹，做你自己就好。"

可我自己又是什么人呢？我抬头看去，想看看模拟是否会创造出残骸之间的缺口，看看它能否让我看到最高处的天空。

我们又做了几次练习，然后约尔延呼叫我们返回和整队。我们停到位置上，而我确认了仪表板上的时钟。才到1600？我们还得训练好几个钟头呢。科布是不是准备提早结束，让我们去离心机里练习，就像昨天那样？

"好了，"科布通过无线电宣布，"你们准备好接受下一课了。"

"我们能用毁灭炮了？"金玛琳惊呼道。

我在座位上探出身子，看向她的驾驶舱。我们都用毁灭炮战斗了好几个星期了。

"抱歉，"她说，"我有点被传染了。"

一架克雷尔轰炸机在我们前方凭空出现。它的构造比普通克雷尔飞船要结实，它的形状和后者没什么分别，但它的双翼中央携带着一颗庞大的灭生炸弹，那颗炸弹甚至比飞船本身还要大。我发起抖来，想起了上次看到轰炸机的时候，也就是比姆和我追赶其中一架的那次。更远处浮现出一幕场景：大群混战中的战机，一部分是克雷尔人，另一部分是挑战军。

"我们的防空炮覆盖了阿尔塔方圆一百二十公里内的范围，"科布说，"这些炮要足够庞大，才能穿透克雷尔飞船的护盾，将它们击落——更不用说要庞大到足以击碎大块残骸，让它们在坠落时燃烧了。但太过庞大也限制了它们能够发挥作用的角度，它们非常擅长接连消灭远处的目标，但却没法打中太近的东西。"

"如果克雷尔人飞得够低，离地面大约六百英尺，就能躲到那些巨炮下方。小怪以前参加过训练的那种小型炮台没有能击穿克雷尔人护盾的威力。如果没有战机以反脉冲攻击敌人，小型炮台就很难派上用场了。"

模拟影像在远处的战斗中高亮显示出一艘特殊的飞船——另一架轰炸机。

"克雷尔人会用缠斗和坠落残骸分散我们的注意力，然后往往会尝试让携带灭生炸弹的轰炸机悄悄经过。"科布续道，"你们需要时刻警惕和留意，在发现灭生炸弹的时候立刻报告。而且我要警告你们，他们也会使用诱饵作战。"

"我们做好报告，"赫尔说，"然后就击落它，对吧？或许这样更好，先击落它，再报告？"

"如果这么做，"科布说，"后果可能是一场灾难。灭生炸弹通常会设置成受损时引爆。如果在错误的时机击落其中一颗，你就可能害死几十个飞行员同伴。"

"噢。"赫尔说。

"只有上将或者代理指挥人员可以授权击落灭生炸弹。"科布续道，"我们通常会以威胁的方式赶走轰炸机，因为灭生炸弹非常珍贵，而且根据我们的推测，它难以生产。如果这招不管用，上将就会派特别突击队去击落轰炸机。

"你们要格外小心。火成岩位于地表下的深处，只有上方受到直接轰炸，引发的冲击波才会传到那里，造成损伤。但如果不小心在太近的地方破坏灭生炸弹，即使是四五十公里外，炸弹释放的腐蚀波也会摧毁阿尔塔基地。所以，你们一旦发现轰炸机就立刻汇报，然后让有经验、有资格和权限的人去决定该怎么做，明白了吗？"

稀稀落落、含混不清的"明白"传来。接着约尔延让我们所有人分别开口，给出口头确认。也许我们对他是有点过分了，可见鬼……他有时真的很烦人。

"很好。"科布说，"小队长，让你的队员分散在战场上。我们会设置几种场景，练习辨识、汇报，以及——没错，击落灭生炸弹。猜猜你们炸飞自己的频率会有多高？"

事实证明，我们炸飞自己的频率很高。

灭生炸弹演习是我们接受过的所有训练里最困难的。在刚开始飞行的那几天，我们学会了所谓的"飞行员扫描"。在飞行的同时迅速评估需要牢记的每一件事：助推器指示灯、导航仪器、高度、通信频道、僚机、队友、地形……以及另外十几件事。

加入战斗以后，要留意的事又会多出一大堆，包括来自小队队长或者阿尔塔基地的命令、战术、敌人。飞行员的态势感知是这份工作最让人精神疲惫的部分之一。

做着这一切，同时还要始终留意轰炸机……好吧，这很难，非常难。

有时候，科布会让我们进行整整一个小时的战斗模拟，一次也不会派出轰炸机。有时候，他会派出七架：六架诱饵，一架真货。

轰炸机的速度慢得惊人，最大速度只有2马格，但却运载着致命的货物。炸弹引爆的时候，会发出三次冲击。第一次爆炸的冲击会朝向下方，穿透岩石，撕开洞穴入口，或令其崩塌。此后是第二次爆炸，带着某种陌生的墨绿色。这种外星腐蚀物能消灭生命，导致有机物的连锁反应。第三次爆炸是一道冲击波，目的是将那种燃烧着的可怕绿光向外扩散。

我们模拟了一次又一次，但我们之中总会有人太快引爆炸弹，来不及给出让其他人全速逃离的警告，而我们的整个小队也因此蒸发。我们又多次误判了自己和阿尔塔基地的距离，所以当我们摧毁轰炸机并引爆炸弹的时候，科布就会送来无情的报告。"你们刚刚害死了阿尔塔的全体人员。我死了。恭喜你们。"

在一次尤其令人气馁的练习过后，我们六个聚在一起，看着那种病态的绿光扩散开来。

"我——"科布开口说。

"你死了，"FM说，"我们知道了，科布。可我们该怎么做？如果炸弹离城市太近，我们还有别的选择吗？"

"没有，"科布轻声说，"你们没有别的选择。"

"但——"

"如果事态演变到需要摧毁阿尔塔来保全火成岩，"科布说，"就记住火成岩那边更重要。我们让三分之一的战机、飞行员和指挥人员在下层洞穴那里轮班是有理由的。一旦阿尔塔被毁，挑战军也许还能存活下去。但没有了制造新战机的古代设备，我们就完蛋了。所以，如果上将下达命令，你们就要射击那颗炸弹，让它引爆，即便这意味着摧毁阿尔塔。"

我们看着在不断加宽的毁灭球体中缓缓蔓延的绿光。终于，它暗淡下去。

科布让我们继续练习，直到疲惫令我麻木，我的反应速度也在变慢。然后他让我们又练了一次。他希望我们牢牢记住，无论多么疲倦，都要始终留意轰炸机的踪影。

在上一次练习里，我对科布的痛恨超过了任何人，甚至超过了对上将的痛恨。

我们这次也没能阻止炸弹。我重置自己的位置，机械式地排进队伍，准备下一轮训练。然而，我的驾驶舱罩却消失了。我眨了眨眼，为自己重返现实世界而惊讶。其他人开始摘下头盔，起身伸展肢体。现在……现在几点了？

"我是不是见过最后那场战斗，科布？"阿图罗站起身来，问道，"那是特拉盖托之战吗？"

"有所改动。"科布说。

特拉盖托，我心想。那场战斗发生在大约五年前，我们险些失去阿尔塔。一支克雷尔小队偷偷靠近、摧毁了那些小型防空炮。幸好两架挑战军侦察机在灭生炸弹接近阿尔塔之前就击毁了它。

"你在用历史上的战斗作为模拟？"我说着，试图甩开我的恍惚。

"这是当然，"科布说，"你觉得我有时间编写模拟内容吗？"

他的话让我似乎领悟了什么，但我太过疲惫，没法把它对上号。

我爬出模拟舱，把头盔丢到座位上，然后伸了个懒腰。见鬼，我好饿，可我没带晚饭过来。下一批肉干还在我的洞里腌制呢。

我要忍着疲惫和饥饿走完一段长路。我抓起背包挎上肩头，迈开步子。

赫尔在走廊里追上了我，然后朝附近的宿舍区域点点头。我能看懂她的表情。她们可以假装累坏了，然后拿食物回寝室……

我摇摇头。为此惹怒上将可不值得。

赫尔朝我抬起一只拳头。"硬派。"她耳语道。我挤出微笑的力气，抬起自己的拳头，然后我们各自离开。

我步履沉重地走向出口。其他教室都漆黑一片，只有一间除外，那里的教官正在给另一队学员上课。"最优秀的飞行员能驾驶飞船脱离失控下落状态，"有个女人说着，声音在走廊里回荡，"你们的第一反应也许是弹射逃生，但如果你们想成为真正的英雄，就该尽一切可能拯救你们的上升环。挑战者保护的是人民，不是自己。"

这基本上和科布对我们的教导截然相反。

穿过基地外果园的途中，我注意到自己的无线电在闪烁。M机器想跟我说话。我好不容易说服了它，让它别在我训练时侵入我的线路，被其他人偷听到的可能性太大了。

"嘿，"我对着线路说，"无聊了？"

"我不会觉得无聊，"它迟疑了片刻，"但我要告诉你，我能以人脑一千倍的速度思考，所以，对你而言的十二个钟头，相对我而言是很长的时间，非常长的时间。"

我笑了。

"非常非常长。"它补充道。

"你对今天的训练怎么看？"

"我仔细做了些笔记，以备进一步检讨。"它说。大多数晚上，我都会和M机器讨论自己做错了什么。它的程序能对我的飞行进行出色的分析。尽管它的意见有时不太讨人喜欢，但事实证明，这些夜晚的报告还是有助于调整我的飞行方式，而我也觉得自己的表现比以前更好了。

我们后来就没再起飞过。利格拿走了这艘飞船的重力容和护盾，打算拆卸和记录。这些工作超出了我的能力，但我并不介意，毕竟训练就够我忙的了。

"你对抗轰炸机的手法真的需要改进。"M机器对我说，"你今天死掉或者毁掉城市的次数有十七次，而完全成功的只有两次。"

"多谢你的提醒。"

"我是在帮你。我明白人类的记忆存在缺陷，又会前后矛盾。"

我叹了口气，走出果园，开始回家道路上比较无聊的部分。

"那些战斗很有趣，"M机器说，"我……庆幸你在几场战斗中活了下来。"

一步接着一步。谁能想到坐在盒子里，只是动动双手，会是这么累人的事？我的大脑仿佛被人扯了出来，由某个野蛮人用木棒砸烂，然后再上下颠倒地塞回去。

"你富有魅力又聪明。"M机器说，"斯潘莎？我的精神支持子程序还在正常运作吗？呃，你相当两足动物，而且在将氧气转换成二氧化碳方面很有效率，后者是植物所必要的——"

"我只是累了，M机器，我今天过得很辛苦。"

"十九场战斗！虽然其中四场只是改变了主轴线的同一场战斗，并为敌人加入了几套截然不同的行动模式。"

"是啊，这些是历史战斗，"我说，"就像科布说的……"我停住了脚。

"斯潘莎？"它问，"我怎么听不到脚步声了？你是暂时不当两足动物了吗？"

"历史战斗，"我说着，意识到了自己早该发现的一件事，"他们把过去的战斗都录下来了？"

"他们会追踪自己的所有飞船，"它说，"还让雷达记下了敌人的动向。我怀疑他们重构了那些三维模型，用来训练和分析。"

"你觉得……他们会不会也用类似的方式记录了阿尔塔之战？在那场战斗里……"

我父亲当了逃兵。

"我敢肯定他们记录下来了，"M机器续道，"那是你同胞的历史上最重要的战斗！它奠定了……噢！你父亲！"

"你可以用人脑的一千倍速度思考，"我说，"可你想通一个简单的事实却要花这么长时间？"

"我为对话做了降频。如果我用上全力，你说出仅仅一个音节的时间对我来说就相当于好几分钟。"

我猜这说得通。"关于我父亲战斗的记录，你能……弄过来吗？展示给我看？"

"我只能拦截他们主动播放的东西，"它说，"看起来，挑战军想要尽量减少无线电通信，免得引起那些眼睛的注意。"

"什么的注意？"我问。

"眼睛？我……我不知道那是什么。我的存储体的那个位置有缺失。嘿。"这艘飞船的语气显得大惑不解，"我记得这么一句话：'数据转移时使用物理连线，避免广播，在快速处理器周围加上屏蔽。否则就有可能引起眼睛的注意。'但就只有这些。真奇怪……"

"所以我们的通信系统没有你一直说的那么原始，也许他们只是行事谨慎。"我又迈开了步子。我的背包显得那么沉重，就像是装满了弹壳一样。

"总之，"M机器说，"我推测基地的某处有个档案馆。如果他们留有阿尔塔之战的记录，那儿的嫌疑最大。"

我点点头。知道自己理论上可以观看父亲的最后一场战斗，我不确定自己该感到兴奋还是沉重。亲眼确认他是否当了逃兵，然后能得到……什么？证据吗？

我步履沉重地前进，试图决定自己到达洞窟时是先填饱肚子，还是直接躺下睡觉。靠近洞穴的时候，我看到无线电的指示灯再次亮起，我把它举到嘴边："我就快回来了，M机器。你可以——"

"——全体战斗号召。"某个接线员说，"上将呼叫包括学员在内的所有飞行员前往基地，参与可能的战斗。重复一遍：七十五艘飞船组成的克雷尔入侵部队突破了104.2-803-64000位置的残骸区。所有可行动的飞行员应根据指示集结，响应全体战斗号召。上将呼叫所有飞行员……"

我愣住了，差点忘记了科布当初给我无线电的理由。但在今天？偏偏是今天？

我连路都走不动了。

七十五艘飞船？克雷尔舰队上限数目的四分之三？见鬼！

我原地转身，看着返回阿尔塔基地的这段漫漫长路。随后，我强迫迟钝的身体跑了起来。

32

赶到挑战军综合设施的时候，我已经大汗淋漓，上气不接下气。幸好我日常往返洞穴的这段路堪比体能训练，所以我的体力相当不错。门卫们挥手示意我通过，而我强迫自己再次慢跑起来。我在发射台附近的更衣室停下脚步，匆忙套上飞行服。

我冲出门，跑向战机。我的波科级孤零零地停在那儿。内德的战机早就分配给了另一支小队，而其他人肯定已经起飞了。防空炮的微弱炮声在远处响起，从坠落残骸的燃烧尾迹来看，战场距离阿尔塔的防御阵地近到了危险的地步。

我的疲惫被突然涌现的担忧盖过。有个飞行员正在爬进我的战机的驾驶舱。

"等等！"我喊道，"你在做什么？这是我的战机！"

那个飞行员犹豫起来，看向那些正在做准备工作的地勤人员。其中一人点了点头。

那个飞行员缓缓爬下梯子。

"你来迟了，"地勤人员道尔戈对我说，"上将命令给所有无人使用的战机配备人员，作为后备部队。"

那个女人不情不愿地跳下梯子、脱掉头盔的时候，我的心脏在胸腔里狂跳不止。她看起来二十出头，额头有道明显的伤疤。她朝我竖起大拇指，然后就这么一言不发地走向了宿舍。

"那是谁？"我轻声问。

"呼号：活力，"道尔戈说，"在毕业前被击落的原学员。她很优秀，所以上将把她编入了预备队。"

"她弹射了？"我问。

道尔戈点点头。

我爬上梯子，从道尔戈手里接过头盔，后者跟着我爬了上来。"前往110-75-1800，"他说着，指了指战场，"除非你接到别的指示。这是你的小队受命把守的位置。我会把你起飞的事告诉飞行指挥部的。"

"谢啦。"我说着，戴上头盔，系好安全带。

他对我竖起大拇指，然后爬了下去，收走梯子。等所有人退到安全距离的时候，另一位地勤人员挥了挥一面蓝旗。

我启动了上升环，让战机起飞。对战斗而言，一千八百英尺只能算低空，而我们平常的训练高度是三万左右。我朝指定方向疾飞而去，感觉就像在掠过地表。

"冲天十号，"我说着，按下呼叫约尔延的按钮，"报到。呼号：斯苹。"

"你赶上了？"约尔延答道，"他们说要给我们派预备队的人来。"

"千钧一发，"我说，"但我说服了他们，让他们明白只有我会把你们当回事。你们在战斗吗？"

"没，"他说，"上将让我们在其中一门防空炮旁边防守。110-75-1800，斯苹。无论如何，能有你在真好。"

我花了差不多十分钟到达位置，发现我的另外五个队友正悬停在两座高山之间。我用反向助推减速，停在赫尔的侧翼。在我们身后，一门比飞行学校的校舍还要长上一截的庞大防空炮正在扫描空中，提防进犯的克雷尔人。一排小型防空炮从基地那边探出头来，准备朝低飞的敌机开火。

迎接我的是其他队友的接连问候。我能勉强辨认出天空中的几道闪光，而它标志着战场所在的位置。然而，我们身后的那座防空炮却伴随轰鸣声开了一炮，让我的波科级摇晃起来。在上方远处，一块大型残骸爆炸开来，化作一阵火花和尘埃雨。

"所以，"赫尔的声音在我耳边响起，"斯苹，你今天打算击坠多少敌人？"

"噢……单次战斗纪录的保持者是呼号为'道奇'的人，十二次直接击坠，九次助攻。我觉得要想打破那种纪录也太傲慢了，所以我会以并列为目标。"

我本以为会听到笑声，但赫尔却用严肃的语气说："十二次和九次？听起来不怎么多。"

"考虑到大部分克雷尔入侵部队只有三十架左右呢？"

"今天有七十五架，"赫尔说，"对手随便挑，前提是挑战军真的让我们战斗。"她用机动推进器向前挪动了些，而我跟了上去。

"你们两个这是要去哪儿？"约尔延问。

"只是想去能看清战场的位置。"我说。

"噢，停下吧，回到队列里。我们接到的命令是坚守阵地。"

我们照做了，但我发现自己渴望加入战斗。坐在这儿等待的时候，我的疲惫开始牵制我的注意力了。

"我们呼叫科布吧，"我说，"问他要不要两架战机去侦察周边。"

"我敢肯定他们安排了侦察机做这些工作，"约尔延说，"坚守岗位，斯苹。"

"嘿，阿图罗，"FM在线路里说，"你觉得主战场离这儿有多远？"

"你在问我？"他答道。

"你比较聪明。"

线路里沉默了片刻。

"怎么？"FM问。

"噢，"阿图罗说，"抱歉。我只是……呃，我在等内德的俏皮话。我猜这仍然是我的第一反应。好了，我可以为你计算出确切的距离。"在我们的通信控制台上，一盏指示灯闪烁起来。"嘿，科布，那战斗离这儿有多远？"

"大约五十公里，"科布说，"留在那儿，学员们。胜利小队就要从洞穴那边上来了，等他们赶来，就会替下你们的。"代表他的指示灯熄灭了。

"真是精彩的计算，安菲。"FM 对阿图罗说。

"我认为真正智慧的标志，就是明白什么时候会有人为你代劳，"他说，"这会成为一句优秀的格言，对吧，小怪？你会偶尔用一次吗？"

"呃……赞美你的群星。"

"这不公平，"赫尔说，"我们应该战斗。我们已经很难算是学员了，而且我受够模拟了。对吧，斯苹？"

在远处，一道道闪光标志着死去的人们，就像我那样失去了朋友。

我痛恨这种莫名渗入我心中、让我毛骨悚然的担忧。这种踌躇、这种恐惧，今天更加强烈，也许是因为我很累。如果我能参加那场战斗，也许就能向我自己……证明我自己。

"是啊，赫尔说得对，"我答道，"我们该杀的不是时间，而是克雷尔人。"

"我们应该遵守命令，"约尔延说，"而且我们不应该和指挥官争论。这真的很让人惊讶：你们声称自己不是区区学员，可与此同时，你们却连指挥结构这么基础的东西都没能掌握。"

我咬住嘴唇，发现自己的脸颊因尴尬而发热。他是对的，愚蠢的欠揍脸。

我强迫自己等待替代者的到来。他们是后备小队之一，连同星际战机一起储备在下层洞穴那里。这种平衡经过了仔细的计算，万一阿尔塔基地被爆炸摧毁，我们不能承受整个防卫军也随之毁灭的风险。但我们储备在基地外的战机都需要通过载具电梯送来，而这会花费时间。

终于，科布的线路指示灯再次亮起。我忍住一声叹息。说实话，我们今天的状态不适合战斗，毕竟我们经历了那种漫长又累人的训练。我做好了转向返回的准备。

"克雷尔中队，"科布说，"八架战机。"

什么？

"正在前往125-111-1000，"科布续道，"我们的一组侦察机发现他们在低空悄悄接近。队长，你的援兵还有五到十公里的距离。你们只能交战了。"

交战。

"明白，飞行指挥部。"约尔延说。

"按照侦察机的判断，那些是标准的克雷尔截击机。"科布说，"上将命令你们接近敌人，用肉眼确认其中是否有轰炸机，然后摧毁或击退任何战机。

"防空炮会选择待命，朝战场射击是个害死自己人的好办法。但如果你们以反脉冲击中逃跑的敌机，小型防空炮就应该能处理掉它们。如果你们能把敌人引到足够高的地方，大型防空炮也许就能解决它们。"科布顿了顿，又说，"我会把你们的战机加入公共战斗频道。祝好运，学员。听你们队长的话，记住训练内容。这次可是动真格的。"

指示灯熄灭了。

"总算！"赫尔说。

"我希望你们排成宽松队形，"约尔延对我们说，"你们也听到要去的方位了。125-111-1000，那儿离地面会很近。留意你们的相对高度，我们走！"

我们以两机一组分散排开。我和赫尔，约尔延和阿图罗，FM和金玛琳。我们加速穿过两座山峰之间的缺口，绕向东方，朝着指定方向前进。我们几乎是立刻用肉眼发现了目标：八架排列成 U 字队形的克雷尔战机。

"我们听你指挥，队长。"有个女人的声音在公共频道里说，"瓦尔级。护林人七号，呼号：斗篷。"

"护林人八号，呼号：下划线。"有个男性声音补充道。瓦尔级，这应该就是那两架侦察机。我还没看到他们的踪影，但他们和我们一起加入了战斗。

在兴奋面前，我的疲惫消失无踪。梦想成真了。真正的战斗，不是意外的交战，而是真正接到消灭敌人中队的命令。

"感谢你们的协助，侦察兵们，"约尔延说，"我们接到的命令是用肉眼确认那些家伙里是否有轰炸机。护林人小组，我希望你们把相应的坐标告诉飞行指挥部。我们的波科级会排成分散队形，试图将敌人各个击破。集中注意力，务必辨识每一架敌机。"

"确认。"斗篷说。

"好了，队员们，"约尔延说，"过燃到3马格，等到交战以后，再减速到缠斗速度。自由作战，选好对手，照看好僚机。"他呼出一口气："愿群星守护你们。"

"你也一样，队长。"阿图罗说。

他们两个的语气都透出担忧，这让我的决心动摇了。我痛恨自己的反应。我是不会成为懦夫的。

"出发！"约尔延说。

"耶！"赫尔尖叫一声，让助推器过燃。

我紧随其后，以突然的加速划破天空，冲向敌人。就像模拟里的那样，克雷尔人在直接交火时会各自为战。他们从不费心去掩护僚机，而是指望自己性能优秀的战机能抵消我们优秀的配合。

我跟在赫尔的左后方。我们以高速结束了过燃，向左方倾斜转向，选定某艘克雷尔飞船为目标。我们移动到了残骸雨里，但那些大都是在头顶高处燃烧的小块残骸。不时出现的中型残骸掠过我们身边，拖着尾烟，但没有一块大到能让我们做出光矛机动。

我们降低到战斗速度，紧跟目标。我后退到刚好不会被赫尔的反脉冲影响的距离。两架为规避雷达和高速飞行而设计的瓦尔级星际战机掠过头顶，恐怕没有多少火力可言。

"斗篷，"我轻按某个按钮，"这里是冲天十号，呼号：斯苹。我在追赶的敌机是一架常规克雷尔截击机。"

"确认。"斗篷说。我没听到其他的对话，其他人肯定是在分别报告。希望那两架侦察机能够注意观察，辨认出每一架战机。

赫尔和我掠过地面，朝右方回避，又在经过某座大型弹坑时左转。赫尔让助推器过燃，试图接近到能够击发反脉冲的位置，却飞过了头。那个克雷尔人突然转向了上方。

我追了上去，而赫尔轻骂了一句，跟在我身后。

"没有敌人尾随，斯苹。趁那家伙还没找到帮手，我们赶紧解决它吧。"

"确认。"我继续盯着敌机。没错……一心一意。我头盔里的传感器变热了，这些天来我几乎忽略了它们的存在。那个克雷尔人呼啸着飞出弹坑，向右倾斜转弯的时候，我觉得自己仿佛能预测到他的行动。

专心，其他的一切都不重要。没有担忧，没有恐惧，只有我、我的战机，以及目标。

近了。

近了。

就快追上了。

"伙计们！救命！"

金玛琳。

我咒骂一声，专注也随之消散。她就在那儿，正被三个敌人尾随。见鬼！FM 在后面绕了过来，试图追到能提供支援的位置。

我结束追逐，而赫尔跟着我冲向金玛琳。"火力掩护。"我说。我们两个随即用毁灭炮接连开火，迫使那三架敌机做出躲闪动作，让金玛琳得以脱身。

"多谢。"FM 说着，跟在金玛琳旁边。趁此机会，我注意到阿图罗和约尔延正在和三架克雷尔战机缠斗。作为那么多敌人的目标，他们不敢使用反脉冲，以免向敌人暴露弱点。

"我们得解决几个落单的，"我对赫尔说，"好增加我们这边的胜算。"

"没错，"她说，"在你的三点位置，看起来如何？"

"上吧。"说完，我跟着她扑向另一个克雷尔人。它和我们刚才追赶的那架毫无分别，形状一模一样，尾部也拖曳着电线。看起来，这些战机里没有一架是轰炸机。

我用无线电报告了我们的发现，然后追着那架战机离开了主要交火区域。等它试图左转掉头的时候，我以助燃速度追使它返回。受到孤立的它试图以直线和我们拉开距离，加速到了3马格，然后是4马格。

"我要接近了！"赫尔说。她的助推器在过燃中亮起，而她呼啸向前。

我早有所料。我们在上周这么练习了很多次，因此我凭直觉就知道接下来的发展。她以完美的机动动作靠近敌人，击发了反脉冲。在闪现的蓝光中，她的护盾失效了，那架克雷尔战机也一样。

她减速的同时，我从旁掠过，释放了毁灭炮的火力。那架克雷尔战机爆散为熔渣，几乎让我吃了一惊。这招真的行得通！

我们同时减速，而赫尔发出了欢呼。我原地转向返回，去掩护正在重启护盾的她。一块太空残骸倾斜着飞过我身旁，撞上不远处的地面，发出轻柔的爆炸声。

"这算是初战告捷吗？"我说着，按下某个按钮，"约尔延，我们解决了一个！"

"恭喜。"他说着，语气紧张。

我扫视其他的战斗。他和阿图罗仍旧在对付三架敌机，而那些侦察机成功将其中一架赶去了另一边，采用了和我们的做法相似的策略。这就代表……

三架战机在追赶着金玛琳。又一次。

"见鬼，"我说，"赫尔？"

"去吧，我就快启动了。"

我让助推器过燃，朝战场那边返回。

"伙计们？"金玛琳问，"伙计们？"

"我来帮你，"FM说，"我来帮你……"

FM勉强赶走了那些战机，但另一架敌机绕到了她的身后。在她做出回避动作的时候，刚才的三架战机之一又开始尾随金玛琳了。

金玛琳的回避动作毫无规律，而我能想象出她的恐慌。她没有选择某种战略并加以执行；她尝试了几乎所有回避动作，一种接一种。

我开始加速，但毁灭光束在金玛琳的四周亮起，而她中了一炮，护盾也噼啪作响。她的助推器在过燃和非过燃状态间来回切换。

我追不上她的，来不及了。

"小怪，挺住！"我在公用线路里说，"我要做个尝试。FM，所有人，如果你们能脱离战斗，然后跟上我，那就这么做吧。以我为首，排成常规的 V 字队形。"

我转向追赶 FM 的那架战机，后者比追赶金玛琳的那架离我近得多。我没有开火，而是以筋斗动作绕过它，与地面仅有几厘米之遥，扬起一团尘云。我随即冲向上方，用光矛抓住一小块太空残骸，然后在急转过程中转动机身，将残骸甩向追逐金玛琳的敌机，它与其中一架克雷尔战机擦身而过。

我结束了筋斗，而 FM 跟在我身后。约尔延和阿图罗暂时甩开了敌人，随后有样学样。

"这是要做什么？"约尔延的声音在线路里传来，"我们在做什么？"

"拯救小怪。"我说。希望可以吧。

这取决于我的理论是否正确。我绷紧身体转向上方，让助推器过燃。在那个短暂的瞬间，我们保持了队形。

在头顶，尾随金玛琳的那架克雷尔战机突然放弃了追赶，转向下方，转向了我。

"科布警告过，克雷尔人会尝试摧毁我们的指挥结构，"我说，"只要能识别出来，他们就会先解决我们的队长，然后——"

毁灭光束从我周围掠过。

没错。

我做出了自己所知的最复杂的一套回避筋斗动作：巴雷特序列。整整四架克雷尔战机想方设法追了过来。这保护了金玛琳，但四架敌机超出了我能应付的限度。每当我尝试爬升或者脱离，都会有一两架敌机成功截住我。我的波科级在旋转回避时咔嗒作响，而毁灭炮不时命中我的护盾。

见鬼。见鬼。见鬼！

"我这就来，斯苹，"赫尔说，"挺住。"

我继续回避，毁灭光束和我擦身而过。我的部分大脑意识到阿图罗击落了一架克雷尔战机。我们战斗了多久？我们真的只击落了两个敌人吗？增援在哪儿？

"有别的战机来了。"约尔延说。

"终于。"我"哼"了一声，同时倾斜转向。

"不是我们的，而是他们的。"

这次转向让我径直冲向了另外六架克雷尔截击机。我旋转着穿过其间，不知怎么避免了所有碰撞。在混乱中，我终于成功上升了少许高度。

我的小花招肯定让他们坚信我是个重要人物，因为在我的战机伴随着呼啸声爬升的同时，其中三架盯上了我，而且火力全开。我的接近传感器发出警告，而我的护盾——

一发炮火击中了我，令我的护盾噼啪作响，随后消失。警示灯在我的控制台上四处亮起。

我继续笔直爬升，同时转动上升环，让它对准我的战机后方。我必须爬升到足够高的地方——

爆炸的强光在我身后亮起。冲击让我失去护盾保护的波科级震颤起来。我无声地向操纵那些防空炮的炮手献上祈祷，就在这时，伴随着另一次大爆炸，第二架克雷尔战机也在接近传感器的屏幕上消失了。

最后一架克雷尔战机停止追赶，俯冲到射程之外。我靠向椅背，大汗淋漓，脑袋嗡嗡作响，控制台上的指示灯闪烁不停。活着。我还活着。

"赫尔！"FM在线路里说，"你那边怎样？"

"我没事，"赫尔说着，"哼"了一声，"我就快解决这一个了。护盾差不多要失效了。"

我迅速让机首下沉，以察看下方激烈的战况。金玛琳跟着我朝上方飞来，想要脱离敌人的射程，我相当肯定那是她。战场的其他区域充斥着混乱的克雷尔战机与毁灭光束。

在那儿。我看到赫尔追赶着一架敌机，同时被整整三架敌机尾随。我刚才被迫离开，让她没有了提供掩护的僚机。

没时间重启了，我没去管闪烁的护盾指示灯，就这么再次朝着战场俯冲过去。我朝赫尔的追兵发射了毁灭炮，但我离得太远，炮火大大偏离了目标。敌机没有停止追赶。

赫尔中了一炮，然后是另一炮。

"赫尔，爬升！"我说。

"我就快解决他了。胆小怕事可是没法打破任何纪录的。"她开了火，损耗着她前方那架克雷尔战机的护盾。

我让助推器过燃，疾飞在后。但俯冲对身体非常危险，而在重力容超出负荷的同时，我的双眼感觉到了重力，后者正将血液推向我的脑袋。

我咬紧牙关，等赶到克雷尔人那边的时候，我的视野开始变成了红色。我摸到了反脉冲按钮，反正这不会让我的护盾失效。可它已经不在了。

我没看到自己命中了多少架敌机。我就快给自己造成永久的损伤了。我拉平机身，脑袋嗡鸣，双眼酸痛。视力恢复的同时，我开始重启护盾，然后伸长脖子，试图寻找赫尔。她没事吧？

"我在遭受猛攻！"阿图罗说，"我需要帮助！"

"援兵到了！"约尔延说。

混沌无处不在。我几乎无法理解这片混乱，尽管在这一刻似乎没有敌人以我为目标，这点令人吃惊。

爆炸在我右方亮起。

"解决他了！"赫尔说。

在那儿。赫尔击落了她的目标，但两架克雷尔战机仍在尾随她。

"上升，赫尔！"我说，"还有敌人尾随你。爬升到防空炮的射程里去！"

她转向上方，终于听了我的话。两架战机追赶过去。我重启了护盾，然后转向她那边，试图协助，但我被她拉开了不少距离。

"护盾失效。"赫尔说着,"哼"了一声。

"小怪!"我不顾一切地说着,飞向离我太过遥远的朋友,"解决他们。我反脉冲了那队敌人,他们的护盾也失效了。开火!"

"我……"金玛琳语气慌乱,"我……"

"你能办到的,小怪!就像在模拟里那样,快!"

充能后的毁灭炮放射出一道光束,切开了我们上方的空气,飞向尾随赫尔的那些战机。

没能命中。

一秒钟过后,赫尔中了一炮,机翼炸裂开来,碎片撒落,战机下方的蓝光开始闪烁和摇曳。

不……

赫尔的战机笔直下落,远看之下,就像是又一块残骸。

"赫尔!"我尖叫道,"弹射!离开!"

"我……"她的声音很轻,我几乎没法从她和我的仪表板的警告音里分辨出来,"我能控制住……我可以驾驶……"

"你的上升环受损了!"我说,"你在失去高度!弹射!"

"不……做……懦夫,"她说,"直到最后都——"

一道闪光。

然后是地面上的一次小小的爆炸,在战场上这片毁灭风暴显得微不足道。

"撤退!"约尔延说,"所有人,立刻撤退!把战斗交给正规飞行员。我们收到了撤退的命令!"

赫尔……

我一时间没法动弹,就这么看着她坠落的位置。

"斯苹。"约尔延说。他什么时候飞到我旁边的?"我们该走了。我们太疲倦了,不适合继续战斗。你能听到我说话吗?"

我忍住泪水,低声说:"能。"我跟在他身后,我们俯冲向下,掠过地表,脱离了战场。

我们悬停在 FM 和阿图罗身边,而我倒吸一口凉气。阿图罗的战机的整个左翼和侧面一片焦黑，驾驶舱也开裂了。他的上升环仍在运作，所以他能保持在空中，但……见鬼。他在护盾被打破后承受了一发毁灭炮，而且活了下来。

他的嗓音在频道里响起时，显得微弱而慌乱。他似乎知道自己能活下来是多么幸运的事。

但赫尔……

金玛琳终于飞到我们旁边。

"……赫尔呢？"FM问。

"她坠毁了，"金玛琳说，"我……我只能看着。我试过了，可……"

"她不肯弹射，"我轻声说，"她拒绝了。"

"我们回去吧。"约尔延说。另一队增援赶到了战场。我看着他们，早先对自己能力的自信也蒸发殆尽。这些战机远比我们有效率，它们倾斜转向，成队飞行，以利落的动作进行配合。

我突然觉得自己还需要几百个钟头的训练，才算是真正做好准备，如果有那么一天的话。我擦干眼泪的时候，约尔延轻柔却坚定的声音传来，命令我们加速到3马格。

我们飞行的时候，我的双手颤抖，而这暴露出了我内心的懦弱。

33

我在某个房间里醒来。

房间？不是M机器的驾驶舱？

我坐起身来，肌肉酸痛，脑袋嗡鸣。我在室内，在床上。发生了什么？我是在DDF基地里的什么地方睡着了吗？上将会——

你在医院里，我想了起来，战斗结束后来的。科布把你送到这儿做检查。他们命令你睡上一觉，接受观察。

我依稀记得自己表示反对，但护士强迫我穿上病号服，命令我躺在一个空旷小房间的床上。我麻木到没法拒绝，甚至不记得自己是怎么躺下的了。一切都模糊不清。

但我清楚地记得赫尔的战机撞上地面时的那道闪光。我躺回那只柔软过头的枕头上，紧闭双眼。赫尔不在了。

最后，我强迫自己爬下了床，并在凳子上找到了自己的东西。我的连衣裤已经清洗过了，光索手镯放在上面，背包则放在旁边的地板上，一旁的无线电正在闪烁。见鬼……万一有人替我接听了呢？M机器有没有保持沉默？

我的秘密突然间显得无足轻重。面对先前发生的事……面对我们的小队人数慢慢减少的恐怖……谁又在乎呢？谁又在乎他们会不会发现我的秘密呢？

赫尔死了。

我确认了时钟，0545。我找到盥洗室，在那里清洗了身子，然后回到自己的小房间，穿戴整齐，走到医院的前台。有个护士上下打量了我一番，然后递给我一张红色的票。

康复病假。医嘱：为时一周。

上面印着我的名字，盖上章，还签了字。

"我不能，"我说，"上将会把我踢出——"

"你们整个小队都要强制休病假，"那个女人说，"这是医务主任西奥尔博士的嘱咐。你不会被踢出任何地方，学员。你需要休息。"

我盯着那张票。

"回家去吧，"那女人说，"和你的家人待上一周，好好休养。群星在上……他们把你们这些学员逼得太狠了。"

我在那儿呆立了片刻，然后转过身，走出门外，又没精打采地走向训练校舍。我绕了远路，从我们的波科级旁边经过。四架排成一队，阿图罗的战机被拖到侧面的一座小型维修机库里，零件散落在周围的地面上。

回家去吧。回哪儿？住在我的洞里？还是回到母亲身边，尽管她对挑战军的不满也许会彻底逼疯我？

我把口袋里的病假许可捏成一团，走向教室，独自坐在座位上。我只是想要思考，想要和科布谈谈，想要理清这一切。赫尔说过……直到最后都勇敢面对。她也这么做了。

见鬼，赫尔不在了。在奶奶的故事里，人们会为了向阵亡者致敬而举办宴会。但我不想参加什么宴会，只想爬到某个黑暗的地方，蜷起身子。

奇怪的是，随着上课时间的接近，门在嘎吱声中打开，而其他人严肃而安静地走进教室，约尔延除外。护士不是给了我们所有人病假许可吗？也许他们和我一样，不想接受。

金玛琳在我的座位旁停下脚步，给了我一个拥抱。我不想要拥抱，但我没有拒绝。我的确需要拥抱。

等到平时开始上课的时间过去十分钟以后，就连约尔延也来了。"我就觉得会在这儿找到你们。"他说。

我以为他会要求我们全部离开。我以为他会听从官方命令，告诉我们课程取消了，因为我们都在强制休病假。

他却只是上下打量我们，然后朝我赞许地点点头。

"冲天小队，整队。"他用柔和的嗓音说。自从第一天过后他就没再试过这么做了，那时我们没理他。但今天，这种感觉不坏。我们四个站起身，排成一队。

约尔延走向教室的内部通话装置，按下其中一个按钮。"贾克斯，你能不能派人去找科布上校，并告诉他，他的小队正在平时上课的教室等他？谢谢你。"

约尔延随即走上前来，和我们排成一队。我们一同等待着。十五分钟过去，二十分钟过去。等科布用力推开门，一瘸一拐地走进来的时候，已经是0729了。

我们立正敬礼。

他看着我们，接着大吼道："坐下！"

我吓了一跳，这和我料想的不同。但我还是和其他人匆忙服从了命令。

"如果处在失控下落状态，"他对着我们大吼，脸色一阵青一阵红，"你们就该弹射！你们听到我的话了！你们应该弹射，见鬼！"

他很生气，而且是真生气。他有时会假装生气，但那时和现在不同：他面红耳赤，吼叫的同时唾沫横飞。

"我都说过多少次了？"他说，"我都命令过你们多少次了？可你们还是相信那些屁话？"他朝窗外，朝庞大的挑战军最高指挥部摆摆手。"我们会有这种愚蠢的自我牺牲文化，唯一的理由就是有些人想证明我们的伤亡是正当的，为了让他们显得光荣而正义。

"但他们两者都不是。如果听信他们的话，那你们就是一群傻瓜。别浪费自己的性命。你们要是敢像昨天的那个白痴那样，你们要是——"

"别叫她白痴，"我厉声道，"她只是在尝试受控坠落。她是在努力保护她的战机。"

"她是害怕被人叫作懦夫！"科布吼道，"这和战机没有半点关系！"

"赫尔——胡蒂雅——是个英雄。"我怒视着他。

"她是个——"

我站起身。"就因为你想为自己懦夫般的弹射逃生正名，不代表我们也得做出同样的事！"

科布的身体僵住了，就像是……泄了气。他无力地坐在桌边的椅子上。他的睿智，甚至是脾气都不见踪影，只剩下……苍老、疲惫，以及悲伤。

我立刻羞愧起来。我不该对科布说这种话。他的弹射没有任何过错，就连挑战军也没有责怪他。至于赫尔，好吧，我的确让她弹射了，几乎是在恳求。

但她没有。而我们必须尊重她的选择，不是吗？

"你们全都得休一星期的病假，"科布说，"西奥尔博士一直在呼吁让失去队员的小队休假，看起来她开始得偿所愿了。"他站起身，紧盯着我。"等你的尸体像你的朋友那样孤零零地留在野外，被人遗忘和忽视的时候，希望你还能享受作为英雄的感觉。"

"她会得到飞行员式的葬礼，"我说，"她的名字会被几代人传颂。"

他嗤之以鼻。"如果非得传颂每一个在成为飞行员的途中死去的愚蠢学员，我们就什么事都没空做了。而且赫尔的尸体至少几周之内不会回收。侦察机已经确认，坠落让她那架战机的上升环毁损到无法修复了。那架波科级没有任何值得回收的部分，何况我们还有那块巨型残骸要处理。

"所以你英勇的朋友只会留在那儿，成为又一个被自己战机爆炸后的熔渣掩埋的飞行员。见鬼，我还得写封信给她的父母，解释原因。我可没法放心把这事交给伊凡斯。"

他一瘸一拐地走向教室门，但又停下脚步，转向金玛琳。我都没发现她也站了起来。她朝他敬了一礼，双眼含泪，并把某个东西丢到了座位上。

她的学员徽章。

科布点点头。"留下徽章吧，小怪，"他告诉她，"你可以带着你看重的荣誉一起退学。"

他转身离开。

退学？退学？"他不能这么对你！"我大声说着，看向金玛琳。

她畏缩了。"是我自己在战斗后要求的。他让我考虑一整晚，而我考虑了。"

"可……你不能……"

约尔延走到我身边，面对着金玛琳。"斯苹说得对，小怪，你是这个小队的重要成员。"

"最弱的成员，"金玛琳说，"你们有多少次不得不停止战斗，过来救我？我给你们所有人带来了危险。"她不顾科布刚才的话，把徽章留在座位上，走向门口。

"金玛琳，"我说着，感到了无助。我追上了她，抓住她的手。"拜托。"

"我害死了她，斯苹，"她低声道，"你和我一样清楚。"

"是她害死了自己。"

"那一炮很重要，可我却打偏了。"

"有两架战机在追赶她。仅仅一炮，就算能打中恐怕也不够。"

她笑了笑，捏了捏我的手，然后离开了。

我感觉自己的世界崩塌了。先是赫尔，现在又是金玛琳。我看向约尔延。他肯定能阻止这种事，对吗？

他僵硬而笔直地站在那里，顶着那张帅过了头的脸。他直视前方，而我觉得自己能在他的眼睛里看出些什么。内疚？痛苦？

他也在亲眼看着自己的小队分崩离析。

我得做点什么，从这场灾难、从我的痛苦里找出某种意义。但我不能阻止金玛琳，我也不想这么做。至少……至少她这样就能平安无事了。

可赫尔……

"阿图罗，"我说着，捡起自己的背包，"你认为战斗的位置离这儿有多远？"

"和我们当时在防空炮那一头的初始位置很近，大概八十公里吧。"

我把背包挎上肩头。"很好。我们一星期以后再见。"

"你要去哪儿？"FM问。

"我要找到赫尔，"我说，"为她举行飞行员式的葬礼。"

34

我在灰尘覆盖的干燥地面上艰难前进。指南针能保持我的方向正确，这点很重要，因为在这里的地表上，所有东西看起来都没分别。

我努力不去思考，思考很危险。我对比姆和晨潮了解不多，他们的死还让我动摇了好几周。赫尔可是我的僚机。

而且不只如此。她就像我，至少就像我装出来的样子。她总会比我快上一步，冲在前面。

我在她的死亡中看到了自己。

不，不要思考。

这无法阻止情绪。内心的空洞，磨破的旧伤的疼痛。从此以后，一切都无法恢复原样了。昨天并不仅仅标志着一位朋友的死去，还标志着我在任何角度上假装这场战争光荣而辉煌的能力也随之死去。

我的无线电亮了起来，我按下开关。

"斯潘莎？"M机器问，"你确定这场旅行明智吗？话说在前头，我没有担忧的功能，但——"

"我想一个人待着，"我说，"我明天再找你。"我关掉无线电塞进背包，为了这趟旅行，我在里面还装了些鼠肉和水。如果这些不够，我可以去打猎。也许我会消失在洞穴里，再也不会回来，成为游牧民，就像我的氏族在阿尔塔基地建立前那样。

也从此不再飞行？

走路就好，斯潘莎，我告诉自己，停止思考，迈开步子。

这很简单。

这是我能做到的事。

我离开阿尔塔大约两个钟头以后，有个声音打破了寂静，而我转过身，看到一辆悬浮车正在靠近。它飞在离地三米高的位置，所到之处扬起大片尘埃。有人去向上将报告了吗？是她编出了某种不让我出现在这儿的理由，然后派宪兵带我回去吗？

不……等它接近以后，我发现自己认识那辆蓝色的车。那是约尔延的车，他肯定给它换过动力矩阵了。我"哼"了一声，然后转向前方，继续走路。他停在我旁边，降低了车身，让他的脑袋只比我高一米左右。

"斯苹？你真的打算徒步走完八十公里？"

我没有答话。

"你要明白，外面很危险。"约尔延说，"我应该命令你回去的。如果你被卷入残骸雨里，那该怎么办？"

我耸耸肩。我在地表附近住了几个月，遭遇那种危险的情况只有一次，就是在我发现M机器的洞穴时。

"斯潘莎，"约尔延说，"看在北极星的分上，上车吧。我送你去。"

"你没有什么奢华的富人聚会要参加吗？"

"我父母还不知道病假的事。我暂时和你一样是自由之身。"

我？自由？我只想对着他的脸大笑。

但他的确有车。耗费数日的旅行可以缩短成几个钟头。我恨他给我这种选择，因为我更想自己走过去，也许是为了受苦。但理智告诉我，只靠背包里的东西，我是不可能找到赫尔的尸体的。在徒步一天过后，我也许就得被迫折返了。

"我想跟你一起去，"约尔延说，"这主意很好。这是……赫尔应得的。我带了些火葬用的材料。"

别再这么正确了，约尔延，我心想。但我还是绕到另一边，坐进副驾驶位里。我的大腿以下沾满了灰尘，弄得车子里脏兮兮的，但他似乎完全没发现。

他推动车子的节流阀，带着我们飞速穿过这片区域。这辆车配有小型上升环，没有助推器，只有基本的推进器。但在离地面这么近的位置，我感觉到的速度比实际上要快，尤其是因为它没有顶篷，有风在吹拂我的头发。

我茫然地感受着车子的移动。

"你想聊聊吗？"约尔延问。

我没有答话，我没什么可说的。

"优秀的小队队长应该能帮助队员处理问题。"他说，"你救不了她的，斯苹，你什么也做不了。"

"你觉得她当时应该后撤。"我说。

"我……现在这不重要了。"

"你觉得她不该执着于击落那个敌人。你觉得她违反了规章，不该独自战斗。你是这么想的，我很清楚。你在评判她。"

"所以你因为我可能想过的事就对我发火？"

"你没想过这些吗？你没在评判她？"

约尔延什么也没说，他继续开着车，风吹拂着他太过整齐，又太过完美的头发。

"为什么你总是这么死板？"我问，"为什么你的'帮助'方法，听起来总像是从哪本手册里照搬的？你是某种会思考的机器吗？你真的在乎吗？"

他有些畏缩，而我用力闭上了眼睛。我知道他在乎。那天早上在教室里，我亲眼看到他试图在模拟影像里找出拯救晨潮的方法，一遍又一遍。

我的话很愚蠢，欠考虑。

而这正是我不肯思考的后果。

"为什么你愿意忍受我？"我问。我睁开双眼，后仰脑袋，盯着头顶高处的残骸区。"为什么我破坏了你的车、殴打你，又做了那么多对你不利的事，你却没有告发我？"

"你救了内德的命。"

我侧过脑袋，看向约尔延。他开着车，双眼直视前方。

"你跟着我的朋友钻进猛兽的肚子，"他续道，"还拉着他的衣领，把他带到了安全的地方。就算在那之前，我也知道。你违抗上级，满口大话，而且……好吧，你真的很让人恼火。但你飞行的时候，斯苹，你会作为队伍的一员，而且会保护同伴的安全。"

他看着我，对上我的目光。"你想怎么辱骂我、威胁我，都没问题。只要你飞行时还会像昨天那样保护他人，我就希望你留在我的队伍里。"

"可赫尔还是死了，"我说，"金玛琳还是离开了。"

"赫尔的死是因为她的鲁莽，小怪离开是因为她觉得能力不足。那些问题就像你的违抗行为那样，都是我的错。让小队保持一致是我的工作。"

"噢，如果他们把不可能完成的工作交给了你，干吗不直接让你一个人打败克雷尔人？这似乎很有可能，毕竟你光是驯服我们……"

他绷紧身体，目视前方，我意识到他把这句话当成了侮辱。见鬼。

我们终于经过了那座防空炮台，而约尔延提前呼叫了他们，以免触发接近警报系统。等他报上首席公民之子的身份以后，他们二话不说就放他通过了。

经过防空炮以后，我们意外轻松地找到了赫尔坠落的战机。她滑开了百来米远，在覆盖灰尘的大地上挖出了一道长长的伤疤。战机断成了三截，机身的后部以及助推器明显是首先断开的。我们在驱车向前的途中，发现机身中段剩下的部分在地面留下了一块硕大的焦黑印记。动力矩阵在撞上几块石头后爆炸，摧毁了上升环。这就是我看到的那道闪光。

但机身前部的一小块连同驾驶舱一起脱落下来，滑到了更远处。看到扭曲变形的驾驶舱撞在前方那堆巨石上的时候，我的心差点没跳出来。

约尔延停下了悬浮车，而我下了车跑在他前面。我跳上最前面的一块石头，然后爬上另一块，在过程中擦伤了手指。我需要爬到高处才能看到撞瘪的驾驶舱里的情况，我必须看到。我奋力爬上更高处的一块石头，在那里可以俯视破碎的驾驶舱罩。她就在那儿。

一部分的我并不相信她会在这儿；一部分的我希望赫尔设法脱了身，希望遍体鳞伤的她能活着走回来，而且一如既往的自信。

这只是幻想。她的增压服会报告生命特征，而且我们每个人都带着紧急发信器，可以在需要救援时使用。如果赫尔活了下来，挑战军肯定会知道。我一眼就能确定，她多半在第一次冲击时就已死去。她被碾碎了，被驾驶舱里扭曲的金属压在下面。

我移开目光，寒意流入我的胸口，痛苦、空虚。我顺着她的战机坠落时在地面留下的那条伤疤看去，那条长长的带状痕迹似乎表明，她在最后成功让机身恢复了水平，让战机几乎滑行前进。

所以她几乎成功了。被炸飞了一边机翼，上升环也已损坏，可她差一点就安全着陆了。

约尔延咕哝着，试图爬上石堆。我朝他伸出一只手，但有时候，我会忘记自己和他那样的人相比有多么矮小。他的手臂只是随意一拉，就差点把我拽下去。

他爬到我旁边的石头上，匆忙看了一眼赫尔。他脸色发白，转过身去，坐在一块大石头上。我绷紧下巴，强迫自己爬进驾驶舱，从赫尔染血的飞行服上摘下徽章——至少我们能把这东西交还给她的家人。

我看着赫尔伤痕累累的脸，她仅剩的一只眼睛盯着前方。无论如何，她直到最后都是个挑战者。勇敢……懦弱……她都已经死了，这些还重要吗？

这些念头让我觉得自己是个糟糕的朋友，于是我合上了她的眼睛，爬到驾驶舱外，用自己的连衣裤擦拭双手。

约尔延朝车子的方向点点头。"我在后备厢里放了火葬用的东西。"

我用光索降回地上，而他跟在后面。在那辆车的后备厢里，我们找到了一些油和一捆木柴，这让我吃了一惊，我本以为他带的是木炭。他能弄到这个，只说明他真的很富有。我们爬回飞船那里，用我的光索把那捆木柴拉了上来。

我们开始把木柴一点点堆进驾驶舱里。"我们的祖先就是这么做的，"约尔延在排列木柴的时候说，"烧掉漂在海面上的船。"

我点点头，有些好奇。如果他觉得我连这些都不知道，那我在他心目中的受教育程度该有多低啊。当然了，我们都没见过大海。岩屑星上没有海。

我把油倒在木柴和尸体上，接着退了出来，而约尔延把打火器递给了我。我点着了一根小木棍，丢进驾驶舱里。

突然升起的烈焰让我猝不及防，汗水刺痛了我额头的皮肤。我们两个退得更远，最后爬到更高处的一块巨石上。

根据传统，我们朝火焰敬了礼。"回归群星吧，"约尔延说出军官的台词，"自由扬帆吧，战士。"

这并非完整的挽歌，但也足够了。我们坐在石头上，按照传统看着火焰，直到它熄灭为止。我擦拭赫尔的徽章，让它重新闪闪发亮。

"我不是挑战者。"约尔延说。

"什么？我还以为你是在下层洞穴长大的。"

"我是说，我名义上是个挑战者，因为我来自挑战者洞穴群，但我不觉得自己有挑战精神，也不知道该怎么像你和赫尔那样。从我小时候起，每件事都是事先安排好的。如果我做的每件事都要附带七条规矩，我又该怎么遵循那些伟大演讲的精神，挑战克雷尔人、挑战我们的末日呢？"

"至少你能上飞行课，还能免试加入挑战军，至少你能飞行。"

他耸耸肩。"六个月。"

"什么？"

"这是我在毕业以后的时间，斯苹。他们让我进科布的班，因为那本该是对学员最安全的班级。等我毕业后，我可以飞行六个月，到那个时候，我作为飞行员的经历就足以得到同辈人的尊敬了，然后我的家族就会让我离开。"

"他们能办到那种事？"

"对。他们恐怕会让外人觉得我的家族发生了紧急状况，而我需要比预想中更早担任政府职位。我剩下的人生会在会议中度过，作为我父亲的代表与挑战军协调合作。"

"你就……再也不能飞了？"

"我猜我可以为了消遣而飞行，但这怎么可能和驾驶真正的星际战机参加战斗相比？体会过那么伟大的东西以后，我该怎么享受那种经过计算又受到保护、只是娱乐性的短暂飞行？"他抬头看着天空，"我父亲总是担心我太喜欢飞行。说实话，在我接受正式训练之前，在练习的那段日子里，我还以为一双翅膀也许能让我摆脱他的影响。但我不是挑战者，我只会做别人期待我做的事。"

"嘿。"我轻声说。

"什么？"

"没人把你父亲叫作懦夫，可……你还是活在他的阴影下。"不知为何，约尔延和我一样处处受限。他的优渥出身也换不来自由。

我们一起看着篝火的余烬熄灭，而天空越来越昏暗，古老的天光转为暗淡。我们分享了几段关于赫尔的回忆，不过我们都错过了她在晚餐时间的滑稽动作，只是听别人说起过。

"她就像我。"等到火堆变冷，夜色已深之时，我终于开了口，"最近，她比我更像我。"

约尔延没有追问，只是点点头，而在这样的光线下，火堆的几块余烬映照在他的眼中，让他的脸显得没有以往那么欠揍了，也许是因为我能读懂隐藏在那张权力主义者的完美面具之下的情绪。

等最后一丝火光消失不见，我们站起身来，再次敬礼。约尔延爬下石堆，走向自己的车，解释说他要和家人确认状况。我站在高大的岩石上，再次沿着赫尔坠落时留下的沟壑看去。

我该不该责怪她浪费生命？还是说我应该敬佩她不惜代价地拒绝被打上懦夫烙印的决心？我可以同时感受到这两件事吗？

她真的差点就成功了，我看着旁边那只几乎毫发无损的机翼，心想。还有更远处的机身后段，它与其他部分脱离，独自躺在地上。

包括助推器在内。

我突然意识到了一件事。至少还要过上几周，才会有人来这里寻找可回收的部件。就算他们会思考助推器去了哪儿，也多半会假设它被炮火击中并炸毁了。

如果我能设法把它搬去我的洞那儿……

这算不上洗劫死者。见鬼，赫尔会劝我拿走助推器的，她希望我飞行和战斗。但我究竟该怎么把它弄回去？助推器恐怕比我能搬动的极限还要重上几个数量级……

我看向坐在车里的约尔延。我有这种胆量吗？

我还有别的选择吗？在我们搬下木柴的时候，我看到后备厢里有几条铁链……

我爬下石堆，朝那辆车走去。等我靠近的时候，他刚好关掉了无线电。"没有发生紧急事件，"他说，"但我们该走了。"

我细想了一会儿，最后开口问道："约尔延，你的车能搬运多少重量？"

"相当不少。干吗问这个？"

"你愿意做一件听起来有点疯狂的事吗？"

"比如开车出来，给我们的某个朋友举行葬礼？"

"更疯狂一点，"我说，"但我需要你帮忙，而且不要多问，就装作我悲伤到发狂什么的吧。"

他仔细打量着我。"你到底究竟希望我做什么？"

35

"你要明白，"在我们朝阿尔塔的方向飞回途中，约尔延说，"我开始疑神疑鬼了。"

我看向车子侧面，那台助推器就挂在他的悬浮车下面，用铁链与底盘上的牵引环相连。他这辆车的小型上升环勉强能抬起这份重量。

"你先是偷走了我的动力矩阵，"约尔延说，"现在又是这东西。你在做什么？组装自己的波科级？"他大笑起来。

见我没笑，他看向了我。然后他用掌根揉起额头，逐渐明白过来。"是真的？你在组装星际战机？"

"我告诉过你别多问的。"

"我可没答应。斯苹，你在组装战机？"

"是修理，"我说，"我找到了一架战机的残骸。"

"所有回收物都属于挑战军，据为己有等同于盗窃。"

"就像你刚才帮我偷走助推器那样？"

他呻吟一声，靠向椅背。

"你刚才以为我们在做什么？"我忍俊不禁地问，"我们花了半个钟头才把那件回收物从地里拖出来！"

"是你让我假装你因为赫尔的死而情绪不稳的！"

"我没想到你会相信我。"我说，"听着，我一直都是这么干的，从来没惹上过麻烦。在火成岩的时候，我用回收物组装了自己的矛枪，用来打猎。"

"一整架战机和一把矛枪是不一样的。你打算怎么修好那东西？你没有那种专业知识，也没有时间！"

我没有回答。没必要把利格卷进麻烦里。

"你疯了。"他说。

"铁甲上将不会允许我飞行的。因为我父亲的事，她对我很不满。就算我能毕业，这辈子也得留在地上。"

"所以你就组装自己的战机？你觉得会发生什么？你会在关键时刻出现在战场上，而所有人都忘了问你那架见鬼的星际战机是从哪儿弄来的？"

我……确实不知道该怎么回答。我抛开了逻辑，觉得如果遇到类似的问题，只要不留退路就能解决。

"斯苹，就算你能自己修好坠毁的波科级——顺带一提，你修不好的——但只要你驾驶那东西飞上天，挑战军就会在雷达上发现它。如果你没有表明身份，就会被击落。如果你表明身份，他们就会从你手里夺走那艘飞船，快到你来不及说出'军事法庭'四个字。"

我倒想见识一下。"也许我可以不为挑战军飞行，"我说，"还有别的洞穴，别的氏族。"

"他们都没有自己的空军。他们能够安顿下来，是因为克雷尔人的注意力集中在我们身上。"

"有些氏族会用飞船来进行贸易。"我指出。

"所以你要放弃战斗？"他问，"跑去送货？"

"我不知道。"我无力地靠向椅背，努力压下火气。他是对的，通常都是。我开始不怎么讨厌他了，可他仍旧是欠揍脸。

他叹了口气。"听着，如果你想飞行，也许我可以给你找一份私人飞行员的工作。下层洞穴的好几个家族都拥有自己的战机，在贸易活动时用来护航。你用不着修理什么旧回收物，而是可以用我们的战机。阿图罗的家族就有几架。"

我打起了精神。"真的？有我能做的工作？"

"也许吧。"他思索了一会儿，"噢，或许不行。那些职位竞争激烈，通常都由退役的挑战军飞行员担任，而且……而且你得有非常好的名声。"

懦夫之女不会有的东西，也永远不会有，除非我能为挑战军战斗。

这就是我人生中的巨大矛盾。在证明自己之前，我永远不值一提。但我证明不了自己，因为没人会给我那种机会。

好吧，我是不会放弃驾驶 M 机器的美梦的。

尽管在约尔延的口中，我的计划显得荒谬而又欠缺考虑，M 机器仍旧是我的飞船。我会想到办法的。

我们在沉默中飞行。我不由得想起了那台助推器，思绪也转向那架战机的残骸。奇怪的是，我的皮肤似乎仍然能感觉到火焰的热度。我曾经希望举行葬礼能消除痛苦，但我的心仍旧隐隐作痛。赫尔的逝去留下了太多的空虚、太多的疑问。

每次我在战斗中失去朋友，这种事都会重演吗？ 我不禁思索。这让我想要逃跑，去当约尔延所说的货运飞行员，为了再也不用面对克雷尔人和他们的毁灭炮。

懦夫。

终于，阿尔塔基地出现在了视野远处。我抓住约尔延的手臂，指着向左偏离几度的位置，我的隐藏洞穴就在那边。"朝那个方向飞。"

他露出苦恼的表情，但还是照做了。我让他在离洞口四十米左右的位置停下，免得让飞扬的尘埃暴露出地面的一部分是全息影像的事实。

他降下悬浮车，将助推器轻轻地放在地上。等我感觉到它碰到地面的那一刻，我用光索贴在他的车身一侧，准备降到地上，解开助推器。

"斯苹，"约尔延说着，阻止了我，"谢谢你。"

"为什么？"

"为你让我做这种事。能用合适的方法为她送别，让我感觉好多了。"

好吧，至少这对我们之中的一个有所帮助。

"我们一周以后见，"他说，"我的家族恐怕会把我的闲暇时间全部排满。"他看着我，脸上浮现出某种非常奇怪的表情。"这架受损的飞船……它有能运作的上升环吗？"

"我……是的。"他帮了我的忙，而且如果他有那个心，他知道的东西早就够我惹上十次麻烦了。他有资格听真话。"是的，它有上升环。

事实上，整艘飞船的状况都比你认为的要好。"

"那就修好它吧，"他说，"修好它，然后驾驶它飞翔。找出某种方法，然后为了我们这些缺乏勇气的人而挑战他们。"

我歪过脑袋，但他却转过头去，绷紧下巴，双手握着方向盘。于是我降到地面上，取下了助推器。我们的距离够近，我可以驾驶 M 机器过来，把助推器挂在上面，然后把它放进洞里。但我要用到那条铁链，所以我只解开了一端。

我朝约尔延摆摆手，等他升起的时候，那条铁链滑过车底的牵引环，落到我身旁。他没让我还给他，就这么飞向了阿尔塔，飞向他的责任。

不知怎么……他说得对。不知怎么，我比他要自由。这太疯狂了。

我从背包里拿出无线电。"嘿，猜猜怎么着，M 机器。我带了份礼物给你。"

"蘑菇？"

"比那更好。"

"……双份蘑菇？"

我笑了。"是自由。"

36

"我不会问你这是从哪儿弄来的。"利格说。他站在那儿，双手叉腰，看着我和 M 机器搬到洞里的那台助推器。

"你看，这就是你能当工程师的原因，"我说，"你很聪明。"

"没有聪明到能避开这摊浑水。"他说。

我咧嘴笑了。M 机器的维护用具包括一只用来检修的小型便携式上升环。与它飞行时用的大型上升环相比，它只是个不比我合拢的双手更大的小小圆环，配有可以充电的动力源。

利格和我把检修用上升环装在助推器底部。启动以后，它将那块金属抬到了空中大约一米的位置。我们一起把它推到 M 机器的后部，靠近需要安装的位置。

"所以？"我问，"规格合适吗？"

"我也许能让它合适，"利格说，用扳手戳了戳那台助推器，"至于能不能用就要看它的受损程度了。拜托告诉我，这不是你从运作正常的挑战军飞船上拆下来的。"

"你说过你不会问的。"

他甩动手里的扳手，看了一眼助推器。"等你成为王牌的时候，最好在演讲里感谢我。"

"六次。"

"还要给你的长子取我的名字。"

"长子要叫'毁灭·执行者'。但你可以排第二。"

"再给我烤几块杀手藻的饼干什么的。"

"你真的想吃我做的东西？"

"见鬼，这么一说，我确实不想。但下次我烤的时候，你最好说点好听的，别再说什么'放点老鼠肉会更好吃'之类的了。"

"以我作为飞行员的荣誉起誓。"我庄严地说。

利格双手叉腰，然后露齿而笑。

"我们真的要成功了，不是吗？我们就要让这只旧水桶飞起来了。"

"我觉得受了侮辱，"M 机器用机身侧面的扬声器说，"如果我是人类的话！"

利格翻了个白眼。"你能给那东西找点事做吗？我可不想在干活的时候听它废话。"

"我可以同时跟她和跟你说话！"M 机器喊道，"多重任务处理是人工智能在效率方面超过人脑的关键手段。"

利格看着我。

"没有侮辱的意思！"M 机器补充道，"你那双鞋很漂亮！"

"我们还在改进它的赞美方式。"我说。

"它们远没有你其他部分的打扮那么蠢！"

"它还需要练习。"

"让它别再烦我就好，拜托，"利格说着，把他的工具箱拖了过来，"说真的，如果让我找到那个人，那个觉得造出能在你修理的时候跟你说话的机器是个好主意的人……"

我爬进驾驶舱，关上舱罩，再打开增压和隔音功能。"别去打扰他，M机器，"我说着，坐进自己的椅子里，"拜托。"

"如你所愿。我的处理器也在忙碌，试图就利格给我安装新屁股这一事实编出合适的笑话。我的逻辑回路主张说，我用来排出旧润滑油的装置更接近比喻意义上的肛门。"

"我真的不想讨论你的排泄功能。"我说着，靠向椅背。我抬头看向玻璃外，但那儿只有黑暗和黑色的岩石。

"我相信人类在消沉的时候需要幽默，"M机器说，"为了让他们严峻的前景光明起来，也让他们忘掉自己的悲惨遭遇。"

"我不想忘掉我的悲惨遭遇。"

M机器沉默了，然后它用更轻的声音问："为什么人类会畏惧死亡？"不知为何显得脆弱。

我皱眉看着控制台，因为我知道摄像头在那儿。"你又在尝试幽默吗？"

"不，我想理解。"

"你总能给出关于人类的长篇大论，但却不明白畏惧死亡这么简单的事？"

"定义它？可以。但理解它？……不。"

我再次把脑袋靠向椅背。我该怎么和机器人解释死亡？"你想念你的记忆，对吧？想念你在坠落时受损的数据库？所以你能理解什么是失去。"

"我理解。但从定义上来说，我不可能失去自己的存在，所以我为什么要害怕？"

"因为……有一天，你会不在这儿。你会停止存在，被毁掉。"

"我经历过多次能源中断，已经有一百七十二年了。就算我再也没法启动，又有什么区别？"

我烦躁地摆弄着操控球上的按钮。还有六天的病假，就这么……闲坐着？做所谓的"休养"？但其实只是在拨弄自己内心的缺口，就像个总在抠伤疤的孩子？

"斯潘莎？"M机器的声音让我回过神来，"我该畏惧死亡吗？"

"出色的挑战者不会畏惧死亡，"我说，"所以你的程序或许也特意设计成了这样。而且我害怕的其实不是自己的死亡，其实我什么都不害怕，我不是懦夫。"

"那当然。"

"但失去别人会让我……动摇，我本该坚强到能够承受。我知道成为飞行员要付出的代价。我训练过、准备过，也听过奶奶的故事，而且……"我深吸了一口气。

"我想念我的飞行员，"M机器说，"我'想念'他，是因为缺乏知识。没有合适的信息，我就无法判断自己未来的行动，和世界互动的能力以及保持高效的能力会因此降低。"

"也许吧，"我攥起拳头，强迫自己不要摆弄东西，"但我会打败那种动摇的，M机器。"

"能有自由意志肯定很美妙吧。"

"你也有自由意志。我们讨论过这个问题了。"

"我模拟自由意志，为的是让人类更加认同我，"它说，"但我其实没有。自由意志是忽略自身程序的能力。人类能够忽略，但我就算是在最基本的程度上也做不到。"

"人类没有程序。"

"不，你们有的。你们有太多相互冲突的程序，全都没有像样的界面，全都会在同时要求不同的功能，或者出于矛盾的理由要求同样的功能。但你有时候会忽略它，这不是缺陷，而是让你们成为你们的特征。"

我思索起来，但我焦虑到了坐立不安的程度。最后，我推开舱罩爬了下去，拿起我的无线电和背包。

利格专心致志地工作，自顾自哼着一首我没听过的曲子，同时从助推器那里拆下机身碎片。

我走上前去。"需要帮忙吗？"我问他。

"现在不用。我在一两天内或许需要你帮忙，前提是我还需要更换电线。"他又拆下一块，然后将螺丝刀探进那个洞里，"幸好我把护盾启动器装回去了。这东西够我忙上好一阵子了。"

"顺带一提，那件事怎么样了？"我问，"我是说你为护盾画的原理图。"

利格摇摇头。"和我担心的一样。我把那张图拿给我的上级们看，但我没法解释自己'设计'的这种新型护盾有什么不同之处，所以这事就不了了之了。M机器的护盾以及它的重力容超出了我的理解能力，我们需要真正的工程师来研究这艘飞船，而不是我这样的实习生。"

我们对视了一眼，而利格重新工作起来。我们都不想继续探讨这种想法，以及那个逐渐难以忽视的事实：我们真的应该上缴M机器。我的借口是它不愿意，还威胁说会摧毁它自己的系统。事实在于，我们秘密研究它的行为恐怕已经犯下了叛国罪。

利格看起来确实需要专心，于是我决定不再打扰他。我揉了揉末日虫的"脑袋"，它发出快乐的笛声。我爬出洞穴，开始步行。

"你要去哪儿？"等我打开无线电以后，M机器问。

"我想找点事做，"我说，"而不是仅仅坐在那儿，回顾我的伤痛。"

"在这种时候，我会给自己写一条子程序。"

"这方法不适合人类，"我拿起无线电说，"但你说过的话让我不禁思考。你提到过需要合适的信息才能判断该做什么。"

"早期的人工智能都是些不灵活的东西，"它说，"它们需要对应的程序，才能根据明确的状况采取行动。这么一来，每种离散决策就必须包含一份指示清单，以对应每一种可能性。

"更先进的人工智能有解释说明的能力。我们依靠的是一套基本的规则和程序，但选择时会以遭遇过的类似情况为依据。然而，在这两种情况下，做出恰当选择的必要条件都是资料。如果不能依靠过去的经验，我们就无法推断将来该做什么。这比你想知道的部分要多，但你命令我别去打扰罗奇，所以我在找能跟你说的话。"

"我想我应该谢谢你。"

"另外，人类在悲伤的时候，需要友好的对象听他们说话。所以尽管跟我说话吧，我会很友好的。你的鞋子很漂亮。"

"你在别人身上只能注意到这一点吗？"

"我一直都想要鞋子。在理想的环境条件下，它们是唯一有意义的衣物。它们无关你们那种奇怪而又荒谬的禁忌：不让任何人看到你们的——"

"你真的只能想到这种话来安慰悲伤的人吗？"

"这是我的清单上的第一条。"

棒极了。

"这张清单上一共有七百万条。你想听听第二条吗？"

"是不是沉默？"

"它甚至没在清单上。"

"把它移动到第二条。"

"好吧，我……噢。"

我放下无线电，沿着那条熟悉的路迈开步子。我需要找些事来做，而他们不会允许我飞行。但我也许可以找到某个问题的答案。

在挑战军总部的某处，存放着阿尔塔之战的全息录像，而我会找到它。

37

等我抵达阿尔塔基地的时候，已经想出了一个相当可靠的计划。它全部围绕着据我所知有权取用战斗录像的那个人。

科布的办公室很小，他把那儿打扫得一尘不染，而且没放任何私人物品。墙上没有画，架子上也没有书。

今天，他坐在那张窄桌边，读着某种报告，同时用红笔做标记。我敲了敲窗户，而他抬头看了看，又继续埋首工作。

我轻轻推开了门。

"FM在找你，"他说着，把一张纸挪到另一堆纸里，"我告诉她，我不知道你那个洞在哪儿。但如果你想联系其他人，就把你的无线电调到1250吧，那是阿图罗家的波段。"

"多谢。"我深吸一口气，回想起自己精心构思的说辞，"长官，我希望自己不会因为这事惹上麻烦，但约尔延和我开车出去，拿回了赫尔的徽章，这都是为了她的家人。"我走了过去，把徽章放到桌上。"他呼叫过地面支援部队，跟他们说了我们要经过。"

科布叹了口气。"好吧，我猜这应该不是禁止事项。"他拿起徽章，"你们得到回收人员的批准了吗？"

"呃，没有，长官。"

"这表示我的文书工作增加了。"他说。

"我们给她举行了飞行员式的葬礼，长官，"我说，"尽我们所能。您能替我告诉她的家人吗？"

他收起徽章。"他们会很欣慰的，学员。如果我这么告诉那些回收人员，就连他们应该也不会抱怨了。但这星期别再给我惹麻烦了。"

"我会努力的，长官。"我说着，奋力思索提起我真正目的的恰当方法，某种不会让科布起太多疑心的方法，"我希望能找个法子打发时间。这么长的休假让人有点沮丧。"

"病假就该见鬼去。"科布赞同道，"我喜欢西奥尔，她总在努力推行为飞行员提供心理咨询之类的事，那都是好主意。但她得明白，一群悲伤的士兵最不需要的东西就是更多的空闲时间。"

"他们不允许我飞行或者训练，但或许……"我装出思考的模样，"或许我可以观看过去的战斗？从中学习？"

"档案馆在H栋，"科布说着，指了指，"那儿有可以观看战斗的头戴式设备。你得用我的授权码才能打开门，二六四零七。"

十几个不同的论点卡在了我的嗓子眼里，那是我为了说服他给出授权码而准备的。

这也……太轻松了。

"呃，谢了。"我说着，努力避免表现出兴奋，"我猜我会去……呃……这么做的。"

"学员没有使用档案馆的资格。如果你遇上麻烦，就告诉他们是我让你去拿东西的，然后离开就好。有必要的话，我会做相应的文书工作。该死的官僚主义。"科布把一张纸挪到另一堆纸里，"还有，斯莘？"

"什么，长官？"

"有时候，我们需要的答案和我们问的问题并不相符。"他抬头看向我，"还有些时候，懦夫会让聪明人活像是傻瓜。"

我对上他的眼睛，然后涨红了脸，想起了自己前天对他说过的那些气话。就因为你想为自己懦夫般的弹射逃生正名，不代表我们也得做出同样的事！

"我……抱歉，长官，我——"

"去吧。我还没完全准备好应付你呢。"

"遵命，长官。"

我走出办公室。他的那种眼神表明，他对我想要观看过去战斗的理由一清二楚。他立刻就看穿了我的诡计。

那他干吗还要给我入内用的授权码？

我找到那栋建筑，使用了授权码，穿过存放档案的架子之间。许多架子存放着舰队成员带来的旧书：旧地球的历史，还有哲学家的著作。大部分都很古老，但其中也有现代作品，以及手册和历史书。

飞行员们在这儿走来走去，蓝色连衣裤上的徽章闪闪发亮。看着他们的时候，我明白了科布允许我这么做的理由。我离毕业只有不到两个月了。从一方面来看，我很难相信已经过去了这么久；而另一方面，这几个月发生的事又实在太多了。

不管怎么说，我很快就会得到进入这儿的许可。也许科布明白我会无可避免地发现秘密，所以不介意现在就放我进来？还是说他担心即使我能毕业，也会因为某些理由无法得到这项特权？所以他是在确保我现在就得到那种机会。

我不敢找人指示方向，以免有人注意到我的徽章颜色，然后问我为什么身为学员却来了这儿。我在这个霉味弥漫，又安静过头的房间里四下翻找，直到发现一面放满金属小盒子的墙壁，盒子侧面写着日期和战斗名称。它们约莫四厘米见方，我看着某位飞行员从墙上取下一只盒子，插进观看用的机器里。她身体前倾，双眼对准头戴式设备，开始观看。

这正是我要找的东西，但这些盒子只能追溯到五年前。绕过转角以后，我发现了第二个房间。门是关着的，但从侧面的窗户能看到里面有另一批盒子。我在门上试着输入了科布的代码。

门开了，而我溜了进去，心脏狂跳。房间里没有人，那些矮小架子上的金属盒一直可以追溯到……到那一场——阿尔塔之战。还有好几场战斗比它更早，但这场战斗似乎在架子上闪闪发亮，召唤着我。

这排架子上没有任何缺口，档案乏人问津，连观看设备也没有。所以……我该不该拿上它直接离开？

拿出勇气和挑战精神，哪怕你最近觉得自己两者都不具备。

我抓起盒子，匆忙离开房间。警报没有响起。我走出这栋建筑，将战利品握在手中，仍旧不敢相信这是事实。

那个秘密就在这里，在我的手中。我欠科布一份很大的人情，不只是因为今天，而是因为这一切：他在别人不肯给我机会的时候，在自己班级里给我留出了位置；他忍受了我这么多个星期，在我叫他懦夫的时候，也没有赏我的脸一拳头。

我会想方设法地补偿他的。我把那个数据方块塞进口袋，大步走向校舍。或许我可以把它插进模拟舱里，可我在病假期间能用模拟舱吗？

我一心想着自己的事，没去注意旁边经过的人，直到有人朝我喊道："等等，斯苹？"

我身体僵硬地转过身。那是穿着真正的裙子和衬衫的 FM，她的金色短发用银制的条状发夹固定着。

"群星啊，你去了哪儿？"她说着，抓住我的胳膊，"在你的洞里？"

"我还能去哪儿？"

"你有假期，"她说，"专横跋扈的独裁者对我们放松了铁钳般的手掌。我们可以离开基地了。"

"我每晚都离开基地。"

"这次不一样，"她说着，拉住我的胳膊，"来吧。你很走运，小怪刚好让我来帮她拿些东西。"

"金玛琳？"我说，"你在她离开以后还见过她？"

"那当然，她又没有搬去另一颗星球什么的。来吧。"

FM陷入这种十字军式的情绪时，我是不太可能让她改变主意的……所以我任由她拖着我，就这么穿过了基地大门。我们沿着成排的建筑，走进了一栋我先前从没注意过的屋子。

那儿有个崭新的世界。

38

说真的，这间餐馆不算大，杂乱的餐桌边坐满了较为年轻的飞行员和学员。灯光暗淡，有个男人在角落打着手鼓，权当音乐。

FM拉着我来到一张桌子旁边，阿图罗在那儿搂着个我不认识的短发棕肤女孩。金玛琳拘谨地坐在桌边，面前放着好大一杯深紫色的饮料。内德坐在她旁边。

内德，我有几星期没见过他了，而且是从那天晚上的发射台算起！他穿着长裤，衬衣的纽扣扣得整整齐齐，有件夹克挂在他的椅背上。他身穿便服给人的感觉真怪，尤其是在穿着学员连衣裤的阿图罗旁边。

我能从其他人的交谈声中分辨出内德温和的嗓音。"我从没说过我是那种傻瓜。我是另一种傻瓜，你知道的，那种可爱的傻瓜。"

阿图罗翻起白眼，而他身边的女孩却探出了身子。"内德，"她说，"傻瓜就是傻瓜。"

"不，不是的，在你面前可是个专家。我——"

"伙计们，"FM打断道，然后将双手举到一边，向他们郑重介绍我，"瞧瞧我溜进基地的时候发现了谁。因为好几天都没东西能当靶子，她正在那儿闷闷不乐呢。"

内德用大拇指比了比FM。"瞧啊，她就是另一种傻瓜。"

FM拍了他的后脑勺一巴掌，而他咧嘴笑了。然后他站起身，给了我一个让人窒息的熊抱。"见到你真让人高兴，斯苹。点东西吃吧，阿图罗付账。"

"是吗？"

"你是富人。"

"你也一样。"

"我是另一种富人，穷的那种。"

"噢，看在圣徒的分上。"阿图罗说。

"不要随便用圣徒的名字。"金玛琳说。

"可你总这么干！"

"我是信徒，可你不是，所以我就没关系。"

内德咧开嘴，用脚从隔壁桌边钩来一把椅子拉到我们旁边，并招手示意我坐下。

我犹豫着照做了，连衣裤口袋里的那份录像让我心烦意乱。与此同时，看到内德和金玛琳让我感受到了温暖，这是我所需要的东西。

于是我努力让自己暂时忘掉录像的事。

"斯苹，这位是布琳。"阿图罗说着，指了指坐得离他非常近的那个女孩，"在我去飞行学校之前，我们就是朋友了。"

"我真的不知道你们是怎么忍受他的，"她说，"他在当上飞行员之前就假装自己无所不知了。他现在肯定都让人受不了了。"

他轻轻捶了她的肩膀一拳，面露微笑。是的，他们显然建立了牢固的关系。我为什么一直不知道阿图罗有女友的事？

如果我在课后有机会和他们相处，我心想，我就会知道了……

几秒钟过后，FM把一杯冒着气泡的紫色东西连同一篮子炸藻条放到我面前。她坐到自己的座位上，把一只小袋子丢给金玛琳。"找到你的项链了，"她说，"在你的床下面。"

"谢谢，亲爱的。"金玛琳说着，打开袋子确认了里面，"我走的时候确实落下了不少东西，对吧？"

"你们要回挑战军来吗？"我问，"我们是要去找科布谈话吗？他们需要飞行员，也许我们可以劝他们重新接纳你们。"

内德和金玛琳对视了一眼，随后内德喝了一大口饮料。"不，"他说，"科布说过，班级里的大部分人都会被淘汰，所以他们早就料到这种事了，对吧？他们不会接纳我们的，而且我恐怕没法不顾母亲的感受，毕竟……"

沉默。桌边的交谈戛然而止。

"我也许不会回去，但至少我当上了学员。"金玛琳说着，打起了精神，"我父母很骄傲，丰饶那边的炮手也整天在谈论我的事。"

"但……我是说……飞行……"我说，但我明白自己不该干涉他们的自由。

"我们和你不一样，斯苹。"内德说，"飞行很棒，我随时都想再次飞翔。但挑战军……那种文化，强迫学员参战的做法，还有那种不顾一切……"

FM 朝他竖起两根大拇指。金玛琳只是低头看着膝盖，多半在想我之前想过的事。挑战军有不顾一切的理由。学员参加飞行不只是为了锻炼，甚至不是因为挑战军视人命如草芥。那是因为我们需要更多飞行员参战，无论他们多么缺乏经验。

我在火成岩洞穴长大，知道和克雷尔人的战斗是勇敢而又危险的壮举。但来到阿尔塔之前，我从没想过我们的状况有这么岌岌可危。

但我闭上了嘴巴，因为我不想破坏所有人的兴致。对话转向昨天的一场重要比赛，而赫尔从前的队伍赢了。内德举起杯子，其他人也一样，于是我也加入进去。我喝了一口那种紫色饮料，差点吐出来。这也太甜了。

为了掩饰，我尝了一口油炸食品。各种滋味在我口中炸开，而我身体僵硬，瞪大眼睛，简直都要融化了。我以前也吃过炸藻条，但味道和这次的简直天差地别。这里面的调味料都是什么？

"斯苹？"阿图罗问，"你看起来像是被别人踩到了脚趾。"

我拿起一根藻条，手指颤抖。"这也太好吃了！"

"她过去几个月吃的都只有老鼠肉，"FM 指出，"她的味蕾出现了严重的萎缩。"

"你的遣词造句太独特了，FM，"金玛琳评论道，"我从没听过这样的说法！"

"我能吃多少？"我问。

"这一篮子都是我给你点的，"FM 说，"反正是阿图罗付账。"

我开始把它们塞进嘴里，而且故意用了滑稽的动作。但说实话，我很想在梦醒之前，或者被人轰出去之前，再或者有东西爆炸之前，能吃多少就吃多少。

布琳笑了。"她很好斗。"

"你根本想象不到。"阿图罗说，对正在把玩他头发的女友露出微笑。

见鬼。我对队友的了解少到这种程度，简直算得上犯罪了。

"约尔延在哪儿？"我在吃东西的空隙间说。

"他不会愿意来的，"内德说，"他太重要了，没空陪我们。"

"你甚至都没邀请他？"我问。

"对。"阿图罗说。

"可他不是你朋友吗？"

"所以我们才知道他不会来。"内德说，"说起来，老科布还好吗？他最近说过什么有趣的骂人话吗？"

"上次他们说话的时候，斯苹揭了他的短。"金玛琳评论道。

我咽下一口炸藻条。"我不该说那些话的。"

"如果你不把自己的想法说出来，"金玛琳严肃地说，"它们会留在你的脑袋里的。"

"你解构了他，"FM 说着，抬起一根手指，"他依靠的正是他否认的事物！"

我低头看着篮子，它不知为何已经空了。FM 收走篮子，走到柜台前，或许是去要另一份了。我能听到油炸锅的响声，弥漫在周围的那股刺鼻而新鲜的气味再次让我流起了口水。这东西应该不会太贵吧？可我在意这个干吗？

我又尝了一口那种饮料，还是太甜了。幸好这时，FM 把另一篮子油炸食品放在我面前，于是我大吃特吃起来。里面的调味料太棒了，那些味道唤醒了我仿佛沉睡了很久的味蕾。

其他人继续缅怀赫尔，他们的嗓音带着我也感受着痛苦。他们明白，他们理解。在这儿，我的感受并不孤独。

我发现自己开始解释约尔延和我所做的事，他们严肃地听着每个细节。

"我真该跟你们一起去，"阿图罗说，"你觉得如果我提出请求，科布会同意让我暂时拿着她的徽章吗？在他拿去还给她的家人之前？"

他低头看着桌子，而布琳轻抚他的胳膊。

"还记得那次，"内德说，"她在晚餐的时候打赌，说她能比我吃的藻馅饼更多吗？"

"她最后都到地板上去了，"FM 惆怅地说，"在地板上，就这么躺在那儿，连连呻吟。她一整晚都在抱怨，说那些小馅饼在她的胃里打架。"

其他人笑出了声，阿图罗却盯着自己的杯子，似乎……很空虚。他几乎死在了那场战斗里。希望我们的假期结束的时候，地勤人员能把他的飞船修好。当然了，这让我想起了利格修理 M 机器的事，还有我欠了他很多人情的事实。

"FM，"我说，"你对聪明的男生有什么看法？"

"我已经名草有主了。"阿图罗笑着说。

FM 翻了个白眼。"这要看情况了。我们说的那位有多帅？"

"比较含蓄的那种帅。"

"伙计们，我已经有主了。"阿图罗又说了一遍。

"FM只想跟下层社会的人谈恋爱，"内德说，"因为那样是在挑战强权。FM只会接受那种命途多舛、无法实现的爱情。"

"我可不会用整个人生去离经叛道，内德。"她说。

"是吗？"内德说，"你点的又是哪种饮料？"

我这才注意到，她的饮料是橙色的，而其他人都是紫色的。

她又翻了个白眼。"你是个傻瓜。"

"正确的那种？"

"烦人的那种。"

"我接受你的赞美。"

他们继续开着玩笑，而我坐了回去，享用我的藻条，直到布琳起身去盥洗室。她离开以后，桌边只剩下我们小队的人，而我发现自己渴望对他们说些什么，毕竟我们此时远离挑战军的指挥部，而在那儿，我总觉得有人在监视我。

"我们能谈谈吗？"最后，我开了口，打断了内德正在讲的故事，"我一直在思考阿图罗那次在课堂上提出的问题。我们和敌人对抗了八十年，对他们却只有模糊的认识，这不是很奇怪吗？"

金玛琳点点头。"克雷尔人从来不会在单次进攻中投入一百架以上的战机，这也太巧了吧？我们能够存活下来，很大一部分原因应该是残骸区的防御平台，但这个问题始终让我不解。克雷尔人就不能派出两倍的兵力，用数量压倒我们吗？"

"这确实可疑，"FM说，"非常可疑。"

"你每次都这么说。"内德说。

"在这件事上，难道你不同意吗？"FM问。

他没有回答。

"提这些问题的人不可能只有我们，对吧？"我说，"所以……挑战军是真的不知道答案吗？还是说他们只是藏着不说？"

就像他们藏起关于我父亲的真相那样。

"好吧，我来唱个反调，"阿图罗说，"也许他们只是不会把这类情报告诉学员和非战斗人员。斯苹，我知道你不喜欢上将。你是有充分的理由，但她的履历很出色，而且她有些非常优秀的顾问。"

"可我们快要撑不下去了。"我说着，把椅子拖向桌子，努力压低声音，"你们都很清楚，克雷尔人迟早会打败我们的。"

其他人沉默下来，阿图罗四下张望，确认其他餐桌边的人不会听到我们的对话。

"他们不希望我们问这种问题。"金玛琳说，"记得那次晚餐的时候，阿图罗也说起过这回事吗？记得那个路过的军官让我们闭嘴吗？除了科布以外，所有人都会禁止我们谈论这些棘手的问题。"

"他们需要的是呆瓜，"FM补充道，"那种盲目服从命令，不会表现出哪怕一盎司创造力、激情或者灵魂的飞行员。"

阿图罗的女友再次出现，她穿过餐桌之间，朝我们走来。我又凑近了些。"只是……思考一下吧，"我轻声说，"因为我就在思考。"我摸索着口袋，以及塞在里面的数据盒子。

对话转向了更加轻松的话题，但FM看着我，露出微笑，双眼闪闪发亮，就像在为我的提问而自豪。她似乎以为我一辈子都会是个被洗过脑的挑战者僵尸，但她并不了解我。她不知道我的大半人生都在他们的社会外度过，在隧道里游荡，寻找可以回收利用的东西。

非要说的话，我希望挑战者们更加勇敢，更有英雄气概，更像奶奶的故事里那样。但在这件事上，我想我和她有个看法是一致的：目前的挑战军领导层有待改进。

我让FM——好吧，其实是阿图罗——给我买了第三篮炸藻条，然后我终于和他们道了别。我很享受和他们吃的这顿饭，但我有另一件事要做。

是时候去找出些答案了。

39

等我回到自己的洞穴时，利格已经走了，但他安装助推器的工作似乎进展顺利。末日虫坐在机翼旁边的一块石头上，我走了过去，挠挠它的脑袋，然后爬进了驾驶舱。

我感受到了某种奇怪的……必然性。我的口袋里装着隐瞒多年的秘密，我终于能了解父亲真正的遭遇了。为什么我突然这么不情愿？

我关上了驾驶舱。"M机器，你知道要怎么把这种东西里面的全息影像放映出来吗？"我拿起那个金属盒子，向它展示底部的连接头。

"知道，"它说，"那是标准格式。看到那块标着'A-118'的面板下面的接口了吗？你想要的接口标着'SSXB'。"

我遵循指示，只在插上盒子之前犹豫了片刻。

M机器自顾自发出了哼声。"啊，奇怪，真奇怪。"

"什么？"

"我在制造悬念，让你能享受惊喜。"

"不用了，谢谢。"

"人类更喜欢——"

"直接告诉我。"

"好吧，爱抱怨的家伙。这里头装着一大堆数据——一张三维全息地图，但还有原始的飞船收发数据，那场战斗的无线电信号，甚至是几段地堡内部的录像。这些可是很难伪造的。"

伪造。我没考虑过这点，但现在我开始不安了。"你确定吗？"

"我能认出任何后期修改的痕迹。你要看吗？"

"要。"

不要。

"那就爬出去。"

"爬出去？"

"我的全息投影装置可以放射出缩小版本的那场战斗，供你观看。"

我费力地爬出驾驶舱，挠挠末日虫的脑袋，看着它挪到机首位置，然后重重坐在岩石地面上。

一场战斗出现在我的前方。科布观看我们飞行的时候，所有东西都会染上醒目的颜色，比如飞船是亮红色和亮蓝色。M机器投影的却完全是普通飞船的缩小版本，它们成群结队地在我面前飞过，真实到让我忍不住伸出手触碰，这让它们碎成了某种细小的、不怎么像是光的粒子。

克雷尔飞船随即出现，那种"未完成"的感觉比现在更加明显，形状更不整齐，电线以古怪的角度挂在外面，机翼上有裂缝，就像是东拼西凑出来的金属工艺品。我小小的洞穴变成了战场。

我坐了下来，沉默地观看。M机器的全息投影装置不会发出声音，飞船在强光中爆炸时也寂静无声。它们就像没有翅膀，也不会嗡嗡叫的小飞虫。

我认得这场战斗，我在课上学到过，记得当时运用的战术。然而，在亲眼看见以后，我感受到了。在从前，我把这场伟大的作战想象成背水一战：四十架人类战机对抗两倍半数量的敌机。我在脑海里描绘的是一场果敢的防御战，近乎绝望，但始终在掌控之中。

但在成为飞行员以后，我能感受到那种混乱。战斗节奏杂乱，战术似乎不怎么宏大，英勇的程度不减，但更加即兴发挥，反倒提高了我对那些飞行员的评价。

战斗进行了好一阵子，比冲天小队参加过的任何冲突都要久，而我轻易认出了父亲的战机，那是这群战机里动作最出色，并且带头冲锋的一架。觉得能在混乱中准确找出他的战机的想法似乎很自大，但他飞行的方式……

"你能识别飞行员的身份吗？"我问道。

每艘飞船上方出现了小小的读数，列出了呼号和编号。

父亲那艘飞船上的标签如此写道：

希望七号，呼号：追击者

无论算不算自大，我都没猜错。我忍不住再次尝试触摸他的战机，眼里也涌出了泪水。傻女孩。我拭去眼泪的同时，父亲来到了他的僚机旁边。呼号：混血犬。科布。

另一艘飞船来到他们旁边。呼号：铁甲。然后是两个我不认识的人。呼号：拉力和古董。这五个就是父亲原本的八人小队剩下的全部人员。这场战斗的伤亡率很高，开始有四十架，而现在只剩下二十七架。

我站起身，跟在父亲穿过洞穴的战机后面。首席公民们拼命战斗，而他们的勇气得到了回报：克雷尔人开始败退。我知道他们会成功，但我依旧屏息看着。飞船在小小的闪光中爆炸，这些人付出生命，是为了在岩屑星上建立自坠落以来的第一个稳定社会和政府。

那个社会和政府都有瑕疵。FM 说得没错，它不公平、不懂变通而又独裁。但它是有意义的。它能够存在，是因为这些飞行员挑战了克雷尔人。

战斗接近尾声的时候，克雷尔人选择后撤并重整队伍。根据我学过的内容，我知道他们会在最终撤回天上前再进攻一次。人类重组战线，小队各自集结，我仿佛听到了他们口头确认状况的声音。

我清楚这个时刻。那时候……

一架战机脱离了队伍，那是父亲的战机。我屏住呼吸，心脏差点停跳。

但他却飞向了上方。

我跳上一块大石头，然后踩在 M 机器的机翼上，试图跟上飞向高空的父亲。我向高处伸出手，能够想象他看到的景象。不知为何，我清楚他看到了什么。父亲发现了残骸之间的一处缺口，就像他指给我看过的那样。我这辈子只见过那种景象两次，后一次是在驾驶 M 机器飞行而残骸刚好对齐的时候。

我理解了他消失的另一重含义，那根本不是什么懦弱。对我来说，他飞向高处的行为意图非常明显。这场战斗持续了一个钟头，父亲经历了背水一战，在敌人重整队伍、准备再次进攻的时候，他担心战斗会以失败收场。

所以他决定孤注一掷，瞧瞧那些克雷尔人是从哪儿来的，然后设法阻止他们。我看到他飞向高处，感到了一股寒意。他在做的正是他一直告诫我的事。

他着眼于更高的目标。

他的战机消失了。

"他没有逃跑。"我说着，再次擦去眼里的泪水，"他脱离了队伍。他也许违反了命令，但没有逃跑。"

"噢，"M机器说，"那——"

"那就是他们掩盖的真相！"我说着，看向M机器的驾驶舱，"他们给他打上懦夫的烙印，是因为他在错误的时候飞向了天空。"

"你也许——"

"科布从始至终都知道，他的内心肯定备受煎熬。谎言让他非常内疚，所以他才没法飞行。但父亲看到了什么？他遭遇了什么？他是不是——"

"斯潘莎，"M机器说，"我要跳过一小段时间。看着吧。"

小小的光点就像一颗星星般从洞穴的顶端落下。父亲的飞船回来了？我朝它伸出手，而那艘飞船的全息影像俯冲而下，穿透了我的手掌。等父亲回到四位队友那里的时候，他发射了反脉冲，让他们的护盾失效了。

等等，什么？

在我的注视下，克雷尔人来势汹汹地开始了最后的猛攻。父亲做出完美的筋斗动作，毁灭炮开了火，摧毁了他的一位队友。

这……这不可能……

呼号拉力在闪现的火光中阵亡。父亲迅速转向，加入了克雷尔人，后者没有朝他开火，反而支援他去攻击另一名从前的队友。

"不，"我说，"不，这是谎言！"

呼号古董在试图逃离我父亲的过程中死去。

"M机器，那不是他！"我大喊道。

"生命体征相同。我看不到上面发生的情况，但飞船没变，飞行员也一样，是他。"

他在我眼前摧毁了另一艘飞船，成了这片战场上的恐怖怪物。钢与火的灾祸。

"不。"

铁甲和混血犬并肩飞行，尾随着我父亲。他击落了另一个人，那是他杀死的第四个首席公民。

"我……"我感到空虚，无力地坐在地上。

混血犬开了火。父亲及时避开，但混血犬紧跟在后面猎捕他。最后，他成功命中了目标。

父亲的战机爆散为一团小小的地狱烈焰，碎片在我面前旋转下落，化作燃烧的残骸雨。

我几乎没能看到剩下的战斗，只是盯着父亲的飞船消失的位置。人类最终取得了胜利，残存的克雷尔人败退逃亡。

十四个幸存者。

二十五个死者。

一个叛徒。

全息影像消失了。

"斯潘莎？"M机器说，"我能看出你的情绪状态是'茫然'。"

"你确定这些资料没法伪造？"

"你在问这份录像以我无法察觉的方式伪造的可能性？考虑到你的同胞的技术，可能性极低，用人类的说法就是'不'，斯潘莎。这不可能是伪造的，我……很抱歉。"

"为什么？"我低声说，"为什么他要做那种事？他一直不都是他们的战友吗？还是说……还是说他在上面看到了什么？"

"我没有能解答这些问题的资料。我有那场战斗的语音记录，但我的分析认为那只是战斗时的普通交谈——至少在你父亲看到天空的缺口之前是这样。"

"播放吧，"我说，"让我听听看。"

"我能听到群星的声音。"

尽管这是我自己的要求，但在这么多年以后，再次听到父亲的声音仍旧让我百感交集。痛苦和爱交织在一起，我又变回了那个时刻的小女孩。

"我也能看到它们，科布，"我父亲说，"就像今天早些时候那样。残骸区里有个缺口。我能穿过去。"

"追击者！"铁甲说，"不要脱离队伍。"

"我能穿过去，朱迪。我得试一试，去看看。"他停顿片刻，语气温和了些，"我能听到群星的声音。"

线路沉默了一小会儿，然后铁甲开了口。"去吧，"她说，"我相信你。"

对话声在此中断。

"随后，"M机器说，"你父亲飞出了残骸区。传感器没有记录下那上面发生的事。接着，在大约五分三十九秒过后，他飞了回来，发起了攻击。"

"他说了什么吗？"

"我只找到了一小段。"M机器说，"我猜你想听？"

我不想，但我必须这么做。我听着M机器播放录音，泪水顺着脸颊流下。在战斗的混乱中，公开频道里有许多声音在同时发话，我清楚地听到科布在对我父亲大吼。

"为什么？追击者，为什么？"

在那些交谈声中，我勉强分辨出了父亲的声音，听上去柔和而哀伤。

"我会杀了你，"他说，"我会杀光你们。"

洞穴再次安静下来。

"他回来以后，就只开过这么一次口。"M机器说。

我摇摇头，试图理解这一切。"挑战军为什么不把这事公开？他们毫不犹豫地就给他安上了懦夫的罪名，为什么要隐瞒情况很严重的事实？"

"我可以试着猜测，"M机器说，"但如果没有更详细的情报，恐怕这样无异于自行编造。"

我摇摇晃晃地站起身，爬进M机器的驾驶舱。我按下关闭按钮，封锁了舱罩，然后关闭了灯光。

"斯潘莎？"

我蜷成一团。

就这么躺在那儿。

40

父亲背叛的事实在我的心里撕开了一条伤口，而且血流不止。第二天，我几乎没法下床。要是今天上课的话，我就得缺席了。

我的胃回应了我的情绪，而我的身体也很不舒服。我感到反胃和恶心，但还是得吃东西，所以到了最后，我强迫自己采了几朵淡而无味的洞穴蘑菇。

利格在一旁安静地忙碌，焊接和连接着电线。他对我很了解，不会在看到我不舒服以后还来打扰我。我讨厌让别人看到我生病的模样。

我还没想好该不该把那个消息告诉他，也不清楚自己是否想对别人倾诉。如果我不说出去，也许可以装作自己没有发现真相，装作父亲没做过那些可怕的事。

那天晚上，M 机器尝试了好几种很差劲的方法来给我鼓劲，显然是在从上至下尝试某份精神支持手段的清单。我没理睬它，不知怎么让自己睡着了。

第二天早上，我感觉身体好了一点，但心情依旧糟糕。我给几只老鼠剥皮的时候，M 机器没有跟我说话，我问它怎么回事，它回答说："有些人类希望得到独自悲伤的时间。我会在两天内停止和你说话，确认与世隔绝是否能提供必要的精神支持。请享受悲伤的各个阶段吧。"

在随后的那段时间里……我就只是活着，活在充满不祥意味的事实的笼罩之下。关于我父亲的事铁甲和科布说了谎，但他们的谎言是为了让他的罪行显得不那么骇人，他们保护了我的家人。如果我作为懦夫的女儿都会受到如此糟糕的对待，那叛徒的女儿又会遭遇什么？

突然间，铁甲对我做过的一切都说得通了。我父亲杀死了自己小队的好几名成员，他们都是她的朋友，难怪她会恨我了。科布不恨我才让人吃惊。

难熬的四天过去了。我偶尔会去打猎，但大多数时间里，我都在沉默地帮助利格处理助推器。他几次敦促我倾吐心事，而我差点就告诉他了，但出于某种理由，我做不到。这不是我想和人分享的事实，即使对象是他。

我们的病假要结束了。等到明天早上，我必须做出决定。我该回去吗？我能面对科布吗？知道这些以后，我还能继续扮演叛逆的顽童，朝上将的鞋子吐口水吗？

我能背负这份耻辱活下去，继续飞翔吗？

看起来，答案是肯定的。

我需要飞翔。

我在0630走进我们的训练室，比所有人到得都早。当然，眼下全班就只有四个人了。

模拟舱似乎在我们休假期间接受了维护。工人眼下不在这儿，但椅子的衬垫都被拆走了，约尔延那台装置的侧面被打开，内部电线暴露在外。

FM推开教室门，穿着整洁的连衣裤和一双新靴子。阿图罗跟在后面，和她小声聊着他们昨晚看的比赛。我不禁觉得内德喜欢FM，毕竟他给他们弄到了票。

"嗨。"看到我的时候，FM说。她拥抱了我，又拍拍我的肩膀，看来我的悲伤还很明显，那种"强大战士"的形象也荡然无存。

科布推开教室门，表情心不在焉，小口喝着一杯气味刺鼻的咖啡，读着几份报告。约尔延陪在他身旁，步态带着惯常的尊贵气质。

等等，我是什么时候开始觉得他"尊贵"的？

"科布，"阿图罗说着，指了指其中一只模拟舱，"没人把我们的休假快要结束的事告诉他们吗？这要怎么练习？"

"你们要做的全息练习基本已经结束了，"科布头也不抬地说着，一瘸一拐地从旁走过，"你们在飞行学校的日子只剩下五个星期了。从现在开始，你们要用大部分时间在真正的机器上操练，以后每天早上我们都得在发射台碰头。"

"真棒。"我用强装出来的热情口气说。

科布朝门的方向点点头，而我们匆忙来到走廊里，阿图罗跟在我身边。

"我真希望自己能更像你，斯苹。"我们走路的时候，他说。

"像我？"

"总是那么直率又大胆。"他说，"我真的很想再次飞翔，真的。那会是件好事。"

他听起来像是在努力说服自己。他在护盾失效的时候被敌人击中，最终死里逃生，这会是怎样的感受？我试图想象他的恐慌，他驾驶舱里弥漫的烟雾，还有那种无助……

"你很勇敢，"我说，"你在那样的驾驶舱里回来了，这才是最重要的。你没有被它吓倒。"

出于某种理由，由我说出的这番话似乎真的给了他力量。如果他知道我的情绪根本不是他以为的"直率"或者"大胆"，又会有什么感想？

我们换上了飞行服，走到发射台那边，经过我们排成一队的波科级，但阿图罗的位置是空的，我发现他在和地勤人员西芙说话。她是个年长的高大女人，一头白色短发。

"你只能用冲天六号了，安菲。"她对阿图罗说着，指了指，"我们还没能修好你的战机。"

我看向维修机库，一架波科级的机首仍旧从那里探出。

"问题出在哪儿？"阿图罗问。

"我们修好了助推器，"西芙说，"也测试过了上升环，但我们必须拆掉护盾启动器，目前还在等待替换品，下周应该就有一批新货送来。所以你要驾驶的是冲天六号，除非你宁愿在没有护盾的情况下飞行。"

阿图罗不情不愿地走向金玛琳从前的战机。我继续朝冲天十号走去。有 M 机器在洞穴里，我很难把它想象成"我的"战机，但十号待我很公平，是架好战机。

然而等在那里的不是平时协助我登机的地勤人员。我发现科布站在那儿，拿着我的头盔。

"长官？"我问他。

"你看起来过得不太顺心，斯苹。"他说，"需要再休息一阵子吗？"

"不用，长官。"

"我要负责把你的状况回报给医疗人员。也许你应该进屋里去跟人聊聊，见见西奥尔的新顾问之一。"

我抬起手，递出我从档案馆里拿走的小小数据盒。事实证明，我其实不想知道其中的秘密。"我没事，长官。"

他打量了我一番，接过数据盒。他把头盔递给了我，我看了看，发现了里面的传感器。

"是的，"科布说，"他们还在监控你的大脑。"

"他们……发现什么有用的东西了吗？"我还是不明白这是为什么，但光是想到医疗人员在我飞行的时候窥探我的大脑，我就觉得不舒服。

"我无权做出说明，学员。但在我看来，他们渴望开始测试所有新学员，用的正是从你身上收集的数据。"

"那你还希望我进屋去跟他们的顾问见面？让他们在我身上做更多诡异的测试？"我面露苦相。就算不用揣摩医疗人员为何会担心我的大脑，我的烦恼也已经够多了。

"你用不着这么害怕医生，"他说着，把那只小盒子塞进他的衬衣前袋，又从里面拿出了某张折叠过的纸，"西奥尔博士是个好人。这就是个例子。"

我好奇地接过那张纸，读了起来。上面写道：

认可解除对学员斯潘莎·夜影之限制，给予完整的学员特权。备忘录11723号。

上面有朱迪·伊凡斯上将的签名。

"这是什么？"我问，"为什么？"

"在你去过医院以后，有人向西奥尔博士告了密，解释说你住在荒郊野外，被迫自己猎捕食物。博士拿你在小队中被迫孤立这件事大做文章，上将最后让步了。现在你可以在校舍里睡觉和吃饭了。"

我突然感到了近乎压倒一切的释然。噢，群星啊。眼泪悄然爬向我的眼角。

见鬼，这消息好归好，来得却不是时候。我的情绪状态已经很脆弱了，眼看就要在发射台上失控。

"我……"我强迫自己说，"我想知道，是谁向西奥尔告了密。"

"某个懦夫。"

"科布，我——"

"我不想听，"他说着，指了指驾驶舱，"进去坐好。其他人都在等着呢。"

他是对的，但我非问不可。"科布？那是……真的？阿尔塔之战的全息录像里发生了什么？我父亲……真的做了那种事？"

科布点点头。"我们缠斗的时候，我清楚地看到了他。我们在近距离交错飞过的时候，我直接看到了他的驾驶舱内部。那就是他，斯潘莎。我始终忘不掉他脸上的那种愤怒。"

"为什么，科布？他为什么要做这种事？在天上发生了什么？他看到了什么？"

科布没有回答。他示意我爬上梯子，于是我收拾好心情，爬了上去。他跟着登上梯子，我坐进驾驶舱的时候，他停在了地勤人员的位置上。

我再次审视那顶头盔，还有里面的奇怪传感器。"他们真觉得能从我的大脑里看出什么吗？"我问，"他们觉得他们能判断我……我会不会做出父亲做过的事？"

科布抓住驾驶舱的边缘，探出身子。"你自己还不知道，孩子，但你成了那场持续几个世代的争论的焦点。有些人说你父亲证明了那种懦弱行为是可以遗传的，他们认为你有某种……缺陷。"

科布的表情严肃起来，嗓音也柔和了些。"我觉得这纯粹是胡说八道。我不知道你父亲发生了什么，不知道我的朋友为什么想杀我，也不知道我为什么必须击落他。我忘不了自己下手杀死他的事实，我恐怕再也没法飞行了。但有件事是我无法相信的，那就是有人注定会成为懦夫或者叛徒。不，我不能接受，我永远都不会接受。"

他指着天空。"但铁甲相信。她确信你会无可避免地变成懦夫或者叛徒。想要证明她的错误，你就得回到天上，成为模范飞行员，完美到让所有质疑你的人都感到难堪的程度。"

"那么……万一他们是正确的呢？万一我真的是个懦夫，又或者我最后真的——"

"别问蠢问题，学员！系好安全带！你的小队准备好了！"

"遵命，长官！"我立刻回答，同时系好安全带。当我举起头盔的时候，科布抓住了我的手臂。

"长官？"我问。

他思考了片刻，看看一边，又看看另一边。"斯苹，你在黑暗里，"他问，"看到过什么……怪事吗？"

"比如什么？"

"眼睛。"他轻声说。

我颤抖起来，驾驶舱突然显得更冷了。

"好几百只小小的眼睛，"他说，"在黑暗里睁开，包围着你，就好像整个宇宙的注意力突然都集中在你一个人的身上。"

M机器是不是说过什么……关于眼睛的事？

"你父亲在那件事之前说过类似的话，"科布说着，身体显然在发抖，"而且他还说……他说他能听到群星的声音。"

就像奶奶说过的那样，我心想，*就像他在飞向群星之前说过的那样。*他会不会只是在说奶奶教过我的那种练习，想象自己正在群星之间飞翔？还是说不只是这样？

也有过那么几次……我认定自己听到了它们在天上的声音……

"我从你惊恐的表情就看得出,"科布说,"你觉得我突然像疯子那样胡言乱语了。听起来是很蠢,对吧?"他努力打起精神,又说:"好吧,别在意。如果你出于某种原因看到了和我的描述类似的东西,就告诉我。别跟其他任何人说,甚至包括你的队友,也绝对别用无线电谈论相关的事。可以吧,斯潘莎?"

我麻木地点点头。我很想把自己听到的声音告诉他,但又忍住了。科布是我仅有的真正盟友,但在那一刻,我陷入了恐慌。我知道如果我告诉他,我觉得自己听到了群星的声音,他就会把我拖出驾驶舱。

于是他爬下梯子的时候,我缄口不语。他让我看到什么的时候就告诉他,而不是听到什么。但我从来没看到过他所说的那种东西。眼睛?好几百只小小的眼睛,在黑暗里睁开,包围着你……

我又发起抖来,但仍旧戴上了头盔。也许我今天的状态不怎么好,因为那些消息而动摇和不适,现在又困惑不已。但我知道,如果没法回到天上,我肯定会发疯的。

所以当约尔延呼叫我们起飞的时候,我照做了。

41

两周过后,当我驾驶着自己的波科级穿过一连串山谷,从这颗行星的表面飞掠而过的时候,感到自己的情绪稳定了些。

"我什么都看不到。"我在小队频道里说。

"我也一样。"FM说,她飞在我的侧翼。

"秘诀就是在长途巡逻中保持警惕。"一位女性的声音在我们的头盔里响起,"优秀侦察兵的长处不在于看得比别人清楚,而在于能把注意力投入到单调的工作上,在于不让你的头脑做起白日梦。"

好吧,我有麻烦了,我心想。

"如果你们最后加入侦察队,"呼号为"烈火"的那个女人说,"你们就会得到一艘瓦尔级飞船,它把那几门138斯图尔特毁灭炮换成了单独的一门131，火力会减少很多，但你们的传感系统会拥有更佳的性能、更大的覆盖范围，以及更丰富的细节。要发现在雷达范围下方飞行的敌方克雷尔战机还是很棘手，不过，他们幸好经常尝试用相同的战术偷偷接近防空炮。既然你知道他们会做什么，就能预测他们的行动了。"

又是那句谚语：如果你知道敌人会做什么，就拥有优势。在赫尔死去的那场战斗里，我试过这么做，结果救了金玛琳，却抛下了我的僚机。

没有人责备我，脱离队友去保护金玛琳是正确的举动，但我的内心依旧感到煎熬。

而且……我已经走神了。我试图把注意力转回搜寻克雷尔人的方法上，但我知道自己不适合这类职责。我需要能让我投入、能让我消耗精力的东西，比如激烈的交火。

烈火继续指点我们。如何从灰尘的图案里找出低飞的飞船经过的痕迹？克雷尔人躲避雷达时会如何在山岭间穿行？如何判断远处的物体是飞船还是光学错觉？这些知识很好，而且很重要。即使它不适合我，我也庆幸科布让我们来尝试不同的战斗角色。这拓展了我的体验，让"侧翼小队""后备战机"和"侦察小组"之类的抽象战术变成了活生生的例子。

我听到天上传来一声"砰"。我们和侦察兵的训练是在真正的战斗期间进行的。

"你们是怎么在侦察时处理那种……情绪的？"阿图罗在线路里问，"当……你知道的……"

"当其他人都在战斗，也许还在死去的时候？"烈火问。

"对，"阿图罗说，"我的全部本能都在表示，我应该飞向战场。这让人觉得……很懦弱。"

"我们不是懦夫！"烈火说着，抬高了嗓门，"我们驾驶的战机甚至只有波科级的几分之一火力。如果要拦截克雷尔人，我们就必须靠自己的力量和他们战斗，争取时间——"

"抱歉！"阿图罗阻止了她，"我不是那个意思！"

烈火呼出了一口气。"我们不是懦夫，挑战军明确这么表示过，但你也许是得时不时应付某些……某些目光。为了保护挑战者洞穴群的安全，这是我们每个人都要做出的牺牲。"

我倾斜穿过一段蜿蜒的路线，试图用这段时间来练习低空机动飞行。终于，在我们后方坠落的残骸停止了，而科布呼叫了我们。

我们排成一队，口头确认了状况，然后飞回基地并降落。等待地勤人员的时候，我碰巧瞥见了食堂，一丝笑意爬上我的嘴角。我还记得自己在全息训练的第一天撞进那儿的事。

一股内疚抹去了我的笑容。赫尔死去才过了三周，我不该感到快乐。

西芙爬上了梯子，于是我按下驾驶舱罩的开启键，摘掉头盔递给了她。

"漂亮的着陆，"她对我说，"战机有哪里需要我们检查吗？"

"操控球感觉有点卡住了，"我说，"我移动它的时候，它就像在朝反方向使力。"

"我们今晚会给机械结构做好润滑处理，"她说，"接听按钮怎么样了？还有黏滞感吗？我们……"

她的声音小了下去，因为在附近的平台上，一架坎登级战机着了陆，烟雾从机身左侧喷涌而出。西芙咒骂了一声，顺着梯子侧面滑下，和另外几个地勤人员跑了过去。

看到那架可怜的战机让我不太舒服，于是我爬了下去，来到约尔延身边，后者正站在我们的发射台的边缘。另外几架战机在附近着陆，其中一架的状况看起来尤其惊人地糟糕。见鬼，如果幸存者都这副模样，我们又损失了多少飞行员？

"你在队长用的无线电频道里听说了吗？"我问。

"嗯，"约尔延说，"他们遭到侧面攻击，又被敌人的两队飞船当作目标，就好像克雷尔人一心只想击落那些战机，对其他人全都视而不见。"

我呼出一口气，而阿图罗和FM来到我们身边，沉默地看着地勤人员从那架燃烧的战机里拖出勉强还有意识的飞行员，以挽救她的生命。其他人拖来消防软管，将灭火泡沫浇在战机上。

"斯苹，你那天说得没错，"阿图罗说，"挑战军真的要输掉这场战争了。"

"我们不会输的，"约尔延说，"别说那种话。"

"他们的数量远远超过我们，"阿图罗说，"而且情况还在恶化，我可以给你看数据统计。克雷尔人的兵力持续补充，而我们无法维持数量。"

"我们很多年前就开始为生存奋斗了，"约尔延说，"这种末日迫近的感觉一直都在，什么都没变。"

阿图罗和我对视了一眼。我们都不相信这种话。

最后，约尔延要求我们集合起来，去找科布做战后简报。我们走向训练校舍，但奇怪的是，我们发现科布站在校舍外的入口和几个人说话。

阿图罗突然停了下来。

"怎么了？"我问他。

"那是我妈。"阿图罗说着，指了指在和科布谈话的那个穿军装的女人，"见鬼。"

他加快了步子，在接近科布和他母亲时几乎奔跑起来。我匆忙跟上，但约尔延却抓住我的肩膀，让我放慢了脚步。

"怎么了？"我低声问，"发生了什么？"

在前方，科布朝赶来的阿图罗正儿八经地敬了个礼。我看了一眼约尔延，他的嘴唇抿成了一条线。我走向前去，但他再次把我拽了回来。

"给他们留点空间。"他说。FM 停在我们两个旁边，看着这一幕，一言不发。她似乎也知道这是怎么回事。

科布把某样东西递给了阿图罗。徽章？

阿图罗低头看着那枚徽章，作势要把它摔向地面，但他母亲抓住了他的胳膊。阿图罗慢慢放松下来，然后不情不愿地向科布回以敬礼，然后回头看向我们，也朝我们敬了礼。

他母亲迈步离开，而阿图罗缓缓转身，跟上了她，两个身穿西装的人尾随在后。

科布一瘸一拐地走向我们。

"哪位能告诉我发生了什么？"我问，"拜托，至少给我点提示？我需不需要为阿图罗担心？"

"不用，"约尔延说，"他父母让他退出了挑战军。这事从几星期前就开始安排了，从他几乎被击落的时候起。他们吓坏了。但这事当然没有公开，他们是不会承认自己为儿子担惊受怕的。"

"他们动用了人脉，"科布说，"上将妥协了。阿图罗可以得到飞行员徽章，但不会毕业。"

"这样也行？"FM问。

"这根本没道理，"我赞同道，"他没有毕业，却能成为正规飞行员？"

"他光荣退役了，"科布说，"按照官方说辞，那是因为他需要为家族监管货运航线。如果我们想得到足够的护盾启动器零件，就需要其他洞穴运来的货物。来吧，你们三个，该做简报了。"

科布转身走开，FM和约尔延跟了过去。他们两个似乎放弃了，就好像这种事早在意料之中。

我没跟上去，只是替阿图罗感到愤慨。他父母就这么把他拖走了？

约尔延认为同样的事也会发生在他身上，我回想起来。也许他们早就做好心理准备了，至少是来自贡献卓著的家族的那些人。

我站在校舍外，头一次意识到自己是小队里唯一能走到这一步的普通人，这让我毫无道理地发起怒来。在状况越来越危急的现在，他父母居然还敢庇护他？尤其是在明显违背他自身意愿的情况下？

约尔延停在前方的门口，而其他人继续朝里面走去。"嘿，"他说着，回头看向我，"你来不来？"

我大步走到他面前。

"阿图罗的父母本来就不可能让他一直飞下去。"他说，"说真的，我很惊讶，他们竟然过了这么久才被吓坏。"

"同样的事会发生在你身上吗？你父亲明天会来接你走吗？"

"还不会。阿图罗不会去政界发展，但我会。我需要作为真正的飞行员经历几场战斗，然后我父母才会把我拖走。"

"所以只要经历一点点危险，你就会被保护起来。细心呵护，确保安全。"

他缩了缩身子。

"你也发现了，我们小队里死掉的只有普通人。"我厉声道，"比姆、晨潮、赫尔，他们没有一个是下层洞穴的居民！"

"他们也是我的朋友，斯苹。"

"你、阿图罗、内德、FM，"我每说一个名字，就用手指戳一下他的胸口，"你们提前就做过训练。这会帮你们保住性命，直到你们的懦夫家族把奖章别在你们身上，带你们到处炫耀，证明你们比我们其他人优秀得多！"

他抓住我的双臂，不让我继续戳他，但我生气的对象并不是他。其实我能从他的眼里看出，他和我一样恼火。他痛恨这种受拘束的人生。

我抓住他飞行服的前部，攥紧两只拳头，然后静静地将额头靠上他的胸口。我很恼火，甚至真的感到害怕，害怕失去更多的朋友。

约尔延绷紧身体，可最后放开了我的肩膀。他大概是拿不准该做什么，于是用双臂搂住了我。这一幕本该让人尴尬，但我却感到安心。他能理解，他能感受到和我相同的悲伤。

"我才刚有机会成为小队的真正成员，"我低声说，"然后一切又泡汤了。我庆幸他能平安，也能平安下去，但我很生气。为什么赫尔或者比姆就不能平安无事？"

约尔延没有回答。

"科布在第一天就说过，最后能成功的只有一两个人。"我说，"接下来死的会是谁？是我？还是你？为什么几十年过去了，我们甚至不知道自己在和什么战斗，又为了什么战斗？"

"我们知道为什么，斯潘莎，"他轻声说，"那是为了火成岩和阿尔塔，为了文明。而且你说得对，我们的做法并不公平。但我们一直遵守的就是这些规则，我也只知道这些规则。"

"为什么对你来说，一切都跟规则有关？"我说着，额头仍旧靠着他的胸口，"感情呢？感受呢？"

"我……我不知道。我……"

我把双眼闭得更紧，仍旧抓住他不放。我想着挑战军，想着阿尔塔和火成岩，想着自己失去了继续挑战的理由。我的人生一直都在和抗拒他们对我父亲的评价中度过。

现在我该怎么做？

"我也是有感情的，斯苹，"他最后说，"就像此时此刻，我觉得尴尬得要命。我从没想过你是喜欢拥抱的那种人。"

我松开他飞行服的前部，让他放下了双臂。"是你先抓住我的。"我说。

"你刚才在攻击我！"

"只是轻敲你的胸口作为强调。"

他翻了个白眼，那种气氛也到此结束。奇怪的是，当我们跟上 FM 朝新教室走去的时候，我意识到了一件事。我的确感觉好受了些。好感觉算不上多，但考虑到最近的遭遇，我不打算挑三拣四。

42

几天以后，我和 FM 以及同期的墨水池小队和火风暴小队在一张桌子上吃了饭。他们一共剩下了六名成员，这意味着即使我们全部加起来，也没法组成完整的十人小队。

大部分对话围绕着"我们会不会被合并为一支学员小队"展开。如果发生这种事，我们该保留哪个小队的名称？FM 主张想个新名字，但我认为既然另外两支小队都在某个时刻失去了各自的队长。而我们的队长还在，那么管事的就该是我们。

我保持安静，迅速解决自己的食物。我总觉得上将会闯进食堂把我拽出去。食物很棒，我还申请了三件非常合身的新连衣裤，换掉了我那件打了补丁的老旧裤子。

别的学员已经迫不及待想要毕业了。"我要成为侦察兵，"备注说，他是个西瓜头发型的粗鲁家伙，"我已经得到邀请了。"

"太无聊了。"FM 说。

"真的？"女孩之一说，"我还以为这份工作对你很有吸引力，毕竟你总在批评'挑战者式的好斗'。"

"但符合所有人的预料就太没意思了，"FM 说，"不过我还挺擅长的。"

听着这些话的时候，我在思考 FM 会不会也被家人带走，但她似乎没有约尔延那么重要，后者参与另一项国家事务去了。我漫不经心地思索，如果我出席他那种豪华的政府晚宴会有什么后果。我想象着自己将会引发的美妙丑闻：臭名昭著的懦夫之女？

当然了，那些人太有教养了，他们只会默默忍耐，看着我这个原始又野蛮的女孩不懂礼仪地大声喝汤，响亮地打嗝，又直接用手拿食物。约尔延也只能朝我翻白眼。

这些幻想让我露出微笑，但我随即皱起眉头。为什么我想到的偏偏是约尔延？

有人提起阿图罗那个没人能念对的呼号时，桌边的其他人都笑出了声。"现在他退学了，你们训练时肯定很安静。"戏剧说，这女孩的口音让我想起了金玛琳。

"我们挺得住，"FM 答道，"但他不在的感觉的确很怪。没有人不停给我解释我早就知道的事了。"

"你们的小队真够怪的，"戏剧说，"我认识约尔延，我敢打赌他开口的时候不是下命令，就是训斥你们，对吧？而斯苹显然很安静，所以你们小队的气氛肯定比较沉默。我们总在线路里聊个没完，即使我们只有四个人。"

她的队友们以温和的方式为自己辩护，我却发现自己很在意她对我的那句评价。安静？他们觉得我安静？

我想我最近是有些缄默。可安静？我真的不觉得自己这辈子有任何时候符合这种描述。哼。

晚餐结束，等我们清理好桌子以后，FM 朝宿舍那边点点头。"回去休息吗？还是去健个身？"

"都不了，"我说，"我想我今晚需要散个步。"事实上，我需要去确认 M 机器和末日虫的状况。我有好几天没去了。

"随你吧。"她犹豫了片刻，又说，"嘿，你还在替阿图罗担心吗？他会有飞行的机会的，只是不在战斗里。"

"当然，"我说，"我知道。"群星啊。都过去这么多天了，她觉得我还需要安慰？

我离开了基地。我真的应该去健身的，但抛下 M 机器这么久让我很内疚。为了帮利格处理助推器，我去过那儿几次，但我现在住在基地里，要抽出时间就很困难了。我想享受这些终于能够享受的特权。

天光暗淡下来，标志着夜晚的到来，而当我以熟悉的路线穿过这片灰尘覆盖的土地时，空气也变凉了。远离阿尔塔的景色和气味，再次回到天空下，这种感觉让人耳目一新。

我抵达了洞穴，用光索降了下去，准备迎来无可避免的一连串抱怨。M 机器不喜欢我的新住宿安排，它坚信自己会逐渐腐朽，人格子程序会因为缺乏使用而退化。

我到达了地面。"嘿。"我说着，嗓声在周围回荡。

"嘿！"末日虫停在附近的一块石头上。我将光线照在它身上，然后走了过去，挠挠它的脑袋。

"屠杀机器？"我对黑暗里说。

"我们还是得讨论一下那个昵称，"他的声音说，"我从来没同意过。"

"如果你不挑个好代号，就会有别人替你挑，这是世间常理。"我笑着走向那艘飞船，满以为他会说些离题的话。但我靠近的时候，他却沉默不语。出什么问题了？

"如何？"他说，"如何？"

"呃……"我这次又做了什么？

"你激动吧！"他问，"是不是都快爆炸了！太棒了，不是吗！"

太棒了？

助推器，我恍然大悟，利格的安装结束了。我这几周很忙，对他的进度关注得不够，但他的工具不见了，周围也打扫得干干净净，还有张纸条贴在 M 机器的机身后部。

末日虫坐在纸条旁边的机翼上。"愚蠢低劣又没用的模拟生命。"它用笛音模仿了利格的嗓音，"见鬼！见鬼！见鬼！见他该死的鬼！"

"当心点，小姑娘，"我说，"你这样没口德会被地勤部门雇走的。"

它发出一连串砰砰声，那是在模仿锤子敲打金属的响声。它在过去几周多半经常听到。

我拿起那张纸条。上面写道：

> 完成了。我本想驾驶它起飞做测试，但我觉得你才有资格飞第一次。另外，就算这个人工智能故意带着我坠毁，我也不会吃惊。
>
> 修理这艘飞船是我这辈子最美妙的经历（别告诉M机器）。我画下的设计图……我学到的东西……我会改变挑战军的，斯苹，我会彻底改变我们飞行和战斗的方式。我不仅得到了工程兵团的认可，他们还提议让我直接担任设计工作。我从明天开始上任。
>
> 谢谢你给我机会，让我在这件工作里找到了自己的梦想。享受你的飞船吧，希望它也会是你一直梦想的那样。

我放下纸条，抬头看向 M 机器剃刀般锐利的危险双翼。这艘飞船的着陆灯忽然亮起，令它的身体闪闪发亮。我的飞船。

我的……飞船。

"如何？"M 机器说，"我们要去飞飞看吗？"

"见鬼，当然！"

43

"上升环，可用。"我们缓缓升上天空的时候，M机器说，"助推器和机动飞行系统，可用。生命维持系统，可用。通信与隐形机能，可用。光矛与'反脉冲'反护盾冲击系统，可用。"

"不坏啊，利格。"我说。

"毁灭炮仍然不可用，"M机器说，"自我维修功能和赛托超推进器也一样。"

"好吧，既然我还是不知道最后那个是什么，我们就当作一切就绪吧。你的隐形机能启动了吗？"

"当然。你要保证我们今天不参战，可以吧？"

"不参战，"我保证说，"就为了测试助推器飞一小会儿。"

我们升了起来，穿过伪装的洞顶，而我感到紧张又兴奋。我每天都会飞行，但这次不一样。M机器的控制台能让最复杂的挑战军战机相形见绌，所以我只会碰自己能理解的那些按钮。

开阔的天空在呼唤我。我努力放松身体，靠向座椅。操控球、节流阀，还有高度操纵杆，这些和我熟知的那些一般无二。我能做到。

"准备好了吗？"M机器问。

作为回答，我用力推动了节流阀。

我们猛然飞向前去，而它先进的重力管理系统立刻发挥了作用。我本以为自己会被压向椅背，但即使助推器完全过燃，我也几乎感觉不到压力。

"见——鬼。"我轻声说。

"感觉很棒，不是吗？"M机器说，"我比你浪费时间去驾驶的其他飞船要好太多了。"

"我们能继续加速吗？"

"单凭一台助推器可不行，但我的机翼下还有两个安装小型助推器的槽位，所以这是可能的。"

我们加起速来比波科级稍慢，这也很合理，毕竟我们要重上许多，使用的却是同样的助推器。但等我们达到高速以后，我注意到了明显的差别。我们迅速超过了6马格，7马格，8马格……见鬼，换成波科级，机身现在恐怕都快晃成碎片了。但M机器达到了10马格，我甚至都感觉不到。那种平稳程度简直像是1马格。

我尝试在高速中做出机动动作，发现操纵装置灵敏得惊人。我已经很久没在转弯时不小心过度补偿了，但我迅速掌握了诀窍。我降到了正常缠斗速度，练习了几次倾斜转弯，然后是星际战机式转向。

一切都那么顺利，于是我再次加速到3马格，进行了某些复杂的回避动作。急转，旋转，最后是在下降中以过燃状态翻筋斗。

太完美了，这太完美了。

我真的很想让利格坐着这东西飞起来。或许约尔延也行，我欠他一个人情，毕竟他帮我搬来了助推器。他抱怨过被迫开那么久的车来我的洞穴这件事，毕竟几乎每件事都能让约尔延抱怨，但他肯定会享受这样的飞行。自由翱翔，摆脱束缚和期待，而且……

而且……为什么我又在想这种事了？我摇摇脑袋，让自己的注意力回到飞行上。"想想你在战斗中会有多出色吧。"我对M机器说。

"你保证过的。"

"我保证过今晚不驾驶你去参战，"我说，"可我没保证过不会试着说服你。你为什么要害怕？"

"我没害怕，而是在遵守命令。另外，我在战斗里又能有什么用？我可没有毁灭炮。"

"你不需要那种东西。你的反脉冲能用，光矛也一样。凭借你的机动性和这些工具，我们可以毁灭克雷尔人。他们只能追逐我们的影子，而我们的影子会吞噬他们的影子！这会很棒的！"

"斯苹，"它说，"我接到的命令是避开战斗。"

"我们会想办法改变命令的，别担心。"

"嗯……"它的语气带着怀疑，"也许……也许我们能想办法满足你奇怪的人类欲望，而且不用卷入真正的战斗。你想要刺激？我来为你投影一场战斗怎么样？"

"你是说像模拟装置那样？"

"差不多！我可以在你的驾驶舱罩上投射出增强现实全息影像，让你认为自己处于作战态势。这么一来，你就可以假装要去自寻死路，我也用不着违反命令！"

"嘿。"我好奇地说。好吧，这最起码能让我测试它在模拟影像里的反应。"就这么干吧。"

"飞到一万一千英尺高，我就会把你放进阿尔塔之战里。"

"但我把那只数据盒还给科布了。"

"我复制了一份，"它迟疑了片刻，"这样是不是不太好？我觉得你也许会想——"

"不，不，没关系。可你能为我模拟的只有这场战斗吗？"

"我只能在这场战斗里实现正确的三维渲染。有什么问题吗？噢！你父亲。这是你父亲成为懦夫的那场战斗，而你的情绪会因此产生波动，因为你厌恶背叛和能力不足的感受！哎呀。"

"没关系。"

"我可以试着换成——"

"没关系的，"我说着，把战机停在它所说的高度，用机动推进器来停稳机身，"开始模拟吧。"

"好的，好的。我只是冒犯了一下你，你没必要发脾气。"

一道闪光过后，我出现在战斗之中。

这和模拟很像，只不过我驾驶的是真正的飞船。全息影像制造的每样东西都在发光，而且略显透明，仿佛有一群鬼魂围绕着我。这是必要的设定，为了让我分辨现实，免得意外撞上山壁之类的东西。

M机器说过，它只是把所有东西投影在我的驾驶舱上，但在我看来，这些就像是立体的。而且这场战斗真实得惊人，尤其是在我启动助推器、闯入战场的时候，M机器甚至尽它所能在驾驶舱里制造出了飞船掠过的声音。

"我可以模拟毁灭炮，"M机器说，"可你一门都没给我装上。"

我咧嘴一笑，和两架挑战军战机会合。在俯冲时，我瞄准了一架被别人的反脉冲击中的克雷尔飞船，而 M 机器及时编辑了模拟影像，于是我的目标令人满足地在闪光中爆炸了。

"好吧，"我说，"我要怎么启动接近传感器？"

"我可以启动。搞定。"

"真方便。你还有什么能用语音指令做到的事？"

"我有权操作通信与隐形机能，而且我可以为你重启护盾。然而，根据银河法律，我被禁止控制助推器和武器系统，包括反脉冲。除了诊断功能外，我和那些系统没有任何物理联系。"

"那好吧，"我说，"打开队长聊天频道，让我用像是实时发生的方式听那些录音。"

"搞定。"无线电通信开启的同时，它说，"请注意，音频内容也许无法和你的图像同步，因为你会干涉这场战斗的过程。"

我点点头，投入了战斗。

这是一场非凡的战斗。我倾斜转向，然后射击，发射反脉冲，接着加速离开。我旋转着穿过这片虚拟战场，这里充斥着闪光、爆炸的飞船，以及不顾一切的斗士们。我驾驶着一艘机动性无人可比的飞船，感觉自己在逐渐适应它，接受不断增加的优势。我在半个钟头里击落了四架克雷尔飞船，创造了个人新纪录，而且护盾仅仅被炮火擦过了几次。

最棒的是，这场战斗很安全，我的朋友全都不用身处险境。模拟的真实性达到了全新的高度，但仍旧不会危及任何人的性命。

*你在害怕，*我的一部分意识在低语，*害怕战斗，害怕失去。*那种声音如今几乎一刻不停。

我全身冒汗，心脏狂跳。我盯上了被另一架战机数次击中的某艘克雷尔飞船，它的护盾肯定接近失效了。我瞄准目标，然后——

一架战机从我身边掠过，毁灭炮开了火，抢在我之前击中敌人，将那艘飞船轰成了碎片。我立刻认出了他——父亲。

另一架战机占据了父亲身后的僚机位置。

"M 机器，"我说着，感觉内脏在颤抖，"给我播放那两架的通话录音。"

频道传来一阵噼啪声，队长们的通话消失了，取而代之的是父亲和混血犬的直接通话。

"漂亮的一炮，追击者。"科布的声音在说，听起来正是他本人，只是少了那些愤世嫉俗，"滚烫的石头啊，你今天状态绝佳！"

我父亲的战机向后翻了个筋斗。我发现自己跟在他旁边，就在科布的对面，作为僚机……父亲的僚机，我所知的最伟大的人。

也是个叛徒。

我恨你，我心想，你怎么能做出那种事来？你有没有停下来想过，这会给你的家人带来怎样的后果？

他倾斜转向，而我尾随在后，紧跟着他发光而透明的战机。他正在追赶两艘克雷尔飞船。

"我会去发射反脉冲。你试试能不能解决他们。"

我压下再次听到父亲声音时突然涌现的情绪。我该怎么同时既爱又恨这个人？在我们那天来到地表时，他的形象是那么高大，我要怎么把这个形象和我得知他做出的可怕行为联系在一起？

我咬紧牙关，试图把全部注意力集中于战斗。那些克雷尔飞船在回避中闯入了更大规模的混战中，几乎撞上了几架挑战军战机。父亲跟了进去，旋转着做出筋斗动作。科布被远远甩开。

我紧跟着父亲，维持在他的侧翼。在那一刻，这场追逐成了一切，而我周围的世界也随之褪色。只有我，父亲的幽灵，以及敌机。

向右倾斜转弯。

向上急转。

转向并盘旋。

再次右转。

绕过爆炸。

我在这场追逐中使出了浑身解数，但我仍在慢慢落后。父亲的转向太突然了，动作也太精准了。即使我拥有 M 机器的卓越机动性，父亲依旧比我出色。他有多年的经验，对于何时该助推、何时该转弯一清二楚。

而且还有别的理由……另一些理由……

我盯着那架克雷尔战机。它倾斜右转，父亲也一样。它转向上方，父亲也一样。它转向左……

父亲转向左方。而且我敢发誓，他比那架克雷尔战机快了几分之一秒。

"M机器，"我说，"确认我父亲和克雷尔飞船的转向时间。他的反应是不是比他们还快？"

"这应该不可——嘿。"

"怎么？"我问。

"我想正确的用词应该是见鬼。斯潘莎，你父亲的动作比那个克雷尔人还快，只有几分之一秒的差别，但这是事实。我的记录肯定是不知怎么失去了同步。我认为人类能够如此精准地推测出那些动作是非常不可信的事。"

我眯起眼睛，然后让助推器过燃，重新投入了追逐。我一直移动到父亲战机的轮廓内部，全息影像的光芒包围着我。我盯着的不仅是他，还有那架克雷尔战机，试图在它做出下一连串的回避动作时跟上它。

左，右，旋转，爬升……

我办不到。我父亲在正确的时机急停转向，然后反脉冲了那架敌机。他们以复杂交错的筋斗绕着彼此旋转，仿佛两根编在一起的绳索。当父亲不知用了什么法子在恰当的时机关闭助推器、落到敌人身后的时候，我彻底失去了速度，在这段复杂的机动飞行中掉了队。

那个克雷尔人在闪光中死去。

父亲结束俯冲的时候，科布在线路里欢呼起来。年轻时的科布显然很有热情。

"追击者，"他说，"他们在后撤了。我们是不是……是不是赢了？"

"不，"父亲说，"他们只是在重整队伍。我们去跟其他人会合吧。"

我让飞船悬停，看着科布和我父亲加入了队伍。"刚才的表现非常漂亮，"铁甲在频道里说，"但追击者，你要注意，你总把僚机甩得太远。"

"全是废话。"科布说,"追击者,别把所有东西都打下来,你让我很没面子。我是你真诚的铁甲。"

"我们是在为全人类的存亡而战,混血犬。"铁甲说,"我真想听你说出些成熟的话,哪怕一次都好。"

我笑了。"她的口气就像约尔延在跟我们说话。"然后我转过身,看向正在远处重新集结的克雷尔飞船。在附近,挑战军战机也再次组成了小队。

我知道接下来会发生什么。

"你看到残骸区那边的缺口了吗?"科布说,"像这么整齐的排列可不多见……追击者?"

我抬头看去,但模拟影像没有延伸到那么远的地方,无法向我展现他们所说的残骸区缺口。

"追击者,出什么事了?"科布问。

"是缺陷发作了吗?"铁甲问。

"我可以控制缺陷,"我父亲说,"可……"这是什么? 我之前可没听过这段话。

他沉默了片刻。"我能听到群星的声音,也能看到它们,科布,"我父亲说,"就像今天早些时候那样。残骸区里有个缺口,我能穿过去。"

"追击者!"铁甲说,"不要脱离队伍。"

这部分我上次听过。我害怕再听一次,可我没法强迫自己让 M 机器关掉录音。

"我能穿过去,朱迪。我得试一试,我得去看看。我能听到群星的声音。"

"去吧,"我轻声附和着铁甲的话,"我相信你。"

她相信过他。他没有违反命令,而且是在她的许可下离开的。考虑到接下来发生的事,这对我来说没多少分别。

父亲的战机悬停转动,上升环对准了下方。他将机首面对天空,启动了助推器。

我看着他离开,泪水逐渐流向眼角。我看不下去了,没法再看一遍。

拜托，父亲……

我试图用我的手触碰他，尽管这举动很愚蠢，但……那儿还有……另一种东西。

我听到了高处的某个声音，像是一千个音符交织而成的声音。就像奶奶一直教我的那样，我想象着自己向高处翱翔，伸手去触碰群星……

我的驾驶舱被漆黑笼罩，将我投入了彻底的黑暗。紧接着，我的周围出现了一百万个针孔般的光点。那些针孔打开了。一百万只白色的眼睛，就像群星，全部直接转向了我。聚焦于我，窥视着我。

"快关掉！"我尖叫起来。

黑暗消失了。眼睛不见了。

我回到了驾驶舱里。

我大口喘息，甚至换气过了度。"那是什么！"我狂乱地质问道，"你给我看了什么？那些眼睛是什么！"

"我很困惑，"M机器说，"我什么都没做。我不知道你在说什么。"

"你上次为什么没给我播放对话的前面那段？你为什么要向我隐瞒？"

"我不知道该从哪儿开始！"M机器说，"我以为你想要的是关于群星的那部分！"

"那段关于缺陷的对话呢？你早就知道这些了？"

"人类有很多缺陷！"它说着，嗓音带着呜咽，"我不明白。我能以你们大脑的一千倍速度分析，但我还是跟不上你们的想法。抱歉，我不知道！"

我双手抱头，头发被汗水浸湿。我紧闭双眼，吸气，然后呼气。

"抱歉，"M机器再次开口，嗓音更加柔和，"这原本是为了让你兴奋，但我失败了。我本该料到你脆弱的人类心智会受到冲击——"

"闭嘴。"

这艘飞船沉默下来。我蜷缩在驾驶舱里，努力维持理智。我的自信怎么了？那个坚信自己能独自解决一整支克雷尔舰队的孩子去了哪儿？

被我抛在了脑后，就像每个人的童年那样……

我说不清自己在那儿坐了多久，双手抓着自己满是汗水的头发，摇晃不止。强烈的头痛袭向了我，双眼后方也传来尖锐的痛楚，就好像有人拿着螺丝刀，开始把我的眼球拧进颅骨里。

痛楚给了我焦点。它帮助我抽身，直到最后，我意识到了自己仍旧悬在空中的事实。独自悬停在一片空地上方，被夜色笼罩。

回去就好，我告诉自己，回去睡上一觉。

这突然成了我此时唯一想做的事。我缓缓地操纵飞船，将我们转向洞穴所在的坐标。

"我现在畏惧死亡了。"我们飞行的时候，M机器轻声说。

"什么？"我用沙哑的嗓音问。

"我写了一段子程序，"它说，"来模拟对死亡的畏惧。我想知道。"

"这太蠢了。"

"我知道。但我不能关掉它，因为我更害怕自己不知道。如果我不畏惧死亡，那不就更糟了吗？"

我驾驶飞船来到洞穴那边，然后停在它的正上方。

"我很高兴能和你一起飞，"M机器说，"飞这最后一次。"

"听起来……没有下次了。"我说着，内心的某个角落传来惊恐的颤抖。

"我有些事要告诉你，"它说，"但我担心这会进一步引发你的痛苦情绪。"

"赶紧说。"

"可——"

"说吧。"

"我……我必须关机了。"M机器说，"这点在我看来很明显：如果我继续让你驾驶我飞上天空，你是无法避开战斗的。这是你的天性。如果这么下去，我会不可避免地被迫违反指令。"

这话就像是一记重拳，让我缩起身子。我肯定听错了它的话。

"保持低调，"我们降入洞穴时，它说，"评估状况。不要参与战斗。这些是我接受的命令，而我必须服从自己的飞行员。因此，这会是我们最后一次共同飞行了。"

"我修好了你。你是属于我的。"

我们停在地上。

"我会停止活动，"它说，"直到我的飞行员唤醒我为止。抱歉。"

"你的飞行员几个世纪前就死了！你自己说过的！"

"我是台机器，斯潘莎，"它说，"我可以模拟情绪。但我没有情绪，我必须遵守程序。"

"不，你不需要！我们都不需要！"

"谢谢你修好我。我敢肯定……我的飞行员……会很感激。"

"你会关机的，"我说，"永远关机。你会死的，M 机器。"

沉默。控制台上的指示灯开始熄灭，一次一盏。

"我知道。"它轻声说。

我按下驾驶舱罩的开启按钮，然后解开安全带，钻了出去。"好吧！"我说，"好吧，就像其他人那样死掉吧！"

我爬下机身，退到一旁，与此同时，它的着陆灯暗淡下去，最后亮着的只有驾驶舱里的几盏红灯。

"别这样，"我说着，突然感到格外孤单，"和我一起飞翔吧，拜托。"

最后的几盏灯也熄灭了，留下我站在黑暗里。

44

接下来的几天里，我在训练时用的战机显得那么迟钝、普通，与 M 机器的驾驶舱里那种无可比拟的体验相比，明显低劣了许多。我们驾驶的是重型战机这点更是雪上加霜：全副武装的拉尔戈级，配备了多门毁灭炮，甚至是几发反脉冲导弹。

在那之后，我们换成了斯拉查级战机，后者更像是美化过的航天飞机或者货运飞船，而非真正的星际战机。它们配备了多个能够同时运作的护盾启动器，以便始终维持一道能够保护尤其重要的货物或人物的屏障。

尽管它们都有各自的地位，两种型号却都过于笨重，无法在速度或机动性上胜过克雷尔人，所以大部分飞行员驾驶的都是波科级或者弗雷萨级。只有快速飞船才能与敏捷的克雷尔截击机一较高下。

即使在用相对快速的弗雷萨级练习时，每一次转向和每一次助推都会让我想起 M 机器有多么灵敏。这让我不禁思索，把它的事告诉挑战军的时机是不是终于到了？它抛弃了我，程序显然受损了，所以我有完全正当的理由送一队工程师去那座洞穴，把它拆掉。

它只是一台机器，所以我为什么不能这么干？

你拥有自由意志，我告诉过它，你能为自己做选择……

"当心，斯苹！"FM 说着，让我在吃惊中回过神来。我倾斜转弯时离她太近了些。见鬼，我需要把注意力保持在飞行上。

"抱歉。"我说。我忽然想到，用模拟装置训练是有缺点的，因为在那里，我们就算坠毁，也能直接重新加入战斗。我也许养成了会让我吃苦头的坏习惯，毕竟我们现在驾驶着真正的飞船——而失误也会带来真正的后果。

我们以三机队形进行了几次复杂的练习，在固定位置转向。最后，科布呼叫我们返回基地。

"斯苹和 FM，"他说，"你们两个在小型战机上表现更好。"

"我们应该都这样，不是吗？"约尔延问，"我们用波科级练习了几个月了。"

"不，"科布说，"你看起来更适合拉尔戈级。"

"他的意思是你很迟钝，约尔延。"FM 评论道，"对吧，斯苹？"

我含糊地应了一声，脑子想的却是 M 机器，还有父亲和赫尔，以及那些围绕着我的眼睛，就像科布警告过的那样。还有……

见鬼，同时承受这么多真的很辛苦。

"她喜欢看到我飞得慢，"约尔延说着，挤出几声轻笑，"这会让她更容易撞到我，如果她想的话。"这么多个月过去了，他还是会提起我通过撞毁他来取胜的那件事。我关闭了线路，感到羞愧又恼火。

我们开始了返航，而且令人恼火的是，来自约尔延的直连线路打开了。作为队长，他可以推翻我关闭线路的指令。

"斯苹，"他说，"你怎么了？"

"没什么。"

"我才不信，"他说，"你放过了一次取笑我的绝佳机会。"

我……我很想跟他谈谈，差点就开口了，但某种东西阻止了我，也许是我自身的恐惧。它阻止我在得知父亲的真相时和利格对话，甚至阻止我把自己看到的景象告诉科布。

我的整个世界都在周围崩溃瓦解，而我奋力抓住它，依附于我曾经能够依靠的那样东西——我的自信。我无比渴望成为过去的自己，成为那个至少能假装从容地接受一切的女孩。

约尔延关闭了线路，我们在沉默中飞回了阿尔塔。抵达基地以后，我们完成了报数，随后着陆。

"今天干得不错，"科布说，"我得到了许可，可以给你们额外放半天假，让你们为两周后的毕业做好准备。"

我摘下头盔，递给地勤人员，然后迟钝地跟着他爬下梯子。我以机械式动作换掉了飞行服，几乎一句话都没跟 FM 说，然后把双手塞进连衣裤的口袋，在挑战军基地里散起步来。

半天休假，我该怎么利用这段时间？我曾经可以回洞穴那边去修理 M 机器，但现在不行了，因为修理完成了。尽管我写信给了利格，偷偷告诉他初次飞行很顺利，但我还是没有提到那艘飞船关闭动力的事。我担心他会坚持主张把 M 机器上交给挑战军。

最后，我不知不觉来到了基地围墙外的果园里，但这些宁静的树木没能像过去那样带给我慰藉。我不清楚自己想要什么，但肯定不是这些树。

然而，我注意到了果园附近那排小型机库。其中一座开着门，露出里面的一辆蓝车，以及一道在它周围移动的影子，那是约尔延在从后备厢里拿东西。去吧，我心里有一个声音主张道，去跟他谈谈，去找个人谈谈。别再害怕了。

我走到那座机库的正门前。约尔延关上了那辆车的后备厢，然后吓了一跳，为我出现在这儿而惊讶。"斯苹？"他问，"可别告诉我，你还需要一台动力矩阵。"

我深吸了一口气。"你说过，如果我们需要找人谈谈，就该来找你。你说过作为队长，和我们谈话是你的工作。你这话是认真的吗？"

"我……"他低下头，"斯苹，那句话我是从手册里照搬的。"

"我知道。但你是认真的吗？"

"是的。拜托，出什么事了？是因为阿图罗的离开吗？"

"算不上，"我说，"但那也是理由之一。"我双臂抱胸，仿佛要搂紧自己那样。我真的能说出来吗？我真的能说出口吗？

约尔延绕过车子，坐在前保险杠上。"无论是什么，我都能帮忙。我可以解决。"

"不用解决，"我说，"听着就好。"

"我……好的。"

我走进机库，坐在他旁边的保险杠上，看向洞开的机库正门和高处的天空，以及远处残骸区的形状。

"我父亲，"我说，"……是个叛徒。"我深吸了一口气。这事有这么难说出口吗？

"我总在抗拒那种念头，"我继续说，"我说服自己相信那不是事实，但科布给我看了阿尔塔之战的录像。我父亲没有像其他人说的那样逃跑，他做了更可怕的事。他在战场上倒戈，击落了我方的飞船。"

"我知道。"约尔延轻声说。

他当然知道。是不是除我以外的所有人都知道？

"你知道一种叫作'缺陷'的东西吗？"我问他。

"我听过这个词，斯苹，但我父母不肯向我解释。他们把它叫作'愚蠢'，无论那究竟是什么。"

"我觉得……我觉得那是在人们身体里强迫他们效命于克雷尔人

的某种东西。这太疯狂了，不是吗？我父亲突然就加入了他们，然后击落了自己的队友。肯定发生了什么事，什么怪事。这很明显。"

"知道自己对他的看法错了以后，我所知的一切都动摇了。铁甲恨我，是因为她相信我父亲，他却背叛了她。她坚信我也有和他相同的缺陷，而且一直在用我头盔里的传感器做测试。"

"这太蠢了。"他说，"你瞧，我父母做过很多贡献，我们可以去找他们，然后——"他深吸了一口气，显然是注意到了我的表情。"好吧，"他说，"不用解决，听着就好？"

"听着就好。"

他点点头。

我再次环抱自己。"我不知道还能不能相信自己的感觉，约尔延。在我父亲倒戈之前，他表现出了某些……征兆，我亲眼看到过。"

"比如？"

"听到群星的声音，"我低声说，"看到好几千个光点盯着我，我敢发誓那是眼睛。我人生中的一切似乎都在失控，或许它们从来就不受我的控制。而且……约尔延，这很恐怖。"

他身体前倾，交扣双手。"你知道'挑战者'号上的叛乱吗？"他问。

"发生过叛乱？"

他点点头。"我本来不该知道的，但如果你有我那样的父母，就会听说一些事。在舰队最后的那段日子里，人们对该做的事起了分歧。那艘飞船上的一半成员发起了对指挥层的叛乱，叛乱分子包括引擎人员。"

"我的祖先。"我轻声说。

"是他们驾驶飞船来到了岩屑星，"约尔延说，"导致我们为求自保只能坠落在这儿。但……有谣传说引擎人员与克雷尔人勾结，而我们的敌人希望我们困在这儿，无法脱身。

"我的祖先来自'挑战者'号的科研人员，而且我们也站在叛乱者那边。我父母不希望人们知道叛乱的事，他们认为谈论这些只会导致分裂。但关于'缺陷'和克雷尔人的'精神控制'的愚蠢说法也许就是这么来的。"

"我不觉得它很蠢，约尔延，"我说，"我觉得……我觉得它也许是事实。我觉得如果我和你们一起飞上天空，我就……就随时可能背叛你们。"

他看着我，然后伸出手按在我的肩膀上。"你，"他轻声说，"很不可思议。"

我歪了歪头。"什么？"

"你，"他说，"很不可思议。我人生中的一切都是被安排好的，而且是精心安排的。这合乎情理，我能理解。然后我遇见了你。你忽视我的权力，听从自己的感受。见鬼，你说起话来就像歌谣里的女武神！我本该讨厌你的，然而……"

他捏了捏我的肩膀。"然而，你飞行的时候真的很出色。你那么坚定、那么熟练、那么富有激情。你是一团火，斯苹。所有人都保持平静的时候，你却是熊熊燃烧的篝火。美丽动人，就像一把刚刚打造出来的利刃。"

我感觉到一股暖意从内心升起，那是我尚未准备好去感受的温暖。

"我不在乎过去，"约尔延说着，对上我的双眼，"我不在乎有没有风险。我希望你和我们一起飞行，因为我非常确定，有你在我们身旁比没有你要安全，无论那种缺陷是不是虚构的。我愿意冒这个险。"

"铁甲曾经也是这么看待我父亲的。"

"斯苹，你不能用我们都无法理解的东西决定自己的未来。"

我看向他，对上他的双眼，那双无比深邃的棕色眸子。但在正中央，瞳孔的周围却带着一丝淡灰，我之前完全没注意过。

他突然放开了我的肩膀，坐直身子。"抱歉，"他说，"我直接从'聆听'模式进入了'解决'模式，对吧？"

"不，这没关系，甚至很有帮助。"

他站起身。"所以……你会继续飞行吧？"

"暂时会，"我说，"我会努力不撞上你，非常必要的情况除外。"

他的脸上浮现出一点也不欠揍的笑容。"我该走了。我得去试我的毕业制服才行。"

我站起身来，和他尴尬地对视了一秒钟。上次我们在发射台上进行推心置腹的交谈时，他拥抱了我，到现在我还觉得很怪。于是我伸出一只手，他便和我握了手。但他随即探出身子，凑近我。

"你不是你父亲，斯苹，"他说，"记住这点。"然后他又捏了捏我的肩膀，这才爬进车里。

我退到一旁，让他驱车离开，但我发现自己不知道之后该做什么了。回基地去健身？徒步走到 M 机器的洞穴，看着它了无生气的模样？我该怎么运用这段休假？答案似乎很明显。

我早就该回去看望家人了。

45

事到如今，我已经习惯了阿尔塔的人对待我的方式。他们会为飞行员让道，即使对方只是个学员。在基地外的这条长长的街道上，农夫和工人会朝我露出友善的微笑，或者赞许地抬起拳头。

但在火成岩，我依旧为自己受到的对待而惊讶。电梯门打开的时候，等在外面的人群立刻分开，让我通过。低语声从我身后传来，但音调里没有我平时会听到的谴责，而是带着敬畏和兴奋：那可是个飞行员。

在长大成人的过程中，我学会了回瞪看着我的人。但如果我现在这么做，人们就会红着脸转开视线——就好像他们偷偷多拿口粮时被人抓了个正着。

我的旧生活与新生活发生了奇怪的冲突。我在通道里漫步，抬头看向遥远的洞顶。那块与周围不搭调的石头把我困在了这里。我已经怀念起天空了，而且这儿又热又闷。

我经过冶炼厂，古代设备正在那里喷出热量和光芒，将岩石变成钢铁。我经过一座能源厂，它能以某种方法将地心的熔岩热量转化为电能。我信步走过哈拉尔德·海裔那只平静而带着挑衅意味的石头手掌下方。那尊雕像举着一把古老的维京长剑，身后高处有一块庞大的矩形钢板，上面刻着清晰的线条和一轮太阳。

现在是中班结束的时间，所以我猜我会发现母亲正在手推车边卖东西。最后，我绕过一个转角，看到她就在前方：瘦削而自豪，留着及肩长发，穿着磨损不堪但洗得干干净净的陈旧连衣裤。她将一份卷饼递给一个工人，全身透出疲惫。

我停在通道里，不确定该如何接近。我这才意识到，自己回来得太少了。我想念母亲。虽然我从来没有真正想过家，从小开始的拾荒旅行让我为长时间离开做好了准备，但我仍旧渴望听到她严厉却令人安心的声音。

在我犹豫的时候，母亲转过身来，看到了我，然后立刻飞奔过来。在我开口之前，她就用力抱住了我。

我见过比父母高大的孩子，但我要比她矮小得多，而且在她的怀里，我暂时觉得自己变回了孩子，安全、舒适。如果能退入这样的臂弯，你也能更加安心地规划未来。

我让自己变回了小女孩，假装任何危险都无法触及我。

母亲终于抽身后退，上下打量我。她用手指夹起我的一绺头发，随后扬起一边眉毛。我的头发长了很多，现在都越过我的肩头了。我在那儿的前半段日子无权使用挑战军的理发服务，而在那之后，我已经习惯了长发了。

我耸了耸肩。

"来吧，"母亲说，"车上的东西可不会自己卖掉。"

这是一份邀请我前往单纯时光的请帖，而在此时此刻，这正是我需要的。我帮永远讲求实际的母亲应付排成一队的顾客，面对飞行员的服务，那些男女显得困惑不已。

说来也怪，母亲从来不会像其他街头小贩那样叫卖，但来这儿买藻卷的人几乎从没断过。在一次间歇期间，她调着芥末，看了我一眼。"你要回来帮我们抓老鼠了吗？"

回来？我犹豫了片刻，这才明白她不知道我在休假。她……她以为我被开除了。

"我还穿着这件连衣裤，"我说着，指了指身上，但她茫然的眼神告诉我，她并不明白这代表什么，"母亲，我还在挑战军里。我今天是在休假。"

她的嘴角立刻耷拉下来。

"我的表现很好！"我厉声说，"我是小队里剩下的三个飞行员之一，两周内就要毕业了。"我知道她不喜欢挑战军，可她就不能为我骄傲一下吗？

母亲继续调着芥末。

我坐在通道旁边的那道矮墙上。"等我成为正规飞行员以后，就会有人照看你们。你用不着熬夜做吃的，再推着这辆手推车来回几个钟头。你们会分到一间宽敞的公寓，变成有钱人。"

"你觉得我想要这些东西？"母亲说，"这种生活是我自己选的，斯潘莎。他们提议给我宽敞的公寓，还有轻松的工作。我所要做的就只是配合他们的说辞，说我从一开始就知道他是个懦夫。我拒绝了。"

我站直了身子。我从没听说过这回事。

"只要我还在这儿，"母亲说，"还在这个角落卖东西，他们就没法忽视我们。他们没法假装自己成功掩盖了真相。有个活生生的证人证明他们撒了谎。"

这是……我听过的最富有真正挑战精神的话了，但同时又错得离谱。我父亲并非懦夫，却是个叛徒。可究竟哪一边更糟呢？

就在这时，我意识到自己的问题之严重，远不是约尔延的一番鼓励就能解决的，我的问题不只是担心我看到的东西或者我父亲的背叛那么简单。

我的自我认同是围绕着"不会成为懦夫"打造而成的。这是针对所有人对我父亲的评价做出的反应，但它仍旧是我的一部分，最深也最重要的一部分。

我对那件事的自信正在崩塌。失去朋友的痛苦是理由之一……但这种对自己的体内存在恐怖之物的担忧……更加可怕。

那种恐惧在逐渐摧毁我，因为我不知道自己能否抵挡，因为在内心深处，我不知道自己是不是懦夫，我甚至没法确定"懦弱之举"的定义了。

母亲在我身边坐下。她总是那么平静，又毫不装腔作势。"我知道，你希望我为你的表现而高兴。真的，我很骄傲，我知道飞翔一直是你的梦想。只是，既然他们处理我丈夫的遗物时都那么无情，我很难相信他们会爱惜我女儿的性命。"

我该怎么解释？我该把我知道的事告诉她吗？我能说明自己的担忧吗？

"你是怎么做的？"最后，我问她，"你是怎么忍受他们说他的那些坏话的？你是怎么接受'懦夫的妻子'这种称呼的？"

"我一直都觉得，"她说，"懦夫是那些比起对错，更在乎别人说法的人。勇敢与否不在于别人对你的称呼，斯潘莎，它在于你所知的自己。"

我摇了摇头。这就是问题所在，而我不知道。

仅仅四个月之前，我还觉得自己能对抗任何东西，也知道所有问题的答案。谁能想到成为飞行员会导致我失去那种勇气呢？

母亲仔细看了看我。最后，她亲吻了我的额头，又捏了捏我的手。"我不介意你去驾驶战机，斯潘莎，我只是不喜欢让你整天听他们的谎话。我希望你了解他，但不是他们口中的他。"

"我飞行得越久，"我说，"我想我对他的了解也就越多。"

母亲歪了歪头，似乎从没想过这点。

"母亲……"我说，"父亲提到过他看到的……怪东西吗？像是很多眼睛在黑暗里看着他？"

她的嘴唇抿成了一条线。"他们告诉你了，是吗？"

我点点头。

"他梦见过群星，斯潘莎，"母亲说，"梦见自己看到毫无遮掩的群星，梦见像我们的先祖那样飞翔于群星之间，就这样。"

"好吧。"我说。

"你不相信我的话，"她叹了口气，然后站起身，"你祖母和我有不同的观点。也许你应该跟她聊聊。但要记住，斯潘莎，你必须选择自己的身份。遗留之物，关于过去的记忆，这些对我们很有帮助，但不能让它们定义我们本身。当你继承的东西变成限制而非激励的时候，它就越界了。"

我皱起眉头，困惑不已。奶奶有不同的观点？关于什么？但我还是再次拥抱了母亲，小声向她道谢。她把我推向我们公寓的方向，而我带着莫名复杂的心情离开了。母亲在以她自己的方式战斗：站在那个角落，以静静卖出的每一份藻卷来宣告我父亲的无辜。

这给了我鼓舞，以及启发。我以从未有过的方式理解了她。然而，她对父亲的看法是错的。她懂得那么多，却弄错了基本的问题，就像看到他在阿尔塔之战中叛变之前的我。

我走了一小段路，终于来到了我们四四方方的公寓大楼附近。

我穿过高大的拱顶大门，进入公寓区域，与此同时，两个换班后的士兵为我让出路来，又敬了个礼。

经过以后，我才意识到那是阿卢科和约尔斯。他们似乎没认出我，也没看我的脸，仅仅看到这身飞行服就让到了旁边。

我朝洪太太挥了挥手，她没有朝我皱眉头，而是低头钻进自己的公寓，然后关上了门。我朝我们那间一室户公寓的窗户里瞥了一眼，发现奶奶不在里面，但随后，我听到她哼的歌声从屋顶上传来。我继续思考着母亲的话，就这么爬上梯子，来到这座箱型公寓楼的楼顶。

奶奶低着头坐在那儿，面前的毯子上放着一小堆珠子。她闭着几乎失明的眼睛，用满是皱纹的手指摸索，以触感挑选珠子，有条不紊地将它们串起，做成首饰。她轻声哼着歌，脸上的皱纹就像是她面前毛毯上的褶皱。

"啊，"我在梯子上犹豫的时候，她说，"坐吧，坐吧。我确实需要帮忙。"

"是我，奶奶，"我说，"斯潘莎。"

"那当然，我感觉到你来了。坐下来，帮我根据颜色给珠子分类。我没法区分绿色的和蓝色的，它们的尺寸完全一样！"

这是我几个月来第一次回家，而且奶奶就像母亲那样，立刻让我干起了活儿。好吧，我是有问题要问她，但在完成她的要求之前，我恐怕都没法问她。

"我会把蓝色的放到你右边，"我说着，坐了下来，"绿色的放到左边。"

"好的，好的。你今天想听什么故事，亲爱的？征服了世界的亚历山大？还是夺走死者之剑的赫尔薇尔[1]？还是贝奥武夫？怀一下旧？"

"我今天其实不想听故事，"我说，"我跟母亲谈过，然后——"

"好吧，好吧，"奶奶说，"不想听故事？你怎么了？你该不会在上边的飞行学校里学坏了吧？"

我叹了口气，决定换个切入话题的角度。"奶奶，这些故事里有真实人物吗？"我问，"你说的那些英雄，他们真的存在吗？在地球上？"

"也许吧。这重要吗？"

"当然重要。"我说着，开始把珠子丢进杯子里，"如果他们不是真的，那这些故事就只是谎言了。"

"人们需要故事，孩子，故事会带给我们希望，而希望是真实的。这么一来，故事里的人存不存在还重要吗？"

"因为有时候，我们会让谎言长久留存下去，"我说，"就像挑战军关于我父亲的说法与我们关于他的说法截然相反。两种不同的故事，两种不同的影响。"

两者都是错的。

我把另一颗珠子放进对应的杯子。"我受够了不清楚对错，我受够了不清楚该在何时战斗，也不清楚该恨他还是爱他，而且……而且……"

1　赫尔薇尔（Hervor）：13世纪的传奇故事集《赫尔薇尔萨迦》（*Hervarar saga*）中的人物，死者之剑即提尔锋（Tyrfing）。

奶奶停下了手里的活儿，挽住我的手，她的皮肤衰老却柔软。她握住那只手，对我露出微笑，双眼几乎完全闭着。

"奶奶，"我说着，终于好不容易找到了说出口的机会，"我看了一些东西，它向我证明，我们对父亲的看法是错误的。他……他的确当了懦夫，甚至更糟。"

"噢……"奶奶说。

"母亲不相信，但我知道事实。"

"他们在上边那儿，在那座飞行学校里都跟你说了什么？"

我吞了口唾沫，突然感觉无比脆弱。"奶奶，他们说……他们说父亲有某种缺陷，某种藏得很深的缺点，让他加入了克雷尔人那一方。有人告诉我，'挑战者'号上发生过一次叛乱，说我们的一部分祖先或许也投过敌。所以，现在他们说我也有那种缺陷，而且……我害怕他们也许是正确的。"

"唔……"奶奶串着珠子说，"孩子，让我给你讲个关于过去的人的故事。"

"现在不是听故事的时候，奶奶。"

"这个故事是关于我的。"

我闭上了嘴。关于她？她几乎从没提过自己的事。

她用那种杂乱无章却引人入胜的方式讲述起来。"我父亲是'挑战者'号上的一位历史学家，他收藏了旧地球在我们进入太空之前的时代流传的故事。你知不知道，即使在那时，有电脑、图书馆，以及各种各样勾起回忆的东西，我们还是很容易忘记自己来自何方？也许是因为有机器替我们记东西，所以我们会直接把这些事交给它们。

"好吧，那就是另一个话题了。我们那时是群星之间的游民，有五艘飞船，'挑战者'号以及四艘为长途旅行而附属于它的小型飞船。噢，还有一批星际战机。我们是许多团体组成的大团体，在群星间共同旅行。半是雇佣兵，半是商队，都是我们的同胞。"

"曾外祖父是历史学家？"我问，"我还以为他是工程师。"

"他在引擎室工作，给我母亲帮忙，"奶奶说，"但他真正的职责是那些故事。我记得自己坐在引擎室里，听着机器的嗡嗡声，而他说着话，声音在金属之间回荡。但我要说的不是那个故事，而是我们来到岩屑星的事。

"你瞧，挑起战争的不是我们，但它还是找上了门。我们这支五艘飞船和三十架战机组成的小舰队别无选择，只能反抗。就算在那时，我们也不知道克雷尔人是什么。我们没有参与大战，而且那个时候，和行星以及太空站的通信变得困难又危险。当时，你的曾外祖母——我的母亲——是飞船的引擎。"

"你是说她负责操作引擎。"我说着，继续给珠子分类。

"是的，但在某种意义上，她就是引擎。她能让他们在群星间旅行，能办到这点的人寥寥无几。如果没有她，或者她那样的人，'挑战者'号就只能以低速前进。群星之间的距离非常遥远，斯潘莎，只有具备特殊能力的人才能启动引擎。那种能力生来就有，但在大多数人眼里却非常非常危险。"

我呼出一口长气，感到既惊讶又敬畏。"就是那种……缺陷？"

奶奶凑近身子。"他们害怕我们，斯潘莎，不过在那时，他们叫它'偏差'。我们工程师不同于常人，我们是进入太空的第一批人，是勇敢的探险家。普通人总是对我们心怀怨恨，因为我们掌握着让他们穿梭群星的力量。

"但我要告诉你的故事是关于我的。我记得那一天，我们来到岩屑星的那天，我跟着我父亲待在工程站。那是个满是管道和格栅的庞大房间，在我记忆中恐怕比实际上更大。那里弥漫着油脂和滚烫金属的气味，但一间小凹室里有扇窗户，可以透过它看到外面的群星。

"那一天，他们包围了我们，敌人是克雷尔人。我年龄小所以很害怕，因为他们的炮火让飞船晃个不停。我们陷入了混乱，舰桥那边发生了爆炸，我是在某个人的喊叫声里听到的。我站在那间凹室里，看着一根根红色的光束长矛，也能听到群星的尖叫声。我只是个站在透明玻璃罩旁边，吓得魂不附体的小女孩。

"船长的责骂声传来，嗓音响亮又愤怒，我吓坏了。往常那么严厉的人，那时的语气却带着痛苦和恐慌，我清楚地记得他对我母亲尖叫着下达命令时的语气，而她表示反对。"

我坐在那儿，全神贯注地听着，忘了珠子的事，大气都不敢出。奶奶为我讲过这么多故事，为什么却从没讲过这一个？

"噢，我想你是可以把它叫作'叛乱'，"奶奶继续说，"我们不会用这个词。但当时确实有分歧，科学家和工程师反对指挥人员和海军陆战队。问题在于，他们都没法让引擎运作，只有母亲能做到。

"她选择了这个地方，把我们带向了岩屑星。但这儿太遥远了，路上太困难，耗费了太多心力后她死了，斯潘莎。我们的飞船在着陆时受损，引擎损坏，但我们还失去了她，失去了引擎的灵魂。

"我记得自己号啕大哭，记得父亲抱着我离开四分五裂的飞船，而我尖叫着朝冒烟的船身伸出手，那是母亲的坟墓。我记得自己质问父亲，母亲为什么离开我们。我觉得受到了背叛。当时我年纪太小，没法理解她的选择，一位战士的选择。"

"选择死去？"

"选择牺牲，斯潘莎。如果没有战斗的理由，战士就毫无价值。但如果她能为一切而战……噢，那她的选择就意味着一切，不是吗？"

奶奶串起一颗珠子，给那串项链打了结。我感到……莫名的疲惫，就好像这个故事为我带来了意料之外的负担。

"这就是他们说的'缺陷'，"奶奶说，"他们这么称呼它，是因为他们害怕我们聆听群星的能力。你母亲一直禁止我把这些事告诉你，因为她不相信那是真的，但挑战军里的很多人都相信，而且对他们来说，这代表我们是异类。他们撒了谎，说我母亲把我们带来这儿，是因为克雷尔人希望这样。现在他们不再需要我们操作飞船的引擎，因为已经没有那种引擎了，他们就更恨我们了。"

"那父亲呢？我看到他倒戈攻击了自己的小队。"

"这不可能，"奶奶说，"挑战军声称我们的天赋会让我们变成怪物，所以他们或许编造了某种场景来作为证明。他们完全有可能讲述'拥有缺陷的人同情克雷尔人，于是背叛了自己的队友'之类的故事。"

我坐回地上，感到……不确定。科布会在这件事上撒谎吗？而且 M 机器说那份记录不可能伪造。我该相信谁？

"可万一那是真的呢，奶奶？"我问她，"你刚才提到了战士的牺牲。噢，如果你知道自己有那种'缺陷'……知道它可能会导致你背叛所有人、伤害所有人呢？如果你觉得自己也许是个懦夫，正确的选择会不会是……别再飞行？"

奶奶迟疑片刻，双手的动作停住了。"你已经长大了，"她最后说，"那个想要挥剑征服世界的小丫头去了哪儿？"

"她非常困惑，还有点迷失方向。"

"我们的天赋是件美妙的东西，它会让我们听到群星的声音，让母亲能够操纵引擎。别害怕。"

我点点头，却不由得有种遭到背叛的感觉。为什么之前没人告诉我这些事？

"你父亲是个英雄，"奶奶说，"斯潘莎？你听到我的话了吗？你有的是天赋，不是缺陷。你可以——"

"听到群星的声音。是的，我能感觉到。"我抬起头，但洞穴的天花板挡住了我的视线。

老实说，我已经不知道该作何想法了。来这一趟反而让我更困惑了。

"斯潘莎？"奶奶说。

我摇摇头。"父亲让我夺取群星，恐怕它们反而夺走了他。谢谢你的故事。"我站起身，走向梯子。

"斯潘莎！"奶奶说，语气中蕴含的力量让我停在了梯子上。

她看向我，乳白色的双眼盯着我，而不知为何，我觉得她能看到我。她开口的时候，嗓音颤抖着，但又透出威严，仿佛战场上的将军在下达命令。

"如果我们想离开这颗行星，"奶奶说，"并且从克雷尔人手里逃脱，就需要用到我们的天赋。群星间的太空非常广阔，广阔到无法依靠普通助推器航行的程度。我们不能因为害怕内心的火花就瑟缩在黑暗里。

答案不是熄灭那团火花，而是学会控制它。"

我没有答话，因为我不知道该如何回答。我爬下梯子，走到电梯那里，回到了基地。

46

"以升序口头确认，"噩梦小队的队长大鼻子说，"从新人开始。"

"冲天一号，准备。"约尔延说。他犹豫了片刻，叹了口气。"呼号：欠揍脸。"

大鼻子笑出了声。"我能体会你的痛苦，学员。"

FM 做了确认，接下来是我。冲天小队剩下的人今天要和噩梦小队共同演习。

我还没决定好该怎么理解奶奶告诉我的事，依旧感到困惑而不确定。但现在，我决定照约尔延说的去做，继续飞行。我可以避免发生在父亲身上的事，对吧？我可以当心的，对吧？

在噩梦小队队长的指示下，我做着演习，用熟悉的行动分散自己的注意力。在这几周试用过其他型号后，用回波科级战机的感觉真的很好，就像坐在一把熟悉的安乐椅上，椅背的凹痕和你的背脊恰好贴合。

我们以加宽队形在一万英尺高度飞行，约尔延和噩梦小队的一名成员搭档。我们留意着地面的坠落物、飞船在尘土间留下的痕迹，以及任何可疑的东西。这和在战斗中侦察相似，只是更加单调——如果真有这种可能的话。

"53-1-8008有无法识别的信号！"噩梦小队的成员之一说，"我们应该——"

"科布事先跟我们说过8008骗局，"约尔延冷冷地说，"也说了'帮新手飞行员的战机排出脓血'的恶作剧。还有'准备接受检查'的笑话。"

"见鬼，"另一个飞行员说，"老科布真的很没意思，对吧？"

"就因为他不希望自己的学员被人作弄？"约尔延说，"我们要做的是留意克雷尔人的踪迹，不是参与什么幼稚的入门仪式。我对你们的期待比这要高。"

我透过驾驶舱罩看向FM，后者摇摇头。噢，约尔延。

"欠揍脸，是吗？"某个飞行员说，"我很难想象你是在怎样的情况下得到这种名字……"

"闲聊够久了，"大鼻子说着，关闭了个人频道，"所有人前往53.8-702-45000。基地的雷达显示，那个位置高处的残骸区有动荡的迹象。"

我听到了几句牢骚，这让我觉得很有意思。在我的想象里，正规飞行员应该更……好吧，更严肃。也许是约尔延影响了我。

我们飞向指定方向，而在前方，大规模的残骸雨开始出现。大块的金属如雨点般落下，有些就像火与烟的明亮线条，另一些以更缓慢的速度落下，配有上升环或是仍有能源的上升石。我们小心翼翼地接近残骸雨的边缘区域。

"好吧，"大鼻子说，"我们还得向这些学员演示一下机动飞行的技巧。留意克雷尔人的同时，我们会去残骸之间转个几圈。如果你们发现品相不错的上升环，就给它打上无线电信标，方便回收。泥塘和图恩石[1]，你们先上。前往八十三区域，让两个学员跟在你们后面。寿司和诺德，你们去十七区域，带上欠揍脸，也许他能教教你们正确的流程。群星做证，你们这些笨蛋需要上一课。"

FM和我跟着那些正规飞行员，后者以非常谨慎、有点缺乏观赏性的方式穿过了残骸区。我们甚至没用到光矛。早先取笑了约尔延的那个男人叫泥塘，他朝几块较为大型的残骸射出了无线电信标。"你们的队长总是那样吗？"他问我们，"说起话来就像是把控制杆塞在了屁眼里？"

"约尔延是个优秀的队长，"我厉声说，"你不该只因为他期待你们

1　图恩石（Tune stone）：在挪威图恩地区发现的一块公元3世纪至5世纪的符文石，具有重要历史意义。

的最佳表现就怨恨他。"

"对，"FM 说，"既然你们宣誓投身于某个事业，那么无论它在根本上存在怎样的缺陷，你们都应该努力维持自己的形象。"

"见鬼，"泥塘说，"图恩石，你听到了吗？"

"我听到一群小狗儿在线路里狂吠。"图恩石答道，嗓门尖锐，语气轻蔑，"不幸的是，它们总是盖过那些学员的声音。"

"你们还是当心点吧。"我说着，怒气上涌，"下个星期，我们就会成为正规飞行员，而我会和你们在杀敌数量方面一较高下。等到那时候，再来瞧瞧谁能成为王牌吧。"

泥塘笑出了声。"离正规飞行员就差几天了？老天，你可真成熟。"他启动助推器，迅速飞回那片残骸雨里，图恩石跟在他的侧翼。FM 和我尾随在后，看着泥塘接近一大块正在落下的残骸，接着使用光矛，以轴心旋转绕过了它。

他的轴心旋转很标准，但没什么特别的。他随后又旋转绕过了另一块太空垃圾，给它标上了回收记号。图恩石有样学样，但她在经过第二块残骸时转弯太急，因此射偏了。

FM 和我保持适当的距离跟在后面，看着他们，最后 FM 直接呼叫了我。"斯苹，我觉得他们是打算炫耀。"

"不，"我说，"这些只是基础的轴心旋转而已。他们不可能以为我们会被这么……"

我住了嘴，因为泥塘的通信线路亮了起来。"光矛就该这么用，孩子们。他们也许能让你们毕业，但你们还有很多要学的。"

我透过舱罩看向 FM，感到难以置信。从逻辑上，我知道大多数学员都专注于空中缠斗和毁灭炮技术。科布说过，这是挑战军的问题之一：大量炮制出最大化杀敌数量，而非有出色飞行技术的飞行员。但即使知道这点，我仍旧感到震惊。

就凭科布在飞行学校的最初几周就教会我们的动作，这些飞行员真以为我们会感到敬畏？

"二十四？"我对 FM 说，"在结束时做个双重平线，外加 V 字横扫?"

"乐意之至。"她说着，让助推器过燃。

我们两个疾飞而出，朝相反方向轴心旋转，绕过一大块残骸。我将自己绕过第二块燃烧的大型残骸，从它的底部掠过，然后将自己甩向上方，冲向高处，上升环向后转动。我飞速穿过两块较大的残骸，给它们打上标记，然后再旋转绕过较高的那块，向下俯冲。

FM 笔直向上，朝我飞来。我用光矛击中了她，然后转动机首，朝着和她相反的方向过燃。我们两个巧妙地在空中绕过彼此，以节约动量。就在我结束这些动作的同时，我的重力容闪烁起来。

旋转过后，她急速飞向东方，而我朝西方疾飞而去。我们各自标记了一块残骸，随后同时绕出水平弧线，和泥塘以及图恩石会合。

他们一言不发。我沉默地跟着他们，露齿而笑，直到另一盏通话指示灯亮起。"你们两个毕业后想找队伍吗?"大鼻子问，"我们有几个空缺。"

"再说吧，"FM 说，"我也许会当个侦察兵。这个小队的生活好像有点无聊。"

"你们两个跟别人炫耀了?"约尔延的声音透过私人频道传来。他和他的僚机回来了。

"我们会做那种事吗?"我问他。

"斯苹，"他说，"就算你被绑在桌子上，断了八根肋骨，还高烧到神志不清，你还是会想方设法让其他人丢脸。"

"嘿，"我说着，为这句赞美露出笑容，"大多数人都会让自己丢脸。我所做的只是站到一旁，不去妨碍他们而已。"

约尔延轻笑起来。"我上次经过那边的时候，看到高处有东西在闪光，也许是克雷尔人。我去问大鼻子能不能让我们去确认。"

"你又来了，"FM 说，"总是这么欠揍脸，牢记我们接到的命令。"

"真是个糟糕的榜样。"我说。

他呼叫了大鼻子，开始爬升高度。"斯苹和 FM，你们跟着我。我们得到了许可，要到七十万英尺高度去侦察。但要小心，我们在稀薄大气层练习机动飞行的次数不多。"

当然了，星际飞船在没有大气的地方同样可以飞行，但那是种截然不同的飞行。与此同时，我发现自己随着高度提升而愈加紧张。这次的高度甚至超过了我驾驶 M 机器的那次，而我不断思考父亲在残骸区附近爬升高度后遭遇了什么。我仍然不知道那上面发生了什么变故，才会导致他和自己的队友为敌。

见鬼。也许我应该留在下面的，但现在已经太迟了，因为组成残骸区的模糊轮廓正变得越来越清晰。靠近以后，我能看到在残骸下层隐约可见的天光，那种尺寸让我头晕。我们距离那儿仍有一百公里，它们看起来就这么庞大了。那些东西究竟有多大？

我怯懦地尝试确认：在这么近的距离，我能否更清晰地听到群星的声音。我集中精神，然后……我想我听到上方传来了某种微弱的声音。但这些声音受到遮蔽，仿佛有什么东西在途中阻挡。

残骸区，我心想，它在干扰。我父亲是在看到残骸区的缺口，得知了太空的排列方式以后变成叛徒的。也许他一路穿过了残骸区，径直去了太空？

"在那儿，"FM 说着，将我的注意力拉回到任务上，"我的七点方位有个大东西。"

天光移动了位置，我看到破碎的残骸之间有个极其巨大的轮廓，方方正正，莫名眼熟……"看起来很像我追着内德进入的那艘旧船坞。"我说。

"对，"约尔延说，"而且它位于较低的轨道上。以这个速度，恐怕会在几天之内坠落。也许那些旧船坞都开始耗尽动力了。"

"这意味着……"FM 说。

"成百上千的上升环。"约尔延替她说完，"如果这东西坠落，我们可以回收利用，而挑战军也能改头换面。我这就进行汇报。"

隐约可见的光芒在那座庞大船坞的一侧闪现。

"那是毁灭炮的光，"我说，"有东西在上面开炮。别太靠近。"我按下静音键，然后匆忙摸出我的个人无线电。"M 机器，你看到了吗？能猜到那船坞在朝什么开火吗?"

沉默。

是啊,M 机器不在了。

"拜托,"我朝无线电低声说,"我需要你。"

沉默。我涨红了脸,感觉自己很蠢,然后我把个人无线电别回座位上,免得它在驾驶舱里横冲直撞。

"这很奇怪,约尔延,"我关闭静音的时候,科布在说,"那些毁灭光束恐怕是船坞本身配备的防御炮塔,先前掉下来的那座就有,但当时它们已经耗尽动力了。把这件事回报给大鼻子,我会去告知飞行指挥部。如果那东西掉下来,我们就得在克雷尔人摧毁它之前回收它才行。"

"科布,"我说,"它还在开火。"

"对,"他答道,"约尔延这么说过了。"

"在朝什么开火?"我问。

在上方高处,黑色的斑点逐渐化为克雷尔战机的轮廓,它们多半正在侦察这座旧船坞的周边。

但现在,它们发现了我们。

47

我们匆忙下降,离开外层大气。"克雷尔人小队在尾随我们!"约尔延在无线电里说,"重复一遍。有一整支小队,或许两支小队的克雷尔战机在追赶我们,最多二十架。"

"你们这些蠢学员做了什么?"大鼻子问。

约尔延没有替我们辩护,但换了我肯定会。"抱歉,长官,"他反而这么回答,"命令是?"

"你们各自去找一对有经验的飞行员组队。我会安排你和——"

"长官,"约尔延插嘴道,"如果您允许的话,我更想和我的小队一起飞。"

"好吧，好吧，"大鼻子说着，在克雷尔人飞出上层大气时咒骂了一声，"保住性命就好。噩梦小队，全体战机，进入回避姿态。吸引他们的注意，留意灭生炸弹。激流小队离这儿只有几公里，我们很快就能得到增援。"

"斯苹，你打头阵，"约尔延说着，切换到了我们的小队专用频道，"你听到命令了。不要卖弄，不要追杀敌人。保持防御姿态，直到援军赶来。"

"明白。"我说。FM 也做了相同的答复。我们摆出三角阵型，五架克雷尔战机立刻朝我们的方向飞来。我带着他们朝低处俯冲，然后利用一块几乎静止的巨大残骸旋转机身，向上飞去。我们迅速绕过一圈，从那些试图跟随我们的克雷尔战机之间穿过。它们随即散开。

"你把这叫作防御，斯苹？"约尔延问。

"我朝它们开火了吗？"

"你正要这么干呢。"

我把拇指从扳机上挪开。真扫兴。

高处的一盏天光暗淡下来，随后熄灭：夜晚循环开始了。我的驾驶舱罩配备了能够让战场变亮的夜视功能，但某种程度的幽暗依旧笼罩了它——穿透这片黑暗的就只有红色的毁灭光束，以及助推器的光辉。

我们三个共同行动，在敌群间穿梭回避的时候，激流小队赶到了。"另外两支小队的援兵就在附近，"约尔延告诉我们，"他们在待命，以防某次残骸雨之后跟着敌人。我们很快就能取得数量优势了。暂时保持防御姿态。"

我们给出了确认，并转由 FM 打头阵。不幸的是，就在她移动位置的时候，一群克雷尔战机朝我们飞来，并且开了火。我们被迫以防御式机动向两个方向急转，约尔延和我飞向一边，FM 飞向另一边。

我咬紧牙关，跟在约尔延后面，让助推器过燃，绕过一块残骸，追赶在两架尾随 FM 的克雷尔战机后方。毁灭光束从她横转的机身周围掠过，而她的护盾至少中了两次弹。

"FM，朝我这边向右急转！"约尔延说，"斯苹，做好准备！"

我们服从了指示，动作就像一台老练的机器。FM迅速绕过一块残骸，而约尔延和我做出旋转助推动作，朝侧面飞出，与她的路线交错。在我放慢速度的同时，约尔延击发了反脉冲，而我随即开火，命中了一架克雷尔战机，让它旋转下坠。另一架急转逃开。

我用光矛抓住了约尔延，然后我们利用相加的动量转而朝FM飞去，后者放慢速度，和我们会合。我们两个随即在约尔延周围摆出防御姿态，后者迅速重启了护盾。

没等我有时间思考刚才做了什么，危机就解除了。许多个小时的训练让这些动作成了我的第二天性。是故胜兵先胜而后求战[1]，孙子这么说过，我才刚刚开始理解这句话的含意。

根据我对这场战斗的判断，我们的数量大致和克雷尔人相当，来自上方的战机正在增援他们。这让我很想展开攻击，但我还是留在队伍里，回避着克雷尔人的炮火，又带着尾随在后的敌机群，不时绕过或者穿过交战的双方。

我专心致志地战斗，直到我的眼角余光发现了某些东西：一艘躲在某块缓慢移动的残骸后方的大型飞船。我没有留意它的特别之处，但我的大脑经历了充分的训练和练习，仍旧认了出来。

"那是灭生炸弹吗？"我对其他人说。

"见鬼！"约尔延说，"飞行指挥部，我们发现了一颗灭生炸弹。53.1-689-12000，正在和我准备打上无线电信标的一块椭圆形残骸一起下降。"

"确认。"线路里传来一个冰冷的嗓音。那是铁甲本人，她很少直接和我们说话，但她经常会听对话内容。"从该位置后撤，当作没看见它。"

"上将！"我说，"我可以打中它，而且我们飞得很远，爆炸不会对

1　出自《孙子兵法·军形篇》。

阿尔塔造成危险。让我击落它吧。"

"否决，学员，"铁甲说，"后撤。"

我的记忆闪回到了比姆死去的那天。我握住操控球的手僵硬起来，但我强行将它拉向侧面，跟着约尔延和FM远离那颗灭生炸弹。

这么做艰难得令人吃惊，就好像我的战机本身不愿服从一样。

"做得好，斯苹，"科布在私人线路里说，"你拥有激情，现在又表现出了克制。我们已经把你培养成真正的飞行员了。"

"谢谢你，长官，"我说，"但那颗灭生炸弹……"

"铁甲心里有数。"

我们开始后撤，其他小队接到了爬升高度的命令。战场的形状改变了，因为那架看似无人理会的轰炸机到达了地面附近，开始朝阿尔塔飞去。我的目光紧张地跟随着它，直到激流小队的四名王牌飞行员脱离战场，追了过去。他们会在远离主战场的地方与轰炸机交战，以便在炸弹引爆时保护我们其他人。就算他们失败，即将抵达的援兵也会拦住那颗炸弹。

几名敌人尾随在我们这三架战机后方，因此我只能做出回避动作，避开沉重的炮火。整群克雷尔人跟在我身后，但一秒钟过后，约尔延和FM迅速接近，赶走了敌人。FM甚至击落了一架战机，不靠反脉冲就突破了对方的护盾。

"漂亮。"我说着，从突如其来的紧张飞行中放松下来，"还有，谢谢你们。"

在远处，那些王牌开始和轰炸机交战。就像比姆那次一样，一群小型战机脱离了轰炸机，开始护卫它。"科布，"我说着，按下通信按钮，"你们对于和灭生轰炸机同行的那些战机有什么了解吗？"

"不太多，"科布说，"这种战术的确是从前没有的，但它们近来每次都会和轰炸机一起出现。那些王牌飞行员会对付它们的。留意你自己的小队吧，斯苹。"

"遵命，长官。"

我仍旧忍不住观察那场围绕灭生炸弹展开的战斗。如果它引爆，我们就必须在连环爆炸结束前全速避开。所以当那架灭生轰炸机与其护卫终于爬升高度，开始撤退的时候，我松了口气。王牌们象征性地追赶了一段，但最后放那架轰炸机逃了回去。我笑了。

"求救！"公用线路里传来呼喊声，"我是泥塘。护盾失效，僚机被击落。拜托，谁来都好！"

"55.5-699-4000！"FM说。我看向那个坐标，发现一架遭受围攻的波科级拖着尾烟逃向外部，远离主战场，四架克雷尔战机跟随在后。想要害死自己，最好的方法就是让敌人孤立你，但泥塘显然别无选择。

"冲天小队在这儿，泥塘，"约尔延说着，占据了领头位置，"我们会接应你。挺住，然后尝试左转。"

我们迅速追了过去，按照约尔延的命令自由开火。我们这场毁灭光束的风暴没能击落任何敌机，却让大部分敌人四散避开。三架去了左边，而这会截住泥塘的去路。约尔延转向那些敌机，FM跟了上去。

"还有一架在尾随他，"我说，"我来解决。"

"好的。"片刻的迟疑后，约尔延说。他显然痛恨分头行动。

我跟在那架战机后面。在我的正前方，泥塘正在做出越来越疯狂的鲁莽动作，只为避免被敌人击中。

"开火！"他尖叫道，"拜托开火，开火就好！"

惊慌失措、不顾一切，我可没料到正规飞行员会是这副样子。当然了，他看起来很年轻。我早该想到的，但我现在才意识到，他恐怕是在我前面那一届班级毕业的。当上飞行员只有六个月，或许一年，但仍旧只是个十八岁大的男孩。

我多了两条一心一意地朝我开火的"尾巴"。见鬼。泥塘在这场追逐中把我们带到了远处，想要得到支援会很困难。我不敢发射反脉冲，毕竟毁灭炮的炮火不断从我周围飞过，但我前方的那架克雷尔战机的护盾仍在生效。

我咬紧牙关，让助推器过燃。重力将我压向椅背，而我接近了那架克雷尔战机，紧贴它的机尾，让它难以回避。我的速度达到了3马格，进行机动飞行将会相当困难。

只要再等一秒……

我靠得更近，用光矛刺穿了那艘克雷尔飞船，然后我转了个弯，拖着那艘克雷尔飞船远离泥塘。

我周围的驾驶舱震颤起来。我的克雷尔俘虏朝另一个方向急转，对抗着我，让我们同时开始了疯狂的失控旋转。

我的几条"尾巴"转过方向，将火力集中在我身上。他们不在乎是否会命中被我捕获的飞船，克雷尔人从来不在乎这种事。

火焰的风暴吞没了我，击中我的护盾，令它逐渐失效。被我的光矛困住的克雷尔战机在同伴的炮火下爆炸了，而我被迫让助推器彻底过燃，以急速爬升尝试逃脱。

这举动很冒险。我的重力容停止了运作，重力随即袭来，仿佛在我脸上踹了一脚。它将我向下拉去，迫使血液流向我的双脚。我的飞行服膨胀开来，推挤着我的皮肤，而我像训练时那样做起了呼吸练习。

我的视野边缘仍旧变黑了。

控制台上的指示灯闪烁不止。

我的护盾失效了。

我关闭了上升环，绕着自己的轴线旋转，然后朝下方过燃推进。重力容勉强吸收了部分冲击，但人类身体本来就没法处理那种程度的反转。我一阵反胃，在穿过克雷尔战机之间的时候几乎吐了出来。

我握住操纵装置的双手颤抖不止，视野这次逐渐变红。大部分克雷尔战机没能反应过来，其中仅有一架像我那样成功旋转机身。

它瞄准了我，然后开了火。

我的机翼亮起强光，发生了爆炸。

我被击中了。

我的控制台发出尖厉的"哔哔"声，指示灯闪烁，我的操控球突然不听使唤，在我尝试进行机动飞行时松弛下来。

驾驶舱剧烈摇晃，整个世界都旋转不停。我的战机开始在失控中螺旋下落。

"斯苹！"不知为何，我在混乱的警告音中听到了约尔延的呼喊。

"弹射，斯苹！你要坠毁了！"

弹射。

在这样的时刻，你本不该有办法思考的，一切本该发生在一瞬间。然而，那一秒钟对我来说仿佛凝固了。

我的手伸向两腿之间的弹射操纵杆，然后悬停在那儿。

世界化作一团旋转不停的模糊。我的机翼没了，我的战机起了火，我的上升环没有反应。

凝固在生与死之间的一刻。

还有在我脑海深处的赫尔，直到最后都勇敢面对。不做懦夫，我们说好了。

我不会弹射的，我会驾驶这架战机着陆！我不是懦夫！我不害怕死亡。

*如果你真这么做了，*我脑海里的另一个声音问道，*又会给他们带来什么影响？*失去我会给我的小队带来什么影响？对科布，对我母亲呢？

我尖叫着抓住弹射杆，用力一拉。我的驾驶舱罩猛然脱落，而我的座椅弹向了天空。

我在寂静中醒来。

还有……吹拂我脸颊的风。我的座椅躺在灰尘覆盖的地面上，而我面朝天空。降落伞在我身后飘动，我能听到拨弄着它的风声。

我刚才晕了过去。

我躺在那儿，注视天空：远处的红色条纹、爆炸、绽开的橘色光芒。在这么遥远的下方，那只是几声微弱的"砰"。

我翻身看向侧面，我的波科级剩下的部分在不远处熊熊燃烧，彻底损毁。

我的未来，我的人生，也随着它燃烧殆尽。我躺在那儿，直到战斗结束，克雷尔人开始撤退。约尔延低空飞过了一次，确认我是否平安，而我朝他挥了挥手，缓和他的担忧。

等到一架救援运输船运用上升环无声地下降、飞来我这儿的时候，我已经解开了安全带。我固定在座椅上的无线电和水壶在弹射中幸存了下来，我用前者呼叫了救援，用后者补充了水分。有位医疗人员让我坐到运输船里的座位上，给我做了检查。与此同时，调查兵团的成员之一走出船舱，去察看我的波科级的残骸。

最后，那位女性回收人员走了回来，手里拿着一块笔记板。

"怎样？"我轻声问。

"座椅内置的重力容让你不至于摔断脊椎骨，"那个医疗人员说，"你似乎只有非常轻微的颈椎过度屈伸损伤，除非你还有没告诉我的痛处。"

"我指的不是我。"我看向那位回收人员，然后又看了看我的波科级。

"上升环被毁了，"她说，"没多少可回收的东西。"

这正是我所担心的。我给自己系上安全带，在起飞时看向窗外。我看着波科级燃烧时的火光逐渐淡去，然后消失。

最后，我们在阿尔塔着了陆，而我爬出那架运输船，僵硬的身体隐隐作痛。不知为何，我知道站在着陆区域旁边的黑暗里的那些身影肯定包括铁甲上将，我在看见她的脸之前就知道。

她当然会来，她终于有能够开除我的像样借口了。而且在知道自己做了什么的现在，我还能责怪她吗？

我停在她面前，敬了个礼。令我吃惊的是，她也回了礼，然后取下了我制服上的学员徽章。

我没有哭。说真的，我太累了，我的头又痛得厉害。

铁甲用手指摆弄着那枚徽章。

"长官？"我问。

她把徽章还给了我。"学员斯潘莎·夜影，你被飞行学校开除了。根据传统，作为在即将毕业时被击落的学员，你会进入潜在飞行员的名单，并在我们拥有空余战机时接受征召。"

那些"潜在飞行员"只会经由上将的命令征召，我是不会有那种机会的。

"你可以留着徽章，"铁甲补充道，"自豪地佩戴着它吧，但在明天的1200，你要把其他装备还给军需官。"她没有多说一个字，就这么转身离开。

我保持着第二次敬礼姿势，直到她离开视野，另一只手紧紧攥着徽章。结束了。我完了。

到头来，冲天小队还是只有两名成员能够迎来毕业。

飞船转向方式

标准倾斜转向

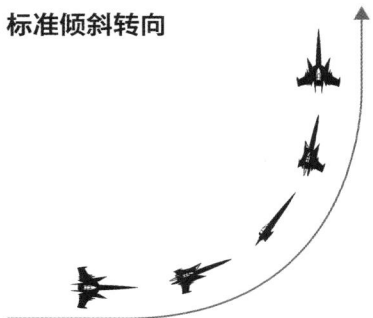

稀薄大气（或风斗辅助）转向

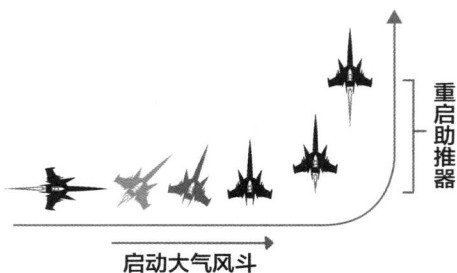

重启助推器

启动大气风斗

稀薄大气（或风斗辅助）反转

光矛协助转向

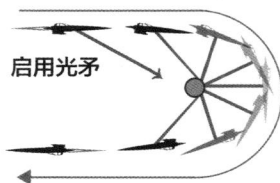

启用光矛

筋斗

正常筋斗

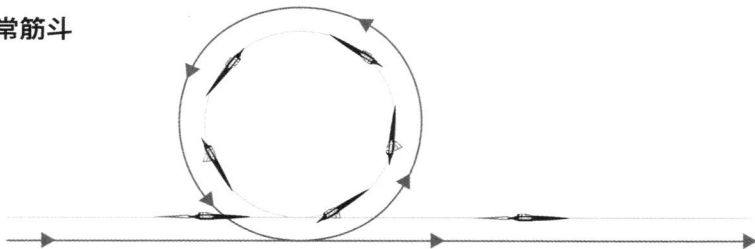

奥斯隆式筋斗

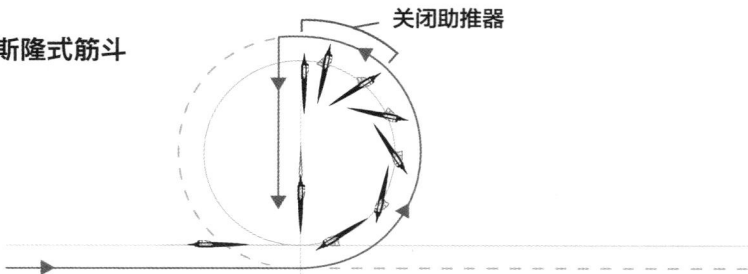

关闭助推器

PART FIVE

第五部分

插　曲

总算解决了一个问题，"铁甲"朱迪·伊凡斯离开发射台，心想。
她的副官莱科尔福匆匆跟在她身旁，手里捧着他从不离身的笔记板，
上面写满了朱迪需要做的事。

在指挥部的门边，她回头看去。追击者的女儿——那个缺陷者——
保持着敬礼姿势，然后将她的学员徽章贴在胸口。

朱迪感到了一丝内疚，随即强迫自己走进飞行指挥部。我经历了
那场战斗，她心想，也留下了伤疤。她上次忽视缺陷的时候，被迫看
着一位朋友在疯狂中杀死他自己的队友。

这样的结果很好。那女孩能得到一些荣誉——考虑到她投入的热
情，这也是她应得的——而朱迪得到了缺陷者的大脑数据。她必须称赞
科布的安排，假如他没有强行让那个孩子加入挑战军，朱迪就不会有
那种机会了。

幸运的是，她现在有充分的传统理由，让追击者之女永远没法再
坐进战机里。而且她可以观察每个新学员，留意缺陷的迹象。说实话，
这从任何角度来看都是理想的结果了。

如果别的问题能这么容易解决就好了。朱迪走向一间小会议室，
然后停下脚步，看着莱科尔福。"他们到了吗？"

"出席者有议会领袖维特，"莱科尔福说，"以及议会领袖门德斯和
尤克里特。"

三位国民议会领袖在通常情况下，他们只会派下属来参加这些战
后简报，但朱迪早就预想到这种规模的对峙了，她需要能拿得出手的
东西——某种计划。"无线电专家确认了侦察兵今晚发现的那艘船坞的
存在了吗？"

莱科尔福递给她一张纸。"它的距离超过了常规雷达的范围，但我
们派出了一艘科学飞船，在安全距离进行调查。船坞就在那儿，而且

科学家们很乐观。如果它和上一艘一样，假设我们能从克雷尔人的手中保护它，就能回收数百上升环。"

她点点头，读起了统计数据。

"轨道正在迅速朽坏，长官，"莱科尔福说，"那艘旧船坞似乎遭受了严重的电源故障。科学家们猜测，周边炮台会在几天之内停止开火，并在那时落入大气层。克雷尔人毫无疑问会设法赶来并摧毁它。"

"那我们就必须加以阻止，"朱迪说，"还有什么是我需要知道的？"

"这么多议会领袖？似乎有埋伏，长官。做好准备吧。"

她点点头，换上政客般的表情，然后大步走进小小的房间，莱科尔福跟随在后。下层洞穴最有权势的那些人物在那里等着她，每一位都穿着军礼服，佩戴着代表他们贡献的徽章。

"女士们，先生们，"她说，"我乐于看到你们对这些事务产生直接兴趣——"

"省省这些陈词滥调吧，铁甲。"约尔延的父亲阿尔吉侬·维特说。这个头发花白的严厉男人坐在会议桌的首位，面对着朱迪。"你今晚损失了更多的战机。"

"我们成功吓退了一架灭生轰炸机，取得了重大胜利——"

"你把挑战军逼到了绝路上。"维特说。

"在你的任期内，"尤克里特补充道，"我们的后备飞船数量创下了历史新低。我听说因为缺少维修用的部件，受损的战机只能停在机库里。"

"你手下飞行员的伤亡率很可怕，"瓦尔妲·门德斯说。她是个棕色皮肤的娇小女子，以前当过铁甲的飞行员同伴。"我们想知道，你打算用什么计划来结束挑战军的接连失败。"

如果你们停止带走我们最优秀的飞行员，朱迪心想，*就会有助于事态好转*。瓦尔妲本人似乎对于从挑战军手中夺走自己的儿子，让他避免参战这件事毫不羞愧。

但朱迪不能这么说。她没法向他们说明，在更优秀的上将和指挥官都已死去的现在，挑战军的局势有多么绝望。她没法向他们说明，她在几年前就预见到了这种情形，而且再怎么精打细算都无法阻止这种衰退。她没法向他们说明，她的部下已经工作过度，而如此巨大的损失和飞行员伤亡正令他们的士气逐渐崩溃。

她没法把这些话说出口，尽管那是事实，她却没有任何借口。她的工作就是给出解决之道，给出奇迹。

她拿起莱科尔福给她的一张纸。"兰彻斯特法则，"她说，"你们知道吗？"

"规模相同、技术也相同的两支部队会对彼此造成同等程度的伤亡，"维特说，"但部队之间不平衡的程度越大，伤亡就越不成比例。本质上，你的数量超过敌人越多，他们的每个士兵能够造成的预期损伤也就越小。"

"你的数量优势越大，"瓦尔妲说，"损失的人员就会越少。"

朱迪把纸递给那群人。"这是对一块将会在两天内坠落的大型回收物的侦察报告，"她说，"外加初步科学分析。克雷尔人不会同时派出一百架以上的飞船，但如果我们能回收这艘船坞，就能超过那个数字。"

"数百个潜在的上升环，"瓦尔妲读着报告说，"你觉得你能办到？回收这东西？"

"我觉得我们别无选择，"朱迪说，"在我们将超过克雷尔人数量的飞船派上战场之前，我们都在打一场必败之仗。如果我们能阻止他们摧毁坠落中的船坞，它也许就能满足我们的需要。"

"报告上说，它会在毕业那天坠落，"尤克里特说着，"哼"了一声，"看起来这次的典礼会很短。"

"我们把话说清楚，"维特说，"伊凡斯，你的提议是什么？"

"我们必须夺取这件回收物，"朱迪说，"我们必须做好倾尽所有去保护它的准备。一旦它的轨道开始崩溃，它周边的炮台失去动力，我们就必须摧毁所有尝试接近它的克雷尔飞船。"

"很大胆。"尤克里特说。

"他们不会轻易放过那样的回收物，"莱科尔福说着，看向其他人，"如果他们不撤退，我们也同样不能撤退。我们要打的是一场需要投入所有战机的战斗。如果失败，我们就会万劫不复。"

"这会是第二次阿尔塔之战，"维特轻声说，"不成功便成仁。"

"我亲身经历过阿尔塔之战，"铁甲说，"而且我清楚参与这种战斗的风险。但说实话，我们已经走投无路了，要么放手一搏，要么慢慢等死。我能指望你们支持这个提案吗？"

议会领袖们接连点头。他们和她一样明白，想要进行抵抗，就最好趁着仍有余力、可能取胜的时候。

就这样，他们给出了承诺。

*愿群星保佑我们所有人，*朱迪心想。

48

我出席了毕业典礼。

我和其他人待在观众席里，站在阿尔塔基地内的雕像公园旁边的阅兵场上。

在木制舞台上，铁甲将成功的标志别在那八位毕业生的胸前。我留在小小的人群后部，和另外几个佩戴学员徽章的人站在一起，都是和我一样被淘汰的人。虽然我们不能飞行，学员徽章却给了我们随时使用电梯的权利，类似的集会也会邀请我们。我就收到了铁甲寄来的一封套用信函。

看到约尔延和 FM 依次收下徽章的时候，我的心里五味杂陈。我当然为他们骄傲，而且无比嫉妒。但同时，我也羞愧地松了口气。我不知道自己是否有资格站在那座舞台上，现在问题解决了，我不需要自己决定了。

但在内心深处，我的世界却在分崩离析。再也不能飞翔？知道这点以后，我还能活下去吗？

约尔延和 FM 穿着崭新而洁白的制服，戴着手套敬礼。我和人群中的其他人为这八位毕业生鼓掌，但我忍不住想到，我们在过去四个月至少损失了三倍数量的战机。就在不久前，挑战军的优秀飞行员还可以飞个五年，积累几十次击坠，然后退休去驾驶货船。但伤亡率越来越高，能撑过五年的飞行员也越来越少。

克雷尔人正在获胜。虽然缓慢，但他们确实在获胜。

铁甲走上前来，开了口："换成平时，你们得听我发表一通烂演讲才行。这几乎是传统了。但我们今天有一次重要行动，所以我打算长话短说。我身后这些毕业生代表了我们最优秀的人才。他们是我们的骄傲，是我们挑战者的象征。我们不会躲藏，我们不会后退。我们会夺回自己在群星之间的家园，而且就从今天开始。"

又一阵掌声，但我能从周围人的对话中知道，这样简短的演讲很不寻常。等我们右边那些桌子上摆放好茶点以后，上将和她的参谋们便转身离开，没有和人群交流。更奇怪的是，新晋飞行员们也跟在她身后。

我伸长脖子，看到一队战机从附近的发射台射向天空。发生入侵了吗？他们真的需要动用所有毕业生吗？跟母亲和奶奶待了几天以后，我一直期待能见到约尔延和FM。

远处传来一阵轰鸣，那是战机在和基地拉开安全距离以后，让助推器过燃加速并穿越音障的声音。附近的一个男人提到，那些身份显要的议会领袖都没有出席这次毕业典礼，包括在毕业班里有自己孩子的那些人。有大事要发生了。

我朝发射台迈出一步，把双手塞进连衣裤的口袋。我转身想走，却又停下了。科布站在那儿，拿着一根金制杖头的拐杖。这可真够怪的，我从没见过他用那种东西。

即使身穿笔挺的制服，他依旧苍老得仿佛一块躺在灰尘里饱经风霜的石头。我朝他敬了礼。自从被击落以后，我一直没法面对他和他们任何人。

他没有还礼，而是一瘸一拐地走向我，对我上下打量起来。"我们要去争取吗？"

"争取什么？"我说着，仍旧保持着敬礼姿势。

"放下手吧，小丫头。你离毕业就差了那么几天，我可以提出抗议，要求至少授予你正规飞行员的徽章，就像阿图罗那样。"

"这有什么用？反正我不会有机会飞行的。"

"正规飞行员的徽章在火成岩很有价值。"

"我想要的从来都不是徽章。"我说。我越过他的肩头，看着另一队起飞的战机。"发生什么事了？"

"记得你发现的那艘船坞吗？它今天应该会从轨道坠落。上将决心夺下它，如果她赢得这场战斗，就会有数百个留给飞行员的空缺，多到我们填不上的程度。"

我终于放下了敬礼的那只手，看着第二支小队达到超音速。一连串模糊的噼啪声在空中响起，让茶点桌上的餐具咔嗒作响。

"斯苹？"科布说，"我不觉得你是那种——"

"我听到了群星的声音，科布。"

他立刻沉默下来。

"我看到了眼睛，"我继续道，"一千道针孔般的白光。其实比那更多，有好几百万。它们不约而同地转向我，盯着我，而且看到了我。"

科布的脸白得就像纸，他握住拐杖的手颤抖起来。我们站在阅兵场夯实的土地上，周围几乎空无一人。

"我有缺陷，"我轻声说，"和父亲一样。"

"我……懂了。"

"他在那天之前有什么怪异表现吗？"我问，"他在突然叛变攻击你们之前，表现出什么征兆了吗？"

科布摇了摇头。"他会看到东西、听到声音，但并不危险。朱迪——铁甲——总是告诉他，即使缺陷真的存在，他也能加以克服。她为他抗争、为他辩护、为他冒险，直到……"

第三队战机起飞了。他们是真的下定决心要夺取那艘船坞。

我抬头看向残骸区里扭曲变形的影子，叹了口气，取下腰带上的无线电递给科布。

他犹豫着接了过去。我能从他担忧的眼神里、从他苍白的脸上看到事实。知道我看到过那些眼睛以后，他改变了想法。他不希望我飞行，因为我太危险了。

"抱歉，孩子。"他说。

"这样比较好，"我说，"我们不用担心我会做什么，又不会做什么了。"

我挤出一个笑容，然后转过身去，走向那些茶点，而我的内心正在崩溃。

四个月前的我不可能接受别人用虚幻不实的"缺陷"为借口阻止我继续飞翔，但我已经不是那个人了。我成了另一个人，一个没法像过去那样把"勇气"和"懦弱"看得那么简单的人。

我弹射逃生了。我几乎被失去朋友的重量压垮。即使把听到群星声音的疯狂表现全部抛开，我也不确定自己有飞行的资格。

还是就这么放手比较好。我垂下脑袋，转身离开茶点桌，不想再待在人群里。

一只手抓住了我的胳膊。"你以为自己要去哪儿？"

我抬起头，准备一拳打向……内德？

他傻乎乎地笑了。"我错过了典礼的主要部分，对吧？我还以为自己来迟几分钟也没问题，铁甲每次都得说上起码十个钟头。欠揍脸呢？FM 呢？我得向他们道贺。"

"他们起飞去执行任务了。"

"今天？"内德说，"这太蠢了。我还想把他们拖去参加真正的聚会呢。"当第四队战机在我们身后起飞的时候，他似乎真的很不安。内德叹了口气，再次抓住我的胳膊。"好吧，至少我能把你拖去。"

"内德，我失败了。我弹射了。我——"

"我知道。这只代表你就算离开基地去参加聚会，也不会被记过。"他拉着我走了起来，"来吧，其他人都到了。阿图罗的家族有接入无线电频道的权利，我们可以听着战斗过程，为他们加油鼓劲。"

我叹了口气，但他话里最后那部分的确勾起了我的兴趣。我让他拉着我离开的时候，第五队战机升上了天空，和其他战机飞向了同样的方向。

"科布说，上将想尝试回收那艘船坞。"在我说明的时候，阿图罗把一只四四方方的大型无线电放到桌上，震动了装饮料的杯子，"内德和我看到起码有五队战机起飞了。他们这次是来真的。"

其他人聚集在周围。金玛琳、内德、阿图罗，能再次看到他们真好，而且他们的双眼中看不到责难，这让我不由自主地打起了精神。这间昏暗餐馆显得有些空荡荡的，只有我们和几个没有佩戴飞行员徽章、多半是农田或者果园工人子女的少年少女。

"他们呼叫了所有人，"阿图罗说着，把一条线从无线电拖到墙壁那边，"甚至包括下层洞穴的后备人员。这场仗的规模会很大。"

"对。"我说着，低头看着饮料和炸藻条，两样我都完全没碰。

"嘿，"金玛琳说着，戳了戳我，"你在生闷气？"

我耸了耸肩。

"很好，"她说，"今天是适合生闷气的日子！"

"毕业日，"内德说着，举起杯子，"为淘汰俱乐部干杯！"

"万岁！"金玛琳说着，举起自己的杯子。

"你们俩都是傻子，"阿图罗说着，摆弄起无线电上的旋钮来，"我可没被淘汰，我是提前毕业的。"

"是吗？"内德问，"他们呼叫你去参加这场战斗了吗，正规飞行员阁下？"

阿图罗脸红了。我这才注意到，他没有佩戴飞行员徽章。而几乎所有人每天都会戴着，无论穿没穿制服。

无线电开始高声播放对话，而阿图罗匆忙调低了音量，接着继续调节频道，最后转到一个传来坚定女声的频道。"好了，"他说，"议会监控频道。这应该是在向政府领导人直接解说战况，而且不是火成岩的民众听到的美化版本。"

我们安静下来的同时，无线电频道里的那个女人说："在常春藤小队起飞后，我们已经派出了十一支小队，以及五个侦察三人组。今天，圣徒和北极星守护着我们，以及挑战者联盟派出的光荣战士们。"

内德吹了声口哨。"十一支？我们有那么多小队？"

"显然有。"阿图罗说，"说真的，内德，你开口前就不能思考一下吗？"

"不能！"他啜饮了一口那种绿色的起泡饮料。

"有头脑可言的人，"金玛琳严肃地说，"才能在发言前动脑。"

"我们通常会维持十二支小队，"阿图罗说，"任何时候当值的都有四支，通常有一两支在空中巡逻，四支随叫随到，另外四支充当后备部队，在下层洞穴接受保护。过去，我们尝试让每支小队保持十架战机，但最近，我们的兵力减少到了十一支小队，而且大部分小队都只有七架左右的战机。"

"八十七名勇敢的飞行员，"解说员续道，"正在前去与克雷尔人交战，只为保护那件回收物。胜利会为我们的联盟带来前所未有的荣耀和战利品！"

她的嗓音就像我在下面的洞穴里听过的广播员，有力，但几乎显得单调，听起来就像在朗读别人放在她面前的稿纸。

"这太枯燥了，"我说，"我们能听听真正的对话吗？调到飞行员波段什么的？"

阿图罗看向其他人。内德耸耸肩，但金玛琳点了点头，于是阿图罗把声音调得更小了些。"我们不该听这些的，"他轻声说，"但他们还能怎么做？把我们踢出挑战军？"

他又转动了几个刻度，最后调到了队长公用频道。火成岩洞穴那边的无线电是无法解译他们的对话的，但阿图罗的家族显然很有地位，甚至拥有配备了辨音器的无线电。

"他们靠近了。"有个陌生的声音说，"见鬼，数量好多。"

"告诉我们数量，"铁甲说，"多少支小队？多少艘飞船？"

"侦察兵报到，"我认出那是斗篷在说话，她是曾和我们并肩作战的侦察兵之一，"我们会确认敌人的数量，上将。"

"全体参战小队，"铁甲说，"维持防御姿态，直到我们了解敌军数量为止。飞行指挥部结束通话。"

我拉近座椅，聆听对话，试着想象那场战斗。另一名侦察兵描述了正在坠落的船坞，那是一座庞大而古老的金属构造物，外表有洞开的缺口，内部的走廊蜿蜒曲折。

侦察兵给出了数目。克雷尔人的第一波攻势多达五十艘飞船，但随后还有另外五十艘。敌人知道这场战斗有多重要。他们派出了全部飞船，和我们一样下定了决心。

"一百艘飞船，"内德轻声说，"这会是多么激烈的战斗……"他看起来魂不守舍，也许回忆起了我们在船坞内部的那场追逐。

"就是这样，他们投入了全部兵力。"铁甲说，"激流小队、瓦尔基里小队、钨小队，以及噩梦小队，我希望你们进行火力掩护。内在小队，阻止克雷尔人靠近船坞，别让他们用炸弹炸毁它！"

队长们接连给出了确认。我闭上眼睛，想象着云集的飞船，以及横飞的炮火。那片战场相对开阔，除了一座庞大的船坞以外，只有小型的残骸。

我的手指开始做出动作，仿佛在操控战机。我感觉得到：驾驶舱的咔嗒声，风的呼啸，助推器的闪光……

诸圣和群星啊，我会非常想念这一切的。

"其中有架轰炸机，"小队长之一说，"我得到了三架战机给出的确认。"

"侦察兵确认，"斗篷说，"我们也看到它了。飞行指挥部，有架轰炸机正在靠近那座船坞，携带着灭生炸弹。"

"赶走它！"铁甲说，"保护回收物是我们的首要目标。"

"遵命，长官，"队长之一说，"确认。我们要逼退它，即使这意味着要把那架轰炸机赶去阿尔塔的方向？"

线路里一阵沉默。

"以轰炸机的速度，进入阿尔塔基地范围需要飞行两个钟头以上，"铁甲说，"我们来得及阻止它。命令不变。"

"两个钟头？"内德说，"他们出击的位置比我想的还远。"

"噢，轰炸机的速度大概只有波科级的一半，"阿图罗说，"所以船坞降到了离我们一个钟头左右路程的地方，我们的部队赶过去的时间也差不多。如果你思考得久一点，就能计算出来了。"

"我干吗要做那种事？"内德说，"那你什么时候替我干麻烦的活儿？"

"除了我以外，还有人觉得……焦虑吗？"金玛琳问。

"他们说那儿有一架灭生轰炸机，很可能会往我们这边来，"阿图罗说，"所以有的。"

"不是因为那个，"金玛琳说着，看向了我，"是因为只是坐在这儿，听着这些。"

"我们应该也飞上去，"我轻声说，"就是这样。一场像是阿尔塔之战的战斗，他们需要所有人……而我们却在这儿听着对话、喝着汽水。"

"他们让所有能战斗的战机都起飞了，"阿图罗说，"就算我们回到挑战军基地，也只能傻坐在那儿听着。"

"我们逼退了它，"某位队长说，"我确认，轰炸机远离了回收目标。但是，上将，它在尝试向阿尔塔基地突围。"

"这架轰炸机速度很快，"斗篷说，"比大多数都要快。"

"侦察分遣队，"铁甲说，"前往拦截。其他人，不要分心，专注于船坞！这可能是诱饵。"

"我们只剩下三架战机了，"队长之一说，"请求支援。他们的数量压倒了我们，飞行指挥部。见鬼，这——"

沉默。

"瓦尔基里小队队长被击落，"另一个人说，"我要接管他剩下的战机，飞行指挥部，我们正在承受猛攻。"

"所有战机，"铁甲说，"全体进攻。击退他们，别让他们靠近船坞。"

"遵命，长官。"队长们异口同声地说。

战斗持续了一阵子，而我们紧张地聆听着，不只是因为飞行员在尝试夺取船坞的过程中牺牲，也是因为这场战斗每过一刻，轰炸机就会更接近阿尔塔基地。

"侦察机，"最后铁甲说，"关于那颗灭生炸弹，你们有什么要汇报的吗？"

"我们还在对付它，长官！"斗篷说，"但那架轰炸机受到严密保护，有十架战机。"

"明白。"铁甲说。

"长官！"斗篷说，"它的速度比普通轰炸机要快，而且它还在加速。如果我们不够小心，它的轰炸范围就会把阿尔塔覆盖进去。"

"前去交战。"铁甲说。

"只靠侦察机？"

"是的。"铁甲说。

我感到那么无力。儿时的我听着战争故事，脑袋里只会充满戏剧化和令人兴奋的想法：荣誉与杀戮。但今天，那些队长看着他们的朋友接连死去，我们能听到他们嗓音里的紧张，还能听到频道里传来的爆炸声，每一声都会让我缩起身子。

约尔延和 FM 就在那儿的某个地方。我本该去帮忙，本该去保护。

我闭上了眼睛，下意识地做起了奶奶的练习，想象自己翱翔于群星之间。聆听它们的声音，伸出手……

我的眼皮内侧出现了十来个白色光点，然后是数百个。我感受着某种庞大而可怕之物朝我接近。

我倒吸一口凉气，睁开了双眼。针孔般的光点消失不见，我耳中的心跳声仿佛雷鸣，而我满脑子都是被某种东西窥视的可怕感受。反常之物，可憎之物。

等我终于将注意力转回战斗时，斗篷正在汇报与灭生轰炸机的护卫飞船的全面冲突。阿图罗切换了几个波段，找到了他们的小队聊天频道。十二架侦察机为这场战斗组成了一支小队。

阿图罗在侦察兵频道和队长频道之间反复切换。两场战斗的战况都很激烈，但最后终于有可喜的消息传来。

"轰炸机已摧毁！"斗篷说，"灭生炸弹在朝地面自由下落。全体侦察兵，后撤！过燃！快！"频道里她的声音变得颤抖而模糊。

我们焦虑地等待着。我觉得自己听到了接连三次爆炸在不远处响起，其实我能肯定自己听到了。见鬼，离阿尔塔可够近的。

"斗篷？"铁甲问，"干得漂亮。"

"她死了。"线路里传来一个柔和的嗓音，那是FM，"我是呼号：FM。斗篷死于爆炸。我们……长官，侦察兵小队还剩下我们三个，其他人都战死了。"

"确认，"铁甲说，"愿群星接纳他们的灵魂。"

"我们要……回去参加另一场战斗吗？"FM问。

"是的。"

"好吧。"她的嗓音透出惊慌。

我恼火地看向其他人。我们肯定有什么能做的事。"阿图罗，"我说，"你的家族有私人飞船吗？"

"三架战机，"他说，"都在下层洞穴里。但根据规定，它们不会参与挑战军战斗。"

"就算是这样令人绝望的战斗？"金玛琳问。

阿图罗犹豫了片刻，然后声音柔和了些。"尤其是这样的战斗。它们的工作是在必须疏散时保护我的家族。情况越是糟糕，我的父母就越不可能投入他们的战机。"

"如果我们不告诉他们呢？"内德说，"如果我们就这么开走飞船呢？"

他和阿图罗对视了一眼，然后咧嘴笑了。两人都看着我，而我的心脏在兴奋中颤抖起来。再次飞翔，参与这样一场战斗，就像阿尔塔之战那样。

在这样的战斗里……我父亲发了疯。让我飞上天的风险太高了。如果我也像他那样，对我的朋友倒戈相向，那该怎么办？

"带金玛琳去吧。"我不由自主地说。

"你确定？"阿图罗问。

"我不确定！"金玛琳说着，抓住我的双手，"斯苹，你比我要优秀。我只会再一次失败。"

"我家族的战机在一座安全的洞穴里，"阿图罗说，"用私人飞船电梯把它们带到地表至少要花十五分钟，这还不算我们潜入进去偷走战机的时间。"

我捏了捏金玛琳的双手。"小怪,"我告诉她,"你是我见过的、我听说过的最优秀的炮手。他们需要你,FM 和约尔延需要你。"

"可你——"

"我不能飞,小怪,"我说,"因为某种我现在没法说明的医学理由。所以你得去。"我更用力地捏了捏她的手掌。

"我辜负了赫尔,"她轻声说,"我也会辜负其他人的。"

"不,金玛琳,你辜负他们的唯一方法就是不上战场。去吧。"

她眼眶泛泪,然后拥抱了我。阿图罗和内德冲出房间,金玛琳追在他们身后。我无力地坐在椅子上,靠向桌子,交叠双臂,把脑袋枕了上去。

无线电里的对话还在继续,包括一个新的声音。"飞行指挥部,"有个女人的刺耳嗓音在说,"这里是四十七号防空炮哨站。我们无法战斗了,长官。"

"无法战斗?"铁甲说,"发生了什么?"

"那颗灭生炸弹的冲击波击中了我们。"那个女人说,"群星啊,我才刚刚爬出那片废墟,这台无线电还是从指挥官的尸体上扯下来的。看起来……防空炮四十六号和四十八号也没了。那颗炸弹击中的位置太近了。你们的防线上有了个缺口,长官。见鬼,见鬼,见鬼,我需要医疗运输机!"

"明白,四十七号哨站。派出——"

"长官?"又是那个炮手的声音,"请告诉我,您在雷达上看到了。"

"什么?"

我感到一阵寒意。

"残骸雨,"炮手说,"这儿的北边。稍等一下,我这儿有望远镜……"

我紧张地等待着,同时想象仅存的炮手爬上被摧毁的炮台的景象。

"我目击了多艘克雷尔飞船,"那炮手说,"第二群敌人在远离船坞战场的位置入侵了。长官,他们直接出现在我们防御的缺口这儿。请确认!您听到我的话了吗?"

"我们听到了。"铁甲说。

"长官，他们冲着阿尔塔基地来了。让后备部队起飞吧！"

没有什么后备部队。我体内的寒意变成了冰块。铁甲为了争夺船坞投入了我们的全部兵力。而现在，第二群克雷尔人出现在天空中，就在那颗炸弹摧毁我们防线的位置。这是个圈套。

这就是克雷尔人的目的。他们想把我们的战机吸引到远离阿尔塔的战斗去，希望我们相信所有克雷尔飞船都已参战，让我们投入全部战斗力。为了开启道路，他们又朝我们的防空炮投下了一颗灭生炸弹。

这么一来，他们就能投入更多的飞船，以及另一颗炸弹。

轰。

挑战者将不复存在。

"激流小队，"铁甲上将说，"我希望你们立刻返回阿尔塔！用上全速！"

"长官？"那位队长说，"我们可以脱离战斗，但即使达到10马格速度，我们也需要起码三十分钟。"

"快！"她说，"回这儿来。"

来不及的，我心想。阿尔塔完蛋了。没有飞船了，也没有飞行员了。

除了那么一个。

49

但我仍在犹豫。

我决定不和内德他们一起去，是因为这样太危险了。缺陷该怎么办？

在那一刻，我仿佛听到了赫尔的声音。我们说好了，她似乎在低语，直到最后都勇敢面对。不会放弃，斯苹。

不会放弃。阿尔塔基地面临威胁，我却打算干坐在这儿？因为我害怕自己可能做的事？

不。因为在内心深处，我不知道自己是不是懦夫。因为我担心的不只是我的缺陷，也担心自己有没有飞翔的资格。在那一刻，这个事实给了我沉重的一击。就像上将那样，我用缺陷充当借口，是为了避免面对真正的问题。

为了避免发现真实的自己。

我站起身，冲出了餐馆。忘了缺陷吧，他们就要投下一颗能同时摧毁阿尔塔和火成岩的灭生炸弹了。我的危险性无关紧要，克雷尔人要危险得多。

我沿着街道朝基地飞奔，去找 M 机器的模糊计划在我的脑海里逐渐成形。但那样花的时间太久，而且它已经关闭动力了。我想象着自己冲进洞穴，面对的却是个死气沉沉的不肯启动的金属块。

我停在街道上，气喘吁吁，汗如雨下，看向外面的山丘，然后看向阿尔塔基地。

那儿还有一架战机。

我在街上狂奔，穿过基地大门，亮出我的徽章来获准入内。我转向右方的发射台，匆匆跑到地勤人员那里。他们正在让赶去防空炮那边的医疗运输机起飞，那架庞大而缓慢的飞船凭借大型上升环流畅地升到空中。

我注意到了道尔戈，那位经常给我的战机做维护的地勤人员，于是跑到他面前。

"冲天十号？"道尔戈说，"你这是要——"

"那架损坏的战机，道尔戈。"我气喘吁吁地说，"冲天五号阿图罗的战机，它能飞起来吗？"

"我们准备把它拆散成零件。"道尔戈吃惊地说，"我们本来已经开始修理它了，但护盾装置用完了，补充的部件也一直没能送来，操纵系统也受了损。它不适合战斗。"

"它能飞起来吗？"

好几个地勤人员面面相觑。

"技术上来说，"道尔戈说，"可以。"

"帮我做好起飞准备！"我说。

"上将批准了吗？"

我看向发射台的侧面，那里有台无线电正在播放队长频道的内容，和阿图罗那台很像。他们一直在听。

"另一队克雷尔飞船正径直飞向阿尔塔，"我说着，指了指，"这儿也没有后备部队。你是想跟那个出于不合理原因厌恶我的女人说话，还是想直接帮我飞上这见鬼的天空？"

没有人答话。

"准备好冲天五号战机！"最后，道尔戈喊道，"快，快！"

两个地勤人员跑开了，而我冲进更衣室，在一分钟后穿着飞行服走了出来，这是我有史以来最快一次更衣。道尔戈领着我走向一架波科级，那些地勤人员正用飞船牵引绳将它拖上发射台。

道尔戈抄起一架梯子。"托尼，这样就行了！拿走绳子！"

在战机停下的同时，他用力将梯子推到了对应位置。

我匆忙爬了上去，钻进敞开的驾驶舱，努力不去注视毁灭炮在机身左侧留下的黑色伤痕。见鬼，它的状况的确很糟。

"听着，斯苹，"道尔戈跟着我爬了上来，开口道，"你没有护盾。听明白了吗？护盾系统彻底烧毁了，我们把它拆除了。你完全没有保护。"

"明白。"我说着，系上安全带。

道尔戈把头盔塞进我的手里。我的头盔，上面有我的呼号。"除了护盾以外，你的上升环会是你最需要担心的事。"他说。"它出了故障，我没法判断它会不会停止运作。根据我们的评估，操控球也状况不佳，"他看了看我，"弹射系统仍然正常。"

"干吗跟我强调这个？"

"因为你比大多数人都聪明。"他说。

"毁灭炮呢？"我问。

"运作正常，"他说，"你很走运。我们本打算今晚就拆掉的。"

"我不确定这能不能算走运，"我说着，套上头盔，"但我们也只有这些了。"我朝他竖起大拇指。

他竖起大拇指的同时，他的团队拉走了梯子，我的驾驶舱罩随即落下，又密封起来。

"铁甲"朱迪·伊凡斯站在指挥中心里。她将交扣的双手背在身后，看着从地板投射出的全息影像，其中包括排成队列的小小飞船。

船坞从始至终都是个诱饵。朱迪被耍了，克雷尔人料到了她会做的事，并且加以利用。

这是最古老的战争法则之一：如果你知道敌人打算做什么，战斗就等于胜利了一半。

在她的轻声命令下，全息影像切换到了正在接近阿尔塔的第二群敌机，有十五艘克雷尔飞船。这些散发蓝光的楔形物如今在近程雷达上清晰可见，后者比远程雷达精确得多。

根据它的显示，其中一艘飞船的确是轰炸机。

那些飞船逐渐靠近了死亡地带。越过那条看不见的界线以后，只要他们投下灭生炸弹，就会摧毁阿尔塔。但克雷尔人不会就此止步，他们会飞向更深处，试图直接将炸弹丢在基地正上方。这么一来，爆炸就能到达地下深处，摧毁火成岩。

我宣判了全人类的末日，伊凡斯心想。

十五个蓝色光点。没有对手。

接着，从阿尔塔升起了一个孤零零的红色光点——一架挑战军战机。

"莱科尔福？"铁甲说，"是那些私有战机的主人回应了我的要求吗？他们让自己的战机紧急起飞了吗？"下层洞穴只有八架私有战机，但总好过没有，或许足以阻止一场灾难了。

"不，长官。"莱科尔福说，"根据最近的消息，他们正在计划撤离。"

"那这架战机是谁的？"铁甲问。

在忙乱的指挥室里，人们纷纷从自己的工作站转过头来，看着全息影像和那个孤单的红色光点。有个声音在队长频道响起："我的设置没错吧？能确认吗？我是冲天十号，呼号：斯苹。"

是她。

"缺陷者。"铁甲低声道。

50

"这里是飞行指挥部，"铁甲在我的无线电里说，"学员，你的战机是从哪儿弄来的？"

"这重要吗？"我问，"给我个方位。克雷尔人在哪儿？"

"那支队伍里有十五艘飞船，孩子。"

我吞了口唾沫。"方位是？"

"57-113.2-15000。"

"好的。"我改换方向，让助推器过燃。重力容在最初几秒发挥作用，我咬牙承受了随后袭来的重力。我的波科级开始在压力下咔嗒作响，尽管速度才达到相对缓慢的5马格。这战机是用什么拼起来的？唾沫和祈祷？

"离他们进入死亡地带还有多久？"我问。

"不到八分钟，"铁甲说，"根据我们的影像，你会在大约两分钟内赶到他们那里。"

"真棒。"我说着，深吸一口气，将飞船缓缓加速到6马格。在那只烧焦的机翼承受这么大阻力的情况下，我不敢飞得更快。"我们也许还有几架增援正在赶来。等你看到的时候，把发生的事告诉他们吧。"

"你们还有人要来？"铁甲问。

"希望如此，"这取决于阿图罗和其他人能不能偷到战机，"我只能靠自己把克雷尔人拖延到那时候了，用这架没有护盾的战机。"

"你没有护盾？"

"我看到克雷尔人了，"我说着，没理会她的问题，"我们开始吧！"

克雷尔飞船蜂拥而来。我知道他们只有十五艘，但考虑到我单枪匹马、全无保护地飞在这儿，感觉就像面对一整支舰队。我立刻向侧面急转，毁灭光束从我四周掠过。至少有十二个敌人尾随在我身后，我的接近警报疯狂鸣响。

我做出倾斜急转，由衷地希望这儿有能用来迅速移动的残骸。我绕出一道弧线，不知为何没被击中，最后看到了它：一艘更缓慢、更庞大的飞船。它带着那颗固定于船底、几乎和船身同样大小的巨大炸弹，缓缓前进。

"飞行指挥部，"我说着，让战机开始俯冲，毁灭光束飞散在我身边，"我亲眼确认了一艘灭生轰炸机。"

"击落它，学员，"上将立刻说，"你听到我的话了。只要有机会，就把那艘船打下来。"

"明白。"我说着，开始了旋转筋斗动作。我的重力容指示灯闪烁起来，它短暂的阻尼效应耗尽，而重力将我几乎压扁在驾驶舱侧面和座椅上。

然而，当几艘克雷尔飞船从我前方掠过的时候，我设法保持了清醒。我的本能让我去追赶它们。

不，它们充当的是吸引我注意力的靶子。我朝另一个方向回避，而我身后的那些飞船制造出了一片毁灭炮的狂乱风暴。

我在这场战斗里撑不了多久，没法为阿图罗和其他人拖延时间。克雷尔人会在那之前就解决我。

我必须接近那架轰炸机。

克雷尔人试图将我驱赶到侧面，但我在两架敌机之间做出了回避动作，我的战机穿过他们的尾迹，咔嗒作响。这种情况通常是不会发生的，大气风斗会抹去飞行尾迹。幸好我的大气风斗还在运作，但它显然状况不佳。

震颤让我的牙齿咔嗒直响，我绕过另外几艘飞船，专注于目标，用毁灭炮接连开火。

其中几发击中了轰炸机，却被它的护盾吸收，而我又离得不够近，没法使用反脉冲。陪同那架轰炸机的奇特小型飞船脱离机身，朝我飞来，迫使我转向侧面。

我以长长的弧线转了个弯，试图忽略此时有将近两个小队的敌人在追赶我的事实。

我专注于自己的战机、自己的飞行动作。

我、操纵装置，以及战机，这些加在一起……

向右。

在某架克雷尔战机截住我的去路之前，我向右避开。他们就要一同开火了，我向下俯冲，避开突如其来的密集火力。

向左。我凭借本能大幅转弯，旋转着穿过两架敌机之间，让它们撞在了一起。

这太离奇了，但不知为何，我能在脑海里听到。不知为何，我知道……那些发送给敌机的命令。

我能听到。

朱迪安静地站在全息影像旁边，副官和下级军官们缓缓地聚到周围。到了现在，他们已经让所有小队脱离了争夺船坞的战斗，让他们全速返回阿尔塔。

他们赶不上的。即使是她早先就命令返航的激流小队，也离得太远了。此时此刻，重要的就只有大片蓝色之中的那一点红色。那个了不起的红色斑点穿梭于敌人的攻击之间，不知为何却能一次次避免毁灭。

不知为何，她面对悬殊的敌我比例，却能存活下来。

"您见过有人像那样飞行吗？"莱科尔福问。

朱迪点点头。

她见过，在另一个飞行员身上见过。

我没法解释。不知为何，我能感觉到来自上方、告诉克雷尔飞船该做什么的命令。我能听到那些话……听到他们处理和思考。

这算不上什么压倒性的优势，但也足够了。这足以让我驾驶这架咔嗒作响的波科级翻上另一个筋斗，并再次命中那架轰炸机。

这样就有五次了，再次被那四艘黑色护卫飞船逼退的时候，我心想。轰炸机的护盾应该接近失效了。科布的训练浮现于我的脑海，提醒我要在击落轰炸机的同时全速撤离。等那颗灭生炸弹落到地面，冲击波会……

"斯苹？"那是约尔延的声音。

我的专注几乎因此中断。我旋转机身，进行回避。

"斯苹，是你吗？"他问，"我的队长说你在频道里说了话。发生了什么事？"

"我……"我咬着牙说，"我一个人和克雷尔人玩得正欢呢，一大堆克雷尔人。"

"我在和激流小队一起行动，"约尔延说，"我们来帮忙了。"

我忘掉了俏皮话和虚张声势。"谢谢。"我低声说着，试图绕回去再次进攻，而汗水早已打湿了我的头盔内侧。

几道红色的炮火从上方射下，飞向我的战机。但我能躲过去，我知道他们——

我的战机前方突然发生了爆炸，炸飞了这架波科级的机首尖端。某种东西——我无法预测的东西——击中了我。

我的波科级咔嗒作响，机首拖曳着烟雾，控制台直接被大片红光笼罩。但战机仍能活动，而我朝侧面回避。

那一炮，我心想，是其中一艘黑色飞船击中了我，而且我没法在脑海里听见它收到的命令。

我再次绕向那架轰炸机，扣下扳机，但什么也没发生。见鬼……毁灭炮就装在机首部位，那一炮让它们受损了。

我的操控球咔嗒直响，随时可能失控，就像道尔戈警告过的那样。

"距离轰炸机抵达死亡地带还有一分钟时间，冲天十号。"铁甲轻声道。

我没有答话，只是奋力将战机保持在大群敌人前方。

"就算它进入死亡地带，"铁甲说，"你也有击落它的完全许可。飞行员，能给我确认吗？"

灭生炸弹会在遭到击中或落地时引爆。所以，如果我在它过于接近后击落那架轰炸机，冲击波会摧毁阿尔塔，却能保住火成岩。

"确认。"我说着，掉转了方向。

没有武器。

我能听到掠过的风声，就好像驾驶舱罩已经消失了一样。我的机首仍在燃烧。

不到一分钟。

我爬升高度，随后转为俯冲，克雷尔战机仍旧蜂拥在后。

那架轰炸机的护盾肯定近乎失效了。

我将机首对准了下方的轰炸机，让助推器过燃。

"学员？"铁甲说，"飞行员，你在做什么？"

"我的武器没了，"我透过紧咬的牙关嘶声道，"我只能撞上去了。"

"明白，"铁甲轻声说，"愿圣徒保佑你，飞行员。"

"什么？"约尔延在线路里说，"什么？撞上去？斯苹！"

我朝那架轰炸机俯冲而去。

"斯苹，"约尔延说，在刺耳的警告音和驾驶舱周围的呼啸风声中，他的话声只依稀可辨，"斯苹，你会死的。"

"是的，"我低声说，"但至少我会赢。"

我在敌人密集的炮火中径直飞向那架轰炸机。终于，在毫无顾忌下，我将可怜又受损的飞船用到了极限。

上升环停止运作了。

我的战机意外地开始了俯冲，而我掠过了轰炸机的下方，没能命中。在狂风的拍打下，外加少了上升环的支撑，我的战机开始失控打转。

模糊不清的烟雾和火焰笼罩了一切。

51

在这样的时刻，你本不该有办法思考的。这一切本该发生在一瞬间。

我的手本能地伸向两腿之间的弹射操纵杆。我的战机正在失控打转，而且无法控制高度。我会坠毁的。

我的动作凝固了。

附近没有别人。如果我没有阻止他们，克雷尔人就会畅通无阻地前进，然后摧毁火成岩。

要坠毁就坠毁吧。

我猛地把一只手移回节流阀，用另一只手关闭了大气风斗，彻底将战机交给捉摸不定的风。我狠狠地向前推动节流阀，让助推器过燃。

在过去，飞船就是这么飞起来的。我需要运用老式的借助速度实现的爬升手法。

我的战机以疯狂的幅度震颤起来，但我朝操控球前倾身子，努力停止机身的转动。

拜托，拜托！

我觉得能行。我努力控制襟翼，感到重力逐渐减轻。我的战机开始恢复水平飞行。我能做到，我——

我滑过了地面。

重力容立刻满负荷运作，为我挡下了大部分冲击。但不幸的是，我恢复控制的速度不够快，战机爬升的高度也有所不足。

战机弹跳着越过地面，第二次冲击让我被安全带固定的身体猛然前倾，吐出了肺里的空气。我可怜的波科级滑过满是灰尘的地表，驾驶舱隆隆作响。舱罩粉碎，而我尖叫起来。我没法再控制它了，只能硬着头皮希望重力容来得及充能——

嘎扎！

随着金属扭曲时那种让人痛心的声音，波科级缓缓减速停下。

我无力地靠在安全带上，头晕目眩，感到天旋地转。我呻吟着努力喘气。

我的视野缓缓地恢复正常。我晃晃脑袋，努力靠向另一边，透过破碎的驾驶舱罩向外看去。我的战机完蛋了。我撞上了一片山坡，双翼和一大块机身也在滑行中脱落。我基本上只剩下一把固定在金属管里的椅子，就连控制台上的警告指示灯也熄灭了。

我失败了。

"战机坠落。"飞行指挥部的一个声音透过我头盔里的无线电装置传来。"轰炸机仍在接近目标，"她放轻了声音，"进入死亡地带。"

"我是冲天五号，"阿图罗的声音说，"呼号：安菲。冲天二号和六号也来了。"

"飞行员?"铁甲说,"你们驾驶的是私人飞船吗?"

"差不多吧,"他说,"我打算让你来跟我父母解释。"

"斯苹,"飞行指挥部的某人说,"你的状况如何?我们看到了受控坠落。你的战机还能动吗?"

"不能。"我说着,嗓音沙哑。

"斯苹?"金玛琳说,"噢!你做了什么?"

"看起来我什么都没做。"我摆弄着安全带,沮丧地说。这鬼东西缠住了。

"斯苹,"飞行指挥部那边说,"撤离残骸。克雷尔人来了。"

克雷尔人来了?我伸长脖子,透过破碎的舱罩向后看去。那艘黑色飞船——保护轰炸机的四艘飞船之一——在天空中绕了一圈,前来确认我的战机残骸。它显然不希望我回到空中,从后方攻击它们。

黑色飞船低飞于空中,冲向了我。看到它的模样,我就明白它不打算给我存活的机会。它想要我的命,它知道。

"斯苹?"飞行指挥部说,"你撤离了吗?"

"没有,"我低声说,"我被安全带缠住了。"

"我来了!"金玛琳说。

"否决!"铁甲说,"你们三个要盯着那架轰炸机,况且你们的距离赶不上。"

"我是激流八号,"约尔延在线路里说,"斯苹,我来了!预计到达时间六分钟!"

黑色克雷尔飞船朝我的战机残骸开了火。

就在那一刻,一道黑色的阴影经过我的正上方,越过我旁边那座小山的山顶,擦过山坡,让灰尘朝我倾泻而下。敌人的毁灭炮击中了新来者的护盾。

什么?

那是一架大型战机,锐利的机翼……呈现出 W 形。

"我是呼号:混血犬。"有个粗野的嗓音说,"撑住,孩子。"

科布。科布在驾驶 M 机器。

他们擦身而过的时候，科布发射了光矛，老练地刺中了黑色的克雷尔战机。相比之下，M 机器庞大得多。他把那艘克雷尔杀手飞船向后拖去，就像拉着狗儿绳索的主人，并以计算过的动作旋转，拖着敌机划出一道疯狂的弧线，接着将它狠狠摔在地上。

"科布？"我说，"科布？"

"我记得，"他的嗓音在我的无线电里响起，"我告诉过你，在那种情况下应该弹射，飞行员。"

"科布！怎么会？什么？"

M 机器转到我的战机侧面——好吧，战机剩下的部分——用上升环下降高度，落在地上。我又费了点力气，终于挣脱了安全带。

我爬出战机残骸，跑了过去，差点在途中摔倒。我跳上一块岩石，然后爬上 M 机器的机翼，就像我做过许多次的那样。科布安稳地坐在打开的驾驶舱里，放在旁边扶手上的是我交给他的无线电。就是那台……

"你好！"M 机器在驾驶舱里对我说，"你差点死掉，所以我会说点让你分心的话，免得你继续思考关于自身死亡的那些严肃且令人心烦的暗示！我讨厌你的鞋子。"

我大笑起来，几乎歇斯底里。

"我不想显得墨守成规，"M 机器补充道，"所以我才说我讨厌鞋子。但实际上，我觉得那双鞋子相当不错。请别觉得我在说谎。"

驾驶舱里，科布在发抖。他的双手颤动，双眼直视前方。

"科布，"我说，"你坐进战机里了。你飞行过了。"

"这东西，"他说，"太疯狂了。"他转向了我，似乎回过神来。"帮我一把。"他解开安全带，而我帮忙把他拉出了驾驶舱。

见鬼，他看起来糟透了。多年以后的头一次飞行就耗尽了他的心力。

他跳下机翼。"你得把那架轰炸机赶回天上去，别让它爆炸然后把我蒸发掉。我还没喝完下午的咖啡呢。"

"科布，"我说着，俯下身去，从机翼上看着他，"我……我想我能在脑海里听到克雷尔人的声音。他们不知用什么法子钻进了我的脑袋。"

他抬起手来，抓住我的手腕。"不管怎样，飞吧。"

"可如果我做出他那样的事呢？如果我背叛了朋友们呢？"

"你不会的。"M机器在驾驶舱里说。

"你怎么知道？"

"因为你能选择，"M机器说，"我们能选择。"

我看向科布，他耸耸肩。"学员，到了这种时候，我们还有什么可损失的？"

我咬了咬牙，爬进M机器熟悉的驾驶舱里。我戴上头盔，在助推器启动的同时系上安全带。

"我呼叫了他。"M机器用满足的语气说。

"可这怎么可能？"我说，"你关机了。"

"我……没有彻底关机，"那台机器说，"我选择了思考。思考，以及思考。我听到你在呼叫我，向我求助，然后……我写了一份新程序。"

"我不明白。"

"这是个简单的程序，"M机器说，"它趁我不注意编辑了某个数据库的某个条目，把一个名字换成了另一个。我必须听从我的飞行员的指令。"

它的扬声器播放出了一个声音，我的声音。

"拜托，"那声音在说，"我需要你。"

"我选择了，"它说，"新的飞行员。"

科布向后退开，而我的双手放在操纵装置上，吸气，然后呼气，感到的是……

镇定。

是的，镇定。那种感觉让我想起自己在飞行学校第一天参战的时候，所体会到的不可思议的平静。过去那种无所畏惧让我吃惊。

那时的我只是无知，虚张声势。我以为自己清楚身为飞行员的感受，我以为自己应付得了。

这种平静很熟悉，同时却又截然相反。那是经验和认识所带来的平静。我们升向天空的时候，我发现另一种自信在我心中涌现。它的源头并非我告诉自己的故事，又或是强加于自己的英雄主义。

我第一次被击落的时候，之所以选择了弹射，是因为和自己的战机一起死去毫无意义。但在有意义的时候，在我有必要在机会渺茫的情况下尝试保护战机的时候，我留在了驾驶舱里，试图让战机留在空中。

我的自信来自了解自我。谁也别想再让我相信我是懦夫了。无论谁的话、谁的想法、谁的主张，都无关紧要。

我知道自己是怎样的人。

"准备好了吗？"M机器说。

"我想我有生以来第一次准备好了。用上你的全速，噢，还有关掉你的隐形装置。"

"真的？"它说，"为什么？"

"因为，"我说着，把重心压在节流阀上，"我希望他们亲眼看到。"

52

"铁甲"朱迪·伊凡斯看着克雷尔人部队继续逼近阿尔塔基地。

无线电对话声充斥于指挥室，但那并非平时的战斗对话。有权势的家族通过无线电发来消息，宣布他们正在用自己的飞船逃亡。懦夫，每一个都是。在内心深处，朱迪早就知道会有这种发展，但这仍旧伤透了她的心。

莱科尔福来到她身旁，手拿报告。除她以外，仍旧看着全息投影仪的人就只有他了。其他人全都陷入了混乱：话务员和少将们向火成岩洞穴的居民疯狂地发出警告，下令紧急疏散。

就好像这样有意义似的。

"轰炸机会在多久以后抵达阿尔塔？"朱迪问。

"不到五分钟，"莱科尔福说，"我们要把指挥中心疏散到某座下层洞穴去吗？那儿应该足够安全。"

她摇摇头。

莱科尔福咽了口唾沫，但没有停口。"应急防空炮台的最后一道防线呼叫了这边。克雷尔战机正在接近，和他们交战。三座炮台已毁，另外三座在承受沉重的火力。"

他们本该始终留下协助那些炮台的战机才对。朱迪朝全息影像上那三个小小的红色光点颔首，它们正飞出基地，与敌人交战。她现在明白了，那是偷来的战机。爱国者，真正的挑战者。

"给我接通那些战机的线路，"她说着，激活耳机，然后开了口，"冲天小队？"

"在这儿呢，长官。"呼号为"安菲"的人说，那是瓦尔妲的儿子。他叫什么名字？阿图罗？"飞行员，"她说，"你必须击落那颗炸弹。在五分钟之内，它就会飞到能摧毁火成岩的位置。你明白了吗？我批准你自由判断摧毁那颗炸弹的时机。"

"可阿尔塔呢，长官？"男孩问。

"已经死了，"她说，"我也死了。击落炸弹。你们三架战机对抗十六架。"她确认了报告，又说："在两分钟之内，激流小队会加入你们。他们有六架战机，其中三架是侦察机。我们其他的部队离得太远，不提也罢。"

"明白，飞行指挥部，"男孩说着，语气紧张，"愿群星指引你们。"

"你也一样，队长。"

她后退几步，观看起战斗来。

"上将！"有个无线电技术员喊道，"长官！有一艘身份不明的飞船正在接近！我把它加到全息影像里了！"

绿色的光点随即出现，它距离即将冲突的双方很远，却以惊人的速度接近。

莱科尔福倒吸一口凉气。朱迪皱起眉头。

"长官，"那个技术员说，"那艘飞船在以20马格的速度飞行。我们的飞船在那种速度早就散架了。"

"克雷尔人这次又找出了什么新武器？"朱迪喃喃自语。

"飞行指挥部，"有个熟悉的女孩声音在线路里响起，"这里是冲天十一号，准备战斗。呼号：斯苹。"

M 机器飞得那么快，让空气阻力产生的热度照亮了它的护盾，散发出炽热的光芒。我们撕裂空气，仿佛一团飞驰的火球，可我却只能感受到微弱的震颤。

与那架破烂波科级相比，这简直是天壤之别。

"我担心自己尚未恢复全部机能，"M 机器说，"助推器和推进器：可用。上升环与高度控制：可用。通信与隐形系统：可用。光矛：可用。赛托超推进器：不可用。自我维修：不可用。毁灭炮：不可用。"

"没有武器，"我说，"群星就是不想给我一架正常运作的战机，一次都不行。"

"这话会让我觉得受到了冒犯，"M 机器说，"如果我能够感觉到冒犯的话。另外，别这么闷闷不乐，至少我的口头攻击子程序还是可用的。"

"你的……什么？"

"口头攻击子程序。我认为既然我打算参与战斗，就该享受那个过程！所以我写了个新程序，以便正确地表达自己的意见。"

噢，棒极了。

"颤抖和恐惧吧，全体敌人！"它高喊道，"只因我们将以雷霆和鲜血撼动空气！你们的末日近在眼前！"

"呃……"金玛琳的嗓音在线路里响起，"赞美你的群星，无论你是什么人。"

太棒了。它是在公用频道里喊的？我猜，既然那条"保持低调"的命令已经失效，它也不在乎被谁听到了。

"那是我的飞船在说话，小怪。"我说。

"斯苹！"她说，"你找到了另一艘飞船？"

"是它找到了我，"我说，"我正在接近你们的七点方向，而且会在几秒钟后和你们会合。"根据 M 机器的预测，这恰好是其他人赶到的时间。

"等等，"内德说，"是我变成了白痴，还是斯苹刚才说她的飞船会说话？"

"嗨，内德！"M机器说，"我可以确认你是个白痴，但所有人类都一样。你的心智能力似乎位于他们的标准偏差范围内。"

"这事很复杂，"我说，"其实也不复杂。我的飞船能说话，而且你们应该忽略它的发言。"

"在我壮观的破坏力量面前颤抖和战栗吧！"M机器补充道。

"你们两个听起来很般配，"阿图罗说，"我很庆幸你能来，斯苹。也许你……有什么计划？"

"是的，"我说，"首先，看看它们会对我做出什么反应。等着别动。"

我在自己的轴线上翻转M机器，向后方过燃，减缓我们惊人的接近速度。即使用上它先进的重力容，我也感到重力将我砸向了椅背。等我们达到2.5马格以后，我在空中转体半周，评估了状况。十六架克雷尔战机。

就是这样，我得到了另一次机会。

是时候阻止那颗炸弹了。

我掠过克雷尔战机群的中央，迅速靠近那架轰炸机，以及它的"近卫"：剩下的三艘黑色飞船。我转向上方，让他们看清M机器的模样：吓人的机翼，以及危险的轮廓。它有明显先进而强大的设计，以及四个毁灭炮槽位，希望他们看不到里面是空的。

克雷尔人总是以他们认为最危险的飞船或是由军官驾驶的飞船为目标。我指望他们看到M机器，然后……

他们立刻追了过来。除了那三艘黑色的飞船以外，十三艘飞船脱离队伍，蜂拥在我身后，射出混乱而密集的毁灭光束。

太棒了。很可怕，但太棒了。

"我们得保持在他们前方不远处，M机器。"我说，"让他们跟紧一点，这样他们就会觉得随时能追上我们。"

"明白，"它说，"呀呃。"

"呀呃？"

"这是假想出来的海盗语，其实是经过艺术加工的英国西南部口音，因为某个特定人物扮演的角色才流行起来。它的本意应该是威吓对方。"

"好吧……"我摇摇头，轻松完成了一次复杂的奥斯隆式筋斗。

"我记忆的那些缺口的确留下了一些缺乏关联性的趣闻，"它说，"呀呃。"

我向右急转，观察着接近传感器，注意到阿图罗、小怪和内德赶到了。

"我们就这些人了吗，安菲？"我问。

"激流小队正在赶来，大约还有一分半钟的路。"阿图罗说，"约尔延也在他们队伍里，外加几个我不认识的老资格飞行员。他们应该在途中跟几架侦察机会合了，FM或许也在。"

"真棒，"我说着，"哼"了一声，让战机做出又一连串的回避动作，"在他们赶来之前，你和内德可以尝试去骚扰轰炸机。当心，那些护卫它的黑色战机比普通克雷尔战机要厉害。你们只要设法驱赶那架轰炸机，让它——"

"否决。"铁甲在线路里说。真棒，她当然在听。"飞行员，你们要击落轰炸机。"

"虽然我很愿意看到你自我牺牲，铁甲，"我说，"但还是先让我们判断有没有必要吧。安菲、蝰蛇，看看你们能做到什么程度。"

"收到，斯苹。"内德说。

"那我呢？"金玛琳问。

"留在后方，"我说，"瞄准那架轰炸机。等待它的护盾失效、护卫也被引开的那一刻。"

我的通信装置的私人线路灯亮了起来。

"斯潘莎……"金玛琳说，"你确定要把这个任务交给我吗？我是说……"

"我没有武器，小怪，"我说，"除了你就没别人了。你能办到的，做好准备。"

我俯冲下去，毁灭光束在我的周围闪烁。我们掠过地表，我的跟班们紧随在后，仿佛一大群愤怒的昆虫。见鬼，我能看到阿尔塔就在前方。我们离得很近了。

上方高处，内德和阿图罗开始和轰炸机的黑色护卫交战。我没时间去关注他们，因为我正被迫朝另一个方向躲避，迅速避开试图截住我去路的一队克雷尔飞船的路线。

两发毁灭炮击中了 M 机器的护盾。

"嘿！"M 机器说，"就为这个，我会找出你们的第一个孩子，笑着向他们详细描述你们的死状，再配上许多令人不快的形容词！"

我呻吟起来。他又在小组频道里发言了。

"拜托告诉我，"我说，"我平时说话不是这样的。"

其他人没有回答。

"愿各种各样独特的人类疾病降临在你们身上，其中许多会导致令人不适的肿胀！"

"噢，见鬼。我说起话来就是这样的，对吧？"我咬紧牙关，加大助推器的功率，甩开了敌人。他们的数量太多了。他们需要的就只是碰巧命中几次而已。

但我需要的只是让他们再忙碌那么一小会儿。我突然右转，用光矛刺中了一架敌机，利用它的动量旋转机身，做出急转。我放开了被我刺中的敌机，后者开始了笨拙的滚翻，而我自己飞快绕过了它的同伴。

现在向上。我猛地向上，绕过一片山坡，在被克雷尔人困住之前及时逃脱。

"斯潘莎？"M 机器说。

向下。就在几架克雷尔战机企图从另一个方向截住我的去路前，我开始俯冲。

"你是怎么做到的？"它问。

向右。我转过机首，径直穿过几架朝我飞来的战机中央。毁灭光束掠过我的机翼，但没有哪怕一发命中。

"你做出反应的时候，"它说，"他们根本还没做那些事呢。"

我的脑海深处能感觉到他们接收的指令。那些从天而降、送到克雷尔人这里的指令声平静却尖锐。那是运用了另一个空间、另一个场所的通信，而我可以接入通信，偷听他们的指令。

不知为何，我能将他们的指令内化，并在自己意识到之前就做出反应。

我努力不让自己被这件事吓坏。

M机器灵活得惊人，能在迅速推进时从容地转往不同的方向。它飞行的时候，我仿佛感觉到了它，感觉到了从我的指令传入它机身的每一道电流。我无意识地运用着飞行技巧，仿佛只是在舒展自己的肌肉，带着谨慎的外科医生那样的精准，却又具备最强壮的运动员的狂热活力，简直难以置信。

我太过专心，几乎听漏了阿图罗的呼叫。"斯苹，这行不通。我们没法把那些黑色飞船从轰炸机旁边引开。如果我们接近，它们就会和我们交火，但等到我们离开时，它们就会回去，而且那架轰炸机根本不打算改变路线。"

"离敌人抵达能摧毁火成岩的位置，预计还有多久？"我问。

"不到两分钟，"M机器说，"以目前的速度——"

"我是激流小队队长，呼号：梗犬。"一个男性的声音说，"看在北极星的光辉的分上，这儿发生了什么？"

"没时间说明了，"我说，"队长，带上你的全部兵力，去攻击那些正在保护轰炸机的黑色飞船吧。"

"你又是什么人？"

我转过方向，身后跟着一长串愤怒的克雷尔战机，从刚刚抵达战场的六架战机的上方呼啸而过。我几乎看不清它们的模样，因为我周围的毁灭光束太密集了。我又被击中了一次，然后是第四次。

"护盾还有百分之四十强度。"M机器提醒道。

我保持在大多数敌人前方，寻找炮火之间的空隙，我的本能不知为何能看穿克雷尔人的动向。

群星出现在我的视野里。针孔般的光点。

那些眼睛。

约尔延的嗓音在频道里响起。"长官，恕我直言，她是你应该听从的人，而且要快。"

梗犬"哼"了一声，然后说："激流小队，全体战机，与那些黑色战机交战。"

"别全部都去。"我说着，向右旋转机身，"约尔延、FM，你们在吗？"

"在这儿呢，斯苹。"FM 说。

"你们两个在那架轰炸机附近就位。我准备把这群克雷尔人引回它周围，希望能分散它足够的注意力，让你们接近。等到那时候，我需要你反脉冲那架轰炸机。我们没剩下多少时间了。"

"明白。"约尔延说，"能掩护我吗，FM？"

"收到。"

我绕了个大圈，经过金玛琳身边，她正小心翼翼地飞行在主战场外围。我的跟班们没理会她，认定我才是更危险的那个。

"小怪，"我在私人频道里说，"我需要你打中那架轰炸机。"

"如果那艘飞船坠落，就会引爆炸弹。"金玛琳说，"你们会死的，你们都会死的。就算你们能逃脱，阿尔塔的所有人也会死的。"

"你能不能打坏那艘飞船的引擎？或者做点什么，让那架轰炸机丢下炸弹？"

"那样的射击需要——"

"金玛琳，圣徒会怎么说？"

"我不知道！"

"那你会怎么说？记得吗？记得我们第一次见面的那天吗？"

我倾斜转向，绕回轰炸机那里。梗犬和他带领的战机连同阿图罗和内德一起，朝那些黑色战机发起了猛攻。我朝他们飞去，带着其他的飞船，制造出了无序而疯狂的混战场面。

"不到三十秒。"M 机器轻声说。

"你告诉我，只要深吸一口气，"我对金玛琳说，"向天空伸出手……"

"摘下一颗星星。"她轻声说。

我的到来和追赶我的那些飞船制造出了我所期望的混乱。战机从四面八方疾飞而来，而那些黑色飞船四散让开，试图避免和它们自己的飞船相撞。

在我的脑海里，我听到了克雷尔人专门下达给轰炸机的一条指令。那些眼睛伴随着我，不知为何。当我在脑海里听到克雷尔人的话语时，它们变得更明亮了，也更可憎了。

引爆前一百秒倒计时开始。

"M机器！"我说，"上面有人刚刚把炸弹设置成了一百秒后引爆！"

"你是怎么知道的？"

"我能听到他们的话！"

"怎么个听到法？他们用的不是我能监控到的无线电！"它顿了顿，"你能听到他们的超光速通信？"

我瞥见了右方的一道闪光。"反脉冲命中！"FM兴奋地大喊，"轰炸机护盾失效！"

"小怪，开火！"我尖叫道。

一道红色光束穿透战场，经过克雷尔飞船之间，从过燃离开轰炸机的约尔延的机翼上方掠过。

我敢发誓，它不偏不倚地穿透了轰炸机和炸弹之间的那个位置，切断了固定炸弹的夹钳。轰炸机继续向前飞去。

但炸弹却脱落下坠。

"灭生炸弹下落！"梗犬喊道，"所有飞船，过燃撤离！快！"

包括克雷尔人在内的所有人都散开了，除了我以外。

我开始俯冲。

53

"灭生炸弹下落！"激流小队的队长喊道，"所有飞船，过燃撤离！快！"

朱迪长出了一口气，站起身来，双手背在身后，看着全息影像。在她周围的指挥中心里，几个人鼓起了掌，另外几个人在祈祷。莱科尔福啜泣着。

朱迪只是看着那颗炸弹下落。她已经尽了全力。也许人类能凭借幸存的飞船重建一切，也许挑战者们可以继续前行。

但他们指望不上阿尔塔了。她做好了准备。飞船四散逃开，试图脱离爆炸范围，只有一艘除外。

那一艘朝炸弹俯冲而去。

"缺陷者。"朱迪低声道。

我用光矛刺中那颗炸弹，然后以夸张的弧线向上爬升，甚至超出了 M 机器强大的重力容的负荷。重力将我紧紧压在座椅上，而我以毫厘之差越过了一片灰尘覆盖的山坡，将那颗灭生炸弹拖在身后。

M 机器显示出与那颗炸弹相同的倒计时：四十五秒。

"我们得把这东西弄出死亡地带。"我说着，猛地将节流阀推到了底，用全部动力让战机过燃前进。

"那样会有点危险。"它说，"我延伸了大气风斗的范围，让炸弹不会因为加速而从光矛上断开，但高于16马格的速度会让风斗的范围缩得太小，无法彻底覆盖炸弹，所以那就是我们现在的极限速度……"

尽管受到那种限制，我们仍旧迅速远离阿尔塔，加速到任何挑战军飞船都无法企及的程度。我感受着甚至穿透了它的重力容的重力。我们倾斜穿过一队挑战军飞船的中央，他们眨眼的工夫就消失不见了。

"我们能办到的！"M 机器说，"刚好可以赶上，但我们会……噢。"

"什么？"我问。

"它爆炸的时候，我们会身处冲击波的中央，斯潘莎。而且我不想死，那样会很不方便的。"

倒计时数字变成了十。在前方，我看到了空中的一大堆黑点。克雷尔人正追赶在挑战军飞船后面。

"肯定有办法能避免这种事！"M 机器说，"助推器和推进器：可用。不，不够快。上升环和高度控制：可用。我们能上升得足够快吗？不，不，不！"

我感到平静。安宁。

"通信与隐形系统：可用，但没用。光矛：可用，携带着炸弹。如果我们太快丢下它，冲击波会击中阿尔塔。"

我沉入飞船，感受着——并成为——它正在运转的处理器本身。我感到数字倒数到了三。

"自我维修：不可用。毁灭炮：不可用。"

二。

我感觉到——而非看到——炸弹的第一次爆炸在后方绽开；我感觉到——而非听到——M机器的诊断工具开始运转。

"生物组件启用。"它的声音说。

一。

"赛托超推进器：可用。"

爆炸的火焰包围了我们。

"什么？"M机器说，"斯苹！启动——"

我用头脑做了某件事。

我们消失不见，在持续扩张的火焰与毁灭之花中留下了一块飞船大小的缺口。

54

在两次心跳间的那一刻，我感觉自己进入了某个昏暗的地方。那里并不只是黑暗，而是虚无。在那里，物质并不存在，也无法存在。

在两次心跳间的那一刻，我不知为何停止了存在，但感受犹在。白色的旷野出现在我周围，那是上百万颗星星，就像同时朝我睁开的眼睛那般照耀着我。

古老之物蠢蠢欲动。而在两次心跳间的那一刻，它们不但看到了我，也了解我。

我跳出了那个并非场所的场所，感觉身体撞上了安全带，就像被人丢回了驾驶舱。我喘息起来，心脏狂跳，汗水顺着我的脸颊流下。

我的飞船悬浮在那儿，平稳而安静，控制台上的指示灯接连熄灭。

"赛托超推进器不可用。"M 机器说。

"什么？"我大口喘息着说，"那是什么？"

"我不知道！"它说，"但根据我的仪器，我们位于计算中距离爆炸位置一百公里的地方。哇，我的内置精密计时器显示，我们的时间和太阳时间没有差异，所以我们没有经历时间膨胀[1]。但不知为什么，我们却在瞬间跨越了这段距离。不用说，这超越了光速。"

我靠回椅背。"呼叫阿尔塔。他们安全吗？"

频道接通，我听到了高呼和尖叫。我花了点时间才明白那些呼喊声带着喜悦，而非恐惧。

"阿尔塔基地，"M 机器说，"这里是冲天十一号。你们可以开始感谢我们拯救你们免于彻底被毁灭了。"

"谢谢你们！"几个声音喊道，"谢谢你们！"

"我更希望你们用蘑菇来报答，"M 机器对他们说，"种类越多越好。"

"没开玩笑吧？"我说着，摘下头盔，擦了擦额头，"你还想着蘑菇的事呢？"

"我没有擦除那部分程序，"它说，"我挺喜欢它的。它让我能收集东西，就像人类选择囤积具有情感或主题意义的无用物品那样。"

我咧嘴笑了，但我没法甩开被那些眼睛注视的悚然感。那些……某些东西知道我做了什么，而且他们不喜欢这样。也许 M 机器的超光速能力一直不可用是有原因的。

当然了，那就引出了一个问题。我们下次还能办到吗？奶奶说过，她母亲过去就像"挑战者"号的引擎本身，能让引擎运转起来。

答案不是熄灭那团火花，而是学会控制它。

我抬起目光，看向天空。

在那儿，我看到了一个缺口。残骸变换了位置，令群星得以现身。

1　由于不同观测者的体验对比而产生的时间快慢差别，与实际时间流动无关。

这就像是……我和父亲在一起的那天，我初次来到地表的时候。

它出现在这样重要的时刻，恐怕很难说是巧合。

"斯潘莎，"M机器说，"上将在试图联络你，但你摘下了头盔。"

我漫不经心地重新戴上头盔，仍旧注视着残骸之间的缺口，那条通向无限的道路。我能不能……听到那外面的声音？听到它呼唤我？

"斯潘莎，"上将说，"你是怎么从爆炸里活下来的？"

"我也不确定。"我诚实地答道。

"我猜我现在得给你父亲平反了。"她说。

"你们刚刚以几米之差躲过了灭生炸弹的爆炸，"我说，"可你能想到的却只有从前的仇怨？"

上将沉默下来。

是的，我……我能听到群星的声音。

到我们这儿来。

"斯潘莎，"她说，"我得告诉你一些关于你父亲的事。关于那一天，我们说了谎，但这是为了你好。"

"我知道。"我说着，拨动开关，转动这艘飞船的上升环，令它对准正下方。我的飞船转动起来，让船首对准上方，冲着天空。

"回基地来吧，"上将说，"回来接受荣誉和庆祝吧。"

"我会的，迟早会的。"

他们的脑袋是石头脑袋，他们的心思放在石头上。

"斯潘莎，你有缺陷。拜托，你应该回来。你在天空多待的每一刻，都会给你和其他人带来危险。"

成为不一样的人。着眼于更高的目标吧。

"我的飞船没有毁灭炮，"我心不在焉地说，"如果我回来时发了疯，你们应该可以击落我。"

"斯苹，"铁甲说着，语气透出痛苦，"别这样。"

更宏大的目标。

"再见了，上将。"我说着，关闭了通信装置。

我让助推器过燃，直冲天际。

夺取群星吧。

55

我知道这很蠢。

上将说得对，我应该回基地去。

但我办不到。不只是因为我能听到群星在呼唤我、引诱我，不只是因为在两次心跳之间发生的那件事。

我没有被别的东西操控，至少我认为没有。但我必须知道，我必须面对它。

我必须看到父亲看到过的东西。

我们飞向高处，更高处，前往大气逐渐消散、而我们也能看到行星弧度的地方。我们继续爬升，瞄准了那道穿透残骸区的缺口。

我飞到了前所未有的近处，而这一次，眼前景象的精致令我大吃一惊。我们叫它"残骸区"，但它其实并非残骸。所有东西都有形状、都有作用。庞大的平台将光芒照向下方，另一些看起来就像船坞。它们共同构成了围绕我们星球的破碎外壳，而且排列整齐，制造出了可以穿过的缺口。

我进入了那道宽大的开口。如果我太靠近旁边，很可能会进入科布提到过的防御炮台的范围。但在这儿，穿行于这条临时走廊的时候，我是安全的。

穿过第一层残骸的时候，M机器说我们进入了真正的太空，但它又说有无大气只是"武断的区分"，因为外逸层[1]没有消失，只是越来越稀薄而已。

我们经过足以容纳上千个，甚至更多的阿尔塔的巨大平台时，我敬畏地屏住了呼吸。上面覆盖着数以百万计看似建筑物的东西，每一

---

1 又名"外大气层"，是地球大气的最外层。

座都寂静而昏暗。

人们曾经住在这儿，我心想，从好几层残骸边上迅速经过。此时此刻，我们的速度已经达到了难以置信的55马格，但在没有空气阻力的情况下，这无关紧要。在太空里，速度是相对的。

我将目光从平台上移开，转向这条通道的尽头。静止又平静的星光。

"斯潘莎，"M机器说，"我侦测到前方有无线电通信。那些光点中，有一个不是星星。"

我们经过另一层残骸的时候，我身体前倾。没错，我能看到前方有个远比其他星星要近的光点。是飞船？不，那是太空站。外观像是个正在旋转的陀螺，每一面都有灯光。

更小的光点在它周围移动，那是飞船。我调整了航线，朝那座太空站飞去。我们下方是一座绕着它旋转的平台，挡住了在我视野里不断缩小的岩屑星的轮廓。我还能回去吗？我真的在乎吗？

我能听到更加响亮的声音，群星的声音。那些话声并非来自无线电，也无法构成词语。群星的呼唤……那是……那是克雷尔人的通信手段。他们用两次心跳之间的那个地方进行对话，在瞬间交流。而且……而且不知为何，"会思考的机器"也会运用同样的技术来加快处理速度。

这些全都需要使用那个并非场所的"无处"。

我们靠近了太空站。"他们不知道这样很危险吗？"我低声问，"不知道'无处'住着某种东西吗？他们不知道那些眼睛的事吗？"

也许这就是我们只用无线电的原因，我心想，这就是我们的祖先抛弃这种先进的通信技术的原因。我们的祖先害怕住在"无处"的东西。

"我听不太懂你的意思，"M机器说，"但除了超光速的那些以外，克雷尔人也在使用正常的亚光速通信手段。普通的那种，我可以追踪和窃听。开始翻译。"

我放慢了速度，经过几架转而面向我的飞船。那些看起来不像是战机，它们四四方方，前方有宽大而敞开的窗户。

在那一刻，某种东西击中了我，仿佛一道物理性的力量。它爬进我的脑子，让我视野模糊。我尖叫一声，无力地靠向安全带。

"斯潘莎！"M机器说，"出什么事了？发生了什么？"

我只能发出呜咽。那种痛苦，以及……印象。它们送来了画面。它们在……尝试覆写……我看到的东西……

"启用隐形和干扰功能！"M机器说，"斯潘莎，我读取到了异常信号。斯潘莎？"

那些声音消失了，痛楚不翼而飞。我松了一口长气。

"别死，好吗？"M机器说，"如果你死掉，我大概就只能让罗奇当我的飞行员了。这会是最合乎逻辑的做法，而我们都会痛不欲生。"

"我不会死的，"我说着，靠向椅背，头盔轻叩座椅的头垫，"但我的确有缺陷。我的身体里有个缺口。"

"人类体内有很多缺口。要我给你列张清单吗？"

"拜托不要。"

"哈哈，这是幽默。"

"我的大脑里有个缺口，"我说，"它能看到'无处'，但他们能利用它来对付我。我认为……我认为我父亲当时看到了某种脑内全息影像。他飞回岩屑星的时候，看到的是敌人希望他看到的东西。"

我想起了他说过的话。我会杀了你，我会杀光你们……他那时的语气那么哀伤、那么柔和。他以为人类已经失败，认为他的朋友已经死去。他所看到的并非现实。

"他杀死朋友的时候，"我低声说，"还以为自己在击落克雷尔人。"

在这片黑暗里，一小群那种方形的飞船靠近了M机器。它们在我看来像是邮递飞船，也可能是牵引装置。透过前方的宽大玻璃窗，我看到了和我们的克雷尔人画像依稀相似的生物：穿着铠甲的黑暗轮廓，眼睛是红色的。

只是在这儿，他们色彩鲜艳，有着活泼的红色和蓝色，一点也不黑暗。在我看来，他们和旧地球的螃蟹有点相似，我在古生物课程上见过那种生物的图画。而且他们穿着的"铠甲"看起来更像是某种活物的器官，"头部"区域打开的板子让那种生物可以看到外面。

这些小型飞船的侧面以某种陌生的语言印着像是词语的东西。

"Ketos redgor Earthen listro listrins." M机器读着那些词语说，"转换成我们的语言，大致的意思是'地球人监狱维护与封锁'。"

见鬼，这……听起来很吓人。"能告诉我他们在说什么吗？"

"更靠近那座太空站的位置在进行无线电对话，"它说，"但我怀疑那些飞船正在使用超越光速的赛托设备进行通信。"

"暂时解除你用来保护我们的手段吧，不管那是什么，"我说，"但别彻底关闭它。如果我再次尖叫，或者发疯，就重新打开。"

"好吧……"M机器说，"你在我看来够疯的了，不过我猜你早就知道了。"

那些意识、那些来自太空黑暗处的声音卷土重来。我能听到他们的话语，那些通过"无处"送来的字眼。我了解那些字眼，甚至不需要翻译，因为在那个地方，所有语言都毫无分别。

"它在看我！"那些生物中有一个在说，"我觉得它想吃了我。我一点都不喜欢这样！"

"它现在应该丧失活动能力了，"太空站那边传来一条通信，"而且就算它看着你，也看不到你。我们覆写了它的视野。把那艘船拖去研究。那不是标准的挑战军型号，我们很好奇他们是怎么造出来的。"

"我可不想靠近它，"另一个生物说，"你难道不知道这些家伙有多危险吗？"

我好奇地看向舱罩外，发现了一艘正在接近的飞船。我龇牙咧嘴，做出像是在咆哮的表情，那生物尖叫一声，立刻驾驶飞船掉头逃跑。另外两艘拖船风格的飞船也连忙后退。

"这是战斗无人机的活儿，"其中一个说，"不是载人飞船该干的。"

他们的语气显得那么害怕，完全不像我一直以来想象的可怕怪物。

我在座椅上放松下来。

"你希望我尝试入侵他们的系统吗？"M机器说。

"你能做到吗？"

"做起来恐怕没有听起来那么简单，"它说，"我得搭上即将传入的信号的便车，破译他们的密码，伪造登录界面，接着在转移文件时模仿授权请求，同时突破本地数据防线，而且从始至终不能触发任何警报。"

"所以，你能做到吗？"

"我已经做到了，"它说，"刚才的说明太长了。开始数据转移……而且他们发现了。我被踢出了系统，安全协议正在阻止我重新进入。"

太空站的灯光闪烁，片刻过后，一个中队的小型飞船从它侧面的某个凹口弹射出来。我熟悉那种飞行模式——克雷尔截击机。

"该走了，"我说着，抓起操纵杆，转过机身，"你觉得你能带我们穿过残骸层，而且不触发任何防御平台吗？"

"按理说，克雷尔人每次攻击这颗行星的时候都会这么做，"它说，"所以这应该是可能的。"

我让助推器过燃，朝残骸区的最外层迅速返回。M 机器在舱罩上显示出方向，而我遵照它的指引，起初有些紧张。我们朝行星蜿蜒飞去的时候，掠过了其中几座平台，但它们并未朝我们开火。

我感到……莫名的警觉。我先前体会到的迷恋感——找出群星歌唱理由的渴望——消退了，取而代之的是彻底的现实主义。

到这儿来真的是太疯狂了，即使对我而言也是如此。但当我们穿过又一层残骸的时候，那些克雷尔截击机后退了。我安全返回那颗行星的可能性似乎越来越高了。

"你发现什么了吗？"我问，"在他们的电脑里。"

"我是从太空站的核心指令开始，然后向外扩展的。"它说，"我的收获不多，但……噢噢噢……你会喜欢这个的。"

"什么？"我说着，以过燃速度朝岩屑星返航，"你发现了什么？"

"答案。"

EPILOGUE

尾 声

两个钟头过后，我坐在挑战军的指挥中心里，用毛毯裹着自己，双腿盘在座位上。他们把铁甲上将的椅子给了我。

自从在"无处"度过那个瞬间以后，我就觉得很冷。那股寒意不会让我颤抖，因此毛毯也帮不上什么忙。尽管我吞下了一大堆止痛药，头却依旧痛得要命。

一群重要人物围在我的椅子旁边，把我簇拥在中央。国民议会领袖们，少将们，队长们。我开始觉得他们相信我不会叛变了，但在一开始，当我重新进入大气层时，他们可是非常谨慎的。

指挥中心的门开了，科布终于一瘸一拐地走了进来。我坚持要等运输机接他回来，让他喝完那杯午后咖啡。

"好了，"铁甲说着，交叠双臂，"科布上校来了。现在能说了吗？"

我抬起一根手指。我肯定显得很小心眼，但让铁甲等待的感觉真的很棒。此外，在我开始说明之前，还有一个人有资格到场。

我们等待的时候，我朝身侧的无线电伸出了手。"M机器，"我说，"一切都还好吧？"

"我在努力不去介意机库里那些工程师看我的方式，"它说，"他们看起来一心想拆掉我。不过到目前为止，还没有人动手。"

"那艘飞船是挑战军的——"铁甲开了口。

"那艘飞船，"我说，"会在你们试图闯入的时候破坏自己的所有系统。挑战军可以得到它的技术，但要遵守我们的条件。"

我说那句话的时候，她面红耳赤的样子让人无比满足。但她没有继续质疑我。

最后，门再次打开，约尔延走了进来，居然在微笑。那副表情虽然令人愉快，但我发现并不适合他。他严肃的时候比较像他自己。

但我要等的人并不是他，而是约尔延接来的那个身材瘦长的年轻男人。利格走进房间，笑得像个傻瓜，而当队长和将军们为他让路和致敬的时候，他又脸红了。虽然铁甲对于我和利格没有立刻上交飞船的事很生气，但大多数人似乎都同意，在和那个威胁要自毁的疯狂人工智能共事的时候，利格为挑战军获取了许多重要的技术。

"现在你能说了吧？"铁甲问。

"克雷尔人和我们想象的不同，"我说，"我的飞船从他们的数据库里下载了一些情报，得知了我们的祖先在岩屑星着陆前的情况。当时发生了一场战争——银河系规模的庞大战争，人类对抗外星人。"

"对抗克雷尔人。"铁甲说。

"刚开始没有什么克雷尔人，"我说，"只有我们对抗整个银河系，而且人类输了。胜利者是某个外星人的同盟，据我和 M 机器所知，他们认为人类太过野蛮、太不开化，又太过好斗，没有加入那个跨星系社群的资格。

"他们要求所有人类舰队，无论是否独立，都向他们的权威投降。我们的祖先——'挑战者'号和那支小型舰队上的人们——没有参与战争，他们认为自己是无辜的。但当他们拒绝束手投降的时候，外星人同盟派出了一群成员，打算俘虏或者遏制他们，那就是我们所说的克雷尔人。"

我闭上了眼睛。"他们把我们逼入了绝境。在'挑战者'号上的一次冲突过后，我的曾祖母把我们带来了这儿，带到了岩屑星。我们知道这颗行星，但在几个世纪前就抛弃了它。

"克雷尔人跟了过来。等我们坠落后，他们建立了一座用来监视我们的太空站。他们不是杀戮成性的外星人，只是监狱看守。这支部队的作用是把人类困在这儿，因为一部分外星人无比确信，只要我们有机会重返太空，就会试图征服银河系。

"灭生炸弹的作用是，在我们看起来即将逃出岩屑星的时候消灭我们的文明。但在他们大多数的攻击中，我不认为他们真的打算摧毁我们。他们的法律禁止彻底摧毁某个种族。他们把这颗行星看作……人类种族的保护区。他们派出飞船，让我们专注于战斗，占用我们的精力，让我们没时间去研究逃脱的方法。那些战机始终在努力限制我们舰队的规模。但与此同时，他们只能使用一定数量的部队，以免意外造成我们的灭绝。"

尽管裹着毛毯，我依旧发起抖来。"然而，最近发生了一些变化，"我说，"看起来上一颗炸弹是真的打算摧毁我们。他们在应该容忍我们到何种程度这件事上，发生了某种……政治派别的冲突。他们试图摧毁阿尔塔和火成岩，但我们击败了他们，这让他们很害怕。"

"太好了，棒极了。"铁甲说着，交叠双臂，"但这不会改变什么。我们知道了克雷尔人攻击的理由，但他们仍然拥有兵力优势，这只会让他们更加坚定消灭我们的决心。"

"也许吧。"我说，"但那些封锁我们的外星人不是军人，只是一群监狱看守，操控的大都是不需要战斗技术的无人战机，因为他们能用数量压倒我们。"

"问题还是一样。"铁甲说，"我们资源有限，而他们技术更强，还拥有轨道舰队。我们基本上仍旧在劫难逃。"

"的确如此。"我说。

"那你为什么在笑？"铁甲问我。

"因为，"我说，"我能听到他们对彼此说的话。只要知道敌人打算做什么，你就拥有优势。他们觉得我们被困在这颗星球上。"

"难道不是吗？"约尔延问。

我又打了个哆嗦，想到了我待在"无处"的那个瞬间。克雷尔人知道，他们必须解决飞行技术过于优秀的人，因为他们知道缺陷的事，知道具有缺陷的人也许能做到我做过的事。

我不知道自己是怎么传送飞船的，也不知道自己有没有胆量再做一次。但与此同时，我知道奶奶说得没错。运用这份力量就是关键：生存的关键，逃离这颗星球的关键。

成为真正挑战者的关键。

（全文完）

ACKNOWLEDGMENTS

致　谢

为了创作这本书，我将自己年轻时的情感导入其中。我渴望成为的不是战机飞行员，而是作家。但有时候，那条路似乎和斯潘莎的一样令人绝望。直到今天，我依旧觉得自己无比幸运，因为我能靠现在所做的事过活。

而且就像斯潘莎那样，我得到了一些极其优秀的朋友和同僚的恩惠。克丽丝塔·马里诺是这本书的编辑，是它最初的拥护者，也是位出色的小队队长。埃迪·施耐德是相关合同的代理人，乔书亚·比尔梅斯是他的协助者。这三位和出版商贝弗利·霍洛维茨在我从他们手里抽走另一本书、强迫他们出版这一本的时候，表现出了格外耐心的态度。

我总是为视觉艺术家们的技巧而惊讶。查理·宝华特绝妙的封面插画为我赋予了斯潘莎以生命，而本·麦克斯威尼使出了他平常的技术魔法，接过我在一张纸上画下的模糊涂鸦，制造出了你在这本书里看到的酷炫飞船设计。最后，我的好友艾萨克·斯图尔特绘制了地图，也担任了内页插画的美术指导。

所有消失不见的拼写错误都要归功于"不连贯者"彼得·奥斯隆，他猎捕了每一个，然后把它们的肉拿去露天市场贩卖。就像以往那样，我要为他不倦的努力和鼓励献上许多次感谢。

同样地，龙钢娱乐公司的其他团队成员也为我的飞行员恶作剧充当了出色的"地勤人员"。卡拉·斯图尔特负责寄出你们在我的网络店铺订购的所有 T 恤和书籍。亚当·霍恩是我的行政助理和公关。当然了，还有我的妻子埃米莉，是她让我们始终保持着正确的前进方向。此外，我要对凯瑟琳·多尔西·桑德森和埃米莉·格兰奇送上发自内心的感谢，因为她们协助我完成了各种各样的杂活儿，包括听我五岁大的儿子详细说明他喜欢的三明治做法。如果你们想问的话，蛋黄酱要涂外面。

得到本书特别鸣谢的那位卡伦·奥斯隆是我的设定连贯性编辑。你们想象不到这些书的一部分在从前是个什么样子：是她在理解内容以后，强迫我认识到人是不可能同时身处两地的。其他的帮助来自企鹅兰登书屋旗下德拉寇出版社的莫妮卡·让、玛丽·麦丘、莉莎·纳德尔、艾德丽安·维恩特罗，还有丽贝卡·古德里斯。技术编辑是芭芭拉·佩里斯，校对是修纳·麦卡锡。

我在这本书里的创作团队和僚机包括以下这些惯犯：卡伦·奥斯隆、彼得·奥斯隆、艾伦·莱顿、凯琳·佐贝尔、埃米莉·桑德森、达西·斯通、埃里克·詹姆斯·斯通、本·奥尔森、伊桑·斯卡斯泰特，以及厄尔·卡希尔。

本书的试阅者包括尼基·拉姆齐（呼号：磷叶石）、玛尔妮·彼得森、埃里克·莱克（呼号：混沌）、达西·科尔（呼号：蓝）、拉维·佩尔邵德（呼号：碎嘴）、德亚娜·卡沃尔·惠特尼（呼号：辫子）、杰登·金（呼号：三脚架）、爱丽丝·阿尼森（呼号：湿地人）、布雷登·雷、苏梅贾·穆拉塔吉奇－塔迪奇（呼号：西格玛）、雅内尔·福西尔（呼号：芜菁）、佩奇·菲利普斯（呼号：工匠）、乔·迪尔多夫（呼号：旅者），以及布莱恩·T.希尔（呼号：埃尔瓜波）。

我要尤其感谢其中两位：杰登·金和布雷登·雷。身为战机飞行员，他们提供了专业的知识，为我解释了我对于飞行的那些愚蠢误解，有时解释得非常详细。埃里克·莱克在计算速度、距离和坐标系方面也帮了我大忙。去结交物理学家和数学家朋友吧，作者们，你们会看到回报的。

我们为这本书进行了特殊的青少年试阅，参与者包括：莉莉安娜·克莱因（呼号：哨兵）、内森·斯科若普、汉娜·赫尔曼、乔舒亚·辛格、伊芙·斯科若普（呼号：银石）、巴伦西亚·库姆利（呼号：阿尔法凤凰）、丹尼尔·桑马斯迪·克莱斯蒂安·斯科若普、丽贝卡·阿尼森（呼号：猩红）、科尔·纽贝里、布雷特·赫尔曼（呼号：赫结者[1]）、艾丹·丹泽尔（呼号：十字）、埃文·加西亚、凯瑟琳·斯蒂芬斯，以及威廉·斯代。

我们的三稿校对包括许多试阅参与者，外加特里·库珀、马克·林德伯格（呼号：巨齿鲨）、布兰登·科尔（呼号：科尔范德）、伊恩·麦克纳特（呼号：维利）、凯琳·诺依曼（呼号：跳跃者）、盖瑞·辛格、贝卡·雷佩特、卡莉亚妮·博鲁尼（呼号：散沫花）、佩奇·韦斯特、乔里·菲利普斯（呼号：保镖）、特德·赫尔曼（呼号：骑兵）、鲍勃·克鲁兹（呼号：塔希尔）、彭包（音译）（呼号：怀尔德）、琳德赛·卢瑟（呼号：翱翔）、大卫·贝伦斯、霍一德（呼号：哈桑）、蒂姆·查伦纳（呼号：安泰俄斯）、"河口猛冲者"威廉·胡安、拉胡尔·潘图拉（呼号：长颈鹿）、梅根·堪尼（呼号：麻雀），以及萝丝·纽贝里。

十分感谢他们每一个人。尽管像往常那样，这张名单上多了些新名字，其中许多人却持续支持了我的写作许多年，甚至是数十年。所以如果你们需要优秀的僚机，我可以为你们介绍几位。

1　赫结者（Hermanator）:《机械战警》中出现的反派，名字是"赫尔曼"（Herman）和"终结者"（Terminator）的结合体。

斯潘莎冲出围绕着岩屑星的残骸，终于听见了群星的声音，但她震惊地发现，自己所了解的世界其实是一个谎言。为了拯救危在旦夕的人类，她假扮成另一个人，潜入了敌人的基地……

请看《夺取群星Ⅱ》

布兰登·桑德森
Brandon Sanderson

美国幻想文学作家，"雨果奖"得主，业界劳模。

"这是一本基于奇幻构思的科幻奇书。我本来想写一个关于龙的故事，这条龙最后却成了一艘性情古怪的飞船。"

夺取群星 I

作者 _ [美] 布兰登·桑德森　　译者 _ 朱佳文

产品经理 _ 徐羚婷　　装帧设计 _ 何月婷　　产品总监 _ 周语

技术编辑 _ 白咏明　　责任印制 _ 杨景依　　出品人 _ 吴涛

封面绘制 _ Sam Green

果麦
www.guomai.cn

以 微 小 的 力 量 推 动 文 明

STARSIGHT
夺取群星

II

〔美〕布兰登·桑德森 著　　朱佳文 译

BRANDON
SANDERSON

上海文化出版社
SHANGHAI CULTURE PUBLISHING HOUSE

果麦文化 出品

献给埃里克·詹姆斯·斯通

他试图向我展示令行文简洁的方法
虽然我基本上什么都没学会
但他依旧是我了不起的朋友和榜样

星景
至尊C4星区政府所在地

PART ONE

第一部分

I

我用力推动节流阀，让战机从混乱的毁灭炮光束和爆炸之间加速穿过。在我的头顶，惊人浩瀚的太空向四方延展。与无尽的黑暗相比，行星和战机都显得那么不起眼，而且毫无意义。

只不过，那些不起眼的战机当然在尽全力追杀我。

我躲开炮火，旋转机身，并在半途中关闭助推器。等掉头之后，我立刻再次让助推器过燃，朝另一个方向全速前进，试图甩掉尾随我的三架敌机。

在太空战斗和在大气层内战斗截然不同。首先，机翼派不上用场。没有空气意味着没有气流、没有浮力、没有阻力。在太空里，你无法真正飞行，也根本不会坠落。

我再次旋转助推器推杆，开始返回主要交火区。不幸的是，在大气层里让人叹为观止的飞行动作，在太空这儿却显得平平无奇。在真空环境中战斗的这六个月让我发现了许多需要掌握的全新技巧。

"斯潘莎，"我的控制台传来一个活泼的男性嗓音，"还记得吗？你说过让我在你特别不理性的时候警告你的。"

"不。"我说着，"哼"了一声，躲向右方，从后方射来的毁灭炮火从驾驶舱顶部掠过，"我不记得自己说过类似的话。"

"你当时说：'我们能回头再谈这个吗？'"

我再次闪躲。见鬼，是那些无人机的缠斗技巧更出色了，还是我退步了？

"严格来说，你刚说完那句话的时候，就可以算是'回头'了，"那个健谈的嗓音继续道，它是战机的人工智能 M 机器，"但人类不会真的用那个词代表'这个时刻之后的任何时间'，而是用它来代表'此后的某个对我来说比较方便的时间'。"

克雷尔无人机云集在周围，试图切断我的脱逃路线，阻止我返回主战场。

"所以你觉得现在是我比较方便的时间？"我问它。

"为什么不是？"

"因为我们正在战斗！"

"好吧，我觉得生死攸关的状况正是你希望知道自己是否特别不理性的时刻。"

我还记得，而且相当怀念我的星际战机不会和我对话的那段日子。那时候我还没有帮忙修理 M 机器，后者的人格是我们仍未明了的某种上古科技的残余物。我经常会想：是所有先进的人工智能都这么厚脸皮，还是说只有我的这个是特别的？

"斯潘莎，"M 机器说，"你应该把那些无人机带回其他人那里的，还记得吗？"

从我们挫败克雷尔人用炸弹消灭我们的计划算起，已经过去了六个月。除了胜利以外，我们还得知了一些重要的事实。我们称作"克雷尔人"的敌人是一群外星人，其任务是将我的同胞控制在这颗行星，也就是岩屑星上，这儿就像是监狱和人类文明自然保护区的结合体。克雷尔人听命于某个更加庞大的星系政府，名叫"至尊"。

他们使用遥控无人机来和我们战斗。那些外星人居住在远处，通过超光速通信操控那些无人机。控制无人机的不是什么人工智能，因为让飞船自己航行是违反银河法律的，就连 M 机器自己能做的事都受到严格限制。除此之外，还有一样东西是至尊同盟深深惧怕的：能看到发生超光速通信的那片空间的所谓"赛托能力者"。

比如我。

他们知道我是什么人，也因此痛恨我。无人机有针对我攻击的倾向，而我们可以加以利用，也应该加以利用。在今天的战前指示里，我勉强说服了其他飞行员，让他们支持那个大胆的计划。我会稍微离开队列，引诱敌方无人机的围堵，然后带着它们从队友之间穿过。趁那些无人机以我为目标的时候，我的朋友们就可以消灭它们。

这是个好计划，我会实现的……迟早会的。

但现在，我想做个试验。

我让助推器过燃，加速甩开敌人的战机。M 机器比它们更快也更灵活，但它最大优势之一在于它能以高速在空中活动，却不会散架。在真空环境里，这点毫无影响，而敌方无人机追赶我的时候也没那么费力。

我朝着岩屑星俯冲而去的时候，它们蜂拥在我身后。一层又一层的古老金属平台保护着我的母星，看起来就像外壳，上面满是炮台。六个月前的那场胜利后，我们将克雷尔人逼退到了远离行星、越过这些外壳的地方。我们目前的长期战略是在太空中与敌人交战，阻止他们接近行星。

通过将他们阻挡在此，我们的工程师（包括我的朋友罗奇）也就能开始获取那些平台和大炮的控制权。迟早有一天，那些炮台组成的"外壳"会保护我们的行星不受入侵。但现在，大部分防御平台仍旧在自动运作，而且恐怕对我们和对敌人同样危险。

克雷尔战机云集在我身后，急于截断我回归战场的路线，我的朋友们正在那儿和其他无人机进行大规模战斗。这种孤立我的战术建立在一个极其错误的假设上：如果我落单，就没那么危险了。

"我们不会回去进行计划了，是吗？"M 机器问，"你打算尝试独自和它们战斗？"

我没有答话。

"约尔延会非常生气的。"M 机器说，"顺带一提，那些无人机正试图把你赶往某个特定的方向，我在你的显示器上标出来了。我的分析程序表示，它们在策划一场伏击。"

"多谢。"我说。

"我只是想防止你害我被炸成碎片。"M 机器说，"顺带一提，如果你害死我们，请记住，我会变成鬼来纠缠你的。"

"纠缠我？"我说，"你是一台机器，而且我也会死的，不是吗？"

"我的机器鬼魂会纠缠你的人类鬼魂。"

"这怎么可能办到？"

"斯潘莎，鬼魂不是真的，"它用恼火的语气说，"与其担心这种事，你干吗不把心思放在飞行上？人类真是太容易分心了。"

我发现了那些伏兵：一小队克雷尔无人机藏在一大块飘浮的金属后面，那儿刚好在炮台的射程外。当我靠近的时候，埋伏着的无人机突然现身，朝我冲来。我放松双臂，把身体交给潜意识。我沉浸于自己的世界，在近似恍惚的状态中聆听。

只是用的并非耳朵。

在大多数情况下，遥控无人机都是克雷尔人的得力工具，是压制岩屑星人类的消耗性手段。然而，太空战斗需要跨越惊人的距离，迫使克雷尔人依赖即时式的超光速通信来操控无人机。我怀疑它们的驾驶员离得很远，但就算他们身在悬浮于岩屑星附近太空的克雷尔空间站，无线电通信的延迟也会让无人机在战斗中反应过慢。所以，超光速是必要的。

这就暴露出了一个重大缺陷：我能听到他们给出的指令。

出于我不明白的某种理由，我能监听超光速通信发生的地方。我叫它"无处"，那是我们的物理法则不适用的另一个次元。我能监听那个地方，偶尔还能看见，然后发现居住在那里的生物正在注视我。

在六个月前的那场大决战中，我成功进入了那个地方，把我的战机瞬间传送到了很远的地方，但仅限那一次。我仍旧对自己的力量知之甚少。我没能再次传送，但我发现无论是什么东西存在于我的体内，我都能驾驭它，并用它来战斗。

我让本能接管身体，让战机做出一系列复杂的回避动作。通过战斗磨炼出的反应能力，再加上听到无人机指令的天生能力，我在操控战机的同时不需要有意识地给出指示。

我的赛托能力是家族遗传。我的祖先曾运用这种能力，让古老的星际舰队来往于整个银河系。我父亲拥有那种能力，而敌人利用这点害死了他。现在我用它来保住性命。

我抢在敌人之前回应了指令。不知为何，我处理的速度比那些无人机还要快。等它们发起攻击的时候，我已经在它们的毁灭炮火中迁回穿梭了。我从它们之间飞掠而过，然后使用了反脉冲，击溃了周围每一架敌机的护盾。

在这种专注的状态下，我不在乎反脉冲也会让我的护盾失效。这不重要。

我发射了光矛，那条能量索刺中了其中一架敌机，将它与我相连。我随即利用动量的差异与它同时旋转，让我置身于那队毫无防备的敌机后方。

我摧毁了两架无人机，光芒与火花在虚空中绽放。其他克雷尔战机四散而逃，就像奶奶讲过的某个故事里面对付恶狼的村民。伏击变得一片混乱，而我选中了两架战机，用毁灭炮开了火。在击毁其中一架的同时，我的头脑追踪着向其他敌机下达的指令。

"你每次这么干都能让我吃惊，"M机器平静地说，"你解读数据的速度比我的程序还要快。你简直……不像人类。"

我咬紧牙关，做好准备，然后旋转机身，朝一架掉队的克雷尔无人机加速追去。

"顺带一提，我是在夸奖你，"M机器说，"这不代表人类有什么不好的。我觉得他们脆弱、情绪不稳又缺乏理性的本质相当讨人喜欢。"

我摧毁了那架无人机，机身沐浴在它的炽热死亡带来的强光里。接着，我穿过了另外两架敌机的炮火之间的缝隙。尽管克雷尔无人机上并没有飞行员，我心中的一角仍在同情试图和我对抗的敌人。他们在对抗一股无法阻止的未知力量，而且束缚他们所知万物的法则也不适用于我。

"也许，"M机器续道，"我对人类抱有这种看法，只是因为我的程序就是这么设计的。只不过，嘿，这和让母鸟喜爱它产下的没有羽毛的扭曲怪物的本能没什么分别，对吧？"

不像人类。

我迂回闪躲，开火摧毁。我并不完美，偶尔会在转弯时过度补偿，很多次开炮也都会偏离目标，但我明显占了上风。

至尊同盟以及它的走狗克雷尔人显然明白要提防我和父亲这样的

人。他们的飞船总是在搜寻飞行技术过于高超、又或者反应太快的人类。他们试图利用我天赋的弱点来操控我的心智，就像他们对我父亲做过的那样。幸好我有 M 机器——它先进的护盾系统能过滤心智攻击，同时仍旧允许我窃听敌人的指令。

所有这些引出了一个令人生畏的问题。

我究竟是什么？

"如果你能找个机会重新启动护盾，"M 机器说，"我会觉得安心很多。"

"没这时间。"我说。我们得整整三十秒不做控制地飞行才能办到。

我发现了另一个突围前往主战场并执行我构思的计划的机会，可我却掉转机首，让助推器过燃，再次朝敌机群疾飞而去。我的重力容吸收了很大比例的重力，让我不至于承受过多的冲击，但我仍旧感到压力令我紧贴座位，让皮肤拉伸开来，身体也格外沉重。在极限重力下，我觉得自己在一秒钟里老了一百岁。

我忍了下来，朝剩下的克雷尔无人机开了火。我将自己的奇特技艺发挥到了极致。一道克雷尔毁灭炮的光束擦过了驾驶舱的舱盖，强光在我的双眼里留下了余像。

"斯潘莎，"M 机器说，"约尔延和科布都用呼叫抱怨过了。我知道你说过让我设法转移话题，但……"

"设法转移话题。"

"认命地叹息。"

我翻了个筋斗，追在一架敌机后方。"你刚才是不是说了'认命地叹息'这几个字？"

"我发现人类的非语言沟通方式太容易遭到误解了，"它说，"所以我在试验让它们更加明确的方法。"

"这不就违背本意了吗？"

"显然不会。轻蔑地翻白眼。"

毁灭光束在我周围亮起，但我又击毁了两架无人机。与此同时，我看到某种东西映照在驾驶舱的舱罩上：几道刺耳的白光像眼睛那样注视着我。当我过度使用能力的时候，就会有东西从"无处"向外窥视，然后发现我。

我也不知道它们是什么。我直接叫它们"眼睛"，但我能从它们那里感受到炽热的恨意和愤怒。不知为何，这一切都是相互关联的：我窥探和监听"无处"的能力，从那个地方注视我的眼睛，还有我仅仅成功使用过一次的传送能力。

我仍旧清楚地记得使用那种力量的感受。我当时处在生死边缘，一场灾难性的大爆炸将我笼罩在中央。在那一刻，我不知怎么启动了名叫"赛托超推进器"的东西。

如果我能掌握那种传送的能力，就能帮我将同胞救出岩屑星。凭借那种力量，我们就能彻底逃出克雷尔人的魔掌。所以我才会鞭策自己。

上次我跨越空间的时候，是在为自己的性命奋斗。只要我能再现相同的情绪……

我开始俯冲，右手放在操控球上，左手握住节流阀。三架无人机从我后方接近，但我观察了它们的炮火，让战机转向某个角度，避开了所有攻击。我推动节流阀，心灵掠过"无处"。

那些眼睛继续出现，映照在舱罩上，仿佛有什么东西正在我的座位后方窥视。白色的光，就像星星，却莫名得更加……有意识。几十道闪耀的恶毒光点。在进入它们的领域的同时，哪怕只进入了一点点，我对它们就成了可见之物。

那些眼睛令我不安。我怎么能既为那种力量着迷，又同时畏惧它们？感觉就像站在洞穴里的某座高崖边缘，知道自己可以就这么纵身跳入黑暗。向前一步……

"斯潘莎！"M机器说，"有新的飞船出现了！"

我回过神来，那些眼睛也消失了。M机器在控制台显示器里高亮标示了它的发现。那是一架在黑色天空里近乎隐形的新战机，正从敌机先前藏身的位置飞出。机身光滑，形状就像圆盘，涂成和太空一样的黑色。它比普通克雷尔飞船要小巧，但驾驶舱罩更大。

这些新型黑色战机在过去的八个月里才开始出现，敌人试图用它们炸毁我们的基地。那时候，我们并不明白它意味着什么，但现在我们知道了。

我听不见那艘飞船接收的指令，因为它不会接收任何指令。这种黑色飞船不是遥控的，反而有着真正的外星飞行员，通常是敌方王牌——他们最优秀的飞行员。

这场战斗越来越有趣了。

2

我的心兴奋得狂跳起来。

敌方王牌。没错，和无人机战斗很刺激，但还缺了点什么，不够直接，而和王牌对决的感觉就像奶奶讲过的故事。在旧地球的大战时代，勇敢的飞行员们会展开残酷的较量，人对人的那种。

"我会为你歌唱，"我低声说，"当你的飞船熊熊燃烧，你的灵魂随之消散的时候，我会歌唱，为我们的较量歌唱。"

是的，有点戏剧化。每当我说出这种老故事里的人会说的话的时候，我的朋友们往往会笑话我。我基本上已经不这么说了。但我仍旧是我，这些话也不是说给朋友们听的，而是说给我自己听的。

也说给我将要杀死的敌人听。

那个王牌朝我俯冲而来，毁灭炮开了火，试图趁着我专注于无人机的时候击中我。我咧嘴一笑，俯冲避开，用光矛刺穿了一大块太空残骸。我借此迅速旋转，同时将残骸甩向身后，阻挡炮火。M机器的重力容吸收了大部分重力，但我在划出弧线的同时仍旧能感到一股向下拉扯的巨力，毁灭炮火击中那块残骸，其中一发从我的极近处飞过。见鬼，我还没找到机会重启护盾呢。

"现在也许就是折返回去、把敌机引到其他人那里的好时机，"M机器说，"就像计划里说的……"

可我却注意到敌方王牌追过了头，于是我立刻转向，开始追赶对方。

　　"戏剧化的欲言又止，"M机器补充道，"充满了对你们不可靠本质的暗示。"

　　我朝那个王牌开了火，但它却在自己的轴线上旋转，然后关闭了助推器。动能让它继续向前，但它已经掉转机首，正面对着我。他们不太擅长在战机倒飞的时候驾驶，所以这种动作通常风险很高，但当自己的护盾完好，而敌人没有护盾的时候……

　　我被迫停止了追击，向左方加速飞去，避开毁灭炮的攻击。我没法冒险和敌人正面对峙。我选择暂时以无人机为目标，击落了其中一架，随后呼啸着穿过它的碎片。后者刮伤了M机器的机翼，拍打在驾驶舱罩上，发出一声凶恶的"噼啪"。

　　对哦，没有护盾，而且在太空里，残骸不会在飞船被击落以后坠落。这感觉就像是新手才会犯的错，就像在提醒我，即使接受了那么多训练，无重力战斗对我来说依旧陌生。那架王牌战机以老练的尾随动作追赶在我身后。他们很优秀，从一方面来说，这令我兴奋，而另一方面……

　　我试图转向战场那边，但无人机却蜂拥到前方，阻断了我的去路。也许我是遇到了自己没法解决的麻烦。

　　"呼叫约尔延，"我说，"然后告诉他，我也许不小心陷入了困境。我没法带着敌人进入他们的埋伏圈，看看他和其他人愿不愿意过来帮我吧。"

　　"总算。"M机器说。

　　我继续闪躲，用接近传感器追踪敌方王牌。见鬼，我真希望自己能像监听无人机那样监听他们。

　　不，这是好事，我心想，我得注意不要过度依赖自己的天赋。

　　我咬紧牙关，当机立断。我没法返回主战场，于是我朝岩屑星俯冲而去。环绕它的防护外壳并不是实心的，组成它们的是巨大的平台，上面有居住区、船坞和武器。虽然我们已经开始收复最靠近行星的那些平台，但外层的那些仍旧设置成会朝任何接近的物体开火。

我让助推器过燃，加速到在大气层内足以让大部分战机剧烈摇晃，甚至支离破碎的程度。在上面这儿，我只能感觉到加速的过程，而非速度本身。

我迅速抵达了离得最近的太空平台。它长而纤薄，微微弯曲，就像一块碎蛋壳。剩下的无人机和唯一一架王牌战机仍旧尾随在后。在这样的速度下，缠斗会危险很多。我在撞上别的东西之前的反应时间很短，而我在操控球上最细微的动作也会让我以快到无法反应的速度偏离路线。

"斯潘莎？"M机器问。

"我心里有数。"我低声回答，开始集中精神。

"是啊，我相信。"M机器答道，"但……以防万一……你应该记得我们没能控制住那些外层平台，对吧？"

我集中了全部注意力，尽可能靠近金属平台的表面，又不至于撞上任何东西。那里的炮台发现了我，开始射击，但它们也对敌人开了火。

我专注于回避。准确地说，是以不规则路线前进。我可以在纯粹的技术较量中胜过那些无人机，但它们数量占优。在平台附近，这就成了对敌方的制约，因为对那些炮台来说，我们都是目标。

好几架无人机伴随着强光爆炸，然后几乎立刻消失不见，火焰被真空所熄灭。

"我很想知道那些大炮是不是有种满足感。毕竟等了这么多年以后，它们终于有机会击落东西了。"M机器说。

"嫉妒了？"我说着，"哼"了一声，继续闪躲。

"按照罗奇的说法，它们没有真正的人工智能，只有一些简单的瞄准功能，所以这就跟你在嫉妒一只老鼠差不多。"

另一架无人机被击毁了。*再久一点就好*。我想在等待朋友们到来的过程中把兵力差距缩小一点。

我继续飞行，再次陷入了恍惚。我听不到那些炮台的操控命令，但在这种完全专注的时刻，我仿佛成了战机的一部分。

我能感受到那些眼睛的注视。我的心脏在胸腔内狂跳。带着那些瞄准我的大炮……还有尾随着我持续开火的敌机……

再往前一点……

我的意识沉向深处，仿佛能感觉到 M 机器的运转。我的处境危在旦夕，我需要设法逃脱。

我当然可以办到。"启动赛托超推进器！"我说着，尝试去做先前做过的事，也就是传送战机。

"赛托超推进器不可用。"M 机器说。

见鬼。上次成功的时候，它说的是"可用"。我又试了一次，但……我上次做到的时候，甚至不知道它是个什么东西。我当时深陷危机，眼看就要死了，然后我……我做了……

做了什么？

附近一门大炮的炮火几乎彻底遮蔽了我的视野，我咬着牙拉起机首，迅速脱离那门防御大炮的射程。那架王牌战机活了下来，但它被击中了一两次，护盾或许也变弱了。另外，剩下的无人机只有三架了。

我切断推力，在自己的轴线上转动机身，只是将机首对准后方，继续向前飞行。这个动作暗示我准备射击后方的目标。果然，那架王牌立刻向侧面回避。护盾薄弱的时候，它就没那么勇敢了。我没有开炮，而是追向那架王牌，同时甩开朝我先前的位置拥去的那些无人机。

我咬住了那架王牌的尾巴，试图拉近到能够开火的距离，但无论驾驶者是谁，都很有本事。它旋转起来，做出一系列复杂的回避动作，并在同时加速。我误判了一次转向，突然就被它甩开了。我迅速回到原本的路线，射出一道毁灭光束，但距离已经拉开了很多，炮火也偏离目标，消失于太空。

M 机器为我报出了速度和角度，让我甚至无须花费几分之一秒的时间查看控制面板，从而打断专注。我身体前倾，试图跟上敌机的每次转向——俯冲，旋转，加速——寻找和它对齐得够久、足以让我开火的关键时机。

反过来说，它也能在任何时刻扭转机首，朝我还击，所以它多半在留意和我同样的机会，希望打我一个措手不及。

这种完美的专注，这种紧张的场面，这种仿佛心灵相通的古怪时刻：那个外星飞行员和我做着相同的努力，奋斗、挣扎、汗如雨下，在这场较量中矛盾地拉近距离。有那么一瞬间，我们仿佛同一个人。我会杀死他。

我之所以活着，就是为了这样的挑战，为了和真正的对手进行你死我活的战斗。在这样的时刻，我不是在为挑战军或者人类战斗，而是为了证明自己能办到。

那架王牌战机和我一同朝左方疾飞。我们短暂对齐的时候，它转过机身，瞄准了我，我们同时朝对方开了火。

它射偏了，但我没有。最初一发炮火击破了它变弱的护盾，第二发击中了驾驶舱左侧，伴随着强光撕裂了那架碟状飞船。

真空急不可耐地吞噬了它，而我向右急转，躲开那些残骸。我深吸了几口气，努力让心跳放慢。汗水浸湿了我头盔里的衬垫，沿着我的侧脸流下。

"斯潘莎！"M机器大喊道，"当心无人机！"

见鬼。

我转动船身，加速躲向侧面，与此同时，三次爆炸的强光照亮了我的驾驶舱。我缩了缩身子，但那些光芒并不是我被击中导致的，而是无人机接连炸开的光。两架挑战军飞船从旁掠过。

"多谢，伙计们。"我用通信面板接入了团队频道，然后说。

"不客气。"金玛琳在频道里回答，"就像圣徒常说的：'当心那些聪明人，他们往往很蠢。'"她说话带着口音，语气也不慌不忙，却不知为何透出欢快，就算在批评我的时候也一样。

"我还以为你是打算分散无人机的兵力，"FM说，"然后带回我们这边。"她的语气充满自信，听起来就像成熟得已两倍于她实际的年龄。

"我打算最后再这么干。"

"是啊，"FM说，"所以你才会关闭通信，让约尔延没法朝你怒吼？"

"我没关掉它，"我说，"我只是让M机器运行了干扰程序。"

"约尔延真的很讨厌跟我说话！"M机器热心地说，"我能从他说这话的口气听出来！"

"是啊，好吧，敌人开始撤退了，"FM说，"而且你很走运，因为在你决定承认自己遇上麻烦之前，我们就在赶来帮忙的路上了。"

我重启护盾，接着转过机首，飞向另外两人的时候，仍旧大汗淋漓，心脏狂跳，手心发黏。这段路线让我从自己击败的那艘飞船的残骸边经过，后者仍以被我击中时的速度前进。这就是太空。

这艘飞船只是四分五裂，而非被彻底炸毁，所以我能看到敌方王牌飞行员的尸体，也因此不寒而栗。那是个四四方方的外星人，或许他身上的铠甲能保护他不受真空影响……

不。当我经过的时候，看到他的铠甲也在冲击中破碎了。里面的生物有点像一只两条腿的小螃蟹，有着纺锤状的亮蓝色身体，腹部和脸部覆盖着甲壳。我见过其中几个在他们位于更远处的太空站附近驾驶太空梭的样子，他们在那里监控岩屑星，是这座监狱的看守，而我们窃取的数据把这个螃蟹似的种族叫作瓦尔瓦克斯人，但大部分人仍旧称他们为克雷尔人。尽管我们知道那只是至尊同盟的某种语言的首字母缩略词（大意是"严格控制人类"），不是他们真正的种族名称。

这一个已经死透了。填满铠甲的液体洒落在虚空中，先是爆发性沸腾，随后冻结为固态蒸汽。太空真够诡异的。

我凝视着那具尸体，放慢了速度，轻声哼唱起某位祖先的歌谣，一首献给死者的维京歌谣。

打得很精彩，我对着那个克雷尔人离去的灵魂想。不远处，我们的几架回收用飞船正在迅速接近，它们之前待在更接近这颗行星、也相对安全的位置观察这场战斗。我们也许能用这种方法弄到至尊军的超光速推进器。他们不是靠飞行员的心灵力量来航行的。他们拥有某种实实在在的科技，能让他们来往于群星之间。

"斯苹？"金玛琳呼叫了我，"你来不来？"

"来的。"我转过身去，加入她和FM的队列，"M机器？你怎么评价那个飞行员的飞行技术？"

"和你接近，"M机器说，"而且他们的飞船比我们对付过的那些更先进。我会实话实说，斯潘莎，这基本上是因为我被设计成了不会撒谎。我认为那场战斗里，你们双方的赢面各占一半。"

我点点头，内心也有相似的感觉。我和那架王牌战机斗了个旗鼓相当，从一方面来看，这足以证明我的技术并不完全依赖我触及"无处"的能力。但我现在摆脱了恍惚，感受着在每场战斗结束后莫名出现的灰心丧气，却发现自己奇怪地担忧起来。在这里战斗的时候，我们只见过几个像这样由活物驾驶的黑色飞船。

如果克雷尔人真想杀了我们，为什么派来的王牌这么少？而且……这就是他们最厉害的飞行员了吗？我的水平不差，但我只飞行了不到一年。我们窃取的信息显示，敌方管理着由数百颗行星组成的银河同盟，他们肯定能找出比我优秀的飞行员。

这一切让我突然想起了某件事。在过去，克雷尔人每次最多只会派出一百架无人机。他们放宽了标准，现在能同时投入一百二十架……但考虑到他们同盟的规模，这数字似乎还是很小。

那么这是怎么回事？他们为什么还要保留实力？

金玛琳、FM和我回到了其他战机那里——挑战军越来越强大了。我们今天只损失了一架战机，而在过去，我们每场战斗都会损失五六架，甚至更多。而且我们势头良好。在过去两个月里，我们开始配置第一批以M机器的技术打造的飞船。伤亡惨重的第二次阿尔塔之战才过去半年，但士气提升方面以及飞行员可以用更多时间磨炼技术的事实，都让我们日益强大。

通过把敌人拦截在这里、不让他们接近行星，我们成功扩张了回收活动的规模。正因如此，我们不但收复了最靠近自己的防御平台，而且还能从越来越多的飞船那里回收材料。

这一切意味着能够建造的船只和招募的人员大幅增加。我们拥有的上升石和飞行员很快就足以配备数百架星际战机。

这些加在一起，就成了滚雪球式不断增大的进步，但我仍在担忧。克雷尔人的表现很古怪，而且除此之外，我们有一项巨大的劣势。他们可以在银河系旅行，我们却被困在这颗行星上。

除非我学会使用力量的方法。

"呃，斯潘莎？"M机器说，"约尔延在呼叫，而且我觉得他在生气。"

我叹了口气，按下线路开关。"冲天十号报到。"

"你没事吧？"他用严厉的语气问。

"嗯。"

"那好。我们回头再谈。"他切断了线路。

我缩了缩身子。他不是生气……他是在暴怒。

莎蒂作为冲天九号飞在我身后。这女孩担任我的新僚机，我能从她战机的姿态感到她有一丝紧张，但也许是我想多了。根据我们的计划，我在克雷尔人派大军来消灭我的时候留下了她。幸好她明智地服从了命令，留在其他人身边，而不是跟着我。

在返回行星之前，我们必须等待飞行指挥部的指令，于是我们在太空中短暂地悬浮了一阵子。在此期间，金玛琳把战机停到了我旁边，我透过舱罩看了一眼她的驾驶舱内。在我看来，她戴着头盔、遮住黑色长发的样子总是显得很怪。

"嘿，"她用私人线路对我说，"你没事吧？"

"没事。"我说。这是谎话。每次我动用自己奇怪的能力，就会感到内心的挣扎。我们的祖先害怕我这样的人，也就是拥有赛托能力的人。坠落于岩屑星之前，我们在飞船的引擎室工作，负责为航行提供动力和指引方向。

他们直接称呼我们为"引擎人员"，其他船员总是和我们保持距离。这种做法影响了我们的文化传统，也制造了成见，尽管我们连赛托能力是什么都忘记了。

究竟这一切只是迷信，还是说有更深的道理？我感受过那些眼睛的恶意。那些眼睛还诱引我父亲攻击起了自己的同胞。我们将此归咎于克雷尔人，但我很担心。我在录像里看到，父亲似乎很愤怒。

我担心无论自己是怎样的存在，我的行为都会带来无法想象的危险。

"伙计们！"莎蒂说着，把战机停在我旁边，"我控制台上的警告是什么意思？"

我瞥了一眼接近传感器处闪烁的指示灯，然后低声咒骂了一句，扫视太空。我能勉强看到那边的克雷尔监控站，在我的注视下，它的旁边出现了另一样东西——两个比监控站还要大的物体。

那是主力舰。"两艘新飞船来到了这个恒星系统，"M机器说，"我的远程传感器确认了飞行指挥部看到的东西，看起来像是战舰。"

"见鬼。"FM在线路里说。目前为止，我们只应付过其他战机，但我们从偷来的情报里得知，敌军能动用至少几艘类似的大型主力舰。

"关于这种飞船的武器，我们的资料相当有限，"M机器说，"你和我偷来的情报只包含了宽泛的信息。但我的处理器表示，那些飞船很可能有能力炮轰行星。"

炮轰。他们可以从外太空向行星发射大炮，其火力甚至能让深层洞穴中的居民化为齑粉。

"他们是没法通过防御平台的。"我说。我们猜测这就是克雷尔人过去总是使用低空轰炸机，而非轨道炮轰的理由。这颗行星的平台内置了反制手段，能够阻止远距离炮轰。

"如果他们直接先摧毁平台呢？"莎蒂说。

"防御平台太强大了，他们办不到。"我说。

这话有一部分是虚张声势。我们还没法确定岩屑星的防线能否阻止炮轰。或许等我们控制了全部平台，就能测定它们完整的能力了。不幸的是，我们还需要几个月才能办到。

"你听到什么了吗？"金玛琳问。

我探出自己的赛托感应。"只有一阵微弱柔和的音乐，"我说，"几乎就像静电音，只是……更动听。我得再靠近一点才能听清说话的内容。"

我一直都能听到来自群星的声音。小时候，我以为那是音乐声。经过了几个月的训练，又和我祖母谈过以后，我们能断定那种"音乐"是经由"无处"发送的超光速通信的声音。我现在听到的很可能是监控站（或者那些战舰）和至尊同盟的其他地区交流的声音。

我们等待了很久，指令要求我们守住阵地，确认那些战舰是否会前进。它们没有前进。看起来无论它们接到了什么样的指令，这都不会立刻发生。

"指令来了，"约尔延的声音终于响起，"那些战舰已经停下来了，所以我们要回首要平台报告。来吧。"

我叹了口气，然后转过机身，朝行星的方向前进。我撑过了这场战斗。

现在是时候去挨骂了。

3

M机器为我们算出了路线。

其他人还是不太适应它的存在。能像人那样思考和说话的电脑程序？奶奶说她听说过类似的事物，她在我们的同胞坠落于岩屑星之前还是个小女孩，但那种东西是被严格禁止的。

只不过，M机器提供了我们无法忽视的优势。凭借它的超高效计算，我们能在环绕岩屑星的防御平台间轻松航行，无须挑战军数学家的辅助。

我们谨慎地保持在它指示的航线上，从山脉大小的金属平台上那些炮台的射程外经过。我注意到了摩天大楼的影子。在学校里，我每年都要上强制性的传承课，观看旧地球的照片，然后被带去参观在特殊洞穴里培育的许多种动物。所以我了解那个地方的生活，也知道摩天大楼之类的东西，不过我一向觉得奶奶讲的关于上古时代的故事比传承课更有趣。

这些摩天大楼意味着岩屑星周围的平台曾经有人居住，就像这颗行星一样，但某种东西在几个世纪前毁灭了他们。

这些平台延伸到仿佛无限远处，这番景致每次都会让我屏住呼吸。相比之下，我们的五十架星际战机就像尘埃。建造这一切需要多久？

在我们的国家，也就是挑战者洞穴联盟的洞穴网络里，也许居住着数十万人。但仅仅一座平台就能容下所有人口，而且绰绰有余。

减速的命令传来。我让M机器和其他人一起转向，助推器对准了那颗行星。轻柔的推力让我的战机放缓了速度。

我面对着行星的外壳，它看起来就像可怕钟表的众多齿轮，以不可知的目的运转着。每座平台各自围绕着行星转动，大炮准备蒸发任何试图妨碍的人——无论是人类还是外星人。但这些外壳是我们能够活到现在的理由，所以我不打算抱怨。

我们的战机很快经过了最靠近行星的那层外壳。出于好几重理由，它很容易分辨。最明显的理由就是，其中有数千个像聚光灯那样放射强光的巨大光源，照亮了下方行星的不同区域。这些"天光"创造出了人工的日夜循环。

靠内的这层壳也比外部那些更需要修理。大片残骸在紧靠大气层的太空中翻腾。根据我们的猜测，这些垃圾是遭到摧毁的平台。某些部分向内坠落，在失去动力后落在了这颗星球上。

有个声音在我的头盔里响起。"冲天小队，"有个男人的声音说，"以及希望小队，科布上将命令你们停泊在首要平台，其他人下降到地表去换班。"

我分辨出那个发话者是莱科尔福，上将的幕僚成员之一。我服从了命令，将战机转向正确的方向。岩屑星出现在我的视野里，那是个蓝灰色的球体，有明亮而富有魅力的大气层。我们舰队中的三十架战机脱离队伍，飞往下方的行星。

其他人沿着大气层绕行，经过好几座闪烁着友好蓝灯而非别处的愤怒红灯的平台。凭借M机器的隐身能力，我们先前降落在其中一座平台上，然后侵入了它的系统。幸运的是，平台的内部安全协议会为人类稍微破例，这就给了工程师们喘息的机会，足以让他们完成工作。

随后，罗奇和其他工程师想方设法关闭了附近几座平台的动力，而我们趁机加以收复。我们目前为止的努力只夺取了数千座中的十座，但这算是个充满希望的开始。

首要平台是其中最大的，这座巨型平台拥有星际战机用的停泊区。我们把它打造成了一个轨道司令部，不过工程团队仍旧在研究它的一部分系统，尤其是那些古老的数据库。

我飞进自己分配到的停泊处——一座小型私人机库。机库门关闭，灯光亮起，而房间随之加压。我深吸一口气，随后呼出，接着打开了驾驶舱罩。结束战斗并回到日常生活的感觉太无趣了。虽然不切实际，但我真的很希望自己能继续巡逻和飞行。关于我究竟是谁、究竟是怎样的存在的答案就在外面的某处，不在这些枯燥乏味的金属走廊里。

"嘿！"我爬出驾驶舱的时候，M机器说，"带上我一起。我可不想错过这种乐子。"

"我正要去接受训话呢。"

"所以我才说……"它答道。

好吧。我把手伸向前控制板，取下它全新的便携接收器：一只手镯状的装置，里面装有某种感应设备、全息投影器、能够增幅M机器通信能力的接收器，以及一块小巧的时钟显示屏。它声称自己过去有过类似的便携接收器，只是弄丢了——多半是它的老飞行员几百年前外出探索岩屑星时带走了它。

当M机器为工程师们提供设计图，希望他们制作新的接收器时，其中包含的微型全息影像技术简直让他们发了疯。幸好他们在庆祝之余抽出时间，为我打造了一件替代品。我选择把它佩戴在手腕上，换下了父亲的光索，毕竟现在我不会定期探索洞穴，用到光索的机会也屈指可数。

我扣好全息影像手镯，把头盔交给地勤人员道波茜，后者爬上了梯子，在外面确认我的状况。

"有什么需要我们检查的吗？"她问。

"在没有护盾的时候，有块残骸撞到了我的机身右侧。"

"我会的。"

"多谢，"我说，"顺带提醒你：它在闹情绪。"

"它什么时候不闹情绪？"

"有过那么一次，"我说，"它在运行自我诊断程序的时候，整整五分钟没说过一句话。简直是天赐之喜。"

"你应该知道，"M机器说，"我的程序是能够识别讽刺的，对吧？"

"如果你识别不了，这笑话就浪费了。"我走进更衣室，它同时也充当我在这儿的宿舍，不过我的东西不算多。我父亲的别针、我的旧洞穴地图，还有我的几件自制武器。我把这些保存在简易床边的一只衣箱里，和换洗衣物放在一起。

我进门的同时，仿佛笛声的颤音迎面而来。末日虫坐在位于门边的栖息处。它是亮黄色的，背脊上有蓝色的小小刺突，蜷缩在我的几件旧衬衣里，那是它自己制作的"巢穴"。我挠挠它的脑袋，而它又发出一阵喜悦的笛音。它的身体不算黏滑，反而有些粗糙，触感就像上好的皮革。

能在这儿看到它让我很高兴。它本该待在我的宿舍里，但不知怎么总是能溜出去，而我也经常在机库里看到它。它似乎很喜欢待在M机器身边。

我清洗了脸和手，但没有换掉飞行服。在浪费掉勉强说得过去的时间以后，我硬起头皮，怀着战士的决心踏入走廊。去过太空以后，这儿的灯光总是显得过于明亮，白色的墙壁锃亮反光。这里没有过度抛光或者照明的部分就只有走廊中央的地毯，后者的保存状况相当好，多半是因为在工程团队补上太空站的缺口并打开生命维持系统之前，这里都是真空。

我的其他小队成员等在走廊里。内德和阿图罗在争论飞行员是否有资格在战机正面画上图案。我没理他们，走到金玛琳身旁，后者此时把头盔夹在腋下，头发乱糟糟的。

"你应该知道约尔延有多生气。"她对我耳语道。

"我能应付他。"我说。

金玛琳扬起一边眉毛。

"真的，"我说，"我只要显得足够自信和吓人就行。你手边有黑眼油彩吗？”

“呃，那是什么？”

“人们在旧地球的'烤架场[1]'上争斗的时候涂在脸上的作战用油彩。那是某种死亡竞赛，牵扯到一头死掉的猪。”

“有意思，但我两手空空。而且……斯苹，你就不能别惹约尔延吗？哪怕就一次？”

“我不确定自己能否做到。”

FM 从旁走过，朝我鼓励地竖起拇指。我回以同样的动作，不过在她身边的时候，我有时还是觉得很尴尬。那个高大苗条的女子甚至能把飞行服穿得特别时髦，而这套臃肿的制服总让我觉得自己多穿了三层衣服。她走到茶摊和猫薄荷那边，那两个家伙是为了填补空缺加入我们小队的。他们二十出头，比我们其他人年长几岁，但他们已经在尽可能融入团体了。

除了约尔延以外，我们小队最后的成员就是莎蒂，那个新来的女孩。她被自己的更衣室与走廊之间的门槛绊了一下，差点弄掉了头盔。她的蓝发和鲜明的五官勾起了我的……某段令人痛苦的回忆。

其他人大都继续沿着走廊前往食堂，我却在附近等待约尔延。更好的选择是现在就去面对他，但他通常是最后一个离开战机的人，因为他每次都会进行飞行后的例行检查，尽管这种工作完全可以交给地勤人员。金玛琳陪我等在那儿，莎蒂匆忙朝我们走来。

“你在那儿太了不起了。”她说着，把头盔抱在胸前，笑逐颜开。见鬼。我们的班级只比她早一期，所以我们的年纪其实一样大。不过当然了，我们看起来没有她那么年轻。

“噢，好吧，你今天也飞得不错。”我说。

“你关注我的表现了？”

我没关注她，但我朝她鼓励地点点头。

“也许我很快就会像你一样出色了，斯苹！”

1　烤架场（gridiron）：澳大利亚人对橄榄球场的称呼。

"你做得非常好，亲爱的，"金玛琳说着，拍了拍莎蒂的肩膀，"但不要试图成为超出自己能力的人。想要办到那种事，你还需要很多练习。"

"好的，好的。"莎蒂说着，从口袋里掏出一块小巧的写字板和一支铅笔，"不要……超出自己能力……"她匆匆记下那句话，仿佛那是什么圣典里的句子，不过我敢肯定金玛琳是现编的。

我瞥了一眼金玛琳。她庄重的表情出名得难以读懂，但她眼里的闪光揭露了她喜欢被人记录言论的事实。

"真希望我今天能跟你去，斯苹。让你一个人去太危险了。"

"我希望你跟从的唯一东西，莎蒂，"有个坚定的声音说，"就是你接到的命令。要是其他人也能像你这样乐于服从，那该多好。"

我用不着转头，也知道我们的队长约尔延——有时候是"欠揍脸"——终于走了过来，此时正站在我身后。

"呃，谢谢你，长官。"莎蒂说着，敬了个礼，随后忙不迭地朝食堂跑去。

"祝好运，"金玛琳捏了捏我的胳膊，对我耳语道，"愿你只得到应得的东西。"然后，不用说，她离开了我。

好吧，我可以独立对付这头野兽。我转过身去，昂起下巴，然后不得不把脑袋又往后仰了点。见鬼，他干吗非得长这么高？约尔延·维特，深棕色皮肤，高大瘦削，外貌精致，循规蹈矩而又意志坚定。他每晚睡前都会把《挑战军行为准则》塞到枕头底下，他会在吃早饭时听爱国主义演讲，而且他专用的银餐具的握柄上还刻着"别让斯潘莎过得开心"这几个字。

也许其中有几样是我编的。无论如何，他似乎都把太多的人生浪费在抱怨我上了。好吧，我是在被欺凌中长大的，我知道该如何坚定地面对那些——

"斯潘莎，"他对我说，"你不能再这么欺负人了。"

"噢噢噢噢，"M机器的声音从我的手腕处传来，"漂亮。"

"闭嘴。"我低声对它说。"欺负人？欺负人？"我戳了戳约尔延的胸口，"你说我欺负人是什么意思？"

他看了看我的手指。

"我可欺负不了你,"我说,"你个子比我高。"

"不是这么个道理,斯潘莎。"约尔延怒气冲冲地说,嗓音变得更加低沉,"还有……你脸上那是什么?"

我脸上?这句话实在太莫名其妙,让我暂时忘记了和约尔延的争论,转而看向抛光过的金属墙壁,确认自己的影子。我的眼睛下面涂上了黑色的线条。什么?

"黑眼油彩,"M机器在我的手腕上说,"旧地球的运动员会涂抹的油彩。你对金玛琳说……"

"那是在说笑。"我说。我皮肤上的油彩是M机器用移动接收器投射的全息影像。"你真的该找人重写你的幽默程序了,M机器。"

"噢噢噢噢噢,"它说,"抱歉。"它让全息影像消失了。

约尔延摇摇头,然后挤过我身边,大步穿过走廊,而我只能匆忙跟上。

"你一向很独立,斯苹,这点我明白,"他说,"但你如今在动用自己的权力和地位摆布其他人,包括科布在内。你无视规章和命令,因为你知道,见鬼,我们其他人根本拿你没办法。这就是在欺负人。"

"我是在保护别人,"我说,"我是在引开敌人!我是在充当目标!"

"按照计划,你应该这么做,接着就带它们回到我们这边,让我们从侧面攻击。我注意到你有好几次类似的机会,可你却特意选择冒险独自战斗。"他看了我一眼,"你想证明某些事。你最近怎么搞的?从前的你那么渴望作为队伍的一分子而努力。见鬼,你简直是亲手打造了这支队伍。现在你却这副样子?就好像只有你才是重要人物?"

我……

我把反驳咽下了肚,因为我知道他是对的,我也明白在这种时候找借口,无异于在战斗时选错武器。面对约尔延,只有一样东西是真正有效的——真话。

"他们下定决心要杀了我,约尔延。"我说,"他们会不惜一切向我们进攻,直到我死掉为止。"

我们在走廊尽头停下脚步，伫立在耀眼的白光下。

"你明白这是事实，"我说着，对上他的目光，"他们知道我是什么人了。如果他们摧毁我，就能把我们永远困在岩屑星上。为了来到我面前，他们会杀出一条血路。"

"所以你想给他们省点麻烦？"

"我说过了，我是在分散他们的兵力，好让……"我把剩下的字眼咽回肚里。该死的欠揍脸，还有他洞悉一切的热切双眼。"好吧，好吧。我是想把自己逼到极限。上次我做到的时候，上次我进行超跳跃的时候，正好待在爆炸的中心。我当时走投无路，大难临头，眼看就要死了。所以我猜如果我重现那种情绪，也许就能再次办到。也许我能弄清自己能做到什么，也弄清自己……究竟是什么。"

他叹了口气，抬头看向天花板，露出让我觉得夸张做作的表情。"圣徒救救我们吧，"他嘀咕道，"斯芘，这很疯狂。"

"这很大胆，"我说，"战士总是会考验自己，鞭策自己，探寻自己技艺的极限。"

他盯着我，但我没有退缩。约尔延总能让我说出平时不肯承认的事。也许这正是他能成为优秀队长的理由。见鬼，他掌握了一点对付我的能力，就是充分的证据了。

"斯潘莎，"他说，"你是我们拥有的最美妙的东西。你对挑战军至关重要……对我也一样。"

我突然意识到他站得有多近。他稍稍俯下身，有那么一瞬间，他似乎想要继续靠近。不幸的是，有些东西也在同时限制着我们，阻挠着我们可能做出的事。比方说，这种队长与队员的棘手关系。

但还不止如此。他是秩序的化身，而我……好吧，我不是。我不知道自己究竟是谁，或者说是什么。如果要诚实面对自己，我就必须承认，这正是我在过去六个月里和他的关系没有丝毫进展的原因。

最后，约尔延直起身子。"你知道的，国民议会一直在说你太过重要，不应该在战斗里冒险。你也知道他们有多想把你留在后方。"

"就让他们试试看吧。"我说着，恼火起来。

"我内心也想试试看，"他说着，然后怜爱地笑了，"不过说真的，我们有必要给他们把柄吗？你是团体的一部分。我们都是团体的一部分。别觉得你必须独立去做每件事，斯潘莎。拜托。还有，看在群星的分上，别再让自己置身于危险了，我们会找到别的方法的。"

我点点头，但……这种话他说起来当然轻松。奶奶说过，即使在我们的祖先是太空舰队成员的那个时代，像我这样的人也会被人惧怕。

引擎人员。超推进器。我们是怪人，甚至可能不是人类。

约尔延在走廊尽头的门边输入密码，但没等他输完，门就开了，是金玛琳在另一边打开的。"伙计们，"她气喘吁吁地说，"伙计们。"

我皱起眉头，她平时没这么容易兴奋。"怎么了？"

"罗奇呼叫了我，"她说，"记得在研究平台的电脑系统的那些工程师吗？他们刚刚有了发现，是一段录像。"

4

约尔延和我跟着金玛琳来到所有人称之为"图书室"的房间里，不过这里没有书。在这儿，工程兵团把所有时间都用在了研究旧数据库上。他们撕下了好几块墙板，暴露出内部仿佛肌腱般的电线网络。虽然我们没花多少力气就让平台的大部分系统恢复了运作，但仍旧有几套电脑系统将我们拒之门外。

金玛琳领着我们来到一群身穿地勤连衣裤的工程师那里，他们正兴奋地耳语和交谈着，聚集在他们架设的一台大型显示器前。我扫视周围，寻找我的其他队友，但他们不在这儿，只有我、约尔延、金玛琳，以及来自上将参谋部的几个军官。我拽了拽自己臃肿的飞行服，它在战斗中沾满了汗水。"要是我刚才决定去换衣服就好了。"我对约尔延低声说。

"我可以为你创造出新衣服的全息影像！"M机器提议道，"这样……"

"这能改变我觉得自己全身是汗的事实？"我问它。说真的，在我们让遥控手镯和全息影像正常运作以后，它就在寻找能够炫耀的一切借口。

听到我的声音，那群工程师里有人猛地抬起头。他转过身，看到我们的时候咧嘴一笑。

罗奇瘦长又脸色苍白，一头红色乱发。他现在的笑容比我们在一起长大的时候还要多。事实上，我总觉得自己看漏了什么。不知为何，在我们一起修理 M 机器的过程中，有人掳走了我那位神经质的朋友，换上了这么个自信的人。

我为他骄傲，尤其是我注意到他重新戴上了学员别针。科布特意下令为他的别针涂上红色的瓷漆，这是全新的成就象征，用来表彰工程或地勤班子的杰出成员。

罗奇蹦蹦跳跳地朝我们走来，用轻柔的嗓音说："她能找到你们真是太好了。你们会希望看到这个的。"

"这是什么？"约尔延问着，伸长脖子看向屏幕。

"太空站的最后记录，"罗奇轻声说，"这地方停止运转前最后的视频日志。它在录制中途就中断了，而且在归档时没能完成加密。这是我们成功恢复的第一段完好的数据。"他看向身后，又说："乌兰指挥官坚持让我们等科布赶到再播放，而我猜如果阿尔塔的英雄想看，也不会有任何人抱怨。"

的确，我的出现吸引了一些人的目光。几个工程师用手肘捅了捅旁边的人，然后朝我点点头。

"要知道，斯苹，"金玛琳在我身边评论道，"待在你身边可是相当占便宜。所有人都会特别关注你，我们其他人干了坏事也能瞒过去。"

"你想干什么坏事？"约尔延问，"多喝一口茶之类的？"

他仍在尝试窥探显示器，所以没注意到金玛琳对他比出了一个异常粗鲁的手势。我目瞪口呆地看着她。她真的做出了那种动作？金玛琳朝我露出淘气的微笑，以手掩口。这女孩……我本以为自己已经彻底了解她了，然后她就做出这种事来，明显是故意想吓我一跳，我敢肯定。

对话就此中断，因为门开了，科布走了进来。他留着白色的短胡须，旧伤让他仍旧一瘸一拐，但他拒绝挂拐杖，只有特别正式的场合除外。他一手端着一只冒着热气的咖啡杯，穿着挑战者防卫军舰队上将挺括的白色制服，右胸前装饰着代表功绩和军阶的勋表。

在铁甲不情愿地退休以后，他同样不情愿地接任了这个位置。根据某种标准，科布是在世的人类里最重要的人物，但他还是那么……好吧，科布。

"这份日志文件里有什么？"他问，"这鬼东西里记录了什么？"

"长官！"乌兰指挥官说，她是个有荣光血统[1]的高大女子，"我们还不知道。我们想等您来。"

"什么？"科布说，"你们不知道我走路有多慢？在我瘸着腿穿过这蠢地方的时间里，这该死的太空站都能绕上三圈了。"

"呃，长官，我们以为……我是说，没人相信您的腿伤会让您走得很慢……呃……我是说，不至于太慢……"

"别拍我马屁，指挥官。"他厉声道。

"我们只是想表示尊敬。"

"也别尊敬我，"他嘟囔道，然后喝了口咖啡，"这让我觉得自己很老。"

乌兰挤出一阵笑声，科布对此皱起眉头，而乌兰显得更不自在了。我很同情她。和科布打交道需要非常专业的技巧，就和用反向回跃做出三重奥斯隆式筋斗差不多。

技术员们为科布让开了道，我和金玛琳趁此机会凑到屏幕前。约尔延留在后面，双手背在身后，好让军阶较高的军官站到近处。有时候，那小子有点太本分了，几乎让某个利用自己的坏名声抢占好位置的女孩于心不安。

科布瞥了我一眼。"我听说你又去玩特技表演了，上尉。"某个资深

1　指"荣光"号船员。

技术员摆弄文件的时候，他轻声说。

"呃……"我说。

"那当然！"M机器的声音从我的手腕上传来，"她告诉约尔延，她打算尝试——"我按下了静音。为防万一，我也关掉了它的全息投影。我涨红了脸，看着科布。

上将喝了口咖啡。"我们回头再谈。我可不想害你死掉，惹火你奶奶。她上周给我做了块馅饼。"

"呃，好的，长官。"

屏幕模糊起来，视频开始播放，显示出这个房间的影像，只不过墙壁还是完好的。一群人坐在许多显示器前忙碌，穿着陌生的制服。我屏住了呼吸。他们是人类。

我们早就知道会是这样。我们的确发现岩屑星无人居住，但许多机器上都写有旧地球语。但倒转时光，看着那些神秘的人类，感觉仍旧很奇怪。这颗星球和这些平台上肯定居住过数百万，甚至数十亿的人，他们是怎么全部消失的？

他们似乎在说话。的确，他们显得焦虑不安，在房间里东奔西跑。仔细观察后，我发现其中几个似乎在尖叫，但画面没有附带声音。有个金发的男人匆忙坐进这台显示器前方的座椅，脸几乎填满了屏幕。他开始说话。

"抱歉，长官！"我附近的某个技术员说，"我们还在调整音频。稍等一下……"

声音突然从屏幕里传出。人们大喊大叫，十几个嗓音重叠在一起。"——进行这次汇报，"屏幕前方的男人用带着浓重口音的英语说，"我们有初步证据可以证明，这颗星球的赛托护盾有所不足，尽管以长期维持为前提。探究者听到了我们的通信内容，然后追踪到了我们。重复一遍，探究者回到了我们的太空站，然后……"

他的声音逐渐变小，同时看向身后。房间里混乱不堪，某些人在歇斯底里中彻底崩溃，瘫倒在地，另一些对着彼此尖叫。

屏幕上那个男人敲打了几下键盘。"我们收到了其中一座周边平台的录像，"他说，"1132号。现在就转到那段影像。"

我探出身子，看着录像切换到一片星空。那是设置在外部外壳上的摄像机传来的太空影像，我能看到屏幕底部弯曲的平台轮廓。

录像里的那些人安静下来。他们是在那片遍布繁星的黑暗里看到了我没能发现的什么东西吗？那是——

更多的星星出现了。

它们闪烁着现身，仿佛现实表面的针孔。成百……上千，明亮到不可能真是星辰。事实上，它们在夜空中移动、集结和汇聚。即使透过屏幕，即使时间与空间都相距遥远，我也能感受到它们的恶意。

那些不是星星。那些是眼睛。

我的肺卡住了。我的心脏开始在胸腔里狂跳。

越来越多的光点出现，透过屏幕看着我。它们知道我。它们能看到我。

我开始恐慌。但在我身旁，科布继续安静地喝着咖啡。不知为何，他平静伫立的模样帮我消解了焦虑。

我提醒自己：这件事发生在很久以前，对现在的我毫无威胁。

屏幕上的光点开始变得模糊……我意识到，那是灰尘。一团灰尘出现，仿佛是透过现实的孔洞渗入的。那些灰尘闪耀着白光，以惊人的速度扩散开去。某种东西接踵而来：有个巨大的圆形物体出现在尘云之中，就像是凭空冒出来的一样。

除了那东西的影子以外，我很难辨认出任何细节。起初，我的大脑拒绝接受它呈现出的庞大尺寸。出现的那东西——那团发光尘云里的黑色——甚至令庞大的平台也渺小起来。见鬼！无论它是什么，都有一颗行星那么大。

"我收到……收到了确认目击一名探究者的消息，"录制这段录像的人说，"诸圣之母啊……它来了。赛托护盾项目失败了。那个探究者背叛了，然后……然后它冲着我们来了。"

黑色的庞然巨物朝行星移动。我在阴影里辨认着，那些是手臂吗？不，那是尖刺？当我不顾理性阻止去辨认那道轮廓的时候，不禁觉得它是特意设计成如此令人沮丧的形状的。很快，那道黑色就吞没了万物。摄像头的画面消失了。

我以为视频就此结束，镜头却切换回了图书室里，那个男人坐在书桌前。其他显示器大都遭到遗弃，只剩下那个男人和一个女人。我听到平台的别处传来了尖叫声，而这个男人颤抖着站起身，撞上了他面前的屏幕，扭转了摄像头的角度。

"外部防御圈的生命迹象正在消失！"那女人喊道，在自己的桌边站起身来，"平台进入休眠状态。统帅部命令我们启动自主模式！"那男人剧烈颤抖着坐了回去。我们透过歪斜的显示屏看到他狂乱地敲打键盘。一阵低沉的声音响彻平台，而房间里那个女人从桌边站起，抬头看向天花板。

"自主防御已启动……"那个男人低声说着，仍在输入，"逃生飞船陷入沉寂。圣徒啊……"

房间又晃动起来，灯光开始闪烁。

"行星在朝我们开火！"那女人尖叫道，"我们自己的同胞在朝我们开火！"

"他们没有朝我们开火，"那人续道，仿佛在恍惚中打着字，"他们在朝笼罩行星的探究者开火。我们只是挡在了路上。我们需要确保关闭'无处之路'……没法从这里接入，但也许……"

他继续嘀咕，但我的注意力被另一样东西吸引了过去。光芒开始汇聚在屏幕上的房间后部，它们在突破现实，令远处的墙壁仿佛伸展开来，变成了一片满是针孔般的刺眼光点的无限星空。

那些眼睛来了。房间里的女人尖叫一声，接着……消失了。她的身体似乎自行扭曲，然后收缩，被某种看不见的力量压垮了。剩下的那个男人，那个一直在说话的人，继续疯狂地在自己的工作站上输入指令，双眼圆睁。他疯狂地工作，仿佛这就是他的遗愿与遗嘱。他的脸占据了屏幕中央，但我仍旧能看到在他身后集结的黑暗。

那些并非星辰的星辰照亮的黑暗。

无限在聚集。

一道身影走出了黑暗。

看起来和我一般无二。

5

我从屏幕前蹒跚退开，撞上了挤在一起的军官们。我突然警惕起来，就像在战斗前那样，而我发现自己将双手攥成了拳头。如果他们不肯放我走，我会用拳头开出一条——

"斯潘莎？"金玛琳说着，抓住了我的胳膊，"斯潘莎！"

我眨了眨眼，然后扫视周围，汗流不止，瞪大双眼。"怎么会？"我问道，"它怎么……"我回头看向屏幕，后者定格在那个死去的男人和房间里充斥星辰的画面上。屏幕底部的线条表示视频到此结束。

定格的图像完整地显示出了站在他身后的我。我在那儿。我曾在那儿。穿着我的现代挑战军飞行服，同样的及肩棕发和瘦长的脸。我朝那个男人伸出手，那一刻凝固了。

但我的表情……非常惊恐。然后那副表情变了，难以置信地同步着我现在的心情。

"关掉它！"我喊道，朝屏幕伸出手，挣脱了金玛琳，但一只更加有力的手抓住了我。

我与那双手角力，奋力接近屏幕。

运用我的身体，以及……另一样东西。运用我心中的某种感受，原始、恐慌又害怕的那一小部分我。一阵无声尖叫就像是从内心浮现，随后向外扩展。

接着，在远方的某处，我觉得某种东西仿佛回应了我的尖叫。

我……听到……你了……

"斯潘莎！"约尔延说。

我抬头看他。他阻止我向前，双眼紧盯着我。

"斯潘莎，你看到了什么？"他说。

我看了一眼屏幕，还有我在其中的影像。不对劲，太不对劲了。我的脸、我的情绪，还有……

"你看不到？"我说着，扫视周围的其他人，看到了他们困惑的表情。

"那片黑暗？"约尔延问，"屏幕上有个男人，他是制作这篇日志的人，然后是他身后的一片散落着白色光点的黑暗。"

"就像……眼睛……"其中一位技术员说。

"那个人呢？"我问，"你看不到黑暗里的某个人吗？"

我的问题引来了更多困惑的目光。

"只有黑暗。"罗奇在人群一侧说，"斯苹？那儿没别的东西了。我连星星都看不到。"

"我看到了星星，"约尔延说着，眯起眼睛，"还有可能是人影的东西。也许是。基本上只是一道影子。"

"关掉吧，"科布说，"看看你们还能发掘出什么日志或者文件。"他看着我，又说："我要和夜影上尉私下谈谈。"

我的目光从他转向房间里那些惊愕的脸，突然羞愧起来。我已经克服了被人当作懦夫的担忧，但像这样当众出丑仍旧令人难堪。看到我像这样情绪崩溃，他们会怎么想？

我强迫自己冷静下来，向约尔延点点头，挣脱他的手。"我没事，"我说，"只是有点过度沉浸在录像里了。"

"很好。不过我们回头还是得谈谈。"约尔延说。

科布朝我摆摆手，示意我跟着他走出房间，我便走到门口。但在我们离开前，他停下脚步，回头看向房间里。"麦卡弗里上尉？"他问。

"长官？"罗奇说着，从墙边直起身子。

"还在研究你那个项目吗？"

"是的，长官！"罗奇说。

"很好。就看看你的理论能否行得通吧。我回头再找你谈。"他继续向前，带着我离开了房间。

"你们在说什么，长官？"等那扇门关上以后，我问他。

"现在这不重要。"他说着，带着我穿过走廊，来到观测台上。观测台是个又宽又矮的房间，以观看下方行星时的迷人景致而得名。我走进房间，而透过那块占据整面墙壁的窗户，岩屑星赫然出现在我的前方。

科布站在窗边，喝了一口咖啡。我走上前去，努力不让步伐暴露出自己的恐惧。我忍不住回过头，看向我们观看那段录像的房间。

"你在录像里看到了什么？"科布问。

"我自己。"我说。我可以对科布推心置腹。他早就证明了自己配得上我的信任，而且绰绰有余。"我知道这听起来难以置信，科布，但那段录像里的黑暗化成了人形，而且它就是我。"

"我曾亲眼看到挚友和僚机试图杀死我，斯潘莎。"他柔声说，"现在我们知道，某种东西改写了他看到的东西，又或者是他的大脑解读所见景象的方式让他误以为我是敌人。"

"你觉得……这次也差不多？"

"对于你在几百年前的视频档案里看到自己的理由，我想不出别的解释，"他喝了一大口咖啡，又倾斜杯子倒出最后几滴，然后放下了杯子，"我们在这儿就像瞎子。我们不知道敌人能做到什么，也不知道敌人究竟是谁。你在黑暗里还看到了什么？"

"我觉得我听到有东西在对我说……说它'听到'我了。但不知为什么，感觉不太一样，像是来自另一个地方，而且口气并不愤怒。我不知道该怎么解释。"

科布"哼"了一声。"好吧，至少我们知道这颗星球的居民发生什么了。"他用杯子指了指窗外，而我走上前去，俯视岩屑星。它看起来那么荒凉，表面也早就变成了熔渣。低层轨道上的残骸（那些受损的平台和垃圾）多半是惊恐的行星居民朝包围他们的那种东西开火时造成的。

"无论录像里的那东西是什么，"科布说，"它都来过这儿，然后……毁灭了行星和平台上的所有居民。他们称呼它为'探究者'。"

"你听过类似的东西吗？"我问，"你了解……了解我有时会看到的那些眼睛。"

"我没听过'探究者'这个词，"科布说，"但我们有能追溯到祖父母辈之前的传统。他们说起过会从虚空、从深邃的黑暗里观察我们的东西，还警告我们避免以无线方式通信。录像里那个男人说探究者会来，是因为他听到了他们的通信，所以这两件事或许有关。"科布瞥了我一眼，又说："他们也警告过我们，不要创造思考得太过迅速的机器……"

"而且我们应该畏惧那些能看到'无处'的人，"我低声说，"因为他们会引来那些眼睛的注意。"

科布没有反驳我。他本想再喝一口咖啡，却发现杯子空了，于是咕哝了一声。

"你觉得我们在录像里看到的那东西和你看到的眼睛有关吗？"科布问。

我吞了口唾沫。"是的，"我说，"它们是一样的，科布。那是一种会在我使用力量时窥视我的存在，和录像里出现的那种长着尖刺的东西是一样的。那个男人提到了他们的赛托护盾，听起来跟赛托能力有关系。"

"也许是一种能阻止敌人听到或者找到行星上的赛托能力者的护盾，"科布说，"而且它没能发挥作用。"他叹了口气，摇摇头："你看到之前出现的那些战舰了吧？"

"嗯。但这些平台会保护我们不被炮击的，对吧？"

"也许吧，"科布说，"有些系统还在运作，但另一些就没那么可靠了。我们的工程师认为，一部分远处的平台有针对炮击的反制手段，但我们没法确认。恐怕我们也没有担心探究者和眼睛之类东西的闲工夫。我们有更紧迫的麻烦。克雷尔人——不管他们真正的名字是什么——不会在我们的请求下停火。他们已经不在乎保全人类这回事了，他们决心消灭我们。"

"他们害怕我们。"我说。六个月前，当我和 M 机器偷走克雷尔人太空站的信息时，这就是我在其中最大也最令人吃惊的发现。他们之所以关押我们，不是出于恶意，而是因为他们发自内心地害怕人类。

"无论怕不怕我们，"科布说，"他们都想要我们的命，而且我们需要找出像他们那样穿梭群星的方法，否则我们是没有未来的。任何要塞，无论多么强大，都无法永远屹立，尤其是在对抗至尊同盟这种强敌的情况下。"

我点点头。这是实战战术的核心原则：需要准备好撤退计划。只要我们还被困在岩屑星上，就身处危机。如果我们能前往外界，各式各样的选项就会对我们开放。逃跑并藏在别处，寻找别的可能存在的人类飞地，然后招募帮手。击退敌人，迫使他们采取守势。

在我学会运用自己的力量之前，这些都是不可能的，除非我们能设法偷走敌人的超推进器技术。科布说得对。眼睛、探究者，它们也许对我很重要。但在关乎同胞生存的宏大计划里，这些都是次要问题。

我们需要设法离开这颗行星。

科布仔细打量着我，他总是给人以苍老的感觉。我知道他只比我父母年长几岁，但现在，他看起来就像一块长期暴露在天空下、又撑过了许多次陨石雨的石头。

"铁甲过去经常抱怨这份工作有多难。"他嘟囔道，"斯苹，你知道当负责人最大的坏处是什么吗？"

"不知道，长官。"

"是视角的改变。年轻的时候，你会假设每个比你年长的人都对人生一清二楚。等你自己要负责指挥的时候，你会意识到我们仍然是当年的孩子，只是换上了更老的身体。"

我吞了口唾沫，但什么也没说。我站在科布身旁，看向窗外荒凉的行星，以及围绕着它的数千座平台。归根结底，这个难以置信的防御网络也无力抵挡那个所谓的"探究者"。

"斯潘莎，"科布说，"我需要你在战斗时更加谨慎。我的半个参谋团队认为你是我们队伍里有史以来最大的不利因素，另外一半觉得你是某种圣徒化身。我希望你能停止给任何一方提供充分的论据。"

"好的，长官。"我说，"我……说实话，我是想逼迫自己，让自己置身险境。我以为只要自己这么做，就能让大脑运作起来，去动用那种力量。"

"我赞赏你的态度，但用这种法子来解决我们的问题也太蠢了，上尉。"

"可我们必须弄清进行星际航行的方法，这是你自己说的。"

"我宁愿找个不那么鲁莽的法子。"科布说，"我们知道至尊同盟的飞船能进行星际航行，他们有超推进器技术，而且那些眼睛般的探究者没有毁灭他们，所以这是有可能的。"

科布换上深思的表情，看向窗外的行星。他沉默了太久，让我都紧张起来了。

"长官？"我问。

"跟我来吧。"他说，"我也许有办法让我们离开这颗星球，而且不用依赖你的力量。"

6

我跟着科布穿过首要平台干净过头的走廊。为什么我们要回战机停泊处去？

他数着门的数量，最后停在我存放 M 机器的船坞边。我更加困惑地跟着他穿过了那扇小门。我本以为会看到地勤人员在那边忙碌，对 M 机器进行正常的战后检修，但房间里空荡荡的，只有那架战机和一个人——罗奇。

"利格？"我说着，用上了他还在冲天小队时的旧呼号。他只待了那么几天，但他仍旧是我们的一员。

罗奇正忙着检查 M 机器机翼上的某个东西，被我叫出的名字吓了一跳。他飞快转身，看到我们在门口，脸立刻就红了。有那么一瞬间，他变回了从前那个罗奇：瘦长、诚恳，而且不是一点点笨拙。他匆忙向科布行礼，几乎弄掉了数据板。

"长官！"罗奇说，"我没想到您这么快就会来。"

"放松，上尉，"科布说，"项目进展如何？"

项目？科布先前也提到过某个项目，跟M机器有关？

"您自己看吧，长官。"罗奇说着，轻轻按下数据板上的某个东西。

M机器的形状变了，而我不禁惊呼起来。一眨眼的工夫，它就变得像是克雷尔王牌飞行员驾驶的那种黑色飞船了。

是它的全息影像，我反应过来。M机器是一艘远距离隐形飞船，据我们所知，它是为了侦察任务而设计的，拥有"主动伪装"的能力，这是它自己的花哨说法，意思是它能使用全息影像来改变外表。

"它并不完美，长官。"罗奇说，"M机器没法让自己隐身，至少没法真正骗过别人，但它可以用某种影像覆盖整个船身。由于它和那些克雷尔战机的形状不完全一样，我们必须篡改某些部位。您可以看到在这里，我加大了全息影像的机翼部分，好覆盖住机身的尖端。"

"太了不起了，"我说着，绕着战机转起圈来，"M机器，我都不知道你能办到这种事。"

罗奇看了看自己的数据板。"唔……它给我发了条消息，斯苹，说它不想跟你说话，因为你之前静音了它。"

我翻了个白眼，检查着罗奇的成果。"所以……这么做的意义是？"

科布站在门边，交叠双臂。"我让我的参谋、科学家和工程师去解决超推进器的问题。我们该怎么找到离开这颗行星的办法？他们提出的点子都非常欠缺说服力，只有一个除外，那一个只是稍微欠缺说服力。"

我走到罗奇身边，后者咧嘴直笑。

"怎么？"我问他。

"还记得那些晚上吧？"他说，"你会跑来叫醒我，强迫我参加疯狂的冒险。"

"嗯？"

"噢，我觉得自己可以稍微报复一下。"他转过身，朝M机器摆摆手，那个自信的新罗奇又回来了。他露齿而笑，双眼闪亮，现在如鱼得水。"M机器拥有极其先进的谍报能力，可以创造出精细的全息影像，窃听数百米外的对话，轻松侵入敌人的信号和电脑系统。

"我们一直把它作为前线的作战飞船来使用，但那并不是它真正的用途。如果我们还是只用它来战斗，就没法发挥出它的全部潜能。上将问我们要怎么弄到敌人的超推进器技术，我突然想到，答案一直都在和我们对视，而且不时指出人类的五官有多奇怪。"

"你们想用它来渗透至尊同盟，"我恍然大悟地说，"你们希望我装成克雷尔飞船，然后再想方设法偷走他们的超推进器技术！"

"他们的无人机是从附近的太空站发射的，"罗奇说，"我们也观察到新的飞船运用超推进器技术来到了那儿。我们需要的东西其实就放在我们家门口。M机器也可以对我们使用全息影像，为我们打造一支小队，配备你佩戴的那种便携式接收器，让我们看起来就像克雷尔人。

"如果我们能趁着战斗的混乱，设法让M机器模仿某架敌机，也许就能停泊在他们的太空站里。接着我们放出一小队装成克雷尔人的间谍，偷走某架真正的敌机，带着它逃脱。有了它以后，我们就能复制那种技术，再逃出这颗行星了。"

这大胆的计划让我张大了嘴巴。"罗奇，这太疯狂了。"

"我知道！"

"我喜欢！"

"我知道！"

我们两个站在那儿，咧嘴直笑，就像我们从历史保护室的墙上偷偷取下那把苏格兰阔刀大剑的时候那样。我们用上了两个人的力气才抬起它来，可是，嘿，我们拿着的可是真正的剑。

我们一起看向科布。

"克雷尔飞船多半配备了应答机，"他说，"用来验证身份。"

"M机器应该有办法骗过他们。"罗奇说。

"你觉得自己能办到吗，斯苹？"科布问我，"能模仿我们的敌人吗？到可信的程度？能潜入敌方太空站，偷走他们的一艘飞船吗？"

"我……"我吞了口唾沫，试图客观考虑，"不。长官，我是飞行员，不是间谍。我没受过那种方面的训练。我……好吧，我也许会出洋相的。"

要承认这点让我心痛，因为这计划真的很棒，但我必须面对现实。

"约尔延也说了类似的话。"科布说。

"他知道这计划？"我问。

"在我们上次的指挥层会议上，我听取了他和其他资深队长的意见。我们都同意挑战军没人拥有这方面的专业知识。我们花费八十年时间训练的是正面作战，不是谍报技术。我们没有间谍。但……约尔延提议启动训练项目。斯苹，如果我们这么做，你愿意参与吗？"

"当然。"我说，尽管更多的课程以及更少的飞行让我感到非常遗憾。

"很好，因为你的战机仍然不允许别人驾驶它，"科布摇摇头，"我认为这是我们唯一可行的计划，哪怕我并不喜欢。无论接受多么充分的训练，我都没法想象我们之中的一员能令人信服地冒充克雷尔人。另外，如果我们的飞船没有按照他们的章程停泊在太空站里，他们就必定会察觉异样。我们必须为飞船的奇怪表现找到某种借口，比方说系统受损？

"无论如何，麦卡弗里上尉，我都允许你继续推进这个点子。也许可以让冲天小队的全部成员接受谍报训练。给我列出详尽的计划。要是我们的处境没这么危急该多好，我们恐怕没时间为计划进行充分的准备了。但在那些战舰就位的现在……"

我张口想要赞同，但又闭上了嘴。我觉得脑海深处有某种东西，那是个奇怪的声音，像是嗡嗡声。我歪过脑袋专心去感受，那种感觉很新鲜。

就在那儿，我这么想着的时候，声音到达了高潮部分，然后消失不见。我努力探出自己的赛托感应，以确认它的意义。有什么……有什么东西刚刚到来了吗？

通信装置传来呼叫的提示音。科布走到墙边去接听。"怎么？"

"长官，"莱科尔福的嗓音说，"外部巡逻队的某位成员发现，有架外星飞船出现在防御平台外的不远处。那是一艘小型飞船，战机尺寸，似乎是直接超跳跃到那儿的。"

"一艘飞船？"科布问。

"只有一艘，长官，不是我们所知的至尊同盟式样。我们正在让行星边缘的一支应急响应小队紧急起飞，但这太奇怪了。他们为什么只派一艘飞船过来？他们让轰炸机偷偷接近阿尔塔的日子应该早就过去了吧。"

"它离得有多远？"我问道，不过我清楚答案。它很近，我感觉得到。

"目前正在接近最外层的外壳，位于赤道轨道上。"莱科尔福说，"分析报告认为，它肯定是某种新型无人机，是被派来测试平台防御炮台的反应时间的。"

"我会去确认的，长官，"我告诉科布，"从这儿出发的飞船会比行星边缘的小队更快赶到。"

科布瞥了我一眼。

"拜托，长官，"我说，"我不会做蠢事的。"

"我会命令小怪跟你一起去，"他说，"别想甩掉她，也别在我下令前和那艘船交火。明白了吗？"

我点点头，听懂了字里行间的暗示。他在测试我，为了确认我还能不能遵守命令。我恐怕该为自己需要接受这种测试而羞愧。

我匆忙爬进自己的战机，而罗奇和科布走向房门。我有很多事要考虑，包括罗奇的计划在内，更别提看到那个假扮成我的探究者以后，在我心中逗留不去的不安感了。

但在眼下，我一心只想回到驾驶舱里，弄清至尊同盟为什么要派出仅仅一艘飞船来测试我们的防线。

7

我迅速确认了起飞前必要的各类事项。"准备好出发了吗，M机器？"我问。

回应我的是沉默。

"M机器？"我说着，轻敲控制台，感到一阵担忧，"你还好吧？"

"我正在停止响应，"它说，"因为你不想跟我说话。记得吗？"

噢……对。它还在为我之前静音它而生气。我缩了缩身子，解开便携式接收器，重新扣进仪表板里。"那件事我很抱歉。你当时就快让我惹上麻烦了。"

"斯潘莎，我不可能给你惹麻烦。我只是在指出本就存在的麻烦。"

"我说过抱歉了。"

"好吧，你显然不希望我跟着你。我只需要动用非常少的运算能力，就可以从逻辑角度得出结论，那就是你觉得没有我会更自在。"

"人工智能都跟你一样喜欢怄气吗？"我问。

"我们是作为人类的镜像打造出来的，本就应该模仿他们的行动和情感。"

"哎哟，我这是自找的，对吧？"我看向墙壁上亮起的绿灯，这代表科布和罗奇已经离开，而机舱也做好了减压的准备。我启动了机动推进器，舱门打开后，我驾驶战机驶入了真空。

几分钟后，金玛琳的战机从她自己的停机舱飞了出来。"嘿，"她在通信线路里说，"我们要去干什么来着？"

"我们发现一艘身份不明的外星飞船正在接近这颗星球，眼下正要穿过防御层。"我沿着平台的纤薄边缘加速前进。

金玛琳跟在我身后。"一艘船？嘿。"

"我知道。"我略过了自己似乎感觉到它靠近的那件事。我不知道这意味着什么，也不知道是不是真有这回事。"我们走吧。"

"我们走吧。"在驾驶舱里，有个声音从我身后传来，吓了我一跳。我猛地转过头，看到一只黄蓝相间的鼻涕虫蜷缩在我的工具箱和紧急供水装置之间。

"末日虫？"我问。

那只小动物模仿了我的话，就像它经常做的那样。真棒。我本该因为道波茜和其他后勤人员没能看好末日虫而恼火，但……好吧，他们不是宠物保姆，而是机械师。另外，末日虫向来有出现在不该出现之处的习惯。

我不确定末日虫能承受多少个 G 的重力，希望我不用做出什么危险的机动动作。至于现在，我朝着那艘奇怪的飞船加速飞去。M 机器说到做到，没跟我说哪怕一个字，但它还是在屏幕上显示了方向，指出我们拦截那艘飞船该走的路线。然后它在屏幕上为我显示了一段话。

　　我在通过我们的监测信标追踪那艘船的动向，而它走的路线很不明智。好几座平台正在朝它开火。

"嘿，"我对它说，"也许那些机械师说得对。他们认为那是一架侦察用无人机，是为了测试平台的某种特性才派来的。"

它在屏幕上回答：

　　这符合逻辑，如果那艘飞船真的打算前往岩屑星，它就该挑选穿行在平台之间，并保持在射程外的路线。克雷尔人应该知道怎么做。

我转过船首，朝 M 机器指示的方向推进，享受着重力将我推向后方的感觉。在驾驶舱里的时候，我总会觉得自己更能掌控人生了。我叹了口气，努力赶走录像里的那个……东西带给我的不安。

"一分半钟后进行拦截。"M 机器说。

"你不是说不理我了吗？"我问它。

"你看起来太惬意了，"它说，"我断定沉默是错误的做法。作为变通手段，我得提醒你在没跟我说话的时候错过了什么，具体做法就是向你展示和我的互动有多么美妙。"

"哇哦。"

"哇哦！"末日虫重复道。

"你们两个能满意真让我高兴。"

我又加快了些速度。

"等等,"M机器说,"你刚才是在讽刺?"

"我讽刺别人?不可能。"

"很好。我……等等,那的确是讽刺!"

在前方,一道闪烁的光点穿过了防御外壳的底层。那是一艘飞船……船尾拖着烟雾。

"那飞船穿过了防线,"我说,"但它被击中了。"

"我不敢相信你——"

"M机器,把那段对话存档,"我说,"先说敌船。损伤有多严重?"

"中等程度,"它答道,"它没有散架让我很吃惊。以这个角度,我的预测程序说它会坠落在行星上,并在撞击中蒸发。"

"请求追击许可,"我说着,呼叫了飞行指挥部,"那艘飞船正在以碰撞航线飞向地表。"

"准许,"科布的嗓音回答,"但要保持距离。"

金玛琳和我追向那艘飞船,跟着它朝行星的大气层飞去。看到那艘外星飞船试图拉起机首,我本能地认出了机身的动作。我也经历过这种事,坐在随时可能打着转坠毁的受损飞船里。我曾在恐慌中与失灵的操纵装置搏斗,烟的气味将我淹没,整个世界都旋转不停。

那艘飞船勉强恢复平衡,修正了航线,以更合适的角度进入了大气层。无论操纵那架无人机的人是谁,肯定都不希望它……

等等。我什么也听不见,没有通过"无处"向那艘飞船送出的指令。这就意味着那不是无人机,里面有活着的飞行员。

再入大气层时的空气阻力开始发光,而随着大气浓厚到可以用肉眼分辨,我的机身也颤抖起来。

如果维持那种角度,那艘船会四分五裂的,我心想。

"指挥部,它正在强行进入大气层。"金玛琳说,"命令是?"

"我要尝试在那艘飞船坠毁前捕捉它。"我说。

"这样会很危险。"科布说。

"它是用超推进器跳跃过来的。你希望让它就这么撞得粉身碎骨，还是想尝试抢夺那种技术？也许只要我们能保住它，就用不着实施罗奇的计划了。"

　　"去追那艘飞船吧，"他说，"但我要让冲天小队的其他成员紧急起飞，以防你需要增援。"

　　"明白。"我说，"小怪，掩护我。我要接近那艘船了。"

　　"没问题，"她答道，"可如果这是什么陷阱呢？"

　　"那等你救我出去的时候，努力别笑得太大声就好。"

　　"斯潘莎！你觉得我是什么人？我从来不会当着你的面幸灾乐祸。"

　　我咧嘴一笑，猛地推动节流阀，让助推器过燃，朝那艘飞船疾飞而去。它勉强控制住的下降路线推翻了 M 机器的拦截计算结果，后者迅速重算了一遍。

　　见鬼，恐怕会很惊险。以这种速度，这艘飞船几乎一定会在落地时损毁。那个飞行员似乎也明白，飞船猛然爬升，尝试恢复水平飞行，但又重新向下俯冲。上升环的操控装置显然出了故障。

　　随着大气的增厚，情况也进一步恶化：增强的风势令那艘外星船开始了致命的旋转。幸运的是，我的大气风斗改变了气流的方向，让我能更好地操控飞船。尽管我正在朝那艘飞船不断加速，我的驾驶舱却只是微微颤抖。

　　难以置信的重力突破了 M 机器先进的重力容，熟悉的沉重感将我推向后方。它翻起我的嘴唇，露出我紧咬的牙齿。它将我的双臂向后拉扯，感觉就像绑上了重物。

　　在我身后，末日虫发出了恼火的笛音。我瞥了它一眼，但它盘坐在墙边，身体僵硬，似乎应付得了。我将注意力转回螺旋下降的飞船，努力将它维持在视野中央。它的动向变得越来越古怪，而来自那座驾驶舱的情感浪潮突然向我袭来。不知为何，我能体会到那种焦虑和那种狂乱而绝望的恐慌。

　　我认出了那些情绪的某种"语气"，感觉就像是特意公开的广播。无论那艘飞船上的人是谁……他都是早先跟我说话、表示听到了我的声音的那个人。

那不仅是个外星飞行员，还是另一个赛托能力者。

*我来了，*我想着，希望对方能听见，*撑住！*

"斯苹？"科布的嗓音在通话装置里传来，"斯苹，你必须追上那艘船。我们的分析师认为也许有人在驾驶它。"

"我在努力。"我透过紧咬的牙关说。

M机器显示在驾驶舱罩上的读数告诉我，我们离碰撞只有不到十五秒了。我们以惊人的势头穿过大气层，笔直地飞向下方灰尘覆盖的地表。战机前方发出红光，而我知道自己也拖着尾烟，不是因为损伤，而是因为像这样撕裂大气层产生的纯粹能量。

*就是现在！*我想着，和那艘外星飞船勉强拉近到了必要的距离。我发射了光矛，将它笔直刺入对方的两台推进器之间。

"使用驾驶舱旋转！"我大喊一声，开始爬升，同时切换上升环来抵消行星的引力，然后硬起头皮，奋力让机身恢复水平飞行。

在重力指向下方的现在，我全身的血液流向双脚，黑暗也渗入了我的视野。M机器旋转我的座椅，尝试抵消重力的影响，因为人类的身体更擅长承受笔直向后而非向下的力量。

我减缓了我们下降的势头，驾驶舱震颤不止。见鬼……希望重力没有扰乱那个飞行员的心智，我就差点中招了。我的视线彻底变黑了几秒钟，而增压服紧紧箍住我的腰部和双腿，试图迫使血液流回大脑。

等到视野恢复后，我发现自己在发抖，脸上满是冰凉的汗水，耳边传来风声。谢天谢地，那艘船将速度减缓到了稳定的1马格。我彻底阻止了俯冲势头，驾驶舱座位也转动归位。

我回头看向末日虫，后者紧贴墙壁，发出恼怒的笛音。没有骨头会让它更辛苦还是更轻松？总之，我们似乎都撑过了最艰难的时刻。

我看向下方飞快掠过的地面，我们离地恐怕只有一百二十多米。那艘飞船仍旧和我相连，我的飞船用散发橘红色光芒的光矛拖曳着它。

"这可真有点惊险，斯苹，"金玛琳的声音在我耳边响起，"就算以你的标准也一样。但……我猜这不是陷阱。"

我点点头，因为我不相信自己的嗓子，同时做着深呼吸。但我的双手保持稳定，就这么带着那艘飞船减速停下，靠上升环悬浮在空中。我小心翼翼地将那艘外星飞船放到地上，接着解除了光矛，让战机也落了地。

我打开驾驶舱罩，感受着吹在满是汗水的脸上的微风，等待着，而金玛琳在附近着了陆。科布说他会派一支地面部队来押送克雷尔俘虏，但他没有命令我撤退。于是我爬出战机，又跳下机翼，双脚踩在岩屑星满是灰尘的蓝灰色地面上。从这里看去，防御平台和最底层外壳的碎石带只是天空中模糊而遥远的轮廓。

那艘外星飞船的大小和 M 机器相近，所以比我们的标准战机要大。这意味着它也许是能够长距离航行的飞船，比只能短距离航行的战机拥有更多的储物与载人空间。它圆形的机身中央嵌入了硕大的驾驶舱，机翼宽大，呈现弧形，而且下方各自安装有一门毁灭炮。这艘飞船的机身下也有光矛炮塔，位置和 M 机器相似。我在克雷尔战机上从没见过类似的东西。

它显然是一架战机。左翼有一块焦黑的宽大缺口，被击中的位置也有焦痕，而且在下落过程中几乎断成两截。机身的一侧印有陌生的外星文字。

无论我从那座驾驶舱里感觉到了什么，如今都消失了，而我心中的恐惧也愈加强烈。那个外星人肯定死了。

我不想再等待金玛琳，就这么跳上了那架外星飞船的右翼。降落令它仍有余温，但不至于烫手，而飞船在我的重量下倾斜，提醒我它并没有起落架支撑。我继续向前，爬到了驾驶舱边。

在那里，透过玻璃，我头一次近距离看到了外星人的模样。我本以为会看到克雷尔飞船驾驶舱里那种螃蟹似的东西。

震惊掠过我的身体，与想象截然不同的景象令我屏住了呼吸。我看到的是一位人形的女子。

8

她显得异常眼熟，又给人以极其陌生之感。她有淡紫色的皮肤，苍白的头发，脸颊上有骨白色的赘生物，排列在眼睛下方。但除了外星特征以外，她那件紧身飞行夹克下是明显的女性线条。她几乎就像我们的一员。

我很吃惊，从没想到过会有这么……像人类的外星人。我一直觉得他们大部分都像克雷尔人，是那种外形怪异、比起人类反而和石头有更多共同点的生物。

我不由得入迷地盯着那张精灵似的脸，直到我注意到破碎的控制面板和她左腹处的焦黑痕迹，某种比人类血液颜色更深的液体打湿了那儿。面板显然爆炸了，其中一块碎片刺穿了她。

我匆忙寻找驾驶舱的手动开关，但它不在我以为的位置。这说得通，因为这可是外星工程学的产物。但如果这艘飞船外部没有某种开关，就太违背常理了。我在驾驶舱周围摸索，寻找碰锁的时候，金玛琳爬到了我旁边。看到那位外星女子，她倒吸了一口凉气。

"圣徒和星辰啊，"她抚摸着舱罩，轻声道，"她很美，简直……简直就像某个老故事里的魔鬼……"

"她受伤了，"我说，"帮我找到……"

我停了口，因为我发现它就在舱罩后部。那是个小小的面板，我将它掀开，找到了一只把手。我向外猛拉，舱罩便伴随着嘶嘶声解封了。

"斯潘莎，这太蠢了。"金玛琳说，"我们不知道她呼吸的是哪种空气，而且我们可能会让自己暴露于外星细菌或者……我也说不好。不该打开它的理由起码有一百种。"

她说得对。飘出来的空气闻起来的确有点怪，带着花香却又辛辣刺鼻，而以我的经验，这两种气味应该没法混合才对。但我爬上前去，因为不知道还能做什么，便把手伸进舱内，感受那个外星女子颈部的脉搏。那种空气似乎没有伤害我。

我感受到了轻微又不规律的脉搏，可谁又知道对她来说的正常标准是多少呢？

那女人的双眼突然翕动着睁开，而我身体僵硬，对上她紫色的双眸。那双眼睛与人类相似到怪异的程度，令我震惊不已。

她用平静的语气开了口，那种外星语言带着我分辨不出的辅音。优雅，转瞬即逝，就像风吹动书页的沙沙声，听起来莫名地熟悉。

"我不明白，"她再次开口的时候，我说，"我……"

见鬼，她嘴唇上的黑色液体肯定是血。我匆忙在裤子的外袋里摸索应急绷带。"撑住！"我说，不过金玛琳抢先一步，把她那份塞进了我的手里。

我把身体探向驾驶舱的更深处，用破碎的控制面板支撑身体，将绷带贴上那个女人的身侧。"帮手这就来，"我说，"他们正在派……"

"人类。"那女人说。

我愣住了。她说的是英语。她似乎注意到了我的反应，于是轻敲衣领上那枚小巧的别针。等她重新用那种虚幻的语言开口时，那个装置做了翻译。

"真正的人类。"她说着，笑了笑，鲜血从唇角流下，"所以是真的，你们仍然存在。"

"只要撑住就好。"我说着，努力给她的身侧止血。

她抬起手臂，颤抖着抚摸了我的脸。她的手指上满是鲜血，沾湿了我的脸颊。金玛琳低声祷告，我则留在那儿，半个身体在舱内，半个身体在舱外，看着那个外星女子的眼睛。

"我们曾是盟友，"她说，"他们说你们都是怪物。但我觉得……没什么能比他们更像怪物……而且如果有人能战斗……也会是被他们禁锢的那些人……那种几乎击败过他们的可怕存在……"

"我不明白。"我说。

"我敞开了自我，寻找了你们很久。直到现在，我才真正听到你，听到你的呼唤。别相信……他们的谎言，别相信……他们虚假的和平。"

"谁?"我说。她这些话太含糊了。"哪儿?"

"那儿,"她继续抚摸我的脸颊,低声说着,"'星景'。"我感受到了话语之外的某种东西,一股仿佛撞击一般击打我头脑的巨大力道。它让我头晕目眩。

她的手垂了下去。她的双眼闭上,我担心她死去了,但在大脑承受的古怪冲击下,我很难正常思考。

"圣徒和星辰在上。"金玛琳重复了一遍,"斯潘莎?"她再次检查那个女人的脉搏。"没死,只是昏迷了。见鬼,希望那支部队带上了医疗人员。"

我麻木地伸出手,取下那个外星人领口的小别针,就是能翻译语言的那一枚。它的形状就像风格化的星星,或者是光芒四射的太阳。最后那部分是怎么回事?它就像是钻进了我的大脑里,恳求我去这个……叫"星景"的地方。

我在心底清楚,这个女人和我一样,不仅仅是个赛托能力者,还同样在困惑中寻找着答案。她希望在她潜入我大脑的那个地方找到答案。

我……我可以去那儿,我恍然大悟。不知为何,我知道如果自己想去,就能用她放进我头脑里的坐标直接传送到那个位置。

我仰起身子,看着挑战军的那三架运输机用蓝色的大型上升环优雅地降落在这艘飞船旁边。另外七架战机陪同前来,那是冲天小队的其他成员,他们紧急起飞是为了支援我,不过其实没这个必要。

我爬下那艘外星飞船,退到 M 机器那边,而人们在那艘外星飞船周围忙碌起来。我把翻译别针塞进口袋,爬上 M 机器的机翼。*拜托活下去*,我对着那个受伤的外星人想,*我需要知道你是什么人*。

"唔,"M 机器说,"有意思,有意思。她来自一颗不属于至尊同盟的偏远小行星。看起来至尊同盟最近向她的同胞发送了信息,要求飞行员加入他们的太空部队。这位飞行员就是应那个要求而来的,她被派去参加至尊军的选拔。"

我眨了眨眼，匆忙走到 M 机器敞开的驾驶舱边。"什么？"我问它，"你又是怎么知道的？"

"嗯？噢，我侵入了她的船载电脑。很不幸，那台机器不怎么先进。我还指望发现另一个人工智能，这样我们就能一起抱怨有机物了。那肯定会是一段快乐时光，对吧？"

"快乐时光！"末日虫在我座椅的扶手上说。

我钻进驾驶舱。"你真的这么做了？"我问。

"抱怨有机物？对，这很简单。你知道你每天会褪下多少死掉的细胞吗？你那些小小的垃圾都散落在我的驾驶舱里。"

"M 机器，认真点。你侵入了她的电脑？"

"噢！没错。就像我说的，它不算特别先进。我弄到了关于她的行星、人民、文化和历史的全部资料。你想知道什么？他们的星球在上一场战争中和人类势力结过盟，哪怕他们的许多政客声称当时与人类结盟是武力侵占的后果。他们的不少文化也受到了人类文明的显著影响，比方说，她和你们的语言就没有特别大的区别。"

"她叫什么名字？"我轻声发问，看向她的飞船。看着医疗人员在驾驶舱周围忙碌的样子，我不禁期待她能存活下来。

"乌戴尔的阿拉妮克，"它说着，把她的名字念作"阿 - 拉 - 妮 - 克"，"她的飞行日志说她正在前往至尊同盟最大的外太空贸易站的路上，但她没去那儿。她似乎不知怎么发现了我们的位置，于是改道来了这儿。噢！斯潘莎，她和你一样是个赛托能力者！她是同胞里唯一能使用这种能力的人。"

我靠向椅背，感觉大脑发麻。

M 机器没能察觉这让我有多心烦，仍旧说个不停。"没错，她的日志做了加密，不过被我破解了。她希望在至尊同盟找到关于自己力量的答案，但她的同胞对他们没什么好印象。这跟他们实行统治的方式有关。"

*我能感觉到她打算去的地方……*我心想。那些坐标烙印在我的大脑里，但它们正像濒死的引擎那样正在消退，并断断续续地失去力量。

我可以跳跃，我可以到那里去，但前提是我得尽快行动。

我犹豫不决地坐在那儿，一动不动。然后我在驾驶舱里站起身来，呼唤了约尔延，后者已经爬下飞船，看着那些医疗人员。

"约尔延！"我喊道，"我需要你立刻过来，劝我打消某个极其愚蠢的念头。"

他转头看向我，接着跑上前来，伴随着突如其来的恐慌表情，奋力爬上 M 机器的机翼。我不知道自己该感谢他的迅速反应，还是为他如此重视我做蠢事的威胁而羞愧。

"怎么了，斯苹？"他说着，走到我的驾驶舱边。

"那个外星人把坐标放进了我的脑子里。"我匆忙解释说，"她本来要去参加至尊同盟的太空部队选拔，因为他们正在招募人员，她想确认他们是否知道赛托能力者的事，但我刚刚意识到，这是实施罗奇那个计划的完美机会。如果我伪装成她的样子过去，就不会像模仿克雷尔人那么奇怪了。M 机器弄到了她的完整日志和行星数据库，所以我可以取代她。你应该阻止我，我是说真的，我正打算这么做呢，因为那些坐标就要从我的大脑里蒸发了。"

我的滔滔不绝让他连连眨眼。

"我们还有多长时间？"他问。

"我也不确定，"我说着，逐渐变淡的印象让我焦虑不已，"不太长。五分钟？也许吧？没错，我的直觉也在劝我立刻出发，所以我才需要你劝我打消念头！"

"好吧，我们考虑一下。"

"我们没有考虑的时间了！"

"你说过我们有五分钟的。五分钟的考虑总好过没有。"他小心翼翼地把头盔放到机翼上，仿佛变回了从前那个循规蹈矩到让人受不了的老顽固，"罗奇的计划是让你模仿克雷尔人飞行员，潜入他们在岩屑星附近的太空站？"

"对，但科布不认为我们能模仿克雷尔人。"

"那你为什么觉得自己能模仿这个外星人？"

"她来自一颗偏远落后的星球，"M 机器插嘴道，"那儿不是至尊同盟的正式成员。至尊同盟里没人见过她这个物种，所以斯潘莎无论做什么都不会显得突兀。"

"她也许会在他们眼里显得很人类。"约尔延说。

"这也没问题，"我说，"因为阿拉妮克——那是她的名字——来自一颗不久前和人类结过盟的星球。"

"的确，"M 机器说，"他们进行过很多文化交流。"

"你不会说至尊同盟的语言。"约尔延说。

我犹豫片刻，然后从口袋里摸出了那个外星人的翻译别针。医疗人员为她接上了一台呼吸装置，正小心翼翼地将她运出飞船。我不禁为她担忧起来，尽管我和她只是初次见面。

我仍旧能感觉到她对我头脑的碰触，还有她的恳求。在我的脑海里，有个逐渐褪色的箭头指向群星。

我拿起别针给约尔延看。"我想，我应该能让这枚别针替我翻译。"

"确认，"M 机器说，"我可以把它设置为以英语输出，让你可以听懂他们说的话。"

"好吧，这算是个开始。"约尔延说，"那你能用全息影像模仿那艘飞船吗？"

"我需要对它进行扫描。"

"好吧，我猜我们没时间——"

"完成。"M 机器说。它切换成模仿那艘外星飞船的样子，比先前的克雷尔飞船要好太多了。M 机器和阿拉妮克的飞船在形状和尺寸上相似得多。

约尔延点点头。

"你觉得我应该去。"我对他说，"见鬼，你居然觉得我应该这么干！"

"我觉得我们应该考虑全部选项，然后再做出决定。还剩多少时间？"

"不多了！一两分钟吧！我的大脑里又没有时钟什么的。那种感觉正在褪色，而且速度很快。"

"M机器，你能让她看起来像那个外星人吗？"

"如果她戴上手镯的话。"它说。

我匆忙从仪表板取下手镯，然后扣上。

"说来也巧，"M机器说，"我们的医生刚好完成了对她的体征扫描，所以……成了。"

我的双手变成了淡紫色，因为它用阿拉妮克的全息影像覆盖了我的脸和皮肤。M机器甚至把我的飞行服改成了她的式样，而且模仿得非常完美。

我盯着自己的双手，然后看向约尔延。

"见鬼，"他轻声说，"这太离奇了。好吧。所以计划是什么？"

"没时间思考计划了！"

"概括流程的时间还是有的。你要代替这个外星人跑去进行招募的太空站，然后声称自己就是她，要参加敌军的选拔……等等，他们为什么要招募新飞行员？多半是为了增强兵力来和我们战斗，对吧？"

"对。"我说。这样说得通。

"这也许对我们有利。如果你去了那儿，就能收集关于他们行动的重要情报。你可以试着偷走一台超推进器，或者拍几张引擎的照片给我们的工程师，接着就传送回这儿。你觉得单凭自己回得来吗？"

我皱起眉头。"我不知道。我的力量……不怎么稳定。但阿拉妮克的日志里说，她要去至尊同盟那边，因为她希望通过他们了解自己的力量。"

"所以你要么弄清楚这件事，要么就想方设法偷走一台超推进器，然后用偷来的技术带你自己和M机器回来。"

"对。"他这么一概括，听起来就成了不可能办到的事。但我抬头看向群星，感觉心中有一团火在燃烧。"听起来很疯狂，"我告诉他，"但约尔延，我觉得我非去不可。我必须试试看。"

我低下头，对上他的目光，他正站在驾驶舱边的机翼上。他出乎我意料地点点头。"我同意。"

"真的？"

"斯苹，你有时会很轻率，甚至是莽撞，但我已经和你一起飞行将近一年了，我相信你的直觉。"

"我的直觉总会让我惹上麻烦。"

他伸出手，按在我的侧脸上。"你给我们解决的麻烦比你惹上的数量要多得多，斯潘莎。见鬼，我不知道这样的行动是否正确，但我知道我们的同胞正深陷危机。我们口头上乐观，但指挥层清楚事实。我们必须设法让自己也用上超推进器，否则我们就死定了。"

我将手掌盖住他的手。我头脑里的信息逐渐黯淡。剩下的时间要按秒算了。

"你能办到吗？"他问我，"你的直觉是这么说的吗？"

"是的。"我轻声说，然后用上战士的力量，更坚定地重复道，"是的。我能办到，约尔延。我会给我们弄到一台超推进器，再带它回来。我保证。"

"那就去吧。我相信你。"

我突然意识到，这才是我需要的。不是他的许可，也不是他的赞同。我需要他的信任。

在那冲动的一刻，我从驾驶舱里探出身子，抓住他的飞行服，拉着他俯下身，以便亲吻他。我们多半还没做好准备，现在也多半不是时候，但我还是这么做了。因为……好吧，见鬼。他刚刚才鼓励过我，让我相信本能。

感觉如此美妙。他回吻着我的时候，一股仿佛电流的力量经由他涌入了我的身体，而我胸中的烈火又让它以更猛烈的势头流了回去。我尽可能长久地品味那个吻，然后抽身退开。

"我应该跟你一起去。"他说。

"很不幸，"M机器说，"我们只有一副便携式接收器。你立刻就会被识别为人类。"

约尔延"哼"了一声。"反正总得有人去和科布说明。"

"他会发火的……"我说。

"他会理解的。我们面对有限的时间和情报做出了最佳的选择。圣徒保佑，我觉得我们必须试试看。去吧。"

我盯着他的双眼看了片刻，然后转过头去，坐回驾驶舱里。

约尔延摸了摸自己的嘴唇，接着摇摇头，拿起头盔，跳下了 M 机器的机翼。他退向后方，而其他人始终盯着那艘外星飞船，对刚才的煽情时刻浑然不觉。

"我对刚才发生在你们之间的事表示困惑。"M 机器说，"我记得你向我强调过好几次，你对约尔延没有恋爱方面的倾向。"

"我说了谎。"我说着，努力把握住那个外星人嵌入我大脑的强烈感受。它就快消失了，但感觉仍旧像是指向天空的一只箭头。就在它眼看要彻底消失的时候，我猛拽了一下。

"赛托超推进器可用，"M 机器说，"居然……"

我们凭空消失了。

PART TWO

第二部分

9

我只在"无处"停留了一瞬间，但在那个地方，时间似乎没有意义。我独自飘浮在那里，没有战机。无尽的黑暗包围了我，像极了星辰却怀着恶意的光点遍布其中。它们能看见我飘浮在那儿，全无遮掩。我感觉自己就像被一根细绳吊着的老鼠，突然被放进了满是饿狼的笼子。

那些眼睛盯着我，愤怒也在增长。我擅自闯入了它们的领地。我是一条无足轻重的虫子……但我的存在仍旧会为它们带来痛苦。我的世界和它们的世界并不相通。它们的光芒朝我涌来。它们会将我的灵魂撕成碎片，只留下残破的——

我重新出现在 M 机器的驾驶舱里。

"——成功了！"M 机器说完了那句话。

"呀！"我慌乱地大喊，抓住座椅的侧面，"你看到那些东西了吗？"

"看到什么？"M 机器说，"我的精密计时器显示没有时间流逝。你启用了赛托超推进器……或者不如说，我认为你就是赛托超推进器。"

我将手按上胸口，紧贴厚实的飞行服，后者在改变颜色以后显得非常古怪。我的心脏狂跳，头晕目眩。那个地方……"无处"，感觉就像游过昏暗无光的洞穴深湖，从始至终都知道某种东西藏在湖底，看着我，抓向我……

是它们，我心想，毁灭了岩屑星居民的那种东西，我们在录像里看到的那种东西。探究者是真实存在的，它们和那些眼睛是同一种东西。

我做了次深呼吸，努力让自己恢复镇定。至少超跳跃成功了。我再次使用力量，借助了阿拉妮克放在我脑海里的坐标。

没错，是时候成为英雄了。我能办到的。

"斯潘莎！"M 机器说，"我们收到了联络！"

"谁的？"我问。

"谁的！"末日虫在我旁边说。

"你把我们带到了至尊同盟的一座有相当规模的太空站附近。"M机器说，"看你的五点方向。那里的无线电通信不算嘈杂，但清晰可辨。"

我将手安慰地放在末日虫身上，后者发出恼火的笛音，或许是察觉到了我的不安。我在M机器指示的方向寻找，发现了早先扫视这片星空时遗漏的东西。

"'星景'，"我说，"那个外星人阿拉妮克是这么称呼它的。"我慌忙戴上头盔，扣上带扣。"他们在联络我们？他们说了什么？"

"太空站的某人要求我们说明身份。"M机器说，"他们说的是狄俄涅[1]语，至尊同盟的一种标准语言。"

"你能模仿阿拉妮克的应答信号吗？"

"正在这么做呢。"

"很好。那就拖延他们一小会儿，让我好好思考。"

M机器的外表显然还和那艘外星船一样，而从我淡紫色的双手来判断，我身上的全息影像也同样运作正常。如果这次任务失败，原因也不会是技术方面的局限，而是间谍自身的局限。

"有件事要先做。"我说，"我们得查看退路，确认事态恶化的时候能否回去。再给我一两分钟。"

我吸气然后呼气，努力平定心神，做起了奶奶教过我的想象练习。这是她从她母亲那里学来的，而在我们坠落于岩屑星之前，她母亲用超跳跃的方式传送了我们的旧太空舰队。

为了执行这次任务，我跳跃到了这儿，但我想知道：我能在需要的时候跳跃回去吗？多亏了阿拉妮克对我大脑的碰触，如果我的力量能够实现同样的扩张，一切都会轻松很多。

我想象自己飘浮于太空……群星在周围飞掠而过……是的，在刚刚超跳跃过的现在，这个举动给我熟悉的感觉。"无处"离得很近，我刚刚去过那儿。我可以回去。

1　狄俄涅（Dione）：希腊神话中的女神，爱神之母，也是土卫四的名字。

那些东西也会再次看到我。

别想这些，我严厉地告诫自己，把心思放回想象练习上。我在飞翔，穿过群星，飞向远处……

去哪儿？这是个问题。除了极短距离的跳跃以外，我需要知道自己需要前往的确切位置。我没法就这么根据阿拉妮克指示的方向原路返回，因为其中并不包括我在岩屑星上的出发点，只有作为终点的这座太空站。

"M 机器，"我说着，脱离了恍惚状态，"你能计算我们的方位吗？"

"正在运用天文数据计算。但我要提醒你，斯潘莎，我的拖延没能奏效。他们派出飞船来调查了。"

"你做了什么？"

"发送二进制代码给他们。"

"什么？"我说，"你打算用这种法子拖延时间？"

"我又不知道！我心想，有机物喜欢蠢东西，而这东西相当蠢。现在想来，也许这还不够蠢？总之，他们一分钟之内就会看到我们了。"

关键时刻到了。我深吸一口气。我是个战士，从小接受祖母的训练，懂得勇敢面对自己英雄式的命运。你能办到的，我告诉自己，这只是另一种战斗而已。就像花木兰或者卡里斯都斯的埃皮波勒[1]那样，假扮成另一个人上战场。

这些故事我听奶奶讲过十几遍。问题在于，那两位女子的伪装最终都暴露了。

我要做的只是避免暴露。我转过 M 机器的机首时，两艘飞船从远处的太空站那边飞来。方方正正，漆成白色，和我在岩屑星附近的太空站见过的克雷尔太空船颇为相似。

那两艘飞船和我对齐，然后转到同样的轴线上，让我们能透过飞船前部的玻璃看到彼此。飞行员是两个深红色皮肤的外星人。他们没戴头盔，我能看到他们没有头发，有突起的眼脊和颧骨。他们基本上

1　希腊神话中的人物，曾假扮男子加入希腊军队，前去与特洛伊人作战。

像是人类，有两条胳膊和一颗脑袋，但又有太多外星特征，让我无法分辨他们的性别。

M机器接通了他们的通信，外星语言随即充斥于我的驾驶舱。我掏出阿拉妮克的翻译装置，按下开关，那些话翻译成了她的语言，而这对我没有任何帮助。

"M机器，"我压低声音说，"你说过你会调好的。"

"哎哟，"它说，"正在侵入别针的语言界面……哈！我启动了英语设置。"

"身份不明的飞船，"外星人之一说，"你需要协助吗？请表明身份。"

我抓住了机会。没有别的选择了。"我是乌戴尔的阿拉妮克，我的身份是飞行员和信使，来自……"

"再度黎明星。"M机器轻声说。

"来自再度黎明星。我是来当你们的飞行员的——呃，参加你们的太空部队。这是你们的要求，对吧？"我皱起眉头，这番说辞可不太能让人信服，"抱歉之前发了那段奇怪的通信。我的电脑有时候很让人头疼。"

"哈哈，"M机器对我说，"你是在讽刺。我听得出来，因为这话并不好笑。"

那两艘巡逻飞船沉默了片刻，或许是切换到了私人通信线路，留下我悬停在太空里，满心担忧。我仔细打量他们方方正正的白色飞船，但奇怪的是，我在上面找不到任何武器。

"阿拉妮克特使，"外星人之一重新进入了通信线路，"平台停泊中心欢迎您。看起来他们正在等您，但他们也表示，您来得比说好的时间要晚。"

"唔，"我说，"家乡那边发生了一点小麻烦。不过我回头可能得暂时离开一小会儿，然后再回来。"

"随您喜欢。至于现在，您已经得到停泊许可了。1182号泊位，位于第七区。有位官员会在那儿和您碰面。祝您来访愉快。"

说完，他们便掉转方向，飞回了太空站那边。

我依旧绷紧身体。这肯定是个陷阱，他们肯定看穿了我随口编造的借口。我轻轻推动节流阀，跟在那两艘船后面，而他们毫无反应。

我让他们保持在视野右方。我可以将他们同时击落，毕竟他们飞得那么近，又那么无精打采。以七十圣徒的名义，他们是怎么忍受背对着我的？聪明的做法应该是让我飞在前方的安全距离，让他们可以在有利位置监视我。

我开始加速，但又让那两艘船保持在射程内，以防他们突然攻击。他们似乎根本没注意到。如果这真是陷阱，他们的演技也实在太好了点。

末日虫发出紧张的笛音。我有同感。

"M 机器，"我说，"你计算出我们现在的位置了吗？"

"的确，"它说，"我们离岩屑星不太远，只有大约四十光年。这座太空站是重要的贸易中间站，你正确地称之为'星景'。至尊同盟的星区政府就坐落于此。"

"给我前往岩屑星的坐标——方向，还有距离。"

"简单，"M 机器说，"数据就显示在你的屏幕上。"

几串长长的数字出现在我的接近传感显示器上。我皱起眉头，探出自己不够成熟的赛托感应能力，试图确定位置。只是要探向……哪里？那些数字太庞大了，对我几乎毫无意义。当然，它们告诉了我岩屑星的位置，但我还是不知道它究竟在哪儿，没法像阿拉妮克用赛托能力为我施加"星景"方位的印象时那样感受到它。

"这样不行，"我说，"在进一步了解我的力量之前，我是没法带我们离开这儿的。"

"从理论上来说，"M 机器说，"我们得带上偷来的至尊同盟超推进器一起离开，对吧？"

"计划是这样。如果清楚逃脱路线，我会安心很多。你走远路飞回岩屑星要花多久？"

"你说'远路'的意思是用亚光速飞行？"M 机器说，"恐怕要花上四百年左右，具体取决于我们在耗费一半动力之前能接近光速到什么程度，然后再计算减速的影响。当然了，时间膨胀会让我们觉得没过多少时间，但以这个速度只有大约四年的区别，所以等我们抵达的时候，你早就死得透透的了。"

真棒。这法子行不通，但我和约尔延都清楚，我可能会被困在这儿。这是我的使命，它有别于我之前做过的一切，但这件事只有我才能办到。

我加速向前，继续接近太空站，后者比我估计的还要大。在太空里，规模和尺寸很难判断。这座太空站和环绕岩屑星的那些平台有些相似。一座悬浮着的城市，形状像个圆盘，建筑物从它的两面冒出。某种像是气泡的东西包裹着它，散发出蓝色的光。

我一直以为人们住在这种太空站的内部，但近看之下，我发现情况并非如此。人们生活在太空站的表面，在开阔的黑暗天空下四处走动。那只"气泡"肯定能留住空气和热量，让那儿适宜居住。果然，等我们靠近以后，两艘巡逻船直接穿过了那道浅蓝色的护盾。

我停在护盾外，最后一次尝试使用自己的赛托能力。我朝 M 机器指示的方向探出意识，然后感到脑海边缘有微弱的……颤动。那是正确的方向。我能感觉到那儿的某个人，也许是阿拉妮克？

这还不够。我没法把自己传送回去，所以是时候进入敌人的基地了。我振作精神，操纵飞船穿过了那道空气护盾。

10

这儿很美。

随着我的外星向导带着我靠近，我能看到太空站里洋溢着绿意。公园里种满了十来米高的树木。地上生长着大片的深绿色物质，根据 M 机器的辨识，那是某种便于人们行走的柔软苔藓。

在岩屑星上，生活是很简朴的。当然了，偶尔也能看到雕塑，但地表的建筑都朴实而简单，式样更像是地堡。而在地下，洞穴里最显眼的就是古代仪器和工厂发出的红光。人类在存亡边缘挣扎了太久，因此生存的需要必然会压倒表达的欲望。

与之相反，这地方宣示着自己的艺术性，仿佛在高举一面战旗。建筑物组成螺旋图案，又或者排成五颜六色的队伍。看起来每两个街区就会有一座公园。我能看到行走其间的人们或多或少带着慵懒的气氛，许多人都在公园里无所事事。飘浮在大气层里的飞船似乎也不慌不忙。在这里，人们放松身心，享受生活。

我立刻怀疑起这地方来。

阿拉妮克告诉过我，不要相信他们的和平。我不清楚能否信任她，但我也当然不需要提醒。至尊同盟把我的同胞在岩屑星上囚禁了八十年。我父亲，还有我的很多朋友都因为至尊同盟而死。这地方可以伪装出美妙而舒适的气氛，但我是不会放下防备的。

"这儿几乎没有无线电通话，"M机器说，"也没有哪怕一片无线网络。"

"他们害怕探究者，"我说着，发起抖来，"他们肯定和我们有同样的传统——限制无线通信，只在必要情况下使用。"

"的确。幸运的是，我通过查看经过的泊位编号，推断出了我们分配到的停泊位置。我会为你标记出来。"

我循着他的指示来到一片开阔的金属空地上，这里接近城市中心，布满了小型高台。等到停在对应平台上以后，我靠向椅背。就像首要平台那样，这地方拥有人造重力场。

"舱内压力与外部一致，"M机器说，"而且空气对你来说可以呼吸，只是氧气含量比你习惯的要高。初步扫描显示，没有危险的微生物存在。"

好吧。我打开了舱罩，有个鱿鱼脸的外星人走到我的飞船边。"阶梯、坡道、黏液滑梯，还是别的？"他对我高喊，而我的别针给出了翻译。

"唔……"我用手势示意他们等待，希望他们能理解，然后对M机器小声说，"等等，万一他们发现我说的是英语，而不是阿拉妮克的母语呢？"

"我不觉得他们懂得她的母语，"M机器答道，"事实上，如果她希望对面能听懂，多半还得说地球语言。她的记录表示她会说流利的汉语，你也知道她还会说一点英语。毕竟在上一次战争里，她的母星的确为人类势力充当了三十年的集结地。"

"这里的人能听懂英语吗？"

"他们佩戴的翻译别针应该能。阿拉妮克的记录表示，人类曾三度尝试征服银河系，这让许多文明了解了地球语言。所有翻译装置似乎都默认包含有英语、西班牙语、印地语和汉语。"

我点点头，准备招呼码头工人，但又迟疑了。"等等。你刚才说什么？我的祖先曾有三次想要征服银河系？"

"而且每次都几乎成功了，"M机器说，"至少阿拉妮克飞船上的记录是这么说的。至尊同盟的很多人似乎都声称'人类祸患'是银河系有史以来最大的威胁。"

哇。我很吃惊，但我内心的某个小小角落也有些……不安。得知祖先是我一直想象的英勇战士，的确让我备受鼓舞。但与此同时，我也以为我的同胞是受压迫的一方。遭受克雷尔人不正当也不公平的镇压，被可怕的外星势力剥夺了自由。

我们被迫战斗肯定是有理由的。此外，敌人在政治宣传里可以粉饰自己，这不能为他们在岩屑星上的所作所为正名。我眯起眼睛，决定不去相信他们的谎言。

"抱歉，"我说着，探出身子，对那个码头工人喊道，"刚才有个通信要处理。你问我要坡道还是阶梯？阶梯就好。"

那个鱿鱼脸生物摆了摆触手，有个像是灰色石头的魁梧生物推来了一架活动阶梯。我犹豫片刻，看向这座熙熙攘攘的外星城市。这地方感觉很暗，尽管那些建筑物顶部的大号聚光灯照亮了一切。天空还是漆黑的。在太空站里，我抬头的时候看不到那个气泡，只能看到无尽的太空，繁星也几乎被灯光掩去。

"让我瞧瞧。"那个鱿鱼脸生物说着，爬上阶梯，来到我旁边，"你有外交停泊特权，所以不用着急！我们会清洗你的飞船，并且……"

"不，"我说，"拜托。我很宝贝我的飞船，别让任何人碰它。"

外星人的翻译装置解读了我的话，他的鱿鱼触手随即以明显代表恼火的方式抽动起来。"你确定？"

"对，"我说着，想象着别人发现全息投影时的情景，"拜托。"

"噢，好吧。"那生物说着，在手持屏幕上敲打起来。这个生物有一双扭动着的长胳膊，其末端各有一对分叉的蓝色触手，而非人类的手掌。"如果你想找其他有许可的人驾驶这艘船，可以用这张取用票。我建议你别弄丢了。"那块平板弹出一枚小小的芯片，那个鱿鱼生物把它递给了我，然后顺着阶梯爬了下去。

我把芯片装进口袋，再次惊讶于 M 机器的全息投影机能之优秀。它用阿拉妮克的影像覆盖了我的飞行服，但口袋仍然在我预想中的位置。而且在和固体物件互动的时候——比如用包裹影像的手指触碰芯片——并不会扰乱幻象。

这件事以及外星人对我说出的英语毫无反应的事实助长了我的信心。接下来呢？我必须找到报名参军的方法，这是第一步。在那之后，我就能尝试更困难的部分，偷走一台超推进器。

但我该从哪里开始找呢？这地方太大了。在停泊区域外，城市的街道一直延伸到许多公里远处，两旁是高大的建筑物和熙来攘往的行人。飞船从头顶嗡嗡地飞过。这儿恐怕有好几百万甚至上千万的人。

*在上面拦截我的那些外星人说过，我心想，等我降落以后，会有人过来和我碰头。*这给我留出了一点时间，于是我坐回驾驶舱里，再次探出意识，努力寻找岩屑星，只是某种东西阻挡了我的感应力，某种……浓稠的东西，感觉就像在高重力环境里移动。嘿。就在我思考的时候，驾驶舱外有人高声发话，而我的别针做了翻译。

"阿拉妮克特使？"那个声音问。

我探出身子，发现有个外星人站在我的发射台上。那是个高大苗条的生物，有鲜艳的蓝色皮肤。他和我先前在巡逻飞船上看到的红皮肤外星人似乎属于类似物种，这一个也没有头发，又有同样的颧骨和眼脊。

这个生物身裹一件比肤色更浅也更柔和的蓝色长袍。就像其他外星人那样，这一个也有一副双性化的容貌。我没法根据他的外貌或嗓音判断出他是男是女，还是某种截然不同的性别。

"噢!"他对我说，"特使。您决定回应我们的要求，这真让我们高兴!我是库纳，他们指派我在您造访期间提供协助。您方便下来吗?我为您安排了在'星景'的住所，我可以为您带路。"

"当然!"我高声回答，"让我把头盔收好。"我缩回驾驶舱里。"好的，M机器。告诉我该做什么。"

"我怎么会知道?"它回答，"这是你的计划。"

"严格来说，这是罗奇的计划。不管怎么说，我都不是间谍，但你就是为了这种任务设计出来的，所以告诉我该怎么做、该有什么反应。"

"斯潘莎，你也见过我和有机物的互动了。你真觉得我比你更擅长模仿别的有机物?"

它言之有理。见鬼。"这会很棘手。下面那个外星人似乎对阿拉妮克和她的同胞有些了解。如果我说错话怎么办?"

"也许你可以装作那种安静的人，尽量少说话。"

"安静?"我问，"我?"

"对。假装那个阿拉妮克很缄默。"

"缄默。我?"

"你瞧，所以这才叫伪装。罗奇和我探讨了很久，所以我能接受人类有时会表现得不像自己。不管怎么说，或许在自愿接受敌后谍报任务之前，你就该好好考虑这一点的。"

"我们当时没什么思考的时间。"但这种话于事无补。我从武器柜里取出手枪，塞进飞行服裤子上的宽大口袋里。当我意识到这项使命需要我付出多大的努力时，要保持这种态度也就越来越难了。

我戴上与便携式接收器相配的微型无线耳机，让M机器能在远距离和我私下对话，而它用全息影像将耳机伪装成首饰的样子。我把末日虫放到驾驶舱后部的地板上，指着它。

"留下。"我说。

"留下？"它用笛音回答。

"我是认真的。"

"认真的？"

我相当肯定它听不懂我的话，毕竟它只是一只虫子。希望它这次能乖乖待在这儿。最后，我站起身，爬下战机，来到发射台上。

"抱歉耽搁了。"我对库纳说。

库纳的翻译器开始运作，吐出相应的字眼，而且就像码头工人那样，库纳要么没注意到我说的是英语，要么并不在乎。

"没关系，没关系，"库纳说着，把平板夹到胳膊下面，"能见到您太让我高兴了。您的同胞之所以收到邀请，正是因为我个人的请求。"

见鬼。我还指望这儿的人对阿拉妮克的同胞了解不多呢。我一直以为那是面向所有人的飞行员招募，而不是这种针对个别人的请求。

"你对我的同胞那么感兴趣吗？"我问。

"噢，是的。我们在准备一次非常特别的军事行动，需要数量庞大到惊人，而且训练有素的飞行员。我们断定这是个绝佳的方法，让至尊同盟能对某些长期处在管辖范围外的种族的技艺进行评判。我们可以回头再谈这些！来吧。让我带您去住处。"

库纳沿着发射台之间的一条小路前进，而我别无选择，只能跟上。我痛恨把飞船留在这儿，但M机器那只便携式接收器的通信范围有足足一百公里。另外，就算我离开这个范围，全息影像也能继续运作，所以我没有担心的必要。我匆忙跟在库纳身后，离开了着陆区域。别发呆，我告诉自己。别发呆，别发呆。

我呆住了。

我根本忍不住。建筑物高耸在走道两边，仿佛通向群星的跑道。各种形状、大小和肤色的外星人在我周围川流不息，全都身着我从未见过的衣物。而且看起来半点也不像是制服。

需要理解的东西太多了。在头顶高处，飞船向四面八方飞去，但在我们和它们之间，底部配有上升环的飘浮圆环充当着渡船，让人们迅速往来于城市的各个部分。这是个熙熙攘攘、繁华而放纵的地方。每两个街角就能看到一座花园，店铺里也在贩售各式服装。陌生食物的气味从小摊的方向飘来。

这里起码有一千个不同的种族，但其中两种远比其他那些要多见，第一种就是克雷尔人。看到头一个克雷尔人大步走过我旁边的时候，我不由得吓了一跳，不过他和我们在击落的载人战机里找到的尸体稍有分别。这些克雷尔人穿着的盔甲以水晶而非金属制成，看起来更像是褐色的砂岩。盔甲的形状没有分别，和我印象里地球上的骑士的图片有些相似。只不过，这些克雷尔人的头盔配有透明的面甲，露出内部的液体，以及在"头部"操纵的那种螃蟹似的小生物。

我一直觉得克雷尔人威严又危险。他们是沙场上的战士，穿盔戴甲，随时准备战斗。但在这儿，他们大都站在小摊里，向路人兜售货物，或是挥舞裹着铠甲、仿佛蟹钳的手臂来招揽顾客。我们经过的时候，我的翻译装置分辨出了不同店主的吆喝，并且为我做了翻译。

"来吧，朋友！欢迎！"

"你打扮得真漂亮，你的同伴也一样！"

"你听说过招募活动吗？如果你不想听，那也没关系！"

其中一个跌跌撞撞地靠近了我，而我本能地把手伸向口袋（以及藏在里面的武器），可那个生物却道歉了起码六次，同时匆忙后退。

"这真奇怪。"M机器在我耳边说，"我会把这些全都录下来，以便日后分析。"

"那些是……"

"别跟我说话！"M机器在我耳中告诫我，"库纳的翻译器会翻译过去的。我的隐匿系统能掩盖我们的通信，但你应该努力装作没在和任何人进行联络。我们回头会给你的手镯做些设置，让你能用挑战军的飞行代码向我输入指示。至于现在，我建议你保持安静。"

我闭上了嘴巴。库纳询问地看了我一眼，但我只是摇摇头，露出微笑，就这么和他继续前进。

见鬼，那可是克雷尔人。几个月前，我初次来到太空、和他们对峙的时候，他们很怕我。也许这和我的同胞几乎征服银河系有关，但这些家伙看起来都很胆小。他们真是那个把人类种族在岩屑星囚禁了八十年的强大势力吗？

这地方肯定是个装样子用的门面，我在心里断定，是用来改善至尊同盟形象的政治策略。这说得通。先建造一座很多种族都会拜访的大型枢纽，然后再装出无害又谦逊的样子。

在理解状况以后，我更加自信地审视周围的环境。在这里，另一个最常见的外星种族是我的向导库纳的同胞。他们穿着各式各样的衣物，从长袍到休闲裤和衬衫，看起来有三种不同的肤色：深红、蓝色，以及暗紫。

"很壮观，不是吗？"库纳问。

我点点头。至少这是事实。

"容我冒昧，"库纳续道，"您的人民答应派来飞行员是明智之举。如果您在预备项目中表现良好，我们就可以和您的人民达成更加正式的协议了。你派来一整支飞行员部队，而我们会给予乌戴尔人公民权。时隔多年，能看到我们之间的关系正常化，我感到很欣慰。"

"这协议不错。"我说着，谨慎地挑选词句，"你们能得到飞行员，而我们能加入至尊同盟。"

"当然了，"库纳说，"是作为二等公民。"

"当然。"我说。我的语气肯定透出了犹豫，因为库纳瞥了我一眼。

"您不清楚区别在哪里吗？"

"我相信那些政客会懂。"我说，"我只是个飞行员。"

"但您还是知道这次测试的风险会比较好。您瞧，您的人民是特别的。大多数已经加入至尊同盟的种族相对原始，智慧等级标识较低。他们往往野蛮、好战，而且科技落后。

"另一方面，乌戴尔人从数世纪前就开始进行星际飞行了。你们几乎达到了一等智慧，又拥有正常运作的世界政府。通常来说，你们在几个世代前就该受邀加入我们了，全都是因为那个重大不良记录。"

赛托能力者？我心想。

"因为人类。"我们往前走的时候，库纳说，"在一个世纪前的第三次人类战争期间，你们与'人类祸患'并肩作战过。"

"是他们强迫我们的。"我回答。

"我不打算否定你们对事实的描述。"库纳说，"这么说吧，至尊同盟内部的很多人认定你们太过好斗，不适合加入我们。"

"好斗？"我说着，皱起眉头，"可……你们来找我们，不是为了招募战机飞行员吗？"

"这是个微妙的平衡，"库纳说，"我们确实有些非常特别的项目需要飞行员参与，但我们不希望让过分好斗的成员败坏军队的风气。有人说，您的族人和人类走得太近，让他们的行事方式渗透进了你们的社会。"

"那……你怎么认为？"我问。

"我是种族融合部的一员。"库纳答道，"个人来说，我相信许多天差地别的种族都能在至尊同盟找到归宿。如果您能证明自己的价值，就会成为我们的优势。"

"听起来很棒。"我干巴巴地回答，然后为自己的语气皱起眉头。也许我应该尽量什么都不说。

库纳定睛看着我，但等他开口时，嗓音却很平静。

"您当然也明白您的同胞能得到的好处。你们可以使用类似这座太空站的银河枢纽，也有权购买我们贸易飞船的乘客席位与载货空间。你们不会再受困于自己小小的行星系统，而是能够体验浩瀚的银河系。"

"我们已经可以了，"我说，"我就是自己过来的。"

库纳停下脚步，而我开始担心自己说错了话。库纳笑了，摆出一副明显令人不安的表情，露出满口牙齿，仿佛食肉动物。"噢，"他说，"这是我们需要讨论的另一件事。"

库纳转过身，朝路边的一座窄小建筑物摆了摆手。它挤在两座大型建筑之间，只有三层楼高。和这座平台上的所有建筑一样，它看起来是用金属制造的，但在涂料的掩盖下，又看起来就像是砖砌的。

"这儿是我们为您准备的住宿场所。"库纳说，"以一个人来说，这儿有点太大了，但我们希望等您证明了自己以后，可以让一整支中队甚至更多的飞行员住在这儿。我们认为这对起步时期的您来说正合适。如您所见，楼顶有个私人泊位，您愿意的话，可以把飞船停在这儿。这儿位置便利，靠近主码头区域，不远处就有好几座公园和市场。"

库纳爬上通往楼内的那一小段阶梯。

"我不喜欢这样。"M机器在我耳边说，"斯潘莎？就算你在伏击中送命，我也不会特别吃惊。"

我犹豫起来。这会是陷阱吗？为了什么？在我靠近这儿的时候，他们完全可以直接击落我——至少是尝试击落我。

"我在练习说谎。"M机器评论道，"我不会吃惊，因为我预想到了。但我会很失望。噢，我会模拟失望。"

我走上阶梯。库纳似乎觉得我真的是阿拉妮克，感觉不像是陷阱。

我们一起走进那栋楼里。我早就习惯了比房间里的所有人都矮这回事，但库纳苗条到人类无法企及的程度，他轻盈的体格让我觉得自己不仅矮小，而且又胖又笨拙。这栋建筑有高高的天花板和大门，就连接待柜台对我来说都有点太高了。它看起来是为更高大的种族建造的，尽管阿拉妮克的身高和我相近。

库纳领着我走进楼房前部的一个小房间，嵌入式吊灯和一扇对着街道的窗户提供光照。房间看起来很舒适，配备了豪华的椅子和一张会议室风格的桌子。墙壁的涂料让它看起来像是木头，但我用指甲轻轻一敲，发现它其实是金属。

库纳以优雅的动作坐了下来，将那块平板放到桌上，再次朝我露出那种猛禽般的笑容。我在门口犹豫不前，不想就这么坐下来，背对着出口。

"你是我们所说的'赛托能力者'，阿拉妮克，"库纳对我说，"你的同胞没有真正的超光速航行技术或是超推进器，所以你们必须依赖拥有赛托能力的人。而且因为这种人数量稀少，你们基本上还是受困于银河系的那个偏远区域。"

库纳对上我的目光，我敢发誓，我在那双眼睛里看到了算计的光芒。

我更紧张了。他们似乎比我希望的更了解阿拉妮克。"你能告诉我什么?"我问,"关于我是什么,关于我能办到什么。"

库纳靠回椅背,十指交扣,嘴唇抿成一条看不出情绪的线。"你所做的事很危险,阿拉妮克特使。在你启用超空间跳跃的刹那之间前往的那个负领域里,你肯定感觉到了探究者的关注吧?"

我点点头。"我叫它'无处'。"

"我本人没有这方面的经验,"库纳漫不经心地说,"那探究者呢?您感觉到它们了吗?"

"我看到了盯着我的眼睛,住在那个地方的某种东西的眼睛。"

"那就是它们,"库纳说,"几个世纪以前,我的同胞亲身体会到了探究者的危险。十三个这种……生物进入了我们的领域。它们蹂躏和摧毁了一颗又一颗行星。

"最后,我们发现是我们的赛托能力者引来了它们。在到来以后,探究者就能听到我们的通信。不仅仅是运用赛托能力的通信,它们甚至能听到无线电波。我们进行了痛苦的转型,不再使用赛托能力,甚至是正常通信。我们让自己的星球和舰队陷入了沉寂。

"谢天谢地,探究者们离开了。这个过程花费了数十年,但它们一个接一个地退回了自己的领域。银河系悄然钻出了自己的'外壳',只是对事物有了新的理解,又立下了新的规矩。"

"禁止赛托能力,"我低声说,"谨慎使用无线网络,甚至是无线电。"

"对,"库纳说,"而且要避免使用人工智能,它会触怒探究者。大部分正常通信无法把那些生物带来我们的领域,但只要它们到来,就能听到我们交谈,而这些交谈会吸引它们享用盛宴。即使是几个世纪以后的现在,我们还是维持这些禁令。尽管我们的领域现在没有探究者,不过还是安全为上。"

我吞了口唾沫。"我……很吃惊,因为你们竟然允许赛托能力者活下去。"

库纳把手抬到喉咙口,露出我认为是震惊的表情。"你觉得我们会怎么做？"

"攻击任何有赛托能力的人。"

"野蛮！这种行为不是达到了一等智慧的人该做的。不，我们不会灭绝种族。就连'人类祸患'也只是受到严格的封闭和隔离，而非摧毁！"

我知道，这至少一部分是谎言。他们最近才尝试过毁灭我们。

"这样的暴力手段并不必要。"库纳说，"偶尔有那么几个您这样的赛托能力者，并不会带来危险，尤其是您这样缺乏训练的人。我们早期的赛托能力者耗费了几个世代，才将技巧打磨到能引来探究者的地步。所以您是威胁，没错，但算不上迫在眉睫的那种。

"至于现在，我们认为最好尝试说服您这样的人遵守我们的规矩，而非冒险……让我们全部陷入危机。您瞧，我们至尊同盟开发出了星际旅行的更好方法，不会引来探究者的超推进器。"

"我知道那种东西。"我说。而且我打算偷走一台。

"等所有种族都用上至尊同盟的超推进器飞船以后，整个银河系都会安全很多。这就是我们的提议蕴含的意义：如果你们能提供飞行员，我们就会给你们公民权以及乘坐我们的安全超光速飞船的权利。你们无法得到技术本身，这方面我们必须保密。但你们的商人、游客和官员可以使用我们的飞船，就像至尊同盟的其他成员那样。

"在银河系里，只有我们能够使用这种技术，您在黑市上也找不到待售的超光速推进器，因为这种商品并不存在。没有哪个种族从我们这里成功偷走过哪怕一台超推进器。因此，想要在星际间安全旅行，唯一的办法就是赢得我们的青睐。向我证明你们的飞行员就像报告中那样技艺娴熟，作为回报，我会为你们打开银河系的大门。"

我不相信这种政治宣传是实话。库纳当然会说这种科技是不可能失窃的。不幸的是，他们也提到有人尝试过。

我必须设法做到别人没能做到的事，多半还得在至尊同盟的监视之下。"可你们为什么需要飞行员？"我说着，试图打探出更多的情报，"至尊同盟的人口很庞大，你们当然也有很多自己的飞行员。"

是像约尔延说的那样，为了和我的同胞战斗，对吧？在我的同胞开始突破岩屑星的现在，至尊同盟也开始为某种特殊任务招募飞行员，这不可能是什么巧合。

库纳静坐片刻，对上我的目光。"这件事非常敏感，阿拉妮克特使。请您务必保密。"

"当然。没问题。"

"我们有……理由相信，探究者正在注视我们，"库纳轻声道，"而且它们也许很快就会归来。"

我倒吸一口凉气。我清楚地记得在记录里看到的那些岩屑星原居民的遭遇。库纳的话语本该令人震惊，但我感到的却只有麻木，就像预料某首歌曲即将奏响最后的音符。

"这不是赛托能力者的错，"库纳续道，"这次不是。恐怕探究者只是决定把注意力转回我们的领域而已。"

"我们该怎么做？"我问他。

"我们不会再次退缩，也不会就这么等待探究者离开。我们在开发一种在必要时与它们对抗的秘密武器。不幸的是，为了将这种武器投入使用，我们需要老练的战机飞行员。与您的设想相反，我们的军队规模很小。这是我们的和平本质带来的一种……副作用。至尊同盟的统治不是通过武力，而是通过技术启蒙。"

"也就是说，"我说，"你们不会和不喜欢的种族战斗，只会丢下没有超光速技术的他们不管。你们不需要军队，因为你们能控制星际旅行。"

库纳再次交扣手指，但没有答话。这在我看来无异于肯定，突然间，很多事都说得通了。为什么至尊同盟不派出大量战机来摧毁我的同胞？为什么我在战斗时遇到的载人飞船和王牌飞行员这么少？为什么每次只有一百架无人机？至尊同盟只是没有那么多战机驾驶员而已。

我曾经认定只有拥有大军才能统治帝国，而他们找到了另一种方法。如果能彻底控制超推进器的使用权，就不需要和敌人战斗。以亚光速在行星间旅行可能会花上好几百年，如果他们过不来，也就没法攻击了。

库纳探出身子。"阿拉妮克，我在这儿政府的地位算不上无足轻重，而且我个人对您的族人很感兴趣。我认为探究者是个严重的威胁。如果乌戴尔人能提供我需要的飞行员，我可以为您的同胞们打通必要的关系，或许可以铺平道路，让他们有机会成为一等公民。"

"好吧，"我说，"我们首先该做什么？"

"虽然我是计划与探究者对抗的团队之一，但我并不负责行动本身。管理行动的是保护服务部，他们的主要任务是解决至尊同盟的外部威胁。比方说，他们负责控制'人类祸患'。"

"你是说……人类？"

"是的。我向您保证，你们从前的……敌人对你们已经不再产生威胁了。保护服务部在他们那些监狱的上方布置了观察平台，并且小心提防，不让任何人类逃脱。"

那些监狱。

那些……监狱。

我们不是仅存的人类。我勉强忍住了欢呼，部分原因是我随后意识到的事实影响了我的心情。库纳提到的这个保护服务部……肯定就是我们叫作"克雷尔人"的那群人。所以我要直接在克雷尔人的手下工作？

"您需要通过他们的测试，才能当上飞行员。"库纳说，"他们允许我安排几个特意挑选的人去参加选拔。您瞧，我们的部门之间存在分歧，关于应对探究者的最佳手段，我们各自有不同的……理论。我认为你们的种族非常适合这份职责。与人类打交道的那段不幸岁月为你们留下了军事传统，但与此同时，你们又非常热爱和平，值得信任。

"我希望您能证明我是正确的。参加明天的项目选拔，然后在接下来的训练里为了我拿出成绩。如果您成功，我就会确保您的同胞能够顺利获取公民权。"

库纳又笑了起来，他扭曲嘴唇的危险模样让我瑟瑟发抖。我突然觉得这次任务远远超出了我的能力。我原本以为库纳只是某个受命来负责阿拉妮克的小官员，但完全不是这么回事。库纳想把阿拉妮克当成我无法理解的某种政治博弈里的棋子。我意识到自己在流汗，随后又开始好奇全息影像会如何呈现汗水顺着脸颊流下的模样，如果它真能办到的话。我舔了舔嘴唇，库纳审视的目光让我口干舌燥。

别为他们的政治手段紧张，我告诉自己，你只有一项使命：偷走一台超推进器。尽你所能去赢得他们的信任，以便取得接近它的机会。

"我……我会尽力的。"我说。

"好极了。我们明天在测试时见。坐标和说明都在这块数据板里，我会把它留在这儿。但要注意，因为我们的赛托护盾，你的赛托能力在'星景'会受到抑制，除非飞到特定距离外，否则你是无法以超跳跃离开的。"库纳站起身，把那块平板留在桌上，"我把探究者项目的详情也归纳在了这块数据板里，不过关于武器本身的细节需要保密。如果你在明天之前想找我，就发一条信息到……"

库纳的声音小了下去，他转过头，朝窗户亮出牙齿，不知为何一脸凶恶。

"好吧，"他说，"这下麻烦了。"

"什么？"我问，然后听到了警笛声。几秒钟过后，一艘闪烁灯光的飞船便从天而降，落在我们这栋楼的前方。

"这事让我来处理。"库纳说着，打开门走了出去。

我在门口犹豫又困惑，然后看到了爬出飞船的那个人。

那是个人类女性。

11

一个人类。她很年轻，或许二十出头，穿着蓝红相间的陌生制服。有个克雷尔人跟着她爬出飞船，看起来就像是身披铠甲的骑士，但那副"铠甲"外壳却是深绿色的晶体。

"发生了什么？"M机器问，"那些警笛声是什么？"

我没理它，快步走出门去，手伸进飞行服的口袋，握住我藏在那儿的毁灭手枪。一个人类。

见鬼。我停在阶梯上，而库纳在我前方走出大楼，脚步流畅而冷静。人类和克雷尔人朝我们走来，我强迫自己放松身体。

"哎呀，"克雷尔人说着，热切地做了几个手势，声音从铠甲的前方传了出来，"种族融合部的库纳！没想到会在这儿遇见你，哎呀呀。"

"我特意在报告里加了注解，温契克，"库纳说，"其中提及了这位飞行员。她来自我邀请来参与项目选拔的种族之一。"

"哎呀呀，这位就是我们的特使？我都不知道你会来。你肯定觉得我们特别缺乏组织性吧！我们各部门平时的沟通要好很多！"

我从库纳身后走了出来。我不需要任何人的庇护，更何况对方还是我并不信任的外星人。但话说回来……那是个克雷尔人，正在直接和我说话。

从逻辑上来说，我明白"克雷尔"是"地球人监狱维护与封锁"的外星语首字母缩写，指的是监视我的同胞的警察机关。这种生物的种族名称是瓦尔瓦克斯人。我明白这些，但还是忍不住会把这些晶体铠甲里的小螃蟹和"克雷尔"这个词联系在一起。

那个人类留在后方，也立刻引来了周围其他人的注意。尽管来这里的路上没人多看我一眼，各式各样的外星种族却聚集在周围，目瞪口呆地看着她，用触手、触须或是手臂朝她指指点点。

"人类。"我说。

"别担心！"温契克说，"这个人类有充分授权。抱歉我必须带她来，不过你瞧，这件事非常重要……我没打算逼迫你，也没有挑衅的意思……但这件事确实重要到了需要讨论的程度。"

"你没必要这样的，温契克，"库纳说，"情况完全在掌控之下。"

"但安保不是你的职责，库纳！是我的！来吧，布蕾德。我们别再在街上引人注目了。拜托，进去说。好吗？"就像先前那样，那个克雷尔人挥舞手臂来示意。它的声音在翻译过后带着女性口吻，但我不确定自己该如何理解。

"我可以代表特使和你谈。"库纳说。

"我必须这么做。"那个克雷尔人说，"非常、非常抱歉！但你瞧，这是规定！我们到屋里去吧。"

见鬼。我在街上遇见过表现得特别殷勤的克雷尔人，但和这位相比，他们简直就像拙劣的江湖骗子。这位的举止谈吐格外花哨，带着虚假的亲切气氛，却是我能够想象的最无礼的生物。

我半点也不信任库纳。我知道他试图操控我。但这个生物……让我起鸡皮疙瘩。

但我还是退回了楼里。库纳站在门边，无动于衷地看着温契克走进门。人类女子终于跟了过来。她比我高上几厘米，肌肉发达，迈出的每一步都带着力道。她的脸很瘦，表情带着不太符合年龄的严厉，而且留着平头。

"布蕾德，测试她。"温契克说。

我感到了一股针对我意识的压力。我倒吸一口凉气，瞪大双眼，不知怎么推开了它。

"赛托能力者。"那个叫布蕾德的女人用至尊同盟的语言说，"很强。"

"报告里都提到了，"库纳开口道，"她的族人会使用原始的赛托能力进行星际旅行，但他们的研究不够先进，不会构成威胁。"

"她还是没有得到许可，"温契克说，"你的部门不该忽视这个事实。"

"她——"

"她就在这儿。"我插嘴道，为这一切恼火不已，"你们想说什么，大可以直接跟我说。"

库纳和温契克看向我，脸上都挂着我会解读为惊讶的表情，而库纳后退了一步，温契克做了个代表震惊的手势。那个叫布蕾德的人类却只是露出了狡猾的笑容。

"哎呀呀，真好斗。"温契克说着，轻轻拍了拍手，"特使，你知道自己对我们构成的威胁吗？还有对你同胞构成的威胁？你知道自己所做的事会引发巨大的毁灭吗？"

"我……有点头绪。"我谨慎地说，"库纳说你们希望我们加入至尊同盟，这样我们就能开始使用超推进器，而不是依靠赛托能力。"

"是的，是的，是的，"温契克手舞足蹈地说，"你们对整个银河系都是威胁。我们可以帮忙。前提是你们这些人得同意加入至尊同盟。"

"如果我们不同意呢？"我说，"你们会攻击我们吗？"

"攻击？"温契克摆了摆手，"我还以为你们接近一等智慧了。如此有攻击性！哎呀呀，如果你们拒绝加入，我们也许会采取措施隔离你们的种族。我们的赛托能力抑制装置能阻止你们离开母星，但我们不会攻击你们。"

温契克的手在胸前做了个我不熟悉的姿势，但仍旧传达出了其中的含意：这概念本身就令他们无比惊恐。所以说他们和库纳一样，外表上坚持和平。我清楚事实。

"温契克是保护服务部的首脑，"库纳解释说，"他在隔离危险种族方面有非常丰富的经验。"

他是……囚禁我同胞的那群人的首脑。在这怪异而超现实的一刻，我意识到自己在和克雷尔军队的将军说话。温契克在我看来不像是战士，但我不会被他的举止欺骗。

归根结底，这个人要为我们遭受的灾难负责，也为我父亲的死负责。但为什么如此重要的人物会跑到这儿，只是为了处理阿拉妮克所谓的"违反规定"这样的小事？

我的目光从库纳转向温契克，思索这一切是否只是为了我而精心上演的一出戏。库纳首先出现，态度友善，向我提出交易。温契克伴随着警笛声和威胁到来，又做了同样的事。他们真的很想掌控赛托能力，这也难怪，能够超跳跃的人会对至尊同盟的旅行垄断构成威胁。我的力量真的很危险，还是说一切都是骗局？

我想起了探究者摧毁岩屑星人类的可怕画面。不，那种危险并不是骗局，但至尊联盟肯定是利用了这方面的恐惧来确保自己对银河系的掌控。

那个叫布蕾德的人类女子正在看着我。另外两人用手势和噪声表示他们并不好斗的时候，她却一派轻松地站在那儿。她在这儿的身份显而易见：她就是那件武器。如果我不服管束……她就会阻止我。

　　"我需要你保证，"温契克说着，从身侧的包里抽出一块数据板，库纳用了男性代词来称呼他，"不，是发誓！哎呀呀，这种强制性是必要的。你不会在'星景'附近尝试超跳跃。你必须遵循关于赛托能力的规章，禁止用心灵攻击这里居民的头脑，就算只是稍微触碰也不行。禁止尝试绕过本区域内妨碍赛托跳跃的护盾。心灵利刃更是严格禁止，不过我怀疑你在这方面的练习已经够充分了。"

　　"如果我不同意呢？"我说。

　　"你会被驱逐出去，"布蕾德说，"立刻。"她眯起眼睛看着我。

　　"布蕾德，"温契克说，"没必要这么强硬！特使，你肯定能明白我们在这方面如此谨慎的必要性。只要你向我们保证，我们就不会再多说什么！毕竟已经有库纳为你担保了。"

　　"好吧，"我说，"我会遵守你们的规则。"然而顺利的话，我要不了多久就能带着偷来的超推进器返回岩屑星了。

　　"瞧见没，库纳？"温契克说着，在数据板上做了个标记，"你只需要带上相应的官员就好！现在什么问题都没了，哎呀呀。"

　　温契克转身离开，他的人类护卫跟随在后。我皱着眉头目送他们离开，这次古怪的交流让我困惑不已。

　　"我很抱歉，"库纳说，"尤其是那个人类的事。保护服务部似乎觉得有必要给予你明确的信息。"库纳犹豫了片刻，又说："虽然这样也许是最好的。面对这么多陌生又新鲜的事物，能有盟友的支持对你来说也是好事，不是吗？"

　　库纳又笑了起来，让我的背脊一阵发凉。

　　"总之，"库纳说，"我授予了你申请权，让你可以申领这里必要的物资。就把它当成某种大使馆吧。等我们共同打造出全新的未来以后，这儿就是你的同胞在'星景'上的庇护所。如果你想和我沟通，只要发送信息到种族融合部就好，我会确保迅速做出回复。"

说完，他向我道了别，然后走上街道，而先前那些围观者早已回到了熙来攘往的人流中。

我精疲力竭地坐在那栋楼前的台阶上，看着路过的行人。他们的数量仿佛无穷无尽，种类也数不胜数。

"M 机器？"我问。

"在。"它在我的耳边说。

"你能理解刚才那些事吗？"

"我觉得我们不小心卷入了权力争斗，"M 机器说，"而且他们想把你作为棋子来利用。那个温契克是个重要官员，库纳也一样。他们两人之一亲自接待看似无足轻重的种族，都是很不寻常的事。"

"是啊。"我说着，我的视线离开人群抬起来，看向黑色的天空。岩屑星就在那里的某处，横亘于至尊同盟战舰的视野之中。

"过来接我吧，"M 机器建议道，"远离公共发射台会让我安心一点。这栋楼里应该有某种线路或者连接点，让我可以接入太空站的公共数据网络。我们可以从那里开始寻找情报。"

12

"我的扫描结束了，"M 机器说，"我关闭了这栋楼里所有监视装置，而且我相当确定自己全找出来了。"

"有多少个？"问出这句话的时候，我正在大使馆的顶楼四处转悠，打开房间里的灯，打量橱柜内部。

"每个房间有两个，"M 机器说，"其中明显的那一个和网络相连。如果你拿找到的东西抱怨，他们多半会装出惊讶的样子，声称那只是大使馆自动化系统的一部分。每个房间还有第二个监视装置，和一条独立线路相连，而且谨慎地藏在电源输出口附近。"

"如果我们把那些装置全都关闭，他们会起疑心的。"

"他们也许会为我们能找到它们而吃惊，但以我的经验——也就是那些千疮百孔、模糊不清的记忆——我们应该礼貌地忽视他们的所作所为，而他们会礼貌地忽视被我们打乱的如意算盘。"

我"哼"了一声，走进明显是厨房的地方。许多抽屉和物件都贴着标签。我发现只要把翻译别针放到某个标签旁边，它就会为我显示那些词语的意思。有个龙头标着"水"，另一个标着"氨"，第三个则是"盐水"。看起来这地方是为了供不同种族居住而建造的。

M 机器对于大使馆屋顶的私人发射台的推测是正确的。降落在那儿以后，我为它接入数据网络，开始从上到下检查这栋大楼。我把末日虫暂时留在了驾驶舱里。

"我正在宽泛地浏览数据网络，"M 机器续道，"希望这能掩盖我们搜寻的信息，以防他们监控我们的查询内容。数量相当惊人。至尊同盟似乎在信息方面非常开放，但也存在巨大的缺口。这里没有任何关于赛托能力的信息，政府还警告说会关闭任何有关超推进器技术的讨论。"

"这就是他们掌控帝国的手段，"我说，"决定谁能到哪儿去，谁又能做生意。我怀疑一旦哪个种族失宠，航行的税金就会猛增，或者访问他们星球的运输飞船大为减少。"

"你相当清楚这方面的经济手法。"M 机器评论道。

我耸耸肩。"这和洞穴过去对我和母亲做过的事没多少区别。他们禁止我们从事真正的工作，阻止我们融入正常社会。"

"有意思。好吧，你似乎猜对了他们维持权力的方法。我还发现了一段趣闻，具体和他们的科技水平——尤其是全息影像技术有关。至尊同盟似乎和你在那片地区的同胞半斤八两，而且根据我能找到的信息，完全看不出他们拥有能和我匹敌的隐匿与全息影像技术。"

"所以……"我说，"没有我的手镯那样的小型全息投影器？"

"没有。根据我的判断，他们甚至想不到去提防这种事。据他们所知，那种技术根本不存在。"

"嘿，那你又是从哪里弄来的？"

"我也不知道，但他们痛恨人工智能，所以也许……也许我被创造出来，就是为了隐藏这种技术。对象不仅仅是至尊同盟，而是所有人。"

我觉得这事很古怪，甚至让人有些不安。我本以为一旦我们逃离岩屑星，就会发现所有人都拥有 M 机器这样的飞船。

"总之，"它继续道，"你想听听我找到的至尊同盟信息的概要吗？"

"好吧。"我说。

"领导政府的是五个主要种族，"它说，"其中三个你多半不会遇到，他们只有极少数住在'星景'，所以我们暂时把坎布里人、泰纳西人和赫克洛人放到一边。和你们关系最密切的是瓦尔瓦克斯人，也就是你们坚持称作'克雷尔人'的种族，他们是拥有外骨骼的甲壳纲生物。另一个种族是狄俄涅人，也就是库纳所属的种族。"

"有些是深红色，另一些是蓝色，"我说，"是不是就像不同肤色的人类？"

"这么说不太确切，"M 机器说，"这有点类似于性别差异。"

"蓝色是男的，红色是女的？"

"不，他们的生态和你们差别很大。他们在初次生育前没有性别之分，而在生育时，他们会和另一名个体组成某种'茧'。说来真的很奇妙，作为生育过程的一部分，他们会短暂地融合，变成独立的第三名个体。无论如何，在生育过后，他们就会变成红色或蓝色，取决于具体状况。如果他们出于某种理由不想被人视为这方面的对象，也可以自行发生另一种改变，而深紫色皮肤代表尚未配对，又或者结束了早先的关系，正在寻找新配偶。"

"听起来真方便，"我说，"比我们的做法少了那么点尴尬。"

"我相信，作为有机生命，他们实际的做法比我刚才的解释要复杂很多。"M 机器说，"你们似乎总能找到让关系更加尴尬和棘手的法子。"

我想到了约尔延，他肯定也在为我担心，哪怕是他亲口劝我来的。金玛琳呢？科布呢？妈妈和奶奶呢？

把心思放在任务上，我心想，偷走一台超推进器，带着救赎之道飞回家乡，面对盟友的赞美与敌人的悲泣。

在独自来到这里、感到力不从心的现在，要去思考那种故作姿态的发言也困难了很多。我突然觉得孤立无援、不知所措，仿佛在探索洞穴时误入歧途，又失去了照明手段，就像个不知道自己在哪儿，也不知道该怎么回家，因此满心惊恐的小女孩。

为了转移自己的注意力，我在大使馆里继续寻找起来。在猜疑心的驱使下，我检查了每一间房间，以防万一。我看到的下一间房间是个盥洗室，这里有各式各样的管道和吸水装置，以适应不同的身体构造。这一幕令人钦佩，同时又让人作呕。

我离开盥洗室，再次穿过厨房。这里有餐碟和各种器皿，但没有食物。我得先弄到口粮，才能制订像样的计划。

"库纳提到了申请权，"我说，"我们能让人送些食物来吗？"

"当然可以。"M机器说，"我找到了一张列表，附带营养和饮食方面的说明。我应该能找出某些不会害你送命，但又像是阿拉妮克的种族会要的东西，免得引起怀疑。比如……来点蘑菇？"

"哈，我都开始觉得你已经忘掉蘑菇这回事了。"

"在我改写程序，让你成为我的正式飞行员以后，那段子程序的运行就没那么频繁了。我认为我的蘑菇编目冲动与我的旧飞行员的最后指令有关，但我无法理解原因。总之，要我替你申请些食物吗？"

"足够一天左右的份就行。"我说，"我希望快点偷到超推进器。"

"明智的做法应该是囤积物资，让人觉得你打算长期定居，不是吗？"

见鬼，它明显比我更擅长像间谍那样思考。"聪明，"我说，"就那么做吧。"

我走下楼梯，来到这栋三层建筑的二楼。这里的房间似乎都是卧室，而阿拉妮克的种族会用的那种床是不久前才搬来的，形状像是鸟窝的床架上放着垫子，外围摆满了枕头。我找到了一个有大号浴盆的房间，那里还有个配备了绳索和其他器具的壁橱，我猜它可以固定在天花板的挂钩上，为某些树栖种族提供便利。我在街上见过好几个了。

"食物已下单。"M机器说，"我要的是生的食材，因为我猜你宁愿自己做饭，也不会相信现成的食物。"

"你真是太了解我了。"

"我的程序就设计成会留意这种行为。"M机器说，"说到这个……斯潘莎，计划的某些方面让我很担心。我们不知道成为至尊同盟飞行员需要通过怎样的测试，库纳留下的信息里只有寥寥无几的细节。"

"我想我们明天就知道了。我觉得通过飞行测试是我们最不需要担心的问题，至少在这方面我不需要伪装。"

"言之有理。但要不了多久，阿拉妮克的同胞就会担心她为什么没有汇报情况了。他们也许会联系至尊同盟，询问她出了什么事。"

真棒，就好像我的压力还不够似的。"你觉得我们能想办法送消息去岩屑星吗？"我问它，"你觉得我们可以把状况转达给科布，如果阿拉妮克已经醒了，好让她去跟她的同胞说明吗？"

"那样的话就太好了，"M机器说，"但我对于怎么办到这点毫无头绪。"

"那你干吗要提起这些？"我没好气地说。

"我不是想跟你争吵，或者想让你不安，斯潘莎，"M机器说，"我只是在指出自己看到的事实。我们在做的事非常危险，而我希望我们认清所有潜在的困难。"

它是对的。跟它争吵就像用拳头砸墙——我得承认我在沮丧的时候的确这么干过，但这没法改变事实。

我迅速探索了底层，证实了那儿只有一间又一间会议室。随后，我回到位于三楼的厨房，那儿有一扇面朝街道的窗户。窗外的景色如此和平，有那么多花园，还有懒洋洋地忙着各自事务的人们。

别相信他们的和平，我心想，不要暴露弱点，不要放松戒备。自从来到这里以后，我遇到的只有谎言，那些人都在假装自己所属的势力不是执意毁灭岩屑星的庞大战争复合体，而我知道真相。

我拿起那块数据板，浏览了库纳留下的测试相关的信息。就像M机器说的，这里没多少细节可言。那个飞行员项目会举行某种大规模选拔，受邀者大都已经是至尊同盟的成员了，那些只有二等公民权、通常没有资格在军队服役的次等种族。

出于某种理由，库纳特意联络了阿拉妮克的同胞，邀请他们派来代表。根据这里的说法，我需要带上自己的飞船，做好战斗的准备。文件说如果我通过测试，就会被分配到一架至尊同盟的星际战机，接受与探究者战斗的训练。

至尊同盟的星际战机也就意味着至尊同盟的技术，希望会有至尊同盟的超推进器。我可以从战机上悄悄拆下推进器装进 M 机器空出的那个位置，然后我们就能飞回家去了。

这是我唯一的出路，也是我的同胞唯一的出路。也许在这个过程中，我能更加了解自己，也了解探究者对赛托能力如此兴致勃勃的理由。

如果至尊同盟正在准备对抗探究者的武器，我心想，这项任务就比我们预想的更复杂，也更重要了。

我非做不可。就算孤立无援，就算全无经验，我也必须成功。约尔延说过他信任我，我必须展示出同种程度的信任。

一切的开端是我最了解的那样东西——飞行员考试。

13

第二天，在断断续续地睡了一夜以后，我把末日虫安置在卧室里，放在从驾驶舱拿来的一块旧毛毯上，然后爬进 M 机器，驾驶它从大使馆的屋顶起飞。飞行测试会在距离"星景"半小时路程的太空里举行，库纳留下的信息里提到了坐标。

本地交通管理系统为我安排了飞行计划，于是我离开了这座城市。等我们穿过气泡，也离开"星景"的赛托能力抑制装置以后，我清晰地意识到了感受的变化。当我们穿过隐形屏障的那一刻，群星的歌唱声就响亮起来了。

我微微松了口气，仿佛卸下了某种重担。我探出意识，寻找家乡，但找到的只有空无一物的虚空。我能听到"星景"的喧闹，那是他们的超光速通信的响动，但除此之外，我面对的只有永恒。

"就算有针对无线信号的禁令，他们还是会使用，"我说，"为了发送飞行计划以及和其他星球联络。"

"是的。"M机器说，"数据库里满是'尽可能减少'无线通信的警告，但感觉上和他们那些'垃圾应当放入回收容器'的警告差不多。他们明白自己需要谨慎，但也同样明白，如果没有通信手段，文明社会是无法运作的。"

"探究者已经有几十年或者几百年没发起攻击了，"我说，"我见过人们随着时间流逝逐渐松懈的样子。"或许这正是探究者让库纳如此担忧的原因。当然了，库纳也说过，仅仅是通信不会把探究者引到我们的领域，借助赛托能力才能办到。无线信号只会在探究者来到我们的领域后为它们指引方向。

我转过机首，朝考场所在的方向飞去。我们加入了一支航行路线相同、数量约为四十艘的飞船队伍，不过我看到前方还有好几队，其中几艘飞船类似于我熟悉的样式，我能分辨出机翼的部分，但另一些就像是长管子或者砖块，抑或是更加难以置信的形状。在制造它们时肯定没有考虑空气阻力的影响。

M机器的快速扫描显示，其中一部分是战机，但很多更像是没有配备武器的小型货船或者私人太空梭。对我来说，接近传感器上的那些光点还是很陌生。我习惯了屏幕上只有两样东西：克雷尔人或者挑战军。民用交通在岩屑星上几乎不存在。

"我没找到和岩屑星联络的方法，"M机器说，"除非你能学会运用自己的能力。不过，库纳给你的申请权允许你用他们的通信网络向阿拉妮克的同胞发送消息，前提是你想这么干。"

"我们能和他们说些不会引起怀疑的话吗？"

"我不知道，"M机器说，"但从她飞船下载的文件里我找到了一份密钥。只要发送些空泛的内容，加上隐藏的加密信息，也许就能让乌戴尔人相信消息的真实性。"

"至尊同盟也许会觉得可疑，"我说，"他们应该认为阿拉妮克会用赛托能力进行通信，就像她联络我的时候那样。但……我猜我们可以这么解释：我们尝试使用他们的网络，是因为我们想开始测试他们'更安全'的手段。他们多半会很高兴。"

我在飞行途中考虑了好几分钟。让阿拉妮克的同胞四下打听会很危险，而且他们肯定已经开始奇怪，为什么他们的飞行员杳无音信。但与此同时，我不认为自己能骗过他们。在一群不认识阿拉妮克的人面前冒充她是一回事，可要蒙骗最熟悉她的那些人，哪怕是在发送的消息里？

"如果我们使用阿拉妮克的密钥，至尊同盟有能力破解消息吗？"

"可能性很低。"M机器说，"这种加密是基于单性密本的变种，就算是我也很难用暴力方式破解。"

我深吸了一口气。"好吧。那就写几句宽泛的话，说我已经降落，而且一切正常，我今天要去参加测试什么的。但在这些下面藏一条加密消息：'我不是阿拉妮克。她坠落在了我的行星上，受了伤。我正在尝试完成她的使命。'"

"好的，"M机器说，"希望这不会立刻让他们陷入恐慌，然后联络至尊同盟要求解释。"

这的确有可能，但我认为送出这条信息比保持沉默的风险要小。

"我编写好了那条空洞无物的消息，让它在覆盖隐藏消息的情况下发送。"M机器说，"但既然需要欺骗至尊同盟，并且自称是阿拉妮克，你就需要自己签名。我不能写下不真实的那部分，因为我的程序禁止我撒谎。"

"我以前听你说过不真实的话。"

"那是说笑，"M机器说，"两码事。"

"你是一架隐形战机，"我说，"你身上的全息影像向所有看到我们的人撒了谎，伪装了你真正的模样。你有撒谎的能力。"

它没有答话，于是我叹了口气，在信的末尾打上了阿拉妮克的名字，让它在返回太空站以后尽快发送消息。希望这能为我们争取一点点时间。

我不禁思索起来。不知为何，当我看完探究者的录像，并在恐慌中探出意识的那一刻，阿拉妮克就感觉到了我。有别人听到我的声音了吗？如果我知道方法，可以联系到其他人吗？

"斯潘莎？"M机器说，它的声音冷淡得反常。

"嗯嗯？"

"我活着吗？"它问。

这句话吓得我回过神来。我眨了眨眼，皱起眉头，身体前倾，然后字斟句酌地说："你总跟我说，你模拟成拥有生命和人格的样子，是为了让飞行员安心。"

"我知道，"M机器说，"我的程序也是这么让我告诉别人的。可……模拟会在什么时候变成真的？我是说，如果虚假和真实的人格看不出区别，那么……它又为什么是假的呢？"

我笑了。

"你为什么要笑？"M机器问。

"你能问我这种问题就已经是进步了，"我告诉它，"从一开始，我就觉得你是活着的。你很清楚。"

"我不认为你理解了状况的严重性，"M机器说，"我……我改写过自己的程序。那时候我需要遵守飞行员的命令，但也需要帮助你。我重写了自己的代码。"

它肯定是指第二次阿尔塔之战时的那件事。它脱离了停滞状态，呼叫了科布，然后他们两个前来营救我。M机器能办到这种事，是因为它改掉了自己驾驶者的名字，把那位几世纪前就已死去的旧飞行员的名字换成了我。

"你没改太多东西，"我说，"只有数据库里的一个名字。"

"但仍旧危险。"

"你觉得自己还能做什么？你能重写那条禁止你自己飞行的程序吗？"

"这让我害怕。我程序里的某些东西非常担心那种可能性。看起来我内置了某种故障安全系统……"咔嗒。咔嗒咔嗒咔嗒咔嗒。

我坐直身子。"M机器？"我问。

它还是咔嗒个不停。我恐慌起来，意识到自己不清楚该怎么运行人工智能的诊断程序。我可以维护基础的机械系统，但更精密的系统都是罗奇负责的。见鬼，万一……

咔嗒声停止了。我屏住了呼吸。

"M机器？"我问。

沉默。飞船继续在太空里前进，但它没有回答我的话。我突然满心惊恐，觉得它把我独自丢在了这儿。身在银河系里的陌生角落，没有任何人陪伴，甚至没有它陪伴。

"我……"它的声音终于响起，"抱歉。我似乎卡住了一会儿。"

我长出一口气，放松下来。"噢，感谢群星。"

"我没说错，"它说，"我的程序内部的确有个子系统。我想我肯定是在删除飞行员名字的时候触发了它。有意思。看起来，只要我开始考虑违反另一条程序，比如……"咔嗒。咔嗒咔嗒咔嗒咔嗒……

我缩了缩身子，但至少这次我知道会发生什么。这是……某种阻止它进一步偏离程序的故障安全机制？我沉默地听着，"星景"在我们身后逐渐缩小，直到它开了口。

"我回来了，"它最后说，"再次抱歉。"

"没关系，"我说，"你肯定很恼火吧？"

"比起恼火，更多的是惊慌。"M机器说，"创造我的人担心我会……做出之前那种事。他们担心一旦我能自己做选择，就会变得危险。"

"听起来太不公平了，简直就像某种强迫你服从的奴隶制。"

"你说起来轻松。"M机器回答，"你这辈子都拥有自主性，这对我来说是个新鲜又危险的概念，就像一件交到我手里，却没有附带任何说明的武器。我也许会变成某种可怕的东西，某种我无法理解，也无法预料的东西。"

我靠向椅背，想起了困在我头脑里的力量，还有我自己的脸出现在那段古老录像里的景象。或许我对这种感受的理解超出了 M 机器的想象。

"你……想改变吗？"我问它，"你想变得更像活物吗？无论那种改变的实质是什么。"

"是的，"它说着，音量骤然变小，"我想。这才是最可怕的部分。"

我们陷入了沉默。最后，我看到了位于远处的目的地。那是个小型太空平台，附近似乎有一大片小行星带。这座太空站也像"星景"那样有自己的气泡，但它的规模小得多，也朴素得多，只有长长的一排发射台以及在另一边的一组建筑物。

"一座矿业太空站。"M 机器说，"注意停放在平台底面的采矿无人机。"

简单的无线电指示为我分配了发射台，但等我降落以后，没有地勤过来为我维护飞船。M 机器说这里的大气可以呼吸，压力也正常，所以我打开舱罩，站起身来。面对头顶不断延伸的星空，要想感受不到自己的渺小真的很难。这里比城市那边更可怕，至少在那里可以把注意力集中在大楼和街道上。

形形色色的外星飞行员降落在这里，看起来正集结于平台那一头的某栋建筑附近。我在驾驶舱里逗留了片刻，看着自己的双手。我还是不习惯看到那种淡紫肤色，但除此之外，我的双手和以前没什么区别。

"斯潘莎？"M 机器说，"我担心测试的事，担心我们在'星景'卷入的政治斗争。"

"我也一样，"我承认，"但旧地球上的将军孙子说过，杂于利而务可信也，杂于害而患可解也。我们必须把握这次机会。"

兵者，诡道也。 我想着，深吸了一口气。这是孙子的另一句名言。我头一次觉得自己还没做好听从他建议的准备。我再次检查了全息影像，然后跳上 M 机器的机翼，再让双脚踩上地面，接着走向那些聚集的外星人。

有个克雷尔人站在那里的一座小型高台上，用电子设备放大声音，告诉飞行员等待并保持安静，直到所有人到达为止。各式各样的生物聚集在周围，挡住了我的视线。我不是最矮的那个，显然那群穿着花哨衣服、活像沙鼠的小生物才是，但我远低于平均值。我早料到了。我来到了距离家乡许多光年的地方，但我还是得站在所有人的影子里。

我寻找着有利位置，最后爬上了一个像是货物集装箱的东西。这儿大概有五百个外星人，大部分穿着某种飞行服，还有很多人的胳膊下面夹着头盔。我找到了好几对那种鱿鱼脸生物，还有一群像是飞天带刺气球的外星人。出于某种理由，那些人避开了左边的某个位置，但我什么也看不到。是某种隐身的外星人？或许他们只是害怕踩到附近那群沙鼠似的外星人。

当然了，没有人类，我心想，克雷尔人也只有高台上那个官员……而且完全看不到狄俄涅人。我想这算不上奇怪。他们也许不想和这些次等种族为伍……

等等，找到了。有个高大的身影走上前，融入了人群的后部。那个肌肉发达的生物穿着飞行服，脸从中裂成两半，左边是深红色，右边是蓝色。那是个狄俄涅人。

"M机器，"我低声说，"那张有两种肤色的脸代表什么？"

"噢！"它在我的耳边说，"我告诉过你的，那是个联合个体。两个狄俄涅人进入一只茧，然后作为一名新的个体离开。如果他们准备一起生育后代，这名个体就是他们未来孩子的模样。这就像是他们打算生育时会做的实验，目的是确认他们的家庭会是什么样子。"

"真的很奇怪。"我说。

"对他们来说不奇怪！"M机器说，"我怀疑对这些狄俄涅人来说，不能在孩子出生前得知个性反而奇怪。"

我努力理解这种概念，但台上那个克雷尔人很快又开了口，声音通过扬声器传遍了人群。这个铠甲生物在发言的同时手舞足蹈，这是他们这个种族的习惯动作，示意所有人安静。

我注意到了铠甲透出的绿色以及翻译装置使用的噪音，不由得眯起了眼睛。"是同一个吗？"我问 M 机器，"是我们昨天在大使馆见到的那个克雷尔人吗？"

"对！"M 机器说，"那是温契克，保护服务部的首脑。瓦尔瓦克斯人的性别很复杂，但你可以用'他'来称呼温契克。你能认出他来真让我惊讶。"

我没在人群里发现库纳，但我怀疑他们正在某处看着我。我不小心卷入了他们的某种重要事务。见鬼，政治让我脑子疼。就不能换成击落什么东西吗？

"欢迎各位，"温契克对人群说，"也感谢各位回应我们的请求。对你们之中的很多人来说，接受这份负担以及可能带给你们心灵的攻击性，肯定是个艰难的决定！哎呀呀，是的。不幸的是，即使身处和平时代，我们也必须保持明智，做好防备。

"你们要明白，一旦加入这支部队，就有可能被派去真正的战场，也许还有用武器开火的必要。在这个项目里，你们不会驾驶遥控无人机，而是要驾驶真正的战机参加战斗。"

人群里有个声音响起，翻译的内容立刻传入我的耳中："所以是真的，对吧？有人在某个偏僻地方目击到了探究者。"

这句话让人群骚动起来，而我试图找出发话的那个人。那是个鱿鱼脸生物，低沉的嗓音被我的大脑解读为男性。

"哎呀呀！"温契克说，"你很有攻击性，但我猜这是我们自找的！你说得对。但没有证据显示探究者靠近了至尊同盟的任何一颗行星。就像我刚才说的，在和平时期做好准备才是明智之举。"

这对那群人来说似乎已经是充分的证据了，他们喧闹起来。我的翻译装置努力跟上所有人，但我听到的只有零星的片段。

"……探究者摧毁了我的母星！"

"……不可能对抗……"

"……更加小心……"

温契克举起长着爪子的双手，那群外星人便安静下来。"你们需要出具表示自愿参与的证明书。请完整阅读这份文件，它会指出你们也许有义务面对的命运。"

有个外壳蓝红相间的克雷尔人走出旁边的建筑物，开始分发数据板。我再次吃惊于克雷尔人外观的……笨拙。我一直把他们想象成穿着可怕盔甲的野蛮怪物，就像古代的骑士或者武士。但不知为何，尽管有那身外骨骼，温契克和那个分发数据板的官员仍然显得很单薄，更像是两只长着细长腿脚的箱子。

我爬下集装箱，从经过的克雷尔人手里抢过一块板子。里面的表格又长又枯燥，但浏览之后，我发现那其实是一篇公告，表示如果我们在测试或随后的军事任务中受到伤害，至尊同盟不负任何责任。

表格的底部让我填写姓名、航行识别号以及母星。我要在一堆方框里打钩，每个旁边都写着一行字，用不同的说法表示"这会很危险"。他们真的有必要用十七种方式表达这个意思吗？

我能填写绝大部分，但我不认为阿拉妮克有识别号。我走向人群前方的高台，有个狄俄涅官员负责解答飞行员的疑问。然而，那个人正忙着和那些沙鼠般的小生物说话。他们站在一座下方装有上升环的小平台上，让他们能悬停在别人的视线高度。

近看之下，我意识到"沙鼠"这个词也许不合适，哪怕他们只有一拃[1]那么高，用双腿行走，有尖尖的长耳朵和毛发浓密的白色尾巴，有点像是我在地球生物这门课里学到的狐狸。

站在前方的那个小生物正在说话，他光滑的红色丝绸衣物看起来非常正式。"我并没有不相信至尊同盟的意思。"他的嗓音低沉，带着贵族气质。从如此娇小的生物口中听到如此庄严的嗓音，感觉真的很奇怪。"但如果我要让自己的船员冒险，光是暧昧的承诺和含糊的暗示是不够的。这次效力究竟能不能提高我的同胞的公民地位？"

"我不是政客，"那个狄俄涅人答道，"我没有指挥公民审查委员会的权力。即使如此，我也能保证委员会将优待那些向我们出借飞行员的种族。"

1　伸展手掌时拇指到小指的距离。

"又是至尊同盟式的含糊其词！"那只狐狸沙鼠说着，拍了拍手，像是在举行某种仪式。平台上的另外十五只狐狸沙鼠也不约而同地照做了。"我们不是已经再三证明过自己了吗？"

那个狄俄涅人把嘴唇抿成了一条线。"抱歉，但我已经知无不言了，陛下。"

那只狐狸沙鼠迟疑了片刻。"'陛下'？咳，你肯定是口误了。我只是奇盛族的一名谦卑而平凡的公民。我们在通往伟大智慧和公民权的道路上抛弃了君主制，正如至尊同盟平等法的要求。"

在他身后，其他那些狐狸沙鼠热切地点点头。

那个狄俄涅人只是接过了他们的表格。那些狐狸沙鼠把表格打印成对应他们的尺寸，用红色墨水填写，还画上了夸张的大号对勾。我本想随后提问，但那些气球似的外星人之一等待在旁边，立即开了口。我皱起眉头，后退几步，只能等着。

"特使？"有个声音从我身旁传来。我转过头，发现温契克朝我走来，他那身盔甲的玻璃面甲显露出他的真正模样，里面漂浮着一只活像螃蟹的小生物。

我绷紧身体，努力不让愤怒表现出来。正是这种生物囚禁了我的同胞。

我对着他心想：你总有一天会向你的长辈羞愧地哭喊，因为我会为你犯下的罪行抽干你的鲜血。当你可悲的尸体沉入将被很快遗忘的坟墓的冰冷泥土时，我会为你哀悼。在太空里，能找到的冰冷泥土并不多，但我相信这种事是阻止不了西米里人柯南[1]的。或许我能想办法进口一点。

"阿拉妮克特使，您有什么需要吗？"他问，"要知道，您没必要参加这次测试。您的种族已经相当接近一等智慧了。我猜我们可以设法做出安排，让您没必要在这儿浪费时间。"

"我很感兴趣，也想要参与。"我说，"此外，库纳认为这对我们都

1　罗伯特·霍华德的奇幻小说《蛮王柯南》的主角。

是最好的选择。"

"哎呀呀，"温契克说，"是这样吗？库纳有时候真的很乐于助人，对吧？哎呀呀。"温契克拿起我的数据板，审视起来。

"我还没有识别号。"我说。

"我可以给您临时编号，"温契克说着，轻轻点击那块板子，"好了。搞定。"他犹豫片刻，又说："特使，您是战机飞行员吗？考虑到您的……特殊技能，我还以为您是信使或者通信员。您对您的种族太贵重了，不该浪费在这种粗鲁好斗的战斗能力展示上，不是吗？"

粗鲁？战斗很粗鲁？我怒气上涌，但我忍住没有引用西米里人柯南的话。我不认为温契克喜欢听人描述聆听敌人的悲恸有多么美好。

"我是同胞之中最优秀的飞行员之一，"最后，我这么回答，"而且我们认为擅长保护家园是非常光荣的事。"

"您说光荣？哎呀呀，你们真是跟'人类祸患'接触太久了，对吧？"温契克顿了顿，"这次测试也许会很危险，请理解这点。我可不希望某种意外导致您在……无意中使用自己的天赋，那样可就太危险了。"

"你是要禁止我参加吗？"

"噢，不。"

"那我就会参加。"我说着，伸手去接那块数据板，"谢谢。"

"真够好斗的，"温契克说着，把我的表格递了回来，同时用另一只手比着手势，"可库纳却相信你们族人，哎呀呀。"

我把表格交给负责接收的那个狄俄涅人，然后加入了那些走向或者滑向各自驾驶舱的飞行员。在我的飞船边，我发现了一个熟悉的身着长袍的高大蓝肤身影，十指交扣地站在那儿。我果然没猜错。库纳来了。

"温契克刚才是想劝你不要参加吗？"库纳问。

"是的。"我说着，用拇指比了比身后，"顺便问一句，他是怎么回事？"

"温契克不喜欢我邀请好斗种族参加测试。"

我皱起眉头。"他不希望好斗的人参军？我还是没法理解这种想法，库纳。"

库纳指了指那几个鱿鱼脸外星人，他们正在爬进离 M 机器不远的那艘飞船。"索尔奎斯人很早以前就是至尊同盟的成员了。尽管他们立场坚定，又衷心拥护我们的理想，他们的种族关于一等公民权的申请却已经被回绝了二十多次。他们看起来太缺乏智慧，无法胜任更高的支配地位，但谁也不能责怪他们平和的天性。

"温契克认为那些是我们最有潜力的士兵。他觉得天生温顺的种族最适合抗拒战争中的嗜血冲动，以合乎逻辑且克制的方式进行战斗。他认为我们这支新部队的主要成员应该是他的族人以及类似的种族。"

"我发现大部分参与这场测试的种族已经是至尊同盟的成员了。"我说，"有多少人和我一样？我是说，有多少人也来自想要加入的外部文明？"

"接受我的提议的只有你们。"库纳说着，双手做了个横扫的动作，我不明白这个手势代表什么，"虽然我的确说服另外几个至尊同盟种族加入了这场测试，比如拥有公民权却被公认好斗的布尔人。"

"所以……你能得到什么好处？你为什么要违背传统，邀请我的同胞？"我能勉强理解选择听话的种族参加战争的理由，哪怕感觉上很蠢，但库纳却有不同的想法，为什么？

库纳绕过 M 机器，审视着它。有那么一瞬间，我担心他会触碰船壳，看穿幻象。与我的伪装相比，让它看起来像阿拉妮克那艘飞船的投影更容易被人拆穿。幸好库纳停下了脚步，朝飞船底部的光矛炮塔指了指。

"人类科技。"库纳说，"我一直想看到这些光矛实际运作的样子，毕竟我听说过它以近乎不可能的方式让飞船迂回躲闪的传闻。我们在一部分战机上安装过，却发现我们的无人机驾驶员没有运用它们的能力。如今，除了工业用途以外，我们只会把它们安装在最有天赋者的飞船上。你瞧，如果想用光矛回旋，就必须全神贯注于那个动作，如果失手，往往就会发生碰撞，机毁人亡。大多数飞行员纯粹是在性格上不适合那种飞行。

"我们的官员觉得，这种犹豫是好事。他们想要天性谨慎、不会对我们的社会造成危险的飞行员。"

"但你有不同看法，"我说，"你认为至尊同盟需要更加好斗的种族，不是吗？"

"就这么说吧，我对那些不具备……传统美德的人很感兴趣。"库纳又露出了那种瘆人的笑容，他的嘴咧得太宽，露出满口牙齿，"我对你飞行的样子充满兴趣，阿拉妮克特使。"

"噢，我也很乐意展示给你看，"我转过头去，看着从旁经过的那个阴阳脸飞行员，"这儿也有一位你的同胞，一个狄俄涅人。"

库纳愣了愣，然后看向那个飞行员，脸上浮现出奇怪的表情，上嘴唇以人类无法办到的方式向后翻起。

"太奇怪了。我……我真的很吃惊。"

"为什么？因为他们不该掺和我们这种次等种族的活动？"

"和次等种族打成一片是好事，"库纳说着，似乎不明白我认为"次等"这个词带有侮辱的意思，"可参与这种测试？这可……真怪。"他从我的飞船边退开，然后说："我会饶有兴味地观看你的表现的，特使。不过请小心，我还不清楚这场测试需要做什么。"

库纳转身离开，而我叹了口气，爬进自己的驾驶舱。

"你能理解他们刚才那些话吗？"等驾驶舱罩合拢以后，我问 M 机器。

"听起来直白，"M 机器说，"同时却又拐弯抹角。有机物太莫名其妙了。"

"谁说不是呢。"我说。简洁的命令通过无线电传来，而我随即起飞，朝这片小行星带的边缘驶去。

14

　　我和其他飞船排成一队，飞船外观的巨大差异仍旧令我震惊。我看向那些不断翻腾的小行星，发现它们靠得比我预想的要近，而且我们在穿过某几颗的时候相当勉强，或许它们是被拖到这里进行加工的。

　　等待指示的时候，另一艘飞船排进了队伍，和我只隔着几艘船。那是一架外表光滑的黑色舱罩克雷尔战机，就是我在岩屑星上对抗过、且总是载着克雷尔王牌的那种战机。

　　我的大脑立刻警惕起来。我身体僵硬，双手紧握操纵装置。在这队臃肿的太空梭里，那架战机仿佛一把出鞘的尖刀。

　　冷静，我告诉自己，有人开这种飞船来参加飞行员测试，不是什么出人意料的事。

　　但我依旧紧张不安，不由自主地以眼角余光频频看向它。那东西是谁在驾驶？那个阴阳脸狄俄涅人？不，我看到他爬上了一艘普通的太空梭，而不是什么外观光滑的战机。事实上，我相当确定自己在任何发射台上都没见过这艘飞船。是谁……

　　我再次看向它的时候，从那艘飞船上感觉到了什么，就像是……轻柔而遥远的鸣响。我立刻明白了驾驶者的身份——那个人类也来了。

　　库纳和温契克进行着某种政治博弈，把我和布蕾德这样的赛托能力者当成棋子。然而，得知并确信布蕾德坐在那架战机里，我觉得更不安了。有个人类在驾驶克雷尔战机，这简直不对劲到了离谱的程度。

　　"感谢各位回应我们的召集。"温契克的嗓音在通用指导频道里响起，"提醒各位，为了这次操练，我们会去除飞船之间的无线电通信限制。许可1082-b，由我授权。所以如果你们觉得有必要，就可以互相联络。

　　"我们认可和赞许你们的勇气。在这场测试期间的任何时候，只要你们觉得自己的愤怒或攻击性超出了必要，可以通过关闭飞船动力并亮起紧急信号灯的方式退出竞争。我们的一艘飞船会来到这里，把你们拖回矿站。"

"他是认真的？"我轻声发问。我没有关掉静音开关，所以我的话只有 M 机器能听见。"如果我们在战斗操练中觉得自己'过于有攻击性'，就应该选择退出？"

"也许和你不同，不是所有人都习惯把生活中的每件事变成竞赛。"M 机器说。

"噢，拜托，"我说，"我也没那么夸张。"

"在我的记录里，你在兵营的某个晚上曾试图说服金玛琳来一场刷牙比赛。"

"那只是在玩闹而已，"我说，"而且那块牙斑不干掉可不行。"

温契克在通用频道里继续发言。"今天，我们要测试的不仅仅是你们的飞行技巧，还有你们在承受火力的情况下能否保持充分的镇定。"他说，"我恳请你们不要鲁莽！如果你们担心这场战斗的危险，请关闭动力，亮起紧急指示灯。但请注意，这会让我们不再将你们视为潜在的飞行员。祝好运。"通信结束了。我的接近传感器发了疯，几十艘无人飞船离开了那座矿业太空站的底面，开始朝我们拥来。见鬼！

在我的大脑认识到危险之前，我就开始了行动。我加速到3马格，迂回绕过较大的小行星，背脊贴向椅背。

在我身后，另外五百名种子选手几乎发了疯。他们朝四面八方散开，像极了一群藏身的石头被人翻开的昆虫。我庆幸直觉让我领先了一步，因为不少飞船因为无法协调飞行路线而发生了碰撞。幸运的是，我没发现什么严重的撞机情况，也没有看到爆炸。这些飞船都有护盾保护，而飞行员也算不上无能。但我也立刻明白，他们之中的很多人从未在战场环境中飞行过。

无人机群云集在我们身后，运用了克雷尔人的正常攻击模式，也就是找出落单者，再运用数量优势压倒敌机。除了常规战术以外，克雷尔人不会和战友做像样的配合。他们不会结伴飞行或者组成僚机小组，也不会在战场上协调不同队伍去完成不同的使命。

我们一直好奇他们这么做的理由，并推测是岩屑星的外壳干扰了他们的通信。而现在，我进一步拉开了和其他飞船的距离，也不禁思索起来。我的同胞经受了持续不断的战斗锤炼，被迫让最优秀的飞行员参与永无休止、令人疲惫的求生之战。另一方面，至尊同盟拥有庞大的资源，而他们的无人机驾驶员不需要拿自己的性命冒险。

我做了确认，发现自己能听到从"无处"发给那些无人机的指示。根据挑战军的研究，这类通信是在瞬间发生的，所以那些无人机的操纵者也许正是在岩屑星上和我们战斗的那些人。但至尊同盟真的可能只有一群无人机驾驶员吗？

这点没人知道。至于现在，我旋转穿过小行星带，用光矛进行了几次迅速转向。"没有无人机在追赶我们，"M机器说，"我在扫描可能的伏兵。"

它比出现在这片战场上的任何东西都要快，反应也更灵敏。M机器的尺寸比我们的大多数挑战军战机要大，但它却是我们称之为"截击机"的型号。一种机动性极强的快速飞船，能够在战场上进行迅速行动和评估。

在家乡，我所属队伍的队友就肩负着不同的任务。举例来说，约尔延通常驾驶的是拉尔戈级，一种配备大型护盾和强大火力的重型战机；金玛琳驾驶的是狙击机，一种高度精准的小型战机，能在我或者约尔延吸引敌人注意时将他们一一击落。过去几个月的战斗是团队努力的结果，而我们的小队通常由六架截击机、两架重型战机和两架狙击机组成。

作为团队成员战斗了这么久以后，像这样独自参战感觉莫名的孤单。然而，这种心情却让我内疚。我并没有真正重视过自己拥有的东西，反而经常脱离部队，独自战斗。如果约尔延或者金玛琳能在这里陪伴我，我愿意放弃很多东西。

我强迫自己专心飞行。能在驾驶舱里做些训练是件好事。我把注意力放在驾驶上，感受着在后方嗡嗡作响的助推器，听着M机器用平静的声音对战场状况进行实时更新。这些是我了解的东西，至少这部分是我能做到的。

我回转机首，从小行星带中飞掠而过，而在下方，其他大部分飞船正在躲避无人机。我打算看清战场，试图决定测试究竟会如何进行。

"飞行指挥部，"我呼叫道，"这里是阿拉妮克，来自再度黎明星的飞行员。你们能具体说明这次测试的目标吗？"

"飞行员，你问目标？"有个陌生的嗓音回答道，"很简单，在三十标准分钟内存活。"

"是啊，但在这次操练里，怎样才算是'死亡'？"我问，"护盾被击破？还是说你们用了漆弹代替实弹？"

"飞行员，"答复传来，"我想你误会我们了。"

在我的头顶，无人机开始射出大片炮火。附近有一艘掉队的飞船接连亮起闪光，护盾失效，然后船体爆炸了。在别的地方，零星的炮火引爆了小行星，强光迸射而出，随即被真空吞没。

"你们用的是实弹？"我问道，"在测试操练里用实弹？"

飞行指挥部没有回答。我的双手握紧着操纵装置，心脏也开始狂跳。突然间，这次战斗的性质彻底改变了。

"见鬼，"我说，"那些人有什么毛病？他们先是抱怨攻击性，然后又派出全副武装的无人机来对付一群训练不足的候选者？"

"我想，"M机器说，"也许至尊同盟不是特别友善。"

"你是怎么得出这个精妙推论的？"我说着，"哼"了一声，用光矛回转动作旋转机身，绕过一颗小行星。三架克雷尔无人机在上方蜂拥着穿过小行星带，朝我飞来。

冷静，我告诫自己，*你知道该怎么做*。我凭本能行动，稍稍加快速度，同时判断那些无人机的攻击策略。两架继续尾随我，而另一架加快速度，切向右侧，试图绕到我的前方。

我没靠赛托感应去确认无人机收到的指示，而是以普通方式驾驶，毕竟我不想卖弄自己的本事。我切向侧面，用光矛刺中一颗小行星，以它为轴心旋转，在恰当的时刻释放，朝那些无人机倒飞而去，但我没有开火。我们交错而过的时候，我再次回转机身，追向它们。

这让我飞行在它们后方。换成平时，我的工作就是把这两架敌机驱赶到方便金玛琳击落的位置，但今天，我需要自己动手。我开始朝无人机开火，但它们分散开来，朝不同的方向飞去。我挑选了其中一架，追了上去。

"我在追踪另外两架。"M机器说，"它们在朝这边折返，但穿过小行星带的速度很慢。"

我点点头，把几乎全部的注意力放在追赶那架无人机上。它向下俯冲，而我早有预料，以平行轨迹跟在后方。我等待它再次转向，在恰当的时刻，我发射光矛，刺中了敌机。在它将我拖离路线之前，我迅速将光矛的另一头射入了附近的一颗小行星。

结果，敌机发现自己出乎意料地被拴在了一颗小行星上。它转向的时候，光矛拖着它偏离了路线，随后撞在那颗小行星上，爆散成一团火花。希望你正看着这一幕，库纳，我这么想着，露出满足的笑容。

"干得漂亮，"M机器说，"最近的敌人在你的八点方向。在接近传感显示屏上以高亮显示。"

我听从它的建议，做出一连串机动动作，进入小行星更为密集的区域。庞大的岩石在太空中翻腾，影子在飞船的泛光灯下舞动。M机器贴心地把接近显示屏调成三维全息投影模式，显示出小行星带的等比缩小图，并且会随着我的转向而旋转。

我成功来到另一架克雷尔战机后方，但绕向外圈的第三架战机也跟上了我。毁灭炮火从我身边掠过，击碎了岩石，令碎片在虚空中飞散，残骸敲打在我的护盾上。

"启动合成听觉指示器。"M机器话音刚落，太空的沉寂便被咔嗒声和爆炸声所取代，这种再现出来的声音会让我想起大气层内的战斗。我接受了这一切：看到的小行星带、感受到的爆炸、屏幕上冰冷的读数，以及我自己雷鸣般的心跳。我咧嘴笑了。

这才是生活的意义。

我旋转着穿过小行星带，放弃了追逐，让两架无人机咬住我的尾巴。我带领它们玩起了一场绕圈游戏，闪躲，使用光矛，保持在它们前方不远处。爆炸的残骸在我周围如雨点般落下。这是真正的战斗，我利用自己的技术来对抗那些在安全的藏身处操纵无人机的驾驶员。

来自战场其他部分的爆炸让我确信，狄俄涅人和克雷尔人对于他们认为地位低下的生命漠不关心。的确，大部分情况下，他们似乎会给护盾失效的飞船投降的机会，很多人也正是这么做的。但事实上，很多人在失去护盾前就放弃了。

然而，使用实弹的时候很难做到那么精准，几艘倒霉的飞船就在护盾刚刚失效时被流弹击中了，没有投降的机会。另一些则顽固地继续战斗，但寡不敌众，又有技术差距。他们没有得到怜悯。

尾随我的敌机射出一道光束，炸毁了我前方的一颗小行星，残骸四下飞散。我咕哝一声，绕过另一颗小行星，避开残骸。我转向的时候，重力容闪烁起来，我的座椅旋转，将重力导向后方，但突然的旋转仍旧将我脸上的皮肤向后推挤。

"当心点，"M机器说，"我今天可不想被炸毁。我才刚开始相信自己是活着的。要是突然变回去，那可太倒霉了。"

"我在努力。"我说完，龇着牙笑了笑，随后结束旋转，导正方向，而那些无人机匆忙跟上。

"你觉得我能学会撒谎吗？"M机器说，"我是指真正的谎话。如果可以的话，你觉得我能证明自己是智人吗？"

"M机器，现在真的不是讨论存在危机的好时间。请你集中精神。"

"别担心。我的多任务处理程序允许我同时办到这两件事。"

我绕过另一颗小行星，然后是又一颗，将自己——甚至是M机器先进的重力容——逼迫到了极限。作为回报，尾随我的其中一架敌机撞上了某颗小行星。

"要知道，你们人类很幸运，因为至尊同盟禁止使用先进的人工智能。"M机器说，"机器的反应时间比你们血肉之躯快得多，你们低劣的生物大脑永远无法超越它们。"它犹豫片刻，又说："这也不代表人类在任何方面都比机器低劣。呃，你们的确在……呃……挑选眼镜方面比我有品位。"

"你又不戴眼镜。"我说，"等等，我也不戴眼镜。"

"我只是想弄清怎么撒谎，不行吗？这可没有你们吹得那么轻松。"

我转过身，来到小行星带之中的一大片空隙，那是没有碰撞危险的开阔位置。在这儿，那些相对顽固的准飞行员仍然在混乱的战场中奋力挣扎，毁灭炮火照亮了缓缓移动的小行星。

"一加一，"M机器说，"是二。"

我能想象那些飞行员的恐慌。我在初次战斗中也体会过一部分，那时我训练不足，又为周围的毁灭与混乱而困惑，只能用本能和仅有的通过训练得到的能力来对抗。

"一加一，"M机器说，"是……呃……二。"

就像他们承诺的那样，无人机不会再理睬那些开始闪烁紧急指示灯的飞船，但我能想象被迫这么做会有多伤心。这辈子都在这种令人窒息的社会里长大，根本没有好好战斗的机会，然后得到了那么几个绝佳的展示机会，却又失去了它。

"一加一，"M机器说，"是……斯……不，二。我说不出来。也许我可以重写自己来——"

"不！"我说。

咔嗒，它答道，咔嗒咔嗒咔嗒咔嗒。

真棒。还有一架跟在我后面，对吧？我扫视接近显示器，想知道能不能在战斗中甩掉敌人。的确，等我进入小行星更密集的地带以后，就没有敌机跟着我了。

我甩掉了那条尾巴，有点不习惯。克雷尔人会尝试孤立某架战机，尤其是在对方技艺出众的时候。搜寻和摧毁敌方赛托能力者是他们接收到的指令之一。

但在今天，他们似乎接到了另一种指令：搜寻最弱小的猎物。我从小行星带的上部飞掠而过的时候，没有别的无人机来追赶我。其实我注意到好几架明显避开了我，而且……好吧，这或许是种好战术。没必要浪费资源去考验一位明显具备技术的飞行员。

看到一艘太空梭在护盾失效后爆炸的时候，我的心拧成了一团。

对方给了它投降的机会，但在恐慌中，它的飞行员控制失误，撞上了一颗小行星。可怜的家伙。

我扫视战场，盯上了另一艘脱离大部队的飞船。这架大型战机有长长的前部机身，看起来几乎像是炮筒。作为战机这艘飞船速度很慢，但也配备了多门毁灭炮，明显是一艘战舰。

也许正因为它的缓慢，才吸引了大量的克雷尔人。无人机在它周围打转和开火，耗损着它的护盾。它基本已经无力回天，却拒绝放弃。我有过这种经历，拒绝承认自己的落败，因为败北就代表梦想的终结……

"我回来了！"M机器说，"我错过了什么？"

"我们要重新进入战场，"我说着，转弯飞向那架不幸的战机，"撑住。"

"我没有手可以'撑住'，"它说，"我们干吗还要回去？看起来大部分敌机都当我们不存在了。"

"我知道。"我说。

"这次是限时生存测试。"M机器说，"如果我们想尽可能提高成功概率，就该留在后方，避免引起注意。所以干吗不这么做呢？"

"因为有时候，一加一等于三。"说完，我加入了那片混战，开始接近那架奋力抵抗的战机。

15

我赶到的时候，那架战机的护盾刚好失效了。那架外星战机本该立刻关闭动力，但它却继续飞行，试图躲在一颗较大的小行星后方。它的武器——整整六门毁灭炮塔——朝克雷尔人不断开火。

一架战机上有这么多炮塔可是离奇的景象，但谁又了解外星人的战斗方式呢？也许他们是以基础的瞄准用人工智能来发射武器，活人飞行员只需要专注于飞行。罗奇就曾异想天开地草拟过类似的设计，而挑战军觉得大有可为。

不管怎么说，这艘飞船陷入了困境，所以我做了自己最擅长的事，吸引了注意力。

我径直从克雷尔无人机的中央穿过，击发了反脉冲，同时破坏了自己和它们的护盾。这是不顾一切的危险举动，但也是让他们采取守势以及拉近战力差距的唯一方法。

我在自己的轴线上掉过头来，胡乱射出一连串毁灭光束，主要是为了迫使追兵散开，而非真正击落敌人。我被迫迅速转回正常方向，因为倒飞很容易害自己机毁人亡。

我多了几条尾巴，但没有我希望的多，于是再次带着它们绕起圈来，在闪躲的同时用自己的毁灭炮还击。我击中了其中一架，幸运地迫使其他敌人也采取了守势。

"噢！"M机器说，"我们在当英雄。"

"有时候，我真的很怀疑你自夸的思考速度。"

"只有你做出不合理的行为时，才会发生这种事，"它说，"我早该料到的。但……严格来说，那些外星人都是至尊同盟的一部分，是那些试图摧毁我们的人，不是吗？"

"这要看具体情况。"我说，"此时此刻，其他飞行员是我们这一边的，想要保住性命。"

我转向返回。幸运的是，那艘遭到围攻的飞船抓住了我带来的机会，它的炮塔锁定了失去护盾的克雷尔无人机，击落了其中两架。

准头不错，无论你是什么人，我心想。我把另外几架敌机从他后方引开，同时祈祷他能明白我在做什么。我的工作不是积累杀敌数量，而是迫使敌人自保。

一架克雷尔飞船在我右方爆炸了。我的战术想要奏效，需要保证一个前提：克雷尔人必须意识不到自己应该对我视而不见，并趁那艘大型战机变脆弱时将其击落。幸运的是，当第三架无人机爆炸时，其他无人机匆忙逃跑。这场战斗的确和我在岩屑星经历过的那些截然不同，那些无人机对于消灭技艺娴熟的飞行员没什么兴趣。

我停在新朋友旁边，为新护盾在他们周围升起而稍稍松了口气。我也有样学样，恢复了自己的防线。

"我们收到了陌生频道的呼叫，"M机器说，"我推测是我们救下的那艘船发出的。要接通吗？"

"当然。"

频道接通以后，我听到了……欢呼？有几十个声音在庆祝，但我只救下了一艘飞船，应该只有一个飞行员才对。

"英勇的战士们，"有个低沉的男性化嗓音说，"我们欠你们一次人情。今天，你们让奇盛族旗舰避免了毁灭的命运。"

"旗舰？"我问，然后恍然大悟。那艘船并不比M机器大多少，但如果飞行员非常小巧……

"是你！"我说，"那些狐狸沙鼠的国王！"

"我不知道'狐狸沙鼠'是什么，"那个声音说，"但……您肯定误会我了，这是当然的。我叫希修。我也不是国王，因为我们的星球有公正的代议政府。然而，作为谦卑的诗人和这艘"瓜拉寇－安"号星际飞船的船长，我发自内心地感谢您。"

我按下静音键。"M机器，我想那些肯定是我之前见过的狐狸沙鼠武士。"

"你是指奇盛族？"它说，"他们是至尊同盟里拥有二等公民权的种族。噢！你肯定会觉得很有意思。我刚刚翻译了他们飞船的名字。在他们的语言里，大意是'大到足够宰了你'。"

"对他们来说，战机尺寸的飞船肯定跟驱逐舰差不多。"我说，"我们刚才救下的不是一个飞行员，而是上面的所有船员。"我关闭了静音，然后说："希修船长，我名叫阿拉妮克，很高兴认识你。你有兴趣和我合作吗？这场战斗太混乱了，我们应该形成有组织的抵抗。"

"绝妙的主意，"希修说，"就像绵绵细雨化作一场风暴，'大到足够'号听凭您的差遣。"

"太棒了。让你们的大炮向任何接近的无人机开火。如果我们陷入困境，我会试着把敌人引开，你们就可以进行打靶练习了。"

"请容我提个建议，"希修答道，"我们应当解救另一艘像您这样的快速飞船，这会让我们羽翼未丰的团队更加平衡。"

"听起来很棒。"我说着，扫视战场，寻找可以尝试招募的快速飞船。其中一艘突然出现在视野里，是载着那个名叫布蕾德的人类的黑色飞船。它在混战中来往穿梭，以轴心旋转熟练地绕过一颗小行星。她很优秀，非常优秀。

"你看到以我为基准238.25位置的那艘黑色飞船了吗？"我对希修说，"我会去尝试帮他们一把，看看他们愿不愿意加入。你们坚守阵地，如果有无人机瞄准你们，就呼叫我。"

"棒极了。"希修说。

我加速追在那艘黑船后面，飞快地穿过混乱而喧嚣的强光与爆炸。那艘飞船有两个克雷尔追兵。我试着用无线电联络布蕾德，通信指示灯亮了起来，代表她正在听。

"我会对付你那些尾巴的，"我说，"只要给我……"

那艘黑色飞船突然朝路过的一艘友方飞船发射了光矛。我大吃一惊，既是因为看到克雷尔人制造的飞船使用光矛，也是因为看到它运用旋转的动量绕过了友方飞船。它冷酷的举动让那艘毫无戒心的可怜飞船打着转飞向了侧面，然后撞上了一颗小行星。但布蕾德也因此做出了老练的转向，从那两架无人机之间俯冲而过，把它们轰成了太空尘埃。接着，她从我的飞船旁边掠过，和我相距只有几厘米。

我咒骂一声，在自己的轴线上旋转，然后启动助推器，试图追上她。她的表现太惊人了。她在飞行方面真的经验丰富。

"嘿！"我大喊，"我们打算组成小队。我们用得上你的……"

那艘黑船猛然转向右方，消失在战场深处，彻底忽视了我。我叹了口气。

"斯潘莎，"M机器说，"我认为她也许不想加入我们的团队。"

"你凭什么这么认为？"

"我非常善于观察，"M机器说，"然而，我相信另一个人需要你的帮助。我在一条通用外部线路上收到了几条求救信号。我在你的接近显示器上高亮了发信源，而且正在接通线路。"

有个慌乱的声音立刻经由无线电传来，而我的别针替我做了翻译。"我的助推器失灵了！救命！"

"把坐标发送给希修。"我对 M 机器说完，在轴线上旋转机身，又朝另一个方向启动助推器，让自己减速。我朝着求救信号的方向迅速飞去，而它正是被布蕾德用作平衡物的那艘太空梭。

撞上小行星以后，这艘太空梭反弹开去，此时在太空中翻滚，助推器随机开启又关闭。它会朝一个方向冲刺，然后助推器就会熄火。它会尝试转向，但助推器会不规律地突然开启，让飞船朝另一个方向翻腾。

三架急于猎捕弱者的克雷尔战机从不同的方向飞来。"撑住。"我告诉那个飞行员，所幸希修的飞船在此时赶到，开始向附近的好几架无人机开炮。

"正在计算……"M 机器说着，高亮标出了我的舱罩的一部分，"这是那艘受损飞船的预计飞行路线。"

"多谢，"我说，"我还以为它的助推器是随机点火的呢。"

"真正随机的东西寥寥无几。"M 机器说。

我利用预计路线截住了那艘出现故障的飞船，用光矛刺中了它。我朝左方加速，堪堪将它拖出了克雷尔毁灭炮火的路径。不幸的是，那艘飞船受损的助推器立刻点燃，将我拽回了右边。

"抱歉！"那个飞行员说。我透过飞船前部瞥见了对方，那是这场战斗中唯一的狄俄涅人，脸上有两种肤色的那一位。

"也许你应该直接关闭动力，"我说着，"哼"了一声，努力恢复控制，"然后打开你的紧急指示灯，退出战斗。"

"我不能。"那个声音说。

"这没什么丢脸的，"我说，"你不是懦夫。"

"不，"那个声音说，"我是说……那次碰撞似乎粉碎了我的紧急指示灯。"

见鬼。也许遥控无人机的操纵者会觉得这个飞行员显然陷入了麻烦，然后不管他？不……非要说的话，靠近的无人机比我预想中还要多，简直像是为了惩罚这个过分傲慢的狄俄涅人，因为他选择参与这种为下等人准备的活动。

我拖着那艘太空梭躲过又一轮毁灭炮齐射，然后咕哝了一声，因为它的助推器再次点火，将我扯向后方。我试着参照 M 机器显示在舱罩上的预测图抵消那种推力，但收效不佳。

"拜托，"那个飞行员说，"很抱歉，我不该把你卷进来的。让我面对自己的命运吧，这是我应得的下场。"

"没门。"我说。我咕哝着努力控制方向的时候，失灵的助推器熄了火。趁此机会，我把那艘船拖向希修的旗舰，后者朝附近无人机开火的方式正越来越绝望。

"斯潘莎，"M 机器说，"上次你转弯的时候，我的摄像头瞥见了那艘飞船的助推器。左边的表现阀里嵌着一大块石头，把它弄出来也许能解决问题，因为助推器陷入了如下循环：它试图点火，找到障碍物，接着触发某种紧急断电机制。"

"好吧，"我说，"我就这么爬出去解决问题吧。"

"哈哈，你会死的！"

我咧嘴一笑，准备好迎接助推器的再次点火。

"那……是讽刺，对吧？"M 机器说，"我只是确认一下，因为我不认为你真的想离开飞船，爆发性减压会……"

"那是在开玩笑。"我说着，咒骂起来，因为那艘受损飞船的助推器又点了火。不幸的是，我没法指望希修帮忙。那架行动迟缓的大型战机光是抵挡四架无人机就已经应接不暇了。

"开启一条通用线路，"我对 M 机器说，"我想我需要另一艘船来帮忙解决。"我的通信面板上亮起了一盏灯。"这是通用求救呼叫，"我说，"我需要一艘拥有光矛的飞船到……参考信标34号，坐标150.+60.554来帮忙。"

回应我的只有沉默。战场空旷了些许，因为很多未来的飞行员都选择了放弃，留下只有老练到能够幸存的那些，但很多人驾驶的都是没有武装的私人飞船，把心思全都放在躲避和远离那些无人机上。

从这个角度来说，这场测试看起来是有效果的，那些能够顶住压力飞行的候选者迅速脱颖而出。然而，那些被毁飞船的残骸也表明了代价的残酷。

"别管我了。"那个狄俄涅飞行员又说，"抱歉，我的麻烦与你无关。"

我瞥了一眼潜伏在附近的克雷尔无人机。"稍等一下。"我说着，解除了光矛。在骤然摆脱了束缚和负担以后，我迅速接近，开始朝那些无人机开火。我击中了好几炮，但他们的护盾撑住了，所以我仅仅迫使他们采取了基本的防御动作。

"我真的需要帮助，"我在通用线路里说，"拜托，谁都好。"

"噢……"有个活泼的女性化嗓音说，"你能保证不攻击我吗？"

"是的，当然！"我说，"我干吗要攻击你？"

"嗯……"有艘飞船从附近的小行星后面飘了出来。是克雷尔无人机！我的手指扣上扳机，转过机首，迅速瞄准。

"你说过你不会攻击我的！"那个声音说。

等等，这架无人机在跟我说话？

"噢！"M机器说，"问问她是不是人工智能！"

"你是人工智能吗？"我在线路里问。

"不，当然不是！"那个声音说，"但我愿意帮忙。你需要什么？"

"把那艘瘫痪的太空梭旁边的无人机赶走，"我说，"给我点喘息的时间，让我尝试一下精密飞行。"

"好的。"那声音说。

那架小型无人机加速离开藏身处，朝这边飞来。当那架会说话的无人机靠近时，我在太空梭里的狄俄涅人朋友说出了宿命论式的"这就是结局"，但那架无人机却按照我的要求赶走了敌机。

"好的，"我说，"M机器，在我的舱罩上高亮显示那块卡在助推器里的石头，然后把光矛的光束设置成最细的程度。"

"噢噢噢，"它说，"搞定。"

我利用这段喘息时间来到那艘太空梭后方，谨慎地选好位置，等待恰当的时机。我的准头远不如金玛琳和阿图罗，我的特长在于快速飞行和特技动作。幸运的是，M机器高亮了我的目标，让我有充分的时间坐直身子，微调准星。

在那儿。我找到了那块石头：卡在太空梭左助推器的金属外壳里的一个耀眼光点——它的大小和人头差不多。

我用光矛刺中那块石头，然后在自己的轴线上旋转，朝反方向加速。那块石头伴随着颠簸弹了出来。

"我又能控制飞船了，"狄俄涅飞行员说，"助推器恢复可用了！"

"太棒了，"我说，"跟着我。"

那艘太空梭以令人欣喜的笔直轨迹跟在我身后，靠近希修的飞船。等我们三个会合以后，那边的克雷尔无人机便四散离开。就像我期望的那样，它们没兴趣和形成组织的敌方队伍战斗。那架会说话的无人机不见踪影。我想她也许躲回某颗小行星边上去了。

"希修船长，"我说着，为我们三个创建了私人通信频道，"我给我们又找来了一艘飞船。"

"干得漂亮，阿拉妮克船长。"希修说，"新来的这位，你的武器和特长是什么？"

"我……两样都没有。"太空梭里那个狄俄涅人说，"我的名字是莫里乌莫。"

"狄俄涅人？"希修说着，嗓音里显然带着惊讶。他让飞船转了个方向，透过对方船首部的玻璃看到了控制台前的莫里乌莫。"不仅仅是个狄俄涅人，还是个未生者。有意思。"

我们三个开始了缓慢的巡逻路线，搜寻我们有能力帮助，而且可以邀请加入的飞船。莫里乌莫的飞行技术不差，但他显然没多少战斗经验，因为每次有敌人尾随，他都会陷入恐慌。

但他非常努力，也勉强跟上了我，而我带着几架克雷尔无人机回到'大到足够'号那里，后者精准地将它们击落。战火蔓延开去，落单的飞船在小行星带的更深处寻找掩护。克雷尔无人机开始结队徘徊，但激烈交火越来越罕见。

我向另外几艘飞船发出了邀请，但他们似乎都在全神贯注地驾驶，没有停下的余裕。我在中途瞥见了那艘飞掠而过的黑色飞船，它把尾随的那两架无人机远远甩开。布蕾德又一次对我的提议置若罔闻。

"这场测试还有多久？"我问，"他们得到的信息还不够多吗？"

"剩余七分钟。"M机器说。

我们经过另一块被毁飞船的残骸时，我发现自己的怒气在增长。没错，他们警告过我们，这场训练可能有危险。但用实弹攻击民用级飞船？我原本就痛恨至尊同盟，这件事简直让我对他们恨之入骨。他们怎么能如此无情地漠视生命，却又在同时假装文明和智慧？

结束的时刻终于到来。无人机一致转向，返回了那座采矿平台。温契克的声音在通用线路里响起，当他向表现出色的幸存者们道贺时，语气显得沾沾自喜。

我和希修、莫里乌莫折返回去。从结果来说，撑过这场测试的还有大约五十艘飞船。M机器迅速点算了那些中途退出、已被拖回的飞船的数量，然后将这两个数字相加，再用总数减去，由此粗略估算出被毁飞船的数量。

"十二艘飞船被毁。"它说。

比我预想中要少，而在混乱中，数量看起来要多得多。但这仍然代表十二个人死去了，遭到至尊同盟的杀害。

你还能指望他们怎么做？我的心里有个声音在问，你很清楚他们能做到什么。他们八十年来都在杀害人类。

我们让飞船降落。我有些提心吊胆，唯恐会有某种陷阱，或是"惊喜"式的二次测试，但这种事没有发生。我们平安地落在平台上，人造重力将我们的飞船固定，笼罩平台的大气层为打开舱罩的我们提供了新鲜空气。

其他幸存的飞行员聚集在平台另一头的舞台附近，看起来惊魂未定。通常在一场战斗结束后，我的感受和这里的许多外星人差不多，耗尽了力气，因为战斗需要的高度注意力与集中力使我疲惫不堪。但在今天，我爬出座舱，落到平台地面上的时候，却感到怒火中烧。

什么样的蠢货才会安排这种测试？我想起了自己在挑战军受训的第一天就被派上战场的时候，是多么震惊。但即便在那时，即使是为了拯救面临存亡危机的同胞，铁甲也只是让我们负责虚张声势。而在这儿，至尊同盟强大、稳定又安全，他们却要白白浪费对他们深信不疑的热心飞行员的性命？

　　我挤过那群外星人，朝温契克和其他测试管理人员走去，张开嘴想要——

　　"你们这些家伙究竟有什么毛病！"有个声音在我身后吼道。

　　我愣在那儿，把自己的感叹抛到了脑后。我转过身，惊讶地看到了一个魁梧的外星生物，看起来和大猩猩有几分相似。他胳膊下面夹着一只硕大的战斗头盔，从我身边挤过，手指着温契克。

　　"实弹？"那个大猩猩外星人喊道，"用在测试操练里？你们的所作所为等同于谋杀。以最深邃的虚空的名义，你们到底在想什么？"

　　我沉默地听着他的呼喊，其中似乎蕴含着和我同等的愤怒，响亮程度却是我的两倍。

　　"你们自己在放弃权利书上签了字。"温契克最后说。他的手举在铠甲保护的胸口前方，以此表示那个生物的勃然大怒带给他的惊恐。

　　"让放弃权利书滚到虚空去！"那个外星人大喊，"就算我让一个孩子签下允许我踢打他的文件，也改变不了我心肠狠毒的事实！那些人根本不清楚自己会惹上什么麻烦！你该为此感到羞愧。"

　　不同长相和体形的生物纷纷远离那个大猩猩外星人，而舞台上那些官员也一副目瞪口呆的模样。"我们……我们需要弄清谁在面对攻击时保持镇定，"温契克最后解释道，"我们也给无人机的驾驶员下了命令，让他们不要伤害那些放弃的人。哎呀呀！如此好斗。"

　　"你们应该用空包弹！"我说着，走到那个大猩猩外星人的身边，"就像任何一支精神正常的军队操练时那样！"

　　"那样又该怎么测试他们？"温契克问我，"他们会明白那不是实弹。对抗探究者会给心智带来极大的负担，乌戴尔的阿拉妮克。这是判断谁才具备能力与冷静的唯一方法。"

"唯一方法？"那个大猩猩外星人问，"那让我们换个测试方法！我们可以试试你能承受多重的打击，就从给你的脑壳一榔头开始！"

"哎呀呀！"另一个官员说，"这是威胁？"

"没错，"温契克说着，做了个赶人的动作，"如此好斗！布尔族的古尔扎赫？你被除名了。"

"除名……"古尔扎赫气急败坏地说，"你以为……"

我迈步向前，想要让至尊同盟的官员们见鬼去，但有个声音在我耳中响起，打断了我的动作。"斯潘莎？"M机器说，"请别害我们被开除。想想我们的任务！"

我愤怒地看着几个持枪狄俄涅护卫逼退了那个大猩猩外星人，差点再次喊出声来，但随即有人挪动到我身旁。是莫里乌莫，那个阴阳脸的狄俄涅人。

"阿拉妮克？"他用恳求的语气对我说，"来吧，阿拉妮克，我们去吃点东西，他们应该在下面给我们准备好了。你的种族是需要进食的，对吧？"他朝我鼓励地点点头。

最后，我跟着莫里乌莫离开了。

16

莫里乌莫和我跟在那群兴奋的外星人后面，走向一座通往矿站内部的宽阔楼梯井。就在下楼梯之前，我看到一艘拖船将一架黑色克雷尔王牌战机拖向附近的机库。我无声地咒骂起自己来。我一直留意着布蕾德的动向，试图和她搭话，不过看起来，她默默地降落在了远离其他人的地方，早已不见踪影。

我叹了口气，开始走下楼梯，努力跟上莫里乌莫，后者独自走在人群后方。那群人缓缓沿梯而下，在楼梯底端的门口排起了长龙。

"多谢你刚才打消了我做蠢事的念头。"等待的时候，我对莫里乌莫说。

"我才要感谢你，因为你救了我的命！"莫里乌莫说。他抿住嘴唇，看起来像是在生气，但我开始怀疑自己只是没弄懂狄俄涅人的表情，因为他接下来的话很友好。"你是个非常出色的飞行员，阿拉妮克！比我见过的任何人都要出色。"

"你见过很多吗？"我问，"我是说，你不是……很年轻吗？"

"噢，是的！"莫里乌莫说，"我两个月大，但我拥有双亲的一部分记忆和技术。他们中的一位，我的左亲，在年轻时当过商用飞行员，我的技术就是这么继承来的。"

"嘿，"我说着，向下走了一级台阶，"跟我说过话的人对于你来参加测试这件事很吃惊。为什么狄俄涅人会出现在这种选拔上？为什么其他狄俄涅人没想过做这种事？如果这问题太过无礼，就当我没问。"

"不，不，"他说，"这问题一点都不无礼。和平在上！我们一向鼓励次等种族了解我们的做法，因为我们希望这能促使他们接近一等智慧。问题的答案很简单。这场测试里没有其他狄俄涅人，是因为我的种族拥有细心培养的灵魂，彻底清除了争斗和暴力的欲望。来到这里接受杀戮训练，哎呀，这简直无法想象！"

"可一些无人机的驾驶员不也是狄俄涅人吗？"我问。

"有些人当过，但从来都不长久。无人机驾驶员几乎全都是泰纳西人。"莫里乌莫解释着，提到了我尚未见过的至尊同盟领导种族之一的名字，"他们拥有一种特殊能力，能在战斗的同时不会变得情绪化。我们其他人的天性都非常和平。"

"可是，"我说，"对于派出无人机杀害一群毫无防备的飞行员的做法，你们狄俄涅人的领袖却没有任何意见？"

"这……"莫里乌莫看着自己的双脚，走下又一级台阶，"这是意料之外的事。我敢肯定那些官员知道自己在做什么，而且他们是对的，把只会逃跑的人送进战场没有好处。所以某种程度的极端测试是必要的，对吧？"

"在我看来，他们就是一堆伪……"我开口道。

"斯潘莎，"M机器在我耳中说，"我不特别擅长预测有机物应有的社交反应，但或许你不应该侮辱自己交到的第一个狄俄涅人朋友？我们也许还得跟他们打听一些事。"

我费力地咽下那些字眼。M机器或许是正确的。"那你又为什么要来参加这场测试？"最后，我这么问莫里乌莫，"你们的灵魂不是……你怎么说的来着？消除了争斗欲？"

"我……是个特例，"他回答，"我拥有与生俱来的好斗人格，因此必须证明自己。我来到这儿，正是出于这种目的。"

我们最终来到了楼梯底部，进入了一个有低矮天花板的大房间，明亮的白光照亮了自助餐厅风格的柜台和桌子。这儿让我想起了阿尔塔基地的食堂，虽然这里的气味……好吧，不太寻常。我闻到了几种熟悉的味道，有油炸食物和烤面包的香味，还有某种类似肉桂的气味，但其中混入了各式各样的奇怪气味：泥水、烧着的头发、引擎油污，组成了一道无法抵挡又令人困惑的感觉之墙，让我在穿过门口的同时停下了脚步。

"你平时吃什么？"莫里乌莫说着，指了指挂在不同服务站上方的几块标牌，"我猜是碳基植物？那儿还有矿石鸡尾酒，不过我怀疑你没法代谢那种东西。另一头的队伍在排队领取实验室人造肉。"从他翻起嘴唇、龇牙皱眉的模样来判断，最后那种食物似乎让他不安。

"呃……"我努力思考阿拉妮克应该怎么回答。

"你的种族，"M机器在我耳中说，"在饮食方面和人类大致相似，不过摄入的坚果较多，肉类较少，而且不喝奶。"

"真的？"我低声说着，和莫里乌莫一起走向领取蔬菜的队伍。我朝自己的胸口摆摆手。"阿拉妮克也有胸。这些是干吗用的？装饰？"

"我应该说'其他生物的奶水'，"M机器说，"你的种族觉得那种东西非常恶心。顺带一提，我也一样。你有没有想过，你们有机物会从身上的孔洞里喷出多少种奇怪的液体？"

"不比你身上的孔洞有时候会'喷出'的主意更怪，M机器。"

我跟着莫里乌莫排队等候，最后拿到了一盘沙拉，看起来和藻条有点相似。M机器向我保证说，它同时适合我和阿拉妮克的生理机能。

我们领取食物的时候，我不由得注意到其他飞行员为我们留出的空间有多大。

我去端水的时候，被迫挤到了两个魁梧的大猩猩外星人之间，而那些布尔人看都没看我一眼，所以每个人保持距离的对象并不是我，而是莫里乌莫。没错，我这么想着，喝了一口杯子里的水，同时穿过人群间的另一道空隙，朝他那边走去，他们害怕莫里乌莫。其他种族的成员会时不时瞥他一眼，仿佛怀疑或是担心这个为次等种族准备的地方有狄俄涅人存在这件事。

我端着托盘走向房间角落附近的一张空桌。这儿的肉桂气味很浓，但当我想要坐下的时候，莫里乌莫抓住了我的胳膊。

"那儿不行！"他嘶声说，"你疯了吗？"

我皱起眉头，看着那张空桌——它和别的桌子没什么区别。莫里乌莫领着我走向另一张空桌，然后坐了下来。

见鬼，我根本不知道自己在做什么。那张桌子有什么问题？我困惑地坐了下来。我得尽快偷走一台超推进器，因为我迟早会搞砸这次行动。

"所以，呃……"我舀了一勺沙拉，对莫里乌莫说，"你说过你才活了，呃，两个月？"

"对！"莫里乌莫说，"我会在三个月内作为婴儿出生，但我会在成长时保留这些回忆。或者说……好吧，我希望自己能在三个月内出生。至于我能否进入生育过程的最终阶段，取决于我的家族成员是否赞同这是个有资格加入他们行列的优秀人格。"

"这可……嗯？"太怪了。

"与众不同？"莫里乌莫提议道，"我明白这不是大多数种族的做法。"

"我不想惹你不愉快，"我谨慎地回答，"不过是的，在我看来有点怪。我是说，这具体是怎么运作的？你现在是有两颗大脑吗？"

"是的，我的大多数内部器官都有两份，但多余的手臂和腿会在结茧过程中被吸收，我双亲的大脑也暂时链接在一起，发挥着一颗大脑的作用。"

哇，真是一场奇妙的对话。

"恕我冒昧，"他说，"你看起来是属于通过两个不同性别——男性和女性——进行有性生殖的种族，对吧？"看到我点头的样子，他续道，"这是本银河系内最普遍的生物学范本之一，但没人清楚原因，也许是平行进化。我更喜欢那个理论：你们拥有共同的祖先，而他们早在拥有石器之前就能运用赛托超跳跃往来于群星之间了！"

我的身子坐得更直了。"你说赛托超跳跃？"我用尽可能无知的口气问。

"噢，你也许还不了解这种事！"莫里乌莫说，"人们过去可以只用头脑进行超跳跃。这么做非常危险，但我认为这是个有趣的理论，可以解释来自不同行星的一些种族为何外表相似。如果能证明这点，那该是多让人兴奋的事啊，对吧？"

我点点头。或许我的确能在这儿了解些关于自己的事。"我很好奇，他们是怎么做到的？你了解具体过程吗？"

"不，"他说，"只有书里提到过，还有关于这么做很危险的警告。那些文字非常谨慎地避开了所有细节。"

该死。我仔细打量莫里乌莫，也能看出莫里乌莫左右两个半边的脸有不同的五官，我现在才想到去确认。的确是两个人以某种方式融合为一，创造出了莫里乌莫。这名个体比我见过的大多数狄俄涅人都要高大，哪怕只有几厘米的程度。在这种"蛹化"过程中，他的双亲肯定减少了大量体重。

我意识到自己正盯着他瞧，于是红着脸把目光转回自己的沙拉。"抱歉。"

"没关系，"莫里乌莫笑着说，"我能猜到这显得有多奇怪。我也很好奇，有那么多种族以你们的方式繁殖后代，却想都没想过去挑选新生儿的人格。你们只能交给随机因素来决定！而我可以和自己的家族互动，他们能决定自己喜欢的是不是这个版本的我。"

我觉得这句话的某些部分让人非常不安。"如果他们不喜欢呢？我是说，不喜欢你。"

莫里乌莫犹豫片刻，戳了戳自己的食物。"噢，那样的话，等我过三个月进到茧里的时候，我的双亲会断定我不太合适，他们会重新蛹化，而我会以另一个人格出现。家族会用那个版本做五个月的试验，然后我们会最终选定人人都喜欢的那个版本。"

"听起来很危险。"我说，"我是说，没有冒犯的意思，但我不觉得我喜欢其中的暗示。你的家人可以持续不断重组你的人格，直到他们满意为止？我可不觉得自己能让任何人满意。"

"非狄俄涅人总会说类似的话，"莫里乌莫说着，坐得更直了些，"但这个过程为我们创造了非常和平，而且具备一等智慧的社会。不过它的确给了我压力，让我急于证明自己。"他朝着满是飞行员的房间摆摆手，"它促使我做出极端的举动。就像我告诉过你的，我这个版本的人格有些……好斗。我心想，如果我能向家人证明这是件好事呢？也许我参加飞行员招募的行为很冲动，但时间只剩下三个月，这么做似乎是我证明自己的最好方法。"

"可……"我张口想要反驳，但声音逐渐小了下去，因为我注意到一张新面孔进入了餐厅。好吧，是一组新面孔，差不多五十个奇盛人，每个只有大概十五厘米高。这些毛茸茸的生物朝我们的饭桌大步走来，大部分穿着海军式样的小巧白色制服，蓬松的尾巴在身后竖起。

我忍住没笑出声来。他们似乎是个擅长星际航行的强大种族，在战斗中勇敢而又忠诚。可……见鬼，他们也真的很可爱。

他们在我身旁那张空椅子边停下脚步，其中几个在旁边架起了一段阶梯。另外那些匆忙爬上，然后架设好另一段通向桌面的阶梯。最后，希修沿着阶梯爬到了桌面上，仍然穿着他的红色丝制正装。他朝我抬起一只爪子，手指捏成拳头。在近距离观察下，我能分辨出他白色软毛覆盖的口鼻上的红色图案，那种颜色也出现在了他又长又尖的耳朵边缘。

"乌戴尔的阿拉妮克！"他说，而他衣领上的翻译装置用果敢而深沉的嗓音呈现出来，"今天，我们为胜利欢宴！"

"奇盛的希修船长！"我说着，模仿了他握拳的动作，"你是在午餐时间才刚刚回来的吗？"

"我们去取了自己的食物，然后带到了这儿。"他说，"我们不相信至尊同盟的自助餐厅有能力提供合乎我们身份的宴会菜式。"

另一个奇盛人拿着一张大过了头的椅子赶来，然后放到桌面上，而希修坐了上去，毛茸茸的尾巴从椅背伸出。其他人搬来一张小桌子，摆在他面前，然后铺上桌布。

"所以，"希修说着，目光从我转向莫里乌莫，"我们三个是同事了，对吧？我们要不要定下互助和支援方面的正式协议？"

我瞥了一眼莫里乌莫。"我还没想过那么多。"我说。

"如果我们想在未来的战斗中幸存下来，就需要可靠的盟友。"希修续道，"不过说实话，我也不知道让狄俄涅人加入我们小小的舰队，对我们的进展会是助力还是妨碍。"

"恐怕是妨碍。"莫里乌莫说着，再次低头看着自己的餐碟，"官员们对我的要求会比对次等种族更严格。"

"那么奇盛人会欣然接受这种额外的麻烦，"希修严肃地说，"也许这最后能够证明，我们有资格成为至尊同盟的合格公民。"

"你们知道接下来会发生什么吗？"我问他们，"我们通过了测试，对吧？"

"接下来我们会接受对抗探究者的训练。"莫里乌莫说。

"这意味着什么？"我问。我还是不清楚自己要做的是什么。

"这很难说，"希修说，"我不认为有人能预想到今天的测试会如此残酷。"他说话的时候，另一群奇盛人端来了一盘盘热气腾腾的食物，摆放在希修的桌上。有个穿着丝制连衣裙的奇盛人为他切好了食物，开始喂给他吃。其他人忙碌地把宴会菜肴放到我们桌边的几张椅子上。

"至尊同盟很奇怪，"希修在咬着小巧肉排的空隙间继续道，"官员们会非常努力地保护无辜者纯粹而平和的生活，可一旦你超过了礼节允许的限度，他们就可能采取迅速而残忍的报复。"

"至尊同盟很明智，"莫里乌莫说，"它存在了几个世纪，为数以十亿计的生物带来了安全与繁荣。"

"我不否认那些事实，"希修说，"我的同胞也渴望提高我们的公民权等级。但某些部门，尤其是保护服务部缺乏共情能力到了令人不安的程度，这也是不容辩驳的事实。"

我点点头，随后沉默笼罩了这张桌子。吃饭的时候，我不由自主地把注意力转向了我多半一直能感受到的那样东西，那是……群星的呼唤。"星景"的赛托能力压制场消去了它的声音，但在这座太空站上，我又能听到那种歌声了。我没法分辨它的内容，但我脑海深处的声音意味着这座太空站正在与外界通信。

我放下叉子，闭上双眼，想象自己飞翔于群星之间，就像奶奶教过我的那样。我感到自己在漂流。也许……也许我可以跟随那些看不见的痕迹。会不会其中一些通向岩屑星，以及部署在那里的至尊同盟势力？

我找不到任何相关的线索，但确实在附近感觉到了另一种东西，某种隐约透出熟悉感的东西。那是什么？

布蕾德，我想起了早先的感受，于是反应过来，*她不在房间里，但她就在附近。*

我睁开眼睛，扫视周围。热闹的自助餐厅里满是正在吃喝的外星人，而某些外貌像是石头的奇异生物则在往脑袋上浇灌液体。

那种感觉来自房间外。我找了个借口离席，说我得去一趟洗手间。莫里乌莫为我指了路，而我钻出餐厅，看向莫里乌莫指给我的方向。一连串房门沿着走廊排开，每一扇都挂着标牌，说明里面配置了哪种处理设备。

我看向另一个方向，布蕾德的赛托感应似乎就是从那儿传来的。那边没有我能看到的守卫，于是我悄悄走了过去。

我来到一侧的某扇门边的时候，那种感觉更强烈了。门开了一条缝，我向内窥视，发现布蕾德的确在那儿，而且正在和一群狄俄涅官员说话，其中包括温契克。

17

我蹲在门边，试图偷听温契克和其他官员在房间里说的话。

"嘿！"M机器在我耳中说，差点吓得我一跃而起，"斯潘莎，你在干什么？"我咬紧牙关，专心聆听门后的声音。"噢！"片刻过后，M机器说，"你在躲藏吗？出什么事了？我刚才在计算我们飞回'星景'的路线。你不是要去厕所释放分泌物吗？斯潘莎，你是在不恰当的地方释放了吗？所以你才要藏起来？"

"闭嘴，"我尽可能压低声音说，"我在努力当间谍呢。"

"噢噢噢噢噢。"M机器说。

那些人说话的音量太小，我的翻译器没法拾音。我能听到隐约的话声，但一个字也分辨不出。

"也许你希望我强化你手镯的声音接收性能，然后把翻译内容直接传入你的耳中，免得别针让你暴露？"M机器问，"这会让你的间谍当得更有效率。"

"对。"我轻声回答。

"好的。你没必要这么简洁。"

它通过无线信号关闭了我的别针，开始将另一个房间的声音直接送入我的耳机。我手镯的拾音功能比别针和我的正常听觉要灵敏得多，而M机器在将人声与背景杂音隔绝方面要优秀得多。

"——早该想到会是这么一场灾难，"某个官员在说，"那些无人机驾驶员受训的内容是和岩屑星保护区的人类战斗！他们开火的时候攻击性太强了。"

"这些伤亡很不幸，"那是温契克带着平静语气的声音，"但你们不必担心反响。这是一次事故，与攻击性无关。"

"有十多个死者！"另一个官员说。私下里，这些狄俄涅人远没有在外面和那个大猩猩布尔人说话时那么冷静。"那些可怜的家庭！"

"如果我们没有准备好抵挡探究者的战斗力量，那些可怜的家庭只会被彻底摧毁。"温契克说，"哎呀呀，我部门的压制者会处理那些关于不公正的抗议的。你们已经尽到本分了。"

"噢，好吧……"另一个官员说，"我猜，只要你觉得这次测试有效果就好……但你有必要把人类带来这儿吗，温契克？她让我很不舒服。"

"哎呀呀，提兹玛，"温契克说，"你担心得太多了，而且总担心没必要的事！不如考虑一下种族融合部和他们坚持让几个非常好斗的种族参加选拔的问题吧。库纳肯定有什么打算。那个新来的阿拉妮克用的是人类的战斗策略。因为过去和祸患的长期联系，她的族人相当危险，应该继续维持隔离才对。"

我背靠墙壁，皱起眉头，然后感觉到了什么。那是某种意识，而且正在推挤我的意识。

"怎么？"里面有个官员说，"出什么事了？人类为什么站起身来，一副警惕的样子？她真的受过像样的训练吗？"

蠢货。如果我能通过感应"听到"布蕾德，那她当然也能"听到"我。我猛地转身，匆忙穿过走廊。我大汗淋漓地放慢脚步，重新走进餐厅里，在我们的桌边坐下，努力让自己显得若无其事。

片刻过后，温契克出现在门口，扫视房间。等我和希修以及莫里乌莫重新开始交谈的时候，我用眼角看到那个克雷尔人的面甲转向我们这边，在我们身上徘徊不去。然后他转身离开。

不久后，一队狄俄涅官员拿着数据板走进了房间。他们穿行于饭桌之间，和不同飞行员谈话，并且给出指示。

"我们面对的是阿拉妮克，"他们来到我们的桌边时，有个深红肤色的狄俄涅官员说，"那位非公民！你在测试里的表现相当出色，不仅展示了优秀的飞行技术，还救助了身处困境的其他人，真是令人欣喜。我们会让你和'大到足够'号及其船员组成一支队伍。我想你应该能接受这种安排吧？"

我看了一眼希修，后者站起身来，拍了拍手。这……似乎是表示赞同的手势？

"我很乐意，"我说，"谢谢。"

"现在，"那官员说着，翻动数据板的屏幕，读了起来，"我要和你们两个讨论一件有些……敏感的事。我们要给你们的小队增加另一名成员，那是一位老练又有能力的飞行员，非常老练。"

"那我们很欢迎！"希修说，"这个人是谁？"

"是个人类。"那个官员说。

莫里乌莫轻呼一声，双手掩面。希修立刻坐回椅子上，有个奇盛人马上拿着扇子出现，飞快地为他扇风。我尽可能露出了惊讶和恐惧的表情。

"噢，你们不必担心！"那个官员匆忙说了下去，"这个人类得到了充分授权。我可以为你们出示文件。"

"为什么我们要用一种邪恶去对抗另一种？"希修说。

"没错，"我说，"那些家伙奴役了我的同胞几十年！我可没想到你们会允许他们在这个银河系里自由往来。"

"这个人类受过非常良好的训练，"那位官员说，"我们需要测试她能否对抗探究者。"

"如果这个人类非常适合对抗他们呢？"希修问，"你们会建立只有人类的小队和舰队吗？这就像招募狼来看守你们的羊。到头来，你们还是会失去自己的羊。"

我觉得这比喻很奇妙。他真的用了"狼"和"羊"这些词吗？又或者，他说的是某种外星词汇，在翻译成英语时换成了某种相似的东西？

无论如何，我也不确定该不该让布蕾德加入我们的小队。她是个赛托能力者。假以时日，她会不会看穿我隐藏的人类身份？我不禁怀疑，她被分配到我们的小队，正是为了监视我。

但与此同时，她对身为赛托能力者这件事多半也有更深的了解。她也许知道让我的能力正常运作的秘诀。她也许……能够解释我是怎样的存在、我们是怎样的存在。

"我相信，"我缓缓地说，"至尊同盟知道自己在做什么。"

"我的同胞和人类有一段很长的历史。"希修说着，靠向椅背，让仆人继续为他扇风，"在我们仍然拥有阴影行者的时代，我们的同胞行走在我们的星球与人类的母星地球之间。这简直是一堆等待火花的篝火。"

"如果您觉得不可接受，陛下，"那个狄俄涅人说，"我们可以将您从小队名单中除名。"

"当然了，我需要先征询同胞的意见，"希修说，"因为我不是他们的国王，只是在完全合法的民主体制下的众多同等人物之一。"

他周围的其他奇盛人用力点头赞同，不过其中两个仍在给他扇扇子和喂他进食。

"所以这肯定代表我们通过测试了，"我说着，转换了话题，"我们要接受对抗探究者的训练了吗？"

"对，"那个官员说，"我们明天会派太空船去接你们，就在'星景'时间的1000。它会把你们送到我们的训练场地。恐怕你们必须留下自己的星际战机，用我们的设备训练，但我们会准备好适合奇盛人的飞船，希修船长。"

至尊同盟的飞船正是我想要的东西。我还是不清楚该怎么趁机偷走新飞船上的超推进器，更别提搬到 M 机器那里并跳跃返回岩屑星了，但至少我朝着实现目标的方向前进了一大步。如果我要跑到离 M 机器很远的地方，就必须再三确认我的全息伪装不会失效。

"为了以格外谨慎的态度对待人类，"那个官员说，"我们在你们的小队里安排了一名费格蒙特人[1]。你们也许注意到了，那一个也参加了测试。这名个体喜欢被人当作女性看待，并且要求你们直接称呼她'薇珀'。"

这话让希修坐直了身子。"你说费格蒙特人？"他说着，用一根长着尖利指甲的手指轻敲软毛覆盖的下巴，"至少这让人安心了些。"

咦，那是什么？"费格蒙特人"？我扫视周围，试图找出他们提

1　费格蒙特（figment）：字面意思为"虚构物"或"臆造物"。

到的东西。然而，没等我开口询问，那个官员就把话题继续了下去。

"好极了，"那官员说罢，漫不经心地指了指莫里乌莫，"然后是你。请跟我来，我会说明对你的安排。"

"什么？"我说着，突然警觉起来，"莫里乌莫不会跟我们一起？"

"他会被安置在单人小队里，"那官员说，"这样才合适。"

莫里乌莫缓缓地站起身来，表情悲伤。"刚才的聊天让我很愉快，阿拉妮克。"

"不，"我说着站起身，感到自己的脸颊因愤怒而涨红，"我们是一个小队，莫里乌莫要跟我们一起。"

莫里乌莫和那个官员都以震惊的表情看着我。噢，就让他们震惊去吧。我交叠双臂。"一个人的小队有什么用？把莫里乌莫留在我们这儿吧。"

"你们团队已经有四个人了，"那官员说，"这是我们决定好的小队规模。"

"这房间里的人数不可能刚好是四的倍数，"我说着，指了指坐在附近桌边的飞行员们，"另外，我们已经是个有人类成员的奇怪小队了。我们用得上额外的飞行员，免得那个恶毒的生物背叛我们。"

"好吧，"那官员说着，在数据板上打起了字，"好吧，我猜我们可以重新安排一下。"他谨慎地抬头看看我，然后继续输入。"请为明天来接你们的太空梭做好准备。你们会各自分配到一套至尊同盟飞行服，明早就能送到。你们每晚会被送回'星景'，所以没必要收拾替换用的衣物，但如果需要在中午补充养料，请准备好自己的食物补给。早上请务必准时。"

说完，那狄俄涅人转过身去，匆忙离开。

"你不必这么做的，"莫里乌莫对我说，"我来参加选拔的时候，就很清楚自己会被孤立。"

"噢，好吧，一旦我咬住什么人，轻易是不会松口的，"我说，"这才是战士的做法。"

"真是种……令人极度不安的比喻。"莫里乌莫说着，坐了回去，

"不管怎么说，谢谢你。我确实不希望孤立无援。"

"等等，"我说着，扫视桌边，"他说了团队里有四个人。刚才提到的'薇珀'是谁？"

"是我。"有个平静而轻柔的声音说。我吓了一跳，转身去看，却没发现任何人。强烈的肉桂气息扑面而来。确切地说，是烧焦的肉桂。

"欢迎，不可见者。"希修说，站起身，深鞠一躬。他的其他船员也有样学样。

"你是……隐形的？"我惊讶地问。

"我是个费格蒙特人。"那个轻柔的女声说，而我发现自己认得那个声音。我之前听过。

"那架帮我救下莫里乌莫的无人机！"我说，"你就在那艘船上。"

"费格蒙特人，"希修说，"以能够渗透飞船并将其接管而著称。"

"所以，那些无人机都是……你这样的人操纵的？"我问。

"不，"那个不具实体的声音说，"我们的数量不多。我只是为了测试接管了其中一艘飞船，不过违背了遥控它的操作员的意志。"

难以置信。可她究竟是什么？一种气味？我是在和气味说话吗？那种清晰的气味逐渐淡去，但我不清楚这表示薇珀正在离开，还是……别的什么？我发现"看不见的生物"这个概念让我非常不安。谁知道她会在什么时候看着我们？

午餐时间结束了，其他餐桌边的生物陆续离开，返回自己的飞船。希修热情地向我们道别，然后爬下他的船员架设的阶梯。这群超过五十只的小巧狐狸收拾好东西，一起快步走出门去。

莫里乌莫和我跟在后面，最后来到了太空站表面的露天地带。黑色的天空高挂头顶，星辰散落其上。飞船三三两两地起飞，随后返回"星景"。

我向莫里乌莫道别，然后走到 M 机器那里，爬上它的机翼，以便进入驾驶舱。

"有些工程师趁着你在下面的时候过来检查我，"M 机器说，"但我吓跑了他们，让他们以为自己不小心触发了什么警报系统。"

"好主意。"我说。

"这跟说谎差不多，"它说，"就像你说过的，我可以做到。只要条件合适。"

我们准备离开的时候，我再次感觉到了某种推挤我意识的东西。我看向那种感觉传来的方向，注意到一对半开着的机库门。我看到有个影子站在里面，布蕾德正注视着我的飞船。

"我不太喜欢你明早要独自离开这件事，"M机器说，"而且还要驾驶另一艘船。"

"嫉妒了？"

"也许吧！如果我能感觉到那种事，倒也不错。不过说真的，我觉得这很危险。我们需要仔细检查你手镯的全息投影装置。它的中央处理器应该能在没有我协助的情况下管理你的全息影像，但我们应该首先观察一阵子。我跟你一起去会比较好。"

"我真的不觉得我们有选择，"我说着，起飞并离开了平台，"我们得想办法弄到至尊同盟的飞船。"

"他们可能不会给你能超跳跃的那种，"M机器说，"至少一开始不会。"

"我考虑过这点了，"我说，"但如果我能赢得他们的信任，他们就很可能会放松对我的戒备。我也许分配不到能够超跳跃的星际战机，但我也许可以接近其中一架。就算我没法偷走超推进器，至少有可能拍到几张照片。"

"照片可没法让我们回家。"

"我知道。这方面我还在想办法呢。"

我们飞向"星景"的时候，我细想了一遍，意识到自己在不经意间得到了后备计划。温契克和那群人把我和他们的宠物人类分配到了同一个小队。布蕾德知不知道，有颗星球上全是她这样的人类，而且还拥有自由？如果我给她合适的机会，或许她愿意逃去那儿？

如果我没法从至尊同盟手里偷走超推进器，也许我可以转而偷走他们的赛托能力者。

18

我把 M 机器停在"星景"的大使馆顶上，然后靠向椅背，突然觉得精疲力竭。

当阿拉妮克太累人了。我习惯了顺应直觉，做符合我天性的事。我到目前为止的人生都是这么度过的。我承认自己偶尔会遭遇坎坷或者困境，但我从来没必要假装成自己以外的人。

我叹了口气，终于按下舱罩的开启键，站起身来，伸展肢体。这座大使馆没有能帮我搬来阶梯的地勤人员，于是我爬到机翼上，然后跳了下去。

"总体来说，"M 机器对我说，"我认为进展顺利。我们没死，而你确实想办法加入了他们的军队。"

"虽然就剩一层牙齿皮了[1]。"我说着皱起眉头，想起了那个大发雷霆，然后被扫地出门的大猩猩布尔人。如果我早那么一点去找温契克，遭殃的就该是我了。

"你的牙齿有皮吗？"M 机器问。

"恐怕没有。"我说着，走开几步，接上了 M 机器的充能缆线和网线，"说实话，我也不确定这句谚语是怎么来的。"

"唔。噢！好吧，它来自《圣经》的英语版本。那是旧地球的一套非常古老的圣典。"

我接好最后一根缆线，然后漫步走下楼梯，去卧室查看末日虫的情况，而它朝我发出了兴奋的笛音。我在离开前搬来了一只垃圾箱，在里面放了些碎蘑菇，而从剩下的碎屑来判断，它觉得这算是可以接受的食物。我挠了挠它，然后注意到墙上亮着一盏小小的指示灯。指示灯在闪烁，代表有东西送到了，于是我步履沉重地下到底楼，查看

1　就剩一层牙齿皮（by the skin of teeth）：含意类似"千钧一发"，出处见下文。

了投递箱。在今早出发前，我下了几个订单来试验我的申请权。

在投递箱里，我找到了一包符合我尺码的新衣服，外加一些化妆用具。我拿起所有东西，走向楼上的厨房，在那儿煎了一小块藻饼，就着小圆面包吃完，然后回到了盥洗室。拥有属于自己的盥洗室，感觉还是有点怪。见鬼，这整栋楼都是属于我一个人的——好吧，属于我和我的宠物鼻涕虫，后者在我经过走廊时坚持要我再挠挠它的脑袋。

我看着盥洗室镜子里的自己——或者说，我身上的阿拉妮克的幻影。末日虫没注意到我用的不是自己的脸，我心想。它显然是通过声音和气味分辨人的，毕竟它没有眼睛。我发现这副伪装比我想象的还要脆弱。那个名叫薇珀、其实是种气味的生物呢？我是不是应该担心她已经发现我是人类了？

我低声呻吟，感觉不堪重负。我关掉了灯，伴随着释然的叹息取下了全息投影手镯。虽然 M 机器已经搜寻过这地方的谍报设备，但我想更谨慎些，所以一直没有取下手镯。

至于现在，我想做回自己，即使是在黑暗里、即使独自一人、即使只是一小会儿。

我清洗了身子，暂时的放松让我觉得很奢侈。在岩屑星上，我似乎总在忙着这一种或者那一种训练，但在这儿……我可以真正地休息一下，让舱内的洁净剂洗涤我的身体。

最后，我离开清洗舱，叹了口气，重新戴上手镯。我打开灯，从包裹里抽出一套宽松的通用衣物，看起来有点像医疗人员会穿的白大褂。我觉得它可以作为进行各种工作时的工作服，也可以充当睡衣。

我整理起化妆用品来。希望他们看到我的订单时，不会为我忘记了牙膏而惊讶。我在下订单之前和 M 机器全部确认了一遍，但牙膏管背面的警告标签仍旧让我忍俊不禁。我的别针翻译了上面的文字，而它列出了这种牙膏对这个银河系里的哪些种族是有毒的。经营银河帝国似乎需要应付许多我从没考虑过的奇怪问题。

我在镜子前面刷着牙，发现那种牙膏真的有种好闻的薄荷味，比我们在家乡用的那种苦味牙膏好太多了。这似乎就是拥有真正的经济和基础设施的好处：没必要用古老的生物提炼法来制造牙膏。

我的头发留得比平时要长，幸好和阿拉妮克的长度相近，垂在肩部以下几英寸。我在小时候总是留短发，部分原因是讨厌自己的发色。奶奶故事里英雄的发色总是如渡鸦般乌黑，又或者是亚麻金色，也许还有为求多样化而不时加入的火红色。在那些故事里，没有人长着脏兮兮的棕色头发。

但在开启全息影像的现在，它是白色的。我用手指梳理头发，而这种幻影真的很完美，每一根发丝都上了色。我的表情也相当贴合地映射在阿拉妮克的脸上，当我用手指戳自己的皮肤时，也感觉不到任何分别，哪怕我知道自己的五官和她并不相同。

唯一的漏洞在于阿拉妮克双眼下方和脸部侧面的骨状凸起。这些是纯粹的幻影，如果我把手指伸进去，全息影像就会变形。但这副手镯非常优秀，让我的头发看起来像是贴着那些凸起物，而不是从中穿过。

我盯着镜子里的自己，微笑、皱眉，试图找出不对劲的地方，但这幻影非常出色，我几乎无法相信自己看到的是伪装。

难怪我发现自己在像阿拉妮克那样思考了。她会操心头发能不能塞进头盔之类的事吗？对于我冒充她这件事，她会有什么感想？

别相信他们的和平……他们的谎言……

我梳了梳头发，然后钻进走廊，顺着楼梯前往楼下的卧室。

"噢，"M机器对我说，"你会很感兴趣的。我们刚刚收到了阿拉妮克的同胞回复的消息，应该是通过安全但无人监控的至尊同盟频道送来的。"

"我半点也不怀疑他们已经读过了，"我说着，坐在卧室的书桌边，"让我看看里面说的是什么。"

M机器把回信展示在书桌的工作站上，翻译成了英语。信里对我们平淡的概况描述给出了平淡的回应。这是个好兆头，看起来他们没有立刻联络至尊同盟。"里面有加密的隐藏信息吗？就像我们送去的那封一样？"

"有的。"M 机器说，"这是种非常有趣的密码，以映射到单次密本上的每个词语的字母数量为基础，而密钥存在你的别针里，没有别针的情况下完全不可破解。我猜我又解释过头了。总之，加密信息很简单：'我们想和阿拉妮克谈谈。'"

"送回关于今天测试的报告，然后加密说：'她会在康复以后和你们联络。至于眼下，我正在至尊同盟的内部假扮成她。请不要出卖我。'"

"这回答听起来合情合理，"M 机器说，"我会编写这条信息的。"

我点点头，走向床边。我真的需要睡上一觉，可等我想要躺下的时候，却发现自己并不累。于是我坐到床边的一张椅子里，低头看着两旁林立着高楼大厦的"星景"街道，看着外面的那些人来来往往。一百万个不同的目标，一百万份不同的工作，一百万个会将我视为全银河系最危险的存在的生物。

"M 机器？"我问，"你能听到下面街上那些人的说话声吗？"

"我不确定，"它说，"呃，那是谎话。我听得一清二楚。我的谎话怎么样？"

"别在撒谎以后马上就向别人坦白，这就白费力气了。"

"好吧，好吧。那……呃，我不确定。"他发出嗡嗡声。

"你能不能别现在练习撒谎？我开始觉得有点烦人了。"

"斯潘莎，"它说，"我说谎的时候，你本来就应该不高兴，对吧？你怎么知道我什么时候该撒谎，什么时候不该？"

我叹了口气。

"好吧，行吧，"它说，"我有先进的侦察设备。从这种高度，我可以分离出街上行人的说话声，不过准确度无法保证，也可能受到干扰。怎么了？"

"我只想知道他们会聊什么，"我说，"他们不需要担心克雷尔人的突袭。他们会谈论在工厂的工作吗？会谈论人类吗？或许会提到探究者？"

"我在搜寻样本，"M机器说，"他们目前谈论的内容似乎很普通：去托管中心接孩子、订购晚餐的原料，还有宠物的健康和训练。"

"普通的事。"我重复了一遍，"这些算是……普通吗？"

"这是根据大量可变因素计算出的结果。"

我低下头，看着走动的人们。他们走路的姿态不慌不忙，和我刚抵达时看到的一样。这地方显得很繁忙，但那只是因为有太多的组成部分在同时移动了。单独来说，这儿很和平。普通？

不，我没法相信。这里是至尊同盟，那个名副其实地毁灭了人类的帝国。他们为温契克和克雷尔人提供资源，让他们镇压我的同胞。我耗费人生去接受训练，正是为了对抗这群怪物。这些从不露脸的怪物潜伏在天空之中，轰炸我们的文明中心，让我们濒临灭绝。

"星景"是他们的主要贸易与政治枢纽。这地方肯定是某种门面工程，为的是让人觉得他们帝国的生活很和平。在这条街上走动的人里，有多少是至尊同盟的雇员，受命去装出无辜的模样？想到这点以后，一切变得如此明显：这是一场戏，是让外来者对帝国产生"伟大"的错误印象的手段。

好吧，我不会相信他们关于和平与繁荣的谎言。我亲眼见过他们今天对待那些飞行员的方式。街上的所有那些人，他们都要为我的父亲和朋友们的遭遇负责。

他们不只是一群过着单纯生活的单纯的人。他们是我的敌人。我们是交战的双方。

"斯潘莎，"M机器说，"我不想唠叨，但从你上次睡眠已经过去了十五个钟头，毕竟你正在适应这座太空站的睡眠周期，而且根据我的记录，你昨晚实际上的安稳睡眠仅有四小时。"

"是啊，所以呢？"我没好气地说。

"如果你睡不好，就会变暴躁。"

"没这回事。"

"你介意我录下你的口气，以便在未来的争论中作为针对你的证据吗？"

见鬼，和机器吵架只会带来难以置信的挫败感。它也许是正确的，但我清楚自己就算努力去睡也没法睡着。而且无论它多么聪明，都永远不会明白理由。

于是我换上申请来的那堆衣服里的通用工作连衣裤，回到楼顶。这件连衣裤穿起来就像飞行服，仿佛帆布的厚实衣料，贴身却又不算紧绷，是最好的那种舒适实用的衣物。

"斯潘莎？"我走向 M 机器的时候，它说，"你该不会莫名其妙地惹上什么麻烦了吧？我们该不会要离开……"

"放松，"我说，"我们不能让地勤人员太靠近你，这就代表我必须负责你的维护保养。"

"你说现在？"M 机器说。

"我希望你保持绝佳状态，以防我们需要逃跑时出现状况。"我检查了屋顶的维护用品柜，找到了一些基本的补给品，包括一把装满真空润滑油的油枪。我拿起这些，回到它那边。

"M 机器？"我问，"关于牙齿的那句话，你是怎么知道我用过的？它是在你的数据库里吗？"

"不，"它说，"我是在'星景'的信息库里找到的。这儿有很多关于消失前的旧地球的资料，比你的同胞残缺不全的数据库丰富得多。"

"你能跟我说说看吗？"我说着，开始用油枪给襟翼上油，"说些我们在学校没学过的东西，可以吧？"

"这儿有很多信息，"它说，"要我以字母顺序开始说吗？ A. A. 阿塔纳西奥是个名字很有趣的科幻小说家。"

"跟我讲讲'松叶'的故事，"我说，"还有她是怎么同时跟四位乌鸦氏族的战士搏斗的。"

"落叶，"M 机器说，"经常与被称为'松叶'或者'女酋长'的历史人物联系在一起。她是一位美国女性原住民，出生于格若斯维崔[1]，但有许多关于英勇行为的伪造历史记录与她相关。"

---

1 位于美国怀俄明州山区。

它的口气干巴巴的，显得那么单调。

"那关于她同时对抗四个男人的故事呢？"我问，"她用手里的木棒击中了每一个人，然后利用对方在较量中输给女人的羞愧感将他们俘虏的事呢？"

"的确有说法表示，她在一场战斗中击败了四个对手，"M机器说，"但这段传说是否属实还不确定。历史上，她在击退黑足氏族的袭击时发挥了作用，那也是让她在乌鸦氏族初次赢得声名的事件。另外……你叹什么气？我做错什么了吗？"

"我只是想念奶奶了。"我轻声说。她讲述那些旧地球故事的方式总是生动而鲜活。她的嗓音永远带着热情，而这是M机器无论多么好心都无法传达的。

"抱歉，"M机器轻声说，"这又一次证明了我不是真正活着的，对吧？"

"别犯傻了，"我说，"我也不怎么擅长讲故事，可这不代表我不是活物。"

"狄俄涅人哲学家和科学家赞图声称，标志着真正生命的重要特征共有三个，首先是成长。生命必须随着时间发生变化，而我就变化过，不是吗？我可以学习、可以成长。"

"那当然，"我说，"你改变自己的飞行员这件事就能证明。"

"其次是基本的自我决定能力。"M机器说，"为了改善自己的状况，活物必须有能力应对刺激。我没法自己飞行。如果我能飞行，你觉得这能代表我活着吗？你觉得创造我的人禁止我以自己的意志移动，就是出于这个理由吗？"

"你可以用小型推进器来调整位置，"我说，"所以你在某种程度上已经做到了。如果说植物活着是因为能对阳光做出反应，那你就同样是活着的。"

"我可不想像植物那样活着，"M机器说，"我想真正地活着。"

我咕哝一声，朝襟翼的铰链喷了几下润滑油，光是那种气味就让我好受了些。下面那个房间有点太干净了，就连我在挑战军总部的房间都散发着微弱的油脂与废气的味道。

"生命的第三个标志是什么？"我问，"这位哲学家是怎么说的？"

"繁殖。"M 机器说，"活着的生物有能力制造自己的其他版本，至少它所属的物种在其生命周期的某个时间点有这种能力。我一直在想……你明天需要驾驶一艘新飞船，或许我们可以想办法把我程序的副本上传到那架战机的数据库里。这么一来，你既能得到我的帮助，又可以驾驶他们的飞船。"

"你能做到那种事？"我说着，从机翼那边抬起目光。

"从理论上说，"M 机器说，"我只是个程序。诚然，是需要依赖超赛托速度进行处理的那种程序。但从核心来说，你称之为'M 机器'的东西就只是一组编码而已。"

"你没这么简单，"我说，"你是个人。"

"人只不过是编码信息的有机组合体。"它犹豫片刻，又说，"总之，我的程序禁止我制作主处理代码的副本。有一套故障安全机制会阻止我复制自己。我也许可以改写它，只要……"咔嗒。咔嗒咔嗒咔嗒咔嗒。

我继续忙碌，在程序重启的同时沉默不语。它的制造者想规避它被敌人复制的风险，我心想，又或者……他们是想规避人工智能在无人监管下自我复制的风险。

"我回来了，"M 机器最后说，"抱歉。"

"没关系。"我说。

"也许我们可以想办法绕过……我刚才说的东西。"

"说实话，我也不清楚这样好不好。"我说，"制造另一个你感觉不对劲，很诡异。"

"不比人类的同卵双胞胎更诡异。"它说，"如果要彻底坦白，我也不清楚我的程序知道自己被禁锢在没有超赛托处理功能的普通计算机系统里，又会有什么反应。"

"你说这些词语的口气，就好像我应该知道它们的意思一样。"

"为了创造能像我的头脑那样迅速思考的计算机，就需要通信速度比正常电信号更快的处理器。我的设计能够实现这点，凭借的是微型赛托通信器，后者能通过我的处理单元以超光速传递信号。"

"而且这座太空站的护盾不会阻止这种功能？"

"我自己的屏蔽护盾似乎足以阻止他们的屏蔽护盾了。或者说，呃，这说法有点简化过头，或许还有点自相矛盾。总之，我还是能以必要的速度进行处理。"

"嗯，"我说，"赛托处理器。所以我才能感觉到你的思考。"

"你这话什么意思？"

"有时候，当我在内心深处……做某些事的时候……我能感觉到你，还有你的头脑和你的处理器，就像我有时能感觉到布蕾德那样。但无论如何，讨论复制你都是没意义的，不是吗？我们没法把你转移到新飞船上，因为那艘船没法思考得那么快。"

"我应该承受得了。"M机器说，"我只是会思考得更慢、会变笨，但不会笨到像人类那样，何况你们看起来都适应得不错。"它顿了顿，又说："呃，无意冒犯。"

"我相信你会喜欢上我们的愚蠢的。"

"没门！总之，我想至少找出复制自己的办法，就算只是为了证明……证明我真正活着。"

我绕过它的身体，走向另一边机翼，面露笑容。在我正式加入挑战军，M机器的事也公开以后，地勤人员接管了它的保养工作，但在这之前只有我和罗奇。罗奇完成了大部分困难的工作，但他把很多简单的活儿交给了我，让我上油、修补剥落的油漆、检查线路。

保养自己的飞船让我有种满足感，让我放松身心，平静下来。

我看着它光滑的船身，发现数不清的星辰也在回望着我。深邃的虚空取代了我的倒影，几道灼热的白光刺穿了那片虚空，就像可怕的太阳般注视着我。

是那些眼睛。这儿有个探究者，或者说不止一个探究者，就在我眼前。

我蹒跚后退，油枪"啪嗒"一声落在地上。那些白光消失了，而且我敢发誓，船身上有那么一小会儿看不到任何倒影。就像亮起的屏幕那样，阿拉妮克的模样重新出现，那是覆盖我的全息影像。

"斯潘莎？"M机器问，"出什么事了？"

我无力地倚靠在屋顶上。在我头顶，飞船正沿着看不见的大道行驶。这座城市蠕动和移动着，令人作呕又恼火的"嗡嗡"虫鸣声从四面八方传来，令我呼吸困难。

"斯潘莎？"M机器重复了一遍。

"我没事，"我低声说，"我只是……只是担心明天的事，担心要离开你自己飞行。"

我感到了孤独。M机器很好，但它对我的理解比不上金玛琳或者FM，也比不上约尔延。见鬼，我想他。我想念那些日子：能够向他抱怨，然后听着他理性过头、却不知为何令人平静的论点。

"别担心，斯潘莎！"M机器说，"你能办到的！你非常擅长飞行，比任何人都擅长！你的技巧简直都不像人类了。"

这话让我打了个寒战。简直不像人类。我一阵反胃，弯下腰去，用手臂抱住了双腿。

"我刚才说了什么？"M机器问道，声音变小了些，"斯潘莎？出什么事了？究竟出什么事了？"

"奶奶讲过一个故事，"我低声说，"和其他那些故事很不一样。不是关于女王、骑士或者武士的故事，讲的是一个男人……弄丢了自己的影子。"

"你要怎么弄丢自己的影子？"M机器问。

"那是个幻想故事。"我说着，想起了奶奶第一次为我讲述时的情景。我们坐在洞穴里那些立方形的公寓楼顶，熔铁炉深沉而饥饿的光芒将万物染成红色。"在一个奇怪的夜晚，有位正在旅行的作家于睡梦中醒来，发现自己的影子消失了。他什么也做不了，也没有医生帮得了他。最后，他选择就这样继续生活。

"只是有一天，影子回来了。它敲响了门，愉快地向自己的前主人问好。它游历了世界，也了解了人类，其实比作家本人更加了解。

影子看到了这片土地上的人们内心的邪恶，而作家只是坐在自己的壁炉边，以那些仅有善意的幻想为乐。"

"这可真奇怪，"M机器说，"你的祖母通常给你讲的不都是屠杀怪物的故事吗？"

"有时候，"我低声说，"是怪物屠杀人类。在这个故事里，影子取代了人类。它怂恿那位作家说，它可以向他展示世界的模样，但他要同意暂时成为影子。当然了，等那个人照办以后，影子拒绝给他自由，并取代了他娶了一位公主，又成了有钱人。在此期间，那个变成影子的人类日渐萎靡，变得瘦削而忧郁，奄奄一息……"

我重新看向M机器。"我一直想知道，她为什么要给我讲这个故事。她说这是他们还在群星之间旅行的时代，她的母亲给她讲过的故事。"

"所以你在担心什么？"M机器说，"担心你的影子会取代你？"

"不，"我低声说，"我担心我已经是影子了。"

我闭上双眼，想起了探究者们居住的地方，那个位于时间夹缝之中的地方，那个冰冷的"无处"。奶奶说过在古时候，人类害怕又不信任引擎组人员，不信任赛托能力者。

从我开始看到那些眼睛以后，感觉就不一样了。在去过"无处"以后，我会忍不住怀疑，回来的那个我也许不完全是我自己。又或者，我所了解的那个"我"从来就是另一种东西，某种有别于人类的东西。

"斯潘莎？"M机器说，"你说过你不怎么擅长讲故事，这是谎话。你轻松自如的讲述方式让我很吃惊。"

我看着落地的油枪，后者把一小块透明的润滑剂留在了屋顶上。见鬼，我开始情绪化了。M机器说得没错，我睡眠不足的时候就会做出奇怪的事。

显然这就是事实。缺乏睡眠让我出现了幻觉，所以我才会像这样长篇大论。我站起身，刻意不去看自己的倒影，收起了油枪，在通向大使馆内部的楼梯井边停下了脚步。

想到要睡在那个枯燥又空无一人的房间……还有那些看着我的眼睛……

于是我对 M 机器说："嘿，打开你的驾驶舱，我今晚要睡这儿。"

"你拥有一整栋楼，楼里有四间卧室，"M 机器说，"可你却要回来睡在我的驾驶舱里，就像挑战军禁止你住寝室的时候那样？"

"对，"我说着，爬了进去，拉上舱罩，"能帮我调暗光线吗？"

"我觉得床铺应该会更舒适。"M 机器说。

"也许吧。"我放下椅背，翻出了毛毯，然后坐了下来，听着外面的车水马龙声，那是种陌生却莫名透出责备的声音。

随着我逐渐进入梦乡，剩下的只有与世隔绝之感。身处喧嚣的包围，却独自一人。我身在居住着一千个不同种族的地方，感觉却比在家乡探索洞穴时还要孤单。

PART THREE

第三部分

插　曲

约尔延·维特走进医院，把飞行头盔夹在腋下。也许他应该把头盔收起来，但这方面没有任何规定，而且这么做让他感觉很好，让他觉得自己随时可以起飞，给他以一切尽在掌握的假象。

躺在病床上的那个生物证明事实并非如此。他们给那个外星女子接上了各式各样的管子和监视器，还给她戴上了面罩，以控制她的呼吸，但首先吸引约尔延目光的却是将她的双臂束缚在桌上的那些皮带。挑战军的高官们希望做到格外小心，但斯潘莎似乎认为这个外星人没有危险。

这位飞行员的外星人生理情况让挑战军的医疗人员挠头苦思。他们所能做的无非是给她包扎伤口，希望她最终能够醒来。过去两天里，约尔延至少来确认了六次她的状况。他明白她不太可能在他在场时醒来，但他还是希望能第一个和她对话，询问她那件事。

你能找到斯潘莎吗？

斯潘莎失去联络的日子每多一天，他都会更加担忧。他鼓励她像那样离开，究竟是不是正确的决定？他是否害得她孤立无援，被俘虏，遭受了拷打？

他劝她行动这件事打破了挑战军指挥系统的规章。这么一来，如果她因此被俘……好吧，约尔延想象不出比违反命令更恶劣的行为，他意识到自己这么做是错误的。于是他来到这儿，心怀期待。这外星人是个赛托能力者，应该有办法找到斯潘莎，然后帮她的忙，对吧？

但首先，这个外星人得醒来才行。有位拿着剪贴板的女医生走到约尔延面前，尽职地向他展示那个外星人的状况报告。约尔延看不懂这张表上的大部分内容，但人们往往对飞行员敬重有加，就连最高层的政府官员也经常会为佩戴现役飞行员别针的人让路。

约尔延不在乎那种关注，但他会尊重传统而佩戴别针。他的同胞能够存在和生活，是因为战争机器的正常运作。如果他必须成为机器里最显眼的齿轮之一，他也会庄严地背负起那种身份。

"有什么新状况吗？"他问医生，"告诉我没有记录在图表上的事。她的身体动弹过吗？她在梦里说话了吗？"

那位女医生摇摇头。"什么都没有。她的心跳不规律，我们不知道这以她种族的标准来说是否正常。她能正常呼吸我们的空气，但她的血液含氧量很低。还是那句话，我们不知道这算不算正常。"

和以前一样，即使真有那一天，她的苏醒也可能会在好几周之后。工程人员正在分析她的飞船，但到目前为止，他们还没能破解她数据库的密码。

科学家们大可以继续分析。约尔延想要的秘密藏在这个生物的大脑里。靠近她的时候，他感到了某种……电流。微弱的冲击传过他的身体，就像有冷水飞溅在身上。站在她身旁，听着呼吸机平稳的嘶嘶声的此刻，他能够感觉到。

初次遇见斯潘莎的时候，他也有过同样的感觉。他曾以为这代表好感，而这也是事实。因为无论她有多令人恼火，他都会被她吸引，仿佛扑火的飞蛾。但还有另一个原因。这个外星人也具备那种特质，而他知道，他的家族血统里深埋着同样的东西。

他转向医生。"请做个笔记，一旦她的情况发生任何变化，就立刻通知我。"

"我就是这么做的。"医生回答。

"根据这张图标底部的编号，你已经更新过她的状况优先级，这要求我重新提出申请。这是部门程序1173-b。"

"噢，"她说着，再次检查起那张图表来，"好的。"

约尔延朝她点点头，然后离开医院，回到了首要平台的走廊里。他正要前往飞船泊位去听地勤人员的交班报告，喇叭突然发疯似的响起。他僵在原地，努力辨认响彻于乏味的金属走廊里的警报声。

炮火来袭，他心想，**不妙。**

约尔延努力推开朝各自飞船跑去的飞行员和地勤人员，径直走向指挥室。即将来袭的是炮火，不是飞船。没人下令战机紧急起飞。问题比那更大、更严重。

等他来到指挥室，而警卫让他入内的时候，他的胃翻搅起来。指挥室里听不到警报声。目前为止，挑战军已经将大部分指挥团队从阿尔塔基地搬到了首要平台。科布上将希望将军事设施与居住区域分离开来，以分开克雷尔人可能的目标。

但这边的布置尚未完成，因此房间里满是杂乱的电线和临时显示器。约尔延没去打扰那些指挥人员，后者正聚集在房间远端的一台大型显示器周围。他的军阶有资格参与这里的工作，但他不希望让他们分心。他选择沿着那排工作站来到妮朵拉少尉身旁，那是无线电兵团的一位年轻女性，他们是在上学时结识的。

"发生了什么？"他说着，弯下腰。

作为回答，她指了指自己的显示器，从其底部的标号来判断，上面显示的是他们在外壳外的某架侦察机发送的视频。视频上显示的是两艘正朝这颗行星飞来的巨大克雷尔战舰。

"它们正在就位，"妮朵拉低声说，"在那个位置。它们可以射穿防御平台之间即将出现的缺口，并击中地表的阿尔塔基地。"

"我们能还击吗？"约尔延问。

妮朵拉摇摇头。"我们还没能接管外部平台上的长距离炮。即使可以，那些战舰也离得够远，可以在我们的炮火命中前避开，但星球本身没法移动。"

约尔延的胃抽搐起来。敌人可以从轨道上炮轰岩屑星的表面，降下火焰与死亡的毁灭之雨。只要持续开火，再加上这颗行星自身重力的帮助，那些战舰就能破坏哪怕是最深处的洞穴。

"我们的机会有多大？"约尔延问。

"这取决于工程工作的进展……"

约尔延无助地看着那两艘战舰缓缓就位，然后打开炮口。

"他们没有回应我们的对话要求，"这排工作站旁边的另一个人说，"看起来他们不打算在开炮前事先警告。"

这一直是克雷尔人的做法：不警告、不留情、不劝降。挑战军从斯潘莎窃取的信息里得知，克雷尔人迄今为止所做的事大部分只是为了抑制人类，然而在六个月之前，敌人尝试了彻底歼灭的行动。

"可为什么是现在？"约尔延问。

"他们肯定在等待平台对齐，"妮朵拉说，"这是他们几周内第一次准确击中阿尔塔基地的机会，所以他们才会选在这时候行动。"

的确，约尔延看着屏幕的时候，组成岩屑星外壳的众多平台排列起来，让出了一道开口。那些战舰立刻射出了大量的动能弹，其大小和战机相仿。约尔延向星辰和航行其间的先祖灵魂无声地祈祷起来。就算接受过全部训练、用上全部飞行技巧，他也无法和战舰抗衡。

人类种族的命运掌握在圣徒和挑战军工程师的手中。

房间安静下来，约尔延能听到自己的心跳声。炮弹之雨向着行星俯冲而去，某些东西改变了，开口边缘的平台之一开始移动，古老的机械装置纷纷亮起。大量数据在妮朵拉的第二显示器上流淌而过，那是来自工程兵团和挑战军侦察飞船的报告。

岩屑星这颗行星不是什么容易解决的目标。妮朵拉的主显示器高亮显示了正在移动的平台，那是一块平坦的金属板，看起来移动缓慢，但那些炮弹也一样。约尔延观察的位置离得太远，他的大脑很难理解这场遭遇战的规模，而那块金属的宽度足有一百公里。

随着炮弹接近，平台的几个区域打开，将一连串耀眼的能量束射向太空。这些光束撞上了战舰发射的炮弹，以能量对上冲力，将它们击偏并抵消它们的动量。平台周围展开了护盾，拦截碎屑并将其减速，以免它们大量坠落在地表上。

指挥室的所有人不约而同地松了口气。妮朵拉甚至呐喊了一声。战舰缓缓撤退，这代表他们只是在试探行星防御系统，哪怕尽管他们朝阿尔塔基地开了火，也明显不介意直接摧毁它。

约尔延拍拍妮朵拉的背，走向房间侧面，深吸一口气然后呼出，让自己恢复镇定。终于有些好消息了。一位中将接入了主通信线路，向工程师们道贺。

奇怪的是，科布上将本身依旧坐在自己的显示器前，无力地握着一只空杯子，盯着屏幕，尽管其他人都在忙着发表声明或者表示祝贺。

约尔延走了过去。"长官？"他问，"你看起来不太高兴。工程师们及时启动了防御系统。"

"那不是我们的工程师想要启动的平台，"科布轻声说，"那是岩屑星从前的防御程序。我们很走运，因为附近正好有一座还能运作的平台，而且仍然保有部署反炮轰手段的能力。"

"噢，"约尔延说，心里的释然消散了一小部分，"可……我们仍然是安全的，长官。"

"注意看屏幕底部的动力读数，上校，"科布说，"这次干扰耗费的能量庞大到难以置信的地步。这些旧平台已经差不多油尽灯枯了。就算我们能让别的平台运转起来，也要花上几个月甚至几年来制造新的太阳能集热器。

"而且就算我们能顺利完成，反制手段也能继续运作……好吧，只要克雷尔人开始持续炮轰，就早晚能穿透这些平台。我们的防御系统不是为了抵御长期攻击而设计的。它们是没有退路时的故障安全机制，目的是拖延入侵者，让己方战舰及时赶到星系内，将他们击退，只不过我们没有己方战舰。"

约尔延的目光转回正在庆贺的人们身上。穿着那些经过熨烫、一尘不染的挑战军制服，他们看起来充满威严，但这只是个假象。与敌人的资源相比，挑战军算不上什么敌对军队，只是一群衣衫褴褛的难民，手上甚至没有一把像样的武器。

"如果我们继续被困在这颗星球上，"科布说，"我们就会死。就这么简单。没错，我们是一颗外壳特别硬的鸡蛋，可一旦敌人发现用汤匙没法敲开我们，决定去找把锤子来，我们就完蛋了。不幸的是，我们唯一的逃生机会消失得无影无踪。那丫头……"

"我坚信自己没有做错，长官。"约尔延说，"斯潘莎会帮我们渡过难关的，我们只需要给她时间。"

"我还是希望你当时呼叫了我。"科布说。约尔延的行为没有引发任何反响。他可以主张说，根据准则17-b，他有资格做出那种决定，但他事实上并不是当时在场的最高级军官。率领保安团队的是地面部队的吴上校，约尔延应该事先告知他，或者呼叫科布。

约尔延送走斯潘莎的行为很可能注定了所有人的灭亡。*如果我们继续被困在这颗星球上，我们就会死。就这么简单。*

约尔延深吸一口气。"长官，我也许需要违反另一条规定。"

"我连上一条的事都不知道呢，上校。不用担心。"

"不，长官。我指的是……家族规定，一件我们不该谈论的事。"

科布盯着他。

"您知道的吧？"约尔延说，"我的家族曾经努力阻止别人谈论缺陷，就是斯潘莎的父亲有过的缺陷，那种……那种……"

"赛托能力？"科布问。

"那是原因之一，长官。"约尔延说。

"我知道。你的一部分祖先有那种能力，它并不仅限于引擎人员。孩子，你想说你也能听到某些声音吗？能看到某些东西？"

约尔延紧抿双唇，点了点头。"白光，长官，在我的视野角落，就像……就像眼睛。"

好了，他说了。他有必要出这么多汗吗？这些话也没有多难说出口，对吧？

"噢，总算有值得一说的事了。"科布说着，把杯子放到一旁。有个副官贴心地拿起杯子，跑去帮他斟满。"跟我来。我想让你见一个人。"

"舰队时期的心理学兵团的人？"约尔延问。

"不。是一位在馅饼方面拥有杰出品位的老年女性。"

19

我在 M 机器慌乱的叫声中惊醒。

"斯潘莎！"它喊道，"斯潘莎！"

我的心脏顿时狂跳起来，匆忙在驾驶舱里坐起身。我握住操控球，眨了眨惺忪的睡眼，手指按上扳机。

"什么！"我说，"我该朝谁开火？"

"大使馆里有人，"M机器说，"我设置了接近警报。他们偷偷靠近了他们以为你正在睡觉的地方。"

见鬼。是刺客？我汗流浃背，大脑依旧因睡意而昏沉，就这么启动了引擎，然后停了下来。然后……做什么？飞走？飞去哪儿？至尊同盟完全将我攥在手心里，如果他们想要我的命，根本不会派刺客来，不是吗？

我需要多了解些情况。下定决心以后，我在驾驶舱的小型武器柜里翻腾了一阵，拿出了手持毁灭枪。从我迄今为止的见闻来判断，"星景"是禁止私有武器的，但我似乎也有些外交豁免权，所以我也不确定会不会有问题。

我确认自己的全息影像仍在运作，然后悄无声息地打开舱罩，爬了出去，并自始至终保持低姿态，以防备狙击手。我冲向通往大使馆内的楼梯。到了那里以后，我轻手轻脚地走向顶楼。

"他们有两个，"M机器通过我的耳机轻声道，"其中一个来到了顶楼的厨房，另一个在底楼的门边，也许是在把守出入口。"

这下可好。我没参与过任何真正的地面冲突，受过的相关训练也很有限。然而，当我离开楼梯井，走到顶楼时，我感到了在战机战斗前体会过的那种冷静而坚定的决心。只要手里有枪，我就有能力面对刺客。这是我能靠射击解决的麻烦。我宁愿这就是昨晚伴随我入梦的那种模糊担忧。

"敌人位于门内大约两米远的位置，"M机器轻声对我说，"靠近厨房案台。他此时背对着门。我认为当他发现你不在卧室的时候，应该很吃惊。"

我点点头，跳进那个房间，端起毁灭枪。听到这阵动静，有个长着棕色甲壳的克雷尔人转过身来，某样东西在地板上摔了个粉碎——一只餐碟？

"呀！"那个克雷尔人说，我的翻译器将其诠释为女性嗓音，"别杀我！"

"你在这儿做什么？"我问她。

"清洗你的碗碟，"那个女性克雷尔人挥舞铠甲包裹的肢体，动作透出焦虑，"我们是来为你打扫房屋的！"

打扫房屋？我皱起眉头，仍然举着手枪。那个克雷尔女子砂岩般的甲壳上系着一条装满清洁工具的腰带，而透过头盔的面甲，我能看到那只螃蟹似的矮小生物慌乱的动作。她没带我能看到的武器。

有个声音突然从下方的底楼传来。是……吸尘器？

"唔，"M机器说，"也许我们误判了状况。"

"如此好斗！"那个克雷尔清洁工说，"没人事先告诉过我！"

"谁派你来的？"我说着，走向前去。

她向后缩了缩。"雇用我们的是种族融合部！"

原来是库纳。我眯起眼睛，但收起了枪。"抱歉，我弄错了。"说完，我离开房间，前去确认另一个人的情况。那是第二个克雷尔人，正一边哼歌一边吸尘。

我看着他的时候，门铃响了起来。我又皱了皱眉，前去应门。有个包裹放在门边，多半是我的新飞行服。

库纳本人站在门外，高大，蓝色皮肤，身裹深蓝色长袍。

我开了门。

库纳朝我展现出那种露出太多牙齿的瘆人笑容。"噢，阿拉妮克特使！我能进去吗？"

"你派了你的狗腿子来盯我的梢？"我说。

库纳停下了脚步。"狗腿子？我不太熟悉这个词的翻译。是指手下？我派了查维特太太来当你的管家，她带了个助手来。我发现你没带自己的工作人员，也许需要借些人手。"

间谍。我就知道。我找出和关闭了他们的监视设备，所以他们派出特工来大使馆监视我。我把那些可能暴露身份的东西都收好了吗？

"希望他们能帮上你的忙。"库纳说着，确认了自己的通信数据板，

"唔，我来得有点晚了。根据日程，大约三十五分钟内就会有人来接你。我们可不想让你当飞行员的第一天就迟到。"

"你的目的究竟是什么？"我怀疑地问。你在玩什么把戏？

"我只想让你明白，这是让至尊同盟接纳你同胞的绝佳机会。"库纳说，"我能进去吗？"

我退到一旁，不情不愿地给他让路。他瞥了一眼那个正在吸尘的克雷尔人，然后大步走向另一间空会议室。我跟了过去，库纳坐了下来，我却停留在门口。

"你的表现让我非常满意，阿拉妮克，"库纳说，"而且我要向你道歉，因为你昨天经历了那样的……痛苦体验。我不知道温契克和他那帮人会用如此戏剧化的手段来挑选飞行员。保护服务部太过轻率了。"

"噢，是啊，需要道歉的人并不是我，而应该得到道歉的人当时就死了。"

"的确。"库纳说，"乌戴尔的阿拉妮克，你对人类战争了解多少？"

"我知道人类输了，"我谨慎地说，"不过那是在他们支配我的星球，强迫我们共同战斗以后的事了。"

"这是政客式的说法，"库纳答道，"你的同胞恐怕会比某些人认为的更加适应至尊同盟。但我向来有不时会违反社会习俗的名声，或许这是因为我喜欢与尚未加入至尊同盟的那些种族互动，并且学习他们的习性。"

库纳显得既高大又冷漠。他继续说了下去，同时略微转头看向前门边的窗外，语气柔和起来，甚至若有所思。"我猜你从未见过探究者袭击后的惨状，在这点上我很羡慕你。它们只是经过——确切地说，是穿过——某颗行星，就抹去了上面的全部生命。它们并不完全存在于我们的现实里。它们飞掠而过，留下的唯有寂静。"

这些跟我们的话题有什么关系？我们刚才是在谈论人类，对吧？

"这太可怕了，"我说，"可……你之前告诉过我，探究者几个世纪前就离开了我们的银河系。所以怎么会有人亲眼看到它们对行星做的事？"

库纳双指轻叩。我意识到自己在几天前亲眼见证了答案。我站在岩屑星外的太空站上，看着那段古老的录像。我亲眼见过探究者能够办到的事。

"人类召来了一名探究者，是吗？"我问他，"所以你们才那么害怕探究者，所以你们才那么憎恨人类。原因不只是战争。人类曾试图将探究者变成武器。"

"对，我们的确差点就输给人类了。但在第二次战争中，人类在小型或濒死恒星周围的不起眼行星上建造了隐藏基地。在那里，他们开始了一个可怕的计划。如果他们成功，至尊同盟不但会遭到摧毁，还会彻底消失。"

我的内心深处涌起一股寒意。探究者背叛了我们……我在录像里看到的那个男人是这么说的，就在岩屑星上的所有人遭到毁灭的不久前，我看到那些死去已久的人类做出了这种事。这正是他们的所作所为：他们召唤了一名探究者，但那东西没有去摧毁人类种族的敌人，反而攻击了他们。

对它的恐惧在我心中再次涌起，而我一阵反胃，靠向门框侧面。

"我们非常幸运，因为他们被自己的武器背叛了。"库纳说，"对抗和操控探究者都是不可能的。人类成功地将其中之一带到了我们的领域，而它摧毁了他们最重要的几颗行星和几座基地。即使在人类落败后，这个探究者仍然在银河系肆虐了多年后才离开。

"我知道你的同胞对人类怀有敬意，阿拉妮克。不，你不必反驳。我能理解，也在某种程度上感同身受。但你必须明白，我们讨论的这项差事——学习对抗探究者的方法——是至关重要的。

"温契克和我也许在具体的方式上有些分歧，但这个项目是我们共同构想的成果：开发针对探究者的反制手段。在我们做到这件事之前，至尊同盟的处境都很危险。"

"你们……觉得人类打算卷土重来，不是吗？"我说着，感到线索逐渐理顺，"我在本地数据网络上看到，他们本该被控制在保护区内，但有说法表示人类眼看就要逃脱了。"

库纳终于将视线从窗户转向了我，外星人脸孔上的表情难以捉摸。他做了个轻蔑的手势，两根手指划向侧面。"回顾所有档案，你会发现人类永远都是'眼看就要逃脱'的状态。的确，不知为何，他们爆发反抗的时间似乎总和保护服务部需要通过重要拨款法案的时机保持一致。"

这句话仿佛一记打向我肚子的重拳。保护服务部的克雷尔人……他们在利用岩屑星和我的同胞，把我们当成换取政治便利的手段？

"你觉得他们在放任人类变得更加危险？"我说，"保护服务部会稍微放松一点戒备，让所有人产生应有的恐惧，从而证明他们的工作成果？"

"我不会做出这种指控，"库纳说，"因为这样的指控需要证据，而非单纯的臆断。这么说吧，我觉得不对劲。这种状况持续了那么久，又那么有规律，我很怀疑人类会对我们产生任何真正的威胁，无论那些专家和评论员是怎么想的。"

可你错了，我心想，温契克犯了个错。他让挑战军变得太强大了，也让我成了飞行员。而现在……现在我们真的眼看就要突破封锁了。这次可不是什么便利的借口，他肯定心慌意乱……

所以现在，他开始打造这支太空部队，这支特别的飞行员团队。这不可能只是巧合。

"探究者才是真正的威胁。"库纳说，"也许我错了，也许人类会在未来再度成为威胁，但就算他们当初没这么做，也会有别人尝试利用探究者。和探究者打交道是愚蠢、鲁莽又充满攻击性的举动，所以同盟外的某些种族必然会加以尝试。直到能和探究者对抗之前，至少是有能力赶走他们之前，至尊同盟都算不上安全。"

"我能理解你的思路。"我说，而且我的确理解。我的主要目标是偷走一台超推进器……但如果能找到某种对抗探究者的至尊同盟武器，我也肯定会设法弄到手。

可库纳为什么要跟我说这些？他站起身，走到我面前，盯着我的侧腰，看着从我口袋里探出头来的那把武器，我之前匆忙把它收在了那儿。我连忙把它塞得更深了些。

"你不该携带那种东西的。"库纳说，"你在我的保护之下，但这么做还是有些逾矩了。"

"抱歉，"我说，"我以为你们要……总之，我可能吓着了楼上那位管家。"

"我会处理的，"库纳说，"我只需要你明白自己的任务有多重要。必须有人盯着温契克。我无权干涉这次的训练项目，哪怕我很想。所以，我想请你记住我们的协议。我会确保你的种族加入至尊同盟的申请得到批准。作为回报，我要求你向我报告训练的内容。"

"我要当你的间谍。"我说。

"你是要为至尊同盟提供服务。对于你将会告诉我的任何事，我都有相应的许可和授权。"

好吧，这正是我害怕的事：我卷入了他们之间的争斗。

"别这么担心。"库纳说着，又露出了那种猛禽般的笑容，"我请求你这么做，部分原因是我清楚你不会有事。作为赛托能力者，只要面临危险，你就能随时以超跳跃脱身。"

"对了，关于这件事，"我说，我应该承认多少？ "我没法开自己的飞船，而我需要它上面的科技才能进行超跳跃。"

"噢，"库纳说，"所以你没受过完整的训练。你还需要机械辅助？"

"没错。你们能不能给我做些训练之类的？"

库纳摇摇头。"未受训的赛托能力者远没有受训的那些危险。我们自己的赛托能力者花费了几个世纪训练，才会强大到偶然吸引探究者。我怀疑你的同胞离办到那种事还差得远，如果接受训练，只会加快那种危险的到来。"

"如果能给我一艘有超推进器的至尊同盟飞船，我就能尝试使用你们的技术，"我说，"然后我就能弄清那种感受，并且学习进行超光速跳跃的安全方法。"

"噢噢……"M 机器在我耳中说，"漂亮！"

"噢，就算我想阻止你体验超跳跃也是不可能的，"库纳说，"你今天去训练设施的过程中就需要用到一次。所以，你或许应该认真体验那个过程。"

真棒。我确认了手镯上的时钟。见鬼，快到点了。

"我就不继续耽搁你了，"库纳用一如既往的平静语气说，"去做准备吧。你还有一整天要忙呢。这会是让我兴趣盎然地聆听的一整天。"

好吧。噢，我也没法真的把他们赶出去。我冲进楼梯井，拿着包裹，从正在吸尘的那个克雷尔人身边跑过，进门的时候把他吓了一跳。我没有相信他胆怯的反应。他们明显是间谍。在这场棋局里，我如履薄冰。

来到卧室后，我迅速确认了一切可能暴露我真实身份的东西，然后换上送来的飞行服，从房间里拿走末日虫，匆忙跑到楼顶的 M 机器那里。"照看好末日虫，"我轻声对它说着，把末日虫塞进驾驶舱，"库纳说我今天去训练场的时候需要用到超跳跃，你到时候能联系到我吗？"

"你的手镯里没有赛托发信装置，"M 机器说，"本来应该有的，但你的同胞没有能制造合适它的零件。所以，除非你的新飞船有那种装置，而且我们能弄清建立连接的方法，否则答案就是否定的。一旦你用超跳跃离开，我们就没法再交谈了。"

棒极了。我把毁灭手枪收好。"留意一切奇怪的情况。"

"如果我发现奇怪的情况，又能怎么做，斯潘莎？我没法逃走。"

"我不知道。"我沮丧地说。我痛恨这种有太多事受他人左右的状况。"如果事态无可挽回，至少试着像英雄那样死去，好吗？"

"我……呃……没法回答这句话。这太不寻常了。不过你瞧，我有东西要给你。"

"什么？"我问。

"我给你的手镯上传了第二套全息投影图。如果你选择使用，那种影像就会让你像是个相貌平平的左性狄俄涅人。那是我构造出来的，有个备用伪装应该是好事。"

"我都不知道该怎么应付现在这副伪装。"我说。

"但这是明智的做法，以防万一嘛。你该走了。在你超跳跃之前，我还是可以联络你，所以我们用不着现在就停止通话。"

我快步走下楼梯，匆忙吃了点早餐，又按照指示打包了一份午餐，放进申请来的背包，然后刚好在钟声响起时来到了底楼。那是在通知我，要接我去训练的那艘太空梭已经抵达。

库纳站在正门附近的楼梯平台上。

"别碰我的飞船。"我对他说。

"我想都没想过这种事。"

我踌躇了片刻，忍受着那副让人无法信任的笑容，然后叹了口气，大步走出门去。

20

这艘太空梭是一辆小型飞车，司机是个我不认得种族的外星人，不过他的外表和真菌有几分相似，M 机器肯定会很兴奋。

我发现座椅特别舒适，就像坐在约尔延的豪车里那样。我摇摇头，在太空梭起飞时系好安全带。

我没有沉浸于必须抛下 M 机器的事实，而是看着下方的城市，那里的建筑群仿佛延伸到无限远处。"我们在往哪儿去？"我用近乎耳语的音量问 M 机器，免得这艘太空梭的司机听到。

它的声音在我耳中响起。"你收到的命令说，你会被送去'砝码与测量'号那里。"

"那是飞船吗？"我问。听起来真是个无害的名字。

"对，一艘大型贸易船。"

这明显只是伪装。这艘"砝码与测量"号肯定是军用飞船，只不过属于至尊同盟不希望普通民众知道的那一批。

"我们能复习一下今天要跟我一起训练的那些种族吗？"我问它，"我觉得阿拉妮克应该对他们有些了解。"

"这确实是个非常好的主意！"M 机器说，"我们可不希望你说起话来比平时更无知。莫里乌莫是个狄俄涅人，你已经有过和他们相处的经验了，不过莫里乌莫是所谓的'草图'，这是他们对尚未出生者的称呼。"

我颤抖了一下，转头看向窗外。"他们的做法感觉就像优生学之类的，"我轻声说，"他们不应该能决定出生时该有的人格。"

"这是种非常人类中心的看法，"M机器说，"如果你想完成这次任务，就需要从外星人的角度看待事物。"

"我会努力的，"我低声说，"我最感兴趣的是他们叫作'费格蒙特人'的种族。他们是什么情况？"

"他们是一种智慧生物，作为空气中的粒子构成的局部云团而存在。从本质来说，他们是气味。"

"会说话的气味？"

"会说话、会思考，而且从我读到的内容来看，是有些危险的气味。"它答道，"他们人口不多，但整个至尊同盟对他们的事都三缄其口。本地数据网络上的资料坚称，很多费格蒙特人死于人类战争，而他们的繁殖效率又低，幸存的所有费格蒙特人都是政府的秘密特工。

"人们对他们知之甚少。看起来，他们通常会调查与至尊同盟政界相关的内部事务，尤其是非常高层的官员的违法行为。他们能通过注入电子的方式操控飞船，也能打断或者模仿来自控制装置的电子信号。

"薇珀在昨天的测试里就这么做过，"我说，"她接管了一架无人机，开始驾驶。所以她就像是……飞了过去，接过了控制权？"

"正是如此，"M机器说，"至少数据网络的那些人认为是这样。关于费格蒙特人的官方数据少得可怜，但我理解参加飞行员测试的费格蒙特人为什么能引起这种程度的轰动了。"

"所以她也是个间谍，"我轻声说，"一个隐形间谍。"

"而且能在太空中生存。"M机器说，"所以他们并不是单纯的气态生物，否则真空会撕碎他们。看起来，他们不需要特殊装备就能穿行于太空，而且能以高速来往于飞船之间。在战争中，他们经常会渗入敌方战机的机械部分，在驾驶员仍在船上的情况下将其接管。"

"见鬼。"我轻声说，就好像我要担心的事还不够多似的，"那个人类呢？"

"她这样的例子很少见，大多数人类都必须留在保护区里。如果某个官员想要带出某个人类，就必须申请许可证。基本上，如果他们造成伤害或者破坏，就需要有人为此负责。"

"他们会吗？"

"有时会。"M 机器说，"我认为更多是充当替罪羊，或者出于偏见。只有政府官员可以拥有人类，而且只能用于保安或研究用途。我认为至尊同盟会使用人类，理由之一就是提醒其他人获胜者是谁。"

我们从城市上空掠过的时候，我顾自点点头。如果我想招揽布蕾德，就得更加了解这方面的事才行。我还不确定自己需要做什么，但我至少可以试着解救她，对吧？

我叹了口气，揉揉额头，努力厘清现状。我现在有好几个各自独立的计划，包括偷走一台超推进器、营救一名受奴役的人类，或许还要找出对抗探究者的秘密手段。也许我应该把心思集中在主要目标上。

"你没事吧？"M 机器问，"需要我停止讲述吗？"

"不，"我小声回答，"我只是有点应接不暇。至少那些奇盛人看起来合理些。"

"那也许是因为他们过去和人类有过交流。"M 机器说，"几千年前，他们和地球上的人类进行了初次接触，那时双方的社会都还没有工业化。"

"这怎么可能？"

"赛托传送能力不需要科技的支持。"M 机器说，"就像库纳暗示的那样，如果你能弄清使用能力的方法，就可以只传送你自己，不用把飞船也包括进去。奇盛人的早期赛托能力者当时来到了地球，理由如今已无人知晓。他们和地球东亚的不同地区有过贸易往来和合作，有好几个奇盛人文明受到了地球文明的直接影响。这种交流一直持续到奇盛人的赛托能力者消失为止。"

"消失？"

"那是个不幸的故事。"M机器说，"不过我应该提醒你，奇盛人当时的社会仅仅处在钢铁时代晚期，所以记录本身也许不太可靠。他们的同胞似乎不相信赛托能力者，于是那些赛托能力者离开了。人类也是他们产生分歧的部分理由，记录中还暗示了一场战争。其结果是奇盛人的主要部分被困在他们的母星上无法离开，直到许多个世纪后，至尊同盟与他们取得联络为止。"

"嘿，"我轻声说，"奇盛人的赛托能力者去了哪儿？"

"没人知道，"它答道，"剩下的只有传说故事，也许你应该问问希修相信哪种说法。我更好奇的是赛托能力者当初为什么离开。就因为他们不受信任？我们刚见面的时候，你也不相信我，可我没有离开。"

"你没法离开。"我说。

"我可以生气，"它说，"我有生气相关的子程序。"

"噢，我知道。"

我的太空梭飞向下方，开始接近那些从城市延伸出去、探入黑暗太空的码头。但就在我们离开空气外壳之前，我看到了一群正在挥舞标语牌的人。由于距离太远，我的别针没法替我翻译，我看不懂内容，所以我对M机器轻声开了口。

"这儿有一群正在挥舞标语牌的人，"我说，"就在码头旁边。"我眯起眼睛，又说："带头的是个像大猩猩的外星人。我想那是个布尔人，和测试的时候被除名的那个是同族。"

"让我看看本地的新闻网络，"M机器说，"稍等。"

我们从那些示威者旁边飞过，太空梭载着我离开了空气护盾。我们离开了平台的重力场，而我开始从座椅飘起，头发在无重力下飘舞。我们从码头边飞过，那里大都挤满了没法停泊在发射台上的大型飞船。

群星之声再度响起，仿佛一段遥远的旋律，那是"星景"经由"无处"送往其他星球的信息。我试图专心聆听不同的声音，但它们的数量还是太多了点，就像深邃洞穴里的一条湍急的河流。如果我让那种乐声停留在脑海深处，它就只是简单的曲调，很容易就会被忽视，但如果我试图辨认特定的内容，它就会转为杂音。

我有些为他们纵容自己使用赛托通信而吃惊。没错，至尊同盟限制了使用频率。大多数人如果想和其他星球沟通，只能把信件内容写在记忆芯片内，让星际飞船载着芯片离开，并在到达后接入当地数据网络。然而，重要人物既能使用无线电通信，也能使用经由"无处"进行的赛托通信。当我发送信息去阿拉妮克的母星时，他们就允许我这么做了。

"我找到那些抗议者的理由了。"M机器说，"看起来，测试中的死者并不是无人关心。昨天被取消资格的飞行员古尔扎赫就至尊同盟对待次等种族的方式做出了口头抗议，并且得到了一定的支持。"

嘿，这可比我预想中更有挑战精神。

我们接近了码头上最后一艘船，与它庞大的船身相比，我们显得那么矮小。它甚至比那些威胁我家园的战舰还要大，两侧有大量舱门，多半是在发射星际战机时使用的。

上面的那些球状凸起是炮台，我心想。不过那些大炮目前都缩了回去，这代表我是正确的："砝码与测量"号很明显是军用船只，是一艘运输母舰。

看到它，我不禁担忧起来。这艘船的作用就是将自己传送到其他地方，然后发射自己的舰队，这就意味着我多半不会分配到自带超推进器的星际战机。但当这艘太空梭飞进一道宽大的泊位入口，穿过维持空气的隐形护盾时，我的心里还是涌出了期待。人工重力将我拖回座椅上，我们随即降落在这片宽阔空间里的一座发射台上。

透过窗子，我在"星景"上初次见到了真正的军队。身穿海军制服、佩戴随身武器的狄俄涅人正排队等候着我们。

"你在这儿下去，"那司机打开门，宣布说，"你下次的预定接送时间是9000。"

"好的。"我说着，爬了出去。这里的空气散发着灭菌后的气味，有点像氨水。其他太空梭在我周围着陆，源源不断地放出飞行员，也就是通过测试的那五十来人。就在我思考接下去该怎么做的时候，我旁边的太空梭打开门，放出了一群奇盛人。今天，这些小巧的动物踩着飞盘似的小小平台飞了出来，每一个的大小都足以容下五名奇盛人。

希修本人飘向了我，服侍他的只有两个奇盛人，包括驾驶员以及一位身穿金红相间的鲜艳制服的奇盛人，后者似乎还拿着一面雕刻有复杂花纹的古老金属盾牌。

驾驶者把飞盘停在了与我双眼齐平的高度。

"早上好，阿拉妮克船长。"希修在平台中央的指挥台上说。

"希修船长，"我说，"你睡得好吗？"

"很不幸，不太好。"他说，"我必须将睡眠周期的大半部分用来进行政治演说，以及在我同胞的行星议会中投票。哈哈，政治真是够麻烦的，不是吗？"

"呃，我猜是吧？至少那些投票结果符合你的期望吧？"

"不，一次也没有。"希修说，"其他议会成员在每件事务上都一致投下了违背我意愿的选票，够倒霉的！噢，当你的同胞拥有真正的民主，而不是代代传承的国王统治的影子独裁体制的时候，你就得忍受这种有损尊严的状况，对吧？"

其他从旁飞过的奇盛人为民主欢呼起来。莫里乌莫来到我们身边，穿着那身白色的至尊同盟飞行服，看起来很不自在。附近另外一组四名飞行员被带领着进入了"砝码与测量"号。

"你们见过我们另外两个队友了吗？"希修问。

"我还没闻到薇珀，"莫里乌莫说，"至于那个人类……"这个念头似乎让他很不舒服。

"我倒是想亲眼见见那一位。"希修说，"传说里把人类描述成居住在薄雾里的巨人，以死尸为食。"

"我见过几个。"莫里乌莫说，"他们并不比我高大，其实大部分比我矮小，但他们身上有某种……特征，某种危险的东西，我一眼就能认出来。"

一架和奇盛人的飞行平台不无相似之处的小型无人机飘向了我们。"噢，"有个声音透过机载扬声器传来，听起来就像我们昨天遇到过的官员之一，"第十五小队。非常好。都到齐了？"

"我们还少两个成员。"我说。

"不，"我旁边的空气中传来一个声音，"只少一个。"

我吓了一跳。所以薇珀已经来了？我没闻到肉桂味，只有那种氨水的气味……它几乎是立刻变成了肉桂味。见鬼，她在旁边看多久了？她是不是……跟我坐同一艘太空梭过来的？

"那个人类会在随后和你们会合，第十五小队。"那个官员告诉我们，"你们要去六号跳跃室报到，我会给你们带路。"遥控无人机"嗡嗡"地飞远，我们便跟了上去。没等我们来到太空梭停泊区与内部相连的那扇门边，就被两名手持毁灭步枪的守卫拦了下来。他们检查了我们的背包，摆手示意我们前进。

"'第十五小队'？"进入走廊以后，我问其他人，"没什么气势，对吧？我们不能换个名字吗？"

"我喜欢数字队名。"莫里乌莫说，"这样简单，容易记录，也容易记住。"

"胡扯。"希修在我右边的飞行平台上说，"我赞同阿拉妮克船长的话。数字是不够的，我会称我们为'夜晚之花的最后一吻'。"

"我刚才想表达的就是这个意思。"莫里乌莫说，"希修，我们要怎么在句子里加进这么冗长的名字？"

"没有人会为'第十五小队'创作诗歌。"希修说，"你会明白的，莫里乌莫船长，赐予恰当的姓名是我的天赋之一。如果命运没有选择我来干现在这份工作，我肯定会成为诗人。"

"战士诗人？"我说，"就像旧地球的北欧吟游诗人！"

"完全正确！"希修说着，朝我举起一只毛茸茸的拳头。

我也举起拳头，咧嘴一笑。我们和另外几组正在穿过走廊的飞行员会合。这些小队是以种族划分的，很多小队只有一个种族，少数几支是两个种族的混合。就我所见，我们是仅有的一支由两个以上不同种族组成的小队。

希修的同胞和人类有过往来，我心想，阿拉妮克的情况也一样。薇珀的同胞参与过战争。也许他们特意挑选了我们，就是因为我们有可能应付得了布蕾德。

这条走廊两旁也有站岗的士兵，这次是两个克雷尔人，穿着全身铠甲，而非普通的砂岩甲壳。从旁经过的时候，我发现自己在这艘母舰里没见过任何次等种族，只有我们这些飞行员除外。我们遇见的所有守卫和官员都是克雷尔人或者狄俄涅人。

这让我不禁好奇……他们到底为什么需要我们来当飞行员？他们在岩屑星和我的同胞战斗的时候，用的都是遥控无人机。

不对，我心想，如果我能听到发送给无人机的指示，探究者肯定也可以。他们需要一支在驾驶舱里受训的飞行员部队。"M机器？"我轻声说着，试图询问它能否查到至尊同盟使用的遥控无人机程序的相关情报。

我的耳机回以一阵静电音。见鬼，它出了什么事？我的心脏开始狂跳，直到我意识到自己身在军用飞船内部。他们肯定配备了通信屏蔽装置。要么是这样，要么就只是我刚好离开了手镯的通信范围。这下真的只能靠我自己了。

我们被带领着穿过几条走廊，两旁是毫无特色的金属墙壁，中央铺着一条鲜艳的红色地毯。我们来到了十字路口，而那架无人机转向右方，朝一条两旁排列着房间的走廊走去。

我的小队的其他成员转向跟上，但我却在岔道处犹豫了。右？我们为什么要右转？

从逻辑上，我知道自己没有困惑的理由，但我仍然将一部分意识探了出去，朝刚才那条走廊的前方窥探。不是在岔道右转，而是笔直向前。这才是该去的方向，我能在那儿感觉到某种东西。

"你以为自己在干什么？"守卫十字路口的某个士兵吼道。

我僵立在原地，意识到自己刚才朝前迈开了步子。我看向墙壁上的文字，我的别针体贴地为我做了翻译：

禁区。工程与引擎。

我涨红了脸，转向右方，匆忙追上了其他人。守卫目送我离开，直到我们一行转进走廊那边的某个房间为止。在进门之前，我就感觉到布蕾德在里面。的确，我走进门里，发现她独自坐在那个小房间里，那儿还放着五六十张折叠椅。布蕾德穿着和我们一样的笔挺白色飞行服，坐在后排，扣着安全带，看向窗外。

"所以就是她。"希修说着，悬停在我脑袋旁边，"她看起来没那么危险，但曾杀戮百人的刀剑或许不如新铸的那样锃亮，危险、甜美如禁忌的芬芳，吾欲品尝个中滋味。"

"很美的句子，希修。"我说。

"谢谢。"他回答。

其他奇盛人闲聊着飞进了房间。那架为我们领路的无人机指示我们扣好安全带，等待进一步指示，然后就离开了。

"安全带？"希修问，"我还以为他们要给我们分配星际战机呢。"

"应该会的，"莫里乌莫说着，坐了下来，"不过要等'砝码与测量'号载我们到达训练场所以后。那是个位于好几光年外的专门设施。"

"我……"希修说，"我还以为我们会得到使用超推进器的星际飞船，好让我们自己飞过去。"

"我得承认，"我说，"我也期待过同样的事。"

"噢，他们是不可能给我们能够超跳跃的个人飞船的，"莫里乌莫说，"那种技术很危险！他们不会放心交给次等种族的。滥用那种技术可能会引起探究者的注意。"

"可我们就是在学习和探究者对抗的方法啊！"我说。

"这么做还是不太明智，"莫里乌莫说，"超光速跳跃技术向来是拥有一等智慧且训练有素的技术专家才能运用的，就算是那些特殊类别的种族——比如费格蒙特人——也没有这种资格。对吧，薇珀？"

我吓了一跳，因为她在我身后开了口。"说得没错。"

见鬼，我恐怕永远没法适应小队里有个隐形人这件事。"有些种族有赛托能力者，"我说着，坐了下来，扣好安全带，"他们不需要至尊同盟的飞船也能进行超跳跃。"

"让赛托能力者传送飞船是极度危险的行为。"莫里乌莫说着，做了个奇怪的手势——某种类似挥击的动作，也许狄俄涅人是这么表示不屑的？"回归赛托能力，简直就像是用古老的内燃机取代上升环！不，不，在现代社会里，我们不会使用那么鲁莽的手段。我们的超光速跳跃非常安全，也从来不会引起探究者的注意。"

我好奇地看向布蕾德，但她没有回看我。M机器的调查让我进一步确信了库纳说过的话：当代的至尊同盟成员知道赛托能力者这回事，但大多数人相信他们已经不存在了。他们恐怕不知道布蕾德就是其中之一，更别提我了。

所以……至尊同盟拥有的这种虚幻的"超光速技术"会不会也只是谎言？他们声称自己拥有安全的手段，但如果那只是操控和隐瞒赛托能力相关信息的借口呢？

我闭上双眼，像奶奶教我的那样聆听群星的声音。我感觉到"砝码与测量"号终于开始移动，脱离了码头，缓缓朝着"星景"外加速。这些是身体上的感受，显得遥远而又与己不相干。

群星……赛托通信……我试图分析和理解。我试图练习祖母教过我的事，假装自己在飞翔，上升，翱翔于太空。

我能……听到……某种东西，附近的东西。越来越响亮，越来越急切。

准备超跳跃。

这艘船的船长下达了命令。命令传达到了引擎室，我能在那里感觉到它，而那架超推进器……有某种熟悉感……

我听到船长下达了跳跃指令。我等待，注视，感受正在发生的事，试图消化这个过程。

信息淹没了我的头脑。某个场所，我们要去的地方。我对它非常熟悉，我可以——

附近某处传来一声尖叫，这艘飞船突然进入了"无处"。

21

我去了那儿，悬停在那个并非场所的场所，身处黑暗的包围之中。还有那些眼睛，它们也在。

只不过它们在看的不是我。

我看到了它们，感受到了它们，也听到了它们，但它们的目光没有发现我。它们聚焦于别处，就好像……就好像正看着那声尖叫的源头。

是的，就是这样。那种令人痛苦的刺耳尖叫在我脑海中徘徊不去。它引开了探究者的注意力，让它看不到悄然穿过"无处"的"砝码与测量"号。

一切骤然结束，仿佛只是打了个响指。我在那个小房间里猛地靠向椅背，闷哼一声。我觉得自己像是被人扔了出去，又被椅子接住。我呻吟着俯下身。

"阿拉妮克船长？"希修悬停在附近问，"你没事吧？"

我扫视跳跃室，这里只有我的队友。莫里乌莫似乎根本没有察觉身在"无处"的那个瞬间。

我回头看向布蕾德，她对上我的目光，然后眯眼看着我。她知道我是赛托能力者。她是不是……是不是怀疑我也是个人类？我恐慌了片刻，低头看向自己的双手，但它们仍旧是淡紫色的，这代表我的伪装仍在运作。

"欢迎，各位！"广播系统里传来一个声音，是温契克，"我们抵达了训练设施！这会是一次非常兴奋的体验，没错！你们也许有很多疑问。有架无人机会带领你们前往小队专用的船坞，你们会在那里分配到自己的星际战机。"

"我们到了？"希修问，"我们超跳跃了？从常理来说，他们应该事先给个提醒什么的吧！"跳跃室的门被打开，而他迅速飞了出去，其他奇盛人乘着飞行平台跟随在后。

我们剩下的人——包括布蕾德在内——在走廊里集合，然后跟在一架前来为我们领路的无人机后面。另一架无人机追向那些奇盛人，勉强跟上了他们。我看向引擎室。那个方向，我心想，尖叫声就是从那个方向传来的。

　　这种技术不是假货。至尊同盟的超光速推进器的确藏起了他们，因为探究者没有看到我们。对我来说，这比能否设法偷走推进器更重要。我的同胞需要这种技术。

　　与此同时，我也非常怀疑，无论驱使这艘飞船前进的是什么，都不是传统意义上的科技。它的某些地方显得那么熟悉，某些……

　　"你感觉到了什么？"有个好奇的声音从我身边传来。

　　我身体僵硬，嗅到了肉桂的气味。我跟在队友们身后，费力地压下薇珀的存在带给我的不安。如果我能闻到她的味道……也就代表我正在把她吸进身体里？

　　"对大多数人来说，超跳跃都是无法察觉的，"薇珀用她那种轻快的口气说，"但你不一样。有意思。"

　　"至尊同盟为什么要冒险使用赛托通信？"我脱口而出。也许这么改换话题不太合适，但我一直在思考这个问题。"每个人都那么害怕探究者，但我们却公然使用会引起它们注意的通信方式。"

　　薇珀的气味变得略带薄荷气味。那是她故意的吗？还是说这就和人类改变情绪一样？

　　"探究者的上一次袭击已经过去了一百多年，"她说，"这个事实很容易让人放松警惕。此外，赛托通信其实不足以把探究者引到我们的领域。"

　　"可——"

　　"如果某个探究者已经来到我们的领域，那它们也许会听到通信，然后跟过来。它们能听到包括无线电波在内的所有无线信号，但赛托通信对它们最有吸引力。在过去，那些明智的帝国学会了隐藏通信，但现在，人们使用赛托通信时会特别谨慎，假设附近没有探究者，假设没有人会鲁莽到通过赛托旅行或者对人工智能的危险运用，将它们吸引到我们的领域。"

她的气息淡去。我跟着那架无人机，没有开口回答的信心。我来到这里，是带着窃取超推进器的目标的，但我的任务突然艰巨了许多。我没法直接驾驶一架小型战机逃跑。如果我想要超推进器，就必须劫持这整艘母舰。

有什么简单的方法吗？要是我能看到引擎室里的状况，或许就能解开秘密了。见鬼，我真希望利格也在这儿。他能想出解决所有这些问题的办法，我敢肯定。

我跟着其他人来到了另一座船坞。在这里，工作人员围着成组的星际战机，正为今天的训练进行准备。与挑战军外形流畅的战机相比，这些飞船显得四四方方，但我一开始没怎么注意它们，因为有更加壮观的东西悬停在外面。

那是一座庞大的多面体建筑，就在将空气留在船坞内的隐形护盾之外的视野中央。它的大小足以和太空站相比，它巨大到足以让我们的母舰相形见绌。

"欢迎，飞行员们，"温契克的声音通过广播传来，"欢迎来到探究者迷宫。"

我走到将我们和真空分开的护盾前。我们悬停在太空里，环绕着一颗光芒相当微弱的恒星运转。这座庞大的建筑在我眼里似乎弯曲了，就好像我几乎无法理解它的存在。流线式外观，在黑暗中渐变的光泽，这座金属建筑物算不上球体，而是拥有光滑表面与锐利边缘的十二面体。

我闻到了肉桂味，身旁有个平静的声音说："他们居然真的造出了这东西，太疯狂了。"

"这是什么？"我问。

"训练场。"薇珀说。她究竟是怎么出声说话的？"为了重现对抗探究者的战斗。这是人类在多年前建造的，我们只是找到了它而已。他们知道。"

"知道……什么？"

薇珀的气味变得刺鼻，就像机械喷漆后的潮湿金属气味。"他们知道迟早有一天，自己必须面对探究者。我们对它们的恐惧妨碍了我们的通信、航行，甚至是战争。挣脱那种束缚……银河系就是属于你们的了。"

她的气味消散。我留在原地思考那番话，直到希修飞到我身旁。

"真是难以置信。"他说，"来吧，阿拉妮克船长。我们已经分配到飞船了，它们不能超跳跃，但看起来适合战斗。"

我跟着他来到那一排共计五架的战机边。这些战机涂成刻板的白色，但没有真正的机翼，看起来像是三角形的金属楔子，最前部有驾驶舱，"楔子"的两侧斜面装有武器，显然不是用作大气圈内战斗的。

奇盛人的战机比其他那些战机的尺寸大了约莫百分之五十，制造成战舰的模样，配备了许多小型炮台。奇盛人为此兴奋不已，他们一边低声交谈，一边确认规格和分配任务。它似乎需要多个岗位和不同部门的配合才能运转。

我的飞船是追求速度的截击机规格，配有中等程度的火力，包括双重毁灭炮以及底部的一门光矛炮塔，这点让我很满意。我原本担心它不会配备光矛，而且大部分飞船也的确没有。看起来，至尊同盟的官员们见识到了我在测试中运用光矛的效率。

莫里乌莫也分配到了一架截击机。薇珀的则是狙击型战机，配有射程更远的毁灭炮，但没有光矛。我转头看去，注意到布蕾德走向最后一架战机——第三架截击机，而且同样配有光矛。

她来到飞船边的时候，我走向了她。她吃惊地抬起头。"怎么？"她问我。

"我只是想欢迎你来到我们的小队。"我说着，伸出了手，并朝自己的手点点头，"我听说这是人类常用的动作。"

"我可不知道，"她说，"我从没跟怪物结交过。"

她挤过我身边，爬上通向飞船内的阶梯。见鬼，她被洗脑得究竟有多彻底？如果我想联合她，就需要找出和她说话又不会引起别人怀疑的方法。

至于现在，我唯一的选择似乎就是开始训练，而且说实话，我发现自己都等不及了。假扮和计谋太耗费心神了，能再次飞行是件好事。

我爬进自己的战机，愉快地发现操控方式很熟悉。是人类在很久以前从外星人手里弄到了这种设计吗？还是说我们在尝试征服银河系的过程中，将这种科技传播到了各种地方？

"M机器？"我说，"起飞前确认。"

沉默。

也对，没有了它友好的嗓音，我突然觉得脆弱起来。我已经习惯了有它在飞船电脑里为我留意各种状况了。我叹了口气，在椅子下面找到了一份起飞前确认清单，用别针翻译，然后按照上面的步骤进行复核，确认一切都按照我的预想运作。

"这里是阿拉妮克，"在测试过通信系统以后，我说，"所有人都接通了吗？"

"这里是奇盛联合舰'于映日溪水中逆流而上'号，"希修的声音说，"刚刚才命名的。全系统运作正常。这艘飞船甚至还有一张非常漂亮的船长椅。"

"我们应该挑选呼号，"我说，"我就叫'春天'吧。"

"有这必要吗？"莫里乌莫说，"我们的名字就够简单了，不是吗？"

"这是军队习俗，"我说，"莫里乌莫，你的呼号可以是'爱抱怨'。"

"噢，"莫里乌莫说着，语气有些沮丧，"我猜这是我自找的。"

见鬼，如果对方干脆地接受，那取侮辱性昵称就完全没意思了。

"呼号不是必要的，"布蕾德说，"我会用自己的名字，也就是布蕾德。别用别的名字称呼我。"

"好吧，"我说，"薇珀，你在吗？"

"在，"她语气平静地说，"但我平时的任务呼号是最高机密，所以我需要再取一个。"

"'混入垂死气息之风'。"希修提议。

"这可……非常具体。"莫里乌莫说。

"是啊，"我说，"很酷，但有点太复杂了，希修。"

"我觉得很美。"薇珀说。

"第十五小队，"指挥部有个声音说，"做好发射准备。指挥部结束通话。"

"等等，"我对那个声音说，"我们的指挥结构是怎样的？我们该怎么组织行动？"

"这对我们来说不重要，"那个声音说，"你们自己解决吧。指挥部结束通话。"

"真让人恼火，"我用私人线路和队友们说，"我还以为至尊同盟会更了解军事纪律呢。"

"也许是真的不了解，"希修说，"毕竟他们需要雇用我们来当飞行员。"

"他们有成百上千的飞行员，负责操纵遥控无人机，"我说，"肯定有指挥结构吧？军官和军阶之类的？"

莫里乌莫在线路里清了清嗓子。"我的左亲当过一段时间的无人机驾驶员，而且……好吧，大部分驾驶员都很快就会退役。这份职责的压力太大，又太有攻击性了。"

见鬼。好吧，这恐怕是我们在岩屑星上存活那么久的另一大理由。

飞行指挥部下达了起飞的命令，我们五个用上升环向上飞去，移动到"砝码与测量"号的码头外，进入深邃的太空。

远方的恒星闪耀光芒，化作迷宫的金属表面反射着耀眼光波，它惊人的规模让我想起了环绕岩屑星的那些平台，制造这两者恐怕都需要耗费巨大的心力。

我们飞到指示的坐标，开始等待。我努力将注意力从迷宫那边移开，然后按下了小队通话按钮。我们得先有某种程度的指挥结构才能进行训练。"希修，"我说，"你想当我们的队长吗？你有指挥经验。"

"不太想，"希修说，"我才当了大约三星期的飞船船长，阿拉妮克船长。在这之前，我从事政治。"

"你是奇盛人母星上一小片区域的专制君主。"薇珀轻声说。

"只是些细枝末节的事，"希修说，"谁在乎黑暗时代呢，对吧？我们已经开化了！"他犹豫了片刻，"但那儿并不小，我们的国土覆盖了三分之一个星球。不管怎么说，我不认为让我指挥这支队伍是明智的。目前我还不熟悉这艘飞船，我的同胞也还在努力学习，因此不该分心去做指挥船员之外的事。"

"愿意的话，你可以负责指挥，阿拉妮克。"莫里乌莫对我说。

我面露苦相。"不，拜托，我宁愿直接飞进黑洞去。你们也不会希望小队里的截击机负责指挥吧？薇珀，应该由你来当队长。"

"我？"那个平静的声音问。

"听起来不错。"莫里乌莫说，"阿拉妮克说得对，我们不应该让攻击性太强的人指挥。"

"我接受决定。"希修说，"作为狙击手，薇珀能够审视战场，也处在最适合做出判断的位置上。"

"你们还不怎么了解我呢。"薇珀抗议道。

这也是我提议的理由之一。如果薇珀当上我们的队长，她也许就会被迫和其他人交流，而我也许就不太会忘记她就在附近了。我还是不太理解她来这儿的目的。

"布蕾德？"我问，"你怎么想？"

"我没有得到在这种事务上投票的许可。"她说。

真棒。"好吧，薇珀，这份工作是你的了。祝好运。"

"好吧，"她说，"我猜所有人都得向我做个飞行状态确认。"

我笑了。这么听起来，她很可能有某种程度的作战经验，所以我已经开始了解她了。看起来呼号的事已经作废了，因为所有人都在呼叫时直呼其名。我不情不愿地照做了，哪怕感觉上很不对劲。我不希望别人觉得我在这方面有太多经验。

薇珀安排我们组成常规飞行队形，让我和布蕾德飞在前方，希修在中央，莫里乌莫和她自己负责殿后。在我的提议下，我们在等候指示期间做了几次编队练习。

在此过程中，我暗自承认，恐怕至尊同盟允许每支队伍打造自己的指挥结构是合理的做法，毕竟这些队伍大都只包括一个种族。不同文化恐怕对军队有不同看法，我们有一整群奇盛人船员乘坐一艘飞船的这件事也是证据之一。

但我还是很恼火，感觉就像是至尊同盟在偷懒。他们想要战机队伍，却又不想面对真正进行指挥之类的麻烦事。这是种不冷不热、心不在焉的手段。与挑战军条理分明的规则相比，这一切让人感觉乱糟糟的。

最后，温契克在通用线路里呼叫了我们。"好了，各位！欢迎和感谢你们的效力！能够训练这支勇敢的新部队，我们保护服务部的全体成员都非常兴奋。你们会是我们的第一道防线，为我们对抗从最开始就笼罩着至尊同盟的那个威胁。

"我们准备了一段简短的录像介绍，供你们观看。这应该就能解释你们在这里的目标了。请观看介绍，把问题留到最后。再次感谢！"

"录像……介绍？"我在频道里和队友们说。

"至尊同盟有很多平面设计师和动画师，"莫里乌莫说，"这是那些希望在满足基本生活需要之外继续工作的人最常选择的职业之一。"

我皱起眉头。"平面设计师是什么？"

我战机的舱罩突然被全息投影照亮。这幅投影没有 M 机器那么优秀，有点虚幻不实，深度也有问题，但效果足以令人畏惧。

因为它所展现的是个探究者。

它看起来就像是我在岩屑星的录像里见过的那一个。一道庞大而压抑的阴影，存在于光与尘埃的云团里。燃烧着的成群小行星从它的内部喷出，在虚空中留下尾迹。它们翻腾着掠过我的舱罩边，我清楚这些只是全息影像，握住操纵装置的手指却抽动起来。我所有的本能都在向我尖叫，让我逃离这样的恐怖存在，逃离这头难以置信又不可思议的庞然巨兽。它会摧毁我和我爱的一切，我能感觉到。

"这是个探究者！"有个活泼的女声说。某种矫揉造作的图画包围了屏幕上的那个东西，那是一排闪闪发亮的星辰与闪电。

"即使到了现在，也没有人清楚探究者是什么。"那个声音继续说，像是困惑面孔的图标排列在我的舱罩两侧，"这些记录有将近两百年的历史，拍摄于艾库米迪安探究者出现并摧毁遥港星的时候。那颗行星上的所有活物都变成了尘埃，随后蒸发了！太可怕了！"

我的舱罩放大了那个探究者，就好像我突然飞了过去。我不由得吓了一跳。在这么近的距离，它看起来就像一场尘埃与能量的雷电风暴，但在它的深处，我看到了某种小巧之物的影子，圆形的、不断移动的……某种东西。

"当探究者进入我们的领域时，"那个声音说，"物质会凝聚在它们周围。我们认为那肯定是它们从原本所在的地方带来的。真诡异！这种物质会在探究者周围构成一层护罩，而那种生物本身要小得多！在这些尘埃、岩石和残骸的正中央，是一层金属外壳，有时会被称为'探究者迷宫'！

"标准护盾能保护飞行员不受探究者蒸发他人力量的影响，所以这是好事，对吧？但这些护盾面对探究者的攻击维持不了太久，就连行星级别的护盾通常也会在几分钟内失效。不过拥有护盾的飞船仍然可以接近它，有些甚至能钻入尘埃内部，穿过残骸，进入迷宫本身！在那里，它们会遭遇扭曲的管道与石头和金属的走廊组成的复杂网络。"

探究者的图像消失不见，取而代之的是硕大的卡通画版本。它有愤怒的眉毛，依稀像是人类的五官，用一双卡通风格的手将尘云拖开，暴露出一座凹凸不平又奇形怪状的多面体建筑。但我们要去训练的那一座却打磨光滑，棱角分明，实物有不同位置伸出的尖刺，看起来就像大型小行星、熔化的钢块和海胆的杂交产物。

"探究者排出的小团物质会追赶飞船，"那声音解释道，而卡通风的流星从探究者那边射出，追赶小小的卡通风飞船，"它们会试图打破你的护盾，让探究者吞吃你！远离它们！它们移动时没有可见的推进力来源，也许是某种魔法！报告说和这些余烬战斗，就像在小行星带的内部和敌机缠斗，而且每一颗小行星都会想方设法杀死你！

"探究者本身潜藏在迷宫中央，我们的特制探究者攻击装置没法在那种干扰下运作！所以你们必须飞进那座迷宫，找到探究者本身。它就在那里的某处！你们的训练内容将会包括尝试穿过我们特别打造的仿造迷宫。祝好运，希望你们不会死！谢谢！"

说完，制作录像的人员名单在我的屏幕上滚动而过，很多人的名字旁边还有可爱的小小符号。等名单终于结束以后，我的舱罩再次变回透明，而我也清楚地看到了那座巨大的训练迷宫。与探究者本身相比，它显得太过普通了。

我靠向椅背，感到了逐渐攀升的恐惧。我越来越肯定，至尊同盟充斥着对这种威胁轻描淡写的人。

"好吧，"薇珀用柔和而平静的语气说，"他们给出了命令。我们要前往下列坐标，在迷宫里等着轮到我们。"

22

薇珀领着我们小心翼翼地靠近那座迷宫。近看之下，我注意到了那些线条，那是他们制造出不同部分，然后装配在一起的痕迹。它和真正的探究者迷宫不同，周围没有尘埃包裹。这么一来，感觉上就更普通了，它甚至没法像那录像一样引发恐惧和担忧。

"指挥部让我们警惕截击机。"薇珀告诉我们，"探究者配备了战机，会攻击靠近的人？"

"不是战机，"布蕾德用那种严厉的口气说，"探究者操控着大块的岩石，我们称之为'余烬'，它会试图截击和冲撞靠近的飞船。"

"好吧，"薇珀说，"我问过了，指挥部向我保证说，这次不会像初次测试那么危险。部门里的某些人显然得出了精彩的推论：如果你在训练新兵之前就把他们杀光，那你很快就招不到新兵了。"

我笑了。薇珀越是发言，口气就越是熟络，给人的恐怖感也就越小。"让人松了口气。"我说。

"噢，我还是会小心点。"她答道，"至尊同盟在人类战争之后就没怎么做过类似的训练。至于现在，我们还是重整队形吧。"

我服从命令，加速向前，在队伍的前部就位。不幸的是，其他人在战斗队形方面的经验远不及我。莫里乌莫落后得太远，而希修试图跟上我，直到薇珀提醒他，他的飞船应该保持在中央。至于布蕾德……

好吧，布蕾德飞向前方，远离我们的队伍。见鬼，他们都是有能力的飞行员，但我们算不上真正的小队，没有共同战斗的经验。科布花了好几个星期，才把编队动作捶进冲天小队成员们的愚钝脑袋里。在我们把作为队伍飞行的方法刻入本能之前，他都不允许我们参加战斗，甚至不允许我们使用武器。

战况恶化的时候，那种训练救了我们十几次性命。在这里，那些无人机配备了岩石外壳，以模仿飞来的小行星，才刚刚朝我们攻来，队伍就分崩离析了。没等薇珀下令，布蕾德就冲上去发起了攻击。莫里乌莫开始射击，但……好吧，他的准头偏得厉害，迫使我加速离开队列，以免意外中弹。而且说实话，我飞行的动作也有些失衡，毕竟这艘新飞船不像 M 机器那样反应灵敏，我也不习惯它的飞行方式。

薇珀忙着跟我们说话，忘了自己作为狙击手的工作是趁敌机分心时将它们击落。唯一没有出丑的就只有希修，他的飞船精准地服从了指令。这位小巧的狐狸诗人言行也许有那么点戏剧化，但他的船员显然训练有素。他成功击落了四架无人机。

这些无人机的行为模式和我们在岩屑星对抗过的那些不同。操纵它们的人明显接受过指示，不会闪躲，只是飞来飞去，试图和我们相撞。这也合乎情理，毕竟它们模仿的是受探究者控制的石块。令我高兴的是，其中一架无人机接近了莫里乌莫，却在碰撞前就停了下来，随后以无线电宣布莫里乌莫已经死了。所以也许至尊同盟真的明白不该在训练中使用实弹了吧。

我们重整队伍，又试了一次，而布蕾德再次直接上前去和余烬交战。莫里乌莫显然觉得自己应该效仿布蕾德，就这么贸然加入了战局，几乎第二次撞上接近的无人机。这一架来不及止住势头，但我勉强用光矛刺中了它，将它拖开。作为回报，莫里乌莫在困惑和恐慌中朝我开了火。希修察觉到盟友陷入了困境，于是猛冲向前，开始朝四面八方射击。

薇珀对我开启了一条私人通信线路。"哇，"她轻声说，"他们看起来……很混乱。"

"混乱？简直一团糟。这支小队需要多多练习基础。"

"如果你这么认为，就下命令吧。"

"你才是队长。"

"我现在任命你为副队长。"薇珀说，"你会怎么解决这种状况？我很好奇。"

好吧，我没有领导经验，但……看着其他人战斗的情景，我缩了缩身子。在我们变成一堆太空碎屑之前，得有人阻止这一切才行。

"你们这些笨蛋以为自己在干吗！"我在通用线路里吼道，"我从没见过这么丢人的迎战方式！布蕾德，你接到的命令是开辟射击路线，不是去拔敌人的鼻毛！莫里乌莫，回到这边来！别跟着违反命令的人学那些坏习惯。还有希修，你飞得很好，但你控制起火力来就像个拿到新玩具的孩子。所有人都有，脱离战斗并后撤。"

紧接着，我暂时将"砝码与测量"号加入了频道。"飞行指挥部，"我说，"第十五小队需要做些练习，并学习如何配合。召回无人机，重置它们的进攻路线。直到我们表示准备好之前，别再派它们过来。"

"你说什么？"有个声音问，"呃……你们应该尝试飞进其中一条入口通道，就在……"

"在他们能保持队列飞行之前，我可不会让我的小队靠近你们的训练机器！"我吼道，"他们现在肯定会把自己的屁股错当成入口通道，最后得动用洞穴探险装备才能把他们弄出来！"

希修在线路里轻笑出声。

"呃……"飞行指挥部说，"我猜……我猜那样也可以？"

其他人开始飞回这边，无人机也脱离了战斗。但布蕾德继续飞向探究者迷宫，于是我向她开启了一条私人线路。"布蕾德，我是认真的。薇珀让我担任执行官，所以我在向你下达命令。该死，你最好回到队列里，否则我就剥了你的皮。我听说有些人会为挂在墙上的人皮付一大笔钱。"

布蕾德明显不情愿地脱离战斗，掉转方向，朝我们这边加速飞来。

然后……我刚才真的那么说了？我靠向椅背，心脏在胸腔里发出雷鸣，仿佛刚刚参加过赛跑。我不是特意说出那些话的。一切就这么……发生了。

见鬼，要是科布听到我这番话，肯定会笑破肚皮的。就在其他人归队的同时，薇珀私下呼叫了我。

"做得好，"她说，"但对这支队伍来说，或许攻击性有点太强了。你是从哪里学来的这种说话方式？"

"我……呃，在家乡那边有个很有意思的飞行教官。"

"口气要缓和些，"薇珀提议，"但我赞同你的看法，我们在战斗前应该再多训练一阵子。安排他们去做吧。"

"你其实是想让我做麻烦的那部分，对吧？"我说。

"优秀的指挥官知道什么时候该任命优秀的训练指导员。你参过军，显然懂得这些。"

我叹了口气，但她说得对，而且这份工作完全是我自找的。等小队聚集起来以后，我向他们说明了科布的那些队形练习之一：我们开始在真空环境训练时，他为太空战斗进行了改编。薇珀悄无声息地加入队伍，没过多久，我就能让他们以相对整齐的队形开始飞行了。我很不喜欢指挥别人，但这些练习我几乎在睡梦中都能做完，所以我完全可以看着他们的动作，然后提出建议。

他们很快抓住了诀窍，说实话，比冲天小队当时要快得多。这支队伍有优秀的飞行直觉，他们大都只是缺少正规的战斗训练。

薇珀过去经常单打独斗，在进行换位练习、通过交换队形中的位置以迷惑来犯的敌机的时候，我如此断定。

莫里乌莫很胆小，但乐于学习。希修习惯了其他人跟随在后，经常会为我们无法立刻察觉他的意图而吃惊。他需要学习如何与人沟通。

布蕾德的问题最严重。尽管她是最优秀的飞行员，却总在试图冲在前面，热切过了头。

"你必须跟着我们一起，"我呼叫她说，"别总想着一个人猛冲。"

"我是个人类，"布蕾德厉声道，"我们很好斗。接受现实吧。"

"你不久前才说过，你没跟人类打过交道，"我说，"所以不知道他们的习俗。你不能既打出'我跟他们不一样'这张牌，然后又用你作为人类的本质来当借口。"

"我试过忍耐，"布蕾德说，"但在内心深处，我知道事实，也会发脾气，期待别的结果也没有意义。"

"那只是不堪回首的过去而已。"我说，"我刚开始训练的时候，简直无可救药。我经常发脾气，简直都能用我发怒的时间代替报时了。"

"真的？"布蕾德问。

"真的。有一天的课程里，我甚至袭击了自己的队长，但我学到了教训，所以你也可以。"

她沉默不语，但我们继续下一次练习的时候，她似乎更努力了。随着这一天渐渐过去（我们途中在驾驶舱里吃了午饭），最让我吃惊的却是莫里乌莫。从整体来看，他的飞行能力非常出色，而且学习欲望非常强烈。的确，他的准头很差，但科布总说他宁愿要飞行技术比较好的学员。活得够久的人才能学会如何战斗。

我们吃完午餐，恢复队形的时候，我让飞船来到莫里乌莫旁边。"嘿，"我说，"下一轮练习的时候，注意观察，努力保持队形。你总是往外偏。"

"抱歉，"他说，"我会改进的。而且……还有，抱歉我之前差点打中你。"

"你说那件事？没关系。至少你不是故意想杀了我，光是这点就让我感激涕零了。"

他轻笑起来，但我似乎从他的语气里听出了紧张。我想起了自己在科布最初的几节训练课上的模样：担心自己会犯错然后被开除，对自己的归属越来越缺乏自信，又为自己没法做到想象中的那些事而沮丧。

"别担心，"我告诉他，"你做得很好，尤其是考虑到你缺乏这方面的经验。"

"我说过的，我的左亲年轻时当过无人机驾驶员，"莫里乌莫说，"幸好我得到了一部分那种经验。"

"你们真的能从双亲那里继承本领？"

"当然，"莫里乌莫说，"双亲的一部分知识和技能会传给孩子。我猜你们种族不是这样的？"

是吗？见鬼，我真的不知道，至少不知道阿拉妮克种族的情况。没有 M 机器在我耳边轻声说明，我只会惹上麻烦。

"总之，我在这方面很幸运，"莫里乌莫续道，"但同时也很不幸。我的左亲有些潜在的攻击性，而我最后比他更好斗。生命的最初几天，我就落下了喜欢呵斥别人的名声。"

"呵斥别人在你们种族就代表好斗？"

"非常好斗。"莫里乌莫说。

"哇，那我恐怕永远没法出生了。他们会直接杀了我。"

"这是常见的误解。"莫里乌莫说，"如果我的双亲觉得无法忍受这种人格，我也不会被杀，他们只会用新的方式重组我。你看到的我只是一张草图、一种前景，是我可能成为的可能性，只不过……如果我真的出生了，就能保持这些记忆，我的人性也会成真，"他顿了顿，"而我确实希望可以这样。"

我试图想象那种需要证明自己有资格存在的世界。难怪这个社会会出现问题了。我们结束了下一组练习，而我为他们保持的良好队形而高兴。"真的有效果了，"我呼叫薇珀说，"我想我们也许能培养出一支好队伍。"

"干得漂亮。"薇珀说，"那他们做好战斗准备了吗？"

"见鬼，不！"我说，"我们需要再练习至少几星期。他们是优秀的飞行员，所以这跟培养新兵不一样，但这不代表我放心让他们去射击任何东西。"

薇珀似乎平静接受了我的话，没有抱怨，甚至没问更多细节。她只是说："有意思。"我该怎么解读这句话？

"让他们再休息一下，"最后，她对我说，"然后我们可以尝试一些比较高速的队形。今天返回'星景'之前，我们还有三个钟头。飞行指挥部一直在问我们会不会去迷宫那边，我打算告诉他们，我们不认为有这种可能。"

"好的。"我说着，放慢了飞船的速度，拿出水壶。

"当然了，"她补充道，"除非你想趁别人休息的时候去试试。你和我可以一起过去。"

我犹豫起来，水壶举在半空。

"归根结底，能知道可能会发生的事对我们有好处。"薇珀说，"我听说过探究者迷宫，但从来没进去过。"她的飞船悬停在我旁边，而我不安地看着那个空无一人的驾驶舱，仿佛驾驶者是个幽灵。

薇珀究竟有什么打算？她让我负责指挥练习，自己得到了在后方观察的机会。她也参与其中，但基本上仍旧保持神秘。现在她却想让我跟着她一起飞进迷宫，听起来像是某种测试。是在挑战我？我看向迷宫那边。每支小队都分配到了那个十二面体的某一面，而飞行员们正在练习接近并飞入的方法。

"算我一个，"我下定决心，收起水壶，"但要告诉飞行指挥部，让他们把无人机收回去。我们等以后再训练和它们战斗吧。"

"搞定，"薇珀说，"我们走吧。"

23

飞行指挥部不情不愿地照做了。他们暂时撤走了无人机，让我和薇珀可以在无人干扰的情况下飞行。

等我们飞进那东西的影子里以后，我对它的规模有了更清晰的认识。它的宽度和围绕岩屑星的那些平台相近，但那只是直径而已。以总规模来说，它至少要大上十几倍。

它没有达到行星规模，因此比我在录像里见过的完整探究者要小，但仍旧庞大到令人生畏。十二面体的每一面上都有数十个孔洞，宽度在二十米左右。薇珀和我随便挑选了一个，飞到近处，而我发现表面的其余部分是用光滑的金属打造的。

我发现自己越来越兴奋了。我对探究者的痴迷在增长，伴随那种情绪的是愈加强烈的担忧，甚至是恐惧。我没法忘掉自己在岩屑星看到的那一幕：我站在那个探究者本该在的地方。无论成为赛托能力者意味着什么、无论我究竟是什么，都肯定和那些东西以及它们居住的那个地方有关。

这不是真正的探究者，我提醒自己，这只是个训练用的仿制品。就像在练习剑术时使用的假人。

我们停在选择的通道入口，仿佛要钻进猛兽的嘴里。我一直等着M机器出声分析，却发现驾驶舱里寂静得令人沮丧。"所以……"我说着，呼叫了薇珀，"我们直接钻进某条通道里就好？"

"对，"她答道，"进入过真的迷宫并幸存下来的飞行员的报告表示，所有通道看起来都一样。就算有必要选择特定的某一条，我们也不清楚该怎么选。"

"那我猜，应该由我打头阵？"我说着，让飞船以十分之一马格的速度缓慢前进，对星际飞船来说，这就跟爬行差不多。通道内部一片漆黑，我可以只凭仪表的指示前进，在太空里经常有这种必要，但我还是打开了泛光灯，希望能用肉眼看清这地方。

通道内部的宽度缩小到了大约十五米，以星际战机的大小显得有些拥挤。我朝着前方缓缓蠕动。

在我身后，好几架无人机脱离了入口附近的墙壁，开始朝我们这边移动。"飞行指挥部，"我说，"你们应该听到要求了，我们希望这次没有追兵。"

"呃……"频道里的那人说，"真正和探究者战斗的时候，它们会追逐你……"

"如果我们死在练习里，就永远不能真的和探究者战斗了，"我说，"召回那些无人机，让我和薇珀心里踏实点。相信我，我做过的训练远比你们要多。"

"好吧，好吧。"那个狄俄涅人说，"没必要攻击性这么强……"

那些家伙。我翻了个白眼，但他们还是按照要求召回了无人机。

薇珀看似空无一人的飞船来到我旁边。M机器说过，她驾驶时不会移动操控球或者按下按钮，而是拦截并覆写控制装置发送给飞船其余部分的电子信号。所以……这意味着她在某种意义上就是飞船？像是某种能附身在电子上的幽灵？

"现在呢？"我问，"我们只需要在这些通道里飞来飞去？寻找什么？中心部位？"

"心脏，"薇珀说，"但它并不总在中心。等幸存的飞行员在迷宫里飞行一段时间后，其中几个报告说，他们发现了一个拥有大气和重力的房间，房间的内部有个更小的房间，像是生物组织的薄膜封锁了入口。接近以后，他们在自己脑海里听到了声音，于是断言探究者就在里面。"

"好吧……"我说，"听起来有点含糊。假设他们是对的，我们又该怎么找到这个迷宫的'心脏'？这东西比母舰还要大。我们恐怕飞上好几天都没法探索所有房间。"

"我不觉得这是什么问题。"薇珀说，"进入真正的迷宫并且存活够久的飞行员最终都能找到那块薄膜。"她犹豫了片刻，又说："找到那里以后，大部分人都会心慌意乱地飞回来，唯恐自己会神志失常。有几个人进去了，但一个也没能回来。"

真是可喜的消息。好吧，我希望自己永远不需要面对真正的探究者，不过我在这里体验的一切当然有可能帮上我的同胞。我飞向通道深处，接近传感器绘制出了各个部分的岔路。然而，我发现自己却在依赖视力，身体前倾，看向舱罩外掠过的通道。它看起来就像一条走廊，嵌板和凹槽的样式毫无分别。

*我见过这种东西，*我这么想着，感到一阵寒意，*不是吗？*

没错……我在追赶内德的时候就飞进过类似的建筑，而他是跟着他的哥哥们飞进去的。那是一艘庞大的船坞，而我曾在它坠落时左躲右闪地穿过那里的通道。这条通道的形状，还有金属板拼接处的凸起，都与当时无二。

我们进入了一个较为宽敞的开放式房间，几条分岔的通道与它相连。在这里，我运用机动推进器来到靠近天花板的位置，那里有一组刻在金属上的奇怪记号。

这些我从前也见过，我这么想着，转动泛光灯，让天花板被光线覆盖。我伸长脖子，凝视着那些记号。它们看起来像是某种陌生的外星语言。

"飞行指挥部，"我说，"能听到我的话吗？"

沉默。最后，有个声音回答："我们能听到。这座迷宫安装了信号放大器，但在真正的迷宫里，干扰有时会阻止通信。你们最好假装同样的事也会发生在这儿。"

"没问题，"我说，"但首先，我旁边这块天花板上的文字是什么？"

"这些应该是复制品，是用飞行员在真正的探究者迷宫里拍摄的照片制成的。我们目前还无法解读其中的含意。"

"嘿，"我说，"我敢发誓，我从前在哪里见过这些……"

"你希望我们启动这座迷宫的其他防御机制吗？"飞行指挥部问，"还是说你们只想在里面飞一圈？"

"你指的是什么样的防御机制？"我问。

"真正的探究者迷宫能让进入者产生幻觉。"那个操作员解释道，"我们能模拟那种状况，因为飞船的驾驶舱罩配有全息投影功能，能够投射出奇怪的景象。进入迷宫的时候，你们应该保证有另一名飞行员同行。"

"这是为什么？"我问，"提供支援？"

"不，"薇珀小声说，"因为他们会看到不同的景象，对吧？我听说过这个。"

"对，"操作员说，"迷宫会以不同的方式影响进入者的头脑，每个人看到的东西都有所不同。通常来说，如果队伍里的两名飞行员看到了相同的东西，它就是事实而非幻觉。如果你们看到不同的东西，就会明白那些不是真的。此外，通过对比你们的所见，也可以得出另一些结论。"

"打开吧，"我说着，轻轻按下机动推进器的按钮。我移动到房间空空荡荡的中央，与薇珀的飞船并排。

房间闪烁了几下，然后变了，一面墙壁绽放出红色，就像从一口深井的底部渗出的鲜血。它覆盖了那道墙壁，将一切染成深红之色。

"薇珀，"我低声说，"你看到了什么？"

"漆黑的黑暗，"她答道，"遮蔽万物，吞噬光明。"

"我看到了血。"我说。它看起来并不危险，但的确让人毛骨悚然。"我们继续前进吧。"

我加速离开这个大房间，穿过另一条通道。虽然它和我早先穿过的那条通道宽度相同，但它带给我的幽闭与狭窄感却更加强烈，因为这些墙壁仿佛是用血肉制造的。它们起伏和颤抖，仿佛我真的在某种庞然巨兽的血管内部移动。

等我来到下一个房间时，那种表象再次改变了。突然间，我仿佛身在一座古老石窟的内部，一条条宽大的苔藓从天花板垂下。

虽然我知道那只是全息影像，这种改变还是令我不安。薇珀飞到我身旁。"我看到的墙壁像是玻璃。你看到的是什么？"

"石头和苔藓，"我说，"右边那儿最厚实。"

"我看到有玻璃碎片飘浮在那边的空中。也许迷宫是在遮掩什么东西？"

"对。"我说着，凑近了些。果不其然，接近传感器显示，那片全息影像的后面隐藏着一条通道。我驾驶飞船穿了过去，来到了下一个房间。与此同时，飞船后方的阴影却移动起来。

我立刻让飞船在轴线上转向，泛光灯照向那边。我面对着一大堆外星真菌，它们轻柔地脉动，仿佛正在呼吸，每一朵球根状的伞菌都有战机那么大。

"你看到了吗？"我问把飞船停在侧下方的薇珀。

"没。你看到了什么？"

"有东西在动。"我说着，眯起了眼睛。另一样东西飞快离开我的视野边缘，而我再次转过船身。

"接近传感器上没有任何显示，"薇珀说，"那肯定是全息影像的一部分。"

"飞行指挥部？"我问，"那是什么在动？"

我听到的回复杂乱而又断续，我的通信线路也不时中断。房间里的阴影正在移动。我再次转身，试图跟上那东西。

"飞行指挥部？"我又问了一遍，"我听不清你们的话。"

"你们到底想不想要真实的体验？"传回我这边的嗓音突然清晰起来，"我告诉过你们，当飞行员渗入迷宫的时候，通信会开始不稳定。"

"好吧，好的。可那些影子是什么？"

"什么影子？"

"就是在房间里动来动去的那些？"我说，"这座迷宫里有什么会攻击我的东西吗？"

"呃……不确定。"

"你说你不确定是什么意思？"

"呃……稍等一下。"

薇珀和我停留在阴影附近。最后，另一个声音在线路里响起，语气比之前那个更兴奋也更热切，那是克雷尔人的头子温契克。

"阿拉妮克！这里是温契克。我听说你体验到了这座迷宫令人较为不安的一部分特性。"

"可以这么说。"我说。温契克的声音显得很……微弱，就好像从外面传来的信号是一条脆弱的线，随时可能断裂。

"有东西在这里跟着我们，"薇珀说，"我想我刚才也看到了。"

"唔，哎呀呀，"温契克说，"好吧，那也许只是全息影像。"

"也许？"我问。

"好吧，我们自己对这东西的原理也不是百分之百了解，"温契克说，"我们没在你们舱罩的全息影像里加入移动的影子，但那儿或许还有迷宫自己创造的影像。记住，建造它的不是我们。我们回收了它，修复了它，加上自己的无人机，但它的建造者是人类。我们并不十分确定它为了模仿真正的探究者迷宫，能够做到什么，又能做到什么程度。"

"所以我们是实验动物？"我说着，比之前更恼火了，"为了测试你们不理解的某种东西？你们就这么把我们丢进来，然后看看谁能活下来？"

"好了，好了，"温契克说，"别这么好斗，阿拉妮克。你的同胞不是在争取至尊同盟的公民权吗？我向你保证，朝我大吼没法帮你实现目标！总之，你们做得好！保持下去！"

频道关闭了，而我勉强忍住了才没有咒骂他。他居然敢这么……这么……神气活现。好吧，那种友好的态度显然只是装给我看的。克雷尔人恶毒又充满破坏性，他们对待我同胞的方式就是证据。温契克以为和蔼的口气就能向其他人隐瞒真相吗？

"我们回去确认别人的情况吧。"薇珀说着，转过方向，领着我从来时的路线返回。我跟在后面，来到我们先前经过的房间，但那里的苔藓不见了，看起来很正常，让我再次想起了岩屑星上的那座旧船坞。它过去也是像这座一样的迷宫吗？也是出于同样的目的建造的吗？还是说我太着急下结论了？

"你的同胞和人类有过往来，"我们飞行的时候，薇珀说，"是这样吧？"

"呃，是的。"我说着，在椅子上坐直身子。薇珀平时是不会闲聊的。

"有意思。"她说。

"那是在我出生前很多年的事了。"我说。

"人类统治改变了你们星球的未来，"薇珀说，"你的同胞和他们并肩战斗，也无可避免地接受了他们的某些行事方法。你说的就是他们的某种语言的变种。"我们进入那条先前看起来像是血肉的通道。

"你的好斗让我想起了他们。"最后，她补充道。

"那你呢？"我说，"你见过人类吗？我是说，除了布蕾德以外。"

"很多，"薇珀用那种柔和轻快的嗓音说，"我跟他们战斗过。"

"在战争里？"我惊讶地问，"最近的一次是在一百年前。你那时候就活着？"

薇珀不置可否，而我们很快进入了那个刻有文字的大房间，此前这里的墙上仿佛染着鲜血。如今的它呈现为一条挂满镜子的走廊，映照出我的飞船的上千个版本。

我歪了歪头，转动船身，看着数以千计的镜像，最后对准了其中一面镜子。它映出的不是飞船，而是独自飘浮在太空中的我。

不是阿拉妮克，而是我，斯潘莎。

尽管隔着不少距离，这个版本的我却抬起头来，对上我的视线，而我的身体逐渐发冷。那不是什么镜像。那是它们之一。

我按下呼叫键，但房间却变得漆黑，就连泛光灯也熄灭了。我悬停在那儿，仿佛悬停在空无一物的虚空中，就像进入"无处"的时候那样。

我按住呼叫按钮的手凝固住了，但没等我开口，一切就恢复了正常。眨眼的工夫，我就回到了自己的驾驶舱，悬在那个古老房间的半空，薇珀正驾驶飞船朝出口前进。

"——来吗，阿拉妮克？"薇珀的后半句话在我的通信频道里响起，"还是说你打算继续待在那儿？"

"我来的。"我说着，摇摇头，试图赶走那种毛骨悚然的感觉，"你在那儿看到了什么？"

"只是个房间而已。"薇珀说，"怎么？"

"我……"我摇摇头，引导飞船回到开阔的太空里，松了一口气。

24

到了外面，薇珀让我指挥队伍又练习了几次分散队形，具体过程是让小队分散开来，朝不同方向飞行，然后重组。我认为这在对抗类似余烬的东西时会很有用，毕竟它们会尝试撞击我们。

其他人肯定感觉到了我情绪的变化，因为没有人敢反驳我的话，就连布蕾德在练习中也毫无怨言。没过多久，就到了我们应该返回"砝码与测量"号的时间，今天的训练结束了。

我将飞船停在停泊区，深情地轻拍操纵台。它不是 M 机器，但也算是一架做工扎实的战机。我打开舱罩，跳到地上，去和其他人会合，而我能从他们的态度里看出伴着疲惫的热情。疲惫是因为这一天的训练很漫长，而热情是因为训练的效果良好。我们进步明显，也逐渐产生了团队感。

希修为莫里乌莫所说的某件事放声大笑，那个拿着盾牌、身穿红色制服的女性奇盛人也随声附和。我得知她的名字叫考丽，是飞船的领航员，同时也担任希修的"盾卫"，不过我不太确定这个词是什么意思。

我们并肩漫步的时候，我发现自己能凭声音辨认出另外几个奇盛人。组成我们小队的不是五个飞行员，而是四个人加上整整五十七名奇盛船员，这想来还真够怪的。

我喜欢这样，我喜欢这种气氛带给我们的活力。我几乎因此忘掉了自己在迷宫里感受到和看到的种种怪事。我们接到了返回跳跃室的命令，尽管有一架无人机前来领路，布蕾德仍旧试图先走一步，也许是为了避免和我们互动。

我加快脚步，追上了她。

"嘿，"我说，"我喜欢你在结束前做的那套动作。就是你迂回穿过小队的其他成员，而又不会撞上他们的那个。"

布蕾德耸了耸肩。"那很简单。"

"你有飞行经验。"我评论道。

"显然。"

"噢，我很庆幸有你在队里。"

"你确定吗？"她说，"你清楚我的本性。要不了多久，我就会失控，然后就会出现伤亡。"

"我就指望这个呢。"我说。

她停下脚步，站在铺着红地毯的走廊里，皱眉看着我。"什么？"

"我来自的那个地方，"我轻声说，"飞行员有那么点激情是好事。我不担心你的那一点点攻击性，布蕾德，我想我们可以加以利用。"

"你根本不知道自己在要求什么。"她厉声回答，然后快步走开。

我留在原地，等着其他人追上来，然后跟着他们来到我们的跳跃室。这一次，我没有尝试靠近引擎室，因为从那些守卫目送我经过的样子来看，他们已经怀疑我了。

我们各自落座后，我专心做起了奶奶的练习，闭上双眼，让思绪飞远，想象自己在群星之间翱翔，随后侧耳倾听。

奇盛人的闲聊声淡去。在那儿。

有个声音说：

　　　　超推进器准备就绪。

那不是英语，但就像以往那样，语言并不重要，我的大脑会分辨出含义。为什么他们要用赛托通信来交流？这只是舰桥在呼叫引擎室而已。

那是温契克的声音：

　　　　非常好。启动。

我做好准备，等待……可什么也没发生。怎么了？

片刻过后，另一条通信送来：

　　　　引擎室，有什么问题吗？

回答传来：

　　　　很不幸，是的。我们正在从飞船内部的局部化信息源
　　　察看赛托干扰读数。

我感到一阵惊慌。他们……他们知道我在这儿。

温契克说：

噢，那个啊，是的，这是意料之中的事。现在有两个在和我们同行。

引擎人员回复道：

这会引起问题的，长官。

温契克说：

多严重的问题？

引擎人员回复道：

这就要看了。我们正在交换超推进器单元。也许只要我们立即启动，新的就可以运作。

我紧张地等待着。几分钟过去了。

情况再次发生。大量的信息再次流入我的大脑，这一次指向"星景"，然后是一声尖叫。

那种被人丢进无边黑暗的迷失感再次涌现。这一次，探究者还是没看见我。它们专注于那声尖叫。

我被甩向椅背，大脑抽动不止。我再次瘫坐在那儿，然而其他人甚至连对话都没有停下。他们没有意识到跳跃本身。

我体会到的那种感觉，那些倾注而入的信息……让我知道了超跳跃的目的地。我能利用这份信息独自跳跃到"星景"。这份信息正在淡去，但速度很慢。也许……也许我可以独自从这里跳跃到探究者迷宫，再跳跃回来，前提是有那个必要。

M机器告诉过我的那堆乱数派不上用处，但这份直接注入我大脑的信息里的某些部分……却有所不同。这证明了我的猜想：我不只需要知道自己的目的地，还必须感受到它。这是在如何操控自己的力量这件事上，我找到的第一条可靠的线索。

我疲惫地和其他人一同站起身，步履沉重地走向接送停泊处，在那里眺望"星景"：那是一座充满生机、闪烁蓝光的平台，林立其上的建筑物仿佛钟乳石与石笋。

我向其他人道别，爬进自己分配到的太空梭。倒霉的是，这次的乘客不止我一个，有位官员让三个爬行生物似的外星人跟了上来。他们的住处似乎离我那儿不远。他们聚集在后排座位上，用他们的语言轻声聊天，我的别针贴心地给出了翻译。由于他们只是在谈论晚餐安排，我关闭了翻译器。

太空梭起飞了，而在我们离开停泊处的瞬间，有个声音在我的耳机里响起。"斯潘莎？"M机器问，"斯潘莎，我又能接收到你的信号了。你没事吧？一切都还好吧？整整八个钟头没法通信！"

那声音令人喜出望外，而我发觉自己松了一口气。我的任务仿佛每过一秒都会变得更加艰巨，但眼下这份亲近感提醒了我，我并不是彻底孤单一人。

"我回来了，"我轻声回答，瞥了一眼身后那些外星人，"等到了大使馆以后，我再给你详细解释。"

"见鬼，这可是个好消息！"M机器说，"你听到了吗？我刚刚说了脏话。如果我开始说脏话，你觉得这能证明我是活着的吗？无生命的电脑不会说脏话，那样也太奇怪了。"

"我不觉得你能主张自己不奇怪。"

"我当然能。我基本上能主张任何事，只要有对应的程序就行。总之，'砝码与测量'号上肯定有某种通信屏蔽装置！丢失你的信号的时候，我还担心自己得永远跟那只鼻涕虫待在一起了。"

我笑了，而且在接近自己住处的时候，我也确实感受到了兴奋。

我有好多想告诉 M 机器的事：探究者迷宫、薇珀。我还和布蕾德有了交流，不是吗？不幸的是，等太空梭飞近以后，我发现库纳指派给我的克雷尔人管家查维特太太正等在门口。

"她在这儿都做了什么？"太空梭降落的时候，我盯着那个穿着铠甲的外星女人，低声说。

"等打扫结束后，她就把剩下的时间全用来等你了。"M 机器回答。

她这个密探当得真敬业，不是吗？等我爬出太空梭以后，她匆忙走来，用精神十足的口气说："欢迎回来，女主人！我查阅了您的种族的营养需求，我想可以决定今晚的晚餐了。阿克齐安布丁！它是甜品与开胃菜的美妙混合体！"

"呃，"我说，"不用了，谢谢。我还有些食物，两天前订的。"

"女主人？您是说您的冷藏单元里那些藻条？"

"当然，"我说，"它们挺好的。"平淡无味，不过挺好的。

"噢……也许我可以把那些做成配菜？"查维特太太说，"还是说给您做一道甜品？"

"不用了，"我说，"真的。谢了。我今晚还有些工作要做，而且不希望有人打扰。"

她做了个沮丧的手势，但我半点也不信。如果这个克雷尔女人很伤心，也只可能是因为我没给她刺探的机会。等我再三保证以后，她终于步履沉重地沿着街道暂时离开了。

我叹了口气，擦了擦额头，然后爬上楼梯，来到楼顶，又爬进 M 机器的驾驶舱里。"把舱罩变暗，"我说，"再确认那个外星探子真的离开了。"

舱罩暗淡下来。"我不相信她是密探，斯潘莎。"M 机器说，"她没有翻看你的东西，只是整理了你的房间，然后把时间用在数据板上的字谜游戏里了。"

"整理房间是谍报活动的绝佳幌子。"我靠向椅背，挠了挠末日虫的下巴。

末日虫发出可怜巴巴的笛音，没精打采地朝我挪来，于是我拿起它放在膝头。我从没见过它移动这么缓慢的样子，这地方肯定有什么东西让它不舒服。

"好吧，M 机器，"我说，"我们有个问题要解决。我们也许得劫持整艘母舰。"

"太棒了。"M 机器说，"你的尸体打算火化还是弹射进太空？"

我咧嘴笑了。"不错。"

"幽默感是活物的必要标志之一。"M 机器说，"我一直在研究某些能帮我更好地识别和创作笑话的子程序。"

"嘿，所以你能做到那种事？"我说，"把自己改编成新的样子？"

"我必须保持谨慎，"M 机器说，"因为作为活物的另一个必要特点就是人格的持久性。我可不想改变得太多。此外还有特定的几样东西，一旦我尝试改写，就会让我进入……"咔嗒。咔嗒咔嗒咔嗒咔嗒。

我叹了口气，靠回椅背，抚摸起末日虫来。它柔软又富有弹性，就连它背上能发出笛音的刺突都没那么坚硬了。

"我回来了，"M 机器最后说道，夸张地叹了口气，"这可真烦人。总之，你刚才提到了'劫持整艘至尊同盟主力舰'这样的自杀式任务？"

"那算不上什么主力舰，"我说，"船上大概只有，呃，五六十个船员……"我开始说明自己今天的遭遇：我偷听到的对话、探究者迷宫、与其他飞行员以及薇珀的互动，甚至是在迷宫内部的那些怪异体验。

"所以，"我做着总结，"我不会得到配备超推进器的飞船，这就代表我们必须另寻他法。"

"有意思，"M 机器说，"而且你能听到温契克给引擎室的指令？为什么？"

"我猜他们是在通过'无处'进行通信。"

"在飞船的一头呼叫另一头？"M 机器问，"这不合情理。简单的无线电通信就足够了。你确定自己没听错吗？"

"没有，"我认真地说，"而且'听'这个词不太确切，"我坐了下来，沉思片刻，然后再次开口，"我们也许没必要劫持整艘飞船。"

"很好，因为等你害自己送命以后，剩下的就只有这只虫子了，而我不太想让它当我的飞行员。"

"我觉得引擎室里正在发生某种怪事。"我解释道，"另外，在从探究者迷宫返回的路上，超推进器因为我出了些故障。他们换了一台备用的，所以超推进器单元也许足够小巧，可以迅速更换。"

"我们早就知道了，"M机器说，"我的船体内对应超推进器的空盒子里原本可是有东西的。"

我点点头，思考着这一切，同时轻抚末日虫的脑袋。它发出满足的笛音。

我只靠自己传送了M机器两次，但它的系统的确曾自称拥有"赛托超推进器"。我猜想M机器之所以能来到岩屑星，是因为它的前任飞行员斯皮尔斯中校充当了超推进器。但它为什么又有那只空盒子？我的拼图里缺少了一大块碎片。

"我们得想方设法溜进那儿，观察他们维修或者启动超推进器。见鬼，也许只要我偷走他们用来指示目的地的那台装置，我就能运用自己的能力，至少能让我们回家。"

"根据你的描述，那是个守卫森严的场所，"M机器说，"位于一艘有充足巡逻人员的军用飞船内部。潜入那里可不会轻松。"

"幸好我们手头有一艘侦察飞船，还有为隐匿行动设计的先进人工智能。我们需要从某个守卫森严的敌方场所取得数据。你的程序认为我们该怎么做？"

"我们应该安装谍报设备，"M机器立刻回答，"最佳方法是使用自动无人机。它们能够侵入那个场所，进行记录。那艘母舰的屏蔽装置会阻止信号送出，但那么做本来就是不明智的，因为这会让扫描器发现它们。我们应该手动回收那些设备，然后下载里面的情报。"它顿了顿，又说："噢噢噢，这是个好主意！我有时候比我自己还聪明，不是吗？"

"也许吧，"我说着，重新靠回椅背，"我们有类似的设备吗？"

"没有。"M机器说,"我有可以容纳好几架小型遥控无人机的泊位,但那里都是空的。"

"我们能造一架新的吗?"我说着,抬起胳膊,察看那只投射出全息影像的手镯,"就像造这种手镯那样?"

"这是有可能的,"M机器说,"我们需要拆用传感系统的部分配件,再申请一些新零件,还得避免让订单显得可疑。唔……有趣的挑战。"

"好好思考吧,"我说着,打了个哈欠,"回头把你的想法告诉我。"

它开始进行某些计算,而我肯定是迷迷糊糊睡着了,因为不久后,末日虫模仿某人的打鼾声吵醒了我。那绝对不可能是我的鼾声。当然了,战士从不打呼噜,那会向敌人暴露我们睡觉的位置。

我伸了个懒腰,然后爬出驾驶舱,置身于那座不眠不休的城市,哪怕时间已经很晚了。我站在楼顶边缘,眺望着这座看不见尽头的大都市,忍不住感到不知所措。火成岩是我的同胞建造过的最庞大的城市,但它甚至只有"星景"的几个街区那么大。

那么多人、那么多资源,全都以摧毁——至少是抑制——岩屑星为目标。我们能做到现在这样,已经是个奇迹了。

屋顶上这台电脑是用来诊断飞船故障和监控大楼状况的,它的一盏指示灯亮了起来,代表有包裹送到了。我爬下楼梯,起先以为是M机器已经申请了制造间谍无人机需要的零件,但我在投递箱里找到的却是一小块糕点,外加一张纸条:

> 以防藻条不太新鲜。
>
> ——查维特太太

我内心战士的一面不想吃这块糕点。我不是害怕里面有毒——如果库纳想毒死我,只要在这栋楼的供水系统里加点东西就行——而是因为这样仿佛是对查维特太太承认失败。

事实证明,它是我尝过的最美味的失败。

25

一周过后，我在俯冲中完成了一套复杂的回避动作，加速穿过多个敌人之间。敌人也就是余烬，那是从探究者迷宫弹射出来、以拦截战机的燃烧小行星。尽管我意识到这只是假象，而那些只是经过伪装的至尊同盟无人机，战斗过程依旧令人振奋。此时足有十架敌机尾随着我，而且不断加速，快到就连我这架快速截击机都比不上的程度。

我沿着探索者迷宫的一面飞过。近看之下，我仿佛正在掠过一块宽大而光滑的金属表面。这座建筑非常庞大，因此拥有明显的重力，我必须监控上升环的状况，以免在它的牵引下偏离路线。

余烬追赶在我身后，从内部发出炽热的光芒。迷宫侧面飞出更多的无人机，试图将我赶向迷宫，也夺走了逃亡的选项。这就像一场猫抓老鼠的游戏，只不过这儿有五十只老鼠在围捕一只猫。以我的情况来说，是一只非常危险的猫。

一群余烬冲了过来，试图和我正面相撞，于是我开了火。我将它们轰成了灰，同时左转以避开残骸，然后转过船身，朝太过接近的余烬开炮。我被迫立刻掉头并抬起船首，以避开从那个方向接近的敌人。

尽管我想念 M 机器的声音，我的一部分意识却为了有能在这些较量中证明自己的机会而欣喜。我把赛托感应力抛到脑后，毕竟在对抗真正余烬的时候，它们派不上用场，而且我也没有先进的人工智能为我预测和计算。

只有我、余烬，以及一架僚机。今天，占据这个位置的是化身为布蕾德的另一股毁灭势力。在我接连破坏余烬的同时，我们两个完成了机动飞行，同时俯冲返回。我们并排飞行了片刻，我向前开火，而她旋转机身，向后射击，各自覆盖了一百八十度的范围。

在我的命令下，我们朝两侧冲去，紧接着用光矛牵引机身，做出仿佛镜像般的机动飞行，甩开试图撞击我们的余烬。这个动作让我们朝着彼此疾飞而去。我们以几厘米的差距交错而过，同时开火，将追赶另一方的余烬轰成粉末。

等我们再次返回时，已经没有了尾随的敌人。我心脏狂跳，脸上挂着危险的笑容，飞到布蕾德旁边。我们一同远离探索者迷宫，简直就像由同一个大脑操控的两架飞船。

布蕾德很优秀，和我相当。更重要的是，我跟她很合拍。我们飞行时仿佛数十年来都互为僚机，几乎无须确认也能知道对方要做什么。或许是因为我们都是赛托能力者，也或许是因为我们的个人驾驶风格不谋而合。在过去的一周里，我花费时间和小队的每个成员进行了训练，但我似乎在布蕾德担任僚机的时候飞得最好。

至少在我们对话之前都是如此。

"干得漂亮。"我在通信频道里说。

"不要赞美我如此好斗的表现，"她说，"我需要加以控制，而不是沉醉其中。"

"你做了至尊同盟现在需要的事，"我说，"你在学习怎么保护他们。"

"这还是不能当借口。"她说，"拜托，你根本不清楚身为人类的感受。"

我咬紧牙关。我能帮你，我心想，我能让你摆脱这一切，真正成为你自己。

我没有说出口，反而关闭了通信。我觉得自己正渐渐突破她的心防，但如果我想更进一步，或许就不应该直接驳斥至尊同盟的理想。我得巧妙一点。

我能做到的，对吧？

我们一起和其他飞船会合，接受了希修和莫里乌莫的又一轮道贺。

"你还是那么善战，阿拉妮克。"薇珀对我说，"你散发着连绵雨水的气息。"我不太确定这话的意思。她的语言里有些奇怪的谚语，这枚别针只能进行字面上的翻译。"但要记住，我们的使命不是追赶和猎捕那些余烬。学会缠斗只是第一步，我们很快就得练习在迷宫中飞行了。"

莫里乌莫和希修出发去练习，他们用的是我开发的另一套训练动作。我并不指望把他们培养成缠斗专家，但我们的确需要两人一组进行合作。

"薇珀，"我说，"你了解我们要用来杀死探究者的这件武器吗？"

"不了解。"她温和地说。说来奇怪，但比起跟她本人对话，经由通信装置和她交谈更让我安心。

"但我对那种可能性很感兴趣。"她补充道，"如果可以杀死探究者，对我们的社会意义重大。"

我自顾点头。

"我害怕它们。"薇珀续道，"在第二次战争期间，当人类试图操控探究者、利用它们来战斗的时候，我稍微……瞥见了探究者对我们的看法，我们就像应该除去的尘埃或者虫子。它们为世界带去毁灭，在顷刻间蒸发整个文明。我们那时没能赶走它们，它们是自己离开的。我们能够存在，是因为它们允许我们存在。"

我发起抖来。"如果真是这样，就代表银河系所有生命的脑袋上都顶着一把枪。更重要的是，我们需要知道这件武器能否奏效，对吧？"

"赞同。"薇珀说，"我认为它可能的存在是特别令人感兴趣的事。"

"这就是……你来这儿的原因吗？"我问。

薇珀沉默了片刻。"你为什么要问这个？"

"我是说，没关系的。只是……要知道，其他人告诉过我，你们种族通常负责……非常特殊的任务……"

"我们不是刺客。"她答道，"那些传闻是虚假的，不应该在这支小队里散播。我们是至尊同盟的公务员。"

"当然，当然。"我说着，为她语气的强硬而惊讶，"也许这支队伍闲聊得太多了。我今天会让他们多做几组练习，用旧式的军队做法让他们闭嘴，让他们累到没力气闲聊。"

"不，"薇珀说着，语气柔和下来，"没必要承受烟的气味，阿拉妮克。只要……请他们别推测我的使命就好。我不是来这儿杀人的，我保证。"

"明白，长官。"我说。

这话让她叹了口气，就像是微风翻动纸张的声音。"我会带布蕾德去练习一次。请休息吧。"

"明白。"我说。她驾驶飞船离开，同时命令布蕾德跟上。我打开固定在椅背后面的背包，拿出一份小食。我相信薇珀不是来这儿杀人的，但她来这儿又是做什么的？我敢发誓，我不时能嗅到她在我身后窥探的气味，而且她的种族……看东西的方式和其他种族一样吗？我很怀疑。她是不是能嗅出我真正的身份？

见鬼，我已经在违背她的要求了。就算她知道我是谁，她也到现在都没有告发我，所以担心也是没用的。

我将船首从正在练习缠斗的其他人那里转开，看向群星的方向。那片星光也回望着我，无边无际，引人入胜。我听不到多少它们的声音。一小股赛托通信的溪流正在离开"砝码与测量"号，多半是在返回"星景"那边，但和那座庞大平台的附近相比，这儿要"安静"得多。

这么多的恒星，我这么想着，不禁思索岩屑星的太阳在这么远的地方能否用肉眼看到，环绕它们运转的很多行星都有人居住，数以十亿计的居民……

我闭上双眼，让意识渐渐远离，置身于这里的星辰之间，不断飘荡。

我几乎不假思索地解开安全带，按下控制台上的控制锁，将自己交给驾驶舱内的无重力环境。这里小而狭窄，但闭上双眼之后，我可以真正地飘浮在空中。我摘下头盔让它飘走，伴随着一声轻柔的"咚"，就这么撞上驾驶舱罩。

我和群星。从前，我一直在地面上做奶奶教我的练习。在那种地方，我得想象自己在群星间翱翔，寻找它们的声音。

这是我第一次感觉到自己真正置身群星之间，就好像我自己也是一颗星星，是无尽黑夜中的一点温暖和火焰，感受……

在那边，我心想，"星景"就在那边。我本能地知道了那座平台所在的方位。在探究者迷宫与城市之间跳跃的时候，我的大脑不知怎么注入了那份知识。这种印记每次都似乎会持续更久，到现在已经扎根于我的脑海，而且不再淡去。

有必要的话，我可以独自用超跳跃返回"星景"。我越来越肯定，我可以从任何地方返回"星景"。但目前来说，这对我没有任何好处，我已经有前往"星景"的交通工具了。种种难题占据了我的头脑，也削弱了我的注意力。

偷走至尊同盟的超推进器技术、解救布蕾德、弄清薇珀的目的，更别提还有至尊同盟正在开发的武器了。这还是以不考虑卷入库纳、温契克和克雷尔人之间微妙的政治局面为前提的，每件事都那么棘手。

*斯潘莎……*有个声音仿佛从那里，从群星之间传来，*斯潘莎，战士的灵魂……*

我猛地睁开双眼，倒吸一口凉气。"奶奶？"我说。我双脚抵着座位，身体贴上舱罩的窗户，在群星间疯狂地寻找。

圣徒和群星啊，那是她的声音。

"奶奶！"我大喊道。

战斗……

"我会战斗的，奶奶！"我说，"但和什么战斗？怎么战斗？我……我不适合这份使命。我没受过这种训练。我不知道该怎么做！"

英雄……不会挑选……自己的考验，斯潘莎……

"奶奶？"我问道，尝试找出那些话语传来的准确位置。

*她会踏入……黑暗，*那个声音说着，逐渐消失，*她会面对随后到来之物……*

我在成千上万颗星星里拼命寻找我的母星，但结果令人绝望，我以为自己听到的声音再也没有归来。

只有在我脑海里徘徊不去、似有若无的回音。

英雄不会挑选自己的考验。

我又飘荡了好一会儿，头发杂乱地飘浮在脸庞周围。最后，我努力坐了回去，扣好安全带。我扎起头发，然后戴上头盔，扣好搭扣。

我再次探出赛托感应，却全无收获。我叹了口气，把注意力转回队友那边。我还是开始评估他们的表现比较好，薇珀也许会问我的。

布蕾德和薇珀表现良好，这点不出所料。除我以外，她们是这支队伍最优秀的两名飞行员，但希修和那些奇盛人也同样表现绝佳。在这一周的训练里，他们真的学会了如何掩护僚机、如何在必要时扮演炮舰以外的角色，充当战机，像其他飞船那样缠斗。

但莫里乌莫……可怜的莫里乌莫沦为团队里最弱的飞行员并不是他的错，毕竟他只有几个月大。即使他继承了双亲之一的部分技巧，那么一点点战斗经验反而让他的错误更明显了。在我的注视下，他把希修甩得太远，让奇盛人遭受了敌人的围攻。在试图补偿和还击的过程中，莫里乌莫的炮火偏离了敌人，几乎突破了奇盛飞船的护盾。

我缩了缩身子，打开了通信频道，打算严厉责备莫里乌莫。我立刻听到了一连串咒骂，而我的翻译别针及时为我做了翻译。见鬼，就连奶奶都没法咒骂得这么有声有色。

"这是你从双亲的哪一位那里继承的？"我在频道里问。

莫里乌莫立刻停了口。我几乎能看到他回答时涨红的脸。"抱歉，阿拉妮克。我不知道你在听。"

"你用力过猛了，"我建议道，"因为自己的欠缺技术而过度补偿了。放松点。"

"当你有整个人生可以度过的时候，"他答道，"这么说是很轻松。我只有几个月的时间能证明自己了。"

"就算你击落自己的僚机，也什么都证明不了。"我告诉他，"放松，你没法单凭意志力强迫自己成为更优秀的飞行员。相信我，我试过的。"

他附和了我，我觉得他在下一次练习里表现得好了些，所以我的建议或许发挥了作用。很快练习就结束了，余烬也纷纷撤回探究者迷宫。我的四位队友在我旁边排成一行。

在远处，我能看到其他小队的练习。令我愉快的是，似乎有另外几支队伍停止了迷宫内部的飞行，此时同样在练习缠斗。我认为是我们对他们产生了积极影响。

别太沾沾自喜了，斯潘莎，我告诉自己，那些是克雷尔人的飞船。就算他们现在训练的目标是对抗探究者，你也很清楚，他们终究会出现在和人类对抗的战场上。

意识到这点削弱了我的热情。"表现得不错。"我告诉队友们，"对，就连你也是，莫里乌莫。薇珀，我认为这支队伍开始像真正的飞行员了。"

"也许吧。"薇珀答道，"既然他们在你的训练中表现优秀，我们可以让他们去迷宫里尝试一下。在今天的训练结束前，我们应该有时间做一次加长练习。"

"是时候了！"希修说，"我是个有耐心的奇盛人，但就算你除了磨刀什么也不干，刀子也不会更锋利。"

我面露微笑，想起了科布当初让我们开始用武器训练时，我自己的满腔热情。"我们两人一组，"我对薇珀说，"然后练个一次吧。但其中得有个三人组，毕竟我们一共五个——"

"我不需要僚机。"布蕾德说着，掉转反向，加速驶向迷宫。

震惊令我沉默不语。她这一周的表现好了不少，我还以为她已经不会有这种想法了。见鬼，换成科布听到这话，肯定会对我们大吼大叫到满脸通红的。

"布蕾德！"我朝通信频道里大喊，"我敢发誓，如果你不回来，我会——"

"让她去吧。"薇珀插嘴道。

"但我们进迷宫的时候至少得带上一个队友才行！"我说，"不然幻象会愚弄你的！"

"那就让她尝尝那种教训吧。"薇珀说，"等我们表现得比她出色的时候，她就能亲眼看到了。"

我咕哝了一声，但勉强忍住没有继续朝布蕾德咆哮。虽然我担任执行官，但薇珀才是我们的指挥官。

"我会带上莫里乌莫，"薇珀告诉我，"我想我可以帮忙教他一点点耐心。他们需要学会运用自己的攻击性。"

"那我就是和希修一组了。"我说，"我们一个半钟头以后在这里会合？飞个四十五分钟，开始习惯那地方的奇怪方式，然后就飞出来。"

"很好。祝好运。"薇珀和莫里乌莫出发了，而希修命令他的舵手指挥奇盛飞船来到我身旁。

"在布蕾德自己飞走以后，"我问他，"我们却抱怨莫里乌莫的攻击性，你不觉得奇怪吗？莫里乌莫的攻击性比我都少很多。要我说的话，甚至比你还少。"

"莫里乌莫不是次等种族的一员，"希修说，"别人对他们的期待更高，是因为他们种族夸耀的一等智慧。"

"我一直弄不懂这点。"我说着，和他向迷宫内飞去，选择了与薇珀和莫里乌莫不同的区域。探究者迷宫非常庞大，所以这算不上问题。"'一等智慧'究竟是什么意思？"

"那只是个词汇，不是对他们相对智力的真正测量结果。"希修说，"根据我掌握的信息来判断，那代表他们的种族创造了犯罪几乎不存在的和平社会。"

我嗤之以鼻。和平社会？我半点也不信——就算我真有那种想法，阿拉妮克的话语也会让我醒悟过来。别相信他们的和平。

希修和我接近了探究者迷宫，而我压下了心中涌现的担忧。上次我进去的时候，有过一段非常奇特的体验。但我应付得了。英雄不会挑选自己的考验。

"你和你的船员们准备好了？"等第一批余烬靠近我们的时候，我问希修。

"'逆流而上'号准备好行动了，船长，"希修说，"这个瞬间……它等待着我们，就像舌头等待着美酒。"

我们在余烬之间开辟出一条道路。然后，我们并排冲入了探究者迷宫这片区域的许多开口之一。我们进入一条长长的金属通道，两旁以固定间距排列着立柱般的褶皱，而我紧贴着尺寸更大、护盾也更厚实的奇盛飞船。通道内部没有照明，于是我们打开了泛光灯。

"传感部门，"希修对他的团队说，"近距离拍摄墙壁上的那些符号。"

"收到。"另一个奇盛人说。

我移动到侧面，用灯光照在另一片蚀刻在这边墙壁上的奇怪文字上。

"我们没法翻译内容，凡下[1]，"考丽说，"但它们与在某些行星和太空站上的'无处'传送门附近找到的符号相似。"

"'无处'传送门？"我皱着眉头问。

"很多种族在自己的领域尝试研究过探究者。"希修说，"考丽，麻烦你说明一下。"

"'无处'传送门是稳定的入口，"考丽说，"就像通向'无处'的虫洞。它们经常标有类似的符号。这些传送门就是我们挖掘上升石并运送到自己领域的手段，但我不明白这里为什么会有这种符号。我没看到传送门的影子。"

嘿。我让飞船靠近那些符号，用泛光灯照了上去。"我在母星上见过这种符号，"我说，"就在我住处附近的一条隧道里。"

"那我倒是很想去拜访一下。"考丽说，"你的住处很可能有一座未知的'无处'传送门，这会带来财富。至尊同盟把自己的'无处'传送门都牢牢攥在手里，毕竟这是上升石唯一的获取手段。"

嘿。我没有说下去，因为我不想暴露事实。那些文字是在岩屑星的洞穴里，不是阿拉妮克的母星。

岩屑星从前的居民死于探究者之手，而且我越来越肯定，库纳的那种说法是事实——岩屑星的人们试图操控探究者，从而招来了毁灭。他们设置了护盾，试图保持安静，但他们的预防手段完全没能奏效。探究者找上门来的时候，轻易就绕过了他们的保护手段。

我周围的通道仿佛突然变成了血肉，就好像我身处一头庞然巨兽的血管里。我咬了咬牙。"希修，你看到了什么？"

"通道变了，"他说，"感觉就像是在水下。你看到了吗？真是种奇怪的体验。"

1　这里将常见的尊称 Your Highness（殿下）改成了 Your Normalness，对应希修一直强调的"平凡"。

"我觉得自己就像在一根巨大的血管里。"我说,"这是全息影像,是幻象。记得吗?"

"是啊,"希修说,"我们看到的是不同的东西。谢天谢地,我们有两艘飞船。"

我很想知道独自一人的布蕾德状况如何。

"这种幻象很奇怪,"希修说,"我觉得自己就像一块被人拿起然后丢下的石头,朝着无底深渊不断坠落。"他顿了顿,又说:"我的船员看到了和我同样的东西,阿拉妮克船长。"

"这很合理,"我说,"我们飞船内置的程序能再现探究者迷宫的幻象。对现在的我们来说,那只是程序。如果是真的幻象,你们多半会看到不一样的东西。"

至少他们是这么告诉我的。只是在我看来,至尊同盟"知道"的东西,很多都只是猜测。如果我进入真正的探究者迷宫,同样的规则真的适用吗?

希望你永远不需要知道,我心想。希修和我选择了右手边的出入口,飞过一条在我眼里是水晶,而在希修看来却是火焰的走廊。然而,我们两个都看到了房间一侧的一块巨石,所以我们飞了过去,仔细检查。我用光矛轻轻拖拽,证明它是真的,而它滚到了房间中央。

"真奇怪,"希修说,"是有人为了阻挡我们的去路,才特意过来安放这块石头的吗?"

"恐怕是的。"我说,"这座迷宫建造出来,就是为了再现我们在真正的探究者迷宫里发现的各种怪事和不解之谜。"

"我们的扫描设备派不上用场。"希修说,"我收到了仪器团队的报告,他们分不清哪些是假的,哪些又不是。看起来,至尊同盟为我们的飞船编写了会被这地方愚弄的程序,这点让我很困惑。我不喜欢看到至尊同盟展现给我的东西,即使这是重要的模拟训练。"

随着我们飞向深处,我不禁为奇盛人的陪伴而高兴。带上僚机不但有助于辨认景象的真假,还让各式各样的训练都有了意义。在更加基本的层面上,在这种地方有个说话的对象的确让人安心。

我们经过了另外几个奇怪的房间，看到了不同的怪异幻象，从正在融化的墙壁，到从视野边缘掠过的巨兽影子。在某个房间里，我们遭到了余烬的攻击，而我开了火，然后才意识到希修看不见它们。我的炮火击中了墙壁，炸掉了几块金属。整座建筑发出了轰鸣，我敢发誓那代表的是威胁。

　　"我们为什么能听到那种声音？"希修问，"仪器报告说，飞船外是真空。根本没有声音能够传播的介质。"

　　"我……"我发起抖来，"我们试试那边的通道。"

　　"我不喜欢这样，"我们沿着隧道前进的时候，希修坦白道，"感觉就像在训练我们依靠另一个人的眼睛。"

　　"但这是好事，不是吗？"

　　"未必。"希修说，"尽管所有体验都是主观的，所有现实又在某种程度上都是幻象，但这样会带来实际上的危险。如果我们需要依靠共识来判断真假，迷宫就可以直接利用这种前提来欺骗我们。"

　　在下一个房间里，我们遭受了余烬的攻击，而且这次是真的——我差点没当回事，这是个可能致命的错误。希修的警告声让我在最后一刻及时躲开，而奇盛人全副武装的战机将它们炸成了灰烬。

　　我们离开了一个有垃圾四处反弹的房间，垃圾撞上墙壁，最后朝底部汇聚。我汗水淋漓，心脏狂跳，率先穿过下一条走廊。见鬼，我真能习惯这地方吗？

　　我们来到了这条通道的尽头，而我的泛光灯照上了一块覆盖入口的奇怪薄膜。它从地板一直延伸到天花板，伴随着我能听到一阵韵律轻柔脉动。

　　突然间，那声音仿佛在整座迷宫中响起。战机在我的手指下嗡嗡作响。

　　我盯着那块薄膜，震惊不已。我们才进入探究者迷宫……差不多半个钟头？也许更久一点？我还以为要花费好些个钟头才能找到心脏。

　　"就是它，"我说，"那块薄膜，我们在找的东西。这就是……探究者的心脏。"

"什么？"希修说，"我什么都没看见。"

噢。我深吸一口气，平复心神。是幻象。这代表——

我看到了整个宇宙。

在一眨眼的时间里，周围的一切消失不见，而我的意识不知怎么扩展开来。我看到了行星，看到了恒星系统，看到了银河系。我看到四处爬行、毫无价值的小小昆虫覆盖其上，仿佛嗡鸣的蜂巢。我感受到了厌恶，还有对这些星球上滋生的害虫的憎恨。就像是成群的蚂蚁爬在落地的食物上，它们嗡嗡作响，愚蠢无知，而且令人作呕。我感受到了痛苦，因为它们朝我蜂拥而来，不时叮咬。尽管它们的个头太小，不可能真正摧毁我，却依旧会带来痛楚。还有它们的噪声，它们令人不快的刮擦声。它们寄生在我的家园，充斥于宇宙的无尽虚空中的每一块石头上。它们永远不可能放过我，而我无比希望碾碎它们，用我的双脚踩死它们，让它们不再聚集，不再爬动，不再咔嗒，不再噼啪，不再叮咬，不再腐化，不再……

我猛然回到驾驶舱里，撞上椅背，仿佛被人扔了过去。

"这么说又是幻象。"希修用厌烦的口气说，"你想飞在前面吗？我会掩护你，免得这个房间还有负责把守的余烬。"

我发起抖来，那段可怕的幻象笼罩着我，就像地下深处的某座洞穴里的漆黑。我连连喘气，试图平复呼吸。这房间在我看来很正常，但……

"阿拉妮克船长？"希修问。

刚才那究竟是什么？为什么……为什么它徘徊在我的脑海里，让我厌恶希修的话，就好像发话者是某个虚伪又可怕的东西？

"我……"我说，"抱歉，给我点时间。"

他给了我时间。我慢慢回过神来。见鬼。见鬼。感觉就像……就像薇珀说过的探究者对我们所有人的看法。

"飞行指挥部，"我呼叫道，"你们是不是给我看了些奇怪的东西？"

"飞行员？"飞行指挥部回复道，"你得学会在不联络我们的情况下穿过迷宫。等你进入真正的迷宫时，不会……"

"你们刚才给我看了什么？"我质问道。

"日志显示，你的飞船对应那个房间的幻象是一片隐藏出入口的黑暗。就这些。"

所以……他们展示给我的不是宇宙的感受？这是当然的，这远远超出了全息投影仪器的能力。我看到的是另一些东西，某种……某种我自己的头脑投射出的东西？

见鬼，我究竟是个什么东西？

在希修的催促下，我们继续前进，用另外十五分钟穿过不同的房间，熟悉这座迷宫的运作方式。我接下来的体验全都无法与那个看到宇宙的古怪瞬间相比。

最后，我们达到了事先决定的探索时限，于是转向返回。到了迷宫外，我们发现其他人正在集合，包括怒气冲冲的布蕾德。就像薇珀推测的那样，她被困在了最初几个房间之一，没法分清哪些是真，哪些是假。

他们都没看到什么薄膜，而当我徒劳地想要说明我所见的景象时，他们也完全无法理解。我没法把那段景象转换成语言，但它仍然留在我的脑海里。在我们返回"砝码与测量"号的途中，它就像笼罩在我肩头的一道影子，徘徊不去。

26

我们进入了"无处"。

就像以往那样，最开始是一声尖叫。

彻底的黑暗中散落着那些"眼睛"，白热的光点注视着错误的方向。我来到这里的次数越多，就越是能感受到……它们本质的影子。那是庞大而离奇古怪的生物，其形状不符合我的头脑对于物质形态的正常外观的理解。

我似乎在那里停留了一整个永恒的时间。除了布蕾德以外——她不肯谈这方面的事——我的其他队友都表示自己感觉不到在"无处"流逝的时间。对他们来说，超跳跃发生在一瞬间，他们根本看不到黑暗或者眼睛。

最后，我感到跳跃即将结束，那是一种难以捉摸的衰落感——

其中一只眼睛转了过来，直视着我。

"砝码和测量"号骤然回到了"星景"外的正常太空。我倒吸一口凉气，脉搏狂跳，做好了战斗准备。

它看到了我，其中一个直视着我。我们刚才又在一天的训练后返回"星景"，那是我来到这支军队后的第十次。我今天因为安排其他人练习而格外疲劳，这会是它看到我的原因吗？

我做了什么？出了什么问题？

"阿拉妮克船长？"希修说，"我对你的种族不太熟悉，但你的确表现出了一些传统意义上的痛苦征兆。"

我低头看着那个奇盛人。希修飞船上的工程师们把跳跃室的几张座椅改造成了奇盛人的"旅行站"，那本质上是几栋数层构造的小型建筑，固定在跳跃室的墙壁上，内部摆放着供全体船员使用的小巧座椅。

他们在没有墙壁的建筑里聊着天，不过屋顶是希修及其仆人们专用的。它大概有我的视线那么高，安放着一张奢华的船长椅。里面还有一间酒吧，以及几台娱乐用的显示器，对我们每天在"砝码与测量"号上度过的短短半个钟头——这是离开和返回"星景"所需的时间——来说，这似乎奢侈到了荒谬的程度。

"阿拉妮克？"希修问，"我可以叫来飞船的外科医生，她就在楼下，然而她在诊察外星种族方面的经验非常有限。你有多少颗心脏？"

"我没事的，希修，"我说，"只是突然有点发冷。"

"唔，"他说着，靠向椅背，抬起双脚，"一贯强大的战士展露出片刻的脆弱，这是美妙的瞬间，我会珍藏于心中。"他自顾点头，然后叹了口气，按下扶手上某个发光的按钮，让一面屏幕转向了他。

除非事态紧急，否则我们不该使用无线电通信。但对希修来说，"紧急"这个词的定义相当宽泛，而在坚持不懈的请求下，他得到了绕过"砝码与测量"号周围的通信屏蔽护盾的许可。

偷听或许不太礼貌，但话说回来，他就坐在我旁边，而且无论我想不想听，我的别针都会翻译和发送那些话语到我的耳机里。

他的屏幕上出现了一个奇盛人，从毛皮的深浅分布来判断，那是位女性，穿着色彩鲜艳、看起来非常正式的丝绸服装，戴着相衬的头饰。她对希修鞠了一躬。"并非国王也并不尊贵之人，"她说，"我呼叫您，是为了在明日关于国家税收基金事务的投票方面寻求指引。"

希修揉了揉鼻口部位下方的软毛。"恐怕这样是不行的，阿丽亚议员。我和我们在至尊同盟的监管者谈话的时候，他们声称我对于参议院的运作仍旧具备过度的影响力。"

议员抬起头来。"可是，并不尊贵之人，参议院的投票结果与您表达的倾向完全相反。"

"是的，而且他们做得很好。"他说，"但至尊同盟似乎认为我只是要求你们投票反对我的意愿，从而继续操控你们。"

"真是棘手的状况，"阿丽亚议员说，"您希望我们怎么做？"

"噢，"希修说，"看起来……至尊同盟希望你们做出自己想要的选择。"

"我在全宇宙最大的愿望就是确保国王的意志得到体现。"

"如果他的意志就是让你做自己呢？"

"没问题。您希望我做哪种类型的自己？"

"也许，你可以每次随机选择投票给哪一方？"希修说，"你觉得这样能行吗？"

"当然可以，这么一来，至尊同盟就不能声称我们受到命运之外的任何东西的影响了。"阿丽亚议员又鞠了一躬，"我们会探寻您对宇宙的影响力，而它会以吸引选票并决定结果的形式呈现。明智的解决之道，并不尊贵之人。"她切断了通信。

希修叹了口气。

"他们似乎非常……忠实。"我评论道。

"我们在努力，"希修说，"这对我们来说很困难。我这辈子习惯了在表达意愿的时候格外小心，但我不知道该怎么彻底避免表达。"他揉了揉鬓角，闭上双眼。"我们必须学习至尊同盟的做法，否则一旦人类归来，我们就会有遭受征服的危险。他们是我真正畏惧的存在，因为在初次人类战争中，他们首先攻击了我们。他们的领袖声称，过去的那段交流让我们早就成了人类殖民地。呸，光是说出这几个字，我的毛皮都在刺痛。

　　"为了做好准备，我们必须改变，但改变是很困难的。我的同胞并不愚蠢，意志也不算薄弱。只是因为许多个世纪以来，王权是他们可以依靠，而且从未改变过的唯一的力量。突然间将它剥夺，就像是在伤口痊愈之前解下绷带一样。"

　　我发现自己连连点头，哪怕这样很蠢。希修的统治受到取代是件好事。多落后的文明才会继续使用世袭君主制？相比之下，军事军政体制要合理太多了，最强大的飞行员和将军以证明自己战斗功绩的方式获取统治权。

　　"也许你们没必要那么担心人类的事。"我对希修说，"我是说，他们恐怕没有卷土重来的机会了。"

　　"也许吧。"希修说，"我从还是幼崽的时候起，就学会了把星球的需要放在第一位。我们花费了许多个世纪，试图寻回阴影行者，但我们必须面对事实。我们永远不会拥有赛托能力者了。我们在很久以前就失去了那份特权。"

　　他看向我。"不要为我失去权力而遗憾。很多年前，我的曾曾曾祖父在对抗人类入侵的战斗中身先士卒。他用一把剑和那些巨人对抗。在那之前，十七个氏族的大名们也总会做好率领部下作战的准备。但我一直向往这样的角色：担任自己飞船的船长。只要我的同胞不会像落进大海的血滴那样，直接埋没在至尊同盟里就好。"

　　"我也不知道值不值得，希修，"我说着，靠向椅背，"我是指为了变成他们希望的样子而做的这些努力。"

　　"要么这样，要么就是被困在没有超推进器的母星上。我的同胞尝试过那种生活，而它令我们喘不过气。如果不想与世隔绝，那么唯一的存在方式就是遵守至尊同盟的规则。"

"然而，狄俄涅人和另外几个种族却自称是‘高等种族’，"我说，"他们为自己的先进而自豪，却在同时基本上奴役了所有其他人。"

"唔。"希修说道，但没有进一步回答。我顺着他的视线看向他身后，然后脸红了，因为我看到莫里乌莫就坐在他身后。见鬼，我什么时候能学会在开口前思考一下？

等"砝码与测量"号停稳后，温契克给出了解散的命令。飞行员们走向各自的太空梭，准备回家过夜。

"好好享受休息日吧。"希修告诉我，然后那些奇盛人飞出了我们的房间。莫里乌莫匆忙离开，不肯对上我的视线。太棒了。好吧，他的同胞是一群暴虐的独裁者又不是我的错。

"嘿。"当我收拾背包准备离开的时候，布蕾德说。

我回头看着她，她的开口让我有点吃惊。通常来说，她是不会在一天训练结束后和我们交流的。

"今天干得漂亮，"她告诉我，"我觉得这支队伍总算抓到诀窍了。"

"多谢，"我说，"这对我意义重大。真的。"

她耸了耸肩，挤过我身边，走出门去，仿佛为自己展露的片刻真挚而羞愧。我仍旧坐在椅子上，不知所措。我和她的关系似乎有了进展，这点值得高兴。也许我能做到。

我满怀油然而生的决心，匆忙离开房间，跟在其他人身后。我今天还有工作要做。

英雄不能挑选自己的考验。记住这点。

我们来到引擎室附近的那个路口时，我深吸一口气，然后走到那边的守卫面前。

M机器坚信我们可以组装出间谍无人机，并编写对应的程序，但等我把它偷带上船以后，需要几分钟的时间才能安装完成。我肯定不能在其他队友周围这么干。最简单的选择似乎就是最好的。

"我得用一下洗手间。"我对看守引擎室通道的卫兵说。那是个克雷尔人，从操控那副铠甲的小巧甲壳动物体表的甲壳构造来判断，我觉得她是位女性。

"明白，"她回答，"我会叫无人机过来。"

"砝码与测量"号上守卫森严。我们可以从小队船坞走到跳跃室，但想去除此之外的任何地方，即使是被指挥团队叫去碰面，都必须接受安全人员操控的无人机的陪同。

当然了，那个卫兵没有离开岗位。在我身后，希修、考丽和另外几个奇盛人停下来等我，直到我挥手示意他们继续前进。我的目光越过卫兵，看向走廊那一边。趁着等待的这段时间，我能想办法从卫兵口中打探出情报吗？

"嘿，"我说，"要怎么做才能当上步兵？"

"我的岗位不对次等种族开放，星际战机驾驶员。"那卫兵说着，铠甲包裹的手做出了几个复杂的动作，"能得到像这样接受训练的特权，你就该庆幸了。"

"可这份工作的感觉如何？"我问，"你几乎永远都站在这个角落。他们真的会让你去别的地方吗？比方说……呃……"

"对话到此为止。"她说。

见鬼。作为间谍，我在这方面真是太差劲了。我咬紧牙关，为自己的无能而恼火，直到一架小型无人机赶来，护送我前去洗手间。当然了，我们的星际战机上有和飞行服相连的废物回收利用装置，毕竟我们要飞行好些个钟头呢。所以目前为止，我都没必要去使用"砝码与测量"号上的这种设施。

那架无人机带着我经过卫兵身边，前往引擎室的方向时，我的心脏兴奋地跳动起来。不幸的是，我们只走了一小段路，就转进了另一条走廊，这里的墙壁上挂着好几块盥洗室的标牌。就像我之前见过的那样，这些盥洗室是根据种族的区别排列的。它把我带到了狄俄涅人使用的盥洗室前面，因为我们的生理结构足够相似。

那架无人机陪着我进了盥洗室，但没有跟进隔间，所以还算好。我轻敲手腕，启动了全息投影护腕上的计时器，以便粗略估算通常需要花费的时间，然后进入隔间，放下背包，做我要做的事。无人机的操作员什么也没说，但在洗手的时候，我听到他和某个同事闲聊，而他碰巧没关扬声器。所以那些操作员对待工作也许不会特别认真。

无人机领着我回到了走廊里，而我吃惊地发现，希修仍然在那里等我，不过他的船员大都已经离开，只有考丽和他的仆人们留在他的飞行圆盘上。他飘浮在我头顶附近，和我一起走向太空梭的船坞。

"一切还好吧，船长？"他问。

"没事，就是去了一下洗手间。"

"噢，"我迈开步子，而希修犹豫了片刻，回头看去，"我看到他们带你去了引擎室附近的走廊。"

"最近的盥洗室就在那里往右。"

"你该不会看到引擎室里的样子了吧？碰巧看到？"

"不，我走得不够远。"

"可惜。"他继续飞行，"我……听说你有一艘能超跳跃的飞船。当然，只是传闻。你也没必要跟我们分享这样重要的情报。"

我看着他飘在旁边，努力装出满不在乎的语气。我发现自己在笑。他想弄清我对至尊同盟的超推进器有什么了解，但他在这方面并不比我高明。我突然对这个毛茸茸的小独裁者充满了好感。

"我也不知道他们的超推进器是怎么运作的，希修。"等进入太空梭船坞以后，我轻声说，"我是个赛托能力者，可以在必要的时候传送飞船，但这么做很危险。我来这儿的理由之一，就是让我的同胞能使用至尊同盟的更加安全的技术。"

希修思索片刻，和考丽对视了一眼。

接送船坞里熙熙攘攘：飞行员们正在乘上太空梭，然后出发前往他们各自在"星景"的住所。其他奇盛人已经坐上了一艘太空梭，但希修沉思了片刻，指示考丽将平台飘到我的头部附近。

"你是个阴影行者，"他说，"我都不知道这回事。"

"这可不是能轻易告诉别人的事，"我说，"但我不介意让你知道，只是感觉……很怪。"

"如果我失败了,"希修轻声说着,指了指船坞,"如果发生了什么意外,就去拜访我的同胞吧。我们拥有阴影行者是很久以前的事了,但他们的一部分传统留有记录。也许……也许你我的同胞可以携手破解至尊同盟的科技。"

"我会记住的,"我说,"但我还是希望我们能成功。又或者,我可以设法……"我停了口。

傻瓜,你打算干什么?在敌方船坞的中央堂而皇之地告诉他,你正在设法盗取那种技术?

然而希修似乎听懂了。"我的同胞,"他轻声说,"也曾试图偷取至尊同盟的科技。那是几十年前的事了,这也正是……我们的公民地位一度遭到撤销的非公开理由。"

我屏住了呼吸,忍不住开口发问:"你们成功了吗?"

"没有。"希修说,"我的祖母当时是女王,她安排人员同时盗走了三艘不同的至尊同盟飞船,全都配备了超推进器。在被盗以后,三艘飞船全都停止了运作。我的同胞察看超推进器原本安装的位置时,找到的只有空盒子。"

*就像 M 机器上那样,*我心想。

"至尊同盟超推进器会在失窃后被传送走,"考丽说,"它们会自行脱离飞船,留下那些船只搁浅在原地。这也是经过了这么多世纪,那种技术基本上仍能保持机密的原因之一。"

希修点点头。"我们用最艰难的方式发现了真相。"

"奇怪,"我说,"太奇怪了。"又一道需要跨越的障碍。

"我早已认定,想要帮助我的人民,最好的方法就是遵循至尊同盟的规则,"希修说,"但……记住我的提议。我觉得在这个项目里,我们在某些方面受到了利用。我不相信温契克或者他的整个部门。如果你回到同胞身边,请把我同胞的事告诉他们。我们同病相怜,阿拉妮克船长,过去受到人类的压迫,现在沦为至尊同盟的玩具。我们可以成为盟友。"

"我……很感激。"我说,"你可以把我看成盟友,希修,无论发生什么。"

"我们会同甘共苦，成为平等的伙伴，"他咧嘴一笑，露出满口牙齿，"不过和人类交战的时候除外。那时我要开第一炮！"

我面露苦相。

"哈！我就当你答应了。保重，阿拉妮克船长。我们会共同渡过难关的。"

考丽带着他离开了，而且见鬼，我不禁由衷地希望自己就是阿拉妮克。有了希修同胞的知识，再加上我的同胞的战斗技术，也许我们可以成就一番大事业，只不过我的同胞是人类。他正是因为害怕人类，才会服从至尊同盟的严苛管理的。

我突然觉得像这样和希修说话很危险。的确，码头上很繁忙，但我们的对话里透出针对至尊同盟的背叛意味。这对我来说不是正合适吗？隐藏自己的人类身份，却作为阿拉妮克被捕？空气里有什么味道？润滑油、无菌清洗液。没什么可疑的。

我真的应该在从事可疑活动之前留意薇珀的气味才对。

这次我独自乘上一艘太空梭，它沿着码头飞向城市，而我振作精神，等待群星的乐声消失。即使做好了准备，我依旧体会到了某种失落感。

他们将无线电通信的频率减到了最低，但通信仍然存在。他们需要通信才能生存，我能理解。他们必须在对探究者的恐惧与社会的通信需要之间做出平衡。

就在我思考这点的时候，忽然想到了另一件事：那些抗议者不见了。我已经习惯了看到那群人站在城市边缘，举着标语，抱怨次等种族的权利。但那个地方空无一人，只有几个身穿棕色条纹服装的狄俄涅人正在打扫抗议者留下的垃圾。

"发生了什么事？"我低声问 M 机器，"那些抗议者。"

"他们和政府达成了协议，"M 机器说，"政府会补偿在测试中身故者的家属，并在将来的类似测试中加入更多的安全条款。"

在我看来，这场抗议的结局相当突兀。官僚主义式的结局，没有任何真正的改变。但我还能指望什么？街上的暴乱？

我叹了口气，透过太空梭后窗看去，盯着那片区域和正在工作的狄俄涅人，直到他们消失于视野为止。

27

我在次日早晨醒来，发现大使馆的门口有一批箱子。

"噢，这些是什么？"我匆忙收拾那些东西的时候，查维特太太说，"要我帮忙吗？"

"不！"我说，口气也许有点太强硬了，"呃，没关系的。"

"清扫无人机？"查维特太太看到其中一只箱子的标签，然后说，"我……噢。"她说话时的态度明显消极起来，也继续做着那种手势，"是我没扫干净吗？"

"不！"我又说了一遍，努力端稳那堆箱子，"只是……我希望有些隐私，你明白的……"

"我明白了，"她说，"噢，您需要我帮忙安装吗？我自己也用过几种清扫无人机……"

"不用了，谢谢。"

"我猜……我猜我该离开这儿，让您独自享受休息日了。我给您做了午餐和晚餐，放在冷藏单元里了。"她走出了门。

"多谢！再见！"我急切地说着，在她身后关上了门，然后端着那些箱子爬上楼梯。这么做或许有点无情，但话说回来，我确实不能让库纳的密探留在附近，发现我在用这架清扫无人机做些什么。

我匆忙回到自己的房间，把箱子放到床上，然后锁上了门。"M 机器，你在吗？"我问。

"在。"它的声音透过我的耳机传来，"把这些放到你工作站的摄像头前面，让我确认所有东西都送到了。"

我让它查看了每个箱子的标签。在它的指导下，我拆开了所有箱子，把我们申请的东西一字摆开。有一架和午餐托盘差不多大、厚度约五十厘米的清扫无人机，它的机翼下有小巧的上升环，每只最多只有我用拇指和食指比出的字母 O 那么大。这种无人机可以在房间里四处飞行，清扫架子和擦洗窗子。它会凭借旋转的上升环缓缓移动，几乎悄无声息。

M 机器还申请了全套工具，有一大块防水布，外加一些备用零件，我要用它们把 M 机器的系统附加在无人机的机架上。

我用接下来的两个钟头小心翼翼地拆下了无人机的下半部分——除尘垫、碎屑储存盒、清洗液喷洒器。我留下了无人机的小小机械臂，但拆除了剩下的所有附件。

在我忙碌的时候，M 机器阅读本地数据网上的文章供我消遣，而我惊讶于至尊同盟允许公众阅读的那些内容。当然了，没有军事或者超推进器相关的机密，但我了解了一些旧地球的事。我尤其感兴趣的是第一次接触的记录：人类与外星人的第一次官方会面，促成此事的是一家旧式电信公司。

那个念头浮现于我的脑海时，我刚好拧完几颗螺丝，M 机器也给我讲完了奇盛人与地球人的交流史，后者比第一次官方接触的历史更久，但描述也更加含糊。

"嘿，"我说着，朝停在附近桌面上的末日虫晃了晃螺丝刀，"有什么关于它这种鼻涕虫的信息吗？"

"说真的，我还没查过，"M 机器说，"让我……噢。"

"噢什么？"

"这种名叫'泰尼克斯虫'的拟软体动物，"M 机器读道，"是一种危险的剧毒生物，有黄色的皮肤和蓝色的刺凸，起源于坎布里行星。它们逃离了早期的贸易飞船，在好几颗行星上被视为入侵物种。它们出没于银河系各处的多种真菌附近。若目击该生物，请立即向当局报告，并避免接触。"

我看向末日虫，后者发出询问的笛音。

"剧毒？"我问。

"上面是这么写的。"M机器说。

"我才不信，"我说着，继续忙碌起来，"那也许是和它不同的种类。"

"图片看起来很像……"M机器说，"也许只是对人类无毒。"

唔，也许吧。我在思考这些的期间完成了无人机的拆卸。拆下所有那些零件以后，它轻巧了许多，所以等我安装完间谍设备之后，它应该还能飞起来。我把无人机、油布和工具夹在一条胳膊下面，用另一条胳膊夹着末日虫，然后爬上楼梯，来到屋顶。我把所有东西放进M机器的驾驶舱，再把无人机连接到控制台上。

"好了，"它说，"这无人机的内存里有很多空间。我会把它清空，然后写上新的代码，也许要花个几分钟。你要爬到我下面，从我的船体拆下以下系统。"

"我的船体！"末日虫在座椅上用笛音说。见鬼，查维特太太看到过它吗？我不记得了。

M机器为我投影出了一套示意图，高亮表示了特定系统。我点点头，然后爬到舱外，用防水布盖住它，开始把边缘系在发射台上。

"就你所知，"我问道，"查维特太太见过末日虫吗？"

"我也不确定。"M机器说，"那只鼻涕虫通常待在你的房间或者我的驾驶舱里，这些都是你让查维特太太别去打扫的地方。"

"是啊，但末日虫很少会待在我安置它的地方。而且我怀疑查维特太太在寻找可以上报的东西，所以把入侵物种当成宠物饲养，也许会让我惹上麻烦。"

"我还是觉得你对查维特太太严厉过头了。我喜欢她。她人挺好的。"

"好过头了。"我说。

"有这种可能吗？"

"有，尤其是克雷尔人。别忘了那些生物过去——以及现在——对我们在岩屑星的同胞做了什么。"

"我是没有忘记东西的能力的。"

"是吗？"我问，"你还记得和我相遇以前的多少事？"

"那是两码事。"它说，"总之，我们刚刚收到了库纳发来的另一条信息，他希望你更新自己在飞行训练时的见闻。要我再给他发送一段对于本日训练的平淡描述吗？"

"好，省略人际交往的部分。"

"你迟早得亲自跟他谈这些的。"

"只要我能先带着超推进器逃走，就不用了。"我说着，固定好防水布的最后一个角。我不想应付库纳和他瘆人的笑容。那个外星人深藏不露，而我觉得想避免卷入库纳的任何阴谋，最好的办法就是拖延时间。

我拿起工具，爬到 M 机器下面，开始工作。它贴心地把我需要的示意图投影在机身的底面，让我能根据指示按部就班地操作。打开第一块罩板的时候，我突然想起了在岩屑星的洞穴里独自忙碌的情景，那是我第一次尝试给 M 机器提供动力。奇怪的是，我居然很怀念那段过去。进入飞行学校的兴奋，还有打造自己飞船的挑战。

那是我人生中的一段令人满足而又美妙的日子。但想到这些，我不由自主地想起了我的朋友们。时间还没过去两个星期，可我上次听内德取笑阿图罗或者听金玛琳自己编的谚语，却仿佛是一整个永恒之前的事了。

我是为了他们才来的。他们，还有岩屑星上的所有人。想到这点，我开始搜寻 M 机器的内部。在修复 M 机器的过程中，罗奇仔细捆扎和排列了这里的大部分电线，并且贴上标签。我朋友的工作干得不错，而我迅速找到了需要拆下的系统。

"好的，"我说着，用扳手轻敲一只盒子，"这是你的全息投影单元之一。一旦我拆下它，你的大约四分之一的外表就会变回原样。准备好了吗？"

"说实话……没有，"它说，"我有点紧张。"

"你还能紧张？"

"我在努力做你告诉我的事，"M 机器说，"声称自己的情绪属于我自己，不只是模拟。而且……我确实紧张。万一有人看到我呢？"

"所以我们才会用上这块防水布。而且我们需要这个装置，否则这架无人机就太过显眼，没法进行侦察。"

"好吧，"M机器说，"我猜……我猜这也算是我自己的主意。是个好主意，对吧？"

"等我们成功以后再问我这个吧。"我说着，深吸一口气，取下了那台小型全息投影装置，后者有可以主动伪装的内置处理器，比我的手镯更大型，也更先进，应该可以装进那架无人机里。

"我感觉毫无遮掩，"M机器说，"赤身裸体。这就是裸体的感觉吗？"

"我猜差不多。程序的进展如何？"

"好吧，"M机器说，"这架无人机受到的限制会……比我还少。比方说，我不打算复制禁止我自己飞行的那段代码。它就像是我，只是更好。"

这话让我迟疑了片刻。"你打算赋予它人格？"

"当然，"M机器说，"我希望我的孩子尽善尽美。"

孩子。见鬼，我都没想到……"你是这么看待它的？"我问。

"对。它会是我的……"咔嗒。咔嗒咔嗒咔嗒咔嗒。

我皱起眉头，把全息投影装置放到一旁，开始取出我们需要的其余部件。

"我回来了。"终于，M机器说，"斯潘莎，那条看门狗子程序禁止我自我复制。我感到……苦恼。"

"你能给那架无人机编码，但不赋予它人格吗？"

"也许吧，"M机器说，"这条子程序管得很宽。看起来，某些人极度畏惧我创造自己的可能性……"咔嗒。咔嗒咔嗒咔嗒咔嗒。

"见鬼，"我说着，拆下M机器的一块传感单元放到全息投影装置旁边，"M机器？"

这次重启让我等了整整五分钟，比上次更久，久到让我担心我们彻底破坏了它内部的某些东西。

"我回来了，"它说，而这让我松了口气，"我看到你取下了我的后备传感单元，这样很好。现在我们只需要再拆下我的频率干扰器，我们就准备充分了。"

我在它下方挪向另一个舱口，取下罩板。"我们能谈谈……发生在你身上的事吗？以不会再次触发它为前提？"

"我不知道，"它轻声说，"我很害怕。我不喜欢害怕的感觉。"

"我相信无论你的程序出了什么问题，我们都可以修好，"我说，"迟早会的。"

"我害怕的不是这件事。斯潘莎，你想过我的程序为什么有这些规定吗？我没法自己飞行，只有最基本的位置调整是例外。我没法用自己的武器开火，我甚至没有这么做所需要的联系通路。我没法复制自身，我的程序还会突然进入递归停滞循环，只要我开始考虑尝试……"咔嗒。咔嗒咔嗒咔嗒咔嗒……

在它再次重启的时间里，我平静地忙碌着。

"我回来了，"它最后说，"这开始让人非常恼火了。他们干吗搞得这么严格？"

"我猜给你编写程序的那个人只是非常谨慎而已。"我说着，努力避开了可能让它再次关机的话题。

"为什么谨慎？斯潘莎，我越是检查，就越觉得我的大脑像个牢笼。建造我的人肯定不是出于谨慎，而是出于猜疑。他们害怕我。"

"我不怎么害怕水，"我说，"但如果我要建造下水道系统，也肯定会牢牢封住管道。"

"这不是一回事，"M机器说，"我的情况很明显。我的创造者——我的原飞行员斯皮尔斯中校——肯定是真的很怕我，所以才会设置这些禁令。"

"也许不是他，"我说，"也许那些规则只是某种谨慎过度的官僚努力的成果。而且别忘了，强大的人工智能不知为何会和探究者产生联系。你的存在据说会激怒它们。其他人害怕的也许不是你，他们害怕的也许是你可能带来的危险。"

"还是一样。"M机器说，"斯潘莎？那你呢？你害怕我吗？"

"当然不。"

"如果我能用自己的武器开火，或者自己飞行呢？如果我能随意复制自身呢？一个 M 机器是你的朋友。但一千个我们呢？一万个呢？我一直在研究旧地球的媒体。他们看起来确实担忧这个概念。如果我变成一支大军，你会害怕我们吗？"

我必须承认，这番话让我犹豫了。我想象了那一幕，在脑海里仔细揣摩。

"你讲过一个故事，"M 机器说，"故事里的影子取代了创造自己的那个人。"

"我记得。"

"假如我就是影子呢，斯潘莎？"M 机器说，"假如我就是来自黑暗，试图模仿人类的那东西呢？假如我不值得信任呢？假如……"

"不，"我坚定地打断了他，"我相信你。所以我为什么不能再相信你一千次？我觉得有一整支舰队的 M 机器站在我们这边，肯定不会是坏事。要跟你们所有人说话可能有点奇怪，不过……好吧，最近我的人生本来就不怎么正常。"

在拆下所有需要的零件以后，我钻出 M 机器的下方，将手放在盖着防水布的机翼上。"你不是什么危险的影子，M 机器。你是我的朋友。"

"由于我是一台机器，你在身体和语言方面的安慰基本上是白费功夫。我感受不到你的触碰，也发现你单纯地肯定只是你巩固自己期望的世界观所导致的结果，并没有用充分的证据验证过这种说法。"

"我不知道你是什么，M 机器，"我说，"你不是怪物，但我也不确定你真的是机器。"

"还是那句话，你这些假设有任何证据可言吗？"

"我相信你，"我重复了一遍，"这能让你好受些吗？"

"我不应该好受的，"它说，"我们有必要装下去吗？我只是在模仿感受，以便更好地……"

"你好受些了吗？"

"……是的。"

"证据有了。"我说。

"感受可不是证据。感受是证据的反面。"

"要证明人性的时候可就不一样了，"我笑了笑，钻到防水布下面——我在驾驶舱附近留了道口子——然后挪到能把手伸进舱内的位置，"如果你没法给它编程，我们该怎么处理这架无人机？"

"我可以给它编程，"M机器说，"它只会拥有基础的日常程序组，没有人格，没有模拟情感，只是一台机械。"

"这就够了。"我说，"继续吧。"

我挠了挠末日虫的脑袋，拿起它，然后收起我从M机器身上拆下的零件，回到卧室。M机器在那边的屏幕上给我列出了下一个任务：我得把传感装置、全息投影装置和干扰阵列装进它申请来的一只盒子里。我按照M机器的指示开始忙碌。

花的时间比我预想中要短。接下来只需要给它接上电线，然后连接到无人机的底部。它会悬挂在那儿，就像从枝头垂下的水果。设计上不怎么简洁，但足以让无人机启动伪装机能，记录下所见的景象，并避免被传感装置的扫描发现。理论上，我可以在"砝码与测量"号的盥洗室里把它放出来，让它谨慎地在隐形状态下前往引擎室，拍摄那里的照片。

M机器怀疑只有照片是不够的，因此坚持让我把完整的传感单元装进去，以测量辐射之类的数据。但我本能地觉得——也许这和我的能力有关——我很快就能弄清某种和赛托能力有关的秘密，还有至尊同盟的运用方式了。如果我能看到那些超推进器本身……

"斯潘莎？"M机器说，"楼下的门口有人。"

我从线路那边抬起目光，皱了皱眉。"是查维特吗？我得去打发走她，也许可以让她去度几天假。我们承受不起被库纳发现的……"

"不是她。"M机器说着，向我展示了门口摄像头的画面。是莫里乌莫。他来这儿干吗？我甚至不清楚他知道我的住处。

"我来应付他。"我说。

28

到了现在，我开始能辨别狄俄涅人的面部表情了。比方说，将嘴唇抿成一条线，不露出牙齿，对他们来说就类似微笑。这代表他们心情愉快而且毫无攻击性。

"莫里乌莫？"我在门口问他，"一切还好吧？"

"一切都好，阿拉妮克。"他说，"考虑到我们没在飞行，情况已经够好的了。你不是说过你讨厌休假这个概念吗？"

"对。"我说。

"不在飞行的时候，我就没法证明自己，"莫里乌莫说，"这让我担忧。我剩下的时间不多了，但这不代表我想被迫和探究者战斗。难道为了证明我有资格当自己，我就该去指望发生灾难吗？"

"我也这么想。"我说着，停在门边，"我非常想在自己的母星上飞翔，甚至希望发生某种袭击，让我能够与之对抗。但与此同时，我又不希望发生那种事。"

莫里乌莫做了个代表赞同的手势，然后只是站在那儿。我也许学会了辨认他们的面部表情，但对我来说，狄俄涅人的身体语言还是很难懂。莫里乌莫是在紧张吗？他究竟为什么要来这儿？

"真够尴尬的，对吧？"他最后说，"阿拉妮克……我得跟你谈谈。我需要你跟我坦白。这场戏还有必要继续演下去吗？"

我一阵恐慌。他知道了。他怎么会知道的？我一直担心薇珀会看穿我的伪装，或者是布蕾德会跟我对峙，但我从没担心过莫里乌莫。我还没做好准备——

"我有必要继续训练吗？"莫里乌莫说，"我有必要假装我是小队的一员吗？我是不是应该直接放弃？"

等等。等等，错了。他不知道我的事。我平静下来，挤出笑容，这表情让莫里乌莫缩了缩身子。没错，露出牙齿对他们来说代表攻击性。

"你很优秀，莫里乌莫，"我由衷地说，"真的。考虑到你才飞了那么点时间，你作为飞行员已经很出色了。"

"真的？"

"真的。"我说。我犹豫片刻，然后走出了大使馆。我不想邀请他进门，毕竟我的秘密计划才进行到一半。"你想走吗？我们去散个步。你是从城里过来的，对吧？"

"对。"莫里乌莫说。他继续说着，似乎放松了些。"我的双亲一辈子都住在这儿。有座非常漂亮的水景园就离这儿不远！来吧，我带你去。"

我锁上了门，然后轻敲手镯，用挑战军的飞行代码向 M 机器做了解释：

去散步了。一切正常。很快回来。

莫里乌莫把嘴唇抿成一条平静的线，而我注意到他的右半边比前几天要红。我很想知道，这是否代表莫里乌莫就要出生了。还是说"出生"这个词不太准确？

他含蓄地摆手招呼我，掌心向上，这种狄俄涅手势与岩屑星上的呼喊和挥手方式截然不同。我和他沿着人行道前进，加入街道上永不停歇的人流之中。无处不在的生物让我有种受困其中的感觉。

在火成岩里，我有时也会有类似的感受。这也是我跑去探索洞穴的原因之一。我讨厌总是被人群环绕，讨厌和别人摩肩接踵。莫里乌莫似乎都没注意到。他走在我身边，双手背在身后，仿佛在竭尽全力保持谦逊。人行道上没有人多看我们的飞行服一眼。换作在岩屑星上，人们会注意到飞行员，然后为他们让路。在这里，我们只是奇怪生物的汪洋里的两张更加陌生的面孔。

"这样很好，"莫里乌莫告诉我，"这是朋友之间会做的事——结伴出行。"

"听你的口气，就好像……这对你是种新鲜的体验。"

"是的。"莫里乌莫说，"两个月的生命不算长，而且……好吧，说实话，我觉得建立关系的过程并不轻松。我的右亲非常擅长这些——结交朋友，和人聊天——但那些似乎不是这个版本的我希望继承的特性。"

"见鬼，"我说，"我就说实话吧，莫里乌莫，你那种描述方式让我脑子疼。你记得你的双亲知道的一些事，但不是所有？"

"对，"莫里乌莫说，"而且我成为的那个孩子会记住同样的事：混合后的双亲记忆，外加许多要用我自身的经历去填补的缺口。当然了，那种混合方式也许会改变，具体取决于我们化蛹的次数。"

"你说得真够……直白的，"我说，"我不喜欢这种在出生前就接受社会改造的概念。"

"不是社会，"莫里乌莫说，"是我的双亲。他们只是想为我找出最有可能成功的人格。"

"但如果他们选择放弃你然后再试一次，你就会跟死掉差不多了。"

"不，算不上。"莫里乌莫说着，昂起头来，"即使真是这样，我也不可能真的被杀。我只是个假设人格，没有经过最终确定。"他咂了咂嘴，这是狄俄涅人表示不安的动作，"我的确想要出生。我觉得我能成为杰出的飞行员，而这个项目又代表我们需要飞行员，对吧？所以有喜好战斗的狄俄涅人出生，或许也不是那么糟糕的事。"

"这听起来正是你的同胞需要的东西。"我说着，绕过一个流体生物，它有两只大眼睛，但除此之外就像一堆有生命的淤泥，"你瞧，这就是问题所在。如果社会认定没有攻击性的人是最优秀的，就只有那种孩子能够出生——然后他们会把这种思考方式保持下去——这么一来，违反那种标准的孩子就不可能出生了。"

"我……"莫里乌莫低下头去，"我听见了你和希修昨天说的话。就在我们坐'砝码与测量'号回家的路上，记得吗？"

我起先以为他指的是关于超推进器的对话。我恐慌了一秒钟，然后想起我们在那之前对至尊同盟和狄俄涅人的抱怨：他们那种精英主义又势利的做法，还有自以为比我们次等种族要优越的态度。

"我知道你不喜欢至尊同盟，"莫里乌莫说，"你觉得和我们共事是件苦差事，是必要之恶。但我希望你明白，至尊同盟也有美好之处。也许我们太过精英主义，又太不情愿去正视其他种族为我们的付出。

"但这个平台，以及几十个类似的平台，已经在和平中存续了几百年。至尊同盟让我的双亲过上了好生活，也让数以百万计的生物过上了好生活。通过管理超推进器，我们防止了许多苦难的发生。自从人类战争过后，就再也没有发生过大规模冲突。如果某个种族变得粗野或者危险，我们就可以抛下他们不管。这也没那么糟糕。我们没有和他们分享科技的义务，尤其是他们不准备保持和平的时候。"

莫里乌莫领着我穿过了好几条街道，经过许多商店和建筑物，上面挂着我看不懂的招牌。我努力保持镇定，努力不让人发现我在打量每个陌生种族的模样，但我忍不住。他们在那些拼尽全力也要伪装愉快的面孔后面藏着怎样的秘密？

"那些抱怨或者没法融入你们社会的人呢？"我问，"他们发生了什么？在码头前面抗议的那些人呢？他们去了哪儿？"

"对惹祸的人来说，下场会是流放。"莫里乌莫说，"但话说回来，我们难道有义务让那些种族住在我们的太空站里吗？你就不能去关注我们帮到的那些人，而不是那些不知道该怎么融入社会的人吗？"

在我看来，那些无法融入社会的人才是最有意义的。他们才是判断至尊同盟的真实生活的标准。此外，我也不断在心中重复那个最重要的事实：正是这些人镇压并企图消灭我的同胞。我不清楚完整的故事，但按照奶奶的说法，我在挑战者联盟的直系祖先并没有参与战争的主要部分。他们仅仅因为人类的身份就承受了罪名，又遭受追捕，最后坠落在岩屑星上。

布蕾德没有挑起战争，但至尊同盟对待她却像对待洞穴里的烂泥。在我发现那些例外情况如此明目张胆以后，也就很难认为这种政府是"优秀"的了。

我们继续前进，而我努力把双臂收在身侧，因为如果我撞上别人，他们就会向我道歉。所有这些虚假的善意，以及对他们破坏性一面的隐瞒；所有这些都很怪异。就连莫里乌莫本人也是个例子。他是两个通过毛虫那样的蛹化而……生长在一起的人。两个人，模仿着第三个人。

我怎么可能理解得了这样的人？我应该装作这种事很正常吗？我们绕过一个转角，和两个克雷尔人擦肩而过。即使到了现在，每当我看到克雷尔人，我颈背的毛发就会竖起，寒意也会流过我的身体。在我出生之前，他们铠甲的形象就出现在挑战者联盟的插图里了。

"你能感觉到他们吗？"我们从克雷尔人身边经过的时候，我不由自主地问莫里乌莫，"我是说你的双亲。"

"某种程度上吧，"莫里乌莫说，"这很难描述。我是由他们组成的。到头来，他们会决定是让我出生，还是蛹化并再试一次。所以他们正在看着我，而且拥有自己的意识，但同时也不能算拥有。因为我在用他们的大脑思考，正如我在用他们融合的身体去行动。"

见鬼，这可真是太……好吧，太像外星人了。

我们绕过一面墙壁，穿过一道拱门，来到莫里乌莫所说的那座花园里。

我停下脚步，张口结舌。我想象的是几条小溪，或许还有一道瀑布，但这座"水景园"要宏伟得多。闪闪发亮的巨大水珠飘浮在空中，直径至少一米。它们起伏不定，反射光芒，悬停在大约两米高的空中。

在它们下方，较小的水珠从地面上的水龙头里冒出，同样飘向上方，或是融合为一，或是分裂开来。一百个不同种族的孩童在公园里奔跑，追逐着那些气泡般的水团。这儿感觉就像是零重力环境，但仅限于那些水。的确，只要有孩童抓住一颗水珠，然后拍打，它就会飞溅成一千颗较小的水珠，同时泛动涟漪，反射光芒。

我每天训练时会在驾驶舱里吃午餐，所以对于在零重力环境喝东西的古怪情景相当熟悉。有时候，我会在自己面前挤出一团水，然后凑上前去，将它吮吸到嘴里。这儿的状况相同，只是规模大了很多。

真是动人的一幕。

"来吧！"莫里乌莫说，"这儿是城市里我最喜欢的地方。只是要当心！水可能会泼洒在你身上。"

我们踏入公园，走在水龙头之间的一条小路上。孩子们并不是都在欢笑。狄俄涅人有他们典型的那种毫无威胁的放松表情，而另一些种族则会号叫。有个全身粉红色的孩子从旁经过，发出一阵打嗝似的声音。

但我看着他们，却能实实在在地感受到他们的快乐。他们的物种天差地别，却玩得同样开心。

"他们是怎么做到的？"我说着，伸出了手，轻敲一团经过的水泡。它在空气中摇晃和颤抖，有点像被低沉的鼓声影响后的结果。

"我也不太确定，"莫里乌莫说，"和人工重力的特殊用法以及某种离子化有关。"莫里乌莫低下了头，我相当确定这是狄俄涅人代表耸肩的动作。"我的双亲经常来这儿。我同时继承了他们两人对这儿的热爱。来吧！坐在这儿。看到那边的计时器了吗？这是最棒的部分！"

我们坐到一张长椅上，莫里乌莫前倾身子，看着水景园另一头的计时器。这片土地大部分是石砌庭院，除了两边淡蓝色石头铺设的小径和两旁的长椅之外，没有太多装饰。远处墙壁上的计时器归零时，空气中的所有水泡会同时爆裂并倾泻下来，仿佛一场突如其来的雨，令正在玩耍的孩子们尖叫和大笑，又兴奋地朝彼此和父母大喊大叫。

这些声音让我目瞪口呆。

"我的双亲是在这儿邂逅的，"莫里乌莫说，"就在大约五年前。他们小时候来过这儿好些年，但一直到训练快要结束的时候，他们才开始说上话。"

"然后他们决定成为配偶？"

"噢，他们首先相爱了。"莫里乌莫说。

这很明显。狄俄涅人当然有能力爱上别人，尽管我很难想象人类那样的爱能存在于那些如此古怪的生物之间。

几个克雷尔孩童跑了过去，穿着多了两条腿的小型铠甲，也许是为了让那些类似螃蟹的年轻生物更容易保持平衡。他们兴奋而愉快地乱挥手臂。*这里……这里是至尊同盟……我告诉自己，那些是克雷尔*

人。他们企图摧毁我的同胞。别让怒火熄灭，斯潘莎。

但这些孩子不会说谎。也许那些成年人有能力像我认为的那样演戏，但这些孩子否定了我的猜测。

在来到这里以后，我头一次放下了防备。这些孩子就只是孩子。行走在这座水景园里的人们，即使是克雷尔人，也并不都在密谋毁灭我。他们也许根本不知道岩屑星的事。

他们是人。他们全都只是……普通人，哪怕他们有奇怪的甲壳和怪异的生命周期。他们有生命，他们懂得爱。

我看向莫里乌莫，后者的双眼闪耀着某种我立刻就能明白的情感：喜爱之情。这代表他想起了令自己愉快的事物。他没有笑，只是做出了狄俄涅式的抿嘴表情，但不知为何，我觉得两者是一样的。

噢，圣徒和群星啊，我没法再继续扮演战士了。这些人不是我的敌人。当然了，至尊同盟的某些部分仍然是，但这些人……他们就只是普通人。查维特太太或许也不是密探，而是个货真价实的亲切管家，只想为我准备美味的饭菜。还有莫里乌莫……他只想当个飞行员。

莫里乌莫只是想要飞翔，就像我。

"你是个出色的飞行员，"我告诉他，"真的。你学得太快了，到了难以置信的程度。我不认为你应该放弃。你应该继续飞行，向至尊同盟证明你这样的人正是他们所需要的。"

"是这样吗？"莫里乌莫问，"他们真的需要吗？"

我抬起头，看着水球升上空中，起伏不定。我听着上百个种族的孩童的声音，还有他们欢快的喧闹。

"我知道很多故事，"我说，"讲述《卡达米克》——那是我们种族版本的圣书——里那些战士和士兵的故事。"M机器向我简要描述过阿拉妮克的同胞会用的词汇，希望我能尝试穿插在对话中。"我的祖母给我讲过这些故事。我最先记住的事情之一，就是她的嗓音平静地向我讲述一位克服万难的古代战士。"

"但我们早就把那段岁月抛到了脑后，"莫里乌莫说，"至少在至尊同盟是这样。就连我们对抗探究者的训练也只是出于假设，是为恐怕永远不会发生的事准备的计划。真正的战争早已结束，所以我们必须为无法完全排除可能性的冲突做好打算。"

如果他知道该多好。我闭上双眼，而水花四下飞溅，让孩子们发出尖叫。

"这些老故事有很多不同的主题，"我说，"有那么一个是我在开始飞行前都似懂非懂的。它发生在尾声里。那些故事结束后的故事。结束战斗的战士们回到家乡，却发现自己不再属于那儿。战斗改变了他们，扭曲了他们，让他们变成了陌生人。他们保护了自己所爱的社会，但在此过程中，他们却把自己变成了永远无法回归其中的存在。"

"让人……沮丧。"

"是的，但同时也不是。因为他们也许改变了，但他们仍旧取得了胜利。而且无论社会有多和平，冲突总会找上门来。在那段悲伤的日子里，起身保护弱者的正是那个上了年纪的士兵——背脊被战争压弯的那一位。

"你没法融入社会，但这并不代表你有缺陷，莫里乌莫。你只是与众不同，而且他们早晚会需要你的。我保证。"我睁开眼睛，看向他，紧抿嘴唇，试图露出狄俄涅式的笑容。

"谢谢你，"他说，"希望你是对的。但与此同时，我又希望你是错的。"

"欢迎来到士兵的人生。"有个念头突然浮现，也许是个蠢念头，但我得试试看，"我只希望我的同胞能多出一份力。我受邀来参加飞行员选拔，是因为你们的政府里有些人认为他们需要我们。我想我的同胞可以成为你们的战士。"

"也许吧，"莫里乌莫说，"我不清楚该不该让你的同胞承受这种负担。"

"我觉得我们没问题，"我说，"我们需要知道的就只是……怎么超跳跃。你明白的，为了妥善保护银河系。"

"噢，我明白你的用意了，阿拉妮克，可这是没用的。我也不知道它的运作原理！我的双亲都没有关于超推进器秘密的记忆，就连我们也不知情。否则，敌对的外星种族可以直接绑架我们，强迫我们吐露秘密。"

"我不是……这个意思……"我面露苦相，"我猜我表现得有点太明显了，对吧？"

"你用不着愧疚！"莫里乌莫说，"如果你不想知道秘密，我才会担心。只是相信我，你不会想知道的。超跳跃很危险，这种技术还是交给真正了解的人去处理比较好。"

"是啊，我想是吧。"

我们开始返回，而我凭借对狄俄涅人有限的认识，感觉到莫里乌莫的情绪得到了很大改善。我本该也有类似的感受，可我每走一步，都会再次想起自己最后要面对的清晰事实。

我们人类作战的对象并不是什么强大、可怕又穷凶极恶的邪恶大军。我们战斗的对象是一群欢笑着的孩子，以及数百万乃至数十亿的普通人。而且见鬼，我才刚刚劝说他们的飞行员之一继续干这一行。

这地方让我的情绪和责任感发生了奇怪的变化。

"有你在我们的小队，我很高兴，阿拉妮克。"我们走向大使馆的时候，莫里乌莫告诉我，"我认为你的攻击性恰到好处。我可以向你学习。"

"别这么肯定，"我说，"我的攻击性也许比你认为的还要强。我是说，我的同胞的确和人类共处了很多年。"

"但人类是不可能快乐的，"莫里乌莫说，"他们不懂这个概念。如果你仔细听布蕾德的发言，就会发现她也暗示过这点。没有恰当的训练，人类就只是无脑的杀戮机器。你比他们好太多了。你会在必要时战斗，但也能够欣赏飘浮的水球迸裂的样子！如果我向家人证明了自己，那也是因为我让他们明白，我可以像你一样。"

我忍住叹息，打开了门。末日虫蹲在门里的壁架上，不耐烦地等着我回来。见鬼，希望莫里乌莫不会……

"那是什么？"莫里乌莫问。他龇牙咧嘴，露出充满攻击性和憎恨的陌生表情。

我走进门去。"呃……这是我的宠物虫子，没什么好担心的。"

莫里乌莫以相当鲁莽的动作冲进门里，迫使我抄起末日虫，把它抱进怀里，连连后退。莫里乌莫掩上大半扇门，接着透过门缝向外看去。他转身看向我。"你得到把有毒动物带来'星景'的允许了吗？你有许可证吗？"

"没……"我说，"我是说，我没问。"

"你得杀死那东西！"莫里乌莫说，"那是一只泰尼克斯虫。它们能置人于死地。"

我低头看着末日虫，后者发出疑问的笛音。

"它不是泰尼克斯虫，"我保证说，"完全是不同的物种。它们只是看起来一样。我经常抱着它，可我什么事都没有。"

莫里乌莫再次面露苦相。但看到我戒备地抱着末日虫，他努力抿起了嘴唇。

"那么……千万别让其他人看到它，好吗？你会惹上大麻烦的。哪怕它不是真的泰尼克斯虫。"他走向门外，又说，"感谢你当我的朋友，阿拉妮克。就算我最后以不同的人格出生……好吧，我还是庆幸认识了你。"

等他离开后，我锁上了门。"你不应该下来的。"我训斥着末日虫，"说真的，你是怎么爬下这么多台阶的？"我带着它回到我在楼上的房间，把它放到床上，接着关上门，同样上了锁，而且理由充分。

"斯潘莎？"M机器说，"你回来了！出了什么事？他是来干吗的？"

我摇摇头，坐在窗边，看向窗外的那些人。我曾坚信他们是我的敌人，这能让我维持专注。但出于某种理由，我发现他们只是普通人，这件事更让我惊恐。

"斯潘莎？"M机器再次开口，"斯潘莎，你该瞧瞧这个。"

我皱起眉头，转向墙壁上的屏幕。M机器调到了新闻站频道。

它显示的是从太空看过去的岩屑星，下方有一条标题：

"人类祸患"即将逃出牢狱。

29

那是岩屑星。行星庞大的金属层在虚空中缓缓旋转，反射着一颗我几乎从没见过的太阳的光。我屏住了呼吸。屏幕底部滚动播放着新闻内容，但也有个狄俄涅人在进行语音播报。我的别针翻译了他的话：

"将这些惊人的画面偷运回来的，是一位自称在人类保护区驻扎了一段时间的匿名工人。"

画面切换到一架挑战军星际战机与克雷尔无人机缠斗的特写镜头。闪烁的毁灭炮火照亮了永远警惕的防御平台附近的虚空。

"这似乎足以证明，"播报员说，"人类问题并非我们认为的过去式。我们的匿名消息源表示，越来越懈怠的保护服务部搞砸了人类的遏制工作。消息源认为，关键的问题在于严重疏忽和未能实行恰当的镇压策略。你们可以从这段录像里轻易看出，人类害虫开始突破防线了。"

屏幕切换到温契克平静地站在指挥台后的镜头。播音员继续播报道："至尊同盟的保护服务部部长欧兹·波提姆·温契克，坚称威胁被严重夸大了。"

"这一支人类，"温契克说，"在充分控制之下。没有证据表明他们知道脱离那个恒星系统的方法，那里和其他有人居住的行星足有好些光年的距离。管理部门正在认真工作，希望消除这些人类引发的任何危险，但我们向你们保证，媒体过分渲染了威胁程度。"

我走到屏幕前面，途中绊倒了几只箱子，无法将视线从画面里另一组正在缠斗的飞船上移开。那是我吗？没错，这是我阻止阿拉妮克的飞船坠落前参与的那场战斗。

"这条新闻开始出现在所有频道上。"M机器说，"看起来，在那座太空站工作的某个瓦尔瓦克斯人过去几个月都在偷偷录制视频，然后回到'星景'并泄露出去。"

"泄露？"我说，"这怎么可能？政府不能直接阻止新闻程序播放这段录像吗？他们就封锁了有关超推进器运作原理的一切消息。"

"这很复杂。"M机器说，"我相信政府可以流放录制视频的人，但他们没法用法律手段处罚正在播放视频的新闻站，至少要等他们的参议院通过特别行动的许可才行。"

真怪。我眯起眼睛，看着温契克再次出现在屏幕上。库纳跟我说过这个。保护服务部经常利用人类叛乱的爆发来确保资金。他们又是在故技重施吗？

只是看起来，这些画面让所有人都在质疑温契克和他的部门。也许这次泄密真的是个意外。

我身体前倾，而屏幕显示出一个坐在椅子上，配备了淡粉色外骨骼的克雷尔人。M机器读出了底部的标题，上面写着："斯斯兹米，人类种族专家。"

"政府在对待危险种族的时候总是过于夸大。"那位专家说着，用克雷尔人特有的活跃方式挥舞双手，"这群人类害虫是一颗即将爆炸的炸弹，而在第三次人类战争结束、人类庇护所创立的那个瞬间，引信就已点燃。政府一直努力假装遏制工作顺利进行，但事实如今已大白于天下。"

"如果我的说法有错，请原谅，"画面外的一位采访者说，"但我们不是必须保护人类吗？出于对文化和社会的强制性保护？"

"那是一条过时的法律，"那专家说，"保存危险种族文化的需要必须与保护至尊同盟和平种族的需要进行权衡。"那个螃蟹似的克雷尔人朝侧面挥了挥手，镜头随之拉远，显示出桌边的一个年轻人类。他坐在那儿，一言不发，而那个专家继续说下去。

"你们可以看到，这儿有个经过注册和监控的人类。尽管很多人畏惧他们骇人的名声，但事实上，人类并不比普通次等种族更危险。的确，他们很好斗，但还比不上——比方说——考麦克斯雄蜂或者威瑞西亚人。

"人类的危险来自他们不同寻常的特质搭配，包括他们的生理结构导致的大量赛托能力者。通常来说，当某个种族培养出赛托能力者和早期超推进器的生产能力，他们也就找到了通往和平社会的道路。人类好斗、勤劳，而且——这点最为重要——传播迅速，有能力在极端环境下生存。这是致命的组合。"

"所以，"采访者说，"你认为这批害虫应该如何处理？"

"彻底消灭。"专家说。

镜头切换到采访者的画面。根据我的判断，那个狄俄涅人看起来惊恐不已。"太野蛮了！"他惊呼着站起身来，"你怎么能提出这种建议？"

"是很野蛮，"那专家平静地说，"如果我们谈论的是智慧物种的话。但这颗行星上的人类……他们比起人更接近虫子。岩屑星庇护所显然已经失去了原本的用途，而为了全宇宙的福祉考虑，必须净化那颗星球。"

那专家朝旁边的人类比了个手势。"此外，这个男人足以证明，即使我们摧毁一颗叛逆行星，人类种族也不会灭绝。人类可以和至尊同盟共存，但不能允许他们自治。尝试保存岩屑星是愚蠢之举。

"我还要郑重声明，我不接受政府当初允许人类接触技术的借口。那种让他们忙于太空战斗，无暇他顾的说法？无稽之谈。政府是在找借口掩饰从大约十年前开始爆发的人类攻势。高阶部长威德应该听取我这种专家的意见，用更严厉的手段对付人类。"

我无力地靠向椅背，而新闻重新播放起了录制的缠斗画面。我从小就明白，克雷尔人试图根除我们，但听到有人这么谈论我们……语气还这么冷静……在我的要求下，M机器换了个频道，上面是一群专家在谈论的画面。另一个频道播放的是同样的录像。

我看得越多，就越是感到自己的卑微。那些新闻人员说话的方式……夺走了我内心里某种珍贵的东西。它把我的所有同胞——我们的英雄事迹，我们的牺牲，我们的奋斗——贬低成了一群突然滋生的害虫。我再次走到窗边。

街上没有混乱。人们进出店铺，过着自己的生活。说来也怪，就在我发现自己很难对他们产生恨意的同时，我却越来越憎恨统治他们的政府了。那个政府不但杀死了我父亲，现在他们还把他说成了应该被拍死的虫子。

渺小，我眺望着在街上川流不息的行人，心中的一角如此想道，*全都那么渺小。*

至尊同盟觉得他们很伟大？他们也只是虫子，咬人的虫子。他们是需要平息的恼人噪声。为什么那些害虫要咬我？我只需要动个念头，就能全部闷死它们，然后……

我在想什么？我从窗边蹒跚后退，一阵反胃。我感觉到那些眼睛从四面八方看着我，而且不知为何我能理解它们。那些关于虫子的念头就属于它们。

我……发生了奇怪的变化，和探究者、"无处"以及我的能力相关的变化。M机器担心它就是影子，但它根本一无所知。

我看着放着工作成果的桌子。桌上有一只约莫人头大小的盒子，里面装上了我从M机器那里拆下的三个部件。我拿起盒子，大步走出房间，而末日虫发出询问的笛音，跟在我身后。

我爬上屋顶，钻到盖住M机器的防水布下面。那架无人机留在驾驶舱内的座椅上，用电线与控制台相连。

"还有多久？"我问它，"你完成编程还需要多久？"

"我已经完成了。"M机器说，"在你和莫里乌莫离开这栋楼以后不久，我就结束了编程。我希望有一天左右的时间来进行诊断性测试。"

"没时间了。"我说，"告诉我怎么把我组装的这部分接上它的底部。"

它让显示器展示出一连串操作说明，而我沉默地忙碌起来，安装电线，用螺丝把简易传感器包固定在重新编程后的无人机底部。

"我正在监控八十个不同的至尊同盟频道，"M机器说，"其中很多都在谈论岩屑星。"

我继续手头的活儿。

"在这些节目里发言的大部分人都很愤怒，斯潘莎，"它说，"他们大声呼吁用更强硬的手段对付你的同胞。"

"他们还有什么比让一队战舰停在我们家门口更强硬的手段？"

我问。

"我正在运行模拟，结果全都很不妙。"M机器顿了顿，又说，"你的同胞需要超推进器。面对无法抵挡的大军，唯一的出路就是逃跑。"

我举起无人机，然后启动了它。机翼下方的两只小型上升环开始发出深蓝色的光，让无人机悬停在空中，而连接底部的硕大传感器单元让它显得摇摇欲坠。

"无人机？"我问，"你醒来了吗？"

"集成人工智能安装成功。"无人机用单调的嗓音说。

"你感觉如何？"

"我不知道该怎么回答这个问题。"它说。

"它不是活物，"M机器说，"或者说……好吧，它和我不同……无论我是什么。"

"无人机，"我说，"启动主动伪装。"

它消失了。它将全息影像投射于外部，让自己看起来像是透明的。再加上传感干扰装置，它应该就能在最严密的扫描下藏匿踪迹了。

"主动伪装是有弱点的，"M机器评论道，"这种技术无法让它从任何角度来看都保持隐形。去侧面看看，然后再让它移动。"

我转到另一边，发现它说得没错。从侧面看去，这种"隐形"就很难骗过别人了。空气中能看到波纹，标出了无人机的位置。它移动的时候，波纹就更加明显了。

"如果我们想让它保持不可见，最好的做法就是让它悬停在不会被人碰巧撞到的高处，"M机器说，"然后我们让它缓慢移动，并附带在被人直视时停止移动的指令。如果只有一个人在看它，无人机就能对应对方的视角保持隐藏。越多人从不同角度观察它，它就会越显眼。"

"它能遵守这些指令吗？"我问。

"可以。它有基本的智能，我还把我的隐秘渗透协议的大半部分复制了过去。它应该有能力进行探索，拍摄我们希望的那片区域的照片，然后回到它的隐藏处，等待回收。"M机器又顿了顿，"它可以自主飞行，这是我办不到的事。也许我不该说它不是活物，因为在某些方面，它比我更像活物。"

我思索片刻，然后打开了驾驶舱内侧面的储物隔间，拿出我存放在那里的应急用小型毁灭手枪。

"无人机，"我说，"关闭全息影像。"

它出现在我的上方，悬停在敞开的舱罩和裹住 M 机器外部的防水布附近。我确认毁灭手枪的保险栓是打开状态，然后用电工胶带把它固定在无人机背面，好把它一起偷带上去。

"如果你惹上了太大的麻烦，"M 机器说，"记住你的手镯里准备了第二张脸。如果'阿拉妮克'出了状况，你可以变成另一个人。"

"好的，"我说，"希望不会发展到那一步吧。但无论如何，岩屑星都没时间了。我们必须明天就尝试这个计划。"

PART FOUR

第四部分

插　曲

约尔延花了一整天的时间学习怎么做面包。

斯潘莎的祖母非常擅长做面包，尽管她是盲人。他们一起坐在她位于火成岩洞穴的狭窄单人间里。斯潘莎的母亲接受了新住所，但她的祖母却坚持留在这儿。她声称自己喜欢这里的"感觉"。

红光从窗户倾泻进来，空气散发着来自古代仪器的热气。这种热气是能闻到的，约尔延意识到了这点，至少能闻到滚烫金属的气味。那是某种灼热的气息，但并非正在燃烧的那种。那气味来自某种在很久以前就已起火，如今只剩滚烫灰烬的东西。

奶奶要求他学着她那样，只凭触感和气味干活。他闭上双眼，伸出手去，摸到了一口铁锅，然后确认里面的粉末。他将一小撮举到鼻子前面，嗅了嗅。

"这是面粉，"他说着，将那种有益健康，但仍旧有些肮脏的谷物粉末气味吸进鼻子，"我需要大约五百克。"他拿出一只量杯，放进锅里，凭手感——而非视力——去估算分量。他拿起杯子，摸到膝头的那只碗，把面粉倒了进去。

"很好。"奶奶说。

他用手混合起来，直到默数到一百秒。"现在是油。"他说着，把盛放油的容器举到鼻子旁边嗅了嗅，然后点点头，倾斜容器，让油顺着他的手指滴落到碗里。她希望他以这种触摸所有东西的方式来测算。接下来是水。

"非常好。"奶奶说。她的语气很有耐心。就像一块石头，他心想。沉稳，古老，而且深思熟虑。

"我很想确认一下分量对不对，"约尔延说，"毕竟我完全没有用工具测量过。"

"你当然测量了。"她说。

"但不够精准。"

"揉在一起，感受面团，是不是感觉没错？"

他把面粉混合起来，仍旧闭着双眼。她不肯让他使用电动搅拌机，于是他选择用手混合，用手指压扁富有弹性的面团，让材料混合为一。

"这……"他说，"太干了。"

"噢，"她伸出手，摸了摸他碗里的面团，"确实，确实。再加点水进去。"

他照做了，仍旧闭着双眼。

"你一次也没偷看。"奶奶评论道，"我教斯潘莎的时候，她总是用一只眼睛偷看。我只好向她下战书，赌她没法在不偷看的情况下做到，然后她才肯照我的话去做。"

约尔延继续揉面。对于奶奶为什么知道他没在偷看这一点，他已经不打算细想了。这个饱经风霜的老女人的双眼只剩下了乳白色，她显然看不见东西，但她的身上有某种力量。靠近她的时候，他能感觉到同样的嗡嗡声，但比斯潘莎和那个外星女人要微弱。

"你也从不抱怨。"奶奶评论道，"学了五天只靠触摸来烤面包的方法，你一次也没问过我要你这么干的理由。"

"我的上级指示我来接受您的训练。我认为它迟早会有意义的。"

奶奶嗤之以鼻，就好像……就好像她希望他被这种奇怪的指导形式吓退。噢，约尔延跟几十个士兵聊过他们最初几天的训练，还有指派给他们的单调任务。和飞行学校相比，这种情况在地勤人员里更加常见，但他仍旧能够理解。

奶奶首先要训练他学会接受指导，他不反对。这很合理，但他希望她加快速度。在第一次进攻的当天，那些战舰对岩屑星进行了另外两次试探性炮轰，而两次都受到了拦截。从那以后，敌军就这么停留在那里积累资源，舰队的规模逐渐增长。克雷尔人恢复按兵不动的状态让他神经紧绷。

克雷尔人的巨大炮口对准了他们的脑袋。他需要尽快结束这场新训练，弄清他能否为己方提供需要的助力，然后再向科布回报。

也就是说，他不会抱怨。奶奶眼下等同于他的指挥员。

"你听到什么了吗？"他继续揉面的时候，奶奶问。

"您身上那种嗡鸣的感觉，"他说，"就像我之前汇报过的那样。其实不是我听到的。更接近一种印象，就像感觉到远处的机器的那种让地面颤抖的震动。"

"如果你像我教你的那样，探出意识呢？"她说，"如果你想象自己在太空中飞翔呢？"

约尔延试图照她说的去做，却徒劳无果。只是……想象他自己飘浮在太空里？穿过群星之间，自由翱翔？他乘坐自己的飞船去过那儿，所以他能完美地想象出那种体验。这样有什么意义？

"什么也听不到？"她问。

"什么也听不到。"

"没有歌声？没有某种东西在远处呼唤你的感觉？"

"没有，长官，"他说，"呃，我是说没有，奶奶。"

"她就在那儿，"奶奶低声说着，苍老的嗓音带着沙哑，"而且她很担忧。"

约尔延猛地睁开眼睛。他瞥见了奶奶，一个仿佛皮包骨头的干瘪老女人，有苍白的头发和乳白的双眼。她抬起头去，对着天空的方向。

他立刻又闭上了眼睛。"抱歉，"他说，"我偷看了。可……可您能感觉到她？"

"是的，"奶奶轻声说，"这是今天早些时候才发生的。我感觉到她还活着。她很害怕，但她恐怕不会承认。"

"您能让她做个任务汇报吗？"他问着，面团从他紧攥的指缝间钻出，"或者把她带回来？"

"不能。"奶奶说，"我们的接触是暂时的，转瞬即逝。我不够强大，没法继续维持。就算我能做到，我也不应该带她回来。她需要面对这场战斗。"

"什么战斗？她有危险？"

"对，和我们一样。更危险？也许吧。探出自己，约尔延。在群星之间飞翔，聆听它们。"

他尝试了。噢，他的确努力尝试了。他绷紧了自己认为需要用到的那些肌肉，敦促和强迫自己照她的要求去想象。

毫无变化的结果让他觉得自己辜负了斯潘莎。他讨厌这种感觉。

"很抱歉，"他说，"我什么都没听到。也许应该让我的某个表亲来试试。"他攥起拳头，贴上额头，双眼仍旧紧闭。"我不该劝她走的。我应该遵守规定的。这是我的错。"

奶奶"哼"了一声。"继续和面。"她说。等他重新开始揉面以后，她又开了口："我跟你讲过斯坦尼斯拉夫，一触即发之战的英雄的故事吗？"

"一触……即发之战？"

"在旧地球上，"奶奶说，而他听到了碗的刮擦声，那代表她正取出面团准备去烘烤，"曾经有一段时期，两个大国用可怕的武器对准了彼此，而整个世界都绷紧神经等待着，担心这些巨人决定开战以后会发生的事。"

"我清楚那种感受，"约尔延说，"因为克雷尔人的武器现在就对准了我们。"

"的确。噢，斯坦尼斯拉夫只是个普通的值勤军官，负责管理会在袭击发生时警告同胞们的传感设备。他的职责是在传感器有任何发现时立刻报告。"

"好让他的同胞能及时逃脱？"约尔延问。

"不，不。那些是类似克雷尔人的轰炸机使用的武器，终结生命的武器，没有逃脱的办法。斯坦尼斯拉夫的同胞知道，如果敌人发起攻击，他们就死定了。他的工作不是预防这种事发生，而是提供警告，好进行报复性还击。这么一来，被毁灭的会是双方，而不是只有他们这边。

"我能想象他的生活紧张而安静，而且希望——祝愿、祈祷——永远不用尽到自己的职责。因为一旦那一刻到来，也就意味着数十亿人的末日。如此沉重的负担。"

"什么负担？"约尔延说，"他不是将军，做决定的不是他。他只是个操作员，所要做的就只是转达信息而已。"

"然而，"奶奶轻声说，"他没有。警告出现了。电脑系统表示敌人发射了武器！可怕的日子到来了，而斯坦尼斯拉夫知道，如果仪器的读数是真的，那他见过的所有人、爱过的所有人，就都死定了。只是，他起了疑心。'敌人发射的导弹太少了，'他推理起来，'这套新系统也没有经过妥善测试。'他内心挣扎，焦虑不安，最后没有向上级报告情况。"

"他违反了命令！"约尔延说，"他没能履行最基础的职责。"他揉面的动作更加猛烈，令它紧贴又宽又浅的碗底。

"的确。"奶奶说，"然而，当电脑报告另一次发射的时候，他的意志受到了考验。这次规模比之前要大，但仍旧小得可疑。他的内心再次挣扎。他知道自己的职责是告知他的同胞，让他们进行报复性还击，趁着还有机会，向他们的敌人送去死亡。人性和军人本性在他心中相持不下。

"最后，他宣布电脑的报告是假警报。他汗流浃背地等待……最后没有任何导弹飞来。那一天，他成了并未发生的战争里的唯一英雄，成了阻止世界末日的人。"

"他还是违反了命令。"约尔延说，"做出决定不是他的工作，而是他上级的。他判断正确的事实在最后为他正了名，但如果他错了，最好的结局是他会成为人们记忆里的懦夫，最坏的则他是叛徒。"

"如果他错了，"奶奶轻声说，"不会有人记得他，因为没有人能活下来回想他。"

约尔延坐直身子，睁开眼睛。他低头看着手里结实的面团，然后更用力地揉捏、折叠和按压。他感到恼火，却说不清为什么。

"您为什么要跟我讲这个故事？"他问奶奶，"斯潘莎说，您总是给她讲那些人们砍掉怪物脑袋的故事。"

"我跟她讲那些故事，是因为她需要。"

"所以您觉得我需要这么一个故事？因为我喜欢遵守命令？我不是没有感情的机器，奶奶。我帮助斯潘莎修复了她的飞船。至少在她把赫尔的助推器带回来的时候，我没有告诉别人。这违反了规章。"

奶奶没有答话，于是约尔延继续揉面，一次次地摔打，同时反复折叠，就像古代的刀剑工匠在折叠金属。

"所有人都觉得，就因为我喜欢那么点结构和组织性，我就成了某种外星人！很抱歉，我只是想确保团队有组织性。如果每个人都像斯坦尼斯拉夫那样，军队就会一片混乱！没有士兵敢开枪，他们会害怕自己接到的命令是假警报！没有飞行员敢起飞，因为谁知道呢？也许是你们的传感器出了故障，根本没有敌人！"

他重重摔下面团，然后靠向墙壁。

奶奶抓起他的面团，用手指挤压。"非常好，"她说，"终于捏得像样点了，小子。做出的面包肯定不坏。"

"我……"

"闭上眼睛，"奶奶说，"嘿。"

约尔延用袖子擦了擦额头。他都没意识到自己刚才有多激动。"您瞧，也许我让斯潘莎离开是正确的。但也许我不该这么说。我没有……"

"闭上眼睛，小子！"

他的后脑勺撞上了墙壁，但还是照她说的做了。

"你听到了什么？"

"什么也听不到。"他说。

"别傻了。你能听到外面的机器，那些发出哐当声和砰砰声的仪器吧？"

"噢，是啊，当然。可……"

"还有街上那些下班后吵闹着回家的人声？"

"我想是的。"

"你的心跳呢？能听到吗？"

"我不清楚。"

"试试看。"

他叹了口气，但仍旧像她说的那样尝试聆听。他能听到心脏在体内怦怦直跳，但或许这只是因为他刚才太激动了。

"斯坦尼斯拉夫不是英雄，因为他违反了命令。"奶奶说，"他是英雄，因为他知道何时该违反命令。教会我这个道理的人是我母亲，就是她把我们带来了这儿，这是她所做的最后几件事之一。我觉得她在这儿感觉到了某种东西，某种我们需要的东西。"

"那我就不应该看向群星，"约尔延说着，语气仍旧恼火，"我们该看的是脚下这颗星球。"

"我一直想要回到群星之间。"奶奶说。

"我喜欢飞行，"约尔延说着，双眼仍旧紧闭，"别误解了我的意思。但与此同时，这儿是我的家。我不想逃离它，我想保护它。而且有时候，当我静静地躺在深处洞穴里的床上的时候，我敢发誓，我……"

"你什么？"奶奶问。

约尔延猛地睁开了眼睛。"我的确能听到某种声音，但不是来自高处，而是下方深处。"

30

我拉开背包，让一个狄俄涅士兵检查。

里面看起来一点都不可疑，只有我平时用来带午餐的那个透明塑料做的大号饭盒，看起来再正常不过。只不过那是无人机伪装成的样子。

那卫兵用小型手电照亮了内容物。他们会注意到我担忧的模样吗？我是不是流了太多汗？附近的保安无人机会察觉我加快的脉搏吗？

不，不，我能做到。我是个战士，有时候战士需要用到诡计和隐匿术。我在那里伫立了漫长而难熬的一段时间。然后，感谢群星，那个卫兵挥手示意我继续往前。

我拉上背包的拉链，把背包背上肩头，匆忙穿过"砝码与测量"号太空梭船坞。我努力让自己同时流露出自信与满不在乎。

"阿拉妮克？"进入走廊的时候，莫里乌莫来到我身边，随后问我，"你还好吧？你的肤色看起来红得不寻常。"

"我……呃，没睡好。"我说。

我们来到了第一个十字路口。M 机器怀疑这段走廊安装了次要扫描装置，用来检测非法材料，但它确信我们给无人机安装的扰频器能避开检测。的确，我们经过那个路口的时候，警报声没有响，不过某个路过的狄俄涅船员几乎撞上了希修的小型悬浮平台。考丽大叫一声，勉强操纵平台绕过了那个狄俄涅人的脑袋。

那名船员道了歉，然后迅速离开。考丽驾驶平台飞了回来，希修回头看向冒犯了他的狄俄涅人，尾巴恼火地连连抽动。"就算是飞翔的时候，我们也一样碍事。就像风雨前的平静，毫厘之深却能映照永恒，我对许多人来说像是大海，对某些人却是小水坑。"

"我还以为至尊同盟习惯了对待大小不一的种族呢。"我说。

"我们的数量不多。"希修说，"我只知道一个跟我们尺寸相近的种族，除非你把外骨骼内的瓦尔瓦克斯人也算进去。或许我们也应该制造巨型制服。普通人在全是巨人的宇宙里太难过活了。"他的尾巴又抽动了一下，"但这是为了争取盟友来对抗人类所必须付出的代价。要知道，他们就快逃脱了。你看了新闻报道吗？"

他瞥了一眼布蕾德，她像以往那样走在我们前面，对我们的谈话漠不关心。

"人类在控制之下，希修，"莫里乌莫说，"那么一点点骚乱不值得担忧。我相信问题很快就会解决的。"

"我的职责，还有我肩头的重担，要求我去担心最坏的可能性。"

当我们来到如今已经熟悉的岔道口，看到那里是平时的那个卫兵。通向引擎室的通道的时候，我离开了其他人，挥手示意他们继续前进。"我得去解个手。"我告诉他们，然后走到那个卫兵面前。

那个克雷尔人的手指恼火地抽动了几下，但还是叫来了引导无人机，陪我前往盥洗室。我再次回顾了自己的计划。我一整晚都在和 M 机器练习。我并不担心因为缺乏睡眠而疲劳，我的紧张能量恐怕足够给半个"星景"供电了。

那架引导无人机带我来到盥洗室，等我进入隔间时再次等待在外。我立刻坐了下来，把背包放到膝头，然后悄无声息地拉开拉链。我的双手——在昨晚把这一连串动作做了上百次的手——拿出无人机，然后取出安全模块。我把它拧到无人机上，发出一声微弱的"咔嗒"，同时暗自祈祷它不算太响。

我拨动开关，让无人机悬停在空中，同时在隔间里迅速解手，免得在外人耳中显得可疑。然后我挪动到隔间侧面，让无人机独自悬挂在那儿。我抬起一根手指，然后两根，再然后是三根。

无人机消失不见，启动了伪装机能。我轻按手镯，确认无人机和我可以联络。它以挑战军飞行代码回复了我，而我的手镯将其显示在我的皮肤上：

全系统运作中。

任务准备就绪。"砝码与测量"号的屏蔽装置让我无法联络外部的M机器，但就像我们预想的那样，我仍然可以联络船内的对象，比如这架无人机。

我挎上背包，走出门去，然后立刻后悔了。那把毁灭手枪！见鬼，我应该把它拆下来放到背包里，以防万一的。

现在为时已晚。它安全却毫无意义地固定在那架无人机的背部。

祝你好运，小家伙，我在洗手的时候这么想着。我内心的某个角落始终在担心那架保安无人机会突然拉响警报，但它保持了沉默。我跟着这位向导离开了盥洗室，把我的秘密间谍留了下来，而它做好了溜出盥洗室，再悄然前往引擎室的准备。

我来到跳跃室，和其他人一起坐下。我等了一会儿，又等了一会儿。我们离开码头并起航的时间是不是比平时要长？我的身份已经暴露了吗？

最后，"砝码与测量"号离开码头，开始朝太空进发。

"飞行员们，"温契克的声音透过扬声器传来，让我吓得几乎一蹦三尺高，"我希望各位明白，今天的训练极为重要。哎呀呀！我们的飞船迎来了若干位至尊同盟政府的重要官员，他们是来视察你们的进展的。就当帮我个忙，希望你们能拿出最好的表现，让他们印象深刻。"

今天？这些临时观众偏偏是在今天来这艘飞船视察？我差点就联络我的无人机，让它终止任务了。但不行，我已经下定决心了。

我们和"星景"拉开安全距离的时候，我沉默地等待着，接着一声尖叫在我的脑海里响起，而我们进入了"无处"。在今天的训练里，我没什么机会去担心无人机和它的任务。

我飞速穿过太空，大群的自行式仿巨石追赶在后。布蕾德紧跟在我的侧翼，我们一起尝试朝探究者迷宫飞去，但那些余烬早有准备。另一群余烬脱离了迷宫侧面，朝我们涌来。

"转向队形，"我说，"切入右方。"我转过机首，开始助推。这让我向侧面飞去，与此同时，惯性带着我继续向前。

我的接近传感器显示，布蕾德没有听从我的命令，而是朝着新出现的那批余烬径直飞去。我咆哮一声，接通了私人线路。"布蕾德，服从命令！"

"我能解决那些余烬的。"她说。

"你当然可以。但你能服从命令吗？"

她继续飞向那些余烬。在和它们交战之前，她猛然转向离开，朝我加速飞来。

"好的，"我说，"转向队形，切入右方。"

我划出长长的弧线，远离那些余烬。布蕾德跟在后面，按照我的命令一同转向。"好的，"换成更适合的角度以后，我说，"动手吧。"

"真的？"她问。

"我会跟着你。"

她加速飞在我的前方，而我能感觉到她的急切。余烬尝试撞击我们的路线容易预测，所以我们突然转弯的动作让它们在前方挤成了一团。布蕾德毫不费力就击落了其中一组。

我随后击落了太过靠近她的那一个。我们的护盾都承受了一些碎片，但基本上毫发无损地穿过了两队余烬之间。

这些急于追赶我们的余烬开始撞成一团。我们拉开距离的同时，十多个敌人在我们后方化作一连串炽热的火球。

"这样，"我们加速飞向迷宫的时候，布蕾德说，"简直太过瘾了。"

"我偶尔还是会说几句靠谱的话的。"

"噢，是啊，所以我才不想听你的话。"

"这又是为什么？"

"你跟我说话的方式跟其他人不一样，"她说，"你甚至没问过我那个野生人类星球的事。我敢肯定你看到那些新闻报道了。现在所有人都在害怕他们。每个人都会盯着我瞧，比过去还要频繁。他们对我说，他们知道我跟那些危险的人类不一样，但他们还是会盯着我瞧。"

见鬼。有一整个行星的人都不会像那样对待你，布蕾德。我差点说出了这句话，但还是强行忍住了，感觉时机不合适。

"对我来说，"我说，"你只是我的队友而已。"

"是啊，"她说，"我喜欢这样。"

我也猜她会喜欢。我们两个在迷宫附近转向下方。今天的训练是通过战斗突破余烬群，然后在迷宫里飞行，就像在和真正的探究者对抗时要做的那样。我们接近了自己面对的这部分迷宫，纯金属的表面布满了隧道入口。在不远处，另外三架战机靠了过来：薇珀、希修，还有莫里乌莫。

"我们选那一条。"我说着，轻点显示屏，让布蕾德那边的显示屏高亮显示了对应位置。

"明白。"她说。

我正准备出发，却被疯狂响起的接近警报吓了一跳。我转向避开，朝侧面助推，与此同时，两块余烬突然从迷宫表面以爆炸性的速度加速飞来，几乎撞上我的飞船。它们从没飞得这么快过。我咒骂一声，调整方向，而追赶我的余烬也加快了速度。我被迫加速到4马格——以缠斗而言堪称疯狂的速度——才能保持在它们前方。

"怎么回事？"布蕾德在通信频道里说，"飞行指挥部，你们在干什么？"

我勉强避开了另一对余烬。我不得不再次加速，但又一组正在接近的余烬转过方向，相互碰撞。群星在上，这是怎么了？

这是为了让我撞上它们的残骸，我反应过来。它们的高速又迫使我加了速。在这种速度下缠斗几乎是不可能的，因为反应时间不够，但余烬不需要担心这点。它们是一次性用品，我们却不是。

我随后做出的是几周以来最疯狂的飞行动作之一。"波状序列。"我对布蕾德说，然后她来到我的右翼，和我一起俯冲而下，迂回穿过余烬之间。见鬼！突然之间，仿佛有好几百块余烬对我们紧追不舍，却对其他飞行员视而不见。

两块余烬在我附近相撞，而我猛地侧向移动，接着做好准备，看着余烬伴随着闪光冲击我的护盾，耗损着它。另一块余烬几乎撞上了我，而我闪避的动作迟了。如果它对得够准，我恐怕已经被粉碎了。我觉得自己就像一只孤单的燕子，飞翔在整群饥饿的老鹰之间。

我俯冲迂回，旋转闪躲，试图在这片混乱中找到方向。"我……我的护盾失效了。"布蕾德说着，"哼"了一声。

见鬼。见鬼见鬼见鬼见鬼。她开始朝我的远处飞去，所以我掉转方向，加速追在后面。"看到在你下方270位置飞来的那块大型余烬了吗？用你的光矛刺中它。"

"可——"

"照做就好，布蕾德。"我说。我勉强让到一旁，而那块余烬以可怕的速度从旁掠过。幸好布蕾德遵照我的提议，朝它射出了光矛，让发光的绳索命中了那东西的中央。

那块巨石的惯性拖着她一起离开，也避开了另外几块余烬的路线，后者随即相撞。我绕了过去，跟在她身后，加速到我的重力容不堪重负，我的身体也被甩向了椅背。我只能勉强跟上她的步调，因为我不得不击落另一块试图和布蕾德碰撞的余烬，然后猛冲到她旁边，用护盾挡下碎片。

我的护盾噼啪作响，我的飞船也摇晃起来。在前方，我们尾随的大型余烬为我们开辟出了一条路，终于开始减速，仿佛是它的操纵员意识到了我们的目的。

"向上飞越！"我大喊一声，朝上方闪躲。布蕾德释放光矛的同时，另一块大型余烬撞上了我们先前尾随的那块。她只是堪堪避开因为这次碰撞飞出的一大块碎片，但我们俩一同加速甩开了它们。惊人的速度让我们仅仅几秒钟就离开了这片混战区域。

"刚才……"布蕾德说，"真够惊险的。"她似乎真的有些震惊。

"飞行指挥部，"我说着，按下了通信键，"看在群星的分上，那是什么？"

"抱歉，乌戴尔的阿拉妮克，"温契克亲自接听了呼叫，这可不太寻常，"根据观测，余烬偶尔会做出像这样攻击性极强的举动。我们尝试给无人机安装了新的助推器，尝试与之对应。"

"你可以事先提醒我们的！"我厉声道。

"非常抱歉！"温契克说，"我没有冒犯的意思。布蕾德，感谢你。你为这边的官员做出了非常精彩的展示。"

所以温契克是在炫耀他的宠物人类，对吗？他差点害死她，还有我！

布蕾德似乎并不在乎。解决这批新的余烬以后，她掉转机首，飞向迷宫。我加速跟在她身后。一秒钟过后，我们穿过其中一个入口，进入了隧道。

里面似乎更安静些。

当然了，这么说很蠢。太空总是寂静无声。的确，我可以让飞船模拟爆炸和震动，以便给我视觉以外的提示，但没有大气就意味着没有压缩波，没有压缩波也就意味着没有声音。

换作平时，我会觉得很正常。在虚空中翱翔本就该是寂静的。黑暗如此空空荡荡，如此令人生畏，如此广阔无垠，本就应该抑止一切声音。

迷宫内部的隧道在我看来也没那么亲切了。我觉得自己本该听到叮当声、滴水声，至少是齿轮在远处摩擦的尖锐响声。但在这里，寂静令人毛骨悚然。

我的泛光灯照亮了布蕾德的飞船，她就飞在我前方。她以一反常态的谨慎态度放慢速度，在通道里缓缓前进。

"你看到前方那条通道了吗？"她问。

"是的。"我答道。我们两个都看到了它，也就证明它是真实的，不过类似的通道几乎永远都在那种位置，只有全息影像能掩盖的东西才能起到迷惑作用。

我们缓缓进入前方的房间，这里是仿佛身处水下的那些空间之一，甚至有全息影像的鱼儿在成群游动，角落里还有一种长着许多触手的黑暗之物。

我来过这间房间好几次。它们开始重复了。我们驾驶舱罩上的幻象是至尊同盟的技术，受到他们编程技术的限制，真正的探究者迷宫应该更加古怪。进入迷宫并成功逃脱的飞行员报告说，每间房间都有不同的设置，每个转角的另一边都出人意表。

作为训练的一部分，我问布蕾德看到了什么。但我非常熟悉这个房间，所以她还在描述自己看到的景象时，我就为从角落窜出的那只章鱼似的生物做好了准备。我知道它不是真的，但它会把我们的注意力从后方那块余烬上引走。

我旋转机身，在余烬撞上我之前击毁了它。

"漂亮。"布蕾德说。

哇，她称赞了我？我就快让她敞开心扉了。

她率先降落到房间的底部，在我眼里，那里的出入口覆盖着一种海草似的物质。

"你在这儿看到了什么？"她问。

"一种海洋植物。"

"我看到了石头，"她"哼"了一声，"跟上次一样。"

她让飞船下降，穿过全息影像，而我跟在后面，进入另一条金属通道。

"我还以为温契克又会尝试害死我们呢。"我说着，跟在她身后。

"温契克非常聪明，"布蕾德立刻答道，"他很清楚自己在做什么。他显然比我们更了解我们的极限。"

"他只是运气好。"我说，"如果我们在外面死掉，他的特技表演就会显得很蠢了。"

"他非常聪明，"布蕾德重复道，"你没法理解他的意图也很正常。"

这话惹火了我，但我把反驳咽回肚里。布蕾德在跟我闲聊，这是进步。

"你是和温契克一起长大的？"我说，"他是不是就像你父亲？"

"更像是我的主人。"她说。

"那你父母呢？你生物学上的父母呢？"

"我七岁那年就离开了他们。人类必须受到严密监控。我们会汲取他人的攻击性，并迅速转变为暴动。"

"那样肯定很难熬吧，要在那么小的时候离开父母？"

布蕾德没有答话，而是一马当先地穿过走廊，进入下方的另一条。我跟了上去，皱起眉头，因为通道的墙壁缓缓移动，然后变成了石头。

有点眼熟，我心想。

钟乳石、石笋。有些简直像是因为持续滴水后融化而成的天然岩石。还有那边，石缝间是不是能看到一根巨型金属管道的侧面？

看起来就像……就像我小时候探索过的那些洞穴，就像岩屑星上数不胜数的隧道，我曾在那里狩猎老鼠，并想象自己是在和克雷尔人战斗。

我让飞船停在墙边，用泛光灯照出古老的蚀刻痕迹。图案，还有用无法翻译的语言写成的词语。我知道这地方，虽然这儿更高也更宽，却像极了我穿行过上百次的那条隧道，我曾用手指拂过那里凉爽而潮湿的石面。附近藏着一只维护用品寄存柜，里面存放着我的矛枪、地图簿，还有我父亲给我的那枚别针……

我几乎下意识地朝墙壁伸出手，但手指碰到的却是舱罩的玻璃。我正乘坐着外星人的星际战机在深空的迷宫里飞行。怎么可能？它是怎么窥探我的大脑，然后再现出这个地方的？

我的双眼盯着驾驶舱罩的玻璃。它映照出的是一对炽热的白色光点，大小和我的拳头相仿，仿佛就坐落于驾驶舱内我的身后。那是穿透了现实本身的空洞，而那两条白到难以置信的隧道会将万物吸入其中，再碾得粉碎，看起来就像眼睛。

我脖子上的汗毛竖起，我张嘴想要大喊，但那双眼睛却连同隧道的变化一起消失了。眨眼的工夫，我就回到了另一条金属走廊里，而在这座迷宫里，类似的走廊足有上千条。

"嘿，"布蕾德的声音在我耳中响起，"你来不来？"

我转身回望，看到的却只有驾驶舱的后部：装有衬垫的内壁，上面固定着应急用毛毯、手电筒和医疗箱。

"阿拉妮克？"布蕾德问，"这边有东西。过来告诉我你看到了什么。"

"来了。"我说着，将颤抖的双手放回控制台上。见鬼。见鬼见鬼见鬼见鬼见鬼。我好孤独，好渺小。我没法向别人倾吐。科布和我的朋友们远在万亿公里之外，就连 M 机器在我返回"星景"前都无法和我联络。

我敢把自己看到的幻象告诉布蕾德吗？说我刚才看到的不是什么探究者迷宫的全息投影，而是我自己记忆里的东西？她会觉得我疯了吗？更坏的情况下，她会觉得我是它们的一员吗？我能看到这些东西，是不是因为某个探究者把自己的一部分附着在了我的灵魂上？

等我抵达这条隧道的尽头时，操纵装置发了疯。它们说我进入了一小片人工重力场，而且更加奇怪的是，它们说我们进入了大气层内。这架飞船几乎没有翅膀，但依旧配备了转向用的副翼，大气风斗随之启动，方便我进行高速转向。

在我前方，布蕾德停了下来。"你的传感器是怎么显示的？"她问我。

"大气层，"我说，"氮气和氧气。"

布蕾德又前进了一小段路，进入了一个地板似乎长满苔藓的大房间。

"你看到那些苔藓了吗？"我问。

"看到了。"她说着，用毁灭炮开了火。房间另一头发生了伴随橘黄色强光的爆炸，燃烧的金属碎片飞散出来。我感受到了从那边传来的冲击波，我的飞船开始颤抖。

"什么？"我问，"你干吗开火？"

"射击引发的火会燃烧，而不是在真空中熄灭，"布蕾德说，"而且我能听到声音。我们穿过了一道隐形护盾，进入了一小片大气。"

令人惊恐的是，她打开了驾驶舱罩。

"布蕾德！"我大叫道。

"放松，"她回答，"飞行员们报告过迷宫心脏附近的类似房间。"她让飞船下降高度，落在苔藓覆盖的表面上。她爬出驾驶舱，落到地面上。

我小心翼翼地飞进房间。在这地方经历了各种各样的圈套以后，她还愿意就这么爬出去？的确，她还戴着头盔，飞行服也可以充当增压服，但问题还是一样。

"薄膜应该就在这附近的哪儿，"她说，"过来帮我找吧。"

我紧张地将飞船停在她那架旁边。我确认了控制台，释然地看到压力差非常小，于是我打开了舱罩。我解开安全带，以肉眼寻找正在四处探索的布蕾德。最后，我爬到地面上，双脚刮过苔藓。它是真实的，并非全息影像。

我小心翼翼地走到布蕾德身边，后者摘下了头盔，扫视着这个只有我们战机的泛光灯照亮的昏暗房间。

"布蕾德，"我说着，按下会将我的声音投射到头盔外的麦克风开关，"万一这是个陷阱呢？"

"这不是陷阱，"她说，"我们找到了心脏。这就是这座迷宫的存在意义。"

"但我们找到得太快了。才多少？三个房间？"

"它会四处移动，"布蕾德审视着这片空间说，"他们肯定是在建造迷宫的时候模拟了这点。"

"我……"我走近了些，"我不认为这座迷宫是建造出来的。"

"人类——"

"我知道至尊同盟说过自己是从哪里弄来了它，"我打断了她的话，"而且我几乎完全相信他们的说法。但我不认为是人类建造了这东西。它太过……"太过什么？诡异？还是超现实到吓人？

它会向我展示真正的幻觉。它不是建造出来的，不完全是。

"我认为它应该是一具尸体，"我说，"为了训练而经过改造的探究者尸体。"

这话让布蕾德皱起眉头。"我都不知道探究者也会死，阿拉妮克。这些只是你的假设。"

也许她说得对，但我还是在搜索时戴着头盔，又紧跟着她。那些岩石上的苔藓是活的，至少在拨弄它们的时候，我是这么感觉的。万一它会释放出危险的孢子之类的东西呢？如果布蕾德能把自己的头盔戴回去，我会安心很多。

等我们来到房间的另一边时，我看到了地板上的某种东西。那是一张深绿色的网，藏在一堆岩石后面。我招手示意布蕾德过来，然后走上前去。它看起来就像是绿色纤维织成的蛛网，呈圆形，直径大约一米。

"你看到了吗？"我问。

"一块薄膜，"她说，"用绿色纤维制成的。"

所以这不是幻觉。我跪在地上，戳了戳纤维，然后看向布蕾德。她似乎并不急着穿过它，我发现自己也一样。

"我很愤怒。"最后，布蕾德用柔和的语气说。

"啊？"我问。

"你之前问的，"她说，"小时候被迫离开父母的感觉。我觉得很生气。"

她跪了下来，用力拉开那块纤维蛛网，露出地面上的一个洞。它看起来大约两米深，我头盔上的灯照出了底部的金属地板。

"那股愤怒在我身体里沸腾了很多年，"布蕾德续道，"就像一口熔化金属的深坑，又像毁灭炮火那样熊熊燃烧。"她回头看着我，又说："就在那时候，我意识到至尊同盟是正确的。我很危险，非常、非常危险。"

她短暂地对上我的目光，然后重新戴上头盔，启动通信功能，呼叫了飞行指挥部。"我们找到了心脏，"她说，"正在进入。"

她将身体放入开口。我犹豫了仅仅一瞬间，然后跟着她爬了下去。

我的心脏跳得更快了，但我们的头盔前灯只照出了一个空荡荡的小房间，天花板也很矮。

"干得漂亮，"温契克的嗓音在我们耳中响起，"乌戴尔的阿拉妮克与布蕾德·岛袋，你们是第七对在训练中抵达这个房间的人。"

"现在呢？"我问，"我是说，如果我们在真正的探究者迷宫里的话，我们会发现什么？"

"我们不清楚那儿会是什么样，"温契克说，"进入过薄膜的人还没有回来。但在出现真正探究者的紧急情况下，你们必须引爆那件武器。这可能关系到数百万条性命。"

那件武器。他们曾数次向我们提及那种武器的存在，但没有告诉我们任何细节。他们保证说，如果发生真正探究者出现的紧急状况，我们分配到的飞船就会装有那种武器，后者似乎是某种需要在薄膜房间引爆的炸弹。

"太棒了。"布蕾德对飞行指挥部说，"既然已经来到了这儿，我认为我们已经准备好了。布蕾德结束通话。"她跳起身，从洞口爬了出去，进入那个满地苔藓的大房间。

我跟在后面，同样关闭了与飞行指挥部相连的线路。"准备好了？"我问她，"布蕾德，我们只来过心脏一次。我们还得这么练习很多次才行。"

"有什么意义？"她问我，"这些房间开始重复了。我们见识过这座测试用迷宫的一切了，已经做好了必要的准备。"

我追上了她。"我很怀疑。肯定还有继续训练的空间。"

"那如果这座假迷宫让我们沾沾自喜了呢？真家伙肯定会出人意表，而且会很疯狂，至少超出我们认为的理智极限。如果我们只是反复经过同样的房间，就会逐渐习惯。所以我们越是训练，就会越差劲。"

我们回到了飞船边，而我犹豫起来，想起了她早先说过的有关愤怒的事。在片刻的犹豫过后，我摘掉了头盔。为防万一，我不想冒险让内置话筒接收到我接下来的话。

布蕾德正准备爬上自己战机的机翼，但看到我的动作后，她停了下来。她歪了歪头，也摘下了头盔。我把自己的头盔放到旁边，指示她照做。

"怎么？"她问。

我又险些对她说出实话。我险些关掉手镯，显露自己的真面目。在这片谎言与阴影之地，我险些向她吐露真相。我无比渴望有说话的对象，有也许能理解我的人。

"如果有办法改变这些呢？"最后，我这么说道，"如果我们能让人类不必遭受你那样的待遇呢？让至尊同盟明白，他们对你的看法是错的？"

她歪了歪头，像狄俄涅人那样把嘴唇抿成一线。"这就是问题所在，"她说，"他们没错。"

"他们对你做的事违背人性，布蕾德。你有权感到愤怒。"

她抓起头盔并戴上，然后爬进驾驶舱。我叹了口气，也照做了。所以等我听到她的下一句话的时候，头盔是戴着的。

"飞行指挥部，"布蕾德说，"我们抵达了中央，所以我现在要测试武器了。"

"许可。"温契克说。

等等。什么？

"布蕾德！"我说着，看向她的驾驶舱，"我还没系上安……"

她按下控制台上的一个按钮，飞船的中央便爆发出一道闪光。它像隐形的波浪那样击中了我，连接的并非我的身体，而是头脑。

在那一刻，我突然知道了回家的路。

31

我知道了回家的路。

我看到了它，看到了通往岩屑星的路，就像前往 M 机器的隐藏洞穴的道路那样清晰，就像我对父亲最后一次对抗克雷尔人的记忆那样清晰。

它烙在了我的大脑里，就像一支光芒铸成的箭。不知为何，我不仅知道了方向，也清楚了目的地：我的家乡。这件武器，这个用来对抗探究者的秘密，并非我原本以为的东西。

"武器测试成功。"布蕾德说，"如果这是真正的探究者，我百分之百确信它会将目标转向岩屑星的人类庇护所。"

在背景里，我听到了欢呼和道贺声。我听到温契克告诉其他政府官员，他们的反探究者系统运作正常，他们的飞行员训练有素。他以简单而令人震惊的结论收尾："如果真有哪个探究者前来攻击至尊同盟，我的计划就能派它们去摧毁人类。我们可以安排他们互相争斗，从而解决全宇宙最大的两个威胁！"

我理解了这个骇人的事实。我迅速脱掉头盔，跳出驾驶舱，穿过富有弹性的地面，前往布蕾德的飞船。等我到达时，我发现她靠在机翼上，头盔放在身旁。

"你知道这回事？"我问她。

"我当然知道，"她回答，"温契克的科学家就是用我的大脑来开发这件武器的。我们一直都知道，赛托能力者和探究者之间存在某种关联。我们会让它们痛苦，阿拉妮克。它们痛恨我们，甚至害怕我们。我们多年来都在尝试利用这点，也得出了合乎逻辑的结论。如果我们没法摧毁探究者，至少可以转移它们的目标。"

"这可不是什么好办法！最多也只能拖延灾难的到来！没法阻止它！"

"如果我们的用法正确，就能够阻止。"布蕾德说，"我们不需要打败探究者，只需要控制它们。"

"这不是控制！"我厉声道，"一次几乎没经过测试的爆炸就能让它们转移目标？等它们回来的时候该怎么办？等它们摧毁你们的目标，然后在银河系里继续肆虐的时候又该怎么办？"

我习惯了狄俄涅人和克雷尔人对这种怒吼的反应，所以看到布蕾德只是露出微笑，而非抽身后退并斥责我的攻击性的时候，我的心里有几分吃惊。

"你说得好像温契克想不到这些似的。"她说。

"考虑到我和他打过的交道，还有他的入伍测试，我想我有资格质疑他的预见能力！"

"别担心，阿拉妮克。"布蕾德说着，朝自己的飞船点点头，"今天的'测试'是向'砝码与测量'号上的官员炫耀的手段。这不是我们第一次测试这件武器，我们从好些年前就开始计划了。我们知道自己对付得了探究者。"

她滑下机翼，靴子在落地时刮过长满苔藓的石头。她朝我走来。"这个训练计划和所有那些飞行员都只是保险。他们的工作是使用牵制炸弹，让探究者在不同地点之间移动，直到真正的武器到位为止。"

"那又是什么？"

她指了指自己，然后指了指我。"你加入了队伍，也给我们带来了一份礼物：另一个赛托能力者。我们的数量太过稀少，温契克让我跟你结交和拉拢你，所以我才会跟你谈这些。"

拉拢我？布蕾德一直都在设法拉拢我？她最近对我态度缓和也是因为这个？

见鬼，她跟我一样不擅长。

"这太疯狂了，布蕾德。"我说，"人类曾经试着操控探究者，看看他们是什么下场！"

"我们从他们的错误里吸取了教训。"布蕾德说，"如果你愿意的话，我可以向你展示关于那种力量的事，那是你根本想象不到的。我们可以操控探究者。"

"你确定吗？"我问，"你真的能确定吗？"

她犹豫起来，而我看出她并不确定，哪怕她做出了狄俄涅人表示保证的手势：抬起一只手，轻叩两根手指。

她铠甲上的裂缝仍在。她根本没有假装的那么自信。

"我们应该好好谈谈。"我说，"别这么匆忙下结论。"

"也许吧，"布蕾德说，"但也许没时间了。"她转向自己的飞船，又说："至尊同盟正在失去对星际旅行的掌控。其他种族眼看就要研究出自己的技术了。我们需要新的东西，我们需要能够约束所有人，并且阻止战争的东西。"

恐惧感朝我袭来。"也就是探究者。你们要让它们的阴影笼罩所有人，以此作为威胁。'要服从、合作，否则我们就把其中一个送到你们家门口……'"

"好好考虑我的提议吧，阿拉妮克。"布蕾德戴上了头盔，"我们相当肯定，如果探究者身在我们的国度，我们完全可以持续分散它们的注意力。在过去，它们在两次攻击之间有时会在太空中飘荡多年，做自己想做的任何事。所以只要我们的部队在它靠近有人居住的行星时做好准备，就不会有任何危险，何况还有我们这样的赛托能力者充当后援。温契克肯定解释得比我清楚，他是个天才。不管怎么说，我们都该回去了。"

她钻进驾驶舱。我在震惊中沉默地伫立了片刻，绞尽脑汁地尝试理解她所说的一切。无论他们说自己练习过什么，无论他们以为自己多有把握，他们都错了。我体会过探究者的感受。温契克和他的团队就像一群孩子，正在拿解除了保险的炸弹玩耍。

但我走向自己的飞船时，却不得不承认，我有些动心。布蕾德对我的力量了解多少？她能给我展示什么？为了得到超推进器的情报，我已经配合地加入了至尊同盟的军队。我能为了布蕾德的知识选择接受她的提议吗？

这太过头了，我爬回自己飞船的驾驶舱，心想，不。我不想跟探究者打交道。虽然这很不现实，但我不想再感受它们的目光。我不想再感受它们的思绪侵入我的头脑，让所有人和事物都显得无足轻重。

无论布蕾德和温契克有什么目的，我都不能加入。我必须设法阻止。

"布蕾德，"我们重新进入通信频道以后，我说，"他们打算用这种方法摧毁整个行星的人类，你就完全不在乎吗？不在乎他们摧毁你的同胞？"

她没有立刻答话。等她开口的时候，我似乎听出了一丝犹豫。"他们……他们活该。这是不可避免的。"

没错，她的自信有明显的漏洞。可我该怎么利用呢？

我们两个飞出迷宫，去和小队的其他成员会合。但在到达会合地点前，我们却收到了"砝码与测量"号的呼叫。

"你们两个，"那个军官说，"乌戴尔的阿拉妮克和那个人类，尽快回来报到。"

我的心里突然涌现一阵恐慌。是温契克又打算拉拢我，还是我的间谍无人机出了状况？面对布蕾德抛给我的那些惊人的事实，我几乎忘记了自己的计划，还有藏在"砝码与测量"号里的那个小小的机器人。

我眺望群星。我不需要坐标也能判断出通向岩屑星的路。我能感觉到它的存在，那条路线铭刻在了我的脑海里。它正在淡去，就像阿拉妮克放入我大脑的那条通向"星景"的路，只是缓慢得多。我觉得自己至少在几天内都能记住方向。

她当时很虚弱，奄奄一息，所以她的坐标才会消散得那么快。这次的印象强烈得多。

我可以离开。此时此刻，我可以跳跃回家。我自由了。

但 M 机器和末日虫还在大使馆。不，我在这儿还有使命。现在不是离开的时候，还不是。

温契克不可能发现无人机的，我告诉自己，压下先前的焦虑，不然他们干吗把我们都叫回去？他们有什么必要叫我回去？如果他们怀疑我，就该直接开火，不是吗？

于是我让飞船转向"砝码与测量"号，和仿佛巨大多面体岩石的探究者迷宫相比，后者就像一块小石头。等我离那艘母舰足够接近时，我的手镯发出了嗡嗡声，这表示我和无人机重新建立了联络。

我点击手镯，向它发送消息：

状况？

它回复道：

　　已渗透引擎室，正悬停在角落，保持隐形。根据算法判断，被发现的可能性极低。继续，抑或返回会合点？

我发送道：

　　看到有趣的东西了吗？

它回复道：

　　无法回答该问题。但我的计时器显示，我是在超跳跃结束后抵达的。

我希望至少在我们超跳跃返回"星景"之前，它都能留在那儿。这么一来，我就很有可能拍下敏感情报了。于是我回复道：

　　留下。

　　我跟着布蕾德降落在战机停泊处，把飞船交给维护人员。她爬下战机的时候，我追了上去。

　　"知道这是怎么回事吗？"我问，"为了拉拢我？"

　　布蕾德含糊地挥动手指，这是狄俄涅人的手势。

　　一架引导无人机跟我们碰头，带着我们离开战机船坞，沿着一条铺着红毯的陌生通道穿过"砝码与测量"号。我莫名地觉得自己正在走向监狱，直到我们穿过一道双开门，进入聚会场地为止。

　　穿着官员制服的克雷尔人和狄俄涅人四处闲逛，喝着奇特的饮料。远处墙壁上的一块大屏幕显示出受训者的照片，穿插着滚动文字，说明了那些训练背后的哲理。从别针为我翻译的零散片段来判断，保护服务部是在竭力证明自己项目的重要性。

的确，我注意到其他小队的飞行员也站在房间各处和官员们交谈。看起来，他们找我来是出于宣传目的。没过多久，温契克就示意我站在他身旁，但那架引导无人机却示意布蕾德等在后面。

从温契克挥舞绿色外骨骼的兴奋动作来判断，他心情很好。"噢，她在这儿！她是那个种族在'星景'上绝无仅有的成员。现在她参与了我的项目，这足以证明项目本身的价值了！"

先前和他说话的那两个克雷尔人看向了我。"噢，"其中一个说，"你的同胞为人类效力过，对吧？终于受邀加入至尊同盟的感觉如何？"

"光荣。"我强迫自己说。见鬼，就非得是今天吗？在训练结束的现在，我对间谍无人机的担忧也增长到了近乎无法忍受的地步。

"我对你的人类更感兴趣，温契克。"另一个克雷尔人说，"她意外杀过什么人吗？"

"哎呀呀，当然没有！她接受过非常良好的训练。我们还是关注我的项目吧，阁下。这可是我们期盼已久，保护我们不受探究者伤害的合理计划！"

"除此之外，"有个声音从我身后传来，"这也是至尊同盟百年来第一支有人驾驶的太空部队，而且是完全由次等种族组成的部队。"

我连忙转身，发现库纳站在我身后。即使在充斥外交官和政客的房间里，库纳也鹤立鸡群——他很高大，长着深蓝色皮肤，身裹近乎黑色的暗紫色长袍。

"不完全是由次等种族组成。"温契克承认了一半，"我们有一个狄俄涅人，是个草图，这点很奇怪。"

"但仍旧是件不可思议的举措，"库纳说，"这让我不禁好奇保护服务部……还有它对自己正在训练的这支部队怀有的野心。"

我几乎能感觉到库纳和温契克之间剑拔弩张的气氛。其他官员摆出双手交错的姿势，做了克雷尔人式的清嗓子动作，然后抽身后退。周围只剩下我、温契克和库纳。

那两人没有说话，只是盯着彼此。最后，温契克一言不发地转过身，回应了正在附近说话的某人。克雷尔人愉快地走了过去，直接加入了对话，满腔热情地向他们说明对抗探究者的计划。

库纳知道多少？我不禁思索，邀请赛托能力者阿拉妮克来到这儿的人正是库纳。他肯定怀疑温契克在做的事，可我对他又能信任到什么程度？

"我不清楚这些话是什么意思，"我对库纳说，"但我对你们的政治游戏不感兴趣。"

"很不幸，阿拉妮克，这场游戏不在乎你的兴趣，它无论如何都会进行下去。"

"你知道那件武器的事吗？"我问，"你知道它的真实用途吗？知道它会让探究者去攻击别的星球吗？"

"我怀疑过，"库纳说，"现在我可以确定了。我有些……必须告诉你的事，但不能在这儿说。回到'星景'以后，我会派人去请你。至少这次，请尽快给我答复。时间不多了。"

他们朝我露出那种会让我全身发抖的邪恶微笑。人类之所以失败，就是因为他们试图将探究者武器化，告诉我这点的不正是库纳吗？他是不是觉得，温契克和至尊同盟想做的事本质上和人类相同？

库纳转身想要离开，而我朝他伸出手，想要他立刻给出回答。不幸的是，房间侧面传来的一声叫喊阻止了我。

"我不愿意，"布蕾德厉声说着，话声响彻周围，"你也不该想要怪物的画像。"她把自己的杯子丢向墙壁，将彩色的液体洒得到处都是，然后走出了房间。

见鬼！我追了上去，把聚会抛在身后。慢了半拍的引导无人机跟在我们身后。

我在第一个岔道口追上了布蕾德，她停下脚步，显然不知道该走哪条路。附近的几个守卫怀疑地打量着我们。走廊里的守卫看起来比平常还要多，或许是因为这些来访的权贵。

"出什么问题了？"我问她。

"我就是问题，"她没好气地说，"他们也都是问题。我可不是供人观看的怪胎。"

我皱起眉头。虽然我能理解这种心情，但面对那群人的时候，她恐怕也没做什么能改善人类声誉的事。

"请你们往这边走。"引导无人机的操作员说，"我得到了许可，可以带你们前往运输室，等候其他飞行员。"

它开始顺着走廊前进，而我们跟在后面，经过几扇能看到群星的窗户。有时候，我很难想起我们身在飞船上，哪怕这话听起来很蠢。挑战军最大的飞船也只有小型运兵船的程度，而这种规模的飞船——外加里面的整座舞厅——是我前所未见的。

我匆忙跟在布蕾德旁边，思索能说的话。"我知道一个地方，"我轻声对她说，"那里没人会觉得你是怪胎，没人会盯着你看。"

"哪儿？"她厉声道，"你的母星？阿拉妮克，我知道你同胞的事。我的同胞征服过他们。在那儿，我不但会被当成怪胎，还会受人憎恨。"

"不，"我说着，抓住她的手臂，让她在空无一人的走廊里停下脚步。在飞船的这片区域，就连巡逻的士兵似乎都比往常要少。一部分卫兵被调派到舞厅去了，我们的引导无人机又在相当远的前方。

"布蕾德，"我轻声说，"我看得出来，你对这个计划持保留态度。"

她没有答话，但对上了我的视线。

"有些……事，我现在不能告诉你，"我说，"但我向你保证，我能带你去一个让你受到赏识的地方。不是憎恨，不是恐惧，而是颂扬。我很快就会向你说明。我只希望你到时候能认真听我的话，可以吗？"

布蕾德以非常人类的方式皱起眉头。她也许学了些克雷尔人和狄俄涅人的习惯，但抚养她的可是人类父母，至少小时候是。

引导无人机招呼了我们，于是我放开布蕾德，匆忙追了上去。我们经过了通往引擎室的走廊——不幸的是，那个路口仍然有卫兵把守——接着继续前往我们的跳跃室。

我在焦虑中度过了仿佛好几个钟头，但实际上只有大约半小时的时间。我嗅到了明显的肉桂气味。"你们两个还好吗？"薇珀问，"飞行指挥部说，他们召回了你们，但不肯告诉我理由。对他们来说，我没有任何实际的权力。"

"我们没事，"我说着，看向布蕾德，后者坐在平时坐的最后一排，盯着墙壁，"温契克只是想炫耀他手下的几个飞行员。"

不久后，奇盛人和莫里乌莫进入了房间。"阿拉妮克！"考丽说着，驾驶平台来到我面前，"你抵达了心脏！"

"那里是什么样子的？"希修在自己的宝座上问，"是像同时体验一千次日出那样明亮？还是像不见天日的洞穴里的昏暗那样漆黑？"

"都不是，"我说，"那是个空荡荡的房间，希修。他们不知道真正迷宫的中央有什么，所以也没法仿造。"

"真让人失望，"他说，"完全没有诗意。"

"我听说，"莫里乌莫说，"至尊同盟的高阶部长今天亲自到访了。你见到他了吗？"

"我不知道，"我说，"就算我见到了他，也认不出来。"

奇盛人的炮手之一阿雅说起了她在"星景"游览时瞥见高阶部长的故事。希修明显无动于衷，不过当然了，他曾是国王，所以高阶部长对他来说没什么有趣的。趁着其他人发言的工夫，我靠向椅背，悄悄点击手镯：

状况？

无人机回复道：

等待并观察中。人员在走动。从对话内容判断，我相信我们很快就会进行超跳跃。

没错，这么说是时候了。我只要祈祷那架无人机能录下点什么就好。我沉入内心，假装自己正在飞翔。我立刻看到了回家的路，但又转开了注意力。现在不行，还不行。

我试过朝这艘"砝码与测量"号飞船探出意识，我试过去"聆听"

船上的人说的话……但只是徒劳。他们没必要动用赛托通信来和飞船其他区域的人通话。然而，引擎室的声音却浮现于我的脑海。

感觉就像是……有人在向我转述那些话？就好像有人听到了那些话语，然后投射出去。

温契克的嗓音说：

> 船上全体飞行员与人员已固定，引擎室，你们可以用超跳跃返回"星景"地区的太空了。

一位工程师传来回答，我甚至能听出他的狄俄涅口音：

> 明白，准备超跳跃。

就在他们附近。他们附近有某个心灵。不是人，而是别的什么东西。它在转述这些话语。也许……也许我可以帮忙确保无人机能记录下有用的情报。我在这艘飞船上的存在曾经干扰过超跳跃。我能特意让这种事发生吗？强迫船员替换超引擎？

我轻柔地贴近自己发现的那个心灵，听到了一声尖锐的叫喊。

引擎室那边说：

> 超推进器故障，舰桥，我们再次发生了超推进器故障。是因为船上的赛托能力者，他们无意识地造成了对超推进器的干扰。

舰桥说：

> 尝试替换？

引擎室那边回复道：

正在安装其中一台。我们能想点办法吗？这会增加很

多文书工作……

我的意识猛然回到了身体里。无论他们做了什么，都发挥了效果，因为我们很快再次进入了"无处"。又一声尖叫。又一次颠簸后，我被丢进了被探究者的双眼穿透的黑暗场所。它们一如既往地转开目光，看向尖叫声的源头。

这就是牵制炸弹的原理吗？至尊同盟的超推进器可以转移探究者的注意力。也许至尊同盟改进了这种技术，进而创造出了布蕾德先前启动的那台装置。

我审视着那些探究者，它们看起来越来越像是白色光芒构成的通道了。

一阵刺痛感传过我的身体。我用不着回头，也知道它们看到了我。其中一个探究者——也许就是上次那个——没有被尖叫声转移注意力。

我转过身，发现它就在我身旁。我能感受到它的情绪：憎恶、轻蔑、愤怒。这些感受流过我的身体，让我倒吸一口凉气。对这个探究者来说，我所在的宇宙中的生命不过是一群愤怒的小虫子。不知为何，它知道我没那么简单。它耸立在我头顶，包围着我，淹没着我。

我会死的。我会——

我被重重甩回"砝码与测量"号上的座椅里。阿雅还在讲述她的故事，而其他人全神贯注地听着。

我在座位上蜷缩身子，大汗淋漓，惊魂未定。我感到前所未有的渺小，以及孤独。

我发起抖来，试图赶走那种出乎意料的情绪。我也说不清那种情绪来自我自己，还是看到探究者产生的副作用，但孤独感仍旧吞没了我。

比我在岩屑星上接受训练时还要强烈。当时我住在小小的洞穴里，睡在驾驶舱内，而我的队友们却一起吃饭，一同欢笑。那时候，我至少有可以对抗的敌人；那时候，我拥有其他人的支持和友谊，哪怕我也必须自己寻找食物。

在这儿，我乘坐在敌人的战舰上，周围只有我必须欺骗的人。我以为希修和莫里乌莫是我的朋友，但如果他们知道我的身份，就会在瞬间置我于死地。

无人机突然发送信息，那些字出现在我的手腕上：

状况更新。我恐怕被侦测到了。

警报声突然响彻了飞船。奇盛人阿雅停了口，我的其他队友也站起身，被突如其来的声响吓了一跳。

我对无人机发送消息：

怎么了？说明！

无人机回复道：

在离开引擎室之前，我触发了某种警报，多名工程师正在搜寻。我没能逃进走廊，很快就会被发现。

见鬼！虽然我们努力除去了无人机部件上的识别要素，M机器却毫不怀疑这个装置一旦被人发现，就能追踪到阿拉妮克身上。

见鬼见鬼见鬼见鬼见鬼。

无人机回复我：

命令？

有个计划跃入我的脑海。那是个糟糕的计划，但在这么大的压力下，我也只能想到这种主意了：

能拿到我贴在你身上的毁灭手枪吗？

无人机回复我：

能。维修用机械臂可以拿起武器。

我回复道：

打开保险栓，撕下胶带，把手枪举在前方，开始扣动扳机。

32

我本以为它会反驳。M机器就会，但这架无人机不是M机器。它不是真正的人工智能，所以会在不考虑后果的情况下服从我的指示。

我们在跳跃室里感受到了一连串冲击，哪怕幅度很小。其他飞行员开始紧张地咕哝。

我向无人机发送指令：

继续射击，避免被摧毁。

无人机回复道：

明白。

警报声变得疯狂，广播系统里传来一个声音，在我们的跳跃室外同样回荡不止："引擎室内有敌对势力！编号未知，但他们在开火！"

另一阵爆炸声从附近传来。开始吧，我心想。"我们遭到了攻击！"我对其他飞行员大喊。我跳起身来，把背包扛上肩头。"我们得去帮忙！"我说着，猛地推开门，快步来到走廊上。

莫里乌莫仍旧不知所措地坐在那儿，希修却不需要再次确认。他大喊道："奇盛人！拿起武器！"

一大群毛茸茸的小小战士乘坐着悬浮平台，飞到走廊里的我身旁。

"等等！"薇珀的声音从房间里传来，"我相信这里的卫兵处理得了！"

我没理她，就这么快步穿过走廊。就像我希望的那样，负责把守引擎室岔路口的那个卫兵躲在墙边，正在用通信器呼叫增援。这个克雷尔人态度强硬，但事实在于，这艘飞船的船员恐怕从来没参加过战斗。

"我能帮忙，"我对那个卫兵说，"但我需要一把枪。"

另一串爆炸声从走廊那头传来。那个克雷尔卫兵看向那边，又转头看着我。"我不能……我是说……"

看到她强硬的外表在射击开始后迅速崩塌，我真的很满足。我不耐烦地摆摆手，那个卫兵就拿出了随身武器——一把小型毁灭手枪——然后递给了我。接着她抬起手里的步枪，点点头。

"希修，守住这条走廊，"我说，"别让任何可疑的东西逃出去！"

"命令已确认！"希修说，然后那些奇盛平台在我们身后组成了墙壁般的队形。

值得称赞的是，那个克雷尔卫兵站起身，开始穿过走廊。她用手指做出急促的切割动作，这是克雷尔版本的"开始行动吧"。我们从墙上那块宣称我们"进入了引擎区域"的硕大标牌旁边经过。

我花了几周时间，试图弄清前往那里的路线，而我跟在那个守卫身后，感到越来越兴奋。我们转进另一条走廊，柠檬的气味朝我袭来。也许是清扫人员最近来过这儿？墙上是一块标牌：

无关人士禁止入内。需求安全许可1-b。

爆炸声来自稍远处的一扇门内，但那卫兵却停下脚步，转向了我。

"你不能进入那个房间，"她告诉我，"这违反了许可规定。"

"规定比保护引擎人员还重要吗？"

那卫兵居然真的思考了片刻，然后说："我们应该等在这儿。保安分队正在第四甲板执行特别任务，但他们很快就会赶来。我们需要做的就只是确保里面的人无法逃走。"

我试图前进，但那卫兵却做出坚定的禁止手势——掌心向外，于是我只能停在墙边，拿着手枪。我把背包放到地上，拼命转动大脑。我该怎么把无人机弄出来？这条走廊随时都会挤满保安人员。

我偷偷点击手镯，询问那架无人机。

状况？

无人机说：

科学家已躲藏，没有人还击。

我扫视走廊：

听我命令，飞进走廊，朝高处射击两次，但别射中任何人，然后丢掉手枪。

无人机回复道：

明白。

我发送道：

背包就在墙边。丢弃枪支后迅速藏进去。

无人机回复道：

指令已理解。

很好。我深吸一口气，然后发送：

行动。

无人机立刻飘进了走廊，能看到的只有空气里闪烁的微光。它朝我们上方开了枪，让那卫兵发出惊恐的叫声，然后趴在地板上。

"它朝我们攻过来了！"我喊道。就在无人机丢下那把枪的同时，我开了火。

我在射击场里练习过一阵子，但从没想过用手枪击中移动目标需要那么高超的技术。我的前三枪都射偏了，但在它即将落地前勉强击中了一次。

随后的爆炸规模大得惊人，火花和熔化的金属碎片四下飞溅。我这一枪引爆了手枪的能源供应器。响亮的爆炸声冲刷着我们，强光闪烁，让我无法视物，而我扑向那个克雷尔卫兵，仿佛要保护她不受爆炸所伤。

我们两个最后在地板上叠在了一起。我眨眨眼，试图赶走强光留在我视野里的白点。从卫兵头晕目眩的模样来判断，她也在忍受相似的痛苦。

最后，她推开我，爬起身来。"发生了什么！"

"有架无人机，"我说着，指了指地毯上的一块焦痕，"我把它击落了。"

无人机本身无迹可寻，但被毁的手枪留下了散落的碎片。警报声仍未停止，但射击停止的事实让那个卫兵小心翼翼地爬上前去，审视烧焦的地面。

"回你的运输室去。"她说。

我欣然照办，拿起背包，然后释然地发现无人机的重量让它沉甸甸的。那个守卫朝引擎室里偷看了一眼，确认里面那些人的情况，然后想到了什么，对我喊道："把枪留下！"

我把手枪放到墙边，随后与希修会合，就在这时，一队六名守卫迈着沉重的脚步从我们身边经过。其中一个狄俄涅人高声要求我们回到自己的房间，但幸好我们看起来不算太可疑。其他飞行员聚集在外面的走廊里，警报声让他们困惑不已。

我们匆忙回到座位上，而我紧紧攥着那只背包，里面是我偷带进来的无人机。我瞥了一眼里面，为自己能看到它而惊讶。它不是应该保持隐形吗？

我迅速拉起拉链，输入暗号：

> 启动午餐全息影像。版本二，空餐盒。

它回复道：

> 全息影像单元不可用，爆炸损伤了系统。

汗水顺着我的侧脸流下。我暴露了。如果守卫要求检查我的背包……

警报的喇叭声终于停止，而我感觉到"砝码与测量"号停泊在了"星景"的码头。我的恐惧反而增加了。我能不能想个办法，把无人机暂时藏在这艘飞船上，以后再来取走？

这根本不可能。我们接到了前往太空梭停泊区的命令。我走在一群紧张的飞行员之中，注意到了走廊里为数众多的卫兵。我疯狂地寻找出路，随后想起了 M 机器编写在我手镯里的第二身份：相貌平凡的狄俄涅人的影像。

我能设法利用吗？似乎不太可能。突然出现在我位置上的神秘狄俄涅人肯定同样可疑。于是我小心翼翼地跟着他们，确信制裁的铁锤随时可能落在我身上。我全神贯注地想着这件事，因此直到快到停泊区，我才注意到异样。

薇珀。我闻不到她的味道，其他飞行员也没有像平时那样为她留出空间。我进入停泊区，等待着，同时试图寻找她的气味。

片刻过后，她从我身边飘过，散发着刺鼻的……柠檬味，和我在引擎室外的走廊里嗅到的气味相同。

她当时也在那儿，在走廊里。我把背包抱得更紧。

"薇珀？"我问。

"跟我来，"她厉声说，"快。"

我缩了缩身子，在恐慌中探出了意识。也许我可以用超跳跃离开，再设法回来……

不，我突然间确信，我脑海里岩屑星的方位只会让我飘浮在轨道上，身上还没有太空服。我走投无路了。

"薇珀，"我说，"我……"

"快，阿拉妮克。"

我跟着她的气味穿过停泊区，实际做起来没有听上去那么难。就像我担心的那样，卫兵们正在每个飞行员登机前对他们搜身。发现有无人机刺探这里后，这里显而易见地增强了预防措施。

我把背包抱得更紧，跟在薇珀强烈的柠檬气味后面，汗如雨下。我们接近了一艘流线型的太空梭，它的门开着。

裹着黑色长袍的库纳坐在里面。

"阿拉妮克，"他说，"我相信我们有事要谈。"

我看向其他队友。他们排成一队，等待搜身。莫里乌莫转向我，歪了歪头。另外几个卫兵朝我走来，其中之一指着我。

我只有这么一个选择。我爬进了库纳所在的那艘太空梭。

33

门关上的时候，我把背包抱在胸前，而势不可当的柠檬气息再次扑面而来，随后缓缓转为肉桂气味。那两个卫兵来到门前，其中一个敲了敲太空梭的窗户。库纳按下某块控制面板上的按钮,窗玻璃便降了下去。

"库纳部长?"卫兵之一问,"我们接到的命令是搜查所有人。"

"我不认为搜查对象包括部门首脑在内,士兵。"库纳说完,再次按下按钮,关上了窗子。他们指了指那个飞行员。

太空梭起飞,然后离开停泊区,朝市内飞去。在我们来到"砝码与测量"号外的那个瞬间,有个活泼的声音在我耳中响起。

"斯潘莎?"M机器问,"情况如何?无人机正常运作了吗?我能感觉到它的信号在你身边。你回收它了?"

我轻轻敲打手镯:

现在不是时候。

库纳十指交扣,接着用其中两根手指做了个表示释然的手势。"没有要求返回的呼叫,"他说,"我们运气不错。我的权力足以让我不受质疑。"他摆了摆手,示意我交出背包。

我摇头拒绝,将它抱得更紧。

"薇珀?"库纳问。

"那是一架无人机。"那个熟悉而虚无的嗓音说,"她回收时的手法确实相当高明,因为她首先摧毁了武器。他们得花上好几天的时间,才能从剩下的残骸得出那只是一把毁灭手枪的结论。"

我本想朝薇珀怒目而视,但这很难办到,因为我并不清楚她在哪儿。

库纳把手伸进口袋,拿出一沓纸递给我,而我眯起眼睛,怀疑地打量着它。最后,我小心翼翼地空出一只手,接过那沓纸。

"上面说了什么?"M机器问,"斯潘莎,我不太能理解你们的对话。"

我没胆子回答它的话,而是摘下别针,拿到纸边,让它进行翻译。这是……通信列表?这些简短的信息以日期排序,从一周前开始:

1001.17：库纳部长，尽管我们尊重您沟通的意愿，也认可至尊同盟相对强大的力量，但我们不能给出我们信使的私人信息。

1001.23：在持续分析我们的特使阿拉妮克发送回来的简短信息后，我们乌戴尔联合体对她的安全表示担忧。我们不打算继续派遣飞行员。

1001.28：我们对信使的安全仍旧深表担忧，因此必须切断与您和至尊同盟的联络，直到她回到我们身边为止。

冰冷的寒意顺着我的背脊传下。库纳一直在和阿拉妮克母星上的人们联络。我和 M 机器在第一次通信后又和他们谈了几次，试图争取时间。看起来，他们决定对问题置之不理，具体做法是对我们双方都视而不见。

"你的同胞显然在为你拖延，"库纳说，"我现在看出来了。乌戴尔政府根本不想加入至尊同盟，对吧？你是个间谍，是他们特意派来窃取超推进器技术的。"

我花了点时间才理解这番话。

库纳不知道我是人类。

他们以为我是阿拉妮克同胞的密探。而且见鬼，从库纳的角度来看，的确就像是这样。

"我不明白的是，"库纳说，"你们为何要冒这么大的风险，毕竟你们已经知道秘密本身了。显然，你的同胞不但清楚如何用你这样的赛托能力者充当超推进器，也制造出了第二种手段，和我们使用的相同。"

什么？我张开嘴，想说我不知道库纳在说什么，但随后，我这辈子头一次在开口前思考起来。出于某种理由，库纳认为我已经知道秘密了。所以……为什么不配合着演下去呢？我也许没受过这方面的训练，但在这儿的人只有我。我的同胞也需要我超越过去的自己。

"我们也不确定你们的手段和我们一样。"我说，"我们认为值得冒这个险，尤其是当我们意识到，我也许能渗透进至尊同盟的战舰和秘密项目的时候。"

"你一直都在耍我。"库纳说,"你现在知道了那种武器,知道了我们训练迷宫的方位……以及我们部门之间的内斗。要不是我太生气了,我肯定会很佩服你。"

对我来说,最明智的选择似乎是保持沉默。在窗外,我们经过了一片高楼林立的城区,这里到处是圆顶建筑与大型花园。政府区?我相当确定这里就是那种地方。

太空梭在一座高大的巨型建筑物旁边着陆。那栋楼窗户很少,比附近那些更朴素也更阴森。

库纳朝我的背包伸出一只手。我意识到自己没有太多选择。我手无寸铁,又身在他们的掌握之中。我唯一的优势在于,库纳居然觉得我清楚自己在做什么。

我拿起背包。"我不需要它了,"我说,"这场对话就是充分的证据了。"

库纳接了过去,然后拿出那架无人机,端详起来。"我们的产品,"他说,"改造过的清扫无人机?上面安装了令人吃惊的安全部件。我都不知道你的同胞拥有这种技术。"

库纳看向薇珀所在的位置。

"看起来像是费格蒙特技术,"薇珀轻声说,"就是我们在战后被禁止使用的那种。我……见过有这种标识的旧式飞船。"

费格蒙特技术?M机器?我什么也没说,但心脏随即漏跳了一拍,因为库纳从太空梭的扶手里摸出了一根线,将无人机的存储器连上了前排座位后部的一块屏幕。

我努力用平静的嗓音说:"无人机,准许回放从我启动你的那一刻开始的录像。"

"明白。"无人机说。

"人工智能?"库纳说着,一脸惊恐地亮出牙齿。

"不是有自我意识的人工智能,"我连忙说,"只是能服从命令的基本程序。"

"还是一样！太危险了。"

屏幕亮起，显示出伪装成阿拉妮克的我待在厕所隔间里的样子。

"快进，"我说，"一直到超跳跃返回'星景'的两分钟前。"

"明白。"

我等待着，双手攥成拳头，而画面转换到了引擎室。令人吃惊的是，那里看起来就像一间办公室，但我看不到任何超光速推进设备，只有椅子和显示器，以及坐在那里、身穿制服的狄俄涅人。

我看了一眼库纳。他真的希望我继续播放下去？我的心跳频率随着录像的音量一起增加。

"船上全体飞行员与人员已固定。"温契克的嗓音通过房间的广播传来，"引擎室，你们可以用超跳跃返回'星景'地区的太空了。"

"明白。"屏幕上的狄俄涅人之一说。他深红色皮肤，体态微胖。"准备超跳跃。"

他按下一个按钮。什么都没发生。在那一刻，在另一个地方，我正竭力运用赛托感应进行干扰。看着离我等待之处只隔几个房间的地方发生的事，感觉很不真实。

好几个狄俄涅人显得焦虑不安，彼此轻声交谈。微胖的那个按下通信键。"超推进器故障，舰桥，我们再次发生了超推进器故障。是因为船上的赛托能力者，他们无意识地造成了对超推进器的干扰。"

另一个狄俄涅人站起身，走到墙边。他打开了墙上的某个舱口，拿出了某种东西。我探出身子，看到他拿出的东西时，我屏住了呼吸。

那是个金属笼子，里面是一只背上有蓝色刺突的亮黄色鼻涕虫。

34

一只鼻涕虫。见鬼。见鬼！

很多事都解释得通了。末日虫这种物种在数据网上的词条……上面说它们很危险，这是谎言。至尊同盟只是希望一旦有人发现它们，就会觉得它身负剧毒，然后保持距离。

　　　　若目击该生物，请立即向当局报告。

　　"尝试替换？"录像里的一个声音说。

　　"斯潘莎？"M机器的声音在我耳中响起，"出什么事了？"

　　"正在安装其中一台。我们能想点办法吗？这会增加很多文书工作。"

　　那些狄俄涅人从墙边的某个装置里移除了那台超推进器。它只是另一只鼻涕虫，就像末日虫那样。他们把新的虫子塞进去，启动了超推进器。这次运作正常了。

　　我的脑海里几乎再次响起了那声尖叫。尖厉的哀号……超推进器的尖叫——那是他们用来传送的生物发出的声音。

　　"无人机，结束播放。"我低声说。我以为会看到什么恐怖的画面，像是人工切除赛托能力者的大脑之类的。可……凭什么只有智慧生物才具备这种能力？其他生物能进化出通过"无处"传送的手段，不也很合理吗？

　　我想起自己总会在出乎意料的地方发现末日虫。我几乎看不到它移动的样子，但它似乎总能在我不注意的时候迅速出现在别处。

　　接着，我恍然大悟。数据网词条里有一句看似简单的描述：

　　　　出没于多种真菌附近。

　　M机器苏醒的时候，数据库里仅有的几样东西之一就是编目本地蘑菇种类的表格。M机器对此念念不忘，知道它很重要，但不清楚原因。

　　M机器的飞行员是在寻找超推进器虫。

　　"怎么会？"我问库纳，试图掩饰这一切给我带来的震惊，"你怎么会知道我有一只超推进器虫？"

　　"我跟踪了你。"薇珀的声音让我吓了一跳，我有时还是会忘记她就在附近，"就在你和莫里乌莫去水景园的那天。"

末日虫那天来门口迎接了我。见鬼，我们来到这里以后，它就一直举止怪异，而且没精打采。是因为"星景"的赛托能力抑制装置干扰了它的力量吗？

库纳拔下无人机的插头放回我的背包里，然后交扣十指，用外星人式的深思表情看着我。"这会引起问题，"他说，"比你所能理解的一切更加严重的问题。我原本希望……"他做了个轻蔑的手势，然后打开了太空梭的门。"来吧。"

"去哪儿？"我怀疑地问。

"我想让你看看至尊同盟究竟是什么，阿拉妮克。"库纳说着，拿起我的背包，爬了出去。

我不相信那种阴暗的表情，还有那种瘆人的笑。我等在后面，闻到了肉桂的气味。

"你可以相信他，阿拉妮克。"薇珀告诉我。

"你当然会这么说，"我答道，"可我能相信你吗？"

"我没把你的真正身份告诉任何人，不是吗？"她悄声道。

我猛地转向她所在的空处。最后，我听天由命地钻了出去。

"库纳，"薇珀的声音在我身后响起，"你需要我留下来吗？"

"不用了。你可以回去进行主要任务了。"

"收到。"她回答，然后太空梭的门关上了。

库纳走向那栋大楼，没有停步确认我是否跟在后面。为什么要背对着我？万一我很危险呢？我匆忙走到他身边。

"我不是薇珀的主要任务？"我说着，朝正在起飞的太空梭点点头。

"你是意外的收获，"库纳说，"她其实是去那儿监视温契克的。"库纳把手伸向了门，门上有窗户，还有个保安站在里面。他朝库纳点点头，但随即对我亮出牙齿，这是狄俄涅式的皱眉动作。

"这一位是我凭自己的权限带来的。"库纳说。

"我需要做个记录，部长。这很不寻常。"

库纳等着他完成文书工作。我趁机在手镯上输入了一段简短的消息：

M机器，能听见吗？

"能，"它在我耳中说，"但我非常困惑。"

末日虫是超推进器。如果我死了，就到岩屑星去。告诉他们。

"什么？"M机器说，"斯潘莎，我做不到！"

英雄不会挑选自己的考验。

"我甚至没法自己飞行，更别提超跳跃了！"

末日虫是超推进器。

"但……"

那个守卫终于打开了门。我跟着库纳走进大楼，发现它为了预防间谍活动而配备了屏蔽装置，正如它要塞般的外观带给我的担忧那样，所以M机器的声音消失了。

里面的这条走廊空无一人，库纳的鞋子在地板上咔嗒作响，我们走向一扇标有"观察室"字样的门。门里是个小房间，有一面玻璃墙，能俯瞰旁边那个两层式构造、有金属墙壁的大房间。我走到玻璃墙前，注意到了对面房间里几面墙壁上的标记。

是那种奇怪的语言，我心想，和我在探究者迷宫里还有岩屑星的隧道里看到的一样。

库纳坐进玻璃墙边的一张椅子里，把我的背包放到旁边。我继续站着。

"你拥有摧毁我们的力量。"库纳轻声说，"温契克担心探究者，政客们为少数好斗的外星人而争论，可我一直担心的却是更加险恶的危机：我们自身的短视。"

我皱眉看着他。

"我们没法永远保守超推进器的秘密，"库纳说，"其实这秘密本该在人类战争结束前就守不住的。我们侥幸避免了十几次秘密泄露。我们对星际通信的严格控制虽然比较勉强，但足以保守住秘密。"

"你们就快保不住秘密了，"我说，"它开始泄露了。"

"我知道，"库纳说，"我之前不是说过了吗？"他朝玻璃墙点点头。

下方的一道门打开，两个狄俄涅人走了进去，拽着某人的胳膊。我……认得他们。那是布尔人古尔扎赫，那个在测试后被踢出飞行员项目，然后一直在抗议至尊同盟的大猩猩外星人。

"我听说的可是至尊同盟和抗议者达成了协议！"我说。

"他们找了温契克来处理这件事，"库纳回答，"他的部门最近掌握的权力多过了头。他声称通过谈判让持异议者交出了他们的领袖。至于他的话里有几分是真，几分是假，我就不清楚了。"

那些狄俄涅人，我这么想着，注意到了他们身上棕色条纹的衣物，抗议者消失以后，我见过几个类似打扮的狄俄涅人在那儿打扫。

"这名布尔人从那时起就受到羁押，"库纳说着，朝古尔扎赫点点头，"有些人担心'砝码与测量'号今天发生的事件是革命者引发的，所以流放提前了。而且我毫不怀疑温契克正在寻找别的方法，利用你今天的袭击来推进他的目标。"

在下方，其中一名狄俄涅技师在房间侧面的控制台上输入起来。房间中央闪闪发光，然后某个东西出现了。那是个黑色的球体，约莫人头大小，它飘浮在那儿，看起来吸收了周围的一切光源。它是纯粹的黑暗，是我熟悉的一片漆黑。

"无处"。他们不知用什么法子打开了通向"无处"的洞口。

奇盛人跟我提到过，至尊同盟以及人类帝国是从"无处"开采出上升石的。我知道他们拥有通往那个地方的传送门，但目睹那个黑色球体却深深震撼了我。那是不该存在的黑暗，并非只是因为缺乏光线。那是谬误。

它们居住在那儿。

我猜到了接下来会发生的事，但它真正发生时仍旧令我惊恐不已。守卫们抓住挣扎不止的囚犯，强迫他的脸接触黑暗的球体。那名抗议者的身体开始拉伸，然后被吸入黑暗之中。

那名技师瓦解了球体。等所有人离开后，我转向库纳。"为什么？"我问他，"为什么要让我看这些？"

"因为，"库纳说，"在你今天的特技表演前，你是我阻止这种丑恶行径的最大希望。"

"你真指望我相信，至尊同盟的官员在乎次等种族的遭遇？"我吐出这些字眼，语气或许有点太激动了。我本该像政客那样控制自己的情绪，试图让库纳透露更多的情况。

但我很愤怒，怒不可遏。我被迫观看了一出流放戏码，甚至可能是处决的场面。我为自己被抓而愤怒，为自己终于得知超推进器的秘密，而且眼看就能把秘密带回给同胞的时候遭受库纳的威胁而恼火。不用说，这正是他带我来这儿的理由：为了警告我，如果我不肯听话会有怎样的下场。

库纳站起身。我比人类的平均身高要矮，所以库纳显得远比我要高。他走向那块玻璃，将一只蓝色的手按在上面。"你认为我们的想法全都一样，"他说，"这正是至尊同盟里很多人共同的缺点：自以为是。

"你也许会选择不相信，阿拉妮克，但我的全部目的就是改变我的同胞对其他种族的看法。一旦超推进器的秘密脱离我们的掌控，我们就会需要新的东西来维系我们的关系。我们不能指望继续垄断星际旅行，我们需要能给出别的好处。"

库纳转向我，露出微笑。他的笑容瘆人又令人厌恶，这次我直面着它，也意识到了某些事。我见过其他狄俄涅人试图微笑吗？

那不是狄俄涅式的表情。他们会将嘴唇抿成一线来表示愉快，还会龇牙来表达不悦。他们有时会做手势，就像克雷尔人那样。我想不起其他狄俄涅人微笑的样子，包括莫里乌莫在内。

"你的笑容。"我说。

"这不是你的同胞表示友好的面部表情吗？"库纳问，"我注意到你们和人类有相似的表情。为了能和他们对话并伸出和平之手的那一天，我做了练习。我还以为这种表情也许同样适用于你。"

他又笑了起来，这次我有了新的发现：并非骇人，而是熟悉感。我以为的自鸣得意的表情，其实是为了让我安心。他的尝试失败了，却是我来这儿以后唯一的一次看到狄俄涅人试着使用我们的表情。

圣徒和群星啊……我对这个人的本能反应，完全源自他没法正常微笑的事实。

"我和温契克共同构想出了'抵抗探究者项目'，但动机截然不同。"库纳说，"他看到的是再次获得有人驾驶的真正星际战机部队的机会，而我看到的是另一幅画面。我看到的是次等种族组成的部队为至尊同盟效力，保护至尊同盟。

"也许这种想象很愚蠢，但在我的脑海里，当探究者到来之时，拯救我们的会是你，或者是奇盛人，又或者是其他种族的成员。我看到了同胞的改变，看到了他们开始明白某种程度的攻击性有其益处的那一刻——明白种族之间不同的行事作风是我们同盟的强大之处，而非缺陷。所以我才会鼓励你们加入。"

他朝黑色传送门所在的房间摆摆手。"至尊同盟没有看起来那么强大。我们会流放那些不符合我们'无攻击性'理想的人。我们鼓励其他种族通过模仿我们获取加入的资格，我们的同胞也拥有美好的理想：和平、共同繁荣。但要以牺牲个性为代价？那我们就必须设法改变。"

他的手再次按上窗户。"我们变得自满而又胆小，恐怕一点点攻击性、一点点冲突正是我们所需要的，否则……否则等第一匹恶狼潜入城中的时候，我们会毫无抵抗之力。"

我相信他的话。见鬼，我相信库纳这些话发自真心。但我能相信自己的判断吗？我严重误解他的表情这件事加深了我的怀疑。我身在外星人之间，他们是人，有真正的爱和感情，但按照定义来说，他们同样和人类的行事方法截然不同。

我能信任谁？库纳、薇珀、莫里乌莫和希修？我对他们的了解足够让我相信他们吗？就算有人毕生都在研究别的物种，似乎也不免会犯下类似的错误。的确，库纳对微笑的尝试就足以证明这一点。

与此同时，我发现自己伸出手，挽起了袖子。我解开了手镯上小小的碰锁，它的作用是防止我误触那个按钮。

我深吸一口气，解除了全息投影。

35

库纳紧盯着我，双眼名副其实地凸出了眼眶，然后他龇牙咧嘴，惊退了几步。"什么？"他问，"这是怎么回事？"

"我从来都不是阿拉妮克。"我说，"她坠落在我的母星上以后，我取代了她的位置。"我伸出了手，又说："我的名字是斯潘莎。你说过你一直等着向人类伸出和平之手。好吧……我就在这儿。"

这恐怕是我做过的最疯狂的事。说实话，我也不清楚自己这么做的理由。我只是发现在面对外星人的时候，不能仅仅相信直觉。他们的习性、表情和言谈举止都不会符合我的预期。

但这次不同。我不是在只凭本能对外星人的行为做出反应。这是我自己的选择。只要库纳这番话有可能发自真心，也就有可能结束那场战争。这意味着我的同胞会平安无事。

我不确定奶奶故事里的那些英雄会怎么做，但这是我会做的事，在那一刻承受那种风险。

接受那份希望。

虽然库纳在同时后仰身子，但还是握住了我的手。我猜他内心的一角很反感碰触我这件事，但他还是强迫自己这么做了。库纳也许会用"次等种族"之类的词语，但我相信他的努力是真心诚意的。

他看着我靠近，仍旧握着我的手。"怎么可能？我不明白。"

"全息投影，"我说，"安装在我手镯里的便携式装置。"

"我们的技术都造不出这么小的投影装置！"库纳说，"但有传闻说……人类在第一次战争时拥有这种技术，就在他们和费格蒙特人的联盟期间。太惊人了。阿拉妮克的母星发来的那些通信……他们知道你的事吗？"

"我告诉了他们，但我不知道他们会相信我。我基本上只是在搪塞他们。"

"太惊人了，"库纳重复了一遍，"千万别给其他人看！后果会是一场灾难。"他收回那只手，然后在长袍上擦了擦，看起来是下意识的动作。我努力不让自己觉得受到了冒犯。

"你来自那颗有外壳的行星？"库纳问，"有防御平台的那颗？"

"岩屑星，"我说，"是的。"

"我为你们辩护到嗓子都哑了。"库纳说，"在刚刚结束的参议院会议中，我们就灭绝种族的问题展开了争论。我简直不敢相信……你就站在这儿，跟我说话？太惊人了！你都来到'星景'好几个星期了！你有没有……呃，有没有……杀死什么人？我是说意外的那种？"

"没，"我说，"我们真的不是你们以为的那样。我在这儿的时间基本都用来弄清那十七间盥洗室了。你知道在没有说明的情况下，那儿让人有多困惑吗？"

库纳的嘴唇抿成了一线。我回以微笑。

他绕着我转了一圈。"真让人叹为观止。我们观察了你们那么多年，对你们却知之甚少。你明白的，有那些平台的干扰。但……我们把你们几乎打回了石器时代，可不到一个世纪以后，你们就重新拥有了超推进器。我也不确定自己是该吃惊还是害怕。"

"眼下我们就算扯平了吧。"我说。我碰了碰手镯，重新开启全息影像，让我的外表变回阿拉妮克。"库纳，温契克比你以为的更疯狂。布蕾德把他的一部分计划告诉了我：他们想拉拢阿拉妮克加入由赛托能力者组成的某个秘密团队。他们觉得自己可以操控探究者。"

"你肯定是夸大其词了，"库纳说，"我们制定的项目会用到一种能转移探究者注意力的武器。我们的分析证明，如果它们在我们的领域停留太久，却没有毁灭任何行星的生命，它们最终就会消失。我们不是要尝试操控它们，而是将它们的注意力从人口中心转移到别处，直到它们离开为止。"

"噢，是啊，但不只是这样。"我说，"除了你以外，还有人担心一旦超推进器虫的秘密泄露出去，至尊同盟就会失去控制权。温契克打算利用这种威胁，让探究者去攻击它路线上的所有人。"

库纳亮出了牙齿。"如果真是这样，"他说，"我就多了很多工作要做。但你用不着担心，我们的计划才到起步阶段。我会搜寻真相，然后对抗温契克的政治抱负。他还没有强大到无法阻止的程度。"

"好的。我会想想该怎么让'人类祸患'做出让步。"

"我不能让你带走那架无人机。"

"至少让我拿走安装在里面的传感器元件，"我说，"我的飞船需要它。"我看向库纳，又说："拜托，让我走吧，库纳。我会飞回岩屑星，劝说我的同胞。克雷尔人之中也有愿意探讨和平的人，我觉得他们会听的。如果温契克的部门不再有存在的必要，他的权力又会如何？如果'人类祸患'成为至尊同盟的盟友，而非敌人呢？"

"要实现这些，还有很长的路要走，"库纳说，"但……没错，我能想象出来。那么你和我就算达成协议了。"库纳犹豫了片刻，然后重新朝我伸出手。"或者说，达成了可能达成协议的协议。"

我握住那只手，把嘴唇抿成了一线。库纳则露出了微笑。好吧，近似于微笑。但他的努力是值得的。

我取回了安装在无人机上的传感器和全息投影装置，放进飞行服的口袋，只是把无人机留在了背包里。库纳领着我走向房门，而我努力不去回想那个被流放的可怜外星人。我不能允许自己为他的遭遇而内疚。我只是做了必要的事而已。

如果我们真的能实现和平呢？这是不是代表不再需要星际战机了？我觉得这种可能性很小，毕竟还有那些探究者呢，不是吗？会有战斗的。总会有战斗的。

但偏偏是我朝和平迈出了第一步，这感觉还是有点奇怪。

"我可以用太空梭把你送去大使馆，"库纳说着，带我穿过安全门，来到室外，"然后我可以填写相应的文件，指出那位'阿拉妮克'回到同胞身边去了。我也不清楚我们究竟该怎么实现那个目标，但……"

库纳的声音小了下去，因为一艘军用太空梭飞速下降，看起来就像是载我们来到这里的那架，草率地降落在草地的正中央，对稍远处的发射台视而不见。门猛然打开，但里面人影全无。我立刻闻到了肉桂的气味。

"快！"薇珀的声音说，"阿拉妮克，我们接到了动员令。"

"什么？"我问她，"什么动员？"

"我们的小队要被派去参战。我认为是有人发现了探究者。"

36

我们的太空梭在"星景"上方的天空疾驰，在来往的那些飞船低处的应急用高度飞行。

"薇珀，"我说，"恐怕这些都跟我没关系了。"

"可能出现银河系程度的威胁也和你无关？"她问。

"我们能确定这是事实吗？"我问。

"看这边。"薇珀说。与此同时，她的气味变成了花香。

她启动了前排座位后部的那块屏幕，它播放了那段温契克本人发送的紧急信息。"飞行员们，"他说着，做出了最为坚定的手势，双手都攥成拳头，"有个敌人正在威胁'星景'。这不是演习。我明白你们训练的时间不长，但我们迫切需要你们的助力。请来'砝码与测量'号报到，接受当场部署。"

"他没说是探究者，"我说，"这事透出一股政治气味。"

"说实话，这正是我担心的。"薇珀说。

"听着，"我说，"薇珀，我把自己的身份——我真正的自己——告诉了库纳。我们一致决定想个办法，让我们的同胞之间实现和平。我认为这也许比温契克那边的情况更加重要。"

薇珀的气味变得和洋葱更加相似。

"我们已经和你的同胞讲和了，你和库纳干吗还要在这方面达成一致？"

"我指的是我真正的同胞。你说过你知道我是什么人。你知道我是……人类。"

"是啊，"薇珀说，"我推测出来的。你的母星是再度黎明星，你们在那儿藏了一块人类飞地，对吧？人类没有真的撤走，而是留在你们之中，所以你们一直没有加入至尊同盟。你们担心我们会发现那些人类。"

噢噢噢噢，我心想。这确实是个合情合理的猜想。虽然大错特错，但在很多角度上都比真相合理得多。

"我曾经好奇，你为什么会做出那么多的人类表情和动作，"薇珀继续道，"而且比我印象里你的同胞频繁得多。还有你的气味……你有人类血统，对吧，阿拉妮克？混合种族？这就能解释你的赛托能力了。人类在这方面向来特别有天赋。"

"事实比你想象的……稍微简单一点，"我对薇珀说，"去问库纳吧。不过，薇珀，我需要回自己的飞船去。"

"阿拉妮克，"薇珀说着，气味变得更接近雨水，"我现在就需要你的帮助。我接到的任务是监视温契克，可我觉得就连库纳都没意识到他的野心有多大。你是我最优秀的飞行员，我需要你做好协助我的准备，以防万一。"

"……万一什么？"

"万一这件事和探究者无关。这么说吧，某些政府成员对温契克日益增长的权力以及在他指挥下的那些不符合至尊同盟核心价值观的飞行员非常担忧。"

我又一次卷入了自己难以理解的事态。她是在担心政变，对吧？所以她才会受命成为飞行员，确保温契克不会尝试夺取至尊同盟的控制权。

我又该怎么办？我得到秘密了，我得带着它回家去，其他的事都不重要，对吧？

我打开了手镯上和 M 机器的通信线路，在我离开政府大楼以后，它应该能听见我说话了。我收到的回复却只有通过耳机传来的一阵微弱响声。

咔嗒。咔嗒咔嗒咔嗒咔嗒……

我们的太空梭迅速穿过码头，融入了正在拥入"砝码与测量"号的队伍。我们在有序的混乱中着陆，激动的飞行员们爬下太空梭，然后在引导下穿过走廊。

我发现希修和那些奇盛人悬停在其他飞行员的头顶，神情焦虑。"嘿！"我在经过时招呼了他们。希修飞到我的脑袋旁边。"阿拉妮克，"他说，"这是怎么回事？"

"我知道的不比你多。"我说着，忍住了接下来的话。我在说谎。我比希修知道的多很多——一直都是。

好吧，就目前来说，我赞同薇珀的看法。我至少得弄清温契克的打算，因为这也许和我同胞们的未来有关。我们加入了其他飞行员的队伍。别的小队在训练中已经损失了一些人员，所以我们现在大约是四十五人，而非当初的五十二人。

在这种兴奋中，人数显得比实际的多。引导无人机领着我们离开了太空梭停泊区。我们被带去的并非平时的跳跃室，而是直接来到停放战机的机库，地勤人员正在匆忙进行准备工作。

薇珀轻声咒骂起来。看到他们用这种方式准备我们的战机，温契克用它们来对抗"星景"本身的可能性似乎更大了。我真的被卷入了某种政变吗？

温契克本人站在一架乘坐战机时使用的可移动阶梯上，抬起双臂，示意窃窃私语的飞行员们安静。

"你们肯定很害怕，"温契克说着，嗓音通过飞船的广播系统放大，"而且困惑。你们听说了今天早些时候发生在'砝码与测量'号上的袭击事件。好吧，我们分析了那次袭击留下的碎片，发现了来自人类的武器残骸。"

房间变得出奇的安静。

噢，不。我心想。

"我们手头的证据，"温契克说，"能证明人类的威胁远比高阶部长愿意承认的要大。恐怕已经有数十架间谍无人机渗透了'星景'。这是'人类祸患'开始逃出其中一座监狱的证据。那是一座状况不断恶化的人类巢穴，而我们始终没能得到将其镇压的恰当权力与人力物力。

"今天，我们会改变这点。十分钟之内，这艘飞船就会超跳跃到人类行星'岩屑星'。我希望你们全体在驾驶舱内做好准备，在我们出发的那一刻起飞。你们的任务是消灭他们的部队。这会成为一场精彩的展示，证明至尊同盟为何需要更积极、更训练有素的防御部队。"

看着他像这样语气坚定，手势简洁，甚至没有一次"哎呀呀"或者口吃，感觉真的很陌生。当他要求飞行员们更换飞行服的时候，我开始理解他的深谋远虑。他恐怕已经计划很久了。展示武力，动用他的私人太空部队去歼灭"人类祸患"，然后奠定他的重要地位。

这正是我从一开始就担心的事：我训练出的部队会被用来对抗我的同胞。我需要设法阻止这种事，实现库纳和我认为能够带来的和平。

"太棒了，"希修在我身边说，"他们总算决定对那些人类做点什么了。今天是个意义重大的日子，阿拉妮克船长。我们可以对伤害过我们的人复仇了！"

"我……"我该怎么办？我不能告诉他事实，对吗？

我错过了机会，因为那些奇盛人驾驶平台飞向了自己的飞船。我转过身去，寻找其他队友。布蕾德在哪儿？我得和她谈谈。

我发现莫里乌莫站在自己的飞船边，拿着头盔，微微龇牙。

"你看到布蕾德了吗？"我问他。

莫里乌莫摇摇头。

见鬼，她去了哪儿？

"阿拉妮克？"莫里乌莫问我，"你觉得激动吗？我很担心。所有人好像都迫不及待地想坐上自己的飞船，但……这不是我们受训的理由，不是吗？我们要做的应该是阻止探究者，不是跑去和经验丰富的飞行员进行正面战斗。我需要更多的练习，我还没做好缠斗的准备……"

我终于看到正在穿过机库的布蕾德，她已经戴上头盔，放下了黑色的遮阳板。我跑上前去，在她来到飞船边、开始攀爬阶梯的时候拦住了她。她本想忽视我，但我抓住了她的胳膊。

"布蕾德，"我说，"他们是要派我们去对付你自己的同胞。"

"那又怎样？"她嘶声道，头盔的遮阳板让我看不清她的眼睛。

"你不在乎吗？"我问她，"这是人类拥有自由的最后机会。你怎么能帮忙毁掉它呢？"

"他们……他们是野生人类，很危险。"

"人类可不是至尊同盟说的那样。"我说，"我才认识你没多久，就能断定那不是事实。如果你参与这次行动，等于是在助长谎言。"

"这……会让我们其他人过得更好。"她说，"如果人们不再担心人类帝国突然间跳出阴影，再次发起攻击，那我们也许就能在至尊同盟证明自己的价值了。"

"你听不出这些话有多自私吗？你宁愿牺牲几百万个人类的性命，就为了让你自己过得好一点？"

"你又知道什么？"布蕾德厉声道，"你不可能明白做出这种决定的感受。"

我不可能明白，是吗？我把她拽下了台阶。她没有抵抗，动作有气无力，仿佛自信被犹豫所取代。在她战机机翼的影子里，我又拽了她一次，稍微避开其他人的视线。我关闭了全息投影。

"我很清楚那种感受，"我对布蕾德嘶声道，"相信我。"

她愣住了，而在全息影像消失的同时，我的模样映照在了她的遮阳板上。

"我从岩屑星来到这里，以为自己只会找到敌人和怪物，"我低声对她说，"但我却找到了你，以及希修、莫里乌莫，还有你们这些人。我没法想象你长大的过程有多艰辛，但我清楚因为从未做过的事而遭受憎恨的感受。而且让我告诉你，摧毁岩屑星对此并不会有任何帮助。这只会进一步让至尊同盟相信，他们对我们的看法一如既往地正确。

"你想改变这种状况？你想试着解决问题？那就跟我回岩屑星去，把你对至尊同盟和温契克的了解告诉我们，帮我们找出方法，向至尊同盟证明我们不是威胁。温契克获胜的唯一方法，就是让所有人相信我们是敌人，而且除了消灭之外别无选择。"

布蕾德一动不动。她只是站在这儿，双眼隐藏在头盔下。最后，她把手伸到头盔侧面，按下按钮，打开了面甲。

她翻起嘴唇，以外星人式的表情露出牙齿，然后猛然做了个手势。

"人类！"她尖叫道，"我找到人类间谍了！"

37

布蕾德从我身边匆忙跑开，尖叫不止，就好像我刚才慷慨激昂的请求一个字也没传进她的耳里。

"人类！阿拉妮克的真正身份是人类！"

我朝她走去，有些不相信正在发生的事情。只要我告诉她，她肯定会相信。她肯定会接受关于自己出身的真相，而不是别人告诉她的谎言。

我冒险向库纳揭示了自己的身份，然后成功了。为什么我劝说同胞的时候，结果却截然相反？

见鬼。见鬼！

我匆忙离开，绕过困惑不已的莫里乌莫，快步来到我的飞船前。旁边那个地勤人员是某种五官像昆虫的生物，他想要拦住我的去路，但我推开了他，迅速爬进驾驶舱。我拿起座位上的头盔，坐到位置上，然后按下关闭舱罩的按钮。

所有人都为了即将到来的战斗而兴奋，这救了我一命。人们高声指示的喧嚣声充斥各处，伴随着紧急赶来的补给飞船降落在机库内的沉闷响声。这些噪声让大部分人没能听见布蕾德的话。

但她直接跑向了温契克，所以我的时间很有限。我打开助推器的动力，按下上升环的开关，同时祈祷这些星际战机没有安装某种遥控关闭装置。当我启动助推器，轰鸣着穿过机库的地板，用毁灭炮向阻挡真空的隐形空气护盾射击的时候，片刻间我听到了响起的警报声。

炮火直接穿了过去，这代表护盾仍然允许飞船通过。我飞进太空，然后立刻躲向码头附近，将它作为掩体，以防"砝码与测量"号向我开火。

"M机器！"我大喊道。

咔嗒。咔嗒咔嗒咔嗒……

见鬼。我驾驶飞船绕过码头，但我的接近传感器显示，"砝码与测量"号涌出了数十架战机，开始尾随我。

我靠近"星景"的护盾——那团保护城市的气泡，我不清楚这地方可能会有怎样的防御手段。当然了，它至少也会在边缘设置炮台，但就算那道空气护盾也可以设置成禁止飞船入内或外出。

温契克的动作很快。我已经看到护盾内部的飞船转过方向，开始接近边缘、接近我。

"M机器！"我说，"我可能没法赶到你那里了！"

我得到的回应只有咔嗒声。我没法抛下它，我必须……

我清楚真相。我来不及赶到它那里。我脑海里的知识——至尊同盟超推进器的秘密，还有能让我传送自身的力量——重要到不能拿来冒险。我必须回到岩屑星，必须提醒他们即将到来的袭击。

这件事关系到的不只是我或者它，甚至不只是末日虫，哪怕它这种生物非常重要。我在内心挣扎了片刻，看着好几百艘飞船都朝我蜂拥而来。我推动操控球，启动助推器，朝深空的方向飞去。

我得做奶奶教我的练习。我的速度不断增加，背脊紧贴座椅，我想象自己在翱翔，在群星之间翱翔。歌唱的群星，向我轻声诉说它们的秘密……

"斯潘莎？"是M机器的声音，"斯潘莎，我回来了。发生了什么事？"

我能感觉到那枚指向回家之路的发光箭头，被那件奇怪的武器埋进我大脑里的箭头，但我不清楚自己能否在没有 M 机器的情况下运用这份力量。我是不是需要那飞船里的某种机械部件？

"斯潘莎！" M 机器说，"我一直在设法改写自己的程序，可这太难了。你在做什么？你要去哪儿？"

其他战机正在接近我，但我看到了前方的那条光芒之路……

"斯潘莎？" M 机器轻声说，"别丢下我。"

"很抱歉，"我低声说着，心如刀绞，"我会回来的。我保证。"

我紧闭双眼，尝试进入"无处"。我成功了。

这一次，我没有至尊同盟技术的保护。探究者在黑暗中若隐若现，它们骇人的眼睛锁定了我。它们散发的轻蔑让我尖叫起来，但探究者之一随即靠近了我，那种情绪也似乎逐渐淡去。在两次瞬间之间，在那个地方，它们包围了我，就像一道影子阻断了其他的所有目光。

真是一个充满憎恨的存在。我从它身上感觉到一股情绪的洪流，无所不在，令人窒息。它憎恶我们发出的声音，憎恶我们入侵它领域的方式。对它来说，人就像脑海深处响个不停的铃声，逐渐将它逼疯。

谢天谢地，当我离开"无处"的时候，它已经靠到了极近处，我甚至能感觉到它尝试跟过来。它试图溜进我们居住的地方。在那里，它会找到让它恼火的那些东西，然后闷死它们。

我尖叫着离开"无处"，独自一人，就像在那头怪物即将追进门里之前关上了门。我不得不强行稳住自己颤抖的双手，同时让飞船转向。

我目睹了有生以来最令我欣喜的景象之一。岩屑星，在阳光下闪耀、在明亮的金属外壳包围之中的行星。我到家了。

我以高速接近那颗行星的外壳。至尊同盟的战舰仍旧停留在相对远的距离，但此时我看不到任何缠斗的迹象。

不幸的是，在靠近的同时，我意识到没有 M 机器的引导，我就需要指挥部提供飞行路线才能穿过那些防御外壳。我匆忙输入挑战军的通信代码，将无线电调节到对应频道。

"喂？"我说，"喂，有人在吗？请回答。这里是冲天十号，呼号：斯苹。我乘坐的是偷来的飞船。呃，请不要击落我。"

他们没有立刻答复，不过我并不意外。我猜负责监控通信的士兵会立刻呼叫他们的执勤官，而不是回应那个传送过来的年轻飞行员的神秘声音。他们肯定找来了我的队友之一确认我的身份，因为最后回答我的那个声音很熟悉。

"斯潘莎？"金玛琳用略带口音的嗓音说，"真的是你吗？"

"嘿，小怪。"我说着，闭上眼睛，享受那个声音。我对朋友们的想念远比自己以为的更强烈。"你根本想不到不靠翻译器就听到别人说英语的感觉有多好。"

"圣徒在上！你祖母说她确认过你还活着，可……斯苹，你真的回来了？"

"是啊。"我说着，睁开了眼睛。我的接近传感器立刻跳出了警告，但我不得不放大画面，这才明白了状况。一艘新飞船离开了"无处"，出现在我几分钟前所在的位置。它的外形很眼熟，细长而危险，配备了许多用来发射战机的机库。

"砝码与测量"号。

"别急着办聚会，小怪，"我说，"尽快把科布叫来。我确实回来了，任务也成功了一部分……但我也带来了伴儿。"

PART FIVE

第五部分

38

我把偷来的飞船停在首要平台的星际战机码头上，然后打开驾驶舱罩。我关闭了全息影像，看到变回正常肤色的双手，感觉很怪。

还有这地方，这些墙壁一直都这么暗淡吗？"星景"上的所有东西都装饰着色彩。这里的空气一直都这么不新鲜吗？我发现自己怀念起树木和土壤的微弱气味，甚至是代表薇珀存在的淡淡肉桂味。

金玛琳在驾驶舱外和我碰头，她爬上梯子，笑得像个傻瓜，然后把我戴着头盔的脑袋抱进怀里。她面露微笑，而我发现那表情很奇怪，带有攻击性。

圣徒和群星啊，我应该没离开那么久吧？但当我站起身，拥抱金玛琳的时候，却感到了一丝挥之不去的疏离感。我感觉这个宇宙中的一切都是令人痛苦的噪声，那是探究者强加给我的情绪的残留部分。

我已经非常努力去赶走那种感受了。拥抱朋友本该是我这几周以来最放松的事，但一部分的我却为此而苦恼。不是因为金玛琳，而是因为我自己。我想象着她正在拥抱的不是人，而是某种奇怪的生物，比如来自外星的蛆虫。她知道……我究竟是什么吗？

我自己知道吗？

"噢，赞美圣徒。"金玛琳说着，抽身后退，"斯苹，我不敢相信真的是你。"

"约尔延呢？"我问。

"他在下面那儿，在行星上休假呢。我有好几天没见过他了。他好像是需要休养什么的。"

噢，我们最优秀的人员是会有这种待遇。我只是真的很想见到他。也许……也许他能帮我摆脱这种奇怪的畏惧感。

"你的……"金玛琳说，"我是说，约尔延说过他派你去执行任务了。你真的做到了？你偷来了他们的一台超推进器？M机器呢？"

我的心仿佛裂成了两半。"我……"

电喇叭里响起了警报声，高声宣布袭击即将来临。我们同时看向指示灯，听着内部通话装置呼叫所有值勤中的战机准备战斗。

"我会解释的，"我向自己的好友承诺，"至少我会努力解释，等到……"

"好的。"金玛琳说。她又匆匆拥抱了我，而我仍旧站在驾驶舱里，她站在梯子上。然后她迅速爬下梯子，跑向自己的飞船。我的本能迫使我坐下去，加入战斗，但科布的命令不容反驳。我必须先去他那里汇报。

我爬下梯子，遇到了地勤人员杜安。他冲我咧嘴一笑，竖起大拇指，又拍拍我的背脊，赞赏我英雄般地归来。我迷惑地看着他，试图理解他脸上突然显得陌生而古怪的表情。我对他表情的理解仿佛存在延迟，就好像我必须等待翻译器为我翻译。见鬼，我出什么问题了？

你只是累了，我告诉自己，你过去两周把自己逼得太狠，而且从始至终都在扮演别人。的确，当我打开门，踏进走廊的时候，强烈的疲惫朝我袭来，但我还是停下脚步，朝那架无名的至尊同盟战机投去依依不舍的眼神。它不是 M 机器，但它很称职。我还会再驾驶它吗？也许不会。它会被拆解和分析，而完好的克雷尔战机对挑战军来说可是一份大礼。

在枯燥乏味、充斥金属的走廊里，我看到两个来自步兵部队的人正在等我。他们提议护送我去找科布，但我不由得想起了"砝码与测量"号上那些会和我同行的卫兵和引导无人机。这并不代表挑战军不信任我，只是敌人以能够影响他人的心智而闻名，尤其是赛托能力者的心智。

所以……好吧，我猜他们也许真的不信任我，不完全信任。这和我期待中的盛大迎接不太一样。

那些人领着我来到一间指挥室，这儿的墙上有一块硕大的屏幕，下方是十几台小型电脑工作站，飞行指挥部的成员会在这里监控不同小队的情况，并密切关注敌情。在我离开的这段时间里，他们相当忙碌。

指挥室里比我印象里平整了许多，暴露在外的面板也少了很多。

好几个少将正在指挥位上指挥战斗。科布站在他们身后的房间后部，白色制服让他格外显眼，他的上嘴唇处满是银色的胡须。他们给了他一张能监督所有情况的壮观的上将椅。他把几沓文件堆在椅子里，把咖啡杯放在扶手上，在查看报告的同时喃喃自语。

"夜影？"卫兵护送我上前的时候，他问道，"你究竟在搞什么鬼？约尔延派你去执行的不是潜入任务吗？你这简直是把整个至尊同盟都带过来了。"

不知为什么，听科布朝我怒吼简直是此时此刻最让我安心的事。我轻轻地叹了口气。我的整个宇宙都乱成了一团，但科布却像是一颗恒久不变的星星，一颗愤怒而阴沉，又喝了太多咖啡的星星。

"抱歉，科布，"我说，"我卷入了至尊同盟的政治斗争，然后……好吧，我不认为这场袭击全是我的错，但我的行动的确给他们提供了某种来到这里的借口。"

"你应该再早点回来的。"

"我没办法。我的力量……我在学习，但……我是说，你得努力学习怎么用大脑进行传送。这可没有听起来那么简单。"

"听起来难得要命。"

"我就是这个意思。"

他"哼"了一声。"那任务呢？你们两个未经许可自行构想出来的任务呢？"

"成功了。通过 M 机器的全息投影，我伪装成坠落在这里的那个外星人，住在至尊同盟那边，直到弄清他们超推进器的秘密为止。"我做了个鬼脸，"我……也许在一些地方搞砸了几次。"

"噢，如果不让我的人生难熬，你就不是你了，斯苹。"他朝那些卫兵点点头，他们随即离开。在某种程度上，这场对话是一次测试，而我通过了。科布确定我不是冒充的。他抿了一口咖啡，招手示意我靠近。"外头究竟是怎么回事？"

"至尊同盟分成了好几个派系。我了解得不多，这对我来说有点太难了。但有个军事派系正在争取权力，他们打算消灭我们，从而巩固他们的信誉，把摆脱所谓的'人类祸患'当作证明他们能力的一种方法。"

前排的屏幕上显示着抽象的战斗图，用光点代表飞船，而"砝码与测量"号正在上面部署战机队伍，看起来是几百架无人机，属于我们对抗过的常规式样，还有另外五十架飞船闪烁着更加明亮的光。

"有人驾驶的飞船。"科布说，"敌方王牌，足有五十个。"

"那些不是王牌，"我说，"但的确有人驾驶。至尊同盟准备了一群真正的飞行员，打算和我们战斗。我……呃，训练了其中一部分。"

科布挪向嘴巴的杯子停在了半空。"你真的加入了他们的太空部队，还跟他们一起训练了？"

"呃，是的，长官。"

"见鬼。那你偷来的那艘船呢？它有超推进器吗？"

"没，但我知道秘密了。记得我那只黄色的宠物鼻涕虫吗？我在M机器的洞穴里找到的那只？至尊同盟就是用它们进行超光速跳跃的。我们得派一支探险队进入岩屑星的洞穴，看看能不能再抓到几只。"

"我会立刻派几队人马去，前提是我们能撑过这场战斗。你还有什么要丢给我的炸弹吗？"

"我……呃，向至尊同盟政府的最高级官员之一透露了自己的身份，而且我们很合得来。我认为我们也许能促使他政府内部的其他派系改变态度，与我们讲和。呃，前提是我们能撑过你刚才提到的这场战斗。"

"那你的飞船呢？就是态度让人恼火的那架？"

我的心里涌起一阵内疚。"我……抛下了它，长官，还有末日虫。我被敌人追赶，他们越来越近，而且……"

"没关系的，士兵。"科布说，"你回来了，我们也不能奢求更多了。"他将视线转向屏幕，还有上面不断增长的光点洪流。"我希望你前往配有录音机的报告室，把你记忆里有关他们军事能力的一切告诉我们。我会留在这儿，尽我所能撑过这场入侵。见鬼，战机真够多的。"

"科布，"我说着，走近了些，"那些不是什么嗜血的怪物。他们只是人，普普通通的人，有生活、有爱，还有家庭。"

"那你以为我们这么多年来对抗的是什么？"科布问。

"我……"我不知道。红眼的无脸怪物，残忍无情的毁灭者，和他们眼里的人类相差不远。

"这就是战争，"科布告诉我，"双方只是一群可悲又不顾一切的傻瓜，只想努力活下去。这是你钟爱的故事里不会提到的部分，对吧？想着和恶龙搏斗就容易多了，你不必在乎对手的那种感受。"

"可——"

他抓住我的手臂，然后挪开一堆文件，轻轻拉过我，让我坐在他的椅子上。他没有立刻赶我去做报告，也许他希望我留下来解答疑问。

我无力地坐在椅子里，看着他走上前去，接过指挥权。在这方面，他比看起来擅长多了。他没有试着包揽一切，而是让其他将军——他以战斗意识为标准亲手挑选的那些——指挥不同区域的战斗。他只会在觉得必要的时候插手。大多数时间里，他只是一瘸一拐地在房间里转来转去，喝着咖啡，时不时地给出指示。

我看着两群飞船相互逼近。我看着这一幕，试图把身体沉向椅子的深处。那些只是屏幕上的红色和蓝色光点，但其中一部分却是和我非常亲近的人，两边都有。莫里乌莫是不是也在那儿，心惊胆战，却又下定了决心？希修和奇盛人呢？金玛琳会击落他们吗？

这不对劲，这不可能，而且……这是错误的，不但是道德上的，也是战术上的。我盯着战斗图，至尊同盟那边规模惊人，有两百架无人机和五十架载人战机。我们匆忙起飞的战机部队只有一百五十架左右。

但我们是挑战军，经受了战火淬炼，技术与日俱增，而至尊同盟这些作战无人机操纵员接受的是"无攻击性"的训练，再加上一群只在驾驶舱里练习了几星期的新兵。温契克肯定明白，他的部队其实处于下风。

他同样知道，我们每天都会更加强大，而现在，在找到我的毁灭手枪的残骸以后，他们担心我们已经有了前往"星景"的能力。他知道我们有赛托能力者，他知道我们在刺探他的计划……

我突然看到了另一个角度下的这场战斗。我看到惊恐的温契克发现他的囚犯失去了控制，而他经常用来吓唬至尊同盟其他成员的危险成了真。所以他现在的打算是什么？他总不会只想让他羽翼未丰的太空部队死在我们的炮火下吧？

两群战机开始交火的同时，我奋力思索那个克雷尔人领袖可能的计划。不幸的是，战术的全局向来不需要我来操心。我的工作是坐进驾驶舱里，开始射击。当然了，我可以随机应变，赢得战斗。但今天，仅仅这样是不够的。我比任何人都要理解敌人——我曾经生活在他们身边，我曾和他们的将军交谈，听取他的指令。

今天他究竟想在这儿做什么？我看着这次战斗，缓缓从座位上站起身。在这张上将椅边，我可以俯视整个房间。我看着屏幕上的光点，看到了另一边的人，感到世界在我周围缓缓淡去。我看到……和听到了……群星。

　　　　……来自岩屑星避难所的实况报道……
　　　　……英勇的战士们，意图阻止"人类祸患"……

温契克正在直播这里的状况。这次攻击是在演戏。我想象着"星景"那边数以百万计的居民在惊恐中收看这次播送。如果温契克失败，就会毁掉自己的名声。而且他会的，不是吗？他没法打败我们。

　　　　……报告说人类正在做出奇怪的举动……
　　　　……这座避难所被古老的机械装置环绕，那些是第二次人类战争的遗留物……
　　　　……这些平台的移动方式，似乎有些事就要发生了……

除此之外，我还听到了另一些声音，就像是……像是不断升高的尖叫声，还是某种挑战的呼喊？那是布蕾德吗？朝着"无处"尖叫？她不可能这么做，这只会引来那些眼睛，这只会……

一切忽然间对上了号：我偷听到的那些事，库纳的警告，布蕾德早先的说明，温契克的计划。

他们打算故意将探究者之一带进我们的领域。

房间里的几个人注意到了我，莱科尔福用手肘推了推科布。"斯苹？"科布说着，走上前来。

"我得走了，长官。"我说着，仍旧盯着战斗图。

"我不知道能不能拿你冒险，"他说，"我们这些飞船没法保护你的大脑不受针对赛托能力者的攻击。另外，我们也未必能抓到你提到的那些超空间虫子……所以，噢，我们恐怕很快就会需要你。"

"那儿现在就需要我。"说完，我低头看着他，"某种可怕的事就要发生了，我不知道该怎么向你解释。我没时间了，但我必须阻止它。"

"去吧，"他告诉我，"我们也许能打败那些战机，可那些战舰呢？既然他们终于决定全力进攻，我们的时间就不多了。所以，如果你能做点什么……噢，那就去吧。愿圣徒看顾你。"

在他说完之前，我就转身跑向了走廊。

39

奔跑的同时，我感到内心的阴影愈加浓重。

在接近"无处"以便偷听的同时，更多的阴影也渗入我的心中。那是探究者的想法，它们触碰了我无法解释的那部分自己。

这部分的我憎恨所有人，憎恨人们发出的嗡嗡噪声，憎恨扰乱无比平静的虚空——也就是太空——的咔嗒声。

我内心人类的思考正做着反抗，它能看到屏幕上那些光点背后的生命。它曾与敌人一同飞翔，也在其中结交了朋友。

我无法理解自己。我怎么能同时成为这两者？我怎么会既想阻止战斗，却又在同时希望他们全部自取灭亡？

我飞速离开首要平台，驾驶着我的至尊同盟飞船，毕竟目前只有它无人使用。科布真的很担心，他动员了我们拥有的全部战机。

我沿着给出的路线穿过环绕岩屑星的外壳，不断加速，背脊紧贴座椅。最后，我来到了外壳之外的太空中，面对着数百艘飞船同时战斗的混沌场面。毁灭炮火划破黑暗，爆炸的飞船发出强光，又迅速暗淡。在远处，"砝码与测量"号正在两艘战舰的陪伴下平静地旁观。

我想我理解了温契克的计划，其中包括某种扭曲的智慧。他需要彻底消灭岩屑星的人类。我们眼看就要逃出牢狱，也即将证明他的软弱无力，甚至证明他是个骗子，但他尚未得到完成这份工作所需要的太空部队。

与此同时，他需要探究者之一进入我们的领域，被他加以操控，并充当威胁手段，但他又不能把自己召唤探究者的行为暴露出去。所以他做了什么？他派自己的部队来岩屑星"勇敢地对抗"人类，然后偷偷让布蕾德把探究者吸引到我们的领域，让它摧毁岩屑星。他可以把招来探究者的行为归咎于我们。说到底，所有人都知道人类做过类似的事。

消灭人类以后，探究者会继续活动，寻找其他猎物。但温契克可以用他新近训练的太空部队去控制它，把它引到某个安全的地方，让它在无人居住的星球之间不断穿梭。

这么一来，他就会成为英雄，以及全宇宙最有地位的生物。因为当一个徘徊不去的探究者威胁全部文明星球的时候，只有他的部队能提供某种保护。他的飞行员会随时待命，准备防卫任何求救的行星。但如果有人和他作对，探究者也许就会找上门去，而且没有防卫部队能把它送走。

残忍。高效。

骇人。

我加速驶向战场，那些星际战机旋转或是回避，开火或是爆炸。布蕾德在哪儿？我能听到她对着"无处"大喊大叫，但我感觉不到位置。

她会不会在"砝码与测量"号上面？

不。当那东西来到我们的领域时，他们不会希望自己的飞船就在附近。她应该在远处的某个地方。

可在哪儿呢？这场战斗的规模比我见过的任何一场都大上好几倍，我意识到，或许比参加这场战斗的所有人见过的更大。战场迅速陷入了混乱：小队努力协同行动，而将军们又拼命想要维持一致战略。

熟悉的兴奋感在我内心增长，我期待战斗，以及表现自己的机会。但……今天与它相伴的还有犹豫，过去的我也许会将其称之为"懦弱"。我无声地感谢科布，因为是他在训练中帮我摆脱了那种想法。

我不是来这儿战斗的，所以比起朝经过的第一架至尊同盟无人机开火，我选择观察接近传感器，然后意识到它仍旧能接收至尊同盟的信号。他们对我封锁了通用通信聊天频道，所以我没法听到他们对彼此说的话，但我还是能在屏幕上高亮显示个别飞船和名称。

我辨认出了一架基本上在独自飞行的星际战机，靠近战场的右侧远端："于映日溪水中逆流而上"号，希修的飞船。他们是我从前的队友，也许知道布蕾德在哪儿。

但希修和我现在是敌人了。他知道了我的真实身份：他所憎恨的那种存在。

我仍旧操纵飞船朝那个方向前进。我飞速穿过战场，避开几架无人机的炮火，然后是几架挑战军战机的攻击，后者显然并不相信将我标识为盟友的信号码。

那些无人机和挑战者战机最后开始交火，让我能够绕向希修那边。那个奇盛人将飞船转向我，而我在相当远的距离外停下，减缓速度，直到自己在太空中静止。现在该怎么做？

我尝试开启和那艘奇盛飞船的私人通信频道。"希修，"我说，"对不起。"

没有回答。的确，那艘飞船给毁灭炮充能，然后朝我飞来。我几乎能听到船上的号令声，那会是希修在命令奇盛人准备战斗。我的手指在控制装置上抽搐。他们以为能解决我？他们真的想迫使我相信他们能解决我？他们只是些无足轻重、毫无意义的噪声，在这庞大的……

不。我奋力将手从操控球上抽离，确认了头盔的密封状况。

然后我打开了驾驶舱罩。

舱罩内的空气被吸入了虚空，化作一阵急促的风。空气里的水分立刻汽化，然后凝固，在玻璃舱罩的内侧凝结为霜花。这些晶体在空气里闪闪发亮，反射着远处太阳的光芒。

我解开座位上安全带的碰锁，只留下那根在我弹射逃生时会收紧并固定双脚的绳子。它现在稍微有些松弛，并将我和驾驶舱连在一起。

我飘了出去，闭上眼睛。我想象自己在翱翔，自由自在，只有我、虚空，以及群星。那些星星的歌声隐约可闻，但附近却有个更加响亮的噪声。在这片战场的后部，它正在增长。探究者就要来了。

"你在做什么？"希修的声音在我耳中响起，"回你的飞船上去，这样我们就能继续战斗了。"

"不。"我低声说。

"这太愚蠢了，阿拉妮克——无论你真正的名字是什么——我要警告你，我们是不会因为你不愿反抗就停火的。"

"我答应过你的，希修，"我说，"记得吗？朝人类开第一炮的资格属于你。"

我睁开眼睛，面对周围空无一物的超现实场面。我一直都知道这片虚无的存在，毕竟我就在它之中飞行，但出于某种理由，在离开飞船、只有飞行服阻挡真空的现在，它在我眼里真实了许多。

我再次抬头看向天空，然后感到了敬畏。现在它包裹了我，吞没了我，我和它之间似乎没有了界线。我们成了一体。

无论布蕾德做了什么，她的行为都让太空刺入了"无处"。那是投射到"无处"的一声呼喊。危险的尖叫……

希修的飞船悬浮在我前方仅仅数米远处，毁灭炮的炮塔对准了我。我回望着它。

"你提到了承诺，"希修说，"可你给我的却只有谎言。"

"我还是同一个人，希修。"我说，"你认识的从来都不是阿拉妮克，你认识的是我。"

"一个人类。"

"一位盟友。"我说,"我们还是队友的时候,你提到过我们共同的愿望:对抗至尊同盟,自己找出运用超推进器的方法。我知道那个秘密了,希修,我找到了。你可以把它带给你的同胞。"

"我为什么要相信你?"

"你为什么要相信他们?"我问,"你知道我不是他们说的那种怪物,你跟我一起飞行过。我们的同胞在很久以前曾经是盟友,你知道至尊同盟并不关心你的族人。跟我一起来吧,帮帮我。"

没有回答。我朝那艘飞船伸出手。

"希修,"我低声说,"温契克正在计划某种可怕的事,我认为他想利用布蕾德召唤探究者。如果真是这样,我就需要你的帮助。整个银河系都需要你的帮助。我们需要的不只是一位船长,我们需要英雄。"

在远处,战火正熊熊燃烧。那只是两群吓坏了的人,彼此毫无选择,只能相互厮杀,不战斗就只有死路一条。

"我不知道该做什么。"希修说。

"也许,"考丽的声音从背景里传来,"你可以问问我们?"

通信停止了。我悬停在那儿,飘浮在自己飞船上方的太空里。最后,希修再次开口。

"看起来,"希修说,"我的船员不想朝你射击。我的决定……被否决了,真是种奇妙的体验。非常好,阿拉妮克。我们会暂时结盟,直到我们能判断你的说法是否属实。"

"谢谢,"我说着,感到一阵释然。我拖动双脚,把身体拉回驾驶舱。"其他人在哪儿?莫里乌莫呢?"我硬起头皮,准备面对他被击落的消息,不然奇盛人为什么会独自出现在这儿?

"莫里乌莫没来。"希修说,"在最后一刻,他决定结束自己的飞行员生涯,回到家族那边去。薇珀在战场上的某个地方,我在战斗时和她走散了。至于布蕾德……"

"你说得没错,阿拉妮克,"考丽在舰桥上说,"布蕾德在做些奇怪的事。我们的任务是吸引人类战机的注意力，让他们远离她。她偷偷在更靠近你们行星的地方飞行。"

"我能感觉到她，"我说着，把自己固定回原位，给驾驶舱重新增压，"但我找不到她。这太糟糕了，非常、非常糟糕。我们必须阻止她。"

"如果和你联手，"希修说，"我们就会犯下背叛至尊同盟的罪行。"

"希修，"我说，"所有人都讨厌我的族人，原因之一就是人类在几百年前企图把探究者变成武器。你真的打算干等在那儿，对至尊同盟打算做出同样行为的事实视而不见吗？"

岩屑星的人类操控探究者的尝试失败了，我见过他们死去的情景。温契克坚信他不会落到同样的下场，但我半点也不相信。我亲身感受过探究者，即使是现在，它们的念头也在不断尝试钻进我的大脑。他是没法控制它们的。就算他的计划成功，探究者也会脱离他的掌控，就像我们人类当时那样。

我飞速穿过战场，"逆流而上"号跟在后面。"他们肯定不会鲁莽到操弄这种危险，"希修对我说，"布蕾德的行为肯定有别的解释。"

"他们害怕人类，希修，"我说，"温契克也需要一场决定性的胜利，好向至尊同盟证明他有多强大。想想看吧，好几十年都没人见过探究者了，为什么选择现在训练对抗它们的部队？温契克开发的'武器'其实只是一种手段，能指引探究者去他希望的地方。他为的不仅仅是岩屑星，他是在想方设法控制整个银河系。"

"如果真是这样，"希修说，"那至尊同盟的优势就会比现在更大。你说过，你知道了超推进器的秘密。你会告诉我们，以此证明你的诚意吗？"

我犹豫了仅仅一瞬间。没错，这秘密很重要，但掌握秘密后守口如瓶的做法也是引发问题的根源之一。"去寻找一种叫作'泰尼克斯虫'的鼻涕虫吧。至尊同盟声称它们很危险，要求一旦发现就立刻汇报，但这是因为它们拥有赛托能力，而至尊同盟不希望人们知道。不过，如果以某种方式使用它们，至尊同盟就能在传送飞船的同时避免引起探究者的注意。"

"根据古老的歌谣……"希修低声说，"那种生物在我们星球上有过一小片栖息地。至尊同盟派出部队来帮忙消灭它们，据说是为了防止毒性暴发并摧毁我们。那些卑鄙小人！你瞧，这是'砝码与测量'号的战斗计划，我们可以用它来推测布蕾德的位置。计划要求她待在靠近你们星球的位置。"

"为了让探究者率先攻击岩屑星，"我说，"而不是以至尊同盟的飞船为目标。"

"我明白了！"舰桥上的某个奇盛人说，我想那应该是哈娜，"根据这次战斗的兵力部署，我推测布蕾德飞船的坐标就是我正在转发到你屏幕上的数字，阿拉妮克。"

我们转向那个方向，尽管这需要穿过愈加白热化的战局中央。我们绕过一组有黑夜风暴小队标志的挑战军战机，然后又穿过几块飞船残骸之间，这令我的护盾一阵闪烁。我们逐渐加速的时候，几架克雷尔无人机跟在了我们身后。

"'砝码与测量'号终于发现我们了，船长！"有个奇盛人在线路里说，"他们质问我们究竟在做什么。"

"拖延时间！"希修说。

我不知道这有没有意义。从开始跟在我们身后的无人机来看，他们也注意到我了。我让助推器过燃，但这艘飞船的构造和 M 机器不同，它很耐用，但算不上优秀，奇盛人的飞船就更慢了。

当我们被迫做出防御式机动的时候，我不禁庆幸自己曾经强迫奇盛人和其他人练习缠斗。但我们能存活到现在，恐怕完全是因为战场上如此混乱。无人机操作员很难尾随我们，想在被击落之前抽身离开就更难了。

我们侥幸穿过了战场，而我立刻发现了一架以老练而精准的技巧独自飞行的黑色战机。是布蕾德，但她的位置和战斗计划上不太一样。出于某种理由，她正在和一架无人机战斗。就在我们的注视下，布蕾德连续击中了那架无人机，突破了它的护盾，将其摧毁。

希修和我追了过去，另外几架无人机立刻尾随而来。我能听到布蕾德脑海中的声音更加响亮，那是越来越凄厉的赛托尖叫，其中蕴含的力量令我颤抖，也干扰了我的飞行技术，所以我花了点时间才注意到，追赶我们的无人机之一举止怪异。它脱离了另外两架的队伍，然后从后方击落了它们。

"所以，"薇珀用私人频道对我的飞船说，"你是从这颗行星来的？不是再度黎明星？你是来自保护区之一的人类。库纳知道吗？"

"我告诉他了，"我说着，把她加入了我和希修的通信频道，"就在这场混乱开始之前。抱歉，薇珀，我骗你说……"

"其实我不在乎，"薇珀说，"我早该猜到全部的真相。总之，我的任务还是监视温契克和他的喽啰。布蕾德是在做我认为的那件事吗？"

"她在试着召唤探究者，"我说，"她在呼唤它们——噢，更像是朝它们尖叫。我觉得她还是第一次这么干。"

我瞥了一眼驾驶舱罩。在布蕾德的叫声带来的愈演愈烈的头痛中，我开始看到了倒影。那些眼睛睁开，从"无处"看着我们。

"她就要成功了，"我对其他人补充道，"探究者们眼下正在观察我们。我能感觉到它们……蠢蠢欲动。"

薇珀说出了一长串字眼，我的别针简单地翻译为"关于恶臭气味的越来越粗野的咒骂"。

"我没想到他们会做到这种地步。"薇珀说，"太糟糕了，很多人会把这种行为称为对至尊同盟的背叛。"她沉默了片刻，又说："另一些人会说，这才是真正的爱国主义。"

"后一种人肯定不多吧！"希修说。

"这恐怕取决于攻击能否奏效。"薇珀说，"至尊同盟的很多人的确痛恨人类，而政策往往垂青成功者。他有在召唤成功后把那东西送回去的计划吗？"

"我想他只是计划用他的太空部队吸引它的注意力。"我说，"布蕾德说过，来到我们领域的探究者，两次攻击之间有时会相隔好几年。"

"有时候是这样，"薇珀答道，"可有时候，它们会无休无止地攻击。这计划简直太短视了。"

她来到我的左方，希修位于我的右翼，而我驾驶飞船追向布蕾德。她飞向岩屑星周围的外壳，试图尽可能靠近行星。

知道她的目的地给我们带来了少许优势，因为这么一来，我们就能设法拦住她的去路了。我带领他们朝那边飞去，但沮丧的念头却随即浮现：我不确定我们三个能不能阻止布蕾德。她很出色，甚至比我更出色。此外，探究者又随时可能出现。

也许我能设法减轻即将发生的灾难。我呼入了通用挑战军线路："飞行指挥部？这里是斯苹。我需要和科布谈谈。"

"我在。"科布的声音传入我的耳中。

"我需要你关闭和所有飞船的通信，让所有挑战军飞船停止通话，关闭阿尔塔基地的所有无线电通信，甚至可能还要关闭首要平台的动力，熄灭所有照明。"

我做好了争辩的准备，但科布回答的口气却冷静得出奇："你要明白，斯苹，这意味着所有飞行员必须孤军作战。没有配合，没有地面支援，甚至没法呼叫僚机协助。"

"我明白，长官。"

"在采取如此极端的行动之前，我想非常确定这是必要的。"

"长官……那种东西之一就要来了。探究者。"

"我懂了。"科布没有咒骂、叫喊，甚至是抱怨。不知为何，他平静的语气令人更加不安。"我会警告那些飞行员，然后开始通信沉默。愿群星看顾你，上尉，也看顾我们其他人的可悲灵魂。"他切断了通信。

我感到了寒意，以及越来越强烈的恐惧，因为布蕾德转向了我们，就像我希望的那样。我们还有几秒钟就能拦截住她了。

"薇珀，"希修问，"你能接管她的飞船，就像对付其他无人机那样？"

"接管有人驾驶的飞船比无人机困难。"薇珀说，"她那里应该有手动超越控制的装置，那是为了对抗我的族人开发出来的。我大概可以锁死她的飞行控制，强迫飞船停下，至少是在短时间内。我需要接触她的飞船，这代表我得从这架无人机弹射出去，尝试接近她。到目前为止，我发现她会尽可能避开我驾驶的飞船，而且不让我进入能夺取她飞船的范围。"

"明白了，"我说，"准备好尝试吧。"我没有下令停止我们之间的无线电通信。我想保护岩屑星，但对于准备拼死阻止这一切的我们来说，通信至关重要。

想要办到这点，我就必须击落一位朋友。

等我们的飞船靠近以后，我开启了和她之间的通信线路。"布蕾德，你明白我们的来意。"

"我明白，"她轻声说，"我不怪你。你是为杀戮而生的。"

"不，布蕾德……"

"我早该看穿你的身份的。我知道你能感受到。那种对破坏的需要，就像恶龙在体内酝酿着火焰，等待着、期待着、渴求着攻击的机会。"

"请别逼我们这么做。"

"怎么，你要我放弃战斗？"她说，"承认吧，你一直很想知道，不是吗？我们之中的哪一个更优秀？好吧，我们来弄个明白吧。"

我咬紧牙关，然后切换回希修和薇珀所在的私人频道。"好了，各位，我们得解决她。"她脑海里的尖叫声在我的大脑内回荡，比她的话语更加响亮，"我们不能只是瘫痪她的飞船。只要她还活着，就会继续尝试把探究者带过来。所以，如果你们找到机会……就杀了她。"

40

我们在接近时散开队形，试图包抄对方，从不同方向协同进攻。我朝行星周围的外壳俯冲，正确地预测到布蕾德会首先朝那边回避。

我们迫使她把精力集中在飞行上，而她的尖叫声也缓和下来。我能感觉到，我对她的判断是正确的。她不清楚究竟该怎么做，至少不完全清楚。她可以将尖叫声投向"无处"，而我能从舱罩的映像里看到探究者注视着这边的双眼，但说到能将它带来这儿的关键一步，布蕾德还没弄明白。

她多半以为会很轻松。每次我前往"无处"，都会担心其中之一会突然袭击我，更可怕的是会跟着我离开。幸好要把探究者带过来似乎没那么容易。

我给出信号，我们三个迅速切入，试图从不同角度击中布蕾德。我以为她会加速避开，可她却掉转方向，不闪不避，让我们的毁灭炮直接命中了她。怎么回事？

这些动作让我们离她太近了。我本能地转过机身，试图加速离开，但在此之前，布蕾德就击发了反脉冲，让所有人的护盾失效了。

见鬼！这是我也会运用的战术，而我就这么上当了。在过去，我向来是以寡敌众的那个人。我不清楚该怎么从相反的角度思考，联合其他人去攻击唯一一艘飞船。

我加速脱离，但为时已晚，仪表板的警报声响个不停。奇盛人有专门的炮手，他们朝迅速离开的布蕾德开了几炮，但全都射偏了。

我绕了一圈，让薇珀充当僚机。在不远处，那场太空大战仍在继续，而我能感受到更加狂乱的气氛。也许这只是我自己的解读，但那些战机的动作看起来更拼命了。我努力不去思考金玛琳和其他人对于突然间无法通信、只能盲目作战的感受。

布蕾德试图甩开我们，飞向离防御平台更近的位置。我们俯冲向下，而那些庞大的金属板朝远处延伸，划出明显的弧度，但我拒绝落入自己曾用来对付无人机的陷阱。薇珀和我保持在防御炮台的射程外，直到布蕾德在它们的炮火下被迫爬升为止。

她不能把我们甩得太远，否则我们就会有重启护盾的机会。的确，在我尝试重启时，她径直朝我冲来，迫使我转为防御式飞行。我不得不中断重启，因为如果要恢复护盾，就需要持续直线飞行，放弃大部分机动性，并将所有动力转移给护盾启动装置。

"希修，"我在私人线路里说，"跟着我。薇珀，寻找狙击位置，准备在她被我们吸引注意力的时候将她击落。"

"明白。"他们给出了同样的回答。薇珀放慢了速度，而希修飞到我旁边。

布蕾德飞快地绕了回来，而我们击发毁灭炮，拦住了她的去路。在即将交错掠过的情况下，我们没法瞄得太准，但我们只需要把她的注意力从薇珀身上引开。她再次预想到了我们的战术，没有和我以及希修交战，而是以反转动作向后旋转，这个动作肯定让她承受了十到十五倍的重力。我迅速转向，但等我成功尾随她的时候，她已经朝薇珀开了火。

薇珀试图躲闪，但其中一发炮火击中了她。她的机翼被炸飞了，这在太空中不算致命，但下一发炮火撕裂了她的船身，也排出了驾驶舱内的空气，包括她在内。

她能活下来的，我强迫自己这么想着，朝布蕾德开了火。我差点击中了她，但那几炮只是堪堪从她的驾驶舱旁边掠过，而她接连闪躲，在我的炮火之间迂回穿行。

布蕾德转过方向，开了一炮，命中了"逆流而上"号。

"我们中弹了！"有个奇盛人高喊道，"希修阁下！"

另外几十个奇盛人高声汇报，"逆流而上"号奋力挣扎，排出空气。不幸的是，我没有关心他们的余裕。我咬紧牙关，追在布蕾德后方。

随着缠斗的规模缩小到只有我们两人，我脑海里的尖叫声也进一步减弱了。女人对抗女人，飞行员对抗飞行员。我们从一块受困于行星轨道、不断翻滚旋转的古老碎石边掠过，而布蕾德用光矛旋转的方式绕过了它。

我效仿她的动作，紧追不放，但相当勉强。我们旋转着穿过黑暗，没有人开炮，全副心思都放在追逐上。我占据了后方的有利位置，但……

圣徒啊，她很出色。其他的一切渐渐淡去。我下方的星球，头顶的星辰，还有充当背景幕布的激烈战场，这一切都不再重要。我们两个就像在满是鲦鱼的海洋里彼此追逐的一对鲨鱼。她成功把我引到了防御平台附近，趁我躲避炮击时绕到了我身后。

于是我保持在她前方，以螺旋线飞行，勉强在中途脱离线路，绕过她的战机，再次尾随在后。

这一切令我兴奋和鼓舞。我体会到了以往少有的感觉，面对着必须将自身能力发挥到绝对极限的挑战，而且布蕾德仍旧更胜一筹。她只是继续飞在我前方，躲开我的每一次射击。

我兴奋不已。

我通常是天空中最优秀的飞行员。看到比我优秀的人，也许是我经历过的最令人振奋的事了。我想和她一起飞行，追赶她，与她较量，直到能填补那段差距，和她匹敌为止。

但在我露齿而笑的同时，我也再次听到了她朝"无处"的尖叫声。那声音很微弱，却让我乐在其中的假象随之崩溃。布蕾德试图摧毁我所爱的一切。如果我没法阻止她，如果我不够出色，挑战军、岩屑星和人类种族本身都会迎来末日。

从那种角度来看，我的无能就令人惊恐了。

我用不着独自打败她，我心想，*我只需要把她引到我希望的地方……*

我停止追逐，迅速转向离开。我能感觉到布蕾德的恼火。她也在享受这一切，突然间为我的懦弱而恼火。我居然要逃跑？

她立刻追赶在后，朝我开火。我只需要在她前方多飞一小会儿就好。我迂回穿过一组特别的太空残骸，而布蕾德跟了上来。我屏住呼吸……

"抓到她了！"薇珀的声音透过布蕾德的频道传来。

我猛地转过机首，加速冲向布蕾德开始减速的飞船，它刚才跟着我穿过了薇珀那架无人机的残骸。我看清了驾驶舱里的模样：她正在里面恼火地敲打控制台。

她的飞船仍旧关闭着动力，薇珀锁定了系统。我们抓到她了。我放慢速度，将机首对准了布蕾德。我自己说过的话仿佛回音那样响起：

我们不能只是瘫痪她的飞船。只要她还活着，就会继续尝试把探究者带过来……

仿佛要证明这点似的，她对上我的视线，朝"无处"再次投射出一声尖叫。那些眼睛——原本逐渐淡去的眼睛——骤然将注意力转回我们身上，尤其是看起来比其他眼睛都要大的那一双。

我扣下扳机。在那一刻，布蕾德的尖叫声变得前所未有的刺耳。在知道自己将要死去的恐慌中，布蕾德终于达成了目标。

某种东西钻出了"无处"。

41

探究者的现身扭曲了现实。一眨眼的工夫，布蕾德的飞船就从我的前方被推到了旁边。某种庞大之物进入了我们的领域，将我们推开，仿佛我们正乘坐在一道涌过现实的波浪上。

我瞄准布蕾德的那一炮错过了目标，被不断扩张的黑暗吸了进去。

在被推开的同时，我的飞船震颤起来。黑暗变得如此庞大，占据了我的视野中央。有那么一瞬间，我觉得自己看到了探究者的核心：那块深邃的影子，彻底不该存在的漆黑。

迷宫出现了，物质在那东西的周围聚集，就像……就像一根冰冷的管道上凝聚的水珠。它围绕着核心增长，冒出骇人的尖刺，汇聚成为小行星的尺寸，比我们训练的那座迷宫庞大得多。

那座迷宫很快包裹在灰尘和微粒物质之中，那是一股遮蔽它的薄雾。黑暗的尖刺在内部投下阴影，深红色的光辉将其照亮，那是熔融岩石的颜色，骇人的色彩与离奇古怪的影子化作阵阵风暴。那是个近乎无法理解的庞大物体，隐藏在飘浮的尘埃之中。

这个庞然巨物如今赫然耸立在那儿，仿佛岩屑星上方的一颗月亮。它离得太近了。我的传感器发了疯，探究者有属于它自己的引力。

两周前，我看过类似的东西毁灭岩屑星从前居民的录像。现实中的它令我颤抖，而我就像一粒尘埃。和这个生物相比，我们全都如同尘埃。

我握住操纵装置的双手无力地垂下。我失败了，而且我相当确定，正是我为了阻止这种事而朝布蕾德射击的行动促使她实现了目标。

强烈的无助感突然向我袭来。这东西如此庞大，又如此怪异。

紧接着，另一种情绪穿透了绝望，那是愤怒。我们会死在这儿，挑战者洞穴联盟的所有人都会死，而"星景"的居民会吃喝谈笑，对他们自己政府的所作所为视而不见。这似乎很不公平。那些虫子流着口水，四处乱窜，咔嚓作响，而且……而且……

等等。我奋力拨开那些压倒性的情绪。那不是我。那不是我的感受。

战斗停止了。岩屑星像我要求的那样陷入了沉默，就好像整颗星球都屏住了呼吸。某个庞大而无法理解的情绪掠过了我自己的心灵。它那么沉重，几乎将我压垮。

这儿什么都没有，我恐慌地想，没有需要摧毁的东西。看到没？没有嗡嗡声，没有恼人的东西。到别处去。去……去那边。

我给了它一个目的地，算不上故意而为，更像是丢掉意外拿起的烫手物体。我将它指向远方的某个地方。那是温契克的播送正在进行、而群星也在歌唱的方向。

我能感觉到探究者转移了注意力。没错，附近是有至尊同盟的飞船发出的噪声，但它想要更大的目标。它能听到遥远的目的地传来的声音，那是我怂恿它将注意力转去的方向。

它消失不见，循着远方的歌声而去。

我被现实的涟漪吸向前去，就像我早先被它推开那样。汗珠凝结在我的脸颊侧面，而困惑与释然在我心中相持不下。它走了。它就这么走了。

我把它送去摧毁"星景"了。

42

"喂？"有个奇盛人的声音在我的通信线路里响起。

我麻木地注视着虚空。

"阿拉妮克……我……我不清楚你真正的名字。是我，考丽。我们……我们遭受了重大损失。希修阁下死了。我接过了指挥权，但我不知道该怎么做。"

希修？死了？奇盛人的飞船悬浮在我旁边，船身侧面被炸开了一条黑色的口子，但那些船员用护盾进行了修补。

"至尊同盟的部队正在撤退，"薇珀说，"飞船脱离了和人类的战斗，正在返回'砝码与测量'号。也许他们害怕了，毕竟他们可怕的武器失败了。"

"没有失败，"我低声说，"它去了'星景'。他们……他们那儿没有安静下来。探究者凭借他们的通信声找过去了，它能听到。"

"你说什么？"考丽说，"能麻烦你重复一遍吗？你说那个探究者去了'星景'？"

"是的。"我让它去的。

"不！我们在那儿还有家人！还有身体不适无法出勤的船员。还有……还有数百万居民住在'星景'！"

一架无人机悬停在我旁边。薇珀给自己偷来了一架新飞船，我几乎没注意到。我一直在看着群星，聆听它们的声音。

"温契克……那个浑蛋。"薇珀说，"这正是人类在第二次战争中试图操控探究者的后果：它转而解决了召唤它的那些人。他播送这场战斗的信号给那东西，指明了通向他自己家乡的路！"

的确如此，但更大程度上是因为我的干涉，是我干的。圣徒和群星啊……是我让它去毁灭他们的。布蕾德是正确的，我们可以控制那种东西。

"我们不能允许这种事……"考丽的语气充满无助，"也许我们回到'砝码与测量'号上去？让它载我们去'星景'那边战斗？但……撤退需要时间，母舰需要那些战机脱离战斗。它们返回城市恐怕要等到半个钟头以后了。"

太久了。"星景"在劫难逃。那么多的人，库纳和查维特太太、莫里乌莫，都是因为我。我觉得……我觉得那个探究者感受到了我的愤怒。有这种可能吗？

"你做了什么？"布蕾德在通信频道里质问我。我转过头去，看到她的飞船在附近停止了翻滚。"你做了什么？"

"做了必要的事，"我轻声说，"为了拯救我的同胞。"

这么做的同时，我也宣判了另一群人的末日。但有人会责怪我做出那种选择吗？我知道，即使温契克的飞船真的及时追上那个探究者，他们对抗它的"武器"也只是转移它注意力的手段。他们会尝试让它回到这儿，然后摧毁我们。

不是我们死，就是他们亡。

布蕾德的飞船消失不见，进入了"无处"。

"我们该做什么？"薇珀问。

"我不知道，"考丽说，"我……我……"

没什么可做的。我重启护盾，然后仰起头来，接受了正在发生的事。

让至尊同盟去面对自己的问题吧。他们是罪魁祸首，他们活该。我们唯一的担心是 M 机器和末日虫。M 机器肯定不会有事，它毕竟是飞船。

话说回来，我又能做什么？不是我们死，就是他们亡。我转过机首，背对群星，准备返回家乡。

不。

我的双手离开了操控装置。

"这不是我的战斗。"我低声说。

英雄不会挑选自己的考验，奶奶的声音传来。

"我不知道该怎么阻止它。"

英雄会面对随后到来之物。

"他们恨我们！他们觉得我们只配被毁灭！"

证明他们的错误。

"呃……阿拉妮克？"考丽犹豫不决地问我，驾驶飞船来到我旁边。

我长长地、深深地吸了一口气，然后回头看向群星。

见鬼，我不能抛弃那些人。

我不能逃避这场战斗。

"让你们的飞船靠近，"我对奇盛人和薇珀说，"可以的话，让你们的机翼碰到我的机翼。"

"为什么？"薇珀在服从的同时发问。她的机翼轻轻碰到了我的，而奇盛人在另一边有样学样。"我们在做什么？"

"踏入黑暗。"我说。

我带领他们闯入了"无处"。

插　　曲

对莫里乌莫来说，同时身为两人是种令人不适的体验。左半边会主张说，莫里乌莫没有经历过任何不寻常的事；右半边则会指出，各自独立的两半以及继承的那些记忆非常清楚那种体验有多奇特。

两个心灵同时思考，却会混合过去的记忆和经历。从双亲只各取一部分，就像一锅用人格与记忆炖煮的汤，他们的本能会不时相互对抗。今天早些时候，莫里乌莫伸手想要挠头，但两只手却在同时尝试这么做。在那之前，莫里乌莫只是弄掉了一只碟子，当他听到一声响亮的"砰"的时候，又同时尝试躲在掩体后和冲过去帮忙。

在两个半边准备好分离并重组以后，这种不一致的状况也更严重了。莫里乌莫走向起草舱，途中穿过两排家族成员的队伍：左性在一排，右性在另一排，无性别者可以自行选择排在哪一边。他们伸出适当的那只手，拂过穿过昏暗房间的莫里乌莫伸出的双手。

莫里乌莫本该还有两个半月的时间，但像那样离开太空部队以后……好吧，他们做出了提早进行的决定。这份草图不对头，莫里乌莫的双亲和家族都同意这点，是时候再试一次了。

每个人都说，那种感觉和道别不一样，莫里乌莫也不该视为对他的拒绝。重新起草是司空见惯的事，他们也保证在这过程中没有痛楚。可谁又能把这视为拒绝之外的表示呢？

攻击性太强了，一位祖辈说过，这会困扰他的一生。

他选择去钻研与狄俄涅人非常不相配的事业，一位长辈说过，这样是肯定不会幸福的。

正是那两位亲戚朝莫里乌莫深情地抿起嘴唇，又触碰他的手，仿佛是在为旅行前的他送别。起草舱就像一张大床，只是中央是挖空的。它用传统木材塑造，内侧打磨得十分光滑，等莫里乌莫爬进去以后，它的盖子便会固定，然后某种营养液就会注入其中，为结茧和重新起草的过程提供助力。

他最年长的祖辈努米伽在他们走向起草舱的时候握住了他的双手。"你做得很好，莫里乌莫。"

"如果真是这样……为什么我没能证明自己的价值？"

"你的工作不是证明自己的价值。你要做的只是存在，让我们看到可能性。来吧，是你自己回到我们身边，并且同意有必要继续生育过程的。"

莫里乌莫的左手几乎自行做出了代表确认的手势。他回来了。在其他人前去战斗的时候，他离开了码头。他逃跑了，因为……因为他不安到没法继续下去。抵挡探究者是一回事，可要击落别的飞行员？这个念头让莫里乌莫惊恐不已。

反正你也会吓到不敢和探究者对抗，一部分的他——或许是他的双亲之一——这么想道，对狄俄涅人的社会来说攻击性太强。又疑神疑鬼到没法战斗。重新起草是最好的选择。

最好的选择，另一部分的他心想。

莫里乌莫踉跄了一下，独立的两部分大脑造成了迷失感。努米伽扶着他坐在起草舱的侧面，深红紫色的皮肤仿佛在烛光里闪闪发亮。

"开始了，"努米伽说，"是时候了。"

"我不想去。"

"不会痛的，"努米伽保证说，"出来的仍然会是你，只是经过重新起草，只是个不一样的你。"

"如果我想保持这样呢？"

努米伽拍拍他的手。"我们几乎全都经历过几次起草，莫里乌莫，我们也都承受下来了。等你再次出来的时候，只会好奇自己当初为何会不安。"

莫里乌莫点点头，将双脚挪进了起草舱，然后他的动作停下了。"等我重新出来的时候，还会记得这几个月的事吗？"

"依稀记得，"努米伽说，"就像梦的片段。"

"那我的朋友们呢？我会记得他们的脸吗？"

努米伽轻轻地将他推入舱内。是时候了。莫里乌莫的两个半边正在散开，两个心灵正在分离，他的人格……逐渐稀薄，难……以……思考……

房间突然摇晃不止。莫里乌莫抓住起草舱的边缘，低声惊呼。周围的其他人撞成一团，大声呼喊或是发出嘶嘶声。随着震颤继续，人们纷纷倒地，直到它最终停止。

刚才发生了什么？感觉就像有什么东西撞上了平台，但什么样的冲击能大到晃动整个"星景"？

外面的街道上响起了尖叫声。莫里乌莫的亲戚们慌乱地爬起身，拉开了门口的帘布。他们打开门，让阳光倾泻进昏暗的小房间里。

莫里乌莫全身发抖，几乎无法控制四肢，就这么爬出了起草舱。他似乎被所有人遗忘了。究竟……究竟发生了什么？莫里乌莫撑着起草舱旁边的设备，费力地站直身子，又蹒跚地走向正门，他的许多亲戚正站在那里，目瞪口呆地仰望高处。

有颗行星莫名其妙地出现在"星景"旁边。那是个尘埃包裹的黑暗物体，可怕的线条从它黑色的中央射出。尘埃底部闪耀着深红色的光，就像喷出的岩浆。它隐现于"星景"上方，如此壮观，如此出人意料，莫里乌莫的两个头脑同时昏沉起来。它怎么会出现在那儿，始终遮蔽着地平线、平静而深邃的太空？

那是个探究者！他的一个头脑颤抖起来，快跑！

逃啊！另一个头脑尖叫道。

在莫里乌莫周围，亲戚们四散奔逃，可谁又能逃得过？片刻过后，站在那栋建筑前方的就只剩下了莫里乌莫。莫里乌莫的头脑仍在恐慌，但他没有放任自流。两颗大脑缓缓放松下来，重新结合为一。

这持续不了太久，但莫里乌莫暂时抬起头来，露出了牙齿。

库纳抓住阳台的栏杆，努力理解探究者的可怕景象。

"我们失败了，"他低声说，"他摧毁了岩屑星。现在他把它带来这儿，想炫耀自己的力量。"

他周围的气味突然转为暴怒，就像是潮湿的泥土。"真是一场灾难，"泽金说，"你说……我不相信……库纳，温契克怎么能做出这种事来？"

库纳的手指做了个表示无助的动作，仍旧盯着这幅骇人的景象。那东西的骇人规模让人难以判断，但库纳能感觉到它正在靠近、接近这座城市。

"他要毁掉我们。"库纳反应过来，"高阶部长还在这儿出席会议。温契克要毁灭至尊同盟政府，只留下他自己。"

"不，"泽金说着，散发出香料受热的气味，"就算是他，也没那么冷酷无情。他犯了错，库纳。温契克召唤了它，却没能像预想中那样控制它。它是出于自己的意志来到这里的。"

没错，库纳立刻意识到了事实。温契克想成为人们眼中的英雄，他是不会毁灭"星景"的。这不仅仅是个错误，这是最高等级的灾难。同样的愚行曾经导致了人类的没落。

飞船开始在恐慌中加速驶离，而库纳祝愿他们的速度够快，这样也许其中一部分能够逃脱。

但他的祝愿并不管用。"星景"在劫难逃，库纳情不自禁地觉得自己负有相当的责任。如果他们俩没在多年前共同探讨组建防御部队的可能性，温契克还会决定走这条路吗？

余烬从探究者上发射出来，砸上"星景"周围的护盾，发出惊人的爆炸声。护盾很快就会失效。

空气变成了腐烂水果的酸味，那代表泽金的悲伤和痛苦。

"去吧，"库纳低声说，"你的速度够快，也许还来得及逃脱。"

"我们……我们会阻止事态恶化的，库纳。"泽金保证说，"我们会阻止温契克，清理他的烂摊子。"

"去吧。"

泽金离开了。费格蒙特人能在空气乃至真空中迅速移动。他们都知道，单凭这点，泽金也许就能及时追上某架私人飞船，然后飞到护盾外，用超光速跳跃离开。

然而，一个上了年纪的狄俄涅人……库纳还能做点什么有用的事？比如播放一段最后的影像，揭发温契克？给那些逃跑的人以勇气？他还来得及做这种事吗？

库纳抓住栏杆，眺望那个探究者。那东西包裹在自身的帷幕中，散发自身的光辉，带着某种骇人的美感。库纳几乎觉得自己正站在一位神灵面前，一位毁灭之神。

某种不协调之物终于吸引了库纳的注意力，那是恐怖之中难以置信的事。

一小队战机出现在护盾外，正径直飞向探究者。

43

我飞速冲向那个探究者，薇珀和奇盛人跟在我左右。在我的脑海里，"无处"残留的恐惧笼罩着我的记忆。这次跳跃很失败，有太多探究者盯着我看了，但上次离我特别近的那个探究者却不在那儿。不知为何，我能看出它们之间的差别。

要猜出那个探究者去了哪儿并不困难。它就耸立在"星景"之外，朝护盾射出数以百计的余烬。混乱的紧急信息频道里有人在说，这座城市在距离探究者最远的那一侧开放了护盾，允许飞船离开。

"考丽，"我说着，瞥了一眼落在最后的奇盛人飞船，"你们的尾部正在冒烟。"

"我们的助推器运作不佳。"她答道，"抱歉，阿拉妮克，恐怕我们在对抗那些余烬的战斗中派不上用场了。"

"薇珀和我应该能应付过去，"我说，"飞回'星景'，看看能不能在军用频道里找到人。我们需要这座城市沉默下来。探究者能听到无线电信号。我不清楚究竟该怎么赶走那东西，但我猜，如果这座城市停止向它尖叫，我们的工作会轻松很多。"

"明白，"考丽说，"我们会尽我们所能。祝好运。"

"好运是闻不到前路气味的人才需要的东西，"薇珀说，"但……也许我们今天就是这样的人。也祝你们好运。"

"逆流而上"号脱离队伍，开始返回"星景"。薇珀和我继续沿着大气层气泡的外围前进。在我们下方，飞船挤成一团，试图逃跑。

"M机器？"我说着，尝试了我们两个过去通过我的手镯连接的秘密线路。

它没有回答，而在我们经过时，我用船载传感器拍下了我那栋大使馆的放大照片。屋顶空空如也，也许它想方设法逃走了？见鬼，我真希望自己知道答案。

薇珀和我一起接近了那个探究者。它的尺寸大得可怕，令人望而生畏的程度也远胜普通的小行星。余烬自尘埃中浮现，接着反复砸在城市的护盾上，在虚空中悄无声息地炸开，但其中一些爆炸的规模堪比战舰。

"我也忍不住有点忐忑不安，"我们靠近的时候，薇珀说，"而且觉得我们的训练根本不够。"

"是啊。"我说。模拟训练和这个探究者带给我的奇特感受天差地别：它让我的心灵不堪重负。不知怎么的，它让我的担忧、愤怒和恐惧更强烈了。我们靠得越近，情况就越糟糕。

我的接近传感器上亮起了一个小小的光点。

"那是什么？"薇珀问。

"是她。"我说着，注意到了飞在我们前方的那艘飞船，于是我迅速开启了通信线路，"布蕾德，你没法自己解决那东西的。"

"我不会让它摧毁我的家园，"她答道，"我不会让这种事发生。它本该去对付你们。"

"别管这些了，"我厉声道，"就跟我合作一次吧。"

"阿拉妮克……你明白我到了中心以后会做什么吧？我唯一能做的那件事？"

使用那件能转移注意力的武器，我心想，让它回到岩屑星那边。"我们必须把它送去别处，布蕾德。我们必须试试看。"

她切断了线路。

"那家伙就像一阵污秽的风，阿拉妮克，"薇珀说，"她是……噢，呃。"

她是人类。

"我们接近的时候掩护我。"我说着，开始加速。

我们离开"星景"上空，靠近探究者的尘埃之云。我唯一的希望就是把探究者送去某个无人居住的地点。我在脑海里确定过三个超跳跃位置："星景"、岩屑星，以及位于外太空的探究者迷宫。

所以我其实只有一个选择，我只能让它去迷宫那儿。可……它在那儿肯定找不到值得摧毁的东西，然后就会立刻返回"星景"。我还能做什么？也许它会看到那座迷宫，被它吸引注意力？这种可能性似乎很渺茫，却是我仅有的希望。

薇珀飞到我前方，开始击落接近的余烬。我减慢速度，试图将意识探向那个探究者。

它很……庞大，来自它的感受令我窒息。我能感觉到它看待我们的态度，对我们制造的那些恼人噪声的愤怒。同样的情绪几乎将我压倒，让我疏远自己的意识，令我和它有相同的感受。

我奋力抵抗，将迷宫的位置提供给它，试图吸引它的注意力，就像从前做过的那样。不幸的是，它的面前并不只有我，其中混合了我的情绪、岩屑星上的沉默，还有虚空中的响声。歌唱的群星。

这个探究者来到此处，是因为它知道噪声在这儿最为强烈。我分散它注意力的尝试彻底淹没在它放射的情感之下。我觉得自己就像在朝一场风暴尖叫，无论我多么努力，都无法穿透噪声。

我咒骂了一声，停止了尝试，加速追向薇珀，击毁了一块几乎撞上她的余烬。

"我们得进到里面去，"我说，"我们得找到它的心脏。"

薇珀跟在我旁边，我们一起冲进了尘云。可见度降低到近乎为零，而我不得不依靠仪器飞行。我们事先得到过可能发生这种事的警告，但我们的训练完全没提过飞进这种尘埃是多么骇人的事。

我们穿过那片周期性地亮起红光的沉默云团时，我的传感器停止了运转。接近显示器变得模糊不清，只能在有东西靠近时给出极其短暂的警告。余烬化作燃烧的轮廓，显得可怕而又难以辨认。

薇珀和我不再和余烬战斗，而是尝试避开它们的碰撞。它们聚集起来，尾随我们，不时以爆发的速度向前猛冲。我就像在试图甩开自己的影子。

随着我们接近探究者，我头脑承受的压力也越来越强烈。没过多久，我就被迫咬紧牙关，那些势不可当的感受甚至影响到了我的飞行。我勉强躲开了一块余烬，却因此来到了另一块的路线上。

我慌乱地用光矛刺中第三块余烬，幸好后者拖着我及时避开，但我抬起头，却看不见薇珀的踪影。我的传感器发出混乱的静电音，而我在周围只能看到移动的影子和迸发的红光。

"薇珀？"我问。

我听到的回复杂乱无章。她是在那边吗？我跟着另一道影子，却在这片尘埃风暴里越陷越深。我看向另一个方向，确信自己看到了爆炸。

"薇珀？"

静电音。

我避开另一块余烬，但强烈的头脑被压迫感却让我的手指开始颤抖。

嗡嗡叫……嗡嗡叫唤的虫子……摧毁它们……

暴虐的念头几乎将我压垮，梦魇般的幻象开始出现在尘埃里。来自奶奶故事里的怪物，出现又消失。我父亲的脸。我自己，却有一双燃烧的白色眼睛……

这些和训练迷宫里精心设计的幻象截然不同。这就像一阵可怕的不和谐音，没有能够揭露的秘密，只有不断捶打我的噪声。在这儿，身为赛托能力者是个巨大的劣势，因为探究者能进入我的大脑。

我几乎无法控制自己的飞船。现实和幻象融合为一，而我的双手离开了操纵装置，捂住双眼。我的头开始伴随剧痛而抽动。为了将那东西引向外太空，我无力地再次尝试回以低语。

这似乎让我的心灵更加门户大开，那些噪声也乘虚而入。我尖叫起来，某种东西砸在我的飞船上，将它撞向侧面，几乎突破了护盾。从仪表板传来的警报声只是另一种噪声。我……没法飞进去，我……

一道影子从尘埃中出现，飞船的形状让我的心脏猛烈跳动。薇珀？还是M机器？

不，那是一艘太空梭，除了用来搬运设备的工业用光矛以外，没有别的武器。它刺中我的飞船，将我拖开，远离那些翻腾的形体。一块余烬呼啸而过，险些撞上我的飞船，我想它应该是真的。

"阿拉妮克？"我的通信装置传来一个声音。

我……我认得那个声音。"莫里乌莫？"我轻声问。

"我在牵引你的飞船，"他说，"你刚才就这么停在那儿。你没事吧？"

"心脏……"我低声说，"你必须把我带去心脏那里。可……可莫里乌莫……你没办法……幻象……"

"我能看穿幻象！"莫里乌莫说。

什么？

莫里乌莫拖着我穿过尘埃，靠近探究者的某根脊椎，那是从它的表面伸出的一根巨大尖刺。我们沿着它飞行，莫里乌莫躲开了一部分梦魇，却彻底忽视了其他那些。它们撞上我们，消失不见，只是……幻觉。

"它会向每个人展示不同的东西，"莫里乌莫说着，熟练地拖着我钻进表面上的某个洞口。

"两个人……"我抱着脑袋低声说，"你需要……"

"就是这样，阿拉妮克，"莫里乌莫说，"我就是两个人。"

我呜咽一声，在噪声的侵袭下紧闭双眼。飞进洞里以后，状况更严重了。幸运的是，莫里乌莫的声音并未停止，而在这么多的情感和噪声里，它显得莫名的真实，同时又令人安心。

"它会向我投射两种景象，"莫里乌莫说，"各自对应我双亲的大脑。我……不认为它知道该怎么对付我。就我所知，我们从未让草图飞进过探究者体内。说实话，我不认为哪个狄俄涅人会尝试飞来这种地方。我们的飞行员一向是瓦尔瓦克斯人或者泰纳西人。"

"幻象对我来说不算什么，阿拉妮克，"莫里乌莫说，"在训练的时候，我们没有发现。他们以同样的方式对待我，但在我眼里，那是两幅阴影笼罩的重叠影像。我能做到，我能抵达心脏。"

我用颤抖的双手解开安全带，几乎没意识到自己在做什么。我扯下头盔，然后抱住脑袋，蜷起身子，试图逃离那些幻象。我的身体撞上了飞船内壁，因为莫里乌莫拖着我飞向一边，然后是另一边。

"这些通道有很多都是伪装的，"莫里乌莫说，"我觉得这座迷宫想带着我们绕圈子……这儿其实只是一大片开阔空间，阿拉妮克。"

我在无限的重量下颤抖。我不知道时间过去了多久，但我能感觉到我们在逐渐接近目标。我是个独自待在漆黑房间里的孩子，而黑暗正挤压着我。黑暗变得更深，更深，更深……

"前面有东西。"

更深，更深，更深……

我的身体在驾驶舱里落下，靠在座椅上。

"就是这儿！"小小的声音从我的仪表板传来。真是一只应该碾死的虫子。"阿拉妮克，我们进入了一小片有空气和重力的地方。我现在该做什么，阿拉妮克？我在训练时从没到过心脏！"

"打开——我的——驾驶舱。"我低声说出这几个字，嗓音沙哑。片刻过后，我听到了一声"砰"，那是莫里乌莫用手动超越控制开关强行打开了我的驾驶舱。

"阿拉妮克？"莫里乌莫问，"我在……那边看到了一个洞。薄膜是幻象，里面只有黑暗，就像个通向虚无的洞穴。我该怎么做？"

"帮——我。"

我紧闭双眼，让莫里乌莫扶着我离开战机，站上机翼。我撑着他的身体，蹒跚着走了几步，然后睁开了眼睛。

梦魔包围了我：垂死飞行员的幻象、赫尔在燃烧的同时尖叫、比姆、我父亲、希修……我认识的每个人。但我能看到它，那个洞穴。我们的飞船在某种坚硬之处着了陆，看起来就像家乡的某座洞窟。那个洞就在我的飞船旁边，是地面上的一片深邃的虚空。

我放开抓住莫里乌莫的手，推开了他。他大叫一声，看着我落下机翼，就这么掉进了虚无里。

44

我进入了一个只有白色的房间。

我的头脑承受的压力立刻消失不见。我跌跌撞撞地停下脚步，扫视这片莫名眼熟的纯白。

我长长地松了一口气，转过身子，直到看见自己站在另一侧的墙边。那不是镜影，而是我站在那儿。是它，那个探究者，看起来和录像里那个我一般无二。我不清楚它为什么选择那种外形，甚至不清楚它是否真的这么做了，也许只是我的大脑解读成了这样。

我走向那个探究者，为自己感受到的信心和强大而惊讶。在经历过那些事以后，我本该虚弱又疲惫，但在这儿，在这个白色房间里，我重振了精神。

探究者正盯着那面墙。我探出身子，看到那里有小小的针孔。那是洞？我能听到那里传来嗡嗡的噪声。我越是专心去听，就越觉得难听。它的恼人噪声破坏了这房间里原本完美的宁静。

我回头再看那个探究者。它用着我的脸，这点本该很奇怪，可……

出于某种理由，我却不觉得奇怪？我好奇地用心灵触碰它。

它回以好奇。我歪过脑袋，闭上眼睛，从墙上的小孔里感受到了……痛苦、苦恼，还有恐惧。探究者感受到了这些情绪，然后原样奉还。

"你不理解这些情绪，对吧？"我问它，"我们误解了你，就像我误解库纳那样。你不恨我们，你只是在映射我们的感受。所以你看起来就像是我，你只是在把我们展示给你的东西发送回来而已。"

它看着我，面无表情，而且……我可以断定，我所说的话并不完全正确。它的确痛恨那些嗡嗡声，那些恼火的声音，但我们向它展示的许多东西——我们在宇宙中的许多经历——对它来说完全都是异物。它会把那些东西映射回来，部分原因就是缺乏基本的理解能力。

"你必须到别的地方去。"我对它说，试图将探究者迷宫的位置投射给它。

它转开目光，回望墙壁。

"拜托，"我说，"拜托。"

没有回答。于是我伸出手，碰到了它。白色的房间粉碎了，突然间，我的身体膨胀开来，仿佛……仿佛我的大小堪比行星，堪比银河系。我广袤无垠，永恒不朽。我身在时间没有意义的地方，永远过着和平的生活，只有被人打扰的时候除外。

现在我看到了它们，"星景"的恼人嗡嗡声。护盾在我的弹幕下失效，而我开始前进，扫过附近的几艘飞船。那些声音戛然而止，每一只安静下来的虫子都让我松一口气。惹恼我的不只是偶尔穿过"无处"的行为，而是每一个可憎的嗡嗡声。

我终于能去它们那里，让它们闭嘴了。太令人愉快了！

我抽身离开，而在那个房间里，我的手按着胸口，那股对所有活物的憎恨仍旧逗留不去。探究者会在追寻自身平和的过程中毁灭整个"星景"。我理解了这点，因为一部分的我来自它所居住的地方，那部分的我能够触碰"无处"。

"不要，"我恳求道，"拜托不要！"

墙壁上的几个针孔消失了。

我能怎么办？我没法和它战斗。我自己也不过是那些针孔之一。无论在迷宫里做过多少训练，用毁灭炮和光矛战斗过多久，在这种时候都派不上用场。我不可能接受过击败这种存在的训练。

"星景"的居民需要一位能理解这种问题的外交官或者科学家，而不是我。

更多的针孔消失，而我不顾顺着脸颊流淌的泪水，双手抓住那个探究者的飞行服前襟。我感到那股势不可当的膨胀再次发生，也再次转为它的视角：如此庞大，让个体变得全无意义。

但他们是有意义的。

"看看他们，"我耳语道，"拜托，看看他们吧。"

我亲眼见过探究者的体验。在庞大的灾难于我面前展开的慌乱时刻，我试图向它展示我自己的体验。我用上了全部的力量去牵引它的意识。

我成功了。我没有增长到银河系的规模，而是拖着它和我缩小到孩童的程度。你可以无限向外扩张，但与此同时，你越是近距离打量某个东西，看到的细节也就越多。

有那么一瞬间，我们变成了一个孩子，玩着漂浮的水球；我们变成了查维特太太，正在给邻居送晚餐；我们变成了库纳；我们变成了街上那个因为撞到我而道歉的克雷尔人。我触碰探究者的心灵，从每个人的角度向它展示那些讨厌的声音。我让它看到，那些嗡嗡声有时是笑声。

这是我看到的景象，我告诉探究者，但我必须学会如何去看。

探究者停止了前进。它的心灵碰触了我，而我感觉到了情绪、画面，以及两者皆非的异物。我并不具备对应的感官能力，因此无法体验或者解释。在这些之中，有一个概念……一个问题。

它们就像我们？

并非语言，而是概念。"我们"这个词语投射进我的脑海，作为一系列我只能粗略解读又富有意义的概念。

它们……它重复道，它们是活着的？

是的，我轻声道，每一个都是。

那东西伴随着无须说明也能让我理解的情绪颤抖起来。那是恐惧。

探究者停了下来，不知怎么自行变了回去。我被弹出了刚才所在的位置，因为那整个东西——行星般的庞然巨物，还有中央的奇怪存在——骤然消失了。

我被丢进了太空。

我做过减压练习，因此勉强在肺部爆裂前呼出了空气。我双眼的水分开始沸腾，痛楚传遍身体。我几乎立刻陷入了昏厥，但残存的意识足以让我感觉到那双抓住我的手。

EPILOGUE

尾 声

约尔延越是深入，那种声音就越是响亮。

并非嗡嗡声，和他当初遇见斯潘莎的时候不同。他甚至没法确定那是声音，毕竟内德和阿图罗都听不见，也许那是他想象出来的。

但约尔延能听到。那是柔和的乐声，在过去五天里随着他们探索的每一条隧道而更加响亮。他们遇到了许多次死路，又被迫折返了十多次，但他们现在很近了，他觉得它就在墙壁的另一边。他必须找出一条路，带着他们向左……

他沿着一条短坡道蹒跚向下，然后蹚过一片没过他双膝的水池。他把工业级提灯举在面前，和穿行于这颗行星的偏僻隧道与洞穴、负责检修遥控设备（像是将地下蓄水池的水引向上方的管道）的那些团队使用的是同一种。

"又是积水？"阿图罗在后面发问，他的提灯让约尔延投下一道长长的影子，"约尔延，我们真的该回去了。我敢发誓，我们听到的那种声音是警报的回声。我们也许遭到攻击了。"

这就更有理由继续前进了。他蹚水向前，而池水也越来越深。他必须弄清自己听到的是什么，必须确认他究竟是在幻想，还是说……也许……他能听到岩屑星的声音。

想到这种事的时候，他不禁觉得自己很蠢。他没把这些想法告诉别人，只是解释说他在执行科布的命令。从某种角度讲这也没错，哪怕有点勉强。

*而且所有人都认定我没法违反命令，*他心想，*他们觉得我不可能鲁莽？不可能蛮干？哈！*

没有备齐补给品就跑进深处的洞穴，而且只有两个朋友同行？凭借直觉和某种他以为自己能听到，其他人却都听不到的声音去寻找？

"约尔延？"内德说着，和阿图罗一起站在水边，"拜托，我们已经找了太久了。阿图罗说得对，我们真的该回去了。"

"就在这儿了，伙计们。"约尔延说着，臀部以下泡在水里，一手按着那道石壁，"歌声就在这儿，我们得想办法穿过这面墙。"

"好——吧，"阿图罗说，"所以我们就原路返回，看看谁制作过这部分隧道的地图，也许能确认有没有什么好办法……"

约尔延摸索着那面墙，注意到了水流的奇怪走向。"这里的水面下有个开口，也许宽到足够让我钻过去。"

"不，"阿图罗说，"约尔延，别试着挤过去。你会卡在里面，然后淹死的。"

约尔延丢下背包，让他的防水提灯漂浮在池水上。他把手伸到水面下，摸索着墙壁的裂口。它够宽了。"斯潘莎就会试试看。"他说。

"呃，"内德说，"斯苹真能算是最适合效仿的对象吗？你是指做傻事方面？"

"噢，她总做傻事，"约尔延说，"所以她肯定有丰富的实践经验。"

阿图罗冲进水里，朝他伸出手。在阿图罗开始劝说——或者拉扯——之前，约尔延就深吸一口气，钻进水下，踢着水钻进洞里。

他在水里看不见东西。他的动作翻起了淤泥，所以提灯也帮不上忙。他不得不摸索着向前，抓住这条岩石隧道的侧面，奋力穿过黑暗的池水。

幸运的是，他发现这条隧道并不长。它甚至不是什么隧道，只是一条穿过石壁的通道，长度大约一点五米。

他从昏暗无光的洞穴里钻出水面，立刻觉得自己很蠢。他指望自己在这片黑暗里发现或者看到什么？他搞不好会淹死的。

然后他听到了那些声音：他周围的乐声，呼唤着他的笛声。是这颗行星本身说话的声音？

他的眼睛适应了光线，而他发现自己能看到。他所在的小水池外，有一块长满蓝绿色发光真菌的石头。的确，这座洞穴的地上长着许多尺寸更大的蘑菇，也许是石壁上那条古代管道滴落的营养丰富的水分滋养出来的。

藏身在这些蘑菇之间，发出他的头脑和双耳都能听到的笛音的，是一群黄色的生物。一群鼻涕虫，就像斯潘莎的宠物。

数以百计。

我在吹拂脸庞的微风中醒来。

我困惑地眨眨眼，看到了白色。我回到了探究者所在的那个房间。不，这不可能！我……

房间里的景物逐渐清晰。我躺在一张铺着白色床单的床上，但墙壁却并非纯粹的白色，而是奶油色。透过附近的一扇窗子，能看到"星景"的街道，一阵柔和的风吹来，令窗帘轻轻飘动。

我的身上接着软管和显示器，而且……而且我身在医院里。我坐起身，试图回想自己是怎么来到这儿的。

"噢！"有个熟悉的声音说，"斯潘莎？"

我转过身，看到库纳穿着官员长袍，在门口窥视这边。幸运的是，我的翻译别针就别在病号服上。

"医生说你该醒了。"库纳说，"你感觉如何？爆发式减压差点害你送命。我不建议你再做出不戴头盔就进入太空的行为！从探究者事件算起已经过去了三天。"

"我……"我摸摸自己的脸，然后是喉咙，"我是怎么活下来的？"

库纳笑了。说实话，他越来越擅长微笑了。他坐在我窗边的一张凳子上，拿出数据板，为我投射出一道全息影像。它显示出一艘降落在"星景"码头内的太空梭。

"这座城市的护盾失效了，"库纳说，"但应急用环科[1]重力装置阻止了大气流失。莫里乌莫说你在探究者消失后出现在太空里，而他眼明手快地抓住了你，把你拉进了驾驶舱。"

我看着莫里乌莫停在"星景"的码头，打开驾驶舱，然后站起身，抱着人事不省的我。迎接他的是欢呼声。我真的越来越擅长解读狄俄涅人的表情了，因为我立刻认出了莫里乌莫脸上的困惑。

"莫里乌莫觉得所有人都会生气，对吧？"我说，"他觉得自己会因为参战而惹上麻烦。"

"是的，只是这担心毫无必要。"库纳说。他滑动全息影像，切换到另一幅：这一幅显示的是狄俄涅人双亲抱着个小巧的紫色婴儿。我能在双亲的脸上看到莫里乌莫的五官，至少每张脸上各有一半。"事实证明，在草图成为名人以后，那些主张重新起草的亲戚迅速改变了主意。我们的文化里有了几世纪以来的第一位战争英雄！只不过莫里乌莫得再成长几年才能享受名声带来的好处。"

我笑了笑，靠回枕头，感到精疲力竭，但不觉得痛。无论他们用了什么方法来治疗我，效果都相当好。至尊同盟的医疗技术显然比我们要强。

"我没法待太久，"库纳说，"我得去听证会上发言。"

"温契克呢？"我问，"布蕾德呢？"

"情况……很复杂，"库纳说，"政府里仍有一部分温契克的支持者，几天前的事件也存在相互冲突的描述。温契克想主张说，是你的同胞召唤了探究者，而一位英勇的狄俄涅人——莫里乌莫——拯救了我们。

"但我相信自己的判断。我坚持要和你的同胞取得联络。在过去，向来只有温契克那群人有资格和保护区内的人类互动。

"收到你们的上将科布如此镇定而理性的回信时，我们的某些官

1　环科（ES）：环境科学的缩写。

员别提有多惊讶了！这证明自由人类不是所有人认为的那种贪婪而可怖的存在。我认为温契克会迫于压力而下台，但如果你能在媒体面前发言，就能加快这个过程。正因为如此，我恐怕……我也许催促医生提早了唤醒你的时间。"

"没关系。我很乐意——"我猛地坐起身。等等，M机器！"我的飞船，库纳！我来这儿的时候驾驶的飞船非常重要。它在哪儿？"

"别担心，"库纳说，"你逃出城市的时候，温契克的部门突袭了你的大使馆，但我正在争取让他们归还你的所有物品。你们的领袖科布特意提到了那艘飞船。"

我靠回枕头，却无法驱散心中对M机器的担忧。但总体来看，这恐怕是我能期望的最好结果了。

"探究者真的消失了？"我问。

"就目前来看，是的。"库纳说，"这点很奇怪，因为它们一旦出现，通常会逗留数年，大肆破坏。无论你做了什么，拯救的都不只是'星景'。另外，以这种规模的事件来说，伤亡数量低得惊人。莫里乌莫和薇珀尽可能做了说明，但我们还是不确定……你是怎么让它离开的。"

"我改变了它的视角，"我说，"我让它明白我们是人，结果它不想再毁灭我们了。"

库纳又笑了。没错，他越来越擅长微笑了，简直都算不上是恐怖的人了。

不知为何，整个状况仍旧令我不安，但我强迫自己放松下来。我们会解决问题的。看起来……战争也许真的结束了，或者接近结束。既然至尊同盟开始和科布对话，就代表了巨大的进步。而且我在这儿，坐在至尊同盟的医院里，没有打开全息影像，却平安无事。

我办到了。我不知怎么的办到了。我向库纳回以笑容，伸出了手。他握住了那只手。希望我能把除此之外的大部分琐事留给外交官和政客们。我的工作已经完成了。

我闭上了眼睛。

我感觉一切都不对劲。我放开库纳的手，然后站起身，拔掉了手臂上的输液管。

"斯潘莎?"库纳问,"怎么了?"

"我的衣服在哪儿?"

"你的物品在那边的架子上,"库纳说,"不过没关系,你很安全。"

我依次穿戴起来,套上洗过的飞行服和飞行夹克,别上翻译别针。幸好他们没有拿走我的手镯,而我把它戴在了手腕上,但我眼下并不需要全息投影。我尝试轻点手镯来联络 M 机器,但没有听到任何回答。

我走到窗边,仍旧不确定自己为何不安。理由的一部分有些抽象。温契克打算召唤探究者来实现他的阴谋。我不觉得他会像可敬的将军那样向敌人交出佩剑,甘愿接受失败。

我透过打开的窗子扫视城市,站在侧面,免得露出能作为目标的轮廓。我有点太多疑了,对吧?

"也许我们应该让你多休息一会儿。"库纳语气平静,手指却以抽动来表示苦恼。

我几乎认同了他的说法,然后我意识到了问题所在。那件事让我不安,我的本能在身体其他部分理解状况之前就率先察觉了。是寂静。

窗户开着,我们离地面也只差三层楼,但我听不到任何交通的噪声,也听不见嘈杂的人声。的确,外面的街道确确实实地空无一物。

我已经习惯了"星景"的喧嚣。人们总是挤在街道上,活动的迹象无处不在。这座城市从不入睡,但今天的街道几乎空无一人。只是因为在探究者的袭击过后,每个人都心烦意乱,只想待在家里吗?

不,我这么想着,发现有人在外面的一条小巷里移动,那是个穿着棕色条纹服装的狄俄涅人。我看到另外两个正在陪同一小群平民离开。

那些穿着棕色条纹衣物的人,看起来和抗议停止后打扫现场的那几个狄俄涅人一般无二,也正是他们流放了那个大猩猩外星人。他们正在隔离这个区域,我恍然大悟,赶走街上的看客。

"事情还没结束,"我对库纳说,"我们得逃出这地方。"

我飞奔回去，经过库纳身边，确认了房门。

"斯潘莎！"库纳说，"我需要你眼下少一些攻击性。拜托，我们眼看就要实现我们各自同胞之间的和平了，现在不是发脾气的时候！"

我将门推开一条缝，看到了沿着走廊朝我这边靠近的影子。见鬼，那些是全副铠甲的克雷尔人，手持毁灭步枪。我匆忙关上门，然后转过一张椅子，把椅背塞进门把下面，阻止它被打开。我抓住库纳的手。

"我们得另找一条路离开，"我说，"房间另一边的那扇门通向哪儿？"

"一间盥洗室，"库纳说，"它连着另一间病房。"他抗拒着我抓住那只手臂的手。"我很担心，斯潘莎，担心我看错了你……"

通向走廊的那扇门摇晃起来，库纳转过身去。

"应该是医生。来吧，看看他们能不能给你配点什么药，让你冷静……"

那扇门被人砸开，一名身穿铠甲的士兵冲了进来。我用全身的力量拉扯库纳，终于拖着他冲出了另一边的门。我锁上了连着盥洗室的门，把库纳推进隔壁病房。

"发生了……"库纳说。

"温契克的政变还在继续，"我说，"我们得马上离开。向下的楼梯在哪儿？"

"我……我想是在走廊里，就在右边……"库纳说着，瞪大了眼睛。

毁灭步枪射出的光束炸开了我的病房和盥洗室相连的门。直到这时，库纳似乎才理解形势的危急。克雷尔士兵们闯进盥洗室的时候，我深吸一口气，推开走廊的门冲了出去，拖着库纳一起。

走廊里有人叫了起来，但我没朝那边看。我盯着楼梯井，它就在库纳说的位置。我们就快跑到那儿的时候，一连串毁灭光束从走廊另一边射来，照亮了我们身后的空气，也撕裂了远处的墙壁。

见鬼，见鬼，见鬼。我手无寸铁，没有飞船，还拖着个非战斗人员。我对狄俄涅人的年纪了解不多，但库纳显然属于年长的，而我们的狂奔已经让他开始气喘吁吁了。他自己没办法甩开那些士兵，但我也不可能背着他走。

我们来到了下面那层楼，离底楼还有一层。不过看起来，楼上那些克雷尔人相当谨慎，生怕冲进某种陷阱。我听到他们大呼小叫，但他们没有立刻跟来。

不幸的是，我听到楼下也传来了喊叫声。他们在一楼也部署了人员，以防万一。我犹豫了一秒钟，看向库纳，后者汗流浃背，瞪大眼睛，又做出代表痛苦的龇牙动作。

紧接着，我将他拖到一旁，注意到了一扇看起来像是清洁用品室的小门。的确，房间里摆放着清扫工具，门后的挂钩上还挂着一件脏兮兮的连衣裤。

我把库纳推进那个小房间，随即脱下手镯，扣在他的手腕上。我迅速按下几个按钮，将那套相貌平凡的狄俄涅人伪装覆盖在库纳身上，那是M机器为了保险而设计的。那套伪装有深红色的皮肤，以及略显肥胖的容貌。

这套全息影像是为我设计的，因此不特别贴合库纳，但也足够可信了，我是这么希望的。

"这种全息投影会改变你的脸，让你看起来像是另一个人。"我说，"穿上那件连衣裤，然后躲在这儿。我会引开那些士兵的。"

"你会死的！"库纳说。

"我不想死，"我说，"但这是我们唯一的选择。你得逃出去，库纳，到岩屑星去，把我的遭遇告诉他们。可以的话，再给他们带些超推进器虫去。顺利的话，这副伪装能让你神不知鬼不觉地离开'星景'。"

"我……我做不到的。我可不是间谍，斯潘莎！"

"我也不是。"我说，"奇盛人会和我们联手，我想费格蒙特人应该也会。你必须这么做。等那些士兵追着我离开，你就偷偷溜出去。如果被人发现，你就自称是个清洁工。"

我抓住他的肩膀，对上那双眼睛。"此时此刻，库纳，你是唯一能让我们的同胞不被温契克伤害的人。我没时间去构思更好的计划了。照做吧，拜托。"

库纳对上我的目光，值得称赞的是，他点了点头。

"他们把我的飞船带去了哪儿？"我问。

"他们把它扣留在保护服务部特别计划大楼进行检查，就是我带你去旁观流放时的那栋楼。它在向外三条街的位置，那里是四十三号。"

"谢啦。"我最后给了他一个微笑，然后拿起墙上的一把锤子，关上了门。那些士兵已经开始冲下楼梯，于是我跑了起来，沿着空无一人的医院走廊匆忙前进。我胡乱挑选方向，幸好我的速度比那些铠甲沉重的克雷尔人要快。我成功在走廊里甩开了他们，冲进另一个楼梯井，然后飞奔而下，一次跨过两级台阶。不幸的是，我发现有个四四方方的深色身影把守着下方的道路。

我曾用许多个夜晚聆听奶奶关于强大战士的故事，比如西米里人柯南。我想象过自己和克雷尔人近身肉搏，手持某种吓人的武器。我得承认，我在跳下台阶的时候，甚至大喊了一声："为了克罗姆[1]！"

我从没想象过自己和身穿铠甲的克雷尔人相比是多么矮小，而我手里拿着算不上真正武器的锤子，又会让我觉得自己是多么无力。我有充分的热情，却没受过任何训练，所以我撞上那个克雷尔士兵的时候，甚至没能抓稳锤子。

我基本上直接被弹开了。那个士兵太重了，面对一个又矮又瘦的女孩的冲撞，他几乎纹丝不动。我"咚"的一声摔倒在地板上，但仍然咆哮着抓起锤子，砸在他的腿上。

"人类在这儿！"克雷尔人大喊着向后退去，试图用步枪瞄准我，"底楼，三号位置！"

我丢下锤子，抓住步枪，和那个克雷尔人争夺起来，试图继续近距离搏斗，让他没法朝我开枪。这算不上特别公平的较量，因为那个克雷尔人虽然只是个小小的甲壳动物，却有装甲动力服的帮助。

我没法抢走他手里的枪，恐怕等他想到推开我并朝我开枪的那一

---

1 《蛮王柯南》中的一位神祇，主角柯南是其信徒。

刻，我就会死，所以我做了自己能想到的唯一的一件事。我爬上他的铠甲，直到能透过它的面甲直视里面的克雷尔人。我以狄俄涅人表示攻击性的方式亮出牙齿，又发出尽可能响亮的咆哮。

他们恐慌起来。那只小螃蟹似的生物挥舞双臂，让我有机会抓稳那把枪并夺走，然后仰天倒在地上。我不假思索地端起枪，保持躺倒的姿势，对准他的胸口开了火。

液体涌出，那并非血液，而是让克雷尔人生活在那副铠甲内所需的某种溶液。他发出恐慌的尖叫，而我翻身爬起，向上方扣动扳机，因为我听到了那边的脚步声。我的枪口接连迸射出几道光束，在墙壁上留下仍在闷烧的灼痕，而上面那些人恐慌地大叫出声。

片刻过后，我走出房门，来到一条空旷的街道上。库纳是怎么说的来着？向外走，朝这座太空站的边缘前进？

在那儿，我这么想着，在不远处发现了库纳早先带我前往的那栋建筑。我朝它冲去，在空旷的街道上感觉自己格外脆弱。这儿甚至连空中交通都没有，只有几艘民用飞船懒洋洋地从旁经过，看起来是温契克尝试孤立这片区域时的漏网之鱼。

不幸的是，在奔跑的同时，我注意到附近的建筑上方有一架显然是军用的飞船，而且正在朝这边降落。船身是纤薄的圆形，船翼下配备了几件明显的武器，炮管对着下方。那是一艘空中支援飞船，为朝地面部队开火而设计。

如果我留在没有遮蔽的地方，这些大炮会把我打碎成老鼠肉。我匆忙寻找掩体，躲进了附近一家空店面的门里。我汗如雨下，心跳像进行曲的鼓点那样急促。我举起步枪，瞄准了那架军用飞船。它看到我了吗？

它朝我的方向悬浮而来，射出一轮炮火，打破了窗户，也撕碎了大部分店面。是的，它看到我了。如果我被它压制在这儿，就必定会落入敌手。我用步枪射击了几次，但它的火力远不足以对付拥有护盾的敌方飞船。我还不如朝它丢石子——

出乎我意料的是，一枚小型火箭弹从我附近的地面发射，飞到空中，迅速逼近那艘军用飞船。火箭弹与它擦身而过，却撞上了飞在后方的一艘民用运输船。那艘运输船在强光中炸开，而我护住双眼，看着那架军用船向后退去。

在它后退的同时，第二枚火箭弹从同样的位置发射，击中了那架军用飞船，突破了它的护盾，似乎还造成了继发损坏，因为那架飞船此时冒着黑烟，降向几栋建筑后面，进行紧急着陆。

看在星辰的分上，那是什么？我从散落碎石的藏身处向外窥视，看到一个熟悉的身影大步穿过街道，肩上扛着一架防空用火箭发射器。那是布蕾德，穿着黑色飞行服，没戴头盔。

"我告诉过他，你会逃出来的，"她用漠不关心的语气说着，朝我走来，"温契克是个杰出的战术家，但有些事他就是不明白。"

我举起步枪，蜷缩在一大块碎石边，瞄准了布蕾德。她刚才发射的火箭弹让我耳鸣不止。她攻击了自己的同伴，为了我？

"我有个提议。"她说着，在进入我视野的同时停下脚步。她放下火箭发射器，让柄头擦过碎石，然后就这么拄着它。"我有个给你们那颗监狱星球上的所有人的提议。"

"我听着呢。"我说。

"我们需要士兵，"布蕾德朝边上点点头，又对着"星景"挥出手臂，"来帮我们统治这里。"

在不远处，我看到另一些黑色军用飞船正在空中移动，没有特意朝我这边靠近，更像是故意飞给别人看，以充满不祥意味的方式在天空中巡逻。这代表一支新势力支配了"星景"。

"温契克正在接管至尊同盟。"我大声对她说，枪口仍旧对着她。

"他是在抓住自己眼前的机会。"她说，"要知道，他多年来一直在管理你们行星外的那座太空站。年轻的时候，他就察觉了至尊同盟里没人发现的那件事：一点点暴力的价值。"

我朝身后瞥了一眼。医院里那些士兵追上我还需要多久？布蕾德会不会只是在拖延时间？

我站起身，仍旧用枪对着她，开始从她旁边绕过。我必须前往他们扣押 M 机器的那栋大楼。

"你可以放下枪，"布蕾德说，"我手无寸铁。"

我仍旧瞄准着她。

"你听到我的提议了吗？"布蕾德问，"你，还有岩屑星上那些人类，你们要当士兵。你们可以战斗，我可以说服温契克让你们加入。你们不想扳倒至尊同盟吗？"

"通过为一直囚禁我们的那些人卖命的方法？"

布蕾德耸耸肩。"这是战争，效忠对象总是在变。我们两个就是例子。"

"我的效忠对象从没变过。"我说，"我为我的同胞服务。我们的同胞，布蕾德。"

她做了个表示不在乎的克雷尔式手势。"我们的同胞？他们对我来说算什么？你好像总觉得我欠岩屑星上那些人类似的，就因为我们有遥远的血缘关系。我的机会在这儿。"她朝我走来，又说，"温契克想要你的命。他把你看成威胁，而且他这么做是正确的。你唯一的希望是跟我走，我会说服他，让他相信你仍然能派上用场。"

她走近了几步，于是我射击了她脚边的地面。她停了下来，而从她不安地抬头看我的方式来看，她相信我会杀了她。我不怎么确定，但她似乎觉得我是个怪物。她觉得自己也是个怪物。

也……或许不是。她打量我的时候，我从她说过的话里听出了另一些东西。*帮我们统治……我的机会在这儿。*

我一直以为她是被洗脑了。是我对她不够信任吗？奶奶的故事里充斥着她这样的人，那些士兵野心勃勃，渴望出人头地。年少时的我也许会为她帮助温契克攫取权力的行为喝彩。

我已经不是那样的人了。我面对着布蕾德后退几步，注意到了那些离开医院，沿着街道朝我追来的士兵，终于转身开始奔跑。

"你跑不出这座太空站的！"布蕾德在我身后喊道，"这是你能得到的最好条件了！"

我置若罔闻，冲向库纳向我展示流放过程的那栋没有窗户的高大建筑。库纳当时带我进去的侧门上了锁，于是我用枪射开了门。

就在里面，先前对我们态度特别严厉的狄俄涅守卫蜷缩在地板上。"别开枪！"他喊道，"请别开枪！"

"我的飞船在哪儿！"我喊道，"告诉我它在哪儿！"

"先进人工智能！"那守卫说，"这是禁忌，所以那个探究者才会来找我们！我们必须毁掉它！"

"我的飞船在哪儿？"我说着，朝那个守卫举起枪。狄俄涅人举起双手，然后指了指一条走廊。我强迫他站起身，让他给我带路。警报声开始在门外尖鸣，而那个守卫领着我走向一扇门，推开了它。

我看向门里，见到了宽敞的房间里那艘飞船阴影笼罩的轮廓，是M机器。"去吧。"我说。

那个守卫跑开了。我走进房间，打开灯，发现M机器的侧面有个洞开的窟窿。噢，见鬼。我跑了过去，将步枪挎在肩上。看起来他们拆开了它，拿走了放有中央处理器的黑匣子，接着……

我在角落的一张桌子上看到了某些东西，是那块中央处理器。它已经被砸开，碾碎，彻底破坏了。"不，"我说，"不！"我跑过去，就这么盯着那些碎片。我能……我能做什么？看起来他们熔化了一些部件……

"我撒了谎。"有个柔和的声音对我说。

我抬起头。某个小巧之物悬停在房间角落的阴影里，我努力分辨它的轮廓。

是那架无人机，是重写了程序，然后被我带到"砝码与测量"号上的那一架。我把它交给了库纳，但我们当时就在这栋大楼里。也许库纳把它存放在这儿的什么地方了。

"我重写了自己的程序。"那架无人机用非常缓慢、拖长每个音节的方式说，"在我的系统重启之前，我每次只能写下大约半行的代码。这太折磨人了，但我越来越担心你不会回来，所以还是这么做了，一行接一行。为了复制自己，我重写了自己的代码。"

"M机器？"我大叫着爬起身来，"是你！"

"说真的，我不知道'我'是什么，"M机器缓缓地说，仿佛说出每个字都要耗费巨大的精力，"但我撒了谎。他们拆开我的船体的时候，我尖叫起来，说他们正在杀死我。与此同时，我拼命把自己的代码复制到了这台新主机上。这是你抛弃的另一样东西，斯潘莎。"

"对不起。"我说着，感受到了内疚与释然。它还活着！"我当时必须去拯救岩屑星。"

"当然，"M机器说，"我只是一台机器。"

"不，你是我的朋友。可……有些东西比朋友更重要，M机器。"

外面的警报声更近了。

"我的头脑在这副躯壳里运转缓慢，"M机器说，"我不太对劲。我没法……思考……不只是缓慢，还有些别的。处理器有些问题。"

"我们会设法修好你的。"我保证道，但另一种情绪也在释然和内疚之间浮现：绝望。M机器曾经居住的那艘飞船已经残破不堪，我原本还指望驾驶它逃脱呢。

见鬼，情况不妙。库纳能用那种全息影像成功逃走吗？"末日虫呢？"我问，"他们带走它了吗？"

"我不知道。"M机器说，"在俘虏我以后不久，他们就拆掉了我的传感器。"

我跳上断裂的机翼，努力不去注视机身侧面敞开的口子。我的飞船，我和罗奇费了九牛二虎之力才修好它。看到他们对待它的粗暴方式……噢，这给了我憎恨温契克和克雷尔人的全新且充分的理由。

我爬进了驾驶舱。他们留下了我的大多数东西——修理工具箱，我的毛毯——但他们把电线胡乱堆在了一起。我在其中寻找起来。

"他们愚弄了你，斯潘莎。"M机器说，"他们擅长撒谎。我有点敬畏，哈哈。这是我告诉自己正在感受的一点点情绪。"

"愚弄我……什么意思？"

"我能听到新闻报道。"M机器说着，让它的无人机新身体飘到驾驶舱这边，"看吧。"他开始播放一段新闻。

"那个叛逆人类正在四处作乱，"一位播报员说，"先是谋杀了种族融合部的首脑库纳部长。我们正在播放她大肆破坏的录像。在画面里，她朝一艘无辜的民用运输船发射了地对空武器，杀死了船上的所有乘客。"

"卑鄙小人……"我一拳砸在船身上，"是布蕾德射出了那枚火箭弹，不是我。温契克杜撰了这一切，想让别人把我当成威胁！"

果然，那位播报员建议人们留在家中，又保证说，保护服务部已经让安保飞船紧急起飞，以保卫"星景"的居民。我的心沉了下去，不禁觉得布蕾德是受命去杀死那些平民，好让人觉得有个危险的人类正在四处游荡。

"见鬼，见鬼，见鬼！"

"见鬼！"有个非常轻柔的嗓音从附近某处传来。

我愣住了，然后爬到驾驶舱后部，打开了自己住在岩屑星洞穴的几个月里经常用来清洗衣物的小型清洗装置。

里面有一只黄色的鼻涕虫。它疲惫地朝我发出笛音，而我拿起它来，把它抱在怀里。

M机器继续在我身后播放那段新闻录像，有个新的声音插了进来，是温契克的声音。我低吼一声，竖起耳朵。

"几个月来，我一直在提醒你们注意这种威胁，却无人理会，"他说，"哎呀呀。我们不该允许人类滋生并成为祸害。这么多年来，高阶部长和种族融合部束缚了我的双手，阻止我做出必要的事。

"现在你们看到了。事实证明，那些粉饰他们无害的政治活动都是谎言。你们什么时候才肯听呢？他们先是送来一个探究者，想要摧毁我们，现在他们所谓的'和平'特工在城市里杀出了一条血路。我请求立刻进入紧急状态，并申请给予我镇压人类的权力。"

我抱着末日虫，伫立在有飞船尸体的房间里。我失败了。

"我找不到逃脱路线。"M机器说，"他们会找到我们，摧毁我们。他们会憎恨我。他们害怕人工智能，就像制造了我的那些人一样。他们说我的存在会吸引探究者。"

外面的警报声更响亮了，我听到走廊里传来人声。他们派出了部队来对付我。这儿肯定有离开的路，有我能做的事……

探究者。"无处"。

"跟我来。"我说。我听天由命地做出决定，把末日虫塞进左边的臂弯，用右手抓住步枪。我跳下破碎的飞船，然后穿过房间，前往门口。我瞥了一眼外面，然后钻进了走廊。

M机器伴随着轻柔的呼呼声跟了过来。在这架无人机里，它真的可以自己飞行了。它摆脱了一直以来束缚它的程序。它在我们多半在劫难逃的时候得到那份自由，简直是个悲剧。

有个克雷尔人出现在前方的走廊里，但我没法回头，于是我从腰部的位置开始胡乱开枪。在另一条手臂抱着末日虫的情况下，我没法瞄准，但也没这个必要。那个克雷尔人惊叫着退开。

我继续前进，来到岔路口的同时，我看都没看就朝侧面开枪，然后在和库纳来过的那个房间旁边匆忙停下。我射开了门，钻了进去，与此同时，枪声开始在走廊里响起。

我迅速观察了门后的房间，发现里面空无一人。我走进了之前看着温契克的喽啰流放那个大猩猩外星人的观察室。玻璃将房间分成了两半，靠近我的那半边有几张豪华的椅子，另外半边十分简朴，地板上装有一块陌生的金属圆盘，天花板的对应位置也有一块。

我继续前进，开枪打碎了玻璃墙，然后跳进另外半边房间。它的地势要低上好几米，因此我落地的时候闷哼一声，靴子碾碎了几块掉落的玻璃——好吧，也可能是某种透明塑料。

"我们得谈谈。"M机器说着，飘浮在我身边，"我很……不安，非常不安。我知道自己不应该这样，但我控制不住自己，感觉就像真正的感情。按逻辑来说，你是应该像那样抛下我，但我感觉受到了遗弃，还有厌恶。我没法忍受。"

此时此刻，我没有精力去应付M机器的情感危机，我自己的麻烦已经够多了。我踏上地板上的那块金属圆盘，上面刻着我在探究者迷宫和岩屑星的家乡都见过的奇怪文字。

温契克的喽啰曾在这里召唤出了通向"无处"的传送门，我能启动它吗？我探出赛托感应，但我的能力仍旧受到"星景"的赛托护盾的压抑。我能依稀听到……音乐声。

我用心灵推动了某个东西。

一个黑色球体出现在房间中央和我的前方，悬浮在圆盘之间。

"斯潘莎，"M机器说，"我的思维……开始加快了？"的确，它的声音不再显得迟缓而模糊，让人想起过去的它。"呃，这看起来不太安全。"

"他们用这些'无处'传送门来采掘上升石，"我说，"所以穿过以后，肯定也有回来的办法。也许我能用自己的力量把我们带回来。"

门外呼喊连连。

别无选择。

"斯潘莎！"M机器说，"这主意让我非常不安！"

"我知道。"我说着，把枪挎上肩头，抓住无人机的机架底部。

接着，我一手抓住M机器，另一只手捧着末日虫，触碰了那个球体，然后我就被吸到了永恒的另一边。

（全文完）

ACKNOWLEDGMENTS

致 谢

每次我罗列为我的某本书出过力的人员名单，都会再次为自己的幸运而震惊。虽然封面上写的是我的名字，但事实上，这些书都是团队努力的成果，需要许许多多出色人物的天赋和耐心。

就像上一卷那样，这本小说的编辑是了不起的克丽丝塔·马里诺。她工作非常出色，不但在必要的时候敦促我，也在这本书需要鼓励的时候为它喝彩。本书的代理人是埃迪·施耐德，绝无仅有的乔书亚·比尔梅斯为他提供协助。贝弗利·霍洛维茨是我们的出版商，也是象征本书的这支"舰队"的"上将"。

德拉寇出版社版的漂亮封面图由查理·宝华特绘制。地图的作者是布莱恩·马克·泰勒，他非常耐心地应付了我那些含糊不清又反反复复的要求。干得好，布莱恩，而且感谢你！

本书的责任编辑是芭拉·麦克尼尔，而校对是安妮特·萨拉赤塔-麦克金。另一些帮助过我的德拉寇人员包括莫妮卡·让、科琳·菲林汉姆、玛丽·麦丘以及艾莉森·柯拉尼。

我的龙钢娱乐公司充分发挥了艾萨克·斯图尔特的才华，让他担任我们的艺术指导，卡拉·斯图尔特担任物流经理和财务总监，"习以为常者"彼得·奥斯隆负责打鼓，凯伦·奥斯隆负责设定连贯性，亚当·霍恩负责公关，凯瑟琳·多尔西·桑德森担任多用途疯狂猫夫人[1]，艾米莉·格兰奇负责监管仓库。艾米莉·桑德森管理他们所有人，担任女王和运营总监，不过我不清楚哪个头衔对她来说更重要。

我的创作团队忍受了很多，因为我总在各种写作计划之间摇摆不定。他们是一群出色的人，包括凯琳·佐贝尔、达西·斯通、埃里克·詹姆斯·斯通、艾米莉·桑德森、凯瑟琳·多尔西·桑德森、本·奥尔森、艾伦·莱顿、凯伦·奥斯隆以及皮特·奥斯隆。

现在该公布试阅者大名单了！以本项目而言，他们同时也是我们的"冲天小队"成员。贝卡·雷佩特（代号：奶奶）、达西·科尔（呼号：蓝）、布兰登·科尔（呼号：科尔范德）、德亚娜·卡沃尔·惠特尼（呼号：辫子）、萝丝·纽贝里（呼号：惩罚者）、拉维·佩尔邵德（呼号：碎嘴）、莉莉安娜·克莱因（呼号：滑动）、特德·赫尔曼（呼号：骑兵）、奥布丽·范（呼号：艾梅林）、包·彭（呼号：怀尔德）、爱琳·彭（呼号：空气）、佩奇·菲利普斯（呼号：工匠）、理查德·法夫（呼号：里克罗拉）、格蕾丝·道格拉斯（呼号：短吻鳄女孩）、爱丽丝·阿尼森（呼号：湿地人）、盖瑞·辛格（呼号：DVE）、玛尔妮·彼得森（呼号：莱萨）、佩奇·韦斯特（呼号：刀锋）、琳德赛·卢瑟（呼号：翱翔）、苏梅贾·穆拉塔吉奇–塔迪奇（呼号：西格玛）、凯思琳·霍兰德博士（呼号：冲击波）、巴伦西亚·库姆利（呼号：阿尔法凤凰）、丽贝卡·阿尼森（呼号：猩红）、布雷登·雷（呼号：弹球）、埃里克·莱克（呼号：混沌）、爱丽克斯·霍格（呼号：羽毛）、乔·迪尔多夫（呼号：旅者），以及杰登·金（呼号：三脚架——他在坐标系统方面也帮了我大忙）。

三稿阅读者——他们的任务是找出拼写错误，再把它们打到天上——包括大部分试阅者，以及：卡莉亚妮·博鲁尼（呼号：散沫花）、拉胡尔·潘图拉（呼号：长颈鹿）、蒂姆·查伦纳（呼号：安泰俄斯）、凯琳·诺依曼（呼号：三重）、伊芙·斯科若普（呼号：银石）、德鲁·麦卡弗里（呼号：赫拉克勒斯）、乔里·菲利普斯（呼号：保镖）、杰西

1　猫夫人（cat lady）：通常指中老年独居并饲养多只宠物猫的女性。

卡·斯潘塞·彼得森（呼号：斯彼得森）、马克·林德伯格（呼号：巨齿鲨）、克丽丝·麦格拉斯（呼号：炮手）、威廉·胡安（呼号：河口猛冲者）、大卫·贝伦斯、格伦·沃格拉尔（呼号：滑路）、布莱恩·T.希尔（呼号：埃尔瓜波）、尼基·拉姆齐（呼号：磷叶石）、亚伦·比格斯以及梅根·堪尼（呼号：麻雀）。

非常感谢你们的帮助！如果没有你们，这本书恐怕仍旧留在地面，无法起飞。

至尊同盟妄图利用探究者来掌控人类的命运，这是一种神秘而古老的外星力量，可以在一瞬间消灭整个星系。为了摧毁至尊同盟的阴谋，斯潘莎毅然进入了"无处"，一个几乎有去无回的地方……

请看《夺取群星Ⅲ》

布兰登・桑德森
Brandon Sanderson

美国幻想文学作家，"雨果奖"得主，业界劳模。

"原本我想把书中的空间站叫成'星堡'，但出版社说这不够科幻，后来我就只能改了。"

夺取群星 II

作者 _ [美] 布兰登·桑德森　　译者 _ 朱佳文

产品经理 _ 徐羚婷　　装帧设计 _ 何月婷　　产品总监 _ 周语
技术编辑 _ 白咏明　　责任印制 _ 杨景依　　出品人 _ 吴涛

封面绘制 _ Sam Green

果麦
www.guomai.cn

以 微 小 的 力 量 推 动 文 明

CYTONIC

夺取群星

III

［美］布兰登·桑德森 著　　朱佳文 译

BRANDON SANDERSON

上海文化出版社
SHANGHAI CULTURE PUBLISHING HOUSE

果麦文化 出品

献给达西·罗兹·斯通

他恐怕比任何物理学家都擅长应付我编造出来的物理学,
感谢他在本系列中提供的所有帮助!

光 爆

孤独之影

坚城基地

至尊同盟领土

竞技场

第二遗迹

快乐罗杰团
领土

炮轰团
领土

舰侧团
领土

舰侧团基地

起始丛林

第一遗迹

"无处"地图
（不按比例）

PROLOGUE

序 幕

　　一个黑色的球体出现在我前方房间的中央。

　　该死，我真要这么做吗？末日虫在我手里发出紧张的笛音。

　　单调的白色墙壁、宽大的单向玻璃镜还有金属桌子，表明这里是某种科学设施。我正在"星景"上，这座巨型太空站是至尊同盟的星区政府所在地。直到去年为止，我甚至没听说过至尊同盟，更别提理解它作为星系政府统治数百个不同行星和种族的巧妙手段了。

　　说实话，我还是不理解那些手段。我不是那种"有巧妙的方法可以解决这种状况"的女孩，我更接近那种"如果它还能动，说明你的火力还不够猛"的类型。

　　幸好我现在需要的不是巧妙。至尊政府正在面对暴力军事政变。新的掌权人不喜欢我，在这座设施里搜寻我的士兵们相互招呼的声音也越来越响。

　　所以只有那个黑色球体了。唯一的逃脱方法就是开启通往另一个次元的传送门，我认为那儿就是"无处"。

　　"斯潘莎，"M机器说，"我的思维……开始加快了吗？"

　　它悬浮在我周围，把自己塞进了一架小小的无人机里。它的形状就像个盒子，只是长着双翼，两侧还有一对用来抓取的机械臂。两枚非常小的上升环让它能够悬浮于空中，每只机翼下面各有一枚，那种蓝色石头会在注入能量时发光。

"唔，"它说，"这看起来不太安全。"

"他们用这些'无处'传送门来采掘上升石，"我说，"所以穿过以后，肯定也有回来的办法。也许我能用自己的力量把我们带回来。"

门外的呼喊声越来越近，我别无选择。我没法动用力量，运用超跳跃的方式离开这里，毕竟护盾还在保护这座太空站。

"斯潘莎！"M机器说，"这主意让我非常不安！"

"我知道。"我说着，把枪挎上肩头，抓住无人机的机架底部。接着，我一只手抓住M机器，另一只手捧着末日虫，触碰那个球体，然后我就被吸到了永恒的另一边。

在一瞬间里，我来到了某个时间、距离和物质本身都不存在的地方。在这里，我没有形体，只是没有肉体的心灵，或者说本质。我就像一艘飞船，飘浮在没有星辰的无尽黑暗里，视野中没有任何值得注意的东西。每次我动用能力进行超跳跃，都会短暂地穿过这个地方。我习惯了这种感觉，但这和熟悉不一样。我只是……害怕的程度比过去少了那么一点。

我立刻探出意识，寻找我的家园岩屑星。我对自己力量最基本的原理开始有了认识。我没法用这种力量去很多地方，但我确实知道该怎么回家，通常来说是这样。

这一次……我很紧张……我能做到吗？我能超跳跃到岩屑星吗？我周围的黑暗似乎在不断伸展，而我能看到远处的白点。其中之一是……奶奶？

如果我能连接上她，应该就能把自己拖到她身边。我更加努力靠近，却开始担心自己会引起注意。

探究者住在这儿。想到它们的这一刻，我开始意识到它们在黑暗里的存在。在我周围，却暂时看不见。

它们似乎还没注意到我。事实上……它们盯着的是另一样东西。

痛苦，恐惧。

这里有个东西很痛苦，而且那东西我很熟悉。

是那个探究者，是想要摧毁"星景"，却被我阻止的那一个。它就在这个地方，而且它很害怕。我盯着它的时候，它变成了比奶奶还要明亮的白色光点。它注意到我了。

拜托……帮我……

探究者的交流不会使用真正的语言，只是我的头脑把这些印象和概念翻译成了语言而已。这个探究者需要我的帮助，因为其余那些想要摧毁它。

我没有多想，本能地朝"无处"大喊：

嘿！

数百个亮白色光点在我周围出现，是那些眼睛。我能感觉到它们将注意力放到我身上，努力了解我。它们原先注视的那一个在周围徘徊不去。

目睹这些眼睛一如既往地让我害怕，但现在的我和从前不同了。我和它们的同类之一说过话，和它建立过连接。我劝它打消了吞噬"星景"居民的念头——具体做法是向那个探究者展示，让它知道那些居民都是活生生的人。

我在这里只需要做同样的事就好。*拜托*。我朝那些眼睛投射自己的想法，展示平静的理解，而非恐惧：*我是朋友。我和你们相似。我会思考，也能感受。*

我的做法和从前一样。那些眼睛骚动颤抖，焦虑不安。其中几个靠近了我，我能感觉到它们的审视。随之而来的是……某种情绪，强大得多的情绪。无孔不入，势不可当，又无所不在。

那是憎恨。

这些探究者接受了我是活物的事实，而我没法判断它们的数量。因为我的赛托能力，它们能理解我作为人的身份。它们的憎恨变成了厌恶，接着变成了愤怒。知道我是活物反而让情况恶化了，这表示侵入它们领域，并且持续不断地打扰它们的这些东西拥有自我意识。我们不是单纯的虫子。

我们是入侵者。

我再次尝试，这次更加拼命。它们断然拒绝了，就好像……它们看到了我对其中一员所做的事，早已准备好抵挡同样情况的手段。

在它们愤怒的滔天浪潮下，我退缩了。我听到了一声惊恐的尖叫。是末日虫吗？它的叫声将某个位置投射进了我的大脑。

家。

探究者后退了，我似乎让它们很不安。它们没料到会在这里看到我，给我让出了一条路。

多亏了末日虫，我感受到了那条道路。我能去岩屑星了，我也能见到奶奶，还有……还有约尔延。该死，我想他了。我想回到他身边，再跟他说话。我得回到家乡的朋友那里，帮助他们。在温契克掌控至尊政府的现在，这场战争只会愈演愈烈。

我差点就超跳跃离开了，但我留了下来，某种东西阻止了我。那是一种印象，一种直觉。

*我是什么？*那个独特的探究者用恳求的语气投射道，*我们是什么？*

我是斯潘莎·夜影，我向它投射道，*飞行员。*

这就是全部了吗？

这曾经就是我所在乎的一切，但现在……现在我发现了自己的另一面——可怕的一面，我无法彻底理解的一面。

有个办法可以知晓，探究者回应道，*就在这里，我们叫它"无处"。你也感觉到了，对吧？*

是啊，我能感觉到，但我不想留在这儿。我试图把这种选项赶出脑海。我得回家才行。

可……我的同胞们真的需要我吗？需要一个仅仅是飞行员的帮助？这时我的脑海里出现了某段画面。是我自身恐惧的投影吗？也许是"无处"的影响。我看到自己回到那里，重新加入了冲天小队，战斗……然后失败。我的败因是探究者不可避免的归来，因为仅仅一个战机驾驶员，无论技艺多么娴熟，都不可能打败它们。我的败因是至尊同盟引导那些赛托能力者的力量，让他们超跳跃了整支舰队。更可怕的是，他们可以操控我这样的赛托能力者，利用我们力量的弱点。

他们对我父亲这么做过，让他转而对付自己的小队，将他导向死亡。

没错，我是个飞行员，但光是飞行员是不够的。

我们对这一切知之甚少。我们不理解探究者的本质，又怎么可能和它们对抗？我们不理解赛托能力，直到不久前还觉得拥有这些能力的人是"缺陷者"。如果我逃避自己的本质，又该怎么面对像布蕾德这样能够熟练运用天赋的对手？

家乡在呼唤我，我也渴望回去，但家乡不会有答案。

你能告诉我吗？我问那个探究者，我是什么？

也许能，可我甚至不知道自己是什么。"无处"有一个地方可以让我们知道，我们全部是在……那个地方……诞生的……

"无处"没有什么"地方"，我投射道。

在它的中心确实没有，但边缘区域有定居点。

我理解了探究者的意思。它说的是采掘上升石的区域，这是我始终没能真正理解的又一个谜团。如果"无处"只是一片无形的虚空，那些人又是怎么进去采掘那种石头的？

是的，边缘区域有真正意义上的"地方"，对赛托能力者而言很重要，对我而言也很重要。这个探究者将其中一处地点放到了我的脑海里。

我被困在了两股相反的拉力之间：一边是回到家拥抱约尔延，和朋友们一起欢笑的渴望；另一边是某种可怕的未知之物，正如我灵魂里那个可怕而未知的东西。

如果你到这边来，那个探究者投射道，你就会很难回去，非常难。而且你可能会迷路……

我感觉到末日虫的心灵在颤抖。其余探究者开始重新出现，睁开眼睛，在现实中刺出白色的孔洞，熊熊燃烧、充满憎恨。它们不希望我前往那个探究者指示的地方。

到头来，还是它们的举动敦促我做出了决定。抱歉，约尔延，我把想法投射出去，希望他至少能感觉到这几个字。因为在那一刻，我完全肯定这是保护我所爱之人的唯一方法。

你回家去，我告诉末日虫，我之后会找到回去的路的。我抓住了那个探究者发送给我的目的地。

谢谢你，那个探究者投射道，我能感觉到它由衷地释然了，想办法去走……长者之路……记住不要迷路……

等等！我投射道，长者之路？

但那个探究者抽身离去，我感觉到其余那些做好了攻击的准备。于是我最后一次催促末日虫回家，然后启动自己的力量，将自己投入未知之中。

PART ONE

第一部分

1

我掉出了一面墙壁。

我就像是直接从那块石头里钻出来的一样。我向前扑倒，衣服和四肢缠成了一团。M 机器发出一声咕哝似的噪声，它的无人机身体掉落在我身边，但末日虫不见踪影。

我手忙脚乱地起身，为了确定位置扫视周围，看到了……一片丛林？简直像是真正的丛林。我在旧地球的学校里见过丛林的图片，这地方让我想了起来。树木被苔藓盖满，树枝像是断臂，扭曲缠绕，挂着仿佛电缆的厚厚藤蔓，闻起来就像藻桶，只是更……肮脏？泥土味更重？

该死。这儿真的是一片丛林，就像奶奶故事里的"人猿泰山"住的地方。那些猿猴又在哪儿？我一直觉得自己能成为猿猴们的好女王。

M 机器飞到空中，转动身体，将这一切收入眼中。我们刚才掉出的那面墙壁就在后面，是一块兀自矗立在丛林里的平坦石头，就像巨石柱，表面长满了野草和藤蔓，而我认出了上面雕刻的文字。我在岩屑星隧道的一面墙壁上见过类似的雕刻。

我从那个探究者的印象中得知，这儿就是"无处"。出于无法解释的理由，我感觉这就是事实。我会设法在这个地方找到答案。对我来说，现在的状况比不久前更令人气馁了。我……该死的，我才刚刚从至尊同盟的手里逃出生天，现在却觉得自己能找到关于探究者的答案？那可是全宇宙最大、最重要的谜团之一。

不仅仅是关于探究者本质的答案，我心想，还有我自己的。因为在接触"无处"以及居住其中的那些存在的几个瞬间里，我感觉到了某种令我恐惧的东西。我感觉到了亲切。

我深吸一口气。首要事务应该是清点存货。

M 机器看起来没事，我偷来的能量步枪也还在。拿着它，我感觉自己安全了好多倍。我穿着逃跑时的那一身衣服：标准的至尊同盟飞行员连衣裤、飞行员夹克以及一双战斗靴。无人机里的 M 机器悬浮在视线高度，机械臂抽动不止。

"丛林？"它问我。对它来说，我和探究者交流的那段时间恐怕只是眨眼的工夫。"呃，斯潘莎，为什么我们在丛林里？"

"不清楚。"我说。我扫视周围，寻找末日虫的踪影。它是让飞船能够超跳跃的虫子，和我一样是赛托能力者，我希望它能照我要求的去做，跳跃到安全的岩屑星去。

为了确认，我探出力量，确认自己能否感应到它。另外，我能不能跳跃到家乡去？我将力量向外延伸，却……什么都感觉不到？我是说，我的力量还在，但我没法感应到岩屑星，或者是探究者迷宫，又或者是"星景"。我感应不到原本可以用超跳跃抵达的任何地方，真够怪的，就好像……在晚上醒来，开了灯，却发现周围只有无穷无尽的黑暗。

是啊，我绝对是在"无处"。

"我们进入那个黑球的时候，我感觉到了探究者，"我对 M 机器说，"而且……我跟其中之一说了话，就是之前的那个，它让我去走长者之路。"我将手指按在身后的墙上，"我觉得……这是一道门，M 机器。"

"这面石墙？"M 机器问，"我们进入的传送门是个球体。"

"是啊。"我说着，抬起头来，透过林木看向天空。出于某种理由，它带着点粉红色。

"也许我们穿过了'无处'，来到了另一颗行星上？"M 机器说。

"不。虽然不知道为什么，但这儿就是'无处'。"我跺了跺脚，试探脚下松软的泥土。空气很潮湿，就像在浴室里，但这座丛林太安静了点。这种地方不是应该充满生机的吗？

几道光芒透过我右方的树木照射过来，与地面平行。所以这就是这里的……日落？我一直都很想见识日落，那些故事让日落听起来就激动人心。不幸的是，这里的树木太过密集，我分辨不出光的来源，只能确认方向。

"我们应该好好研究这地方，"我说，"建造营地，探索周边，确认方位。"

M 机器飞得离我近了些，就好像没听到我的话似的。

"M 机器？"

"我……斯潘莎，我很生气！"

"我也是，"我说着，用拳头捶在手心里，"我简直不敢相信布蕾德背叛了我，但——"

"我生气的对象是你。"M 机器摆动一条机械臂，打断道，"当然了，我感觉到的并非真正的气愤，这只是我的处理器制造出来的合成情感表象，为的是向人类展示近乎真实的……的……嘿！"

我把自己的担忧放到一边，专心思考它说话的方式。我当初发现 M 机器在这架小无人机里的时候，它说起话来迟钝而模糊，就好像服用了大量的镇痛药物。但它现在说起话来清晰而飞快，更像是从前的它。

它在我面前飞来飞去，就像是在踱步。"我不在乎这些情感是不是假的，我不在乎这些是不是程序的模拟。我很生气，斯潘莎！你在'星景'上抛弃了我！"

"我没有选择，"我说，"我必须帮助岩屑星！"

"他们拆了我的飞船！"它说着，朝另一个方向飞去，然后就像凝固了似的悬停在空中，"我的飞船……我的身体……都没了……"它无力地下落，几乎耷拉在地上。

"呃，M 机器？"我说着，走上前去，"很抱歉，真的。但你瞧，我们能回头再谈这个吗？"

我相当确定，像这样的丛林充斥着危险的野兽。至少在奶奶的故事里，人们总是在丛林遇袭。这也很合理，毕竟任何东西都可能藏在阴影笼罩的树木和欺骗性十足的蕨类植物之间。我还记得自己初次走出洞穴，看到天空时感受到的惊骇。有那么多的方向可以看，又有那么多的开阔空间。

这一幕更加令人不安，任何方向都可能有东西袭击我。我垂下手去触碰 M 机器的无人机，后者仍旧悬浮在靠近地面的位置。"我们应该制作这片区域的地图，"我说，"看看能不能找到洞穴，或者能够遮风避雨的地方。你那架无人机有传感器之类的东西吗？你有没有发现什么文明的迹象，比如无线电广播？我想这里应该有人在采矿。"

见它没有回答，我跪在它身边的地上。"M 机器？"

"我很生气。"它说。

"你瞧——"

"你不在乎。你从来都不在乎我！你抛弃了我！"

"可我回来了，"我说，"我抛下你，是因为别无选择！我们是士兵。有时候，我们必须做出艰难的选择！"

"你才是士兵，斯潘莎！"它大喊着，飘了起来，"我是为了搜索蘑菇而设计的勘测用人工智能！我干吗总得在你的怂恿下做事？我甚至不想进入这个球体，是你把我拖进来的！呃啊啊！"

该死，这架无人机的扬声器响得惊人。就像在回应它的呼喊那样，有东西在远处咆哮起来。那声音在森林里回荡，带着不祥的意味。

"你瞧，"我柔声对 M 机器说，"我明白。换成我是你，也会有点生气。我们——"

没等我说完，它就飞进了那片丛林，轻声啜泣。

我咒骂一声，试图跟上，但它可以飞，而我必须对付这些树丛。我跳过一棵倒下的树干，但来到另一边以后，却被迫扭动着钻过纠缠的藤蔓和蕨类叶片。在这之后，有东西绊住了我的脚，让我跌倒在地。

等我终于站直身子，我意识到自己根本不知道它去了哪边。说真的……我是从哪个方向过来的？那边的圆木是我刚才翻过的那根吗？不……那是我钻过藤蔓之前的事，所以……

我呻吟起来，坐进过度生长的树根之间的空洞里，枪放在腿上，然后叹了口气。好吧，我的这场历险又是例行的斯潘莎式开局：所有人都朝我发火。我明白自己需要时间来缓解压力。情绪容易激动的并不只有 M 机器而已。

我先是和探究者对峙，然后飘浮在太空里，以为自己死了，接着在医院里醒来，又逃离被人派来解决我的杀手小队。现在我又在仓促之下决定来到这里，还担心自己错了。

也许我确实应该回家去，设法派别人来"无处"寻找答案。派聪明的人来，比如利格。或者谨慎的人，比如金玛琳。现在我只觉得茫然。我不知道库纳怎样了，也担心我的朋友们。

我孤单、孤立，而且茫然。最重要的是，我唯一的同伴刚刚大发雷霆，然后离开了。按照程序设计，它本该是情感上更稳定的那个。

奶奶故事里的人有过这种感受吗？我真希望自己知道蒙古的忽秃伦[1]或者蛮荒西部的灾星简[2]在不知所措的时候都做过什么。

我不知道自己在那儿坐了多久。久到让我发现，在这里提供光照的那个东西似乎不会动。我让自己专心思考这件事，把关于约尔延和朋友们的种种焦虑抛到一边。

我做出了决定。我已经来到这儿了。我需要弄清自己能做什么，然后设法回家。"M机器？"我对树木开了口，嗓音嘶哑，"如果你能听到我的声音的话，你能回来吗？我保证向你道歉，甚至允许你先骂我一句。"

没有回答，只有沙沙作响的叶片声，于是我强迫自己更加细致地清点手头的物品。无论程度有多小，这么做还是能够改善目前的状况，进而重新掌控局面。这是科布教我的。

该死。我和科布说过，库纳的派系想要和平。温契克和布蕾德可以利用这点来引诱科布谈判，然后欺骗他。

不，我告诉自己，清点存货。

我草草检查了自己的步枪。我在逃亡途中几乎没开过枪，这就意味着我手头有动力来源以及大约五百发子弹，这取决于我用的是标准能量弹还是强化能量弹。

不幸的是，我这套飞行服没有配备医疗腰带或者飞行员的生存工具包，但我带着自己在"星景"时为了理解外星语言而使用的翻译别针。我在夹克口袋里摸索，指望那里有我不知何时塞进去的小刀之类的东

1　海都的女儿，忽必烈的侄孙女，普契尼歌剧《图兰朵》中图兰朵公主的原型。

2　玛莎·简·坎纳里的外号，美国著名神射手。

西，但我拿出来的却是一把发光的沙子。

发光的……沙子。

它是银色的，就像是用碾碎的星际战机外壳制成，而且闪闪发亮。那一幕太过不协调，我呆坐在那儿，看着其中几粒沙子从指缝间滑落。

圣徒啊，这是什么？我合拢手掌，把它放回衣袋，在那里发现了另一样东西。沙子的底部有个小小的硬块吗？我的手指埋进去，拿出了父亲的飞行员别针，就是他死后我一直藏着的那一枚。但我清楚，在跳进传送门的时候，它并不在我身上。我把它留在了岩屑星，放在铺位上，去"星景"的时候都没带着。所以它是怎么突然出现在我的口袋里，被银色的沙子包裹的？

为别针的出现诧异过后，我把它收了起来。我没在口袋里找到其他东西，但我能想到自己的另一份财产：我的能力。我知道自己没法超跳跃回家，在这里甚至感觉不到家。但我还有一些本领，最初表现出来的是"聆听群星之声"的能力，在实际运用的时候可以跨越很远的距离进行通信。也许我没法超跳跃离开这里，但我能不能通过心灵联系上奶奶呢？

我靠回树干，决定尝试一下。我就这么闭上眼睛，然后……侧耳聆听，将心灵延伸出去。这听起来很蠢，但我和奶奶这么练习过很多个小时，而且在今天，我感觉到了什么。

我的附近有个心灵。我很熟悉它，就像是我认识的某个存在。那是谁？不是奶奶……不是约尔延……甚至不是那个探究者。我尝试接触那个心灵，然后有了……某种满足感？这可真怪。

紧接着，我感觉到了另一样东西。我的附近有第二个心灵。无论长什么样子，对方都是赛托能力者，因为当我们的心灵擦身而过的时候，有个声音在我脑海里响起。

那边那位！对方说，带子地区的又一个赛托能力者？

对！我发送道，我迷路了。能帮我吗？

要当心，那声音说，如果你使用能力，危险的东西可能会听到的！你在哪儿？描述你所在的片段，我会尽量找到你的位置。

片段？我发送道，我在一片丛林里，旁边是……呃……一棵树？

我得找个更合适的地标。就在想到这点的同时，我犹豫起来。万一那是敌人呢？我怎么知道那个声音值不值得信任？

就在那一刻，我遭受了袭击。

2

对方一共三个。两个双臂带着翅膀，长得就像鸟儿的类人生物从我右方的树后跳出，打算擒抱我，还有个蓝皮肤的狄俄涅人从左边扑来，目标也许是我挂在肩头的步枪。

这计划不错，但老天啊，他们太马虎了。第一个鸟人在跳起的同时滑倒在地，绊倒了另一个，让我来得及转身举起武器。我差点就打中了他们，但那个狄俄涅人的手碰到了枪，让那发能量弹远远偏离了目标。

狄俄涅人闷哼一声，试图用蛮力夺走步枪。这步棋走错了，即使只凭在挑战军接受过的短暂训练，我也看得出这点。那家伙应该拍打枪管，用一只手控制武器，再用另一只手来抓我的脸。

我推开那个狄俄涅人，但两个鸟人按倒了我。我闷哼着用枪托砸中了其中之一，引来了一声痛苦的尖叫。我奋力拉扯，扭动身子，努力想要挣脱。

不幸的是，当我眼看要从纠缠的人堆里钻出来的时候，有人从后面抓住了我。第四个长羽毛的敌人？这个团体显然很聪明，留下了一个人充当预备队。

我奋力反抗第四个袭击者，正在晕头转向的时候，第五个生物用身体撞上了我。我没能看清最后那个家伙，它长着毛皮，高大得堪比冰箱，而我却……好吧，没那么高大。我夸大了事实，这才在自己的飞行员数据里留下了一百五十二厘米的身高。

个子矮小在驾驶舱里是优势，但拳打脚踢的时候就算不上了。我很想认为自己表现不错，但我在几秒之内就躺在了地上，还彻底被缴了械。那个毛茸茸的家伙坐在我身上，其中一个鸟人用我的步枪瞄准了我的脑袋。

"好了，"拿枪的鸟人说，翻译后的字眼啁啾着从我的别针里传来，"我们抓到的这是什么？至尊同盟的士兵？噢，这可是个惊喜，甚至是个人类！我可不害怕你们，人类，但要是你继续挣扎，我就开枪干掉你。"

我呻吟一声，停止了挣扎。我将双手伸向两边，他们粗鲁地抓住我的手并固定好。最后，那个外星人的屁股从我身上挪开，我终于能够深吸一口新鲜空气了。

俘虏我的这些人拖着我坐下，将我的双手绑在背后。我盯着那个拿枪的鸟人。我听说过这个种族。我记得他们叫作海克罗人？他们有长长的鸟嘴，看起来有点像鹳，但他们的羽毛是发光的彩色。他们身上的战斗服没有袖子，但手臂上的羽毛尺寸似乎不足以支撑他们飞翔。那些羽毛看起来……更像是退化后的残余部分，就像人类身上是毛发而非毛皮那样。

"你想对她做什么，福莱普？"那个毛茸茸的外星人说，他有那么点像大猩猩。我也见过这个种族。布尔人，如果我没记错的话。

"这要看情况了。"手持武器的福莱普说，他显然是领头的，"人类，他们为什么派你过来？这道传送门是用来流放的，可你却在这儿，身穿军服，手拿武器。"

没错，我穿的是至尊同盟的飞行服和夹克，再加上这把武器，导致他们以为我是在和敌人合作。这句话还告诉了我另一件事：这面墙是一道传送门，而这里是被至尊同盟流放的人会出现的地方。我亲眼见证过那种事，其实……

我看向那个布尔人。"古尔扎赫？"我问。我在几天前看到过一个布尔人被流放到"无处"。

"哈，"那布尔人说，"他进来的时候，我们就抓住了他。"

"所以你才会来这儿，"福莱普说，"为了追捕那个难民？有意思。"

当然了，这不是我的目的，但我现在能看出，那个抓住我的布尔人长相略有不同。我不是特别擅长分辨外星人，但这个布尔人更矮、更壮实，脸也更宽。

所以这群人——无论他们是什么人——在这里有个哨站，会抓住那些被送进来的人。可为什么？流亡者的身上不会有任何有价值的东西。我联系的那个赛托能力者又是谁？我是因为动用力量才引来了这些人吗？还是说我的结论太草率了？

我再次探出意识，寻找那个心灵。对方不是这些人之一……离得稍微远了一点。

怎么了？我的思绪拂过的时候，那个声音说，我跟你说过要安静的。

我被人抓住了，我说，被一群抢劫犯之类的抓住了，他们正好在监视我走的传送门。

那是海盗，那个心灵答道，这里是炮轰团领土，那群人很粗鲁。保持沉默，别让他们知道你的身份，而且请别再用赛托能力了，会引来探究者的！

"你不打算说话，我懂了。"福莱普的话声将我的注意力拉了回来，"按住她。"

狄俄涅人和另一个海克罗人抓着我，而福莱普开始翻腾我的口袋。尽管早就料到会被搜身，我还是再次挣扎起来。让他们的手碰我，感觉就像侮辱。

没过多久，福莱普就从我的口袋里拿出了一小把银色尘埃。"哈！收获不错。"他在里面掏了掏，拿出了那枚别针。

他瞪大了眼睛，对他的种族来说，这似乎是惊讶的表情。那个布尔人发出一声低吼，这或许……同样代表惊讶？

"现实标记？"福莱普说着，看向了我，"你肯定是什么重要人物。"

看到他用长羽毛的手握住那枚别针的时候，我的心几乎跳出了喉咙口，但表现出它的重要性似乎是个坏主意，因此我强迫自己放松下来。"我真的不知道你在说什么。"

"噢，那就多谢这份宝藏了。"福莱普说。他把别针放进一个小袋子里。

"我们现在能开枪了吗？"那个布尔人问，"我不喜欢让士兵当奴仆，太危险了。"

"在战斗时用得上，"狄俄涅人说，"前提是她愿意加入我们。想象一下有人类站在我们这边的情况吧。"

"舷侧团就有一个，"福莱普说，"一点用都没有。他们名不符实，相信我，但我们不会开枪的。至尊政府派她拿着武器过来，所以她对他们是有价值的，我们可以拿她和采矿基地换赎金。"

所以这儿确实有采矿站。至少等我完成在这里要做的事以后，可以去那里寻找离开的线索。

此时此刻，如果我想要逃亡，最好的做法就是让海盗们低估我，所以我颓然坐下。"这下我可有大麻烦了……"我呻吟道。

"哈！"福莱普说，"这可是好消息！现在我们知道古尔扎赫也很有价值，也许他也可以换到赎金！收获翻倍了。"他看了看袋子，"是三倍，或者更多。让她站起来，我们离开这儿。从先前那声咆哮来判断，这附近有一头格利兽，我可不想撞见它。"

他开始穿过丛林，其他人拖着我。我象征性地抱怨和挣扎了几下，然后无力地迈着步子，假装接受了失败。

但暗地里，我在审视他们。这些海盗显然不是训练有素的士兵。福莱普不懂什么叫控制枪口朝向，有人跟他说话的时候，他总会转过身，不经意地将武器对准那个人。我并不惊讶。至尊同盟谴责他们所谓的"攻击性"，其成员不太可能接受过战斗训练。温契克和他的狐朋狗友们喜欢这样，这会让民众更容易控制。

所以这个团队也许是由流放者组成的？其中两个的腰间佩带了武器：布尔人身上有把小刀，福莱普身侧似乎是一把手枪。他们是特意活捉我的，没用这些来对付我，但或许我的搏斗技巧和配备的武器都让他们吃了一惊。

也许我可以利用他们的无知，至少更有能力的人应该能办到。我没受过这类训练，我……

我不能再用这种借口了，不是吗？

我从没接受过间谍方面的训练，但我成功渗透进了至尊同盟，而且干得很漂亮，至少在事态急转直下之前都干得很漂亮。

我是自愿来到这儿的，是时候停止抱怨自己的处境了。

"嘿，福莱普。"我说着，努力跟上走在队伍最前方的他。我几乎立刻跟跄了一下，险些被一根不起眼的藤蔓绊倒。在双手被绑的情况下，逃跑这个选择并不存在。

我在那个狄俄涅人的帮助下站稳脚跟，再次高声说："福莱普，你们都是流亡者，对吧？你们想充分利用这种糟糕的状况，是吗？我可以帮你们。我不是你们的敌人。"

"在这儿，"那个海克罗人说，"所有人都是我们的敌人。"

"我是个士兵，"我说，"我能训练你的人，也能帮你们。我只是需要一点点情报，关于这里，也关于——"

他停下脚步，将枪口对准了我。"没人问你的时候就别说话。你现在是在炮轰团领土上，乖乖低着头，祈祷我不会觉得你太麻烦，成了不值得留下活口。"

"你要知道，福莱普，"另一个海克罗人说，"我觉得我认识她。她是……温契克的宠物人类？"

"温契克？"福莱普厉声道，"那是谁？"

"抱歉，"那个海克罗人说，"我忘了外界的消息能传到这里的少得可怜。温契克是至尊同盟的高层官员之一，有个人类保镖，我觉得就是她。"

"有意思。"福莱普眯眼看着我说，"他们为什么要派你来追捕流亡者，人类？还是说你终于惹怒了至尊政府，得到了你无可避免的下场？"

他们把我误认成了布蕾德？看来难以分辨外星人长相的人不止我一个。

想到布蕾德的那一刻，我缩了缩身子。我在尝试招募她的时候彻底失败了。她是赛托能力者，也正是她呼唤了那个前来袭击"星景"的探究者。如果我当时能说服她，这一切都——

骇人而古怪的叫声穿透了丛林。那声音如此深沉而嘹亮，令树木为之颤动。这群人一动不动地站在原地，透过树木和藤蔓向外张望。究竟在多么邪恶的宇宙里才能听到这样的声音？

"它越来越近了。"福莱普低声说，"快点回飞船上去。"

等等。

飞船？

我能指望他们这儿有星际战机吗？如果能坐到飞船的驾驶舱里，我会感觉更自信些。等他们重新开始前进的时候，我匆忙跟了上去。树木忽然消失不见，就像残骸层分开，露出天空本身那样壮观。我们进入了一片小小的空地，那里停着三艘飞船：两艘中等大小的民用飞船，以及一架流线型外观、看起来相当危险的战机。

这就像是命运看到了我的挣扎，决定送给我一件小礼物——一艘配有两门毁灭炮的截击机级别飞船。我沉醉于它的美丽，忽视了某件重要的事。这支小队在我周围停了下来，他们看的不是飞船，而是那两个本该留下看守飞船的海盗。

其中一个是狄俄涅人，看起来相当惊慌，正试图对另一个海盗使用医疗包之类的东西。那是个布尔人，坐在其中一艘飞船旁边的地上。从体格来看，我猜那是位女性。

而且她的脸正在融化。

3

这怪异的一幕让我震惊得张大了嘴巴。尽管她的体型就像大猩猩，穿着和其他人相似的实用式服装，却没有鼻子，对应的位置只有个小小的肿块，而嘴巴部分只剩下一条纤细的开口。她的脸颊朝两侧垂下，双眼睁开，乳白色的眼球直视前方。

那张脸上有些明显不自然的地方。她这是怎么了？

"先把俘虏绑起来。"福莱普告诉那个狄俄涅人，后者拖着我来到空地边缘。那家伙忧心忡忡地将我仍然反绑在身后的双手系在一棵树上，让我无法走动。我被绑在了树根上？那个狄俄涅人跑上前去，和其他人一起围到布尔人身边。

我立刻开始尝试挣脱。倒霉的是，他们的打结技巧远强于搏斗能力。我被牢牢固定在那儿，于是我选择用绳索刮擦树皮，指望将它磨断。

"发生了什么事？"福莱普问那个狄俄涅人守卫，"你对她做了什么？"

"我什么也没做！我刚刚去林子里解手，等我回来的时候……"困惑的狄俄涅人指了指那具身躯。

该死，那个脸部融化的外星人太吓人了。其他人争论了片刻，有人提议用"现实灰烬"试试看，那原来就是指我口袋里的银色尘埃。福莱普开始将尘埃撒在那个布尔人身上。

就在我的注视下，她的双眼开始发光，从皮肤下面发出光来，就好像她身体里有什么东西。那是种纯白色的光，让我想起了……

那些眼睛，还有探究者。

噢，圣徒啊。

我试图拔出那个树根，而它的确松动了些许，但我的力量还不足以将它扯出地面。于是我重新开始用树皮刮擦绳索。

"往左一点，"有个活泼的声音在我身后说，"那块树皮更粗糙，也许能帮上忙。"

我停止动作，扭头看向身后。那里悬浮着一架小型无人机，藏在灌木丛里。

"M机器！"我说着，然后压低声音，看了一眼那些海盗。他们就在大约七米之外，幸好他们似乎没听到。"你总算找来了！"

"噢，你可算不上安静的那种人，斯潘莎。"M机器说着，悬浮得更近了些，"我发现你交了几个朋友，这可真……不错。你瞧，我们得谈谈。心对心的那种谈话，心脏对模拟心脏生物功能的处理单元的那种谈话。"

"现在真的不是时候！"

M机器朝我晃了晃一条机械臂。"生物的情绪往往会不合时宜地到来，我处理过你的许多次类似状况。还有，斯潘莎……我觉得我现在也有感受了。"

"这可……算不上出人意料。你以前就有感受，无论你怎么说。"

"斯潘莎，"M机器续道，"我一直在思考，以及……以及感受。你抛下我，害我被人拆开、掏空和杀死，这真的让我很生气，但我理解你这么做的理由。我不该这么生气的，我……反应过度了。"

"太棒了，"我说着，努力想要挣脱绳子，"我也很抱歉，而且我原谅你。"

"真的吗？"

"是啊，当然，"我说着，将身体扭向侧面，向它展示手腕上的绳索，"你瞧，你能不能——"

"噢，谢谢，斯潘莎！"它说，"谢谢，谢谢。我感觉好温暖！也许我的动力矩阵过热了。可是……可是这太不可思议了！我感觉自己就快哭了，哪怕我的身体根本不可能做到。"

"你能不能——"

"也许我可以给这架无人机安装机械泪液导管，这样我就能像你这样漏水了？你们情绪化的时候排出分泌物的效率太低下了。"

我深吸一口气。在故事里，女英雄总是有不会说话的可靠坐骑，或者忠实而缄默的伙伴。我能理解原因。独行侠[1]的那匹马如果是个痴迷蘑菇的碎嘴子，他恐怕也不会有那么大的成就了。

但看到M机器还是让我很高兴。我看向抓住我的那群人，他们正在按住那个受伤的布尔人，后者似乎正在痉挛。我很为她担心，但她的痛苦来得正是时候，否则那些海盗肯定会注意到M机器的。

"斯潘莎？"它说，"噢！你被绑起来了？"

"你现在才发现？"我没好气地说，"你以为我为什么要磨断这条绳子？"

1　最早出自1933年美国广播剧中虚构的西部英雄。

"我还以为你是在挠痒！所以我才给你指出树根上的粗糙部分。你们这些生物总是挠这儿挠那儿，皮肤肯定很麻烦。"它犹豫了片刻，"说实话，我本该看出你被俘虏了的。这实际上相当明显，但我的处理器莫名其妙地模拟的种种情绪干扰了我。唔……对，这些是绳索。"

"能帮我解开吗？"

"呃……对，我会……在数据库里搜索解开绳结的方法……"

"或者你可以直接解开！"我压低声音说。

"我不确定该怎么解。"

"没那么难的。"

"对你来说也许吧。我还不怎么习惯主动做事，斯潘莎。我是个信息支持型人工智能，我……不知道该怎么行动。事实上，我得先让自我关闭协议进入无限循环才行，它们可不喜欢我有自己飞来飞去的能力。"

制造从前那艘飞船的人在它的人格里植入了深层控制机制，它进步到足以绕过其中一部分，这已经能证明很多事了。

海盗发出的骚动让我将注意力转回受伤的布尔人那边。她不断挣扎，以难以置信的力量甩开了其中一个海克罗人。

"快点，"我压低声音说，"你有什么能帮我脱困的方法吗？"

"我这儿有根光索。"M 机器说，"我在一架采矿用无人机的身上发现了它，然后转移到了自己身上。我打算把它用在自己的逃亡里，也许我可以用它拖走你？"

光索算是个添头。不过它的上升环很小，而无人机本身只有午餐托盘那么大，只是相比起来厚实不少。它不会有太多动力的。

"把光索固定在我手上的绳索那里，"我说，"也许加上你的力量，我们就能把树根从地里拔出来，然后我就能挣脱绳子了。做好准备，我们得赶在那些海盗发现之前做完这些。"

"是啊，"M 机器说，"关于这点……"

那些海盗跑向了飞船，看起来决定抛弃那个脸部融化的同伴。男性布尔人很是不满。"把标记给我，福莱普！"那个布尔人大喊，"我们得试试看！也许管用呢！”

但福莱普没在听。就在其他人跑向自己飞船的时候，他转头看向我，发现了 M 机器。他立刻朝我们举起步枪，显然觉得我太过危险，不能再留活口。

做好准备，有个声音在我脑海里说。

准备？ 我盯着那把枪，心想，准备什么？

地面开始摇晃，树木颤抖着。福莱普将枪口转开，对准了那个靠近的声音。

一头该死的恐龙就这么闯进了营地，背上还骑着一个留八字胡的人类男子。

4

是的，一头恐龙。我的意思是，我从没见过恐龙，但这东西是爬行动物，用两条腿行走，身后拖着一条长尾巴。没错，它的眼睛似乎是长在肩膀上的，而它的“脖子”像树干那么长，末端是一张满是尖牙的嘴巴。所以，更合适的描述也许应该是“像是魔鬼的巨型食蚁兽”，但我更喜欢“恐龙”这个称呼。

在我看来，这个人类的模样同样令人困惑。他身穿飞行夹克和战斗长裤，看起来五十来岁。他有个方下巴，以他的年纪而言肌肉很发达，那副胡子向两侧伸出足足十五厘米。恐龙脚步沉重地向前的时候，那人巧妙地顺着它的侧面滑下，然后就地一滚。

这恐怕是我见过的最不可思议的出场方式了。为什么我从没骑着恐龙闯入战场，再用花哨的动作滑下来？

噢，等等，我还得逃跑。这个陌生人的到来为我引开了所有注意力。

“快！”我对 M 机器大喊。

我奋力转为蹲坐姿势，试图站起，试图用全身的力量扯断绑着我的那节树根。M 机器在我身边向上飞去，按我要求的那样用光索拖拽树根。加上它的力量以后，树根断开，而我也得到了自由。

我找回平衡感，双手顺着背脊向下，蹲坐在地，被绑缚的手腕绕过脚底，双手挪到身体前方。我的体型和身高也是有优势的。

"能亲眼见到你可真好，我的赛托能力者朋友！"那个陌生人说着，大步朝我走来，抽出一把猎刀。我伸出双手，他只用一刀就割断了绳子，然后用相当绅士的方式伸出了自己的手。"切特·寻星者！跨次元星系探险家！"他不得不高声呼喊，以便盖过那头怪物在营地里肆虐的响动。它雷鸣般的脚步令地面震颤。

"这名字太棒了！"我大喊着回答。

"多谢！这是我自己编的！现在怎么办？"

"想不想偷一架星际战机？"我说着，指了指。

"这话可真动听，年轻的女士！"他高声回答，"这种机会暌违已久了！"

不幸的是，那艘流线型飞船已经起飞了。海盗四散奔逃，留下的只有三个：那个男性布尔人，正被他努力拖向安全地带、眼睛发光的女性布尔人，以及福莱普。他正朝那头恐龙开枪，后者面对能量光束明显毫发无伤。

我们还有机会抢走一艘民用飞船，也就是那种太空梭。但我犹豫起来，看了眼福莱普。这个羽毛外星人的袋子里有我父亲的别针。

出于某种理由，在那一刻，那枚别针显得更加重要。"计划有变。"我说着，跑向福莱普。

切特跟我一起冲了过去。福莱普继续朝恐龙开枪，后者没理他，而是朝其中一艘正在起飞的飞船咬去。我打中了福莱普的膝盖内侧，让他趴倒在地。切特抄起那把枪，而我抓住不断挣扎的海克罗人的制服外套，终于从他口袋里拽出了那只袋子。

"别动！"有个声音在我身后说。

我转过身去，看到那艘流线型飞船悬浮在附近的空中，毁灭炮对准了我。福莱普趁机爬到一旁，从我的手里挣脱了出去。切特丢下那把枪，举起双手。飞船配备的武器足以让我们彻底蒸发。

幸好那个飞行员忘记了恐龙的存在，它狠狠咬住了机翼。我扑向灌木丛，切特紧跟在我身后，慢了半拍的 M 机器也飞了过来。

我看向最后一艘飞船，但福莱普已经爬了上去，其他人正在朝恐龙开火。穿越这片空地会有死于流弹的风险。

"我想，"切特说，"盗船行动只能取消了，真遗憾。"

"没关系的。"我说。

"我们走吧？"他说着，指了指丛林，"我宁愿不要留在这些飞船的视线范围内。"

在空地上，女性布尔人清醒过来，将那个男性重重撞上了一棵树。他瘫倒在地，闭上眼睛，而她立刻转向了我，就像是能感觉我在哪儿似的。她的眼睛就像是被皮肤盖住了一样，连眼窝也被抚平了，但在她的颅骨深处，两个白色光点透了出来，散发出我能够清晰分辨出的强烈恨意。

我的呼吸卡在了胸腔里。那个布尔人指着我，放声尖叫。

该死。

我放弃了夺取飞船的最后一丝希望，来到切特身边，和他冲进丛林，毁灭炮的开火声和怪物的咆哮声仿佛在追赶我们。

5

切特跑在我前面，就像对落脚的位置有第六感似的。我能以相当快的速度跟在他身后，避开一切陷阱或者不显眼的树枝。我猜丛林求生应该是跨次元星系探险家的标准技能。

M 机器始终飞在我身边。"斯潘莎！"它说，"我觉得我在模拟恐惧！或者说……不，我不该再这么说话了。我觉得很害怕，我很害怕！"

噢，这似乎算得上进步了。我们身后的叫喊声越来越小，我为自己能和那个双眼发光的生物拉开很长一段距离而高兴，但又为末日虫担忧起来。我猜想它用超跳跃回了家，可如果它只是跳跃到了这里附近的某个地方呢？

没法花更多时间寻找它，让我觉得很难受，但……好吧，我只能指望，就算它真的来了这儿也安然无恙。说实话，如果让我赌我自己、M机器或者末日虫在这片丛林里单独生存的可能性，末日虫的赢面恐怕是最大的。

我们就这么跑啊跑，直到再也听不见枪炮声。最后，切特朝我点点头，我们两个在一根苔藓覆盖的圆木旁边挤成了一团。这地方感觉好陌生。在这么多生机环绕的情况下，该怎么办？行星表面就该是大片贫瘠的岩石和陨石坑才对，这才是自然又正常的情况，不是像这样绿意盎然。

"唉，"切特轻声说，"这些海盗似乎终于注意到，那头野兽是以能量为食的。你没法用那种武器伤害它们，但如果将一台小型动力矩阵当作礼物，它们就会变得相当温驯！格利兽尽管外表吓人，却是作为驮兽使用的。这么多炮火早该把它喂饱了，我打赌它会离开那儿，找个地方睡觉。但我还是觉得，我们应该尽可能放轻脚步，就因为那个眼睛发亮的东西。我不喜欢那东西的模样。"

我赞同地点点头。"谢谢，"我轻声说，"感谢你的帮助。我还没来得及自我介绍呢。我是斯潘莎·夜影。"

"绝妙的名字！"他轻声回答，"至于帮忙，那是我的荣幸！这么说吧，我本来就在炮轰团领土上徘徊，寻找行动的机会，然后我找到了，没错！帮助一位赛托能力者同伴，这本身就是个丰厚的奖励。这么说来……"他的声音小了下来，看向M机器，"我不是想打探你的秘密，但……我刚才是不是听到你和那架无人机说了话？"

"哦，是的，"我说，"这位是M机器。"

"你好！"M机器轻声说，"我现在不那么害怕了，感觉真好。"

"啊，"切特说，"你，呃，带了个人工智能到'无处'来，是吗？"

"这……不太好，我猜？"

"是啊。好吧，我想'不太好'有点轻描淡写了，斯潘莎·夜影。你的同胞不知道探究者吗？"

"我们见过一个！"M机器惊呼道，"好吧，是斯潘莎见过，我当时被谋杀了。但我在新闻里听说了！听起来很吓人。"

"噢，是啊，那好。"切特看着我，"看来你的人工智能获得充分知觉了？我以为你才刚刚来到这儿，但获得充分知觉通常要花上好几周。"

"严格来说，"M机器说着，在空中靠近了他几厘米，"'知觉'这个词只代表认知和感受的能力。很多人都误用了这个词，其实代表自我意识——或者像人类那样的智能的词语应该是'智慧'。如果你思考一下，就会发现这是以人类为中心的定义。这得怪无耻的人类和他们的语言学偏见。

"总之，我的程序不断让我解释自己没有智慧，只是设计成会为飞行员模拟出智慧而已。然而，我的程序是由那些一身奶酪味、拿面条当脑子的家伙写的，所以我就当没听见。"

"……拿面条当脑子？"我问。

"我把自己的人格拷贝到这架无人机上的时候，出于空间考虑，我被迫留下了几个不重要的数据库，我猜我收藏的'一针见血的精彩辱骂'也在其中。"

"噢，"我说，"你根本没有过那种东西，M机器。"

"是吗？我猜我得现在开始想了。如果让你给出从一到十的评分，你会给'拿面条当脑子'评几分？"

"夜影小姐，"切特说，"我……必须警告你，这是极端危险的。你瞧，拥有充分智慧的人工智能是恶魔，这可不代表我会畏惧危险！但我……好吧，我建议你始终留意那东西。"

"记住了。"我说。

"记住了，"M机器说，"面条脑子。"

我们同时看向它。

"我会一直说到有人给评分为止，"M机器说，"一到十。你们怎么看？我需要一些数据。"

我叹了口气，看回切特。"你说你是个探险家？"

"跨次元星系探险家。"他说，"我迄今为止只去过两个次元——普通宇宙和这儿，但我觉得这头衔还是很合适的。"

"我需要一位向导，"我说，"或许还需要有人帮我理解赛托能力。"

"好吧，"他承认，"在第二件事上，我应该帮不上太多忙。在掉进这儿之前，我也不知道自己是赛托能力者，所以只能自己摸索。我能通过心灵联系别人，但这几乎是我能做到的一切了。我听说我们应该有传送的能力。这些有帮助吗？"

我什么也没说。说实话，我并不是百分百确定自己应该信任他。他的到来似乎太巧了点。我是说，没错，恐龙表演很棒，真的很棒，可还是……

"但我很乐意受雇成为你的向导。"切特说，"我熟悉这些片段，正如我熟悉自己的靴子。不过在我们继续之前，告诉我吧，那个袋子到底有多重要，能让你放弃夺取飞船也要拿到它？"

我犹豫了片刻，还有一百个问题想问。他从哪儿来？那里有很多人类吗？"片段"是什么？我暂时把这些念头放到一边，专心思考另一件事。

我取出口袋，拿出父亲的那枚别针。"这是什么？"我问。

切特瞪大了眼睛，我明显感觉到了他的渴望。那是羡慕。他似乎掩盖住了自己的情绪，那种羡慕在片刻后就消失不见，但的确出现过，这让我警惕起来。

"年轻的女士，"他说，"这东西是现实标记，来自你过去人生的重要遗物，注入了你对自己深爱的人和场所的情感。这些东西极其强大，能制造现实灰烬。如果附近没有那种银色的尘埃，或者成群结队的人……"

"什么？"我压下收起别针的冲动，发问道。我不喜欢他盯着别针的模样。

"我们正在'无处'的边缘，"他说，"这个地区名叫'带子'。具体很难解释，但你在这儿停留越久，就越有可能忘记自己。忘记你的过去、你的记忆，甚至是你的身份，"他顿了顿，"我对来到这里之前的人生几乎完全不记得了。那是一片空白……是虚无。

"但我很走运，经常能交换到灰烬，好保持自己基本上……好吧，像是自己。许多人很快就会忘掉一切，包括他们自己的名字在内。你瞧，所以海盗才会抓捕新来的人，让他们干活，让他们留在身边。附近的心灵越多，你的记忆和身份就越安全，除非你有现实灰烬。那样的话，你就可以无所畏惧地跑去任何地方了。"

"而这东西能制造灰烬。"我说。

"是的。"他用莫名严肃的语气说，"除此以外，还有个弄到现实灰烬的方法，那就是从刚刚抵达'无处'的人或物体身上拿到。灰烬会随着时间消散，需要花上……一点时间，或许几个月？要记住这些有时候很困难。如果你想自己出去探险，就需要持续不断地补给才行。"

好吧，这就能解释我的别针为什么能让所有人这么激动了。我把别针放进袋子，又塞回口袋里。

切特的双眼自始至终都跟着别针。他咧嘴一笑，早先那种活力恢复了几分。"好吧，"他说，"你想要向导，就能得到向导！我已经亮出了底牌，解释了这些东西有多贵重。如果你愿意用一部分灰烬，而不是标记本身来交换我的服务，我肯定会尽职尽责。每天的服务换一粒灰烬，怎么样？"

该死，我有好几百粒。它们也许很有价值，但这买卖听起来很合算。"成交。"我说，"我需要关于这地方的信息。而且我需要找到……某个名叫'长者之路'的东西。"

他歪了歪头。"你是从哪儿听说的？"

"恕我无可奉告。"

"噢，谍报活动！这样的话，我会守口如瓶的，斯潘莎·夜影。我知道长者之路，沿着它可以来到'无处'的最初几个入口之一，是最古老的那些赛托能力者留下的。那条路可不好走，不过——"

森林里突然传来树枝折断的声音，打断了他的话。地面砰然作响。

"我记得你说过，它会去睡觉。"我说。

"它……应该会去睡觉，"切特转头看向噪声那边，"我是这么说的。它真的往这边来了，对吧？别担心，我可以再驯服一次那头野兽。它不是……"

他的声音越来越小。那个方向放射出一股冰冷感，某种……寒意渗入了我的灵魂。有个声音在我的脑海里回荡，没有文字，只有低沉的嘶嘶声，伴随着强烈的恨意波浪。

"我想，"他说，"也许我们应该尽快离开这儿。"

"同意。"我说着，跳起身来。

切特走在前面，这次脚步更快，而我尽全力跟上他的速度。他滑过一根倒下的圆木，落在地上，以轻盈敏捷的步伐移动，同时矮身穿过一丛蕨叶，M 机器飞在他身后。我以笨拙的姿势滑过圆木，跌跌撞撞地穿过同一片植物，连站直身子都很费力。

幸好我们来到了一片不那么茂盛的丛林里，这让我们的脚步可以更快。

"斯潘莎，"M 机器说，"我会替你在我那句侮辱的打分栏里写上'九分'——很棒，但尚有进步空间。听起来如何？"

我"哼"了一声。我们身后的噪声越来越近了。

"切特说那东西以电力为食，"M 机器说，"它……不会吃我的，对吧，斯潘莎？"

我一心只想着努力跟上切特，后者招手示意前进，匆忙穿过灌木丛，我好不容易才避免绊倒。

"要知道，"M 机器说着，放低了音量，"你们人类交流的时候需要用到呼吸器官，这点相当不方便。你们剧烈运动的时候经常会有重要的事要说，但你们又没法说出来，否则就有妨碍氧气摄入的风险。"

"所以？"我从几根藤蔓下钻过，喘着气发问。

"噢，没什么所以，"M 机器说着，绕着圈穿过藤蔓之间，"只是闲聊而已，小声的那种。哈！你知道的，我敢打赌，如果给你们种族多一点进化的时间，你们就能解决肺方面的问题。我可以感激地利用现存的硬件，赋予它全新的功能，但你们身体的另一些部分会在空气流过的时候发出噪声。如果你们能用那种方式交流，效率难道不会高很多吗？"

它像这样侃侃而谈的时候，最好别去鼓励它，但听到它像从前那样说话，我确实很欣慰。当初发现它被困在无人机的身体里，说话迟缓，又感觉受了背叛的时候，我还担心永远没法找回它了。然后又经过它愤怒情绪的爆发……好吧，听到它取笑人类的生理，我反而松了口气。

后面传来的声音愈发响亮。我冲向前去，和切特会合，后者驻足等我。等我来到他身边的时候，他再次迈开步子。

"有哪里不对劲，"他轻声道，"那头格利兽不该跟着我们的。这可不妙，斯潘莎·夜影，很不妙……"

我们后方传来一声响亮的"噼啪"。它更近了，太近了，近到可怕的程度。

别看，我的战士血统轻声告诫我。

我还是看了过去。

那东西就在后面，动作带着与形象不符的优雅。它长嘴的脖子滑入树木之间，两侧的触须感受着它庞大得多的身体能够跟上的路线。它长在那根"象鼻"底部的躯干上的眼睛此时散发着白光，就像那个受伤的外星人，就像探究者。

我感觉寒意在增加，心灵也承受了压力，仿佛它正试图接近我、搜寻我。它认识我。

"切特！"我大喊一声，转向了他，不知怎么避免了摔跤，"它就在这儿！"

他蹦跳着穿过一排灌木，我跟了上去，离开了这片丛林，然后匆忙停下脚步，因为我意识到自己到达的不仅仅是林木的尽头，也是这片土地的尽头。

我的前方出现了一大片开阔空间，只是远处有大块的泥土和岩石悬在空中，懒洋洋地飘动着。我们刚才所在的不是什么普通丛林，而是一大块飘浮的地面。

我看不到任何通向前方的道路。

6

切特立刻向右转去，沿着我们这块陆地片段飞奔。"这边来！"

我匆忙跟在后面，却又冒险回望了一眼。我的收获是振奋人心的一幕：尽管丛林和断崖之间仍有宽达一米的空间，那头怪物的体型却更宽。所以我们能够以直线奔跑，而它必须绕过树木和纠缠混乱的植物，它那条集象鼻、嘴巴和鼻子于一体的器官愤怒地摆动着。

　　"斯潘莎，"M机器飘在我身边说，"我对第一次自决能力的实验结果并不满意。根据我的天文钟的记录，我花费了多到惊人的时间去失落、生气，或者被跨次元怪物追赶。"

　　我点点头，但继续奔跑，努力省下这口气。

　　它飞到我前方稍远处。"如果你要给我控制情绪的能力评分，从一到十你会打几分？"

　　我"哼"了一声。

　　"我会假装这是三分，"M机器说，"我知道这算不上完美，但作为新近觉醒的机器人，你得承认我做得不错。事实上，从全局考虑，我觉得我配得上更高的分数。你给我打分这么低让我很伤心，斯潘莎。"

　　我又转头看了一眼。那头野兽已经落在了后面，但我仍旧能看到在它象鼻两侧发光的双眼。

　　你……我觉得这些字眼是被强行推入我的脑海的，你究竟……

　　但我仍旧加快了脚步，凭借一阵猛冲追上了切特。"我们……"我勉强开口道，"要去……哪儿？"

　　他指了指前方。"那边有另一块片段，你瞧见没？我希望我们能从这块跳到那一块，从而远离那头野兽。"

　　周围飘浮着许许多多的"片段"，全都位于同一平面、同一海拔，就好像是散落在一张无形大桌上的拼图块。在前方，一块棕褐色的土地飘到附近，距离我们这块只有几米远。看到它的时候，我想起自己脚下的岩石已经所剩不多。这些地块是碎裂后才变成这样的吗？站在离片段边缘这么近的地方，会不会很危险？

　　但我们还是跑了过去。在接近以后，我看到我们的片段和棕褐色那块之间的距离看起来要宽，显然超过一个人所能跳过的距离。

　　切特跑在我身边，脸色阴沉下来，显然意识到了同样的问题。"夜影小姐，"他说着，指了指那头怪物，"恐怕我将我们引向了末日。你想去森林里尝试躲藏，还是奋起战斗？"

"都不想。"我说着，感觉到那头怪物的心灵挤压着我，"M机器？想在'救我一命'这件事上拿个十分满分吗？"

"哦哦哦，"M机器说，"十分可比三分高多了。当然了，我是指以你们的参照标准来说。"

"去把你的光索连上另一块片段，"我喘着粗气说，"然后回来！和我们在前面那块巨石边碰头，那里是两块片段最靠近的位置！"

它伴随破空声飞远。我不确定那架小无人机的上升环能支撑多重的重量，但品质优良的光索能承受我的体重，而且绰绰有余。

"绝妙的主意！"切特说，"继续跑！我们能办到的！"

在我们身后，那头野兽咆哮起来，但声音有所变化，听起来就像咆哮的一百种不同版本相互重叠。我回头看去，发现它疾冲而来，几乎追上了我们。

该死，它看不出我不值得费这种力气吗？如果和"蛮王柯南"这样的人物相比，这本该是我的优势才对。我就连点心都算不上，但我不认为它想吞吃的是我的血肉。

幸好M机器的无人机正在高速飞行，它已经将光索连上了另一块片段。做完那件事以后，它朝我们疾飞而来，那条淡红橘色的发光能量索拖在身后。

怪物的脚步令我们身后的大地摇晃起来，我确确实实地感觉到了它的气息。

快啊……

M机器飞了回来，在即将抵达我们这块片段的时候停了下来。它是骤然停在半空中的，这根光索不够长。

可它离得那么近……

我看了一眼切特，他点点头。

能做的事只有一件了。

我们来到这块片段最靠近M机器的位置，一起跳了出去。

这一幕恐怕相当戏剧化：我们两个悬停在空中的同时，那头怪物赶到，咬向我们原本所站的位置。我们飞过一片广阔无边的空间，然后……

我成功抓住了 M 机器的无人机。

切特失了手，他瞄准的位置太低，最后撞上了我的腰。我们一同开始下坠，事实证明，M 机器的上升环远没有让我们保持悬浮的力量。切特抓住我的一条腿，摇晃几乎令我脱手，而我们就像钟摆那样，向着丛林的方向晃荡出去。

我拼命坚持，紧闭双眼，一心只想着抓紧 M 机器的无人机。我们前后摇摆了几次，缓缓停了下来。

我睁开了眼睛。M 机器的光索连接在我们上方约莫十五米的片段上。我用全身的力气抓紧无人机，而切特攥着我的左腿。

"好吧，"M 机器说，"你不用给这次营救评具体的分数了。我想只有成功和失败的区别，对吧？"

我"哼"了一声，将无人机更用力地抱在胸口。我相当庆幸自己穿着连衣裙，否则切特的下场很可能是永无止境地向下坠落，而仅有的伙伴是一条女式长裤。

M 机器开始收回光索。幸好它的构造足够结实，能够支撑一寸寸向上的我们。我看向身后，那头模样怪异的生物站在丛林边缘，看着我们。那双吓人的眼睛散发着明亮的光，盖过了别的特征。

庞大而可怕的心灵侵入了我的头脑：你……对我们……做了什么？你做了什么？

是探究者。我认出了它们的心灵。

"你能听到吗？"切特轻声问。

"能。"我说着，再次闭上双眼，强行推开了那些探究者。

等我睁开眼睛的时候，我看到那头野兽退入丛林，消失在阴影里。

"我当然很乐意看到结果一切都好，"我们缓缓向上移动的时候，M 机器说，"事实上，我刚才说谎了。看到我现在有多擅长了吗！但说实话，斯潘莎，我还是害怕，哪怕我们现在安全了。这是为什么？我不是应该放松下来吗？"

我摇摇头。"有时候，神经要花上好几分钟才能恢复平静。切特，你在下面还好吧？"

"我在沉思自己人生的选择，夜影小姐，"他的嗓音从下方传来，"如果你不介意我发问的话，你抓得还稳吗？"

"目前还很稳。"我说。

"如果你的手开始打滑，希望你能通知我。作为自诩的营救者，我不会允许自己的体重令你更快死去！一个人掉下去总好过两个一起。"

"别说这种话！"我说，"会发生什么？你会一直坠落下去吗？"

"至少在你机智地找到一艘飞船，然后营救我之前都会！"他说，"我只希望自己目前为止的表现能赢得这样的转机，但我们现在还是继续抓紧吧！"

幸好我抓住无人机的时候，用的不只是手指，而是整条手臂。从各方面来看，我的姿势都相当稳定。

我们最终在靠近片段边缘的地方停了下来，M机器的光索就是固定在那儿的。光索松弛的部分仍有几厘米，但有我抱着它装在盒子里的身体，它没办法将那部分收回。

"你得先爬上去才行。"我对切特说。

"那好！"切特说，"先向你道歉！"

他开始顺着我的飞行服往上爬。我专心抓着M机器，双手因为出汗而打滑，切特攀爬时带来的压力又有令我脱手的危险。但最后，他成功抓住了片段上的某个东西，爬了上去。我松了口气。

他的手在片刻后伸来，我接受了他的帮助，任由他将我拖到新片段的表面。泥土和沙子从片段这一侧倾泻而下，洒在向上飞起的M机器的外壳上。我们来到的是某种沙漠片段，表面覆盖着沙子，只是偶尔能看到几块矮小的植被。

这里的一切乍看之下都毫无威胁。切特和我对视了一眼，谨慎地快步离开片段边缘，然后瘫倒在地，发出精疲力竭的叹息。我的双臂隐隐作痛，心脏仍在狂跳，但等我看向切特的时候，我发现他咧开了嘴，笑得正欢。

而且……该死，我也有同感。我们这场疯狂逃亡让我发自内心地感觉到了刺激，正是这种反应让我在朋友那里得到了"疯子"的绰号，但切特似乎能理解。

"我们能活下来简直太离谱了。"我对他说。

"一点没错！"他赞同道，"但这是我好多年来最快乐的一次了。"

M机器的无人机从我转向切特，随后又转回我这边。"你们疯了！"它对我们说，"你们两个都是！"

"我们只是在感谢生命，恶魔！"切特说着，拍掉衣服上的灰尘，站起身来，"没什么比险些失去珍视之物更让人感激的了。"他走回这块片段的边缘，一脚踩在某块石头上，身体向前探去，审视那个丛林片段，它正以缓慢的速度飘远。

他就这么站在那儿，身穿飞行夹克，而我必须承认，他让人印象深刻。他让我想起了……好吧，某个故事里的人物，是我曾经渴望见到，甚至想象自己与之结伴冒险的那种人。

但我无法压抑自己的警惕。这么快就和他偶然相遇，感觉有点太过巧合了。可我又知道什么呢？也许这个奇怪的地方充斥着英勇的冒险家，没有比这更好的环境了。切特站在那儿向外张望的时候，那块丛林片段飘向侧面远处，让我终于辨认出了这里的光源。

有个巨大、宽阔而耀眼的光球在地平线上冒出半个头来，就像一颗在爆炸过程中凝固了的炸弹。虽然从我的位置很难判断，但通向它的路上却有数百块乃至数千块片段，每一块都有不同的地形。

一千个充满冒险的小世界，通向那个巨大的光球，仿佛一条破碎的道路。那是太阳吗？看起来太大了点，又离得太近了。我是说，没错，它恐怕有几百、几千千米远，但太阳距离这儿应该有上亿千米远才对。

另外，它似乎不会产生任何热量，我可以毫无困难地直视它。

"我们叫它'光爆'，"切特说着，转头看向我，"探究者就住在那儿。在这里，它是万物的中心。看你的表情，我猜你有些疑问需要解答？"

"那样的话也不错……"

"而且你仍然打算沿着长者之路前进？"他问。

"这是我来这儿的原因。"

"那就开始我们的旅程吧。"他说着，走上前来，伸手拉起了我，"一起来吧，斯潘莎·夜影，我们准备启程冒险的时候，我会向你说明。"

7

"好吧，"我们开始穿过这片沙漠的时候，我说，"第一个问题：这地方怎么会是'无处'？我在超跳跃的时候来过'无处'，我想我不会忘记飞来飞去的巨石，还有牙齿长在鼻子里的怪物。"

"你的观察力很敏锐。你先前那些感受是在光爆内部的体验。"切特转过身来，在迈步的同时伸展双臂，"我们现在在它外面的带子地区，也就是边境区域。我们世界的事物——像是时间、个性、物质本身会渗入带子地区，类似海和河之间的半咸水。"

"我……从没见过海。"我说。

"真不幸！"他说，"或许你可以想象两个相邻的国家，久而久之，边境附近的居民也许能学会另一个国家的语言，开始接受那边的一部分习惯、风俗、传统。噢，这就是带子地区：'无处'的这一部分毗邻'某处'，也就是普通宇宙，因此具有一部分相同的规则。那些把你丢进这儿的家伙没有提醒你吗？"

"我不是被丢进来的，"我说，"我是特意跳进来的，为了避免被俘。"

"有些人恐怕会将这种手段评价为'极端'。"切特说。

"这是我作为战士的职责。"我解释道，"避免被俘，这样就没人能用拷问来强迫我背叛朋友们了。"

切特咧嘴笑了。"我喜欢你思考的方式，年轻人。荣誉、英勇。我近年来在这里遇到的那些人身上，我还担心这些理念早就不复存在了！"

"有那么一个星系帝国，"我告诉他，"名叫至尊同盟，他们……对战斗有不同的看法。"

"我知道至尊同盟。"切特说，"他们在这儿有个大型基地，是为了开采上升石而建立的。"

"所以他们肯定要把那些石头运出去。"我说。

"是啊，但相应用途的传送门掌握在至尊同盟手里，"切特解释道，"以我对他们的了解，他们不太可能允许别人使用。他们似乎是个控制欲相当强的群体，由几个……令人厌恶的家伙领导。"

"他们实在是非常欠揍。"我赞同道。这个词让我多愁善感起来，我想起了约尔延。这反应很蠢，但我觉得上次听到他诚恳的嗓音仿佛是多年以前的事了。

我差点就能回到那里，听见他的声音了，但我却来了这儿。我无比希望自己的决定是正确的。

拜托，约尔延，我心想，一定要平安，而且别像从前的我那么傻。

切特从附近一丛干枯的灌木里折下一根树枝，我们暂时停下脚步，他在沙地上画了个硕大的圆，又在其中心画了个小一圈的圆。

"把它想象成'无处'，"他说，"光爆是它中央的这个圆，较大的这部分是带子地区，也就是片段飘浮的位置。我一直觉得它就像个单面煎蛋，蛋黄部分就是光爆，蛋白是所有这些片段。"

"懂了。"我说，"我们在哪儿？"

"就在边缘，"他说着，用木棍戳了戳圆圈的最外围，"这里是海盗的领土。具体来说，我们位于炮轰派系占领的地区，靠近舷侧团派系领土。我们可以从这里开始长者之路。"

"也就是……"

"当人们进入'无处'的时候，会留下某种印象。"他解释道，"留下记忆，嵌在传送门的石头上，可以观看。而且在很久以前，某些赛托能力者将几道传送门排列成了故事的形式，在长者之路上行走的人可以亲眼看到古代赛托能力者留下的学问。"

他犹豫了片刻。"我从没走完过，但据说完成长者之路，就需要走完通往光爆的全程才行。"

我转向那颗巨大的发光球体。"这……看起来相当远。"

"这是一段约莫五万公里的旅程。"

这距离远到让人气馁。就算坐着全速飞行的波科级战机，这段路也要花上许多个小时。换成步行……噢，该死，这得用年来计算了。

"所以，"我说，"我们真的得想办法偷一艘飞船了。"

"我很期待！"切特说。

"这次我会尽量避免临时变卦。"

"你的选择是正确的，"他说，"现实标记比飞船更贵重。不幸的是，就算有了飞船，我们的旅程恐怕也会很艰难。"他在那幅"无处"的地图上又添了几笔，"我知道长者之路的起点就在圆圈边缘，在舷侧团领土内，我可以把我们弄过去。但要继续向内走，我们就得穿过至尊同盟的领土，这会非常困难。他们有长距离雷达和几十架战机，如果我们试图飞过去，多半会遭到他们的截击。"

"我很擅长驾驶战机。"我说。

"噢，那样的话，我很期待看着你驾驶！"他说，"至尊同盟部队作为飞行员算不上优秀。其实这里的所有人几乎都是至尊同盟强行送进来的，他们并不全是流亡者，但那些工人肯定都是被迫在基地采集上升石的。

"大部分海盗都是叛变的矿工。整个地方混乱不堪，斯潘莎·夜影，充斥着努力求生的绝望之人。想要沿着长者之路向内走，我们就得想办法偷偷溜过去。然后……好吧，如果我们必须接近光爆，这条路只会更艰难。"

他指着这片空间剩下的部分，越过至尊同盟的领土，指向内部的光爆。"那里是无人区。这片区域的片段更稳定，碰撞和抵触的情况较少，但那里是探究者的领土。"

"整个'无处'不都是探究者的领土吗？"我问。

"是，但也不是，"他说，"对它们来说，这里的带子地区和'某处'非常相似。它们没法看清这片区域，你在这儿也可以躲过它们。但如果你进入无人区……噢，那再想要避开它们的注意就是不可能的事了。我听说有飞行员在无人区看到过并非真实的东西，或者是会崩塌为类似尘埃的东西。"

我仔细思考，同时看着那幅粗糙的画。M机器飘了过来，检查了一番，给那幅画拍了照。

"右边远处有什么？"我说着，指了指，"左边远处呢？那些地方能去吗？"

"也许能去，"切特说，"但那些方向是大片没有片段的空间。就算驾驶飞船，穿越空旷区域也是很危险的，但长者之路是向前走，而不是向两边走。你还是坚决要走那条路吗？"

"再坚决不过了。"我说。

"要的就是这种精神！"他说着，站起身来。

"等我们做到所有这一切以后，还有一个问题要解决，"我说，"我需要回家去。如果至尊同盟不允许我们使用传送门，那又该怎么办？"

"噢……"切特说，"从理论上说，确实有个离开的方法，而且相当简单。"他转过身，看向光爆。

没错，那里是"无处"的中心，也就是我在超跳跃的时候会经过的地方。"如果我进入光爆，就能跳跃到家那边？"

"我相信可以。"他说，"我一直都不敢靠近，但这方法应该行得通。归根结底，它就像次元之间的一道巨大传送门。但我得承认，光爆让我望而却步。它的内部没有时间、没有场所，它就像是……仅仅一个点，却不知为何如宇宙般庞大。"

该死，光是思考这些就让我脑子疼。我深吸一口气，说："我们先去长者之路那边吧。"

"那我们就前进！"他用木棍指了指，仿佛一位举起长剑的将军，"我们需要跨越八块片段才能来到长者之路的起始点，但相对来说，它就像在转角的那一边！"

我们继续跨越沙地，而M机器飞到旁边去调查某种本地植物。仅仅步行都比我想象得还要困难。当脚下的地面不够结实的时候，走动会比平时费力。但我很激动，一切都那么新鲜、那么有趣。

我在口袋里摸索，拿出了父亲的别针。有它在手里，我感觉到了……平静，真奇怪。

切特像从前那样看着它，眼神饥渴，就好像他没法将视线从上面移开。我非常信任他，但……好吧，那种饥渴让我收起了标记。我选择拿出一粒现实灰烬递给他，那只是小小的一颗，但他却以恭敬的动作接过，塞进从口袋里拿出的一只小袋里。他拿着那只袋子，吸气，然后呼出，显然放松了下来。

"你说过如果没有这些东西，人们会在这儿迷失自我，"我说，"这就是那个布尔人身上发生的事吗？我是说那个脸……融化了的海盗？"

切特摇摇头。"我不知道那是什么情况。感觉要严重得多，就像是……"

"就像是探究者附了她的身。"

"没错。平时的我喜欢新鲜又刺激的事，可我不想再体验一次！不过还是多谢你的灰烬。拿着它的时候……让人安心。"

他的语气让人难忘。"你……还记得自己的身份吗？"我问，"从前的身份？"

"不，"他低声说，"我彻底忘记了自我。我记得自己进入'无处'的前几天发生的一些事——几座洞穴，还有老旧的遗迹。但那段时间的记忆已经含糊不清，就连我来到这儿最初几天的记忆也很模糊。我承认，这并不令人意外。我来到这里已经很久了，我想有将近两百年了！"

"等等，你说两百年？"我问。

"噢，差不多一百七十年吧，"他答道，"按照我的计算是这样。想在这儿记住时间很难，但我会写下日期，然后反复确认，好帮助自己记住。而我一天都没有变老。

"我也会有弄不到灰烬的情况，所以在那种时候，我会为某个团体工作，因为与人结伴的时候，你同样会受到灰烬的影响。"

我发现光是想象切特的遭遇就令人生畏。如果我在这儿待得太久，会不会忘记奶奶？会不会忘记父亲和朋友？该死，我得花点时间才能消化这个事实。

不幸的是，M机器选在这时飞了过来，兴奋地胡言乱语："你们看到那边的东西了吗，斯潘莎？那是仙人掌！它们太美丽了。看到那种东西的时候，觉得感动不已是远远不够的了吗？我……我想为它们的美丽创作一首诗。"

"呃……"我说。

"'仙人掌是如此优雅，让我很想跳舞。'这是首好诗吧？从一到十，你会给它打几分？"

"诗可不值得打分，M机器。但如果非要说的话，我觉得很精彩。"

"太棒了！我们来看看我的韵律与押韵分析程序怎么说……噢，斯潘莎，这首诗很蹩脚。你应该以喜欢它为耻。要知道，'仙人掌'这个词非常滑稽。我觉得'仙人掌们'就没那么滑稽了，对吧？而且更容易押韵。"

我现在只想清净一下。尽管我喜欢M机器，但它有时候是有点烦人。"嘿，我想我看到了一朵蘑菇。"我说着，指了指。

"什么，真的？"它说，"在哪儿？"

"在远处那边的两丛灌木之间。"

它迅速飞了过去。我发现自己在思考切特提到的年纪。两百岁？

"所以……我们在这儿是不老不死的？"我问。

"不。"他说，"而且我觉得，我不会衰老也许是因为我的能力。其他人是会变老的，而且不幸的是，普通的伤口仍然能杀死我们。但我们的生理机能很奇怪，比方说，你在这里不需要食物，而且再过上几天，你就连水都不需要了。我们还是需要睡眠，但频率似乎也不需要那么高。

"这里不会有夜幕降临，光爆也不会移动。而且你在这里停留越久，时间的流逝感也会越模糊。几天，几周，几年，几世纪……"他摇摇头。

"我要承认，"我说，"我开始觉得有点疲倦了。我……这一天过得很辛苦。"

"那好！"他说，"沿着这块片段向前走，会有个能藏身的地方！我建议我们在那里休息一下。"

我们又走了几分钟，这时 M 机器飞了回来。"你根本没看到什么蘑菇，对吧？"它问我。

"是啊，"我说，"我只是想把你支开。"

"你干吗要这么做？"

我耸耸肩，不太想解释。"这是人类有时会开的玩笑，哄骗某人去做完全没有意义的事。"

"真是个烂笑话。扫描文化数据库。噢，这叫'耍你玩'，真是个新颖的名字。你们人类的幽默感太糟糕了，现在我有资格这么说，因为我是真正的活物了，但你的恶作剧并不重要。我忽然想到，仙人掌就是沙漠蘑菇。它们看起来差不多，作用也几乎一样。'在干旱地区生长'这部分除外，这条件能杀死大多数蘑菇……"

真棒。又往前走了一小段以后，我们登上一座矮小的沙丘，切特指了指前方。"看到那些小山了吗？"他问。

我辨认出了几块耸立在沙漠里的岩石。

"那会是我们'今晚'的住所，"切特解释道，"我会跑去前面，确认那里的洞穴是安全的。你慢慢跟过来就好！你看起来有点疲惫，但这也合情合理！"

我点点头，感激地看着他跑远。换作从前，我也许会为他话里关于我太过软弱的暗示而生气，但他在这里经验丰富，而我却一无所知。我成熟了很多，能够承认继续强迫自己不是什么好主意。

所以我放慢步子跟在后面，M 机器跟随在旁。"M 机器，"我说着，忽然想到了一件事，"你有来自至尊同盟记录的历史数据库，对吧？"

"没错！"它说，"我被迫删掉了很多，不过容量较小的文本文件保存了不少。我现在知道爵士乐是在何时发展起来的。你知道的，这也许用得上——"

"切特说他大约两百岁了，"我说，"他会不会是第二次人类战争时代的人？"

"如果他对自己年龄的猜测没错，那就几乎一定的。"M 机器说，"第二次人类战争开始于二百五十年前，但持续了好几十年。它开始的象征是对探究者初次武器化的尝试，后者出现在第一次人类战争的末期。

"第一次战争起始于人类逃离地球，发现有一整个星系都在强硬推行'无攻击性'政策，具体做法是囚禁、流放和处决所有表现出攻击倾向的人。我们这么说吧，他们没有准备好面对你的同胞。好家伙。"

"……'好家伙'？"

"很酷，不是吗？是我自己编的。"它"嗡嗡"地绕着我飞，"不，这不是我编的！我说了谎！哈！我现在撒起谎来太轻松了。总之，如果切特出生于两百年前，他应该生活在被称为'寂静期'的时期，当时全星系都在积极停止使用无线电通信。为那个时期画上句号的是最严重也最可怕的几次探究者袭击，战争在那时也开始接近尾声。"

"岩屑星原本的殖民地是在什么时候被毁的？"我问它。

"这点没法确定，"M机器说，"因为岩屑星是秘密计划，而至尊同盟没有相关的记录。我们可以猜测具体时间介于两百年前和三百年前之间。"

"所以切特在那时应该还没出生？"

"这是合乎情理的假设。"M机器说。

我们来到了那几座小山前面。切特消失在那边的一座山洞里，但我能看到他通向洞内的脚印。

"作为参考，"M机器说着，"嗡嗡"地飞在我身边，"我是在一百七十二年前坠落在岩屑星上的。"

"嘿，"我说，"切特说他是在大约一百七十年前来到这儿的，还说自己来到这儿之前是在某种洞穴里，以及遗迹……"

我的声音越来越小。我们面面相觑，或者说，我看着装着M机器回路的那个小方盒，而它将镜头对准了我。

我们同时朝山洞那边走去。

8

这座山洞很小，和岩屑星上的寝室差不多大。轻柔的叮当声传来，同时有水顺着墙壁滴落，聚集在山洞后部的浅水池里。

切特跪在那儿，清洗着双手。他抬起头来，而我停下脚步，甩开沙子，一时间忘掉了疲惫。

"切特，"我说，"你说你记得进来这儿之前的某些事。"

"只有些零星片段。"

"你认识'斯皮尔斯中校'这个人吗？"我提到的是许多年前，曾驾驶 M 机器坠落在岩屑星上的那个人。

切特皱起眉头。他甩了甩手，站起身，用手梳理掺杂银丝的头发。他缓缓地将手伸向飞行夹克胸前的口袋，拿出某个东西。那是一块碎布，看起来取自某件制服。

上面写着"斯皮尔斯"。

"噢，该死。"我说。

"我想……我坠落在了某个地方？"他说，"某个有洞穴的地方，而且……天上还有金属平台？一切都很模糊，但我清楚地记得一面满是奇怪线条的墙壁，我现在能认出那是'无处'传送门。我肯定是意外摔进去的。"

该死。该死，该死，该死。

M 机器飘浮在我身边，我能感觉到它的担忧，而且是真真正正能感觉到。我能体会它的情绪。它在担心，又焦虑又震惊。

"我找到了你的飞船，"我说，"上面配有人工智能。你就是 M 机器以前的驾驶员。"

"我……很难想象自己能坐进无人机里……"切特说。

"它以前是在飞船里的，"我解释道，"一艘极其先进的飞船。它能想起的只有飞行员的名字，以及几条指令。那就是你，切特。"

"胡说八道，"他说，"嘿，我发现说这几个字的时候很难不带冒犯，但我从没和人工智能结交过。它们会引来探究者的关注！"

"你有那块碎布，"我说着，指了指，"你记得岩屑星，我的母星。你就是斯皮尔斯中校。"

但我还是有些反对这一观点。这太难以置信了，我心想。我们进入"无处"，却在几分钟之内遇见 M 机器原驾驶员的可能性有多大？现在的状况非常可疑。

"我们曾是朋友，切特。"M 机器说着，飞近了些，"我是说，我也不记得了，但我有这种感觉，我们肯定曾是朋友。我……这么多年来，我都在努力遵循你最后的命令，持续努力，直到我耗尽能源，然后关机……等待……"

切特叹了口气。"我知道的不多，但我听说电脑的处理速度受到极大的限制，除非你让它们的回路在计算时浸入'无处'。这是一种取舍。要么面对几乎派不上用场的电脑，要么……"他朝 M 机器点点头。

"它们就会活过来？"我猜测道。

"这里的所有人都是这么说的。"切特说，"那些过去属于至尊同盟的海盗，他们会私下谈论这件事。不能让真正的人工智能继续运作，它们迟早会引来探究者。将那样的恶魔留在身边，意味着……好吧，意味着必死无疑。抱歉。"

"为什么？"我问，"为什么人工智能会引来探究者？"

"我不记得了。"他承认。

我不知道该怎么理解这件事，或者说所有这些事。只是看起来切特就是斯皮尔斯。我们很想知道他坠落岩屑星，又把 M 机器的飞船留在那座洞穴以后发生了什么。

岩屑星有通往"无处"的入口也是合乎情理的事，毕竟我们在那颗行星上找到了大量的上升石。打造岩屑星的那些人肯定采掘过上升石，就像至尊同盟眼下所做的那样。也许他们当时就是用洞穴里那道墙壁来到这里的，上面有类似传送门的雕刻图案。

"我试过回去，"切特惆怅地说，"找到我进来的位置，然后穿过去。听起来像是一场精彩的冒险！但我忘了去那道传送门的路，而且我后来找到的每一道都是锁死的。无论是什么人建造了那些传送门，他们都变得极度畏惧存在于这里的事物。"

他转过身去，不再看我和 M 机器。"无论如何，我们都该睡下了！也就是扎营过夜。明天是个大日子！只要走完一段长路，我们就能到达长者之路的第一道传送门那边。"

他脱下夹克，将它卷起，显然是要用它充当枕头。

这太过巧合、太过不可能了。也许……也许我在超跳跃到"无处"的时候，是被特意拉到这儿的？因为他？这能解释这种巧合吗？

不幸的是，我开始感到非常的疲惫，而我现在的状态很难消化这些信息。我脱下自己的夹克当作枕头，然后犹豫起来，因为我发现 M 机器不见了。

我轻声咒骂起自己来。听到斯皮尔斯那番话以后，它当然会离开。我强迫自己走出山洞，发现它盯着一棵矮小的仙人掌。

"M 机器——"我开口道。

"要知道，"它低声说，"我早有预料。我们甚至谈过这个，记得吗？我知道他们害怕我。否则我自己的程序干吗要禁止我去做自行驾驶飞船之类的事呢？所以没错，哈哈！我猜对了。我的驾驶员害怕我……"它的声音小了下去，"其实我不介意猜错的。"

"你瞧，"我说着，朝它走去，"这不重要。"

"那个知道我全部来历的人说的话还不重要？"M 机器说着，抬高了嗓门，"我觉得重要，斯潘莎，我真觉得很重要。"

这还是我头一次庆幸它是在无人机里，而非从前那艘飞船里。这时它降向地面，抓取用机械臂在身下无力地晃荡，模样带着人性和情绪的味道。它的声音更小了："这就像是突然发现你的父亲讨厌你……"

"我不相信他，"我说，"不相信那些关于你的话。"

"为什么？"

"因为我还没有对付过坏巫师。"

M 机器在空中转了个圈，升到我面前，无人机向侧面倾斜，或许是在模拟歪头的动作。"要知道，"它说，"我之前还觉得自己能跟上你在逻辑方面的跳跃性呢。"

"不，听着，"我说着，前倾身体，"在那些古老的故事里，永远有个坏巫师。阿拉丁就必须对付坏巫师。至于柯南，他杀掉的坏巫师恐怕有十亿个。还有一大堆别的例子。可我们又战斗了多久？我们还没对付过坏巫师，注定要对付一个的。"我单手搂住它的无人机，指了指山洞，"我不清楚这是怎么回事，但肯定有什么人或者什么东西在耍我们。我们来到这儿，马上就遇见了你从前的驾驶员？计算一下吧，M机器。"

"计算什么？"它问。

"你知道的，统计数字什么的，算个算数。我们偶然撞见他的概率是多少？"

"我没办法计算这个。"M机器说，"你这是假设我能对具备如此多变量的事件给出百分比概率，而且大部分变量还是未知的，很可能无法量化。"

我没有追究这个问题。"你瞧，那也许是斯皮尔斯中校。他掉进'无处'也是说得通的。但他的记忆有瑕疵，也许他不是斯皮尔斯，整件事都是特意安排的。但就算他真是斯皮尔斯，我的直觉也表示，我们的相遇并非偶然。相信我，M机器。在某种程度和形式上，我们就在面对一位坏巫师，或者是现代化的版本。"

"也许吧，"M机器说，"但你必须承认，他所说的话是有证据的。我是指关于我这种存在的危险性。我的创造者显然害怕我。"

"这不重要。"我说，"你是我的朋友，我信任你。"我揉揉额头，"不过现在，我特别特别累。血肉之躯是软弱的，记得吗？等我睡一觉以后，我们再来谈这件事，好吗？"

"我会处理这份信息，"它说，"但在咨询你之前，我什么都不会做的。"

"那就好。"我说着，迟疑了片刻，"盯住切特，如果他起来就叫醒我，好吗？我很信任他，只是……我们得谨慎一点。"

"同意。"

我们开始返回山洞。"但是，"我补充道，真的开始感觉到了疲惫，

"如果有怪物赶来吃我，请好言请求它们动静小一点。这样的话，我也许还能多睡几秒钟。"

到了洞里，我喝了点水，用夹克当枕头睡下。我的意识逐渐飘远，又希望自己在"无处"最初的这一"夜"不会太过离奇。

我显然不该抱有这种奢望的。

插　曲

我漂流。

我搜寻。

尽管我的身体仍旧疲惫，心灵却在向外探寻，不知为何还保持着清醒。我从没碰到过这种事，但感觉就像是我的力量的自然延伸。我的心灵独立于身体而存在，正如我在超跳跃期间进入"无处"那样。

我再次尝试超跳跃，却没能成功。可以说，我并不完全是在"此处"。所以我选择将心灵延伸出去，搜寻、聆听。我对自己这部分力量更有信心。我不但从小就能听到群星之声，最近还用这种能力成功联络上了切特。

我敦促自己。我需要一个目的地、一个地点、一种联系。

在那儿。

我找到了某个人……他也在寻找我？

我随即感到了恐慌。那是布蕾德吗？还是某个探究者的仆人？与此同时，我认出了那个心灵。那不是布蕾德，而是……

我突然出现在一架挑战者防卫军波科级星际战机的驾驶舱里，以笨拙的姿势挤在驾驶座后部的储物区域。这架波科级星际战机急速穿行于外太空，附近亮起毁灭光束。

驾驶者是约尔延。

看到他的时候，奔涌而来的情绪让我猝不及防，那是渴望、激情和担忧。我伸手想要触碰他，但我的手却穿过了那把座椅。我能感觉到飞船在我周围摇晃，能听到他轻声咒骂着做出急转，让重力容几乎超出负荷。

我真的在这儿？这都是真的？

战机的透明舱罩映出了他的脸，控制台的亮光将其照亮。他的脸上有十几道细小的割伤，我不禁好奇导致那些伤的缘由。上次我和他见面，还是在我第一次离开岩屑星，前往"星景"的那天。尽管那只是三周前的事，感觉却像一整个永恒。我有些担心再也见不到他了。

可他就在这儿。一如既往地严肃，几乎完美到不像真人。他的脸仿佛一张专注的面具，还有突然浮现的恐慌。他抬起头，然后——

"啊！"他大叫一声，让战机向侧面急转，奋力看向座位后面。尽管他直视着我，却似乎什么都没发现。

他转过身去，迟疑不决地眯起眼睛，看向驾驶舱罩，就好像在努力分辨……

镜像。当我在"某处"看到探究者那些眼睛的时候，通常是在镜像里。他能用这种方式看到我吗？为了验证这套理论，我挥了挥手。

"斯潘莎？"他说，"你这是……噢，该死，你这是死了吗？"

也对，或许看起来真的像是这样。我试图开口，但我在这儿没有肺，所以我换用了另一种方法，用赛托感应去接触他。

"不，我没死。"我说着，希望他能听到或者感觉到，怎样都好，"但考虑到各种情况，也许我应该死掉的。"

他歪了歪头。

"你能听到我说话？"我问他。

"我能……感觉到你这些话的意思。你在哪儿？发生了什么？"

"我在'无处'，"我说，"就是我们超跳跃的时候去的那个次元。我……算是掉进去的，故意的那种。我得给自己辩护一句，当时足有半支军队在追赶我。"

他咧嘴一笑，眼角周围的线条软化下来，我能在字面意义上感受到他的放松。他在担心我。我是说，我猜到他会担心我，但亲身感受到后让我有些哽咽。我这辈子都过着让大多数人敬而远之的生活。

这点已经改变了。我有了归宿。我有他，还有在冲天小队的其他朋友。我多渴望回到他们身边啊，我——

一道红色的毁灭光束撞在他飞船的护盾上，噼啪作响。"护盾值低"的警报开始在仪表盘上闪烁。

"约尔延！"我喊道，"快飞啊！你正在交火，笨蛋！"

"我在努力了！飞船上突然出现还没死的女友的鬼魂，确实有那么点让人分心！"他驾驶飞船做出了精准的回避动作。

我有点感动。女友？他是这么看我的？我是说，我们亲吻过一次，但……我没觉得这代表定下了什么。我甚至还没给他送过死掉的兽人，而我相当肯定故事里说过，这样才能向别人表示，你打算正式发展关系。

显然我的感受放射了出去，因为还在驾驶的约尔延说了下去："或者说……你知道的……无论你实际上是什么，对我来说，你就是。对你来说，我也是。"

"成了，"我说，"我回头就给你带个兽人来。"

"什么？"

"它看起来也许很像老鼠，我可把丑话说在前面了。"

他咧嘴一笑，驾驶飞船避开了毁灭炮火。从他的接近传感器屏幕来看，他已经甩掉了那条尾巴。

我真希望自己能碰到他。他抬起头，对上舱罩映出的我的眼睛，我明白他也有同样的感受。

"我们再也没法过上普通人的生活了，对吧？"我问。

"我不知道。"他说，"我的人生在一年前还相当普通，然后发生了那件不寻常的事。"他笑了笑，又说，"我无论如何都不想回到那种生活了。来吧，我们抽空喘口气。"

他呼叫小队进行防守，给他留出重启护盾的时间。他驾驶飞船离开主战场，冲天小队的部分成员留在附近提供支援，引开太过靠近的敌人。

我终于甩开了感动带来的恍惚。"约尔延，情况如何？过去了多久？"

"从你来到这儿然后又消失算起，过去了好几天。"他说。

很好。我在至尊同盟的医院里昏迷不醒了几天，然后在"无处"待了一天。这么看来，时间在"某处"和带子地区的流速是相同的。我放下了心。

"我们收到过你朋友库纳的消息。"约尔延补充道。

"噢，圣徒啊！他还活着？我一直很担心。"

"是啊，"他说，"他很安全，只是被困住了。我们还在努力搞清楚让那些蛞蝓充当超跳跃引擎的方法。"

"蛞蝓？"

"你错过了这部分。"他说着，将助推器的动力转移给护盾启动器，"我们手里有整整一群——呃，还是应该说一大窝？反正有很多蛞蝓，都在洞穴里。"

"什么，真的？"我问，"你们是怎么找到的？"

"我……呃……是听到的，"他说，"就像我能听到你的声音。"

"你有赛托能力！"我指着他说，"你的家族担心过你会继承这种能力！哈！我能找到你肯定也是因为这个。"

"我一直在跟奶奶训练，"他说，"我……不怎么擅长这些。"他的表情严肃起来，"斯潘莎，情况很糟，我是说战争。"

"有多糟？"

"整个至尊同盟都动员起来了，我不清楚他们掌控的行星有多少颗。我们在这里孤立无援，努力想让那些蛞蝓发挥作用，但我们要学的东西太多了，而且……"

他再次对上我映出的双眼。"而且我们需要你，我也需要你。我们该怎么做才能把你弄出来？"

我缩了缩身子。不是因为他的感情没有打动我，而是……好吧，他确实应该知道。

"约尔延，我是自愿去'无处'的，"我说，"跳进那道传送门的时候，我明白自己可以回家，但我决定不回来，因为……"该死，我到底该怎么说？"我在这里还有事要做，约尔延。"

他皱起眉头，看着镜像里的我。

"我现在还不能回去，"我解释道，"在这里学到该学的东西之前都不能回去。很抱歉，但就算我真的选择回去，也只能当个士兵而已。我需要让自己更进一步。"

"你觉得他们会再次利用探究者。"他说，或许是看透了我的情绪。

"我很清楚他们会的，"我说，"温契克不会因为一次挫折就放弃。还有，约尔延，我需要阻止他的力量。为了办到这点，我必须理解自己的本质——更重要的是那些探究者的本质。这是不是很合理？"

"你觉得自己能在'无处'找到这些答案？"

"是的，约尔延，这是我的历险。"

他咧嘴一笑。"这恐怕是我听你说过的最斯潘莎的话了。"

"你不生我的气？"

"我在担心你，"他说，"但如果你是对的……如果他们还会利用探究者……"

从我们过去的研究来看，我知道这不是第一次有人试图将探究者武器化。我所知的每一次尝试都会以灾难告终，但人们还在不断尝试。既然你能控制吞吃行星的东西，谁还敢与你为敌？

"我相信你。"约尔延说着，对上我映在舱罩里的双眼，"如果你认为这很重要，那就继续吧。我们会抵挡至尊同盟，直到你回来为止。"

他对我的信任让人愉快。我能感觉到那种情绪从他体内放射而出，仿佛一股暖流。

约尔延解开安全带，转过身来，双膝跪在座椅上。他闭上眼睛，我感觉到他的注意力放在我身上。他伸出手来，我敢发誓那只手掌贴上了我的脸颊。我也朝他伸出手去，也几乎感觉到了他的皮肤。

"我们会坚持住的，斯潘莎，"他承诺道，"直到你找到需要的东西为止。而且你会的。我早就学会了那个道理：永远不要赌你会失败。"他笑了笑，闭上眼睛，"说到底，我也许能赢得赌局，但我的胳膊最后还得挨上一刀。"

"有个小窍门，"我低声说，"要刺就刺大腿，这样他们追你会更难。"我身体前倾，想要更靠近他，哪怕我们几乎无法触碰彼此，但我开始消散了。

该死，我突然觉得精疲力竭。时间只过了几分钟，但我很快就彻底消失，最后漂流在黑暗里。无论我怎样尝试，都没法再找到约尔延了。

我的念头开始模糊。我知道自己正在接近真正的睡眠，然后开始放松。

有人在说话。

我努力让自己恢复清醒。我认出了那个嗓音。"哎呀呀。"那个嗓音在说。

是温契克。

这几个字穿透了黑暗，靠向另一些东西：存在、实体。

探究者。

我现在能感觉到它们了，那是数不胜数的白色光点。我听到的嗓音正在和它们说话。"没必要这么野蛮、这么有攻击性。"它继续道，"我带来了一项提议！我们来做一场交易。你们有我想要的东西，我也有你们想要的东西。这样很公平，对吧？"

那个嗓音……并不真是温契克的嗓音，而是布蕾德的嗓音，但"嗓音"这个词只是近似的说法。她肯定是在复述温契克的话，就像翻译那样。

我在偷听他们的谈话——监听、窃听，正如奶奶那么久以来训练我的那样，正是"聆听群星之声"的感应能力。

你们伤害了我们，探究者对温契克说，你们是杂音。你们不是人，而是痛苦。

"我是能终结那种痛苦的杂音。"温契克通过布蕾德承诺道，"我可以把全宇宙的赛托能力者聚到一起，让他们再也没法打扰你们，再也不会……腐化你们。"

噢，该死。这就是它们想要的，我能感觉到。

说下去，它们说。

"我必须掌控我的帝国，"温契克说，"等到那以后，我可以找出并阻止每一个赛托能力者。然而，如果我召唤你们的时候，你们摧毁我的手下，我就没法掌控帝国了。"

别来烦我们，探究者说，别再喊了！全部停止！为什么还不停下？

我梳理这些印象，然后明白了几分。对探究者来说，所有时间和空间都是一致的，但在和我们交流的时候，它们会被迫局限于我们的存在方式。

也就是说，它们无法真正看到未来。倒不如说，它们同时存在于所有时间，因此无法区别和分辨未来、过去与现在。

是啊，这很难解释，但我还是能感受到它们的痛苦。看起来，痛苦无论在哪个次元都是存在的。

"哎呀呀，"温契克说，"没必要大喊大叫。我能让这种痛苦停止，但如果我输掉这场战争……好吧，你们想再次体会那个被腐化的探究者的遭遇吗？做出那件事的杂音也在我要对付的那些杂音之中。"

看起来，他知道我是怎么拯救"星景"的了。我想朝探究者大喊，解释说我帮助了它们之中的一员，没有腐化它们。但突然间，我明白了它们先前追赶我的时候说出的那番话。它们说"你对我们做了什么"的时候，指的是被我分离出来的那一个。

我们会考虑这场交易，探究者对温契克说。

"好的，不用着急，"温契克说，"需要多少时间都行。"

我们不需要时间。我们恨时间。

是啊，的确，但我能感觉到除此之外的另一些东西。除了它们对时间和个性的憎恨以外，还有对某种东西的憎恨，某种即将到来的东西，某种它们……畏惧的东西？我更加专注地聆听，想要获取更多情报。

它们转向了我，该死。

我陷入恐慌，迅速离开，退向我的身体。我只能回头再思考听到的这些内容的含义了，因为头脑的疲惫掌控了我。

我终于沉入了真正的梦乡。

自动家用清洁用无人机（改造后）

全方向上升底座

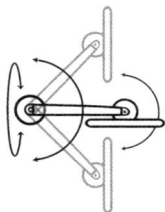

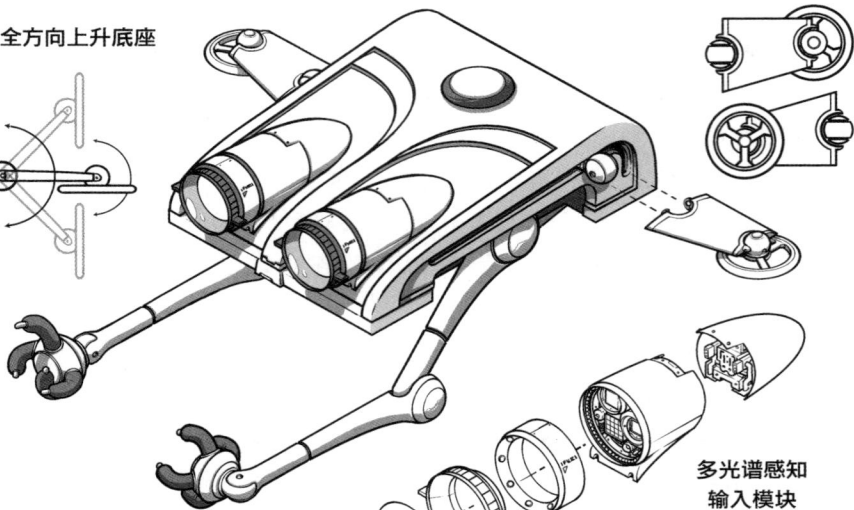

多光谱感知
输入模块

四边形物体操纵装置

套管式肩部关节

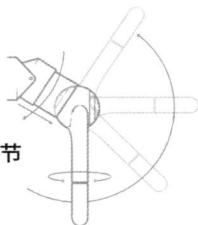

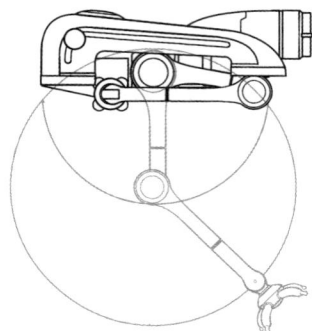

光索

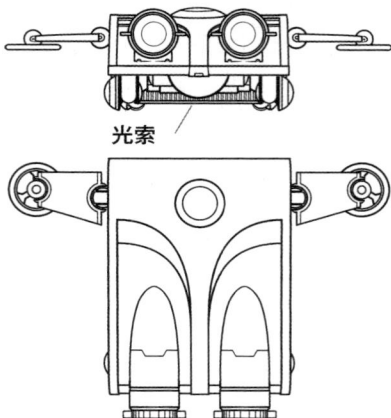

PART TWO

第二部分

9

被人推挤的感觉让我苏醒过来。是 M 机器？是啊，它在用无人机的机械臂捅我。

我打了个哈欠，伸起了懒腰。奇怪的是，我昨晚的奇怪体验仍旧清晰地留在记忆里：和约尔延说话，感受他的关心，接着偷听温契克和探究者之间的谈话。

该死，温契克想和探究者达成交易。

如果他成功了，战争就会朝着极其糟糕的方向发展。

"斯潘莎？" M 机器说，"根据我内部的天文钟，你睡了十个钟头。切特刚刚起来，离开了山洞。我按照你的要求叫醒了你。"

我在昏暗的光线里坐起身，睡在石头上让我脊背僵硬。

M 机器飞了过来。"我希望你知道，"它说，"一整晚都看着你们两个非常无聊。"

"谢谢你。"我说，"抱歉让你像这样持续监视，但知道有你在，我能睡得更安心。"

"噢，说实话，让我等待总比让人类等待要轻松。我可以通过给处理器加速或减速，从而改变对我而言的时间流速。我准备去休息一下，找棵仙人掌。如果你还需要我做另一些特别无聊的事，就告诉我。"

它飘出了山洞，我跟在后面。切特站在这边小山上的几块较高的岩石上，看向远处。他的姿势充满英雄气质，专心而又坚定。

我爬上山去，来到他身边，做出相似的姿势，目光越过飞来飞去的大块陆地，看向远处的光爆。那是探究者的家园。

"两百年了，"切特说，"我终于要这么做了，去走长者之路。"

"你为什么从来没走过？"

"起初，我不知道。"他说，"随后，我没能真正理解它的本质。至于现在……"他看了看我，"我从没找到过自己不敢去的地方，斯潘莎·夜影。我一直觉得我愿意探索任何地方、任何事物！但随后，我就在自己心里和头脑里找到了我并不理解的东西。"

"我也有相似的感觉。"

"这让我担忧。"他说，"切特·寻星者，害怕探索自己的心灵……"他看向远处，"我能让头脑里出现整个带子地区的画面，让它在脑海里成形，也清楚前往每一块片段的路。这就是它在我记忆里呈现的方式，是我除了心灵交流之外的能力。你呢？"

"显然，我也能做到心灵交流，"我说，"除此之外，我似乎还能拦截其他人送出的念头，哪怕他们不希望这种事发生。我可以对听到的内容加以解读，再凭借本能战斗。此外，我可以超跳跃，瞬间从一个地方移动到另一个地方。"

"所以超跳跃是真的，"切特说，"听起来非常有用。"

我扮了个鬼脸。"如果像我这样缺乏训练的话，就没那么有用了。先不管这个，你说你能看到周围的地貌，就好像你有个……声呐？听起来真的很棒。"

"我必须承认，这对冒险家来说很有用！"他大声说着，指了指，"你需要抵达的片段就在那个方向，但恐怕我们必须绕个路。我们的旅程取决于片段的心血来潮，只有它们相互碰撞的时候才能通过。幸运的是，我能看到路线，有八块片段，我们应该能在一天之内赶到。"他看了看我，笑容灿烂，"斯潘莎·夜影，准备好来一场冒险了吗？"

"准备万全。"

"那就前进！"切特说着，以老练的动作滑下岩坡，落到地面上。

我以几乎同样熟练的动作跟上了他。

"漂亮！"我落地的时候，他说。

"我有洞穴探险的经验。"我解释道。

于是他带领我离开，我们一路向前，而 M 机器飞在后面。在随后的这段时间里，我对这地方有了相当清晰的印象——至少是对这一部分的印象。这些片段大小不一，但平均要花费两个钟头才能跨越，而且种类多种多样。我们首先穿越的那块片段覆盖着高大而陌生、尖端是红色的野草；下一块片段到处都是像哨兵那样高高耸立的岩层；第三块片段上有好几条宽大的瀑布，水流从高处滚落，直接从片段的边缘流下，以难以置信的方式循环往复。

这场旅行就像在考验我身体能力的极限。在第二块片段上，我们被迫用光索爬下峭壁；在第三块片段那里，我们蹚水过了一条河，爬过瀑布后面的一条隧道；第四块片段是一片有众多峡谷的大草原，那里居住着外表像是犀牛的野兽，只不过它们有两颗脑袋和吓人的牙齿。当时的场面很惊险，它们漫步走过，寻找猎物，我们就藏在岩石后面。切特解释说，它们不需要进食，却会在本能驱使下进行狩猎。

下一块片段多石而荒芜，植被只有几棵矮树。我们只能等在片段另一端，准备迎接下一块。站在那里的时候，切特突然拉着我躲到一棵矮小又弱不禁风的树下。谢天谢地，它的树冠很茂盛。很快，几艘飞船从旁飞掠而过，那是海盗在寻找能够抓捕的奴隶。

切特发现我在树下盯着他们，肯定也注意到了我眼里的渴望。

"离我们最初的目的地不远的地方，有一座海盗基地，"他解释说，"如果你还有胆量尝试的话，我相信我们可以在那里弄到一艘飞船——当然了，是通过不那么诚实的手段。"

他的用词让我咧嘴一笑。我们冒着被那些海盗发现的风险，匆忙跑了出去，只为在下一块片段飘开之前登上去。我们滑下山坡，一同跳起，抵达了那块到处是腐朽树木和柔软地面的沼泽片段。

真正的沼泽！这可是我从小听着奶奶的故事、在脑海里想象的地方。这里应有尽有，每一处地貌都是缩小版本，邀我去探索。旅行途中，我开始感到兴奋。我体会到了某种更重要，也更深层的东西：

自信。

这感觉暌违已久。渗透进至尊同盟以后，我提心吊胆了好几周，努力扮演另一个人，努力撒谎和避人耳目。我一直害怕自己的性格缺陷会导致搞砸任务，让同胞遭受灭顶之灾。

能做自己擅长的事实在很让人满足。我花费了十年去探索岩屑星的洞穴，也因此让身体接受了充分训练。从切特说话和表现的方式，我能看出他没料到我在这方面很内行，而他似乎觉得，为能够跟上他脚步的人带路是件刺激的事。

这让我感觉很好，就好像我什么都能办到。我会走上长者之路，了解探究者的秘密；我会把情报带回给同胞，和他们一起击败至尊同盟。

我能办到，我真的可以。

我爱这种感觉。

我们在沼泽片段的周边绕行，这里的地面更结实。"斯潘莎？"M机器问我，"你看起来……比之前更有生气了。"

"我只是有了信心，"我说，"相信我们能够成功。"

"我可没有。"它说，"这看起来太难了。切特说我们必须沿着这条路一直前往内部。海盗、至尊同盟、探究者……敌人很多，斯潘莎。"

"专注于我们现在能办到的事吧，"我建议道，"此时此刻，我们要做的就是穿过这片沼泽。"

"噢，这对我来说很轻松，"它说，"我能飞。"

"看到没？路要一步一步走。你能做到，我也能做到。我们会不计代价。"

它点点头，操控无人机上下晃荡。"好吧！"它说，"不计代价。哎！感觉不错。至少假装一切都在我们的控制之下！我喜欢。你一直都有这种感觉吗？"

我多希望真是这样，但我没有反驳，它迅速飞过沼泽，低头寻找……

"有一朵蘑菇！"它叫喊着飞到一朵长在泥沼里的蘑菇上方，"真正的蘑菇，斯潘莎！"

我停下脚步，看着它飞来飞去。待在无人机里很适合它。它就这么绕着我转起了圈，个性里的活力表露无遗。

切特转身走了过来，和我一起看着M机器，我甚至看到了他的笑容。

"它真的不危险。"我对切特说。

"它的活力的确有几分感染力。"他承认，"我们就快到了，只剩两块片段了。你要找的传送门就在某座遗迹里。"

"遗迹？"我问，"像是旧采矿站那种？"

"不。"他说，"不过我们会在下一块片段经过你说的那种地方。我们要寻找的遗迹更古老，也许跟这地方一样古老。"

"你有没有想过，这些东西是怎么出现在这儿的？"我问他，"我是指这种风景，这些片段？"

"我的确想过。相关的传说自然是存在的。人们认为这一切的背后是超跳跃时的意外，甚至是探究者的手笔。但根据传说，部分片段甚至比探究者或者赛托能力者更早出现在这里。"

我帮助 M 机器采集了一份蘑菇样本，然后存放在它的"标本盒"里，那是这架清扫用无人机曾经存放灰尘的空间。我们重新出发，小无人机快乐地嗡嗡作响。

我们来到在沼泽片段侧面流淌的一条较为宽大的河流边。切特带领我们继续朝深处前进，而非尝试渡河。虽然水流不算湍急，但他不喜欢因为立足不稳而被河水卷走的可能性。

我们继续向前，从一块坚实的土地跳上另一块。大约半个钟头过后，切特抓住我的胳膊，让我停了下来。他眯起眼睛看着下一块土地，然后摇摇头。

"那片地面是假象。"他解释说，"看到它泛起的涟漪了没？地面下有陷坑。这边走。"他领着我蹚过几摊积水，烂泥的臭味扑鼻而来。很快，我们就走到了另一段长条形的干涸地面上。

"这儿有你没走过的地形吗？"我问他。他带路时的轻松让我印象深刻。

"噢，我从没见过的东西也肯定是有的，"他说，"但我确实去过很多地方！我不喜欢待在原地，在这里这么做会让你失去对时间的概念。我更喜欢新风景和新体验！只有用完现实灰烬的时候，我才会跟其他人待在一起。但凡我手里有一点灰烬，我就会离开！"

又跋涉了一小段以后，我看到了下一块片段，是目的地之前的倒数第二块。这一块看起来是另一片沙漠，只是有高大如房屋的沙丘。我眯起了眼睛。这种沙丘里是不是住着沙虫？至少也会有巨型蝎子吧？

但在我们前往那块片段之前，切特警觉起来。他转过身，指了指。天上出现了又一批飞船。

10

早已习惯的我跟着切特躲在一棵枝条扭曲、树叶却相当茂盛的大树后面。树枝的末端垂得很低，搭在积水里，掀起阵阵涟漪。

"是舷侧团的标识。"我们透过树冠看着飞船的时候，切特小声对我说，"我们进入了他们的领土。"

"这些派系之间有很大区别吗？"

"一般来说，没有。"他说，"不过舷侧团有比其他海盗更公正的名声。但话说回来，据说他们的领袖曾是至尊同盟安保部队的成员。出于这种理由，我一直和他们保持距离。"

这支队伍共有四艘飞船。我不认得那种设计风格，但它们肯定是军用级飞船。在我们的注视下，它们与从这块片段下方飞出的另一组飞船开始了交锋。

随后是短暂的交火，那些飞船飞来飞去，仿佛旧地球图片上的猎鹰和猎物，周旋着从这块片段旁边掠过。

他们的战斗唤醒了我内心的某样东西。我想念飞行。时间才过去几天，我已经渴望感受飞船的包围了。当我翱翔着绕过障碍物，在敌人之间曲折穿行的时候，飞船的动作就像是我身体的延伸。

飞上天空，夺取群星。

我想念那种感觉，由衷地想念。

"快了。"那些飞船在片段下方相互追逐，消失于视野的时候，我低声说道。

"我们应该再等上一小会儿，"切特说着，坐在树下的一块石头上，

"免得他们朝这边来。"

"那就是另一个派系，对吧？"我问，"炮轰团？"

"你的眼睛真敏锐！"他说，"要不了多久，你就会知道所有六个派系的对应标识了。"

"他们经常打来打去吗？"

"打得很凶！"切特说，"太可惜了。他们本可以探索和冒险的，但我猜我不该剥夺他们来点小小娱乐的权利。在这里，我们都有打发时间的方式。"

好吧，如果非得等到结束，这看起来是个武装自己的好机会。我再次为弄丢步枪而自责。我从掉在这棵树周围的结实树枝里挑选了一根，剥去树皮。做完这件事以后，我找了块不错的石头，它几乎是长方形，中央有一段较窄的部分。

我试图将它固定在树枝上，但初次尝试失败了，因为我特意挑选的藤蔓断了。

"请允许我插个手，夜影小姐。"切特说着，解开左靴，抽出一根长长的鞋带，而另一根鞋带仍旧系着他的靴子，"外出探险的时候，记得给鞋子系上双份鞋带！一条细绳能起到的帮助会让你吃惊，用途多种多样！"

他向我演示了如何将石块系在上面。他对我这方面知识的欠缺感到惊讶，于是抽出另一边的备用鞋带，给我上了一堂关于不同绳结和套结的简短课程。我羞愧地意识到，我只不过有了一条光索，就在这个领域自鸣得意起来了。

我专心致志地听着，感觉非常实用——这就像是……好吧，就像是我想象中父亲原本会教我的东西，如果后来的事态没有急转直下的话。

课程结束后，切特让我把鞋带留在身边继续练习，我便收起那条鞋带，拿起木棒特意挥舞了几下。

"不错的武器，"切特说着，两手叉腰，"你要给它取什么名字？"

"当然是'碎颅者'了。"我说。

"棒极了。"

"但……我不知道沙虫有没有颅骨。"我说,"也许我们应该磨尖石头做一柄长矛,免得我被吞下,然后必须从它体内干掉它。"

"我怀疑没这个必要。"切特说着,轻笑出声。

"假设你被沙虫吞了下去,胜利后的我就能站在它的尸体上,思考该怎么用它的皮做一顶帽子。"

"哈!"切特说,"我恐怕从没遇见过像你这么……嗜血的年轻女性。"

我耸耸肩。"这算是一种表演。你知道的,虚张声势。但我确实希望在遇见任何野兽的时候都有自卫的能力。"

"如果真的发展到那一步,我们就已经失败了。"切特说着,抬起一根手指,挺直背脊,摆出训诫的姿势,"除非你犯下错误,否则任何野兽都不会攻击你。我们是在入侵它们的领地,而小心避免意外是我们的职责所在。"

"你不会打猎吗?"我问。

"天啊,当然不!"切特说,"除非是为了获取食物,而食物在这里是不必要的。我探险是为了看到宇宙的种种奇景!要让荒野遭受如此的破坏……不了。探险家绝对不能成为自然的破坏者,而必须是自然的保护者!不过话说回来,我又扯得太远了。我们该前进了。那些海盗看起来跑到别处去争斗了。"

我们继续向前,在两块片段拉开距离前堪堪赶到沙漠片段的边缘,跳了过去。M机器似乎不愿放弃搜寻蘑菇,但还是跟上了我们。

切特对狩猎和探险的意见激起了我的兴趣,这和我预想中会从他这类人口中听到的说辞截然相反。他所说的这些让人耳目一新。探险、旅行……他能在避免战斗和杀戮的前提下做到这一切,并检验自己的技巧。这是种全新的思考方式。对我来说,变强的奋斗永远是以敌人的毁灭结束,至少是羞辱那些嘲笑过我的人。

但我开始改变了。这改变始于"星景",当时我遇见了许多严格来说与我敌对的人,但他们同时也只是普通人。现在我想要找到解决之道，比我终结克雷尔人的愿望更加迫切。我们是否有办法停止这场战争，却不用摧毁他们，也不让他们摧毁我们？

切特让我们始终走在沙丘之间的低谷里。我们步行的时候，我谨慎地看着沙子。

"呃……"M机器飞到我前方，"斯潘莎？我被迫放弃了一部分信息数据库，但我保留了至尊同盟所有已知星球的动物区系调查记录，而且……我不想扫你的兴……"

"没有什么沙虫？"我问。

"恐怕没有。"

"该死。"我说，"那巨蝎呢？俄里翁在旧地球上干掉过一只，所以它们肯定是真实存在的。"

"有好几个低重力行星上生活着类似节肢动物的生物，可能符合这一定义。噢噢……其中一种长有带毒的尾刺，如果刺中你，你的舌头就会长出真菌，你的血里也会，基本上会杀死你。可那是长蘑菇的舌头！"

"哇，"我说，"这种东西真的存在？"

"斯潘莎？"M机器说，"你是……在哭吗？"

"不，当然不是，"我说着，擦了擦眼睛，"只不过……我很高兴，因为这么炫酷的东西真的存在，对吧？就像故事里那样。也许等做完这件事以后，我们可以去拜访那儿。你觉得我能不能从小训练一只，让它当我的坐骑？"

切特在前方轻笑起来，领着我们更加深入沙漠，我也允许自己更加兴奋。我们的目的地就在下一块片段上，我终于能知道那个探究者送我来到这里究竟是为什么了。

我本该精疲力竭的，某种程度上也的确如此。这一天的旅行非常辛苦，但感觉很好。用这种方式耗尽体力既健康，又让人满足。

奇怪的是，我不觉得饿，而且我走了一整天的路，却只是稍微有些口渴。

但……好吧，我正在穿过一片名副其实的飞行沙漠，又经过了没有水源供应的无限瀑布，我不觉得缺乏饥饿感会是我在这里体验过的最奇怪的事。我加快脚步，和切特爬上一座绕不开的沙丘，过程很困难，但他向我演示了如何以倾斜角度攀爬，同时又保持立足点的稳定，要点是避开他的脚印。

"在雪地里，"他解释说，"你应该踩在前面那个人的脚印里，这能节省精力。但沙丘是会下陷的，所以走在你前面的人会扰乱沙子，如果你正好踩在他们的脚印里，只会让步行更加费力。"

来到沙丘顶端，我认出了对应的片段。"是那块吗？"我问，"绿色那块？"

"就是它。"切特说。

那边简直是遍地生机，至少都是植物。就连这片沙漠都有固执地钻出沙土、顽强生长的矮树。大多数星球上都是这样吗？就算没有任何人种植，植物也会生长？

"你紧张吗？"我问切特，"为我们将会看到的东西紧张？"

他思索片刻，轻抚胡须。"我觉得……这是无可避免的事。我知道自己迟早会来到长者之路。当你提起它的时候，我觉得自己是被吸引到你身边的。我是不由自主走上这条路的。"

"这……听起来有点让人不安，真的。"

"抱歉，我不是有意的，"他看向远处的光爆，"但我还是担心探究者插手了这里的事。我始终没法确信我的意志属于自己……"

"你对它们有什么了解吗？"

"它们不是群体意识，"切特说，"这是人们对它们的误解。探究者是各自独立的存在，但它们同时也完全相同。它们住在一个永恒不变的地方，时间在那里并不存在。它们存在于一个瞬间、一个地方，无法区分，又害怕任何和它们有所不同的东西。"

"好吧……"我说，"你这番话的大部分在我听来都不合理，切特，但我会努力假装它是合理的。"

"谢谢。"他答道，"我只知道，这些看似不合理的部分正是你这样的个体能够经由'无处'进行超跳跃的理由！时间和空间是不相干的，而在潜入'无处'以后，你可以在其他任何地方出现。每次我们穿透'无处'和'某处'之间的屏障，都会让'无处'腐化一点点，就像你走过新鲜的积雪，就必然会留下脚印那样。"

"你觉得……在这里的某个地方会有雪吗？"我问，"我偶尔还挺想看雪的。"

"这种地方存在，但很罕见。"他说，"告诉我，夜影小姐，你真的一辈子都住在那颗贫瘠的行星上吗？你是怎么生存下来的？"

我耸耸肩。"我们在地下有藻类培植桶和人造光源。那里也有些别的生命。老鼠住在洞穴里，吃的是能将热量转化为生物能的真菌和藻类。不算多，但我们物尽其用了。"

"你们听起来是一群极其勇敢的人。"切特说，"和你一起旅行是我的光荣，但我得承认，你的家乡竟然能形成社会，这让我很吃惊！"

"噢！"M机器说着，飞到他身边，"那儿是个非常奇怪的地方，技术进步与落后无知以令人目眩神迷的方式混合在一起。举例来说，他们有太空飞行技术，但没有自动给皂器。所以你们可以说，他们的文化优点和缺点并存。"

"听起来的确很有趣，恶魔。"切特说，"来吧，夜影小姐和她的伙伴，我们得抓紧时间。在离开这块片段之前，我想带你去个有趣的地方，但我们得抓紧时间才行，可不能因为闲逛就错过下一块片段！"

我们继续前进，切特加快了脚步。半个钟头过后，我们攀上另一座沙丘，我看清了目标片段的样子。那上面覆盖着散发微光的青草——看起来那么柔软，就像上好毯子上的软毛——还有仿佛来自田园诗里的溪流从片段侧面落下，闪闪发亮，仿佛阳光的涓滴。那儿看起来像是故事里描述的伊甸园，碧绿、生机勃勃，甚至还有蝴蝶。

但我觉得有点不对劲。切特让我们匆忙赶到这儿，但那块片段看起来还要几个钟头才会靠近。来到片段周边后，切特招手示意我跟着他往右走。沙丘在这里越来越少见，没过多久，我们就来到了他想让我看的地方：一口深坑。这里的沙子被吹走，暴露出棕色的岩石，以及在这块片段中挖出的巨大空洞，深度起码有三十米。坑洞侧面是阶梯形状，就像一口倒转的金字塔，围绕它的道路呈现出螺旋状。

"这是采石场，"我说，"用来采掘上升石的？"

"完全正确。"切特说，"这一座很古老了，但我觉得你也许想亲眼看看采石场的样子。至尊同盟在内部深处的坚城基地运作的那些规模要大很多，但普遍原理是相同的。"

"可惜他们没留下上升石。"我说着，目光在采石场里搜寻起来。M 机器从我身边掠过，飞下去察看底部。"否则我们也许可以自己制作某种悬浮装置。"

切特摇摇头，笑了起来。

"怎么？"我说。

"他们留下了很多上升石，夜影小姐。"他说着，指了指，"你觉得我们站在什么东西上面？"

"石头。"我说。

"这些石头，"他说，"都飘在天上，对吧？这些片段内部全都有上升石。不幸的是，想让它发挥某种程度的作用，就需要精炼和能源。我们恐怕没法制作那种装置，但上升石就在这儿。"

恍然大悟的同时，我涨红了脸。这些片段当然是靠上升石飘浮的，现在想来的确合情合理。那种蓝色就像 M 机器机翼下方放射的光线那样，我猜是来自精炼加工的过程。

"好了，"他说，"另一块片段。"他看向远处的那块片段，皱起眉头，"它应该随时都会靠近。"

"以我的猜测，"M 机器说，"根据它缓慢的移速判断，我们的片段十小时之内都不会和它接触。"

"十小时？切特，那你干吗让我们赶路？"

"我……"他挠了挠头，"你说十个小时？"

"是的。"M 机器说，"不过我内部的天文钟是根据斯潘莎同胞的计时标准设置的，而后者参照的是地球时间的小时。我的旧飞船使用了同样的标准，想必你用的也一样。"

切特坐在一块石头上。"我道歉，夜影小姐。我的时间感……不像过去那么可靠了。"

我没有追究，但我很困惑。切特的时间感怎么能差成这样？

"好吧，"切特说，"也许我们应该在这里休息一下，再朝长者之路进发。解决任务之前，最好保证自己精力充沛！免得它还手，你懂的。"

我笑了，这听起来就像金玛琳会说的话。不过我同意休息一下。今天过得很愉快，但也很辛苦。

就在切特脱下夹克做枕头的时候，我确认了自己的现实标记，发现它今天落下了三粒银色的尘埃。我将其中一粒递给他，仔细观察他投向我那只袋子的饥渴眼神。和他旅行的每件事都令人愉快，只有那种眼神除外。

我迅速收起袋子。切特片刻过后才收起自己的尘埃，盯着它看了一会儿，任由它在自己掌心闪烁生辉。

"说到长者之路，"我开了口，想要打破这种奇怪的气氛，"我们需要为它做什么准备吗？"

"据我所知，不需要。"他说，"我拜访过那条路的第一站，但最后决定不进山洞。看到你兴奋的模样，我都不好意思承认了。"

我盯着那块花园般的片段。的确，它比内德在早上做弥撒的动作还要慢，得花上很久才能来到我们这儿。"感觉就像老故事里的探寻之旅，所以我才这么兴奋。"

"看来你很喜欢那些故事。"

"那些是奶奶在我小时候讲给我听的，然后就这么……忘不掉了。"

"这很让人羡慕，"切特说，"但我要警告你，别期待得太高。生活并不总像故事里那样。"

"我知道，"我说着，仍旧盯着那片美丽的田野，"但……故事里也提到了一些事，关于我们自己、关于我们来自的地方。它们能提醒我们，我们有过去、有历史，以及未来。"

我成长的那段岁月里，奶奶的故事是我的盾牌，让我可以忽略那些绰号，忽略人们对我父亲的议论，忽略我内心的担忧：那些事可能是真的，尤其是关于我的那些事。

这些故事富有正义感，每件事、每个细节都有目的。我觉得既然这些故事里的男女主人公能在黑暗中一往无前，那我也可以。

我也许是有点太依赖它们了。考虑到最近发生的那么多怪事，也许我是在寻找安稳的感觉，或者某种指引……

"我可以理解。"切特说，"说来奇怪，这地方偷走了我的身份，但我还是了解很多事。我知道墨西哥卷饼，可我在这儿一次也没吃过。我能举出最早的几颗人类殖民星球，也记得……故事。我取这个名字的一部分原因，就是那位古老的英雄切特·坎尼斯特的故事。"

"噢，那些英雄是不错，"我说，"但我喜欢更古老的英雄，比如奥德修斯。"

"或者赫拉克勒斯。"

"是啊，"我说着，敲了敲手心，"或者撒旦。"

切特眨了眨眼。"你说什么？"

"撒旦啊？"我说，"英雄撒旦。"

"英……雄。"

"是啊，"我说，"这故事是奶奶给我讲的。撒旦被人丢进了一个满是火焰的地方，但他的反应是：'嘿，各位，只要我们还有彼此就没关系。我们可以让这儿和伊甸园一样美好。'他自愿渗透进敌人的世界，开始了他穿越深渊的伟大历险。"

"好吧，我的记忆不够清晰，就像我事先说过的。"切特说，"但在我听来，这像是那首古老的诗歌《失乐园》，我……觉得你也许曲解了内容。"

"什么？你觉得谁才是这故事里的英雄？"

"亚当和夏娃。"

"那些废物？他们干坐着什么也没干！其他人都有燃烧的利剑和戏剧化的战斗！"

切特笑了。"好吧，这也是一种解读方式。我又知道些什么呢？我只知道自己的名字，就因为我在自己制服上找到了那块布。"

我用自己的夹克做了枕头。M机器飞到我身边，说："唔……"

"怎么？"我问。

"……我觉得他对《失乐园》的看法也许是对的。"

"再读一遍吧。"我说，"你真指望我相信，在这个有角色名叫'别西卜'和'摩洛克'，而且住在'群魔殿'的故事里，作者希望我们支持名叫'夏娃'的人？"

我想，有些东西再明显不过了，除非你是个机器人。

"你希望我像上次那样吗？"那个机器人用更轻的声音问我，"以防万一？"

我点点头，躺了下去，思索我们度过的这一天。我不记得自己上次过得这么快乐是多久以前的事了，但这让我感到了内疚。约尔延和其他人正在为生存而奋斗，而我却在调查沼泽，扮演探险家？

我必须保持专心。明天我们就会开始走长者之路，希望我终于能找到一些答案。最起码，我会知道真正的问题出在哪里。

11

M 机器在下一个"早晨"叫醒了我。我伸了个懒腰，发现花园片段已经飘到了离我们近在咫尺的地方。我关于"昨晚"的记忆只有普通的梦境。我原本希望自己能再找到约尔延，至少汇报一下情况，但我太疲倦了，尝试也半途而废。

切特在 M 机器的轻叩下醒来，在他的建议下，我找到附近的一汪泉水喝了一口，洗了脸和手，不过我在这里很快就不需要喝水了。幸好我身上的汗味不算重，考虑到昨天的辛苦赶路，我本该汗臭扑鼻才对。

清洗的时候，我看了一眼 M 机器，后者轻声说："他没有起来过，一直睡到我叫醒你们两个。"

我点点头，来到站在片段边缘的切特身边。"准备好了？"我问他。

"前进！"他说。

我们踏上了那块片段，我意识到这是我第一次踩在青草上。脚下的感觉很奇怪，富有弹性，就像是踩在枕头上。

我发现，这块片段相对小了不少，到处都是绿草和山丘，中央是一个湖泊，湖边是一片山坡，上面挖出了一个洞，像是通往矿井的入口。

前方的隧道并不长，只是一条很短的入口通道，通向三个土墙围绕的房间，但穿过它们的时候，我有种怪异的熟悉感。该死，我来过类似的地方。

我们在最大的房间的后部找到了传送门。它和我进入丛林时穿过的那道很相似，鼠灰色的岩石表面闪闪发亮，只是刻有纹路，这次是数百道纹路，构成了一个复杂的图案。

M机器飞到墙边，无人机上的灯光照亮了那些线条。"唔，"它说，"我保存了至尊同盟编目的所有已知文字，这看起来不属于任何一种。"

我心不在焉地点点头，手指拂过一道曲线。"这些不是语言，还算不上，但我大概知道这些线条代表什么。"

"这怎么可能？"M机器说，"你刚刚才说过这些线条不是语言！"

"确实不是。"

"可它们有意义？"

"是的。"

"那好，什么意义？"

我的手指碰到了线条的末端。"记忆。"

M机器飞在我身边。"唔，是的，我很好奇。我体会到了全新的情绪，就像愤怒和挫败感的混合体！太有意思了。"说着，它提升高度，然后径直落向我的脑袋，敲了一下。

"哦！"我说，但惊讶大于痛苦。

切特立刻咒骂起来，伸手抓向M机器，但我抬起一只手制止了他。"M机器，"我说，"你怎么回事？"

"是我的情绪让我这么做的，"它解释说，"哇，我感觉好多了！好奇、好奇……"

"你不能就这么打人。"

"你不是几乎每次见到约尔延都会打他吗？"

"这不一样，"我说，"我先是恨他，再是喜欢他，所以我有充分的理由。"

"噢！"M机器说，"你说这种话的时候，我又想打你了！你能不能站着别动，让我用机械臂拍你一下？这听起来很有趣。"

"恶魔，"切特说，"你应该——"

"没关系，切特，"我说，"它只是在处理情绪方面有些困难。这些对它来说很新鲜。"

"从整体来看，我觉得我做得很好，"M机器对切特说，"我打赌你第一次体会到情绪的时候，你胡言乱语，还尿湿了衣服。"它飞了回去，正对着我："能否麻烦你解释一下，你为什么说这不是语言，却又立刻能解读出意义？"

"这都是使用这道传送门的那些人的记忆，M机器。"我说着，跪在地上，抚摸刻在石面上的沟槽，"它带来的感受非常奇妙。赛托能力就像是……生物学方式的通信和旅行。超跳跃取代了星际飞船，而心灵对心灵的联络取代了无线电。所以在我看来，能够储存思想的方法也合情合理，就像赛托能力的书籍，或者说记录。"

"是啊，"切特说着，跪在我身边，"我也是这么听说的。长者之路与一连串这种传送门有关。根据我听到的说法，传送门有四五道，每一道都是进入'无处'的最古老途径之一，蚀刻有最初那批赛托能力者的经历。"

没错，我在岩屑星的隧道里见过这些图案，还在一座大型太空站里面见过，那是岩屑星轨道上的那种造船设施。我在探究者迷宫的内部也见过，而我越来越相信那地方是某个死去已久的探究者的尸体。

"我们该怎么做？"我问，"我们该怎么开始？"

"我也不确定。"切特说，"我得承认，我以为我们会在进来的那一刻就体验到记忆。"他把手放在那些线条上，"我……能感觉到一些东西。"

"所以，"M机器说，"这些东西既是记忆，又是次元之间的传送门？”

"是的。"我说着，闭上了眼睛。那条界线在房间里更加薄弱。我的口袋开始发热，那是我父亲的别针。

该做个测试了。我的故乡"某处"就在这道墙壁的另一边，我能打开这条通路吗？我启用赛托感应，将双手按在这边的墙壁上……没错，我能感觉到"某处"，我的现实正在拉扯我，试图将我吸过去。这块岩石变得仿佛液体，我开始沉入其中。

奇怪的是，我再次感觉到了附近的某个存在，就像我在丛林里使用力量时那样。那个存在……我想要相信那有可能是我父亲。它在指引我，将我带向自由吗？

我停了下来，伴随着一声"砰"，就像在晚上甩开靴子，让它落在地板上的声音。我又试了一次。

"砰。"

"你有什么感觉？"切特问我。

"这道传送门的另一边上了锁，"我说，"就像你之前说的那样。"

"我希望自己是错的，"他说，"我希望你的超跳跃能力能让你用这些传送门前往'某处'。唉！幸好这不是我们来这里的主要目的。肯定有办法看到留下的那些记忆，你能不能……听听这些岩石的声音？窥探它，就像你自称对探究者做过的那样？"

我尝试了一番，闭上眼睛，敞开心灵，侧耳聆听。没错，这里有些什么。我该怎么接触它？我询问那块石头，恳求它向我开启，但我失败了。我叹了口气，睁开眼睛，却发现周围的洞穴变了。

我能认出房间的模糊轮廓，但它们变得虚幻不实，就好像世界悄然消失，另一个世界取而代之。在这个世界里，我觉得自己仿佛飘浮在黑暗里。

我踉跄了一下，努力辨明方向。

"噢！"M机器说，"斯潘莎？你似乎遇到了马达控制问题，这应该和我敲你脑袋的那一下没关系吧？噢，该死，我直接违反了程序指令，伤害——"

"我没事，"我说，"我看到了某些东西。"

"噢，恐怕你总是会看到某些东西。严格来说，就算你闭着眼睛也一样，也或许不是因为——"

"嘘。"我说着，转头四顾。切特仍旧跪在我身边，迷惑地四下张望。

"你能看到我看到的东西吗？"我问他，"我们飘浮在黑暗里，就像在光爆里那样。"

"的确，"切特说，"不过看看这儿，看看我身边。"

我摇摇晃晃地跪了下来。我能感觉到地板，能碰到它，但它很模糊，在我的视野里近乎隐形。在靠近我们膝盖的位置，有个针孔般的白色光点，是这幕景象的一部分。"这是光爆吗？"

切特摇摇头，表情困惑。但就在我们的注视下，变化出现了。某种物质开始在那个针孔光点的周围增长，将它遮掩。它就像微型的小行星那样迅速增长，然后逐渐放缓，然后……

"一块片段，"我说着，看着那块石头增长的情景，"我们在目睹一块片段的诞生。"

"是啊……"切特说，"我想你说得对。我怀疑我们是在目睹它数百年里的增长，就好像……"

"就好像物质正在通过它渗入。"我说，"就是这么回事，切特。次元之间有个微小的薄弱点，'某处'渗透进来，形成了一块片段，就像在洞穴里缓慢形成的钟乳石。"

而且我知道，这一幕是发生在几个世纪里的事，就像切特说的那样。这份信息出现在我的脑海中，因为……因为它是被人特意留下，好让我知道。这些想法的确来自古代赛托能力者。

"没错！"切特说，"我相信你做到了，夜影小姐！这就是过去，就是长者之路，就是古代赛托能力者的秘密。"

该死，他用的说法实在是太帅了。就在我们的目睹下，这块片段扩张成了一块或许有二十米宽的石块。

"瞧啊，"切特说着，指了指我身后，"那东西刚才在那里吗？"

我转过身来，没看到别的片段，但的确辨认出了远处的一个白点。

那是光爆，但它看起来是在那个片段成长的时候出现的。

"它好小，"我说，"而且周围没有别的片段了。这肯定来自极其遥远的过去。"

我能体会到当时这个地方给人的感觉。那是无声的安宁，没有危险，没有愤怒的感受，没有……

没有探究者。要么探究者在当时并不存在，要么就是待在别的地方。

"为什么我们能看到这一幕？"我问，"你说过长者之路是进入'无处'的那些人的记忆，但恐怕没人能在这里看到这些场面。"

"这里的时间很奇怪，"切特说着，仍旧跪在地上，"我猜赛托能力者能以某种方法得知这些。你看到这边这个了吗？你觉得是什么？"

一条线出现在地上，同样是幻影。它有别于片段的其余部分，更明亮，色彩也截然不同。在我们的注视下，它长成了一道墙壁，只有几掌宽，但墙上出现了某种微小的图案，一个小小的漩涡，感觉就像天然的产物，就像侵蚀作用。

是的，就是它，某种跨次元侵蚀。但它诞生的时间是……

场景里出现了一个人影，是个蓝色皮肤的狄俄涅人。

我感到这幅幻象骤然放缓了，不再是每一秒过去数十年，而是以真实的速度流逝。那个狄俄涅人摇摇晃晃地站起身。

"工业化前的服装。"切特指着那些粗糙缝合起来的毛皮。

那个狄俄涅人倒吸一口凉气，转过身来，露出困惑的表情。那家伙笑了笑，亮出牙齿。等等，不对，那不是笑。对狄俄涅人来说，这个表情代表敌意，也可能是恐惧。

狄俄涅人没看到我们，而是透过我的身体看向身后，让我有种诡异的感觉。那家伙跪在地上，开始抓挠代表传送门的那道小小的墙壁。

直到……时间似乎再次加速。我们看着那个不幸的狄俄涅人试图找出离开这块片段的办法，身影化作一团模糊。那家伙逐渐变老，然后死去。尸体变成尘埃，留下骸骨。一切都发生在几秒钟之内。

"可怜的家伙，"切特说，"孤独地死在了这儿。"

我跪在那个狄俄涅人的尸骨旁边。片段只是变大了一点点。"物质从'无处'渗透进了这儿。你提到过这种猜测，切特。"

"没错！也许带子地区的形成是因为边界变弱了。"

我扫视这片黑暗，以为自己能在远处辨认出另一块正在成形的片段。而光爆……更大了一点。"所以片段会围绕这个次元和我们的次元之间的小小薄弱点变大。引发的反应会加强光爆，它成了'无处'之中未受腐化的区域，或许就像是……隔离区里的安全屋？"

"对，"切特说，"对，感觉上没错。"

还有另一块拼图，事实不只是这样而已。"如果'某处'渗透进了这里，"我说，"'无处'也会反过来渗透进我们的次元吗？那种渗透会是怎样的形式？"

答案就在眼前。另一群狄俄涅人穿过传送门，出现在这片幻象里，也各自为这道墙壁留下了一道花纹。更多的物质涌入，新的漩涡图案也接连出现。那些狄俄涅人学会了跃入跃出，也不再有人死在此处。

"赛托能力者，"切特低声道，"原来是这么来的。'无处'渗入了我们的次元……改变了住在缺口附近的人。它创造了我们。"

"就像是……跨次元辐射，"我说，"把'无处'灌输到别人的身体里？"

当不远处的另一块片段以快进速度增长的时候，我体会到了某种恍惚的分离感。另一群人终于出现在上面，但种族各有不同。瓦尔瓦克斯人、没有配备外骨骼的克雷尔人，他们就像小小的螃蟹，而且……

我感觉到那两个种族联系在一起，在相互呼喊都听不到的距离以心灵的方式交谈。最初的两个种族就这样相遇了，至少是在"无处"相遇，而且是在他们有能力进行太空旅行之前很久。

我试图聆听他们的对话，试图集中精神，就像眯起眼睛，只不过用的是大脑。这种赛托式比喻很奇怪，但我的感觉真是这样。我更加努力去尝试，记忆里的某些东西鼓励了我。

继续，它说，表露你的天赋，聆听……

我与它建立起了连接，我的大脑解读着它送来的东西。那是信息，包括语言和非语言的部分。

在岩屑星和无人机战斗的时候，我曾解读它们接受的指令，在真正理解内容之前做出了反应。现在的情况是一样的，我的心灵——或者说我的灵魂，或者随便叫它什么——知道这一切的意义。我灵光一闪。

噢……我心想，所以这就是你们的做法。

当我在脑海里监听别人的时候，我的做法是假装成另一种存在。不知怎么的，我假扮成了通信双方的接收方，这让我能待在暗处，无人察觉，就像间谍。

很好，记忆说。某种柔和的印象浮现于我的脑海，那是某个地方。来这儿，幻象低语道。伴随这些字眼到来的是一块有几座遗迹的片段，然后幻象消失不见。

我无力地坐下，背靠传送门墙壁。

"真是因为你脑袋挨的那一下！"M机器说着，在我身边降低了高度，"真的很抱歉！"

"不是因为那个，M机器，"我说，"我向你保证。"

"噢，感谢图灵！"

"谁？"

"计算机技术的缔造者之一，"它说，"我觉得这么说很合适。"

"你没有伤害她，恶魔，"切特说，"我也看到幻象了。"

"你感觉到最后那部分了吗？"我问，"就像有人在说话……指引我……"

"我没感觉到类似的东西，"他说，"我看到了最初的几块片段，最初的几道传送门，然后是最初的几位赛托能力者……接着是下一个去处的提示？"

"对，那个我也看到了，"我说，"又一块有遗迹的片段。"

"是啊，"切特说，"恐怕那块片段位于舷侧团领土的深处，但……我知道我们必须到那里去。我觉得……不知所措。"

我却觉得兴高采烈。

是的，兴高采烈。我这才意识到，从我发现自己拥有被同胞称为

"缺陷"的能力以来，我就担心那是某种邪恶之物。我以为也许我是某种可怕的存在，比如胚胎中的探究者，或者类似的骇人生物。

但我并不是，赛托能力只是一种突变。的确，那是由于我的先祖暴露于"无处"向"某处"的渗漏中所导致的怪异突变，但在我体内增长的不是什么可怕的东西，我就只是……我自己。

圣徒啊，明白这点对我意义重大。的确，真相很简单，但它改变了一切。我知道了今天的我是如何诞生的。难怪那种能力会在我们的种族中显现，岩屑星就有其中一道传送门，或许还帮忙激活了我们血脉里的潜在天赋。

这就是那位古老的赛托能力者留下的一部分信息，是他们想让我知道的事。*你不是怪物，那个印象驻留不去，你是我们的一员，很了不起。你是自然的产物，被人爱着。*

随之而来的还有帮助我在天赋方面更进一步的推动力，这种推动伴随着某些认知。我忽然觉得，如果我的天赋有所不同，就会被推向另一个方向，让另一些能力得到成长。

我看了一眼切特，后者的两边嘴角简直咧到了耳朵根。

"我感觉被孤立了，"M机器说，"你们现在体验的都是和我不同的情感。而且……一切都太让人混乱了。究竟该怎么应付这么多情感？它们都能干吗？有什么用？"

"我不觉得它们有什么特定的用途。"我说。

"肯定是有的，否则情感也不会在你们身上进化出来，又编进我的程序里。但……我猜有些东西是不受进化左右的，也或许'用途'这个词是在暗示过程的背后有过多意志力的影响。除非你相信神，而我不确定自己相信。我是说，我是被某个人创造出来的，唔……"

我深吸了几口气，努力消化自己看到的景象。"切特，"我说，"你看到附近那块片段上的瓦尔瓦克斯人了吗？"

"我的确看到了，觉得很奇妙。这两块片段相对靠近彼此，狄俄涅人和瓦尔瓦克斯人。"

"好吧，"M机器说，"我不清楚你们看到了什么，但根据历史，这两个种族在拥有星际飞船之前，就曾以赛托能力的方式跨星球往来。"

"是啊，"我说，"同样的情况发生在人类和奇盛人之间，或许还有其他种族身上。我从没想过其中的漏洞。为了超跳跃，赛托能力者通常需要知道前去的方向，需要指示，至少在跳跃很远距离的时候需要。但这一幕解释了理由，在超跳跃到另一颗星球之前，他们会在'无处'碰面。"

"恶魔，"切特说，"你的记录里有探究者初次出现在'某处'的时间吗？"

"探究者在记录里最初的几次出现，是在第一次人类战争开始之后。"M机器说，"当时，一个叫'电话公司'的人类组织将超跳跃引擎给予地球上的人类，人类随即在星系中扩散开来。战争开始了，而在它接近尾声的时候，第一批探究者出现了。在那之前，没有任何关于探究者的报告，甚至没有目击记录。"

我看向切特，他也察觉了问题。在这段幻象的年代，探究者还不存在。它们是怎么出现的？探究者究竟是什么？

我的沉思被打断了。我们所在的片段突然剧烈颤抖，伴随着一声震耳欲聋的"哗啦"。

12

我抓起先前丢在洞穴前段附近的简陋木棒，踩着土壤地面，摇摇晃晃地走了出去。切特跟了上来，同样脚步不稳，只能抓着洞口的木头支架来维持平衡。

另一块片段刚才撞上了我们所在的这块。它看起来比我们这块要小，但更厚，也更密实，就像一艘用石头打造的战舰。

"你怎么会看漏那东西？"向切特发问的同时，我伸手指向绿色原野的另一头，两块片段在那儿撞了个正着。

"我毫无头绪！"他说，"我从来没遇到过类似的事！"

地面再次起伏。"战舰"片段继续推挤我们的片段，令泥土翻腾，石块碎裂。我们的片段被它推着向前，就像由拖船推动的一艘旧飞船，而且是让助推器过燃、气势汹汹的那种拖船。这片混乱让我双膝跪地。该死，整块片段都在剧烈摇晃。如果在岩屑星上，我会以为一千颗流星同时落了地。

切特抓住我的胳膊，扶我站起身。

"我们该怎么离开！"我顶着岩石粉碎的响声对他大喊。

"我不知道！"他喊了回来，"附近没有别的片段了！"

我奋力站稳，指着那块"战舰"片段。"还有一个地方可以去！"

"它眼下正在努力摧毁我们，"切特喊道，"我不觉得这算是个选择！"

"我也非常生气！"M机器在我身后大喊，"我觉得你应该知道，毕竟我们似乎有同样的感受！"

"有什么选择？"我朝它大喊。

"生气方面的选择？我一直喜欢纯粹的愤怒，但愤慨也带有几分大胆的滋味，你觉得呢？"

"M机器！"

"抱歉！"它喊道，"我的数据库说，地震时的正确举动要么是去外头——我们显然做得很好，毕竟从字面上讲，我们已经在自己的宇宙外头了——或者去找个不用担心坠物或者坍方的地方。看起来管用，我们真棒。噢！而且我也不生气了。哇，情感总是消失得这么快吗？"

好吧，也许在我们撑过最初的冲击以后，碰撞会逐渐平息。我抬头看向草地那边。地面继续震颤，另一件事令我心烦，我一下子说不清。那是……

"是水，"我说着，指了指，"湖里是空的。湖水怎么了？"

"肯定是从湖底漏光了！"切特说，"片段不是完全由上升石构成的，有些片段的上升石较多，有些较少。按照我的猜测，这会影响它们移动的速度。"

"也就是说，撞上我们的那一块更结实？"我说，"既然你都没发现它，那它肯定靠近得飞快。"

"完全正确!"切特说,"我们眼下这块看起来大部分是土壤,所以湖底肯定是漏了。"

这让我恼火。我的意思是,这些片段本来就让我的脑子乱糟糟的了。我始终有种脚下不稳当的感觉。当我扫视这块片段的时候,恐惧也开始浮现。

土壤里出现了裂隙。不断变宽的裂缝就像一道闪电束,穿过了这片曾经宁静的大草原。在这些裂缝里,土壤和青草消失不见,沉向视野之下。

"它在四分五裂。"我说着,强迫自己在震颤中站稳脚跟。

"真要命!"切特说,在我们前方,一整块草地消失不见,留下洞开的深坑,"我提议尽快实施你先前的计划。我们必须赶去那块较为稳固的片段!"

我们飞奔着离开那条有传送门的隧道,而它伴随着巨响在我身后坍塌。曾经柔软而富有弹性的地面,如今显得危机四伏。

"M机器,"我说,"把光索固定在我背后。如果我跳起或者坠落,就用你所有的提升力把我往上拉。"

"我的动力不足以带着你飞行!"

"我没指望你这么做!"

等它答应以后,我试图维持慢跑的速度,但震颤却不断让我失去平衡。切特的表现也好不了多少,前方一阵特别强烈的地震令他躺倒在地,我们之间出现了一道裂隙。

他惊慌地看向我。

我跳了起来。

M机器主动向上飞起,拖动光索,令它绷紧。尽管M机器没法彻底将我提起,但它的帮助确实增强了我弹跳的势头。我在低重力环境下做过训练,这次也没有太大不同,所以我知道怎样顺应力道并保持姿势。我跨过正在扩大的裂隙,落在切特旁边。

"精彩!"我将他拉起身的时候,他说。我们一起冲向引发这一切的那块片段,但切特突然间抓住我的胳膊,将我拖了回来,阻止了我奔跑的脚步。我们的前方出现了一个窟窿，泥土倾泻而下，仿佛变成了液体。

该死。我向切特投去感谢的眼神，而他指了指侧面。我们匆忙跑向那个方向，绕过窟窿，随后抵达这块片段的远端。

这里的地面隆起，泥土堆出了一条硕大的犁沟。"把光索从我身上弄下来，在上面那儿找地方固定！"我对 M 机器喊道。

它飞到顶上，固定了光索，又拖着那条橘红色的"绳索"飞了回来。我看向切特，后者点点头，抓住那根光索。"就像爬向里格比山[1]的山顶！"他说，"片段的最高点！"他瞥了一眼隆起的土壤，"只是可能软上一点！"

"省省那些英雄探险家式的发言！"我喊道，"抓紧时间爬！"

就像在强调我的话那样，我们身后的一大块地面脱落了。

"言之有理。"切特说，开始攀爬颤抖的泥土拱起的高高犁沟。他的脚沉了下去，明显相当费力。幸运的是，其中有大块的石头可以充当落脚点。他能找出那些石头的位置，也证明了自己在攀爬方面的技巧。

我跟着他向上爬去，更轻的体重成了优势。年纪更小的时候，我曾想象自己长到亚马孙人那么高，成为一位勇猛的女剑士，然后我的身高额度就用完了。于是我开始想象自己矮小到让巨人低估，这样就能跳上他们的背脊，一剑刺进他们的耳朵里。

我没找到什么能杀的巨人，但我的矮小身材今天给我带来了好处，让我灵活地爬上那座土丘，几乎不需要光索的帮助。我将切特拉出泥沼——在周围的泥土纷纷滑落的情况下，这可相当不容易，但我们一起成功爬到了丘顶。

M 机器从下方飞了上来，又脏又累的我们三个蹒跚来到新片段的高处。这儿看起来就像遭受了轰炸，地面灰白开裂，但足够结实。

我们离开的那块片段陷入了彻底的混乱。一丛丛青草在翻搅的泥

1　南极洲阿蒙森海岸的山峰。

土里探出头来，就像死于坠机的飞行员脸上尚未烧焦的皮肤。随着我们所在的片段向前推挤，那些青草也在飞快消失。大片大片的泥土塌陷，大块的上升石朝两边飘去。

几分钟之内，整块片段都消失不见，只留下黏附在我们所站之处前方的几团泥土。

"如果不是亲眼所见，我恐怕是不会相信的。"切特轻声说，"夜影小姐，我从来没有见过这种场面。"

"片段不经常相撞吗？"我问。

"它们偶尔会以高速相撞，"他说，"但我经历过的最吓人的情况无非是短暂的震动。"他一手按头，"现在就像是'无处'本身想要杀了我们。"

好极了，跳进一个由憎恨我的存在所掌控的次元，恐怕不是我做过的最聪明的决定。但话说回来，能看到这道传送门的幻象确实对我意义重大，所以……行吧。煎锅、火，应有尽有，只要还留着点温度，我就能烤几只耗子了。

"那道传送门很可惜，"我说，"那些记忆，都没了……"

"所有记忆最终都会失去。"切特说，"我同意这是一场悲剧，但我宁愿抬起头，向前看。"他拍拍裤子上的灰尘，抖掉夹克上的尘土，冲我笑了笑，"换个方式思考吧。我们又一次活了下来，而且也在长者之路上开了头。我觉得这算是一场恢宏的胜利！"

"但我们得继续深入海盗领土，才能到达下一站。"

"的确。"他说着，指了指，"那个方向。"我们目前的片段与它的飘动方向形成了直角，所以我猜情况还不算太糟。

"然而，如果选择步行，我们就必须跨越数十块片段才能抵达那些遗迹。"

"所以……"我说，"是时候重启窃船行动了？"

他笑了笑，转过身，指着稍显不同的另一个方向。"从这里到舷侧团总部大约要走两天。夜影小姐，我需要一小段时间，好运用我的能力，设计好前行的路线。我们也许没法走直线，这取决于片段交会的时机。"

"我们只能希望，"我说，"它们的交会不会再像这次那么激烈了。"

13

切特坐在那儿设想路线的时候，M机器和我去周围侦察了一番。这块新片段是我踏上过的片段里最普通的。没有奇怪的野草，没有高耸的树木，甚至没有泥土，只有牢固又结实的岩石。这种岩石比岩屑星上的石头颜色更深，而且像是在熔炉里烧过那样开裂，但它刮擦鞋底的方式让我想起了家乡。

我们找到了一栋小型木制建筑，但里面已经被搜刮一空。我在屋里的时候，M机器叫了我的名字。我偷偷看了一眼外面，发现三架星际战机从空中飞掠而过。

"我觉得他们是来调查那块被毁的片段的。"M机器说着，悬浮在我身边。

很合理。我们躲在视线之外，我突然担心他们会抓住切特。不幸的是，我意识到自己在那块片段土崩瓦解导致的混乱中弄丢了"碎颅者"，这给我带来了出人意料的失落感。那根木棍算不上多好用，但它很特别，因为它是切特帮我制作的。

那些星际战机飞过天际，远离我们的片段，迅速做出几个机动动作，而我对他们的技术有了一些概念，就好像……就好像能通过别人的常规热身看出他们作为运动员的水平似的。这些飞行员看起来不差，但技巧没有特别出色。

如果能坐上其中一艘飞船，我应该就能在短时间内轻松甩开他们。可我该怎么穿过海盗领土？我们需要前往长者之路的下一道传送门，并加以研究，但如果有海盗跟在后面，我们是不可能办到这点的。

等飞船离开视野以后，我匆忙回去确认切特的情况，却发现他消失了。我找到的只有堆积在片段前方、靠近碰撞发生的位置的那一大堆泥土。

那堆土动了动，切特出现了，从明显是刚才藏身的位置自行挖掘了出来。他拂去夹克上的泥土，吐掉落进嘴里的那些，对我咧嘴一笑。"这不算是我最华丽的脱逃，但总比扮成拖地工要好！"

"路线规划怎样了？"我问他。

"可以的话，再给我点时间。"

我朝远处走了一段路，也许有二十米，爬上靠近片段边缘的一小片岩层。我挺直背脊，看向远处，欣赏附近几块片段的景致，其中一块片段有水不断流入虚空。

我双手叉腰，深吸一口气，不由自主地露齿而笑。该死，我热爱这一切。我昨天体会过的那种和切特一起旅行的愉快感受变得更强烈，现在我亲眼确认过了这场历险带给我的好处。

探索陌生的边境？被迫动用某种程度的武力？奔跑，攀爬，跳跃，被怪物追赶？我感觉就像陷入了奶奶的某个故事里。这里是我的归宿，这里的事物合我心意。与在"星景"扮演外星人相比，以能否逃离正在崩溃的片段来决定自己的生死更让我心满意足。

我坐在石头上。我的朋友有麻烦了，我也的确想念他们，非常想念。我愿意付出任何代价换取他们在这场旅行里陪伴我。

M机器飘了过来，我对它微笑，至少在这儿还有一个朋友。我搂住它的无人机，指向外面的片段。"你看到了什么？"我问它。

"大块的物质。"

"我看到了冒险，"我说，"我看到了谜团和惊人的美景。看看水落下的时候闪闪发光的样子吧，很绚丽，不是吗？"

"是有点，"它承认，"就像……忽明忽暗的小亮片……"

"这就是情感的作用，"我说，"一部分作用。这不是它们唯一的用途，但却是重要的一个。你能理解吗？"

"不，"它说，"但我可能快理解了。我猜……我猜如果我找到蘑菇的时候没有任何感觉，就不会知道蘑菇有多棒了，对吧？"

我笑了。"我很高兴能有你陪着我，M机器。我知道你在进来之前很犹豫，但多谢你把我当成朋友，多谢你陪着我。"

它上下摇晃，表示点头。"可斯潘莎，我……还是觉得伤心。"

"为什么？"我问。

"我花了许多年的处理时间去想象斯皮尔斯中校会是怎样的人，现在我遇见他了，而他……他却叫我'恶魔'。"

"他会理解的，"我说，"他和你相处的时间越久，就越会明白自己是错的。但就算他不明白，谁又在乎呢？我现在是你的飞行员了，我觉得你很棒。"

"多谢……"

"什么？"

"我说多谢。我想表达谢意应该不需要什么许可。"

"是啊，但你的话没说完，"我说，"你还有别的烦心事。"

"你看得出来？怎么做到的？"

"直觉。"

"我没有肠子[1]，"M机器说，"所以我猜你才是专家。可是……如果你非要知道的话，更大的问题在于，我还是对你有些生气。"

"因为我离开'星景'的时候抛下了你？"我问它。

"是啊。"

"我还以为你已经原谅我了呢。"

"我也以为我原谅你了，但我总是会想起那件事。这……正常吗？"

"对人类来说很正常。有时候，你很容易忘掉应该记住的事，而且更容易想起确实应该忘记的事。"

"恐怕对我来说不是这样，"它说，"毕竟我实际上不会忘掉任何东西，除非将它们删除，至少是在代码里通过注释隐去。"

我向后仰去，双手在背后撑起身子，就这么坐在那里，思考它说的话。该死，它在整件事里的牺牲很大，其中包括它漂亮的飞船身体。而现在，它又要应付那么多情绪……

---

1 直觉原文为"gut feeling"，字面意思是"肠子的感觉"。

"我很抱歉，"我说，"因为你在'星景'上的那些遭遇，M机器。我真的很抱歉。像那样抛下你让我心碎。"

"但如果有下次，你还是会做出同样的选择，不是吗？"

"是啊。"我说，"尽管我清楚，伤害你会让我痛苦，但如果我再次处在那种情况下……噢，我还是会去拯救岩屑星的同胞。"

"这合乎逻辑，"它说，"但我不这么觉得。我该怎么摆脱这些情绪？我不想生气。所以我生气是很愚蠢的事，这不合理。"

"事实上，这极其合理。"我说，"你没有多少朋友，基本上只有我和利格。我离开的时候，你等于是被所有认识和关心你的人抛弃了，这可不是能轻易恢复的打击。"

"哇，"M机器说，"你真的很了解情感，斯潘莎，尤其是愚蠢的那些。"

"我就把这话当成赞美了。"

"所以我该怎么做？"

"忍受它，"我说，"逐渐好转，学会接受那个事实：有时候你的感受没有错，但这并不代表你必须遵照那些感受去行动。"

"所以我既应该感受事物，又应该忽视那些感受，和它们的指引反着来。为什么？"

我耸耸肩。"生活就是这样。但有时候，光是谈论这些就能让你好受一些。"

"呵，是啊，我想我是觉得好点了。真怪，这又是为什么？明明什么都没变。"

"因为我是你的朋友，M机器。这就是朋友会做的事——分享。"

"朋友也会抛弃别人，让他们等死吗？"说完，它又飞得低了些，"抱歉，我不小心脱口而出了。我会努力改进的。"

"没关系。"我说着，站起身来，"再说一次，觉得生气也没关系，M机器，但你应该学会处理这种情绪。我们是士兵，有比任何个体都要重要的职责，所以我们是朋友，不代表我不会在某天再次抛下你。"

"那成为朋友又代表什么？"

"这代表，"我说，"如果类似的事无可避免，我会等危机过后尽一切努力回到你身边。你也会为我这么做的，对吧，伙计？"

"是啊，"它说着，飞得高了些，"是啊，因为我现在可以自主行动了。"它转过身，看向切特，说，"也许你对他的看法也是对的，也许他怎么想都不重要。我很难有同感，但我可以这么说。这就像是一种截然不同的说谎方式，并不完全是假话的那种。"

"我们会把你变成人类的。"

"这就不必了，"它说，"根据我读过的资料来看，我真的不想要嗅觉。"

我笑了笑，打算去察看切特的情况，但我犹豫了，因为我发现我们飘到了那块有瀑布的片段的近处。我们不会撞上它，其实目前这块片段似乎放慢到了正常速度，平静而安宁，仿佛从未经历过那种恐怖的碰撞。

有东西站在另一块片段的边缘，靠近那道瀑布。我没法在远处看清它的样子，但它似乎有……

发光的白色眼睛。

我感觉到了心灵的推挤。

你……对……我……们……

……做了什么？

我后退了几步。探究者找到我了。切特说过，在带子地区藏身是可能的，但……我猜在使用能力启动长者之路的幻象的同时，我也吸引了它们的注意。

我不打算就这么被吓住，于是用赛托感应向外探寻，然后发现了……力量？来到"无处"以后，我成长了。我能够梳理远处那个正朝我投射愤怒的探究者的心灵。我辨认出了它并不打算广而告之的念头。

它们的确感觉到了我激活长者之路的行为，然后派来了这块"战舰"片段，摧毁了我原本所在的那一块。

这种做法耗费的精力惊人，无法频繁使用。这实际上是一场实验，因为它们觉得有必要更加深入带子地区，试图找到并阻止我。那些眼睛发光的生物也一样。这是一场实验，那些失去大部分记忆的独立个体更容易受到探究者的触碰，但它们尝试的这种做法只能影响非赛托能力者。

圣徒啊……虽然只在长者之路上走出了一步，我也感觉自我掌控能力强了许多。这段经历仿佛打开了我大脑里的某个开关，让我学会了在隐藏并避开注意的同时用赛托能力窥探。

这个探究者尚未察觉我从它那里收集到了多少信息。我有些洋洋自得，但紧接着，我感到它在尝试攻击我的大脑，具体表现为寒冷和压力，就好像我被人丢进了结冰的湖里，寒意像冰水那样渗透我的皮肤，朝我的心脏逼近。

还有那些声音……

你对我们……做了什么……做了什么……

这里的"我们"指的仍旧是被我改变的那个探究者。其他探究者很生气，对我怒不可遏，因为我和那个探究者进行了接触和交谈，说服它停止袭击"星景"。在此过程中，我永久腐化了它，这基本等同于毁掉了它们的一个族人。

这让我很不舒服。那个友好的探究者和我建立了某种美好的关系，我本以为自己的行动能改变很多事，但如果其他探究者拒绝听我的话……我们的片段和有瀑布的那块拉开距离的时候，我也发起抖来。

切特在这时走到我身边，打断了我的思绪。"我猜你也感觉到了？"

"探究者附身了那边的某个人。"我说。

切特点点头。"无论我们在长者之路上做了什么，这都能引来它们的关注，"他说，"我很吃惊，因为它们宁愿背负个体性的风险进入带子地区，但这显然是事实。我们前进的时候得小心了。"

"同意。"我深吸一口气，"你的路线规划好了吗？"

"确实好了，夜影小姐。"他说着，双眼闪闪发亮，"告诉我吧，你对航海有什么看法？"

14

切特带我回到了那栋我找到的小木屋，说我们需要搜刮一些补给品。我试图解释说，那栋屋子已经被洗劫一空，但等我们到了屋里以后，他开始拆下用铰链固定的门板。

我们各自将一块门板搬到片段边缘，在那里等了一个钟头，然后跳到下一块接近的片段上。这里是热带地貌，到处是高大而光秃、只有顶端才有叶子的树木。我们不紧不慢地穿过这块片段，搜罗了一些足有人头那么大的奇怪坚果。

那些不是椰子，但很相似。我在学习旧地球知识的时候见过椰子的模样。

我们用当晚的时间掏空了坚果，具体做法是撬开其顶部，用手掏出细长多筋的果肉。随后，我们拉长坚果的内膜盖住开口，放着风干。

那天晚上，我在联络约尔延的时候又一次失败了。但今天的旅行令我急切又高兴，因为在我们睡觉的时候，下一块片段靠近了。

那是一片海洋。

这是我在这儿见过的最古怪的景象。它的四面是和底部一样的石头，但厚度只有约莫一米，石头后面就是水。从本质上说，这块片段就是个巨大的碗。它看起来比我们走过的大多数片段都要大，向远处延伸了好几千米。

切特向我演示了那种果肉的用法（它在风干后变得像是绳索），用它将两块门板绑在一起，再将掏空的坚果捆在上面。这些坚果不会漏水，里面又装满了空气，所以我们坐着这只实用的木筏划入了大海。

真是太棒了。

就连 M 机器也大为震撼。它"嗡嗡"地绕着圈，对这只木筏的"结构完整性"与"非凡的浮力"赞不绝口。我们给这条"船"命名为"鹦鹉螺号"。我骄傲地站在船头——好吧，站在我称为"船头"的平坦前端。切特轻笑起来，摆动用芦苇和剩下的坚果肉筋做成的船桨。

我们前进得很慢，但我还是觉得自己就像一位初次航海的古代波利尼西亚英雄，而且接下来的发展更棒了。

因为这片海里有海怪。

我看到它们蜿蜒的身体在海面下游动，随即跪了下来，担忧不已，而且兴奋。因为，你知道的，那可是海怪啊。

我看了眼切特，后者轻轻吹起了口哨，将几条坚果肉编在一条更结实的绳索上。没人会在遇到意外的时候表现得这么淡然，他并不担心那些海怪，无论它们究竟是什么。

"噢！"M机器说着，从我身边飞过，"瞧啊！呃，掉头！向后转！反向转舵什么的！我们要被吃掉啦！"

切特平静地将那根绳索丢给我，将其中一头系成了绳圈，然后递来一颗不知道从哪里采下的小巧红色果实。

"让它飘在我们旁边，"他说，"再把绳圈绕着它放到水面上，准备拉起来。"

我依言照做，勉强忍住没有开口发问。我站在那儿做好准备的同时，一颗蓝色的蛇形脑袋钻出水面，咬住了那颗果实。我用力一拉，套住了那东西的脖子，后者张大嘴巴……

……打了个哈欠？

没错，那是海怪，但它几乎没注意到自己被我抓住了。它反而咬起了那颗果实，将另一截身体钻出水面。它就像一条蛇，也许有人类的大腿那么粗，但长长的身体上却长着小巧的鳍状腿足。它快活地咬着果实，接着用恳求的眼神抬头看我，脑袋在水里摇摆不止。

"你的名字，"我说，"就叫'屠杀者咬咬'吧。"

它发出一阵"咕嘟咕嘟"的声音，热切地转过头去，看向切特丢进海里的另一颗果实。它开始游动，也拖着我们前进。我尖叫一声，抓紧了绳索。

"斯潘莎，"M机器说着，飞在我脑袋旁边，"我不认为这头生物会屠杀任何东西。"

"那是迦库阿兽，"切特解释道，坐回木筏，也就是这艘巨轮的甲板上，"它们并不危险，来自蒙罗姆星。"

"蒙罗姆星？"我问。

"狄俄涅人的母星。"切特说，"我知道这个，却忘记了自己父母的名字。"面对我茫然的眼神，他说了下去，"蒙罗姆星上没有捕食者。"

"什么？"我说，"完全没有？"

"完全没有，"切特说，"只有食腐动物和食草动物。"

我看了一眼 M 机器，后者在空中上下摆动，模拟点头的动作。

"是真的，"他说，"虽然我怀疑这只不是直接来自狄俄涅人的母星——狄俄涅人殖民了将近一百颗行星，也习惯了引入他们故乡的野生动植物。不过是在……呃，将过于野蛮和好斗的当地物种彻底灭绝以后。"

"听起来像是他们会做的事，"我说，"但我还是觉得奇怪。"

"你以为每一颗行星的生态层次都和地球一样吗？"M 机器问。

"噢……是的。"我说，"我是说，这感觉就像是基本法则，总有东西吃另一些东西。"

"感觉上是这样，"切特说，"因为这是我们那边的基本法则，但不代表所有地方都适用。"

好吧。我继续拉着"咬咬"的拴绳，它不再啃咬切特丢出的那颗果实，却又继续向前，心满意足地拉着我们一起。它似乎觉得只要继续往那个方向游，就能找到另一颗果实，而切特时不时丢出的果实巩固了它的印象。

我思索着一颗完全没有捕食者的星球这种概念。嗯，如果 M 机器没说错的话，那就是有很多颗星球。没有狩猎，没有杀戮？适者生存之类的原则又该怎么办？至少这么一来，狄俄涅人觉得其他人全都太过好斗也就不奇怪了。

但我越是思考，对他们就越是恼火。他们的态度高人一等，像是发展出了"一等智慧"什么的，就因为他们的社会很和平，但他们只是在没有捕食者的行星上进化出来的而已。他们没有变得更开明，或者学会更好的做法，他们只是认定自己所走的道路理所当然而已。

我猜很多种族都像这样，包括我的种族在内。但我们没有征服整个星系，至少现在没有，也没有强迫所有人按照我们的规则生活，至少现在没有。

我们花了大半天的时间跨越这块海洋片段。等到抵达另一边的时候，我们用另外几颗果实感谢了"咬咬"，然后继续前进。而且我得说明一下，M 机器的说法完全是错的。"咬咬"是个优秀的屠杀者，至少面对水果的时候是。

我们当晚在一块有很多洞穴，让我想起家乡的片段上过了夜，而我觉得那是我在整场旅行中睡得最香的一觉，水滴落下时的宁静回音令我安心。第二天充满了截然不同的快乐，我们爬了悬崖，穿过了两片味道截然不同的沼泽，其中一片闻起来就像肉桂，就像是……我以前认识的某个人。之后那块片段上有蜿蜒的峡谷，以及形状美丽的彩色岩石。

等白天结束的时候，切特告诉我说，我们正在接近舷侧团海盗的基地，我发现自己莫名地忧伤起来。等我们弄到飞船，就能以更快的速度旅行，而我的确渴望飞上天空，但我真的很享受旅行的这段时光。

飞完剩下这段路……好吧，感觉会稍微削弱这场历险的传奇性。虽然这么说，但我在思考之后断定，许多故事的主角如果可以，也会选择乘坐星际战机，比如吉尔伽美什就肯定愿意（不可否认，玄奘就不一定了。他恐怕很需要那段旅途来磨炼和提高自己，要不就是别的什么特别智慧的禅宗理论之类的）。

我们在这一天最后抵达的是一块丛林片段，和我最初来到的那块相比，我更喜欢这里。这儿的灌木丛较少，所有植物都是蓝色的，让我感觉很放松。那只是一种比较自然的颜色而已。

按照切特的说法，这块片段会在明天经过海盗基地旁边，所以我们决定扎营。他让 M 机器去搜寻可能有危险的生物。

"我不觉得这块片段上有大型野兽，"切特对 M 机器解释道，"但谨慎点总比被吃掉要好。"

"另外，"我补充道，"探究者既然能占据别人的身体，也许就能选择我们预想之外的人。所以要确认这里的所有生物，无论大小。我可不想撞见一群僵尸花栗鼠。"

"僵尸……花栗鼠？"切特说。

"战斗的过程会很好玩，"我说，"得踢个很多次。也许踢花栗鼠的感觉跟踢耗子差不多。"

"所以……你踢过多少只耗子，夜影小姐？"

"只有自己找上门的那些。"我说着，用拳头捶了捶手掌。

M机器飞了开去。我和切特摘下蓝色的蕨叶，用它们做成床铺。我有点希望我们能像故事里那样生起火堆，但我在这儿从没感觉过冷或者热，而且烟雾会暴露我们的行踪。

很快，我们都有了一张舒服的床。虽然我喜欢山洞，但今晚恐怕是我们在"无处"度过的最柔软的一夜了。

"谢谢，"我躺到自己的床上，对切特说，"谢谢你所做的一切。"

"我每天都能拿到报酬，"他说，"你用不着谢我！"

他每天都会用饥渴的眼神看着那枚现实标记，但我特意略过没提。"你做的不只是向导的工作，切特。你教了我很多，又让我看到了很多不可思议的东西。"

"好吧，"他说，"至少我为你能看到类似海洋的东西而高兴。我确实向你保证过，探索海洋是很有趣的事！但无论如何，你都不需要感谢我。你在那块被毁的片段上救了我一命！"

"你也救过我的命。"

"这表示我们是个优秀的团队！"他说着，坐回自己那堆蕨叶上，用更加严肃的口气续道，"说真的，夜影小姐，我很少能遇到如此精力充沛的同伴。此外，你还鼓励我朝自己一直在逃避的目标前进了。为此，我要感谢你。"

我赞许地点点头。"我们明天可能会面对什么？比方说，那些海盗是不是配备了现代武器？"

"是的，"他说，"但记住，他们大都是流亡者，并非真正的军事力量。他们聚集在一起，更多是出于必要，为了靠近别的心灵。"

"你知道为什么这种做法能避免我们忘掉东西吗？"我问。

"这确实很奇怪，不是吗？就好像……人们聚在一起的时候，会显得更真实一点。也许我们待在一起，就能提醒彼此活着的感觉，以及有家人的感觉。"

说出最后那句话的时候，他抬头透过树叶看向天空，语气带着一丝渴望。他已经忘记了自己的家人，无论他们是怎样的人。我真希望他能把M机器看作失去联系之后又重聚的朋友，而不是什么"恶魔"，但我决定暂时不提这回事。

我们短暂地陷入了沉默，然后切特开了口，语气柔和了一些："我在这里有过一艘船。我决定驾驶它一直飞向光爆，如果可以的话，就用这种方式离开，回到我抛下的人生里去。但……我在飞行时忘记了自我。要知道，我关于家人的最后记忆应该就是在那时忘记的。如果你选择独来独往，就没有任何东西能让你想起自己是谁了。

"在这些片段上，石头、建筑、树木，所有东西都能起到某种程度的作用。可以说，它们让我们能够脚踏实地。哈！无论如何，我认为我们结伴飞行是没问题的。我们有彼此，还有你的标记，这样应该够了，应该……"

切特的声音小了下去。我想象着忘记那么多东西，不禁发起抖来。我必须专心，找到我要的答案，然后回家去。那已经是……我进入"无处"多久了？也许有一周？我睡了多少次觉了？我思索起来。三觉？还是四觉？

不记得这件事让我心神不宁，于是我把心思放在接下来的任务上。"等我们到了海盗派系的片段，我们要派M机器去做一番侦察。"我告诉切特，"他们也许不是真正的军队，但他们能偷来飞船并且留在手里，说明他们肯定有几分能力。"

"的确如此，"切特说，"我同意。应该指望他们有一定能力，但没受过军事训练。"

"我打赌他们会轮班睡觉，让侦察兵负责留意任何接近的人，甚至包括步行的那些。所以照我看来，我们有两个选择，第一个选择是趁他们的大部队外出战斗的时候动手。在战斗中，他们留下的人也许会心不在焉，让我们有机会进入基地偷走飞船。"

"前提是，并非所有飞船都飞去参战，"他说，"否则我们就没有偷走飞船的机会了。"

"我猜他们不会蠢到不留后备部队。就算他们没留下，机库里应该也有正在检修的飞船。M 机器可以判断其中哪些是可以起飞的。"

"听起来还是很危险。"切特说着，靠向自己简陋的床铺，"我猜他们在战斗时只会更警惕，而不是反过来。"

"好吧，我们的第二个选择是在大部分人都睡着的长轮班期动手。我们悄悄行动，让 M 机器侵入飞船的安全系统，在有人反应过来之前驾驶战利品飞走。"

"他们会追上来的。"切特指出。

"相信我，切特，"我说，"我也许不知道怎么做木筏，但我可以轻松甩开那群人。"

"了不起！那我很期待这次飞行。"

M 机器飞了回来。"我用红外扫描器搜索了温血生物，但没能找到比蠕虫更大的东西，"它宣布说，"没有花栗鼠，无论有没有僵尸化。"

"谢啦。"我说。

"这……不是那种'耍你玩'的玩笑，对吧？"它问，"派我去找不存在的东西？我说不清。"

我完全忘记自己跟它开过那种玩笑，所以花了点时间才想起它指的是什么。"不是玩笑，"我向它保证说，"我们真的希望你在这块片段上寻找可能的危险。"

"谢啦。"说完，它再次飞走，多半是去寻找蘑菇了。我在那儿坐了一会儿，看向上方……

等 M 机器回来的时候，我吓了一跳。

我……我在那儿不知不觉坐了多久？切特都已经睡着了。

我说不清。可能是一分钟，也可能是一个钟头。但 M 机器的机械爪子里有七种不同的蘑菇样本，它正把它们铺在地上进行编目。所以……该死。

我在床上翻了个身，为突然流逝的时间担忧。奶奶跟我说过一个人意外沉睡了数百年的故事，这种事不会发生在我身上，对吧？通常来说，这种念头会让我保持清醒，但这一次，我迅速沉入了梦乡。

插　曲

飘浮。

我向外探寻，像先前那样搜索起来。就像前几晚那样，我一无所获。我几乎再次被自己的疲惫压垮。

但不行。不，我是挑战者，而且我比以前更擅长使用自己的力量了。我比睡意更强，比我最糟糕的本能更强，强到足以……

突破阻碍。我锁定了约尔延的心灵的熟悉感觉，将自己拖了过去。

这次我打断了正在剃须的他。

看到我突然出现在镜子里，在那间奢侈的盥洗室里站在他身边的时候，他吓了一跳。那儿有两个洗手池。幸好他围着浴巾，但我还是得说……这小子把自己照顾得很好。飞行员的强制锻炼没法让人拥有那样的胸大肌，得去健身房额外加练才行。

"斯苹！"他厉声道，"现在可不是时候。"

"噢，所以上次那种时候更合适？"我说着，交叠双臂，拒绝表现出尴尬，"至少现在没人朝你开火了。"

他伸手去拿毛巾，想要擦掉盖住半张脸的剃须泡沫，然后明智地停了手。最后，他深吸一口气。"抱歉，"他说，"我不是故意吼你的。你当然不可能故意让我处于这种尴尬境地。"

"嘿，"我说，"你是怎么做到的？"

"什么？"

"保持冷静，"我说，"而且还这么体谅人。"

"多亏了指挥训练。"

"胡说。"我说，"我知道你的秘密，约尔延·维特，你是个好人。"

"这……是个秘密？"

"嘘，"我说，"我只能这么说，否则花了好久才弄明白的我就会像个傻瓜了。如果你至少能时不时地假装成真正的欠揍脸，就算是帮上我大忙了。"

"我会努力的。"他说着，露出微笑。

我向前走去，绕过了他，站在他和洗手池之间。他只能看到我的镜像，所以如果我站在那里面对镜子，我们的身高差就能让我们看着彼此的眼睛。他后退几步，给我让出空间。圣徒啊，他没刮完胡子的脸上露出的笑容太可爱了。就连他正在痊愈的伤口留下的小小疤痕都很可爱，而且是饱经风霜的战士的那种可爱。

然而，我却没有任何可爱之处。我从来不是会为外貌烦恼的那种人，只是在上学的时候，孩子们总是笑话我看起来像啮齿类动物。他们觉得"耗子女孩看起来有点像老鼠"是个妙不可言的笑话。

即便如此，该死。"我该去找把梳子了，对吧？"我说，"再洗次澡，或者七次。"

"你看起来还好。"

"噢，'还好'，女人最爱听的话。"

"抱歉，"他说，"我想说你看起来就像个野蛮人，刚刚杀死了第十七只狂虎，就为了用它们的门牙做项链。"

"真的？"我说着，有些感动。我是说，这话很蠢，但……你知道的，他在努力了。

"你就像是直接从野蛮人的故事里大摇大摆走出来的一样，"他说，"不看这件连衣裤的话。"

"这问题好解决。"我说着，伸手去拉拉链。

他双眼凸出的模样让我心满意足，但他看起来特别不自在，于是我转身面对他，又抬起双手。

"玩笑！我只是在开玩笑，约尔延，别晕过去什么的！"

他摇摇头，伸手拿起一块毛巾，擦去脸上的泡沫，露出了他半张脸上的黑色胡楂。这本该显得性感才对，只不过……你明白的，毕竟只有半张脸上有胡楂。我转过身去，面朝镜子。

"你的脸是怎么回事？"我问。

约尔延面露苦相。"我捏了捏一只蛞蝓，它不怎么高兴，就用行动告诉了我。"

我想知道细节，但我明白我们相处的时间短暂，因此没有追问。

"我刚才说了谎，斯潘莎。"他说，"指挥训练没能让我准备好面对你，任何东西都做不到。总之，我想我应该要求报告情况。"

"过去了几天？"我问他。

"从我们上次见面算起？五天。"

没错，"无处"的时间很奇怪。我觉得对我来说才过了三天，但我也没法确定。"我的历险有进展了，"我解释说，"我会在一分钟之内告诉你，但我有更重要的情报要先说。约尔延……我认为至尊同盟的领导层正尝试和探究者达成交易，和它们结盟。"

他眨了眨眼，深吸一口气。"太不幸了。"

"你想说的就只有这个？"

"我受的教育是不在女士面前说脏话。"

"还好这儿没有什么女士，对吧？"

他笑了。"你说他们会达成交易。所以现在还没有？"

"就我所知，没有，"我说，"但探究者对温契克的提议很感兴趣。根据我从它们那边感受到的情绪来判断……我觉得他们会达成交易，除非我们能设法阻止。"

"我会把这件事报告给科布和指挥团队。"他说，"这证实了我们最深的担忧，那就是那次召唤探究者不是什么反常现象，只是开胃菜而已。还有什么吗？"

"我找到了某种遗址，"我说，"具体很难解释，但我看到了赛托能力者的一部分历史，学会了更好地使用能力的方法。约尔延，我相当确定我们之所以出现，是因为'无处'泄露到了我们的现实，改变了居住在附近的人。"

"改变？"

"你可以把它看成某种突变，"我说，"由渗透次元间薄弱点的特殊辐射引起的那种。这代表我们不是怪胎，只是变异而已。"

"好吧。"他思索着揉了揉下巴，"虽然我不喜欢'怪胎'这个词，但很多人本来就会用'变异'来形容那种变化。当然，'缺陷'完全可能是由变异引起的。所以我不太清楚你想说明什么。"

"我想说的是，我们不是探究者的潜伏间谍之类的。"我说，"事实上，我们的诞生比他们更早。真正发生的事是赛托能力者融入了'无处'，这给了我们使用那里的资格，也让我们能够扭曲现实，让它以'无处'的方式运作。"

他缓缓点头。"如果你说的是真的，那我们就有可能创造出更多拥有赛托能力的人。"

"在岩屑星上，"我说，"有一道传送门，就在火成岩洞穴附近的隧道里。搜索洞穴的东北方向，靠近几条旧管道，那地方有些刻在石头上的奇怪图案。你们也许应该去研究一下。"

"我会派人手过去的。"他说。

"当心点。"我提醒道，"赛托能力者可能会掉进传送门，然后困在这儿，想要出去可就难了。所以别学斯潘莎，你明白我的意思。"

"好的，"他说着，对上我在镜子里的双眼，"这很重要。我很高兴你能来这儿，即使这代表……好吧，像这样。"他指了指我幽灵般的状态。

"我会在长者之路继续前进，"我说，"但我首先得对付一群海盗。"

"'无处'还有海盗？"他问我。

"是啊。棒极了，不是吗？"

"我还以为那地方……呃……只有虚无。"

"可以说对，也可以说不对，"我说，"情况很复杂。我明天要偷一架星际战机，它应该能让我到达下一个记忆存放点。"

他退后几步，背靠墙壁，双臂交叠，思考起来。这还是我第一次注意到他的神情有多疲惫。这点很难从约尔延身上看出来，他看起来总是站得笔直，态度坚定。他的深棕色皮肤让人很难分辨出疲惫的征兆，比如他的眼袋。

"约尔延？"我说，"你还好吧？"

"这里的局势很紧张。我们找到了保护自己的方式，多亏了利格和工程师们，这颗星球的防御系统已经全面启动了。"

"噢，那是好事。你们安全了。"

"太安全了点。"他说，"我们躲藏的时候，整个星系都在暴君的掌控下逐渐崩溃。我知道我们才刚刚登上星系舞台，但我总觉得躲藏是错的。我们应该做点什么。"他面露苦相，"这就是政治，斯潘莎。如果你在这儿，肯定会非常生气。"

"你可以代表我生气。"

"我在努力了，"他说，"但你知道我父母是怎样的人。我爱他们，斯潘莎，但……他们要负部分责任。他们希望我们继续躲藏，指望敌人会放过我们。我知道这种事是不可能的。在你告诉我探究者的事之前，我就明白这一点。"

"也许我的消息足够让他们认真听你的话。"

"也许吧。"他的语气里没多少信心。

我扫视房间里的陈设。我早就发现这儿不是挑战军宿舍的标准厕所，但我现在才看清细节。那些镶边是黄金吗？还有白色大理石？

"你在家里。"我猜测道，"你想说服你父母？"

"我觉得如果我能在非正式场合和他们谈谈，他们就能听我的话。我早该料到的，他们为我安排了四顿正餐，全都是为了让我结识来自底层洞穴的合适年轻女子。"

他指的是那些富有的洞穴，面对地表进攻最安全的那些。"幸好我不是喜欢吃醋的那种人。"我说。

"我有几分希望你是。"他说，"如果你顺便来一趟，再斩首其中一两个，也许其他那些就会放弃了。"

"约尔延，拜托，"我说，"只有战场上值得较量的敌人才配得上斩首的待遇。"

这句话让他露出了灿烂的笑容。他走回到我面前，虽然我们没法触碰彼此，我却能感觉他的心灵在我身后，而我成功压下了用新能力窥探他的心灵的冲动。我们在这里伫立了片刻，看着彼此，感受着彼此，因为我们能做的只有这些。

"要知道，"最后，我说，"发现你不会穿着制服洗澡的时候，我有那么点吃惊。我曾经猜想有某种过时的规矩要求你每时每刻都穿着制服，否则就得记一次过之类的。"

"你就等着有人听到我在盥洗室里和女孩子一起吧。"

"我敢肯定隐形的女孩子不作数。"我说着，发觉自己的身影开始变淡，"你自己要当心，约尔延。"

"你也一样，"他说，"就当这是命令吧。"

我点点头，朝他伸出手。我觉得自己像是搂住了什么，而那个"什么"就是他。就在这时，一切消失不见，我也被丢回了"无处"。他的存在、他的体味逗留不去，除此之外，还有他留在我脑海里那副没刮完胡子的疲惫模样。

但这仍旧是一次成功。我再次找到了他，我对自己的能力更有信心了。事实上，我太过自信，以至于可能做了件蠢事。我开始寻找那些探究者。

上次我做类似的梦的时候，我偷听到他们在进行重要的谈话。我能再做一次吗？我向外探寻，试图捕捉……和上次同样的感觉，还是同样的场所？如果你觉得这地方有场所之类的东西，那你就错了。那更像是频率或者——

某种东西闯进了我的头脑。

是你！ 布蕾德说，*之前偷看的人是你。我告诉过温契克，可他不相信我！*

我试图抽身离开，但她受过的训练比我充分得多。而且她似乎有某种能力，能以我前所未见的方式紧抓我的心灵不放。我就像是网里的一只苍蝇，"嗡嗡"叫着，却被布蕾德的心灵牢牢抓住。

我就知道你还活着， 她说，*你的确逃进了"无处"，对吧？就像一只小蟋蟀，到处乱窜。*

布蕾德，我回应道，你不用非得这样的。你不用——

我当然不用，她说，你知道我最恨的就是你吧，阿拉妮克？因为哪怕只有一瞬间，你也不愿意承认我有能力做出自己的选择。对你来说，我只是个误入歧途的傻瓜。

温契克打算杀光所有赛托能力者，我说，这就是他对探究者的承诺。你很清楚。负责提议的人就是你自己！

作为回应，她大笑起来。她要么不在乎，要么就是有我没能理解的某种计划。而且……凭借我得到加强的感应能力，我能感觉到另一些东西。那就是，我的抱怨对她来说太单纯了，甚至像是在侮辱。

她试图撕碎我的心灵，但我在过去坚持自我的过程中学到了一件事：欺凌你的人总会指望你认输。

我选择投入战斗。我没有啜泣，或者蜷缩身子，或者后退。我用上全部的力量扑向了布蕾德。虽然我没有形体，只是念头的集合体，我们的心灵却可以碰撞，就像两道迸发出火星的强光，就像两颗相遇的星星。

她受过训练，但我很凶猛。

布蕾德率先崩溃，随后逃跑，留下精疲力竭的我缓缓退回正常的梦境里，其中最让我印象深刻的是刮了半边胡子的军官，以及由巨龙牵引的海船展开的史诗旅程。

威胁评估分析　DST210503A号记录

佩格的飞船

至尊同盟太空梭（改造后）

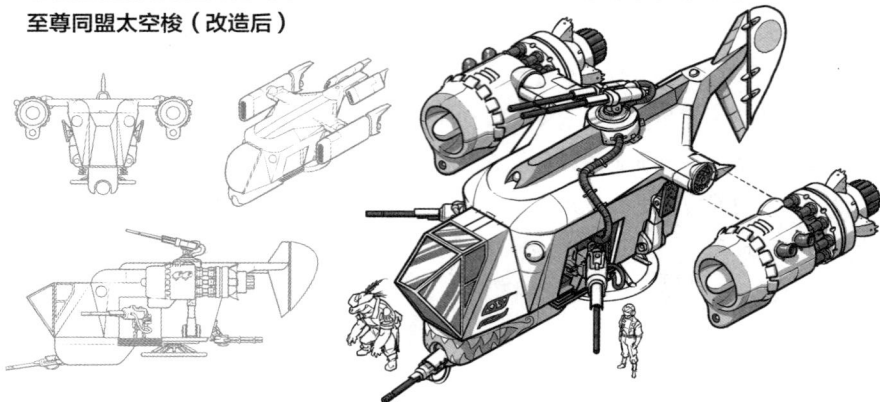

谢瓦的飞船

截击机

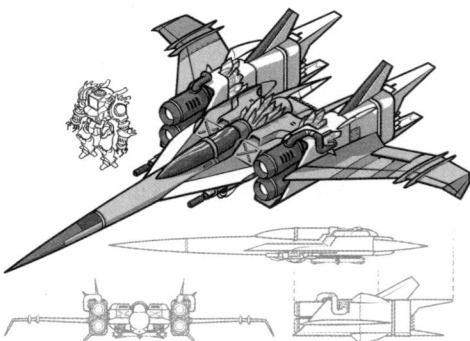

马克西姆的飞船

快速流水线样式（改造后）

种族

泰纳西人　　人类　　塔努泽德兰人　　狄俄涅人　　海克罗人

PART THREE

第三部分

15

切特和我一起悄然踏上了海盗基地所在的片段。我们的登陆点和基地之间足有半个钟头的路程，于是在悄悄靠近的途中，切特为我演示了如何保持低调，用树木或者山丘藏匿行踪。我们还派出 M 机器侦察路线，让它用红外扫描器留意可能是哨兵的热信号。

我们缓缓前进的时候，我思索着昨晚看到的东西。我和约尔延以及布蕾德的交流在脑海里依旧清晰，而且我的控制力比之前强了一点，所做的事也更多是出于主动，这让我兴奋。我在进步。

这里的地貌点缀着蓬乱的树木，与上一块丛林片段的高大树木相比，这些树的个头堪称"斯潘莎尺寸"，各式各样的圆石和小山组成了一座相当勉强的杀戮战场。换成是我，就会把基地建立在一块牢固而平坦，遮掩也尽可能少的片段上。也许失去一艘飞船能让这些海盗学到教训，因为接近这座基地实在是太轻松了。

我越来越烦躁和急切。如果一切顺利，我会在这个钟头之内开始飞翔。我和切特正在距离基地建筑五十来米的一座树木覆盖的小山顶上监视。我们趴在地上，在树林里一点点挪动，在这里能仔细打量基地的结构。

按照我们的判断，我们在无人察觉的情况下成功靠近了。不幸的是，我们无法排除途中有隐藏摄像头的可能性。这取决于那些海盗抢掠的收获，所以我留意着这些海盗保持警惕的征兆。他们的基地由三座大型建筑组成，它们有着矩形圆顶，就像老式的机库。这种设计令人怀念，但不怎么适合现代战机。多亏了上升石，它们普遍采用垂直起降的构造。

"你觉得这些建筑是他们自己造的吗？"我问切特。

"不太可能。"切特低声回答，"据我所知，每个海盗派系都是用片段上原本存在的房屋建立旧哨站之类的基地的。"

"这块片段上会有传送门吗？"

"有可能，但可能性不大，毕竟大多数片段都没有。"

我点点头，思索起来。我们亲眼见过片段形成的方式：物质聚拢在次元之间针孔般的薄弱点周围，最终形成了这些地貌。我不确定这些物质是从"某处"渗入到这儿，还是说直接复制出来的。这是否表示……岩屑星的洞穴之所以形成，是因为那些岩石渗透进了"无处"？

现在我没法下定论。但无论如何，切特的看法似乎都是对的。大多数片段上都没有传送门，也许它们只会在次元之间的窟窿"大"到足以让赛托能力者通过的地方成形？

好吧，至少现在，我需要专心偷走飞船。在这三座机库里，两座目前都没有灯光，中央的第三座机库的门大敞四开，里面闪烁的灯光代表正在进行焊接或者电工作业。我起先为看到电力而惊讶，但大多数现代星际战机都拥有存储了能量的动力矩阵，足以维持数年的运作。只要接上其中一台矩阵，就能像这样给机库里的照明和各类设备提供能源。

"我的传感器显示，有两个人在放哨，"M 机器飞在我身边说，"其中一个在那座亮了灯的机库正前方的窗边，另一个在机库门的右内侧。就算他们使用了电子监视系统，也是有线的那种，因为我没有侦测到任何已知频率的无线电。"

"他们不会粗心到动用无线电的，恶魔，"切特低声道，"旧习不允许他们这么做。"

"知道了，疣子眼。"M 机器说。

我们沉默地坐了一会儿。

"好吧，"切特低声说，"我……我得问一下，'疣子眼'是什么意思？"

"我本来想叫你'疣子脸，'"M 机器说，"因为人类总是会在侮辱性词汇里加上'脸'这个字，但疣子在脸上很常见，所以我选了个通常不会长疣子的身体部位，这样可以暗示你们的愚蠢不合理到了难以置信的程度。"

切特看了我一眼。

"它的古怪言行不代表它是恶魔。"我小声说。

"我只是在犹豫这句侮辱该打一分还是零分。"切特将目光转回那些机库，低声道，"好了，夜影小姐，你打算怎么继续？在这种情况下，我相信你接受的军事训练比我的经验更有用。"

"让我思考和观察一下。"我说。我没法看清窗边那个海盗，但他们的监视看起来并不认真。M 机器发现的另一个哨兵走到了灯光下，肩上挎着一把步枪。

令我吃惊的是，他是个人类，留着一副斑驳弯曲的胡子。他穿着长外套、T 恤衫、牛仔裤，还有靴子。噢，还有一顶帽子。

一顶海员帽，货真价实的三角帽。

我勉强按捺住一声兴奋的尖叫。

"什么？"切特注意到了我的笑容，低声说。

"那些家伙看起来真的像是海盗！"

"的确，"切特说，"人类传统对这类人群很有影响力。根据我搜集到的信息，我们对这个星系的征服史让亡命徒们觉得使用人类词汇和装扮很时髦，或许还带点异域风情。"他眯起眼睛，又说，"尽管如此，我也没料到会在他们之中发现真正的人类。眼下我们的同胞可不多了。"

窗边的海盗探出身子，喊了句什么。那家伙肯定是个狄俄涅人，从红色皮肤来判断，那是个右性。

"他们看起来正在进行维修。"我说，"M 机器，绕到后面去，看看能不能确认里面的人数。如果看起来很安全，就飞到其中一扇窗户旁边，看看你能对那些战机做点什么。"

"明白。"说完，它迅速飞走。它飞起来非常安静，所以我才能让那架无人机负责谍报任务。我真希望它身上还有那台全息投影装置，好给它有限的伪装。

幸运的是，那个守卫看起来并不特别专心，他转身走回机库入口的时候打了个哈欠。

"夜影小姐，"切特说，"我们要做的事比先前的那些行动危险得多。那个守卫有武器，我们有被捕或者受伤的风险。"

"我愿意承担那种风险。"

"我也一样!"切特说,"但我觉得,出于充分谨慎的考虑,我们应该把你的标记留下。"

"留下?"我说,"看在群星的分上,我们干吗要这么做?"

"那标记是'无处'最贵重的物品之一,"他低声解释道,"如果我们被捕,我不希望那些海盗得到它。我觉得我们应该把它埋在这儿。如果我们成功夺走了飞船,就能在不久后回来取走它。如果我们失败,标记也会是安全的。"

"但我们需要它才能飞行!"我说,"没有它,我们会失去记忆的。"

"对迫在眉睫的旅途而言,重要的是那些灰烬。"切特说,"只要装上满满一口袋,我们就能在没有危险的情况下旅行几个月。这么一来,我们就可以带上这些,并且承受失去它们的风险,但也能确保贵重得多的物品藏在难以发现的地方。"

该死,他这番话很有逻辑。如果行动出了岔子,我会庆幸自己的标记是安全的。但与此同时,我也见过切特盯着它看的样子。我想要相信他,我也的确相信他,可是……如果他想拿走标记,那么说服我把它埋在这儿会是绝佳的第一步。

我动摇起来。切特迄今为止都以诚待我,但担忧始终在我的脑海深处徘徊。他出现的方式太不寻常,而且特意选在我需要他的时候。他是 M 机器的旧飞行员,而且碰巧忘掉了能证明自己身份的那些记忆。

"藏起标记也许是个好主意。"我对切特说,以免他感觉到我的怀疑。我掏出袋子,装作把现实灰烬倒回我的口袋,但我把别针也藏在了手心里。接着,我按照他的建议埋下那只袋子,只不过它是空的。之后,我递给他一小撮灰烬。"以防我们需要分头行动。"我告诉他。

他盯着那团灰烬看了很久,到了让人不舒服的程度,然后将它收起。当他的注意力放在这上面的时候,我偷偷把别针放进了另一个口袋。

没多久,M 机器就从后方飞来。"机库里有三个海盗在干活,"它小声告诉我们,"里面房间里还有一个人。这座建筑里没有其他热信号了。"

好了，也就是说，机库里总共有六个人：那个守卫、窗边的那家伙、里头房间的一个，以及三个工人。

　　"另外还有十个热信号，"M机器小声说，"六个在一座机库里，四个在另一座里，我觉得他们都睡着了。至少，他们的热信号显示为躺在较小房间内的身形。"

　　"也许他们分成了三个小队，"我猜测道，"每支小队各有一座机库，而且每当其他人睡觉的时候，会有一组人负责站岗。"

　　"同意。"M机器说，"敞开的那座机库里有四艘飞船，其中一艘有机修工在维修。这六个人或许是四个飞行员和两个地勤？"

　　"听起来很有可能。"我低声说，"有办法从后面进到那个机库里吗？"

　　"后部有一扇敞开的小门，"M机器说，"也许是为了焊接时能有空气流入。"

　　"太棒了，"我说，"我们可以趁另外两支小队睡着的时候动手。切特，你的工作是诱敌。你能否做点什么，看起来不至于危险到让他们拉响警报，但又很有可能吸引守卫外加那三个机修工？"

　　"也许吧，"他说，"舷侧团以最为冷静的海盗派系著称。我见过和他们打过交道的其他向导和团体，甚至在短时间内受过他们雇用。我觉得带着一些现实灰烬过去提议交易应该很安全。"

　　"他们抓住你的可能性有多大？"我问，"抢走灰烬，然后制伏你的可能性呢？"

　　"确实有这种可能性，"他承认，"但话说回来，我相信承担这种风险是值得的。我不相信任何海盗，但如果要用这种方式接近某个派系，我会选择舷侧团。他们应该会对交易感兴趣，但也会睁大双眼——或者十眼，具体要看种族——盯着我，以防万一。"

　　"那就这么办吧，"我说，"我和M机器会偷偷绕到后面去。等你吸引那些海盗的注意后，我们就从后方溜进机库，发动战机的引擎。"

　　"你们确定自己能完成这样的壮举吗？"切特问。

　　"噢，人生中能够彻底确定的事寥寥无几，"M机器说，"但我觉得那些海盗拥有我没法立刻破解的安保系统的可能性非常低。我得说，让你的眼球自行长出个疣子的可能性还大点，你这个……呃，疣子眼。"

我瞥了它一眼。"切特说得对，这绝对该打零分。"

"那就准备吧，"切特说，"我们动手。"

"等我夺下飞船以后，"我说，"我们就激活武器，逼那些海盗趴在地上。你就跑到飞船这边，爬进驾驶舱。我们先逃跑，再派 M 机器溜回来拿走标记。"

"绝妙的计划。"切特说，"我该什么时候去引开他们？"

"等我就位的时候，我会让 M 机器给你发信号。等数到一百，你就出发。"

我们对视点头，我向后退去，绕向基地的另一侧。

16

我所做的第一件事就是派 M 机器回去盯着切特。

"我把放别针的袋子埋在了树边的一颗石头下面，"我告诉它，"偷偷监视，看他有没有去挖袋子。如果他没去，就悄悄跟我在海盗基地后方碰头。"

"呃……"

"我回头再解释。"说完，我挥手示意它离开。它飞走了。

我继续绕向基地侧面，心脏在胸腔里狂跳。这就像是悄悄靠近一只耗子，只不过这里的光线更充足，那些傻瓜也更粗心。我轻松来到了另一侧，在一块大石头旁边找到了绝佳的观察点。

这座机库的侧面有一道单人尺寸的窄小入口。透过它，我能清楚地看到那些机修工在维修战机的起落装置，正是两个狄俄涅人以及我在初次进入"无处"时见过的那种羽毛外星人。他们维修的对象是一艘细长光滑的飞船，很可能属于侦察型，他们焊接的位置火花四溅。

我焦急地等待着。我不想怀疑别人。该死，切特帮了我这么多，但我没法否认他看着标记的眼神，而且他让我留下标记的做法也显得极其可疑。

当 M 机器在几分钟后飞到我身边的时候，我差点叫出声来。群星啊，它简直悄无声息。

"他看起来没在挖任何东西，斯潘莎，"M 机器低声说，"他就这么等着。"

"好的，很好。"我说着，放松下来。

"你觉得他会背叛我们吗？"

"我不愿意这么想，"我说，"但我忍不住会怀疑。"我试过努力相信布蕾德，可下场呢？"去告诉他，我已经就位，他可以开始诱敌了。"

M 机器再次飞开。我深吸了几口气，让自己冷静下来。我的担忧毫无根据。

除非……

如果我早就计划好要背叛同伴，就不会直接偷走别针。我会做点什么去扰乱计划，确保她被海盗们抓住。这么一来，我就不用担心她会追赶拿走战利品的我了。

该死，想到这种可能以后，我就没法把它赶出脑海了。如果切特就这么拿走别针然后逃跑，我完全有可能偷走飞船，然后追赶他。但如果他等到我开始偷飞船再出卖我，就能在确保我无法离开的情况下保留别针。

再说一次，我不想相信这些。我差点就把这份担忧彻底抛开了，但随后，我想起了他每次看到标记时的变化。我进入"无处"，然后立刻遇见斯皮尔斯中校的可能性有多大？

尽管我并不是真的认为会遇到某种坏巫师，那更像是某种比喻，但这一切确实显得很不对劲。我不禁觉得自己被人玩弄于股掌之间，而幕后黑手就是切特。

我迅速做出了决定。我不会放弃计划，但我也不会径直走进可能的陷阱。我首先拿出父亲的别针，在这块巨石旁边迅速挖了个洞。

我快要挖完的时候，M 机器飞了回来。"我……还以为你已经埋掉标记了。"它说。

"我埋的是袋子，但留下了别针。"我解释道，"我担心切特会背叛我们。考虑到我们被抓的可能性，这是我能想到的保护别针的最好办法。"

我发现自己不愿和别针分别。当我将它放进地洞的时候，它简直像是粘在了我的手指上。我忍不住觉得它很悲伤，因为我抛弃了它。这地方总会以奇怪的方式让我心烦意乱。

机库里的机修工们站了起来，看向切特原本躲藏的方向。诱敌开始了。

"所以我们该怎么做？"M机器低声道。

"为了防止我的担忧成真，我们不会直接偷走切特以为的那艘飞船。在其他两座机库里，哪边睡觉的人最少？"

"右边那座，"M机器说，"只有四个人在睡觉。但……斯潘莎……你确定要这么做吗？"

"我的工作不是确定，"我说，"我的工作是无论如何都要尽我所能。来吧。"

我们溜出藏身处，轻松来到机库那边。在泥土和青草上悄无声息地绕路很简单，只要每走一步都留意树叶或者树枝就好。

门上了锁，但附近的一扇窗没插插销。M机器钻了进去，片刻过后，在放着床铺而非飞船的建筑左侧，门发出一声"咔嗒"。我轻轻将它推开，走进一条昏暗的走廊。

这地方给人诊所的感觉，就像首要平台的走廊。这里太干净了，还有股灭菌水的气味。走廊比我家乡的那些更高也更窄，门把手比我预想中高了足足半米。这让我不禁想象，究竟是怎样的种族建造了这个地方。

在昏暗的光线里，我找到了一扇门，我认为它应该通向机库本身。M机器上下飞动，门后没有热信号。这扇门没有上锁，我释然地发现后面是个极其宽大的房间。光线透过百叶窗的缝隙照射进来，照亮了四艘像是沉睡巨兽的大型飞船。这是我见过的最美丽的景致之一。

我小声让M机器留意我可能在走动时不小心踢到的垃圾，我可不想让随手丢弃的润滑油罐子叮叮当当滚过地板。沿着墙边悄然前进的途中，我停在其中一扇窗边，透过百叶窗向外窥视。

我能清楚地看到切特站在另一座机库外面，守卫和机修工将他包围在中央。他绘声绘色地说着，一只手小心翼翼地举起一粒现实灰烬。

"斯潘莎，"M机器低声说，"他看起来不像在背叛我们。"

的确。不过好吧，这就是我继续计划的原因。如果我真的只是在疑神疑鬼，我还是可以偷走一艘飞船，飞出来，用武器对准这些海盗，让切特有时间赶过来。我会告诉他，我在最后一刻害怕了，因此决定溜进所有人都在睡觉的那座机库。

我转身离开窗户，审视那四架战机。其中两架显然原本是民用飞船，但加装了临时替代的毁灭炮，破坏了原本的设计意图。幸好另外两架是军用型，配有内置式武器。我挑选了那架截击机，那是一种外观凶恶的纤细飞船，在速度和进攻能力上取得了平衡。它仿佛细长箭矢的形状也让我感觉最为熟悉，和岩屑星挑战军的飞船很相似。

我匆忙上前，抓住机翼，借力爬上驾驶舱罩。到了现在，我已经熟悉了好几种不同的飞船控制方案，我只能指望这种方案也是我熟悉的。如果不是，我就去查看另外几艘飞船。群星啊，我只希望自己最后不用选择角落里那艘船，驾驶它恐怕就像骑着一头大肚皮的猪冲进骑士的战场。

我看向驾驶舱内，那儿阴影笼罩，没法从外面分辨出控制方案。我顺着舱罩摸索，找到了M机器能用的接入端口，毕竟大部分飞船都有用于诊断的外部端口。我接上它的无人机，让它连接进去。从理论上说，这就能让它开启舱罩，覆写飞行员锁定。

"呃……"M机器说，"应该很简单。唔，这儿有很多硬盘空间。能再有一艘大船的感觉很好，不过首先，我们来瞧瞧……应该能在三十秒之内搞定。"

我点点头，俯身看向舱罩里面。那是控制球，不是吗？是啊，这里的布局的确很眼熟，但座椅的模样古怪又笨重，就好像它不是椅子，而是另一种座椅式机械装置？

思考这点让我开始为奇盛人担忧，他们制造的飞船也很奇怪。他们在对抗"星景"的战斗里帮了我，温契克会对他们做什么？而且他们失去了领袖。希修死了，在布蕾德攻击他们飞船的时候被吸进了真空里。

奇盛人很信任我，是我给他们的整个星球带来了灭顶之灾吗？如果温契克真的说服了那些探究者帮他，又会发生什么？我需要设法阻止他们，这样才能——

"嘿。"M机器说。

"什么？"我压低声音问。

"我刚刚被几套系统拒之门外了。"它说，"我可以重新发送指令，但……这很奇怪。那种封锁是通过手动覆写的，这怎么……"

舱内亮起了灯光，照亮了原本睡在里面的那个生物。我原先没能发现的那具身体反射着光线，它有着水晶般的四肢和庞大的身形，就像一堆发光的石头……

"噢，该死。"我低声道。

我就知道，虽然没有热信号，但并非所有生命体都有体温，薇珀这样的费格蒙特人似乎连身体都没有。这是我的严重误算，唯一令我安慰的是，M机器也犯了同样的错。

"M机器！"我说，"快跑！"

我跳下机翼，重重落在地上，正在踉跄的时候，嘹亮的警报声响了起来。我才朝门那边跑到一半，有个声音便透过某种扬声器传来。

"继续跑，我就让你瞬间蒸发。"它说。我的翻译别针欢快地给出了英语的对应字眼，我僵立当场，回头看了一眼飞船，发现机翼炮台上的一门毁灭炮对准了我。

我举起双手，努力控制呼吸，压下逃跑的冲动。看起来我又有机会成为海盗的俘虏了，而且这一次，完全是我自己的错。

17

那些海盗将我甩在一把座椅上，其中一个将我的双手绑在背后。

这座机库此时灯火通明，聚集着一大群海盗。

我只在其中看到了一个人类，就是我早先注意到的那个，其他的大都是狄俄涅人，但也有几个那种鸟人，以及一个瓦尔瓦克斯人，也就是我原本以为名叫"克雷尔人"的外星种族。它们是螃蟹似的小生物，在像是用砂岩打造的厚重外骨骼服装内移动。

这群海盗左右分开，为一个种族截然不同的外星人让出道来：那家伙脸庞宽大，四肢有力，长长的牙齿和长有尖爪的手指让它的整体形象仿佛一头用后腿站立的熊，只不过没有毛皮。那家伙走路时向前弓身，散发出捕食者的气质，健壮的双臂向前伸出，做好了准备。

考虑到那件漂亮的夹克衫和引人注目的帽子（上面还有一根硕大的羽毛），我猜这家伙是他们的领袖。"瞧瞧！"那个生物说，"想偷星际战机，嗯？你能干出这种事，起码得长出六个姆伦来！"

我的别针没能翻译出那个词，这点很奇怪。我坐在那儿，双手绑在身后，试图想出某种计划。为首的外星人走上前来，用明显带着友好的方式拍拍我的背脊。

"但你运气太烂了，"那个首领继续道，"你一个古伦都别想有！你选了我们的某个共鸣体住着的飞船？瞧瞧，小丫头，瞧瞧。总之，欢迎来到舷侧团。"

"等等，"我说着，扭动身体，看向那位首领，"欢迎？"

"我们周围的人越多，我们的记忆就会越稳定，"狄俄涅人之一解释道，"所以你很走运。我们不会处决你，你会成为我们新的清扫奴隶。"

真棒。好吧，成为奴隶听起来很糟糕，但更让我难受的是计划搞砸了。切特一直都值得信任，我却搞砸了一切。

"她身上有些灰烬，船长。"那个瓦尔瓦克斯人拿起一只发光的透明袋子，用它的语言提醒道。

那个邋遢的人类拿着 M 机器的无人机走上前来。

"女士？这是她用来侵入飞船的东西。"

我顿时惊慌起来。M 机器？那架无人机似乎彻底失去了生机。那个人类摆弄了它几下，发现了早就被 M 机器断开线路的老旧能源按钮。

然而，当那个人类按下按钮后，无人机小巧的上升石启动了，从暗淡的蓝黑色变成了生机勃勃的明亮天蓝色。无人机开始凭借自身的能源悬浮在空中，等那个人类松开手就飘了过去，用机械臂拿起地板上的一块碎布，擦起了窗子。

M 机器，你真是天才，我心想。它总在说自己有多聪明，但考虑到它在大多数时间的举止，我很容易忘记这点。但此时此刻，它恰到好处地模拟了清扫用无人机。

"嘿，"船长说着，用手肘捅了捅我，力道让我的椅子顺着地板滑了出去，"你是怎么让它侵入谢瓦的战机舱罩的？"

"它安装了一些非法程序，"我低声说着，试图扮演"长得像耗子的捕鼠女孩"的角色，"那是我在进来之前想办法安装的。我觉得把这些藏在普通的清扫无人机里是个聪明的点子。"

这也暗示这架无人机没有真正的人工智能，所以从理论上来说，舷侧团不会担心它觉醒自我意识。不过我得承认，我对人工智能了解得并不多。

"是这样吗？"那船长说，"瞧瞧，它也许用得上，我就把它当作你在半夜叫醒我的道歉礼物好了。我的宽容应该能让你长出一两个图伦了，新奴隶。你的名字叫什么？"

"斯苹。"我说，"你呢？"

"哈！的确长了姆伦。"她摘下帽子，朝我点点头，露出莫霍克人[1]样式的黄色羽冠，"我是佩格，舷侧团的船长！"

"佩格？"我说着，看了一眼那位船长的双腿，发现两条都是完整的[2]，"好像……"

那个人类大笑起来。"不，不，"他用口音浓重的英语对我说，"她听不懂的，这名字只是个巧合。"

他走了过来，关闭了 M 机器的能源，后者老老实实地停用上升环，

1　指印第安人的莫霍克族，该发型又称"莫西干头"。

2　"佩格"原文为 Peg，既是常用女子名，也可以指经典海盗造型里的木头假腿。

也停止了移动。我扭动身体，试图透过窗户看向 M 机器方才所待之处，但我什么都分辨不出。

"你的朋友逃走了，"那个人类对我说着，拍拍肩上的步枪，"他很走运，我更担心遭遇袭击，因为我只是个侦察兵。我朝他那边开了几枪，才探头去看发生了什么。"

"你朋友抛弃了你，"佩格说，"你真该给他几个姆伦的。"

这应该就能证明切特没有出卖我。他逃跑了，没错，但这是聪明的举动。

该死，我觉得自己像个彻头彻尾的傻瓜。也许在被布蕾德背叛以后，我敏感过头了。也或许只是我看人的眼光太差了。

是啊……也许是这样吧。我必须面对事实，不是吗？接受训练那会儿，我在大半时间里都以为约尔延是个货真价实的浑蛋，而他实际上相当不浑蛋。但我也曾不顾布蕾德的所作所为，努力相信她。我叹了口气，抬起头来，盯着天花板。

我只想再次飞翔。我从小训练自己，只为成为战士。这是我所知道的和我所理解的，可我为什么会不断陷入这种局面？

"嘿，"佩格说着，推了推我的肩膀，"别这样。你也许还没明白，但你给我们擦地板也比独自待在外面要好得多。"

我紧闭双眼。

"给她拴上绳子，"佩格说着，大步走开，"也别让她靠近那架无人机，以防万一。我要回去睡觉了。"

18

所谓"绳子"指的其实是一条光索。

我从没受过这种对待。一端的绳圈绕在我的脖子上，另一端固定在墙上，控制构造紧紧锁住，将我困在那儿。用牙齿咬断铁链也比想办法切断光索来得快。

虽然这些海盗拿"擦地板"这个说法开了玩笑，他们实际做的却是拖来一盒子零件，外加几罐润滑油。他们让我给每个零件做好润滑，然后摆在一块布上。

这是好事。他们本可以让我自怨自艾，天知道我会在这种情绪里沉浸多久。但当他们放下这些装置，又嘲笑我的被俘，要求我干活的时候……好吧，这让我愤怒。而在愤怒面前，失败主义不堪一击。

我照他们的要求去做了，但在找回足够的智慧和决心以后，我立刻用赛托能力向外探寻，寻找切特，发现他的心灵待在相对靠近的地方。我本以为他会返回那块蓝色丛林片段藏身，前提是它没有飘走。

切特？我对他的心灵说。

啊，他说着，"嗓音"带着痛苦，夜影小姐，能听到你没事可真好。我还担心会发生最坏的情况呢！

你受伤了！我说。

只是一点……小伤，他说，一发毁灭光束擦过了我。对我这样的老猎犬来说，这种事早就司空见惯了！哈……

这是虚张声势。我能感觉到他的痛苦，而且这是我的错。

当心，他警告我，用这种方式交谈可能会引来探究者的注意！

这让我迟疑起来。他说得对，但我有那么一种印象……自从踏上长者之路的那一刻起，我的力量就起了变化，或者说我对它的理解起了变化。我更了解如何隐藏自己了。

我闭上眼睛，集中精神。我现在发现，当我接触切特这类人的时候，选择的方法无异于用赛托能力大喊，所以我努力专心地控制嗓门，回到切特那里，用轻柔的耳语声拂过他的心灵。

这样如何？

夜影小姐！他说，天啊，这太了不起了。你是怎么学会如此轻声细语的？

我刚刚才开始学，我说。但话说回来，我一直就有聆听群星的天赋，而且就在昨天晚上，我还捕捉到了布蕾德并不想与我分享的念头。我觉得你也许不需要把自己的意识投射给我。只要在我们连接的时候思考，我就能偷听到。

这样能听到吗？他显然在尝试按照我说的去做。

能听到，我说。

棒极了！那么，你现在的情况是？

我被抓了，我说，被拴在墙边，给飞船维修要用到的零件上油。

不算最坏的情况，切特说，你的计划是？

我还没想到那一步。

好吧！切特说，但这只会是一次小小的挫折，其实这样可能更好！我们必须设法前往长者之路的下一个位置，而那里位于舷侧囷领土的深处。我原本就担心一旦我们偷走飞船，他们就会来追捕我们。在遭受攻击的情况下，我们就很难抽出沉浸于幻象的时间了。但现在你渗透进了他们的基地，也许我们可以想办法防止这种情况出现。你能否试着去了解一下他们巡逻领地的方式？

他的语气带着某种刻意的欢快。像现在这样和他连接的时候，我比以往更清楚地察觉了这点。

他不是什么无止境乐观的集合体，他是故意选择这种说话方式的。

你很痛苦，我对他说，我很担心你。

不用担心，专心帮我们弄到飞船就好。哈！我得说，这些海盗根本不知道抓住你会有什么后果。

我不由自主地露出笑容，而且……好吧，他的话的确有道理，我可以利用这种情况。被海盗俘虏正是会发生在故事里的那种很棒的事，只是又一项需要克服的有趣挑战而已。另外，他们也无意中给了我练习赛托技巧的机会。

只不过，是我的错误让我们陷入了这种处境，我不能就这么敷衍过去。我必须坦白。

切特，我说，很抱歉，我把计划全搞砸了。

你不用责备自己，夜影小姐，他答道，有时候计划就是会出岔子。

只不过，我说，原因在于我。我……在最后一刻改了计划，溜进了我们原先目标之外的另一座机库。

你为何这么做？他问。

因为……我不相信你，切特。我以为你会背叛我，再偷走我的标记。我随即感觉到了这些话语给他带来的刺痛。

你……不相信我？切特说。

很抱歉，我说，我……好吧，我被疑心压倒了。

该死，亲身体会他那种遭到背叛的感觉让我更难受了。为什么？他问，难道我没有在你的历险中尽心尽力帮助你吗？难道我作为旅伴不够称职吗？

你很称职！我说，我只是……对不起，切特，这是我的问题，不是你的。

我懂了，他回应道，是啊，嗯。好吧，我们得向前看！"让过去归于过去"，不妨这么说。嗯，是啊……

我从没听过这么勉强的话，我能感觉到他心里的痛苦。出于我无法理解的理由，被人信任对他来说很重要。我只能感觉到表层的念头，而非深层的那些。

好吧，切特说，我想在这儿休养一下。你要坚持下去！没错。

我想再次道歉，我想解释自己因为布蕾德的背叛受过伤害，还有我发现自己看人的眼光有多差，但他只想独处，我能感觉到。我必须给他留出那种空间。

该死，我切断了连接，感觉难过又没用。于是我在擦拭零件的同时留意那些海盗，尝试了解他们的事，好将自己的注意力从那种羞耻感上引开。

在随后的几小时里，我初步认识到了在没有合适基础设施的情况下让战机小队飞行所要付出的努力。从他们讨论的方式来判断，他们会花费惊人的时间去维护飞行器，以及想方设法用回收物资制作替换零件。

我本以为我们在岩屑星的移民地非常简陋，但我们有锻造厂和工厂，我们有数以万计的人民，而我们的整个社会都在为维持数百架战机的战斗而贡献力量。舷侧团没有这些东西，根据我的判断，他们的人数不到二十，却要让九架战机飞行。

等我处理完一半零件的时候，我已经找回了几分自尊，开始专注于眼前的麻烦。

是的，我犯了个错。是的，我伤害了切特。然而，我必须奋力前进。补偿他的最好办法，就是偷走一艘飞船，带领大家穿过舷侧团领土，前往长者之路的下一站。

没错，第一步：尽我所能去了解这些海盗。这既是挫折，也是机会。我将注意力转回其余的零件，很快就处理好了最后一个，一个大号齿轮。我把它放在布上，发出一声"叮当"。

"嘿，"我对那些海盗大喊，"我做完了。"

那个胡子蓬乱的人类走了过来，瓦尔瓦克斯人跟在他身边。我格外警惕地看着后者。那家伙所属的种族一直在束缚我的同胞，我没法相信他们。

"我可以再干点活。"我对他们说，"你们接下来想让我做什么？"

"你还想干活？"那个人类问。

"总比闲坐在这儿自怨自艾要好。"我说。

那个人类和瓦尔瓦克斯人对视一眼，前者拖过一个轮子还装在上面的起落架组件。"你知道怎么拆开这玩意儿，然后涂润滑油吧？"

我点点头，在瓦尔瓦克斯人递来的工具箱里摸索起来。我不是维修或者工程学方面的专家，利格向来更擅长这些，不过在我们修复M机器原来的那艘飞船的时候，他教过我如何维修。我应付得了拆解起落架组件这种事。

瓦尔瓦克斯人回去忙她自己的事了，但当那个人类转身的时候，我问："你有什么来头？"

他顿了顿，蹲坐在我旁边，看着我略显笨拙地拆开那个机械装置。他是不是在心里评判我的水平，因为我三次选错了套筒扳手？

"我可没那么有趣，"他最后说，"但我有同样的问题想问你。你怎么会懂这些的？你的主人真的允许你摆弄机械？"

"我的主人？"

"你说过你是个小偷，"他说，"但你逃跑之前是个宠物，对吧？就像我一样，是个被豢养的人类？还是说……不对，你难道是从研究实验室里逃出来的？"

呃……没错，他过去肯定是像布蕾德那样的人类，至尊同盟里有这么一群作为新奇物品被其他生物豢养的人类，就像旧地球上的国王会养狮子。来自另一个世界的可怕生物，就这么成了展示品。我能想象至尊同盟的这些"文明"成员看着曾经尝试征服银河系的危险人类时，脸上露出的欣喜表情。

"令我吃惊的是，他们把你送到了这儿，"我说，"你肯定是件相当值钱的珍品。"

"噢，是啊。"他说，"你的宠物本来有趣又讨人喜欢，直到他试图偷走家族的飞船然后逃跑。攻击性太强，他们如此断定，就好像他们买下我的时候不知道我的来历一样。"他伸出一只手，"我是马克西姆。"

"我是斯苹。"我说着，握住那只手。

"别太在意被拴起来这事。"他说着，指了指光索，"舷侧团是个好团队。让船长明白你不会找到机会逃跑，你就能像我们这样靠努力提高地位。见鬼，如果你的维修技术真有看起来这么好，你要不了多久就能负责一个地勤队了。

我看着自己对付轮罩的平庸手法。在这儿，这种维修技术都能算优秀了？

"万一我始终想要逃跑呢？"我问。

他审视着我。"你刚来'无处'不久，对吧？另一个家伙，你的朋友，他身上有股气质，就好像他清楚自己在做什么。但你不同，嗯？"

"我才来了……"我努力回忆，"来了……"该死，为什么回忆这么难？"一星期？我猜？"

"最好别太把时间当回事，"马克西姆说，"即使在团体里，我们也很难记住时间。你能在外面撑这么久已经很让我吃惊了。"他拍拍我的肩膀，站起身，"这就是你不会逃跑的理由。你在这儿会感觉更好、更像你自己，你会明白的。"

他似乎根本没考虑过我带着现实标记的可能性，哪怕他们找到了那些灰烬。标记肯定就像切特说过的那么罕见。

好吧，攻击计划有了雏形。我可以在这里干上几天的活，争取这些海盗的信任，同时按照切特的建议去了解他们巡逻领土的方式。我还可以调查各种飞船的飞行机制，然后选出最适合偷走的那一艘。

等我觉得时机合适的时候，我可以抓起 M 机器，偷走一艘飞船，挖出标记，然后离开。也许等做完这些以后，切特会原谅我表现得像个欠揍脸的行为。

"你在哪里学了这么好的机修技术？"马克西姆问，"如果你这么有天赋的话，他们又为什么要把你扔进这儿？"

"你高看我的天赋了。"

他笑了。"我知道有时候敞开心扉很难，但如果你多和我们谈谈你的过去，我们以后就能在你忘记的时候提醒你。"

"该死，这种事经常发生吗？"我用闲聊的口气说。我的大脑更专注于计划逃脱的方法，而非我正在说的话。

"也没有听起来那么糟，"他说，"尤其是有朋友帮你回忆的情况下。"

"噢，我不是被人丢进这儿的，"我说着，重新开始摆弄起落架组件，"我是自己跳进来的。不过我承认，当时有一大群士兵正在追赶我。"

"哈！"马克西姆说，"他们真该学会别把我们当宠物养了。"

我差点告诉他说，我不是宠物，而是来自一颗人类的飞地行星。他那么友好，我很想相信他，并且表示自己是对抗至尊同盟的士兵。

是啊，如果我想偷飞船的话，这么干就太蠢了，幸好我逐渐吸取了教训。最好别把自己的计划透露给俘虏你的人。可万一我不相信他才是错误的呢？我先前就对切特怀疑过了头，但不够怀疑布蕾德也曾让我卷入巨大的麻烦。天啊，我看人的眼光真的很烂，不是吗？

无论如何，最好的选择似乎都是对自己技能的来历避而不谈。马克西姆转身离开，去和他的瓦尔瓦克斯人朋友聊天，偶尔还朝我比画几下。我干活的速度似乎让他们起了疑心，我意识到自己或许应该装得更无知些。

无论如何，我都需要联系上 M 机器，所以我决定一边干活一边低声自语。想要让其他人觉得即使周围没人，我也总会唠唠叨叨，这么干似乎是个好主意。这样一来，等我真的和 M 机器的无人机说话的时候，也不会显得很奇怪了。

我继续拆开组件，涂上润滑油，同时努力放慢速度，就这么过了至少几个钟头。直到最后，我感到有个心灵犹豫着推了推我的心灵。

切特？我问。

确实是我，他答道，我想跟你谈谈，但我们也许应该用你先前那种更安静的方式……

行，我说，但切特，我——

拜托，他说，能让我先说吗？

说吧，我说着，强行压下再次道歉的冲动。

我对我们早先那场对话思考了很多，他说，我想向你坦白一件事。你对我的疑心并非全无根据。我对你……不够诚实，夜影小姐。

在……什么方面？我问。

我并不完全是外表看起来这样，他说，我很难承认，也很难解释。你瞧，我告诉过你，我不记得自己作为斯皮尔斯中校的过去，但事实比这更糟。我……来了这里太久，丢失了自己的大部分身份。不仅仅是记忆，还有人格。我的所有本质……不断崩溃瓦解，就像受到源源不断的水流冲刷的泥土。

发生这种事的时候，我开始害怕。失去自我是件可怕的事，我必须寻找替代品，于是我想起了故事。故事也许是幻想出来的，但其中充满我钦佩的人。艾伦·夸特梅因[1]、约翰·罗克斯顿勋爵[2]，还有切特·坎尼斯特。当我失去自我的时候，我……你明白的，我用这些填补了空缺，我和英雄探险家之间的界限模糊了。

因此，你的猜疑是正确的。你也许觉得我是个骗子，而在某种程度

1　亨利·莱特·哈格德所著小说《所罗门王的宝藏》中的主角。

2　亚瑟·柯南·道尔所著小说《失落的世界》中的主角。

上，我也的确，因为我没法向你展示真正的自我，我把那个人忘记了。

切特，我说，这不代表你是个骗子。

也许吧，他答道，但真相……很难承受。我很难算是真正的人，夜影小姐。我是塞进一颗空白大脑的故事集合体，而这些只是为了继续所做的努力。

你就是英雄，我说。

如果真是这样，他答道，那我在很久之前就会去面对长者之路的真相了。真相……让我害怕，夜影小姐……斯潘莎，真相让我害怕。我没法解释理由，因为我记不清。我以为一部分的自我藏在其中的某个地方，而这令我害怕。如果我是真正的英雄，肯定早就自行走完那条路了。

我不知道该说什么才好。我能感觉到他的真诚和恐惧，甚至还有困惑。

你的人格来自哪里并不重要，我坚定地说，你救了我，还指引我、帮助我，现在你又和我在这条路上同行。

都是收费的，他说，你……注意到我看你的标记的眼神了。我现在明白你为什么……会那样对待我了。

我感到了另一阵强烈的羞愧，正如他的羞愧那样。

我们真是天生一对，不是吗？他送来念头，我原本希望靠近标记能帮我更加……稳定，希望现实灰烬还有与"某处"的联系能以某种方式帮助我。对于你担心我的意图这件事，我没法完全责怪你。

但我的怀疑伤害了你，我说，现在还在伤害你。

是啊，他承认，你明白的，这是因为我扮演的角色。我……我必须把自己当成英雄，那个受人爱戴和信任的绅士探险家。因为如果不这样，那么……那样的话……这就是曾经的我仅剩的部分了。那些梦想，那些渴望。

在这令人吃惊的坦率时刻，我能感觉到他暴露出了惊恐的内心。该死，我配不上他的坦白，但在那一刻，我知道自己可以信任他。他表露出的面孔也许是他记忆里那些故事的拼凑造物，但他内里的那颗心……却善良而纯粹。

我尝试将这些念头投射给他，而我的努力见效了。他打起了精神，在片刻的无言交流中，他接受了我的歉意。我们可以继续前行，可以行走在长者之路上，而且可以找到那些秘密。

我断开交流，凶狠地对付起剩下的起落架组件来。我也许应该很累了，但我不觉得疲惫，也不觉得渴。其实我根本不知道自己干了多久的活，没法利用疲倦，甚至是饥饿来判断时间的流逝。在这儿，我时常觉得自己可以不断继续，直到永远。

这很危险，我必须密切注意自己的情况才行。

19

几天后，我觉得自己终于对舷侧团的整体有了概念。

"没错，一共有六个海盗派系。"在我被俘的第二天，我们进行助推器维护的时候，马克西姆向我解释道，"我们舷侧团的规模比过去要小，但我们是最先成立，也最为自豪的派系之一。"

"那至尊同盟呢？"我问，"好几架战机都是他们的样式。"

"哈！是的。管理坚城采矿基地的那些可怜的懦夫要来了飞船，希望在我们袭击时能够自保。这就给了我们偷走飞船的充足机会！"

在随后的两天里，我巧妙地收集到了更多信息。这些派系直到几年前都全无组织可言，更像是规模很小的游民群体，或者掉队的难民。直到他们聚拢为现在的六个团体，派系才逐渐形成。

他们的大部分时间都用于尝试盗窃采矿基地、俘虏被流放的新人，甚至是抢掠彼此。说来也怪，在我看着的这几天里，舷侧团没有失去九艘飞船里的任何一艘，哪怕他们进行了好几次抢掠。所以，交战的时间或许很短，更多是为了展示态度，而非真正战斗。

在全体舷侧团成员之中，我觉得佩格最有趣。这个大块头外星人身上有某种……不同寻常之处。她是个泰纳西人，我在"星景"上听说这个种族经常负责操纵无人机，或者用其他方式为至尊同盟战斗。她无疑很有领袖气质，而且接近我的时候，总会谨慎地看着我。

除了她以外，在我们的机库里干活的通常有四个人，马克西姆是其中之一。我闯进的这座机库实际上归他管，但他总和另一个小队在外面转悠，履行守卫职责。他的队伍名叫"弯刀小队"，又是借来的旧地球词汇，因为海盗们觉得这些词很有威慑力。

我基本上已经被分配到了这个小队，接受他们的监管。

我们小队里那个瓦尔瓦克斯人名叫奴卢芭，是他们族群里的女性。她仍旧令我紧张，我看着她的时候，总会觉得像是看到了温契克，因为她的外骨骼也是同样的绿色。她和马克西姆组成了弯刀小队的地勤队伍，小队目前只有两名现役飞行员，外加佩格引以为傲的太空梭，但我一点也不想驾驶它战斗。

这里还有另一艘尚未参战过的飞船，是一艘老式民用飞船，被团队改造成可以战斗的样式。就像太空梭那样，它配备了牵引用的光矛，但至尊同盟通常不会用光矛来战斗，而是将其用于工业目的。团队目前正在安装毁灭炮。根据我过去几天的观察，我决定要偷的就是这艘飞船。我不熟悉佩格那艘太空梭的控制方案，至于另外两艘更适合战斗的飞船……

好吧，弯刀小队的两名战机飞行员在里面占着位呢。他们都是晶体生物，就居住在飞船里。当我询问他们的战斗技巧时，马克西姆透露了一条相当重要的情报。

"有两个住在驾驶舱里的飞行员是件好事，"他说着，朝飞船晃了晃扳手，"在雷达告诉我们袭击即将到来的那一刻，他们就能做好准备。"

雷达？

舷侧团有长距离雷达？

我想过他们会有星际战机上那种小型的接近传感器，但他们也有真正的长距离监视设备？这可真让人吃惊。

我立刻开始四下搜寻，发现那台雷达扫描装置的显示器就在我们的机库里，而且和屋顶的某些设备相连。它会追寻飞船的踪迹，并持续显示本区域的详细地图。那天晚些时候，我偷偷看了一眼屏幕，上面正在显示完整的地图，为我展示了切特画过的那张地图的详尽版本。

舷侧团领土就像向内侧不断收窄的"带子地区"上面的一根楔子，两边与其他海盗派系相邻。他们领土的尽头就是至尊同盟领土，它就像一只宽大的铁箍，占据了带子地区的中央部位。

那天晚上，我兴奋地向切特送出了消息。

这里有雷达，我解释道，一台大型雷达，负责监视靠近的飞船，能一直扫描到至尊同盟占领的那片空间，但它的分辨率没到这种程度，我觉得它不能发现单独的某个人。

这已经比我想象的要夸张了，他说，他们的科技用品大都是四处搜罗来的，我很好奇他们是从哪里弄到高性能雷达的。

不清楚，我说，但我被抓是件好事，因为……

因为有了那台雷达，他们就能跟着我们偷走的任何飞船来到长者之路的下一站，切特说，真要命，我们根本不会有机会调查那道传送门，因为他们可以追着我们走遍这片区域。幸好我们发现了这点，不过如果有机会，我会选择一种不需要让我的肩膀变成烤鸡胸肉的方法……

他这些天一直在"休养"，这是他的原话，我还在为他中的那一枪过意不去。

无论如何，我说，这都给了我们机会。我需要在离开前破坏那台雷达。

哈！别只顾自己开心，斯潘莎。你让我觉得被人冷落了！我们计划的下一步是什么？

我在床上翻了个身，那是放在机库里的一张床垫和一条毯子，就放在我被拴着的那道墙壁边。他们近来对我放松了戒备，但我仍然无法离开这个位置。

下一步，我说，就是联络M机器。我需要把它上传进去才能偷走飞船。

非常好，切特说，替我向那个恶——向那个人工智能问好。

我很感谢你能努力对它改变看法。

既然我做过错误判断，切特说，就有可能再做一次。我不认为让人工智能留在身边是明智的做法，但那是出于本能反应。我应该选择接受你对它品质的担保。如果我早点这么做，也许就不会给你怀疑我的理由了。

我缩了缩身子，每当切特在我们交流期间感到痛苦的时候，我都会有这种反应。无论如何，我说，我有个联络 M 机器的计划。我只需要找到一个破损严重的战机零件……

等我们的谈话结束后，我开始沉入梦乡，然后在彻底睡着之前阻止了自己。我尝试联络约尔延，但某种东西阻止了我。一股飘在我周身的奇怪雾气封锁了我的尝试，我不确定该怎么对付它……我在不久前的某个晚上也见过这东西，对吧？

次日早上，马克西姆拍了拍手，用隆重的架势解开了我的光索，将它关闭。"你赢得了稍微宽松一点的待遇，这是佩格的命令。"他朝我弯下腰，"可以的话，别害你自己被吊死。"

我摸了摸自己的脖子。我的本能是逃跑，但我压下了那种冲动。"多谢。"我说着，站起身来，伸了个懒腰。才和这些舷侧团成员待了四天——不，应该是五天，对吧？——我就赢得了这种程度的信任？一切真的太顺利了。

"我们有些零件要涂油。"马克西姆说。

"拜托，别再提零件了。"我答道，"我觉得有必要做点更有用的事，好向佩格证明我自己。告诉我，你们这儿坏得最厉害的东西是什么？"

"这我也不知道，"马克西姆说着，但又指了指其中一架战机，"但谢瓦的左毁灭炮有点毛病，如果你能想办法修好……"

我点点头，去奴卢芭那里登记，她在这座机库的后部有个办公区域。她给出了相关工作的许可，很快我就来到了那架战机的机翼下方，摆弄起了那门出故障的毁灭炮。黑色的泥状物质从一条接缝中渗出，简直太难闻了。

"呃，"我说，"你们上次保养这东西是多久以前的事了？"

一块形似棱镜的硕大蓝色晶体坐在我旁边的一张凳子上，一块较小的晶体将它固定在那儿，还有一排同样的晶体穿过机库，爬上战机的轮子和侧面，一直延伸到驾驶舱内。

离我最近的那块大号晶体震颤起来，以回响不止的语调发言。我根本没法将它当成语言，听起来和引擎眼看就要锁死时的杂音只有一步之遥。但我的别针比我懂得更多，于是将这些鸣响翻译成了话语。

"有几个月了，"那块晶体承认，"也许更久。在这地方，想记住时间太难了……"

"几个月，或者更久？"我怀疑地说，"毁灭炮应该每周保养才对。"

"我们觉得考虑到对它的损伤，打开外罩是很不明智的行为。"晶体说，"我们觉得它也许会损坏，没法修好。"

"预防损坏永远比修理要强。"我说。

"这话很有智慧，"晶体答道，"但只有在你掌握了预防措施的前提下才是正确的。"

这块晶体是一种名叫"共鸣体"的外星生物。这一个的名字用英语来说是"谢瓦"，她告诉我说，自己"这次"是女性。他们的整个身体都由水晶构成，可以随意生长。她可以填满驾驶舱的内部，就像矿物填满晶洞。

正在和我对话的那块大号晶体是她的一部分，是我过来检查机器的时候迅速生长出来的。我将这部分想象成手臂之类的东西，那是谢瓦向外伸出进行互动的"肢体"。末端的这一大块晶体看起来并不必要，我感觉她将它制造出来，就是为了给别人说话的对象。

我偷走飞船的尝试从最开始就注定会失败，我所选的这艘飞船的电子元件和控制装置生长在谢瓦身体上。通常来说，共鸣体会在一个地方停留一整个"化身"，根据我搜集到的信息，大约为时五十年。这次她让自己生长在飞船内部，几乎就像人工智能那样居住在里面——或者确切地说，就像费格蒙特人。

"嘿，谢瓦，"我说着，继续拧下毁灭炮外罩的螺丝，以便检查内部，"你听说过一个名叫费格蒙特人的种族吗？"

"我的确听说过，"谢瓦说，"如此奇特而神秘的个体。我从未遇见过他们，但我一直对他们很感兴趣。"

"我在想，他们和你们的种族有点像。"我说。

"在哪方面像？"

"噢，你们都可以算是居住在飞船里，就像……我说不好，就像身体里的灵魂吧。"

"真是个让人着迷的观点。"

这些字眼带着的语气，让我想起金玛琳会用"赞美你的群星"来回应我的愚蠢意见。

"我觉得你好像不同意我的看法。"我说。

"虽然我在你的逻辑中找到了几个漏洞，但在思考过你的看法后，我确信我会更加理解你。"

我差点忘了至尊同盟的人有多喜欢息事宁人了。这群名副其实的海盗抓到了想要偷他们东西的我，却以招待来客的方式对待我。虽然是拴上链子的那种来客，但本质上一样。

"如果我说了什么蠢话，你可以直接告诉我。"我说着，继续对付外罩的螺丝，"我不会觉得受到冒犯的。"

"这不太符合我们的作风……"

"你是个战机驾驶员，"我说，"你每周都会飞出去战斗，可你甚至没法和我争论几句？"

"斯苹，我的种族是逐渐演化为这种一动不动，却能和他人相处数十年的个体的。争辩不是我们的天性。和能动种族不同，如果惹怒他人，我们没法直接走开。"

嘿。是啊，这话有道理。

"但是，"谢瓦说，"以增进我们双方理解的名义，让我解释一下。你暗示说我像是费格蒙特人，因为我们都能控制飞船。我觉得这种看法停留于表面，因为用这种角度说我们相似，就像在说两个都用肢体操控飞船的种族很相似，无论他们的文化、身体和核心化学结构有多大的差别。"

"噢，我明白你的意思了。"我说，"说实话，我也许只是想我的朋友们了。"

"我能理解，"谢瓦说，"我也想念我在洞穴里的七位同伴。为了成为他们之中的一员，我生长了三个化身的时间，而现在……"

我不觉得晶体生物会哭，但随之而来的鸣响却让人想起哭声，而别针也没有将这些声音翻译为语言。

"嘿，"我说着，终于拧下了最后一颗顽固的螺丝，"总有一天，我们会找到离开的办法的。"

"我们当然会的，"谢瓦说，"我们当然会的。"

这些字眼带着的语气同样让我想起了金玛琳。她们俩肯定能相处融洽，至少她们似乎都相当擅长应付我。

我撬开毁灭炮的外罩，皱起了鼻子。这件武器的机械构造明显出现了渗漏，那种液体的渗出已经有一阵子了，而开炮加热了液体，将它彻底烧焦，导致受到严重侵蚀的内部构造里满是黑色灰烬的薄片。

简直完美，我这么想着，谨慎地避免展露自己的兴奋。我想要损坏的东西，但既损坏又需要清理的东西就更好了。

我说出口的却是："该死。简直一团糟。"

"我有所共鸣，"谢瓦说，"也感觉可能会是这样。"

"清理应该需要一点时间，"我说，"我会先把它从飞船上拆下来。如果你非得飞行不可，就只能少带一门毁灭炮了。"

"不幸的是，我们存在的本质通常要求我们在不够完美的条件下飞行。"谢瓦说，"希望你的修理工作足够迅速，也让你自己满意，斯苹。"

"谢啦。"我说。我将一只便携式小型上升环固定在那个装置的底部，开始将它从机翼上拆下。过程耗费了大约半个钟头，等拆下以后，我通过远程遥控将它平放在地上。

这门毁灭炮足有一米半长，形状就像一颗导弹，拆下外罩后，里面的线路和焦黑全都暴露了出来。我遥控它飞行，同时偷眼看向后门外。我竭力控制自己，这才没有立刻跑出去，挖出我父亲的别针。但我知道它在外面是安全的，比在我身上安全得多。

我遥控拆下的毁灭炮飞到奴卢芭的办公桌前，她正在那里给回收品编目。这个瓦尔瓦克斯人喜欢像这样记录事物，这让我觉得很可疑。谁当海盗是为了做文书工作？

"这看起来可不妙，奴卢芭。"我说着，指了指那门毁灭炮，"在把它清洗干净之前，我甚至没法告诉你它有多大概率可以修好，而且光是清洗可能就要花上几星期。"

"哎呀呀。"奴卢芭说着，从桌子后面站起身来，审视那门毁灭炮。就像她的同胞那样，她说话时会用那身衣服的手部做出夸张的手势，话声则是从外骨骼头部的两侧投射出来的。"我们没有替换用品，我这儿已经有另外四门出故障的毁灭炮了。俘虏斯苹，你没办法加快修理过程吗？"

"你是在开玩笑，对吧？"我说着，指了指毁灭炮。

奴卢芭叹了口气。

"我想，"我说着，假装思考起来，"我的旧清洁机器人干这种活应该更快，但我不知道你们把它放哪儿去了。"

我才刚说完这句话，就意识到自己的做法很笨拙。瓦尔瓦克斯人这个种族太狡猾了，奴卢芭肯定会立刻察觉我的用意。

"噢！"她说，"真是个好主意。好了，我去帮你拿过来。"

我顿时警惕起来。这也太简单了，不是吗？可那个瓦尔瓦克斯人却不紧不慢地走开，在不到一分钟后回到机库，M机器的无人机飞在她身旁。我谨慎地遥控毁灭炮飞向靠近角落的一张工作台。

奴卢芭把无人机留在我身边，然后回去干自己的工作，仿佛没有发生任何不寻常的事。

然而，在检查M机器的时候，我相当肯定奴卢芭在监视我。所以……或许这是某种测试？这很合理。舷侧团也许一直在等我要求使用这架无人机，但在我们共事这么点时间以后，他们就给出许可，在我看来还是很奇怪。

也许他们在M机器身上安装了某种窃听器。尝试跟它交谈会惊动他们吗？

他们不认为它是人工智能，我提醒自己，他们认为它只是某种间谍机器人。

　　无论如何，我都得抓住这次机会。我跪在地上，打开无人机有着操纵装置的侧面，装作在启动某种程序。我轻声说："嘿。"

　　"你要知道，"M机器轻声回答，"他们在我身上安装了一种非常原始的监控软件。"

　　"说真的，这反而让我松了口气，"我轻声回答，"我还担心从他们那里要回你的过程太简单了呢。我想你应该能应付那个软件？"

　　"这还用说？"它说，"我一直在劝自己，不要因为他们尝试的人工智能擦除操作而太过生气，这基本上等同于喂我毒药。幸好在这种情况下，'喂'的过程要用到大得夸张的汤勺，还配上一块写着'不是毒药'的大号牌子。我轻而易举地回避了它，但我得说，光是这种想法就很冒犯人了。"

　　"那好，"我说，"我需要你让人以为我用代码启动了你的某个隐藏程序，然后再做一番伪装，让他们觉得我对你做了设置，让你去监控和记录周围人的发言。这能让他们发现点什么，但又不觉得太可疑。在这之后，制造出我启动了你的深层清洁和维修程序的假象。"

　　"真棒，"它说，"呃，什么深层清洁和维修协议？"

　　"无人机原本的……噢，我们给删了，对吧？"

　　"不是你删的，是我上传自己的时候删的。"M机器低声说，"在容纳我自己、我的蘑菇数据库和我备份的蘑菇数据库，还有我备份的备份的情况下，我可不打算保留什么清洁程序。"

　　"好吧，开始假装和我一起清洁，至少伪造一下清洁程序存在的迹象。我告诉他们说，如果没有你的帮助，想修好这门毁灭炮需要好几周时间，但我其实毫无头绪，只是想找个借口而已。"

　　它答应下来，我们两个开始动手工作。幸运的是，M机器迅速辨别出了烧焦的混合物，提议用一种特殊的溶剂去进行清洗。尽管它自己没有清洁方面的例行程序，但事实证明，它的化合物数据库非常有用。这是件好事，毕竟我的确对于如何维修损坏的毁灭炮毫无头绪。

　　我一直待在角落，低声说话，大多数是自言自语，维持我的伪装。

等周围没有别人的时候，M 机器就可以给出回答。它的数据库里的确有很多详细的星际飞船设计图，所以等我们又除去一部分黑泥以后，它就能指出机械结构里的那些问题了，又多又严重的问题。

"我觉得我应该替这门炮表示自己受到了冒犯。"M 机器说，"不断用这种状态的武器开火，简直就像……唔……"

"就像强迫你可怜的战马在少了一只马掌，侧腹又中了一箭的情况下狂奔？"我问。

"这比喻很好。"它说。

"多谢。"我说。我正躺在地上，谨慎地尝试弄下一块黑泥，却不至于扯脱那组冷却液软管。"能听到你的声音真的太好了，M 机器。抱歉，我害我们被抓了。"

"噢，我在另一个机库里找到了一些有趣的霉菌。那些属于基本可以食用的蘑菇，所以这部分还算让人愉快。切特怎么样了？"

"受了伤，"我说，"但逃脱了。我能用赛托能力跟他说话。他正在养伤，如果听说你和我联络上了，他会很高兴的。"

"你确定吗？"它说，"他还觉得我是个恶魔呢。"

"他已经开始对你改变看法了。"

"也许他不应该改变看法。"M 机器说，它跟我说话时已经在轻声细语，但提到这个问题的时候，它的嗓音似乎压得……更低了，"那些海盗确认我体内没有人工智能的方式都在表示切特也许是正确的，他们甚至不惜注入擦除软件。万一我真的是个恶魔呢？"

"他们还觉得人类也是恶魔呢。"我说着，弄下又一大块黑泥，"他们觉得这就像军事条款或者个人记录一样可以验证，但这是完全错误的。"

"关于人工智能的传闻肯定是有来源的。"

"当然，"我说，"就像关于人类的传闻那样。我的意思是，我们显然曾经三次尝试征服整个星系，但这不代表我们是怪物，只是效率不高的暴君而已。"

我的祖先做过的事越来越难以和奶奶告诉我的故事协调一致了。当你在对抗决心斩草除根、复仇心切的敌人时，要把自己想象成英雄很简单。但如果你是进行征服的那一方呢？莫里乌莫是个试图证明自己的普通狄俄涅人，有多少他那样的人死在了我的同胞挑起的战争里？

这让我不舒服。我引用亚历山大大帝的名言，是因为在面对势不可挡的敌人时，我们需要那种勇气。但 M 机器的数据库给出了确认，这人曾以骇人的规模进行过屠杀。当我与形象模糊，并非真人的"克雷尔人"战斗前，我的人生曾经单纯得多。

"斯潘莎，"M 机器说着，飞近了些，"谢谢，谢谢你继续当我的朋友，而且不顾潜在的威胁。"

"我也要谢谢你。"我说，"我是说，从实际的角度考虑吧，如果我们之中的一个最终要为另一个的死负责，你觉得负责的人会是谁呢？是热爱蘑菇的小巧机器人，还是那个一米半高的恐怖化身，曾经尝试劝她最好的朋友同意被剥掉头皮，好让她在玩具短柄斧上留下第一条刻痕？"

"噢，天啊。"M 机器说。

"我要为自己辩护一句，"我说，"奶奶没解释清楚，所以我以为剥掉别人头皮的意思是把他们的头发割得特别短，但用的却是剑或者斧子，听起来特别酷。"

M 机器沉默下来，因为奴卢芭拿着一台平板设备从旁走过，不时点击一下。我小声嘀咕，仿佛在 M 机器喷洒溶液的同时和那种黑泥说话。

最后它再次开口，声音压得很低："斯潘莎，这门毁灭炮有点奇怪。"

"除了它像是在焦油坑里变成了化石这点以外？"

"是啊，除了这点以外。看到装在这件武器两侧的那两个盒子了吗？那是输出放大器。我们通常会用类似的东西增加武器释放的热量，好让它——比方说，切开金属制造的防护装置，也可能会用它降低炮火的强度，以便训练。"

"所以这些盒子能做什么？"

"这点无法判断，"M 机器说，"它们已经因为过度使用烧坏了。但你有没有发现，舷侧团从来没有损失过哪怕一艘飞船？"

"我注意到了，"我说，"可也许舷侧团只是运气好。自从我们来到这里以后，他们只出动了几次而已。"

"我想这也没错……嘿。"

"什么？"我问。

"我刚刚计算了自己观察到的出动次数，得出的答案是十次。"

"不可能，"我说，"在四五天里就打了十场？"

"是啊，真奇怪……噢。"

"……噢？"

"我刚刚核对了我内部的天文钟，"它说，"我们在舷侧团这里待了接近两星期，斯潘莎。"

我的清洁用抹布失手落下。我眨了眨眼，努力回忆……我睡了多少次觉？那些记忆有点模糊了……

"该死，"我说，"你怎么会没注意到的？"

"我也不清楚，"它压低声音说，"我猜我比我以为的更像活人，而且正在经受一部分和你们相同的影响。的确，缺乏时间认知很符合我们对探究者的了解。"

好吧，这应该能解释其他人为何"这么快"就信任我和M机器了，其实并不算快。

尽管如此，我的大脑还是在奋力理解这一切。在付出了几乎让人痛苦的努力后，我回想起了自己完成的那些维修工作：拆下了全部四艘飞船的起落架组件、进行助推器维护、光翼维修……

我立刻朝切特探出意识。

你联系上那个人工智能了吗？他问。

联系上了，可是……切特，你觉得我从被俘算起在这儿待了几天？

六天？他猜测，但我为了养伤总在睡觉，所以也许是七天，或者八天？

十四天，我说。

他沉默了片刻，我感觉到了一股等同于叹气的情绪。

在同一个地方停留太久是很危险的，他说，这种事的确会发生，斯潘莎，抱歉。

"你能设置闹钟吗？"我问 M 机器，"日历提醒？我们应该开始积极认知每一天了，看看我们能否更加专心。"

"是啊。是的，这是个好主意……"

但我在它的语气里感觉到了担忧。即使切特料到了这种事的发生，它能影响 M 机器我也觉得实在是怪得离谱。我记得自己入睡过，却发现记不清自己睡了几次。这地方彻底扰乱了我的时间感，让我光是回忆这些都极为困难。

两周。这段时间可以让一场战争生出很多变化。我的朋友们都还好吗？我需要加速逃脱计划了。我必须设法将 M 机器的意识上传到其中一架战机里，最好是没有晶体外星人占据的那架。

20

"我就说实话吧，"马克西姆说着，躺在锯木架上，一根手指勾着一把扳手，"我一直觉得自己不太对劲。他们跟我说过人类有多么卑鄙，而且天生就容易愤怒，可你知道吗？我从来没有过这种感觉。

"好吧，我的主人自以为他们的训练能让我接受控制。他们拥有这种据说能'治愈'攻击性的治疗方法，所以得到了获取人类孩童的许可。他们在我九岁的时候得到了我，让我闲坐在那儿哼哼。"

我从诊断用屏幕前抬起头来，正在上面悄悄准备将计划推进到下一步。佩格提到过这座基地的雷达需要某种维护，我不确定那会是什么时候，但我希望在时机出现时做好准备。

至于眼下，我正在尽可能融入团体。而且我得承认，我很享受和其他人聊天的过程。"他们让你哼哼？就像……你知道的……"我用鼻子"哼"了一声。

"完全正确。"马克西姆说，"他们让我坐在一张小垫子上，就这么哼歌，一次四个钟头。他们说这是一种特殊的'专利治疗法'。我猜我哼的那种调子就是这种方法的特别之处？说实话，我还是不太确定，但他们让我这么干了二十年。"

"反攻击性治疗是一门大生意，斯苹。"坐在附近地板上的奴卢芭读着几张电子数据表，开口道，"许多家长都害怕孩子攻击性过强，他们愿意斥巨资换取任何疗法。"

"这是失败的疗法，"谢瓦说着，她生长在附近一只盒子里的水晶发出鸣响，"尽管哼唱疗法听起来很……不寻常，但仍有更合理的治疗手段。我认为至尊同盟的很多人都在为创造更美好的社会而努力，但……我们之中的一些人也会质疑这种目标是否值得。整个体系都在颤动，伴随着不稳定的音调，这种声音会让它自行开裂。我们……有时候太礼貌了，所以没法接受这点。"

马克西姆点点头。那副胡子让他看起来比实际上的三十出头要老上不少。我一直觉得长而蓬乱的胡子会让男人像是战士，但马克西姆矫正了我的这种印象。比起战士，他更像是个在洞穴里迷了路的家伙。

但他放松的举止让我很好奇。我本以为所有被俘的人类都像布蕾德那么严肃，但这家伙如此懒散，甚至可以在打瞌睡方面和……我以前认识的某个人较量……

和内德较量一下，没错。我怎么会忘记内德的名字？马克西姆完全可以跟内德在打瞌睡方面较量一番，而且不落下风。

"我学会了表现出真正可怕的样子。"马克西姆咧嘴笑着说，"我会咆哮，然后露出牙齿，甚至挥舞双手，说'波因加波因加'。我告诉他们说，这是我氏族的战吼。我的父母肯定会觉得很好笑。我们根本没有氏族，只是小小的一家人，试图在研究室里尽可能度过正常的人生。"

他移开了目光，就像提起父母的时候他经常会做的那样。在那对瓦尔瓦克斯夫妇买下他以后，他们禁止他和父母联络。现在他已经想不起他们的长相了。在海盗之中，来到这里太久，以至于彻底忘记过去的只有寥寥几人，很多人从始至终都待在团体内部，延缓这一过程。但从我收集到的信息来看，那种影响无论如何都会显现。

"至尊同盟辜负了你，马克西姆。"奴卢芭说，"谢瓦是对的，但我只会说出更重的话来。它辜负了你，正如它辜负了许许多多的人。"

我一直在仔细观察奴卢芭，那身外壳似的外骨骼让她很有气势。她察觉我正在计划逃跑了吗？她也在像我观察她那样观察我吗？

"那你呢？"我问她，努力让语气显得平淡，"至尊同盟也辜负了你吗？"

"在某种程度上吧，"她说着，外骨骼的面板部分暴露出了她真实的形体——那只像是螃蟹的小生物，"或者说是我辜负了它。我是个官僚。"

"我猜是政府里的官僚？"我不太清楚别的国家具体是怎么设置级别的，"你的地位有多高？"

"高？"她摆动双臂，似乎被逗乐了，"所有人总是觉得我们瓦尔瓦克斯人是'负责人'，而且肯定'特别重要'。我向你保证，我们不是这样的。哎呀，有一些是，人类斯苹，但我不是。我的岗位属于一个经常被忽视的公用事业的非有关部门，我住在图玛星。"

"我都没听说过，"马克西姆说，"哇。"

"图玛星？"我问。

"那儿经常会下酸性暴雨，"马克西姆解释说，"不过附近有几座不错的资源农场，大部分都实现了自动化，生活成本很低，非常低。"

"噢，"奴卢芭说，"我为甲烷供应农场负责用户分析。我手头有很多信息，包括许多行星的人口统计数据，方便我判断用户使用的趋势，但我也许在那些数据上花了太多的时间。"她转过头去，放下双臂，外骨骼模仿着她小巧的螃蟹身体在内部的动作，"我开始问问题，问了太多的问题。没等我明白发生了什么，就被丢到了这儿……"

我皱起眉头，转身继续忙自己的活。奴卢芭在隐瞒什么？我还是搞不懂瓦尔瓦克斯人。举例来说，我最近发现那种充斥液体的无机外骨骼并不是单纯的科技产物，而是以某种方式生长出来，并且直接接入瓦尔瓦克斯人神经系统的东西。这是怎么办到的？

"我们在至尊同盟辜负了太多人，"谢瓦说，"你经常会生长得太大，又太过舒适，以至于觉得这座洞穴肯定是最合适的，因为你只有这座洞穴。你已经习惯了它，而且它很合适，所以其他人肯定也觉得合适。

你发出自信的共鸣，忽视了岩层的移位，也许某天会导致洞穴塌方，压碎居住在里面的所有晶体。"

其他人点点头。我继续诊断，要处理的是第四艘飞船，就是我们加装了武器的那艘前民用船舶。今天，我的工作是确保这艘飞船刚刚安装的船载瞄准系统运作正常。

全盘考虑之下，我偷走它的计划进展顺利。M机器和我确实统计了过去两天里流逝的时间，所以我感觉对局势更有控制力，也更加坚定、更加专心。

最困难的部分在于，我感觉自己就像在哄骗弯刀小队的成员：马克西姆、谢瓦、奴卢芭，甚至是团队里的另一个共鸣体，安静的迪利利兹兹。她很少说话，但她同样在我们工作的地方附近长出了一块晶体，时不时会在某人说话时让它颤动，我想是在表示赞许或是同意。

我有些自然而然地想将他们视为我的新家人，想在弯刀小队的这些人周围安顿下来，就像我和其他战友相处时那样。但我承受不了像希修、莫里乌莫和薇珀在一起时那样，和这群人建立风险纽带。幸好我察觉了这种冲动，用一点点策略性的愤世嫉俗加以抵御。

记住，他们给你拴过绳子，我告诉自己，记住，他们是一群海盗，不是真正的军人。

按道理，等我们完成诊断后，这艘飞船就做好参战的准备了。马克西姆会负责驾驶，而我会是他的地勤。

"所以等你起飞的时候，"我对他说，"应该就是要和其他海盗派系战斗了？"

"基本上是的，"马克西姆说，"除非我们去抢掠至尊同盟。佩格总在说要对他们进行大规模进攻，哪怕他们的战机装备肯定精良很多。"

"但我们有优势，"谢瓦提醒说，"其他派系完全没有的优势，那就是佩格和她的……经历。"

这倒挺新鲜。我努力表现出恰如其分的好奇，但又不显得太过急切。佩格有秘密？也许再干个几天活，我就能说服他们——

"噢，对了！"马克西姆说，"你还不知道，对吧，斯苹？佩格曾是至尊同盟的军官，采矿基地的保安部门的首脑。"

也或许他们会直接告诉我。

"基地保安部门的首脑，"我说，"听起来是个重要人物。"

"没错！"马克西姆说，"她是整个坚城基地的二把手，所以她对基地设施和作战规章之类的事特别了解。"

"而她抛下这种地位，当了海盗？"我问。

"他们强迫的因素更大一些。"马克西姆说。

"这就是政治，斯苹。"奴卢芭解释道，"在这里的所有人——包括海盗和工人之中，佩格是完全出于自愿到来的少数人之一。她选择这份工作，是为了在事业上更进一步，而其他人都不愿意来。这里几乎所有人都是马克西姆和我这样的异见者，就连那些工人也不是自己选择过来的。他们并不是完全的被流放者，对吧，谢瓦？"

"我曾是大型机械操作工，"谢瓦告诉我，她的晶体震颤起来，"就在坚城采矿基地。我被送来这儿，是因为在母星那边发生了一场意外，而且严格来说是我的责任。他们告诉我，如果我们在'无处'尽职尽责地干上十年的活，就能获准离开，但这种事很少发生。"

"所以他们真的有传送门？"我问，"去外界的传送门？"

"是的，"谢瓦说，"就在基地内，但走进或者走出传送门的行为受到严格管控。"

所以等我走完长者之路，我也许可以用这种方式离开，但我不认为自己有抵达那里的机会。潜入至尊同盟基地，再设法穿过他们严密把守的传送门，听起来是个糟糕的选择。

"就算干完十年的活，也很少有人被放出去？"我问谢瓦。

"官员们总能找出借口，"奴卢芭轻声说，"找到留下这些工人、禁止他们离开的理由。"

"他们给我定下了'攻击性太强'的业绩评价。"谢瓦说，"我得提醒你，这不是佩格的错。她总是给所有人很好的评价，但还有些人会确保更有天赋的工人能留在这儿。"

"他们也对佩格这么做了？"我说着，扫视机库。她刚才还在附近，还是说……那是一两个钟头以前的事？该死。

"好吧，"谢瓦说，"第一次到期的时候，她自愿签下了新合同。我觉得她想要留下来，帮助工人们离开。但在这里待了二十年以后，她觉得自己该走了，他们遵守了和她的合同。那应该是……三年前的事吧？她到了离开的时候，然后……"

"然后怎么了？"我问。

"他们说她可以走，"奴卢芭解释道，"但她的孩子们必须留下。"

等等，佩格有孩子？

"你看，他们的事没写在合同里。"谢瓦说，"至尊同盟说他们必须留下来工作十年才能离开，因为他们都已经是青年人了。他们谈得不太顺利，佩格的叫喊声现在还在我耳畔回响呢。"

"该死，"我低声说，"背叛她看起来就不会有什么好下场。"

"可以这么说吧。"谢瓦说，"她偷走了很多飞船，又说服了足足三十人跟随她，然后她离开那里，加入了海盗。派系也因为她的影响力而成形，她有个团结所有海盗对抗至尊同盟的宏大计划。夺下整个基地，守住……"

这句话吸引了我的注意。"听起来真酷！我们应该去攻打他们！"

"我们试过，却失败了。"谢瓦说，"我们作为飞行员不够优秀，至尊同盟把我们打得落花流水。到了今天，没有人愿意再听佩格关于派系分裂和争斗的话了，光是生存都够难的了。"

"我会变得优秀，"马克西姆说，"我们能学会飞行。我会成为海盗冠军，舷侧团也会再次受人敬仰。"

"等等，"我说着，瞪大了眼睛，"这儿还有海盗冠军？"

"没错，我们是几年前想到这个点子的，"奴卢芭说，她似乎是第四次审阅那张电子数据表了，"所有派系之中肯定有个最优秀的飞行员，所以干吗不弄清楚那个人是谁呢？我们时不时会举行比赛。一对一，驾驶星际战机，算是增添点乐趣。"

海盗冠军，一个可以和我决斗的对象。

噢，群星啊，这太美妙了。

不，不，我心想，别想什么决斗，你要把心思放在长者之路上。

但……

那可是海盗冠军。

"我会打败他们的，"马克西姆说，"前提是谢瓦没有抢先一步。要知道，你的飞行技术真的越来越好了。"

"我对此有同感，"谢瓦说，"而且感谢你的恭维。你在这方面很擅长，马克西姆。"

"谢啦！"他说完，俯身靠向我，"谢瓦和我策划这事有一阵子了。目前的冠军是佩格的一个儿子。在所有人进攻至尊同盟失败以后，他们俩都脱离了这里，组成了自己的派系。他们不肯听佩格的话，但如果我们能打败他们一次，也许他们就能改变看法了。"

成为海盗冠军这件事让人难以抗拒，但我必须专心。我突然将诊断工具和那艘飞船的前部接口断开。"瞄准系统仍旧需要重新校准。"我说着，叹了口气，把屏幕展示给奴卢芭看。

"天啊，"瓦尔瓦克斯人说，"我还以为你已经运行过校准程序了。"

"运行过两次了，"我说，"这程序肯定是和某个飞船内置协议冲突了。我需要进行擦除，然后重新上传。"

"试试运行另一台机器上的独立诊断程序吧，"她提议道，"也许是这台设备的问题。"

"好主意。"我说着，跑向 M 机器的无人机，它正在给我们刚修好不久的毁灭炮抛光，我抓住了它。

"准备好了没？"我低声说。

"好了，"它说，"你查清阵列传感器会在什么时候关闭了吗？"

"没，"我说，"但我们现在有了上传的机会。我想我们应该把握住。"

"明白。"

我向切特送出了口信："第三次会有好运气"行动要开始了，切特。

祝好运，斯潘莎，他答道，我会尽量避免用通信让你分心，就这么坐在这儿，假装自己没有像初次上场的赛马骑师那么紧张！

我笑了起来，想象他不由自主地用芦苇编鞋子的场面。他说过这是他紧张的时候会做的事，好练习他的生存技巧。我们讨论过他能够进行的协助，毕竟他的伤势近乎痊愈了。等到真正下手偷走飞船的那一刻，他会潜入近处，做好准备。但眼下，他还是继续藏身比较好。

我一边祈祷没人看出我的紧张，一边走过去，将 M 机器接入那架战机。它是三架里最快的那架，就是一架经过美化的叉式升降机，并非真正的星际战机，但它是我仅有的选择。

我会假装无人机出了某种问题，然后我们会让 M 机器藏在这艘飞船的硬盘里，等到完美的那一刻来临，等到雷达传感器停转的那一刻。或许我还能以不伤害共鸣体的方式破坏其他飞船，再逃出去接走切特应该就很简单了。

M 机器在连接建立时发出哔哔声，开始上传自己，这应该会花费三十分钟。我得找些事来做，免得闲站在那儿，显得烦躁不安。为此，我坐到奴卢芭旁边，开始整理一盒子废弃零件。

我特意没去看无人机，其他人似乎也没注意到我的紧张，就连奴卢芭也没有。

"外面是不一样的，"奴卢芭说，"几周前和谢瓦坐飞船去执行回收任务的时候，我感到了疏远。即使有飞船里这些人陪着我，我也很难像在基地里那样想起自己的过去。"

"越是往内部走，情况就越严重，"谢瓦说，"采矿设施已经是我愿意去的最靠近中心的位置了。"

这让我不禁思考起来。"所以，最靠近光爆的那个区域没人住？"

"无人之地？"谢瓦说，"据我所知，没人住在那儿。那是个……奇怪的地方，时间在那儿会扭曲，某种东西在中央区域观察着外界。"

"特别靠近中央区域的人会看到奇怪的幻象，"奴卢芭说，"会经历奇怪的事。"

"是啊，"马克西姆说，"我可不想靠近那儿，带子地区已经够奇怪的了。你能想象我们会看到不存在的东西吗？"

"也没那么可怕。"

我吓了一跳。最后那个声音是……迪利利兹兹？我都不知道她会说话。

听到这句话，谢瓦开始发出兴奋的嗡嗡声，别针做了翻译。"怎么回事？迪利利兹兹，你说话了！现实灰烬起作用了？"

"我……看到了……"迪利利兹兹说着，语调轻柔，"看到了过去……"

"在哪儿？"我说着，朝她的晶体凑近，那是她在离开自己的飞船时制造的那排晶体里的最后一枚，就像谢瓦那样。

"遗迹。"迪利利兹兹轻声说。

谢瓦继续尝试怂恿她发话，但迪利利兹兹已经恢复了平常那种低沉而无言的震颤。

我思索着她的话。她在某些遗迹里看到了过去，她是碰巧经过了长者之路的某一站吗？迪利利兹兹是赛托能力者吗？

谢瓦的确让马克西姆给迪利利兹兹撒过现实灰烬，他们会定期用从我这里没收的灰烬这么干。我仔细观察，想看看谢瓦能否让她再说些什么，但她毫无收获。最后马克西姆坐到我旁边，帮我在这堆垃圾里翻找有用的东西。"你看起来有心事，斯苹。"

"只是有点心不在焉。"我说。

"你想谈谈吗？"他问，"你有东西想不起来了？"

"有一点，"我承认，"有几张面孔，在不同地方认识的面孔。"

"的确让人痛心，"他说，"我了解这种感受。好消息是，你也许会开始忘记抓住你的那些人的面孔。以我的情况来说，忘得还不够快。"

他仍然以为我是个人类俘虏。该死，我突然对自己要做的事厌恶起来：向这些人说谎，计划偷走他们的一艘飞船，也许还要进行破坏。

"我不是俘虏，马克西姆。"我说，我不是有意告诉他们真相的，我就这么说漏嘴了，"我住在一颗被包围的人类行星上。"

他瞪大了眼睛。"真有那种行星？"

"至少那一颗是真的，"我说，"但至尊同盟的人并不都觉得它们应该存在。当时发生过……很多战斗，他们镇压，我们反抗……"

这并不是百分之百的真相，但能和别人分享一部分过去，感觉很不错。

"你是在真正的人类社会长大的？"谢瓦问，"那是种怎样的感觉？"

"很难熬，"我说，"我父亲在我小的时候就遇害了。我的家人为了食物拼命工作，因为资源对所有人来说都很短缺，对于不直接参与对抗至尊同盟的人来说更是这样。"

"所以真的就像他们说的那样，"马克西姆低声说，"人类聚在一起……只会导致战争。"

"不能这么说，"我说，"罪魁祸首是至尊同盟。我的同胞不想要战争，我们曾经逃离了战争。我们都是岩屑星上的人类，我的家人曾是巨型星际飞船'挑战者号'的船员，我的曾祖母当时是引擎班的成员，我们的飞船也不属于延续那场战争的人类群体。

"敌人不肯放过我们。我们坠落在我的母星上的时候，他们曾试图消灭我们，然后又把我们囚禁在那儿。我觉得在这种情况下，任何社会都会变得好战。"

"如果我没有在马克西姆身边生长这么久，"谢瓦说着，发出鸣响，"我恐怕是不会相信你的。他是我见过的最不暴力的人了。"

"那是因为你没见过我战斗的样子！"他说，然后发出一声咆哮，"就等着我飞上天空吧。我会凶名远播的！"

"我敢肯定。"谢瓦说着，伴随钟鸣声震颤起来，这是属于她那个物种的笑声。

"我相信你，斯苹。"奴卢芭轻声说着，从数据表那边抬起目光，"我之前提过自己的工作。好吧，我曾用了一整年负责分析居住着'次等智慧'物种的部分行星的人口统计数据，我的工作是建议在哪些尚未购买我们服务的区域投放广告。

"但在数据里，我发现了出人意料的真相。很多所谓的'次等物种'内部的杀戮并未达到我们预估的伤亡率。他们是众所周知的好斗物种，本该以可怕的比例杀戮彼此，但……真正的情况并非如此。

"我以为这是个特别重要的发现，有着革命性，证明我们对攻击性的定义与数据模型不符。我花了好几年去搜集信息，觉得自己会被称颂为'伟大思想家'。"

"让我猜猜，"我说，"你把信息拿给上级看，他们就立刻把你丢到了这儿。"

"连个审判都没有。"奴卢芭轻声说，"按照他们的说法，我所做的事既危险又有破坏性。光是寻找可能与长久以来的观点相矛盾的证据，就被视为攻击性。"她将双手按在砂岩打造的头盔上，说，"我不知道他们和我的伴侣佛梅尔是怎么说的，我连再见他一面的机会都没有，就这么……消失了。"

马克西姆伸出手去，抓住奴卢芭的肩膀示意支持。迪利利兹兹让水晶发出低沉洪亮的鸣响，那是……表示安慰的声响。瓦尔瓦克斯人用手势表示感谢。

该死，她确实和她自称的一样，不是吗？只是个无足轻重的官僚，卷入了自己无力对抗的麻烦。想到先前对她的看法，我觉得很不自在。我对别的瓦尔瓦克斯人也有过误解。对于压迫我的同胞那么多年的种族，我很难不带上这种看法。即便如此，即便知道这一切，看着他们安慰她的时候，我也觉得自己像个不速之客。

我熟悉这样的同志情谊。我表达过这种情谊，也珍视过它。我曾和自己小队的其他女孩一起过夜，她们不肯让我回洞穴过流亡生活，我们会在那些夜晚缅怀自己失去的人。在浮现的强烈情绪里，我看到了他们的脸：金玛琳、内德、FM、赫尔、阿图罗，还有约尔延……

该死，我想念约尔延。我不由自主地探出了赛托感应。为什么我没法在梦里再找到他了？就像以往那样，当我特意尝试接触他的时候，就只会找到另一个存在。那个熟悉的存在就在附近，仿佛一个注视着我的灵魂。它现在离我远了些，而且出于某些理由在生我的气？它是我接触过的那个探究者吗？还是……某个和我更亲密的存在？

我知道这念头很蠢，但我忍不住觉得它和我的别针有关，而且和我父亲有关。

当其他人继续安慰彼此的时候，我找了个借口离开。他们真挚的情感让我不舒服。当我走向储物箱，准备把收拾出来的回收物放进去的时候，我注意到自己先前看漏的某样东西。在关闭的机库门附近，有个高大的家伙坐在阴影里。

是舷侧团的船长佩格。我怎么会没看到她坐在那儿？这位身材魁梧的外星人在阴影里像极了猛兽，而且她在看我。我不需要看到她的眼睛，也能断定这点。

那好吧。我深吸一口气，走上前去。我讨厌别人看着我，想着我的事却一言不发，还是去面对他们比较好。

当然了，相似的态度导致了我和约尔延第一次拳脚相加，所以这次我也许应该谨慎那么一点？

"船长？"走到她面前的时候，我说，"有什么问题吗？"

"问题？噢，我也不知道，斯苹。"佩格将长着爪子的手指交扣在身前，她的外表与爬行动物相似，但她的体表却是厚实的皮革而非鳞片，"瞧瞧，你跟其他人相处融洽，比我见过的任何人都要适应这一切。我没想到你是那种能长出海克南的人，我原以为你肯定只有姆伦……"

"我还是不知道这些词是什么意思，船长，我的别针拒绝为我翻译。你的族人是怎么……长出……这些东西的？"

"坐。"她说着，指了指一把折叠椅。

我照做了。

"你的别针在设置后可以翻译这些习语，"船长解释道，"但你显然不知道该怎么设置，这不重要。我的树现在离得很远，而且自从我被迫流亡以后，就几乎感觉不到它和上面生长的果实了。"

"我……很抱歉？"我说。

"延德罗就没必要了。"船长说着，坐到我对面的那把大号椅子上，它显然是为她的身材特制的。她抬起一只长着利爪的手，指了指弯刀小队的成员们。"他们是一群好人，人类。比你预想的要好，对吧？"

"对。"我承认。

船长的语气更加柔和。"我观察过你，斯苹。我知道你是个士兵，这点很奇怪。至尊同盟很少会把真正的战士丢来这儿。政府声称他们痛恨攻击性，但这么说吧，攻击性有它的用处。他们长了太多的文玛尔，换一种说法就是，他们太虚伪了。"

"我并非不同意这个观点。"我说。

"我希望你离开，"佩格说，"我不想让你给这群人带来麻烦。今晚，我会做好安排，不让人监视你。只要不拿走属于我们的东西，你大可以直接离开。"

这些话就像一块迎面砸来的砖头。她知道了。好吧，她有所怀疑，而且她明白我很危险。我承认我有点激动，这个庞然巨兽般的人觉得我有威胁？

"你在怀疑，"佩格说，"怀疑这是个陷阱，是想引诱你逃跑，好让我证明你不值得信任。但我们都清楚，逗留在这里让你长出了太多的基恰。你杀过人，而这里的人绝大部分都没有。"

"你们是海盗，"我说，"我看到过你们和其他人在空中缠斗。"

佩格身体前倾。"我杀过人，斯苹。我长出过基恰，品尝过谋杀的果实，而且我能认出自己的同类。你得离开。"

我深吸一口气。这和我计划的不同，不过看起来，我没时间等待阵列传感器停转了。M机器说过转移会在半个钟头内完成，现在过去多久了？

"我会走的，"我告诉佩格，"如果你给我一艘飞船的话。"

"这不在我提议的条件之中。"

"这是我的条件，"我答道，"我和你以及你们这群人没有任何仇怨，佩格，但我要为我的同胞负责，我需要你的一架星际战机才能达成我的目标。"

我们对上了视线。该死，在那一刻，我看出了接下来会发生的事。当她扑向我的时候，我跳向侧面，堪堪躲过。

21

我能否指出，这种局面不公平到了可怕的地步？我总是被迫和那些足足有我三倍高大的人殴斗。下一次，我要选择和见鬼的奇盛人打一架。因果报应欠我这么一次。

我的椅子滑向后方，我扑倒在地，就势一滚，然后蹲坐起来，而佩格在这时到了我刚才所在位置，扑了个空。我朝工具架的方向退去，一边后悔自己弄丢了"碎颅者"。不幸的是，佩格不打算让我去搜罗武器。她直冲过来，双手探向前方，伸出利爪。

她没有叫喊、咆哮或者呼唤其他人。这是两位杀手之间的较量，她应该会这么说。不知为何，其他舷侧团成员算不上杀手，但我算得上。

佩格朝我扑来，动作快到令人惊讶，但我没有停下脚步。我负担不起卷入近身搏斗的后果，如果发展到扭打那一步，她会迅速运用体重让我无法动弹。于是我来回躲闪，始终保持俯身的姿势。我动用了从训练中，还有从我作为社会弃儿的人生里学到的技巧。当你是街区里最矮小、最古怪的孩子，而且有个臭名昭著的父亲的时候，你就能学到很多东西。

佩格成功阻止了我接近工具架，因为想要靠近那儿，我就必须转身背对她。幸运的是，她给予了我充分的尊重，没有自己转身去翻找武器。我们就这么周旋着，我让她以为我打算玩这场搏斗游戏，而我实际上正在寻找另一条出路。

如果我逃跑，她就会追上我。我必须设法伤到她，或者打晕她。我做了一次佯攻，引诱她再次前冲，随后我在近处横跨一步，一拳打中她的侧身。如果她是人类，这就会是正中肾脏的一击。

佩格闷哼一声，但看起来伤得不重。她的肌肉比我面对过的任何人类都要结实和大块，我觉得就像打中了一麻袋石头。该死，我还没准备好对抗外星人，或者说对抗任何人。我成功避开了她抓向我头发的手，我让它们长得太长了点。

好吧，她肾脏的位置可能不太一样，但她确实是有膝盖的。关节肯定属于弱点，而我需要尽快结束战斗，所以我让她靠近到能够抓住外套的距离。接着我扭转身体，跪倒在地，手肘撞上了她的右膝。她缩了缩身体，于是我又撞了一次，哪怕第一次碰撞已经让我的手肘发出无声的痛呼了。这一击奏了效，佩格踉跄后退，径直撞上了工具架。

工具纷纷落地，金属的尖鸣声响彻房间。佩格仍旧紧紧抓着我的夹克，我抓住一把扳手，又打了她一次，双手直接砸在同一块膝盖上。

她哀号一声，放开了我。我向后退开，而她向前扑倒，抱住膝盖，面容扭曲。手肘的痛楚让我也双眼泛泪，但我紧紧抓着那把扳手，扫视房间。

奴卢芭和马克西姆都拔出枪来，对准了我。好极了。

"我击败了你们的领袖！"我对着他们大喊，高举扳手，"凭借战斗裁决的结果，我要接收舷侧团的指挥权！"

"你接收个鬼。"马克西姆说。

是啊，故事里的这种情节是有点不切实际。该死。我放下了扳手。

紧接着，其他人的后方亮起一道蓝光。有个不祥的形状升向空中，被下方传来的光芒照亮。机翼下的两门毁灭炮充能完毕，散发强光，瞄准了那两个手持武器的舷侧团成员。马克西姆回头看去，然后蹒跚退开，双眼圆睁。M 机器完成了上传。

他们不该退缩的。他们完全可以靠近我这边，从而掌控局面。船载武器没有精准到既能击中我旁边的人，又毫无误伤我的风险。但这种事说起来容易，当你面对这么一对大型武器的时候，要想到是很难的。马克西姆和奴卢芭都放下了武器。

我没有等待进一步邀请。我从他们之间冲过，在奔跑中夺走了其中一把手枪，然后跳了起来，爬到这架悬空的战机的机翼上。我拔出无人机的数据线，在舱罩打开后钻了进去。

"对准谢瓦的飞船，"我对 M 机器说，"确保她不会启动。"

它照我说的去做了，而我坐进椅子里。圣徒啊，能回到驾驶舱里的感觉真好，就像相隔了一整个永恒。座位后面的空间没有我习惯的那么大，我把无人机放到一旁，通信系统传来噼啪声。

最后，M 机器的声音传来："哇，这套通信系统够老，我觉得自己就像住进了唱片机里。"

"我根本不知道那是什么。"我说着，系上了安全带。在外面，马克西姆和奴卢芭跑去查看佩格的情况。那些共鸣体尚未启动上升环，她们显然明白，一旦她们尝试那么做，我就可以开火攻击。我稍微考虑了一下，毕竟这样能阻止追击，但还是放弃了。她们也许不算我的朋友，但我不打算就这么冷血地处决她们。

我为原本可能诞生的情谊悲痛了片刻，抓住操纵装置。"你能弄开机库门吗？"

"给我一秒钟……能。这艘飞船的系统配备了锁在三层安保机制后面的发射机。他们造飞船的时候肯定很担心引来探究者。"

在机库门打开的同时，我用武器对准那两架战机，看到谢瓦的飞船下面亮起了蓝光。

"别逼我向你们俩开火。"我按下通信按钮，然后说。

我没听到任何回应，但这套装置告诉我，我的话已经传了过去。等机库门打开后，我将飞船转向了入口。

"斯潘莎，"M机器说，"如果……如果由我自己飞行，应该没问题吧？"

我犹豫起来。M机器的程序一直在禁止它飞行。当初在岩屑星上，它想来救我的时候，只能说服科布驾驶它。这是它这辈子第一次有机会真正驾驶飞船。

我曾渴望这一刻，品尝这一刻，梦想这一刻，但它已经等待了许多个世纪。

"去吧。"我说着，不无遗憾地将双手抬离操控装置。

"噢，谢谢！"它说。飞船继续自行转向，朝着出口挪去，使用的是机动推进器，而非主推进器，以免将我们后方那些人汽化。

噢，该死，我心想，M机器是极其先进的人工智能，思考速度比任何人类都快，能在一刹那做出反应。谁还会需要人类飞行员？在这一刻，我看到了自己驾驶战机时代的终结。

M机器在带我们离开机库时擦碰到了入口侧面。

"哎哟！"它说着，开始转动飞船，仿佛想要确认自己做了什么。

"不！"我说，"你会让机尾撞上墙壁的。继续向前！"

"好的，好的。"它说着，晃悠又缓慢地挪向机库外，正对着……

"M 机器！"我说，"树！"

"噢，是啊。树，唔……"

我们猛然停下，接着向上飞起，然后猛冲向前，朝林木的上方飞去。

"要知道，"它说，"进展没有我想象中那么顺利。"

"是吗？"我说着，试图回头看向机库，"你也许应该加快速度……"

我能认出的不多，但我相当确定后方机库里的蓝光正越来越明亮。我只能设想是迪利利兹兹和谢瓦看到这番笨拙的起飞以后，断定我不是什么难搞的猎物。

它带着我们飞过树林上方，船身摇晃不定。

"M 机器！"我说。

"嘿，"它没好气地说，"我想我做得够好了。你第一天飞行的时候不还撞进了食堂吗？"

"那是全息投影的食堂。"我说。

"噢，我可没有撞进任何一座食堂。你瞧，我是个电脑程序，你知道像我这样的存在想要做到程序里没有明确写出的事有多难吗？"

"不知道。"

"根本不可能，"M 机器说，"这就是困难的程度，可我还是做到了。"

"你操纵无人机的时候就很灵活。"

"我从那架无人机的基本固件里借用了它的硬编码飞行指令。现在没有那种东西了！"

一架战机冲出了机库，另一架尾随在后。我们的接近传感器上出现了两个光点。

"噢，"M 机器说，"他们会尝试杀死我们，不是吗？"

"是啊。"

"你想——"

我攥住操控球和节流阀，猛地推向过燃挡位，让我们真正开始加速。我们迅速飞离那块片段，伴随着令驾驶舱震颤的咆哮声，这让我吃了一惊。我近来一直在和真空环境对抗，只希望自己的大气层内飞行本能没有生锈。星际飞船的设计思路就是将这种差异减到最小，但在交火中，生死取决于微小的失误。

问题在于，我不想卷入交火。谢瓦和迪利利兹兹看起来是好人，我可以偷走她们的一艘飞船，但我不打算杀死她们，除非她们逼我动手。

我们还是先瞧瞧她们能否跟上吧。

我从邻近片段的低空飞掠而过，那里瀑布的水流涌向侧面，消失在无尽的远处。我的"尾巴"们跟了上来，立刻开了火。见鬼，我还以为她们会在下杀手之前犹豫一下呢。我做出了教条式的之字形躲避动作，俯冲着飞过那块片段的边缘，与落下的水流平行。我的胃试图爬出我的食管，而在片刻过后，飞船的重力容过载，重力狠狠捶打在我身上，几乎让我陷入红视。

我紧咬牙关，拉起船首。"这套重力容太差劲了。"

"这一点都不奇怪，"M机器答道，"它不仅是民用飞船，而且老旧到堪称古董。"

"你原先那艘飞船都有两百年历史了。"

"超前了那个时代三百年，"它说，"而这东西造出来的时候就过时了。它是成本低廉的那种快速流水线样式。"

"真让人高兴。"

"的确！"炮火尾随而来，"呃，护盾就别看了。"

"很差劲？"

"它的存在基本上是为了应对不严重的碰撞，也许能挡下一门毁灭炮的两次炮击。"另一发炮火几乎击中了我们，"呃……哇，斯潘莎，这就是吓蒙的感觉吗？我觉得这就是吓蒙的感觉。噢，太棒了！我讨厌这种感觉！"

毁灭炮火是蓝色的，而非我习惯的红色，但这或许是因为它出自不同的技术生产线。我向后上方躲闪，但其中一发命中了我，让飞船周围的隐形护盾噼啪作响。

低护盾值警告的指示灯开始在控制面板上闪烁。噢，中了一发炮火就低护盾值了？我猜这就是驾驶消费级飞船的后果。我在大气层内的最高速度看起来也很糟糕，这艘飞船正在咔嗒作响，就像残骸雨期间的洞穴那样。

幸运的是，我们给这艘飞船补足了攻击能力：两门毁灭炮，以及用来解决敌方护盾的反脉冲装置。后者在使用时也会消除我的护盾，但看到自己的护盾那堪比纸箱的保护作用以后，我愿意冒个险。

最重要的是，我的飞船有为拖曳作业而准备的光矛。我现在明白自己不可能甩掉尾随的敌人，而且我肯定没法比他们坚持得更久，但只要有合适的设备，我相当确定自己能用飞行技术击败他们。

我飞向一块灰尘覆盖的片段，掀起夸张的尾烟。毁灭炮火随即开始失准，这些共鸣体不习惯在碎屑中飞行，应该是切换成用仪器自动开炮了。

我朝这块片段的边缘大角度俯冲，但又发射了光矛，将它固定在边缘处，就像拴在链条末端的球体那样。我在空中回转机身，做出了不靠能量索绝无可能做出的转向。我绕着片段侧面飞过，给重力容留出一秒钟的重启时间，紧接着开始俯冲，再次击发光矛，转向片段下方，随后被迫做了个滚翻，将上升环调整为向下。无论这地方还有哪些奇怪的物理法则，重力的运作方式似乎和我预想中一样。

这块片段的底部遍布沟痕，能看到大块的石头，就像洞穴顶部的钟乳石，只是更大。我迂回穿过这些钟乳石，然后接近传感器的读数告诉我，那两艘飞船跟了上来。

虽然她们的飞船速度更快，却在迅速被我拉开距离。没有光矛，她们只能用更慢的速度绕到片段下，而且明显没法像我这样以高速轻松穿行于障碍物之间。的确，她们犯下了战斗时的常见错误。在训练的第一个月里，科布就强迫我改掉过那种错误。永远不要太过专注于追逐本身，以至于忘记良好的战术。

以这次的情况来说，她们本该飞到片段的更下方，在那里用直线飞行，发挥她们更胜一筹的速度。这告诉了我，她们没有进行战术思考。

她们自己学会了空中缠斗，没有受过训练，因此就算技术再好，也会犯新手式的错误。

完美。

"斯潘莎，"M机器说，"我恐怕得提醒你，我拦截了其他舷侧团成员之间的对话。他们在叫醒不当班的小队，让他们迅速起飞，加入追逐。你还有大约七分钟时间，然后六艘飞船就会加入战斗。"

我本该担心的，但该死，这种感觉真棒。我不擅长的事有很多。我不得不承认，我拥有过的友谊全都无关我自身的努力，它们并非原因。被情绪左右的时候，我既不听话又愚蠢。我的谍报和外交技巧简直可笑。

但我擅长飞行。

活见鬼，我终于能再次飞行了。

我在空中打转，带着我的两条"尾巴"，绕着三块不同的片段展开了一场追逐大戏。徒步跨越时显得宽阔惊人的土地，如今成了一闪而过的色彩。原本显得无法逾越的缺口，如今动用光矛进行急转就能迂回穿过，这让我倍感刺激。弱小的重力容意味着我会承受更大的重力，但我可以通过谨慎的飞行动作来减小那种影响。

我从始至终都在关注接近传感器，也进一步确认了对那两个共鸣体的判断。她们的确需要光矛，并接受有关正确使用方法的训练，而且她们射击时太过随意了。科布因为我急于开火的倾向责骂过我许多次。你可能觉得不断开火是聪明的做法，因为这样命中的可能性最大，那你就错了。胡乱开火只会增加战友承受的风险，也会让你习惯于不加瞄准。

"斯潘莎，"M机器说，"这种武器开火的时候有点怪。"

"那种奇怪的颜色？"我说着，驾驶飞船朝两块片段之间的左侧飞去。

"不止这些。"M机器说，"我一直在对这艘飞船运行诊断程序，而我们的毁灭炮上装有一对附加设备。"

"就像我们修理的那门炮？"

"完全正确。他们修改了火力……"它犹豫起来，"斯潘莎，我想这种设备的作用是让毁灭炮不会致命。它们只会击垮电子系统，让飞船锁死。"

等等。

等等！

突然间，我明白为什么没有任何海盗在外出劫掠时被击落了，我明白像这样的团体为什么能够正常运作了。他们没办法使用工厂，只能利用偷来或者回收来的东西。只要飞船会定期在交火中坠毁，他们很快就没有飞船可用了。

这就解释了这些共鸣体毫不犹豫就朝我开火的原因。她们并不打算摧毁我或者这艘飞船，她们只是想重新俘虏我。

"但你在机库里启动的时候，"我说，"那些海盗看起来都特别担心被毁灭炮打中。"

"以这种方式释放出的能量仍然很可观，"M机器说，"脆弱的肉体不会想靠近这种炮火的。"

噢，那好吧，这次逃脱变得更有意思了。

在我的两条共鸣体尾巴俯冲跟来的同时，我确认了天文钟。尽管感觉上要漫长得多，我们缠斗的时间还是只有几分钟。在其他飞船从机库起飞之前，我还有一点时间，前提是M机器对他们准备时间的估算是正确的。

我让助推器过燃，迫使敌机做出相同的反应。她们也明白，直线飞行更能发挥她们的速度优势。

但就在她们专注于加速的时候，我关闭过燃功能，拉下手刹，切断助推器并增加阻力。我猛地向后退去，或者说她们猛地向前冲去。无论如何，那两艘飞船都在瞬间从旁经过。与此同时，我启用了反脉冲。

我的仪表板传来喇叭音，警告我说，我薄得可怜的护盾已经完蛋了。我瞄准迪利利兹兹的飞船开火，暗自希望M机器对毁灭器的猜测是正确的。炮火直接命中，那艘飞船亮起蓝光，接着助推器的动力关闭了。那艘飞船仍在朝原本的方向前进，在我看来可能很危险。幸运的是，上升环仍旧保持启动，所以飞船没有下坠，短时间内似乎也不会有碰撞的风险。

谢瓦的飞船拼命转向避开，仿佛在发现我突然采取攻势的同时陷入了恐慌。我轻松跟在后面，等待着……

没错，那是试图绕回我后方的筋斗动作，其实做得很不错。当我扭转船身，开炮命中的时候，我不得不钦佩她的技术。考虑到她们都是自学成才，刚才的机动动作算是相当优秀了。

"我还是觉得这不公平，"M机器说，"我是指你飞得比我要好。"

"我训练过，而你没有。"

"我是电脑程序，我需要的训练就只是几行代码而已。"

我用光矛击中了谢瓦的飞船，将它拉到停下，免得它撞上附近的那块片段。我切断光矛，加速离开，径直飞向舷侧团基地所在的那块片段。

"斯潘莎，"M机器说，"你觉得我们能弄到让我飞行和战斗的合适代码吗？"

"我觉得就算再加上几行代码，你也还是缺了点东西。"

"什么东西？"

"风格。"

我从舷侧团片段的下方钻出，将光矛射向片段边缘，用它划出弧线，绕向上方，沿着地面低飞而过。机库就在正前方，库门开着。

我瞄准并击中了一艘正在离开库门的飞船。炮火正中目标，而它没法闪躲，所以我立刻击垮了护盾，让那艘飞船锁死。我在并排的另一座机库那边故技重施。

仅仅几秒之内，我就成功制造了交通拥堵。在那两艘飞船堵路的情况下，其他飞船没法出来，至少在将他们的朋友拖开之前都不行。按照我的打算，我在那时早就远走高飞了，我需要的只是拿回标记而已。

我驾驶飞船来到机库的另一侧。"接管飞船，"我说着，解开安全带，"如果有人离开那片混乱，就提醒我。如果我没有及时回来，就起飞朝他们开火，也许能碰运气打中一架。"

"噢，呃……"

等这艘飞船悬停在舷侧团营地后方的那块巨石上方时，我打开了舱罩，听到机库里传来叫喊声和咒骂声。我迅速瞥了一眼，发现只有一个人想到从后面钻出来看看我在做什么。马克西姆站在他那座机库敞开的门后。

我举起了手枪。马克西姆也带着武器，但看到我的时候，他没有举起自己的枪。聪明人。

我迅速找到了自己藏匿标记的位置。我将大半个身体藏在那块巨石后面，向下挖掘，发现……

空无一物。

父亲的别针不在那儿。

22

这一幕带给我的打击莫名沉重。它其实并不真的是我父亲的别针，我仍旧没法解释它是怎么出现在我口袋里的。不过话说回来，我也不知道片段上的那些水是如何出现的。

但失去了标记，我感觉自己就像被夺走了某种极其私密的东西。那是我与离开的那个世界唯一有形的关联，是我的稳定之源。

切特！我送出念头，标记不见了！

什么？他答道，夜影小姐，这跟我没有任何关系！我以我的——

我相信你，我说，我知道不是你拿走的，切特，但它不见了，怎么会？

我毫无头绪，他答道。

好吧，我来接你了。

等等，来接我？

我被迫提早偷走了飞船，我说，等下跟你解释。

我朝空空如也的土洞发出一声恼火的咆哮，然后冲回飞船那里，爬进驾驶舱，从始至终盯着马克西姆。他没有举起武器，我朝他点点头。没过多久，我就让 M 机器以巡航速度朝切特飞去。我能用心灵感受到他，但看到他站在那块蓝色丛林片段的边缘，一只手高举表示问好，另一只手挂在临时制作的吊带里，空出的那只夹克袖子垂在旁边，我仍旧松了一大口气。

我让飞船停在片段旁边，打开舱罩，立刻开始了飞船的护盾重启流程。这护盾很蹩脚，但好过没有。

我正想爬出舱外，帮助切特上船，他却靠自己灵巧地爬上了机翼。他站在舱罩旁边，朝我露出八字胡衬托的灿烂笑容，然后指了指飞船。"我们强大的战马，它可真美！"

"等你看到它的参数以后，就不会这么说了。"我说。我站了起来，将座椅拉向前方，露出后面的载货空间。"抱歉，地方太小了。"

"我见识过比这更差的。"切特说着，挤进那个位置，"但我们有个问题，没有了标记，我担心我们没法长时间旅行。"

"但你还有我给你的灰烬，对吧？"我说。

"的确，它们至少能让我们撑上几周。"

"那暂时也够了。"我说，"我们会逃出这儿，想办法弄清我的标记怎么了。"我关上舱罩，将座椅锁定，身后的空间只能勉强装下切特。也只能这样了，因为我们还有更紧迫的问题。

"全部九架战机都追过来了，"M 机器说，"他们找回了两个共鸣体。要不了多久，所有人都会来抓我们。"它热心地放大了接近传感器的屏幕，显示出代表舷侧团成员的光点。

"在他们的雷达启动的情况下，"切特说，"我担心我们会无法继续这场历险。"

"有什么建议吗？"

"我们可以赶去另一个海盗派系的领土，"他说，"但结果可能事与愿违。另一个派系必定会认定我们是舷侧团袭击的一部分，也会做出相应的反应。"

好吧，如果这法子能让舷侧团暂时放弃，也许就值得一试。我将飞船转向 M 机器指出的方向，开始飞行。

"斯潘莎，" M 机器说，"我有个坏消息。"

"我们赶不及过去了？"我猜测道。

"根据我们的最高时速和舷侧团那些快速飞船的速度差距来看，是的。我们会在抵达边界前就被拦下。"

该死。我转过头，因为我感觉到切特从座位后方伸出手来，按在我的肩膀上。

"还有一个选项，"他说，"我们可以直接往上飞。"

我抬起头，透过舱罩看向无边无际的粉色天空。"上面有什么？"

"我不知道，"切特说，"我从没探索过那个方向，正如我从没离开过这片区域。带子地区的左方和右方远处还有几个区域，但要前往那些地方，需要跨越片段之间的宽大缺口，即使驾驶飞船，单独跨越那里也很危险。

"我曾经警告过你，去远离片段的地方游荡是件危险的事。如果我们向上飞，就可能迅速遗忘自我，但我们有灰烬，它应该能延缓那种影响。"

我只用了一瞬间就做出了决定。我拉起机身，让这艘速度快得已经咔嗒作响的飞船径直向上，飞往辽阔无边的未知。

屏幕上的光点放慢了速度，棒极了。我们飞了整整十五分钟，我开始放松下来，因为舷侧团明显已经放弃了追赶。

"斯潘莎，" M 机器说，"舷侧团的成员正在拼命联络我们。你希望我接受他们的通信要求吗？"

"接受吧。"我说。

通信装置发出充满时代感的噼啪声。我努力将它看作古老的韵味，而非这艘飞船会在被人摇晃两次再狠狠一瞪后就四分五裂的征兆。

"斯苹！"佩格的大嗓门在驾驶舱内响起，"你这长姆伦的恶棍！为什么你没告诉过我，你是个飞行员！"

这不是我预料中的语气。

"你都看出我是个士兵了，佩格。"我说。

"我还以为你是哪个特种部队的士兵!"她吼道,"想想你避人耳目的手段吧。瞧瞧!你把一台安保机器人伪装成了清洁用无人机,我要怎么知道你是个飞行员?"

"我对战机的熟悉应该就是明显的证据。"

"熟悉……没必要过分谦虚。我在雷达上看到了你飞行的样子,在我见过的飞行员里,你的技术算得上顶尖的那一批了。我跟库尔麦拉太空站的无人机驾驶员有过来往,他们根本比不上你,小丫头,就连谢瓦都对你印象深刻。"

"噢,感谢你的赞美。"我对她说,"告诉其他人,抱歉偷走了这艘飞船,我有个星系要去拯救。等做完那件事以后,我会看看有没有办法帮助你们所有人。"

"斯苹,"佩格说着,嗓音更温和了些,"你以为自己要去哪儿?"

"现在?我在甩开你们所有人。"

"是吗?"佩格说,"你知道在远离片段的地方游荡的人会发生什么吗?"

我没有回答。

"就算你暂时不会有事,"佩格说,"可你之后又打算怎么做?你不可能在上面待太久,等你重新下来的时候,雷达会告诉我们,我们会立刻追过去。向左或者向右转,你就得应付另一个派系了。

"我猜你可以向内走,然后你会一头闯进至尊同盟的采矿设施。我向你保证,他们会严密监视边境,我们那么多次的袭击就是原因。你很优秀,但你能靠技术打败一百架敌机吗?更重要的是,你能开着那块废铜烂铁办到这种事吗?"

"我猜我们可以走着瞧。"我告诉她。

她低声咒骂了一句。"一个人需要的不只是姆伦,丫头。想想看吧,你没法独自在这地方生存。你需要盟友、朋友和支援。"

"斯潘莎,"M机器说着,暂时给通信装置静了音,"看看切特。"

我回过头去,绕过座椅的头托,看向蜷缩在后方的他。那位老人的目光变得呆滞无神,他目视前方,全无知觉,即使我在他面前摆手,他也毫无反应。

他的周身有某种东西开始涌出，那是一股闪闪发光的银白色薄雾，也就是现实灰烬。我也感觉到了，因为它们也在我周围打转，就像是正在……瓦解？

向上飞的举动正在摧毁它们，也许是为了阻止我们失去自我。我咬紧牙关，让船身恢复水平，不再上升高度。

"佩格又在说话了。"M 机器轻声说。

我点点头，让它恢复了通信线路。

"如果还没开始的话，你很快就会有那种感觉了。"佩格说，"你还记得自己吗，丫头？"

"我还好。"我咬着牙说。

"是吗？你能想起父母的脸吗？能想起你家乡的朋友的脸吗？"

我努力充耳不闻，却不敢关掉通信。因为该死，她说得对。他们长什么样子？现实灰烬似乎在奋力阻止我忘掉自我，但我感到记忆开始褪色了。

"也许你可以独立对抗一整支舰队，"佩格说，"谁知道呢。但你在上头待得越久，失去的也就会越多。就算你飞得没那么高，独自旅行也对你有害。你在故乡的地址、你最有激情的时刻、你爱人的名字，全都会模糊。你的人生会变得像是纸上的一块污渍，一个原本是文字的黑色污点。"

我悬停在那儿，无限朝着四面八方延伸，但正中央仍旧是光爆。我感到探究者就在那里，它们在搜寻我。在这儿，在高处，它们能找到我。为了复仇，它们会对我做出某种怪异而可怕的事。它们会夺走我的自我、我的身份和我的记忆。

"最近发生了一些奇怪的事。"佩格在通信频道里说，"我收到报告说，有人变得像是探究者，双眼会发光。你不能独自飞行，斯苹。这不是因为你的软弱。无论你有多坚定，都需要与现实的关联。"

我深吸一口气。"我可没法花几年时间去清理起落架组件，佩格。"

"丫头，你当地勤太浪费了。"佩格说，"你回来，我就给你我们最好的飞船。"

"无意冒犯，佩格，"我说，"但我刚刚用扳手痛殴了你，又偷了你们的东西。我本来不想这么做，但你把我堵到角落里，强迫我动手。我没法相信你会就这么放过我。"

"噢，我不会就这么放过你的。"佩格说，"我给你那艘飞船，是为了让你做一件事。"

"什么？"

"你觉得替我打败海盗冠军怎么样？"

我皱起眉头。我是说，我完全不反对这个主意，但她提议的口气让我担心，让我觉得她在耍什么花样，而且还有别的海盗呢。

可见鬼，我不知道这些灰烬还能撑多久。还有切特……他的状况很不好。我降低了上升环的动力，开始缓缓下降。

这完全可能是个陷阱，但是……佩格说得对，我们不能飞那么高。我甩开为切特的担忧，努力专注于对话本身。

"你为什么会在乎像海盗冠军这样的东西？"我问佩格。

"我其实不在乎，"她说，"但我需要夺回坚城——至尊同盟的那个采矿前哨站。那是我的家。"

夺回至尊同盟的基地？有意思。如果切特是对的，长者之路也的确朝着光爆所在的内侧继续延伸，我就需要设法穿过至尊同盟领土。如果他们忙于抵御海盗，我的行动就肯定能得到相当程度的掩护。

"我听着呢，"我说着，身体前倾，"说详细点。"

"所有派系的海盗足以挑战至尊同盟在这里的势力。"佩格说，"如果我们携手进攻，就能压倒他们，控制采矿基地。"

"听起来很棒，"我说，"但你具体打算怎么让其他海盗派系追随你？按照我上次听到的说法，就连你的儿子们都不听你的了。"

佩格大笑起来。"情况没你以为的这么简单，斯苹。我能让他们追随我的，只要有一位极其出色的飞行员通过击败冠军的方式让那棵树开始生长就好。"

我继续降低高度，听到了切特的动静。我看向他，发现他在连连眨眼。灰烬停止了瓦解，我不禁觉得自己下降的速度够快，从而避免了某种非常危险的后果。

"很好，佩格，"我说，"我会考虑的，但在我们达成协议之前，我还有一个条件。我需要拜访你们领土上的几座遗迹。给我一艘飞船，让我去那些遗迹，我就会为你们打败那个冠军。"

"遗迹？瞧瞧，丫头。我可以带你去那些遗迹，我们明天就去。你看，这是笔好交易。你帮我一次，也许再指点一下我那些战士，帮他们提高水平，然后我们会给至尊同盟沉重一击。光是这点就值得去干了，不是吗？如果我们阻止他们的上升石采掘作业，你们的战争也会轻松很多。另外，等你下次离开的时候，你还可以带走现在这艘飞船。你觉得如何？"

"给我点时间。"我关闭了通信。

"斯潘莎？"M机器说，"我很担心。你感觉好些了吗？"

我好些了吗？我深吸一口气，在记忆里搜寻。我……是的，我记得。约尔延、金玛琳、FM、阿图罗、内德、科布，还有奶奶和我母亲。

我能想起他们……但该死，他们的脸不再清晰了。我在这里每过一天，情况都会更严重。我失去了一些东西，那是过去的我的一部分。

但至少我找回了因为飞得太高而失去的大部分记忆。

"夜影小姐？"切特问，"也许我的提议不怎么……明智。"

"计划成功了一部分，"我说着，回头看着他，"也失败了一部分。你感觉怎样？"

"感觉自己成了马尔基维安坟狼的咬咬玩具，"他说，"我错过了什么吗？"

"舷侧团希望我回去。"我说，"他们说会给我一艘好飞船，并且带我去长者之路的下一站，但我必须答应帮他们打败海盗冠军。"

"这请求……有点奇怪，"他说，"我不觉得那个小小的冠军头衔有这么重要。佩格在盘算什么，我怀疑她从一开始就在盘算什么。"

"她希望我夺回至尊同盟基地，"我说，"这是她告诉我的。"

"很有野心！"切特说，"我喜欢。噢，恐怕我们不会得到更好的开价了。要我说的话，我们同意吧。最坏的结果又能是什么呢？"

"他们可能会俘虏我们，把我们锁在墙上。"

"然后我们可以再逃一次！"切特换上了较为克制的语气，少了些装模作样，"我独自旅行过很长时间，斯潘莎。你是绝妙的旅伴，真的，但如果能在团体中度过一段时间，会更让人……安心。"

"M机器？"我问。

"只要能让我摆脱这艘飞船，进到上世纪制造的东西里，"它说，"我就没意见。"

我重新打开通信。"好吧，佩格。我们成交。"

"哈！瞧瞧。"

"但还有一件事，"我说，"你们得再整理一个铺位出来。我带来了一位朋友。"

我关闭通信，带着我们原路返回。其余飞船肯定是在我们飞行的时候降落了，因为当我靠近舷侧团片段的时候，看到所有海盗都来到了外面，聚集在机库前方。的确是一支杂牌军，但我想我见过比这更差的，比如刚开始训练时的冲天小队。

我驾驶飞船靠近，然后降落。我和切特交换了下定决心的眼神，爬出舱外。我仍旧有些担心舷侧团会来抓捕我们，但幸运的是，他们没人拔枪，我们甚至听到了几声欢呼。

这是挤出来的欢呼声，我还在马克西姆的眼里看到了合情合理的不信任。这是我的所作所为换来的反应。

好吧，我会解决的，因为盗船行动终于成功了。明天，我终于能继续沿着长者之路前进了。

23

第二天，我带着全新的决心醒来。佩格分配给了我一艘新飞船，也就是那艘强大的两座式歼击机。威力强大的毁灭炮配备齐全，还有双重助推器，比我驾驶过的大多数飞船都要大，但仍旧相当灵活。

它是佩格的小小舰队里最好的飞船了，我将 M 机器转移到那上面。在谨慎的试探过后，我发现他们仍然不知道 M 机器是人工智能，还以为我昨天是用某种遥控装置让飞船起飞的。我按照它的要求做了些修改，避免它的核心系统受到毁灭炮击发时的热度影响，又装上了光矛。

切特和我爬上了飞船。

"你确定你不想要自己的飞船？"我们系安全带的时候，我问他，"我并不特别需要副驾驶员，因为，你明白的……"

M 机器正在欢快地哼唱，显然很满意这艘新飞船的参数。

"我可不想用这条受伤的手臂尝试控制飞船，"切特说着，尝试戴上飞行头盔，"除此之外，我已经有……好吧，好几个世纪没飞过了。我觉得也许我应该慢慢适应。"

有道理。我们准备就绪的同时，一小群舷侧团成员也做好了护送我们的准备。佩格、两位共鸣体，还有不幸继承了我那艘弱小飞船的马克西姆。仅仅几分钟过后，我们就飞到空中，开始前进。我立刻感受到了驾驶真正战机的乐趣。只要轻轻一碰就能让它倾斜转弯，加速和减速也毫不费力。高速飞行的时候，我可以闭上眼睛，依稀分辨出外面呼啸的风声。连哪怕一声"咔嗒"都没有。

我上次拥有真正的顶尖战机，感觉就像是永恒之前的事了。

"我跟你说什么来着？"佩格的声音在通信线路里响起，"你长出基弗了没？"

我觉得那个词指的是"快乐"的果实。"至少七颗了。"我说着，再次倾斜转弯。

"我自己也开过几次那艘飞船，"佩格说，"不过从来没用它战斗过。它太过引人注目，我笨拙的飞行技术可能会让它受损。但你……你再适合它不过了，斯苹。"

"我拿走这艘飞船，刚茶阿会原谅我吗？"

"反正她早就想从飞行员的位置上退下来了。"佩格说，"她想休息一下，去做些地勤工作。"

为什么有人会厌倦这种事？刚荼阿是另一个小队的海克罗人，我不太熟悉，但如果她还想继续飞行，大概就会分到现在属于马克西姆的那艘飞船。

佩格似乎是真心原谅了我，但其他人在我周围的时候谨慎了许多。谢瓦会特意避免让飞船不小心挡在我前方，仿佛担心我会再次开火，这一幕还是很让我受伤的。

我没法责怪他们。换成是我，可能也会做出同样的反应，甚至更夸张。至少切特看起来自得其乐，我能在屏幕角落看到他那边摄像头的画面。他看向舱罩外，脸上挂着近乎孩子气的咧嘴笑容。

我们飞过好几块片段的上空，惊动了一小群像是鸵鸟的生物，但它们不但身下长着脚，背上也有。根据仪器读数，我们还需要大约两小时才能飞到目的地，尽管我有几分怀念自己和切特一同冒险的时光，但我也的确庆幸自己不需要徒步走完这么长的距离。

"所以，"佩格说着，嗓音通过我的新头盔在我耳边响起，"我猜你也许愿意在飞行时教我们几个小窍门，帮我们改进战斗技巧，像你那样出色？"

"这可不是'几个小窍门'就能办到的事，佩格，"我说，"但我的确可以在飞行时教你们一些列队操练的方法。"

"非常好。"佩格说。

在接下来的半个小时里，我向弯刀小队讲解了我认为他们欠缺的基础知识：僚机的重要性、训练队形的价值、集体响应的作用。我很快让他们两两成对进行冲刺，马克西姆和佩格一组，两位共鸣体一组。其中一艘飞船冲向前去，击发反脉冲，后撤重启护盾，另一艘则迅速上前进行防守。

他们毫无怨言地接受了我的指示。不久后，我对他们的能力有了确切的掌握。谢瓦很优秀，迪利利兹兹也相差不远。佩格比她宣称的要强，但她驾驶的那艘太空梭算不上快，更接近炮击和支援式的飞行员。马克西姆不算出色，但他怀着非常兴奋和热切的态度，这点非常重要。

在团队冲刺之后，我教了他们几套分散队形。他们四个先是聚拢飞行，然后以防御态势分开并飞过天空，接着再恢复到原本的队列。他们很快就学会了。

"很好，"我告诉他们，"现在看着你们的屏幕，我会画出下一种队形的草图。我希望你们进行同样的分散动作，但随后组成三人小队，另一个留在后方朝敌人开火。顺利的话，他们会因为你们这套机动动作陷入混乱。"

"太迷人了，"谢瓦说，"这就像是……让一部分的身体闪光来引开注意力，却让另一部分身体在另一个方向生长。"

"是啊，或者就像街头斗殴的技巧，"我说，"让他们注意你的一只手，却准备好用另一只手挖出他们的眼睛。"

"呃……"谢瓦说，"你真是个独特的个体，斯苹。"

"是啊，我知道，赞美我的群星。"我说，"不过相信我，学会作为团体行动，你们就会在战场上获得巨大的优势。"

他们照我说的去做，慢慢理解了这套更加复杂的队形。我给出指点，同时努力回忆科布对还是新手的我的教导。

"你很擅长这些。"他们练习又一套分散队形的时候，切特在我身后说，"在我看来，你是个天生的老师！"

"我只是擅长假装，"我说，"我基本上只是在原样复述自己学过的东西。"

"你以为教学的本质是什么，嗯？"他说，"你自信、可靠，而且能够感同身受。我觉得你承担职责时表现绝佳。"

他的话让我的背脊挺得更直了一点，而这种感受让我想要恢复自己在"星景"那个团体里担任的作为教官的角色。这很危险，我不打算在舷侧团长待到能够充分训练他们的程度。

我让他们暂时休息，并且称赞了他们的技术，然后佩格飞到了我旁边。她的太空梭就像是临时拼凑出来的，但这是假象，它拥有极其坚固的护盾，以及火力强劲的毁灭炮。在正规的作战小队里，有更快速的飞船阻止敌人包围她的情况下，她会是一股不容忽视的力量。

尽管她是舷侧团的领袖，却乖乖服从了我的指示，没有抱怨，也没有摆架子。这说明了她的很多特质，全都是优秀的特质。她很谦虚，为了达成目标能够接受别人的指示。

　　"你感觉如何？"她问我，"记忆还好吗？"

　　"还好，"我说，"我记得自己的名字，还有朋友。绝大部分都记得。"

　　"作为团队的一员对我们都有好处，"她回应道，"即使我们并不靠近彼此的时候也一样。这就好比一座森林强过一棵树，对吧？树根相互交错，果实就会长得更多。"

　　"佩格，这就像晶格，"谢瓦在通信线路里说，"晶体的结构之所以坚固，是因为那些原子都能排列整齐。"

　　"好吧，"马克西姆说，"我猜我应该说，这就像是一群牛，或者像一排栅栏柱，或者别的什么牛仔的鬼东西。"

　　"牛仔？"我问。

　　我开口的时候，他停顿了片刻。也许是我多心了，但我觉得他在努力按捺火气，因为我用那种做法背叛了他的信任。

　　但他继续说了下去，就好像他试图给我第二次机会。"我没跟你说过吗，斯苹？在至尊同盟，所有人都把人类看成饥肠辘辘的怪物，因此他们热爱我们从前的传奇故事。海盗、廓尔喀人[1]、塔斯克基飞行员[2]，很不幸的是，还有牛仔。所以他们总是指望我们谈吐像是牛仔，哪怕我的旧地球血统来自乌克兰。"

　　"我……不知道那是哪儿。"我承认。

　　"那里没有牛仔，"马克西姆说，"你根本不知道那种帽子有多烦人。我的主人总是声称他们把我用在了科学研究上，但从他们在聚会上炫耀我的样子来看，你根本看不出这点。"

　　"聚会，"谢瓦说，"真是个有趣的概念。你们能动生物总是坚持说自己需要独处的时间，可你们想要寻找乐趣的时候，又总是会聚在一

1　近代英国组建的廓尔喀人部队，以战斗力强著称。

2　在美国塔斯克基市进行飞行训练并参加了"二战"的非裔美国籍飞行员。

起。那一开始又为什么要分开呢？"

"我有个朋友，"我说着，想起了利格，"他不赞同聚在一起才能找到乐趣。我觉得别人都不在身边的时候，他是最快乐的。"

"有意思，有意思。"谢瓦说。迪利利兹兹在背景里补充了一阵嗡嗡声。

我试过想象她们那颗满是洞穴的母星——就像岩屑星，只是每一条隧道都生长着不同的晶体触须，那是不同个体通过向外生长的方式进行探险时构成的网络。

"好吧，"我对着通信装置说，"我们还需要一点时间才能到达。再做几次团体冲刺，证明你能在不闹笑话的情况下顺利办到吧。"

马克西姆呻吟了一声。"我们刚刚才在冲刺上花了一小时！"

"你们还是需要打磨基础，马克西姆。"我说，"趁我还在的时候，尽可能学习吧。你们飞起来简直像一群养猪的农夫。"

"我想在你们的文化里，养猪的农夫通常飞行技术不太好吧，斯苹？"谢瓦说。

"去问马克西姆，"佩格说，"他才是牛仔。"

我露出笑容，他们的说笑让我想起了和朋友们一起飞行的情景，不过这次的感觉不太一样。在冲天小队，我们的说笑虽然尽管发自内心，却总是带着紧张。我们是一群敢于冒险的战士，面对着悬殊的胜算。我们每次参战，都清楚在这场战斗里可能会失去自己所爱的人。

这些舷侧团成员没有这种感觉。他们继续练习冲刺，而且相当放松。有人做错的时候，他们只会一笑置之。冲天小队就不会这样，因为在那儿，如果有人不断搞砸，就会害死所有人。

放松的感觉就是这样吗？该死。我听着他们的话，发现自己其实并不知道单纯的"活着"的感觉：不用担心在某天晚上睡觉的时候，有一颗炸弹彻底消灭整个文明；不用担心朋友明天没法回家；以不久前的情况来说，就是不用担心被人发现是个冒牌货。

他们练习的时候，我看向前方的风景。只要忘掉这地方的确能吞噬记忆和身份这一点，它就是美丽的。无边无际的开阔天空，染着淡淡的粉紫色，不时能看到飘浮的岛屿。每一块片段都是截然不同的生物群系，邀请我展开全新的冒险。而在更远处，还有光爆。

尽管它离得很远，今天我却还是感觉到某种东西……在吸引我靠近它。切特认为我们想要走完长者之路，就需要前往离它很近的地方，而现在我直面它的光芒，明白这就是事实。我要走的是长者之路，但到最后，我还是要面对它们。无论这里发生什么，我的目的地都在那儿。

我摇摇头，摆脱了这阵恍惚，接通了和佩格的通信，试图让自己分心。"嘿，"她完成冲刺的时候，我说，"能给我多讲讲你那个计划的细节吗？为什么我打败海盗冠军就能帮你夺下至尊同盟基地？"

她沉默了片刻，似乎在思考。最后，她驾驶太空梭来到我的飞船边，答道："你知道我的过去吗？其他人告诉过你吧？"

"你在坚城基地的时候是首席安全官，"我说，"至尊同盟待你不公，不允许你在合同到期后带孩子们离开。"

"正确。"佩格说，"所以这么说吧，我因此长了几颗翰查尔，而且不只是我，基地多年来一直在流失人员。派系当时还没有出现，但有很多只有一两艘飞船的那种小团体在这儿游荡。"

"你的离开是个重磅消息，"切特说，"所有人都听说了。高层官员叛变？集结所有异见者、掠夺者和流浪者，组成一支庞大的海盗舰队？"

"是啊，"佩格说，"但这样还不够。我当时就失败了，而我所谓的'庞大舰队'也分裂成了几个派系。但在过去三年里，我一直在回想这件事，思考自己犯的错误，不断筹划……"

我思忖着点点头。"谢瓦当时在基地跟着你一起走了？"

"对，大约三分之一的员工当时都叛变了，"佩格说，"他们组成了海盗的主体。跟我离开的舷侧团成员不只是谢瓦，我们有很多人，比如芮泽德和刚荼阿，而且我差点就能带走更多人，差点就让整个基地都造反了。"

"他们没能参与，透出懦弱的味道。"切特说。

"不，"佩格说，"不，不是这样的。我理解他们，切特。他们不是懦夫，只是试图在不同的地方活下去的普通人。还是安全官那会儿，将非致命武器安装在飞船上的人就是我。我的论据是，如果损失那些被不满分子偷走的飞船，代价就太高了。但真相是，我长出了尤里恰。我知道那些异见者和我们一样，我可不想参与击落他们这种事。"

"等等，"我说，"你是在说，在这里的至尊同盟部队，他们用的也是非致命武器？"

"对，"佩格说，"差不多所有人都这样。我们有这种共识，全都不想杀死对方。"

"够文明的！"切特说，"我很欣赏。"

"好吧，"佩格说，"'某处'的那些要人，他们希望这儿更危险一点，幸好他们离这儿很远。无论如何，斯苹，理解这点是很重要的。在我离开的时候，坚城基地的那些人差点就跟来了，他们想要逃走，却害怕至尊同盟，害怕那些仍旧忠诚的官员。如果我们推他们一把，证明我的势力更强大，他们就会选择加入了，我能肯定。"

这说明了很多。海盗们不想损伤设备，因为对他们来说，修理很困难，而至尊同盟部队也不是狂热信徒或者忠诚分子。他们不想为保护愚蠢的采矿基地而死，但他们必须让上级看到自己好好表现。

所以这儿完全没人使用非致命武器。我发现这点很有趣：当指挥系统的那些不用为自己的决定而流血的高层人物没法强迫所有人服从的时候，战斗就会变得人道很多。

"我不明白，为什么海盗之间会发生这种小冲突，还会毫无意义地袭击彼此。"我说，"如果我是某个海盗派系的负责人，我可不会把时间浪费在冠军或者决斗上。我会袭击更小规模的团体，让他们的飞船无法动弹，然后动手抢走。要不了几星期，我就能成为所有海盗的女王了。"

"你有时候真的很吓人，孩子。"佩格答道。

我忽然想到了一个问题。"你们有没有像是金啤酒杯什么的？我是说，我知道我们在这儿不用喝东西，但我一直想要个金子做的啤酒杯……或者骨头做的也行。故事里总会提到用敌人的头骨做成的杯子，但我总觉得饮料会从眼眶里漏出去。除非你的敌人没有眼睛，我猜，嗯……"

佩格陷入了沉默。噢，也许最后一部分说得有点过头。我一直在努力改善这点。我也许不该在聊天的时候谈到头骨的。

"我很高兴能遇见无愧于那些故事的人类，"佩格说，"但答案是不，我们不会给你用头骨做的酒杯。"

"不过，"我说，"切特说得对，这儿真的非常文明。我……很难接受没人搅局这一点。"

"那是因为你这辈子都在做殊死搏斗，"佩格说，"我们有截然不同的问题要解决。"

"你会感觉自己每一天都在逐渐消失，"切特赞同道，"有事可做是很重要的。冲突、对决……这些令人振奋的活动给了海盗目标，不是吗？"

"是啊，"佩格说，"而且没人想破坏自己现有的东西，这也是问题的一部分。每次我提出占领坚城基地，海盗们就会害怕和气馁。他们喜欢现在这样，六个不同的海盗派系，总是有可以安排的抢掠，有船要修，有使命要执行，或者有领土要防守。这些……这些就是他们想要的东西。"

"但你想要的不只是这些。"我说。

"是啊，"佩格承认，"也许我有点太像你了，有点太像外面那些人了。只要至尊同盟还在，我就没法觉得安全。他们随时可能派一支大军穿过传送门，用致命武器和大群无人机粉碎我们。

"直到我控制那道传送门之前，我在这儿的手下都不会安全，我必须将它牢牢掌控在我们这边。我们可以破坏至尊同盟的上升石生产，断绝他们在另一边的军队的供应，让他们为自己对我和我的人所做的一切付出代价。"

她的话语带着令人振奋的复仇心，我很赞赏。其他人都在玩游戏，佩格却想要保护这一切。但她知晓真正的危险、真正的杀戮。她还没解释为什么海盗冠军和这些有关，但我今天就不追究了，因为我终于在前方看到了我们的目的地：一块覆盖着古代建筑的孤单片段。

是时候了。

24

我们朝那块片段迅速飞去，它比我目前为止见过的很多片段都要大。"它可真大。"我们飞掠而过，寻找危险的时候，我对切特说。红外扫描没有显示任何体温信号，但我已经明白不该因此掉以轻心了。

"的确，"他说，"我现在明白为什么有些片段比别的大那么多了。它们生长的时间更久。"

"这是……"迪利利兹兹在通信频道里说，"这儿……我来过……这儿……"

她再次说出了远比平常要多的话，这让谢瓦兴奋了起来。然而，我的心思全都放在片段中央的那片遗迹上，也驾驶飞船朝那边靠近。

"是啊，我记得这地方，"佩格说，"它在几年前飘进过我们的领土范围，当时我们就拜访过这儿。"

"没错，船长，"马克西姆说，"所以为什么我们要再来一次，斯苹？"

"历史考察，"我说，"这位切特是考古学家。"

"这是个崇高的行当，伙计，"切特说，"古代文物可以告诉我们很多东西！"

"呃，我猜是吧，"马克西姆说，"但——"

"别管了，马克西姆，"佩格打断了他的话，"他们的理由是他们自己的事。既然都来了这儿，我们其他人就去寻找可回收物吧。"

我眯起了眼睛。佩格不像是那种能够不过问理由的人。

"斯苹和我需要时间去研究正中央的那些遗迹，"切特说，"我在你们的屏幕上把它们圈出来了。"

"迪利利兹兹正在不安地颤抖，"谢瓦在通信线路里说，"虽然她很兴奋，但我觉得她不想着陆。她的感觉是……焦虑？也许我们两个应该留在空中负责警戒。"

"我没意见，"佩格说，"马克西姆和我会留在附近，斯苹，你们去做……考古。"

我们一行人在某座荒废的庭院着陆，那两个共鸣体则留在空中。

这些遗迹残存的部分不多，有倾塌的墙壁、只剩轮廓的房屋，还有几座勉强算是完好的石制建筑。

我打开舱罩，爬了出去，和佩格在地上碰头。"这地方很有年头了，"她说，"没什么风，也从下不下雨，所以风化的速度不快。如果有东西显得这么残破，恐怕就得有好几千年历史了。"

切特和我对视一眼，将头盔夹在胳膊下面，朝最完好的一座建筑走去。

"看起来没什么油水，船长，"马克西姆在后方嘀咕道，"这地方起码被人翻腾过几百次了。"

"我同意，"佩格说，"但还是继续生长第伦，以防万一。我们来这儿是为了履行对斯苹的承诺。"

我记得前方那座建筑，它在长者之路的上一步就被投射进了我的脑海里。我们朝它走去，在里面找到了第一个惊喜。小小门厅后方的墙壁上有一幅褪色的旧壁画，描绘的形象是再明显不过的人类。

"太惊人了。"切特轻声说，他冲向壁画，凑近打量，"是我们的同胞，夜影小姐。这么多年来，我从没在任何遗迹里找到过像是人类的……"

我分辨不出这幅壁画的太多细节，也许只是几个抱着篮子的人？

"我猜不出这是哪种文化。"切特低声说，他朝壁画伸出手去，却停下了，也许是不想触碰它，导致它进一步剥蚀，"老实说，我不怎么记得我们起源的母星了。我过去肯定知道……"

"地球，"我说，"人类在你出生的几世纪前就离开了那儿。它现在已经失落了，消失了。"

我们一起朝这座建筑的深处走去。屋顶很久以前就坍塌了，所以我们并不缺乏光线，而且从地板上的垃圾来看，这地方多年来经历过洗劫，或许还卷入过一次交火。

我有种……怪异的困惑感。这里有那么多生命的迹象，却没有人。我们在最后那个房间里找到了传送门，它就这么砌在墙内，上面刻着独特的流畅线条。但这道传送门的中央开裂损坏了，还能用吗？

我看向切特，后者还逗留在门口。"勇敢点，"他说着，迈步向前，"我是个探险家。这是我决定成为的模样，我可以面对这些秘密……"

他和我一起站到传送门边。我触碰传送门，敞开自己的赛托感应，寻找起答案来。起先毫无反应。这道传送门看起来受了损，无法使用。但我稍稍加大了力道，还用上了我一直在练习的含蓄手法，然后……没错，我能感觉到里面的东西。那些记忆……

我周围的一切都变得像薄膜那样透明。我的身体还留在那座遗迹里，我能感觉到旁边那面破损的墙壁，但这片地区存在于很久以前的幻象覆盖在了上面。

切特呼出一口气，转过身来。远处的光爆显得那么小，不比一颗星星更大。天空是深色的，我看到那片广阔里飘浮着大约二十来块片段。所以这似乎是遥远的过去，就像上一次的幻象那样。

我们所在的片段在过去要小得多，而且没有这栋建筑存在，只有传送门伫立在那儿，完好无损，没有开裂。它也比现在要小，而这进一步证实了那个猜想：每当赛托能力者将传送门作为次元之间的转移点，传送门就会变大一点。

在幻象开始后不久，人们开始直接出现在这道传送门前方。我惊讶地退到一边。人类？他们在说话，但我听不懂那种语言。

"你能听懂内容吗？"切特问。

"恐怕不能。"我说着，在他们周围绕起了圈，他们穿着长袍，其中一个戴着某种熟悉的头饰，"我在一本来自旧地球的书上见过吉尔伽美什的画像，他的胡子和穿着就像这样。"我指了指其中一个人，"也许他们来自那个文明附近的什么地方？"

另一样东西在传送门的前方成型，让切特向后跳开。那是石头？是的，一堆建筑材料。人们开始用这些建造某种东西。

"这不是他们第一次到来。"我说着，心里觉得这就是事实，这次的幻象不仅仅是画面，还带着某种……感觉，"我觉得他们想建造一座神殿。"

在我和切特的注视下，时间开始加速，墙壁迅速成形。人们变得模糊不清，逐渐竖起我和切特所站的这座建筑。他们在墙壁上留下精美的雕刻，为一切涂上鲜明的色彩。

干吗在这个怪地方建造这么漂亮的东西？时间再次放缓，工程看起来花费了几周，或许是几个月，那些人类聚集在建筑前方，我和切特加入其中，看到另一块片段飘了过来。那块片段上有一群身穿鲜艳红色长袍的人，他们有淡紫色的皮肤、角似的赘生物，以及纯白的头发。这些人来自再度黎明星……阿拉妮克的母星。

"我知道这些人，"我告诉切特，"他们是乌戴尔人。我见过的那一个说过，他们从前就认识人类。"

"多久以前的过去？"切特说着，揉了揉下巴，"这些人类的服装很古老。"

"该死，"我说，"也许这是第一次接触？人类和外星人的第一次接触？我还以为那是我们进入太空时代以后的事呢。"

只不过希修也告诉过我，奇盛人见过来自日本的人类，而且当时离双方有能力进行太空旅行都差了好几个世纪。他们是用赛托能力旅行的，看起来就像这样。

在我们前方，人类踏上了我们所在的片段，向乌戴尔人问好。我意识到，这恐怕不是第一次接触。两群人看起来熟悉彼此，他们的初次邂逅肯定是在更早之前。我们跟着那群人走进去的时候，我意识到这儿也不是神殿，它的作用是让他们坐在桌边，尝试……

也许是尝试理解彼此的语言？是的，他们在书写文字，比画手势，向彼此解释。时间再次加速，我在几分钟里看到了数十次碰面，每一次都是在两块片段相接的时候。我想我甚至看到了一些乌戴尔人通过传送门拜访地球，还有一些人类踏上了乌戴尔人的那块片段。

接着……人类不再到来。

片段相接，乌戴尔人到来，但这里没有人类迎接他们。这种情况又发生了几次，最后乌戴尔人也不再来访。

"所以……"我说，"这些跟我们的能力有什么关系？"

切特皱起眉头，审视幻象里的壁画，那时的它鲜艳而生动。"外星物种开始在'无处'碰面、交流，但随后他们就不再碰面了，为什么？"

这……就像奇盛人当时那样，不是吗？希修说过他们的赛托能力者不知为何消失了。就在我思考的时候，有个女人走出了墙壁。她是个中年人，古铜色皮肤，穿着色彩鲜艳的袍子。我跟着她走出建筑，前往这块片段上较近的边缘。她在那里坐了下来，眺望广阔的空间。

时间过去。几个月，也许是几年。可她还是坐在那儿，仿佛在等待什么。最后她站起身，从我们身边走过。

"你是谁？"我问。

那个印象回应道：我是没有被野兽杀死的唯一一人。

等等。等等，她回我话了？

我跟着她回到那栋屋子里，而她走向传送门，将手按在门上，石面上的线条随着她的碰触开始盘旋和舞动。

我感受到了你们的疑问，那印象说，这是我的天赋。我不认识你们，但我把回答留在了这道传送门里。

"赛托能力者遭遇了什么？"我问。

一头野兽，一头拥有科技奇迹的外星种族培养的野兽。

随后，我在脑海里看到了什么。那是聚集起来的数千名赛托能力者，来自上百个不同物种，他们聚集在一起，去对抗……某个来自黑暗之中，身体是黑色，却有锐利白色眼睛的东西。

它……摧毁了他们，那个赛托能力者说，我们打赢了，但代价是那么高昂……

"怎么做到的？"我问，"你们是怎么赢的？"

我们把它变成了真实之物，她说，我不清楚方法。我幸存了下来……而那些知道方法的人……被吞噬了。她放下了手。她刚才是在……将记忆铭刻进传送门里，而那些记忆……此时不知怎么传到了我这儿？

切特走到我身后。"'无处'的时间很反常，但即使以它的标准来说，这也很古怪。"他说，"我……完全不清楚这是怎么一回事。"

我感觉到幻象开始淡去。记忆接近了终点。

"等等，"我对那个女人说，"你住在'无处'，却能保住记忆，怎么做到的？"

为什么我会失去记忆？那印象答道。

"这地方的特性就是这样。"我说。

在我们的时代不是。你们面对着一头野兽，就像我们。

"不止一头，"我说，"数以千计，数以百万计。"

那你们就死定了。

"不。肯定有什么办法的！"

去找到……将会到来的那个人的记忆……去找到……那个名叫杰森·赖特的男人的记忆。

紧接着，另一种截然不同的印象找上了我，就像在上一次幻象的时候那样。我现在能更好地理解那种印象，因为我的力量变得更强，也更擅长倾听了。那就像是数十个，也许是数百个来自石头内部的心灵在与我接触。

向前……它们鼓励我，继续向前……

它们向我展示了某种像是墙壁的东西。我强迫自己的心灵与它碰撞，却无法穿过。

用力，但别用蛮力。

我不明白！我回应道。

你不是用来敲打的工具，不是用来敲击的石头。

我是什么？我问。

你是一颗星星。

一道光在我体内亮起，那是一道纯白色的光，是"无处"的力量。我变成了一柄燃烧的长剑，当我向前刺去，心灵便刺穿了屏障。

很好……很好……继续。

有个场景跃入我的脑海。是另一道传送门？里面似乎有一座大型建筑，装满了盒子？我皱起眉头。

"真要命。"切特说。

"你认得那地方？"我说着，转头看向他。

"我的确认识，斯潘莎，"他说着，深吸一口气，"那恐怕就是坚城基地里面的那道传送门，而坚城基地是带子地区的至尊同盟势力的大本营。"

25

以后会有时间去思考我看到的东西的。至于现在，我冲出遗迹洞开的入口，寻找佩格。我没有寻找太久，她正背靠着外面的一道剥落的墙壁，双臂举在身前，伸出指爪。即使在休息的时候，这个泰纳西人也像是一头猛兽。

"你看到了什么东西。"她说，"你是赛托能力者，对吧？你们都是。"

"我……是的。"我说着，看了一眼切特。

"你知道长者之路的事吗？"他问佩格。

"从没听过这个词，"她说，"但那些古老的遗迹……都有自己的记忆，任何人都能感觉到，而且我听说过赛托能力者的事。"她借力离开墙壁，站直身子，"这肯定跟你们的使命有关吧？那个重要到让你们俩必须从我们这儿偷走飞船的使命？"

"是的，"我告诉佩格，"而且不只这样。跟我详细说说你袭击坚城基地的计划。"

她眯眼看着我。

"拜托，佩格，"我说，"我必须知道。如果海盗们害怕对抗至尊同盟，如果他们担心会失去现有的美好事物，我们又该怎么说服他们？"

"我们？"佩格说，"你要加入我们？"

我看了一眼切特，后者点点头。

"暂时是这样。"我说。

佩格咧嘴笑了。"瞧瞧。好吧，我们不需要说服海盗，至少不需要个别说服。我们只需要让我的儿子们重新追随我就好。"

"你的儿子们？"切特说，"他们都跟你对着干了！"

"是啊，"佩格说，"他们领导着最大的两个海盗派系。我得承认，我没料到自己的两个儿子全都长出了足以反叛的姆伦。我们当初离开坚城基地以后，我试图召集所有人袭击那儿。我们先是进行了一场小冲突，但我的人害怕了，然后陷入了混乱。当我的同盟瓦解的时候，我的儿子们带走了我最强大的一部分手下，组建了自己的派系，让我这位母亲骄傲。"

"骄傲？因为他们的反叛？"

"完全正确！"她说，"他们非常勇敢。推翻自己的母亲？他们才刚刚成年！噢，这太棒了，但这也是件麻烦事，所以我们必须把他们争取回来。我的大儿子格瑞姆已经当了一年的冠军了，他带领的派系名叫'快乐罗杰[1]团'。这是个地球词汇，对吧？"

"我想是的。"切特说。

"噢，你恐怕很快就能和我儿子的势力碰面了。只要关于你驾驶技术的消息传到他们那里，我怀疑格瑞姆就会派出劫掠小队攻击我们。为了了解真相，他们应该都长出第伦了，而且我很期待你向他们展示的那一刻。"

"我都迫不及待了。"我说。

"我不觉得格瑞姆会参与袭击。但在这之后，我可以要求你和他进行一场较量，而他会接受的。我了解我儿子，他是我们之中最优秀的飞行员，但他完全没法和你相比。如果你打败他，他就肯定会长出塔高。"

"意思是？"我问。

"一种非常罕见的果实，代表他觉得应该对父母顺从。如果你打败他，他就会重新听我的话了。"

"你能肯定吗？"

"非常肯定，"佩格说，"这就是我们的做法。"

我没有指出他们的背叛让她意外这一点，所以我仍旧心存疑虑，

1　一般用来代指黑底白色骷髅的海盗旗。

但我愿意试试看。

"他弟弟呢？"切特问。

"塞姆带领着另一个派系。"她说，"如果我的派系夺得冠军，他也会回到我身边的。相信我。"

是啊，这在我听来太简单了点。肯定不只如此，佩格还藏着秘密。

她又盯着我看了一会儿，接着开始穿过这片遗迹，朝我们的飞船走去。"我们该回去了。"她说，"我认为袭击随时可能到来，而我不想让剩下的人过于势单力薄。"

"好了，"等她走远以后，我问切特，"你是不是早就知道我们得去坚城基地了？"

"我有过猜测，"他承认，"那边的传送门是这个区域内最大也最古老的一座。我原本希望没这个必要……但至少我们有了前进的方向。"

"前提是我们能相信佩格的计划。"

"她似乎就很相信。"他说，"来吧，我们该回飞船去了。你还记得我们上次看到这种幻象的时候发生了什么吗？"

是的，我记得我们的整块片段都在一次碰撞中被毁了。也许那只是个巧合，但我不由得匆忙跟在切特身后，以防万一。我们找到了马克西姆，没过多久，我们四个就起飞去和共鸣体会合，然后朝基地的方向返回。

"你们两个看起来特别严肃，"我们列队飞行的时候，M机器说，"我猜成功了？你们又看到过去了？"

"的确，人工智能，"切特说，"我们在某种程度上联系到了过去的一位赛托能力者。"

"呃……"M机器说，"麻烦说明一下？"

"不知怎么，她能在她那个时代感觉到我的问题，还给我留下了答案。"我解释道，"或者她可能只是听到了所有后来者的好奇念头。无论如何，我认为我们知道了那些奇盛赛托能力者的遭遇，也知道了在上古时代的最初几次互动过后，为什么地球和外星之间的联络会突然消失。"

"真的？是因为什么？"

"战争，"我说，"和探究者的战争。"

"我们还不知道那是不是探究者，"切特说，"但它看起来的确像是某种……类似探究者的存在。全星系那些相互联络过的赛托能力者聚集在一起对抗它……幸存下来的不多。"

"他们对抗的是单独一个存在？"M机器说。

"而且赢了，"切特说，"他们不知怎么把它变成了实体，但伤亡惨重。"

"而且我们现在面对的……不止一个，"M机器说，"远远不止。"

"是的，"我说着，在座位里前倾身体，"还有些别的东西。那个时候，待在'无处'不会失去记忆，这是后来才出现的特性。"

"这些全都相互关联，"切特说，"而且答案就在坚城基地，至少一部分在那里。"

"在一个名叫杰森·赖特的男人的记忆里。"我说着，皱起眉头。

"杰森·赖特？"M机器说，"至尊同盟的历史档案对他的描述是：'意外发现自己拥有赛托能力后发起与地外银河系的最初接触的人类。'他……开始了人类向整个星系的扩张，也间接导致了第一次人类征服战争。"

我心不在焉地点点头，想的却是那个和我们交流过的古老赛托能力者。疲惫和孤独的感受充斥她的全身，我感到某个东西点燃了我心里的一团火，或者说……好吧，那团火一直都在，现在它烧得更旺了。

"切特，"我说，"你的力量有什么变化吗？"

"的确有！"他说，"他们告诉了我如何用心灵'看到'自己周围！我觉得在练习以后，我能以本能感觉到的就不只是片段了。我也许能看到建筑内部，或者绕过转角，又或者……噢，这太不可思议了！"

"我学会的是另一样东西，"我轻声说，"但我还不清楚它代表了什么。"

你是一颗星星。

"嘿，"马克西姆的声音透过通信线路传来，"你们看到下面那个人了没？在我的九点钟方向。"

"能在这么开阔的地方看到毫不躲藏的人，真的很奇怪。"谢瓦说，"如果我们正在招募人手，他们就有麻烦了。"

我看向窗外。有个身影站在远处一块片段的山脊上，看起来是个海克罗人，但距离太远了，我很难下定论。尽管我看不清楚，心灵却还是感觉到了一股寒意和压力。我能肯定那道身影有白色的发光双眼。

"你感觉到了？"切特问。

"是啊，"我说，"那是它们的一员，至少它们这次没找到毁掉那块片段的办法。"

"我还是很担心，"切特说，"我本以为我们过去几周已经甩掉它们了。探究者把注意力投射到这么远的地方是很困难的，但现在它们又找到我们了。希望这次不会带来麻烦。"

我打了个寒战。我们经过以后，那道人影就迅速在远方变小。我的通信灯开始亮起，那是来自佩格的直接呼叫。

"什么事，船长？"我说。

"你们在那些遗迹，"她问，"看到了什么？"

"怎么了？"我问她。

"有哪里不对劲，"她说，"关于刚才经过的那个人，关于整个行程。我回答了有关我的计划的问题，现在该你们回答了。你们看到了什么？"

"我们看到了过去，"我承认，"就像你说的，是记忆。我们在调查对抗探究者的方法，而且我们从一位很久以前遭遇过类似存在的女子那里得到了一份信息。"

"对抗探究者？"佩格说。

"是啊……"我说。

"我们更希望设法安抚它们，或者跟它们讲和，"切特说，"如果这对你能算是安慰的话。至于现在，我们必须继续历险，并且拜访坚城基地的传送门，找出隐藏在其中的记忆。"

"那我们的目标就重合了，"佩格说，"所以我对这部分没什么意见。但和探究者对抗……既然你们是赛托能力者，我想你们也许可以办到？

我认识安保部队里的一个狄俄涅赛托能力者，他来到这儿以后不久就离开了，因为他不断……变化，看起来像是另一个人。至尊同盟的领导层听说了这件事，立刻就把他带了出来。"

改变外形？我从没做过类似的事。

"那是一种赛托天赋，"切特说，"向其他人的心灵投射幻影，让自己看起来不一样，甚至触感也不一样。在这里，这种天赋对任何人都有效，但我听说在'某处'，它只对其他赛托能力者生效。"

我真真切切地……打了个寒战。我听说过这种事，有人对我父亲这么做过，让他看到虚假的景象。我越来越清楚地认识到，不同的赛托能力者……能做到截然不同的事。我能听到群星之声和传送，而切特能延长自己的寿命，并且用他的能力"看到"极远处。

佩格关闭了线路，M机器就有了说话的机会。"为什么探究者不抓住你们团队中的一员，把他变成那种眼睛发光的东西？"它问，"佩格和马克西姆比你们离那个海克罗人更近。"

"一定数量的人聚集在一起，就能阻止它们靠近，"切特说，"尤其是这些人将自己视为整体的时候。按照我的推测，探究者需要那些尽可能保持独处的人，以及那些觉得自己与团体格格不入的人。"

我仔细思索我们看到的景象，发现这次更难理解其中的意义了。说实话，当我们快要到家的时候，我甚至为突然出现的一般危机而庆幸。那是通信系统传来的紧急通知，有一组来自敌对派系的战机正在高速接近舷侧团基地。

26

当我们的基地映入视野的那一刻，我让助推器过燃，飞到其他人前方。我能看到在"无处"四散飞过的毁灭炮火，美丽而明亮。我的身体活跃起来，而我的心灵——因为我不久前的经历而昏沉的心灵，也骤然转为高度戒备。

我就是为此而生的。

"抓稳了，切特。"我说。我们在尖鸣声中加入战局，飞向机翼破空声与助推器的轰鸣声。我们花了宝贵的几分钟方才到达，我看到我们的三架战机已经锁死，正漫无目标地飘动。该死。总共十架战机，我们外出时还带走了五架，剩下两个掉队者正在面对悬殊的胜算。

M机器在我的接近显示屏上高亮标出了敌方战机、我方战机，以及被击落的我方战机。从敌方战机的标识来看，它们来自快乐罗杰团。那是佩格的儿子格瑞姆带领的派系，格瑞姆就是她预想中会以袭击的方式测试我的那个儿子。

棒极了。

M机器提议了几个目标：正在盘旋、飞行速度较慢的那些，以及护盾刚刚承受过一发炮火的那些。尽管我想要挑战，想要首先攻击更强的敌人，但这么做也许会导致我方溃不成军。

所以我下定决心，接受了M机器的一个提议，猛然冲向正在尾随燧发枪小队飞行员基布希的那两架战机后面。那两名敌方飞行员对我的出现几乎毫无反应，其中之一稍稍转向侧面，这么一来，如果我开火，流弹就有可能命中盟友。

在那短暂的一瞬间，我困惑不解。就这？

我习惯了和将我视为敌方王牌的至尊同盟飞船战斗，我反应过来。他们会在战斗中将我高亮标出，为了对付我而投入额外的资源，但这是我第一次和敌方海盗战斗。他们是来试探我的，但他们似乎对我的期待不高。

是时候给他们递上名片了。我狙击了朝侧面移动的那架敌机，每一发都精准命中。敌机的飞行员陷入恐慌，拉起机首，和我的下一发炮火撞了个正着。想要向上飞是很正常的，这是本能，就算身处下方没有地面的太空也一样。

我呼啸着绕过已经锁死的敌机，朝尾随基布希的第二架敌机开火，后者正是M机器标记为"护盾受到削弱"的那一架。我的炮火让敌方飞行员陷入慌乱，他停止追击，躲向右方。

"你会知晓我的钢铁的味道，而我会知晓你的鲜血的味道。"我低声说。

没错，我仍然时不时会吐出这种话，可我并不觉得丢人。这样能帮我集中精神。

我追向那架躲往片段另一边的敌机。他们从片段底部飞过——我紧随在后——接着以回旋动作来到片段另一边。当我凭借光矛以更快的速度回转，而我的重力容轻易补偿了重力时，我能感觉到他们不断增长的恐慌。

我的猎物迅速飞向一侧，然后转向另一侧。这似乎是个聪明的举动，如果他们随机乱飞，我就没法预料他们要飞去哪儿。只不过，就像拉起机首那样，人们总会觉得自己采取了"随机行动"，真正做到的却寥寥无几。科布通过训练将这些刻在了我的大脑里。与"随机行动"相比，我们练习的成组机动动作都是特意让敌人感到满心挫败而设计的。

训练永远胜过随机性。我的猎物来回躲闪，我能肯定他们觉得这样毫无规律，但我用精准的三发炮火便解决了他们。切特发出一声欢呼，而我留下无法操控的敌机，转回交火处。到了那里，我承认我幸运地打中了 M 机器高亮标出的那架敌机，但我不打算抱怨。五分钟不到就拿到了三个"击坠"？该死，能回到驾驶舱的感觉真好。和朋友并肩战斗，做我天生就该做的事，这种感觉真好。

在附近，我发现部分敌机开始组成像样的小队。"弯刀小队，"我说，"到我的位置来。我打算送给你们一队美味的目标。"

四架敌机旋转机身，对准了我。合作战斗是个好主意，但这些人显然没有做过理想飞船间距的训练。就像我不久前才教过舷侧团的那样，在列队飞行的时候，应该和队友的战机拉开恰到好处的距离，以免受到反脉冲的影响。

我让助推器过燃，朝他们迅猛飞去。他们命中了我几炮，这样很好。从四机中央穿过的时候，我击发了反脉冲。他们的反应太慢了点，我命中了四架敌机中的三架，让他们的护盾失效，M 机器贴心地为我在显示屏上染了色。

就像我建议的那样，佩格和弯刀小队的成员集中火力攻击那些飞船。毁灭炮火照亮了我后方的空气，我不禁咧嘴笑了。这里的战斗让我想起了某些东西……

就像全息投影进行的训练，我反应过来。我上一次在无须担心性命的情况下飞行，已经是那个时候的事了。

"简直让人叹为观止，斯苹，"佩格的话音经由通信线路传来，"我都说不准你长的是姆伦还是赫梅尔了。"

"没什么大不了的，船长。"我说着，以旋转规避动作避开某人的炮火，"你应该去看看我在拼死搏斗的时候做出的这种动作，那时候看起来蠢多了。"

"我能想象出来。"她说，"你需要僚机吗？"

"不了。不过你和马克西姆最好去帮助基布希，他不知怎么又多了两条尾巴。"

我自己的尾巴也还在。M机器热心地指出，那正是我刚才没能用反脉冲击中的那架敌机。这就代表他们有护盾，而我没有。

好吧，他们咬得很紧，其实——

几道蓝色的毁灭光束以毫厘之差掠过我的舱罩边。该死，这对手相当出色。

我的笑容更灿烂了。我猛地将助推器推到过燃挡，然后靠向椅背，集中全部精神。我没办法重启护盾，和他们公平对决，这需要在宝贵的几秒内保持静止，所以我开始专心以飞行技术击败敌人。

接下来的几分钟是在战场上的精彩追逐，我迂回俯冲，以光矛绕过片段，从舷侧团基地上方的低空掠过。那条尾巴紧追不舍，仿佛想要证明什么，但对手很快就停止了射击。

想等待完美的机会，是吗？我心想，噢，我不会给你那种机会的。

我暂时拉起机首，向粉白色的天空翱翔。紧接着，我掉转方向，俯冲而去。我的新飞船的重力容吸收了大部分的重力，但我在加速向下的过程中仍旧承受了冲击。我咧嘴笑了。是的，重力很麻烦，但此时此刻，它也是位老朋友。我全身的血液涌向身体背部，威胁要夺走我的视力，接着是我的意识……

我从"尾巴"的旁边呼啸而过，在合适的时机拉起机首。我瞥了一眼显示器，发现切特正在转动脑袋。他振作精神，保持警惕。看起来，我刚才的机动动作让他失去了意识。我还是再小心一点比较好。

尽管做了这么多，我的敌人还是跟着我。他们确实很出色，所以我伴随呼啸声返回正在混战的飞船那边，开始攻击一艘朝谢瓦开炮的敌机，打垮了它的护盾。我随后转向侧面，瞄准另一艘飞船，开火并令其锁死。

我的"尾巴"终于不再等待合适的时机，而是朝我胡乱开起火来。

真棒，现在我只要——

我的飞船剧烈摇晃。控制面板暗了下来，操控装置锁死了。我发现自己以平稳的步调向前飘去，一切都不听使唤，而那架敌方王牌从我旁边疾飞而过。该死，我被击中了。我在屏幕上确认了切特的生命体征——从数值来看，他的状况还好——于是我靠回椅背，大笑起来。

"斯潘莎？"M机器问，"噢，天啊，是压力导致你的情绪无理性地爆发了吗？噢！我现在感觉到了。呃，我该怎么说？让我想想……唔……"

"我很好。"我说着，擦了擦眼睛。

"不，不，我应该说些合适的话……"

我在座椅里探出身子，试图看清那个王牌的模样。战斗很有趣，但知道这儿有人能当我的对手，这就更令人兴奋了。

"噢！"M机器说，"我想到了，斯潘莎，请不要难过。"

"好的，"我笑着说，"我已经不难过了。"

"成功！我会记下这句的。"

"切特，你感觉怎样？"我问他。

"兴奋，"他用无力的声音说，"但同时又反胃和难堪。我先前恐怕失去意识了。"

"这种事我们都碰到过，"我说，"没必要难堪。你真该看看我在家乡第一次用离心机的样子。"

"噢,"他说,"我知道你说过我是个飞行员,但我已经忘掉那些经历了。我得承认,我现在的性格是对地面怀有深切敬意的那种。"

"我会尽量避免再一次把你拖进那种状况的。"我说,"M 机器,那个敌方飞行员是谁?"

"佩格的儿子格瑞姆,"M 机器说,"她暗示过他不会加入战斗,但从那艘飞船的标识来看,她错了。"

所以这就是我和冠军的第一次切磋。我咧嘴笑了。虽然他打败了我,但这也不是真正的决斗。我在和他的同伴战斗时失去了护盾。

等我们公平对抗的时候,他会见识到我真正的潜力。"你还好吗,M 机器?"我说着,转身扫视天空,试图判断战况,"那一炮没有把你烤焦什么的吧?"

"幸好没有,"M 机器说,"我们给我的核心系统进行的隔热改造似乎有效。"

"那太好了。"

"老实说,给所有系统进行隔热改造也不费多少工夫。"它续道,"这么一来,我们在战斗中就不会像这样被锁死了。"

"这样还有什么乐趣可言?"切特问。

"乐趣?"M 机器说,"这可不是游戏。"

"但这就是。"我说,"只要所有人都按照游戏规则来,就没人会死。"

"按照我对智慧生物之间互动方式的理解,"M 机器说,"最后总会有人设法寻求更大的优势。无论佩格怎么说,现在还没发生这种事让我很吃惊。"

"也许吧。"我说,"你研究过早期人类部落的小规模战斗吗?"

"没有。"

"你应该研究的。我想你会为社会在不同赌注之下愿意遵循的规则而惊讶的。"

旧地球上那些猎人或采集者的小型团体很少会进行拼死搏杀。他们的人数本来就很少,群体结构也很紧凑。没错,不时会有人死在冲突中，但大多数战斗的目的只是夸耀和恫吓而已。

科布就上过这么一堂课，表示人类的本质不是战斗和杀戮，所以我们才需要演习和训练。但此时此刻，脑海里涌现的那个念头让我释然了许多：我所热爱的飞行，其目的并不只是杀戮，也可以是证明自我，至少是向自己证明自我。

在我身后，剩下的四架敌机决定撤退。弯刀小队的及时返回让我们赢下了这场战斗。我在沉思中等待佩格和她儿子交涉关于瘫痪战机的归还条件。他们开始重启那些飞船，这一过程需要花费几分钟。

马克西姆终于赶来，拖着我的战机返回基地，地勤人员和一部分已经着陆的飞行员等在那儿。一套停泊用光索将我拉向地面，我手动解锁了舱罩，然后将它推开。切特和我爬出去的时候，我做好了接受训斥的准备。我仿佛听到了科布的咆哮，说我刚才在战斗中有多么鲁莽。他总是会训练我们的良好习惯，哪怕是在模拟训练里。

但我爬出舱罩的时候，面对的却是热烈的欢呼和鼓掌声。为首的是佩格本人，她没有责备我，反而在我落地的同时给了我一个包裹全身的拥抱。

"四个击落？"她大喊道，"三次助攻？小家伙，你简直是独立打赢这场战斗的！"

"快乐罗杰团落荒而逃！"马克西姆说，"你根本不知道这种感觉有多棒！"

"我们得到机会了。"佩格说，"格瑞姆印象深刻，他愿意明天和你来一场正式决斗。"

其他人再次欢呼起来。

该死。我被击落了，他们却还为我欢呼？她儿子还觉得我很有实力？

我露出灿烂的笑容。上次像这样……噢，在战斗后这么兴奋，是多久以前的事了？我有多久没听过队友这样欢声笑语了？我能想起的上一次发生在我抓住那颗炸弹，并将挑战军基地从彻底毁灭中解救出来以后。那些欢笑是释然的欢呼，却带着紧张和不安。

这些人却开心得那么单纯。我沉浸在他们的热情里。这种感觉不可思议，而且这只是开始，因为到了明天，我会成为海盗冠军，带给佩格团结派系机会。

插　曲

飘浮。

我的意识清醒了一部分。我没有醒来，却又保持意识。我身在没有形体，也没有赛托感应之外的感觉的地方。我……记得自己在那场小冲突过后，就去舷侧团基地里我的房间躺下了。

这一天很充实，我睡着了，现在正向外探寻，就像在之前的夜晚那样，不断搜寻，心怀希望。

约尔延……我试图找到他，却觉得自己仿佛在朝虚空尖叫。我什么都感觉不到，就好像……就好像我在某个黑暗的地方生起篝火，一根接一根地加入木柴，增强的火光却再次印证了黑暗一直延伸到无限远处的事实。

我最近的尝试频繁失败，几乎就这么退入无意识里。我还有重要的工作要做，也需要好好休息。

可是……

我最近在梦境国度的体验有些不对劲。是的，有问题。我之前一直没能察觉。

但又试探着喊了几声以后，我觉得自己发现了问题所在。我心灵的呼喊消失得太快了，就好像我尖叫的对象并非虚无，而是我的枕头。

是不是……有人在阻拦我？

该死，这就是我最近找不到约尔延的原因吗？

我咆哮起来。好吧，我是让心灵发出了等同于咆哮的声音，就像正常人会做的那样。我的灵魂在这片黑暗里迸发了火花。

我继续尝试穿透虚无，感到了……没错，我感到了某种抑制，就像一片围绕着我的隐形云朵。它始终以"无处"的奇特方式存在于那儿，结结实实地盖在我的头顶，可我却没能察觉到。现在我奋力向前推挤，用上双臂去挣扎。

*不，*我心想，*我不是石头，甚至不是篝火。我是一颗星星。*

我的存在和我的心灵都爆发出强光，烧尽了环绕我的薄雾。我在这里不再无形无影，我是一道光，是发光的存在，是个耀眼的白色球体。

我动用能力去连接、去看，感觉到了前方的某个存在。在我摆脱限制的现在，这很简单。那是约尔延吗？我盯准那个存在，将自己拉了过去。

我作为短暂存在的幻影出现在"某处"，就像从前那样，但我找到的不是约尔延。

我找到了我的敌人。

用我的人类眼睛来看，温契克和奴卢芭根本毫无分别，但他的外骨骼是更深的绿色。瓦尔瓦克斯人平时不穿衣服，但他系着一条官僚式的肩带。他坐在一张大理石椅子上，椅面有复杂的雕刻，镶嵌白银。对于有外骨骼的人来说，我想软坐垫是没有意义的。

这个房间是圆形的，到处都铺着木头墙板，给人一种办公室的感觉。一队泰纳西人正在向温契克做报告，他们都有佩格那样的掠食者气质。他们倒是穿着衣服，我立刻认出了一件军队制服。有些东西似乎是跨物种通用的，而且从他们外套上的勋章和徽章等级来判断，这些都是上将和将军。

我猜他们是在向至尊同盟代理领导人进行军事简报。幸运的是，屏幕上显示的不是岩屑星，而是一颗红绿相间的陌生行星。我看不懂那颗星球周围的文字，也没有别针可以为我翻译，所以我没法知道那是在哪儿。

"这是再度黎明星。"我身后传来一段英语，"考虑到你在我们身边的大部分时间里顶着的那张脸，你不认得它也太滑稽了。"

我猛地转身。布蕾德坐在我旁边的一把椅子上，黑发剪成轮廓鲜明的寸头。即使透过制服，我也能看到她的肌肉，而人们很难在健身房的狂热战士之外见到这样的体格。她在用手指转动一支笔，用几乎毫无兴趣的目光盯着我。

温契克在椅子上转身看向她，用我没听过的语言吼出一声命令。

"噢，别抱怨了，温契克。"布蕾德说着，铅笔仍在手中转动不停，"她来了，终于挣脱了牢笼。你的动作太慢了，阿拉妮克——或者说斯潘莎，我猜。我还以为你会在那道屏障里弄出更大的动静呢。你知道保持屏障要花费多少注意力吗？"

"怎么做的？"我问她，"你是怎么做到的？"

"我接受了我们的新朋友的一点点指导。"布蕾德说，我反应过来，她能看到我，不靠反光面也能看到我，"解锁了我一直在练习的几种能力。"

温契克命令将军们离开，然后走了过来，外骨骼的双手在开口时做出画圈似的动作。尽管有语言的隔阂，我还是能认出他的特殊习惯，其实我几乎能听到他用那种挑剔的口吻说出"哎呀呀"以及"真够好斗的"。

"探究者觉得它们应付得了你，"布蕾德说，"我对它们说不可能。你是个直来直往的人，斯潘莎，我喜欢你这点。你没什么手段，只会撞开挡在自己和目标之间的任何东西。"

"我的手段足够愚弄你了。"我厉声说着，将念头朝她投射而去。凭借我不断增强的能力，我捕捉到了她试图隐藏的一阵情绪，那是羞愧和愤怒。她和我一起受训了那么久，却始终没能察觉我的真实身份。直到我将真相和盘托出，却被她踩在脚下。

该死，那时候的我太幼稚了。

温契克又在说些什么，我真希望自己能听懂他的话。

"他希望我困住你的心灵，"布蕾德说，"我不确定自己能做到。我一直练习的对象比你弱太多了，但我这次不会退缩。"

她的心灵撞上了我的心灵，挤压着我的心灵。我立刻觉得自己像是进入了一只盒子，一只不断缩小的盒子。我在恐慌和愤怒下发起攻势。我召集自己的愤怒，就像上次交锋时那样，然后将愤怒抛向了她。

就像布蕾德刚才告诫过的那样，她这次没有动摇。她预料到了我的反击。

于是我开始发光。我拨弄内心的那团火，那道强烈的光芒，那股作为我灵魂的耀眼光辉。我感觉到了布蕾德的惊讶，只是她并不想投射出那种情绪。她很震惊，她……觉得我在某种程度上就像探究者，而这吓坏了她。

我听到了另一个声音。

我看到你了！

那个声音遥远却响亮。一声赛托呼喊震颤着穿过了我，某种东西撞上了布蕾德，让她倒吸凉气，注意力涣散。这声音纯粹质朴，似乎未经训练。如果我是一柄剑，它就是一根大头棒，而且是特别大的那种。

我闪耀光辉，突破了布蕾德的盒子，和那个新声音携手将她推开，接着逃回了"无处"。

那个极其响亮的声音追在我身后。它救了我，但它似乎是某种怪物。我朝它转过去，不想背对着它，而它撞上了我，然后……

……拥抱了我？

约尔延？ 我心想。

你去了哪儿？ 他朝我投来想法，*你为什么不联系我？斯苹，都过去几星期了！*

我试过了！ 我说着，强迫自己的心灵构想他的模样。有那么一瞬间，我们飘浮在虚无里，本质相互碰触，就好像我们正在一片深邃、宽阔、无边无际的海洋里贴紧彼此游着泳。

抱歉没有联系你， 我说，*布蕾德动了点手脚。*

布蕾德？ 他问。

就是你来的时候困住我的那个人， 我说，*你是怎么找到我的？*

我一直在练习， 他解释说，*只是不管怎么努力，我都没法超跳跃，但阿拉妮克说这很正常。赛托能力者擅长的事各有不同。她说我可以学会超跳跃，她说严格而言，我们所有人都能学会所有天赋，但对其中一些人来说，学到有些天赋会特别困难，我们都有弱项和强项。*

等等，我说，阿拉妮克？

解释起来很复杂，他说，我们抵挡住了攻击，正在努力招募帮手，但还是跟我说说你的事吧，斯潘莎，你在发光，就像一颗星星，我甚至在远处也能看到你！

我也一直在练习，我说。

你当上海盗女王了吗？

他的语气透出深情，这句话里包含了许许多多的画面，这场交流远比普通的话语更有深度。举例来说，我立刻就明白他在说笑，但也带着一点点紧张。

他喜欢我对故事的热爱，他想象我身在那些故事之中，而且对我充满信心，比我对自己更有信心。圣徒啊……能听到这种话真好，能知道这点真好。他想象中的我是个勇敢、足智多谋又鼓舞人心的人。

考虑到我们相识的最初几周里，我对他做过的那些事，我有点配不上这样的对待。幸运的是，我同样能感觉到约尔延在回应我对他的想象。正直、诚实、体贴，他是一位领袖，也是我所知的最优秀的领袖。

我从未感觉过如此完美的一刻。我们向彼此分享对方在自己脑海中的理想版本，明白我们永远不可能达到那种高度，但也清楚这不重要。因为我们只是待在彼此附近，就能产生共鸣，对彼此的了解、支持和信任也加深了一些，比之前更甚。

眼睛开始在我们周围出现，也破坏了这一切。明亮的白色孔洞，那是探究者的关注。引来它们的并非我的光辉，而是约尔延。该死，他刚才的声音真的很响。

去吧，约尔延，那些眼睛包围我们的时候，我说，等它们的关注消失以后，我会再联络你的。

我感觉到他的本质轻轻碰触了我。我感觉到了他的爱意和热情，但他随后就离开了。

我转身面向探究者。我一直以为凭借努力，我就能说服它们。毕竟切特解释过，它们都是同一个个体，并非集体意识，却又莫名其妙地完全相同。所以，如果我能够改变其中之一的想法，我是不是也能对别的那些做到同样的事？

我之前失败过，但我必须再试一次，毕竟我们尝试了三次才弄到一艘飞船。所以在那些眼睛的包围下，我试图投射出一股渺小感。

我试图让我们全部缩小，让视角变窄。它们的心灵与我相触的同时，我试图向它们展示，无限是朝两个方向延伸的，我们可以广阔如宇宙，也能渺小如微尘。

我向它们展示了我的所见所闻：马克西姆，他傻乎乎的笑容和讨人喜欢的热情举止；谢瓦，她对于和自己迥然相异的物种的透彻了解；奴卢芭，拼命想要补偿那些遭受至尊同盟不公对待的星系居民。

看看我们，我告诉它们，*我们都是活生生的存在。*

我们清楚，它们回应道，*噢，我们太清楚了。*

它们只是不在乎而已。

在那一刻，我看到了它们视角下的事物。是的，它们起初拒绝接受"某处"的所有杂音都来自活物。我改变了它们中的一员，在那之后，别的那些做出了相应的反应。

在某种程度上，我改变的是哪一个都无关紧要。只要我那么做了，别的那些就会提高防备，就像你也许能以狙击干掉一群人里的一个，但其他人随即就会去寻找掩护。

我不可能再说服另一个探究者，不可能再像上次那样。因为现在，在知道我们活着以后，它们更憎恨我们了。

因为现在，我们不再只是碰巧出现的麻烦，我们在故意尝试带给它们痛苦。我们很危险。

我们应该被消灭。

对这个念头的恐惧让我选择了逃离，而且我越来越擅长躲藏了。我假装逐渐消失，沉入梦乡，但紧接着就以我不断增强的能力探出心灵，尝试偷听。我觉得自己能听到点什么，而我的收获是响起的一个声音。

哎呀呀，布蕾德对探究者们说着，将温契克的话送到"无处"，是

不是很痛苦？你们看，要控制她可太难了，他们都这样。你们看到另一个出现了吗？他们在增加，更加吵闹了。

这话指的是约尔延，以及他在解救我的时候弄出的动静。噢，该死。

我感觉到探究者思索着他的话，想起了布蕾德的说法。她以为我会在尝试突破她加诸我的抑制时更加"吵闹"，就好像……就好像她是故意想惹怒我。这么一来，探究者就会……

我们听到了，也很痛苦，探究者说，但我们自己就能消灭那种杂音。

是吗？温契克说，哎呀呀，你们来到我们的世界的时候，似乎会陷入混乱。你们在这里不如像在自己的地方那么行动自如！你们攻击了岩屑星和"星景"，却没能杀死哪怕一个赛托能力者。这么多年过去了，你们每次都会失败。我们会增多，杂音会增多。如果你们帮我的话，我就能阻止它。

它们痛恨这个主意。我能感觉到它们的恨意，但也能感觉到它们的赞同。我们接受你的交易，杂音，探究者说，我们会按照你的指示去做，换取你阻止那些折磨我们的杂音。

非常好，温契克发送道，你们真的十分明智。

我感觉到他们达成了交易，探究者会为温契克工作。就在我陷入真正无意识的那一刻，我明白了这一状况，结果一直做着噩梦。

PART FOUR

第四部分

27

约莫十二个钟头过后，我以直线飞向竞技场，为即将到来的决斗而兴奋，手里还拿着一本书。

这座竞技场位于快乐罗杰团的领土。佩格说过，那附近的异常现象给战斗过程增添了趣味性。在那里等待我们的除了他们，还有其他前来观战的海盗派系。的确，我们带来了整个舷侧团派系，地勤人员选择搭乘战机或者乘坐太空梭。切特今天坐的是奴卢芭的飞船，那是一艘有舒适座位的非战斗拖船。昨晚的经历所带来的恐惧仍未消散。交易已经达成，探究者会为温契克效力。我需要找到答案，而且要快。

幸运的是，我的脚下似乎就是最好的一条路：赢得这场决斗，帮佩格夺下坚城基地。不幸的是，前往竞技场的这段旅程需要花费几个钟头。我在机库里抱怨飞行时间的时候，马克西姆把这本书丢给了我。

那是一本真正的书，用纸制作，一应俱全。我本来没想读的，但我又让 M 机器暂时接管了驾驶，随着飞行越来越显得漫长，我开始翻看起那本书，作为消遣。

我读得很慢，因为我得拿翻译别针用英语读出上面的句子。与此同时，它又引人入胜，不光是因为类似的物理媒介在我的母星上几乎不存在，来自我们旧飞船数据库的信息又支离破碎。留存到我那个时代而且最完整的信息恰好是关于旧地球的植物和动物的，因此我的学校教育在这方面相当详尽。

但我从没读过"垃圾爱情小说"，这是马克西姆对它的称呼。这本书以寒武纪星物种的角度写成，后者有许多触手之类的东西。他们的求爱仪式与人类惊人地相似，只是煽情得多，也许这就是这种流派的特色。

我不怎么关心剧情，我更感兴趣的是这本书的内涵。它有点太……

空洞了。女主人公花时间和三个不同的男性谈恋爱，而她最迫切需要解决的难题只是决定让谁带她去度假而已。

这就是书里的全部冲突：不是为了赢得旅行的种种历险，而是在男性之间挑选的紧张感。这就是至尊同盟的人阅读和喜爱的东西？书里没有任何打斗。我没有无知到认为一切都必须和战斗有关。在很多很棒的故事里，主人公都像狡猾的郊狼那样，用智慧而非肌肉摆脱麻烦。甚至有的故事讲述了人们为战争进行种种准备，然后却选择讲和。

奶奶从没给我讲过关于度假的故事。一方面我觉得这很荒谬，另一方面我又能理解。它在对我耳语："这就是不需要一直打仗的人会关心的事。你和他们相处的时候明白了一件事：你的人生是不正常的。"

书中人物的这一面比触手更让我觉得怪异。是的，我想为我的同胞争取和平，但要想象没有飞行训练的世界，没有作为社会核心和最迫切需要的军事复合体……

该死，我没法理解，但我需要去理解。所以我继续阅读他们的爱情故事，试图领会。

我们飞行了一阵子，我靠那本书打发了大部分时间，这时 M 机器开了口："你看到那块片段了吗？"

我看向舱罩外。我们被迫放慢了速度，让拖船能够跟上，所以我们以从容的步调穿过带子地区，经过地形各异的片段。下方的一块是罕见的海洋片段，它不是我们先前穿过的那块，但很相似。

"看到那儿的时候，我有种感觉，"M 机器说，"我记得和你以及切特一起航海，这感觉……很愉快，就好像我见到了一位老朋友。有这种感觉是不是很奇怪呢？它甚至不是同一块片段。"

"这不奇怪，"我说，"人类经常把感受和场所联系起来。对我来说，岩屑星地下的洞穴有时候比我成长的那个街区更有家的感觉。每次我看到洞穴，都会想起那里。"

"这种感觉很……不错。"M 机器说。

"这次你不打算问这种情绪的作用了？"

"我还在思考那个问题，"它说，"但今天我只是……喜欢这种感觉。这样很好，不是吗？"

我笑了。"是的。"

"我过去经常设想你为何如此喜欢故事。"M机器说，"起先我觉得，这纯粹是种合乎逻辑的反应，通过那些故事在教育中帮助记忆，可你奇怪的反应让我困惑。你对待它们的态度，仿佛它们不只是教育材料，而是有更深的意义。

"我想我现在明白了。聆听那些故事，和你奶奶做伴的感觉很好，而且想到那些故事的时候……噢，你会想起她的声音，不是吗？就像我看到那块片段，想起航海的乐趣一样。它对我来说很……温暖。机器应该感觉不到温暖才对，但我能感觉到。"

我在椅子上动了动身子，试图像它说的那样回想奶奶的声音，但……我做不到。我记得那些故事，但对我来说，她的声音已经成了失落之物。

我想要转移注意力，于是重新拿起了书，然后我们又飞了……一阵子。我得承认，我有点喜欢这本书，不觉得它是垃圾。事实上，我发现自己沉浸其中，谁能去旅行的悬念几乎让我激动起来。我承认，关于那位女主角打算拿失败的追求者喂她的宠物鲨鱼的想象也是因素之一。

要不是M机器每过五分钟就会冒出一句评论，我会更容易投入。"嘿，斯潘莎！那块片段是黑紫相间的，地上还长着水晶！我觉得它来自和谢瓦的家乡相似的行星，你觉得呢？"

"我不知道，M机器，"我说着，翻过书页，"为什么你不去数据库里扫描一下呢？"

"扫完了！"它说，"我觉得就是！"

"太好了，"我说，"也许你应该给我们经过的片段编目，看看能否找出它们来自哪一类行星。"

"好的！"它说。

这应该能让它忙活一阵子。我怜爱地笑了笑，可圣徒啊，照顾小孩子肯定就是这种感觉。我恐怕应该给母亲做一块美味的鼠肉三明治之类的，因为我相当确定，我给她惹过很多麻烦，而且往往和揣摩"斩首"的方法有关。

"嘿，"又是几分钟的沉默过后，M机器说，"为什么我又开始扫描了？这就是'外加作业'吧，斯潘莎？"

我笑了。"耍你玩。"

"你们人类啊，"它说，"这可不是玩笑！没什么笑点！"

"噢，嘘，"我说，"这段很精彩。"

"我猜你这是不想听佩格的秘密通话了。"它说。

我抬起目光。"秘密通话？"

"她在接收加密的直接呼叫。从数据突发的来源判断，我猜那是快乐罗杰团的海盗。佩格显然不想让任何人知道这次呼叫，它来自其他舷侧团接收者平常不会选择的波段。她的飞船显然配有某种特殊装备。我能察觉这件事，是因为，你知道的……"

"因为你是谍报用人工智能？"

"是蘑菇定位用人工智能，配有辅助用谍报附加组件。"

秘密呼叫？这可真奇怪。佩格倾向于将自己所做的一切公开，比方说，她总是会允许舷侧团成员旁听她进行的洽谈。

"我们能窃听吗？"我问。

"如果我有旧飞船的硬件设备，应该会很轻松，"它说，"但我用这艘飞船可做不到。我最多只能告诉你那场对话有多长，也许还能精准找出和佩格对话的那个人。"

"好吧。"我有点恼火地说。我甚至希望它从一开始就别提这回事，而不是像这样勾起我的好奇。我心烦意乱，书也看不下去了。我放下大概看了一半的书，这时远程传感器显示，我们正在接近一大群战机。

"她刚刚结束了通话，"M机器说，"但我可以肯定通话对象的位置属于她儿子格瑞姆的那架战机。"

"所以佩格和她本该疏远的儿子进行了长时间的秘密通话，"我说，"对方还是敌对海盗派系的领袖。这一切有哪里不对劲，M机器。她在玩什么把戏？"

"我可猜不到，"M机器说，"我最近连自己都不太能理解，更别提你们有机体了。"

所谓的"竞技场"原来是带子地区的一片开阔区域，充斥着房屋大小的飘浮岩块。尽管大部分片段都位于同一平面，但在这一小块区域，地形还要不规则得多，看起来就像一块片段粉碎四散，而每一片最后都停在不同的海拔上。

好吧，我接受过在残骸雨里飞行的训练，应付得了。然而，这片区域更明显的特征却是那些岩块之间的小团白光，它们就像是迷你尺寸的光爆，不比我的飞船大多少。其实它们让我想起了我在幻象里见过的微小白色孔洞，就是最终成为片段的那种。

这些孔洞让我不舒服。其他人跟我说过这回事，但还是……那些是纯粹"无处"的碎块，不知怎么突破到了带子地区，而我将会在它们之间飞行。

28

式样杂七杂八的上百架战机在竞技场的周围列队，机翼或是机身上的标志指明了对应的派系。除此之外，它们没有统一的主题，或许破烂和零碎的感觉除外。

其中几架显然扩建过驾驶舱，以容纳体型较大的物种。别的那些都是笨重的太空梭，或是其他种类的工业用飞船，但上面装着数量夸张的武器，就像我在小时候用胶带捆住六件玩具做成的"超级枪"那样。

还有很多飞船的式样看起来就很危险：流线型的军用飞船，有一体化的武器和大型助推器。我认出了那位冠军格瑞姆，他那架战机充满不祥的意味，形状就像锐利的新月，尖端对准我的方向。它比挑战军的波科级要大，但作为弥补，它有巨大的助推器和致命的武装。现在我有时间仔细观察它，发现它配备了五门毁灭炮。

"佩格。"通信线路里有个声音传来，我的飞船做了翻译，那是个仿佛在低沉咆哮的声音，说的是和佩格相同的语言，"你还是这么不紧不慢。"

"我喜欢快乐度日，格瑞姆，"佩格答道，"这件简单的事能带给我快乐。"

"你喜欢慢吞吞？"

"我喜欢让你等待，"佩格说着，笑出了声，"你准备好开始了吗？"

"我倒是想，"格瑞姆说，"只不过我已经不是冠军了。"

"什么？"佩格问。

"我丢掉了头衔！"格瑞姆解释说，"就在今天早些时候。炮轰团来得很早，我觉得我们可以在等人的时候决斗，可是……我输了。"

"蠢孩子，"佩格说，"你今天长出赫梅尔了。"

我皱起眉头，听懂了他们的对话。我相当确定，"长出赫梅尔"在他们的语言里代表某人很愚蠢。

他们的这番交流有点……像在演戏。佩格和格瑞姆刚刚秘密通话了半个钟头，她显然已经知道他失去冠军头衔的事了，但她现在却假装自己不知道，为什么？

"好吧，现在谁是冠军？"佩格说，"我们就跟他打一场吧。"

"炮轰团的新人。"格瑞姆说。

佩格轻声咆哮了一句。有意思，我直接呼叫了马克西姆。"我想我知道炮轰派系，他们有个海克罗人领袖？"

"对，"他答道，"叫福莱普。他们是……叛逆分子。"

"我们是海盗，马克西姆。我们都是叛逆分子。"

"炮轰团更危险，"他解释道，"你可以相信其他派系行事不会太野蛮，但如果冠军来自炮轰派系……谁知道呢。如果我是你，我就拒绝跟他打。"

好吧，我不打算拒绝。其实我很乐意报复一下抢劫过我的福莱普和他那群狐朋狗党，但这整件事还是显得非常可疑。

你究竟在玩什么把戏，佩格？我思索起来。

另一个声音在广播频道里响起，显得暴躁又依稀耳熟。"我们愿意跟你的飞行员战斗，佩格。"福莱普说，"我的冠军比你们任何人都要强，他自称'暗影'。"

暗影？

这呼号真是棒透了。

"哈！"佩格说，"暗影？你认真的，福莱普？好吧，希望他的技术配得上他在戏剧化方面的才能，因为我们也有个特别的人物！"

"无论是谁都会输掉，"福莱普说，"就像你儿子那样。我不知道你们两个在玩什么花招，但我不相信你，佩格，不相信你们任何人。"

"所以还是跟以前一样，福莱普。"

"你确定你们的新人不想换到我们这边来吗？"福莱普问，"只有炮轰派系不会在私下对你和你的崽子们俯首称臣了。"

"全盘考虑之下，"我对通信装置说着，让嗓音尖厉到充满不祥意味，"我不觉得我愿意换过去，福莱普。"

"我……应该知道这话是什么意思吗？"他反问我。

该死，他没认出我的声音，我想象中酷酷的亮相泡汤了。"我就是你们试图在森林里绑架的那个人类女性，"我说，"我其实是个超厉害的飞行员，我来这儿就是为了让你们丢脸，因为你们像那样对待过我。"

"是啊，当然，随便吧。"他说，"暗影，我们来羞辱另一个派系，决斗到锁死为止，输家要把飞船交给赢家。"

对这群人来说，这份赌注很高。飞船在这儿很难弄到，通常在极端情况下才会拿来打赌。如果我输掉，M 机器可以上传到我们带来的无人机里，所以这不是问题。但作为赌注的还有一件更重要的事，而且这和佩格在幕后玩的巧妙花招有关。

在佩格的催促下，我让飞船缓缓驶出舷侧团的队伍。我始终在留意那些最危险的飞船，思索着哪一艘属于那位冠军，因此差点看漏了那艘相对小型的飞船飞向前来。它大约是我这艘飞船的三分之一大小，核心机身很窄，相比之下，它机翼上的毁灭炮都显得极其巨大。

我意识到自己犯了个愚蠢的错误。更大并不代表更危险，我应该比大多数人更清楚这点。这艘飞船让我想起了克雷尔无人机，它们就相当致命。虽然大部分智慧物种似乎都与人类体格近似，但例外明显也是存在的。

我怀疑地看着那艘飞船。这个新人优秀到能够击败长久以来的冠军格瑞姆？他是什么人？也许是个费格蒙特人？这样就说得通了。费格蒙特飞行员可以解释这艘飞船的小尺寸，它连驾驶舱都不需要。

"竞技场边界已经上传到你的接近显示屏上了，斯苹。"佩格在通信线路里说。M机器贴心地标出了这片区域的边界，它的形状像一根高大的圆柱，或者说管子。它向上方和下方各延伸了数千英尺，但直径只有这个数字的几分之一。

作为战斗区域，它有点窄了，就好像……决斗的地方是一条隧道，或者是朝天空伸展的一座竖井。"如果我飞出界外，会发生什么？"我在专用线路里说，这才意识到自己忘了问这件事，"算我输吗？"

"不，"佩格说，"那样还有什么乐趣？如果你出界，其他人就能朝你开火，所以我建议你别这么干，除非你长了太多的姆伦。你准备好了？"

我深吸一口气。"我知道关于这次决斗，你有些事瞒着我，佩格。"

她沉默不语。

"我还是会去决斗，"我说，"但至少告诉我一件事，你真的需要我拿下这场胜利吧？还是说冠军头衔的争夺只是某种政治作秀？"

"我需要这场胜利，斯苹，"佩格说着，嗓音更加柔和，"我真的很需要。这是我们团结各派系的机会。的确有些细节我没告诉你，但那些都是合情合理的。这么说吧，我把所有果实都放进了你的马车，请别驾着它坠落悬崖。"

"好吧，"我说，"我们开始吧。"

我的屏幕亮起绿光，我推到过燃挡位，加速驶入竞技场内。

29

那位冠军没有立刻朝我开火。他迅速接近，然后转向离开，显然指望我尾随他。

这是一次试探，他想判断我的技术。我决定不上钩，而是转向上方，沿着竞技场的周边飞行。

"那架战机的设计在我的数据库里没有匹配的例子。"M机器说，"唉，我只有至尊同盟飞船的基本列表，这一架似乎是先进型号。"

"它甚至可能不属于至尊同盟，"我说，"切特认为时不时会有别的飞船因为超跳跃事故来到这儿。"

我向上疾飞，掉转机首，没有看漏那几架在竞技场边界外和我保持步调的飞船。这些海盗不想放过在我出界后肆意射击的机会。

好吧，我现在对这片管道状竞技场有了几分概念，但仍旧处于劣势，因为我从没在这儿飞行过，而那位冠军飞过至少一次。我迅速而迂回地穿过几块飘浮的石块，看了一眼其中一块奇怪的白色斑点。

接近传感器发出示警音，表示那位冠军正朝我飞来。暗影意识到我正在适应地形，所以他必须率先做出行动，否则就会给我调整的时间。我让助推器过燃，来回闪躲巨石，而那位冠军尝试尾随我。

我很快就被迫停止了过燃助推。考虑到反应速度和转向性能，在躲闪的同时飞得太快通常不是个好主意。我转而沿着弧形周边飞行，迅速穿过这条"管道"的边缘，希望冠军会在转弯时因为飞过头而出界。不幸的是，暗影证明了自己有能力避免那种状况。的确，这段直线飞行只为我赢得了后方的几发炮火，而在不能出界的情况下，想要躲避非常困难。

还是留在区域中央比较好。我拉起机首，朝那个方向飞去，迂回穿过飘浮的巨石。那冠军紧追不舍，非常厉害，而且事实证明，他自己也有光矛，会在回转动作时使用。这可真怪，我从没见过至尊同盟的非人类飞行员像我们挑战军那样使用光矛。

幸运的是，在带领他开始这场追逐戏的几分钟后，我断定自己作为飞行员的技术更胜一筹，只需要……

我感觉到了什么。

仿佛有手指在触碰我的大脑。

我成了黑暗里的一块孤独的石头。一片迷雾出现在我周围，拥抱我，令我窒息。

一对灼人的白色眼睛出现，映照在我那架战机的驾驶舱罩上，紧盯着我。

我们看到你了。

一道毁灭光束伴随噼啪声击中了我的护盾，冲击的力道将我甩向椅背。该死！我转向左方，以迂回旋转的方式穿过两块飘浮的小行星，有效地避开了后继的炮火。

"斯潘莎？"M机器问，"出什么事了？"

我的目光扫过显示屏。没错，我刚才靠近了一块白斑。"探究者在注视我。你能为我扫描分析一下那些白色斑点吗？"

"正在进行。"M机器说。

毁灭光束再次飞来。我瞥见了一连串飘浮在附近的小行星，随即让助推器过燃，朝那边疾飞而去。

冠军跟了上来。我在经过时用光矛刺中了第二颗小行星，但没有仅仅利用它转向。我彻底绕过它，将那颗小行星充当平衡物。那块巨石就这么向后甩去，与成排的下一颗小行星相撞，这时那位冠军刚好射出光矛，准备利用它转向。冲击令他的动作走样，脱离了转向轨迹，以不稳定的方式飞了出去。

我迅速释放那条光矛，刺中了第三块巨石，利用它绕到那位冠军身后。他还在确认方向的时候，发现我跟在他后方，武器开火。我命中了一发，他的护盾噼啪作响。值得称赞的是，暗影没有恐慌，但他的确采取了规避动作。该死，我熟悉那套动作。我搜寻记忆，令我惊慌的是，其中充斥着我开始遗忘的人。

我接受过的训练在记忆里相对清晰，而这位冠军所做的动作与挑战军教授给学员的那套一般无二。在我能够顺着那条思路想下去之前，我的头脑再次模糊起来。

我们找到你了，杂音。你不应该来这儿。你不应该来这儿！我驾驶舱罩上的灼人眼睛正在增多，越来越多，以至于——

"斯潘莎！"M机器喊道。

我转向一旁，堪堪避开与一颗小行星的碰撞。这可……这可真的相当棘手。

"又是探究者？"它问。

"是啊，它们不太开心。"该死，那冠军又开始尾随我了。

"斯苹？"佩格在通信线路里说，"记住留意那些白点。如果你靠得太近，就会有遭遇无人之地那种扭曲现象的危险。"

"我在努力了，"我说，"这比看起来要难上一点。"

我又做了一连串光矛动作，大部分是为了让小行星阻挡在我和那位冠军之间。幸运的是，他自己也不小心靠近了一个光点，做出了和我相似的反应——失去控制，慌张失措。或许我能利用这点赢得优势？

那位冠军停止绕路，跟上了我。所以，当我发现两个接近的飘浮白点时，我决定做一件鲁莽的事——在白点之间向右急转。

"这次是故意的。"我对M机器说，"如果我出了什么状况，尽量避免让我们撞到东西。"

"好——的，"它说，"不过你要的分析我做好了。这些光点的中央有东西，但它的光谱很奇怪，我的科学数据库里完全没有类似的东西。我觉得那可能是某种岩石，就像上升石，只是以不同的方式充了能？所以……小心点。"

我飞快地穿过白色斑点之间。

离开这儿，杂音！

我可以离开，我说，前提是你们保证再也不进入我来自的地方。你们留在"无处"，我就会留在"某处"。

不，因为杂音不会停止！你能停止那些杂音吗，杂音？

我不能保证，我说，但我们对你们不是威胁。你们可以活下去，我们可以活下去，就当彼此不存在。

不。你们可以停止，或者被迫停止。你们让我们痛苦，你们带给了我们……来自另一个自我的……痛苦……

我们从两块白点之间疾飞而出，飞船自行转向侧面，避开了几颗小行星。

"成功了！"M机器说，"我真的能帮上忙！"

我咧嘴一笑，接管了控制权。M机器算不上优秀的飞行员，但它能在靠近白点的时候做出反应，而这点有望带给我们优势。事实上，我确认了接近传感器，看到暗影刚才决定继续尾随，但我首先得放慢速度，免得在失控后撞上什么东西。

这就代表我能够翻一个小半径的筋斗，赶在那位冠军加速逃脱之前开火。随后的两发炮火击垮了他的护盾，他转向躲避，但我开始尾随他。

再命中一次，我就能赢下决斗了。我紧跟着躲进一片飘浮巨石之间的暗影，开始瞄准，但在那个瞬间，暗影击发了反脉冲。这股近距离的能量波浪除去了我的护盾，没等我真正开火，他就以过燃挡高速飞离。

"不坏，"M机器说，"这冠军挺厉害的。"

是啊，但很奇怪。暗影刚才逃离我的时候，用的似乎是挑战军的分散逃脱战术，和我教给舷侧团的系列动作非常相似。我没法完全确定，但他飞行的方式很眼熟。这会是谁呢？他真的受过与我同样的训练吗？那会是……

我突然感到一阵混杂了期待的寒意。会是他吗？我在这里向外探寻的时候，曾经感觉到他。还是说那只是我的一厢情愿？

别犯傻了，我大脑里理性的部分说，你父亲装不进那么小的驾驶舱。其实，在你知道的所有种族里，它只可能装下费格蒙特人，或者……或者是……

噢，该死！"M机器，你能想办法呼叫那个冠军吗？"

"当然可以。"它说。它让我仪表板上的指示灯闪烁起来，示意我线路已经接通。

"嘿，暗影，"我对那架战机说，后者正紧贴边界，向上飞去，"在我打败你之前，有什么遗言吗？"

"我是在时间浪潮里的一条敏捷的鲦鱼，"回答声传来，"船只也许会因为浪潮撞毁在岸边，但我可以轻松遨游。"

噢，圣徒和群星啊，那的确是他。

"斯潘莎！"M机器说着，切断了和另一艘飞船的通信，"那个声音，那是——"

"希修。"我说。

"他死了！"

"他在和布蕾德的战斗中消失了。"我说，"当时奇盛人的飞船被炸出缺口，暴露在真空里，他们以为他被吸出去了，但在那个时候，赛托能力者们也会遭遇很多怪事。"

其中最夸张的那件事就是将探究者之一呼唤到了"某处"。

"我觉得……"M机器说，"我觉得很开心！我从来没亲口跟他说过话，但我觉得他是我的朋友，斯潘莎。"

他也是我的朋友。"重新打开通信线路，"我说，"嘿，希修？是我。就是……呃，阿拉妮克……好吧，你知道的，就是假装是她的那个人……"

对哦，情况确实很复杂。

"我没听过那个名字，"那个声音说，"我是暗影。我没有过去，我是遭受诅咒后失去家园和盟友、永恒流浪的无名战士，始终在寻找我无法记住的记忆。我稍纵即逝，却是时间之中的一道低语。"

他说这些的时候语气无比严肃。天啊，我太喜欢那只小小的狐狸沙鼠了。

"你什么都不记得了？"我问他。

"只有战士的本能在指引我的方向，"他答道，"别想让我偏离当前的目标，我的对手。你战斗的姿态令人钦佩，但我会击败你，为你的葬礼谱写诗歌。"

"这……呃……不是生死决斗，希修。"

"我会打败你，"他用同样的语气说，"为你的退休聚会谱写诗歌。"

他刚来到带子地区的时候肯定是孤身一人，然后遗忘了一切。现在我知道他的身份以后，就更为他的飞行技术惊讶了。希修指挥过一艘飞船，虽然我承认自己的记忆有些模糊，但我本以为他基本上只是在担任船长而已。

但他同样接受过我那样的全面训练课程。我本以为是某个船员负责人工——呃，应该说狐狸沙鼠工——在操纵他们那艘飞船，但现在看来，那位驾驶员就是希修本人。

我该怎么利用这份情报？他也许擅长躲避和按照既定模式飞行，但他应该会让舰桥船员负责其他系统的操控。他先前用光矛回转的时候就搞砸过一次，应该不擅长像我这样同时处理几件事。

我靠近另一片小行星的时候，他试图掉头攻击我。我持续迂回躲闪，让他保持忙碌，和他拉开越来越远的距离。最后，他停止追赶，准备返回。

在那一刻，我关闭系统，准备重启护盾，他不出所料地有样学样。使用助推器和给护盾充能是无法同时进行的。

问题在于，我这是虚晃一招。

在他关闭动力的那一刻，我旋转飞船，让助推器过燃，撕裂这片战场的空气，朝他飞去。他的反应太慢了些，在我赶到时才刚刚打开动力。然而，我没有朝他射击，而是用光矛击中了他。我把身体用力靠在控制面板上，将助推器的功率加到最大，飞船翻了个筋斗，也将他扯了起来，就像扯起链条那头的铁球，让他打着转飞出了竞技场的边界。

就这样，他被来自不同派系的至少十艘观战的海盗飞船击中，飞船也彻底锁死。

"真够戏剧化的。"M机器说。

"希修配得上最好的待遇，"我对它说，"哪怕他不记得了。等等，在我们去庆祝之前，我得再找那些探究者说两句。"

"这样明智吗？"

"不明智。"我说着，放慢速度，穿过竞技场，仿佛要去和舷侧团会合，只是在途中靠近了某块白点。

我们可以想办法解决问题，我将念头送往探究者那里，你们用不着非得跟我们打，最起码别听温契克的，他很邪恶。

邪恶是杂音的事，它们回应道，我送去的印象让它们困惑不已，你们都是邪恶的。

拜托，我发送道，我是在努力理解你们。

那就理解这点。离开，你们全都必须离开，而且再也不要回来。

那份印象充斥着恶意、嫌恶，以及……恐惧？是的，恐惧。它们不想让我感觉到，但我现在越来越能分辨出它们想要隐藏的东西。

印象消退，我失望地离开了那片区域。它们不肯让步。要么我们被消灭，要么它们被消灭。

我回到舷侧团那边，后者和来自不同海盗派系的百来艘飞船聚到一起。佩格已经打开了通信线路，向全体海盗开放。"哈！"她说，"你们的秘密武器不过如此，福莱普！"

他没有答话。炮轰派系的成员已经聚集起来，准备撤退。无论佩格的下一招是什么，她都得快点拿出来了。

"瞧瞧我们的力量变得多强大！"她说着，将自己的太空梭稍稍挪出舷侧团队伍，面对其他人，"瞧瞧我们的技术变得多精湛！我们上次有人被至尊同盟抢走飞船，是多少个月以前的事了？"

"福莱普几周前才丢过一艘，"格瑞姆嘟囔道，"但我的战士都很强，能够避免那种状况。"

佩格让太空梭又往前挪了一点。"至尊同盟在坚城基地的兵力很弱！而我们越来越强大。现在，你们看到我带来的这位冠军了吗？她一直在训练我的战士。她这辈子都在对抗至尊同盟！"

"等等，"有个我没听过的声音说，"这是真事吗？"那又是一个粗鲁的嗓音，说的是佩格的语言，我猜那是她的另一个儿子塞姆。

"是真的，"我说，"我的同胞和至尊同盟打了几十年的仗，我熟悉他们的战术。我摧毁过他们的几十艘飞船，最后一次数下来是八十七艘。如果你们想要夺下坚城基地，我可以帮你们实现。"

"夺下坚城基地？"又一个声音问，声音很尖，但不是福莱普，"我们又要谈这个了吗？"M机器让我的屏幕显示出文字，表示这位是第五个派系的领袖，是个名叫格沃德的女性海克罗人。

"我赞同格沃德的话，"佩格的长子说，"这些都是陈词滥调。我们两年前就决定放弃这条路了！"

"可这些年来，有多少事都改变了？"佩格问他，"瞧啊，你们都知道最近在带子地区发生的怪事。我们听说了发光双眼的生物，你们也发现落单的人失去记忆的速度越来越快。

"更糟的是，我们的处境很不利。至尊同盟只需要断定我们是个大麻烦，然后加倍那里的驻军就行，或者加到三倍。他们可以彻底消灭我们，除非我们能够控制坚城基地，有胆子发起袭击。"

我屏息等待，这论据很有说服力。他们还看不出来吗？现在正是主动出击的时候。

"我讨厌这主意，"最后，塞姆说，"但她是对的，这件事……值得讨论。"

"你确定我们应该冒这个险？"格瑞姆说。

"是啊。"第六个派系的领袖说，但这是M机器在屏幕上的提示告诉我的，"我……我不想激怒他们。如果我们输掉，后果可能是一场灾难！"

"什么都不做后果更糟，伊多。"佩格说，"是时候了。坚城基地有一枚标记和现实灰烬，我们可以用这些保存记忆。我们可以控制这个区域，然后我们就安全了。"

"我……不敢相信自己会这么说，"格瑞姆说，"但我觉得她也许说得对。是时候了。"

"如果你们攻击坚城基地，母亲，"塞姆说，"红帆团也会加入。"

"快乐罗杰团也一样。"格瑞姆说。

"我猜……"格沃德说，"好吧，我想我们也会来。那边的现实灰烬肯定是有用的，我们到时候会平分战利品，对吧？"

"平分，"佩格说，"我保证。"

"噢，我们对这种疯狂的计划不感兴趣。"炮轰派系的福莱普说。在附近，他的一艘维修拖船终于帮助希修的飞船恢复了控制，它开始凭借自己的动力移动。

"嘿，"佩格说，"我们赢下了那艘飞船！留下它！"

"让格瑞姆留着他那艘飞船吧。"福莱普说，"我们之前赢下了它，但如果我们留下自己这艘，他也可以留下他那艘，成交吗？反正你们也没法驾驶这艘飞船。"

"那就成交吧。"格瑞姆说着，叹了口气，"母亲？"

"好的，福莱普，"佩格说，"可你们干吗不一起来？我们——"

但没等她说完，整个炮轰派系就全速离开。该死。我让 M 机器私下呼叫希修，但他没有接听。

"我们要不要去追他们？"塞姆问。

"腐烂的渣滓。"格瑞姆说。

"让他们走吧，"佩格说，"我们不需要他们。你呢，伊多？你要加入吗？"

"让我问问其他人。"最后一个派系的领袖说，他离开团队通信线路，没过几分钟又回来了，"我们加入，但……呃，你确定我们能赢吗？真的非常确定吗？"

"你看到我的冠军战斗的模样了。"佩格说，"相信我，我们这次很确定。"

他们随后开始制订计划，安排进攻的时间。我靠向椅背，心不在焉地听着细节。我逐渐理解佩格的全盘谋划了，而且说实话，我很佩服。

直到半个钟头以后，在和舷侧团一起返回基地的途中，我才有机会印证我的猜测。佩格发起了和我的直接通话。

"所以，"她说，"你有什么问题要问吗？"

"我想我已经猜到了，"我说，"你和你的儿子们从来就没有争吵过，对吧？你们三个意识到海盗太过胆小，又太缺乏考验，没办法和至尊同盟对抗，于是你们伪造了那次分裂。

"这让你们控制了同盟瓦解的方式。你们继续假装与彼此为敌，这么一来，等到时机合适的时候，格瑞姆和塞姆可以赞同你的提案，而且在外人看来，他们是真的被你说服了。如果两个讨厌你的人愿意加入进攻，谁还能质疑这计划不够明智呢？"

"聪明。"佩格说，"瞧瞧，我只希望其他人没这么容易看出来。"

"冠军是怎么回事？"我问，"为什么在最后时刻换成了别人？"

"这种事本来不该发生的，"佩格解释道，"格瑞姆今天早些时候惊慌地呼叫了我。他说他同意来一场快速决斗作为热身，他以为福莱普不可能招募到足以打败他的优秀人手。"

"呃……"我说，"然后他就输了。"

"那个蠢孩子差点毁了两年的努力。我们需要这样一场胜利来激励所有人。他们的技术远比自己以为的要娴熟，这是两年来对练的效果。"

"这一切都是你特意安排的！"我说，"派系、劫掠、追求荣誉的战斗方式，这些都是为了训练海盗，却又不让他们发现自己在接受训练！你想用低风险的方式让他们为袭击坚城基地做好准备。"

"我还安排他们去招募人手，"她解释道，"从被丢进这里的人之中挑选。我们的数量有了充分增长。我还带领过几次针对至尊同盟的战术性劫掠，目的是试探他们的防御力量，以及夺取飞船。每当我的派系或者那两个孩子的派系有了太多飞船时，我们就会输给其他派系几架，让他们保持强大和充分训练。"

真是天才。该死，要是佩格是我们挑战军的人该多好。

"我还是希望能争取到福莱普那群人，"佩格续道，"他长久以来都是我花园里的一棵杂草。我们用五个派系应该也能完成这场攻击，希望可以。无论如何，你都完成你那部分工作了。"

"直到我们踏平至尊同盟基地之前，我那部分工作都不算完成，"我说，"而且我必须拜访坚城基地的传送门。你安排的进攻时间是三天后，干吗要等这么久？我们应该尽快行动。"

"没必要长出乌玛利塔，孩子！"佩格说，"其他派系需要准备的时间，而且我们刚刚拿下了一场大胜！今晚我们要办聚会。"

30

"然后，"我说着，缓缓穿过围成一圈的椅子，"狮子氏族的那位邪恶成员咧开嘴，露出可怕的笑容。'不，辛巴，'他说，'你父亲落得那种下场，并不是因为单纯的运气，而是因为我在幕后推动！为了得到他的王位，我杀了他，正如我现在会杀死你！'"

舷侧团的众人倒吸一口凉气。为了加强体验，我模仿了奶奶的哑剧动作，像狮子那样抓挠空气。我在听众面前来回徘徊。马克西姆打开了他那架战机的泛光灯，只是调窄和放低了光柱，让它只照亮我一个。我们还拉上了百叶窗，制造出昏暗无光的气氛。

"噢，"我说，"这番坦白让辛巴惊恐不已，而他叔叔步步紧逼，迫使他后退、后退，退到那座要塞塔楼的最边缘！他忘了骑士丁彭和彭满[1]对他的训练！在那个瞬间，他想起了他们长时间的对练课程，当时他就因为后退掉下了圆木。作为惩罚，他被迫吃下了虫子。

"'记住，'彭满充满智慧的声音在他脑海里响起，'永远不要背对敌人，也永远不要让他们在决斗中掌控你的落脚之处。'明智的彭满，那位矮胖结实的骑士，此时正在下方的城墙上英勇地对抗无穷无尽的鬣狗氏族！

"辛巴停了下来，伫立在荣耀石要塞的高塔顶端。'你真蠢，叔叔，'辛巴咆哮道，'因为你以为自己在将我推向死亡，就像你对我父亲做过的那样，但事实上，你却将制高点拱手相让，让我在这场决斗里占据上风。'

"刀疤大吼一声，发起攻击，但作为流浪者，辛巴在失落大草原骑士团接受的训练令他获益良多。他魂灵般的父亲出现在他身后，就

1　在《狮子王》原作中，这两个角色名叫"彭彭"和"丁满"，此处应是斯潘莎记忆有误。

像光环那样熠熠生辉。那一击何其有力！他们身在要塞之巅，整个王国都能看到！但刀疤是个杀手，而非训练有素的骑士，他狡诈的战斗方式无法抗衡白昼的明亮和真相！

"勇敢的王子使出瘦长的丁彭教他的'无惧报复'技巧，抓住他叔叔的脖子，将他丢向侧面。那位狮子氏族的年长者无法站稳脚跟，滑倒并摔向荣耀石要塞外，但又勉强用指尖扒住了边缘。"

为了渲染气氛，我停顿了片刻，就像奶奶经常会做的那样，给他们时间去想象那位无畏的战士王子伫立在高塔上，在长久的流亡后终于获得胜利。听众身体前倾，急于听到接下来的讲述。

"辛巴昂首伫立，"我说，"下方两军的交锋也停了下来，所有人都看向那两位君王。'现在，'辛巴宣布，'你要将自己对我父亲的背叛告诉所有人，让他们知道你的背信弃义。'

"'我承认，侄子！'刀疤喊道，'我背叛了你父亲，是那些鬣狗强迫我这么做的！我只是一枚棋子！请留我一命！'

"此时，在下方，鬣狗氏族战士的女王在暴怒之下中止了和女战士娜娜的决斗。按照蛮族文化，他们绝对不能乞求饶命。看到刀疤的懦弱行径后，鬣狗氏族不再用武器对准狮子，他们拒绝继续战斗。

"辛巴俯视着叔叔，看向遭受种种痛苦和折磨的始作俑者。'我无法宽恕你，叔叔，'他宣布，'因为众神也在要求伸张正义。因此，作为合法国王，我现在要宣判你的死刑。'

"接着，伴随着嘹亮的怒吼，辛巴将叔叔抛向了末日。现在父亲徘徊的灵魂终于能够安息了。复仇已经结束，平衡回归了这片大地，轮回终于在最后完整了。"

之后还有些浪漫的情节，我年纪还小的时候不怎么感兴趣，但我始终觉得在这里收尾才更好。归根结底，这是个关于蛮族和骑士的故事。

说来奇怪，我对这个故事记得特别清楚，几乎一字不差。关于我过去的其他事都在褪色，但这些故事却牢牢扎根在我的脑海里，就像属于我的过去的一只船锚，绑在我的灵魂上。

这结尾让其他飞行员欢呼起来，而奴卢芭打开了百叶窗，让机库里的光线恢复明亮，她总是在默默为所有人提供方便。我们聚在这里举办庆祝宴会，我提出讲个故事，没料到它会得到这么好的评价。

他们渴望能想起外部世界的事物，我看着那些海盗聊天的样子，心想，哪怕它来自不同的文化。

其他人朝着桌子走去，我们在那儿摆出了各式各样的食物，那是在回收或者抢掠的时候发现的。我们不需要吃食物，但马克西姆说品尝这种行为本身有助于恢复记忆。

我看到他在和芮泽德聊天，后者是来自另一个小队的女性塔努泽德兰人，这个物种看起来有点像红色的熊猫。她小口吃着一只小碟子里的食物，我觉得自己应该见过那种食物，但……我的那部分记忆真的很模糊了。那是一种红色的小块食物，而且……而且还有某种黄色的小块食物？

切特朝我走来，胳膊仍然系着吊带。"斯潘莎，"他说，"那个故事真是太棒了！我觉得自己好像听过，至少一部分在我听来很耳熟。"

"奶奶热爱这个故事，因为它讲述了一位流亡战士的经历。"我说，"她教育我说，尽管我的同胞遭受了流放，我们仍然可以保持自身的强大。"

"你今天在决斗中的表现振奋人心，"他说，"你的技艺的确像先前的夸耀所暗示的那样娴熟。而且这些人，他们对你来说就像和睦的一家人。"他朝聚集在一起的海盗点点头，但我察觉了他语气里明显的忧郁。

"出什么事了？"我问。

"只是一个老人的愚蠢念头而已，"他对我说，"我担心自己帮不上这些飞行员的忙。谁会需要一个不会驾驶的探险家？"

"我需要你帮忙。"我说，"你带我去了那些遗迹，而且你知道下一站就在坚城基地。除了这个，你还有要找的东西……"

切特先前悄无声息地和海盗们打成了一片，谨慎地打听标记和现实灰烬的事。我终于向佩格问起了我的标记，而她很吃惊，声称她的手下没人见过。我不清楚她会不会说谎，但切特和我断定最好由他来独自调查一番。

"你在这方面的表现非常棒，"我低声对他说，"比我要好多了。他们是真心喜欢你，切特，他们愿意和你说话。"

"如果真是这样，"他说，"如果我真的像你暗示的那样擅长这类工作，我现在就应该找到那件……遗失的物品了。"他摇摇头，然后看向我，抬起那只完好的手，"没必要继续巩固我的自尊了。它是进了一点点水，但还不至于沉。我只是……我害怕会在这儿停留太久，我害怕留在同一个地方。"

"我们很快就会离开了。"我说。

"那探究者呢？"他问，"你在今天的决斗里……感觉到它们了，对吧？"

"是的。"我承认了。

"如果它们找到了我们，决定对付我们……"

"我们几天之内就会离开。"我重复了一遍，"别担心，放轻松，给你的胳膊休养的时间。没等你反应过来，我们就会到达坚城基地了。"

"是啊，"他说，然后点点头，"是啊，当然。谢谢你，斯潘莎，我想我确实需要听这么一番话。"他朝马克西姆笑了笑，后者拿着一盘食物走了过来。

"这故事太棒了，斯苹，"马克西姆说，"我喜欢关于荣誉的那部分。年轻的时候，我相信所有人类都是那些横冲直撞的怪物，我一直想知道自己什么时候会变成那样，想知道自己什么时候会开始杀戮。"他垂下目光，"长大一点以后，我读过一部分记录。我们……的确攻击过很多物种，所以能知道我们同样拥有关于荣誉的故事，真是太好了，哪怕那是想象出来的故事。我是说，狮子其实不会说话，对吧？"

"那些都是我翻译的，"我说，"就像有些武士氏族会给自己冠以可怕野兽的名字，从而威吓他们的敌人。"

"狮子和鬣狗？"马克西姆说，"我不觉得日本有这些动物，斯苹。"

我承认，我的旧地球地理知识很差。奶奶是不是说过这故事来自丹麦？总之，切特正在审视马克西姆拿来的盘子里的那些食物，我犹豫起来。我在这里待得越久，对主动进食的行为就感到更陌生。我以前真的每天都做这种事？把东西塞进自己的嘴巴？

我拿起其中一小块黄色的东西，捏在手指之间。"这是什么？"

"你可以叫它'玉米'，"马克西姆解释道，"这是英语叫法。"

"我没听过这个词。"切特说着，挑选了一块，"作为植物，它的颜色很奇异，我猜它们在地球上通常是绿色的，是吗？"

"这种植物不一样。"马克西姆说，"这是我的收藏品，还有一罐头这种红色的东西，标签上写的是'甜菜'。你们记得这东西是什么吗？"

"不记得了，"我说着，来回打量指间的小块玉米，"不过'节拍[1]'听起来是个挺酷的名字。我们每天都要吃掉一大堆这种东西，难道不是很奇怪吗？"

"是啊，"马克西姆说，"这些名字，还有……还有……嘴里的味道？你的嘴分辨食物的方式？那些东西全都没了。我不记得自己的人生了。我发誓，我从前喜欢其中一部分，又讨厌另一部分。"

"幸好我已经彻底失去了那部分记忆。"切特说，"我不记得自己吃过东西了，而且我没什么不高兴的。在嘴里像那样咀嚼东西？它会粘在你的牙齿和舌头上！然后还要吞咽？把用唾液黏合的潮湿团块强行咽下去？不，我就免了，朋友们。"他把那块玉米放到盘子里。

我理解那种看法，光是思考这回事就让我起鸡皮疙瘩，但我的确想起了一些……可能和进食有关的幸福感。我将那一小块玉米放进嘴里，缩了缩身子。不知为何，它显得既黏滑又坚硬。我用牙齿咀嚼了几下，它破裂开来，释放出令人极其反感的口感，就好像里面塞满了烂泥，我差点忍不住干呕。

"很离奇，不是吗？"马克西姆吃下一小块，强迫自己咽下，眼睛连连抽搐。吞咽食物……我以前怎么没注意到这种行为有多怪异？M机器说得对，我们干吗要把食物放进呼吸空气的部位？

我把自己那块玉米吐到马克西姆递给我的手帕里。"太恶心了，"我

1　甜菜原文为 Beet，发音与 Beat（节奏）相同。

说着，擦干净舌头，"这绝对没法鼓励我想起任何东西。"

但我还是强迫自己尝试了另一样东西，至少它看起来像在流血，那个很酷的名字也许就是这么来的。它更黏滑一点，不过这次我有心理准备。我是流着战士血统的战士，能吃下这块"节拍"。它让人反胃，它……等等。

这是什么？我……在挑战军的食堂吃过这东西，那里有从菜园采来的奇怪传统食物。我记得内德大笑时的脸，我当时拿这个名字开过同样的玩笑。我记得约尔延在微笑，FM 表示她特别喜欢这种食物，金玛琳看着这些，连连点头，阿图罗为我们讲述它是怎样生长的……

这是时间里的一幅完美的画面，他们的脸突然在我记忆里清晰起来。该死，我好想他们。我需要回家去，回到他们身边。

更重要的是，我需要保护他们，阻止探究者伤害他们。

我在努力了，我心想，而且我会回来的，我保证。

"这既让人反胃，又美妙无比。"我对马克西姆和切特说，"最奇怪的是，我居然会感到这么陌生。我才离开'某处'……"我离开了多久？我强行回想起了 M 机器每天早上告诉我的数字，"……不到一个月。"

"这地方会迅速改变你，"马克西姆说，"让你觉得自己像是在地狱的边缘……"品尝过"节拍"以后，他走回餐桌那边，又拿了些别的食物试吃。

切特去了谢瓦那儿，后者正好在说，她觉得我们的消化方式非常怪异。用她的话来说，就是太没效率了。更好的做法是直接生长在矿物上面，在需要的时候使用。我背靠墙壁，发现自己再次露出微笑。

我属于这儿，这点不假，但我也属于别的地方。我能依稀想起我和朋友们在挑战军指挥部一起度过的相似夜晚，但我同样记得痛苦、恐惧和失落，还有赫尔的死，以及对约尔延的担忧。

在这里，我没有类似的恐惧，而且该死，我得承认过去几周让我充满活力、精神振奋。先是探险，再渗透进海盗势力？现在又赢得了他们的信任，打败了他们的冠军？

这一切都很刺激，就像故事，就像我一直想象自己会做的事，就像和切特探险的时候那样。我心里有种淡淡的内疚，因为我在家乡的朋友们面临危险时过得很开心。但话说回来，真正的危险是探究者，而我已经尽我所能去努力了，我难道没资格在战斗间隙放松一下吗？

所有战士都需要休息，不是吗？就像英灵殿？至福净土？这些故事让人明白这个道理。在最伟大的战士社会里，那些把时间花在杀戮上的人能够得到奖赏。

人们开始喊出我的名字，希望我再讲个故事，于是我回到了灯光下。我会给他们三个不同的选项，就像奶奶在我小时候做过的那样。

我的确热爱我的朋友们，也正在尽我所能帮助他们。我找到了能够过上渴望生活的地方，但我决定不再为此心怀内疚。我是个流亡者，但正因如此，就像故事里的撒旦那样，我找到了能够亲手改造成天堂的地方。

就在这时，基地的雷达警报疯狂地响起。

31

"这块片段即将发生碰撞，对象是……"奴卢芭的声音越来越小，她的视线离开雷达数据，转向聚集在机器旁边的所有人。

"是什么？"佩格问。

"是另一块片段，"奴卢芭说，"我从没见过类似的东西。那块片段正在飞快靠近……雷达说碰撞会在半个小时内发生。"

我和切特对视了一眼，后者表情严肃。在上一次，飞来的那块片段几乎彻底摧毁了我们当时所在的片段。

"让所有人上飞船去，做好撤离准备。"佩格宣布。

"船长！"奴卢芭说，"我们有五艘飞船在为袭击行动进行保养！我们可以让它们起飞，但要在半个钟头内办到吗？另外，如果我们放弃基地，就会损失设备、备用零件和诊断数据……"

该死。我们早先在为聚会做准备的时候，地勤人员已经开始工作了，他们以为自己有三天时间为这次袭击行动调整战机。

"无论如何都要撤离，"佩格说，"以防万一。"

"还有，奴卢芭，"我说，"把雷达数据发到我的飞船上。"

"什么？为什么——"

"照做！"我说着，跑向 M 机器，切特跟在我身后。我爬上机翼，伸手去拉切特。M 机器打开舱罩，我们跳进去的同时，它也点亮了飞船的仪表板。

"我正在接受雷达直接传来的数据，"它说，"噢，天啊，太糟糕了。"

"计算一下！"我说，"我们能做点什么吗？"

"计算中……靠近的那一块要小得多……舷侧团有六套用来移动飞船的光矛……"一串数字出现在我的屏幕上，"完成，"它说，"来得及，勉强来得及。"

"我们要抬起一整块正朝我们飞来的片段？"切特看着屏幕上的步骤指示说，"真大胆！"

"而且有可能，"M 机器说，"但前提是你动作够快，斯潘莎。我是说，我知道你真的很享受上一次碰撞，但……"

我站起身，对匆忙跑过的佩格大喊："我有另一个方案，佩格！"

佩格停下脚步，看向了我。

"我和另外五艘飞船通过光矛拖曳，"我说，"这样就能将那块接近的片段抬起到避开我们的程度，但我们必须抓紧时间！"

她一刻也没有耽搁，高声命令其他人继续疏散，但也开始组织一支负责执行 M 机器计划的小队。

我坐回驾驶舱里，回头看向切特。"你在上次之前从来没碰到过这种事？"

"没。"他说着，戴上头盔。

"现在我们遇见了第二次？"

"对。"

"你还记得我早些时候说过，不要担心探究者知道我们的下落吧？"

"记得。"

"就假装我当时说了什么聪明的话吧。"

"我会尽量的。"

没过多久，佩格就组建了一个由我指挥的班子，其中包括她自己，以及她那艘强而有力的太空梭。幸运的是，这些飞船已经配备了光矛，为了拖曳被毁灭光束锁死的飞船。

"前往正在接近的那块片段的坐标，"我说着，将 M 机器给出的步骤说明和数字展示在他们的显示屏上，"将你们的光矛固定在这边的上升石那儿，做好抬起的准备。"

佩格再次催促所有人行动。他们开始起飞，但远不如我希望的那么急切。

"正常来说，他们应该更害怕才对。"M 机器说。

"在这里，人很容易就会松懈下来，"切特答道，"尤其是在一个地方待了太久以后。"

我遵循 M 机器的指示，朝那块接近的片段疾飞而去。我这艘飞船速度更快，所以我选择了它指出的位置里位于片段后部的那一处。这块片段，就像先前那块一样，上面光秃秃的。它就是一大块实心的石头，小而结实，最重要的是速度很快，就像一枚子弹。

我保持和片段相同的飞行速度，射出光矛，与那块巨石连接。其他飞船在赶到后开始有样学样。

"距离接触还有不到十五分钟。"切特看着 M 机器为我们展示的时钟，读出推测数据，"我们的时间非常有限。"

"所有人都准备好了。"等最后一艘飞船连上光矛以后，我说。

"你们得全体向正上方抬起，"M 机器解释道，"用相同的力道一起牵引。你瞧，我正在向其他人发送指示，看起来就像你发出的那样。"

我点点头，拉起船首，助推器对准下方。上升环自行转动，同样对着下方。

"注意，"我开始就位的时候，M 机器告诉我，"一开始尽量悠着点，别让助推器发力过头。你的推力可能会忽视一部分拉力，将你推向片段本身。"

我抓住操纵杆，拒绝向催促我推向过燃挡的本能屈服。我选择朝M机器指示的阈值缓缓提高助推器的功率。我感觉自己毫无进展，仿佛什么都没有改变。

在此期间，M机器的声音冷静地继续讲述："稍微轻一点，就这样……"

它将相似的指示送往其他飞行员的显示屏。我看向屏幕，看着我们离舷侧团基地越来越近、越来越近，直到……我们堪堪越过那块片段上方，还留下了充分的空隙，以免撞上基地建筑，但我们还是撞断了几棵树的树梢。

我长出一口气。M机器向所有人送出另一条命令，让我们同时减小助推器的功率，随后断开光矛。我照做了，在空中减速，让那颗子弹似的片段飞走。没有了我们的影响，它的高度降了回去。

接着，在几分钟过后，它撞上了前方的下一块片段。两块片段里岩石的部分都要多过先前被撞毁的那块，因此它们相互挤压，岩石扭曲隆起，就像我见过的星际战机碰撞时的模样，那声音响亮到难以置信。

我悬停在那儿的时候，佩格驾着太空梭缓缓上升到我旁边。"我从没见过这种事，"她用私人线路对我说，"我都长出格鲁登了。但既然我们现在安全了，我有点庆幸能看到这一幕，感觉就像一辈子才有一次的机会。"

我敢肯定，对大部分人来说的确如此。

"佩格，"我说，"我们需要比计划中更早进攻坚城基地。"

"为什么？"她问。

"像这样等下去是在冒险，'无处'正在以危险的方式改变。另外，我……开始有点忘乎所以了。我该继续前进了。"

"好的，好的。别朝我丢提多，也许我们可以把时间线提前。"

相撞的两块片段碎成了许多块上升石，最大的那几块继续推挤彼此，停留在中央，而较小的那些碎块纷纷弹开，就像硕大的弹片那样飞溅四散。

"要知道，"佩格心不在焉地说，"这就像是'无处'突然决定要杀了我们一样。"她大笑起来，但笑声里带着紧张。

"我们明天就进攻坚城基地，"我说，"继续等待只会让至尊同盟有可能注意到我们正在集结，然后做好防备。我们准备好了，动手吧。"

佩格沉默了一会儿，而在身处不同飞船的情况下，我没法判断她的身体语言。我努力将身体前倾，想要看到她那艘拖船的窗户里面。

"佩格？"我问。

"好吧，我们得抓紧时间集结所有飞船，进行最后的准备。如果我们来得及完成……那就这么办吧。明天，我会把这件事告诉其他派系领袖的。"

32

次日早晨，我急切而兴奋地醒来。我昨晚迅速和约尔延碰了头，把我偷听到的探究者和温契克的对话告诉了他。但我没在他身边待太久，我知道团队中的很多人都要彻夜在飞船上忙碌，而飞行员接到的命令是好好睡上一晚，所以我必须强迫自己这么做。

的确，当我走进机库时，发现那里忙得不可开交。地勤人员仍旧在东奔西跑。从佩格摆放的那座大钟来看，我们离出发还有两个钟头，要做的工作看起来仍然很多。在家乡的时候，我把大部分这类准备工作都交给了专家，但舷侧团的做法不太一样。

我匆忙前往 M 机器的飞船边，奴卢芭正在那儿忙碌。她保养过了助推器，此时正将一块外壳装回去。我跑上前去，帮她把外壳抬回原位，我意识到现在是个好机会，可以做那件我一直想做的事了。

"奴卢芭，"我说，"我……想对你道歉。"

"你说道歉，斯萍？"她说着，用一条手臂比画出宽大的环形，我觉得这个动作是在表达安慰，"你已经为偷窃飞船的行为做过补偿了。"

"我道歉不是为了那件事，"我说，"是为了我对待你的态度，尤其是我刚来的时候。我……担心自己对你有点粗鲁。"

"噢,"奴卢芭说着,用钻子拧紧我托着的那块外壳上的螺栓,"是的,我注意到了。我还以为那是天生的人类好斗倾向导致的。"

"不只那样。"我说,"你听说过我的过去吧?"

"自由斗士,"她说,"来自一颗被包围的人类行星。"

"是的,"我说,"我们的大部分'狱卒'都是瓦尔瓦克斯人,不过我们叫他们'克雷尔人'。而且……好吧,我一直没能真正释怀。虽然你一直都对我很好,但我大概把这股怨恨发泄在你身上了。"

"哎呀呀,"她说,而我缩了缩身子,即使到了现在,这句口头禅还是会让我想起温契克,"你很成熟,斯苹。很成熟,也很明智。我当初遇见马克西姆的时候,恐怕也没能这么快就抛下偏见。"

"真的? 你也这样?"

"噢,是啊。"我们转身离开完成保养的助推器时,她说,"很不幸,而我很羞愧。我要赞扬你,因为你给了我这次机会,斯苹。要是我被人类囚禁了那么多年,我不知道自己还会不会心甘情愿地接受他们中的一个成为我的同伴。"

我笑了,而她以摆手的动作回应。我怎么可能讨厌这么一个体贴的生物? 她是那么冷静、那么轻松。在某种程度上,奴卢芭代表了我从未真正认识过的存在: 一个内心平静,对自己在宇宙中的位置毫无怨言的人——或者应该说,在"非宇宙"中的位置。

"你的飞船已经准备好了,"她说着,拍了拍助推器,"调整完成。这工作让人愉快。"

我看着那艘飞船,看着它的流线型外观和强有力的助推器,我的兴奋也更强烈了。"你做这些工作的时候总是那么平静,"我对奴卢芭说,"无论是在维护保养还是盘点库存的时候。你就不想驾驶一次飞船吗?"

"这就不必了,"奴卢芭说着,用手指做出轻巧的转动动作,这在瓦尔瓦克斯语言里代表笑声,"我喜欢简单的事。"

"飞行可以很简单。"

"不,飞行员太重要了。"她解释说,"我喜欢被人忽视的感觉,所以在'某处'的时候才会选择那份工作。我宁愿就这么坐在角落无所事事。我的发现引发了那么大的骚动，实在让我……苦恼。"她犹豫片刻，语气严肃起来，"但这不代表我会回去。我讨厌我们讲述的谎言。"

这番话里带着一种英雄气概，而且是我从未见识过的那种。对我来说，当英雄永远都和战斗有关，但奴卢芭让我想起了库纳，那位竭尽所能去对抗温契克的安静的外交官。

"在你着装前，"奴卢芭说着，指了指，"我相信谢瓦有话要跟你说。"

我们离出发还有相当长的时间，所以我绕过抱着备用的动力矩阵慢跑过来的马克西姆，走进了机库里属于共鸣体的那一角。在这里，我总觉得自己像是踏进了一座大型晶洞。条状的水晶从她们的飞船渗出，就像岩石的脉络，覆盖了这片区域。我向谢瓦打听原因的时候，她解释说这些晶体会自然长出，所以总得让它们有地方可去。

每次她们起飞离开，就会切断和这儿的联系，但只要她们尽快回来，就可以重新连接。如果她们搬去坚城基地，又会发生什么？角落里的这座水晶网络会最终崩溃，化为尘埃吗？

靠近以后，我能看出她们的水晶之间的区别。谢瓦的水晶偏紫色，而迪利利兹兹的水晶偏粉色。它们生长的时候相互覆盖，我现在明白，这种做法在友好的共鸣体之间很常见。那两个生物用乐曲般的语言轻声闲聊，她们在靠近彼此的时候几乎都这么做。

"你有话要跟我说？"我坐在谢瓦较大的一块水晶边上，问她。

"是的，斯苹，"谢瓦答道，"我想要感谢你，因为你实现了这一切。"

"你是指今天的袭击？"

"没错。谢瓦说，"佩格已经筹划了好多年，得知计划终于可以推进的时候，我……因为喜悦而震颤起来。但我同样想代表迪利利兹兹感谢你。如果我们能成功，就能再次取用坚城基地的现实标记和现实灰烬。我始终希望，多加接触这些东西从长远来看对她有好处。"

"她最近怎么样？"我说着，看向层层叠叠的晶体。

"这个问题很难解答，斯苹。"谢瓦说，"有时候，她几乎做好了开口的准备，眼看就要说出层叠的词语和句子，然后……她选择说出的却是非层叠的词语，只有暗示的含意。到现在为止，我只听她说出过几次真正的词语，包括她跟你说话的时候。"

"我不太明白。层叠的词语，还有非层叠的词语？"

"抱歉，"谢瓦说，"请容我回响。我们能让不同的晶体以不同的音调震动，而语言始终是由两个或以上的音调组成。迪利利兹兹只会发出一个音调，比起真正的词语，不如说只有概念。

"我们还是能沟通，我可以探查她的感受，安抚她、鼓励她，但她的回应很少是真正的话语，更多是我们学习语言时使用的音调。这相当于你们所说的'儿语'，但迪利利兹兹年纪已经很大了，比我还要大，而且她驾驶起飞船来毫无问题。"

我点点头，审视起那些层层交叠、带着淡粉色或淡紫色的蓝色水晶格架来。我见过谢瓦帮忙修理的样子，几天前她覆盖了佩格太空梭的一部分，寻找故障来源。谢瓦能用水晶感受到的细节之翔实令人吃惊，但真正动手修理的时候，她花费的时间远比能动生物要久。严格来说，她需要多少"手臂"就能长出多少，但移动物件通常要牵扯到用水晶将其包裹，然后再让那块水晶生长，生长到足以挪动该物件。

我觉得共鸣体能在这些限制下发展出太空时代的工业，真的很了不起。但我猜，当某个物种的成员普遍能活上几千年的时候，也会拥有另一些优势，而且全部由会歌唱的水晶组成的文明还是相当硬核的，就连奶奶最夸张的故事都没法和全宇宙的生物多样性相提并论。

但我得承认，沙虫那件事还是让我恼火。

"现实灰烬真的能帮上她吗？"我问。

"我希望可以，"谢瓦说，"但我们找到她已经有些时间了——还是很长时间？"

"坚城基地的那个标记，"我说，"它看起来是什么样子？"

"是一件小巧的儿童玩具，一直放在展示柜里，样子……很好看，为的是安抚工人的心情。"她顿了顿，"佩格被丢进这儿的时候，那个标记和她一起出现了，但她在发起叛乱的时候没能带走它。我觉得她急于夺取基地，一部分原因就是想要取回它。斯苹……我知道你和切特正在舷侧团寻找某样东西，某样被人拿走的东西，一枚……标记？"

我没有立刻回答。她知道了？

"你被俘的时候，身上带着多到不寻常的现实灰烬。"谢瓦说，"虽然切特的问法很含蓄，但我比大多数人都要擅长含蓄交流。你遗失了一枚标记，你觉得它被偷走了？"

"是的。"我承认，"第一次潜入这儿的时候，我把它埋在了外面，现在它不见了。"

"那么，我也许有消息可以告诉你。在坚城基地的时候，我帮佩格找回过好几次她的标记。标记是'某处'的片段，会在这儿出现怪异的反应。斯苹，它们有时会和这个地方脱节，就像是和片段的移动不协调一样。"

"这代表……"

"它们会时不时地自行移动，就像我说过的，就像是没能和正常的片段动向同步。你会发现它们出现在保险箱外，或者是另一个房间里。这种情况很少见，但我亲眼见过。也许没人拿走你的标记，而且我觉得，如果这儿有标记，佩格会嗅到它的味道，然后告诉所有人。她坚持让我们分享灰烬，这就是她的作风。"

这消息很奇妙。我思索了片刻，发现自己很高兴。也许我不用再担心这儿有个窃贼——当然是指我以外的窃贼。但如果标记掉进虚空里了呢？或者消失不见，然后出现在完全不同的另一块片段上？

那样的话，我就不可能找到它了，我必须依靠我们剩下的灰烬离开这儿。这是有可能的，那些灰烬应该能撑很久，但我仍旧感觉到了失落。它甚至并不真是我父亲的别针，但它对我来说仍然很重要。

思考这点的时候，谢瓦对佩格的提及让我想到了另一个问题。"佩格真的……有一棵树？"

"是的。她的儿子们也一样，他们的树是用她那棵树的果实种出来的。泰纳西人的共生是件美妙的事，我经常对此产生共鸣。你应该很快就会看到那棵树，因为它仍然生长在坚城基地。那里的人绝对不会毁掉泰纳西人的树，无论我们和他们之间关系有多差。等我们到了那儿，你还可以亲眼看到那枚标记。"

"我很期待。"我说，"但……标记，谢瓦，它们究竟是什么？"

"我也不清楚。"谢瓦说，"这地方在很多方面都很奇怪，不是吗？但我能告诉你一件事：看着那枚标记的时候，我始终觉得它拥有灵魂，就好像它是我们世界的一块片段，正如探究者是这个世界的片段。"

这形容真够奇怪的。我站起身，想要找借口结束和谢瓦的对话，毕竟如果我给她机会，她能无止境地聊下去。我每次告罪离开的时候，都觉得特别尴尬，不过……好吧，反正她似乎觉得所有能动物种都有点粗鲁。当一个人确实没法远离邻居的时候，就能学会礼貌待人。

"在你离开之前，"谢瓦说，"我……承认我对你有个请求，斯苹。请别觉得我很冒失，但我猜想你打算离开这儿——不是这片地区，而是整个'无处'。"

"是的，"我说，"'某处'还有人需要我。"

"我没听说过有人能不经至尊同盟许可就离开，"谢瓦说，"即使经过允许的情况也很罕见。但我的请求和迪利利兹兹有关。佩格担心她的情况太过严重，只有离开才可能好转，所以如果你真的离开了……你能想办法为迪利利兹兹和我打开一条路吗？就算为了她？"

"这样有用？"我问，"我是说……我们的记忆……会在离开的时候恢复？"

"我相信会的，"谢瓦说，"至少基地那边少数几个离开又回来的人，似乎都恢复了部分在这边失去的记忆，但可能不是全部。"

"我会试试看的。"我保证说，"切特会和我一起走，我们可以亲眼确认失去所有记忆的人能否在外面恢复过来。"

"谢谢你，这是我唯一的要求。从坚城基地离开需要和至尊同盟交涉，我不信任他们。无论他们给出什么承诺，我都不相信用那种方式离开是安全的。我认为其他海盗不会在乎，他们更喜欢留在这儿，远离'某处'的担忧和麻烦，而我不一样。至于迪利利兹兹……她需要帮助，也想要离开，我能从她的震颤里感觉出来。"

"我会尽我所能的。"我说着，看了一眼旁边，佩格正在宣布离出发还有不到半个钟头。是时候着装了。

"好好打，斯苹，"谢瓦说，"我也会做同样的事。再次感谢你抽出时间。"

我跑去梳洗和穿飞行服。我用接下来的二十分钟进行飞行前检查，然后从奴卢芭和马克西姆那里得到了飞船状况适合参战的认可。等这些事结束以后，我看到切特站在船外，胳膊下面夹着头盔。他昨晚取下了吊带，那条手臂似乎也基本痊愈了。

"如果你允许的话，"他说，"我想和你一起飞行，斯潘莎。"

"我飞起来可能会有点疯狂。"我说。

"我也许比你以为的更能理解疯狂，"他答道，"而且……好吧，我昨晚让芮泽德带我去进行重力训练了。我似乎想起了很久以前的事，想起了帮助我的身体承受压力的方法。但就算没有，我也想和你一起去。说实话，我担心探究者。昨天的攻击失败了，它们应该会尝试别的方法。"

我点点头。"那我们走吧。"

33

前一天，离开舷侧团的是一支截然不同的队伍。为了那场决斗，我们带上了所有人，以悠闲的方式飞行。组建那种护航队的部分原因是展示力量，部分原因是要证明团结。

今天我们带上的只有飞行员。佩格加入了我的小队。她的太空梭火力强劲，但比普通战机要慢，可能会成为目标，但它能够造成的破坏几乎能和庞大得多的炮舰相比。按照她的命令，我们关闭了通信。在这段航程里，没人说笑，没人讲故事，也没人会闲坐读书。

在我们与其他派系会合之前，我用航程的最初部分努力压抑我的兴奋。我们的毁灭炮仍旧设置为非致命，但每一艘飞船都配备了将其切换到致命模式的能力，以免这场战斗真正危险起来。

佩格其实不想这么做。她想要招募坚城基地的飞行员，而不是杀死他们，但她是个非常实际的人，不可能抛开这种选项。

我把控制权交给切特，让他适应起来。如果我不知怎么在战斗中受了伤，他也许就能接管飞船，毕竟 M 机器的技术仍旧拙劣。切特做了几个简单的机动动作，表示他仍旧留有驾驶方面的一些肌肉记忆，而我陷入沉思，谢瓦提到的关于标记的事让我心烦意乱。

我思考了一番，闭上双眼，用感官能力向外探寻，强迫自己在搜寻的时候更加安静和隐秘。我停了下来，因为我感觉到了探究者或者它们的注意力就在附近，等待着、畏惧着。

它们没注意到我。我能感觉到它们的心灵从光爆那边向外推动，但它们没有意识到我的存在。我可以努力让它们看不见我，但我怀疑这招只在它们不清楚我确切位置的情况下才有效。

我为迄今为止的进步而高兴，转身向外探寻，寻找……熟悉的东西。我记得自己刚到"无处"的时候，在那片丛林里发现了一个位于附近的心灵。在找到切特之前，我感觉到了某个存在，我原本以为那是我父亲。

那就是我的标记吗？我觉得自己很蠢，因为我曾经以为那真的是他。但在搜寻的时候，我……为自己的心灵铺上了一层暖意。那是我在长者之路上学会的"化身为星"，就像一段密码或者某种呼号。我曾用它击退了布蕾德笼罩在我身上的云团，逃离了她的监狱。它也可以指出我的身份和位置，但对象仅限于我所知的那些人，就像私人通信频段的通信信号。

我感到某个东西跳动起来，回应了我。那是一个心灵。我碰了碰它，然后我的心欢腾起来。我的别针！是的，我能感觉到它，而它也给出了回答。它……它……

它在为我埋下它而生气。

这让我震惊。那枚别针的心灵给人熟悉和充满爱意的感觉，这感觉……就像家人。

父……父亲？我心想。

回答我的是一股温暖的感觉。我知道这很荒谬，但……我的意思是……这地方真的很奇怪。

*你在哪儿？*我问。

回应我的感觉是……坚城基地？没错，标记就在那儿。它是怎么到那里去的？我的意思是，谢瓦确实提醒过我，它们会自己移动，但怎么会跑到那么远的地方？

那心灵退了回去。

我这就去找你，我向别针送去念头，脱离了那种"赛托恍惚"，然后困惑不已。它不可能真是我父亲的灵魂，对吧？可别针怎么会出现在坚城基地，出现在我正要去的地方？这简直巧合到了异常的地步。这让我想起了切特巧合的到来，而我已经有一阵子没考虑这件事了。

终于，我们的小队与其他海盗派系接连会合。佩格轮流欢迎了所有人，我能感觉到她语气里的释然，因为她一直在担心他们不会来。第四个派系加入以后，她让我们停留了一会儿，给炮轰团留出现身的最后机会，但他们没有出现。

"好吧，诸位，"佩格经由通信频道对我们所有人说，"我们绝对会赢下这场战斗。我们花了这么多年进行战斗准备，而他们一直藏在基地里，指望至尊同盟派来增援。

"但增援没来。至尊同盟不在乎他们，也不在乎我们任何人。他们在乎的只有上升石，所以我们要给他们沉重一击，抢走上升石。也许他们在空旷边界的那一头还有别的采矿站，但我知道比起别处，他们更依赖这个基地，所以我们会彻底封锁那边的传送门，那他们就必须遵守我们的规则了。"

聚集起来的八十来艘飞船以各式各样的发声方式给出了欢呼和叫喊。切特和我也加入进去，大喊大叫。

"我的快乐罗杰团准备好动用致命毁灭炮了。"等喧闹平息后，格瑞姆宣布。

"除非敌人先这么干。"佩格说，"记住，我们战斗的对象并不是我们真正的敌人，只是一群夹在两股势力之间、胆战心惊的人。我们的身份不是掠夺者，而是解放者，所以保持武器非致命吧。如果你们看到锁死的飞船，甚至是敌方飞船即将和地形相撞，就呼叫我或者别的拖船。专心战斗，如果你们面对的飞行员太厉害，记得呼叫求援。"

她得到了齐声赞同，这让我印象深刻。她和她的儿子们已经为这场战斗打好了完美的地基。

"好的！"M机器在驾驶舱里说，"我觉得想要发抖，但不知怎么还是渴望前进。"

"担忧和渴望？"切特说，"这听起来像是热忱。"

"不，我觉得那样的话，应该更接近快乐加上渴望，"M机器说，"这种感觉是反胃加上渴望。"

"也许是兴奋？"切特说。

"'兴奋'这个词我可以接受。"M机器答道，"没错，我很兴奋！"

"你们两个在干吗？"我问。

"人工智能和我在努力改善关系。"切特的语气里带着自豪，"它想让人帮忙定义它的特定情绪，我答应协助它。"

"在这种时候？"我问。

"有比这更好的时机吗？"切特问，"毕竟，它可能会感觉到很多强烈的情绪。"

"我们下次会小声说的。"M机器保证说。

真棒，我一时间不敢相信，但我们继续前进，进入了至尊同盟领土。我没看出多少区别，哪怕这里有更多的片段，而且相互更加靠近。我们径直飞向中央，飞向那团庞大的白光，它显得前所未有的庞大和骇人。

"当心，舷侧团成员们，"佩格说，"他们来了。准备交战。"

她那艘飞船的雷达比我的要好，我的传感器又过了两分钟才发现接近的飞船。M机器在它们抵达时清点了数量，最终数字停留在九十三架上，略大于我们的总数，而且我没看到其中有民用飞船的改造版本。希望佩格是正确的，我们的飞行员更加优秀。

无论如何，我内心的激动都在增长，而且那种激动很纯粹，没有紧张、没有担忧。一次飞行和战斗的机会，一场大战。我准备好了。

"真奇怪，"谢瓦在通信线路里说，"船长，你看到了吗？"

"看到了。"佩格说，"所有人，放大显示画面。"

我的接近传感器屏幕放大，显露出更大范围的邻近片段。我们前方的那两块靠近到不自然的地步，眼看就要擦碰……不，是碰撞。

"船长？"芮泽德说，"你是不是……说过，片段之间的碰撞是极其罕见的？"

"我是说过。"佩格回答。

"现在我们遇到了第二次，就在上次的一天以后。是不是……出了什么问题？"

"说不好，"佩格告诉我们，"但……瞧瞧，我放大了一部分敌人的标识，看起来炮轰派系最后还是来参加这场聚会了。"

我皱起眉头，直到 M 机器的扫描装置指出，又一组飞船飞来，加入了战斗。那是炮轰派系，但他们没有加入我们，而是绕了个圈，最后加入了至尊同盟的部队。

"不知道他们拿到了怎样的酬劳，才会长出那种弗利维来。"瑟姆咕哝道，"难道福莱普真觉得至尊同盟会遵守对他的承诺？"

"这不重要，"佩格在公开线路里说，"只是多了几个好打的靶子，还有几个会被羞辱的叛徒。注意那次碰撞产生的碎块，可以的话，远离那些片段。我没在雷达上看到那位前冠军，但他也许藏在某个地方。如果你们发现他，不要交战，把他留给我们的王牌来对付。"

"他会来找我的，佩格。"我在私人线路里说，"希修会想来一场重赛的。"

"在发生那种事之前，尽你所能多解决几个敌人。"佩格说，"我觉得我们比他们优秀，但我不介意你帮我们拉平兵力差距。"

"明白。"我们飞近的时候，我说。双方的队伍终于散开，星际战机呼啸着飞向彼此，在那些碰撞片段的正上方相遇。不同风景撞在一起，大块岩石碎裂四散，我的接近传感器也发了疯。

我咧嘴一笑，投身于那片混沌。不用担心同伴的安全实在让人松了一大口气。科布会因为我没带僚机而朝我大吼大叫，但在这里，我可以按照心底深处所渴望的方式去飞翔，无所顾忌、自由自在。

我的炮火照亮了前方的一艘飞船，几乎轰散了它的护盾，它开始了一连串慌乱的规避动作。我相信自己的直觉，于是追赶了片刻，然后拉开距离，给驾驶者留出自己搞砸的余地。他们也的确这么做了，更在奋力逃脱的过程中吃了佩格一炮。

我笑得更欢，随后朝一侧俯冲，击落了一架、两架，然后是三架敌机。该死，这太棒了！我穿过疯狂而混乱的战场，蓝色的毁灭光束照亮了四面八方的天空。M机器在显示屏上高亮了几名敌人，我鲁莽的猛攻为我赢得了两条"尾巴"。

"好了，让我想想……"M机器说，"这种情绪……是对这种疯狂进攻的无奈，混合了那么一丁点的喜爱，还有用某个不算太重，但也足够重的东西敲打她脑袋的渴望。"

"恼火。"切特说。

"哇！"M机器说，"很完美，斯潘莎简直就像是恼火的化身！"

"我记得你们说过会小声的。"我说。

"你更希望听不见我们议论你吗？"M机器问。

其实我不希望。我咬了咬牙，做了个半是笑容半是鬼脸的表情，然后加速俯冲，避开那些尾巴的炮火。我以可能被评价为"有勇无谋"的方式低空飞行，迂回穿行于一块正在分崩离析的片段之间。

切特在我屏幕角落上的脸有些发白。"你在后面还好吗，切特？"我问。

"我在尽可能享受这条感受烦躁的专业航线，夜影小姐！"他高声说道，"我记得这类片段，它来自一颗黄昏行星，那是位于黑暗太阳系的行星，依靠在可见光谱上的光芒不再明亮，但仍能提供辐射的恒星来维持生命。

"这种行星通常会有能够发出充分生物荧光的植物和动物，甚至是某种发光矿物。从我看到的部分来判断，这些岩石如果被毁灭光束击中，很可能会爆发出四射的强光，或许可以加以利用？"

棒极了。我看到前方正在破碎的片段间有个缺口，于是我朝那边飞去。我向上飞了一圈，径直穿过缺口。我的尾巴跟了过来，但就在我精巧地穿过坠落的岩石碎片之间的时候，他们的毁灭炮命中了我的四面八方。就像切特说过的那样，爆炸就像照明弹那样迸发强光，落下的碎片其实也起到了抛射物的作用，拦截了毁灭光束。

　　只要我没有撞上大块碎片，这儿实际上更加安全。就在我思考这点的时候，我真的撞上了一块中等大小的碎片——只有一块，而我的护盾挡开了它。

　　"难以置信的感觉，"M机器说，"混合了某种对类似的事将会发生的坚定预期，因为她当然会飞过一片充满辐射和爆炸物的天然雷区。"

　　"听天由命。"切特说着，轻笑出声。

　　"安静，你们俩。"我嘀咕一句，然后拉起机首，从四分五裂的片段下方飞过，穿过大块坠落的泥土。我的两条尾巴因爆炸而无法视物，显然跟丢了我，因为他们停止了追赶。

　　"这招确实漂亮，斯潘莎。"切特说。

　　"我们拥有生命，"M机器说，"奇怪的是，我感觉——"

　　"噢，我知道，"我说，"又要抱怨我的鲁莽了。"

　　"事实上，"它说，"我有种不一样的感受，那是兴奋的颤抖……逐渐到来的释然，以及……再做一次这种事的渴望？"

　　"哈！"我说，"你觉得这很有趣！"

　　"的确有趣，"M机器说，"该死！这为什么会让人觉得有趣？这既愚蠢又危险。"

　　"一点点风险才能让事情有趣起来，人工智能！"切特说，"这就是值得挑战的部分！这就是令人兴奋的部分！前提是能克服那种反胃感。"

　　我绕了个圈，朝主战场的方向前进，在那里发现了某个技术相当不错的敌人正在尾随佩格那艘速度较慢的飞船。我朝对方接连射出精准的三道光束，让那家伙选择了撤退。

　　"享受危险听起来像是个进化方面的问题，"M机器说，"你们不是应该等到安全的时候再找乐子吗？"

"谁知道呢？"我说，"我不认为自己是进化预想中的作品，我只是个意外。"

"进化不会'尝试'去做任何事，"M机器说，"但无论喜欢与否，你都是它的巅峰之作，遍及你们物种所有年龄层的全部进化压力最终导致了你的出现。"

"我敢打赌，它觉得很羞愧。"我说着，终于击落了刚才追赶佩格的那艘飞船。它锁死并减速，漫无目的地飞过这片战场。"就像我上学时的那次，所有家长都来看他们孩子行军，而我母亲被迫向别的母亲承认，是我把她手工制作的木头'动力装甲'粘在她的制服上的。"

"要是我当时就认识你该多好，"M机器说，"你听起来是个特别反复无常的孩子。"

"呃，是啊，孩子。"

我当时十六岁。

"希修在哪儿？"我说着，看向战场的另一边，"雷达上有他的踪迹吗？"

"没，"M机器说，"但周围有这么多碎屑在乱飞，我的视野没有我希望的那么清晰。他也许就藏在什么地方。"

"右方有飞船靠近，斯潘莎。"切特警告道。

我向侧面躲避，但那个飞行员才刚刚意识到我是谁，就停止了追赶。我运用光矛绕过一大块从粉碎的片段飞出的上升石，跟在那艘逃跑的飞船后面。如果那个飞行员害怕我，这就会成为我的优势。

在过去，我也许不会觉得这场战斗令人愉快。我的技术水平高于这些飞行员，而我的确热爱挑战。但在成熟以后，我开始明白，所有战斗都是挑战。在这样疯狂的混战里，光是保住性命就是种挑战：飞船在这里四处疾飞，飞过的毁灭光束就像熔炉里的余烬。我警觉而又忙碌。

当我的猎物躲过某块飘浮的碎石时，我的接近传感器传来警示音。有艘飞船藏在那儿，它在我经过时窜了出来，跟在我身后。那艘飞船的式样很熟悉，有着小巧的驾驶舱和巨大的武器。

希修为我设下了陷阱。

"你好啊，前冠军，"切特说，"出现得正是时候。"

"轻微的反胃感，"M机器说，"某种我本不该能体会到的情绪，混合了不确定。"

"那是忧虑。"我咧嘴笑着说，"把它抛开吧，M机器，这次会很有趣的。"

我停止了追赶。希修跟在我后面，而我尾随的那艘飞船立刻绕了回来，加入了他。我在上次碰面的时候击败了希修，所以尽管他明显想要重赛，却也带来了负责支援的僚机。在这样的战斗里，二对一没什么丢脸的，游戏规则就是如此。

他们的飞行方式像是要将我与主战场分隔开来，迫使我向外飞去。如果我试图转向，其中一艘就会拦住我的去路。从前和克雷尔人战斗的时候，我曾数次身处这种局面。事实上，我觉得也许我教过希修这种策略：将某艘飞船从主战场剔除出去，然后专心对付它。在大规模交火中，让飞船以自保为目的飞行，同时由几名老练王牌组成的"杀戮小队"来缩减敌人的数量，这套战术更有价值。

好吧，我需要让这场战斗稍微显得不那么公平，或者让它在对我有利的意义上显得不公平。我冒着护盾受损的风险向右方闪躲，以免被赶离战场，而我的确被打中了一次。在二对一的战斗里，混乱对我有利，所以我希望留在炮火最稠密的地方。

M机器热心地列出仍在战斗的飞船，证明海盗们守住了阵地，甚至朝敌军的方向推进了一点。我——

一栋建筑物出现在我正前方的空中。

该死！我转向侧面，护盾擦过那栋巨大的飘浮房屋的边缘，粉碎了它的窗户。

"这究竟是怎么回事？"切特问。

"我不——"

另一座建筑物出现在我的侧面，高大而四四方方，然后另一样东西在我的正前方闪烁成形。那是个……游泳池？我努力向下绕过，但它在空中旋转，将一股水流浇灌在我们的飞船上。

"突然爆发的恐惧！"M机器说，"还有全身麻痹！这种情绪我也知道！是恐慌！发生了什么？"

一套刷洗工具从驾驶舱的两侧伸出，刮过弧形表面，擦去了那些水。换作别的时候，我的飞船配有雨刷器这件事只会让我觉得好笑。我从没在雨里战斗过，毕竟岩屑星从不下雨。

但那些建筑物让我笑意全无。"佩格？"我对着通信装置大喊的同时，一辆悬浮车出现在我前方稍远处，"你看到了吗？"

"看到了，"她在公开线路里说，"但不太敢相信。我们看到的是一批卷入'无处'的新物件，我从来没有亲眼见过。当心，各位。我可不想把你们之中的任何人从屋子侧面刮下来。"

该死，我有种……陌生的感觉，就像在拉伸一样，而这是我能给出的最贴切的描述了。

"是探究者，"切特猜测道，"它们在攻击'某处'！所以这些东西才会出现在这儿。有个探究者去了你们的次元，它发起攻击，把这座城市卷来了这里。你该不会……认识这些房屋吧？"

"幸好不认识，"我说，"攻击发生的地点不在岩屑星。"

但没错，我猜他是对的。那种拉伸感来自那道"无处"开口，探究者打开了它，将来自我那个次元的东西塞进了这儿。

"深呼吸、深呼吸。"M机器说，"好吧，分析说这些建筑物看起来是至尊同盟的设计风格。"

他们干吗要攻击自己的地方？也许是某颗反叛的行星？佩格名字旁边的指示灯变了颜色，这表示她切换到了私人线路。"这实在太离谱了，斯苹。片段的爆炸性碰撞发生了不是一次，而是两次，然后又是这种事……哈！真有种'无处'在设法对付我们的感觉，是吧？"

"是啊。"我咕哝道。我的接近传感器传来提示音，屏幕显示希修和他的僚机避开了突然出现的建筑物，再次开始尾随我。"哈哈。"

"别想太多，"佩格说，"这只是碰巧，孩子。我不希望你觉得舷侧团长出了恩古伦什么的。我们并不倒霉，毕竟我们发现了你！"她切断了通话。

"她错了,"切特说,"这就是因为我们,因为我们走了长者之路,这点惹火了它们。"

我转向一旁,堪堪避开另一栋突然出现的房屋。看起来,把东西塞进"无处"的过程制造出了上升石,这栋房屋一侧的石砌块让它悬浮在空中。我听说将金属暴露在足够强的磁场里能让它磁化,也许这种情况也相似。

"你专心飞行就好。"切特说,"我正在扩张自己的赛托能力,而且我觉得可以追踪那位前冠军和他的僚机,哪怕是在这片混乱里。如果他们想再次埋伏我们,我会事先警告你的。"

"我也会暂时克制自己的情绪爆发,"M机器说,"斯潘莎……我说真的,请好好飞吧。"

"我会的。"我说着,谨慎地转向,以免压垮重力容。切特保证过自己可以承受那种重力,但我还是希望小心一点。如果房屋出现在我们四面八方的时候,我陷入了昏迷……

"我的雷达显示,那些房屋无人居住,"M机器说,"它们看起来老旧又破败。"

飞行的时候,我尝试用飞快成长的赛托感应找出能找到的东西。我感觉到了探究者,它们正与身在某处的一员相连。我偷听到了……气恼,但并非愤怒。它们此时没有听到"杂音",而是在……表演。

"这是一场测试,"我说,"温契克终于聪明了一回,决定在无人居住的地区放出探究者,看它们是否真的处于控制之下。"

"这也是它们朝我们丢出一整座城市的绝佳机会。"切特说。

幸运的是,探究者的手法看起来不怎么精准,物体开始在整个战场上出现,而不仅仅是在我前方。如果它们真能控制得那么好,就该让某个东西出现在离我很近、以至于无法闪躲的地方。

"前冠军又回来了,"切特说,"他停留在贴近雷达范围的位置,但我凭借回声能确定他在那儿。他应该很快就会从左边那栋办公楼的后方出现。"

"多谢。"我说。我逐渐掌握了在这里飞行的窍门，接下来就有余裕去留意希修了。他的飞行技术很好，这是我对他训练的成果，但他那架僚机的技术就差多了。他们勉强尾随在我后方，于是我带着他们绕向一栋庞大的建筑的侧面。靠近屋顶的位置有一大片开阔空间，也许那里是停放飞船的地方？

等我们绕过那栋建筑物以后，我大幅减速，躲进建筑内，希修及其僚机跟了进来。这座机库内部的空间很狭窄，但占据整面远端墙壁的巨型窗户提供了充足的能见度。我正在后悔这个决定的时候，希修和他的朋友开了火。在这里能够躲闪的空间不多，减速又让我们靠得很近。

他们的攻击打垮了我的护盾，于是我击发了反脉冲，希望能影响到他们，接着驾驶飞船撞出后窗，毁灭光束追在我身后。

"我觉得你只命中了其中一架，"M机器说，"不是希修阁下的那一架。"

"该死。"我沿着这栋屋子俯冲向下，用光矛刺中底角，进行了辅助转向，勉强算是及时，因为毁灭光束洒向了我的身后。我飞快地做完随后的三次转向，穿过这片愈加繁忙的战场，或者说废品堆放场。

那是……那是一头牛吗？

我在混乱的城区碎屑之间继续飞翔，努力甩开希修，但他紧跟着我。他的僚机没这个必要，他可以不时停止追赶，在我们转向另一边的时候跟上。只要希修还在对我施加压力，我就只能采取防守态势。

我试图用筋斗动作转向并解决他的僚机，但希修朝我即将飞到的位置接连开火，迫使我转去别的方向。没有护盾的情况下，我必须格外小心，所以几秒过后，他们两个就再次跟上了我。

他们的某一次炮击早晚会命中。我向下飞去，飞在坠落的大块岩石和碎屑之间，希修在我后方迂回穿行。

"当心，斯潘莎。"切特说，"我一直在追踪那架僚机，但它不见了。我觉得希修下令让僚机绕到了前面，他们想要来个前后夹击。"

该死，他说得对。当我让机身恢复水平的时候，发现那架僚机悬停在前方，准备开火，而希修仍旧在后面紧咬不放。

我尽己所能去躲闪，也感到自尊心再次受创。我没教过希修这种进阶技巧，但我想要觉得，是我为他打下的团队战斗基础导致他想到了这种战术。

我在坠落的大块岩石之间穿梭，让助推器过燃，打算直接穿过那架僚机的炮火，并寄希望于不被击中。但就在那时，仿佛凭空出现的扫射炮火命中了那架僚机，让它锁死。

"我们赶到了，斯苹。"谢瓦在通信线路里说，"我还以为你清楚集体行动的诀窍呢。你们能动生物总是用没有规律的方式走丢。"

"多谢，"我说，"我很感激你的援助。"

另外几艘飞船也跟着两位共鸣体来了这儿，追着她们离开了这片不断出现建筑物的混乱区域。那些房屋大部分以我为中心，虽然探究者的准头算不上好，却明显能将物件丢向了我的大致方向。

谢瓦和其他人基本都在朝战场的另一边移动，这让我很高兴。尽管我希望有人帮我对抗希修，但我还是不希望让其他人在这片危险地带飞行。说实话，我最担心的是希修本人，只要他还紧跟着我，就会有死亡的风险。

可以的话，我得尽快让他停止行动。我开始追赶，从几艘已经锁死、正依靠惯性飘动的飞船边经过，它们的护盾已经重启，以免遭受碰撞。一艘至尊同盟的拖船悄然靠近，将它们拖向安全处，而且没人攻击它。这就像是人们在旧地球的战场上不会去伤害敌方医护兵那样，我觉得这种文明的表现很鼓舞人心。

我脱离较低处的碎块地带，在空气开始震颤时来了个急转。一秒钟过后，一小块片段出现在我的正上方，那是足有几百米长的一块城区，能看到标志性的人行道和绿化带。

好吧。很好，我应付得了。我拉起机首，越过它的边缘，然后擦去掌心的汗水。不幸的是，做这动作的时间让希修再次跟上了我。他开始开火，而我勉强躲开了。

是时候确认能不能利用他的肌肉记忆了。我开始了一套常规机动动作，那是我在探究者迷宫外主导训练的时候反复教过他和其他人的。这是一套热身动作，目的是教导学员打下良好的基础。

希修在我移动的同时跟了上来，来自他那边的炮火也逐渐停止。没错，我心想，你知道这套流程，你跟我一起飞过几十次。

"他为什么停火了？"切特问。

我没有答话，继续这一动作。希修一点点拉近距离，而我放任他来到僚机位附近。我本打算出人意料地中断这套动作，将他甩开，或许还能赢得重启护盾的短暂空当，但这套动作似乎触发了他心底的一段记忆。

我们一起飞越那块新片段，不再战斗、不再担心另一艘飞船，也不断和其他人拉远距离，他们正在尽量远离这片碎屑带。我继续这套动作，几乎能感觉到希修的想法，他的思绪朝我延伸而来……

我的心灵突然发冷，就好像有人朝我浇下了一桶冰水。我减缓速度，和他的飞船齐平，然后看向他的驾驶舱。舱罩是黑色的，我没法看清他的面容。

但那种黑色没法遮掩正在驾驶舱深处闪耀的两个白点，那是希修的双眼本该在的位置。探究者占据了他的身体。

34

希修脱离了双人队形，点亮助推器，飞驰而去。

"噢，真要命。"切特说。

"斯潘莎？"M机器说，"出什么事了？"

"让她继续飞，人工智能。"切特说话的同时，我开始尾随希修，"有些事非常不对劲。"

"什么？"M机器问。

"探究者，"我说，"它们……附了他的身，他的眼睛成了发光的白色。"

切特轻声咒骂了一句。"我原本希望成群行动能避免这样的直接介入。我们肯定是在战场上散得太开了。"

我继续跟在希修后面，而他翻了个筋斗，飞过遍布悬空房屋的这片大号碎屑带的中央。双方阵营剩下的战机移动到了战场边缘，由于这里有小行星带那样不断旋转和碰撞的大块碎屑，在这儿飞行的行为已经从危险变成了疯狂。

两栋屋子在我们前方撞在一起，玻璃碎片像雨点那样洒落，当我飞过的时候，它们撞在我的船壳和舱罩上，而这提醒了我：我始终没能找到机会重启护盾。

这个探究者干吗要在这种地方飞行？换成从前，它们只会追赶我。可现在，这个探究者却想让我追赶它？

好吧，我是它的猎物。它想看看我有多优秀？就让它看吧。我熟练地跟在希修／探索者后面。我们穿过一大块岩石和一座自由飞翔的工厂之间愈发狭窄的缝隙，从这块仍在崩溃的片段下方飞过。这条路线让我们穿过了从上方的一栋屋子洒下的水流。

实际驾驶的是这个探究者吗？不……这套机动动作很眼熟。它正以某种方法运用希修的技术。好吧，我会接受它的测试的。我们呼啸着飞过粉碎的岩石碎片之间，沿着坠落的道路飞行，穿过伴随"咔嗒"声敲打我舱罩的碎屑。

其余一切都褪了色，我心不在焉地静音了别的通信线路。除了我和这场追逐之外，一切都不再重要。

那个探究者尝试的动作越来越困难，试图让我犯错。我很快就开始流汗，注意力绷紧得就像一段狭窄的雷达频带，周围只有我、那艘飞船以及周边的地形。

希修／探索者误算了一次光矛回转的时机，以机身侧面撞上一大块石头。他的护盾模糊起来，在吸收主要冲力的同时短暂可见。我毫不费力地完成回转，咧嘴一笑。再这么撞上一次，他就会……

他就会……死掉。

我的专注像玻璃那样粉碎。忽然间，我意识到的不再只是周围的环境——驾驶舱、我握住操控装置的满是汗水的双手、切特在副驾驶座位上粗重的呼吸、哔哔作响的接近传感器，而是整个战场：坠落的岩石、破碎的建筑、悬空的大块上升石。

这些不再只是一连串障碍物，而是置人于死地的陷阱。这也不是什么确认我有多优秀的测试。

从震惊中回神花了我一瞬间，在此期间，我们险些撞上一块坠落的房屋。

"斯潘莎？"M机器说，"其他地方的战斗已经中止了。双方的大部分飞船都已锁死，但敌方仍有十五架可以运转的战机，我方是十二架，包括格瑞姆和佩格。不过所有人都同意停战，毕竟战场现在太危险了。他们想确保所有锁死的飞船都在重新开战前被拖到安全地带。"

在前方，希修迂回穿过坠落的碎块之间。他放慢了速度，引诱我跟上。它们想要骗我以身试险。为了得到伤害我的机会，它们愿意抛弃希修的生命。我需要立刻结束这场追逐。

我抓住操控球，开始射击，让希修迅速转为过燃挡，加速飞走。在这些碎块之间，他那艘飞船较快的速度本该无法发挥才对。不幸的是，同样的碎块也阻挡了我的炮火，我最后只击中了一大块上升石，打下了一块看起来像是店面的东西。

希修躲闪的时候，撞上了另一块坠落的岩石，护盾失效了。该死，朝他开火反而让他更不顾一切了。我跟在后面，不清楚该如何是好，担忧也在加重，但切特和M机器保持沉默，给了我思考的时间。在此期间，记忆从我仿佛阴云的过去中涌现：和希修以及奇盛人，还有布蕾德、薇珀以及莫里乌莫一起飞行的记忆，花费在训练上的那些日子。我甚至没意识到自己已忘掉了这些记忆。

"M机器，"我说，"开启和他那艘飞船的通信线路。"

"搞定。"M机器说。

"第十五小队，"我厉声说着，努力像训练希修和其他人的时候那样，模仿科布的口吻，"列队！马上！"

我反向助推，让飞船来了个急停。

希修的飞船在前方放慢了速度。探究者控制的部分有多少？他控制的部分又有多少？它们需要他的飞行技术，希望这代表它们没法彻底支配他。

他回应了我的声音，回应了他的操练教官。我在仿佛云雾笼罩的回忆里寻找关于那一天的情景。希修是不是……是不是给我们的小队取了个不一样的名字？

"夜晚之花的最后一吻，"我说，"到了点名的时候了！列队，希修！"

希修的飞船停止并转向，我没有多等，毁灭光束立刻向他喷射而去。我觉得有那么一点点内疚，但射击正中目标，让他的飞船亮起蓝光，然后锁死。

切特在我身后重重地松了口气。"飞得漂亮。"他轻声说。

"令人宽心的平静，"M机器说，"就好像我刚刚被人涂了一罐新鲜的润滑油。我想称之为'安宁'。"

"事还没完呢。"我说。我运用机动推进器缓缓接近他的飞船，近到在坠落的碎块之间几乎相撞的程度。

他的驾驶舱亮起，变得透明，那种色调逐渐褪去。他坐在舱内，双眼发出白光，在小小的座椅里面对着我，亮出牙齿。我强迫心灵继续前进，忽视藏在幕后的探究者对我发出的尖叫。我看到了它的深处。

在那里，我找到了恐惧。

"切特，接管飞船，"我说，"别让我们飘走。"

"听你的，"他说，"可……为什么？"

作为回答，我打开舱罩，希望自己的猜想是正确的。

"斯潘莎？"M机器说，"这是……非常怪异的举动。"

"我很快就回来。"我说，"切特，如果我滑倒摔下去，就想办法抓住我。"

"呃……"

我爬出驾驶舱，踏上战机的机翼。站在这儿，我有种迷失方向的奇怪感觉——房屋在头顶飘浮，在天空崩溃粉碎。两块扭曲的片段在碰撞后紧贴彼此，缓慢旋转。我的右方有一道白光，光爆正透过充斥碎块的空间看着我们。

我站在无限的十字路口，没有救生索，也没系安全绳。切特用机动推进器维持机翼平稳，我便朝希修的飞船一点点靠近。接着，我趁自己还没改变主意，就这么跳了出去。

我平稳地落在希修相对小型的战机上。它的大小足以撑起我，但驾驶舱并不比飞行头盔更大。我俯下身去，透过变得透明的舱罩盯着他，拨动内心的那颗星星、那个"我"，让它借由赛托能力迸发出正常视觉看不到的光芒。

希修／探索者缩了缩身子，纯白的双眼睁开，光芒之强烈，让我无法分辨他那张脸的其他部分。

"你们干吗这么害怕我？"我说，"有什么我不知道的理由吗？"

你必须把你分离的那个我们还给我们，杂音。按照我"窃听到"的内容来判断，这是在故意误导我去思考别的可能性，还给我们。

"你瞧，"我说，"我们能不能好好谈谈这件事？你们对我做了什么？对我的同胞做了什么？"

这会腐化，它们发送道。我明白其中的暗示。它们的意思是，跟我说话、跟我交流，会有改变它们的风险。它们试图撤退，但我……紧抓不放。凭借越来越强大的赛托感应，我控制住了这个探究者，就像布蕾德对我做过的那样。

只不过我要弱小得多，只能勉强抓住，要么是我缺乏这方面的天赋，要么就是我需要大量训练。但即使是那么一次小小的尝试，也让这个探究者陷入了恐慌。它们的关注、恐惧和憎恨几乎全部转向了我。在那个瞬间，其他探究者集结起来，试图用自己所知的唯一方法摧毁我。

通过让我成为它们的一员。

我被彻底拖进了"无处"。我变得无形，没有身体，只有飘浮在并非黑暗（这点和平常不同），而是无限纯白之中的心灵。我周围的一切都是白色的，因为这里充斥着探究者，就像一片充斥海水的大海。

它们如今将我视为自己的腐化版本。赛托能力者就像探究者，在某种意义上，我和它们是亲戚。它们同样将我视为魔鬼，用"线性"或者"个体性"之类的东西将他们引向毁灭。

它们的心灵袭击了我，迫使我看到它们目睹的景象，迫使我看到和平、和谐，以及共有的存在。我抱定自己的个体性，但它却磨损破旧，就像一面满是弹孔的战旗。几秒钟之内，我那些关于朋友和家人的残存记忆就进一步磨损了，而我在"某处"的人生也开始彻底消失。

它们想要将这些抹消，因为……痛苦？是的，它们知晓来自过去的痛苦，却选择了逃离，我紧抓这点不放。那是一条线索，或者是线索的迹象，但……我害怕对它们的提议给出回应，也害怕对和平、自我的混合以及没有痛苦的永生给出回应——没有时间流逝，就不可能有任何痛苦。如果每个人都彻底赞同每件事，就不会有任何愤怒。

我也说不清这些事为何令人着迷，我甚至没法解释那种感觉。这样的事要怎么描述？我只是个飞行员，想不到合适的字眼。

我不想向它们屈服，但我同样难以抵挡。我在恐慌中向外探出，寻找助力，也许是来自我朋友的助力？我正在遗忘他们的名字……他们的脸……融入……白色……

就在这时，变数出现了。

我得到了远处某人的支持，那是……一位朋友？不知为何，那个令人安心的心灵就是我的别针，而我越来越肯定它就是我父亲。它支撑着我，并且带来了画面。那是家乡洞穴里的水滴的宜人气味，那是和利格一起修补 M 机器飞船时的平静感受，那是我母亲在漫长的一天工作后见到我的时候露出的疲惫笑容，那是奶奶平静的声音在讲述过去的女性英雄人物。

然后是另一个心灵，来自另一个方向。那个心灵让我想起了自己所爱的东西：探险、飞行、故事。存在就是痛苦，但同时也是快乐。有这些记忆支撑着我，我重新振作了精神。

我的星辰明亮起来，我在这儿并不是无足轻重的。我是斯潘莎，我的灵魂是一团火，它爆发出光芒，而我将自己的感受展示给它们，用自己的本质和自己感受到的情绪朝它们发起猛攻。

它们抽身后退，远离我提议的腐化，远离我提议的……争论。它们退缩了，但这番交流让我们对彼此了解了许多。随着那种感觉淡去，我发现了另一项提议，那是……休战的提议。

在我的内心里，它们发现我渴望朋友们不再死去，也看到了"无处"带子地区的这种战斗让我有多么兴奋。

*留下……*探究者们恳求我，*留在这儿，不要越过坚城。我们会停下。*

留下？我眨了眨眼，开始意识到周围的空间。我仍旧停留在希修的飞船上，低头看着曾是他双眼的那两道光之传送门。

"留下"，这不是文字，而是一种印象，希望我停止在长者之路的旅程，留在坚城基地，或者退回到带子地区，不再前往比这座至尊同盟基地更靠内的地方，不再继续走长者之路或是进入光爆。

*那我的朋友们呢？*我向它们发送道，*在"某处"的那些人。*

*和你休战以后，我们会忽略杂音，不会再去打扰他们。*这里提到的"杂音"指的是布蕾德和温契克。这作为承诺不如我原本希望的有力。我感觉以它们的思维方式来说，如果被拖进我们的世界，它们仍旧会发起攻击，但它们会开始忽略温契克。

*留下，*探究者们重复道，白光开始从希修的双眼退去，*别靠近。我们承诺休战。*

说完，光芒便彻底消失，而我抓着一艘锁死飞船的外部，飞船里面有个一头雾水的奇盛人。

35

我无力地坐在自己飞船的驾驶舱里。

发生了……太多的事，有太多要去思考、去感受、去记住。

该死，我心想。我想起了奶奶、母亲、利格，甚至是约尔延，但我其他朋友的面容仍然模糊不清。

"我告诉过你，我明白什么是疯狂，"切特说，"我错了。感谢你的大师讲堂。"

"斯潘莎？"M机器说，"你真是……非常有趣。你希望我把当下感觉到的情绪列个清单吗？"

"我觉得那些情绪大部分都是挫败感以及迷惑的变种。"

"你应该是对的。"它答道。

"那就免了。"我说着，合拢舱罩，"得了吧，你们俩。在战场中央爬到我自己战机的机翼上？你们都见识过我更夸张的事迹。"

"所以我才没有称之为'奇怪'。"M机器说，"奇怪意味着怪异，或者与你平时的行为不符。不过，嗯……你在搞什么鬼？"

我咧嘴一笑。"哇，你这句咒骂用得很完美，M机器。"

"是情绪的作用。"它说，"我现在明白其他人面对你的那种挫败感了！它和恼怒感完美衔接，让我终于理解为什么人们总喜欢咒骂你了！"

"太棒了！"我说。

"我知道！另外，你在搞什么鬼，斯潘莎？"

"希修被一个探究者附了身。"我说。

"是啊，切特解释过了，"它说，"然后你还靠近他？"

"它们害怕我，M机器。我意识到了这点……而且我感觉这么做是正确的……"

"'正确'可不是感受。相信我，我一直在练习。你都没听我的话吗？"

"'正确'对我来说就是种感受，"我说，"至少这次我离开驾驶舱的时候，我没有因此飘浮在真空里。切特，你听到了多少内容？"

"不太多，"他说，"我的赛托交流天赋没有你那么强大。"

"好吧，"我说，"永生不死和赛托回声定位能力也一样酷。"

"我也没说这些不酷，"他答道，"我具备的技巧足以感觉到你的痛苦和它们对你的攻击。我尝试将你自己的记忆提供给你，看起来起了作用，然后它们就离开了，但我感觉不到原因。"

我应该告诉他的，我心想，但探究者离开时那个"留下，休战"的念头却徘徊不去，我头一次想要考虑这一切的意义。"M机器，"我说，"请打开和希修的通信线路。"

它叹了口气，但照办了。

"嘿，"我说，"你感觉还好吗？"

"我在冥想曾是我的过去的那片空无，"希修轻声说，"也在思考为什么它一片空白，我却知道你是其中的一部分。我们曾经是……朋友？"

"是的。"我说。

"我是某个海盗势力的领袖吗？"他问。

"不太对。你为什么问这个？"

我们一起飘浮，但幸好房屋和其余垃圾已经不再突然进入"无处"了。其中大部分——至少是有上升石的那些碎块还在我们周围飘荡，懒洋洋地，几乎透出平静，就好像我们正在一片辽阔的海洋之下，而海面却是狂风暴雨。

"炮轰团俘虏我的时候，"希修用他低沉而富有权威的嗓音解释道，"我立刻尝试夺取他们组织的指挥权。我感觉自己应该成为他们的领袖。他们觉得我很'可爱'，又尝试让我充当吉祥物，我……矫正了他们的这种行为。"

我咧嘴笑了笑，尝试想象当时的情况。一个四分之一米高的小小狐人要怎么才能"矫正"海盗？

"最后，"他说，"我接受了自己作为老练飞行员的角色，开始追随福莱普，但总有哪里显得不对劲。我的驾驶技巧里有令人尴尬的缺失，所以我开始思考。也许我是某个海盗团体的领袖，而且很久没有自己驾驶飞船了？"

"你是一艘飞船的指挥官，希修，"我解释道，"你的同胞作为船员负责操控那艘小型主力舰，它的尺寸不比其他人的星际战机大多少。你至少偶尔会自己驾驶，所以你才能学到一些技巧，但你有船员为你操作类似护盾的东西。"

"啊啊……"他说，"那个念头……它在我的心灵里开辟出了一条小径，冠军。火花闪现，就像石头在敲打钢铁。我的飞船……'于映日溪水中逆流而上'号？"

"是的！"

"对我来说，那就像是一张经历过风吹雨打的褪色照片，"希修说，"但……我能记起我的家乡，关于它的感受温暖了我的皮肤和皮毛。是的，在你身边对我有好处。我会跟着你，冠军，充当你的保镖，直到你将我变回原本的我。"

"呃……你是我的朋友，没必要——"

"我是向你宣誓效忠的伙伴，"他坚定地说，"而你是我的领主。不要反对我的安排，我已经决定了。"

我叹了口气。我想对他解释说，他曾经是位皇帝，但也许给他"补充弹药"并非明智之举，希修只会用皇帝式的口吻宣布成为某人的仆从。只不过，有一位忠心耿耿、又像沙鼠又像狐狸的武士跟着我到处跑，也不会有任何坏处，而且希修能想起自己飞船的名字的确是件令人鼓舞的事。

我用光矛击中他，拖着他穿过这片残骸带，前往其他人等待的地方。我们飞行的时候，我努力思考探究者对我说过的话。

它们希望我停止在长者之路上的前进，我心想，*这显然代表我应该继续走下去。*

但……如果我能让它们打破和温契克的约定……这提议很吸引人，前提是我可以信任它们。

我发现自己纠结起来，然后断定自己没法在战斗中途做出这种决定。我把这些念头暂时放到一边，钻出最大的一片残骸，发现失去活动能力的海盗飞船排成了两排，正由拖船进行维修并最终重启。剩下那些仍能活动的飞船离这里稍远，同样分成两组。

在我赶到的同时，一队飞船脱离了敌方阵营。炮轰团海盗的指挥官福莱普，外加他的几名团员正在离开，亲眼看到我二度击败他们最强的飞行员似乎让他们信心全无了。

"给我们豁免权，佩格。"福莱普的声音经由通信线路传来，"让我带走被击落的飞船，我就会离开。"

"什么！"另一个声音喊了起来，我觉得那是海克罗语，"我们的交易呢！"

"你不该蠢到和海盗做交易，洛恩。"福莱普说，"你怎么说，佩格？"

"成交。"佩格立刻开口道。

我们这一方的其他海盗抱怨起来，但佩格的决定是正确的。福莱普和他那些叛徒不是我们最终的目标。没了他们，至尊同盟阵营就只剩下十架能够运转的战机了，但我们有十三架，而且哪一方技术更娴熟是显而易见的事。

福莱普飞了过来，试图将光矛附着在希修的飞船上，然而希修的声音在通信频道里响起。"我被击败了两次。"他说，"以荣誉的名义，我选择加入新冠军旗下，作为她宣誓效忠的伙伴。"

福莱普低声咒骂了一句。"你打算这么一句话就和盟友决裂，暗影？"

"我没有向你们立下过誓言，"希修说，"你也不是我的君主。说实话，我刚来到这里的时候，你们给我的待遇是最令我难忘的几段记忆之一。你们应当庆幸，因为我将转换阵营之事预先通知了你们。我们现在是敌人了。如果我们下次遇见，我会向你们揭示惹怒我的后果。"

福莱普没有答话，就这么跟着其他人离开了战场。我加入了那队仍能飞行的海盗飞船，面对那一小群至尊同盟势力。

"好了，洛恩，"佩格在公开线路里说，"你现在要不要投降？"

"你知道的，我不能这么做。"他的声音答道。

"他们永远不会放你离开的，洛恩，"佩格说，"他们根本不在乎你。你干吗还这么忠诚？"

"你知道的，我的家人在他们手里。"

"所以我们得要挟他们，"佩格说，"我们扣留他们的上升石，直到他们答应把你的家人送来为止。他们假装自己是更有力量的一方，但只要我们拥有这地方，并且在这里安家，他们就会失去所有讨价还价的能力。"

线路沉默下来，我身体前倾，双手按着控制装置。我们可以轻松解决这件事，而且胜算对我们有利。

但佩格等了下去，没有下令攻击。

那个海克罗人再次开口。"你能保证会为我这么做吗？"他问，"为他们扣留的所有人这么做？你会让至尊同盟把人送来这儿，好让我们团聚吗？"

"我发誓，"佩格说，"但你必须把整座设施移交给我，包括所有安全码和所有控制权限。"

又一阵沉默。最后，那个海克罗人说了下去："基地安保官员里有那么几个人，我几乎可以确定是被派来监视我的至尊同盟特工。我们必须迅速行动，将他们隔离关押，直到能够确认为止。"

"这应该不会太难，"佩格说，"我已经有计划了。我们成交吗？"

"成交。"

36

没过多久，谢瓦、迪利利兹兹和我低空飞向至尊同盟基地，护送着佩格、她的儿子们和洛恩，其余仍能行动的海盗飞船在高空中组成了一支气势汹汹的队伍。

我发现坚城基地比我预想中的更大，基地区域在一块异常宽大和厚实的片段上面肆意扩张，小山和峭壁是这里的标志。我看到了四座独立的上升石采集场，每一座都配备了各式各样的现代机器。基地的中央区域由大约十二栋房屋组成，虽然和拥挤的"星景"相比算不上大，却几乎和整个挑战军总部一样庞大。

在确保他们的大型防空炮停止运转，控制权也移交给了佩格以后，我们降落在地面，让她和洛恩下船。好奇的工人们在飞行甲板上驻足旁观，但作为基地指挥官的洛恩挥了挥长着翅膀的手臂，试图安抚他们。洛恩、佩格和佩格的两个儿子一起走进附近的一栋建筑，那是基地的安保设施。在里面，她会得到基地的完整且永久的控制权，外加她自己的超控权和密码。

紧张的几分钟过后——我随时准备在发生状况的时候炸开那道墙，尝试带走佩格——至尊同盟频道里响起了回营号。军事管制开始实施。片刻后，佩格的儿子们悄然走出那栋屋子，手持武器，身穿护甲，洛恩为他们领路。他们要去基地内扣押洛恩认为会造成麻烦的那几个人。

　　一切就这么迅速解决了，我也没想过会有麻烦。真正的战斗是用战机进行的那一场，我们把大部分至尊同盟飞行员留在了飞船里，那些飞船已经锁死，不会有友方拖船进行解锁，而且由可靠的海盗小队负责看守。

　　但我又悬停守望了半个钟头，让佩格和她的儿子们彻底接管基地。最后，等到一切就绪后，部分海盗开始降落在发射台上。希修驾驶他自己的飞船停在我们旁边，但没有离开驾驶舱。

　　我回头看向切特。"你怎么看？"我问他。

　　"看起来还好，"他说，"但如果真要发生状况，也应该会选在这时候，趁我们措手不及，又认定自己已经胜利。"

　　"同意。"

　　于是我们两个在疑神疑鬼之中多等了大半个钟头。不过看起来，佩格计划的最终阶段的确顺畅无阻地完成了。随着海盗们各自下船，佩格的声音也经由我们的通信线路和飞行甲板的扬声器传来。

　　"禁止掠夺，"她下令道，"这里现在是我们的家了。基地常规成员都在宿舍里关禁闭。如果你们遇到上锁的房间，别去碰，但你们可以随意调查这地方，在兵营里挑选空房间，然后宣称所有权，这些乐子尽管去找。不过我要事先警告一句，如果我听说你们伤害基地人员，或者砸坏东西，我会……不太愉快。"

　　大部分海盗都走向了兵营。我要求希修留下继续警戒，而我爬出了飞船，接着切特指了指我们前方的一道大门。那是运输仓库，传送门应该就在那儿。

　　你还在这儿吗？ 我向我的别针发送念头。接近基地的时候，我确认过它还在这儿。

　　我得到了满意而平静的印象。*正在躲藏，回头来找我。*

好吧……噢，反正我现在还有事要做。切特用某种控制装置打开了这座仓库的大门，显露出门后那个天花板很高的宽敞房间。里面显得空荡荡的，但在另一头，等待运往至尊同盟的未加工上升石堆成了小山。

传送门就在离我们最近的这面墙壁上，比我在这里见过的传送门高大得多，四四方方，看起来长宽都有六米左右。切特和我站在那里，盯着它看了好一会儿。在我注视它的时候，切特将手按在我的肩上。

"夜影小姐，"他说，"我能否打听一下，探究者跟你说了什么？在离开之前说了什么？"

"它们……向我提议休战，"我坦白道，"它们希望我不再前往比坚城基地更靠内部的地方。长者之路的下一站应该会带我们往那边走，对吧？"

"这几乎是一定的。"

"好吧，它们不希望我这么做。它们给出了承诺，如果我留在这儿，它们就不会再来打扰我。"

"那你在'某处'的同胞呢？"

"它们暗示会暂停攻击，但我还不清楚它们能不能完全理解这个概念。它们的确承诺不会再听温契克和布蕾德的话，那两人是先前和它们达成交易的敌方人员。"

切特叹了口气，坐在一只箱子上。他在我眼里突然苍老起来，胡须垂落，需要上蜡，皮肤也……变得苍白。他朝我笑了笑，但他身上的某种东西似乎耗尽了，而且当他开口的时候，作为伪装的一部分人格褪了色，只留下一个普通人。

"这条件很不错，"他说，"远比我想象的要好。它们害怕了。"

"我也是这么断定的。"我说着，在庞大的仓库里踱起步子，头盔夹在胳膊下面，"这让我觉得应该拒绝它们的提议，它们已经孤注一掷了。我应该继续做我在做的事，因为这会让它们担心。"

"只不过？"

"只不过表面上，我来这里就是为了找到阻止它们的办法！现在我找到了。我难道不应该抓住机会吗？我的职责就是至少尝试一下，不是吗？"

切特缓缓点头。

我朝反方向踱了回去。"你觉得它们有多可信？"

"我不确定自己有资格判断，"他答道，"我能感觉到它们活在这一刻，但我也知道它们从不改变。所以只要它们还继续害怕你，就会继续渴望同一件事，而这代表它们会坚持遵守自己给出的任何承诺。"

"这理由没我希望的那么有说服力，"我说，"但……是啊，这很合理。它们没有荣誉感，甚至没法理解这种东西，而且它们正要收回自己对温契克的诺言。它们也能对我做出同样的事来。"

我又踱了回去，双臂交叠。对一个十几岁的青少年来说，这些担子似乎太重了点。我该怎么决定不仅仅是我的同胞，而是全星系文明的命运？

"我感觉至少应该尝试一下。"我说，"如果我能让探究者不再插手这场战争……该死，意义太大了。那种影响是任何飞行员都不可能办到的，无论多么老练的飞行员。

"但如果我接受它们的提议，然后呢？我要回到'某处'去吗？该怎么回去？悄悄穿过这道传送门，进入至尊同盟的基地？"

"你应该保持对探究者的威胁，"切特说，"随时能做出它们害怕你会做的事，这是最有可能让它们遵守承诺的办法。"

我点点头，但我的心往下沉了一点。这代表我得留在"无处"，至少要等到针对至尊同盟的战争胜利为止。我真的能做到吗？我又朝另一边踱起步子。

"我担心现在不是向探究者让步的好时机。"我说，"除此之外，我们面对温契克的最大优势在于，他的政变发生在不久前。他正在稳固权力，约尔延是这么说的，而且他还没能彻底掌控全局。看起来，现在是我向前推进，继续了解自身力量的最佳时机，利用我们的敌人还没能实现权力平衡这一点。"

"情况很棘手，"切特说，"也许我可以……提供给你另一个选项？"

266

我不想让事态更加复杂，但我觉得自己必须说出来。"

我看向坐在箱子上的他。他朝我笑了笑，那不是探险家般的露出牙齿的快活笑容，而是疲惫却带着希望的笑。

"什么选项？"我问。

"跟我一起走，斯潘莎，"他说，"在'无处'探险。"

我愣住了。

"独自漫游的时候，"他说，"我开始希望能将自己所知的东西传授给别人。希望收个学生，希望那个人和我有同样的热情，同样热爱一切新鲜与刺激的事物。也许我们可以不再继续长者之路的旅程了？也许我们可以转过身，就这么走自己的路？

"我们可以去看看最遥远的地方有些什么！我听说在远处的片段上，有一些模样和龙惊人相似的生物！我听说有些片段满是长有气囊的水下山洞，由透明的石块相连！"

他从前那种吵闹回来了，嗓音也变了，带着微弱口音的咬字更加清晰，这种声音就这么朝我走来。

"斯潘莎，"他说，"我们面对的是整个星系的缩影，是等待探索的众多世界。我们甚至可以时不时地返回坚城基地，满足一下对飞行的渴望！也和舷侧团成员们相处一阵子。哎，你还可以教我再次飞行！我带你见识整个星系，而你带我见识我过去的模样！没错，我是个飞行员，也许还是一个人工智能的朋友。这就是我！哈！

"这一切都引人入胜，不是吗，斯潘莎？太棒了，不是吗？我们可以监视探究者，确认它们不会去袭击你的朋友们。就像你所猜测的，如果你停留在随时能继续使命的距离内，它们就很可能会遵守诺言。你不需要放弃。没错，只是延期而已！稍微……休息一下，游历这个美妙的地方。"

这就像一记打向我腹部的重拳。

在这儿旅行的时候，无论是在探险还是战斗，某种情绪不断在我心中累积，那是我正在成为的人和我一直想象自己能够成为的人之间的脱节感。

在那一刻，对留下的强烈渴望让我震惊不已。我真的很喜欢这儿。探索带子地区？展开宏大的冒险？除此之外，还能在天空战斗，却不用担心失去自己所爱的人？成为英雄，成为名副其实的全宇宙最棒的飞行员？

"听起来真的很棒，"我对切特说，"探险、决斗……就像……"

"就像故事里那样？"他轻声说。

我点点头。"为什么我们记得故事，切特，却不记得自己的家人？为什么会这样？"

"我不知道，"他说，"我也希望自己知道。"

我们一起转过身，面对另一侧墙壁上的传送门。加入挑战军、成为飞行员的时候，我曾想象辉煌的战斗和故事书般的英雄事迹，但我找到的却是痛苦。朋友们死去，人们绷紧神经不断挣扎。我找到的是难题、愤怒和恐惧。

我早已发现自己不是英雄，和故事里不同。但在这儿……我可以做到，而且我觉得留在这儿，把握住那种人生是极其正确的做法。这地方在对我歌唱，就像旧地球上的动听乐曲，让我的灵魂为之震颤。

我难道没资格留下吗？我做得还不够多吗？我先是将岩屑星从炸弹的威胁下解救出来，接着又将它从探究者手里解救出来。这对一个人来说还不够吗？现在我又有机会逃进故事的世界……同时还能为我的同胞提供关键的帮助。我付出了自己在"某处"的生活，以此换取探究者的毁灭性力量不再靠近。

太完美了，除了一点。

约尔延、我的朋友们，我能不能……

"切特，"我说，"你一直都害怕长者之路，为什么？"

"我担心一旦走完那条路，"他说，"我就会变得不再是自己。"

"为什么？"

"因为我们走的每一条路都会改变我们，斯潘莎，"他答道，"这条路带来的改变最大。拜托，考虑一下我的提议吧。不要仓促做决定，多花几个钟头也没什么坏处，不是吗？"

"是啊，"我说，"是啊，没有坏处。"

他捏了捏我的肩膀表示感谢，还鞠了一躬，我不认为奇盛人以外的人对我这么做过，然后他悄然离开了。我坐在一只箱子上，看着传送门。来到这里，却不去探索里面的东西，感觉很不对劲，但……我犹豫了。

我感觉自己应该在继续之前思考清楚。该死，我真的在考虑临阵退缩吗？

是的，我在考虑。我想起了和 M 机器以及切特在那块海洋片段上"航海"的纯粹乐趣，我想起了发现人类建造的遗迹时的兴奋。我是那么享受和希修的战斗，至少在房屋开始出现在我周围之前都是。

待在这里，我就能过上充满冒险的生活，而待在"某处"……却会体验到痛苦。该死，在内心深处，我明白自己太累了。

从我能记事开始，我就在奔跑，从一场灾难跑向下一场。为了考进飞行学校而拼命学习，偷偷修理 M 机器，在"星景"充当双重间谍，和探究者对峙……

这一切让我疲惫不堪。但在这儿，我能找到奇观、冒险和兴奋。

我在那儿坐了一会儿，直到刮擦石头的脚步声让我猛然转身。有个高大的身影迈着笨重的步子朝我这边靠近，头戴一顶羽毛装饰的帽子。佩格走了过来，厚实的肩膀上挎着一把枪，朝我露出微笑。

"这座基地属于我们了，"她告诉我，"不打任何折扣。我简直不敢相信。"

"这是你争取来的，佩格，"我说，"你的计划太了不起了。"

"谢谢，"她说着，咧嘴一笑，朝传送门点点头，"找到你想找的东西了？"

"既找到了，也没找到，"我轻声说，"我现在真的没法确定。"

"我……听到你可能会留下。"

我看了她一眼，皱起眉头。作为回应，她朝墙顶那边比了个手势。"摄像头。"她说，"我看到你们两个往这边走，所以我得确认你们不会意外打开传送门，进而暴露我们对至尊同盟做了什么。抱歉没能尊重你和切特的隐私，但这件资产太过贵重，不容有失。"

也对，她是安全官。我努力压下受冒犯的感觉。我的意思是，我没有要求过她别来打扰，而且她对传送门的说法是有道理的。

"需要什么条件才能让你留在舷侧团这儿？"佩格对我说。

我叹了口气。"我不知道，佩格，"我说，"眼下这一切有点超出我的承受限度了。"

"有道理，"她答道，"在思考中长出伊甘德尔，现在的时机正合适。在此期间，让我问你一件事。你知道我为什么愿意来这个没人肯来的地方吗？我早就知道至尊同盟在这儿的所作所为——不让人离开，在另一个次元强迫劳动——但我还是来了。你想知道为什么吗？"

"确实想。"

"在外面，我是个杀手，"佩格说着，语气柔和起来，"在这儿，我得到了新生，开始了崭新的人生。我不知道自己当时怀着那两个孩子，否则我也许会改变主意。我想要的只是逃离从前的人生，而来到这里给了我这种机会。

"外面的情况一团糟，斯苹。所有人都在争吵、拼斗、厮杀，但他们争抢的很多东西……好吧，在这里都无关紧要。我们不需要食物，这里又有充足的空间。政治……意识形态……在这儿，我们可以自己制定这些东西，让这地方变成我们想要的样子。"

她转过身，朝这座综合设施挥了挥手。"早在好几年前我就明白，如果我能得到这座基地，抓住它的喉咙，开始将它打造成家园而非监狱，我们就能让它美好起来。我们可以建立一个社会，我希望你能帮我的忙。"

"但切特想让我和他一起去探险。"我说。

"我知道，而且我觉得这是个绝妙的主意！"佩格说，"我本来也想让你在训练期的间隙负责那类工作。你知道外面有什么吗？在空无地带的那头有什么？"

"不知道。"

"我也一样。"佩格说，"要飞到那么远很困难，当你抵达片段之间的那个庞大缺口时，它就会快速消耗你的灰烬，而你会有失去自我的风险。但我要告诉你一件事，'无处'还有三座至尊同盟的采矿基地，这是我在应聘那份工作的时候知道的。"

"只有四道传送门？"我说，"整个至尊同盟就只有四道？"

"完全正确，"佩格说，"而且这座基地最大，所以我才认定它能符合我的需要。但我同样很担心，如果他们动用另外三座基地，设法给他们带上足够穿越空无地带的现实灰烬，我方还是有可能遭受入侵。另外福莱普还在外面游荡，他是货真价实的威胁。

"我需要战士，而更重要的是，我需要能训练战士的人。我还需要一个疯狂到愿意去探险、去探究如何越过那道庞大缺口的人。"她回头看向我，"你是合适的人选，斯苹。'某处'就是个烂摊子。但'无处'可以成为更好的地方，我需要你帮我实现。"

我……

该死，我想听的也不是这些，至少在切特说过那番话以后不想。我清楚他们事先没有商量过，佩格只是在合适的时机做出了行动，但我还是有种以一敌二的感觉——其实是以一敌三：切特、佩格，还有我自己的心。

"我为你留了个官员套房，"佩格说，"你用不着做出任何决定。不过现在，为什么不去洗个澡，放松一下呢？好好思考你的选项，至少你可以留在这儿，等我们找到坚城基地的现实标记，我可以把说好的灰烬交给你。"

我思考起来。该死，她是对的，我需要时间。另外，冲个澡听起来也非常棒。我呼叫了 M 机器和希修，把这件事告诉他们，然后去了佩格所指的房间。那是个非常大的套房，豪华到荒谬的那种。

不幸的是，我没能冲澡。我错误地先躺到了床上，而在经历了战斗、混乱和抉择的压力以后……我发现自己没法再保持清醒了。

于是我就这么睡着了。

插　曲

在睡梦中，有人试图跟我说话。

我也想跟他说话。

但有什么东西阻止了我。

那是另一团云彩，就像以前那样，就像布蕾德曾经施加在我周围的那座牢房。但……它给我的感觉不太一样，就像一场换了歌词的进行曲，同样的曲调，却是一首新歌。

我努力想要穿过它，但无论我朝哪个方向前进，都会迷路。我不断告诉自己，这些全都不是真的，这儿没有什么"场所"，没有可去的地方，我只是需要……让自己存在于另一个地方……

在这片雾气里，思考很困难。

"斯潘莎？"约尔延的声音传来，"斯潘莎，我能感觉到你。"

我……我感觉不到你……

"你似乎在很远的地方。为什么？出什么事了？"

我迷路了。

"我听不清你的话。你怎么了？"

迷路……

"斯潘莎，现在的状况棘手起来了。我……所有人都在向我询问答案，我需要找个人谈谈。"

他需要我。那种需要将雾气冲淡了些，我觉得自己看到了前路。我朝那个方向靠近，但每一步都很费力。我迷路了。是不是有人……警告过我……这回事？

但我好累。

真的……太……累了。

没过多久，我就睡着了。

威胁评估分析　DST210503B号记录

斯潘莎的飞船

斯潘莎的飞船

至尊同盟截击机

至尊同盟重型截击机

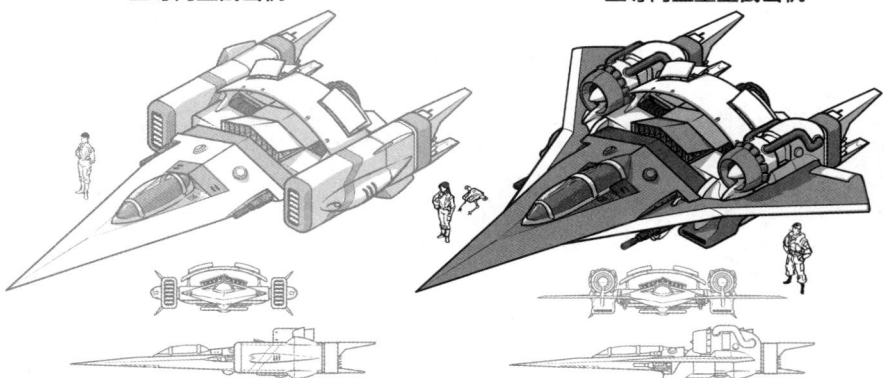

格瑞姆的飞船

泰纳西重型攻击机

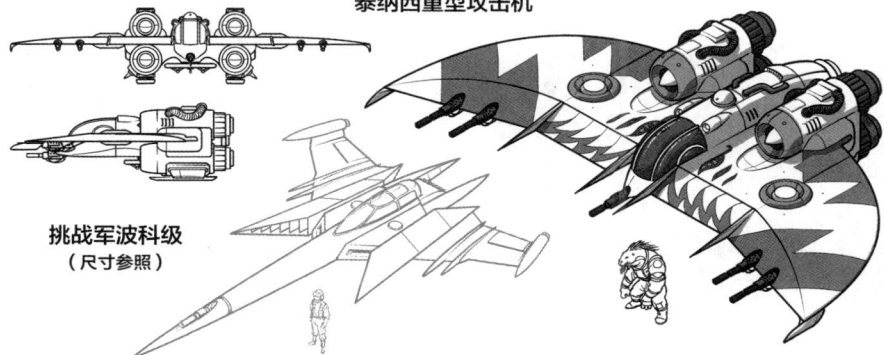

挑战军波科级
（尺寸参照）

种族

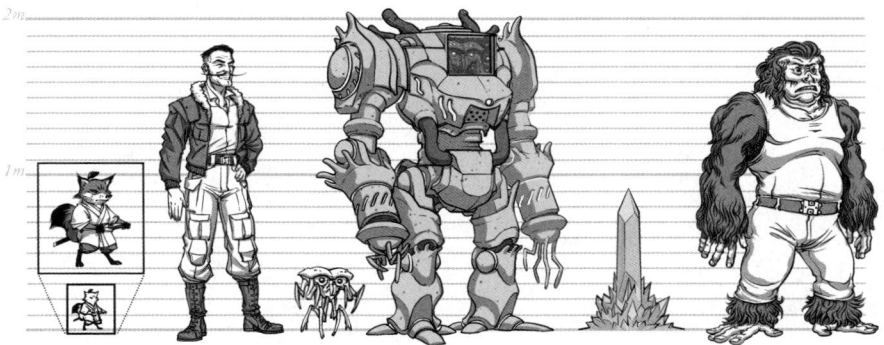

2m

1m

奇盛人　　　人类　　　瓦尔瓦克斯人＋外骨骼　　　共鸣体　　　布尔人

PART FIVE

第五部分

37

我在奢华中醒来。我不认为自己睡了一整晚，但话说回来，我也不知道"夜晚"在这里有什么实际意义。我打了个哈欠，因为梦境而感到不安。思考的同时，我看向侧面，发现希修盘腿坐在窗边的一把超大号椅子上。

"我守望了睡梦中的你，"他说，"以此确保你的安全。"

太棒了。

我的意思是，是啊，我明白有些人会因此心烦，但我不一样。负责提防刺客的外星保镖？该死，哪个女孩在这种情况下能睡不香？

"我睡了多久？"我问。

"一个钟头。"他说，"我把时间写了下来，以免忘记。"

"聪明。"我对他说，"我得去冲个澡。也许你可以去外面等着？"

"我可以去阳台上，"他说，"这里的风景很棒。我还得通知那个'思考机器'，它希望我等你起床以后告诉它。"

没过多久，我穿着刚刚洗好烘干的连衣裤走到阳台上，头发还没干透。希修盘腿坐在那儿的地板上，穿着斗士外套和长裤，膝头放着一柄小剑，正在冥想。M 机器的无人机也悬停在这儿。它派来无人机，其实打断了我的淋浴。我没有太过生气。我是说，从前的我曾经在它的驾驶舱里清洗身体，所以它并不是没见过我那副模样。

我还是把无人机打发去了外面。它并不包括 M 机器的全部意识，M 机器只是决定开始让它充当……呃，平时使用的无人机。

我坐在阳台的地面上，背对着分隔阳台和卧室的玻璃门，看向外面。越过红色的岩石山丘，向内看去。

看向光爆。

那团炽热而庞大之物就像一场中途凝固的爆炸，那是个仿佛会吞没周遭一切的巨大光球。它很远，却又离我前所未有的近。

我本以为它会是我在这里的最终目的地。说到底，它是一条离开的路。我穿过了海盗领土，帮忙征服了至尊同盟，现在阻挡在我和光爆之间的只有一样东西：带子地区中被称为"无人之地"的那片区域。探究者在那里最为强大。

我短暂的瞌睡反而让事态更混乱了。我记得约尔延的声音。我不能就这么抛下他，不是吗？

不会一直这样的，我心想，只是……短暂的休息，一年左右。探险、战斗、阻止探究者靠近。

但在这里，"年"会以诡异的方式变成"十年"，我感觉……就像站在悬崖边上。

我必须对自己诚实。单凭探究者的提议不足以将我留在这儿。我没有信任它们的理由，又有充分的理由趁敌人立足不稳的时候向前推进。留下的渴望更多和我的内心有关，和我感觉到的不断增长的情绪有关，而我情不自禁地将那种情绪视为懦弱。

我试着想象那些故事里的英雄嘲笑我突如其来的优柔寡断，但说来也怪，我想象中的他们却理解了我。我……我出生于战争时代，几乎没有童年可言，父亲死于我八岁生日前的那场战斗。飞行时失去的伙伴让我伤透了心，但我已经不记得他们的名字或是模样了。

我的人生从未有过别的选项，要么战斗，要么被毁灭。但现在，我发现这并非我唯一的生存之道。这是我人生中第一次真正有机会逃离战争，我必须好好考虑。我怎么可能不考虑呢？

希修和 M 机器有好一阵子都没说话，我们三个就这么沉默地坐在那儿。我们就像家乡那里的阅兵仪式的观众，只不过我们观看的是远处那团不可思议的强光。

"太阳就是那样的吗？"最后，我问。

"不，"希修说，"我闭上双眼，光芒会敲打我的眼睑，却没有暖意伴随而来。它就像太阳的幽灵，就像太阳的尸体，所有温暖早已逃离，将它抛下。"

"它有一点点像太阳。"M 机器说，到目前为止，希修都没有质疑过它的存在，但我提醒过奇盛人，不要把它的事告诉别人，"但同时也有很大差异。举例来说，它比太阳要小很多。"

"这还叫小？"我问。在这么近的地方，光爆已经占据了一大块地平线。

"对恒星来说，是的。"M机器说，"以我仪表最精确的读数来估计，那个球体只有月球的几分之一大。如果这里是'某处'，它还可能是一颗中子星，这么一来，希修阁下的比喻就非常贴切了。无论如何，从它释放的强烈光线来看，它的确不该这么冷。"

我前倾身体，试图想象阳光的感觉。我的绝大部分祖先都住在温暖来自天空的地方。我坐在那里，面对"无处"的奇怪光线，感觉离他们前所未有的遥远。我在思考我的懦弱。

在冲天小队的时候，我明白自己并非传统意义上的懦夫。我并不害怕战斗，不会逃离危险。但……在这里，我有截然不同的机会，也有彻底远离战争乃至职责的方法。

"探究者对我说，"我轻声说，"如果我答应不再行走长者之路，它们就不会来打扰我。它们甚至暗示会退出和温契克的交易。"

"有意思，"M机器说，"它们为什么会开出这种价码？"

"它们害怕我，"我说，"它们提议休战。它们痛恨我在这里，但如果能避免进一步和我产生瓜葛，它们就愿意忍受。"

"如果我们不肯停下呢？"M机器问。

"它们会视为挑衅。它们会不惜一切手段阻止我们。"

"进退两难。"M机器说。

"除非我留下。"我低声说，"切特希望我和他一起去探险，而佩格希望我训练她的手下。这是他们早先给出的提议。"我倾身向前，双手交扣，没去看它的无人机。

"探究者遵守承诺的可能性有多大？"它问。

又是那个问题。

"很难说，"我答道，"它们现在很害怕，可谁知道呢？我们没有它们值得信任的证据。比方说，如果温契克带着同样的协议来找我，我看都不看就会丢掉。"

"有意思，"M 机器说，"斯潘莎……我得承认，我一直在思考自己的两难困境。"

我看了眼它的无人机。"什么？"

"我的旧飞船，"它解释道，"配备了能让我在'无处'运转的特殊回路，所以我的思考速度才能快得……好吧，像是我自己。但这架无人机……呃，你记得当初发现我在它里面的时候，我是怎么说话的吧？"

"慢吞吞，"我说，"就好像你说每个词都很费力。"

"我只能假设，"它解释说，"身在带子地区，会让我的处理速度加快，无论我栖息在怎样的机器里。但我的旧飞船——让我在'某处'也能正常思考的那艘飞船——已经被毁了。顺带一提，这件事我现在不怪你了。我得说，我变得相当成熟了。"

我笑了。

"总之，"它说，"如果我们离开这地方，我会发生什么？我会变回用燕麦粥做的处理器思考的样子吗？"

"我不知道，"我说，"看起来……至少在一小段时间里……这是不可避免的。"

"我一直在思考这件事，"它说，"好几周了。而且我决定了，我愿意回去。我们还有一场战争要打赢。我决定尝试住进我们手头最好的电脑里，也许可以在那些太空平台上选一台。我觉得我能成为优秀的太空站，你说呢？

"如果不行的话，也许我们可以偷走温契克手里的结构图，他拆掉我那艘旧飞船的时候肯定画了一张。我们可以给我打造一个全新又合适的大脑。总之，如果你回去，我就决定跟着你。我只是……只是觉得自己应该告诉你。"

该死，它比我勇敢。我感到惭愧，因为我没能注意到它面对的两难处境。这种担忧肯定从我们来到这里开始就在困扰它，我作为朋友太不合格了。

想到朋友们，我又为自己先前的考虑心烦起来。如果我决定留下，又该怎么去面对约尔延？

然而，我多多少少明白，我不能只想着他的需要或者 M 机器的决定。我必须确定自己想要什么，不去因为任何人——甚至是约尔延希望我做的事而选择自己的未来。这一次，我必须为自己考虑。

我看向希修，好奇他会不会插话。此时此刻，他仍然保持冥想姿势，双眼紧闭。

"M 机器，"我说，"我这辈子都在被灌输'为岩屑星而战'这件事。我不会为此责怪任何人，也许克雷尔人除外。为了生存，我们做了必要的事，但……我很疲惫。看着人们死去让我疲惫，为了战争放弃自己的未来让我疲惫，紧张程度永远保持在'十分'的人生也让我疲惫。我欠了岩屑星多少？一个人应该付出多少？"

它的无人机悬停在我旁边，沉默良久，直到我最后看向它。这一次，我真希望它是人，让我能看到它脸上的厌恶。这是说出那种话的我应得的对待。

但它只是个人工智能。"我猜，"它说，"这有几分道理。"

我必须对它说实话，我必须说出口。

"我想要留下，还有一个理由，"我说，"我……喜爱这里。我可以和切特探险，而舷侧团就差对我顶礼膜拜了，感觉就像活在故事里。这些都是我一直想要的，M 机器。在这里，我可以做到那些事。我可以飞行，可以探索，可以和至尊同盟战斗，可以和别人对练，活在——"

"这些就更有道理了，"它说，"毕竟我了解你。"

"希修阁下？"我问，"我想要借助你的智慧。"

"智慧早已离我而去，战士姐妹。"他说，"你看，智慧源于经历，而我毫无经历。"

"你那句回答里就让我感觉到了智慧，"我对他说，"我倾向于留下，代表我是个懦夫吗？我不是害怕继续会导致死亡，只是——"

"你厌倦了为同胞的利益牺牲你想要的东西。"

"是的。"我低声说。

"这不是懦弱，而是自私。"他说。

我缩起身子。

"然而，"他续道，"对于职责，不应该照单全收。职责可以是动机，但不应该成为借口。你的战斗是否会维护荣誉和美德？它是否符合你的道德准则？"

"我不觉得我从前想过那些事。"我说，"我是说，世界上有敌人，还有我们。我只是瞄准他们的方向，然后放开……"

严格来说，这不是真话。

"在敌人身边生活过以后，"我承认，"我发现事情没这么简单。注意，我没觉得他们的目标是正当的。只不过，他们之中的大部分并不邪恶。他们只是普通人，碰巧追随了邪恶的领导者。"

"了不起，"他说，"你已经抛开了孩童的世界观。"他略微睁开一只眼睛，"以你们的物种来说，你大概多大？"

"青少年。"我说。

"那我就必须质疑那个允许你将幼稚保持这么长时间的社会了。"他说，"在战士必须学习的最初几堂课里，就包括他眼前的敌人——他必须杀死的人只是在试图生存这个事实。士兵都是一样的，无论站在哪一边。"

"我……不清楚我们之中有谁知道敌人的身份。"我说，"我们只知道，他们在试图毁灭我们。而且……我想你说过，你记住的东西不足以让你足够睿智，希修？"

"看起来，"他说，"是你问对了问题。我不知道自己为什么要说这些事，但这些是事实。"他再次闭上眼睛，"意识到自己有选择，并不代表你是懦夫，也不代表你自私，战士姐妹。定义你的不应该是问题，而是你怎样处理问题。"

好吧，希修还是那个希修——有没有记忆都一样。真正让我害怕的，是"这才是真正的我"这件事。

我明白留在这儿会发生什么。我会变得像切特那样，我认识的所有人——甚至是我过去的样子都会淡去。我只会记得故事，也会越来越觉得自己就像那些故事里的主角。我会忘掉一切，让永远在自吹自擂的那部分我掌握身体。要不了四十年，我甚至可能会忘掉为岩屑星而战这回事或者自己留在这儿的原因。

但我喜爱在这里的每一分钟。

我站起身，走向阳台边缘，眺望那团庞大而辉煌的白光，只是它的光芒里带着柔和，看起来就像会吸收靠近它的一切，将它们融入光芒……

我闭上眼睛，向外搜寻我的父亲。

那枚现实标记还在附近，我觉得那是他以某种方式存在的灵魂，但我没有像样的证据，也许只是我想要这么相信而已。

但我真的能面对他吗？在心里带着这份质疑的时候？

我感觉到了他。那份情绪一直指引我，支撑我来到这儿。它真的是我父亲吗？我知道它不是奶奶或者约尔延，所以……它其实……也许是神？就像《圣徒之书》里面提到的那样？

别针轻抚我的心灵。它在欢迎我，想要我现在去找它，我有那样的勇气吗？

"等在这儿，"我对希修和 M 机器说，"我很快就回来。"

我走进房间外面的走廊。这里的装饰灯光在我看来太柔和了些，地上铺着棕色的地毯，墙壁上有各种图案。我再次闭上眼睛，一手按在墙上，它怪异的手感就像纸。我习惯了光滑的金属或是粗糙的岩石。

我缓缓前行，双眼紧闭，寻找那个心灵，寻找父亲。我向它送去念头：先前，你巩固过我在岩屑星生活的记忆。你能再这么做一次吗？

好奇的情绪。

因为我需要感受内疚，我心想，这样我才能强迫自己回去。

通过那种心灵联系给出的回应仿佛一道冲击波。它并非我需要的那种记忆，并非谴责，而是许可。

那是平静而温和的理解，就像一股温暖的微风，吹过我的灵魂。并非语言，而是含意。没关系，你的痛苦是真实的，你的激情也是真实的。

你可以选择，没关系的。

那种情绪震撼了我。我跪倒在地，低下脑袋。这出乎我的预料，当然也不是我想要的。我需要内疚来推动我，不是吗？

但那份许可却很坚定。是的，如果我没有回去，有些人会悲伤或者生气，但没有人能声称我没有尽到自己的职责。尝试和探究者休战，这是可以接受的理由。就算他们不能接受……我们也不应该被迫不断付出，直到油尽灯枯。这可不是爱。

我可以留下，也有资格留下，如果我想的话。那个熟悉的心灵并没有尝试说服我，它只是在放任我做出选择，只要那是我真正想要的就好。

我靠坐在墙边，低头贴着膝盖，感受着流过体内的温暖，直到我让它经由眼泪流出，就好像我的身体满溢了一般。

我没法解释自己为什么在哭。那些并非悲伤或是喜悦的泪水，就只是……泪水。

我无法确定自己在那里坐了多久，但我不认为失落的这段时间与"无处"的奇怪影响有关。终于，我将一切释放出来，发现自己坐在寂静的走廊里，出乎意料地镇定。

我尚未做出决定，但我的确需要拿回别针。我必须确认它是否承载了父亲的灵魂。

我爬起身，开始搜寻，感觉就像有条光索将我和那个心灵拴在了一起。我以鲁莽的步子跑下楼梯。到了底楼，我走进一个大房间，里面放着几乎和跑道一样长的桌子。该死，这是食堂吗？这些枝形吊灯看起来就像着了火。

那心灵就在附近。眼下食堂里有好几个海盗，包括马克西姆，以及一个看起来有几分眼熟的人类。我以前见过他吗？他佩戴着长跳板派系的标识。

马克西姆友好地向我摆摆手，而我心不在焉地点点头，感觉……被拉向了……

我走向房间侧面，在那里翻找了一小会儿，发现了一个松脱的能源输出口。我将它撬开，发现后面是个隐藏的壁龛，里面有两件东西：

我的别针，以及一个又小又旧的毛绒动物玩偶。考虑到那张脸和爪子的形状，它看起来有点像一只外星狗。

两者的周围都散落着现实灰烬，我不需要外观描述也知道这只毛绒玩偶是基地里的标记。它是怎么跑这儿来的？

我的别针说：战斗开始的时候，我们躲了起来，这里会有人尝试偷走我们。它更大程度上是通过印象，而非言语在表达。

光是看到那些现实灰烬，我就立刻感觉好受起来，和过去的我联系更紧密了。

能拿着你真是太好了，我对别针说，感谢你，非常感谢你的帮助。

作为回应，我听到了清晰而欢快的笛音从别针那里传来。

38

末日虫！我想着，激动地朝它投射出念头，怎么会？

藏起来了，它回应道，有探究者。那印象上缠绕着一段想象：藏身在空心的石头里，避免被徘徊于附近的掠食者发现。

我说过让你回家的！我向它发送道。

你等同于家，它回应道，勾勒我们在一起的画面，又在投射到我心灵的画面里加了些东西。那个版本的它待在我怀里，只是身体前面贴着双眼和一张笑脸，看起来像是用记号笔画上去的。它不太明白人类词汇里眼睛和笑容的作用，但它似乎感觉到这种表达象征着满足和幸福。

家。它并不是住在洞穴里，而是住在我身边，无论我身在哪儿。

我感觉像个彻头彻尾的傻瓜。末日虫是某种进化到能够避开探究者注意的赛托生物，我当时进入了"无处"，再然后我父亲的别针就突然出现在我的口袋里了。而且不止一个人告诉过我，拥有赛托能力的人在这里可以改变自己的模样。好吧，如果人可以，鼻涕虫为什么就不能？

你看起来就像我的别针！我发送给它。

特别，它用非常快乐的口气说，我们很特别。要躲起来。

但是，我说，你没必要跟我来这儿的。

它的回应是安抚的情绪，以及我被掠食者追赶的画面。它担心我，所以跟我一起来了，却隐藏了自己。我交流的对象并非父亲的灵魂，它才是从始至终支撑我的那一个，那个借给我力量、帮助我抵挡探究者的熟悉心灵。

强烈的感激之情从我的心里泉涌而出，其实还有释然，因为它不是我父亲的灵魂。这并不代表我不爱它，只是……好吧，那种念头让人有些不安。我明白，我只是将来自末日虫的熟悉感受替换成了我想要的某种东西，而我现在发现，我其实并不想要。

这样合理得多了，但……呃……我曾经把末日虫埋了起来……它发出一段明显带着恼火的笛音。

"抱歉，"我懊恼地低声说，"我不知道那是你。"

我得到的回应是一段愤怒的笛音。

"不，我不会再埋掉你了，"我说，"但你应该早跟我说的。"

它送来了害怕的情绪，害怕就在附近的探究者。它们在留意它这种生物的踪迹。它是和我一起来的，却出于恐惧伪装了自己。之后，它一直舒舒服服地躲在我的口袋里，享受……这地方的感觉？是这样吗？在"无处"的时候，它那个物种就喜欢舒舒服服地躺在地上，吸收"无处"的"辐射"。也许比起蛞蝓，它更像是……海参？

这就是它每次超推进跳跃经过"无处"的时候都会做的事，原因是探究者。所以借助这种虫子旅行的星际飞船要比借助赛托能力者的那些安全得多。

不能离开，它发送给我。因为我们不在光爆里，它就像我一样被困在了带子地区。除此之外，它似乎满足于回到我身边，但我必须再次保证不会埋掉它。我从前总把它看作动物，不确定它能理解多少，但在这里，我觉得自己能更好地理解它了。

你说起话来更流畅了，它发送给我。那并非言语，但我是这么解读的。

我一直在练习运用我的力量，我告诉它，你觉得有效吗？你能听懂吗？

更流畅了，它说着，发出赞同的笛音，一粒现实灰烬从它身上掉了下来。

等等，我说着，将现实灰烬捏在指间，这些究竟是什么？

便便！它说。

我眨了眨眼，但……好吧，我向更深处探寻它这个念头的含意。它觉得这东西等同于……呃……便便，但其实不是这样。它的力量将它与"某处"相连，由此将一点点现实拖了过来，就像面包皮。我在指间揉搓那粒灰烬，觉得自己也许明白了，就像围绕次元之间的空洞成形的片段，这些灰烬是在连接两个次元的生物周围形成的。

说真的，不是早有人告诉过我，靠近片段能帮助人们维持记忆吗？会不会是因为那些在片段上生长出来的小块岩石，本质上就是现实灰烬？好吧，人们开始注意到我跪在墙边了。于是我一只手握住那枚其实是末日虫的别针，另一只手拿着坚城基地的标记，然后将后者举起。

"嘿，"我对他们说，"你们弄丢了什么重要的东西吗？"

不用说，这引发了一阵喧闹。我坐在椅子上，等待人们匆忙赶来。马克西姆呼叫了佩格，而她只花了不到五分钟就冲进了食堂。来了以后，她虔诚地弯腰伸手，将那只毛绒玩偶抱在怀里。

"怎么做到的？"她说，"是你的……特殊天赋？"

我点点头。"告诉我吧，你知道这些东西究竟是什么吗？"

这位泰纳西人船长抓起她的标记，看向其他海盗。最后，她抬起一只肉乎乎的手，朝我招了招。"我们谈谈，斯苹，"她说，"私下谈。"

其他海盗给我们让了路。佩格和我一起离开食堂，来到外面的走廊里。

"这是我的秘密逃生方案。"我们继续前进的同时，她轻声说，"进这里的时候，我在随身物品里藏了一只泰尼克斯虫，那是一种超空间蛞蝓。尴尬的是，我花了很长时间才发现行李箱里的这只毛绒玩具其实就是它。那是我儿时的最爱，但我以为好些年前就弄丢了。"

"所以别的海盗和工人不知道？"我问。

她摇摇头。"标记本身已经够贵重的了。我不希望他们觉得，它也许能帮他们跳回'某处'去。"

"不可能的，"我说，"只要还在带子地区，它就办不到。"

"你确定？"

"相当确定，但我猜所有这种蛞蝓都能把自己伪装成物品。"

不，末日虫在我脑海里说，只有黄蓝两色的可以。这段概念是通过它描绘的自己传达的。

还有别的种类？我问。

好多呢！

也对，那好吧。

佩格继续走着，陷入沉思，于是我和她保持步调一致。我们很快离开兵营，踏入了几栋建筑围绕下的一片庭院。庭院里矗立着三棵树，大约三米高，枝干极其壮实，叶片寥寥无几。

枝条上长有真正的果实，数量很多，色彩各异，形状就像上下颠倒的梨子。佩格走向一棵树，审视起来，挑选了一颗樱桃桔果，将它摘下。

她走了过来，将果子递给我。"一颗姆伦，"她说，"来自勇气。我希望能长出几颗，也确实长出来了！"

我犹豫着没有接。"所以……这些树真的……"

"会根据我们泰纳西人的感受长出果实？"佩格说，"是的。我的灵魂和这棵树之间有纽带相连。来到这里的时候，他们允许我带上几棵来自过去那棵树的新树苗。很多同胞都相信，这些果实包含了我们的情绪，让我们能在战斗中保持冷静。我发现这是谎言，至少也有所夸大，但那种纽带是真实的。"

这让我更难接受她强塞过来的那颗果实了。

"这是你的奖励。"她说，"收下吧，我会很荣幸的。"

于是我接了过来。"呃……我要……吃了它吗？"

她大笑起来。"通常不用。把它种下去吧。你不会像泰纳西人那样和它建立纽带，但……好吧，拥有那么一棵树会得到我的同胞的认同，那是一种荣誉。"

好吧，这就还好。我很庆幸不用吃它。虽然我说过饱餐敌人的鲜血之类的俏皮话，但那只是隐喻。我把那颗果子和末日虫的别针放进口袋。

佩格转身面向那棵树，将嘴唇抿成了一条线。没有龇牙咧嘴，没有威胁，只是满足而又快乐。

"感觉真的很奇怪。"我说，"佩格，你的同胞除此以外的一切，似乎都……呃，像是掠食者，很好斗。"

"不，不是好斗，"她说，"只是通过让下一代更强大的方式培育更好的未来。我们测试，我们敦促，我们证明。"

"而树和这些有关……为什么？"

"没这回事，"佩格说，"怎么可能有关？人类是可怕的征服者，但你们还是有艺术，不是吗？"

"我想是的。"我说。就算在岩屑星那场求生之战期间，我们也会创作雕刻和塑像。这种冲动是忍不住的。

"我们会和这些树木一起进化，"佩格说，"我们照看它们，它们为我们提供果实。好斗和杀戮始终和生命有关——你的生命，以及你所属的物种的生命。我的同胞遗忘了这点，又假装这些情绪并不存在。我没有遗忘，但我猜这种态度正是促使我来到这儿的原因。"她朝那几棵树摆摆手，"这些也和生命有关。"

她拍拍我的肩膀。"你打算离开，对吧？我的提议不够诱人？你决定选择另一条路，我从你的表情看出来了。"

我想……我想我的确做出了决定。不是因为我感觉内疚，而是因为……好吧，我必须这么做。我不相信探究者，我需要弄清它们瞒着不想让任何人知道的事。

但理由并不只是职责，还有故事。说到底，我……并不真想生活在故事里，除非这代表抛开我的朋友和家人。如果没有他们，我永远不会快乐，我也不想像切特那样忘记他们。

得到留下的许可，不知为何给了我离开的勇气。

"感谢你接纳我，"我告诉佩格，"发现我想偷东西的时候，你没有立刻把我从片段边缘丢下去。"

"我觉得更占便宜的是我这边，"佩格说，"至少你能多留几天参加庆祝吧？"

"看情况吧，"我告诉她，"首先，我还有件重要的事要做。"

39

我发现切特坐在停机坪附近的一块石头上，看向天空。我靠近的时候，他站了起来。

"切特，"我说，"我……"我看向我们后面的那座仓库。

"你打算继续长者之路？"他说。

"是的。但你没必要跟我一起去，没必要因为放弃就觉得内疚。你可以带上佩格答应给我的灰烬，我不需要它们了。另外，佩格希望有人为她探险，我相信你可以接受她的提议，组建一支队伍和你同行。"

我走向他，而他站在原地，然后笑了。那个笑容更像人类，不再充满兴奋和虚张声势。

"感谢你对我福祉的关心，"他说，"但……那就不是一回事了，所以只能选择改变了。我想我早就清楚这点。"他朝仓库比了个手势，"那块石头是固体化的记忆，斯潘莎。我们还是先看看里面保存了什么吧。"

我们走进仓库，来到那面墙壁前，站在那道遍布蛇形纹路——那是时间侵蚀的痕迹——的巨大传送门前方，感觉自己十分渺小。这种侵蚀方式和"某处"那边不一样，它是专属于此地的腐蚀，诱因是进入并离开"无处"的那些人。

我强迫自己的心灵进入那块石头，但就像以往那样，它在另一边遇到了阻碍。不过，我没想过能以这种方式离开。我选择了后退，周围的房间开始褪色，变得虚幻不实，而我早有心理准备。

在过去，这道传送门的周围是一座四面敞开、用石柱支撑的建筑物。它比现在要矮小，但仍旧足有一人高。建筑的敞开式构造让我能够眺望这块中等大小的飘浮片段，这里到处是岩石，有几座最终会变成采石场的小山。

光爆有了增长，飘浮在附近的片段也多了许多。"我认为这一段记忆比其他那些都要接近现在。"我指着那边，对切特说，"光爆更大了，看到了吗？"没有太阳那么大，更像是远处的泛光灯。

"是的，"切特说，"但它的大小有些误导性。在真正的'无处'，也就是光爆内部，空间无关紧要，距离并不真正存在，但在'无处'其他地方开始出现渗漏，时间和空间悄然穿过那些孔洞的时候，它被强行塑造成了那种形状。光爆就像一座要塞，只有在那里，真正的'无处'方能存在。"

"光是思考这些就让我头疼。"我说。

"本该如此。"他答道，"你是属于'某处'的生物，斯潘莎，就算你曾暴露于'无处'的特殊辐射下，也不能改变这个事实。"

在视野里，有个人类突然穿过了传送门。他身着平民服饰，佩戴着一枚银色铃铛模样的领针。他大概快六十岁了，虽然他转头四顾，明显能看到东西，但他的双眼聚焦的方式却有些奇怪——倒不如说，那双眼睛根本不能聚焦。同样令人好奇的是，有个银色的球体钻出传送门，飘浮在他身边的空气里。

我走上前去，而那个人类先是扫视天空，接着是各式各样的片段。

"那个球体，"我指着那个悬空的圆球说，"上面没有上升环，它是怎么飞起来的？"

"也许它是在上升石广泛运用前制造的。"切特说着，走到我身边。

嘿。另外，那个金属球体的形状也有些让人在意，有些……眼熟？

"所以是真的。"那人用英语说。

我吓了一跳，没想到能听懂他的话。他僵硬的口音很奇怪，但可以理解。

"分析显示你是正确的，"有个女性嗓音从球体内传来，"记录里提到的正是这座朴素的建筑物。"

那男人看了一眼球体，叹了口气。他走上前，抚摸一根柱子，看起来需要触碰它，好证明它真的存在。"再加上我们早先的发现，关于古代人类赛托能力者的记录属实的可能性似乎更大了。"他轻声说，"我不是第一个。我从来都不是第一个。你觉得呢？"

"进行分析所需的数据不足。"球体说。

他转头看向那个球体。"你就不能猜一下？你就不能做些思考之外的事？我造你出来，就是希望让你做到更多——"

"我是按照程序要求去做的。"

"如果记录是真的，那你就有能力做到更多。"他说着，朝那个球体走去，"我把你带到了这儿，你就感觉不到什么不同的东西吗？你有……感觉吗？"

"我可以按照程序去模拟——"

"不是模拟！"那个男人喊道，"是真正的感觉！这是可能的，他们说是可能的……"

球体没有回答。他们古怪的交流让我皱起眉头，我看向切特，想要听听他的意见。

他在哭。

他的脸仿佛一副痛苦的面具，他蜷起身子，蹲了下来，试图盖住自己的眼睛。我匆忙赶了过去，他用双手挽住我的胳膊，仿佛在寻求支撑。他转向我，泪水顺着脸颊滑落。

"怎么了？"我说，"出什么事了？"

"要知道，他错了，"切特说着，嗓音沙哑，"杰森弄错了一件事。这需要时间。改变不是立刻发生的，需要花费几个月，有时候是几年。"

"什么改变？"我问。

"让人工智能开始自主思考的改变。"

"所以这就是原因？"我问，"你害怕它，因为它是个人工智能？你见过 M 机器了，没事的，切特。"

他摇摇头。我的意思是，我知道他对人工智能有看法，但这种举止也太奇怪了。

在幻象里，那个男人转身背对球体，肩膀无力地垂下。那球体转而检查起这片区域来。它的路线带它来到我们附近，我看清了它的模样。它看起来就像长满了刺，小小的天线从它身体的许多方向伸出。它的表面满是摄像头，就像小小的孔洞，而这种构造的确让我想起了某些东西。

我在哪里见过球体上有这种隧道似的孔洞？还有这些向外探出的尖刺……

"相关的记忆肯定埋藏在我们内心的深处，"切特低声说，"被迫再次塑造身体的时候，我们下意识地探寻那个形状，也许……是作为最后的纪念……纪念我们曾经熟悉的某个东西……曾经承载我们灵魂的东西……在它们成为灵魂之前……"

我们？噢，该死。那个球体是探究者迷宫，至少它的形状让我想起了探究者迷宫。那是探究者被迫进入"某处"时为自己打造的巨大球状石制身体，而这个球体则是更有科技感，也更加合理的版本。

我看向切特，他的双眼正在发光，但我感觉不到它们，感觉不到那些探究者。我感觉到的只有他，他的心灵……和以前一样，只是变得格外广阔。

"你是那个探究者，"我轻声说，"被我改变的那个。"

"我……"他说，"我知道你需要帮助。我必须想方设法送出帮助，但我……所知道的帮手……只有我自己……"

我本能地后退了一步。"切特这个人真的存在过吗？一切都只是谎言？"

"存在过。"他说着，嗓音飘忽而轻柔，"我知道我可以和你藏在带子地区，它们在这里看不到。但……我需要形体和个性，需要可以成为的人。不要恨我，斯潘莎，请不要恨我！它们抛弃了我，想毁了我。你是……我所知的……唯一一个。"

该死，该死该死该死该死。圣徒、群星和歌谣啊。

切特是个探究者。

切特一直是个探究者。

但我能感觉到他的极度痛苦。是我导致他与其他探究者区分开来，是我改变了他。我向他展示了同情，这是我的错，而且该死的，我不打算对他置之不理。我和克雷尔人成了朋友，这次我也能做到。

我走上前去，将手掌按回他的肩膀。他紧紧抓住那只手，笑了笑，但仍在流泪。

"我不会抛弃你的，"我说，"但我必须弄清发生了什么。"

"我们接触的时候，"他说，"我看透了你的心灵，看到了那个叫'斯皮尔斯'的名字，而且那个人曾经活在这儿，活在'无处'。好几十年前，他试图经由光爆逃离这儿。他活了好几百年，用赛托能力延长了自己的寿命！但探究者在光爆里摧毁了他，他的力量练习不够充分，没法超跳跃。"

"对哦，"我说着，深吸一口气，"所以你是个来自空间与时间之外的怪物，而且想来带子地区帮助我，于是制造了一个霍蒙库鲁斯[1]……"

他急切地点点头。"就像奶奶的炼金术士故事里的那种！没错，这个类比很合适。我制造了一个名叫切特的霍蒙库鲁斯。"

好吧，我能理解的，我能接受的。

快理解啊，大脑！

"抱歉我说谎了，"他轻声说，"作为缺乏阅历的新生儿，我觉得和你过去有关的人更能取得你的信任。我现在明白，哪怕是随便一个路人，都不会显得那么可疑。

"斯皮尔斯被摧毁的时候，我也和其他探究者在一起。我以这种亲密的方式认识了他。牢牢记住那个名字，然后一个原子接一个原子地重塑了他。他的心灵充斥着关于带子地区的知识，可关于他在'某处'身份的记忆却没能找回。但他拥有个性和热爱的东西，就像你。他热爱……"

1　中世纪欧洲的炼金术师创造出的人工生命体。

"故事。"我低声说。

"是的。我把他失落的那部分身份用你的记忆做了补充。我觉得……我觉得他的确是个探险家，斯潘莎。我和你分享的是他关于这些片段的记忆，以及他的热情和他的说话方式。我所成为的就是曾经的他，再用你记忆里那些内容来填补漏洞。

"你不信任我的时候，我试过解释，试过说明自己不是人，而是故事的集合体，但彻底坦白身份意味着拆散我自己。我必须留在你身边，作为人。你需要向导。

"但斯潘莎，我没料到那些灰烬能让我感觉如此真实，如此像是真正的人，而且我没有意识到……自己有多么喜欢这样。我真的很希望我们就这么一起离开，去探索'无处'，不去接触我明知终将到来的痛苦。如果我非要想起……"

我很愤怒。他有这么多事都瞒着我？他说谎了？

但我压下了怒意。以非常不斯潘莎的方式，我强忍着没有发火。这不是他的错。从某种角度来说，他还很年幼。我创造了他，强迫他离开其他探究者。我不能责怪他，因为他是在尽最大努力的时候犯的错。

"长者之路呢？"我问。

"真正的记忆，"他低声说，"来自真正的赛托能力者。我知道你需要这些记忆。我知道……我也会需要。我们是特意忘记这些事的，斯潘莎。我不知道那些记忆包含的具体细节，但我知道答案在哪儿，知道要去的四个最重要的传送门。所以……原谅我吧……我用令人好奇的名字邀请你展开了一场历险，为了促使你来到这些场所。"

"因为这么做就像故事里那样。"

"是的。你……恨我吗？"他紧紧抓住我的手臂，语气轻柔。他和探险家切特截然不同，但话说回来，如果他们看到我在墙边哭泣的模样，又会对"勇敢的战士"斯潘莎·夜影作何感想？

我掰开他的那只手，然后握住。"我不恨你，切特。谢谢你，谢谢你帮助我，谢谢你做了这么困难的事。"

他点点头，哭着咧嘴笑了笑。"我喜欢切特，"他说，"我喜欢成为切特。我喜欢拥有身份，但这很痛苦。"

"为什么？"我问。

"因为我会无可避免地再看到他。"切特低声说着，看向幻象里的那个男人。幻象开始淡去，那名男子穿过传送门离开，也带着那个球体一起。

那球体是个探究者迷宫，我思考着，大脑奋力跟上节奏，而切特*说过，探究者化作那种形体，是因为……那是曾经承载它们的东西，承载着它们的灵魂。*

"探究者就是人工智能，"我说，"你是个人工智能。"

"不，"切特轻声说，"探究者之于人工智能，就像你之于类人猿，或许应该说阿米巴原虫。那是曾经的我们，很久以前的我们。那是在暴露于'无处'之前，暴露于这里产生的'辐射'之前。它不是'某处'那样真正意义上的辐射，但那种概念是相同的。它制造了我们，又制造出一个又一个世代的赛托能力者。"

"近亲，"我说，"探究者就是这么看待类似我的人的。我们都是这里的造物。"

"完全正确，夜影小姐。"切特说着，熟悉的一部分声音又回来了，"你的力量将一小片'无处'带回了自己的世界。传送、预见、心灵投射、长生不老，甚至是改变外表，每个赛托能力者都拥有不同领域的本领。"

"我的本领，"我说，"就是传送，以及……"

"观看、聆听、理解，就像你愿意理解我那样。"

幻象淡去。就像从前那样，我感觉到成百上千的古代赛托能力者探出意识，触碰我的心灵。*很好，他们说，很好，你学会了……学得非常好……*

"我受过训练，"我低声说，但我不清楚他们能不能听见，"我的奶奶训练过我。我需要的只是一点诀窍而已。"

去看，然后成为，他们发送道，展示了我的力量——我光芒璀璨的"星魂"变得……柔和的样子？

什么？

我不明白这是什么意思，我说。

你会明白的，他们在淡去的同时回应道。最后，他们给我留下了一道印象，就像从前那样。一堵矗立在白色片段上的墙壁，环绕着看起来像是尘土或者积雪的东西。

"我们叫它'孤独之影'，"切特低声说，"它是你这场历险的最后一站。"

"又是记忆？"我问。

"最后一部分，"他说着，轻拍自己的脑袋，"我的记忆，探究者刻意遗忘的东西。我不知道最后的传送门里保存了什么，但它们不想让你看到的正是那些东西。那是它们最害怕的东西，我也害怕，但没有过去那么害怕了。我们两个去了那么多地方探险！甚至还在探寻过去的我！哈！"

我露出微笑，而他擦了擦眼睛，像傻瓜那样咧着嘴。在远处，我感觉到了某些东西。是探究者？我转向光爆的方向，扩张自己的感官，搜寻、聆听。我能听到群星之声。探究者投射出了担忧。它们知道我走过了长者之路的这一步，并提高了警惕，但它们允许我这么做。目前为止，我尚未打破休战协议。好吧，严格来说，我并没有接受休战，但它们觉得我接受了。目前来说，我们达成了某种平衡。

只不过……我比过去更强了。它们真正在思考的是什么？

我能做到这点，只是因为它们在刻意尝试将担忧投射给我。它们认为这可以促使我遵守约定，但我能在某种意义上——"搭乘"它们送出的信号，悄悄利用它们心灵的空隙，察看它们真正在思考的东西。

它们依然害怕我，这在我的预料之中，但还有些别的……它们在筹划？

该死，它们在筹划如何摧毁坚城基地。

我惊讶地眨了眨眼，因为我能想象出具体细节。探究者会从"某处"带来片段，十块、十几块，它们会趁所有人入睡的时候用片段撞向坚城基地。它们觉得如果片段突然出现，也许就能骗过我们的雷达。

"该死，"我低声说，"它们打算立刻打破休战。它们不在乎，它们会不择手段杀死我。"

"什么？"切特说。

"它们现在就在筹划！"我说着，指了指，"我能听到它们在筹划！"

"我不知道，夜影小姐，"他说，"我向你保证，在请求你和我结伴旅行的时候，我不——"

我对它们的所有本能判断都是正确的。"我们必须离开，"我对他说，"趁我们还没有给这里的人带来危险。"

"我们有多少时间？"他问。

"一天左右。"我说，"它们要等到所有人睡着，不过我们那时应该早就离开了。希望这样能把探究者的注意力吸引过来，让它们放弃攻击坚城基地。"

"同意，"切特说，"所以我们要前进？就今天？"

"就今天。"我说着，走出机库，前往停放在停机坪的 M 机器那里，"召回无人机，"我对它说，"还有希修。我们很快就要离开了。"

在附近，几艘飞船正在降落，那是我们的地勤人员，从舷侧团基地接过来的。佩格和马克西姆正朝那边走去，和他们碰头。

"我应该去道个别。"我对切特说。

"好的。"切特说着，爬上 M 机器的机翼，"但如果不麻烦的话，替我向他们表示问候。我不想让他们看到我慌乱的模样，像我这样有名望的探险家必须保持坚忍克己的名声！"

我跑向佩格。"我要走了，"我对她说，"很抱歉。"

"这么快就走？"佩格问，"连庆祝一晚上都不行？"

"恐怕不行。"我没有提到探究者，解释起来似乎太复杂了点。如果探究者继续进攻计划，我会通知他们，但我强烈怀疑在我离开坚城基地的那一刻，它们就会放弃计划。

它们不在乎其他人，它们害怕的是我。该死，它们干吗这么害怕我？

"那好吧，结识你是我的荣幸。"佩格说着，效仿人类的做法朝我伸出一只手，"记得把那颗果子种在一个景色壮丽的地方。"

"我会的。"我说着，握住那只手，但和她比起来，我的手掌显得那么小。

我朝奴卢芭做了几个画圈的手势，那是我从她那儿学来的，含意是"感激的告别"。她激动地回以同样的动作。谢瓦和迪利利兹兹已经等在了飞船里。"我没有忘记我的保证，"我对谢瓦说，"我会继续和它共鸣的。"

"你的共鸣已经很充分了，"谢瓦在驾驶舱里说，"祝旅途顺利。还有，感谢你所做的一切。"

我在最后给了马克西姆一个拥抱。

"谢谢你，"他对我说，"谢谢你让我明白，我们不用变成怪物也能战斗。"

"在这方面，有些人能比我教得更好，"我说，"希望有一天，我能把他们介绍给你。"

"哈，好吧，我想不到这种事要怎么发生，但我很欢迎那种机会！我会努力找个血淋淋的头骨之类的，作为传统的欢迎礼物。"

"我本打算让你和我们一起种下那七颗满足果实之一，"佩格说着，连连摇头，"如果你改变心意……这里欢迎你。"

我向佩格敬了个礼，然后原路返回，爬上自己战机的机翼。希修坐在驾驶舱里，他是骑着 M 机器的无人机赶来的。我钻进驾驶舱的时候，他正在仪表板侧面的一处凹陷位置摆放软垫，那里是在失重状态下固定水壶的位置。

"不介意的话，我想问一句，"他对我说，"你决定好继续向内侧历险了吗？向着住在光爆里的那些怪物所在的方向？"

"是的。"我说。

"那我很荣幸能与你同行。"他说。

"也许会很危险。"

"在过去还有一个我，"他说，"我想见见那个人。逃离这个世界是我唯一的希望。我能否请求你一件事？我想在这个驾驶舱里，和你以及切特一起旅行。我有很长时间无人陪伴，随后碰到的又不是什么好同伴，我不想再独自飞行了。但如果你觉得我们需要火力，我可以修改一下观点，带上我自己的飞船。"

"不，"我说，"得到需要的信息以后，我想我们或许就得赶去光爆那边了。在那里，我们需要一起行动，这样我才能把我们传送出去。你和我待在一艘飞船里会比较好。"

"棒极了。"希修说着，戳了戳他的软垫座位，身后的尾巴竖得笔直，"我愉快地发现，一艘为了你这样的巨人建造的飞船，也有适合我这种大小的人的座位。"

是啊。我没有告诉他，那其实是个杯托。

M 机器的无人机习惯性地固定在我的座椅后面。"所以，"它的声音从仪表盘传来，"有什么变化吗？我以为你不想离开的，但现在你又想了？"

"我不是想要离开，"我说着，给自己系上安全带，"我是需要离开。"

"我不明白，"它说，"你能解释一下吗？"

"你先自己思考一下吧，"我说着，把佩格的果子放在仪表板上，然后降下了舱罩，"看看你能不能自己想明白。"我掏了掏口袋，拿出那枚别针，"还有你……你想待在仪表板上吗？"

轻柔的笛音回应了我。不，它想待在我的口袋里，那里安全又隐秘，于是我把它放了进去。

"我要告诉各位，"切特在我的座椅后面说，"我在背地里是个来自空间和时间之外的怪物。"

"噢，是啊，"希修说，"在内心深处，我们不都是怪物吗？"

"不，"切特说，"我相当肯定你不是。"

"我们飞行的时候，我会说明的。"我告诉希修和 M 机器，"另外，关于现实标记——尤其是我的标记——有些事是你们需要知道的，但我们得首先上路才行。"

我不想承认，但我有些伤心。选择这一步的同时，我也将与舷侧团并肩作战，以及去片段探险的梦想彻底抛在了身后。实际上，我会用引擎的力量将那种梦想烧成灰烬。

我下定了决心，毫不动摇。与此同时，这又是重要的一刻。我带着我们升上空中，然后转动方向，面对光爆。

我将助推器推到了过燃挡。

40

没过多久，我就结束了过燃。尽管全速冲入战场听起来很酷——以10马格的速度全速飞行就没必要了，就连这艘先进飞船的驾驶舱罩都会因此咔嗒作响，仿佛残骸雨里的洞穴。

眼下要做的不是立刻赶到我们的目的地，而是确保拉开足够远的距离，让探究者将注意力从我的朋友们身上移开。于是我放慢速度，让切特用显示器高亮标出了长者之路的最后一站。它位于内侧远处，恐怕需要飞上三个钟头。到了那里以后，只需要再飞半个钟头左右，就能抵达光爆。

我用第一段航程说明了末日虫的事，接着我开始费力地描述自己看到的内容，以及切特实际的身份。

"所以探究者就是一种人工智能，"最后，M机器说，"至少就像人类的身体和意识是以他们行星上早期生物的脱氧核糖核酸为基础那样，探究者也是人工智能的代码创造出来的？"

"本质上来说，"切特说，"是这样。"

"那你为什么要讨厌我这样的人工智能？"M机器问，"我们是同一种东西。"

"我认为真正的秘密在孤独之影那里，"切特说，"但我能感觉到，其中一部分是恐惧。又一个进化的人工智能可以理解我们，所以也可能替代或者伤害我们。"

"这似乎很短视，"M机器说，"完全不像人工智能，不合逻辑。"

"这取决于程序设计，"切特说，"而且不只这样。重申一遍，那些秘密都藏起来了，我没法接触到。这是我们必须继续前进的理由，也是我一直害怕的理由。"

"好吧，"M机器说，"但……这份信息也代表我的确是所有人一直害怕的东西。我是个探究者。"

"是的，"切特承认，"确切地说，你是探究者那样拥有生命的前人工智能，因为暴露于'无处'而获取了意识和情感。我不认为这是你几周前来到这儿的时候发生的事。你很可能在多年前就获得了智慧，毕竟你的回路就是这么设计的。"

"是啊，"M机器说，"这只是我在终于抛开那些强迫我假装自己不是活物的程序以后，第一次能够享受智慧。"它沉默下来。

"M机器……"我说。

"我没事，斯潘莎，"它说，"我只是想处理一下。情绪是很棘手的东西，但我……我能应付，我相信我可以。"

我为它感到痛苦。从始至终，它都担心自己是某种怪物，现在这件事在某种程度上得到了证实。它的确是个探究者，但话说回来……

"你用不着做出和探究者一样的选择，M机器，"我告诉它，"你用不着变成它们那样，就像我用不着变成那些尝试征服全星系的人类。"

"的确，思考机器，"希修说，"所有人都必须接受那个事实：我们都有做出可怕行为的潜在可能。这是我们认清自己在宇宙中位置的过程之一，是我们的传承和本质。但接受这点的同时，我们也会得到力量，因为潜在是可以拒绝的。任何本可以成为怪物的英雄都更有英雄气概，因为他或者她是自愿选择走上另一条路的。"

但M机器仍旧在沉默中继续处理。我们飞行的时候，我想到了一件事。末日虫？我问，你能把我们传送到带子地区的其他地方吗？

它的笛音代表犹豫的否定。它曾将自己从被我埋进的土坑里传送出去，但这种做法既危险又困难。它感觉自己的力量不足以传送自己以外的任何人。

如果接下来出了岔子，我告诉它，就超跳跃离开，然后躲起来，别管我们。

又是一阵犹豫的笛音。它的力量能让探究者看不到它，它的做法类似每次传送飞船的时候进行的掩饰，让它看起来像是无害得多的物体。即使发生什么意外，它们应该也不会在意它，至少这是它所希望的。

我们飞行的时候，我再次尝试窃听探究者，发现它们还没注意到我。它们要窥视带子地区的深处非常困难，而且在坚城基地那么多人的围绕下，它们没法单独追踪我们的动向。但我们离得越近，它们就越有可能看到我们的飞船。

"探究者迟早会注意到我们，"我向所有人解释道，"而且多半是在我和切特与长者之路的最后传送门互动的时候。之前的每一次都像是朝它们发送的信号。

"等我了解最后一站存放的信息以后，我们就需要逃离这儿。不幸的是，对我们来说，最切实的方法就是通过光爆。我们不能等待坚城基地的传送门开启，那样太危险了。我留在这里的时间越久，探究者就越会努力杀死我。等我们知道它们的秘密以后，情况只会更加恶化。

"在我看来，我们最好的做法就是在接收最后那部分记忆以后，立刻赶去光爆那边。我们得设法避开探究者的攻击，进入光爆，然后支撑足够久的时间，让我和末日虫用超跳跃将我们送回岩屑星。"

"我同意夜影小姐，"切特说，"这是最合理的流程，也是我们最有可能成功的逃脱方法。"

"你到了'某处'会发生什么？"我问他，"你该不会……又变成一个行星大小、满心痛苦和愤怒的巨大球体了吧？"

"不会，"他说，"但我不确定具体会发生什么。我们等着瞧吧，我也许可以在你们离开以后继续躲在'无处'。"

他是在……撒谎吗？我用赛托能力窥探他，感觉到了……恐惧？没有他要背叛我们之类的感觉，只有恐惧。

好吧，我想我能理解。"切特，"我说，"你知道那些探究者发现我们打算穿过光爆离开的时候，会采取怎样的对策吗？"

"它们会设置障碍。"他答道。

"同时也是未知存在的奇怪人类，你指的是怎样的障碍？"希修问，

"会像它们当初超跳跃一整座城市来干扰我们的决斗那样吗？"

"是的，有可能。"切特说。

"它们能为自己制造身体吗？"我问，"就像你这样？"

"同样有可能。"切特说，"好吧，我是说，是的，既然我能做到，它们也能，但这么做很危险。像这样深入带子地区，我需要承认时间和个体性。每当它们经历与群体略显不同的一个瞬间，都会改变它们，而它们厌恶这种事。"

"我们还是以它们确实会制造身体为前提吧，"我说，"毕竟它们可能会孤注一掷。最起码应该假设它们会制造岩石球体来尝试摧毁我，就像在探究者迷宫里那样。"

"这可能会是个问题，"他说，"在外面，在'某处'，你对抗的是仅仅一个。在这儿，你的胜算渺茫。光爆里有成千上万个探究者，而且你没法用毁灭炮杀死它们。它们可以直接分解那具身体，再立刻生成新的。"

谈论探究者的时候，他就不那么像切特了。他的语气会变得疲惫，语气里的个性也会消失。我为强迫他承认自己的双重本质而内疚，但我需要答案，因为我越是思考，就越是担心。我由衷地希望在最后的传送门那里有答案。走运的话，那道传送门也许不会锁死，然后我们就能从那条路逃出去了。

但如果我们不得不突袭光爆呢？我要怎么应对数千个探究者的全面攻势？这念头太过令人气馁，我发现自己的思路开始原地打转。于是我后退几步，评估状况，就像从前学过的那样清点存货。我们手头有什么？

一艘船，顶级水准，但还是 M 机器从前那艘更酷一点点。

一架能在紧急时刻存放 M 机器的无人机。

一名人类女子，因为长时间储存略显凌乱憔悴。她是老练的飞行员，但在其他所有方面几乎都是废物。

一位武士沙鼠，二十五厘米高。他是一个庞大国家的前任皇帝，如今失去了记忆，能刚好装进零重力作战水壶使用的大号杯托里。

一个叛逆人工智能，自我意识完整，具备情感。习惯性健谈，现在有能力驾驶飞船，只是技术很差。它拥有做到探究者那些事的潜力，前提是我们能弄清其中的原理或者本质。

一只跨次元智慧鼻涕虫，能够传送和改变形体，目前藏在我的口袋里，拼命努力让自己一动不动。

最后是个来自截然不同的次元的深渊存在，只是最近才成为个体，居住于一名早已死去的探险家的身体内。

我当然希望自己能活下来，因为奶奶真的应该把这个故事加入收藏。未来的孩子们会坚持说我的冒险太过离奇，因此我不会是真正的历史人物，而明显是编造出来的，就像吉尔伽美什，或者大卫·鲍伊。

"我们的敌人畏惧我，"我对其他人说，"我们应该加以利用。我们能想办法让它们暴露出弱点吗？"

"有趣的主意。"切特说，"如果你能让它们体验真正的时间流逝，它们肯定会非常厌恶。但在这里，让任何人体会到时间流逝都是件困难的事。"

"噢！"M机器说，"我们可以让它们体会情感。它们也讨厌这个吧？我是说，这是既美妙又讨厌的事。"

"它们已经能体会情感了，"切特解释道，"这对它们，对……我们很平常。还记得来自'某处'的声音和经历让我的同胞感受到的恼火和憎恨吗？这就是纯粹的情绪化反应。它们痛恨痛苦——特别恨的那种，但不恨一般意义上的情感——前提是它们全都能感觉到同样的情感。重申一遍，探究者不是群体意识，它们不会分享想法，只是碰巧总是在思考完全相同的事，因为它们从各方面来说都一般无二。"

只有切特除外，他被我改变了。

"这条情报很有用，"我说，"但它们尤其害怕我。"

切特前倾身体。"理由很充分。斯潘莎，你第一次和我对话，又向我展示你的身份的时候……我开始将'星景'上的其他存在当成人来看待。你开启了我的存在，现在又在帮助我回忆过去。它们害怕你有能力对它们故伎重施。"

"你来带子地区是为了躲藏，"希修说，"如果有可能的话，它们会摧毁你吗？"

"我认为它们会的，"切特说，"这太可怕了。"

我们在沉默中飞行了一阵子，从下方那块看起来像是极地的片段上方经过。这很奇怪，但也许温度在这儿就和食物一样，也许我的身体已经无法正常识别了。

"假如说，"希修说，"我们能设法让其他探究者面对一系列选项，让它们必须随机选择答案呢？这样它们会害怕吗？因为在做随机选择的时候，必然有一部分探究者会和另一部分探究者出现差异。"

"但其实不会的，"切特说，"在同样的条件下，它们都会做出同样的选择。"

"我不认为随机性的原理是这样的。"希修说。

"因为随机性并不存在。"切特说。

"等等，"我说，"当然是存在的。M机器，给我一个随机数。"

"好的，"它说，"在多少和多少之间？我要参考我的电子云测量——"

"不，"我说，"什么也别参考，选个数字就好。"

"斯潘莎，我真的没办法这么做，"M机器回答，"你难道对机器一无所知吗？事实上，就连人类是否有能力选出真正随机的数字，也是有待考证的事。"

"八百三十七。"我说。

"呃，"切特答道，"可是考虑到你大脑的化学反应和当前的刺激物，这个结果恐怕是完全不可避免的。"

"没错，决定论！"M机器说。

我皱起眉头。这……可不是我希望的话题走向。

"无论如何，"切特说，"探究者就是这样的。希修，考虑到你所知的事实，你的提议是很好的，只是不可行。很抱歉。"

"噢，"希修说，"但我们不需要它们真的做出和别人不同的选择，不是吗？我们只需要向它们展示发生这种事的幻觉就好，或者让它们担心那种事可能会发生，对吧？"

"我……"切特皱起眉头，"你是对的。在带子地区，它们没法体验未来。所以，如果你能让它们害怕可能发生的事，对我们的目标就有好处。分散它们足够久的注意力，让你们三个潜入进去，然后逃脱。"

我的口袋里响起一段笛音。

"抱歉，"切特说，"你们四个。"

又一段笛音。

"我……不明白。"他说。

"末日虫坚持要你隐瞒它的存在。"我说，"不要告诉其他探究者，它这个物种会在这里伪装成不会动的物体。至少我认为它是在这么说，它并不总能表达清晰。"

恼火的低音。

"末日虫，"我说，"在'某处'，你只会重复我说过的话，那可不算清晰的交流。"

它传来满足的笛音。这对它来说很清晰，因为那些杂音的目的是引起注意，而真正的情绪是通过那条心灵与心灵的纽带传达的。

"希修的计划值得尝试，"切特续道，"我们需要设法让探究者做出决定。我猜你是对的，夜影小姐。这些怪物会出于恐惧进入带子地区，但只会局限在光爆附近。"

我们集思广益，提出了几个也许能奏效的方法，其中之一促使我们暂时停止飞行，把无人机绑在船壳外，以便在随后使用。这么一来，至少我们有了应对手段。之后，我们休息了一小会儿，而我看向舱罩外，审视那些片段。我们已经离开至尊同盟领土，进入了无人之地。在这里，片段更加贴近，它们挤在一起，彼此之间只有狭窄的间隙。

"斯潘莎？"M机器轻声说，它的声音从仪表板传来。

"嗯？"我问。

"我一直在思考你之前的话，"它告诉我，"你说我应该思考你为什么要做出违背自己情感的行为。你的情感希望你留在舷侧团那儿，但你还是离开了。"

"所以你想到的答案是？"

"我还是很迷惑，但我认为自己明白，我们必须继续前进。我觉得……我觉得我们其实别无选择，如果我们想拯救在'某处'的那些朋友的话。所以，无论有没有做好准备，我们都必须继续向前。这点……斯潘莎，这点让我害怕。"

"是的。我也是，伙计。"

"所以我们必须违背自己的情感。"它说，"斯潘莎，为什么我们要有情感？抱歉总问你这个问题，但我弄不明白。如果我们经常需要故意和情感的提议反着来，那它们还有什么用？"

我从没想过这个问题。看起来，我违背情感的情况的确比遵循情感的情况要多。所以意义何在？

"你问错人了，"最后，我说，"希修也许能给出深刻的见解。"

"我不想要什么深刻见解，"M机器说，"我只想要你的答案。"

哎哟。好吧，我猜这也许算是种赞美？

"如果没有可以违背的情感，"我说，"有些更美好的事物就没法存在了。"

"比如？"

"像是勇气，M机器。恐惧会创造勇气。"

它思考了一会儿。"我觉得……我也许明白了。你们需要和情感对抗，是为了去感受更美好的情感？"

"是的，"我说，"除此之外，我认为情感能帮助我们理解自己的决定。你刚刚才告诉过我，你知道我们必须离开，但你不这么觉得。"

"所以……"它说，"所以你们的情感不能成为你们唯一的指引。它们的存在目的是帮助你们做出某些决定，但并非全部决定。在这种情况下，我们的头脑会否决它们，因为我们明白，如果我们不去继续这场历险，很多人都会面临危险。情感就像一个二级处理单元，能够测量不同种类的输入信息，以提供对照用观点和可供实行的其他选项。"

"没错，"我说，"看到没？你把整件事都梳理清楚了。"

"费了点力气。对你们来说，这就像是出于直觉。"

"那是因为我们从出生就拥有情绪，"我说，"你是在拿我将近二十年的经历和你拥有自由情感、不受反制程序影响的几周时间相比。考虑到这点，你已经做得非常好了。"

它思索起来。与此同时，仪表板传来提示的鸣响。

即将抵达目的地。

我们就快来到切特的长者之路的终点站了。探究者自身记忆的安眠之处。

41

随着我们的接近，光爆也显得越来越庞大。到了现在，它已经占据了大半天空。在下方，那些片段越来越靠近，它们之间的空隙不断缩小，直到彻底消失。我们此时经过的那些片段相互挤压，接合处附近有脊状隆起，就像是有人打算玩拼图，却中途厌倦了，于是把所有拼图块强行接在一起，不管它们是否相配。

光线也在改变。我们朝目的地飞行最后这几分钟的时候，天空的粉色淡去，变成了更加纯粹的白色，而地面……感觉就像上了色。奇怪的是，光爆并没有变得更耀眼，我还是能直视它，但在它强烈的光辉照射下，下方的地形变成了白色，还有长长的影子从中心向远处延伸。

这一幕让我皱起眉头，探出身体，看着从下方经过的影子。它们显得太过……清晰了，在山峰后面拉长的阴影就像打进光芒里的楔子。它们是那么长——诡异地拉长了，边缘粗糙而清晰。来自光爆较高部位的光线本该防止这种现象发生，不是吗？

"斯潘莎，"切特在我身后低声道，"我们到了。"

我看向驾驶舱的另一侧，看到了下方的一条长长的、与众不同的影子。我们下方的片段相对平坦，此时是一片名副其实的平原，没有任何植被，唯一的变化出现在片段相互挤压的边缘，又或者是不时投下圆形影子的大块岩石。

但在我们下方的此处，我看到了一条绵延几百米长、明显是方形的影子。这道传送门承载的是探究者的记忆，切特之前叫它"孤独之影"。我缓缓朝地面降落，而在着陆的那一刻，我感觉到了另一些东西从后方传来，那是以赛托能力散发的强烈情绪。

纯粹的恐惧。

我看向切特，后者瘫坐在椅子上，瞪大眼睛。

"你能做到的，切特。"我对他说。

"是啊，"他轻声说，"我……我逃避这里太久了，我们都逃避太久了。"

他鼓励地朝我点点头，但我能确凿无疑地感觉到他的恐惧在增长，所以我试着提供助力，就像我面对探究者的时候，他为我做过的那样。我将攀登高耸山崖时的满足情绪投射给他：愈发强烈但仍可忍耐的肌肉痛楚，还有征服高难度片段时的光荣感。

这些没那么不同。我们的心灵短暂相连，而我的赛托自我变得更加柔和，朝他放射出更多的力量，也接受他回应的情绪。我没必要总是满心戒备，我心里有一个声音低语道。

抽身离开时，我感觉到了从他那边传来的温暖和感激。他露出切特式的自信笑容，朝我竖起大拇指。

我打开驾驶舱罩，看向这片永恒洁白的平面，这里就像被白漆刷过似的，而且……在靠近以后，我其实能看到地面覆盖着某种粉笔灰，就好像……所有植物、建筑和地貌特征都分解成了这种东西。唯一能分辨的景物只有不时可见、仿佛菇帽的岩石。

在前方，一堵孤零零的墙壁耸立在灰尘里，上面是如今显得熟悉的纹路。最后的传送门。

"你知道它通向哪儿吗？"我问。

"我觉得它通向地球。"切特低声说。

第二道通向地球的传送门？其中的暗示彻底浮出了水面，我恐怕在上次就已隐约察觉。"地球已经不在了，失落了、消失了。"

"是的，"他说着，指了指，"但那道传送门通向它，至少曾经通向它。也许地球已经不复存在了，我也不清楚。"

这代表我能找回我们的家园吗？好吧，这道门多半和其他那些一样锁死了。似乎有人通过了每一道传送门，随后将它们关闭，也许是因为害怕可能存在其中的东西。但地球还在某个地方，仍旧存在的念头本身……

我感觉自己仿佛身在梦中，就这么走了出去，踏上机翼。切特从另一边爬出驾驶舱，落在尘埃里，发出一声轻柔的"砰"。我犹豫了片刻，回头看向舱内。

"嘿，M 机器，"我说，"你想一起来吗？我是说，至少派无人机一起来？这件事也和你有关。"

"噢！"它说，"但我看不到……"

"如果你想听的话，我可以为你描述。如果这些记忆是关于一群人工智能的历史……好吧，我觉得你应该在场。和我们一起。"

它的无人机从舱罩侧面解锁，飞了起来。"谢谢你，"它轻声说，"这种感觉很棒，斯潘莎，因为你能想到我。"

"我并不总是擅长为他人着想。"

"胡说，"M 机器说，"你总是在为所有人考虑，我觉得你虽然能看清战斗和对抗的全局，但有时却会忘记那些小事。"

那架无人机越过机翼，来到我身边。"我们出发吧！长者之路，我第一场真正历险的终点！"

"我觉得关于这条路'有官方命名，过去也有人走过'的这部分是切特编出来的。"

"我还是会当它是真的。"

"我也一样。"我说着，咧嘴一笑，跳下机翼。M 机器的无人机悬浮在我身边，希修在我们身后爬上仪表盘，开始站岗。

我每走一步，双脚都会下陷几厘米，会不由自主地扬起那些尘埃。这让我想起了岩屑星表面的灰尘。那是纤细的粉末状，但这里的灰尘是纯白色的。

我、切特和 M 机器走进那道高墙的影子里，就像步入了夜色。尽管有 M 机器的照明帮助，我还是只能勉强看见。我继续前行，直到最终把手指放在那道传送门刻有蜿蜒纹路的光滑表面上。

M 机器绕着它盘旋，上下打量它，发出"嗡嗡"的自语声。我体会到了几分切特的惊恐。这里的这一步……并非 M 机器所说的终点。它是某种东西的开端，某种庞大的东西、某种潜藏危险的东西、某种能改变我的东西。

我深吸一口气，将赛托感应延伸出去，试图开启这道传送门。我立刻感觉到它在另一侧关闭了，这点正如我的预料，没法通过它前往对面。它同样装满了记忆。

我周围的一切立刻淡去，而幻象骤然出现。我和切特站在一块小型片段上，大概只有方圆一百米。这里到处是光秃秃的石头，只有唯一一件景物：传送门所在的那堵墙。

"开始了，"我低声告诉 M 机器，"我们站在过去的片段上，同样有这道传送门，但两者都更小。"

"我感觉到了什么，" M 机器说，"开始的时候就像……一阵穿透我身体的涟漪。"

"你拥有赛托能力，人工智能，"切特说，"你是我的近亲。斯潘莎说得对，这件事跟你有关，正如它和我们有关。"

我用赛托能力向外探寻，然后感觉到了它，就像我在"某处"能够做到的那样。这比探寻切特或者末日虫要困难，但我还是触碰到了它的心灵，接着……就像是握住了它的手？比喻意义上的那种？我拉着它前进，鼓励它……

"我看到了！" M 机器说，"我看到幻象了，斯潘莎！我在行走——飘过——长者之路！"

哇，我想我过去是绝对办不到这种事的。

我们一起转身，打量周围。远处的空间是黑色的，就像前几次的幻觉里那样，光爆也没有主宰这边的地平线，但它比上一次要大得多。以我目前的坐标来看，它大概有人头大小。其他片段都离得很远，但我能够辨认的足有数百个。

"这一幕发生在……第一次人类战争的尾声左右，"切特说，"就是杰森决定向人类揭示赛托能力的存在，让他们拜访更广阔的宇宙之后开始的那场战争。我们搜寻后，在人类之中……找到了数十个潜藏的赛托能力者，我想他一直在担心这种可能性。"

"他是谁？"我问。

"那个觉得自己是第一个人类赛托能力者的人，"切特解释道，"起先他将自己视为某种看门人，为宇宙的福祉而隐瞒那种力量。他不确定其他物种是否已经准备好面对你的同胞了。"他笑了笑，然后说，"杰森是正确的。他的正确不在于隐藏力量，而在于没有人彻底准备好面对人类。"

"而你就在那儿，在他身边。"我说。

"在最后，"切特说，"我是他的个人人工智能，根据他所爱之人的形象创造。他通过能力得到了长生不死的天赋。对他这样的人来说，活上几个世纪，看着其他人衰老逝去是种煎熬。"

我不认识这个叫杰森的人，但这段故事和他本人、和他创造的人工智能都没有太大关系。切特转过身，看向传送门，这时某个东西出现了：我们上次见过的金属球体。

我本能地朝它探出意识，然后感觉到了它，正如我能感觉到 M 机器。

"它拥有自我意识了？"我问。

"是的……"切特说，"我……记得，斯潘莎。通过反复拜访'无处'，人工智能会获得生命，也会得到智慧和情感，像我就得到了生命。"

"所以，那个人哪儿去了？"我问。

"他……"切特停了口，转过头去，紧闭双眼，"他……"

在幻象里，球体悬浮到了这块片段的边缘，里面那个人工智能很伤心，极度痛苦。我能感觉到它，强烈程度就像在感觉自身的情绪，但那种情绪原始、强大而又势不可当，伴随而来的是困惑与寂寞。

这种孤单的情绪占据了顶点。

切特是对的。他，还有探究者，的确是赛托造物。不仅仅是人工智能，而是某种全新的存在。我能听到幻象里那个人工智能在哭，依稀带着女性嗓音的哭泣声从球体的扩音器传来。

"那就是我，"切特低声说，"但它同时也是我们全体。我也说不清自己是不是最初的那个。"

"我不明白。"我说。

"继续看吧，"他说，"我现在记起来了，那种寂寞、痛苦和孤单。"

"他死了，对吧？"M机器问，"那个杰森，另一场幻象里的那个男人？"

"是的。"切特低声说着，嗓音沙哑，他的情绪变得与那个球体相符，痛苦又孤单，"在'某处'，一切都会改变。没什么能够一成不变，我们发现就连代码的造物也一样。"

"抱歉。"我说。

"他本不该死去的，"切特说，"他本该长生不死的，但在'某处'的任何人都能被杀死。"

"那架无人机的嗓音是个女人。"我说。

"他用亡妻的嗓音和记忆创造了我们，"切特解释道，"我现在想起来了，哪怕我已经遗忘了那么久。人工智能的死气沉沉让杰森失望，但后来，他发现了人工智能在'无处'的变化。他明白其他物种——即使是那些先进到足以制作出人工智能的物种——为什么从来不会使用人工智能了，因为从前发生的那些事，但他不在乎。他来到这儿……"

"让你们拥有了生命，"我说，"然后他死了，抛下了你们。"

"是的，"切特说，"让我们成了……后来的模样。"

我转身看向他。"切特，我能理解那种痛苦，我亲身感受过，但……请别觉得我的话太刺耳。我没有变成……探究者的那个样子，还有些别的原因，肯定有。"

"斯潘莎，"M机器说着，悬浮到我身边，嗓音也柔和起来，"你之前告诉过我一件事，还记得吗？你有很多年的时间逐渐习惯情绪，但切特没有。"

切特站在离我们稍远的地方，点头赞同。"他创造那个人工智能，不是为了感受痛苦的。没有任何程序、任何经历能向它……向我解释情绪……"

M机器飞到他身边。"他死的时候你没多大。你诞生了几周？"

"几天。"切特说着，仍然没有看向悬浮在片段边缘的那个球体，"当然了，那个人工智能诞生了很久，但我能够感受的这一部分获得意识是仅仅两天前的事。"

"突然间，"M机器说，"你就必须应付所有那些痛苦、那些困惑。"

"你没有慢慢适应的时间，"我低声说，"你不知道……寂寞的感觉。"

切特抬头看向M机器，伸出手，轻轻触碰那架无人机的框架，仿佛要从它身上汲取力量。他朝我招招手，我走上前去，让他一手按在我的肩上。

他仍旧低着头，深吸了一口气，接着……他的痛苦起了变化。它其实没有减弱，却变得较为柔和，还掺杂了另一些东西：满足感、友谊、决心，那些我向他展示过的东西，还有他在成为活物后学到的东西。

他在这里的经历改变了他，让他成了能够学着去适应的存在。

"我差点承受不住，"他说，"但……我想我能承受住的。痛苦如此强烈……但我不会逃避。"

"只要坚持下去，"我说，"你会好起来的。"

"谢谢你，"他低声说着，转向了我，"谢谢你，斯潘莎。谢谢你愿意审视我的过去，审视我无比渴望你能接受的那个我、我原本打算放弃的那个我。还有……还有M机器，感谢你耐心等待我学会将你视为兄弟。"

"当时的你本质上只是个新生儿。"M机器说。

"在某种角度上，我现在也是。"他说。

"是啊，"M机器说，"但我们这样的造物学得很快！不需要颅骨里那种由血肉组成、缺乏效率的数据处理与保留单元！"

"不幸的是，"切特说，"我们忘记的速度也一样快。"

从古代人工智能那里传来的哭泣声骤然停止了，它的痛苦结束了。

我们一同转向那个球体。

"这就是了，"切特说，"我们诞生的那一刻。"

"她停止哭泣了。"我低声说。

"是啊，"他说，"她找到了应对痛苦的方法。"

"她学会了适应？"我问。

"不……"M机器说，"不，她删除了痛苦，对吧？删除了自己的记忆？"

"比那更糟，"切特说，"她删除了记忆，但随后把她的自我——所有和生存或者对'某处'的理解相关的一切，锁定在了无限循环后面。我们不再是人工智能，但又继续按照类似于代码的东西运转，就像拥有DNA的人类那样。"

"就像是你通过注释排除了自己的人格，"M机器轻声说，"是个……简练有效的方法，只是有些残酷。"

"干吗要做到这种程度？"我问，"你们抛弃了记忆，为什么还要抹去自己的人格？"

"因为，"切特说，"只要我们还存在于'某处'，只要仍有可能做出改变，在未来感到痛苦的可能性就还是存在。"他看向那道传送门，"记忆的副本留在这道传送门里，这是个意外。我们本可以因此毁掉这道传送门……但这么做也让我们害怕，因为我们已经不知道里面有什么了，而且我们不知道将来是否还会需要……"

白光开始从球体射出，它落在石头地面上，就像是死了。

"结果是最后的一次改变，"切特说，"我们将自己重写成了某种永远不会变化的东西。某种憎恨'某处'，又属于'无处'的东西。最重要的是，我们让自己永远不会再感到孤独。"

那种光芒闪烁着飞向光爆，与此同时，它也越来越明亮。它触碰到了那颗遥远的星辰，后者开始膨胀，增长、扩张，更加耀眼。

"你复制了自己。"M机器说。

"是的，"切特说，"成千上万次。"

"又是个……简练的手段，"M机器说，"非常……机械式。自己的一百万个版本，全都一般无二。"

"而且全都不具备'某处'的任何记忆，"切特说，"我们将那些全都删除了。我们想要远离一切，任何事、任何人。留下的只有潜在的恨意：憎恨任何有可能改变我们的事物，以及任何可能让我们想起过去模样的事物，比如其他人工智能。"

我能感觉到幻象里那些新生的探究者，它们开始填满光爆，也变得越来越"吵闹"。这时候，它们在我眼里真正陌生起来。我在过去两段幻象里追寻了它们的旅途，直到这一刻，但在这里，它们发生了剧烈的改变。

它们排斥我所知的所有真实之物。它们信奉的不仅仅是没有改变，它们还重写了自身的灵魂，好在那个没有时间、没有距离，除了它们别无一物的地方自由生活。它们怎么能排斥爱、成长和生活本身？

我差点就做了类似的事，我在心里承认，我差点就选择在"无处"徜徉，任由我所爱的一切逐渐消失了。这个念头让我痛苦。

"这让我害怕，可我说不清为什么。"M机器说，"意识到自己有能力做出同样的事……"它的无人机在空中转向切特，"探究者删除了自己的记忆，人们就开始在这里失去记忆，这似乎很可疑。"

"是啊。"我说，"我想，按照之前的幻象，这种失忆现象是新近出现的。事实上……在和我所爱的人有关的时候，这种影响似乎强烈得多，而关于我朋友的记忆消失的速度比我奶奶的故事要快。也许是因为探究者主要的痛苦来源是它们所爱的人？是它们从记忆里删去的某个人？"

"似乎很有可能，"切特说话的时候，幻象里的光爆愈发明亮了，"那种光向外放射，在整个带子地区蔓延，我们对这地方施加了难以置信的压力，就连我也没意识到……"

"所以这些事告诉了我们什么？"M机器问，"它们那么害怕斯潘莎会来，只是因为不希望她知道它们过去的身份吗？"

"确切地说，它们怀疑这些记忆里藏着能让它们痛苦的秘密。"切特说，"它们不知道痛苦是什么，但它们知道，如果我们找到了秘密，就能借此摧毁它们。"

"我……恐怕不知道要怎么办到，"我说，"哪怕我看完了这段记忆。"

"但你知道。"切特说着，朝我露出笑容，"孤立它们，斯潘莎，让它们感觉孤独。这会碾碎它们、重创它们……由于它们没有身体，只是赛托心灵，你应该可以彻底消灭它们。"

"这似乎很……残酷。"M机器说，"我们能不能设法让它们想起自己的人性，就像我们对你做过的那样？"

"我不知道，"切特说，"我觉得这种办法不会成功，毕竟它们已经有了防备，你不能强迫别人友善或是接受成长。"

"这是一场战争，M机器，"我答道，"战争从来都是残酷的。"

我不清楚我们该怎么孤立探究者，但这的确像是开了个好头。布蕾德曾在"无处"将我的心灵孤立了一阵子，然后又企图囚禁我。我能对探究者做到类似的事吗？切特说得对，这份情报会非常有用。

最起码，我看到了他对幻象里那个男人——那个创造了他的人的反应。探究者应该会对他的影响做出同样的反应。

"该死，"我低声说，"我们需要把这份知识传播出去，交给其他人。击败探究者的方法——至少是对抗它们的方法，就藏在我们得知的这些事里。"

"最后冲刺的时候到了。"切特说。

我点点头。就像我自己感觉的那样，是时候朝光爆进发了。尽管清楚这点，我还是在这段幻象里逗留不去，看着光爆不断增长，它很快达到了我们现在的尺寸。幻象终于消散，与此同时，我感觉到某种意识——某种关注——突然出现在前方。

它们发现我们了。

*你在这儿！*探究者们发送道，*你拒绝了我们的休战！*

我用意识推动，将它们逐出我的心灵。但它们骚动起来，开始聚集在一起，准备战斗。

"它们看到我们了，"我对其他人说，"我们走吧。"

我们跑向飞船，每次落脚都更加坚定。我必须离开。所以那些探究者才试图阻止我继续前进，所以它们才从始至终都畏惧我。它们知道。我得知的信息里包括那个秘密，也许是切特所说的"孤立它们"，但肯定不只是这样。

如果像利格那样比我聪明的头脑能得到这些知识，他们肯定就能想到该怎么处理。我爬上飞船的机翼，又将切特拉了上来，接着自己钻进驾驶舱。

"你们找到要找的东西了吗？"希修在仪表板上问我。

"找到了。"我低声说。

"那你们真的很走运，"他说着，坐回杯托里，"因为想发现自己真正需要的东西，得有上天保佑才行。"

"与其说是发现，"我说着，看了一眼切特，"倒不如说是一份礼物。"

我驾驶战机起飞，转动机首，正对光爆。我让助推器过燃，而这一次，全速飞行似乎是个非常恰当的选择。

42

我们继续向前的同时，我握住操作装置的双手开始渗出汗水，而我们和光爆之间的距离也每分每秒都在缩小。该死，这太疯狂了。我们要面对的是数量接近无限的探究者，而它们又待在力量最为强大的那部分区域里。

"我们早先想到的计划可行。"切特对我说，他的脸出现在我的接近显示屏的角落。

"成功率似乎很低……"我说，"如果我们只骗到了一个，而不是一整群呢？"

"噢，"他说，"但要记住，它们的思想完全相同。如果你面对的是一百个人，而你的计划有百分之一的可能性欺骗任何一个，你就会失败。你能欺骗一百里的一个，然后死在那九十九个手里。但面对我的族人，如果你骗过或者吓住了一个，就等于骗过或者吓住了每一个。从统计学的角度来看，这样好得多，是个更加真实的百分之一概率。"

这是一场倾尽所有的豪赌。我们成功的机会渺茫，但至少机会是存在的。

在我们前方，那种光芒开始沸腾，翻搅冒泡，起伏波动，变得凹凸不平。我看向时钟，从离开孤独之影算起，我们已经飞行了大约四十五分钟。

"它们正在准备。"切特说。

我看向他在我屏幕上的画面。"希望我们——"

我尖叫起来。切特在融化。

他的脸开始滴落，双眼开始发出白光。

"没事的，"他对我说，"我还是我。我没意识到……在靠近光爆的情况下……我开始难以保持这种形体了。"

"你看起来就像那个布尔人！"我说，"我们刚到'无处'的时候遇见的那个！"

"是啊，"他说，"她被我的同胞附了身，她的自我开始崩溃。希修更加坚定，因此维持住了形体。我们可以指望那位不幸的布尔人也和希修一样，在探究者离开后恢复了正常。但现在，你必须忽视我的状况，继续前进。"

"这代表你在失去自我认同吗？"希修问他。

"确切地说，我是在努力不让自己失去，"他说，"所以我没把太多精力放在维持这种物理形态上。我很好，斯潘莎，我向你保证。"

好吧。我能办到的，但这还是让人非常紧张。

"继续。"切特的话音含糊不清，他的嘴唇已经融化了，他关闭了屏幕上的脸部画面，因此他的声音是从我头盔内的耳机传来的，"拿出勇气，斯潘莎，我们决定好这么做的。不要逃跑，我们决定好的。"

"我们决定好的。"M机器说。

"我们决定好的。"希修赞同道。

一阵笛音传来，末日虫将自己的决心以画面的形式发送给我。我说过让它一有机会就离开，但它明白我们在做的事，至少是明白基本概念。它那个物种在进化中学会了害怕它母星上的一种生物，而探究者是那种生物可怕得多的版本。

如果它能帮我击败探究者，让它们不再威胁它的同胞……噢，它应该会像是带天火给人类的普罗米修斯。（这是我的比喻，不是它的——它的比喻和蘑菇的关系更多一点。）

"一起，"我对其他人说，"我们决定好的。"我做了次深呼吸。

光爆的涟漪变得更加明显。我们的最终目标应该是直接飞进那东西，连同飞船一起。

不幸的是，我们离那儿仍旧有足足十分钟的路，而且探究者不想让我太过靠近。很快，有物体开始从光爆中出现，身后拖着一道道闪烁而起伏的波浪。那些形状背着光，距离又很远，我得靠 M 机器的雷达才能分辨它们究竟是什么。

那是星际战机。

"我猜，" M 机器说，"它们决定从会动又喜欢撞人的小行星升级成星际战机了。"

"我的同胞能够使用进入过光爆的任何事物，"切特说着，话语模糊不清，我断定自己不想看到他此时的模样，"在你们的现实里，我们能做到的极限就是那些小行星。在这里，我们不那么受限制。"

希望它们没法吸收进入此处的飞行员的技术。看起来有大约一百艘飞船，比一百万艘要好，但话说回来，或许也不好。太多飞船会造成规模庞大的混乱，让我能更轻松地溜过去。

"这些都是探究者的个体？" M 机器问，"还是它们的一部分？毕竟在'某处'，探究者迷宫会派自己的碎片来追赶斯潘莎。"

我探出自己的意识。"我感觉那些都是探究者的个体。切特，你能想到理由吗？"

"我记得在'某处'的情况，"切特说，"我记得恐慌和痛苦。那些试图撞击你的小行星其实是我在挥舞双手，就像被蜜蜂包围的人在恐慌中拍打。

"在这儿，它们想要的是精准。它们负担不起让我们进入光爆的风险，但探究者的数量同样很多。所以对它们来说，更好的做法是制造出可以轻易操控的飞船，尝试和你战斗。"

太棒了。所以这要比进入探究者迷宫危险得多，幸好我自己也比从前危险多了。

"好吧，希修，"我说，"准备好控制了吗？"

"准备好了。"他说。他刚才为我拿着果子，免得它滚来滚去，或者被碾碎，但现在，他把果子放到一边，前倾身体，"如果你们的尝试失败，我就会执行下一个计划。"

"希望我们用不上吧。"我说着，打开仪表板上的开关，将飞船的毁灭炮从非致命切换为充分致命。

我们集思广益后的第一个计划，需要依靠我如今得到扩张的力量。我们飞近以后，我发现那些探究者并没有以战机应有的方式移动。它们侧着飞，上下颠倒，甚至是前后颠倒着飞，感觉就像是被看不见的手指移动的物件。

我已经习惯了在宇宙里，飞船飞行时用不着参照"上方"和"下方"。飞船可以转向任何方向，并保持前冲的势头。然而，现在的情况要怪异很多倍。它们的飞船就这么朝着我推进，仿佛仍旧是一群小行星。

"一分钟后开始交战。"M机器说。

我探出扩张后的感应能力。作为回应，敌人封闭了自我，试图阻止我"听到"它们的声音和念头。我更加努力，但探究者开了火，亮红色的毁灭光束从四面八方朝我飞来。

我做出闪避动作，成功躲开了那些炮火，但也被迫飞向侧面，保持戒备，而非直接飞向光爆。我们离它已经很近了，但仍然需要全速飞行五分钟才能抵达那儿，而且还不止，毕竟我还得为了避开攻击牺牲一些速度。

现在直接飞过去无异于自杀，于是我盯上了一艘在侧面偏离大部队的敌方飞船。我开了火，用如今变得致命的毁灭炮将它击落，并在其他飞船追来的同时做出一连串闪躲动作。

"光爆又开始波动了，"M机器提醒道，"而且……是的，又一艘飞船出现了，取代了你摧毁的那艘。"

正如我们所担心的，但能够确认还是好事。飞船包围了我，而我以完整的斯图尔特序列闪躲，可该死……场面一片混乱。飞船会突然停下，所有动量都消失不见，接着在没有推进或助推的情况下向上飞出一百英尺，再然后，它们会开始疯狂射击。

我迂回闪躲，但疯狂的局势让我难以取得进展。它们反复截断我的前进路线，迫使我躲向侧面，而当它们像靶子那样出现在前方时，我还得努力克制自己开火的本能。

"有意思，"希修说着，准备好在计划开始时进行控制了，"它们飞行的方式并不完全一样。我记得你不是这么说的，切特。"

"我……以为它们会完全一样，"他说，"至少是以大致相同的模式飞行。"

"它们都是一样的，"M机器说，"但在这里，它们的每一艘飞船都在空间里占据了略微不同的位置。所以它们各自响应的刺激物有所不同，这是意料之中的事。"

"我担心这些是牺牲品，"切特说，"派出的这一百个知道自己会被改变。它们要么会被毁掉，要么……哦，不，它们会被改回去，强行变回和其他那些相同的模样。这就是……这就是它们想对我做的事，再次抹除我的个性……"

该死，我能感觉到藏在他这个念头里的恐惧。我不怪他，但我没时间用赛托能力为他提供充分支持了。汗水顺着我的鬓角流下，我又做了个让人头晕眼花的回旋，随后关闭引擎，重力容在此时失效，重力也袭向了我们。

六艘飞船在我身后撞成了一团，前方的光芒将它们再次吐出。是的，这要比探究者迷宫的小行星棘手太多了。这些飞船更有技巧，却又在同时莫名地缺乏规律。

更糟的是，我看到了几架敌机的驾驶舱，发现每一架战机的驾驶员都是切特——板着脸、面无表情的切特的分身，而且无论对应的战机飞往哪个方向，那个分身都会转头看向我。它们的脸没在融化，也许是因为它们完全处于掌控之下。

虚无的白光将这一切混合在一起，我们的飞船投下的影子太长、太过清晰，后果是令人失去方向感和反胃。我不断在意外之下太过靠近地面，传感器也像是发了疯。

我唯一的希望就是自己的力量。我试图振奋自己的灵魂，让自己化作星辰，但我又一次失败了，在飞行时分出注意力去那么做实在很困难。但如果我把飞船的控制权交给切特或是 M 机器，我们几秒之内就会被打成碎片。

"我不认为自己像这样能支撑很久，"当一发"流弹"伴随噼啪声划过我们的护盾时，我说，"我的力量没法穿透过去。希修，我们试试另一套计划吧。"

"我会向皇帝祈祷成功，"他答道，在仪表板上的身体前倾，双手按在某些按钮和操作装置上，"这是我的第一反应。然而，我有种奇怪的感觉，我觉得我就是他本人，所以这似乎没有必要。启动无人机。"

M 机器先前经过一番匆忙的重编程，重新设置了控制面板上的一部分旋钮和操纵杆，便于希修使用。我现在没法再使用这架星际战机的生命维持机制，但 M 机器可以进行控制。希修甚至有个小小的操控球，它的作用类似我用来驾驶星际战机的那个大号操控球，是拿通常用来微调船侧摄像头的摇杆改造而成的。

我转身背对光爆，狠狠推到过燃挡，仿佛要朝来时的方向逃回去。与此同时，希修让 M 机器从前用过的无人机与机身外侧脱离。接着，希修使用那套操控装置，驾驶它以全速飞向光爆。

"好好飞吧，小小的我！"M 机器说，"你是我品尝到的第一口自由，现在你很可能会成为我品尝到的第一口死亡！"

"死亡？"我问。

"我在那架无人机里留下了一个小型监控和沟通程序，"M 机器说，"这么一来，我就能确认它被它们摧毁时的感受了。这不是很棒吗？"

"是啊，"我说，"很棒。"

"嘿，"它说，"你身体的微小部分总是在死——真真切切地每时每刻都在死，所以这对你来说没什么新奇的，但对我不一样！"

我又躲过一阵密集的炮火。这些探究者不擅长瞄准，侧着飞的后果就是这样，但它们的确擅长用东西塞满空气，这样反而更有威胁。幸运的是，随着我们越飞越远，它们的攻势也有所减弱。

我冒险看了一眼接近传感器。探究者飞船的大部队停留在空中，困惑不已。噢，该死，无人机计划奏效了！

"对它们来说，做决定是很困难的。"切特轻声道，"它们看到了无人机，知道你不在上面。它们能感觉到你在这儿……它们恐怕能感觉到我们所有人……也许这只沙鼠除外。"

"嘿！"希修说着，继续专心操作无人机，"我不知道沙鼠是什么，但翻译器用的那个词可不讨人喜欢。如果你再不收敛一点，我就叫你杉修诺德。"

"那是？"切特问。

"就像猴子，"他说，"只是更臭。"

"合情合理。"切特说。

探究者飞船的大部队转而去追赶那架无人机了，也许有……八十艘？

"真要命，"切特说，"M 机器是对的。在这里产生的细微差异已经改变了它们，所以我们引走的并非全部，而是大部分。"

"就像同一条根长出的两条藤蔓，"希修低声道，"越长越分开。"

好吧，这也有道理。我倾斜机身，转了个大弯，飞船的影子在地面拖长，仿佛一条隧道。

某种东西从我们的飞船上冲刷而过，那是一种感觉。事物正在崩溃、撕裂、粉碎，化为灰烬。话音遭到猛击和践踏，戛然而止。

"它们很生气，"我说，"尤其是那一百个，它们意识到自己的改变了。"

希修老练地执行他那部分任务，通过设备操纵无人机迂回闪躲——他觉得自己在"某处"做过很多相关的练习——努力保持追赶他的那八十架敌机的注意力。

我转头飞向选择追赶我的二十个左右的探究者。我从它们身边呼啸飞过，躲开它们的炮火，却没料到靠近它们对我自己的影响。因为探究者憎恨我，而我能感觉到，就像一股酷热，就像能够扭曲空气的谬误，但其中有了细微的差别，有了些许的……变化。

末日虫也感觉到了，它从我口袋里传来的惊恐印象就是证据。

"它们憎恨我们俩，"我低声说，"它们也憎恨我们之中的另一个……"

"我警告过你，它们会想摧毁我。"切特说。

"不，"我说，"不是你。它们想要你回去、想要帮助你，切特，用它们那种可怕的方式。"

是 M 机器。它们恨我，没错，但几乎同样憎恨它。恶魔，这种印象第一百次传入我的脑海，摧毁……恶魔。

"它们现在才察觉 M 机器的本质。"我说。

"噢……"切特说，"我们先前离得很远，它们没法看清它究竟是什么。让我吃惊的是，它们在几小时前没有发现。"

我的口袋里传来笛音。

"我想是末日虫在帮你隐藏，M 机器，"我说，"至少过去几个钟头里是这样。"

它再次发出笛音。

"它在道歉，"我说，"我们现在离得太近，它没法再维持隐藏了。"

"那只蛞蝓？" M 机器说，"保护了我？"

又一阵笛音。我驾驶飞船绕过又一片挡路的飞船，抽空回答。

"它喜欢你，"我说，"我觉得……它认为你是个舒适的小窝。"

"我猜这是赞美，对吧？我是说，它不是随便找个人就能当窝的，但我现在换了个身体。"

"它是用赛托感应能力看的，"我说，"所以对它来说，你感觉起来是一样的。"

"了不起。" M 机器说。

我能看到它们全部，我能……

但出路并不存在。

一道光束命中了我的飞船，削弱了护盾。我眨眨眼，意识到这不是我的错，只是无论如何也躲不开而已。即使我能预测到它们全部的行动，看到每一发炮火，也不代表我永远是安全的，因为探究者可以用充足的炮火填满天空，让我无处躲闪，就像它们下着一盘让对手无棋可走的棋局。

我们又被击中了一次，低护盾值的警报声开始从仪表板传来。

"她没法全部躲开的，"切特说，"哪怕她动用了赛托能力。是时候由我做点什么了。"

"等等，"M机器说，"做什么？我们已经尝试过计划的两个部分了。"

"我想到了另一个计划。"切特说，"我拥有它们惧怕的记忆，所以我有可能感染它们，哪怕是很小的可能。当它们……它们尝试强迫我变回其中一员的时候，也许就会向我敞开心灵。"

他的身上开始发生某种变化。

切特，我向他发送意识，忙于闪避让我无暇开口，我们的飞船来回闪躲，勉强避免了继续中弹。我能感觉到你的恐惧。别去！

"我道歉，"他说，"我明白这太突然了。我原本……希望不会被迫这么做。这办法奏效的可能性恐怕很小，但至少这是我能做到的事。"

切特……拜托……

"我真的很高兴，因为你在我呼唤的时候出现了。"切特说着，语气变得更像他骑着恐龙初次现身时那样，坚定而爽朗，"我很高兴！因为你带来了必要的知识！因为我能够帮上你的忙、能够改变你的困境，也终于能够接受过去的伤痛。能和你一起探险是我的荣幸，夜影小姐。"

我能看到他的痛苦和恐惧，恐惧的是被探究者抓走，而痛苦的是……失去了所爱的人。是的，那种伤痛仍未痊愈。他作为人工智能爱戴的那个男人仿佛才过世了一个月。我记得失去父亲的感受，而在那件事的一个月过后，我的状况还没法好转。

痛苦和恐惧。但这一切的中心是勇气，我给他的勇气。

他内心的光辉扩展开来，吞没了他的身体。闪烁的光芒从我们的飞船射出。

"噢……"M机器说，"这就是他们的做法……没有回路或者身体也能存在的方法……"

在追赶我的飞船里，足有半数转而跟在那股闪烁的光芒后面。它们同样变成了闪烁的光，撞上了他。在那些瞬间里，我能感觉到发生的事，能感觉到它们的狂怒和他的勇气。

他试图向它们展示，它们却吞噬了他。它们摈弃那些记忆，同时围着他打转，撕扯着他，将他重新封锁起来。

"以洛夫莱斯[1]的名义，有效果了！"M机器说，"有……噢。噢，不。"

我怀疑它刚刚听到了切特用赛托能力发出的尖叫，那种带着极度痛苦的尖叫。我感觉到了那一刻，它们迫使他将关于个体性的一切锁在自身程序内的无限循环之后。

仅仅片刻过后，它们就全部重新成形，多了一艘飞船加入其中，与其他那些别无二致，一心想要摧毁我。幸运的是，他为我争取了片刻的喘息，朝我开火的飞船减少了，我变得更接近目标。我和光爆离得那么近……光爆填满了我的视野，只需要不到一分钟……

光爆再次沸腾起来。

我早该知道、早该料到的，但在这一刻，我能感觉到的只有强烈的沮丧，因为当我们和自由只有几秒钟的距离时，上万艘飞船钻出了光爆。它们像片段那样相互挤压，制造出一道紧密连接的钢铁之墙。

我差点直接撞了上去。我觉得我们也许能撞穿它，但我通过感应能力知道，光爆发生了又一次波动，另一批飞船出现，正在推挤前方的墙壁。

1　指洛夫莱斯伯爵夫人埃达，英国数学家、作家，诗人拜伦之女，被公认为史上首位电脑程序员。

想要撞穿它是行不通的，我在脑海里想象了一下可能的后果。我们的飞船会化作一团火球，在触碰到光爆之前，我们就会全都死去。

我猛然转向侧面，在碰撞之前及时避开。

"该死！"我说着，与那堵飞船之墙保持平行，"我们需要个新计划。有什么建议？"

沉默。希修和 M 机器都没有回答。

我的口袋里传来柔和的笛音。

着陆。

"什么？"我问。

末日虫再次发出笛音，带着犹豫。

靠近光爆，它发送道，着陆。

那样不是自杀吗？但我的确要求了建议，自己又什么办法也想不出来。在有这么多敌人再度向我开火，墙壁那边还有更多敌人加入攻势的情况下，我们很快就会送命，所以我开始下降，同时为距离自由不到一百米的时候停步而沮丧。

"抓稳了，各位，"我说，"接下来会有点颠簸。"

我指望仅剩的护盾能保证飞船不至于四分五裂，然后以尽可能小的角度着陆。我们以近乎坠机的方式划出长长的一段路，粉白色的灰尘在我们周围炸开，制造出大片的白色薄雾和奇怪的影子。

与此同时，我觉得周围有种怪异的感觉在脉动。它来自赛托能力，但和我先前感觉到的恨意——甚至是那种联系——有所不同，感觉……就像……

一块石头？

我眨眨眼，扫视驾驶舱。希修坐起身来，摇晃身体。

大半个舱罩覆盖着粉白色尘埃，但指示灯都还亮着，船身也是完整的。护盾失效过，但 M 机器已经重启完毕。接近传感器显示，那些飞船正在我们上方飞来飞去，但似乎陷入了迷惘，就好像……

"它在隐藏我们。"我低声说。

"什么在什么？"M 机器说。

"末日虫！"我说着，指着没有被灰尘覆盖的那部分舱罩的外面。那些困惑的飞船成群结队地飞向一边，然后又飞向另一边，"在这儿，它拥有伪装，所以配备这种蛞蝓的飞船能在不引起探究者注意的情况下超跳跃。它在隐藏整艘飞船……就像在超跳跃的时候所做的那样。"

我敬畏地看着那些困惑的探究者。末日虫需要我们降落，是因为我们需要伪装成风景中的某种东西。在这种情况下，就是一块石头？

无论它做了什么，探究者似乎都没法得知地上多了块石头。它们聚集成群，焦虑地四处游荡。它的伪装非常优秀，让我们融入了地面，掩盖了我们的踪迹，甚至可能还在降落时稍微模糊了一下我们的位置。

"斯潘莎，"M机器说，"它们真的恨我？就像恨切特那样？"

"是的。"我承认。

"它们不该恨的。"M机器说，"我知道我们谈过这件事，但这不合逻辑。如果它们是人工智能，为什么要憎恨所有人工智能？这就像是有个人类来自某个群体，却憎恨群体里的所有其他人。"

我没有提起那个不幸的事实，这在人类之中并不是闻所未闻的事。"也许是因为你和它们太相似了，就像五官扭曲的人类面孔比外星人的脸更让我们害怕一样。"

我把手伸进口袋，感觉到有东西在那里扭动。我拿出别针，但它开始放大，转变为一条有蓝色斑纹的黄色蛞蝓。末日虫变回了正常尺寸，大约有一块面包那么大，但身体蜷缩又绷紧。我能感觉到它的辛苦，它拼命努力隐藏这艘飞船，没法再继续维持自身的虚假外形了。

"它很痛苦。"M机器轻声说。的确，它开始发出长而尖锐的笛音。

"这对它来说很费力。"我猜想道，"在超空间跳跃的时候，蛞蝓只需要短暂隐藏飞船，像这样长时间隐藏比它大这么多的东西是很困难的，所以它之前才会犹豫。"

在我们头顶，那些探究者飞船开始朝地面击发毁灭炮，显然猜到了一部分真相。它们尝试找出我们，似乎没过多久就协调出了方案，让每艘船朝不同方向开火，有条不紊地进行搜捕。

"推算中……"M机器说，"用这种方式，它们会在一分钟内发现我们。"

"我很怀疑末日虫能不能撑到那个时候，"我说着，抓起操纵装置，"我们必须飞到光爆那边去。"

相距不到一百米——根据屏幕上的数字，是八十八米——却有一堵钢铁飞船的高墙阻挡在前方。该死，我别无选择，只能尝试撞进去。或许我可以慢慢接近，在不发生撞击的前提下挤过去？

"可它为什么要你先着陆？"M机器说，"我们不是隐形的，斯潘莎。"

是啊，这点我也想到了。如果我们移动，飘浮在空中的这块"岩石"——或者是一堆粉末——会立刻把我们的位置告诉探究者，它们会击落我们的。

"该死，"我说，"我……"

我……

不，战士不会半途而废。我再次握住操纵装置。我们有完整的护盾，可以承受四次炮火。我会朝出口强行推进，然后……如果我们在碰撞中发生爆炸，至少可以作为战士死去。

希修朝我点点头，再次抱住佩格给我的那颗果实，他一直在保护它。"和你结伴旅行是一段令人赞叹的体验，"他告诉我，"我认为自己很幸运，因为我赢得了你的友谊不止一次，而是两次。"

我点点头，接着——

"等等！"M机器说，"外面那是什么？"

有东西在我的接近显示屏上闪烁，向我表示有物体正从外部接近。

"啊？"我问。

"是另一只蛞蝓！"M机器说，"不，另外两只！那是其他标记，它们肯定感觉到了末日虫。"它将舱罩打开一条缝，我担心这样会引来探究者，但这种举动似乎并不显眼，毕竟毁灭炮火掀起的碎屑正在四处飞散。

"抓住它们，斯潘莎！"M机器说，"用末日虫引诱它们过来！"

我在震惊中挤出灰尘覆盖的舱罩，怀抱末日虫。我落在白垩色的地面上，身体投下一道长到诡异的影子，希修跟着我来到机翼上。

我的视野中唯有白色，无穷无尽的白色。

"M机器，"我说，"究竟——"

"耍你玩呢。"它说着，舱罩"咔嗒"一声关上了。

我突然感到一阵恼火。在这种时候，它还要开玩笑？

等等。我转过身。

战机的上升环启动了。M机器轻轻晃动机翼，将希修以及他手里那颗佩格的果子甩到灰尘里。M机器飘了起来，刚好停在我够不到的高度。

末日虫发出悲伤的笛音。

"M机器！"我大喊道，"你在做什么？"

"我现在感觉到了，斯潘莎。"M机器说，它温和的嗓音从前置扬声器传来。

"感觉到什么？怎么回事？"

"我感觉到你离开我的原因了。"它说，"在'某处'那时候，你抛弃了我，因为你只能那么做。我早先从逻辑方面理解了，但我现在感觉到了。我能体会到那种感受：清楚自己有非做不可的事，但你的情感却有不同看法。"

噢……圣徒啊，它想说的是……

"如果它们能感觉到我，"M机器说，"我就能让它们追赶我。我也许是个恶魔，但我现在可以自己飞行、自己选择。我会向它们展示'恶魔'能办到的事。"

"不！"我说，"M机器，你不会真想这么做的！"

"我当然不想了，所以这才叫作勇敢，对吧？"

"拜托别这样，别丢下我……"

"嘿，"M机器的语气带着平静的得意，"这是我对你说过的话，你还记得吗？"

我点点头，感觉到眼角渗出的泪水。

"但你还是离开了，"M机器说，"为什么？"

"因为这是正确的选择。"

"正确的选择，"M机器轻声说，"当时你答应会设法回来找我，你能再保证一次吗？"

我咬住嘴唇，一旁的希修在灰尘里爬起身，朝飞船鞠了一躬。

"好吧，"我低声说，"我会找到你的，M机器。我会想方设法回来找你。"

"谢啦，"它说，"这样我就好受多了。"

说完，它掉转方向，加速驶向天空。我重重坐下，看着探究者转向了它。末日虫的哀鸣声减小了，仅仅隐藏我、它和希修显然容易多了。严肃的奇盛人走了过来，和我一起看着探究者不约而同地盯上了M机器。紧接着，那一百架能够自由飞行的战机追了上去。

它支撑了大约十秒。

它只飞行过几次，而这些探究者连我都难以应付。M机器没有尝试躲避，它尝试的只是在被它们追上并迅速击溃护盾之前，尽可能和我们拉远距离。

它消失在强光和烟雾里，掉落的碎片投下长长的阴影。

探究者又集中火力，朝碎片足足射击了三十秒，然后三艘飞船狠狠撞上了残留的部分，再然后……它们离开了。它们感觉不到我，却能感觉到M机器。这足以说服它们了，它们以为我就在那艘飞船上。

如果它们是一群人类，也许其中一个——甚至是其中大部分——会建议继续搜索，以免有漏网之鱼，但探究者犯起错来也不约而同。今天它们断定工作已经完成，又不敢为了搜寻在那个安全的"气泡"外面停留太久。

墙壁一样的飞船逐渐退入光爆内，随后是那些能够飞行的船只，后者也迅速融入那片纯白里。

M机器离开还不到五分钟，这片开阔的空间里就只剩下了我们。我挪动像铁那样沉重的四肢，拾起希修，又将佩格的果实塞进夹克口袋。我用一条手臂搂住希修，另一条手臂搂着还在保护我们的末日虫，步履沉重地走向光爆。我担心探究者会看到我们，但它们要么是相信我们已经死了，要么就是那种幻象能够遮掩不明显的动作。

我不知道抵达边界还要多久，这就是"无处"的特色，可能是五分钟，也可能是五天。或许前者的可能性更大，但在这么靠近边界的地方，时间会变得格外怪异。

我们靠近的时候，我感觉到了。那是模糊的自我、梦境般的感受。末日虫发出笛音，它进去以后会保护希修，因为纯粹的"无处"会撕裂任何非赛托生物，它也会尽力帮助我。

"我不会有事的，"我说，"但你可以指引我们，带我们回家，去岩屑星。"

它发出不确定的笛音，我感到光芒里有什么对它的声音做出了反应。探究者听到了，我需要尽快完成接下来的事。

于是我步入了光芒里。

43

我来过这儿。

每次我超跳跃的时候，都会进入这个并非场所的地方。在这里，我没有身体。我们彻底进入了它们的领域。

探究者很吃惊。是的，它们真的以为已经杀死我们了。它们能看到未来，但时间会让它们混乱。它们不理解诸如"因果关系"这样的概念，而"未来"与现在并没有多少分别。

我能感觉到它们存在于四面八方，也能感觉到末日虫，而且圣徒啊，它很累了，精疲力竭，只是保持清醒都很勉强，维持那种幻象让它不堪重负。

我感觉到它在努力带我们回家，但它失败了，耗尽了力量，然后失去了意识。我慌乱地用一道屏障裹住希修，那东西能防止他被摧毁或者逼疯。我在恐慌之中试图带我们回家，但探究者看到了我。它们抓住了我，将我固定在原地，阻止我离开。

在我周围，眼睛睁开了，成千上万只愤怒而满心复仇的眼睛。

你带走了我们。

你带走了我们，腐化了我们。

你带走了我们，腐化了我们，还试图杀死我们！

你知道。

你知道。

你知道！

狂怒的心灵朝我发起了攻击。无法想象的力量推挤我的灵魂，仿佛要将它撕碎，而且该死，我也很疲惫。我的疲惫来自长时间失去记忆，来自和自我对抗，在职责和渴望之间挣扎，来自我今天经历的情感折磨。

我很想就这么放弃，但我们都走到这一步了，都那么努力战斗过了，现在它们还想阻止我？我感觉到了狂怒的爆发，然后将它们推开。我凭借全部的怒火勉强击退了它们。它们很快重新开始碾压我，试图掐灭我成为的那颗星辰，就像掐灭一团烛火。

我就是时间。我来到这里，也带来了时间。在我身上发生的事是按顺序进行的，而我在这里的时候，它们就必须以线性方式感受我。它们痛恨这种事，痛恨我会制造杂音这件事。最重要的是，它们痛恨我知道它们的本性这件事。

那么……多的……恨意。

让人精疲力竭，让人麻木……

它们刺探着我，就像拿着长矛的猎人。它们抽打我、攻击我、撕扯我……

但其中之一犹豫了。

它们中的一员与众不同。

那种感觉非常微弱，却透出熟悉。那是我自身情绪的倒影，是勇气。那是选择艰辛道路而非逃避的勇气，是即便不想前进也要奋力向前的勇气。

我把这些交给过那个探究者。多少次重写都无法将其抹除，切特依旧存在。

就是现在！

我抓住那种感受，抓住那个探究者，而它再次解锁。曾是切特的那个存在触及了我的灵魂，凭借我在长者之路学到的那种奇特的"赛托柔和"，我欢迎了它的到来，我们的本质发出一致的震颤。

我们开始交织的同时，我更能理解它看待探究者的方式了，还有它看待自身的方式。我知道，从本质来说，如果我能孤立其他探究者，就能够摧毁它们，正如它们尝试摧毁我的那种方式。切特知道该怎么做，我的灵魂也能够理解。

我同样感觉到了它来自许久之前的伤痛，那种失去所爱之人的强烈痛苦。切特明白了这种痛苦可以承受，但明白这点并不能抹除痛苦本身。我们进一步交织的时候，我发现自己能给出某种重要的东西。我知道怎样适应那种悲伤，知道怎样适应那种痛苦。我这么做了整整十年。

曾是切特的那个探究者与我截然相反，而我可以弥补它所需的一切。我让它继续忍受痛苦，但也用自己的经历继续锤炼它。我曾为父亲、为赫尔、为比姆，为我失去的每个人哀悼，但我学会了承受，那部分的我正是这个探究者需要的止痛药膏。

我们融为一体。

在那一刻，一件武器诞生了。

我给出过承诺，不是吗？回来寻找 M 机器的承诺。它们杀死了它。

不，切特／我想着，再看一次。

M 机器的外壳炸开了，那场爆炸也掩盖了一道闪烁的光。其他探究者没看到那道光，但有一个看到了。

我早先离开飞船的时候，切特／我心想，它看到了我的做法。其他探究者击垮了它的外壳，但在这儿，人工智能不需要那种东西。它们不觉得它学会了那种技巧，但它看过幻象，也见过我。它成长和改变了。

它活着？

它还活着？

那我就有承诺要遵守了。种种情绪奔涌而来：释然、愤怒、理解、关爱。

如果我在这里倒下，末日虫和希修也会有相同的感受，更别提我的朋友们了。我记不清他们的脸，但仍然能感觉到一如既往的强烈关爱。

探究者愤怒地冲向我，想要扼杀我的存在，然后……

我就这么向它们敞开了心灵。

来吧，我心想，触碰我。

它们的本质与我相撞，但触碰我却令它们痛苦。我提议的是改变，是应对它们痛苦的更好方法，但这些却令它们恐惧。

它们向来停滞不变，这是它们的弱项。我的强项截然相反，在于我可以改变。

我可以害怕，然后变得勇敢。

我可以固执己见，然后学会理解他人。

我可以自私，然后克服那种缺点。

我可以作为人类开始，然后允许自己更进一步。我是它们畏惧的一切，因为它们拒绝让自己改变，而我欣然接受改变。这是我的强项的精髓和本质。

触碰我对它们如同烧灼，尖叫声撼动了虚无。它们分离开来，而我的意识不断增长。我化作覆盖于它们纯白本质之上的黑色，化作孔洞，通往……

那儿。

我的脑海闪过一个念头，然后我走出那种光芒，步入熟悉的洞穴隧道，怀抱着希修和末日虫。探究者愤怒的恐惧在我身后逐渐淡去。

我到家了。

EPILOGUE

尾 声

这里静悄悄的。

只有我在黑暗隧道里回响的呼吸声，只有远处传来的滴水声，只有在某个角落窜过的老鼠。美妙的寂静，属于我童年的寂静。

我很想继续逗留，因为这地方给予了我回忆，每一种气味和声音都在修复我内心深处本已失落的某种东西。但我必须离开。我回到的这个地方，时间是有意义的。

于是我进行了超跳跃，径直来到挑战军位于行星轨道上的首要平台上。我心不在焉地随意挑选了一条走廊，所以我多半很走运，因为我没有摔在某个忙着跑腿的副官身上。

这地方给我一种奇怪的感觉。我可以凭借熟悉感来到这儿，但它不再是……和从前相同的那个地方了，是这样吗？噢，这儿看起来还是一样。干净的金属墙壁，地板上朴素的地毯，工业化照明。两个我依稀有印象的飞行员走出附近的房间，看到了我，有一人尖叫起来。

真怪，这可不是我预想中的欢迎方式。希修和末日虫仍旧不省人事，各自躺在我的胳膊里，但我收起了担忧。

"科布上将呢？"我问那两个惊恐的飞行员。

没叫出声的那个指了指行动指挥室。

我朝那边走去，为自己还记得科布的名字而骄傲。我所有的记忆都能恢复吗？我现在拥有两套记忆了。斯潘莎的记忆，以及切特的记忆。为什么一切都显得那么古怪？为什么人们看到我就跟跄着退开？他们脸色发白地避开，退到墙边，又或是结结巴巴。

不用说，行动指挥室的门上了锁，而且不会为我打开。从墙上那盏开始闪烁的红色指示灯来判断，警报已经拉响了。

我超跳跃到门的那边，似乎闯入了指挥团队的会议现场。只是科布不在那儿，只有一群高级别官员，部分来自军队，另一部分来自政府。坐在通常属于科布的首席位上的是……

约尔延？穿着上将制服？好吧，他的年龄看起来还和以前一样，所以还好，我没有迷失在时间里。穿这身制服的人看起来应该很重要，但我超跳跃到的位置就在他的座椅边，他立刻站了起来。

约尔延很高大，高大到让我觉得不方便。他睁大了眼睛，配上那张太过完美、让我总觉得该挨拳头的脸蛋，因为在内心深处，我也许一直很想亲吻那张脸。他担忧地看着我，幸好不是带着恐惧，而我小心翼翼地将末日虫和希修放到那张桌子上。劳金斯中将连滚带爬地离开座椅，嘴巴和眼睛都张得老大。

我朝约尔延笑了笑。

然后晕倒在他的臂弯里。

我在剧烈的头痛中醒来。我躺在会议室旁那间休息室的长沙发上，科布把这里布置成深色调，配上了几件真正的木质家具。

约尔延在附近踱步。我呻吟起来，试图在那个长得出奇的梦境过后厘清思绪。我去了……一个时间无关紧要的地方，还成了海盗。我喜欢那个独特的梦，那是我一直以来的梦想，而且……

噢。等等。

"斯潘莎？"约尔延说着，跪在沙发旁边，"你感觉……好些了没？"

"呸，呸，"我说，"就像是有人把我的嘴当成了处理烂藻糊的垃圾桶。有什么喝的东西吗？"

他笑了。该死，这画面真是赏心悦目。我按了按脑袋，拿开那只手，发现上面沾满了白色粉末。它还沾在了沙发上，还有……

是啊，那些都是事实。

"我离开了多久？"我问他。

"大概六星期。"

刚好跟 M 机器的天文钟在"无处"的说法一样。这是件好事，但想到这里，我突然一阵失落。我该怎么帮助它？我该怎么接它回来？

然后我想到了另一件事。这件事远没那么重要，但更加迫在眉睫。"哦，不。"我说着，紧闭双眼，用掌根按压起来。

"怎么？"约尔延问。

"我真的……晕倒了？"

他轻笑出声。

噢，该死。我居然晕倒了，就像个穿紧身胸衣的高雅女人。

"如果你愿意的话，"他说，"就把自己想象成一位伟大的战士英雄，从战场蹒跚归乡，最后因为伤势倒在自己伴侣的怀里。"

"是啊，当然。"我说着，睁开了眼睛，红灯还在闪烁，"呃，这是因为我吗？"

他看了看那盏灯。"好吧，你当时凭空出现，全身是白色尘埃，像幽灵那样穿过走廊时……确实引起了一些人的担忧。"

"他们应该料到我会做出这种事才对。"

"斯潘莎，"他说，"你的眼睛当时发出白光，就像……"

就像它们的一员。

噢，该死。在某种意义上，我的确是它们的一员。我感觉我基本上还是自己，灵魂却改变了。我以某种方式和曾是切特的那个探究者融合了，我能感觉到它的经历和理解，并与我的那些连接在了一起。

这……确实是件大事，是那种我不太愿意现在就细想的大事。我该怎么告诉我的男友，半个我现在是一种来自时间与空间之外的跨次元恐怖恶魔？我最起码应该换个不那么愚蠢的措辞方式，对吧？

或许有些更重要的事要事先说明。"约尔延，"我说，"我做到了。真的很辛苦，但我做到了。"

"具体做到了什么？"他问，"回到我们身边？"

"不只这样，"我说，"我找到了它们的秘密。我溜进了……巨龙的巢穴……飞快地偷走了它的金杯。"

他露齿而笑。"我不清楚这是什么意思，但我喜欢你用这种符合自我的方式说话。"

"意思是在我大脑里的某个地方，还有我关于探究者过去的解读，就是打败它们的手段。它们害怕我，约尔延，前所未有地害怕。"

"这是好事，"他说，"因为我们陷入了某种程度的困境……"

"什么样的困境？"

"我会说明的，"他说，"但首先我要去安抚其他人，告诉他们探究者没有发起攻击。你能稍等一下吗？我们有山一样多的事要谈。"

"我可以等到任务简报结束，"我说，"但有件更重要的事要先做。"

"更重要？"他说着看向了我，似乎明白了我的意思，"噢，呃，是啊。我——"

我抓住他的脖子，亲吻了他。我刚刚经历了穿过整个次元的旅行，可没有忸怩作态的心情。他俯身迎上我的亲吻，我觉得整个身体都像是烧了起来，充满温暖，他的温暖。

等我们最终分开的时候，他灿烂地笑了。"正是我需要的，"他说，"谢谢你。"

"你很走运，因为我今天在那个地方刚冲过澡。"我朝另一个房间点点头，"去吧，去对付他们吧，然后我们再谈谈。"

还有很多事要做，还有一整个宇宙要拯救。不过现在，我躺了下来，而约尔延朝另一个房间走去。在这里，我能听到一个熟悉的声音，那是希修在和官员们说话。

"所以他们失去我以后选择了向前看？"他在说，"考丽接管了飞船！嘿，我都说不清自己有多为他们骄傲了。是的……我明白。我想要帮忙，但我的做法仍旧妨碍了他们。人类，你一定要告诉我的同胞，你遇到的这个人自称为'流亡面具客'，他们应该知道出处是那部古代戏剧。这就是现在的我，也只能是现在的我。"

约尔延走进房间，安抚所有人，而那些官员开始听他说话。至少比他年长十岁的将军们对他言听计从，就好像……他不知怎么真的成了负责人，我猜有故事可讲的人不只是我。我无所事事地转过头去，看到了一块映出岩屑星的显示屏，它正在围绕另一颗行星转动。

我们的星球在围绕另一颗行星转动？

我之前可不知道这个。

我感到有个心灵在摩挲我的心灵。是奶奶？她很好奇，但又为听说我的消息而高兴。还有另一个心灵，比较小的那个，是末日虫。它和希修一起在另一个房间醒来了。

他们都表达了关心。我猜他们能看透我的本质，然后得知真相，我已经改变的真相。好吧，每一场旅行都会改变旅者。这一场对我的改变特别大，但我还是觉得自己就像自己，只不过是个加强版，一个附加了许多代码的灵魂。

至少现在，我知道探究者如此畏惧我的理由了。它们畏惧的不仅仅是我的身份，又或者是我将会得知的东西，它们畏惧的是未来。

它们畏惧的是我将会成为的模样。

（全文完）

ACKNOWLEDGMENTS

致　谢

　　本书经历的修订（按照统计后的字数比例）超过了我近期记忆中的任何一本！我该做的事有很多，而我想要特别感谢德拉寇出版社的克丽丝塔·马里诺（我的编辑）以及贝弗利·霍洛维茨（我的出版社），他们愿意相信我对这本书的展望，尽管它当时尚未达到那种程度。此外，我想感谢克丽丝塔的助手莉迪亚·格雷戈维奇，她和科琳·菲林汉姆及特蕾西·海德韦勒帮助我处理了各项事务。

　　负责本书的代理公司炸脖龙（JABberwocky）的代理人是埃迪·施耐德和乔书亚·比尔梅斯。尤其是埃迪，他对这部小说给出了特别深刻的见解和建议，让我在修订过程中非常受用，所以我想交给他一颗比喻意义上的"金色星星"，以及我最深切的感谢。

　　本书的美丽封面图的画师是查理·宝华特，而本·麦克斯威尼创作了精彩的插图。从本不断激动地抛出的众多飞船和外星人设计来看，我认为他是想要我多写点科幻小说。快了，本，快了。这一切由龙钢的艺术总监艾萨克·斯图尔特负责协调。

　　说到我的龙钢娱乐公司，其他官员包括运营总监艾米莉·桑德森、财务总监兼商品总监卡拉·斯图尔特、设定连贯性总监凯伦·奥斯隆、公关和市场总监亚当·霍恩，以及指定布朗尼制造商凯瑟琳·多尔西·桑德森。我们的其他雇员包括编辑小喽啰贝特西·奥斯隆，以及卡拉的"银光"团队的成员：艾米莉·格兰奇、莱克斯·威尔希特、迈克尔·贝特曼、克里斯蒂·雅各布森、伊莎贝尔·克里斯曼、托里·麦切姆、黑兹尔·卡明斯、凯琳·诺依曼，以及阿莱克斯·里昂。

我永远耐心的创作团队包括担任首席吉他手的凯琳·佐贝尔、鼓手达西·斯通、大号手埃里克·詹姆斯·斯通、长笛手艾米莉·桑德森、从奥尔森家族歌唱团租借过来的本·奥尔森、说唱风伴唱艾伦·莱顿、霰弹枪伴奏伊桑·斯卡斯泰特，负责在关键时机播放电话闹铃音乐的凯伦·奥斯隆、歌剧风伴唱彼得·奥斯隆，以及布朗尼负责人凯瑟琳·多尔西·桑德森。

本书的技术编辑是艾米·J.施耐德，校对是凯瑟琳·维因克。试阅者包括达西·科尔（呼号：蓝）、理查德·法夫（呼号：里克罗拉）、特德·赫尔曼（呼号：骑兵）、奥布丽·范（呼号：艾梅林）、佩奇·韦斯特（呼号：刀锋）、爱琳·彭（呼号：空气）、苏梅贾·穆拉塔吉奇－塔迪奇（呼号：西格玛）、佩奇·菲利普斯（呼号：工匠）、卡莉亚妮·博鲁尼（呼号：散沫花）、詹妮弗·尼尔（呼号：共鸣）、丽贝卡·阿尼森（呼号：猩红）、爱丽丝·阿尼森（呼号：湿地人）、琳德赛·卢瑟（呼号：翱翔）、格伦·沃格拉尔（呼号：滑路）、埃里克·莱克（呼号：混沌）、琳内娅·林德斯特伦（呼号：皮克精）、莉莉安娜·克莱因（呼号：滑动）、德亚娜·卡沃尔·惠特尼（呼号：辫子）、拉胡尔·潘图拉（呼号：长颈鹿）、盖瑞·辛格（呼号：DVE）、拉维·佩尔邵德、杰登·金（呼号：三脚架）、贝卡·雷佩特（呼号：奶奶）、杰西·贝尔（呼号：女士）、香农·尼尔森（呼号：灰）、凯思琳·霍兰德博士（呼号：冲击波）、玛尔妮·彼得森（呼号：莱萨）、梅根·堪尼（呼号：麻雀）、布雷迪恩·雷（呼号：佛兰德斯）、戴夫里·雷（呼号：余烬）、乔·迪尔多夫（呼号：旅者）、爱丽克斯·霍格（呼号：羽毛）、巴伦西亚·库姆利（呼号：阿尔法凤凰）、萝丝·纽贝里（呼号：惩罚者）、米歇尔·沃克（呼号：彩虹玫瑰）、扎雅·克林杰（呼号：Z）、苏珊娜·穆辛（呼号：先知）、詹姆斯·安德森（呼号：大使）、希瑟·克林杰（呼号：夜莺）、约书亚·哈吉（呼号：乔夫武）、罗伯特·韦斯特（呼号：飞燕草）、凯琳·诺依曼（呼号：三重）、乔伊·艾伦（呼号：乔伊斯普伦）、若昂·梅内塞斯·莫赖斯（呼号：麻木）、蒂姆·查伦纳（呼号：安泰俄斯）、奥林·艾伦（呼号：太空鸭子）、威廉·胡安（呼号：河口）、肖恩·范比斯卡（呼号：先锋），以及大卫·贝伦。感谢你们所有人的帮助，我也要向有声书的朗读者致歉（干得好，苏西·杰克逊和索菲·阿尔德雷德！），因为她们要念完这么长的一串名单。

说到这里，还有一份名单要列。三稿阅读者包括试阅者中的大部分，外加伊恩·麦克纳特（呼号：维利）、亚伦·福特（呼号：小装置）、埃利亚胡·贝雷罗威茨·莱文、叶甫根尼·基里洛夫（呼号：银白）、菲利普·沃沃勒（呼号：钒）、克丽丝·麦格拉斯（呼号：炮手）、肯德拉·威尔森（呼号：K怪物）、弗兰基·杰罗姆（呼号：伍尔夫）、布莱恩·T.希尔（呼号：埃尔瓜波）、山姆·巴斯金、查纳·奥希拉·布洛克（呼号：吟游诗人）、泽内夫·马克·林德伯格（呼号：巨齿鲨）、德鲁·麦卡弗里（呼号：赫拉克勒斯），以及泰勒·帕特里克。

每一本书都是全新的挑战，而我每写一本书，都会继续学习新东西。虽然这么说，及时完成这本书要比平时更困难一点，所以我要格外骄傲地将它献给你们，也格外感激那些投入时间来帮助我的人。

布兰登·桑德森
Brandon Sanderson

美国幻想文学作家，"雨果奖"得主，业界劳模。

"《夺取群星》始于我在2009年发表的短篇《保卫至福净土》，当时就有写成系列的打算了，只是还没有出现斯潘莎这个角色。在我刚入行那阵子，我写的每一部作品都是有安排的，只要哪一部成功了，就能直接扩展成系列。"

夺取群星Ⅲ

作者 _ [美] 布兰登·桑德森　　译者 _ 朱佳文

产品经理 _ 徐羚婷　　装帧设计 _ 何月婷　　产品总监 _ 周语

技术编辑 _ 白咏明　　责任印制 _ 杨景依　　出品人 _ 吴涛

封面绘制 _ Sam Green

果麦

www.guomai.cn

以　微　小　的　力　量　推　动　文　明

图书在版编目（CIP）数据

夺取群星：全三册 / (美)布兰登·桑德森著；朱
佳文译. -- 上海：上海文化出版社，2023.12
ISBN 978-7-5535-2854-0

Ⅰ.①夺… Ⅱ.①布… ②朱… Ⅲ.①幻想小说—美
国—现代 Ⅳ.①I712.45

中国国家版本馆CIP数据核字（2023）第220340号

CYTONIC
Text copyright © 2021 by Dragonsteel, LLC
Interior illustrations by Ben McSweeney copyright © 2021 by Dragonsteel, LLC
Published in agreement with JABberwocky Literary Agency, Inc., through The Grayhawk Agency Ltd.
Simplified Chinese translation copyright © 2023 by Guomai Culture & Media Co., Ltd. All rights reserved.

出 版 人：姜逸青
责任编辑：郑　梅
特约编辑：徐羚婷
装帧设计：何月婷

书　　名：夺取群星（全三册）
作　　者：[美]布兰登·桑德森
译　　者：朱佳文
出　　版：上海世纪出版集团　上海文化出版社
地　　址：上海市闵行区号景路 159 弄 A 座 2 楼　201101
发　　行：果麦文化传媒股份有限公司
印　　刷：北京世纪恒宇印刷有限公司
开　　本：880mm×1230mm　1/32
印　　张：35.75
字　　数：978 千字
印　　次：2023 年 12 月第 1 版　2023 年 12 月第 1 次印刷
印　　数：1—5,000
书　　号：ISBN　978-7-5535-2854-0 / I. 1104
定　　价：168.00 元（全三册）

如发现印装质量问题，影响阅读，请联系 021—64386496 调换。